王水照編

歷代文話

第十册

復旦大學出版社

桐城文學淵源考

劉聲木 撰

《桐城文學淵源考》十三卷

劉聲木　撰

劉聲木（一八七八—一九五九），原名體信，字述之，改名聲木，字十枝，室名直介堂，廬江（今安徽合肥）人。學識淹博，精金石、古物之學，著述頗豐。有《直介堂叢刻》，收正編十種（包括《桐城文學淵源考》、《桐城文學撰述考》、《望溪文集再續補遺》等）、續編五種。

此書爲桐城派作者傳記資料之彙編。上溯明代歸有光、唐順之，自方苞、劉大櫆、姚鼐以下，則以一師爲一卷，凡其門人與私淑者皆予列入，每一作者均記録其名氏、生平、著作數項，且註明材料來源。既具梳理師承淵源之「學案」性質，又起到「索引」作用。此書正編十三卷，收録六百四十九人；《補遺》十三卷，收録九百九十九人，其中二百二十五人爲正編所已有，但在内容上有所增補；新增者達五百七十四人。兩共合計一千二百二十三人。編者孜孜矻矻，勤於蒐討，編成此一展示桐城文派全貌（包括陽湖、湘鄉兩派）之有用工具書，功不可没。但亦有收取泛濫、分門别户失當之病。

正編約成於一九一九年，編者又以「十年之力」作成《補遺》，於一九二九年五月完稿，同年刻入《直介堂叢刻》。今以《直介堂叢刻》本爲底本，將正編、《補遺》予以合編，俾便讀者檢索（此取黄山書社一九八九年本之整理方式）。原列《引用書目》、《補遺引用書目》已删。

（王宜瑗）

目次

卷六……（九三一三）

序

聲木生於斯世，何多不幸也！幼而喪母，長而喪父，年甫逾壯，復遭鼎革之變，今年逾五十矣。一業未就，萬念皆灰。自顧生平亦頗好聚書讀書，而半生落拓若此，豈書能窮人耶？抑我生不辰耶？每一念及，未嘗不涕零汗出。細想天之生我，木不如也，草而已矣；又生於大道之旁，一任行者及牛羊踐踏。然牛羊雖能踐踏，亦不能禁其添生枝葉。予雖自甘爲草，亦欲以枝葉自見。生平所欲編輯之書甚多，編輯未能成卷帙者亦多。今特檢生平差堪自信者爲《桐城文學淵源考》十三卷、《引用書目》一卷、《名氏目録》一卷，先行排印，以代鈔胥，將以求正於世。

桐城文學流傳至廣，支流餘裔蔓衍天下，實爲我朝二百餘年文學一大掌故，關係匪細，非一人一家所得毁譽。聲木本草土之臣，用是窮搜冥討，綴輯舊文，編爲一書，用昭我朝文治之盛。如有憫其愚蒙，指示其所不及，考證其所未備，則薰沐禱祀以求之者也。餘語具於《例言》，兹不復贅。

己巳五月廬江劉聲木十枝原名體信字述之自序

補遺序

《桐城文學淵源考》及《撰述考》既成之後，余復以十年之力聚書八百二十餘種，爲之增輯考證。凡前編漏未及載及已載而名字、籍貫、科名、官職、撰述卷數或有錯誤遺失，臚列證明，以昭詳慎。雖仍有未盡，尚冀炳燭之明續行增輯，不禁喟然而嘆。

自有明中葉，崑山歸太僕以《史記》之文法，抉宋儒之義理，空絶依傍，獨抒懷抱，情真語摯，感人至深。我朝桐城方侍郎繼之，研究程朱學術，至爲淵粹。每出一語，尤質樸懇至，使人生孝弟之心。文章之義法因亦大明于世，實爲一代巨擘，與歸文同爲六經之裔，一時衣被天下，蔓衍百餘年益盛。雖諸子所得有淺深，然皆由義理以言文章；文章雖未必遽能傳世行遠，而言坊行表皆大半不愧爲正人君子，其成仁取義，慷慨捐生，堪與日月爭光者，亦不可縷指。綱常名教，賴以不墜。咸、同間，湘鄉曾文正公崛起，捨義理而專言文章，學者便之，流傳亦廣，而此風亦稍息矣。

或有規當分別觀之者，余謂濂洛關閩之學，震耀千古，迨至末流，亦不能無弊。余之書非宋、元、明學案可比，書名「文學」，固以文學爲重也。又有規不應録及生存人者，余謂梁蕭統編《文選》，以何遜猶在，不録其詩；至唐之芮挺章編《國秀集》，即録作序生存人樓穎詩。蕭統以南朝太子之尊，懼攀援標榜，以杜流弊，貽後人口實，理固然也；芮挺章以太學生編集，何所攀援標榜？是以毅然與蕭統立異。其事貌同心異，其理易地則皆然。余以窮老寒酸，閉户卻軌，久與世絶，與芮挺章正同，是以體例本諸芮氏，惟自愧寠人綿力至薄，焉能盡收國朝撰述以供考證？時世雖近，搜羅亦屬不易，抱殘守闕，姑盡余心力而已矣。

己巳五月廬江劉聲木十枝原名體信字述之自序

凡例

一、史志及墓志所記多主政事。雖以韓、柳文章獨立千古，《唐書》列傳言文僅寥寥數語。此編專記師友授受、文學淵源，略序名氏、籍貫、出身、官職，他不復載；撰述亦擇要録入，另詳所編《桐城文學撰述考》。

一、此編約六萬餘言，所録約六百四十餘人，内有女士二人，日本人二人。諸家駢列，雖所得洪纖各不相掩，其有師友淵源則一。其撰述亦有未見或未刊者。

一、編中悉皆稱名，以免稱字稱號易致混淆耳目，難於檢閲。

一、編中有任學政、主考、書院主講及入閣者，門生故吏遍天下。此編所取以學文爲主，僅以師生朋友相稱者不入。

一、引用之書約有千餘種。僅憑三四十歲所記，已有七百四十餘種，分注每段之下，以昭徵實。其未能檢出者尚有二三百種，俟他日增輯時再行補入。

一、引用書目，皆係國朝人撰述。略分經、史、子、集，以便檢閲，不及細分門類。每條下所注各書，係隨時考證注入，不復再分四部。

一、聯合前人文字，四庫著録，善善從長，通謂之「撰」。此編謹遵我朝舊制，亦自題曰「撰」，實則編輯纂録，非出心裁，實汗顔也。

一、編中所録，譬如有姓無名，有籍貫無官職，當進考查各書，一字之徵引，考遍諸書，亦有求之六合之外，失之眉睫之前者。世間不乏考證大家，當不以予言爲謬。

一、父子、兄弟均見此編者則書，否則不録。有字無名者，目録中旁注其字，以示區别。

一、此編録自明歸有光，所以窮源，終之以私淑桐城者，所以溯流。朱仕琇古文才力洵可横絶一時，惜生於閩之邊隅，故步自封，不獲與勝己者友，終未脱草昧氣質。魯九皋又其弟子，故以爲之殿。

一、自弱冠即好考查桐城文學師友淵源，歷三十餘年，搜書遍皖、蘇、贛、浙、楚、湘、魯、燕、閩、廣等十省，因考查淵源所在，非各家詩文集不可，亦有見於他家詩文集及記載者，總以桐城文家詩文集所載爲獨多。方以類聚，物以群分，理固然也。

一、桐城文學味澹聲希，不意近年來好之者多。《寄鴻堂文集》、《山木居士集》、《月滄文集》、《蘭軒文鈔》、《休復居詩文集》等類皆至難得之品。予於書肆中見此等書目，急爲訪求，已爲捷足者先得，或竟豪奪以去。在當時雖甚爲懊喪，亦深喜吾道之不孤。

一、弱冠之時，雖已好之，未有鈔録，不過考其人姓名及撰述，爲求書計。當時雖了了，事後則忘其出自某書。實因家本寠人，並無書手，隻字均須自記，時或冷夜攤書，挑燈校録，性既疏懶，耽廢遂多，加以謀食四方，遷徙無定，又有失落，四十歲後始補輯編録。然如滿屋散錢，須有貫串，編輯之時，煞費苦心，始得體例嚴整，不嫌煩冗。

一、一家之詩文，譽者不一，毁者亦間有。此編雖語必有徵，然於諸家之説必斟酌至善，取其確切本人詩文身分或聯合諸書以成，棄短取長，務衷一是。惟學識淺陋，未必盡當人意。

一、考據家如造屋，縱使崇樓高閣、曲院深池、畫棟丹楹、雕欒刻桷，備極美輪美奂，決非一人一家所能成。詩文如草木，一枝一葉一花，長短大小須由根内生出。嘗見衙署中以他枝葉及花縛於一草一木之上，未及半日已萎矣。枝葉花之決不可僞爲，灼然自見。

一、明之亡，論者每歸罪於陽明；粤逆之亂，論者又歸罪於漢學諸家，比之洪水猛獸：皆言之不無太過。實則桐城文家兼言程、朱之學，大體皆言行足法，不獨文章爾雅，堪爲師表。此編之中，如朱琦、伊樂堯、馬樹華、馬三俊、馮培元、唐治、張勛、吴嘉賓、吴昌籌、邵懿辰、孔繼鑅、陳壽熊、吴廷香、戴熙等皆大節凛然，足與日月爭光，漢學家無一人焉，謂非宋學之明效大驗乎？

一、此編之外，尚有《望溪文集再續補遺》四卷、《桐城文學撰述考》四卷、《續補彙刻書目》三十卷、《莨楚齋隨筆》十卷，亦將陸續排印，以求正於世。

一、王先謙《續古文辭類纂》所録僅三十八人。當時所收頗隘，亦因各家文集搜羅不易，且有後出者。然除三十八人外，其文詞彬彬，足與三十八人相頡頏者，仍有二百六十餘人。條舉其名氏於後，以備後人采擇。雖其集或傳或不傳，大半皆有所據。吳汝綸之諸門人則據吳闓生之言録入，然闓生亦非妄語者。

張符驤　邱維屏　蕭正模　毛燧傳　張士元　杜貴墀　方大淳　高均儒　俞　岳　吳卓信
馮登府　王元啓　張　尹　王又樸　官獻瑶　雷　鋐　沈　彤　韓夢周　閻循觀　沈廷芳
單作哲　黄世成　吳大廷　吳中蘭　吳逢盛　張水容　張　鵠　方根矩　鮑桂星　汪梧鳳
程晉芳　江濬源　左　眉　姚景衡　李宗傳　宗稷辰　許鯉耀　姚柬之　姚元之　馬樹華
蘇源生　陳兆麒　徐子苓　孔憲彝　錢　澧　黄汝成　練　恕　錢儀吉　錢泰吉　卜起元
徐　璈　光聰諧　張成孫　董士錫　薛玉堂　陳　善　周　凱　戴　熙　劉曉華　吳　育
楊紹文　祝百十　謝士元　吳　謹　吳　鋌　吳　諤　程德賫　吳敬承　吳士模　鄭喬遷
沈曰富　陳壽熊　張爾耆　熊其英　韓應陞　凌　泗　凌　淦　柳以蕃　楊象濟　陳克家
唐啓華　顧廣譽　方　坰　舒　燾　歐陽勳　余坤一　張岳駿　侯　楨　陳　溥　陳學受
吳嘉言　吳昌籌　劉傳瑩　張之洞　秦緗業　秦寶璣　裘廷梁　孫衣言　周壽昌　盧昌詒
方宗誠　蘇惇元　馬起升　陳澹然　方守彝　吳廷香　李兆洛　蔣　彤　薛子衡　陸初堂
夏煒如　李聯琇　張裕釗　吳汝綸　王樹枏　賀　濤　趙　衡　范當世　范　鍾　范　鎧

馬其昶　姚永樸　姚永概　孫葆田　朱銘盤　張　謇　宋書升　常堉璋　王振堯　李剛己
張宗瑛　吳闓生　徐宗亮　閻志廉　谷鐘秀　馬鑑瀅　韓德銘　賈恩紱　劉登瀛　李書田
高步瀛　劉培極　武錫珏　籍忠宣　鄧毓怡　李景濂　劉彤儒　孟慶棻　張殿士　李廣濂
王賓基　吳　鐙　劉乃晟　步其誥　趙宗忭　張以南　梁建章　秦　嵩　劉春堂　孟君燕
閻鳳華　劉若曾　安文瀾　賀培新　吳兆璜　曾克端　李葆光　鍾廣生　曹一士　楊彝珍
楊球光　楊琪光　楊世猷　閻正衡　沈　閶　吳賢湘　吳紹曾　林仲騫　蕭　穆　陳　經
單爲鏓　王　昶　汪　縉　薛起鳳　劉鴻翶　劉　蓉　陰承方　安　詩　朱曾哲　謝振定
薛福成　黎庶昌　薛福保　鄧嘉緝　方　恮　孫世均　陳代卿　秦　臻　任朝楨　項傳霖
法坤宏　張　瑛　華翼綸　季錫疇　吳嘉洤　謝應芝　朱啓運　陶邵學　鄧顯鵑　鄧顯鶴
鄧　瑶　李葆恂　王柏心　魯　蕡　王耕心　顧　曾　郭嵩燾　郭慶藩　王先謙　李元度
孔繼鑅　凌　霞　姚　諶　楊傳第　林明倫　高　騰　高澍然　李榮鎬　李祥賡　張　紳
何則賢　黃鳳舉　何曰誥　余春林　寧人望　朱　雍　官　崇　余仕翶　李大儒　徐惇典
徐家璠　吳　照　魯　鴻　龔景瀚　鄭洛英　徐　經　林樹梅　劉存仁　李孔地　徐　侃
吳際蟠　魯　績　魯嗣光　楊希閔　王　甗　劉　儀　呂世宜　金式玉　諸福坤　繆荃孫
章　甫　朱　書　張　璐　宋華國　黃　鐘　諸　洛　徐流芳　吳紹澤

補遺凡例

一、前編引用書目七百四十餘種，此編復聚書八百二十餘種，卷帙既繁，校讎匪易，古人謂：「校書如掃葉，隨掃隨落」，極言校讎之不易，余之鈔書實亦類是。撰述各書，原出于手鈔之本，輾轉自鈔，少則三四録，多或倍之，然後成書。果使原鈔之本無訛，尚可據以自校，設原本一時筆倦錯誤，則所録之書已無可蹤跡，以訛傳訛，實亦難免。古人著書，間有引用之書，並記書名、篇名、頁數，以便後人檢閲，誠屬法良意美，然在未有刊本以前，傳鈔之本大半影鈔，行款字數不輕改易，若後世刊本紛如，行款字數任意改易，雖有善策，亦無所用之矣。

一、前編所録六百四十餘人，此編所録除名氏已見前編外，復得六百八十餘人，亦稍涉泛濫，然仍以論文學爲主，決不似太原閻百詩徵君若璩撰《四書釋地》，牽連及于人名、物類、訓詁、典故，一再三續，仍以《釋地》名之也。

一、歷代聖諱，仍謹遵曩例敬避或缺末筆，惟手民每昧於大義，不能奉行，書已印成，無法更改，書此以志余過。

一、引用書名及諸家撰述已見前編，不加考證者不録；前編所録諸人不加考證者不録；事實已見前編者不録。

一、張士元、李中簡詩文集均名《嘉樹山房集》，引據李中簡者稱名氏以别之。

一、編中有安丘數人，蹤跡文學，未能明晰。假得正續《安丘縣志》，皆康熙元年以前本，絶無此等人，亦可見搜輯考證之難矣。

一、編中凡遇忠孝節義之類，叙述較詳，欲以資後人觀感，或更爲文學家之借鏡。

一、編中所載光緒以前諸人，大半不僅爲文苑中人，即儒林中人，亦即《宋史》中《道學》中人，實與濂洛關閩之傳各有針芥之契。諸人皆志在聖賢，非僅賡續唐宋八家之緒而已。

一、所見之書愈多，考證愈詳，編中所列諸子學行愈明。前編分隸，間有未能確切者，已見刊本，不復更改，以免前後參差，難以檢閲。删訂增補，整齊畫一，勒爲全書，請俟諸異日。

一、余自十七歲即讀《國朝先正事略》，專喜經學、文苑二類。抽取數本，嘗置諸案側，一若志之所在，不勝欣慕。今年已衰老，頭童齒豁，仍於故紙堆中求生活，以無聊撰述纂輯不已。回思四十餘年往事，若合符節。志之所在，即命運所在，深可慨也。

一、桐城文學無有勒爲專書者，實自隗始。厥後姜書閣撰《桐城文派評述》□卷，姚子素撰《桐城文派史》□卷，吳闓生編《吳門弟子集》十六卷，漸知桐城文學與我朝相終始，實爲一代文章統緒，關係甚鉅。然余書至爲弇陋，不敢與他家絜短長也。

一、前後所録，數逾千人，一人目力考核難周，名次位置未必盡能允洽，「盧後王前」之失自不能免。

一、引用一書，只注一書，已見前編者則注明已見前編，不更列書名，以昭核實。

桐城文學淵源考卷一

此卷專記師事及私淑歸有光諸人

劉聲木 撰

歸有光 字熙甫，一字開甫，號震川，崑山人。明嘉靖乙丑進士，官南京太僕寺丞。弱冠盡通五經三史諸書，以文字之説發明《史記》指趣，乃有塗轍可尋。其評點《史記》，例意尤爲卓絶千古。其爲文原本經術，汪洋疏縱，閎深峻潔，間有駘宕變化。好《太史公書》，得其神理。後徙居嘉定安亭江上，讀書談道，從游弟子常數百人。撰《震川文集》三十卷、《別集》廿卷、《續集》八卷、《補集》八卷、《三吴水利録》四卷、《續》一卷；雜著廿四種，皆不傳。《震川文集》、《蘇州府志》、《昆山新陽縣志》、《學古緒言》、《三易集》、《賀先生文集》、《小峴山人詩文集》、《歸震川年譜》、《文翼》、《萇楚齋書目》、《論文集要》、《文藝叢報》

【補遺】歸有光生當「前後七子」焰熾之時，獨不標榜門户，以一老儒毅然與之抗。日久論定，共推爲三百年冠冕。研習之衆，流傳之廣，與「唐宋八家」相埒。曾國藩平日論文頗睥睨一切，獨謂有光與方苞文爲真六經之裔。論文獨推太史公，自謂能得其神于二千餘年之上，實爲古今一人。其文序事有法，以寬博有餘之氣勝；雖無意于感人，而歡愉慘惻之思溢於言外。論《易》圖與經義序則更醇。其波瀾意度，音響節奏，終非後人摹仿所能及。彭紹升謂有光生明中葉以降，皇極不張，封疆多故，累朝休養富庶之效日耗蠹，有光有隱于衷，于國家治亂之幾、人才消息之故，以及賦役、水利、海防諸大政，孰復于中而形于言，多鑿鑿切利病，而其言或不敢以盡，即盡矣而不傷于激，蓋風人之旨存焉。至其俯仰身世，反觀默省，時復超然遠覽，歉然而不自足，故其音悲渺而深長，此有光之所存，有未可一一爲流俗人道者。其論最爲確切，洵具知人論世之識。詩雖無意求工，而滔滔自運，要非流俗所能及。汪琬最爲愛好，終非無故。撰《震川未刻集》四卷，文約二百餘首，□□王祖畬編并録副，原本藏常熟□□□家。《存悔齋文稿》、《秋草文隨》、《吴縣志》、《雕菰樓集》、《明人詩鈔》、《仙屏書屋初集》、《耐軒文二鈔》、《初月樓詩文鈔》、《修凝堂文録》、《文貞文集》、《憺園集》、《二林居集》、《復初齋詩文集》、《緑漪草堂文集》、《堯峰文鈔》、《止齋文鈔》、《游道堂集》、《改亭詩文鈔》、《見堂詩文鈔》

唐欽堯　字道虔，嘉定人，官撫州巡導。師事歸有光。朝廷典章及兵農大政無不究析。撰《易説》□卷。《嘉定縣志》

張應武　字茂仁，一字三江，昆山人。年未壯即棄諸生。師事歸有光，尤得有光史學之傳；與婁堅、唐時升輩論古講學。古文氣昌詞沛，一時少匹，詩亦清矯不群。撰《文起齋文集》六卷、《詩集》一卷、《三江水利論》二卷。《嘉定縣志》

邱集　字子成，號寒谷，嘉定人。師事歸有光、唐欽堯。通經博物，精《三禮》等，論古今沿革損益，尤究心宋儒書。爲文排奡疏曠，「八家」風範。撰《陽春草堂集》六卷、《西行小稿》二卷、《横槊小稿》二卷、《傳家集》□卷。《嘉定縣志》、《學古緒言》

【補遺】邱集撰《陽春草堂集》六卷、《西行小稿》二卷。二書歷三百餘年，再經兵燹，後人猶世守弗墜。《味退居文外集》

李汝節　字道亨，嘉定人，明嘉靖乙丑進士。師事歸有光，與張應武、邱集等均爲高第弟子。《嘉定縣志》、《歸震川年譜》

潘士英　字子實，嘉定人，諸生，官江山教諭。師事歸有光。古今制度因革及陰陽律吕能盡舉其説。《嘉定縣志》、《歸震川年譜》

傅遜　字元凱，嘉定人，諸生，官周藩長史。師事歸有光，文辭不及，而持論嘗屈其師。治《左氏春秋》，善論古今成敗。《嘉定縣志》

【補遺】傅遜，字士凱，官建昌學訓導。撰《春秋左傳屬事》二十卷、《春秋略係列國年表》一卷、《春秋提要》一卷。《春秋左傳屬事》

張名由　初名凡，字公路，嘉定人。師事歸有光。平居好言兵，先唐時升、婁堅、程嘉燧、李流芳稱詩而學文於歸有光。撰《公路詩集》七卷、《詞》一卷、《經星圖説》一卷。《嘉定縣志》、《靜志居詩話》

沈孝　字敬甫，崑山人，師事歸有光。所居去有光安亭江數里，有疑必相質，或乘夜徒步詣其門，有光就寢，亟進之，聞數語輒大快而退。博聞强記，邃於經學。偶讀《易》《乾》、《坤》之旨深思未得，乃登埠凝望，俯察仰觀，恍然有悟。有光評其文如「璞中之玉」，「沙中之金」。《崑山新陽縣志》、《震川文集》

婁堅　字子柔，一字歇庵，嘉定人，諸生。師事歸有光，融會師説成一家言。沿溯「八家」而不襲其貌，和平安雅，能以真樸勝人。詩律在元和、長慶間，中含諷諭，剴切忠厚，古風尤甚。撰《學古緒言》二十五卷、《吴觎小草》七卷。《嘉定縣志》、《静志居詩話》、《松圓偈庵集》、《明高士傳》

【補遺】婁堅，師事歸有光最久，與唐時升、李流芳均得有光之傳，當以堅爲冠。其《學古緒言》能沿溯古文源流，以傳有光之緒。獨支撑于「七子」、鍾譚滄海横流之時，識力亦偉。蓋其得力在元和、大曆之間，故紆徐清深，非撏撦漢、魏以爲古者可比。文勝于詩。詩則古風獨盛。兼善書法。《四庫提要》、《明人詩鈔》、《泰雲堂詩文集》、《吴縣志》

童佩　字子鳴，龍游人，明代世世爲書賈。師事歸有光。以詩文游公卿間。詩格清越，不失古音，而時有累句。撰《童子鳴集》六卷。《四庫全書提要》、《漁洋書跋》、《萇楚齋隨筆》

【補遺】童珮，珮亦作佩，五七言古詩有清韵，雜文亦工，尤善考證評隲諸書畫、名迹、古碑、彝敦之屬。有藏書萬卷，皆手自讎校。《童子鳴集》

歸子慕　字季思，號陶庵，崑山人，有光子。明萬曆辛卯舉人，官翰林院待詔。好讀書，以詩文自喜。詩學陶，得其淡永，文亦具有家法，復留心理學。撰《陶庵遺稿》六卷、《附録》一卷。《蘇州府志》、《崑山新陽縣志》、《持靜齋書目》、《萇楚齋書目》、《歸震川年譜》、《明高士傳》

【補遺】歸子慕，樂天知命。詩學陶，得其神髓，清真靜好，五言詩尤淡雅。《明人詩鈔》、《明人詩流品藻》

唐時升　字叔達，嘉定人，欽堯子，年未三十，謝舉子業。讀書汲古，詩才雄健，風神跌宕，思致飆涌。古文師承歸有光，氣骨高妙。含咀經史，盱衡時局，不爲疏闊無當之談，繹其詞乃追琢而出。「嘉定四先生」當推時升第一。撰《三易集》廿卷。《嘉定縣志》、《静志居詩話》、《松圓偈庵集》

【補遺】唐時升師事歸有光最久。其文似放筆而成，繹其詞乃追琢而出。《明人詩鈔》、《明人詩流品藻》

顧懋宏　字□□，崑山人，師事沈孝。撰《炳燭軒詩集》五卷、《南雍草》□□卷。《崑山新陽縣志》

周詩　字以言，崑山人，師事沈孝。以詩名吳下，復妙於方藥。撰《與鹿文集》十二卷、《虛巖山人集》六卷、《素問箋解》□卷，鈎致元旨，尤能不襲前人。《崑山新陽縣志》

孫岱　初名之堂，字子佩，崑山人。爲文私淑歸有光，極爲服膺。上自朝章典故，下及金石碑版，皆考據詳審。撰《三潞齋詩文集》十卷、《安亭人物傳》四卷、《歸震川年譜》一卷、《安亭江志》六卷。《崑山新陽縣志》、《歸震川年譜》

【補遺】孫岱，亦字守中，撰《三潞齋詩文集》十卷。明同邑潘晚香父子合鈔本，後歸同邑王嚴士茂才德森。《歲寒文稿》

諸成璧　字玉田，一字子穀，嘉定人，諸生。少喜作詩，既乃專攻古文，私淑歸有光。撰述頗富，悉毁於火，惟存《錢濉亭年譜》二卷。《嘉定縣志》

龔用廣　字□□，嘉定人。所學得婦翁婁堅指授。全稿已佚，僅存《清容齋遺稿》二卷，録詩七十餘首。《嘉定縣志》

張錫爵　字擔伯，一字中巖，嘉定人，諸生。古文得鄉先生親受歸有光緒論，故其學深以純，其文閎以肆。撰《鈍間文鈔》二十卷、《吾友于齋詩鈔》十二卷、《寒竽集》十二卷、《晚盥廬文鈔》□卷。《嘉定縣志》

【補遺】張錫爵，其詩文繁理富，淵静演迤，情餘于文。撰《吾友于齋詩鈔》廿卷。《吾友于齋詩鈔》、《頤綵堂集》

秦立　字雲津，一字芝齋，嘉定人，諸生。爲文私淑歸有光，出入歐、曾，尤精史學。撰《芝齋文集》六卷、《詩集》二卷、《練川野録》□卷。《嘉定縣志》

諸廷槐　字殿掄，一字雪堂，嘉定人，諸生。博學强識。詩爾雅深厚，古文淵源歸有光，無一字無來歷。撰《嘯雪齋詩集》六卷、《文集》六卷。《嘉定縣志》

李流芳　字茂宰，一字長蘅，嘉定人，明萬曆丙午舉人。歸有光既殁，其高第弟子多在嘉定，有唐時升、婁堅、李流芳、程嘉燧。遍交嘉定名宿，熟聞有光緒論，服習而討論之。其師承議論以經經緯史爲根柢，以文從字順爲體要，造車合轍，固相與共之。撰《檀園詩集》六卷、《文集》四卷、《畫册題跋》二卷。《嘉定縣志》、《檀園集》

【補遺】李流芳，工詩善書畫。詩雖漸雜習氣，而風骨自高，不能掩其性靈。《明人詩鈔》

程嘉燧　字孟陽，休寧人。古文抑揚變化，深得歸有光家法。撰《偈庵集》二卷、《松圓浪陶集》十八卷，晚年撰《耦耕詩集》二卷、《文集》二卷。論者謂「嘉定四先生」詩文書畫照映海内，要皆經明行修，學有根柢。《嘉定縣志》、《松圓偈庵集》

【補遺】程嘉燧與唐時升、婁堅以文學相切磋。《明人詩鈔》

汪琬　字苕文，號鈍翁，長洲人。順治乙未進士，康熙己未復舉博學鴻詞，官翰林院編修。爲文規模韓、歐，尤私淑歸有光。其文骨清思潔詞温，醇雅可誦，惟叙事傷於過繁。《鈍翁前後類稿》一百十八卷，其中第十六、十七二卷解《三禮》者最爲精確，即其生平得力之處。雜著復有數種。《三魚堂日記》、《鶴徵録》、《初月樓詩文鈔》、《國朝文彙》、《國朝先正事略》、《己未詞科録》、《國史文苑傳》、《國朝耆獻類

徵》、《感舊集》、《碑傳集》、《皇朝經世文編》、《復庵類稿》

【補遺】汪琬，號堯峰，又號玉遮山樵。其詩、古文根柢經訓，皆知古人法度，不肯苟且下一筆，是非不稍寬假，務疏明經義，旁及先儒諸説，參稽異同，求其至當，以闡身心性命之旨。温粹雅馴，而不盡之意含吐言表。邊幅自整，不失尺寸，雖意境稍狹而功力獨到。記序小品峭潔趣旨，著墨不多，迥出塵表。碑版之文尤見重于世。詩則出入于范致能、陸務觀、元裕之諸公集中。《古今五服考異》八卷，九易稿始成，綜核精詳，多宋、元諸儒所未發。《童蒙養正詩選》、《復庵類稿》、《復庵外稿》、《群書提要》、《改亭詩文集》、《吳縣志》、《堯峰文鈔》、《北平圖書館月刊》、《國朝二十四家文鈔》、《續補碑傳集作者紀略》、《國學圖書館圖書總目》

張符驤 字蘗房，一字良御，泰州人，康熙辛丑進士。私淑歸有光，因以名集。其行文有首有尾，理落脉通，無拉雜堆垛之習。雖苦心結撰，而俗句俗韵尚未能刊除盡淨。撰《依歸草》十卷、《自長吟詩集》□卷。《依歸草》、《敬孚類稿》、《海陵文徵》、《國朝古文彙鈔》、《國朝文彙》、《海陵叢刻》

【補遺】張符驤，亦字海房，官翰林院庶吉士。學問墨守朱子。名集以「依歸」，是以其文神理力追歸有光，逶迤屈曲，序事有體，初無定態，而生趣躍然；又善往復馳騁，嗚咽跌宕之氣寓于紆徐委備之中，其味咀之愈出。撰《依歸草二刻》二卷、《自長吟詩集》十二卷、《日下集》□卷、《麗澤集》□卷。《依歸草二刻》、《葚楚齋書目》、《國學圖書館圖書總目》、《國學圖書館書目二編》、《續補碑傳集作者紀略》、《信摭》、

《雕菰樓集》、《粹芬閣珍藏善本書目》

楊兆蟾　字又平，瑞金人。爲文私淑歸有光，但冗句俗字未能去盡。撰《鈍齋文鈔》七卷。《四庫全書提要》、《皇朝文獻通考》

薛熙　字孝穆，常熟人。師事汪琬。爲文私淑歸有光，自名其集曰《依歸集》□卷，復編《明文在》一百卷。《皇朝文獻通考》、《汪堯峰年譜》、《雪橋詩話餘集》、《依歸草》

【補遺】薛熙，號半園處士。撰《依歸集》一卷，其文亦順理成章。《常昭合志》、《國朝古文彙鈔二集》、《鐵琴銅劍樓藏書續目録》、《明文在》

俞昌言　字范甄，一字楠園，嘉定人。乾隆辛卯進士，官蘇州府教授。詩宗陶、韋，古文私淑歸有光，古茂雅潔。《嘉定縣志》

賈敦艮　字芝房，平湖人。古文宗法歸有光。撰《餐霞仙館文集》六卷、《詩集》八卷，未刊。《盛湖志》

【補遺】賈敦艮撰《青霞山館詩集》八卷，以深湛之思極清新之致。《木鷄書屋文集》

劉躍雲　字服先，陽湖人。進士，官工部左侍郎。爲文私淑歸有光。撰《貽拙齋詩集》□卷，《文集》□卷。《武進陽湖志餘》、《亦有生齋文集》、《國朝耆獻類徵》

【補遺】劉躍雲，號青垣，乾隆丙戌進士，官兵部左侍郎，其文不名一家而有天趣，詩宗唐白居

易、宋蘇軾。《清朝館選分韵彙編》、《毗陵科第考》、《毗陵詩録》、《三松堂自訂年譜》、《睦堂先生詩文集》、《香亭文稿》

蕭正模　字端木，號深谷，將樂人。順治□□拔貢，官泰寧縣教諭。師事朱仕琇，受古文法。詩不喜齊梁體，文則力學歸有光。其爲文太駿快而乏停蓄，惟《讀東林傳》五篇最善。尤深於史。撰《後知堂文集》十六卷、《詩集》廿八卷、《史論》十八卷。《福建通志》、《左海文集》、《文獻徵存録》、《國朝耆獻類徵》

【補遺】蕭正模文灝氣排空，雖輕鋭無前，而淵穆沉厚，清真高簡如古作者。詩亦滔滔自運，而氣質稍粗。生平深於史，自漢訖五代爲《史論》十八卷，多糾舊史之謬，核而盡，駿悍而足於氣，他文不逮也。爲張伯行編纂《朱子全書》□卷，撰《見苗詩草》□卷。《後知堂文集》、《東越文苑傳》、《耐軒文初鈔》、《國朝古文彙鈔二集》、《續補碑傳集作者紀略》、《萇楚齋續書目》

顧奎光　字星五，無錫人，官瀘溪縣知縣。治古文頗得歸有光家法，多可存者。《山木居士集》

毛燧傳　字洋溟，一字陽明，陽湖人，諸生。爲文規範「八家」，尤私淑歸有光。亦工詩，駸駸入少陵之室。主芍庭書院講席。撰《味蓼文稿》十八卷。《味蓼文稿》、《國朝古文彙鈔》、《國朝文彙》、《國朝耆獻類徵》、《舊言集》、《竹初文鈔》

【補遺】毛燧傳，號味蓼。主講芍庭書院，肄業原僅十餘人，及歲餘，增至數百人。喜先秦、《太史公書》，而日與二三同志講求古作者義法。其行文善敘事，反復馳騁，以盡其才，空靈夭矯，曲折變换，展轉不窮。謀篇設色，無一字不似古人，亦無一句剿襲古人。以古人爲規矩，始于法，成于化。自任史裁，一字不肯假人。得《班史》遺意，出入唐、宋，于近代尤似歸有光。亦工詩，騣騣入少陵之室，近體頗得王、孟之趣。撰《味蓼詩稿》□卷、《咏史詩》□卷、《詞稿》□卷。又爲祖之望撰書二種，名目另見《撰述考》。《澤古齋詩文鈔》、《小倦游閣文稿》、《南野堂筆記》、《茗柯文編》、《毗陵詩録》、《續補碑傳集作者紀略》

金□□　字復堂，□□人，乾隆戊辰進士。古文以歸有光爲足繼韓、歐之傳，手鈔口誦，心悦誠服，數十年無間寒暑。撰《敦復堂文集》□卷。《海峰詩文集》

張士元　字翰宣，號鱸江，震澤人，乾隆戊申舉人。工古文，以歸有光爲宗法，紆徐恬澹，按之古人文法無不合，尤爲姚鼐、秦瀛、陳用光所推服。平居授徒，教澤頗廣。撰《嘉樹山房集》二十卷、《外集》二卷、《續集》二卷、《震川文鈔》四卷、《詩學問津集》□卷。《嘉樹山房集》、《爨餘叢話》、《邃雅堂集》、《小峴山人詩文集》、《國朝文彙》、《碑傳集》、《衎石齋記事稿》、盛輯《皇朝經世文續編》、《積石文稿》、《皇朝經世文編》、《生齋詩文稿》、《黄蕘圃年譜補》

【補遺】張士元，又號鱸塘，乾隆戊子舉人，官候選教諭。好爲古文詞。師法歸有光，反復讀之，得其義法；然博觀經史，旁通交會，并非規規于一家。其文持論有本，如布帛菽粟，不爲矜奇炫異，取悦一時，文境高淡，神似有光。《平望續志》、《黎里志》、《國朝古文彙鈔初集》、《笠東草堂遺稿》、《生

齋詩文稿》

沈大成　字學子，號沃田，華亭人，諸生。其爲文以歸有光、方苞爲宗。撰《學福齋集》五十七卷。《華亭縣志》、《涵芬樓古今文鈔小傳》、《皇朝續文獻通考》、《群雅集》

【補遺】沈大成，亦字嵩峰，亦號瘦客，婁縣人，官黟縣學教諭。生平肆力經史及秦、漢百家之文。專以治經爲務，獨宗仰許氏《説文》、顧氏《玉篇》等書，條貫精覈，目接手披，丹黄爛然。又通九宫、納甲、天文、象緯、輿圖、刑名、樂律、曆數、九章以及佛老二氏之書，無不析其精微，而穹其閫奥。其文深醇峻潔，得歸有光神解；記有遠神，繩尺法度力追古人，未嘗强爲摹擬而能自出機杼；詩則優柔和雅，得于性情者深。撰《近游詩鈔》二卷。《樵隱昔寱》、《學福齋雜著》、《奇觚室文集》、《粹芬閣珍藏善本書目》、《國朝古文彙鈔二集》、《龍山詩話》、《近游詩鈔》、《國學圖書館書目二編》、《一樓集》、《樗園消夏録》、《戴東原集》、《戴東原年譜》、《五弗齋文稿》、《嫏嬛小築文存》

俞岳　字子駿，一字少甫，震澤人，諸生，署太倉州教諭。私淑歸有光，嘗精校歸有光集，又搜得歸有光遺稿，較其曾孫元恭所刊本，羸十之二三，築室貯之，顔曰「歸廬」，以志嚮往。工爲古文，潛思詣極，一以歸有光爲宗。尤長於畫山水，爲王學浩入室弟子。撰《笠東草堂遺稿》二卷、《補遺》一卷。《笠東草堂遺稿》、《食古齋詩文録》、《鷗波漁話》、《甌鉢羅室書畫過目考》

【補遺】俞岳，晚號止齋老人，官嘉定縣學教諭。工楷法，得汪文升大意。

任□　字杏農，巴陵人，生平宗法歐陽修、歸有光之文。撰《貽經堂文集》□卷，杜貴墀爲之別擇刊行。《桐華閣文集》

【補遺】任哲，字□□，號杏農。諸生，官安化縣學訓導。喜博覽，能爲古文，而駢體特工。教授鄉里四十餘年，士以得及門爲幸。撰《貽經堂詩稿》□卷。

吴卓信　字項儒，號立峰，常熟人，諸生。鬻産購書數萬卷，坐卧其中，且讀且著。所爲文春容澹沱，由歸有光而上溯歐陽修，視世之艱深詰屈以爲古者鄙棄不屑道。撰《淡成居文鈔》四卷、《喪禮經傳約》一卷。《淡成居文鈔》、《天真閣集》、《喪禮經傳約》、《國朝文彙》、《皇朝經世文編》、《皇朝續文獻通考》

【補遺】吴卓信，師事馮偉，受古文法。覃心經史，罔不淹識。多所著論，奮然欲追杜、鄭、馬、王而起，不屑爲章句之學，而尤究心于程、朱之理。手訂《澹成居文稿》十六卷、《詩鈔》一卷、未刊《文稿》□卷、未刻《詩稿》□卷，晚年手訂其文四十篇，録爲四卷，凡志傳稍涉泛應者悉删去，存者耆老韋布及閨閣貞淑而已。《漢書地理志補志》、《江南徵書文牘》、《小石城山房詩文集》、《漢書補注》、《國朝古文彙鈔二集》、《鐵琴銅劍樓藏書續目録》、《常昭合志》、《續補碑傳集作者紀略》

龔鼒休　字智軒，巴陵人。道光己酉拔貢，官補用知府。讀書勤勵，以能文多學著。治古文宗法吴敏樹，尤工駢體。《桐華閣文集》

馮登府　字雲伯，號柳東，嘉興人。嘉慶庚辰進士，官寧波府教授。聞見賅博，於諸子百氏之書靡不周覽。爲古文，治之甚勤，欲從歸有光、方苞、姚鼐諸家以上溯司馬子長，得桐城正脉。撰《石經閣文初集》八卷、《拜竹詩龕詩存》六卷、《詞》五卷、《象山縣志》廿四卷、雜著十八種。《初月樓詩文鈔》、《甘泉鄉人稿》、《拜竹詩龕詩存》、《金石學録》、《國朝經學名儒記》、《續碑傳集》、《皇朝續文獻通考》、《歷代兩浙詞人小傳》、《嘉興縣志》

【補遺】馮登府潛研經史，精邃博綜，與吴德旋友善，得受姚鼐古文義法。其文淳古淵雅，與歸有光、方苞相近。其詩立體必高，琢句必雋，伉朗而無肥厚之習，逋峭而遠纖佻之音，抗心希古，不拘拘唐宋分界。撰《石經閣文集續編》□卷、《石經閣詩略》五卷、《小檇李亭詩録》二卷、《拜竹詩堪詩存》二卷、《竹外詩集》□卷。《梅里志》、《靈芬館雜著》、《石經閣文集》、《潄芳閣集》、《琝經室二集》、《續補碑傳集作者紀略》

彭紹升　字元初，號尺木，又號知歸子，長洲人。乾隆丁丑進士，官候選知縣。雖好佛學，亦治古經注疏，考鏡史書得失及宋、明儒先書，于文章流别更能識其源委。古文宗法歸有光，言有物而文有則。熟於本朝掌故。論學之文精心密意，紀律森然；談禪之作亦擇言爾雅，不涉禪門語録惡習。詩亦有格調，選詞練句，功力甚深。撰《二林居集》廿四卷、《測海集》六卷、《觀河集》四卷。《二林居集》、《國朝先正事略》、《國朝耆獻類徵》、《蘇州府志》、《國朝宋學淵源記》、《測海集》、《觀河集》、《一行居集》、

《湖海詩傳》、《國朝文彙》、《文獻徵存録》、《昭代名人尺牘小傳》、《隨園詩話》、《碑傳集》、《皇朝經世文編》、《郎園讀書志》、《皇朝續文獻通考》、《復庵類稿》、《群雅集》、《論文雜記》

【補遺】彭紹升一意讀宋、元、明諸儒先書，由程、朱而陸、王。久之，折而入于佛。《吳縣志》、《南昀先生詩文録》、《朋舊遺詩合鈔》、《黎里志》、《續補碑傳集作者紀略》

張觀瀾 字于海，昆山人，諸生。師事彭紹升、汪縉，致力程、朱，兼通佛學。撰《蒙齋文鈔》十卷。《昆山新陽縣志》、《趙氏藏書目》

【補遺】張觀瀾師事彭紹升十餘年。《二林居集》

汪縉 字大紳，號愛廬，吳縣人，諸生。與彭紹升以文學相切劘，肆力古文，覃思奥頤。人所不能言者能言之，人所不敢言者能言之，人所不能暢者能暢之，人所不能曲者能曲之。詩以陳子昂、杜少陵爲則。撰《汪子遺書》十九卷。《蘇州府志》、《國朝宋學淵源記》、《國朝先正事略》、《國朝文彙》、《文獻徵存録》、《皇朝經世文編》、《國朝耆獻類徵》

【補遺】汪縉官候選訓導，主講建陽書院，喜道程、朱、陸、王之學，通其隔閡。其文覃思奥頤，游刃百家，積滿而流，沛然無阻。《二林居集》、《汪子文録》、《吳縣志》、《觀河集》、《續補碑傳集作者紀略》

彭績 字其凝，號秋士，長洲人，布衣。與彭紹升等以文學相切劘。其爲文紀述簡質，法度甚正，氣味甚雅，惟篇幅太隘。撰《秋士遺集》六卷。《蘇州府志》、《初月樓詩文鈔》、《國朝文彙》、《文翼》、《國朝

耆獻類徵》、《皇朝續文獻通考》、《秋士遺集》、《復庵類稿》

【補遺】彭績爲文出于自然，得之于性情之際，以不了取致、蕭寥見長。長于序述，遒鍊簡潔似陳承祚，而妙處猶當過之，出入魏、晉之間。詩則凝神窅默，脱去粗穢，肺腑流注，繩墨自然，精美超變，不可方物。《復庵類稿》、《復庵外稿》、《會稽山齋集》、《二林居集》

薛起鳳　字皆三，長洲人，乾隆庚辰舉人。與彭紹升、汪縉等以文學相切劘，出入儒佛。其爲詩思深味隱，耐人尋索，功力頗深。撰《香聞遺集》四卷。《蘇州府志》、《國朝宋學淵源記》、《國朝先正事略》、《國朝文彙》、《郋園讀書志》、《聞見録》、《香聞遺集》、《復庵類稿》

【補遺】薛起鳳主講沂州書院三年。《復庵類稿》、《復庵外稿》、《二林居集》、《吴縣志》、《國朝古文彙鈔初集》

吴敏樹　字本深，號南屏，巴陵人，道光壬辰舉人。官瀏陽縣訓導。研究諸子，于古文用力尤深。獨嘉明歸有光，編其文爲《歸文別鈔》二卷。其爲文詞高體潔，蘊藉夷猶，清曠自怡，蕭然物外，爲古文中之逸品；亦瑣瑣喜道鄉曲事，得有光之致。詩主黄山谷，造句矜重而味醰深。撰《柈湖詩録》八卷、《釣者風》一卷、《鶴茗詞鈔》一卷、《文集》十二卷、《孟子別鈔》□卷、《史記別鈔》二卷。少與同里方大淳同治經學，所撰雜著數種，頗舉其説。《巴陵縣志》、《桐華閣文集》、《巴陵人物志》、《拙尊園叢稿》、《史記別鈔》、《柈湖詩文集》、黎選《續古文辭類纂》、《國朝文彙》、《國朝先正事略補編》、《養知書屋詩文集》、盛輯《皇朝經世文續編》、《道咸同光名人手札》、《皇朝續文獻通考》、《曾文正公詩文集》、《虚受堂詩文集》、《王祭酒年譜》、王選《續古

【補遺】吳敏樹文得之自悟，沈思獨往，確有心得，不隨人俯仰。冲夷淡蕩，清縝往復，幽渺獨絶，如不用意而意境自遠，實能爲文章辟一塗徑；每于拙處、樸處、迂回處轉益其姿態，而自成一種意度。其陳義明當而雋永淵涵，閟其光而不露，尤徵所得所養之深；亦瑣瑣喜道鄉曲事，聲音笑貌宛然歸文，後惟杜貴墀最得其傳。治經融會漢、宋，兼通性理典章之學。《國粹學報》、《樵隱昔寱》、《薑露庵雜記》、《遠明文集》、《庸庵文編》、《續補碑傳集作者紀略》、《養晦堂詩文集》、《天岳山館文鈔》、《萇楚齋書目》

杜貴墀 字吉階，號仲丹，巴陵人，光緒乙亥舉人。師事吳敏樹，從之學古文。其爲文旨趣正大，不求字句峻潔而義法謹嚴。博學多通，潛心《三禮》，撰述宏富。歷主芍庭、經心、岳陽、校經等書院講席，主湘水校經堂近廿年，游其門者甚衆。撰《桐華閣文集》十二卷、《駢文》□卷、《詩集》□卷、《詞鈔》三卷、《讀文彙記》□卷、《讀書法纂》一卷、《巴陵人物志》十五卷，雜著數種。《桐華閣文集》、《續碑傳集》、《王祭酒年譜》

【補遺】杜貴墀主講校經堂，于漢、宋門户之見苦口力戒，諸生始知讀宋五子書。于文章義法講之已夙；攻義理之學，而辭不失之腐弱；治考據之學，而辭不失之破碎。亦有取義至狹而得因以明乎文字之體要；措語若漫不經意，而可借以究知其志事之本末。旨趣正大，稱儒者之言。《桐華閣全集》、《漢書補注》

吳鏡蓉　字□□，巴陵人，敏樹子。亦能文，傳其父學，早卒。《巴陵縣志》

張海珊　字越來，一字鐵甫，吳江人，道光辛巳舉人。師事張士元，受古文法。其爲文，筆足以達意，學足以養氣，識足以明理。撰《小安樂窩文集》四卷、《詩存》一卷。《小安樂窩詩文集》、《積石詩文稿》

【補遺】張海珊博綜群書，宣究經史，每揭發其大綱，思以所得者推而見之實事，不屑爲無用之談。學問欲宋貫漢，講學尊宋不廢漢，崇程、朱不斥陸、王。論文謂文字最難存實，如食必可飽、衣必可暖、藥石必可已疾。平日好方苞、姚鼐、惲敬諸人古文。其文不主故常，縱恣自適，頗有得于惲敬。與高第弟子張履倡和，成《南池倡和詩存》一卷，又有言禮、言兵、言農之書各若干卷。《古微堂集》、《南池倡和詩存》、《國朝古文彙鈔初集》、《續補碑傳集作者紀略》、《槃邁文甲乙集》

張履　字淵甫，震澤人，□□□□舉人，官句容縣訓導。師事錢儀吉、張海珊，稱高第弟子，專精《三禮》。其爲文，講明經義，行文雅健，辭簡意長，其義法無不備。撰《積石文稿》十八卷、《詩存》四卷。《衎石齋記事稿》、《積石詩文稿》、《小安樂窩詩文集》

【補遺】張履，初名生洲，嘉慶丙子舉人。重張海珊文學，事之如師。凡天德、王道、名物、象數、文章、道藝，講習問難無虛日。生平邃于《禮》學，尤重宗法。其文原本六經，簡嚴質實，辭旨遥深，言皆有物；格律出自昌黎，而説禮條貫似康成，談理奧衍似横渠，雜著已見《撰述考》。《悔過齋詩文集》、《皇朝續文獻通考》、《南池倡和詩存》、《鰌魚編》、《續補碑傳集作者紀略》、《躬耻齋詩文鈔》、《生齋詩文稿》、《槃邁文

甲乙集》

高均儒　字伯平，秀水人，諸生。工古文，得歸、方正軌。其爲文淳實高古，書法亦遒勁入古，詩不多作。撰《續東軒遺集》四卷。《續東軒遺集》、《柳隱叢話》、《悔過齋文集》、《敬齋雜著》、《皇朝續文獻通考》

【補遺】高均儒，一字可亭，號鄭齋，閩縣人，寄籍秀水。主講城東講舍。治經，精聲音訓詁之學，學不求博，貴專，《三禮》主鄭康成。知治經必先識字，故于小學爲勤。古文師桐城，主于簡盡質實，不屑詞藻爲工，力學自修，欲以體道于身。篤守程、朱之學，尤服膺應潛齋、陸稼書兩先生。《汲庵詩文存》、《閩侯縣志》、《續補碑傳集作者紀略》

俞樹滋　字柏伯，□□人，諸生。師事張士元，受古文法。亦工詩、古文辭。《嘉樹山房集》、《蓬萊閣詩録》

【補遺】俞樹滋亦字德甫，號小秋，震澤人。負氣誼，能文章；其文淳古樸茂，真得士元衣鉢。撰《□□□詩集》□卷、《文集》□卷。《笠東草堂遺稿》、《汲庵詩文存》、《悔過齋詩文集》

吴紹曾　字虔位，號魯也，秀水人，諸生。淬厲爲古文，私淑明歸有光。其爲文法密而體正，氣盛而詞質，律以古人之繩墨，能不失尺寸，確與有光爲近。撰《吴魯也文集》□卷，其甥秀水沈磐谷爲之刊行。《小硯山人詩文集》、《碑傳集》

【補遺】吳紹曾爲文最服膺歸有光。嘗謂：「由熙甫之文上而泝之金、元、唐、宋，又上而泝之秦、漢，可以審古學所從來，而得爲文之次第阡陌。」故其文不務爲瑰奇怳惚、曼衍支離之説，飣餖襞積之學，而獨粹然爲儒者之言，一出以繩墨。準天理，分義析，體堅而思精，爲之專而嗜之篤。初數嫁文于人，取其酬，尋積貲若干金，葬其親，後有請者卒不應。撰《愚亭集》□卷，手稿藏其女夫□□沈磐穀家。《密齋詩文集》

王元啓 字宋賢，號惺齋，嘉興人。乾隆辛未進士，署將樂縣知縣。學問博奥，尤深於《易》，而善言《禮》，專業曆算。其爲文一本韓子，思力精鋭，皆由心得，能發前人所未發。義法甚正，文辭甚美，雅近明歸有光。歷主道南、金石、樵川、華陽、崇本、濼源、嵩庵、重華、鯤池等書院講席三十年，誨人不懈。撰《祇平居士集》三十卷，雜著□□種。《小硯山人詩文集》、《皇朝儒行所知録》、《國朝文彙》、《文獻徵存録》、《湖海詩傳》、《皇朝經世文編》、《嘉興縣志》、《皇朝續文獻通考》、《復初齋詩文集》、《嘉樹山房集》

【補遺】王元啓，乾隆辛未同進士。十主書院三十年，教人之用尤著，成就之士以學行文藝顯者數千百人。爲學以宋五子爲宗，篤守程、朱之旨，終身不貳。博極群書，勤考證，學問奥博，識力堅定，尤精于《易》，言《禮》亦善。爲文一本于韓，義法之正，文詞之美，真今之歸有光。文集爲王昶審定。撰《王氏家訓》□卷，即家書也，其子録存之，其所學之大端已粗具于此。《樵隱昔寱》、李

中簡《嘉樹山房集》、《春融堂集》、《甘泉鄉人稿》

曹佐熙　字書倉，益陽人，□□。師事杜貴墀，受古文法，溺苦于學。其爲文高簡有法。《桐華閣文集》

法坤宏　字直方，號鏡野，一號迂齋，膠州人。乾隆辛酉舉人，官大理寺評事。私淑明歸有光，一意宗法。其爲文醇肆雅健，暢然于詞，能得太史公深處。復測《春秋》筆削之義，九易稿始成書。撰《迂齋學古編》四卷、《春秋取義測》十二卷。《迂齋學古編》、《春秋取義測》、《國朝先正事略》、《國朝文彙》、《文獻徵存録》、《儒林傳稿》、《皇朝經世文編》、《國史儒林傳》、《國朝耆獻類徵》、《碑傳集》、《理堂詩文集》、《國朝尚友録》

【補遺】法坤宏博通諸經，尤邃于《春秋》。其學以陽明爲宗，《史記》、八家外，又好歸有光、方苞二家。其文峻潔，嚴于義法，理足而氣正，志達而事顯，詣極深廣，源流至正，沛乎其大適。《國朝古文彙鈔初集》、《衎石齋記事稿》、《西澗草堂集》、《萇楚齋書目》、《續補碑傳集作者紀略》

方大淳　字澹生，號稼軒，巴陵人。道光癸巳進士，官兵部主事。與吳敏樹以文字相切劘。撰《稼軒文集》□卷、雜著□種。《巴陵縣志》、《柈湖詩文集》、《國朝文彙》

【補遺】方大淳，官兵部車駕司主事，記名軍機章京。《棠溪文鈔》、《桐華閣詩文集》

孫原湘　字子瀟，一字長真，號心青，昭文人。嘉慶乙丑進士，官翰林院編修。其古文泛濫唐、宋諸家，而返其約于歸有光。兼工駢文詩詞。撰《天真閣集》四十卷。《養一齋詩文集》、《續碑傳集》、盛輯《皇朝經世文續編》、《甌鉢羅室書畫過目考》、《國朝尚友録》、《國朝耆獻類徵》、《郎園讀書志》、《皇朝續文獻通考》、《黄蕘圃年譜補》、《復庵類稿》

【補遺】孫原湘亦作源湘。歷主玉峰、毓文、紫琅、婁東、游文、洋川等書院講席。教授鄉里，執贄從學者又嘗數十百人。天性淳至，力行修己養性之學，日記省身，格以自勵。古文泛濫唐、宋諸家，而返其約于歸有光。駢體雋雅古秀，神似六朝。其爲詩最爲深造，瀏灕麗逸，獨以風韵勝，于太白爲近；填詞好姜堯章；字學米南宫，後仿劉文清公；畫梅法王元章。撰《天真閣詩續集》□卷、《存養堂詩集》□卷、《天香集》一卷、《消寒詞》一卷。《鐵琴銅劍樓藏書續目》、《知退齋稿》、《藝談録》、《天真閣集》、《受恒受漸齋集》、《萇楚齋書目》、《續補碑傳集作者紀略》、《常昭合志》、《國學圖書館圖書總目》、《小松石齋詩文集》、《耐軒文初鈔》

吴嘉洤　字清如，吴縣人。道光戊戌進士，官户部郎中。爲文宗歸有光、汪琬，上窺廬陵，清真雅正，卓然可傳。自謂詞不如詩，詩不如古文，實亦定論。主講平江書院。撰《儀宋堂文集》□卷、《文二集》十卷、《文外集》三卷、《詩集》十卷、《詩外集》一卷、《詞集》二卷。《儀宋堂詩文集》、《雪橋詩話餘集》、《續碑傳集》、《薇省詞鈔》、《道咸同光四朝詩史》、《復庵類稿》

【補遺】吴嘉洤，一字徵之，號退齋。官户部河南司郎中、軍機章京。主講敬業書院，與顧承以文學相切磋，精研古文義法益深。生平服膺歸有光古文，信專嗜篤，以爲古文正軌，每有所作輒效之。復出入于廬陵、堯峰、姬傳諸家，不規規于繩削，而紆徐條暢，自然合度，直追古作者。

詩雖出入唐、宋，不拘一格，最喜王文簡公詩，心摹力追。以「儀宋」名堂，又以「瓣香」名室，志在學宋人之文，非程、朱之學也。撰《儀宋堂文集》十四卷、《新有軒集》□卷。《吳縣志》、《復庵類稿》、《復庵外稿》、《復庵詩集》、《書船庸談》、《國學圖書館圖書總目》、《續補碑傳集作者紀略》、《市隱書屋詩文稿》、《萇楚齋書目》

馮培元　字因伯，一字小亭，仁和人。道光甲辰進士，官光禄寺卿，咸豐壬子殉難，謚「文介」。師事吳嘉洤，工詩，并工墨梅。《雪橋詩話餘集》、《續碑傳集》

【補遺】馮培元官兵部左侍郎，咸豐壬子，湖北學政任内殉難。古文詞醇雅，書工率更體。《儀宋堂文二集》、《盛湖詩萃》、《咸豐辛亥直省同年録》、《清代館選分韵彙編》

季錫疇　字範卿，號菘耘，太倉人，諸生。師事李兆洛，受古文法；私淑歸有光，一意宗法。其爲文義法謹嚴，由方苞、姚鼐上溯歸有光。撰《菘耘文鈔》四卷，復編《鐵琴銅劍樓藏書目録》廿四卷。《菘耘文鈔》、《鐵琴銅劍樓書目》、《知退齋文稿》、《國朝文彙》、《續碑傳集》、盛輯《皇朝文續編》、《歸庵文稿》、《皇朝續文獻通考》

【補遺】季錫疇，亦號松雲，博雅洽聞。爲文謹守先正義法，出入震川、堯峰之間。文中碑、銘、志、傳多載同邑耆年碩學，尤可補邑乘所不及。撰瞿氏藏書跋尾，成《藏書志》廿四卷。《小松石齋詩文集》、《仰簫樓文集》、《小石城山房詩文集》、《續補碑傳集作者紀略》、《萇楚齋書目》

顧湘　字翠嵐，常熟人，□□□□□。師事季錫疇，稱高第弟子。喜蓄古印，精篆刻，尤嗜

搜羅未刊之書。刊《小石山房叢書》四十一種。《歸庵文稿》、《彙刻書目》

【補遺】顧湘，字蘭江，號石墩山民，監生。師事季錫疇，受古文法歷二十年。撰述卒未就，尤癖嗜古印，編刊《篆學瑣著》十種。《崧耘文鈔》、《常昭合志》、《篆學瑣著》

華翼綸　字贊卿，號篴秋，無錫人。道光甲辰舉人，官候補同知。私淑歸有光、方苞、劉大櫆、姚鼐諸人，獨好其文。復與侯楨、秦緗業等以古文相切劘。其爲文原本諸子，折衷宋儒，理奥以精，文閎以肆，兼工繪山水。撰《荔雨軒文集》六卷、《文續集》二卷、《詩集》三卷。《荔雨軒詩文集》、《虹橋老屋遺稿》、《甌鉢羅室書畫過目考》、《無錫鄉賢書目》

【補遺】華翼綸，道光癸卯舉人。爲文及詩畫皆磊落有奇氣，尤工畫山水，氣韵雄放，直入元人之室。《碑傳集補》、《續梁溪詩鈔》、《薛庸庵文別集》、《萇楚齋書目》、《續補碑傳集作者紀略》、《海上墨林》

張瑛　字純卿，號退齋，常熟人。□□□□舉人，官青浦縣教諭。私淑明歸有光，與馮志沂、季錫疇等以文字相切劘。其爲文體格峻潔。撰《知退齋文稿》六卷、《韓文補注》一卷。《知退齋文稿》、《鄭齋感逝詩甲乙集》

【補遺】張瑛亦字仁卿，璐弟。主講亭林書院，師事曾國藩與兄璐，受古文法。國藩勖以讀有用書，留心經世。學宗陽明，文宗方苞。其文渾樸簡老，直抒己意而止。佐修《蘇州府志》□卷、《江蘇忠義録》□卷，撰《桃花溪詩草》□卷。《文貞文集》、《常昭合志》、《資治通鑑宋元本校勘記》、《瀛寰瑣記》、《白

圭樹古文遺稿》、《萇楚齋書目》、《續補碑傳集作者紀略》、《論孟書法》、《讀四書》、《胡曾兩公集要略》

張□□　字次陶，濰縣人，□□。其爲文取法明歸有光，以義理爲主，深明乎陰陽動静之義，極合古文義法。撰《無爲齋文初集》□卷、《續集》□卷、《遺集》□卷。《校經室文集》

【補遺】張昭潛，字次陶，號小竹，諸生，特賞國子監學正銜，主講尚志堂書院。居家授徒，從游甚衆。爲學宗程、朱。其論文取法歸有光，一以義理爲主，又深明乎陰陽動静之義，并謂：歸有光文，其中義法最精者則六經之文也，太史公之文也，蓋間有一二爲韓、歐、曾三家之所不到者。因揀三十餘篇而略批之，名《震川文鈔》□卷。撰《無爲齋文集》十二卷、《文續集》□卷、《遺集》□卷、《詩集》□卷、《詩續集》□卷。《徂徠集》、《校經堂文集》、《無爲齋文集》、《友竹草堂詩文集》、《續補碑傳集作者紀略》、《萇楚齋書目》

葉德輝　字焕彬，號郋園，湘潭人。光緒□□進士，官吏部主事。論文私淑明歸有光、方苞、姚鼐、張惠言諸人。其爲文詞旨雅飭，合乎義法。撰《觀古堂文録》四卷、《山居文録》四卷、《北游文存》一卷、《詩録》十二卷、雜著□□種，《郋園讀書志》十六卷最有名。《郋園學行記》、《郋園四部書敘録》、《郋園讀書志》、《觀古堂詩録》

【補遺】葉德輝撰《郋園詩鈔》□卷、《觀古閣詩録》六卷、《還吳集》□卷、《浮湘集》□卷、《觀古閣駢儷文》□卷、《外集》□卷。《説文籀文考證》、《説籀》

補遺

王執信　字子敬，崑山人。明嘉靖乙丑進士，官建寧推官。師事歸有光，受古文法。《震川文集》、《歸震川年譜》

沈果　字□□，嘉定人，家居安亭。師事歸有光，受古文法。《歸震川年譜》

何燮　字龍泉，南陵人，諸生。□□□□，師事歸有光，受古文法，篤志好學；復喜姚江良知之學。創立水西社，與同志師事鄒東廓、錢緒山兩先生。《張亨甫集》、《西溪偶録》

張□□　字漢瞻，嘉定人。□□□□□□，能傳歸有光文學。《袖海樓雜著》

計東　字甫草，吴江人，順治丁酉舉人。師事汪琬，受古文法。復從湯斌游，研究程、朱之學。其文以歐、曾爲歸，醇正和雅，持論有原本。撰《改亭文集》十六卷、《詩集》六卷。《改亭詩文集》

萬言　字貞一，號管村，鄞縣人。康熙乙卯副榜，官五河縣知縣，預修《一統志》、《盛京通志》、《明史》。以古文名，規模歸有光之古淡；其文實豪邁精湛，亦各有性之所近。撰《明史崇禎長篇》□卷、《管村先生文鈔内編》三卷、文一百有八篇。《管村先生文鈔内編》、《四明叢書》

曾倬　字一川，常熟人。康熙己卯舉人，官候選知縣。其爲文大旨以歸有光爲宗，文亦歸氏嫡系。約而該，奇而正，淡而有味，深而能顯；不爲聱牙佶屈之言，而音節、關鍵、條理、脉絡如江河千里，瀠洄曲折，自成天地之奇文。尤好濂、洛、關、閩之學。讀書破山，幾三十年，不以富貴貧賤累其志。撰《習是堂文集》二卷，《自訂年譜》一卷，《常熟縣志》十卷尤簡要得史法。《習是堂文集》、《曾一川自叙年譜》

張□ 字杞園，安丘人，□□□□□，官翰林院待詔。初與王進士敷彜以古文相切磋，杞園以爲未足；南游吳中，得交汪琬，受古文法，親承指畫，以歸有光爲宗。行其説于一邑，士之承學者皆守《震川集》如科律，師弟口授其所以然。七、八十年中作者輩出，誠非偶然。《西澗草堂集》

孫自務 字樹本，號立庵，安丘人，諸生。與杞園子卯君游，因私淑杞園。古文奉歸有光爲宗。于學無所不窺，尤邃于《禮》。撰《讀禮竊注》□卷。《西澗草堂集》

李□□ 字若千，安丘人，□□□□□。與杞園子卯君游，因私淑杞園。古文奉歸有光爲宗。其文謝華取實，篤實真粹，後更恢以奇傑。撰《質庵文集》□卷。《西澗草堂集》

馬□□ 字漢旬，安丘人，□□□□□，官磁州□□□□。師事杞園，受古文法，以歸有光爲宗。《西澗草堂集》

李大本 字立齋，安丘人。雍正乙卯舉人，官寶慶府理瑶同知。師事馬漢荀，受古文法，往復議論，經術文章具有家法。撰《芝林全集》□卷、《南楚游草》□卷。《西澗草堂集》

周大璋　初名景濂，又更名如蘭，字筆峰，號聘侯，桐城人。雍正甲辰進士，官松江府學教授。古文私淑歸有光，自幼即誦習其文。撰《修凝堂文偶録》四卷、佐修《江南通志》□卷。《修凝堂文偶録》、《朱子古文讀本》、《桐舊集》、《續補碑傳集作者紀略》

林佶　字吉人，號鹿泉，閩縣人。康熙丙戌，特旨入直武英殿鈔寫御集，壬辰特賜進士，官内閣中書。師事汪琬，受古文法。詩則師事王士禎。詩文皆淵源所自，當時幾爲天下第一人。義法體格猶爲近古。其文文辭清醇典雅，文質相宜，矩矱有餘而精義不乏。性喜金石，工篆隸行楷。撰《御覽賦》一卷、《樸學齋文稿》一卷、《詩稿》十卷。《御覽賦》、《獻賦始末》、《樸學詩文稿》、《四庫提要》、《福建通志》、《稗販雜録》、《國朝古文彙鈔初集》、《金石書録目》、《福州府志》、《絳跗草堂詩集》、《東越文苑傳》、《閩侯縣志》

董麒　字觀三，號壯齋，長洲人。□□□□進士，官翰林院庶吉士。師事汪琬，受古文法。《南昀詩文稿》

柯煜　字石庵，號南陔，□□人，□□□□□□。師事汪琬，受古文法，謹守師説，不敢輕肆操觚；即倡和詩序，亦必構思累日，方始脱稿。《權齋文稿》、《分湖小識》

林正青　字洙雲，號蒼巖，閩縣人。佶子，諸生，官淮南小海場鹽大使。能傳其父學，留心文獻，熟習掌故。其文雖未足名家，進退頗有法度。詩亦清切可誦。撰《瓣香堂詩集》一卷、

《文集》一卷，佐修《福州府志》□卷。《福州府志》、《閩侯縣志》、《稗販雜録》、《藤陰客贅》、《絳跗草堂詩集》、《東越文苑傳》

沈炳巽 字繹旃，號雪漁，歸安人，□□□□□□□□□□□□。師事柯煜，授以汪琬古文法。撰《權齋文稿》一卷。《權齋文稿》、《權齋筆記》、《四庫提要》

孫玠 字奎章，號立夫，嘉善人，諸生。師事汪琬，受古文法；得其指授，深探理窟，多用之于科舉文字。詩不多作，頗似韓、蘇。撰《華泰莊集》□卷、《秋水集》□卷、《柳州詩》□卷。《分湖小識》

韓奕 字□□，□□人。□□□□□師事曾倬，受古文法。從游破山，親承指授。《習是堂文集》、《曾一川自訂年譜》

毛師堅 字□□，陽湖人，燧傳子，諸生。亦工古文，傳其父業。《味蓼文稿》

馮偉 字仲廉，號偉人，太倉人，乾隆□□舉人，□□□□□□。其文原本《史》、《漢》，約之以歸有光，深于義法。創意造言歸于自然，波瀾意度實追歸氏；理醇而辭潔，意深而氣厚。每一篇成，輒手自評點，諷誦數十過，咏嘆反復之不能自已。其立言之旨足以闡明理藴，維繫綱常，非徒學爲文者所可比擬。喜講學，教授鄉里，子弟頗盛。杜門著書，欲以文明道。好讀儒先書，于二程子尤嗜之，偶有開悟輒筆之，劄記無過百十條，所未及者發之于古文辭。撰《□□□文集》十二卷、《詩草》一卷、《仲廉甫劄記》八卷，吳卓信手鈔本。《游道堂集》、《仲廉甫劄記》、《菘耘文鈔》、《天真閣集》、《鶴影山人文稿》、《石渠文鈔》

張寶熔　字花農，號治所，又號農老，婁縣人，諸生。師事沈大成，受古文法。工詩，有清思超遠之韵。撰《牀山堂詩鈔》二卷、《西泠倡和詩》□卷。《牀山堂詩鈔》

班艮篤　字坦齋，聞喜人，□□□□□□□□□。篤好朱子書，博綜史志。其文頗致力于子長，叙事離合之法規仿歸有光。雖不能開翕變化，渾然無涯，其養諸中者有物，故發于外者皆真。撰《坦齋古文稿》□卷，論、序、銘、傳之文凡九十餘篇。《躬耻齋詩文鈔》

鞠濂　字溪園，號蓮嶾，又號悦軒。海陽人。諸生，官平原縣學訓導。爲文私淑歸有光、方苞，胸有真得，空所依傍，能得古人義法。其文諸體略具，尤以序事文爲勝，真得《史記》妙處。雖繩矩「八家」，長于傳志，叙次法整以密，而生趣不乏。其論事往復推闡，窮極筆力。殆出入廬陵、半山間。駢體尺牘學東坡，多嵌空可喜，至其真氣流衍，節節引人入勝。撰《悦軒文鈔》二卷。《悦軒文鈔》、《史席閑話》、《國朝古文彙鈔二集》、李中簡《嘉樹山房集》、《蕘楚齋續書目》、《續補碑傳集作者紀略》

錢大昕　字曉徵，一字辛楣，號竹汀，嘉定人。乾隆甲戌進士，官詹事府少詹事，主講紫陽書院。學究天人，博綜群籍，蔚然爲一代儒宗。古文以歐、曾、歸有光爲宗，從容淵懿，質有其文。其理明，故語無鶻突；其氣和，故貌不矜張；其書味深，隨意抒寫，皆經史之精液。故條𣈆而無好盡之失，法古而無摹仿之痕，辨論而無囂囂攘袂之習。淳古澹泊，非必求工，而知言者必以爲工。詩亦清而能醇，質而有法。奉敕纂修《熱河志》、《續文獻通考》、《續通志》、《一統志》、《天毬圖》等書，撰《潛研堂文集》五十卷、《詩集》十卷、《詩續集》十卷、《詞垣集》四卷，餘書另見《撰述考》。《經韵樓集》、《春融堂集》、《湖海詩傳》、《漢學師承記》、《國朝先正事略》、《叢書舉要》

王鳴盛 字鳳喈，一字禮堂，號西莊，嘉定人，乾隆甲戌進士，官光禄寺卿。古文宗法歸有光，擷經義之精奥，而以委折疏達出之。詩則綜漢、魏、盛唐；以才輔學，以韵達情。撰《西莊始存稿》四十卷。《春融堂集》、《湖海詩傳》、《漢學師承記》、《國朝先正事略》

丁子復 字小鶴，號□□，喜興人。□□□□□□□□□□。窮經好古，篤志詩、古文詞。私淑歸有光，實能造其堂奥。其文謹守韓、歐義法，深厚高潔，肫然有裨於人心世道。撰《見堂詩鈔》□卷、《文鈔》五卷。《見堂詩文鈔》、《續補碑傳集作者紀略》、《萇楚齋續書目》

王元文 字睪曾，號北溪，吳江人，諸生。讀書好古，以程、朱爲宗。諸經中尤邃於《易》；古文本「唐宋八家」，折衷于歸有光、方苞二家；詩法唐賢，出入于蘇軾、陸游。撰《北溪詩集》廿卷、《文集》二卷。《北溪詩文集》、《續補碑傳集作者紀略》、《萇楚齋續書目》

查夢璧 字淡峰，懷寧人。□□□□□□□□□□。古文以歸有光爲宗，詩則于陶爲近。撰《古文隨筆》一卷、《淡峰詩鈔》二卷。《學風》

陳揆　字子準，號□□，常熟人，諸生。爲文宗法歸有光，持論甚嚴，欲從容含咀，以蕲至于古人。文不苟作，作亦不存，存者説經之文數篇而已。博學嗜古，訪購古籍甚富，于地志尤備，日夕讎校，丹黄爛然。撰《六朝水道疏》□卷，鈎稽精密，惜未成，《稽瑞樓書目》一卷最有名。《天真閣集》、《稽瑞樓書目》

游甸榮　字桐溪，臨川人。諸生，官候選教諭。酷嗜《史記》，嘗鈔録成帙，手評數過，用功數十年，憬然覺悟，始知其神氣之妙。爲文私淑歸有光，又喜方苞、姚鼐二家，頗能得其義法。其文體制謹嚴，詞筆峭潔，撰《莋古齋文初稿》九卷。《莋古齋文初稿》、《古文義例要覽》、《耐軒詩文鈔》、《續補碑傳集作者紀略》、《蒑楚齋續書目》

游士棠　字□□，臨川人，諸生。師事族父甸榮，受古文法，肆力古文。其文筆勢展拓縱横，足達所見，深識秦、漢以來文章蹊徑。撰《屏累齋文初鈔》□卷。《莋古齋文初稿》

游宗酢　字次衡，臨川人，□□□□□□。師事從曾祖甸榮與周黼麟，受古文法。篤志嗜學，以古人爲期。《莋古齋文初稿》

吴績　字緗芸，號雲鶴，平江人，諸生。專精于樸學，夙嗜古文辭，以歸有光、方苞爲宗，其文俊偉磅礴，由卷舒清曠而歸于夷淡，亦多侘傺不平語。撰《蘭石齋文稿》八卷。《蘭石齋文稿》、《續補碑傳集作者紀略》

楊蕡　字少晦，一字春圃，金谿人。乾隆辛卯舉人，官大理寺評事。潛心實學，講求有用，身體力行。私淑歸有光、方苞，肆力古文辭，以兩家爲則。持論尤平允。并言：漢、宋儒著述，于聖人經旨有離有合，後儒擇善而從可也，必墨守不敢違，是隨人耳食也。撰《□□□詩集》□卷、《文集》□卷。《耐軒文初鈔》

牟□□　字鐵李，棲霞人，諸生。肆力古文辭，專以歸有光爲法。專精《史記》，熟于三史及六朝、唐、宋。其文叙事簡潔生動，不規摹古人而自然中節。小品亦入格，雖謹嚴稍異桐城，而天生華妙。著述甚多，惟古文數十首，其婿海陽李兆珏爲之刊行。《奉萱草堂詩文集》并《續集》

華□□　字師道，無錫人。□□□□□□□□□□。其文體雅潔，析理經而考據鑿；波瀾意度逼近歸有光，與歐、曾爲近。論文必衷諸聖人之道而歸本于物。撰《澹園文稿》□卷。《文貞文集》

萬承勳　字開遠，號西郭，鄞縣人，言子。雍正丁未舉賢良方正，官磁州府知府。夙承家學，亦工文章。撰《千之草堂編年文鈔》一卷，文四十三篇。《千之草堂編年文鈔》、《四明叢書》

温芝田　字□□，烏程人。□□□□□□□□□□。文行皆師法歸有光。《見堂詩文鈔》

朱彬　字武曹，號□□，寶應人。□□□□□□□□□□。好歸有光、方苞文。撰《游道堂集》四卷。《游道堂集》、《續補碑傳集作者紀略》、《萇楚齋書目》

董元賡　字□□，□□人。□□□□□□□□□□□□。師事鞠濂，受古文法。濂講授《史席閑話》，元賡爲之述纂成書。《悦軒文鈔》、《史席閑話》

饒□□　字嘯漁，□□人。□□□□□□□□□□□□。論文宗歸有光，説禮宗方苞。《伯山詩文集》

任兆麟　字文田，號心齋，震澤人。諸生，□□□□孝廉方正。師事彭紹升，受古文法十餘年。好治古經説，其詩中意到之作往往造王、韋門徑。撰《有竹居集》廿卷。《山木居士集》、《二林居集》、《國朝先正事略》、《再續補彙刊書目》、《萇楚齋續書目》、《續補碑傳集作者紀略》

江沅　字子蘭，號鋏君，吴縣人。嘉慶□□優貢，□□□□□□。師事彭紹升，受古文法。爲文好窈渺之思，簡潔淵雅，深得歸氏嫡傳。精治《説文》，兼工篆書。撰《染香閣詩録》二卷、《文集》一卷、《文外集》一卷、《算沙室詞鈔》二卷，版已散失。《復庵類稿》、《瀛寰瑣記》

歸立方　字□□，長洲人。□□□□□□□□□□。師事汪縉，受古文法，最爲篤信。縉主講建陽書院。與程心質慕其文學，相依從往來安受學。《三松堂詩文集》

汪文藹　字蘭谷，吴縣人，處士。師事從祖縉，受古文法。所作詩賦瑰麗可喜，有作者風。《三松堂詩文集》

汪□□　字寫園，無錫人，□□□□□□□□，官工部□□□主事，主講月湖書院。好古文詞，私淑歸有光，尤爲篤好。與馮登府、吳德旋以文字相切劘，得姚鼐古文詞義法。論文有高識，然不輕作。《石經閣文集》、《初月樓詩文鈔》、《柏梘山房集》

陳祖望　字冀子，亦字拜香，號晬翁，山陰人。諸生，主講淇泉書院。得歸、方評點《史記》，慕歸、方古文義法，肆力古文；所作亦盎然，大得歸、方之勝。工詩及書，嘗集録《史記》評點百餘家爲一書，曰《史記集評疏證》□□卷，惜未刊。撰□□□詩集□卷、《詞集》□卷、《文集》□卷，聊城楊以增任漕運總督時爲之刻行。《龍壁山房詩文集》

顧承　字燕謀，號醉經，亦字醉易，長洲人，處士。當時，彭紹升、汪縉、彭績以古文倡導後學。承其指授，文益進。好覃思道妙，專力治詩、古文詞。其文宗法南宋，叙事簡明，議論純粹，冲和夷逸，若不經意出之。語無枝葉，言之中的，而一種翛然自得之趣溢於楮墨之外，令人意遠。文雖短，讀之沛然有餘，若有千百言在筆下者，良由氣盛。湛深經學，尤精于《易》理，又通青烏家言，以《易》理參之，時有妙悟。撰《行素居詩鈔》三卷、《文鈔》六卷。《國朝古文彙鈔二集》、《行素居詩文鈔》、《隨安廬詩文集》、《梅叶閣詩文鈔》、《吳縣志》、《萇楚齋續書目》、《續補碑傳集作者紀略》

馮立方　字□□，太倉人，偉子，□□□□□□□能爲馮氏一家之學。撰□□□文集□卷，常熟張□□觀察□□爲之刊行。《石渠文鈔》

程心質　字在仁，號三問生，常熟人，處士。師事汪縉，受古文法，最爲篤信。深于史學，尤

精二《漢書》。肆力詩、古文，磊落有奇氣。《汪子文録》、《宋學淵源記》

程慶燕 字乂庭，儀徵人，諸生。咸豐癸丑，揚州失守，闔門殉難，最爲慘烈。肆力古文，私淑歸有光，又好太史公，并通小學、《九章》。其文疏古明暢，簡嚴雅飭，雄直氣得力於韓；遭亂散佚。雜著二種，已見《撰述考》。《退谷詩文存》

張文璿 字元之，一字伯衡，吴江人。同治戊辰進士，官兵部□□司主事。歷主峴塘、切問等書院講席，教授門弟子頗盛。嗜《史》、《漢》兩書及歸有光古文。《食古齋詩文録》、《莘廬遺集》

楊宗履 原名學金，字甦樓，金谿人，士達子。世襲雲騎尉，歸撫州營學習。師事游甸榮，受古文法。文學沖雅。喜讀書，手鈔經史成帙。《萉古齋文初稿》

張□□ 字夢韓，震澤人，□□□□□，士元子。追承遺緒，慨然欲爲古人之學。《生齋詩文稿》

陳□□ 字誦帚，□□人，□□□□□□，官□□縣知縣，酷愛歸有光文，以爲則傚。嘗欲續《甬上耆舊詩傳》。《白湖詩文稿》

朱□□ 字小酉，□□人，□□□□□□□□。通經學古，以周、秦、《史》、《漢》、「唐宋八家」文爲法。其文紆徐委曲，盡得歐陽修、歸有光義法。兼工篆隸書。撰□□□遺集□卷，約文二百篇，原本藏黄岡東鄉范氏家，即當年教授處也。《龍岡山人古文鈔》

辜湋　字守庵，號明溪居士，上饒人。道光己亥舉人，官湖南候補知縣。好古文詞，尤喜歸有光、朱仕琇兩家。撰《止所齋古文偶鈔》八卷。《止所齋古文偶鈔》、《萇楚齋書目》、《續補碑傳集作者紀略》

邵懷粹　字□□，□□人，諸生。與彭紹升、秦瀛友善，以文學相切磋。所爲詩、古文詞欲追躡古作者，不屑苟囿于世俗。《小峴山人詩文集》

吴庭樹　字雲松，號半圃，巴陵人，諸生。敏樹弟，即從之讀書，受古文法。《柈湖詩文集》

吴念穀　原名鏡蓉，字式甫，巴陵人。同治甲子副榜，濡染家學，亦工詩、古文詞。《柈湖詩文集》

方大堪　字□□，巴陵人。□□□□□□□□□。師事婦翁杜貴墀，受古文法。《巴陵人物志》

李孟麒　字□□，長沙人，諸生。師事杜貴墀、郭嵩燾、王先謙等，受古文法。《儉德堂讀書隨筆》

雷□□　字小秋，嘉善人。□□□□舉人，□□□□□□。師事杜貴墀，受古文法，工古文。撰《雷氏族譜》□卷。《桐華閣詩文集》

段□□　字伯猷，湘潭人，□□□□□□□。師事杜貴墀，受古文法。喜研義理之學。撰《段氏族譜》□卷。《桐華閣詩文集》

周聲洋　字潁生，長沙人。□□□□□□。師事杜貴墀，受古文法。《桐華閣詩文集》、《蓮社詩鐘》

周聲溢　字靖庵，長沙人，□□□□□□，聲洋弟。師事杜貴墀，受古文法，質有其文。《麓山精舍叢書》、《桐華閣詩文集》

錢昌瀾　字湘波，武陵人。光緒乙未優貢，□□□□□□。師事杜貴墀，受古文法，稱高第弟子。《桐華閣詩文集》

陳祖延　字子鴻，錢塘人，諸生。師事高均儒二十二年，受古文法。《續東軒遺集》

法士恂　字□□，膠州人，□□□□□□□□□。師事從父坤宏，受古文法。《迂學齋古編》

朱振咸　字載坤，秀水人，諸生。工古文，最私淑吳紹曾。《密齋詩文集》

張爾旦　字信甫，一字眉叔，常熟人，諸生。師事孫原湘，受古文法。原湘主講洋川書院，從之客居洋川數年，肆力詩、古文詞，學益大進。其詩骨清而神逸，情致婉篤。撰《種玉堂詩集》□卷、《詞集》□卷，門人趙宗建裒輯刻之無錫。《受恒受漸齋集》

江□□　字樹叔，昭文人。□□□□舉人，官□□□□教諭。師事孫原湘，受古文法。學問遠有師承，才華富麗；詩則出入香山、玉溪兩家。《味經齋文集》

祖喆　字駢生，□□人，諸生。吳嘉淦延致家塾，以古文相切磋。嘉淦晚年應酬之作或出喆

手。喆後死於兵燹，文稿散失。《吳縣志》

虞景璜 字澹初，號澹園，鎮海人。光緒壬午舉人，□□□□□。主講靈山、蘆江等書院，閉户教授，治經學，究心《三禮》，攻古文詞；最喜研究歸有光、方苞古文義法，得其要領，睪然有望于古之作者。詩文、書法皆有先民矩矱。撰《澹園詩集》二卷、《文集》二卷，編宋以來忠臣孝子制藝爲《乾坤正氣集》□卷，尤足以昭激勸。《北平圖書館館務報告》、《淡園詩文集》、《淡園雜著》、《適其適齋餘談》、《萇楚齋續書目》、《三續補彙刻書目》、《續補碑傳集作者紀略》、《寒莊文編》

李炯 字藻山，懷寧人。光緒辛卯舉人，官直隸□□□鹽大使。爲古文，和平中正，得歸有光正軌。撰《藻山文鈔》一卷、《倦游詩草》一卷。《學風》

陳寶璐 字□□，號□□，閩縣人。光緒庚寅進士，官刑部□□□主事。私淑歸有光、姚鼐，撰述未刊。《石遺室文三集》

洪良品 字右臣，號□□，黄岡人。同治丁卯進士，官□□□□監察御史。師事朱小西受古文法。撰《龍岡山人文鈔》十卷、《詩鈔》十八卷、《詩續鈔》二卷。《龍岡山人詩文鈔》、《續補碑傳集作者紀略》、《三續補彙刻書目》

洪根海 字□□，□□人，□□□□□□。師事張瑛，受古文法三年，詩文若有夙悟，詩宗少陵。《知退齋稿》

秦樹豐　字健亭，無錫人。諸生，官候選訓導。師事妻父張瑛，受古文法。《知退齋稿》

劉巽權　字眷生，陽湖人，處士。鋭志學業，大肆力于古文詞。最好曾國藩、吴敏樹二家古文，其性尤近吴，名其室曰『鄉南廬』；兼求文法于方、姚諸集。于古人復深好陶淵明、杜子美、班固、陳壽四家，見聞賅洽。其于義理之奥藴、經師之家法，聲音文字之統紀、政教風俗之因革，咸潛心探研，鉤沉發伏。撰《劉子遺稿上編》□卷。《中編》□卷、《下編》□卷。《復駕説齋文初稿》

趙國華　字菁衫，豐潤人。同治癸亥同進士，官山東候補道署理按察使，主講尚志書院。究心古作者，以昌黎韓氏、熙寧歸氏、靈皋方氏爲鵠，深洞奥窔，而耻與貌肖，顧不喜有宋諸家，謂平易易開沿襲之漸。論文以馨香在心爲宗主，古今人文字，一見指得失，如老吏之決獄。獨造幽秀含咀，不使一言失累黍。其文務苦思，極幽奥深至，淬鋒鍔，砰雷霆，幻窮怪變，字句生造，而要以心術爲本。詩則懋曲深邈，發源玉溪生，長近體而七古獨勝，結字捶響，鏗訇陸離；尤喜隸事，下字必有成處，參錯之，即離之；讀者驟不得其故，久乃研悦玩味不盡。駢偶、公牘、詩餘、楹聯之類皆自闢新境。撰《青草堂集》十二卷、《二集》十六卷、《三集》十六卷、《補集》七卷、附一卷，都五十卷。《青草堂集》、《續補碑傳集作者紀略》、《萇楚齋書目》、《碑傳集補》

王榮商　字友萊，鎮海人。光緒丙戌進士，官翰林院侍讀。私淑歸有光，愛重其文。撰《容膝軒文集》七卷、《詩集》□卷。《容膝軒文集》

郭恩孚 字蓉汀，濰縣人。監生，官分省補用知縣。師事張昭潛，受古文法三十年，篤信謹守，以爲不可易。博涉典籍，尤工於詩。《無爲齋文集》

朱之榛 字仲藩，號竹石，平湖人。廕生，官淮揚海河務兵備道，署理江蘇布政使。師事高均儒，受古文法，與魯一同、梅曾亮以文學相切磋。其文探源《史》、《漢》，貫穿諸家，事理通達，意思深長，不事摛詞飾句、繁稱博引，終與桐城諸家爲近。撰《常慊慊齋文集》二卷、《志慕齋詩集》□卷。《常慊慊齋文集》、《榷滬公牘》、《三續補彙刻書目》、《續補碑傳集作者紀略》、《萇楚齋續書目》、《萇楚齋□筆》、《奇觚室文集續》、《東軒遺集》

陳秀貞 字愔如，閩縣人，寶璐女，□□沈覲冕室。通經史，泛覽諸子，治小學，工小文函札。祈向歸有光、姚鼐，實受父教然也。《石遺室文三集》

桐城文學淵源考卷二

此卷專記師事及私淑方苞諸人

方苞 字鳳九，一字靈皋，號望溪，桐城人。康熙丙戌進士，官禮部右侍郎。博究六經百世之書，少以時文名天下。其爲古文，取法昌黎，謹嚴簡潔，氣韵深厚，力尚質素，多徵引古義，擇取義理于經，有中心惻怛之誠；尤精義法，言必有物有序，能自出機杼，世推爲古文巨擘，爲國朝二百餘年之冠。論文不喜班孟堅、柳子厚，嘗條舉其所短而力詆之。其説經，則每于空曲交會無文字處獨得古聖仁賢微意之所在，確有前儒所見不到者。其節録《通志堂經解》，治之三反，始删其繁蕪，去三之二，理明詞達，學者易於觀覽，惜其書不傳。撰《抗希堂》十六種，而《望溪文集》尤爲海内傳誦。《桐舊集》、《桐城耆舊傳》、《論文臆説》、《文翼》、《小酉腴山館詩文集》、《敬孚類稿》、《國朝名臣言行録》、《桐城桂林方氏藝文目》、《皇朝文獻通考》、《四庫全書提要》、《鼎吉堂文鈔》、《國朝耆獻類徵》、《國朝尚友録》、《經笥堂文鈔》、《桐城文録傳》、《國朝先正事略》、《國朝文彙》、《文獻徵存録》、《昭代名人尺牘小傳》、《皇朝經世文編》、《隱拙齋詩文集》、《敬孚雜鈔》、《八旗文經》、《桐城縣志》、《望溪文集補遺》、《續補遺》、《再續補遺》、《論文瑣言》

【補遺】方苞長于《三禮》之學。爲文原本經訓，精研義理，每多徵引古義。用筆堅樸，氣韵沉厚，力求莊近平易；專尚質素，消鎔其渣滓，磨礱其光華，全力刊削枝葉，無一句宋以後語。廓清之功，用力甚艱，雖未免理障，其詞氣取材荀卿，較宋五子爲健勁。說經尤精卓，書序遒峭似半山；碑版過求峻整，多用紀言體。運掉淩空，實能以宋儒之理衍八家之文，精者可以羽翼經傳。其下語多見本源，一字一言不敢假借出入。生平以道自重，不苟隨流俗，古文之義法由是而精。其發于親懿故舊之間，纏綿愷惻，中心慘怛流露行間，使人得之于意表之外，亦見其篤于倫理。其所書明季諸臣逸事，發微闡幽，生氣坌涌，尤足使頑廉懦立。書康熙間諸公逸事，不獨數公之進退而已，實有關于陰陽消長之幾，民生休戚之故，不可以無傳。其文非闡道翼教有關于人倫風化者不苟作，非先王之法弗道，非昔聖之旨弗宣。湛于經而合于道，務爲明體達用之學，不求異于人，而千古莫能易也。《望溪文集三續補遺》、《續補碑傳集作者紀略》、《佩弦齋雜存》、《十三經讀本》、《韓川文集》、《叩瓴瑣語》、《齊物論齋文集》、《國朝二十四家文鈔》、《函樓文鈔》、《内自訟齋詩文集》、《抱潤軒文集》、李中簡《嘉樹山房集》、《緑野齋文集》、《石園詩文稿》、《虹橋老屋遺稿》、《鼎吉堂詩文續編》、《抱經堂文集》、《復初齋詩文集》、《西江文稿》、《小峴山人詩文集》、《考槃集文録》、《奉萱草堂詩文集》並《續集》、《藕頤類稿》、《二林居集》、《望溪年譜》、《面城樓集鈔》、《敬止齋文集》、《游道堂集》、《食舊德齋雜著》、《集虚齋學古文》、《安徽通志藝文考》、《叙異齋文集》、《吳門弟子集》、《萇楚齋書目》、《安徽先賢傳記教科書初稿》

方杓　字建初，號華南，一號蝶巢，桐城人，乾隆乙酉舉人。師事方苞，受古文法，少即游其門，兼工制藝。撰《夢香軒詩鈔》□卷。《桐城縣志》、《桐舊集》、《桐城桂林方氏藝文目》

張尹 字無咎，號莘農，桐城人。乾隆丙辰進士，官長樂縣知縣。師事方苞，受古文法。方苞弟子在桐城者，古文以尹爲最。其爲文苦心精練，氣茂而境清。其于六經之旨及古作者之體格源流，悉合而匯之於詩文，雖師事方苞而文不純似。撰《石冠堂詩鈔》四卷、《文鈔》二卷。《桐舊集》、《桐城縣志》、《桐城耆舊傳》、《柏堂集前編》、《國朝文彙》

【補遺】張尹古文醇雅。《霞外捃屑》、《藕頤類稿》、《皖雅》、《考槃集文録》、《國朝古文彙鈔初集》

葉酉 字書山，號花南，桐城人。乾隆丙辰舉博學鴻詞，己未進士，官左春坊左庶子。師事方苞，邃於經學。工詩，質不過樸，麗不傷雅。撰《日下詩草》□卷、《詩經拾遺》十三卷、《春秋究遺》十六卷、《易經補義》十六卷。《桐城耆舊傳》、《桐舊集》、《桐城縣志》、《萇楚齋書目》、《春秋究遺》、《敬孚類稿》、《國朝耆獻類徵》、《皇朝文獻通考》、《隨園詩話》、《皇朝續文獻通考》

【補遺】葉酉主講鍾山書院十餘年，卒年八十有一。《國學圖書館圖書總目》、《皖雅》、《萇楚齋書目》

王又樸 字介山，天津人。雍正癸卯進士，官廬州府同知。師事方苞，受古文法。苞嘗爲説《史記》蕭、曹兩《世家》以爲之概，並謂其文識高筆健，義法直追古人。撰《詩禮堂全集》十八種，中有古文五卷、《續編》一卷。《易翼述信》、《詩禮堂古文》、《萇楚齋書目》、《遠碧樓書目》、《國朝文彙》、《皇朝文獻通考》、《再續補彙刻書目》

【補遺】王又樸，原名日柱，字從先，官河東鹽運司運同。《詩禮堂全集》、《介山自訂年譜》、《再續補彙刻書目》

書目》、《萇楚齋續書目》、《續補碑傳集作者紀略》、《津門古文所見集》、《濡須詩志》、《國朝古文彙鈔初集》

王兆符　字龍篆，别字隆川，大興人，康熙辛丑進士。師事方苞，受古文法，最爲篤信。卒年僅四十三。詩宗三李，祖少陵。古文則入《左》、《史》、《莊》、《騷》之閫奥，幽奇峭拔，其寓意處不與人易知，亦自謂知此道者頗不易。讀《周禮》，以其層見迭出，後學不能得其津梁，爲分條以叙之；《史記》每篇發明太史公意旨，俱有特識；《莊子解》補其父或庵公所未竟；《前漢書評》惜未卒業；《後漢書》及《戰國策》俱有批解；其史論多發前人所不及；至《古今變異論》九篇，上下千載，情形瞭如指掌。撰《王隆川詩集》□卷、《文集》□卷。《顔李師承記》、《拙存堂文集》、《聞見偶録》、《敬孚類稿》、《國朝耆獻類徵》、《望溪文集》、《北海圖書館月刊》

【補遺】王兆符撰《□□□詩集》□卷，原稿藏武進管繩萊家。《居業堂文集》、《顔氏學記》

程崟　字夔州，號南坡，歙縣人，□□。師事方苞，受古文法。編輯國朝文二百餘篇，名《發引集》□卷，原本爲人攫去。復編《明文偶鈔》一卷、《國朝文偶鈔》一卷。方苞見之欣賞，謂其義法合乎古。復編有《漢書讀本》□卷，《望溪删訂評閲八家文讀本》一卷。《歙縣志》、《明文偶鈔》、《國朝文偶鈔》、《望溪文集》、《萇楚齋書目》

【補遺】程崟，官兵部□□□主事，撰《編年詩集》□卷。《睦州存稿》

李習仁　字長人，蠡縣人，諸生。師事方苞，受古文法。早卒。撰《學説庭聞》□卷，《日譜儀

功》□卷。《恕谷後集》、《望溪文集》、《顔李師承記》、《藤陰客贅》

朱書　字字緑，宿松人。康熙癸未進士，官翰林院編修。與方苞友善，以文字相切劘。撰《杜溪文集》十卷、《附録》一卷。《杜溪文集》、《望溪文集》、《國朝文彙》、《皇朝經世文編》、《國朝尚友録》、《國朝耆獻類徵》

【補遺】朱書游學京師，負盛名三十年。及成進士，年已五旬。博聞强記，尤熟于有明遺事。其文雄健雅飭，序次樸潔，得馬、班遺法。其論古今治亂興廢，發揮己意，淋灕悲壯，一往情深。《禮山園詩文集》、《存齋詩話》、《樵隱昔寱》、《萇楚齋續書目》、《續補碑傳集作者紀略》

劉齊　字言潔，無錫人，康熙丙寅拔貢。與方苞友善，砥礪爲文，義法甚正。撰《存軒文集》十卷、《慎獨齋詩》□卷。《無錫金匱縣志》、《望溪文集》、《國朝先正事略》、《國朝耆獻類徵》

【補遺】劉齊官直隸州州判。古文渾涵汪洋，多淡蕩之趣；其家匿不肯出，是以不傳。《潛虚先生集》、《梁溪文鈔》

汪□□　字龍岡，新息人，□□□□□□，官合浦縣知縣。師事方苞，受古文法。《鏡古堂檢存文鈔》

徐流芳　字玉川，無錫人。客漕督長白顧琮所，因得師事方苞，得其義法以治古文。撰《沙邨書屋詩文稿》四卷。《無錫金匱縣志》、《無錫圖書館書目》、《無錫鄉賢書目》、《國朝耆獻類徵》

黄世成　字培山，號平庵，□□人。□□□□進士，官□部主事。師事方苞，受古文法。淹貫群籍，工詩、古文詞。撰《黄平庵文集》□卷。《立崖文稿》、《鶴徵後録》、《聞見偶録》

【補遺】黄世成，信豐人。《畿輔通志》、《環隅集》、《望溪集外文補遺》

官獻瑶　字瑜卿，一字石溪，安溪人，乾隆己未進士，官詹事府司經局洗馬。師事方苞，受古文法，稱高第弟子。尤邃于經，治經以治身。其所發明皆中郤窾要，于《禮》最密。爲文長於説理。撰《石溪文集》十六卷、《詩集》二卷、《漳州府志》□□卷、雜著十一種。《福建通志》、《讀文雜記》、《文獻徵存録》、《皇朝經世文編》、《甚德堂文集》

【補遺】官獻瑶主講鰲峰書院，其文淵凝古邃，道氣最深，與雷鋐文相似。意不欲以文自見。邃於《禮·服》，得經遺意。治經以治身。其教人，欲于經求道。其治經，于《周易》、《詩》主李光地，于《尚書》主宋蔡沈、金履祥，于《周官》、《春秋》主方苞，于《儀禮》主漢鄭玄、宋敖繼公及吳紱。蓋斟酌衆家而擇其精粹；所自發明皆心平氣和，輒中郤窾要。于《禮》尤密。《東越儒林傳》、《梅崖居士集》、《韓川文集》

尹會一　字元孚，號健餘，博野人。雍正癸卯進士，官工部□侍郎。師事方苞，以文學相砥礪。早悟浮華放浪之非，深究伊洛之源流。撰《健餘文集》十卷、雜著□種。《健餘文集》、《聞見偶録》、《國朝名臣言行録》、《國朝先正事略》、《皇朝經世文編》、《碑傳集》、《國朝尚友録》、《國朝耆獻類徵》

雷鋐　字貫一，號翠庭，寧化人。雍正癸丑進士，官都察院左副都御史。師事方苞，受古文法。其爲文簡要冲夷，平近切實，有作者風；論《禮》多本師説。撰《經笥堂文鈔》二卷、《翠庭詩集》□卷，雜著五種。《福建通志》、《國朝耆獻類徵》、《四庫全書提要》、《經笥堂文鈔》、《敬孚類稿》、《國朝全閩詩話》、《皇朝文獻通考》、《梅崖居士集》、《國朝先正事略》《國朝名臣言行録》、《勵志雜録》、《國朝文彙》、《文獻徵存録》、《皇朝經世文編》、《碑傳集》、《國朝尚友録》、《隱拙齋詩文集》、《陰靜夫遺文》

【補遺】雷鋐以文載道，説理醇正，文境平實，粹然儒者之言，得方苞寬博之一體。詩非所措意，故所傳不多，存者亦鋪寫詳贍。論學宗朱子，論《易》本李光地，論《禮》論文本方苞。文皆本其躬行所得；而慰唁問答，解惑條指，發德辨奸，析事類情，以綜王道之要，以會天命之精，以抒忠愛之忱。故其言深厚而切至，安定而光明，寬而不衰，峻而不迫，淡而彌旨，約而彌餘；雖專門名家之士調合心氣，敷陳矩矱，不能以加。又其文言簡意足，不失本宗，而氣尤寬平，無張皇偃蹇之態，攀援蓋覆之飾，令學者推見其志，自嶄然有不可犯之色。《國朝古文彙鈔初集》、《萇楚齋書目》、《鼎吉堂詩文鈔》並《續編》、《東越儒林傳》、《望溪文集》、《畿輔通志》、《樵隱昔寱》、《芝庭先生集》、《考槃集文録》、《續補碑傳集作者紀略》、《睦堂先生詩文集》、《雁蕩詩話》、《二林居集》

沈彤　字冠雲，一字果堂，吴江人。乾隆丙辰舉博學鴻詞，授九品官。師事方苞，湛深經術。所爲文深厚古質，格律端謹，不事文飾，務蹈理道，無嘩囂浮侈之習。中歲與方苞商訂《三禮》，辨論精核，述作矜慎，不輕意下筆。撰《果堂集》十二卷、《震澤縣志》三十九卷、《吴江縣志》五十九卷、雜著五種。《吴江縣續志》、《果堂集》、《蘇州府志》、《初月樓詩文鈔》、《國朝漢學師承記》、《國朝經師經藝目録》、《國朝先正事略》、《國朝文彙》、《文獻徵存録》、《國朝經學名儒記》、《儒林傳稿》、《國史儒林傳》、《皇朝經世文編》、《隱拙齋詩文集》、《碑傳集》、《皇朝文獻通考》、《國朝尚友録》、《國朝耆獻類徵》

【補遺】沈彤與方苞相淬厲摩切，文格端謹，不務詞華，獨抒心得，源出韓愈、歸有光等。所撰《三禮小疏》真能得聖人精奥。《吴縣志》、《吴江沈氏詩集》、《樵隱昔寱》、《續補碑傳集作者紀略》、《萇楚齋書目》

沈廷芳 字畹叔，一字萩林，號茱園，仁和人。乾隆丙辰考取博學鴻詞，除庶吉士，官山東按察使。受詩法于查慎行、嗣瑮兄弟；師事方苞，受古文法。當時名人以沉博絶艷之文震耀一世，廷芳獨守方苞家法，尺寸不敢自恣。學識深醇，文詞精潔，冲融和懿。人見其鄰于枯、過于淡，而不知枯而腴，淡而旨，以視堆垛爲富，塗澤爲妍者，其相去遠矣。方苞評其文，謂文筆極清，體法具合，將來必以此發聲。詩尤恬淡清雅，得風人之正音。歷主鰲峰、端溪、樂儀、敬敷等書院講席。撰《隱拙齋文集》六卷、附一卷、《文續集》五卷、《詩集》三十卷、雜著□種。《鶴徵後録》、《隱拙齋詩文集》、《柏堂集後編》、《國朝先正事略》、《國朝文彙》、《文獻徵存録》、《皇朝文獻通考》、《國史文苑傳》、《國朝尚友録》、《昭代名人尺牘小傳》、《湖海詩傳》、《述學内外編》、《甌鉢羅室書畫過目考》、《杭州府志》

【補遺】沈廷芳主講粤秀等書院，其教人本師法以爲家法，士于是始知詩、古文之學。其文盡得方苞之傳，萃經籍之腴，所得至深，冲融醇懿，稱其德量。雖規矩森然，時得變化之趣。詞旨和平，氣息温厚，纏綿往復，汪洋浩瀚，大雅中具有深情。方苞之文不一一規撫古人，而無一不似古人；廷芳之文亦不一一規模方苞，而無一不似方苞。詩則吐詞清拔，結思邈遠，絶去粗浮怒張之習。《甚德堂文集》、《國朝二十四家文鈔》、《柏堂集續編》、《大俞山房詩稿》、《羅浮紀游詩》、《樵隱昔寱》、《續補碑傳集作者紀略》、《萇楚齋書目》、《續書目》、《暢園初稿》、《述學》

曹一士　字諤庭，號濟寰，上海人。雍正庚戌進士，官兵科給事中。私淑方苞，受古文法。其論文宗旨悉本于苞，并謂：古文者乃意義之古，非辭句之古。肆力研求，或一文而數稿，或一稿而數改，每至不可辨。故其詩文温潤雅潔，有作者風。撰《四焉齋文集》八卷、《詩集》四卷。《四庫全書提要》、《四焉齋詩文集》、《國朝文彙》、《文獻徵存録》、《皇朝經世文編》、《碑傳集》、《萇楚齋書目》、《國朝耆獻類徵》、《皇朝文獻通考》

陳大受　字占咸，號可齋，祁陽人。雍正癸丑進士，官協辦大學士，謚文肅。師事方苞，受古文法。其爲文不務聲華，原本性情，義正詞醇，恪守方苞軌範。撰《陳文肅公遺集》二卷。《陳文肅公遺集》、《陳文肅公年譜》、《清芬録》、《聞見偶録》、《國朝先正事略》、《國朝文彙》、《皇朝經世文編》、《碑傳集》、《國朝尚友録》、《國朝耆獻類徵》

【補遺】陳大受官兩廣總督，爲方苞高第弟子。《内自訟齋詩文集》、《國朝古文彙鈔初集》、《續補碑傳集作者紀略》、《萇楚齋書目》

單作哲　字紫溟，高密人。乾隆丙辰進士，官池州府同知。師事方苞，受古文法。撰《紫溟文集》□卷、《饒陽縣志》二卷、《首末》二卷、《棗强縣志》十卷。作哲深明撰述之體要，故其爲志，首末備貫，義法謹嚴，文體精潔。《柏堂集後編》、《饒陽縣志》、《抱潤軒文集》、《皇朝經世文編》

【補遺】單作哲，字侗夫，師事方苞，受古文法二年，稱高第弟子。師説最爲篤信謹守，方苞以自書《尚書述》、《朱子詩義補正》、《書義補正》等原稿授之。家居，每月會族中子弟，考其文藝而甲乙之。《高密縣志》、《奉萱草堂詩文集》並《續集》、《蓑楚齋書目》

程□□　字于門，□□人，乾隆□□□召試中書。自方苞以古人之道作爲古文，于門獨深信而恪守其學，故其詩文爲古人之詩文。撰《程于門詩集》□卷。《生香書屋文集》

陳浩　字紫瀾，昌平人，雍正甲辰進士，官詹事府少詹事。師事方苞，篤信其説。一家所讀非方苞之文，即方苞評點各書，兼工書法。撰《生香書屋詩集》二卷、《文集》四卷。《生香書屋文集》、《國朝文彙》、《湖海詩傳》

【補遺】陳浩主講大梁書院。善書，尤長于詩。詩筆清婉有致，頗近陶、韋。乾隆中善書者以浩爲第一，單條直幅價等兼金。《雨村詩話》、《永順府志》、《藤陰雜記》、《甓湖草堂詩文鈔》、《蓑楚齋書目》、《續補碑傳集作者紀略》、《章氏遺書》

江有龍　字若度，號涵齋，桐城人。乾隆甲子副榜，薦舉博學鴻詞，官江寧府教授。與劉大

槐并爲古文學，得方苞家法。大槐稱其文湛深而有本。尤熟於諸史。《桐舊集》、《鶴徵後録》

方道章 字用安，一字用闇，號定思，桐城人，苞子，雍正壬子舉人。古文雅有家法。撰《定思文集》□卷、《詩集》一卷。《國朝名臣言行録》、《望溪文集》、《隱拙齋詩文集》、《桐城桂林方氏藝文目》

【補遺】方道章，官揀選知縣。善爲古文，能承其家學。《顔氏學記》、《望溪年譜》、《畿輔通志》

諸洛 字杏程，無錫人，諸生。少學古文，及交徐流方，得方苞義法，文學益進。撰《類谷居文稿》□卷。《無錫金匱縣志》、《無錫圖書館書目》、《國朝耆獻類徵》、《無錫鄉賢書目》

【補遺】諸洛，一字頴城，晚年杜門撰述，藏書甚富，皆手定。撰《類谷居文稿》一卷。《類谷居文稿》、《拙存堂文集》、《萇楚齋續書目》、《續補碑傳集作者紀略》

羅有高 字臺山，瑞金人，乾隆乙酉舉人。師事雷鋐、朱仕琇，受古文法。工古文，兼喜治佛學。其爲文，喜爲艱苦癖澀之音，而意旨高邈，志味深隱，旁通曲暢，務抒其所獨契，亦不可及。撰《尊聞居士集》八卷。《國朝耆獻類徵》、《江西詩徵》、《立崖文稿》、《國朝宋學淵源記》、《聞見偶録》、黎選《續古文辭類纂》、李選《國朝文録》、《國朝文彙》、《文獻徵存録》、《湖海詩傳》、《皇朝經世文編》、《春融堂詩文集》、《皇朝續文獻通考》

【補遺】羅有高常率諸族子弟入鳳凰山，朝夕講肄；又主奉化張鳳竹、鄞縣邵洪二家，請業者甚衆，無不足其意以去。師事雷鋐，篤信謹守，未嘗去口。服膺朱仕琇，並以古文請其繩削。于儒宗明道、象山，群經主《注疏》，小學主《説文》，史注主裴氏、張氏、小司馬氏，皆參稽古訓，句櫛字比，以歸一是。常以訓故不明，則文之根柢不立，支離杜撰，規矩蕩然；故于《爾雅》、《説文》治之加詳，一字之義往往引端竟委，反覆數千言。又素習權家言。詩文勁悍奥衍，多俶詭詞，無茶弱氣，陋摹擬，絶依傍，旁通曲鬯，務抒其所獨契。雖非正宗，實亦孤行絶詣。蓋出入荀、莊而探原于《三禮》。其所醖釀者厚，故微至密栗，文品絶高。中有傳志一體，筆力特謹嚴，惟論文間及禪學，時雜浮圖家言。《霞外捃屑》、《大雲山房文稿》、《剡源鄉志》、《理堂詩文集》、《尊聞居士集》、《鼎吉堂詩文鈔》並《續編》、《鄉詩摭譚續集》、《萇楚齋書目》、《續補碑傳集作者紀略》、《二林居集》、《瞻衮堂詩文集》、《章氏遺書》、《國朝古文彙鈔初集》、《山木居士集》

黄鐘 字律陽，昆山人。諸生，官阜寧縣訓導。游學靖江，受古文法于程崟。崟本方苞高第弟子，故學有本原。下筆千言，一衷之于義法。復工詩，兼善書畫。撰《止觀文集》一卷。《昆山新陽縣志》

張德安 字幼敦，華容人。□□，少出陳學灝之門，古文得方苞義法。撰《居易堂文集》□卷。《國朝耆獻類徵》

成城 字成山，號衛宗，仁和人。乾隆庚辰進士，官候選知縣。師事沈廷芳，受古文法。亦工詩、古文詞。撰《泰安府志》三十卷、《卷首》二卷。《泰安府志》、《隱拙齋詩文集》

【補遺】成城，主講松林書院。學碩藝精，言行卓犖。撰《泰安府志》三十卷、《卷首》一卷，考徵記述，博而有要，簡而能賅，非苟焉作者。《滋蘭堂集》、《泰安府志》

衛晞駿　字卓少，韓城人。□□□□舉人。師事沈廷芳，受古文法。亦工詩、古文詞。《隱拙齋詩文集》

【補遺】衛晞駿，乾隆甲戌進士，官儀徵縣知縣。《洛間山人文鈔》

王昶　字德甫，一字述庵，號蘭泉，青浦人。乾隆甲戌進士，官刑部右侍郎。師事沈彤，受古文法。其爲文規矩謹嚴，典贍詳實；議論考核甚辨而不煩，極博而不蕪，精到而意不至於竭盡，頗有古人高韵逸氣。主講婁東、敷文等書院，先後從游者二千餘人。撰《春融堂詩集》廿四卷、《詞》四卷、《文集》四十卷、雜著□□種。《春融堂詩文集》、《越縵堂日記》、《郎園讀書志》、《國朝漢學師承記》、《惜抱軒詩文集》、《小峴山人詩文集》、《清代名人手札甲集》、《國朝先正事略》、《國朝文彙》、《薇省詞鈔》、《國朝尚友録》、《國朝耆獻類徵》、《文獻徵存録》、《昭代名人尺牘小傳》、《金石學録》、《碑傳集》、《皇朝經世文編》、《皇朝續文獻通考》

【補遺】王昶，古文閎博淵雅，醇謹深厚，雖胎息「唐宋八家」，于古合以神而不襲其貌。《樵隱昔寱》、《鑒止水齋集》、《初月樓詩文鈔》、《萇楚齋書目》、《續補碑傳集作者紀略》

伊朝棟　字用侯，寧化人。乾隆己丑進士，官太僕寺卿。師事雷鋐，謹厚守繩尺。撰《賜硯齋詩鈔》四卷、《南窗叢記》八卷。《國朝先正事略》、《國朝尚友録》、《國朝耆獻類徵》、《皇朝續文獻通考》、《福建通

志》、《群雅集》

【補遺】伊朝棟，原名恒瓚，號雲林，官光禄寺卿。撰《寧陽詩存》三卷。《福建通志》、《甚德堂文集》、《研經室二集》

李符清 字仲節，號載園，合浦人。乾隆癸卯舉人，官開州知州。師事汪龍岡，以方苞古文義法授之。撰《海門文鈔》□卷、《詩鈔》十三卷、《鏡古堂檢存文鈔》一卷、《左傳節録》□卷。《鏡古堂檢存文鈔》、《國朝文彙》、《國朝詩人徵略》、《郋園讀書志》、《群雅集》

【補遺】李符清，博極群書，兼工算學，好窮探古今秘奥，自六經諸史旁及稗官野乘靡所不究。詩則出入三唐，而抒發性靈，一歸正始，其雄情浩氣駸駸入古。探源《左》、《國》，復參之太史公，以著其潔。撰《海門文鈔》一卷。《皇朝續文獻通考》、《海門詩文鈔》

宋華國 字兩宜，雩都人。諸生，官石城縣教諭。師事黄世成，受古文法，復與魯九皋、羅有高等以文字相切劘。其文確守正軌，理境清醇。撰《立崖文稿》四卷。《立崖文稿》

【補遺】宋華國，號立崖居士，□□□□拔貢，官彭澤縣教諭，主講雲陽書院。學宗朱子。爲文冲夷簡淡，如不欲爲文。撰《立崖詩稿》一卷、《文稿》八卷。《萇楚齋續書目》、《續補碑傳集作者紀略》、《睦堂先生詩文集》、《國學圖書館圖書總目》

韓夢周 字公復，號理堂，濰縣人。乾隆丁丑進士，官來安縣知縣。與魯九皋、陳用光等以古文相切劘。其爲文宗法方苞，純正平易，莊雅有法度，曠邈之思不可揭取，往往見于詩文；究嫌理勝於詞，終有户牖。晚歸程符山中讀書，從學者甚衆。撰《理堂文集》十卷、《文外集》一卷、《詩集》四卷、《日記》八卷。《山陽縣志》、《讀文雜記》、《理堂全集》、《柏堂集後編》、《惜抱軒尺牘》、《太乙舟詩文集》、《國朝先正事略》、《國朝文彙》、《文獻徵存録》、《儒林傳稿》、《碑傳集》、《皇朝經世文編》、《國朝尚友録》、《國朝耆獻類徵》、《國史儒林傳》、《十二筆舫雜録》

【補遺】韓夢周，主講淮南書院，刻意濂、洛、關、閩諸儒之書。文筆峻潔，淵懿醇茂，闡明理道，不循流俗，蓋本其心得而以和平安雅出之；無繩削雕鏤之勞，有雲行水流之趣，雖宗法方苞而氣味之質厚精實不能及。當時與法坤宏、閻循觀稱「山左三君子」；與山陽任瑗、邱逢年，楊禾三人爲道義交，最爲莫逆，過從甚密。詩法王、李而無騁才之迹。編《羽翼經傳制義》爲《載道集》□卷。《樵隱昔寱》、《柏堂集□編》、《萇楚齋書目》、《續補碑傳集作者紀略》、《緑野齋文集》、《穿經室二集》、《忠雅堂詩文集》、《實事求是齋遺稿》、《伊嵩室詩文集》

閻循觀　字懷庭，號伊嵩，昌樂人。乾隆丙戌進士，官吏部主事。爲文宗法方苞，造語取境廉悍幽奥，無一背理之言，足以名家。撰《西澗草堂文集》四卷、《詩集》四卷、雜著□種。《西澗草堂集》、《讀文雜記》、《國朝先正事略》、《國朝文彙》、《國朝耆獻類徵》、《國朝尚友録》、《皇朝經世文編》、《儒林傳稿》、《四庫全書提要》、《理堂詩文集》、《文獻徵存録》、《國史儒林傳》、《皇朝文獻通考》

【補遺】閻循觀，乾隆己丑進士，官吏部考功司主事。治經不主一家言，而務探本源，以求合聖賢之心，于《尚書》、《春秋》尤邃。旁及天文、律吕，無不探討。初潛心内典，及讀宋儒書，乃一歸于醇正，以程、朱爲宗。其文淳古淡泊，氣度冲夷，取法歸有光、方苞。所取彌約，其造彌深，清識遠指，覽之若無，即之愈有，窈其欲往而不激。理溢于至足，而出于不自知；人意之所不至，筆獨至；油然出于中而暢，其意温然即于人心，粹然儒者之言。《樵隱昔寱》、《二林居集》、《柏堂集□編》、《揅經室二集》、《萇楚齋書目》、《續補碑傳集作者紀略》、《迂齋學古編》、《衎石齋記事稿》、《椿莊文輯》、《抱經堂文集》

陳經　字景辰，號墨莊，荆溪人，布衣。師事秦瀛，受古文法。博聞多識，工詩、古文詞。覃精於《史》、《漢》、八家，取其神理。其爲文之義法得諸方苞。撰《墨莊文鈔》一卷、《題跋》二卷、《碧雲山房詩鈔》□卷、雜著□種。《小峴山人詩文集》、《初月樓詩文鈔》、《墨莊文鈔》、《題跋》、《國朝文彙》

【補遺】陳經，師事秦瀛，無歲不過瀛，親承古文義法。學博，尤好著書，皆詳實典雅，足以徵文獻而備掌故。

陰承方　字靜夫，號克齋，寧化人，諸生。與雷鋐、朱仕琇友善，以文字相切劘，刻志勵行，尤精《喪禮》。撰《陰靜夫遺文》二卷、《喪儀述》二卷。《福建通志》、《陰靜夫遺文》、《國朝古文彙鈔》、《國朝文彙》、《碑傳集》、《國朝耆獻類徵》、《甚德堂文集》

【補遺】陰承方，倡明正學，一意程、朱，旁及薛、陸諸子。造次必以禮，能古文章，不談制舉文。其文皆有關于身心性命之要，世教風俗之軌，闡明至理，毫無剩義。且能發前人所未發，匡古

不逮，挽今之失，大中至正，至深造逢源之至境。《國朝古文彙鈔二集》、《萇楚齋書目》、《續補碑傳集作者紀略》

吴賢湘　字清夫，寧化人，嘉慶己未進士，官邵武府教授。師事陰承方、朱仕琇，受古文法。其爲文峭潔簡質，不類凡近。撰《甚德堂文集》四卷、《秋風紅豆室詩鈔》一卷。《福建通志》、《甚德堂文集》、《賭棋山莊詞話》、《國朝古文彙鈔》、《國朝文彙》、《碑傳集》

【補遺】吴賢湘，嘉慶丙辰舉孝廉方正，因自號丙辰徵士。官翰林院典籍，主講樵川、泉上等書院講席。師事伊朝棟，古文義法受之朱仕琇。其文修詞立誠，析義利之介，以翼經衛道而衷于身。撰《甚德堂詩集》□卷。《留春草堂詩鈔》、《大雲山房文集》、《蔬園詩集》、《萇楚齋書目》、《續補碑傳集作者紀略》、《韓川文集》

伊秉綬　字組似，號墨卿，字化人，朝棟子。乾隆己酉進士，官惠州府知府。師事陰承方，教以實學。工詩，書法尤善。撰《春及草堂詩鈔》七卷。《大雲山房文集》、《春及草堂詩鈔》、《陰靜夫遺文》、《國朝先正事略》、《昭代名人尺牘小傳》、《湖海詩傳》、《碑傳集》、《郎園讀書志》、《甌鉢羅室書畫過目考》、《國朝尚友録》、《國朝耆獻類徵》、《皇朝續文獻通考》、《福建通志》、《群雅集》

【補遺】伊秉綬，官揚州府知府，署理蘇松太兵備道。師事吴賢湘，受古文法。究心性理之學，省身克己，務歸于是。詩集中以言愁爲最工。《登雲山房詩文稿》、《默庵集錦》、《甚德堂文集》、《同安縣志》、《揅經室二集》、《萇楚齋書目》

劉鴻翺　字次白，濰縣人。嘉慶己巳進士，官太湖同知。師事韓夢周，受古文法。撰《緑野

齋文集》四卷。《緑野齋文集》、《續碑傳集》、《碑傳集》、《皇朝經世文編》、《皇朝續文獻通考》

【補遺】劉鴻翱，翱亦作翶，官福建巡撫。與薛萊峰以文學相切磋，精研古人爲文義法。其文義精辭昌，于程、朱之理融會貫通，精于明道，心得手應，動合自然。闡經必審本義而無穿鑿之談；證史必覈始終而無谿刻之論；稱述先德，友恭兄弟，所言不必斤斤求似于古人，自有合于載道之旨。叙事文雖有生氣，而以議論緯其間，微不逮錢儀吉。論議自抒心得，不拾前人膏馥。詩亦絶去浮靡，力追正始。撰《緑野齋前集》□卷、《後集》□卷、《太湖游草》一卷。《樵隱昔寱》、《太湖詩草》、《稼墨軒集》、《慎其余齋詩文集》、《景士堂文集》、《萇楚齋書目》、《續補碑傳集作者紀略》

廖□□　字南崖，□□人，□□。師事雷鋐，受古文法。其爲文渾厚處得北宋大家之遺，並究心《三禮》。《梅崖居士集》

【補遺】廖鴻章，字羽明，號南崖，永定人。乾隆丁巳同進士，官翰林院檢討，主講紫陽書院。朱仕琇妹夫。其文理正氣純，格整辭雅，遠似朱子，近似李光地。《紫陽書院題解》則兼注疏之考證、程朱之義理，融會貫通。撰《南雲書屋文鈔》一卷。《國朝古文彙鈔初集》、《南雲書屋文鈔》、《紫陽書院題解》、《皇朝續文獻通考》、《清代館選分韵彙編》、《吴縣志》、《萇楚齋書目》、《續補碑傳集作者紀略》、《再續補彙刻書目》、《柏堂集續編》、又《集外編》

薛□□　字萊峰，壽光人，□□□□□□。師事劉鴻翶，受古文法。《緑野齋文集》

【補遺】薛□□，字萊峰，師事韓夢周，受古文法。《緑野齋文集》

邵懿辰　字位西，仁和人。道光丁酉舉人，官刑部員外郎，咸豐十一年殉難。學宗朱子，經學宗李光地，文宗方苞。嘗從梅曾亮受古文法，經學淵深。爲文擷經之腴，精於義理，叙事有法，醇古茂實，奥美盤折，步武方苞，卓然成家。詩非其所長，然固非時俗人所能爲。撰《半巖廬遺集》二卷、《補遺》一卷、《尺牘》一卷，《四庫簡明目録標注》廿卷，尤便於學者。《杭州府志》、黎選《續古文辭類纂》、《敬齋雜著》、《柏堂集後編》、《讀文雜記》、《萇楚齋書目》、《曾文正公詩文集》、《小西腴山館詩文集》、《皇朝續文獻通考》、盛輯《皇朝經世文續編》、《國朝文彙》、《國學圖書館年刊》、《越缦堂日記》

【補遺】邵懿辰文擷經之腴，務先義理，不事縟色繁聲，亦頗采異己者之説以自廣。説經以李光地、方苞爲二宗。安溪説經，以朱子之意貫串漢儒，大約得經之本旨爲多；望溪則每于空曲交會無文字處，獨得古聖仁賢微意之所在。所撰《禮經通論》，謂《儀禮》本無闕失，十七篇中非徒士禮，其識遠勝前人。《柏梘山房集》、《四庫簡明目録標注》、《續補碑傳集作者紀略》、《望三益齋雜體文》、《飲冰室藏書目録》、《國學圖書館圖書總目》、《吳門銷夏記》、《冬暄草堂遺詩》、《國學圖書館第四年刊》

徐侃　字又陶，來安人，乾隆丁酉拔貢。師事韓夢周，受古文法。撰《峴亭文稿》□卷。《理堂詩文集》、《國朝文彙》

【補遺】徐侃，師事汪縉，受古文法，從韓夢周讀書來安縣署中。于漢、魏以來及國朝諸家之

詩無不探討，其詩出入太白、昌谷間；韓夢周稱其高標物外。《伊嵩室詩文集》、《國朝古文彙鈔初集》

徐家綸　字宣嘉，昆山人，諸生。潛心理學及根柢之學，古文詞宗法方苞。撰雜著四種。《昆山新陽縣志》

吴大廷　字桐雲，沅陵人。咸豐乙卯舉人，官臺灣兵備道。與舒燾、王拯、馮志沂、吴敏樹等友善，以文字相切劘。文宗方苞，自謂於《震川文集》所得尚淺。酷好《望溪文集》，已圈識五過，用力至勤。其爲文恪守方苞義法。稱心而言，踔厲迅發，如潮水驟至，虚空而不見沙礫，折旋而不失規矩，有得於陽剛之美。詩亦根柢深厚。撰《小酉腴山館文集》十二卷、《詩集》八卷、《自訂年譜》二卷、雜著□種。《小酉腴山館詩文集》、《自訂年譜》、《微尚齋詩文集》、《吴先生詩文集》、《國朝文彙》、盛輯《皇朝經世文續編》、《皇朝續文獻通考》、《道咸同光名人手札》

【補遺】吴大廷古文守方苞義法，詩亦正變迭出，不名一家，而神與古會，不失詩人意旨。《養雲山莊詩文集》、《蒼莨初集》、《樵隱昔寱》、《萇楚齋書目》、《續補碑傳集作者紀略》

陳光章　字□□，同安人。師事官獻瑶、朱仕琇，受古文法。獻瑶稱其美秀而文。《國朝全閩詩話》

李文淵　字靜叔，號僅堂，益都人，諸生。爲文篤信方苞之説，必謹於義法。潛心《易》、《禮》二經。撰《李靜叔遺文》一卷、《左傳評》三卷。《李靜叔遺文》、《國朝文彙》、《皇朝文獻通考》

【補遺】李文淵嗜古博辨，録《國語》、《國策》、《管》、《列》、《韓非》、《荀》、《揚》諸子、《前漢書》，以爲文之源者，編《古文選》□卷，録《左傳》、《史記》、韓文以爲文之至者，編《三家文選》□卷，録諸子、道、墨、縱横、雜家等類編《諸子粹言》□卷，録歐、蘇諸家，汰其冗弱而俗者，爲《北宋文選》□卷。《閲微草堂筆記》、《國朝古文彙鈔二集》、《山東圖書館年刊》、《萇楚齋書目》、《續補碑傳集作者紀略》

張璐　字寶卿，一字子佩，常熟人。道光乙巳進士，官刑部主事。與朱琦、馮志沂等友善，受古文法。其論文宗法歸有光、方苞。其爲文間攄所得，論議俱本經籍，扶疏勁健，馴雅可誦，頗近劉大櫆。撰《白圭榭古文遺稿》一卷。《白圭榭古文遺稿》

【補遺】張璐，亦字芝佩，官刑部湖廣司主事，瑛兄。沈酣經史，旁究諸子百氏，靡不通貫。其文和平雅潔，出入歸有光、方苞，得桐城正脉。間攄所得，不輕示人，是以流傳甚少。《知退齋稿》、《文貞文集》、《常昭合志》、《庸庵文編》、《萇楚齋書目》、《續補碑傳集作者紀略》

吴汝純　字熙甫，號斂庵，桐城人，官光禄寺署正。師事其兄汝綸。私淑方苞、姚鼐，能得其大旨。與賀濤、范當世等友善，以文字相切劘。瀏覽載籍，頗多穎悟。撰《玉屏山人詩稿》□卷、《斂庵文集》□卷。《賀先生文集》、《北江詩文集》、《晚清四十家詩鈔》

【補遺】吴汝純，自號玉屏山人，篤好方苞、姚鼐之説，以古作者自期。

單爲鏓　字伯平，高密人。道光己酉舉人，官栖霞縣教諭。私淑方苞。其爲文辭醇理精，用法至密，氣體潔以和，序事雅飭，真實切近，有裨人心風俗。歷主濟南等書院講席。撰《奉萱草堂文集》一卷、《文續集》一卷、《詩集》一卷、《詩續集》二卷。《韓文一得》□卷，廿餘年數易稿始成，雜著十種。《奉萱草堂詩文集》、《萇楚齋書目》

【補遺】單爲鏓，號芙秋，道光辛巳舉孝廉方正，特賞五品卿銜，主講長清書院，作哲族孫。治經綜群議之美，務當文理，不爲望文附麗之説。其文養深學邃，詣正辭醇，理精序潔，以儒者學兼訓詁文章爲教。其與臣言忠，與子言孝，諄諄然如不及。即至酬應之詞，請托之作，要皆真實切近，有裨于風俗人心，若布帛菽粟，人一日而不可離。工詩，書法亦爲世所重。《奉萱草堂詩文續集》、《天根詩文鈔》、《柏堂集續編》、《續補碑傳集作者紀略》、《高密縣志》

朱曾喆　字鈍甫，歷城人。道光己酉舉人，官寧陽縣教諭，私淑方苞，時誦習其文。其爲文深于義法，于程、朱之學篤信力行。撰《鈍甫古文》□卷。《奉萱草堂詩文集》

劉蓉　字孟容，號霞軒，湘鄉人。諸生，官陝西巡撫。師事劉大廷；復與曾國藩、郭嵩燾、吴敏樹等友善，以文字相切劘。其爲文淵懿暢達，識見博大而平實，文氣深穩，多養到之言。撰《養晦堂文集》十卷、《詩集》二卷，經史論撰甚繁，皆未成書，僅存奏議、雜著□種。《小西腴山館自訂年譜》、《曾文正公詩文集》、《求闕齋日記類鈔》、《養晦堂詩文集》、《國朝文彙》、《皇朝續文獻通考》、盛輯《皇朝經世文續編》、《養知書屋詩文集》、《敬孚雜鈔》、《國朝尚友録》、《道咸同光名人手札》

李江　字觀瀾，薊州人。同治壬戌進士，官兵部主事。古文胎息方苞，得其淡遠之致，其真處當于字句外求之。撰《龍泉園集》八種，中有《文集》一卷、《詩集》一卷。《龍泉園集》、《吳先生詩文集》、《萇楚齋書目》

蔡壽祺　字仲鶴，桐鄉人。自言：爲古文由方苞、姚鼐而上溯歐、曾，十年于兹，不能得其要領。《龍泉園集》

何家琪　字吟秋，封丘人。光緒乙亥舉人，官汝寧府教授。與孫葆田友善，以文字相切劘。取徑歸有光、方苞，復好惲敬，能知古文義法，其爲文簡勁冷峭，敍述言行瑣屑必録，頗雜小説氣。撰《天根文鈔》四卷、《文法》一卷、《文續鈔》一卷、《詩鈔》二卷。《校經室文集》、《天根詩文鈔》、《萇楚齋書目》

【補遺】何家琪，年少氣盛時，下筆千言，既而深自斂抑。取法歸有光、方苞，深知古文之義法，而不拘守桐城宗派；簡勁冷峭，可爲繁富家藥石。未刻文存三之一，詩存四之三。《冷語》、《勱堂讀書記》、《續補碑傳集作者紀略》、《鼎吉堂詩文鈔》、《青草堂集》

裘廷梁　字葆良，無錫人，光緒□□舉人。私淑方苞、姚鼐，其爲文深得二家義法，文筆雅潔。撰《裘葆良文集》□卷。《虹橋老屋遺稿》、《荔雨軒詩文集》

【補遺】裘廷梁，號可桴。

補遺

吴直 字景良，亦字生甫，號井遷，桐城人。乾隆壬辰舉人，□□□□□□。授徒于鄉里，善講論，開發後學。于方苞爲中表，以文學相切磋。其文峻潔超妙，磅礴暢達，曲盡其意，得《遷史》之神。放意抒詞，若無紀極，至其希微要眇，感喟悲凉，嘗使人欷歔流涕而不自禁；雖不免刻意求工，而思力之矯變、議論之卓犖，成一家言，確乎可傳。其根極理要若《三才説》、《心説》等篇，實與明道《定性》、張子《西銘》等處相發明。詩雖無意求工，而清妙靈雋，往往沁人心腑。素精音律，工棋奕。撰《井遷文集》□卷、古文一百五十餘篇、《詩集》□卷、古今體詩二百餘首，惜已多散佚。《孟涂詩文集》、《桐舊集》、《國朝古文彙鈔初集》、《絅庵文集》、《理庵文鈔》

程茂 字蒓江，安東人，諸生。□□□□□□□。與方苞友善，以文字相切磋。苞最稱賞其文：研究甚深，脱去畦徑，戛戛獨造，淺人不能識。詩文縱横排奥，得杜、韓之遺。有示以詩文者，朗讀數過，悉得其所自出而稱道之，使人心饜。撰《吟暉樓遺文》三卷、《晚甘園詩》六卷，皆未刊。《勉行堂詩文集》

劉輝祖 字北固，懷寧人，寄籍桐城，康熙庚午舉人，□□□□□□□。與方苞兄弟最爲友善，以文學道義相切磋。撰《藕浦詩古文集》四十卷。《懷寧縣志》

劉捷　字古塘，懷寧人，寄籍江寧，輝祖弟。康熙辛卯舉人，□□□□□□。與方苞兄弟最爲友善。撰《古塘詩□集文集》□卷。《懷寧縣志》

方觀承　字遐穀，亦字宜田，號問亭，桐城人，乾隆丙辰薦舉博學鴻詞，官直隸總督，予謚恪敏。師事族父苞，受古文法；苞爲之指示《左》、《史》義法，即以苞文爲準則。湛深經術，尤精《三禮》。工詩及書法。輯録《望溪先生經説四種》八卷刊之，爲苞經説最初本。撰《問亭集》□卷、《述本堂詩集》□卷、《宜田彙稿》□卷。《望溪先生經説四種》、《桐舊集》、《皖雅》、《三續補彙刻書目》、《國朝先正事略》

趙青藜　字然乙，一字墨閣，涇縣人。乾隆丙辰進士，官山東道監察御史。師事方苞，受古文法。其文持論平易，不爲矯激之論，風格頗似其師，史論亦有特識，在乾隆初元最得桐城文法之正。詩亦出入唐宋大家。罷官後，常率子侄借榻山僻蕭寺中，有來學者輒就其資性利導之。奬勵後學不去口，成就者甚衆。生平以不欺爲主，嘗云：「不欺始無僞，須拔除僞字。」撰《漱芳居文鈔》十六卷。《詩鈔》三十二卷、《詩鈔檢存》二卷。《國朝文椒題詞》、《萇楚齋續書目》、《三續補彙刊書目》、《續補碑傳集作者紀略》、《望溪文集》、《漱芳閣詩文鈔》、《國朝先正事略》

張甄陶　字希周，一字惕庵，福清人。乾隆乙丑進士，官昆明縣知縣。主講五華、貴山、鰲峰等書院廿年。師事方苞，受古文法，請讀未見書。學宗程、朱而博綜旁通，亦不爲苟同。撰《正學

堂經解》□□卷，歷十年始成，又《松翠堂文集》三十卷。《東越儒林傳》

孫廷鎬　字庚炎，一字庚垚，號蓮峰，無錫人，諸生。師事方苞，受古文法。苞謂：「文章糟粕，精微所寓，後生作文，若先務去糟粕，是並精微而去之矣。是又不可不知也。」主講蛟川書院，講學不爲理學空言，務兼體用。熟于史事，喜談兵。工詩古文詞。古文、詩賦、雜著稿名《白紵集》四十三卷。《剡源鄉志》

陳從壬　或作從玉，字非潁，懷寧人。乾隆庚午舉人，官嘉定縣學教諭。師事方苞，受古文法，苞稱其敦實行，殆不可多得。撰《竹塘文集》□卷。《懷寧縣志》、《學風》

周□□　字桐圃，□□人。□□□□□□，主講嶽麓書院。師事方苞，受古文法。《躬耻齋詩文鈔》

王□□　字敬所，長樂人，□□□□□□。師事方苞，受古文法。慕古嗜經術，箋注經書。《隱拙齋詩文集》

吴燮　初冒姓張，名元，字萬長，號改堂，吴江人。乾隆丙辰召試博學鴻詞。師事方苞，受古文法，得其爲文之旨，復研究宋元儒書。《二林居集》

沈淑　字立夫，一字季和，號頤齋，常熟人。雍正癸卯進士，官翰林院編修。與方苞同給事武英殿書館，得備聞古文義法及《周官》之說，欲竭力于文學。早卒，惜其書未成。《清代館選分韵彙

編》、《望溪文集》

余棻　字□□，宜黄人，□□壬子舉人，□□□□□□。師事方苞，受古文法。絶意進取，思力踐古人之學。《望溪文集》

陳仁　字□□，武宣人。□□□□進士，官□□道監察御史。師事方苞，受古文法十有餘年。《望溪文集》

龔巽陽　字□□，天門人，□□□□舉人，□□□□□□。師事方苞，受古文法，專心治《三禮》。《望溪文集》

光正華　字□□，桐城人，處士。師事舅方苞，受古文法，遍讀五經及周秦間諸子書。于古文詞皆得其門徑。《望溪文集》

方文始　字兼山，定遠人，諸生。師事方苞，受古文法，得文章正脉。《退一步齋詩文集》

方城　字宸山，桐城人，諸生。師事從兄方苞，受古文法。撰《緑天書屋詩鈔》□卷。《望溪文集》、《桐舊集》、《皖雅》

吴□□　字鏡齋，□□人，□□□□□□。師事方苞，受古文法。《滄溪詩集》

王芑孫　字念豐，號愓甫，長洲人。乾隆□□舉人，官華亭縣學教諭。少聞鍾勵暇傳方苞經説、古文之學，習其議論。後交劉大櫆、魯九皋、秦瀛、彭紹升、汪縉等，以文學相切劘，自謂：「古文之學，必極其才力，而後可載于法；必無所不有，而後可以爲大家。」撰《淵雅堂集》五十八卷。《樵隱昔寱》、《淵雅堂集》、《叢書舉要》

方式穀　字秩音，號午庵，桐城人，嘉慶辛酉舉人。□□□□□□，苞族孫。工古文，以苞爲宗，苞以外鮮所注意。極其才力，成就可以接踵。《寄鴻堂文集》

潘昶　字景昶，號滌汀，吳江人，諸生。喜爲詩、古文詞，與沈彤、沈闇等相切磋，商榷義法，尤喜楊園張氏遺書。撰《□□□詩集》□卷、《文集》□卷。《平望志》

張耕南　字耦庭，桐城人，處士。師事葉酉，受古文法。肆力于學，以詩文自適。《善思齋詩文鈔》

黃賢寶　字介卿，號心泉，又號惺全，晚號遯園，長沙人。乾隆癸卯舉人，官零陵縣學教諭。主講環溪、仰高等書院最久，四方執經受業者嘗百十輩。師事周桐圃，受古文法。于書無所不窺，尤好研究古文。爲詩歌學宋人，作書勁直，有平原規矩。《躬耻齋詩文鈔》

揭觀常　字銘孫，臨川人。諸生，官候選訓導，能文章。讀方苞、劉大櫆、朱仕琇諸家文集，盡得其義法。其文多沈摯之思，雖稍有偏執，而獨往獨來，奥折其詞，議論甚醇，具涵理趣。撰《□□□詩稿》□卷、《文稿》□卷、《駢體文稿》□卷。《蔀古齋文初稿》

劉□□　字莊年，安丘人。□□□□□□，官興泉永兵備道。私淑方苞，爲文奉以爲法。詩

則不專主一家。詞尤清豪婉麗，深得風人和平之旨。撰《海南歸棹詞》□卷、《海南燼餘録》□卷。《敦艮吉齋詩文存》

鄒導源　字蓉坨，無錫人，諸生。爲古文宗方苞、劉大櫆，駸駸乎得其神似。撰《古桐書屋詩集》□卷、《文集》□卷。《退一步齋詩文集》

黄逢澤　字幼平，長沙人，諸生。□□□□□□□，潛研于書，盡絶世務，文軌桐城方苞，隱然時宿。《芥滄館文存》

潘啓雅　字觀尚，一字觀常，荆溪人，處士。泛濫兵家、陰陽、縱横、醫術、釋老之書，復好洛、閩諸儒學，五經皆精，尤邃于《易》。古文愛方苞，所作文精潔靜穆，亦與相近。詩喜韋、孟，亦多古音，無靡靡之響。撰《靜寄軒文鈔》一卷、《詩鈔》一卷、《卷首》一卷。《靜寄軒詩文鈔》

張泰來　字亨大，號陸泉，沔陽人，諸生。博覽强識，行事一以經義折衷，講求有用之學。凡朝章、國典、吏治、民情，皆必思其措注之方，紀述尤詳。文宗方苞，純以理勝，深醇爾雅，無一切馳驟叫號、媕娿浮靡之習。詩宗淵明、子美、昌黎、朱子。撰《補希堂詩集》□卷、《文集》廿卷，選刊四卷。《補希堂文集》

徐士芬　字誦清，號辛庵，亦號惺庵，平湖人。嘉慶己卯進士，官户部右侍郎。古文私淑方苞、姚鼐，能得其神理。深于義理之學，立言可謂有本。其文有淵靜之思、肅穆之氣，于歐陽爲近。詩則即景成吟，不事雕琢，閑雅恢廓，清雋遥深，自然流露。撰《誦芬閣集》十卷。《小雲廬晚學文稿》、《清代館選分韵彙編》、《誦芬閣集》、《萇楚齋書目》、《續補碑傳集作者紀略》

馬福安 字聖敬，號止齋，順德人。道光己丑進士，官六安州知州。古文私淑方苞，推爲南宋後一人。好宋儒書，詩喜東坡、放翁，文愛韓、柳、大蘇。以文爲行之餘，雖非專意，然其文學博而醇，氣疏以達，鏗鏘陶冶，亦時見古人情狀。因文見道，非有功于世教而不肯形諸筆墨，自抒胸懷之藴，實充實而不可以已。其體格去宋儒之質，而陳言盡去，華實兼茂。自經史諸子以至唐、宋大家詩、古文詞，無不能上口，尤熟于西北輿地險要，如親至其地。撰《止齋文鈔》二卷、《貞是詩存》一卷。《止齋文鈔》、《萇楚齋書目》、《續補碑傳集作者紀略》

劉載颺 字賡臣，號□□，清泉人。諸生，官直隸州州判。私淑方苞，遍取方苞遺書，朱墨鉤提，窮日夕不厭，以求古文義法，論文必稱之以爲模則。《善思齋詩文鈔》

張璇 字□□，奉化人，□□□□□□。師事羅有高，受古文法；又爲孫廷鎬高第弟子。雜著三種，已見《撰述考》。《剡源鄉志》

宋曾源 字玉鳴，奉化人，□□□□□□。師事孫廷鎬，稱高第弟子。好讀書，文筆峭折，可冀其上追古人。《剡源鄉志》

周步瀛 字丹洲，奉化人，□□□□□□。師事孫廷鎬，稱高第弟子。《剡源鄉志》

屠之蘊　字漢吉，亦字罕涯，號仰臺，亦號二瓦學人，鄞縣人，監生。師事羅有高，受詩、古文法，拳拳服膺，並號仰臺以志景仰。于書無所不讀，尤精《毛詩》，兼工古文詞。持行确然。喜韓文，日手不輟，聞人有善本，必借爲校讎。《古詩十九首》注之成帙，深得魏、晉人奥旨。《藏密廬文稿》、《尊聞居士集》、《瞻袞堂詩文集》

雷定淳　一作定洵，字顒若，號樸先，寧化人，鋐子。乾隆壬申舉人，官清河縣同知。夙承家學，博學雄文，撰《咏史詩》□卷。《梅崖居士文集》、《實綸堂文鈔》、《芝庭先生集》、《冠豸山堂文集》、《陰静夫遺文》

雷定澍　字時若，號□□，寧化人，鋐子，監生。承其家學，好讀書，尤好義理，有逸才，敏于文章。《梅崖居士文集》、《實綸堂文鈔》

王誦芬　字□□，□□人，□□□□舉人，□□□□□。師事沈廷芳，受古文法。撰《濰縣志》□卷，搜羅遺逸，尤以忠孝廉節爲尊貴，叙述加詳。《隱拙齋集》

法坤厚　字黄裳，膠州人，坤宏□□□□□□□□□。師事沈廷芳，受古文法，兼工畫理。《隱拙齋集》

劉廷舉　字□□，長樂人，□□□□□□□，力崇明德，孝能永慕。子永標，字□□，□□□□□□□，宅心和厚，詩文爾雅，尤精數理諸樸學。父子均師事沈廷芳，受古文法。《隱拙齋集》

齋集》

李玉驄　字□□，閩縣人，諸生。師事沈廷芳，受古文法，才高而詣純。《隱拙齋集》

趙元睿　字□□，萊陽人，□□□□□□。師事沈廷芳，受古法，稱高第弟子。

宗室懷仁　字育萬，□□□□□□□□□□□，師事沈廷芳，受古文法。詩亦清微朴老，頗具宗室紫幢居士文昭風格。《隱拙齋集》

程楚芳　字湘左，歙縣人，□□□□□□。師事徐流芳、諸洛，受古文法；又爲洛女夫。流芳善于言詩，親承指授，長於七言古，其高者出入蘇、陸。又工書翰。撰《湘左詩草》二卷。《小峴山人詩文集》

蔣同元　字會繹，金壇人，諸生。師事徐流芳，受古文法。學詩頗識門徑，才思浩瀚，不可遏抑。撰《綴錦軒詩》一卷。《小峴山人詩文集》

陳曇　字□□，番禺人，□□□□□□□□。師事伊秉綬，以詩受業，親承指綬。《留春草堂詩鈔》

沈樂善　字嶯山，號秋雯，天津人。乾隆乙卯進士，官貴東道。師事李符清，受古文法，面承指授，得聞詩文之矩矱。撰述甚富，惜皆散佚。與裴宿塘同修《束鹿縣志》□卷。《海門詩文鈔》、《津門古文所見録》

楊兆璜 字飧□，亦字渭漁，號古生，邵武人。嘉慶己巳進士，官廣平府知府。師事吴賢湘，受古文法，頗悉古文利病得失。喜爲詩，手校二十四史，凡歷代職官及輿地沿革縷縷能詳，而于國朝掌故尤瞭如指掌。撰《太霞山房詩集》六卷，《文集》□卷。《邵武府志》、《甚德堂文集》、《籀經堂類稿》

韓□□ 字北岳，濰縣人，諸生，□□□□，夢周族孫。潛心讀書，最服膺宋五子。嘗于夢周文能口講指畫其所以然，其浸潤于家學者甚深，實爲私淑第一人。《無爲齋文集》

張登岸 字□□，寧化人，諸生。師事吴賢湘，受古文法五年。其文開張，惜早卒。《甚德堂文集》

謝霖雨 字毅齋，寧化人，諸生。陰承方教授鄉里，學者每苦其拘而不適用，惟霖雨師事□年，最爲篤信謹守。《甚德堂文集》

□□□ 字阿生，□□□□□□，咸安宫學生，官大理寺正。師事沈彤，受古文法，親承指授講論。學爲古文，誦法高而有矩矱。《果堂集》

韓致經 字通儒，號□□，濰縣人，□□□□□□，夢周族子，夙承家學，喜治古文。《理堂詩文集》

徐泮 字□□，臨淄人，諸生。師事韓夢周，受古文法，讀書程符山中。親師嚮學。《理堂詩文集》

文集》

王東　字震青，阜寧人，□□□□拔貢，□□□□□□。師事韓夢周，受古文法。篤好夢周詩文，手録成帙，復致力于經。《理堂詩文集》

張□□　字遠覽，□□人，□□□□□□。師事王昶，受古文法。其文意醇旨潔，法度悉與古人合，極似歸有光。《春融堂集》

衛藹亭　字□□，□□人，□□□□□□。師事劉鴻翺，受古文法。肆力古文辭，才高而志遠。《緑野齋文集》

巫尹廷　字□□，□□人。諸生，官候選訓導。師事吳賢湘，受古文法，從游甚久。《甚德堂文集》

張孟詞　字□□，□□人，□□□□進士，□□□□□□。師事伊朝棟。撰《山海精良》□卷。《甚德堂文集》

陰東林　原名福崑，字桂友，號青原，寧化人，□□□□□□。師事伊朝棟，與吳賢湘同時受業，互相切磋。詩工近體，書工擘窠，兼工山水、花卉、蟲豸。《甚德堂文集》

姜炳璋　字□□，□□人，□□□□進士，□□□□□□。師事雷鋐，受古文法。《經笥堂文鈔》

朱鳳鳴　字曉山，阜陽人。道光□□舉人，□□□□□□。咸豐丁巳，勸降捻匪張洛行，不從，殉難，投尸于河，追贈□□□□□□。師事劉莊年，受古文法。文行有名潁、亳間。文僅七十餘篇，皆疏通證明，有裨世道人心。撰《食字齋文集》四卷、詩集□卷。《食字齋文集》、《敦艮吉齋詩文存》、《萇楚齋續書目》、《續補碑傳集作者紀略》

王蘭升　字芷庭，萊陽人。同治甲戌進士，官翰林院編修。師事單爲鏓，受詩、古文義法，復轉以授之何家琪、陳冕；書法受之李伯敭刺史□□。文章、書法並爲當時所重。所撰詩文散佚多不傳。《校經室文集》、《天根詩文鈔》

周彤桂　字復卿，長清人。光緒辛卯舉人，□□□□□□。師事單爲鏓，受古文法，得聞正學；又與張昭潛等講業會文，以文學相切磋。雜著三種，大指以尊崇孔教爲主。《校經室文集》

徐伯象　字佛驥，號鳧芰，諸城人，監生。師事單爲鏓，受古文法。邃于《易》學，惜無成書，工楷、隸書。《奉萱草堂詩文集》並《續集》

單祐堂　字□□，高密人，□□□□□□。師事族父爲鏓，受古文法。其文筆沈鷙，惜不永年。《奉萱草堂詩文集》並《續集》

潘欲仁　字子昭，昭文人。道光己酉副榜，官沛縣教諭。師事張璐，受古文法；授以歸、方文，謂師此可以進窺古人堂奧。致力宋儒之學。撰《讀論齋雜著》四卷。《知退齋稿》、《常昭合志》

范希曾　字來研，號穉露，淮陰人，南京高等師範畢業。私淑方苞、姚鼐，力學爲文，淵懿停蓄，具有桐城家法。《南獻遺徵箋》、《書目答問補正》

侯佺　字青溪，無錫人，報恩道院道士。師事徐流芳學詩。其五言澄淡，有左、司風格。徐雖遁迹方外，以山水、詩文、朋友爲性命。所居留雲齋庋書數百卷　丹黄甲乙，籤帙恒滿。撰《青溪詩草》二卷。《小峴山人詩文集》

單可玉　字□□，高密人，爲鏓姊，諸城□□□侍郎王瑋慶室。與弟爲鏓同學，切劘數十年。于歸後，嘗以文史課其子侄，每日焚香一室，圖書列座，講析清皎，一如嚴師。兼通琴理，喜摩趙孟頫書法。撰《碧香閣詩鈔》□卷、《萊鷗詩鈔》□卷。《高密縣志》

桐城文學淵源考卷三

此卷專記師事及私淑劉大櫆諸人

劉大櫆 字耕南，一字才甫，號海峰，桐城人。雍正己酉壬子副榜，乾隆丙辰舉博學鴻詞，□□舉經學，皆不遇，官黟縣教諭。師事方苞，受古文法。所爲詩、古文詞，才高筆峻，能包括古人之異體，鎔以成其體。雄豪奥秘，揮斥出之，其才有獨異，而斟酌經史，未嘗一出於矩矱之外。雖學於方苞，能自成一家，方苞稱爲今世韓、歐。老爲學官於徽，徽之學者經其指授，多以詩文成名。退居于家，教授後進之士，亦多能詩文。撰《海峰詩集》十一卷、《文集》八卷、《評選唐宋八家文鈔》二卷、《論文偶記》一卷。《紫石泉山房詩文集》、《惜抱軒詩文集》、《隨園詩話》、《國朝尚友録》、《桐舊集》、《桐城耆舊傳》、《桐城文録傳》、《柏堂集後編》、《海峰詩文集》、《國朝文彙》、《皇朝經世文編》、《隱拙齋詩文集》、《國史文苑傳》、《皇朝續文獻通考》、《越縵堂日記》、《論文雜記》

【補遺】劉大櫆，主講敬敷、新安等書院。其詩各體俱有本末，以《春秋》之學治家乘，後人奉爲模範。《伯山詩文集》、《韞山堂詩文集》、《敬孚類稿》、《歷代詩約選》、《小偁集》、《評點揚子法言》、《懷寧縣志》、《介亭詩文集》、《來青閣文集》、《十三經讀本》、《萇楚齋書目》、《續補碑傳集作者紀略》

姚範　字南青，號薑塢，初名興涑，字已銅，桐城人。乾隆壬戌進士，官翰林院編修。與同里劉大櫆友善，得方苞爲文義法，又嘗與江若度、王洛、葉酉、方澤爲友，約爲舉世不好之文。其所爲文沉邃幽古，絶去依傍，自成體勢。務求精深，不事藻飾，力追古人而得其閫奥，義法不詭于前人。博聞强記，于經傳子史探涉奥窔；其談藝精深，多前人所未發。主講問津書院八年。撰《援鶉堂詩集》七卷、《文集》六卷、《筆記》五十卷。《國史文苑傳》、《桐城耆舊傳》、《桐舊集》、《援鶉堂文集》、《筆記》、《藝舟雙楫》、《桐城文録傳》、《國朝文彙》、《碑傳集》、《國朝耆獻類徵》、《越縵堂日記》、《萇楚齋隨筆》、《叢書舉要》、《彙刻書目》

【補遺】姚範，字晜青，號銅庵，亦號石農，又號橐沙，又號几蘧老人，主講□□□□等書院。刻苦讀書，博覽强識，以勤于古聖賢之經傳，諸子百史，志在貫穿，不主家法，唯以旁稽互證，求一心之是。其詩文必達其意，絶去依傍，窮幽涉險，力追古人，而得其淵詣。藏書數萬卷，悉加朱墨，見有錯謬羨脱，隨手糾正，各記録于簡端。歿後，書籍頗有散失，從子鼐收手蹟之僅存者藏之，付其孫瑩編爲《援鶉堂筆記》，刻于淮南。《癸亥劄記》、《萇楚齋書目》、《續補碑傳集作者紀略》、《海峰詩文集》、《東溟詩文集》、《皖雅》、《計有餘齋文稿》

吳定　字殿麟，號澹泉，歙縣人，諸生。嘉慶丙辰舉孝廉方正，賜六品服。師事劉大櫆，受古文法。大櫆之官徽州，定從學爲詩文。大櫆歸樅陽，定又從之樅陽，得力甚深。論詩文最嚴于法。宗司馬氏，旁及先秦諸子。暮年歸歙，鋭意研求義理，注《易》、《中庸》各一編。尤邃于《易》，用力四十年，貫穿理數，爲唐宋以來所罕覯。撰《紫石泉山房文集》十二卷、《詩集》六卷，《周易集注》八卷。《紫石泉山房集》、《周易集注》、《惜抱軒集》、《悔生詩文集》、《覺生感舊詩鈔》、王選《續古文辭類纂》、《國朝文彙》、《碑傳集》、《國史文苑傳》、《皇朝經世文編》、《國朝尚友録》、《國朝耆獻類徵》

王灼 字明甫，一字濱麓，號晴園，一號悔生，桐城人。乾隆丙午舉人，官東流縣教諭。師事劉大櫆，受古文法至八年之久，大櫆在桐城門人以灼爲最，大櫆亦極稱許。古文確有宗法，理法詞氣必衷于是，雖步趨大櫆，得其形貌，而雅潔可誦。記傳尤有精采；惜詞勝於理，究少實際。解經貫穿義蘊。詩亦沉雄雅健，卓然爲一大宗。主講東山書院。晚歸祁門，舊弟子復迎之講學。撰《悔生詩鈔》六卷、《文鈔》八卷。《桐舊集》、《柏堂集前編》、《悔生詩文鈔》、《覺生感舊詩鈔》、《茗柯文編補編》、《國朝文彙》、《問亭文鈔》、《桐城縣志》、《桐城耆舊傳》、王選《續古文辭類纂》

【補遺】王灼，亦字賓鹿，主講新安、衡山等書院。古文冲裕和平，精深温厚。詩亦力追往哲，得其精華，味淡聲希，若太古之酒醴、笙簧，絶無金元以下習氣染其毫端；而七言短章尤爲超絶。《孟涂詩文集》、《歷代詩選節本》、《念宛齋書牘》、《萇楚齋書目》、《續補碑傳集作者紀略》

程晉芳 原名廷鐄，字魚門，號蕺園，歙縣人。乾隆辛卯進士，官翰林院編修。師事劉大櫆，受古文法。其爲文以歸、方爲宗，醇清遒簡，有法度。詩尤工。家本饒裕，治鹽于兩淮，性耽文學，藏書五萬卷，丹黃皆遍，家事委之僕人，百事不理，坐此貧困。撰《勉行堂詩集》二十四卷、《卷首》一卷、《文集》六卷、雜著□種。《小倉山房詩文集》、《尺牘》、《隨園詩話》、《勉行堂詩文集》、《秋草文隨》、《國朝漢學師承記》、《湖海詩傳》、《國朝文彙》、《文獻徵存録》、《皇朝續文獻通考》、《國朝耆獻類徵》、《昭代名人尺牘小傳》、《皇朝經世文編》、《薇省詞鈔》、《復初齋詩文集》、《碑傳集》、《國朝尚友録》、《郎園讀書志》、《群雅集》

【補遺】程晉芳，年五十始成進士，生平獨嗜經，至老不衰，服膺宋儒，不敢輕以語人。其文醇于義理，密于體裁，優柔平中；不盡而長，不峭而潔，不鉤稽而辨晰，不枯槁而淡遠；揖讓進退，自然合于矩度。詩亦戛戛獨造，風格頗事生新，不規規于唐人。晉芳與歷城周書昌皆謂「天下文章在桐城」，世遂有桐城派之目。一言能爲世之輕重如此。《悔生詩文集》、《皖雅》、《萇楚齋書目》、《續補碑傳集作者紀略》、《白雲草堂詩文鈔》、《雙佩齋詩文集》、《秋室集》、《睦州存稿》

江濬源 字岷雨，懷寧人。乾隆戊戌進士，官寧安府知府。師事劉大櫆，受古文法。其爲文波瀾意度近似大櫆，詩亦清雅拔俗。撰《介亭全集》十種三十一卷、《臨安府志》廿卷。《介亭全集》、《小西腴山館詩文集》、《國朝文彙》、《皇朝續文獻通考》

【補遺】江浚源，字楙茝，號介亭，署理分巡迤西兵備道。其文因事類情，即物窮理，無心爲文，而天下之至文莫能過。姚鼐稱其文爲有德者之言，足爲世益。《迂存遺文》、《萇楚齋書目》、《續補碑傳集作者紀略》、《惜抱軒尺牘》

陳家勉 字溢鳧，號策心，桐城人，諸生。師事劉大櫆。博聞强識，尤工於詩，大櫆嘗誦其警

句于朋游間。撰《策心詩草》一卷。《桐城縣志》、《桐舊集》、《吳竹如年譜》

【補遺】陳家勉，字世扶。其詩高者在唐人常建、李頎、王維、王昌齡、劉昚虛、韋應物之間，下亦不失爲賈長江、孟東野，卓然成一家言。《悔生詩文集》

謝庭　字崑庭，號東菑，桐城人，布衣。師事舅祖劉大櫆。凡大櫆所評閲諸書及古今體詩，皆得其全而探玩之，故博學能文。其爲詩尤能得所宗，意潔體清。撰《東菑詩鈔》□卷。《桐舊集》、《桐城縣志》

左堅吾　字叔固，桐城人，監生。師事外祖劉大櫆，受古文法。讀經史類能得其大意。爲文尤能得古人文章深處，極似大櫆。當世名人撰述，出一言摘其瑕纇，如衡之于輕重，鑒之于妍媸，至當而不可易，真能知古人詩文之樞奥。有《删訂海峰詩文集》，頗有鈎乙處，自匿其撰述，遂至不傳。《儀衛軒詩文集》、《桐舊集》、《敬孚類稿》、《桐城縣志》

【補遺】左堅吾，號書華。詩似劉大櫆。習知海内氏族年姻故舊，並其行輩親疏遠近。工書法，俊逸倜儻，兼徐季海、歐陽詢兩家筆勢。復精醫學與葬術。《考槃集文録》、《靜庵詩文集》、《皖雅》

汪梧鳳　字在湘，號松溪，歙縣人，諸生。師事劉大櫆，受古文法。所撰文二百餘篇，咸清暢有法。大櫆爲之評點廿篇，刊之爲《松溪文集》一卷。諸經皆有撰述，已成者爲《詩學女爲》廿五卷。《海峰詩文集》、《松溪文集》、《國朝耆獻類徵》、《碑傳集》、《述學内外編》

【補遺】汪梧鳳經學則與戴震、汪肇龍同出江永門。《吞松閣集》、《戴東原集》、《叢書目録拾遺》、《萇楚齋書目》、《續補碑傳集作者紀略》

吴中蘭　字伯芬，號香畹，桐城人。諸生，官建平縣訓導。師事劉大櫆，受古文法。其詩學大櫆而主於聲音者。撰《環翠軒文鈔》二卷、《閑存詩草》二卷。《桐舊集》、《桐城縣志》、《桐城耆舊傳》、《柏峴山房集》

【補遺】吴中蘭詩文皆有師法，詩尤優柔怡愉，和平温厚，逼近前賢風格，絶無趨數噍殺悲慨煩激之音，得之三百篇者爲尤深。《悔生詩文集》、《孟涂詩文集》

鮑桂星　字雙五，一字覺生，歙縣人。嘉慶己未進士，官工部右侍郎。師事吴定，受詩、古文法，因以溯劉大櫆，宗法甚峻。論文以經術爲宗，不尚浮藻；爲詩力守師説，用力尤深。中年後復師事姚鼐，鼐嘗稱其詩，謂能合唐宋之體以自成一家。好汲引士類，傳授門弟子甚衆，雖不盡以詩、古文名，其見于詩鈔自注者已有廿餘人。撰《進奉文鈔》二卷、《覺生古文》四卷、《詩鈔》十卷、《詩續鈔》四卷、《咏物詩鈔》四卷、《咏史詩鈔》三卷、《感舊詩鈔》二卷、《自訂年譜》二卷、雜著□種。《太乙舟詩文集》、《覺生詩鈔》、《自訂年譜》、《歙縣志》、《記過齋文稿》、《國朝先正事略》、《湖海詩傳》、《國朝尚友録》、《國朝耆獻類徵》、《皇朝續文獻通考》、《群雅集》

【補遺】鮑桂星師事姚鼐後，詩文益有法度。《冬生草堂詩文集》、《李小崖藏書目》、《惜抱軒詩文集》、《萇楚齋

書目》、《皖雅》

朱雅　字岑南，一字芥生，號歌堂，桐城人。乾隆甲寅寅舉人，官金壇縣教諭。師事劉大櫆，受詩、古文法，又與王灼、吳定等相切劘。尤工詩，真能得師傳。撰《芥生詩選》六卷、《詩續選》六卷。《桐城縣志》、《桐舊集》、《桐城耆舊傳》

【補遺】朱雅詩雄健瑰麗，調悲節壯。《孟涂詩文集》、《皖雅》、《萇楚齋續書目》

吳逢盛　字紉甫，號絅庵，桐城人。嘉慶辛酉舉人，師事劉大櫆，大櫆重其文學，復命其子孫師事之。撰《絅庵遺稿》□卷。《桐舊集》、《桐城縣志》

【補遺】吳逢盛，一字紉圃，與王灼交最密，文學頗得切磋之益。刻厲讀書，研究理學。所爲文力追古作者；詩以少陵爲宗，無一字無來歷；字學顏、柳，自成一家。歲授生徒四、五十人，善開發人意。劉大櫆遺命子孫師事之。佐修《桐城縣志》□卷。《絅庵文集》、《萇楚齋書目》、《續補碑傳集作者紀略》

張水容　字汲華，號耻庵，桐城人。乾隆甲午舉人，官奉賢縣訓導。師事劉大櫆、王灼。生平爲學，于詩獨深，所得多春容自然。撰《環山堂詩鈔》二卷，《文鈔》一卷。《問亭文鈔》、《桐城縣志》、《桐舊集》、《桐城耆舊傳》

【補遺】張水容，論作文之法，必先洗滌制義、説部、尺牘、語録習氣，方許覘古文津梁。手録周、秦、漢文，課讀其子鵠。又謂：「詩有極工麗而不免于俗者，有極平淡而不失爲正音者，雅鄭之辨甚微。」論最精鑿。間作詩文，謂不足與古大家相頡頏，嘗削草不留；其子鵠稍藏其零星賸稿。雖所存古文篇帙無多，然文章義法、神氣、音節繩諸古人，無毫發差戾。《問花亭詩初集》、《悔生詩文集》、《皖雅》

李僊枝　字寶樹，桐城人，諸生。師事劉大櫆，學大櫆詩而似之。然爲詩須自有性情，非有性情，雖學不能善。刻苦爲文，奡岸不蹈恒蹊。撰《抱犢山人詩集》六卷、《文集》一卷。《寄鴻堂文集》、《桐舊集》、《桐城耆舊傳》、《桐城文録傳》、《桐城縣志》

【補遺】李僊枝，亦作僊芝，號抱犢山人。《皖雅》

楊家禮　字補㫨，號菊潭，桐城人，監生。師事劉大櫆，受古文法。撰《椿蔭堂詩集》□卷。《桐城縣志》、《桐舊集》

許節　字寶符，號信庵，桐城人。諸生，官英山縣訓導。師事劉大櫆，從游甚久。詩文皆有義法，貫穿經史，淹通博洽。撰《鷄肋集》□卷、《咫聞集》□卷。《桐舊集》、《桐城縣志》

張敏求　字夔臣，號勖園，桐城人。乾隆乙卯舉人，官漳縣知縣。師事劉大櫆，受詩、古文法。其爲詩，藻繢百態，窮極博麗，聲色皆善。撰《問花亭詩初集》八卷、《詩外集》二卷、《紀游詩草》一卷。《慎宜軒詩文集》、《桐城縣志》、《桐舊集》、《桐城耆舊傳》、《續補彙刻書目》

【補遺】張敏求，歷主陜、豫諸省書院講席。歸樅陽後喜開發後進。以詩文來質者，口講而擘畫，隨其才之高下皆有所得。其詩原于性情，軌于風教，幾經醞釀組紃而成，高秀雄闊，跌宕生姿，情韻復深婉；上者追述開、寶，下猶出入空同、大復，力追古人，擺棄凡近，取精擷華，自成一家之詩。《問花亭詩初集》、《萇楚齋續書目》、《絅庵文集》、《考槃集文録》、《孟涂詩文集》

桂歆　字月華，號小山，桐城人，□□。師事劉大櫆，頗稱譽其文。撰《小山詩集》一卷、《文集》一卷，皆劉大櫆、姚鼐所點定。《桐城耆舊傳》、《桐城縣志》

許晥　字芳疇，號吾田，更名宗寅，桐城人，道光癸卯舉人，節子。能傳其家學，兼通訓詁考訂，尤善説《詩》。撰《古邠詩義》一卷。《桐城耆舊傳》、《古邠詩義》

張鵠　字穆生，桐城人，水容子。傳其父學，復師事王灼，受古文法，又喜治《説文》，撰《問亭文鈔》六卷、《詩鈔》四卷、雜著三種。《問亭文鈔》、《桐城縣志》、《桐城耆舊傳》

【補遺】張鵠，諸生。古文法度謹嚴，詩則清妙，古體音韻更諧。撰《問亭詩餘集》□卷、《文餘集》□卷。《萇楚齋書目》、《續補碑傳集作者紀略》

楊含英　字□□，桐城人，□□，家禮從子，師事劉大櫆，受古文法。《桐舊集》、《海峰詩文集》

方懷萱　原名國，字藎臣，號莊亭，桐城人。乾隆癸卯舉人，官南溪縣知縣。師事劉大櫆，肆力詩、古文辭，以古文名。《國朝耆獻類徵》、《桐城耆舊傳》、《桐城縣志》

【補遺】方懷萱，亦作懷誼，號霽園。愛好劉大櫆詩文，嘗手書之，刊行于世。《悔生詩文集》、《考槃集文録》

甘運源 字道淵，號嘯嵒，漢軍正藍旗人，官象岡司巡檢。師事劉大櫆，工詩、文、詞。其詩上宗「七子」，渾厚遒勁，得其神，不效其體，有唐人風，大櫆甚稱賞之，爲旗籍文士之冠。兼工書畫、篆刻及篆隸八分。與汪松蒼巖、顧邦英洛耆、王麟書及弟運瀚子灝五人之詩合刊爲《海沱集》□卷。《嘯亭雜録》、《八旗文經》、《惟清齋集》、《八旗畫録》

【補遺】甘運源，别號十三山外史，詩多警句，宏亮可誦。工行、楷書，篆隸、八分，俱有古法，又工山水，尤善刻印。撰《嘯宕詩存》□卷。《餘廉堂詩》、《永報堂詩集》、《射鷹樓詩話》、《白雲草堂詩文鈔》、《白山詩介》

朱孝純 字子穎，號思堂，一號海愚，漢軍正紅旗人。乾隆壬午舉人，官兩淮鹽運使。孝純與其兩兄孝先、孝□皆師事劉大櫆。受古文法。故其古文乃能高出時人之上，詩更能取師説而變化用之。兼工書畫。撰《海愚詩鈔》十二卷。《海愚詩鈔》、《測海樓書目》、《八旗文經》、《湖海詩傳》、《甌鉢羅室書畫過目考》、《國朝尚友録》、《國朝耆獻類徵》、《皇朝續文獻通考》、《八旗畫録》、《再續補彙刻書目》、《群雅集》

【補遺】朱孝純，詩、古文得劉大櫆之傳，尤工詩，歌行沈鬱，近體清遒。工畫，山水最有名，花木亦可與古人頡頏。《齊民四術》

方根矩　字晞原，號以齋，歙縣人，諸生。師事劉大櫆。其爲古文，務撥棄俗尚，用意高遠而浸淫于古，文名甚著。兼喜治經。撰《道古齋文稿》□卷、《詩稿》□卷。《海峰詩文集》、《惜抱軒詩文集》、《花笑廎雜筆》、《歙縣志》、《越縵堂日記》、《國朝耆獻類徵》

【補遺】方根矩，亦作方矩；晞原，亦作希原，官候選訓導。與王灼同在歙縣，以文學相切磋。其學自漢注唐疏以洎宋五子之書，皆博涉遍觀，擇其善者，而不泥于一家，不詖于一說。古文殫索思慮，探扶幽元，蘄以通經而濟乎義，不屑屑藉詞纂句之爲。故繆然而清，温然而醇，邃然而深。《新城伯子文集》、《寄鴻堂文集》、《戴東原集》、《戴東原年譜》

徐□□　字崑山，□□人。劉大櫆所爲經義及詩歌、古文，手鈔積爲巨帙；即古經史諸子百家之書，經大櫆評論標録，亦必善寫藏之。其私淑篤好如此。《海峰詩文集》

吴紹澤　字蕙川，歙縣人，諸生。師事劉大櫆，受古文法。與方根矩、金榜、鄭牧等以文學相切摩。其所爲古文詞得歐陽公神理。《海峰詩文集》、《紫石泉山房詩文集》、《歙縣志》、《國朝耆獻類徵》、《敬孚雜鈔》

【補遺】吴紹澤與王灼同在歙縣，以古文相切劘。其古文義法、神氣、音節獨得劉大櫆之傳，尤喜歸有光文，愛慕而仿傚者獨多。《新城伯子文集》、《悔生詩文集》、《寄鴻堂文集》

鄭牧　字用牧，休寧人，諸生。與吴紹澤、方根矩等以詩文相切劘。亦工詩、古文詞，尤好宋

五子書。《秋草文隨》、《紫石泉山房詩文集》

【補遺】鄭牧，號松溪，與劉大櫆、王灼同在歙縣，受古文法，以文學相切磋。其文以儒先爲宗，而合於唐宋大家之軌迹，亦間爲沈博絶麗之文。于諸經、子、史無不通貫，尊崇程朱，一字不敢移易。《悔生詩文集》、《新城伯子文集》、《寄鴻堂文集》、《海峰詩文集》

金榜 字輔之，一字蕊中，號檠齋，歙縣人。乾隆壬辰進士，官翰林院修撰。師事劉大櫆，受古文法。復受經於江永、戴震，專治《三禮》。以高密爲宗，亦精醫學。撰《禮箋》十卷，義精詞核。《國朝漢學師承記》、《國朝經義經師目録》、《秋草文隨》、《紫石泉山房詩文集》、《明發録》、《國朝先正事略》、《文獻徵存録》、《昭代名人尺牘小傳》、《國朝經學名儒記》、《國朝尚友録》、《儒林傳稿》、《國朝耆獻類徵》、《皇朝續文獻通考》

【補遺】金榜與吴定講學論文，以相切磋。邃于經，尤深于《三禮》，詳稽制度，卓然可補江、戴之缺。撰《禮箋》十卷，摘刻三卷。《揅經室二集》、《新城伯子文集》

劉琢 字□□，桐城人，諸生。師事族兄劉大櫆，受古文法，從游最久，朝夕得其講論。詩、古文詞皆有法律。撰《魯堂詩集》一卷、《文集》一卷。《海峰詩文集》、《桐城縣志》、《敬孚類稿》

許國 字□□，桐城人，□□。師事劉大櫆，受古文法，從游甚久，有志于古之立言者。《桐城縣志》、《海峰詩文集》

吴邦佐 字仲扶，歙縣人，定子，諸生。習聞庭訓，淹貫經籍，爲文有家法。《覺生感舊詩鈔》

吴邦俊　字孟秀，歙縣人，定子，諸生。習聞庭訓，少有異質，博覽，工爲文，恪守家法。好洛閩之學，志存用世，兼研經濟。《覺生感舊詩鈔》

鮑士貞　字固叔，□□人。□□□□□□，官□□□知府。師事吴定，受古文法。能詩，善書畫。《紫石泉山房詩文集》、《覺生感舊詩鈔》

吴焜　字鶴舫，歙縣人，諸生。師事吴定，受古文法。驚才妙悟，下筆輒與古合。每一篇出，定極稱之。遺文散佚。撰《鶴舫遺詩》四卷。《覺生感舊詩鈔》、《鶴舫遺詩》、《續補彙刻書目》

武穆淳　字小谷，偃師人。□□□□舉人，官信豐縣知縣。師事鮑桂星，受古文法。撰《讀畫山房文鈔》□卷。《覺生詩鈔》、《記過齋文稿》、《彙刻書目》、盛輯《皇朝經世文續編》

【補遺】武穆淳，嘉慶丁卯舉人，官永新縣知縣。少奉庭訓，通經學、小學及金石義例。撰《讀畫山房文鈔》二卷。《可久處齋文鈔》、《知足齋詩文集》、《萇楚齋續書目》、《續補碑傳集作者紀略》、《北江詩話》、《復初齋詩文集》、《山東圖書館書目》

吴廷棟　字彦甫，號竹如，霍山人。道光乙酉拔貢，官刑部右侍郎。師事陳家勉。家勉工詩，廷棟亦喜爲詩。性情冲淡，氣象從容温厚，法律可追其師。撰《拙修集》十卷、《續編》一卷。《吴竹如年譜》、《柏堂集餘編》、《國朝文彙》、盛輯《皇朝經世文續編》、《退一步齋詩文集》、《皇朝續文獻通考》

【補遺】吴廷棟，師事陳家勉，因得傳其衣鉢。諷誦其師詩集，不遺一字，至老不忘；虚懷好善，尊師重道，非常人所能及。少時亦喜爲詩，幽峭處頗近王、孟。後以文藝爲末，篤志程、朱之學，雖亦研究詩、古文，不屑藉此以成名矣。《拙修集續編》、《時報文藝周刊》

涂文鈞　字平甫，嘉魚人。□□□□進士，官江寧布政使，□□癸丑殉難。師事鮑桂星，從之讀書學文。《雪橋詩話餘集》

程敦　字□□，歙縣人，□□。師事汪梧鳳。受古文法，最爲篤愛，卒能成梧鳳之志。負才有狂名，亦工詩、古文詞。《松溪文集》

【補遺】程敦，師事汪梧鳳，居不疏園最久，卒能編刻梧鳳遺書。《吞松閣集》

張調元　字燮臣，鄭州人。嘉慶丁卯舉人，官濬縣教諭。師事鮑桂星，受古文法。誘掖獎勸如不及。撰《佩渠文稿》二卷、雜著□種。《記過齋文稿》、《師友札記》

【補遺】張調元，號寅皋，一號佩渠，讀書河南學署，鮑桂星親爲講授，得聞古文要義。其文原本六經，筆力蒼老。撰《佩渠前集》一卷、《後集》一卷。《佩渠前後集》、《京澳纂聞》、《佩渠隨筆》、《萇楚齋續書目》、《續補碑傳集作者紀略》、《絳跗草堂詩集》

方士淦　字蓮舫，定遠人，□□。師事鮑桂星，受古文法。撰《蔗餘偶筆》一卷。《覺生詩續鈔》、《蔗餘偶筆》

【補遺】方士淦，嘉慶戊辰進獻詩册，恩賞舉人，官内閣中書。撰《啖蔗軒詩集》三卷。《啖蔗軒詩

集》、《自訂年譜》、《東歸日記》、《葨楚齋書目》

吴孫琨　字叔揚，桐城人。□□□□副榜，官巴州州判。師事鮑桂星，受古文法。撰《惜陰書屋文集》□卷、《詩鈔》□卷。《桐城縣志》、《覺生詩續鈔》、《雙梧山館文鈔》

吴孫珽　字子方，一字伯搢，桐城人，監生。師事鮑桂星，受古文法。爲文雋曠，遠出塵俗，兼通六書。撰《不知不愠齋詩鈔》四卷、《文鈔》四卷。《桐舊集》、《覺生詩續鈔》、《桐城縣志》

【補遺】吴孫珽，始工爲詩，繼兼治古文，撰著百餘篇，氣盛理明，意境俊逸可喜。本「八家」義法，兼綜經史大旨、諸子百家得失異同。《可久處齋文鈔》、《皖雅》

柳樹芳　字湄生，號古查，吴江人，布衣。古文最好方苞、劉大櫆，亦不屑規模其形似。詩亦精警明爽，不喜鉤章棘句。撰《養餘齋文稿存》□卷、《詩》初、二、三等集十四卷。《晚學齋文集》、《悔過齋文集》、《養餘齋集》

【補遺】柳樹芳，號粥粥翁，監生。與姚椿、沈曰富以文學、道義相切磋。曰富授以古文法。績學不仕，專意撰述，尤留心故鄉文獻，篤好《古文辭類纂》。其文磊落自將，以剛健勝，略無婠妠骫骳之態，嘗云：「作詩不從苦中得來，必不能深入而顯出；多作不如多改。姚先生嘗爲余言之如此。」故其詩精警明爽，不屑爲鉤章棘句，能樹風骨，靡〔不〕有風人志士之思。撰《養餘齋詩文稿存》□卷。《味無味齋駢文》、《靈蒼館雜著三編》、《叢書目録拾遺》、《分湖柳氏重修家譜》、《分湖詩苑》、《受恒受漸齋文

集》、《萇楚齋書目》、《再續補彙刻書目》

謝振定　字一齋，號薌泉，湘鄉人。乾隆庚子進士，官江南道監察御史。師事程晉芳，受古文法。其爲文恪守唐宋矩矱，不屑沿襲規仿，兀岸排奡，與古大家相抗衡。詩亦真氣鬱勃，放筆雄豪。欲編當代能古文者爲一集，未就。撰《知耻齋詩集》六卷、《文集》二卷。《知耻齋詩文集》、《國朝先正事略》、《國朝文彙》、《湖海詩傳》、《碑傳集》、《皇朝經世文編》、《小峴山人詩文集》、《嘉樹山房集》、《國朝尚友録》、《國朝耆獻類徵》、《隨園詩話》、《郋園讀書志》

【補遺】謝振定，爲文不矜載道，惟務達情，謂：「道或可假托，情不可以僞爲，情達，文即在是。」編《國朝四朝文集》□卷，選而未成。《樵隱昔寱》、《梅葉閣詩文鈔》、《英江詩文存》、《萇楚齋書目》、《續補碑傳集作者紀略》、《國朝古文彙鈔初集》

左莊　字莊士，桐城人，諸生。得劉大櫆《唐宋八家文約選》，由是深悟古文義法。嘗竊取其意以選唐宋之文，亦喜言古文義法。撰述不傳。《敬孚類稿》

蕭穆　字敬孚，桐城人，諸生。師事錢儀吉、劉宅俊、方宗誠等，受古文法。初，劉大櫆選録《唐宋八家文約選》十一卷，凡古人精神不到處間有一二敗句，則鈎乙於旁，以示學徒。穆得其本，深玩而研索之，由是深諳古文義法。其爲文氣力醇厚，博辨馳騁，有志于古。撰《敬孚類稿》十六卷、《雜鈔》□卷、《日記》□卷。《敬孚類稿》、《桐城耆舊傳》、《方柏堂事實考略》、《續碑傳集》、《寒松晚翠堂文集》

刊本良否，考其異同，朱墨雜下。尤好搜羅先賢遺蹟，片紙隻字愛之如拱璧。聞人家有先賢手批書册，則不憚百里而求之，故于前聞軼事歷歷如數家珍。其文長于考證，淵博泛濫，叙跋居多，不爲空虚無補之言。上海制造局附設繙譯館，專譯歐美史學、輿地、天算、聲光、化電諸書，穆嘗討論修飾。《句容縣志》、《尺捶書屋文鈔》、《石遺室詩文集》、《蜕私軒集》、《光宣列傳》、《萇楚齋書目》、《續補碑傳集作者紀略》

【補遺】蕭穆，光緒乙亥孝廉方正。博綜群籍，喜談掌故，篤志文獻。編摩古籍，于字句異同、

吴澤階　字履平，號磊坪，桐城人，監生。師事陳家勉，得劉大櫆之傳。所爲詩格律雄健，造語新奇。撰《掌庭詩鈔》□卷。《桐舊集》、《桐城縣志》

補遺

恭親王永恩　字□□、號□□□，謚曰禮。與劉大櫆、朱孝純等講習議論，爲學日益精勵，詩、古文皆得師承。其論文亦以義法爲要；詩以清遠澹約爲宗；以指作繪，皆有生氣，名盛一時。撰《誠正堂集》□卷。《惜抱軒詩文集》

程瑶田　字易田，一字易疇，號葺翁，晚號讓堂，歙縣人。乾隆庚寅舉人，嘉慶丙辰孝廉方正，官嘉定縣學教諭。師事劉大櫆，受古文法，最爲篤信，旦夕相從，以爲切磋，得其指授，冥心玄

造。其學原本醇正，深造自得。詩亦攄詞樸直，而寄興深至：古體宗法淵明，近體逼視山谷，尤爲具體而微。書法蒼秀，駸駸入晉、唐之室。撰《通藝録》五十卷，子目已見《撰述考》。《安徽叢書》、《海峰詩文集》、《通藝録》、《味經齋文集》

趙林 字汸如，荆溪人，□□□□□□□。與王灼同在歙縣，受古文法，以文學相切磋。《寄鴻堂文集》

方澤 字芸川，號待廬，乾隆丁卯優貢，官候補知縣。主講洪洞、玉峰等書院，與姚範友善，以文學相切磋。論學宗朱子。其文高言潔韵，遠出塵壒之外。撰《待廬遺集》三卷。《惜抱軒詩文集》、《桐舊集》、《續補碑傳集作者紀略》、《萇楚齋書目》

吴□□ 字白巖，桐城人，□□□□□□。師事劉大櫆，受古文法，工詩並書法。《悔生詩文集》

朱孝先 字□□，號□□，漢軍正紅旗人，孝純兄，□□□□□□。師事劉大櫆，受古文法，兼工指畫。《八旗畫録》

王貫之 字子一，號辛甫，桐城人，灼子，道光壬午舉人，□□□□□□。習聞其父緒論，能纘承其家學，亦工詩、古文辭。《問亭詩文鈔》、《皖雅》

許鑛 字文英，號問凫，桐城人。乾隆庚子舉人，官會同縣知縣。私淑劉大櫆、姚鼐，爲文如夙構，以之爲程式。撰《種鱗書屋文集》□卷、《詩集》□卷。《緑漪軒詩文鈔》

史積賢　字□□，大興人，乾隆甲寅舉人，□□□□□□。師事王灼，受古文法最久。《悔生詩文集》

楊涵芬　字□□，建水人。嘉慶辛酉拔貢，□□□□□□。師事江濬源，受古文法。撰《□□□遺文》□卷。《介亭外集》

王樸　字□□，□□人，□□□□□□。師事吴定，受古文法，亦能文章。《紫石泉山房詩文集》

姚騤　字襄緯，號雲浦，晚號醒庵，桐城人。□□□□□□，範孫，瑩父。詩、古文詞、經學頗得範緒論。好有用之學，史事尤熟。自經史逮百家言有關世用者，手鈔數百帙。《東溟詩文集》

福申　字佑之，號禹門，滿洲正黄旗人。嘉慶辛未進士，官内閣學士兼禮部侍郎銜。師事鮑桂星，受古文法，學問賅博，撰述拾餘種。《覺生詩鈔》、《琴硯草堂古文》、《海天琴思續録》

陳思洛　字□□，桐城人，家勉子，□□□□□□，讀書績學，工文章，能世其業。《悔生詩文集》

□□□　字竹淇，桐城人，處士。師事張鵠，受古文法。曉聲律，並工繪畫。《問亭詩文鈔》

劉淳　原名天民，字孝長，號莘農，天門人。嘉慶丙子舉人，官遠安縣學教諭。師事鮑桂星，受古文法，最爲誘掖獎勵。講求實際，深明大略。其文以意爲起止，馳騁變化而不失法度，其氣獨盛。詩神駿超逸似太白。詞藝最敏，才識又最高，風流豪邁，直奪龍川之席。撰《雲中集》六卷。《雲中集》、《楚硯齋遺稿》、《萇楚齋書目》、《續補碑傳集作者紀略》

張□□ 字聿修，善化人，諸生。學問淵源、文章義法得力于方苞、劉大櫆二家。亦工詩、古文詞。《來青閣文集》

王□□ 字仲明，□□人，□□□□□□。師事張聿修，受古文法，稱高第弟子，墨守師說。私淑劉大櫆，好其古文。《來青閣文集》

程伊在 字□□，歙縣人，□□□□□□。師事汪梧鳳，受古文法。肆力詩、古文詞，尤長于詩。《松溪文集》

程士希 字□□，休寧人，□□□□□□。師事鄭牧，受古文法，稱高第弟子。《秋草文隨》

曹謹 字懷璞，號定庵，河内人。嘉慶丁卯舉人，官即補海疆知府，淡水廳同知。師事鮑桂星，受古文法，親爲講授。其文宏麗崛奇，確有師傳。《佩渠文集》

孫欽昂 字□□，滎陽人，□□□□□，官興泉永道。師事張調元，受古文法最早。調元授學于本邑鄉間佩渠精舍，欽昂少即受業。《佩渠前後集》、《佩渠隨筆》、《京澳纂聞》

楊澄鑒 字伯衡，號扶雅，桐城人。光緒丙子進士，官直隸候補知縣。歷主淝西、研經、三樂、培文等書院講席。經術淹通，古文紹鄉先輩之傳，論文宗劉大櫆。其文波瀾意度，步序井井，才氣縱橫，議論精透，文氣疏宕；雖無意求工，而胎息深純，多因文見道之作，駸駸乎方、姚嗣響。撰《紹恭齋文鈔》四卷、《詩鈔》六卷。《樵隱昔寱》、《霞外捃屑》、《吳先生詩文集》、《紹恭齋詩文鈔》、《萇楚齋書目》、

《續補碑傳集作者紀略》

柳兆薰　字蒔庵，吳江人，樹芳子。□□丁卯副榜，署丹徒縣學教諭。濡染家學，能世其父詩、古文詞。《分湖柳氏重修家譜》、《莘廬遺著》、《恥不逮齋集》、《味無味齋駢文》

楊光儀　字香吟，天津人，咸豐壬子舉人，□□□□□□。工詩，遠宗少陵，尤喜五六七字句，近體揉化故實，蹟古履今，生創獨闢，辭與意適。間亦爲文，私淑劉大櫆、曾國藩，顧不輕作。其零篇短言別爲一集，名曰《髦學齋晬語》□卷、《碧琅玕詩集正續》八卷、《晚晴軒詩集》□卷、《留有餘齋詩集》八卷。《叙異齋文集》

桐城文學淵源考卷四

此卷專記師事及私淑姚鼐諸人

姚鼐 字姬傳，一字夢穀，桐城人。乾隆癸未進士，官刑部郎中，記名御史，嘉慶庚午重宴鹿鳴，賞四品銜。方康、雍時，方苞以古文名天下，同邑劉大櫆、姚範繼之，鼐親受文法於劉、姚。本所聞于家庭師友間者，益以自得，治之益精，所得實臻古人勝境，加以才藻縱橫，足爲一代宗主。所爲文高簡深古，才斂於法，氣蘊於味，尤近司馬遷、韓愈。詩亦有標格，正而能雅，勁氣盤折，能以古文義法通之於詩。其論文，根極於性命而探源于經訓，至其淺深之際，有古人所未嘗言，鼐獨抉其微而發其藴。歷主梅花、鐘山、紫陽、敬敷等書院講席四十年，士子以得及門爲幸。撰《惜抱軒集》□種。所選《古文辭類纂》七十四卷，超然遠識，古雅有法，奄出歷代選本之上，爲六經以後第一書，尤爲海内所傳誦；世之欲學文者不由是而進之，譬由行荆棘而棄康莊，欲至國都不可得也。《太乙舟詩文集》、《休復居詩文集》、《東溟詩文集》、《桐舊集》、《桐城耆舊傳》、《柏堂集後編》、《曾文正公詩文集》、《書目答問》、《吴先生尺牘》、《石溪舫詩話》、《國文教範》、《悔過齋文集》、黎選《續古文辭類纂》、王選《續古文辭類纂》、《桐城文録傳》、《國朝先正事略》、《桐城縣志》、《皇朝續文獻通考》、《國史文苑傳》、《郘園讀書志》、《國朝耆獻類徵》、《國朝文彙》、《昭代名

人尺牘小傳》、《湖海文傳》、《皇朝經世文編》、《論文瑣言》、《群雅集》

【補遺】姚鼐，字亦作稽川，官刑部廣東司郎中。謝官出都，朱孝純遣人迓至揚州，以新築梅花書院居之。生平學問究極根柢，閎覽博物，而甄别正僞，一以朱子爲指歸。其于斯文世道維持之功甚偉。其學不求博而求精，其才不求異而求確，其識不求虚而求實；最善反復句讀，沉潛義訓，因以見古人立言之旨。古文承方、劉之緒而昌大之，雖自謝才弱，然和而不刻，精而不浮；其氣斂而不放，其神静而不散，其尤盛者空明澄澈，含咀靡盡。詩從明「七子」入，卒能體兼唐宋，模寫之跡不存，其才氣用于詩有餘，不見薄弱。經説、筆記、補注等集深思曲筆，實足以冠絶古今，間有發鄭、孔所未發者。《惜抱軒尺牘》委曲詳盡，平正深通，無過情誕謾之詞，有直諒温惠之風。論詩文語之多，近代鮮儷之者，其語雖平易，而意議率精。書逼董元宰，蒼逸時欲過之。桐城自方苞、劉大櫆既殁，《惜抱軒文集》乃更盛行于時，用是言古文者益推桐城爲正宗；否則，雖有高才博學，聲譽氣魄足以凌厲一時，卒擯之使不得與于文章之事。其難如此，後人宜知所從事矣。

《南岡草堂詩文存》、《皇清書史》、《十三經讀本》、《童山詩文集》、《初月樓詩文鈔》、《群書撰要》、《蘿痕館詩話》、《毛詩故訓傳》、《桂之華軒詩文集》、《儀宋堂文二集》、《邁堂文略》、《睦堂先生詩文集》、《光宣列傳》、《叩瓴瑣語》、《靈芬館雜著三編》、《蔬園詩集》、《叙異齋文集》、《續補碑傳集作者紀略》、《萇楚齋書目》、《安徽先賢傳記教科書初稿》

。**管同**　字異之，號育齋，上元人，道光乙酉舉人。嘉慶初，姚鼐主講鐘山書院，以古文倡天下，同師事最久，久親指授，最承許與，實爲「姚門四傑」之次；苦心孤詣，淹貫群言，好爲深湛之思，實得姚鼐的傳，遂以古文名家。其文雄深浩達，簡嚴精邃，曲當法度，規模廬陵。詩亦綿情隸事，創意造言，得蘇、黄之朗峻。撰《因寄軒詩集》二卷、《文初集》十卷、《文二集》六卷、《補遺》一卷、《皖水詞存》□卷、雜著五種。《江寧府續志》、《上元江寧兩縣志》、《曾文正公詩文集》、《柏堂集續編》、《甕牖餘談》、《國朝古文所見集》、《國朝耆獻類徵》、《皇朝續文獻通考》、《皇朝經世文編》、盛輯《皇朝經世文續編》、《國朝先正事略》、《國朝文彙》、《歸庵文稿》、《儀衛軒詩文集》、《國朝尚友録》

【補遺】管同文理精詞潔，奇氣盤鬱而深穩，不軼準繩，如農夫之有畔。《悔過齋詩文集》、《蔬園詩集》、《因寄軒文集》、《玉井山館筆記》、《考槃集文録》、《國朝古文彙鈔初集》、《續補碑傳集作者紀略》、《萇楚齋書目》

劉開　字明東，一字方來，號孟涂，桐城人，諸生。師事姚鼐，盡授以詩、古文法，名雖居「姚門四傑」之一，實不能盡守師法。其爲文，天才宏肆，光氣煜爚，能暢達其心之所欲言；然氣過囂張，類多浮詞，與姚鼐簡質之境懸絶。撰《孟涂詩前集》十卷、《詩後集》二十二卷、《遺詩》二卷、《文集》十卷、《駢體文》二卷、雜著五種。《桐舊集》、《桐城縣志》、《桐城耆舊傳》、《龍眠叢書》、《萇楚齋隨筆》、《曾文正公詩文集》、《誰與庵文鈔》、《國朝先正事略》、《國朝文彙》、《碑傳集》、《皇朝續文獻通考》、《國朝耆獻類徵》、《柏堂集□編》、《皇朝經世文編》、《鼎吉堂文鈔》、《惜抱軒尺牘》

【補遺】劉開，主大雷書院講席，師事吴逢盛。所論于學術盛衰之辨，士風升降之由，國脈所以維持，人才所由興替，剴切詳明，如指諸掌。而且悱惻深厚之意，惓惓流露于行墨之間。其文飄忽而多奇，博辨馳騁，光氣發露，不可掩遏；體兼衆妙而能事各呈，固由聖籍之貫穿，實乃天才之瑰異。詩頗雄傑獨出，其才氣甚壯，然實響多而實力少。所修《安陽縣志》□□卷，繪水道地略，計里分方，一縣地小，耳目易周，計必無舛，使天下州縣志盡若此，則一統全圖不難成矣。《孟涂詩文集》、《歷代詩選節本》、《樵隱昔寱》、《伯山詩文集》、《絅庵文集》、《重桂堂集》、《續補碑傳集作者紀略》、《萇楚齋書目》、《求是堂文集》、《因寄軒文集》、《小倦游閣文稿》、《張亨甫集》、《安徽通志藝文考》、《實事求是齋遺稿》

姚瑩　字石甫，一字明叔，號展如，桐城人，範曾孫。嘉慶戊辰進士，官廣西按察使。師事從祖姚鼐，受古文法。其爲詩、古文詞，洞達世務，激昂奮發，磊落自喜，論事之作尤能自出機杼。「姚門四傑」本梅曾亮、管同、方東樹、劉開四人，又有去開更入瑩者，文學爲當時所重可知。撰《中復堂全集》□種九十八卷。《桐城耆舊傳》、《桐城縣志》、《柏堂集餘編》、《曾文正公詩文集》、《惜抱軒尺牘》、《慎宜軒詩文集》、《國朝先正事略》、《國朝文彙》、《越縵堂日記》、《碑傳集》、盛輯《皇朝經世文續編》、《國朝尚友録》、《皇朝經世文編》、《敦艮吉齋詩文存》、《善思齋詩文鈔》、《求自得之室文鈔》、《皇朝續文獻通考》

【補遺】姚瑩，主講攬山書院，其學出于姚江，志在經世。其文淵源家學，鋪陳治術，曉暢民俗，洞極人情得失，論天下事慷慨有大志，原本性情，自抒心得，不假依傍，不爲空談；雖博辨馳騁，才氣橫逸，然長于論事，拙于記叙。《夏雨軒雜文》、《江表忠略》、《續補碑傳集作者紀略》、《樵隱昔寱》、《因寄軒文集》、《皖雅》、《姚石甫年譜》、《豐湖書藏目録》、《潛荘文鈔》、《絳跗草堂詩集》、《考槃集文録》

陳用光　字碩士，一字實思，新城人。嘉慶辛酉進士，官禮部左侍郎。師事舅氏魯九皋、姚鼐，皆受古文法，從鼐最久，師説尤爲篤信。其爲文必扶植理道，緣經術爲義法，和平至足，若無意爲文者。詩亦自抒性真，語必己出。平居撰述，鈔録書史，几案上無空隙處；斷章片紙粘帖滿屋壁中，其勤篤如此。撰《太乙舟文集》八卷、《詩集》十三卷、雜著□種。《新城縣志》、《初月樓詩文鈔》、《柏梘山房集》、《惜抱軒尺牘》、《誰與庵文鈔》、《怡志堂文初編》、《小峴山人詩文集》、《太乙舟詩文集》、《國朝先正事略》、《國朝文彙》、《皇朝續文獻通考》、《國朝耆獻類徵》、《續碑傳集》、《國朝尚友録》、盛輯《皇朝經世文續編》

【補遺】陳用光文義法謹嚴，言有體要，淡而彌旨，氣韻胚胎歐、曾。詩則自抒胸臆，性情和厚，書味融浹，均可于詩中見之。五古淡樸，和以天倪；七古尤盛，曲折洞達，波瀾洋溢，尺幅中往往見奇勢。《清代名人手札甲集小傳》、《初月樓遺編》、《萇楚齋書目》、《續補碑傳集作者紀略》、《鄉詩摭談》、《蘧庵文鈔》

方績　字展卿，號牧青，桐城人，諸生。師事姚鼐，受古文法；其爲文復師劉大櫆，勁峭邃折，造語奇崛。尤工於詩，出入少陵、山谷間。喜校勘諸書。撰《鶴鳴集》二卷、《屈子正音》三卷。《桐城縣志》、《桐舊集》、《桐城耆舊傳》、《屈子正音》、《鶴鳴集》、《柏堂集餘編》、《桐城文録傳》、《皇朝續文獻通考》

【補遺】方績文清深雄傑，詩學退之、山谷，創意造言必出常人之境。校正史傳、諸子百家，鈔録凡數百卷，撰《牧青詩鈔》六卷、《古文》一卷。《柏堂集續編》又《補存》、《萇楚齋書目》、《續補碑傳集作者楊略》

張聰咸　字阮林，一字小阮，號傅巖，桐城人。嘉慶庚午舉人，覺羅宗學教習。師事姚鼐，受古文法。其爲文筆力精悍無前，振厲風發，不可一世。姚鼐謂充其學力，能直追古人。尤耽説杜詩，能會其音節。兼喜考證。撰《傅巖詩集》四卷、雜著□種。《桐城文徵》、《孟涂詩文集》、《國朝耆獻類徵》、《桐城縣志》、《桐舊集》、《桐城耆舊傳》

【補遺】張聰咸，博聞多識，六經、子史罔不尋覽，慨然希古，鋭志撰述，終其身，有不至不止之意。輯漢、晉各家逸史，内謝承《後漢書》、王隱《晉書》均已輯有成本。于詩專學少陵，遺貌取神，竭盡心力。復習音韻、考證之學，鈔録薈萃，窮昕夕不輟。兼學醫。著書數十種，皆未成。《研六室文鈔》、《稼墨軒集》

胡虔　字恭孟，一字雒君，號楓原，桐城人。諸生，嘉慶丙辰舉孝廉方正，賜六品頂戴。師事姚鼐，受古文法，刻苦力學。歷主翁方綱、謝啓昆、秦瀛等幕府。平生撰述多他人主名，自名者惟《識學録》一卷、《柿葉軒筆記》一卷、雜著二種。《桐舊集》、《桐城縣志》、《桐城耆舊傳》、《桐城文録傳》、《國朝文彙》、《惜抱軒尺牘》、《北海圖書館月刊》

【補遺】胡虔，修潔好學，留心掌故，刻苦自成，始終居謝啓昆幕。啓昆所撰《西魏書》、《小學考》、《廣西通志》，皆出虔手，又爲畢沅撰《兩湖通志》及《史籍考》諸書。善爲古文詞。其文敦樸宛摯，所説甚平近，一再往復，使人惻然意深。《章氏遺書》、《國學圖書館圖書總目》、《考槃集文録》、《柿葉軒筆記》、《識學録》、《國朝古文彙鈔二集》、《山木居士集》、《實齋文集》

馬宗璉　字魯陳，號器之，桐城人。嘉慶己未進士，□□□□□□，師事舅氏姚鼐，受古文法。通古訓及地理沿革，撰述甚富。撰《校經堂詩鈔》一卷、雜著□種。《儒林傳稿》、《桐城縣志》、《文獻徵存録》、《抱潤軒文集》、《桐舊集》、《書目答問》

【補遺】馬宗璉，一字稷甫，嘉慶辛酉進士，官東流縣學教諭，樹華族父。篤志好學，復工吟咏，時有沉博雄麗之作。《王引之傳》、《蔬園詩集》、《皖雅》、《考槃集文録》、《可久處齋文鈔》、《安徽通志藝文考》

左眉　字良宇，號靜庵，桐城人，朝第子，乾隆己酉拔貢。師事姚鼐，受古文法。平日私淑方苞，又聞劉大櫆緒論，于文章學問皆早識塗轍，用功甚專，力追方、劉正宗。撰《靜庵詩集》六卷、《文集》四卷、雜著二種。《桐城文録傳》、《桐城縣志》、《桐舊集》、《靜庵詩文集》、《續補彙刻書目》

【補遺】左眉，堅吾從兄，勤苦力學，甚于堅吾。私淑姚鼐，讀其撰述，不禁愾慕流連。《靜庵詩文集》、《考槃集文録》、《皖雅》

疏枝春　字玉照，號晴墅，桐城人。師事劉大櫆，復師事姚鼐，皆受古文法。姚鼐詩以淡雅爲宗，枝春詩則倜儻俊拔，不名一體，是善學其師者。撰《晴墅詩鈔》六卷。《晴野詩鈔》、《桐城縣志》、《桐舊集》

【補遺】疏枝春，諸生，其詩清微幽窈，足以名家。《皖雅》、《萇楚齋書目》

管嗣復　字小異，上元人，同子，諸生。博雅能詩、古文詞，稟承家學，造詣深邃，兼精算學。

撰《小異遺文》一卷。陳作霖編《國朝金陵文鈔》，録嗣復《亡妾張氏墓志銘》，遺文未及收入，其亡佚者必多。又與歐人合信同譯西醫書三種。《江寧府續志》、《上元江寧兩縣志》、《甕牖餘談》、《柏堂集續編》、《醫學報》、《國朝金陵文鈔》、《國朝文彙》、《續碑傳集》、《待堂文》、《萇楚齋三筆》

【補遺】管嗣復，工古文，亦具有家法，復好歧黃術。《瀛壖雜志》、《柏梘山房詩文集》、《萇楚齋書目》、《續補碑傳集作者紀略》

章甫　字子卿，號完素，桐城人，乾隆己亥舉人。師事姚鼐，受古文法。復精研《說文》訓詁之學。撰《如不及齋文鈔》一卷、《小琅環詩鈔》□卷。《桐城耆舊傳》、《如不及齋文鈔》、《桐城縣志》、《趙氏藏書樓書目》、《群雅集》

【補遺】章甫，官東鄉縣知縣。其文語有根柢，浸淫于漢學，而會通于宋學，考證詳明，辨論精確。撰《如不及齋文鈔》一百十五卷，又有文稿一百四十篇，先以三十六篇付諸梓，文僅一卷，皆説經之文。《霞外捃屑》、《得閑山館文集》、《萇楚齋續書目》、《趙氏圖書館藏書總目》

姚憲　字彥卬，桐城人，范孫，□□。師事從父姚鼐，受古文法。後復師事姚景衡。撰《問漪存稿》□卷。《柏堂集餘編》、《桐城縣志》、《桐城耆舊傳》

李宗傳　字孝曾，號海颿，桐城人。嘉慶戊午舉人，官湖北布政使。師事從父李僊枝、姚鼐，受古文法。嗜學不倦，尤肆力詩、古文詞。撰《寄鴻堂文集》四卷、《外集》六卷、《詩集》八卷。《寄

鴻堂文集》、《桐城耆舊傳》、《桐城縣志》、盛輯《皇朝經世文續編》

【補遺】李宗傳，嘉慶戊辰舉人，務根柢學術，尤急經世之務，漕河、鹽筴、邊隘、道里無不洞悉其本末。肆力詩、古文詞，性癖太史。其文本經準史，深邃廣博，發攄性真，波瀾意度，動與古會，得乎師傳之醇者爲多；尤喜闡揚名教，遇忠義貞烈至性及先儒遺跡，必爲傷痛表章。《躬恥齋文鈔後篇》、《寄鴻堂筆記》、《皖雅》、《萇楚齋書目》、《續書目》、《續補碑傳集作者紀略》、《韓齋文稿》、《躬恥齋文鈔》、《春草堂詩話》、《聽秋聲館詞話》、《理庵文鈔》

姚景衡 原名烺，字根重，號庚甫，桐城人，鼐子。乾隆壬子舉人，官泰興縣知縣。師事方績，受古文法。刻苦力學，於詩文尤用意。所撰多至數百篇，悉有法度，才筆超軼，雄氣過於其父。撰《思復堂文存》一卷、《詩存》一卷、《楚詞蒙拾》□卷。《因寄軒文集》、《思復堂詩文存》、《晴墅詩鈔》、《桐城文録傳》、《惜抱軒尺牘》、《桐城縣志》、《桐舊集》、《桐城耆舊傳》、《越縵堂日記》

【補遺】姚景衡，古文悉有法度可觀，詩亦能自達其意，不蹈襲，不盡守其父説，獨于楚詞三致意。《伯山詩文集》、《萇楚齋書目》、《續補碑傳集作者紀略》

左朝第 字匡叔，一字偉安，桐城人，嘉慶庚午舉人。師事姚鼐，受古文法。平昔熟于明史，晚兼習《禮》。撰《復庵文集》□卷、《詩集》□卷。《桐城縣志》、《桐城耆舊傳》

許鯉躍 字□□，號春池，桐城人。乾隆乙卯進士，官鎮江府教授。師事姚鼐，受古文法。

其爲文明辨而切于事理。撰《春池文鈔》十卷、《勝朝六皖殉節人士録》二卷。《吉金樂石山房詩文集》、《春池文鈔》、《桐城耆舊傳》、《桐城縣志》

【補遺】許鯉躍，于師説最爲篤信，其文謹嚴精潔，辭約旨豐，事近喻遠，持論昌明俊偉，多垂教礪俗語，不以塗澤字句爲工。其講道論學考證經史俱確有心得。其抒寫抱負，凡國計民瘼之大皆可見諸施行。其論古今、忠孝、節烈，發潛闡幽，能使頑夫廉、懦夫有立志。其發揮至性以及師恩、友誼，則纏綿懇切，可泣可歌。即江山觴咏，下至一名一物之細，莫不有所感發。有意必達，如其意即止，以正人心端風俗爲己任。《練湖志》、《惜抱軒詩文集》、《續補碑傳集作者紀略》、《萇楚齋書目》

宗稷辰　原名續辰，字迪甫，號滌樓，山陰人。道光癸巳進士，官山東運河道。師事李宗傳，受古文法。喜爲詩、古文詞。其爲文簡潔澹宕，無矜才使氣之習。撰《躬耻齋文鈔》二十卷、《文後編》六卷、《詩鈔》十四卷、《詩後編》七卷、《永州府志》十八卷。《柏堂集後編》、《躬耻齋詩文鈔》、《國朝文彙》、《續碑傳集》、盛輯《皇朝經世文續編》、《皇朝續文獻通考》、《道咸同光名人手札》、《薇省詞鈔》、《篤舊集》

【補遺】宗稷辰，又名龍辰，主講虎溪、濂溪等書院、龍山苓社、香苓講社、群玉講社等講席。自始冠，學爲桐城古文，師事李宗傳，求其匡訂改削。其文得力于方苞，肅潔堅覈，獨抒己見，主立意不重修詞，故含蓄多而奔放少。傳志叙事諸作可以信後。自云：「聖訓云：『其言訒，其言訥。』行文時當有此心。」可以知其立言之宗旨矣。《東洲草堂詩文鈔》、《永州府志》、《躬耻齋文鈔後編》、《樵隱昔

寱》、《萇楚齋書目》、《續補碑傳集作者紀略》

姚濬昌 字孟成，號慕庭，桐城人，瑩子。監生，官竹山縣知縣。居曾國藩幕，國藩親課其文而平第之。古文詞雅氣淵，謹守家法，並以義法教授其子。尤工詩，冲澹要眇，風韻邈遠，善言景物以寄託興趣。撰《幸餘求定稿》十二卷、《五瑞齋遺文》一卷、《詩續鈔》九卷、《附》一卷、雜著五種。《三釜齋唱酬小録》、《幸餘求定稿》、《五瑞齋遺文》、《詩續鈔》、《桐城耆舊傳》、《吳先生詩文集》、《尺牘》、《慎宜軒詩文集》、《陶廬文集》、《遜學齋詩文鈔》

【補遺】姚濬昌，號寒皋，晚號幸餘生。于經邃于《易》，于史好《通鑒》，尤好朱子及宋、元、明儒書。幼承庭訓，又習聞其鄉老師宿學講論，慨然以古作者自期，益肆力于文。于詩獨有天得，其詩抒寫性情，能兼取古人之長，自成其體，生平獨喜爲詩，治之亦至勤。《安徽通志藝文考》、《姚石甫年譜》、《蜕私軒集》、《萇楚齋書目》

姚柬之 字幼棤，號佑之，一號伯山，桐城人。道光壬午進士，官大定府知府。師事族祖姚鼐，受古文法。早聞緒論，以文學知名。撰《伯山文集》八卷、《詩集》十卷、雜著□種。《桐城縣志》、《桐城耆舊傳》、《萇楚齋書目》《越縵堂日記》、盛輯《皇朝經世文續編》《儀衛軒詩文集》

【補遺】姚柬之，亦號檗山，批校汲古閣《後漢書》全部，圈點句讀極爲精細。《藝舟雙楫》、《皇清書史》、《藝談録》、《安徽通志藝文考》、《續補碑傳集作者紀略》

姚元之 字伯昂，號廌青，桐城人。嘉慶乙丑進士，官都察院左都御史。師事族祖姚鼐，受

詩、古文法。工詩畫及八分書。撰《竹葉亭雜記》十卷。《惜抱軒尺牘》、《桐城耆舊傳》、《甌鉢羅室書畫過目考》

【補遺】姚元之踵姚鼐之後，重修《姚氏族譜》□卷。《伯山詩文集》、《薦青集》、《使潘草》、《皖雅》、《萇楚齋書目》

張元輅　字石傳，號虬御，桐城人。監生，官廣西州吏目。師事姚鼐。喜讎校經籍，尤篤嗜《説文》，兼工小篆。撰《正韻篆字校》五卷、《補》一卷。《桐城耆舊傳》、《桐城縣志》

潘鴻寶　字鼎如，桐城人，諸生。師事姚鼐。工詩，勤於問學，喜手鈔書。《桐城縣志》、《桐城耆舊傳》

【補遺】潘鴻寶，工書能詩。《考槃集文録》

馬樹華　字公實，號筱湄，桐城人。嘉慶丁卯副榜，官汝南府通判，咸豐三年殉難。師事姚鼐，受古文法。研精聖籍及古詩文家徑塗指歸，皆攬取其要旨。其爲文博稽典章制度，清雅有韻，塗轍甚正。撰《可久處齋文鈔》八卷、《詩鈔》八卷、雜著□種。《可久處齋文鈔》、《濂亭文集》、《桐城耆舊傳》、《柏堂集續編》、《桐城縣志》、《皇朝續文獻通考》

【補遺】馬樹華，原名彦，官江西□□同知，詩文宗法姚鼐。《匏齋遺稿》、《沈文忠公集》、《考槃集文録》、《江表忠略》、《萇楚齋書目》、《續補碑傳集作者紀略》

温葆琛　字明叔，上元人。□□□□進士，官户部右侍郎。師事姚鼐、梅曾亮，受古文法。

姚鼐爲之平點《左傳》、《禮記》等十餘種，以示塗轍。兼研許、鄭曆算之學。《課餘偶録》、《桂之華軒詩文集》、《鐘山草堂遺稿》、《雪橋詩話餘集》、《彊識編》

【補遺】温葆琛，主講安定書院，姚鼐爲之評點諸書，光緒間朱銘盤曾親見原本。《賭棋山莊詩文集》、《遜學齋詩文鈔》、《愚園詩話》、《春樹齋雜説》、《蒿庵類稿》、《南岡草堂詩文》、《萇楚齋續書目》

伍長華　字實生，號雲卿，上元人。嘉慶甲戌進士，官湖北巡撫。師事姚鼐，受古文法。遺文散佚，門人鄭獻等爲之蒐輯刊行。《補學軒文集》、《甌鉢羅室書畫過目考》

郭麐　字祥伯，一字復翁，號頻伽，吴江人，諸生。師事姚鼐，工詩、古文詞。其詩文皆極幽秀生峭之致，詞尤雋永。撰《靈芬館全集》十三種八十一卷。《靈芬館詩話》、《靈芬館雜著》、《湖海詩傳》、《彙刻書目》、《復庵類稿》、《群雅集》

【補遺】郭麐，晚號蘧庵，亦號白眉生。生平最服膺姚鼐古文。其文雅潔奥麗，造意遺詞，蔚然成采，有古人法，與桐城異派同源。詩尤能縱才力所至，自抒其情與事，而靈氣滿天，奇香撲地，不屑屑求肖于流俗，殆深于《騷》者。詞亦清婉穎異，具宋人正音，兼工畫竹石。《復庵外稿》、《清代名人手札甲集小傳》、《樵隱昔寱》、《石經閣文集》、《惜抱軒詩文集》、《唐文粹補遺》、《山東圖書館書目》、《共賞二集》、《分湖小識》、《聽秋聲館詞話》、《萇楚齋書目》、《續補碑傳集作者紀略》、《晚學齋文集》、《孳經室二集》、《海上墨林》

陳兆麒　字仰韓，休寧人，□□□□□□。師事姚鼐，受古文法。撰《蘭軒文鈔》□卷、《詩鈔》□卷、《國朝古文所見集》十三卷。《國朝古文所見集》、《太乙舟詩文集》、《因寄軒文集》

姚興槊　字謂川，號花龕，桐城人。乾隆甲子舉人，官平定州州判。師事姚鼐。其爲詩詞氣秀發，多得古人清韻。撰《晚香堂遺詩》一卷。《桐舊集》、《桐城縣志》

【補遺】姚興槊，師事族子鼐最久，受古文法。于古文、經義、駢儷之文無所不解，爲之皆有法度，而尤長于詩。《惜抱軒詩文集》、《皖雅》

許所望　字叔翹，懷遠人，□□□□□□。師事姚鼐，受古文法，篤信師説。所爲文自兵家言入，詩亦雄岸卓鑠，語出胸臆。撰《經蔭堂文集》□卷、《蔬園詩集》十四卷。《蔬園詩集》、《養一齋詩文集》、《因寄軒文集》、《初月樓詩文鈔》

【補遺】許所望，諸生，□□□□□□。自諸子百家以及天官、五行諸書無所不讀。又所至之地，關山之扼要，河渠之通塞，靡不悉究于心；權謀、形勢、技巧，借資于古，因心變化，故其文可見之施行，非空言無實者可比。尤工于詩，沉酣于三唐，豪蕩有奇氣，語出胸臆而出奇無窮，其邁往凌厲之氣一寓于詩，能肖其心之所得。詩文集已梓行，咸豐戊午毀於粤賊。《孟涂詩文集》、《介存齋詩》、《太乙舟文集》、《萇楚齋書目》、《夫椒山館詩集》、《問亭詩文鈔》、《懷遠縣志》、《指所齋文集》、《洗蓬仙館文集》、《甚德堂文集》

鄧廷楨　字嶰筠，江寧人。嘉慶辛酉進士，官閩浙總督。師事姚鼐。肆力於詩、古文詞及古音韻學，所得尤深。撰《青嶰堂文集》□卷、《雙硯齋詩鈔》十六卷、《詞鈔》二卷、雜著三種。《江寧府續志》、《上元江寧兩縣志》、《國粹學報》、《雙硯齋筆記》、《萇楚齋書目》、《抱潤軒文集》、《國朝先正事略》、《柏梘山房集》、《國朝尚友録》、《國朝耆獻類徵》、《歷代兩浙詞人小傳》

【補遺】鄧廷楨，詩中多冲瀜紆徐和平之作，絶無噍殺猛起僨激之響。《叢書目録拾遺》、《考槃集文録》、《國學圖書館圖書總目》、《詩雙聲叠韻譜》、《許氏説文解字雙聲叠韻譜》、《國朝金陵詞鈔》

康紹鏞　字鑄南，一字蘭皋，興縣人。嘉慶己未進士，官湖南巡撫。師事姚鼐，受古文法。博涉經史，究心經世，長於奏議，當務達情，不爲飾説。《續碑傳集》、《怡志堂文初編》、《養一齋詩文集》、《敬孚類稿》、《國朝耆獻類徵》

【補遺】康紹鏞，官廣東巡撫署禮部左侍郎，博覽載籍，嫻于掌故，文章經濟蔚爲時稱。《山西省鄉賢傳》、《高郵王氏六葉傳狀碑志集》、《茮聲館詩文集》

錢澧　字東注，號南園，昆明人。乾隆辛卯進士，官通政司副使。師事姚鼐，受詩、古文法。其古文博奥精悍，戛戛獨造。詩尤蒼鬱勁厚，功力甚深。工書法並善畫馬。撰《錢南園遺集》五卷。《惜抱軒詩文集》、《尺牘》、《錢南園遺集》、《皇朝續文獻通考》、《郋園讀書志》、《皇朝經世文編》、《國朝先正事略》、《國朝文彙》、《碑傳集》、《湖海詩傳》、《歷代名人尺牘小傳》、《甌鉢羅室書畫過目考》、《群雅集》

劉欽　字殊庭，江寧人，□□。師事姚鼐受古文法，稱高第弟子。校勘吴啓昌刊本《古文辭類纂》。《古文辭類纂》、《敬孚類稿》、《怡志堂文初編》

吴啓昌　字□□，江寧人，□□。師事姚鼐，受古文法。校刊姚鼐晚年主講鐘山書院時定本

《古文辭類纂》，世稱吴本。《古文辭類纂》、《怡志堂文初編》、《敬孚類稿》、《因寄軒文集》

毛嶽生　字生甫，一字飲蘭，寶山人。諸生，世襲雲騎尉。師事姚鼐，受古文法。所爲文根本經術，澤以義法，堅質峻整，鏟削生峭；不欲因襲陳軌，隨人俯仰，才高學博而作文甚遲。詩亦凌厲側出，恢奇恣肆，獨蹈險境，卒能返於大道。補輯錢大昕《元史》殘稿，纂録考證積至數十册。原稿後藏應寶時家。撰《休復居詩集》六卷、《文集》六卷、附《元書后妃公主列傳》一卷。《休復居詩文集》、《寶山縣志》、《通藝閣詩録》、《晚學齋文集》、《漸學廬叢書》、《敬孚日記》、《敬孚雜鈔》、《雙梧山館文鈔》、《芻言報》、《國朝文彙》、《續碑傳集》、《皇朝經世文編》

【補遺】毛嶽生，一字蘭生，博綜經史，聲音、訓詁、名物、象數、天文、輿地靡不宣究。嘗慨《元史》龐雜，別撰紀、傳、志、表，于一代典章文獻尤辨析賅博。家貧，佐人撰述，藉供甘旨。詩宗江西，頗似王介甫、黄魯直一派。《射鷹樓詩話》、《嘯古堂詩文集》、《味經齋文集》、《萇楚齋書目》、《續補碑傳集作者紀略》

潘瑛　字蘭如，懷寧人，諸生。師事姚鼐，受古文法。撰《晉希堂文集》□卷、《詩集》四卷、復與高岑、陳埶同選《國朝詩萃初集》十卷、《二集》十四卷，意在上繼《别裁》，中録皖人詩爲獨多。《雪橋詩話三集》、《伯山詩話》、《皇朝續文獻通考》、《群雅集》

【補遺】潘瑛，别號十四洞天山人，編輯《國朝詩萃》，所登各詩具標風格，實稱佳選。其詩氣格清超，詞旨沈摯，規模少陵，不徒貌似，戛戛獨造，自成一家。《學風》、《藕頤類稿》、《蔬園詩集》、《皖雅》、《昭陽述舊編》、《念宛齋書牘》、《月浦里志》

徐璈　字六襄，號樗尹，桐城人。嘉慶甲戌進士，官陽城縣知縣。師事姚鼐，受古文法。撰《樗亭詩集》八卷、《文集》四卷、《桐舊集》四十二卷、雜著□種。《桐城耆舊傳》、《桐舊集》、《桐城縣志》、《續碑傳集》、盛輯《皇朝經世文續編》、《儀衛軒詩文集》

【補遺】徐璈，歷主亳州、徽州等書院講席。少好問學，於書靡不窺，與方東樹尤志同道合，詩學二謝。《使潘草》、《考槃集文録》、《萇楚齋書目》、《國學圖書館書目二編》、《皖雅》

光聰諧　字律原，桐城人。嘉慶己巳進士，官直隸布政使。師事姚鼐，受古文法。博學高才，兼精天算。撰《稼墨軒文集》一卷、《外集》二卷、《詩集》九卷、雜著二種。編輯《龍眠叢書》，搜羅頗備，刊未竣工，粵匪亂作。《龍眠叢書》、《桐城縣志》、《桐城耆舊傳》

【補遺】光聰諧，亦字立元，主講淮南書院，文章道德深得姚鼐之傳。文雖離奇變化，純乎自然，儲思必精，摛詞必高，足醫世俗庸濫諸病。詩不名一格，大略從義山、魯直入手，以上泝杜陵。《雲中集》、《慎其餘齋詩文集》、《萇楚齋續書目》、《續補碑傳集作者紀略》、《皖雅》、《稼墨軒集》、《國學圖書館圖書總目》

秦瀛　字凌滄，一字小峴，號遂庵，無錫人。乾隆甲午舉人，官刑部右侍郎。與魯九皋、陳用光、張士元等以文字相質論，及見姚鼐，受古文法，深有契合。其爲文淵懿純雅，不染塵氛，清婉有味，深得古文義法，得此道之正宗。詩亦取法王、孟、韋、柳，一洗側艷，力追古人風格而能有所自得。撰《小峴山人集》十七卷、《己未詞科録》十卷。《玉山閣古文選》、《郎園讀書志》、《薇省詞鈔》、《太乙舟詩文集》、《虹橋老屋遺集》、《續梁溪詩鈔》、《國朝文彙》、《湖海詩傳》、《皇朝續文獻通考》、《無錫鄉賢書目》、《國朝耆獻類徵》、《皇朝經世文編》、《碑傳集》、《國朝尚友録》、《昭代名人尺牘小傳》、《甌鉢羅室書畫過目考》、《貫華叢録》、《群雅集》

【補遺】秦瀛，原名沛，乾隆丙申召試内閣中書。古文因文見道，冲夷平易，不染塵氛。一篇之中，清醇雅淡之旨使人往復之不厭，大約于歸有光爲近，而義法簡嚴則得之方苞、姚鼐。其立言之旨非徒詞章。實深有得于古作者。年少時即能爲各體詩，義法一稟唐法，雖學王、孟，兼采范、陸之勝，清迴蒼渾，確爲正音，而五七律尤雄健。《錫山秦氏文鈔》、《英江詩文存》、《樵隱昔寱》、《考田詩話》、《耐軒文初鈔》、《萇楚齋書目》、《續補碑傳集作者紀略》、《十二石山齋詩話》、《類谷居文稿》、《梁溪文鈔》、《實綸堂文鈔》、《小峴山人詩文集》、《瞻袞堂詩文集》

安詩　字芝慶，無錫人。□□□□進士，官吏科給事中。館于秦瀛家，秦瀛授以古文義法。撰《飛香圃詩鈔》四卷、《文鈔》四卷。《無錫金匱縣志》、《無錫圖書館書目》、《無錫鄉賢書目》

【補遺】安詩，字仲依，號博齋，金匱人。道光癸巳進士，官刑科給事中。師事陳用光，受古文法。其文才力雄健，矩法精詳。《飛香圃詩文集》、《續梁溪詩鈔》、《國朝御史題名》、《小峴山人詩文集》、《國學圖書館圖書二編》、《長楚齋書目》、《續補碑傳集作者紀略》、《耐軒詩文鈔》

彭澤柳　字□□，亳州人。諸生，官廬江縣訓導。師事劉開，受古文法。能詩文，善篆隸法。

《柏堂集續編》

蘇源生　字泉沂，號菊村，鄢陵人。道光庚子副榜，官候選教諭。錢儀吉主講大梁書院二十餘年，源生師事最久，得聞文學要領。爲文典雅和潔，簡古質實，循循於古人之法度。撰《記過齋五種》□□卷。《記過齋文稿》、《師友札記》、《遜學齋詩文鈔》、《柏堂集後編》、《皇朝續文獻通考》、《藏書紀事詩補遺》

【補遺】蘇源生，咸豐辛亥孝廉方正。主講文清書院十五年，門人肄業者前後四百餘人，後主鄢陵書院，學問有所師承。論學以宋儒爲宗，一本于程、朱而不雜，論文一衷于義理而不支。其于古文源流派別，心知其得失，撰述以明理紀事爲要。古文尤簡古有法，叙次簡括，氣體超妙，發其心之所欲言，循循于古人之法度，以遵其稽古之藴，而蘄進于聖賢之言；其義正以大，其詞雅以莊，洵爲儒者之文，不爲浮華雜博競名于時。《記過齋贈言》、《柏堂集續編》、《佩渠文集》、《交遊録》、《吴竹如年譜》、《咸豐辛亥直省同年録》、《續補碑傳集作者紀略》

祁寯藻　字叔穎，一字實甫，號春浦，壽陽人。嘉慶甲戌進士，官體仁閣大學士，謚文端。師事其舅陳用光，受古文法。篤于經學，工詩、古文詞，皆卓然成家。撰《䜝䚷亭詩初集》三十二卷、《續集》十二卷，雜著二種。《越縵堂日記》、《遠碧樓書目》、盛輯《皇朝經世文續編》、《虹橋老屋遺稿》、《皇朝續文獻通考》、《甌鉢羅室書畫過目考》、《續補彙刻書目》、《求闕齋日記類鈔》、《壽陽縣志》

【補遺】祁寯藻，亦字淳甫，號觀齋，官禮部尚書、軍機大臣、宏德殿行走。《壽陽縣志》、《山西省先賢傳》、《童蒙養正詩選》、《躬耻齋詩文鈔》、《莨楚齋續書目》

徐熊飛　字渭陽，號雪廬，武康人，嘉慶甲子舉人。師事秦瀛，受古文法。其詩、古文詞皆由國朝名人推而上之，以達古作者，深造自得。撰《白鵠山房集》八種□□卷。《碧蘿吟館詩集》、《白鵠山房集》、《國朝文彙》、《金石學録》、《湖海詩傳》、《彙刻書目》、《悔過齋文集》、《皇朝續文獻通考》、《群雅集》。

【補遺】徐熊飛，特旨賞翰林院典籍銜。掌教平湖書院，客乍浦都統西將軍幕府。一以古學訓迪後進，從遊者化之。師事姚鼐，受古文法，親承指授。得力于詩甚深，其詩矢正音而持雅裁，沿溯風雅之原，取徑王、孟，冲和超永，清遠峻潔，超然越俗。駢體文得齊、梁、初唐之遺。《躬厚堂詩文集》、《小峴山人詩文集》、《小雲廬晚學文稿》、《春雪亭詩話》、《有真意齋文集》、《梅葉閣詩文鈔》、《揅經室二集》、《漱芳閣集》、《國學圖書館圖書總目》

黄奭　字右原，甘泉人，□□□□□□。師事陳用光，受古文法。深研經學，刊《漢學堂叢書》二百十五卷。《太乙舟詩文集》

【補遺】黄奭，欽賜舉人，官刑部□□司郎中。《揅經室二集》

徐子苓　字毅甫，一字西叔，號南陽，合肥人。道光乙未舉人，官和州學正。師事姚瑩受古文法。其爲文宏肆，才氣甚偉。詩筆尤雄。素喜讀《易》及周秦諸子。撰《敦艮齋文存》四卷、《詩存》二卷、《附》一卷。《遲鴻軒詩文棄》、《敦艮齋詩文存》、《涵芬樓古今文鈔小傳》、《抱潤軒文集》、《國朝文彙》、盛輯《皇朝經世文續編》、《合肥三家詩録》

【補遺】徐子苓，字叔偉，一字子陵，一號默道人，晚號龍泉老牧。主講夏邱書院。師事劉莊年，受古文法。其文不專學桐城，自成别派。詩學高、岑，得其氣。《奉萱草堂詩文集》並《續集》、《廬州詩苑》、《童蒙養正詩選》、《萇楚齋書目》、《續補碑傳集作者紀略》、《合肥詞鈔》

孔憲彝　字叙仲，號綉山，曲阜人，孔子七十二代孫。□□己酉舉人，官内閣侍讀。師事李宗傳，受古文法，又與梅曾亮、曾國藩等相切劘。其于姚鼐文學既沉漸而癖好之，自詭出桐城門下。撰《韓齋文稿》四卷、《對嶽樓詩録》十卷、《詩續録》四卷、雜著□種。《韓齋文稿》、《對嶽樓詩續録》、《味經山館詩文鈔》、《吴先生詩文集》、《躬耻齋文鈔》、《怡志堂文初編》、《小酉腴山館年譜》、《賀先生文集》、《定庵詩文集》、《篤舊集》

【補遺】孔憲彝，亦字秀珊，道光丁酉舉人，主講啓文書院。其詩體裁整潔，寄託遥深，清超拔俗，天然韻致，和易怡懌，挹之靡盡，善于言情。《童蒙養正詩選》、《屺雲樓詩文鈔》、《萇楚齋書目》、《續補碑傳集作者紀略》、《國學圖書館圖書總目》

龔自珍　字璱人，號定庵，一名易簡，字伯定，更名鞏祚，仁和人。道光己丑進士，官禮部主事。師事李心傳，受古文法。其爲文不盡守師法，亦有簡勁合于桐城義法者。然横恣透快，雖不純正，亦一時之霸才。撰《定庵詩集》一卷、《詞》一卷、《文集》三卷、《文續集》四卷、《補編》四卷、雜著□種。《龔定庵年譜》、黎選《續古文辭類纂》、《怡志堂文初編》、《國朝文彙》、《金石學録》、《國朝經學名儒記》、《續碑傳集》、盛輯《皇朝經世文續編》、《薇省詞鈔》、《皇朝續文獻通考》、《道咸同光四朝詩史》、《定庵詩文集》、《續補彙刻書目》

【補遺】龔自珍文，力造深峻，奇崛淵雅，不可一世，以佛藏爲體，以剸華彝、崇富教爲用，而以聲音文字爲之樞。熟習聲音故訓及西北輿地之學。詩亦奇境獨闢，如千金駿馬不受絓䩭。《射鷹樓詩話》、《定庵遺著》、《説文段注札記》、《娟鏡樓叢刊》、《定庵續集》、《萇楚齋書目》、《續補碑傳集作者紀略》、《槩邁文甲乙集》

宋維駒　字月臺，雩都人，華國子，□□□□□□。師事姚鼐，受古文法。致力古文數十年，波瀾不尚壯色，議論不求聳聽，唯斤斤以無序爲戒。撰《古文鈔》□卷。《藝舟雙楫》、《立崖文稿》、《國朝耆獻類徵》

【補遺】宋維駒，嘉慶丁卯舉人，官奉新縣學教諭。《大雲山房文稿》、《立崖先生文集》、《睦堂先生詩文集》

黄汝成　字庸玉，號潛夫，嘉定人。諸生，官泗州訓導。師事毛嶽生，受古文法。學問精博，兼通曆算。其爲文明博，簡慎知要，論議宏整，叙事繁簡廉肉，悉中體要，不斤斤於繩準而規範自合，撰《袖海樓四種》九卷。《疇人傳三編》、《丹棱文鈔》、《嘉定縣志》、《休復居詩文集》、《養一齋詩文集》、《國朝耆獻類徵》、《國朝文彙》、《碑傳集》、《續碑傳集》、盛輯《皇朝經世文續編》、《萇楚齋書目》

【補遺】黄汝成，溺苦于學，不拘章句而務體要，留心經濟，于田賦、職官、選舉、河漕、鹽筴、錢幣，有關當世得失，家鄉利病，尤考之詳，論之切，務得真是。慨然思有以表樹，以自顯于世而濟于物。其文氣疏而達，辭博而宏，義辨而偉，情摯而厚。最好《日知録》，綜輯顧氏同時暨後賢撰述，廣爲搜擇，融貫條系，成《集釋》三十二卷，《刊誤》四卷，《國語正義》條其微文奥旨，附于《三傳》之後，訖未卒業。《味退居文外集》、《續補碑傳集作者紀略》、《味經齋文集》

練恕　字伯穎，連平人，諸生。師事毛嶽生，受古文法。學勤質敏，年二十已涉獵諸經三史。能古文，性喜考辨，尤達官制。撰《多識録》四卷。《休復居詩文集》、《續補彙刻書目》

【補遺】練恕，其文亦斐然著作才，讀諸史，爲考據之學。《初月樓遺編》、《萇楚齋書目》

徐松　字星伯，大興人，嘉慶乙丑進士，官榆林兵備道。師事左眉，受古文法，眉屬其專心考據。研究經術，尤精史事，熟于西北輿地。撰述繁富。□□□□書中有撰述目□□種。《靜庵詩文集》、《龔定庵年譜》、《續碑傳集》、《皇朝續文獻通考》、《甌鉢羅室書畫過目考》

錢儀吉　字藹人，一字新梧，號定廬，一號星湖，嘉興人。嘉慶戊辰進士，官刑科掌印給事中。博通群籍。爲文大文合理，小文愜情，尤重義法，清真曲暢，絶去戹辭，其風指與姚鼐相近，論文亦頗法姚鼐。生平以文字自娱。有請業者至樸陋不吝繩削，並謂：「吾之長技，但可針炙文字。」兼精算學。歷主學海堂、大梁書院講席。撰《颺山樓初集》十六卷、《衎石齋記事稿》十卷、

《記事續稿》十卷。《疇人傳三編》、《嘉興縣志》、《皇朝續文獻通考》、《曾文正公詩文集》、《記過齋文稿》、《師友札記》、《汲庵詩文存》、《敬孚類稿》、《國朝文彙》、《國朝經學名儒記》、《碑傳集》、盛輯《皇朝經世文續編》、《南獻遺徵》

【補遺】錢儀吉，一號心壺，主講書院，教士以崇實學爲主。一時從遊如鄢陵蘇源生、固始蔣湘南、商丘陳凝遠、密縣翟允之、洛陽曹肅孫、祥符徐籛齡、南海曾釗，皆彬彬有以自見。源生編《中州文徵》，得儀吉指正尤多。于學無不通。其治經先求故訓，博采衆說，而折衷以本文大義。喜讀史，尤熟于漢、三國、晉；喜讀《易》，詳于天文、地理、推步、術算。言學服膺朱子。其文沉潛典籍，冥心孤造，窮理養氣，深究治亂得失之故。每發一義必合于道，而于人心風俗尤三致意。于古人流傳之作，必深辨其學術之醇醨，性情之厚薄，不沾沾于格調辭句之間。清真曲暢，情文並茂，隱以明道説經自任，工于叙事，故《稿》以記事名，議論則闕。其詩取境獨高，造意極深，而出之以清新，諧之以音節，絶無巉刻深刻之狀，愈玩愈妙，能使人默會于字句之外。儀吉與陽湖陸繼輅同爲嘉慶庚申舉人，陸之文，錢之詩，各自以爲不可及，聞者兩賢之。《龍潭清話》、《交遊録》、《榘邁文甲乙集》、《止齋文鈔》、《樵隱昔寱》、《萇楚齋書目》、《續補碑傳集作者紀略》、《三國志證聞》、《甘泉鄉人稿》、《藝風堂癸甲稿》、《退一步齋詩文集》

錢泰吉　字輔宜，號警石，嘉興人。諸生，官海寧州學正。師事從兄錢儀吉，受古文法。喜校古書，假人善本及先輩評點之册，寫而注之眉端。其論文亦頗法姚鼐，宗主義理，不薄考據。

其爲文深得古人淵雅之詣。主講安瀾書院。撰《甘泉鄉人稿》二十四卷。《嘉興縣志》、《金石學録》、《補碑傳集》、《曾文正公詩文集》、《敬孚類稿》、《國朝文彙》、盛輯《皇朝經世文續編》、《皇朝續文獻通考》

【補遺】錢泰吉，又號深廬，任海寧州學學正廿七年，俸滿者三次。復主講海寧安瀾書院七年。平日讀書，自六經諸史百氏下逮唐、宋、元以來詩文集，靡不博校，鉤精討疑，不赦隻字。論文推桐城古文爲正宗。文學流别辨析至嚴，嘗謂：「詩文以意爲主，氣爲輔。意必真必厚，氣必潛必和。」其文源本于性情之真，一歸于和厚中正，不爲偏雜浮僞語，故氣和體醇。其精尤在箋牘考證，能闡發義藴，于歸有光義法最近。旁及詩歌，又以李、杜、韓、蘇爲則。《遜學齋詩文鈔》、《海昌備志》、《躬耻齋文鈔後編》、《甘泉鄉人年譜》、《甘泉鄉人稿》、《萇楚齋書目》、《續補碑傳集作者紀略》、《寶研堂集》、《青萍軒詩文録》、《樵隱昔寱》

卜起元　字貞甫，武進人。監生，官浙江候補從九品。師事姚瑩，受古文法。留心經世之學，爲文不屑屑於模仿，率抒憤懣不平之氣。撰《潛莊文鈔》六卷。《潛莊文鈔》、《武進陽湖志餘》

【補遺】卜起元，號安橋，肆力古文詞，知立言明道之難，修詞論事之不易。《萇楚齋書目》、《續補碑傳集作者紀略》

德宣　字子浚，襄平人。□□，官江陰縣知縣。與毛嶽生、李兆洛等友善，受古文法。自言得交毛嶽生，始窺古文墻壁，知之而未能爲之，撰《西磵集》三卷。《復休居詩文集》、《養一齋詩文集》

【補遺】德宣，號西磵，其文尤精研義理，不以町畦自域。又工詩，歸諸澹簡渺粟。文一卷，僅存數篇，詩則百餘篇。

曾國藩 原名子成，字伯涵，號滌生，湘鄉人，道光戊戌進士，官武英殿大學士，一等毅勇侯，謚文正。論文私淑方苞、姚鼐，自謂粗解古文由姚鼐啓之，至列之聖哲畫象三十二人之中。所爲文研究義理，精通訓詁，以禮爲歸；創意造言，浩然直達，噴薄昌盛，光氣熊熊，意欲效法韓、歐，輔益以漢賦之氣體，實文家至難得之境。讀書必離析章句，條開理解，證據論議，墨注朱揩，爲吳汝綸評點諸書之先河。撰《曾文正公集》□種□□卷，中有《求闕齋日記類鈔》二卷，《家訓》二卷，尤多平生心得之言，發前人未宣之蘊。《咸豐以來功臣別傳》、《題江南曾文正公祠百咏》、《曾文正公詩文集》、《柏堂集後編》、《拙尊園叢稿》、《國文教範》、《吳先生詩文集》、《悔過齋文集》、《抱潤軒文集》、《國朝文彙》、《養知書屋詩文集》、《養晦堂詩文集》、盛輯《皇朝經世文續編》、《古文四象》、《皇朝續文獻通考》、《道咸同光四朝詩史》、《復庵類稿》

【補遺】曾國藩，原名居武，于道、咸間居京師，頗以文學倡導後進。論文宗旨近祖姚鼐，遠祧歸有光。爲文義法取諸桐城，益閎以漢賦之氣體，亦頗病宗桐城者之拘拘于繩尺。生平于文章之事好之至切，沈浸于古者亦未必過深，獨其光氣熊熊，倚天曜日，噴薄昌盛，而不可以已，此則文家至難得之境，雖唐、宋大家不數覯者。國藩每一握管，則浩然之氣奔赴腕下，蓋其學識高出一代，而積誠養氣之功有獨至者，亦由其得于天者爲獨優，不可以強襲者。其精神照耀千古不可磨滅者在此，其規模度量足以建一代之勛名，而收攬一代之才俊者亦由于此。蓋其事有出于文章之外者。文章得之，益以閎偉。其封事深識偉論，詞簡理明，忠愛之忱，溢于言表。嘗自選奏議，存三之一，猶及三百篇，薛福成編輯二百篇刊之，吳汝綸稱爲善本。詩主昌黎、山谷，詞章嶄新而不蹈襲故常。治經喜高郵王氏父子，亦頗究心輿地及《說文》之學。《十三經讀本》、《皇清書史》、《求在我齋詩文存》、《儉德堂讀書隨筆》、《棣恒堂隨筆》、《萇楚齋書目》、《續補碑傳集作者紀略》、《天岳山館文鈔》、《隨安廬詩文集》、《夷牢溪廬詩文鈔》、《稼溪詩草》、《佩弦齋雜存》、《知退齋稿》、《庸庵文編》、《吳先生尺牘》、《叩瓴瑣語》

向師棣 字伯常，溆浦人。諸生，官江蘇補用知縣。師事曾國藩，受古文法。其爲文不規規於桐城軌範。每得意急書，如洪波汪洋，雖浮沙淤泥未暇澄清，不能阻其百折必東之勢。撰《涵古樓詩鈔》一卷、《文鈔》一卷，朱光恒刊入《溆浦三賢詩文鈔》中。《溆浦縣志》、《孟芳圖書館書目》、《溆浦三賢詩文鈔》、《萇楚齋隨筆》、《拙尊園叢稿》、《庸庵文集》

黎庶昌 字蒓齋，遵義人。諸生，伏闕上書，官川東兵備道。師事曾國藩，受古文法，于其四史、《通鑒》致力最深。古文恪守桐城義法，簡鍊縝密，頗得堅强之氣。撰《拙尊園叢稿》六卷、雜著□種。《夷牢溪廬詩文鈔》、《庸庵文集》、《拙尊園叢稿》、《國朝文彙》、《續碑傳集》、盛輯《皇朝經世文續編》、《皇朝續文獻通考》、《道咸同光名人手札》

【補遺】黎庶昌，肆力古文辭，如飢渴之於飲食，精心探索，直造幽微。其大旨宗法方、姚，法度謹嚴，簡鍊縝密，研事理，辨神味，以曾國藩爲師，而雄直之氣得自天授。于四史、《通鑑》致力最深，硃墨並下，網羅舊聞，萃綜精義，牛毛細字，充塞四旁。《光宣列傳》、《萇楚齋書目》、《續補碑傳集作者紀略》、《庸庵海外文編》、《叢書目録拾遺》

薛福成　字叔耘，號庸庵，無錫人。同治乙卯舉人，官都察院左副都御史。師事曾國藩，受古文法，國藩許以有論事才。福成雖喜言古文，吳汝綸譏其策論氣過重，切中其弊，最爲精鑿；福成亦謂汝綸與張裕釗標榜爲文，本屬至善，因此失歡。可見直道之難行，古文之不易。撰《庸庵全集》四十五卷。《吳先生尺牘》、《陶盧箋牘》、《拙尊園叢稿》、黎選《續古文辭類纂》、《國朝文彙》、《勸堂讀書記》、《續碑傳集》、《無錫鄉賢書目》、盛輯《皇朝經世文續編》、《皇朝續文獻通考》

【補遺】薛福成謂桐城諸老所講之義法，雖百世不能易。好爲古文詞，演跡平易，曲盡事理，尤長于論事、紀載，不徒爲高論，切于當世之用。《清史稿》、《光宣列傳》、《萇楚齋書目》、《續補碑傳集作者紀略》、《庸庵文編》

薛福保　字季懷，無錫人。同治丁卯副榜，官四川候補知府。嘗隨其兄福成習聞曾國藩論文之旨。其爲文循沿塗徑，神蘊超邁，頗據古人藩籬。撰《青萍軒文録》二卷、《詩録》一卷。《青萍軒詩文録》、黎選《續古文辭類纂》、《拙尊園叢稿》、《國朝文彙》、《續碑傳集》、盛輯《皇朝經世文續編》、《無錫鄉賢書目》

【補遺】薛福保，號端季，得聞曾國藩緒論，講明塗徑，于經史子集涵嚌大意，默究精微。其文

瑰閎幽澹，高詞微旨，翛然塵壒之外。《庸庵文編》、《文續編》、《續梁溪詩鈔》、《萇楚齋書目》、《續補碑傳集作者紀略》

陳代卿　字雲笙，宜賓人。咸豐辛酉舉人，官膠州知州。師事曾國藩，受古文法，並教以爲文以自吐胸臆、敷陳條暢爲主，切戒扶墻靠壁。撰《慎節齋文存》二卷、《外集》□卷，《先正論文雜纂》□卷。《慎節齋文存》、《校經室文集》

【補遺】陳代卿論文亦重義法，稱心而言，以裕本源、增識力爲主，行乎其所不得不行，止乎其所不得不止。妻□氏亦善詩畫詞曲。撰《慎節齋詩存》□卷。《緑雪堂全集》、《萇楚齋書目》、《續補碑傳集作者紀略》

劉庠　字慈民，號鈍叟，南豐人。咸豐辛亥舉人，官内閣中書。師事曾國藩，受古文法。其爲文昭曠清澈，不析門户。少好考證，晚復致力兩宋諸子書。撰《儉德堂文集》□卷、《紫芝丹荔山房詩集》□卷、雜著十□種。《師友贈言》、《續碑傳集》

【補遺】劉庠，歷主雲龍、敦善等書院，主講崇實貳拾年，教授淮、徐間積三十年，所成就者甚衆。師事妻父吴家賓，受古文法。性喜藏書，好古績學，篤嗜許書。其文討論經義，研深性術，是正文字，敷陳典要；博徵而不蕪，文約而不陋，忠義節烈事不憚言之再三，其于義理詞章考證可爲詳實。《龍宛居士集》、《含嘉室自訂年譜》、《儉德堂讀書隨筆》、《萇楚齋書目》、《續補碑傳集作者紀略》、《湘谷初稿》、《許學

考》、《豫章叢書》、《通義堂文集》

王檢心　初名立人，字子涵，内鄉人。道光乙酉舉人，官直隸候補道。師事姚柬之，受古文法。精研理學。撰《闇修記》四卷、雜著□種。《柏堂集後編》、《梅村詩文集》

【補遺】王檢心，撰述皆本之躬行心得，粹然儒者之言。撰《復性齋叢書》□種□□卷。《純甫古文鈔》、《唐確慎公集》、《龍泉園集》、《伯山詩文集》、《歷代帝王紀年表》、《闇修記》

秦緗武　字省吾，無錫人，瀛子。監生，官彭澤縣知縣。工古文，善詩。其詩清蒼雅健，和平恬愉，風格得之於父教。撰《城西草堂詩集》四卷。《續梁溪詩鈔》、《城西草堂詩集》、《無錫鄉賢書目》、《國朝耆獻類徵》

【補遺】秦緗武，原名廷甲，字惺夫，又號榴紅。《錫山秦氏文鈔》、《萇楚齋書目》、《續補碑傳集作者紀略》

秦賡彤　字臨士，無錫人，緗武子，□□□□進士，官翰林院編修。工詩、古文詞，深有得於家學。《城西草堂詩集》、《柏梘山房集》

【補遺】秦賡彤，原名麗昌，又名昌燕，又名勳，字汝彩，亦字霖士，瀛孫。咸豐丙辰進士，官刑部□□司主事、記名御史。主講東林書院拾餘年，以古文世其家。其文説理必精，修詞必潔，深得歸、方之遺。撰《鐵華仙館詩集》□卷、《文集》□卷。《錫山秦氏文鈔》、《澹庵文存》、《清代館選分韻彙編》、《荔雨軒詩文集》、《虹橋老屋遺稿》、《世忠堂文集》、《峴樵山房詩集初編》

趙之謙　字益甫，號撝叔，會稽人。咸豐己未舉人，官鄱陽縣知縣。師事李宗傳，受古文法。工詩、古文，尤工書畫，名盛一時。撰《悲庵居士詩賸》一卷、《文存》一卷。《悲庵居士詩文賸》、《續碑傳集》、《萇楚齋書目》、《皇朝續文獻通考》、《甌鉢羅室書畫過目考》

【補遺】趙之謙，官南昌縣知縣。撰《梅庵集》□卷。《清代名人手札甲集小傳》、《補寰宇訪碑録》、《萇楚齋書目》、《續補碑傳集作者紀略》、《海上墨林》

方培濬　字哲甫，桐城人，宗城子，□□。師事宗稷辰，受古文法。研習經史，古文亦欲規模歐、曾。撰《毅齋遺集》五卷、《春秋名賢列傳》五卷，從弟培聰補輯成書。《復堂類稿》、《躬耻齋詩文鈔》、《柏堂集續編》

孫世均　字平甫，歸安人，諸生。肆力古文，一意宗姚鼐，尤好陳用光，推爲姚門弟子之冠。其爲文安雅有法，不事劌鉥心腎，而訢合于古。撰《誰與庵文鈔》二卷、《孫氏先德傳》一卷。《蒿庵類稿》、《誰與庵文鈔》

鄧嘉緝　字熙之，江寧人，廷楨孫，同治癸酉優貢，官候選訓導。私淑姚鼐，爲文一意宗法，其雅潔大小修短合于法度。詩亦語無町畦，音堅而韻亦峭。撰《扁善齋詩存》一卷、《文存》二卷。《扁善齋詩文存》、《金石學録補》、《續碑傳集》

【補遺】鄧嘉緝，號世諦，署理桐山縣學教諭。工詩、古文、駢體、詞賦及篆、隸、行、楷，八法亦工。文筆雅潔，清剛雋上，以韻勝，得力于陳《志》、范《書》及酈氏《水經注》。詩亦跌宕自喜，骨堅韻亦峭，無町畦語。《盋山詩文集》、《壽藻堂文集》、《養真室文後集》、《萇楚齋書目》、《續補碑傳集作者紀略》、《金石書録目》、《上谷訪碑記》、《有不爲齋集》、《吳縣志》

徐樹錚 字又錚，蕭縣人，諸生。肆力文學。篤嗜《古文辭類纂》。集録歸有光、方苞、梅曾亮、曾國藩、張裕釗、吳汝綸諸家之説，爲之標注□□卷。《抱潤軒文集》、《古文辭類纂》

【補遺】徐樹錚，文力模桐城家法，雖功力未臻，而氣勢則甚磅礴。撰《視昔軒遺稿》五卷。《視昔軒遺稿》、《晶報》、《慎宜軒詩文集》、《國學圖書館年刊》

補遺

孔廣森 字衆仲，一字撝約，號顨軒，曲阜人，孔子第六十八代孫。乾隆辛卯同進士，官翰林院檢討。師事姚鼐，受古文法，復受經于戴震，爲《三禮》及《公羊春秋》之學。能作篆隸，書入能品，尤工駢體文。居大母與父喪，竟以哀毁卒，卒年三十有五。撰述已見《撰述考》。《柏梘山房詩文集》、《惜抱軒詩文集》、《漢學師承記》、《國朝先正事略》、《彙刻書目》

何彤文 字芰亭，南陵人。□□□□□□，官郴州直隸州州判。師事姚鼐，受古文法，稱高第弟子。其文皆有關于世道人心，非苟作者。撰《叢桂山房集》□卷。《西溪偶録》、《南陵先哲遺書》、《三續補彙刊書目》、《萇楚齋續書目》、《續補碑傳集作者紀略》

姚通意　字彦純，桐城人，處士。師事從父姚鼐，從居鐘山書院最久，得聞論詩文要旨，益深於詩，清雋不群。裒集談詩粹言及親舊佳什，撰《賴古居詩話》□卷，《詩集》□卷，並佚。《可久處齋文鈔》、《皖雅》、《桐舊集》

錢彝　原名特，字秉三，一字搏霄，號白渠，桐城人。諸生，官儀徵縣學訓導。篤行好古，鋭意通精。生平肆力于諸經，研究三十年，稿凡三、四易，乃成書。文與詩皆得方苞、姚鼐義法。撰《抱一堂古文》二卷、《詩集》二卷，全集稿本藏同邑馬其昶家。《東溟詩文集》、《理庵文鈔》、《安徽通志藝文考》、《孟涂詩文集》

黄金臺　字筱岑，廬江人。乾隆戊子副榜，官建平縣學教諭。師事姚鼐，受古文法，湛深經術。撰《筱岑詩鈔》□卷，《文鈔》□卷，修府縣志尤能以簡鍊見長。《皖雅》

趙紹祖　字繩伯，號琴士，涇縣人。諸生，道光辛巳孝廉方正，署理滁州州學學正。主講秀山、翠螺等書院，肆力於經史百家及考據之學，搜羅鄉邦文獻，耽心金石。于史深于《唐書》，于書無不讀，于藝無不窺。得姚鼐論文義法，聞風私淑，其文其思淵然，其光幽然，不斤斤于家法，而家法自不相違，洵屬有本之言。精賞鑒，工書小楷，善畫蘭竹，並工奕。撰《琴士文鈔》六卷、《詩鈔》十二卷、雜著十種，《新舊唐書互證》廿卷最有名。《琴士詩文鈔》、《蜀輶日記》、《皇華草合編》、《國朝古文彙鈔二集》、《古墨齋雜著》十種、《三續補彙刻書目》、《通鑑注商》、《安徽叢書》、《趙氏淵源集》

翁廣平　字海琛，號海村，吳江人。諸生，□□□□孝廉方正。師事姚鼐、張士元，受古文法。其文論議宏肆，反覆馳騁，而不乖于義法。文集中有論文九則，頗能窮文章之原委。肆力詩、古文外，尤喜奇異。撰《鳴鶯居文鈔》三十卷、《詩鈔》□卷。《平望志》、《平望續志》

齊彦槐　字蔭三，亦字夢樹，號梅麓，婺源人。嘉慶己巳進士，官蘇州府同知。師事姚鼐，受古文法。其文根柢經史，議論宏通，風骨峻整，能見其大。詩亦高格清韻，渾浩流轉，獨抒懷抱。研究天文家言，尤長于測算，巧思絶人，直探微窈，發揮鄉先輩梅氏、江氏未竟之蘊。素精鑒古，工書法，復工八法。撰《梅麓詩鈔》十六卷、《文鈔》八卷、《補遺》四卷。《梅麓詩文鈔》並《補遺》、《二知軒詩文存》、《萇楚齋書目》、《續補碑傳集作者紀略》

陳蘭瑞　字易庭，號小石，新城人，□□□□□□，用光子。夙承家學，于經、史、詩、古文詞皆單騖專精，研思入眇，能知古人深處，而性之所近，得于詩教者尤深。其詩才氣高騰，天機清妙，時出新意。撰《觀象居詩鈔》二卷。《柏梘山房詩文集》、《太乙舟詩文集》、《觀象居詩鈔》、《鄉詩摭談》、《萇楚齋書目》

李炳奎　原名屺瞻，一名雲瞻，字石筠，號□□，夾江人。嘉慶癸酉舉人，官常德府同知，主講刊水、文明等書院。私淑姚鼐，得古文義法，苦心孤詣，不假師承。其文委曲迂回，清純端雅，于歐、曾爲近；專心正軌，力追前哲，一洗好奇好怪、横斷逞私諸弊，而表揚節孝，尤能發潜闡幽。

撰《常惺惺齋古文初集》十五卷、《卷首》一卷、《詩稿》□卷。《常惺惺齋古文初集》、《葨楚齋書目》、《續補碑傳集作者紀略》

葉有和 字□□，歙縣人，□□□□□□。師事姚鼐，受古文法，卓然有志于古。《惜抱軒詩文集》

秦濂 字士蓮，號最齋，無錫人。乾隆庚子舉人，官議叙知縣，主講敬勝書院，瀛弟。師事兄，受古文法，每一藝成，爲抉摘其瑕疵。《小峴山人詩文集》

沈鎔 字南金，□□人，□□□□□□。師事管同，受古文法。善治經，有詩才，早卒，同爲作哀詞以惜之。《愚園詩話》

倪良曜 字孟炎，號濂舫，別號石輯居士，望江人。嘉慶癸酉拔貢，官江蘇布政使。平日于詩文持論甚嚴，獨喜姚鼐《詩文全集》。撰述大半散佚，僅存《香修館遺稿》一卷。《兩疆勉齋詩文存》、《香修館遺稿》、《葨楚齋續書目》

方元善 字敦化，桐城人，□□□□□□。師事從父績，受古文法。篤學，善屬文。其文守理法，清純而不雜，無世俗塵垢語言。《柏堂集前編》

吳士鼏 字待暌，號鄰泉，亦號理庵，桐城人，諸生。師事錢彝，受古文法。撰《尚友齋詩草》□卷、《理庵文鈔》□卷。《理庵文鈔》、《桐舊集》、《葨楚齋書目》、《續補碑傳集作者紀略》

蔣湘南　字子瀟，號□□，固始人。道光乙未舉人，官虞城縣學教諭。主講鳳翔、豐登、宏道、馮翊等書院，師事錢儀吉，受古文法，最稱高第弟子。通究經史，其文翔耀必高，發聲最大，説經鏗鏗，論事侃思衍致，博辨理析，桀拏屈强，自達其意，不隨古人步趨。詩亦往軌獨闢，澤以斧藻，震蕩其音，詞必己出。其古體胚胎長吉及韓、蘇諸家，著書逾百卷。撰《七經樓文鈔》六卷、《春暉閣詩鈔選》六卷、雜著□種。《樵隱昔寱》、《七經樓文鈔》、《春暉閣詩鈔選》、《停雲閣詩話》、《敦艮吉齋詩文存》、《澧西草堂集》、《萇楚齋書目》、《續補碑傳集作者紀略》、《山東圖書館書目》、《飲冰室藏書目録》、《仙屏書屋初集》、《叢書目録拾遺》、《西征述》、《同州府志》

曹肅孫　亦作肅荀，字伯繩，號小亭，亦號柏亭外史，洛陽人。諸生，官許昌縣學教諭。主講澗西書院。師事錢儀吉，受古文法。肆力詩、古文詞。撰《遲悔齋文鈔》六卷、《信口吟草》一卷。《遲悔齋文鈔》、《遲悔齋經説》、《洛學拾遺補編》、《交遊録》、《再續補彙刻書目》、《萇楚齋續書目》、《續補碑傳集作者紀略》、《叢書目録拾遺》

李濬　字又哲，一字秋圃，太康人。諸生，特賞内閣典籍銜，官嵩縣學巡導。與蘇源生相交三十年，以文學道義相切磋。積學守道。其文通達，精實有體要。曉暢時事，深識政事，叙事凛然有生氣，慷慨嗚咽，頗近歸有光。撰《秋圃齋文集》□卷、《詩集》□卷。《柏堂集續編》、《交遊録》、《記過齋贈言》

翟允之　字補齋，□□人，□□□□□□。師事錢儀吉、蘇源生，受古文法，稱高第弟子。喜

研求訓詁。《記過齋贈言》、《經苑》

王心　字存齋，鄢陵人，諸生。師事蘇源生，受古文法數十年，最稱高第弟子。凡學問門徑、文章源流、用功次第，源生皆一一剖析詳盡。撰《蘇菊村言行略》一卷。《記過齋贈言》、《蘇菊村言行略》

王汝霖　字□□，□□人，□□□□□□。師事蘇源生，受古文法，稱高第弟子。《記過齋贈言》

蘇文炳　字□□，□□人，□□□□□□。師事蘇源生，受古文法，稱高第弟子。《記過齋贈言》

徐□□　字心庵，□□人，□□□□□□。師事李宗傳，受古文法，稱高第弟子，足以傳師文學。《躬耻齋詩文鈔》、《寄鴻堂文集》

方昌翰　字宗屏，號滌儕，桐城人。諸生，官新野縣知縣，主講荆山書院。師事姚瑩，受古文法。其爲文原本方苞義法，最爲篤信謹守。撰《虛白室詩鈔》十一卷、《文鈔》二卷。《虛白室詩文鈔》、《皇朝續文獻通考》、《方氏七代詩鈔》、《萇楚齋書目》、《續補碑傳集作者紀略》、《抱潤軒文集》

潘眉　字穉韓，號壽生，吴江人，諸生。主講湖州黄岡書院五、六年，與門下士講求經史，務爲有用之學。師事郭麐，受古文法；居與相近，晨夕過從，學益大進。攻詩、古文詞，旁通史學，于天文、輿圖、金石及三統大衍曆數之學，靡不研究。撰《小遂初堂詩稿》八卷、《文鈔》三卷。《分湖小志》

高嵩瑞　字輯之，號药房，華亭人，□□□□□□，官潁上縣學訓導。師事秦瀛，受古文法。

尤工古文，不輕示人，詩亦清麗婉約。撰《寒緑齋小集》十二卷、《粉廊賸稿》二卷。《寒緑齋小集》、《粉廊賸稿》

陳大慶　字子敦，號□□，新城人，監生。師事蔡世鈸，受古文法。又用光孫，日待左右，諏經史，談文事，用光謂學有傳人。讀書能貫穿，無滯義。文筆雅潔，足以抒其所藴涵。《月滄詩文集》、《閩南文鈔》、《都門文鈔》

勞崇煦　字竹如，懷寧人，□□□□□□□。師事潘瑛，受古文法，名亞于師。撰《壽樗堂詩稿》□卷。《學風》

宫爾鐸　字農山，號□□，亦號抱璞山人，懷遠人。□□□□□□□，官西安府知府。師事徐子苓，授以詩、古文義法；並爲繩削其詩文，指示塗徑，始有所悟。其文見地甚高，持論不苟，筆亦足以達之。言情紀事斐然可觀，頗似其師。撰《思無邪齋詩存》八卷、《詩存續集》四卷、《文存》六卷、《文存續集》二卷。《思無邪齋詩文存》並《續集》、《萇楚齋續書目》、《續補碑傳集作者紀略》、《敦艮吉齋詩文存》

秦麗　字□□，號□□，無錫人，瀛孫，緗武子，□□□□□□，濡染家學，深有得于詩、古文詞。《柏梘山房詩文集》

張逢壬　原名文瀚，字逢壬，□□人，□□□□舉人，官堂邑縣知縣。師事宗稷辰，受古文法。《躬耻齋詩文鈔》

端木百禄　字叔總，號小鶴，青田人，□□□□拔貢，官直隸州州判。師事宗稷辰，受古文法，稷辰妻以少女，承其家學。善治《易》，好爲詩歌，尤嗜金石文字。慕其鄉劉文成公之文學。《躬恥齋詩文鈔》

王栻　字□□，太倉人，□□□□□□。師事姚瑩，受古文法三年，親承指授，終日言不離于詩文。《東溟文集》

徐□□　字芸峴，號□□，武康人，熊飛子，舉人，□□□□□□家學淵源。詩、古文詞靡不工，皆典贍風華，具體白鵠。撰《山滿樓遺集》□卷。《潄芳閣集》

王儒行　字莘樵，祥符人。諸生，官候選訓導。師事錢儀吉，受古文法，專治經學。《經苑》

唐仁壽　字端甫，海寧人，諸生。師事錢泰吉，受古文法。究心六書音韻之學，讎校經史，文字疏僞舛漏者，毛髮差失皆辨之，所爲書皆未就。撰《□□□詩集》□卷。《濂亭詩文集》

李際雲　字會侯，號□□，洛陽人，□□□□□□。師事曹肅孫，受古文法，稱入室弟子。于《易》、《詩》、《尚書》、《論語》、《大學》類有解説。《天根詩文鈔》

李坦　字私庵，洛陽人，□□□□□□，與曹肅孫至善，以文學相切磋，篤志宋儒之學，口必道聖賢。《天根詩文鈔》

何松　字倈青，號□□，慈溪人。諸生，官候選訓導。師事錢泰吉，受古文法。泰吉古文平淡，宗主義理；松稍變通，然不爲崖異，亦不苟徇人。最喜《周易》，旁及他經，尤喜言《禮》之書，手鈔筆述，刻無暇晷。撰《常惺惺齋文鈔》□卷、《夢璞居詩鈔》□卷。《西江文稿》

袁鈞　字□□，號□□，鄞縣人。諸生，□□□□孝廉方正。師事秦瀛，受古文法，强志勵學。《小峴山人詩文集》

安吉　字彙占，號古琴，金匱人，□□□□舉人，□□□□□□。師事秦瀛，受古文法。刻苦力學，以窮經爲務，于音韻之學别有心得。撰《十二山人稿》□卷。《小峴山人詩文集》

孔厚德　字□□，洛陽人，孔子□□□代孫，□□□□□□。師事曹肅孫，受古文法甚久，復精醫學。《交遊録》

劉元培　字子高，□□人，□□□□□□。師事蔣湘南，受古文法。稱高第弟子。《七經樓文鈔》

盧正烈　字□□，□□人，□□□□□□。師事蔣湘南，受古文法。《七經樓文鈔》

江慶章　字仲來，桐城人，□□□□舉人，□□□□□□。師事光聰諧，受古文法。研究經史，好爲深湛之思。《稼墨軒集》

王滌心　字子潔，内鄉人，檢心弟。道光壬辰舉人，官署理晉州知州。與兄以文學相切磋，亦知名于時。撰述另見《撰述考》。《唐確慎公集》、《洛學拾遺補編》、《讀易備忘》、《平山縣志》、《萇楚齋書目》

曹允源　字根蓀，號□□，吴縣人。光緒丙戌進士，官漢陽府知府。私淑曾國藩，于其單詞碎義靡不搜采，以資則校。其文以明道、紀政事、察民隱、樂道人之善四者爲宗，凡剿襲之説、諛佞之詞咸屏絶之，雅近方、姚。詩亦醇雅。撰《復庵文稿》八卷、《文續稿》四卷、《文外稿》二卷、《鬻字齋詩略》四卷、《詩續》一卷。《復庵類稿》、《眉韻樓詩話續編》、《萇楚齋續書目》、《續補碑傳集作者紀略》

涂宗瀛　字□□，號閬仙，六安人，□□□□進士，官湖南巡撫。師事王檢心，受古文法。

劉淇　字茗生，號□□，五河人。諸生，官湖南財政廳廳長。師事劉庠，受古文法，稱高第弟子，工駢文。撰《□□□文集》□卷、《詩集》□卷。《儉德堂讀書隨筆》、《風雨雞鳴館尺牘》

薛鍾斗　字儲石，號□□，瑞安人，□□□□□□。私淑姚鼐、吴敏樹，其文亦簡勁有法度。撰《拙齋學古文鈔》□卷。《墨庵二十以後古文》

翁廉　字銅士，號□□，湘潭人。諸生，官亳州知州。師事劉庠、王耕心，受古文法。工詩、古文，其文有義法，兼善書法。《風雨雞鳴館尺牘》

劉孚京　字鎬仲，號□□，南豐人。光緒戊午進士，官河源縣知縣。師事從父庠，受古文法。其論文以秦漢培骨力，以唐宋植間架，以氣爲主，以縱横、出入、高下、頓挫爲用；不取李唐以下，欲自晚周諸子、兩司馬、揚、劉、昌黎爲基址，以下攬八家，不入唐以後體製。然其文實體博而義醇，涵演淵懿，蹈于自然，于子固爲近。撰《劉先生文集》四卷、《補遺》一卷。《劉先生文集》、《萇楚齋書

目》、《續補碑傳集作者紀略》

趙昌晉　字雲山，太谷人，光緒甲午舉人，□□□□□□。致力古文，于唐宗柳州，于宋宗明允、臨川，于明宗歸有光，于國朝宗方苞、姚鼐，于曾國藩尤深契，無一日離。並工書法，行草篆隸靡不能。《濂希遺書》

劉孚同　字□□，孚存，字□□，南豐人，皆庠子，諸生，各能以文學世其家。《龍宛居士集》

曾紀澤　字劼剛，號□□，湘鄉人。廕生，官兵部左侍郎，予謚惠敏，國藩子。從其父受詩、古文法。撰《曾惠敏公集》□卷。《曾忠襄公詩文集》、《曾文正公家訓》、《曾惠敏公全集》、《萇楚齋書目》

張金鏞　原名敦瞿，字良輔，一字鑒伯，號海門，一號忍龕，平湖人。道光辛丑進士，官翰林院侍講。師事徐熊飛，受古文法。復與王拯、孫衣言、龍啓瑞以文學相切磋，得其緒論，研究古文義法。其文博儷斧藻，晚益消宕，而微會于駢散奇偶之通。時謝聲悦，出杼軸，律堅義清，神貺自然。駢偶多于散體。詞宗白石，書法得褚、虞遺意，隸亦宗漢碑，兼善畫梅。撰《躬厚堂詩初録》四卷、《詩録》十卷、《詞録》三卷、《附》一卷、《雜文》八卷、《附》一卷。《躬厚堂全集》、《續補碑傳集作者紀略》、《萇楚齋書目》

敖册賢　字典皆，號金甫，自號伯鳳山人，榮昌人。咸豐癸丑進士，官刑部□□司主事。師事曾國藩，受古文法，親承指授。其文閎麗，自喜能窺其藩籬，探其門徑。撰《緑雪堂散體文鈔》

二卷、《駢體文鈔》一卷、《椿蔭軒古近體詩鈔》二卷、《别集》一卷。《緑雪堂全集》、《續補碑傳集作者紀略》、《萇楚齋書目》、《續補彙刻書目》

侯學愈　字伯文，號戢庵，無錫人。□□□□□□，官□□□□教諭。私淑曾國藩，守其論文要旨，矢爲陰柔之美。其文醇雅有法，惜少變化，循歐、曾軌轍，兢兢不敢逾越。撰《環溪草堂文集》□卷、《詩集》□卷。《溉泉樓詩文集》

王嘉詵　原名如曾，字少沂，一字劭吾，號蟄庵，銅山人。諸生，官分省試用通判。師事劉庠，受古文法。其文雅潔而有醲馘之味，異乎貌爲冲淡而中枵然無物者。駢體亦格高氣逸，類洪亮吉。詩宗樊南，並工詞。撰《養真室文存》一卷、《文後集》一卷、《文乙集》一卷、《詩存》三卷、《詩後集》一卷、《蟄庵詞》一卷、《刼餘詞》一卷。《養真室詩文集》、《萇楚齋書目》、《續補碑傳集作者紀略》、《續補彙刻書目》

王定安　字□□，號□□，□□人。□□□□□□，官□□候補道。師事曾國藩，受古文法，最爲篤信謹守。輯録國藩所爲經史評注，成《師訓彙記》□卷；敘國藩生平言行爲《求闕齋弟子記》三十二卷，省之爲《曾文正公大事記》四卷；記戰事則爲《湘軍記》□□卷。《求闕齋弟子記》、《曾文正公大事記》、《湘軍記》、《萇楚齋書目》

何如璋　字子莪，號□□，大埔人。同治戊辰進士，官詹事府詹事。主講韓山書院，夙治桐城古文之學，尤愛好曾國藩。撰《何少詹文鈔》三卷。《何少詹文鈔》、《使東述略》、《茶陽三家文鈔》、《萇楚齋書目》、《續補碑傳集作者紀略》

秦際唐　字伯虞，號□□，上元人。同治丁卯舉人，官揀選知縣。生平私淑姚鼐、曾國藩，其文融會兩家之説以劑其平，婉而能達，紆回而有致，不規規學韓，而旁薄于班、馬兩家之史法。至其記遊諸作，神似柳州，而于源流清濁之處，風化芳臭氣澤之所及，尤三致意，神韻與廬陵爲近。詩則自言僅學浙西六家，而情深律細，風格實在慶、歷之間。撰《南岡草堂文存》二卷、《詩選》二卷、《詩續篇》一卷。《南岡草堂詩文存》、《萇楚齋書目》、《續補碑傳集作者紀略》

葉毓桐　字挺生，號□□，華陽人，桐城籍。咸豐己未進士，官安肅兵備道，監督嘉峪關。師事姚瑩，受古文法，復與方宗誠、徐宗亮、吴汝綸、姚濬昌、馬起升、其昶父子等相友善，以文學相切磋。撰《還雲書屋詩存》□卷、《文存》□卷。《靈覎軒文鈔》

吴慶坻　字子修，一字敬疆，錢塘人。光緒丙戌進士，官湖南提學使，宣統辛亥後不仕。爲文服膺曾國藩陽剛陰柔之説，而深有合于桐城之矩矱，故事要而不繁，辭文而不縟。撰《補松廬文録》八卷、《詩録》六卷。其宣統辛亥後作，别爲《悔餘生詩》五卷。其《辛亥殉難記》八卷、《表》□卷負盛名，最有功于人心世道，不刊之作也。《碑傳集》、《補松廬詩録》、《悔餘生詩》、《辛亥殉難記》並《表》、《蕉廊脞録》、《杭州藝文志》、《萇楚齋書目》、《萇楚齋筆

張美翊　字讓三，號蹇叟，鄞縣人。光緒□□副榜，壬寅奏保經濟特科，官直隸候補知府，辛亥國變後不仕。師事薛福成，受古文法，隨使數年，得以從容親承指授，肆力甚久，並喜言桐城文法。博學多聞，于各國風土、政教、語言、文字皆能得其要領。尤精于輿地之學，凡五洲之内山川、道里如示諸掌。其文淵懿樸茂，根柢深厚，議論通達，非苟爲大言之欺世者。遭辛亥亂後，則嗚咽往復，馳騁之間有不勝其亂離之感，尤徵忠愛之忱。我朝末造，其爲第一流人物乎？《寒莊文編》、《名媛詩話》、《艮園詩文集》、《奉化縣志》、《含嘉室自訂年譜》、《勸堂讀書記》、《東南海島圖經》、《適其適齋餘談》

虞輝祖　字含章，號桐峰，又號寒莊，鎮海人，諸生。師事張美翊及族兄景璜，授以方、姚相傳古文義法；又與姚永樸、永概、馬其昶、王樹枏、吳闓生等以文學相切磋。由歸、方、姚、曾諸大家之説以上述六經、諸子、兩漢、八家之文，朝研夕究，心摹力追。其文好深湛之思，專尚簡淡，曲盡言外微致，不爲豐縟繁殺之詞，深情遠思，冥搜孤造，每一文成，鈎稽往復，率首尾六、七易稿，其不苟如此。撰《寒莊文編》二卷、《文外編》一卷。《寒莊文編》、《三續補彙刻書目》、《續補碑傳集作者紀略》

江五民　原名迴，字後村，號□□，奉化人，諸生。主講錦溪書院，師事薛福成、張美翊，受古文法，美翊每繩削其文字，幾經慘淡經營、困頓曲折。又喜歸、方文，而歸宿于太史氏。復研求經學。撰《艮園文集》十二卷、《詩前集》四卷、《詩後集》四卷、《卷末》一卷。《艮園詩文集》、《萇楚齋續書

目》、《三續補彙刻書目》、《續補碑傳集作者紀略》

江起鯤　字北溟，號□□，奉化人，諸生。師事張美翊、江五民，受古文法。致力經世之學。其文不甚言家法，而于桐城派爲近。撰□□□詩集□卷、《文集》□卷。《艮園詩文集》

康綜鈺　字思式，號二如，興縣人，紹鏞兄。諸生，官兩淮河垛場鹽大使。師事姚鼐，受古文法。《初月樓遺編》

桐城文學淵源考卷五

此卷專記師事及私淑張惠言惲敬諸人

張惠言 初名一鳴，字皋文，武進人。嘉慶己未進士，官翰林院編修。乾隆間，錢伯坰、王灼親受業於劉大櫆，受古文法，後時誦其師説于其友張惠言、惲敬，力勸之爲古文，二子始盡棄其考據、駢儷之學，專志以治古文。皋文研精經傳，取法于韓、歐陽兩家，變大櫆之清宕爲淵雅，文格與姚鼐爲近，首倡桐城文學于常州。所爲賦恢閎絶麗，高揖班、揚；他文則空明澄澈，不復以博奥自高。惠言、惲敬、陸繼輅、吴育、包世臣、張曜孫皆嘗言常州文學傳自桐城，並無角立門户之見。自張之洞《書目答問》出，始有桐城、陽湖兩派之説。王先謙、孫葆田、馬其昶皆不然其説，可謂卓識閎議。不知當日編纂《書目答問》者實爲江陰繆荃孫，以鄉曲私情分别宗派，引以爲重，殊失當時錢伯坰、王灼、張惠言、惲敬授受文法之本意。惠言研究孟虞《易》説，尤爲專門絶學。撰《箋易詮全集》十八種五十二卷。所編《七十家賦鈔》六卷，評量殿最，不失銖黍，尤爲千古絶作。

《七家文鈔》、黎選《續古文辭類纂》、王選《續古文辭類纂》、《茗柯文編》、《曾文正公詩文集》、《江陰縣志》、《書目答問》、《初月樓詩文鈔》、《武進陽湖合志》、《餐楓館文集》、《萇楚齋書目》、《覺生感舊詩鈔》、《藝舟雙楫》、《私艾齋文鈔》、《校經室文集》、

《國朝漢學師承記》、《國朝經師經義目録》、《茗柯文補編》、《抱潤軒文集》、《小峴山人詩文集》、《皇朝續文獻通考》、《國朝耆獻類徵》、《皇朝經世文編》、《儒林傳稿》、《國朝經學名儒記》、《國朝先正事略》、《國朝文彙》、《文獻徵存録》、《大雲山房文集》、《郎園學行記》

【補遺】張惠言官京師時，弟子先後從受《易》、《禮》者以十數。于《易》主虞氏，于《禮》主鄭氏，未嘗不言考據，而求陰陽消息于《易》，求古先聖王禮樂制度于《禮》，言微義奥，冥心悉力，艱苦探索，篤信其説，咸有以究其本原；而變通推衍，達之于文。其文原本六經，取法韓、歐，其規畫步驟，進退行列，與夫遣言綴詞，時患太似，有鉤釽摘抉之勢，雖擬古之迹未化，實子雲、子厚之匹，亦非句摹字倣如明七子，要其立言質實，韻味雋永，不溺于華藻，不傷于支離，不遁于虚無，一意不隨時俗趣舍，則確然可見。平日論文，嘗謂：「法有盡而意無窮。」足爲執死法以言文者進一解。詩亦婉麗可誦，惜少流傳。工篆書，初學李陽冰，後學漢碑額及《石鼓文》，亦卓絶千古。譚獻謂：「今世言古文宗派者曰桐城，曰陽湖，此口耳之相習，有不盡然。桐城方侍郎繼武者劉、姚，正變宗旨，亦既同源異流矣。陽湖張編修折衷經訓出魏、晉，兄弟師友各有軌轍，華實之間，往往泲河之離合。獻校審茗柯先生手定《海峰文鈔》，則又信陽湖之文未嘗不規桐城。承學之士無所用其墨守也。」明府此論可謂允矣。《靈芬館雜著》、《續補碑傳集作者紀略》、《毗陵詩録》、《國粹學報》、《齊民四術》、《粟香隨筆》、《射鷹樓詩話》、《茗經室文集》又《二集》、《念宛齋書牘》、《毗陵畫徵録》、《墨海樓書目補提要》

惲敬　字子居，一字簡堂，武進人。乾隆癸卯舉人，官吳城同知。初聞古文義法未及爲，後因張惠言早歿，遂並力以治古文。研精經訓，深求史傳，得力於韓非、李斯，近法家言。敘事似班孟堅、陳承祚，義法一本司馬子長，雖氣必雄厲，力必鼓努，思必精刻，然綜核廉悍，高簡有法，其鎔鍊淘洗之功用力甚久，用能澄然而清，秩然而有序，仍屬桐城家法。撰《大雲山房文稿初集》四卷、《二集》四卷、《補編》一卷、《續編》一卷、雜著□卷。《武進陽湖合志》、《富陽縣志》、《初月樓詩文鈔》、《萇楚齋書目》、《崇百藥齋集》、《藝舟雙楫》、《國朝先正事略》、《國朝文彙》、《碑傳集》、《皇朝經世文編》、《國朝耆獻類徵》、《皇朝續文獻通考》

【補遺】惲敬，亦字項旃，行文軌轍出于管、荀諸子。其文全似晁家令言兵事書，故文勢鷙鶩凌厲，精察廉悍，洞達真契，推勘確實，持論謹嚴，運筆簡潔，得力又全在介甫短章小傳，定稱高足。集中無詩文集序及贈送序，雖以韓、歐所嘗爲者皆堅謝弗爲。論文仍主歸、方緒論，自謂「義例固于金湯」。論文主要，曰「典」、曰「自己出」、曰「審勢」、曰「不過乎物」等字，皆不愧古之立言者。《天岳山館文鈔》、《念宛齋書牘》、《國學圖書館圖書總目》、《續補碑傳集作者紀略》、《寄廬雜記》

錢伯坰　字魯斯，陽湖人，監生。師事劉大櫆，受古文法。轉以授之張惠言、惲敬，遂以能文名天下。論者謂伯(垌)〔坰〕得人而授，使桐城文學大明於世，賢于自爲。好學，工詩、古文詞。尤善書法，雄健豪放似李北海，名盛一時。撰《僕射山房詩集》四卷。《舊言集》、《餐楓館文集》、《國朝文

徵》、《私艾齋文集》、《桐城耆舊傳》、《武進陽湖合志》、《七家文鈔》、《國朝耆獻類徵》、《大雲山房文稿》

【補遺】錢伯坰，一字協光，號中錫，又號野余。詩筆勁達，學少陵，兼誠齋、石湖。書學顏平原、李北海、徐季海、董香光等，中年精深于鍾、王，沈浸數十年。其爲書雄健豪放，若風雨驟至，颯然有聲，縱橫馳驁，頃刻盡數十紙；原本梁瓛，堅實不及，而流宕轉換時或過之。《毗陵詩録》、《念宛齋書牘》、《大雲山房文稿》、《茗柯文補編》、《味蓼文稿》、《白雲草堂詩文鈔》、《齊民四術》、《竹初詩文鈔》

張琦　初名翊，更名與權，再更今名，字翰風，號宛鄰，武進人。嘉慶癸酉舉人，官館陶縣知縣。師事其兄張惠言，受古文法。其爲文則自子固、永叔以上窺班氏。詩則法魏、晉，參以李、杜。詩文皆自律甚嚴，稍不當意，輒削稿，故存者不及百篇。喜治兵權謀書，覃精地理，兼通術數、醫學，受法於金榜。撰《宛鄰詩》二卷、《文》二卷、雜著□□種。《明發録》、《藝舟雙楫》、《武進陽湖志餘》、《初月樓詩文鈔》、《養一齋詩文集》、《國朝文彙》、《續碑傳集》、盛輯《皇朝經世文續編》、《丹棱文集》、《國朝尚友録》、《國朝耆獻類徵》、《皇朝續文獻通考》、《止庵遺集》

【補遺】張琦，治權家言。覃精地理，上下縱橫數千年如指諸掌。尤善宛溪顧氏之學，故自號宛鄰。通馬、班、陳、范氏書，工五言詩，得仲宣、太沖遺意，又工八分書，復以分法入真行。《毗陵詩録》、《吉止室詩話》、《續詞選》、《齊民四術》、《萇楚齋書目》、《續補碑傳集作者紀略》

董士錫　字晉卿，一字損甫，武進人。嘉慶癸酉副榜，官候選直隸州州判。師事舅氏張惠言、張琦，受古文法及《易》虞氏義，兼通陰陽五行家言。爲文才力桀驁，下筆輒能自拔，渾樸遒勁，情深文明，取勢琢詞密而不褊，委婉而遠於姚冶。説經有家法，恪守桐城義法。賦尤閎闊幽窈，有作者意。歷主紫琅、廣陵、泰州等書院講席。撰《齊物論齋文集》六卷、雜著□種。《毗陵鄉賢考》、《藝舟雙楫》、《初月樓詩文鈔》、《國朝漢學師承記》、《國朝先正事略》、《儒林傳稿》、《國朝尚友録》、《國朝耆獻類徵》、《皇朝續文獻通考》、《止庵遺集》

【補遺】董士錫，主講真儒書院。通《易》、《禮》、《春秋》，好治陰陽五行九宫家言，求其原于《易》以貫之，殫心者數十年。工爲賦、頌、古文辭及倚聲。古文雖依八家成法，然渾古雅潔，有作者之意，氣力遒健能自拔。文存多少作，三十以後之文，因求文者麕集，面柔不能拒所請；又不欲以千秋之業徇人，率紆回宛曲，必欲讀者于言外喻其指，實爲酬酢所苦，然亦有觸事發議，優于少作者。《犖經室文集》、《齊物論齋文集》、《萇楚齋書目》、《續補碑傳集作者紀略》、《晶報》、《蔬園詩集》、《齊民四術》

周凱 初名愷，字營道，一字仲禮，號芸皋，富陽人。嘉慶辛未進士，官湖南按察使。師事張惠言、惲敬，受古文法。後交高澍然，復聞朱仕琇授其父高騰古文法。肆力詩、古文詞，文品在歐、曾間。撰《内自訟齋詩鈔》八卷、《文鈔》十卷、《自訂年譜》一卷、《厦門志》十六卷、《金門志》□□卷、雜著□種。《薑露庵雜記》、《涵芬樓藏書目》、《内自訟齋詩文鈔》、《初月樓詩文鈔》、《勸雲文鈔初編》、《茗柯文外編》、《碑傳集》、《皇朝經世文編》、《皇朝續文獻通考》、《富陽縣志》

【補遺】周凱，主進剡山書院，受經于張惠言，能得其傳；師事高傳占，受古文法；復與劉儀、陳善以古文相切磋；時高澍然以朱仕琇古文倡導後進，凱延至厦門，主講□□書院，與群士之茂異者以爲師資，專肄業爲文。其文法律井如，詞達音和，意象廣博而高明，温厚而純雅，兼有習之、熙甫之勝。考傳書事多有資于史事。詩宗東坡，出入樂天，以抒性靈、通諷詠爲主，尤精畫理。《樵隱昔寱》、《春渚草堂居士年譜》、《國學圖書館圖書總目》、《萇楚齋書目》、《續補碑傳集作者紀略》、《初月樓遺編》、《抑快軒文集》、《同安縣志》、《小隱山樵詩文存》

陸繼輅　字季木，一字修平，號祁孫，陽湖人。嘉慶庚申舉人，官貴溪縣知縣。與張惠言、惲敬、吴德旋、吴育、董士錫等同學爲文，互相切劘。其古文條達，雅近桐城。于詩致力最深。撰《崇百藥齋初集》二十卷、《續集》四卷、《三集》十二卷、《合肥學舍札記》十二卷。《武進陽湖志餘》、《崇百藥齋集》、《私艾齋文集》、王選《續古文辭類纂》、《初月樓詩文鈔》、《養一齋詩文集》、《國朝文彙》、《碑傳集》、盛輯《皇朝經世文續編》、《國朝耆獻類徵》、《皇朝續文獻通考》、《論文瑣言》、《止庵遺集》

【補遺】陸繼輅，亦頗通考訂之學。文與劉、姚諸人相類。其文不苟依傍，通達事理，洋洋乎如千頃之波，而勁氣昭質充然炯然，按之皆有物。傳志錯綜古法。最稱勝場，條暢似北宋諸家，能少加鍛鍊，則略近唐人。詩亦體物切情，志之所之與境之所經皆寓焉。《齊物論齋文集》、《計有餘齋文稿》、《萇楚齋書目》、《續補碑傳集作者紀略》、《國學圖書館圖書總目》、《樵隱昔寱》、《念宛齋書牘》、《游道堂集》

江承之　字安甫，歙縣人，布衣。師事張惠言，最爲篤信，稱高第弟子。獨好治經，受鄭氏《禮記》、《儀禮》、虞氏《易》，尤邃於《易》。撰《安甫遺學》三卷。《損齋文集》、《安甫遺學》、《茗柯文編》、《儒林傳稿》

【補遺】江承之，師事張惠言四年，有志六經，凡惠言所學無不學，惠言撰述發明者無不朝夕研求。《齊物論齋文集》、《萇楚齋書目》

金式玉　字朗甫，歙縣人，嘉慶壬戌進士，榜兄子。師事張惠言，受古文法，稱高第弟子。清才妙質，熟精《選》理，工詩、古文詞，所爲賦用意秀宕而怯薄倚聲，得常州派正聲。撰《竹鄰遺稿》二卷。《歙縣志》、《覺生感舊詩鈔》、《竹鄰遺稿》、《損齋文集》、《藝舟雙楫》、《歷代兩浙詞人小傳》、《受經堂彙稿》

【補遺】金式玉，亦字朖甫，其文學悉宗其師張惠言。《悔生詩文集》、《大雲山房文集》、《蛻石文鈔》、《萇楚齋書目》、《齊物論齋文集》

楊紹文　字子掞，山陰人。監生，官鎮陽縣縣丞。師事張惠言，受古文法，肆力爲之，文行甚高。撰《雲在文稿》一卷，復編刊《受經堂彙稿》六種十六卷。《受經堂彙稿》、《雲在文稿》、《初月樓詩文鈔》、《茗柯文外編》、《小峴山人詩文集》、《國朝古文彙鈔》、《國朝文彙》、《碑傳集》、《皇朝續文獻通考》

【補遺】楊紹文，工八分書，其子□□亦師事張惠言，受古文法。《茗柯文補編》、《國朝古文彙鈔二集》

陳善　字扶雅，號壽容，仁和人。嘉慶辛酉舉人，官嘉善縣教諭。師事張惠言，受古文法，稱高第弟子。其爲文博厚淵懿，篇疏其句，句疏其字，得其至安，協於沖深無然。又從受《易》虞氏、《禮》鄭氏學。撰《損齋文集》二卷、《福建通志列傳稿》五卷，雜著□種。《蕉廊脞録》、《重論文齋筆録》、《内自訟齋詩文鈔》、《損齋文集》、《抑快軒文集》、《茗柯文補編外編》、《映雪樓書目考》、《國朝文彙》、《碑傳集》

【補遺】陳善，主講太平□□書院，其文足以嗣音張惠言，撰《福建通志稿》五卷，詳而有體，得于班孟堅書者爲多。《初月樓遺編》、《國朝古文彙鈔初集》、《南湖考》、《萇楚齋書目》、《續補碑傳集作者紀略》、《山東圖書館書目》

湯洽名 字誼卿，號春帆，武進人。諸生，官候補州同。師事張惠言，受古文法，以能文名。詩文皆有奇氣，長於弔古言懷。兼通天官曆數星算之學。撰《溯研齋雜文稿》一卷、《賦稿》一卷、《詩稿》六卷、雜著八種。《舊言集》、《國朝耆獻類徵》、《武進陽湖志餘》、《初月樓詩文鈔》、《續補彙刻書目》

【補遺】湯洽名，通古學，以算學考取天文生，補未及期而歸，一以修業著書爲事。

劉儀 字翰俶，號五山，武進人。嘉慶辛酉舉人，官長興縣知縣。與周凱、高澍然等友善，以古文相切劘。工詩、古文詞。主講琴岡書院。撰《五山文稿》□卷。《内自訟齋詩文鈔》、《初月樓詩文鈔》、《國朝文彙》

【補遺】劉儀，歷主□□、□□等書院講席，喜治古文。與陳善、吳德旋、王瓛、莊仲方以古文相切磋，每有所撰，雖隔遠必郵以相質。嘗欲以心之所得可濟于用者著爲一書。其文尤古澹絶

倫。撰《五山詩稿》□卷。《初月樓遺編》、《國朝古文彙鈔初集》

吳育　字山子，吳江人，諸生。交董士錫，士錫語以所受于其師張惠言古文義法。後讀司馬子長、韓退之、蘇明允、王介甫之書，乃得其要領，以言古文義法，合于張惠言。手評《史記》、《漢書》、《三國志》。其爲文品質簡淡，淵懿深厚，與吳德旋相伯仲，兼工篆書，名盛一時。撰《私艾齋文集》六卷。《私艾齋文集》、《吳江縣續志》、《雪橋詩話餘集》、《養一齋詩文集》、《國朝古文彙鈔》

【補遺】吳育，號艾齋。其文簡而贍，莊而雅，與董士錫論古文之法，無不合。嘗謂：「古人爲文未有所歧，故無往而不合于法；今之爲文者徒自歧之，非古之文有所獨佳也。」通蒼籀，工篆隸。撰《私艾齋詩集》□卷、《吳山子遺文》一卷。《齊物論齋文集》、《皇清書史》、《煙畫東堂小品》、《萇楚齋書目》、《續補碑傳集作者紀略》、《江南徵書文牘》、《念宛齋書牘》

劉曉華　字廉方，武進人，儀子。習聞父訓，復師事吳德旋，受古文法。亦工詩、古文詞，古文頗近歸有光。撰《劉廉方文稿》□卷。《涵芬樓古今文鈔小傳》、《内自訟齋詩文鈔》、《初月樓詩文鈔》、《國朝古文彙鈔》、《國朝文匯》、《會稽山齋集》

【補遺】劉曉華，師事惲敬、王鸕，受古文法，後師事吳德旋，奉以爲宗。于書無所不窺，自天文、地理、人官、物曲之繁，以及詩畫、技藝，皆能原原本本言其利病。其文駸駸入歸有光之室，幾能成家。工六朝書，尤篤嗜包世臣筆法。《初月樓遺編》、《藝舟雙楫》

王𢧗　字瑶舟，陽湖人，諸生。與吳德旋、陳善、周凱等友善，以文學相切劘。其詩文皆高簡有法，尤善能知文。深通心性，研精經術，諸經皆具有成書，于《易》尤有所得。撰《易學》五種□□卷。《毗陵鄉貢考》、《會稽山齋集》、《初月樓詩文鈔》、《國朝文彙》、《續補彙刻書目》

張成孫　字彦惟，武進人，惠言子，監生。修潔博習，好沉思，能繼其父文學。兼通小學，工曆算，於經精《禮》。足成其父《説文諧聲譜》九卷，撰《端虚勉一居遺文》三卷、《遺詩》□卷。《儒林傳稿》、《武進陽湖縣志》、《養一齋詩文集》、《初月樓詩文鈔》、盛輯《皇朝經世文續編》、《皇朝續文獻通考》

【補遺】張成孫，字子僑，師事陸耀遹，受古文法。文雖不逮其父，然不失家法，並通五行九宫陰陽家言。《樵隱昔寱》、《國朝常州駢體文録》、《念宛齋書牘》、《毗陵文録》、《萇楚齋書目》、《續補碑傳集作者紀略》、《常州先哲遺書後編》、《齊民四術》

張曜孫　字仲遠，一字升甫，號復生，武進人，琦子。道光□□舉人，官湖北候補道。親受古文法于其父，又從從兄張成孫得張惠言緒論及手評乙之書。其爲文和平温厚，能承家學，兼精醫術。撰《詩文集》□卷，爲友取閲，靳不歸，只存雜著二種。《敬齋雜著》、《明發録》、《武進陽湖志餘》、《續碑傳集》、《道咸同光名人手札》

【補遺】張曜孫，道光癸卯舉人，署理湖北督糧道。既承家學，工爲古文。五言詩宗漢魏。益研求古今成敗、天下利病所繫，博綜群籍。工藝術，善畫折枝花卉。尤精于醫，紹黄昌邑之絶學，洞曉經脈方藥。《藝舟雙楫》、《齊民四術》、《含薰室文集》、《楓南山館遺集》、《自鏡齋詩文鈔》、《毗陵畫徵録》、《汲庵詩文存》、《棠溪文鈔》、《耐軒文初鈔》

陸耀遹 字劭人，陽湖人，繼輅兄子。諸生，□□□□舉孝廉方正，官阜寧縣教諭。師事張惠言、張琦，受古文法。詩宗錢、劉，醞釀深厚；尤長於尺牘。久居幕府。撰《雙白燕堂文集》二卷、《詩集》八卷、《集唐詩》二卷、《外集》八卷。《毗陵鄉貢考》、《武進陽湖志餘》、《雙白燕堂集》、《養一齋詩文集》、《金石學録補》、《皇朝續文獻通考》、《群雅集》、《萇楚齋隨筆》

【補遺】陸耀遹，亦字紹聞，道光辛巳孝廉方正，歷主□□、□□等書院講席。肆力鄭康成氏學，酷嗜金石文字，好深湛之思，研經之説多爲時賢入集。詩文不自愛重，故多散佚。《姑射詞人客陝西撫部箋牘》、《江南徵書文牘》、《咸寧縣志》、《停雲館詩話》、《萇楚齋書目》、《續補碑傳集作者紀略》、《初月樓遺編》

薛玉堂 字又洲，一字畫水，無錫人。乾隆乙卯進士，官慶陽府知府。與錢伯坰、董士錫等友善，以文學相切劘。其爲文周折旋曲，悉中規矩，謹守古法，不逾尺寸，心平氣和，不爲放言高論，端謹有法度。自以拘於法而不得騁，不能自成一家，然爲初學人導之先路，可無歧塗惑。兼善書法。撰《薛畫水文鈔》□卷、《詩鈔》□卷、《四書便鈔》□卷。《大公圖書館書目》、《薇省詞鈔》、《無錫金匱縣志》、《初月樓詩文鈔》、《養一齋詩文集》、《國朝耆獻類徵》

朱培年 字□□，無錫人。師事薛玉堂，受古文法，通小學。《無錫金匱縣志》

董思誠　初名毅，字子遠，武進人，道光庚子舉人。工文詞，精篆法，盡得其外祖張惠言之學。撰《續詞選》二卷。《私艾齋文集》、《武進陽湖志餘》

吕世宜　字西村，號不翁，同安人，道光壬午舉人。師事周凱、高澍然，受古文法。承其指授，遂工古文，並深識古文義法、體製及各家源流。兼治經術、金石學。佐修《厦門志》，撰《愛吾廬文鈔》一卷、《題跋》一卷、雜著二種。《古今文字通釋》、《愛吾廬文鈔》、《課餘偶録》、《雪橋詩話餘集》、《内自訟齋詩文鈔》、《厦門志》

【補遺】吕世宜，官翰林院典簿，歷主釜山、浯江、紫陽等書院講席，後主淡水林氏，教誨其子弟。師事劉儀，受古文法。研求經史，尤精聲音訓詁之學，其于一辭一句古註有異同者，必明辨而縷分之。所撰碑志及傳記，動與古會，出入經史。尤善金石，精古籀篆隸。詩不多作。撰《吕西村類稿》。《籀經堂類稿》、《五百石洞天揮麈》、《停雲館詩話》、《萇楚齋書目》、《續補碑傳集作者紀略》、《同安縣志》

林鶚騰　字薦秋，號晴峰，□□人，□□庚子進士，□□□□□□。師事周凱、高澍然，受古文法，能古文。《内自訟齋詩文鈔》

【補遺】林鶚騰，同安人，官翰林院編修。《籀經堂類稿》、《清代館選分韻彙編》、《同安縣志》

葉化成　字東谷，海澄人，□□□□舉人。師事周凱、高澍然，受古文法。能古文，與吕世宜以古文相質證。佐修《厦門志》。《愛吾廬文鈔》、《内自訟齋詩文鈔》

莊中正　字誠甫，平和人，監生。師事周凱、高澍然，受古文法。與吕世宜以古文法相切劘。工詩、古文詞。《内自訟齋詩文鈔》、《愛吾廬文鈔》

【補遺】莊中正，師事劉儀，受古文法。肆力古文詞，訪道講藝如恐不及。《抑快軒文集》

林焜熿　字巽甫，同安人，諸生。師事周凱、高澍然，受古文法，能古文。佐修厦門、金門二志。《愛吾廬文鈔》、《内自訟齋詩文鈔》

【補遺】林焜熿撰《竹溪詩文鈔》十卷。《同安縣志》

羅梅　字聲甫，富陽人，諸生。師事張惠言，受古文法。通漢鄭氏、孔氏、虞氏學，能文，善書，工篆刻，精鑒别。手鈔書數十種。《損齋文集》、《内自訟齋詩文鈔》、《富陽縣志》

【補遺】羅梅，亦作枚，師事高傳占，受古文法，從張惠言讀書于吴山，古文可爲惠言嗣音。手鈔書數十種。

戴熙　字醇士，號榆庵，一號鹿床，錢塘人。道光壬辰進士，官兵部右侍郎，咸豐庚申殉難，謚文節。師事周凱，受古文法。兼工畫，名滿天下。撰《習苦齋文集》四卷、《詩集》八卷、《集外詩》一卷。《習苦齋詩文集》、《汲庵詩文集》、《半巖廬遺集》、《内自訟齋詩文鈔》、《皇朝續文獻通考》、《道咸同光四朝詩史》、《篤舊集》

【補遺】戴熙殉難，追贈尚書。主講崇文書院。《賜硯齋題畫補録》、《柳堂師友詩録》、《復堂文續》

鍾麐　原名寶田，字璘圖，長興人。咸豐辛酉副榜，官内閣中書。治古文，得姚鼐、惲敬之傳。好聲音訓詁之學。撰《易書詩禮四經正字考》四卷。《易書詩禮四經正字考》、《勱堂讀書記》、《甌鉢羅室書畫過目考》、《群雅集》

【補遺】鍾麟，崇尚樸學，病《元史》蕪雜，擬彙正之，書卒不傳。《偕隱廡漫筆》、《學風》

董祐誠　初名曾臣，字方立，一字蘭石，陽湖人，嘉慶戊寅舉人。師事陸耀遹，與之同纂《咸寧縣志》□□卷。肆力律曆、數理、輿地、名物之學。撰《董方立遺書十種》□□卷。《雙白燕堂詩文集》、《養一齋詩文集》、黎選《續古文辭類纂》、《國朝耆獻類徵》、《皇朝續文獻通考》

譚□□　字欄楣，□□人。□□□□年春獻賦，蒙特恩賜舉人。師事錢伯坰。詩才清俊，以古人自期。《竹初詩文鈔》

崔景偁　字格卿，永濟人，監生。師事張惠言，受古文法，工八分、楷書、摹印，好金石文字。《雲在文稿》、《茗柯文編》

【補遺】崔景偁，勵志聖賢之學，其文志高而氣深。

金□□　字筤伯，歙縣人，式玉子，□□。師事張琦，受古文法，兼工詞。撰《竹所詞》□卷。《藝舟雙楫》

謝士元　字伯良，號方宣，武進人，嵋從子，諸生。師事惲敬，受古文法。其爲文雖習聞緒論，以敬爲宗，然變敬廉悍之氣，一歸雅馴。叙次尤得法，轉似劉大櫆，由于爲文義法則一之故。撰《敬業堂文稿》一卷。《敬業堂文稿》、《武進陽湖志餘》

謝嵋　字□□，武進人，□□。師事惲敬，與士元同受古文法。其爲文益刻深，讀者茫然，雖士元必三四覆視乃解。《敬業堂文稿》

祝百十　字筱珊，一字子常，江陰人。道光辛巳舉人，孝廉方正。與張惠言、惲敬、吴育、吴德旋、李兆洛等友善，以文學相切劘。工詩、古文辭。其爲文俊傑廉悍；詩則含豪緜邈，興寄蕭遠，一往而深，挹之不盡。撰《愛日草堂詩鈔》四卷、《文鈔》一卷，與弟百五倡和，復有《華蕚集》十五卷。《江陰縣志》、《江陰藝文志》、《私艾齋文集》、《茗柯文補編》、《養一齋詩文集》、《崇百藥齋集》

【補遺】祝百十，道光辛巳孝廉方正，師友尤重張惠言、惲敬，所作詩文必取正于二人。工詩，憑襟獨得，多發天然。

祝百五　字炳季，號瘦豐，江陰人，諸生。其爲詩喜集句，自出機杼者百無一二。撰《瘦豐詩集》二卷、《集句》二卷、《詞》一卷。《私艾齋文集》、《江陰縣志》、《養一齋詩文集》、《茗柯文補編》、《江陰藝文志》、《崇百藥齋集》

吕子班　字仲英，武進人，□□壬戌進士，官寧波府知府。師事張惠言，受古文法。見事有遠識，下筆數千言，洞中窾要。《養一齋詩文集》

方栓 字子謹，號退齋，陽湖人，監生。私淑姚鼐、張惠言、惲敬，求古文義法於三家文集中。尤好惲敬文，頗悟其用筆，謂其文氣之疾徐，文之向背，不能逾于法之外。其爲文謹於法律，一切碑版傳志之例，尤秩然不紊。兼工書畫、金石、摹印之屬。撰《退齋文集》三卷、《詩集》一卷、雜著□種。《續碑傳集》

【補遺】方栓，博覽群籍，通達治體，力學能文，平日專力于韓、柳兩家文。所撰詩文集，貴築黄子壽方伯彭年爲之刊行。《觀濠居士詩文存》、《庸庵文編》、《盋山詩文録》

秦臻 字莒風，金匱人，瀛從孫。□□□□舉人，官候補知縣。私淑惲敬，獨喜《大雲山房文集》。工詩、古文詞，喜校讎金石文字。撰《冷紅館文稿》□卷，毀於火。存《詩稿》四卷、《補鈔》二卷、《偶存》一卷、《詞》一卷。《冷紅館賸稿》、《古杼秋館文集》、《虹橋老屋遺稿》

【補遺】秦臻，咸豐戊子舉人，嗜吟詠，嫻内典。《荔雨軒詩文集》、《時報文藝周刊》

張綳英 字琬紃，一字若綺，武進人，琦女，監生章政平妻。既承父教，工于詞翰，尤嗜古文。其爲文詞旨簡潔，雅有宗法。撰《緯青遺稿》一卷。《韓齋文稿》、《明發録》、《彙刻書目》

補遺

高傳占 字説巖，號秋水，富陽人，諸生。與張惠言、惲敬友善，受古文法，因肆力于古文。

通經史，于書無所不讀，尤嗜《九章算法》，傍及百家諸藝。其文神淡息深，學人之文。晚年手録詩文一卷，皆清老堅瘦，無一剩字。撰《秋水堂詩文集》五卷，周凱爲之刊行。《富陽縣志》、《内自訟齋詩文集》、《小隱山樵詩文存》

楊紹垣 字子厚，山陰人，紹文□□□□□□□。師事張惠言，受古文法。《齊物論齋文集》

馬瑞辰 字元伯，桐城人，宗璉子。嘉慶乙丑進士，官工部□□司員外郎，咸豐癸丑，奧賊陷桐城殉難。主講廬陽、白鹿等書院。師事張惠言，受古文法，稱高第弟子。撰《樹萲堂詩集》□卷。《悔生詩文集》、《皖雅》

莊□□ 字叔枚，陽湖人，□□□□□□。與董士錫同師事張惠言，受古文法。撰《□□□文集》□卷。《齊物論齋文集》

余鼎 字鐵香，□□人，諸生。師事惲敬，受古文法，工詩，尚才氣。撰《□□□詩集》□卷，□□李鹿苹制府□□爲之刊行。《北埜閒鈔》

楊元申 字貫汀，瑞金人，諸生。師事惲敬，受古文法，可進于古之學者，惜年三十卒。《大雲山房文稿》

鄧熾昌 字□□，南昌人，□□□□□□。師事惲敬，受古文法，有才行。《大雲山房文稿》

吳贊 原名亮儔，又名廷鈔，字彦懷，號偉卿，常熟人。道光丙戌進士，官刑部□□司員外

郎。師事張琦，受古文法，琦以女妻之。撰《□□□詩稿》□卷、《文稿》□卷。《躬耻齋詩文鈔》

楊□□　字春如，□□人，□□□□□。師事錢伯坰，受古文法，工詩。《味蓼文稿》

黃蘅　原名仁衍，字曼因，號任帆，又號蘅皋，晚號梅龍老人，歙縣人，□□□□□。師事張琦，受古文法。篤志撰述，有志于古作者，于五、七言詩尤深嗜而力爲之。撰《梅龍閣文集》□卷、《詩集》二卷、《附》一卷、《碧雲秋露詞》一卷。《二江草堂文》

楊金監　原名鑑，字用民，號藹園，武進人。諸生，官候選訓導。師事張琦，受古文法，聞其緒論。肆力于學，靡所不通，尤留心經世之務，于國家鹽、河、漕、兵、屯諸大政莫不洞悉時弊。其文遠宗方苞，近規姚鼐，其獨至處，上窺龍門。所言務合時幾，可見諸施行，絶無一切好高妄誕、拘墟泥古之習。撰《藹園文鈔》一卷、《附録》一卷。《藹園文鈔》、《續補碑傳集作者紀略》、《萇楚齋書目》

李□□　字西峰，孝感人。□□□□□，官江西□□□□。師事惲敬，受古文法。肆力古文學，務求根柢，不屑規模。《棠溪文鈔》

蔡廷蘭　字香祖，號□□，臺灣人。道光丁酉舉人，官峽江縣知縣，後在越南隱居著書。師事周凱、高澍然，受古文法；凱並告以前人讀書法，最爲契合。工詩。撰《□□□文稿》□卷、《詩稿》□卷。《内自訟齋詩文集》、《海南雜著》、《鼎吉堂詩文鈔》、《初月樓遺編》、《歗雲文鈔初編》、《拙修集續編》

朱葆禾　字性伯，錢塘人，□□□□□。師事妻父周凱，受古文法十餘年，詩文書法皆有

門徑可觀。撰《歷代帝王年號譜》□卷，載陵廟諱謚特詳。《内自訟齋詩文集》

張式 字抱翁，號荔門，無錫人，諸生。師事薛玉堂、孫原湘，受古文法，並工畫山水。撰《荔門前集》四卷、《外編》一卷，即《畫談》。《荔門前集》、《荔門外編》、《萇楚齋續書目》、《續補碑傳集作者紀略》

沈用增 字質庵，號棠溪，孝感人。咸豐戊午舉人，□□□□□□。師事舅氏李西峰，受古文法；授以唐宋八家及元明諸家，使博觀而約取。撰《棠溪文鈔》□卷。《棠溪文鈔》、《萇楚齋書目》、《續補碑傳集作者紀略》

莊棫 原名忠棫，字中白，號□□，丹徒人。監生，官候補同知。私淑張惠言，論《易》作賦均擬惠言，好深湛之思。于經多讀《易》、《春秋》，能通其象數科指，尤好讀緯，以爲微言大義非緯不能通經。于子深于荀、董，旁及百家，靡不研究。于詩長于樂府。論著文之體制于張惠言爲近。又耳熟于江左遺聞瑣事爲多。嘗略曉星度陰陽之占候，久習于河、漕、鹽三政興廢利弊之故，著書十餘萬言，尤娓娓可聽。自云著書不下十種，惟《大圜通義》爲生平心力所注，以待後世子雲，後譚獻爲之更名《周易通義》。生平服膺愛慕者在董子《公羊春秋》之學。此書合《易》、《春秋》爲一，由孟、京、虞氏《易》以通董子《公羊春秋》，放《繁露》而作。撰《蒿庵遺集》十二卷、《静觀堂文》十八卷、《周易通義》十六卷。《蒿庵遺集》、《周易通義》、《枕經堂詩文鈔》、《三續補彙刻書目》、《萇楚齋書目》、《校經室文集》、《白雨齋詞話》

方楷　原名愷，字子可，陽湖人，恮□，□□□□□，官國子監典籍銜。于書無所不窺，天算地輿之學尤爲專家，詩、古文詞亦有家法，兼工畫山水小品，《水經注圖》糾正汪士鐸之失，精核不刊。撰《□□□詩文存稿》□卷。《毗陵詩録》、《代數通藝録》、《毗陵畫徵録》

陳棨仁　字鐵香，晉江人。同治甲戌進士，官刑部□□司主事。師事吕世宜，受古文法。《五百石洞天揮麈》、《清代館選分韻彙編》

林維源　字時甫，臺灣人。□□□□□□，官□□□卿。師事吕世宜，受古文法。《五百石洞天揮麈》

桐城文學淵源考卷六

此卷專記師事及私淑吴德旋姚椿諸人

吴德旋 字仲倫，宜興人，諸生。師事張惠言、姚鼐，受古文法。一意宗法桐城，深求力索于子長、退之之義法。其論文專主于法，以爲文之不可不講于法，如工之有規矩，如射之有彀率，雖曰神明而變化之各存乎其人，然欲捨規矩彀率而别求所以神明而變化之方，其究恐歸于迷謬而無所得。其爲文優柔恬淡，潔而不蕪，屈而不突，議論有根據，深造自得，幾于自然，于古人法度無不合；而柔淡之思，蕭疏之氣，清婉之韻，高山流水之音，與歸有光、姚鼐爲近。詩亦澹雅絶俗。復以古六藝之旨倡導後進，成就者甚多。撰《初月樓文鈔》十卷、《文續鈔》八卷、《詩鈔》四卷、《詩續鈔》一卷、《遺編》四卷。《宜興荆溪縣志》、《晚學齋文集》、《初月樓詩文鈔遺編》、《古文緒論》、《萇楚齋書目》、《小西腴山館年譜》、《國朝先正事略》、《國朝文彙》、《碑傳集》、盛輯《皇朝經世文續編》、《皇朝續文獻通考》、《聞見録》、《國朝尚友録》、《止庵遺集》

【補遺】吴德旋，亦字半康，篤好論詩文，津津樂道而不厭。有能信受聽從，無不以夙所聞于師友之訓及平日辛苦于古人而僅有之者，倒廩傾囷出之以相授，故成就弟子甚衆。其文以幽敻窅渺之思，造淵曠空濛之境；平者使曲，垂者使縮，涵濡蘊含，斟酌損益，欲使軌格不戾於古。雖徹札之勇不如惲敬，而經營之迹盡泯；繞梁之韻不如姚鼐，而渣滓之積已化。理當格峻，氣清辭雅，實爲桐城正宗，姚鼐稱之爲善學韓文。《霞外捃屑》、《錦石書屋古文》、《續補碑傳集作者紀略》、《樵隱昔寱》、《惜抱軒詩文集》

姚椿　字子壽，一字春木，婁縣人，監生。師事姚鼐，受古文法，終身服膺弗失。論文必舉桐城，所稱曰好學深思，心知其意。又曰好學難，深思更難，心知其意，難之難者也。文之爲用，不外四者，曰明道，曰記事，曰考古有得，曰言辭之美。論詩以諷諭爲主，以音節爲輔，以獨造爲境，以自然爲宗。博聞强記，好學不倦。歷主夷山、荆南、景賢等書院講席。以詩文實學勵諸生，成就人材甚衆。撰《通藝閣詩鈔》八卷、《續録》八卷、《三録》八卷、《和陶詩》三卷、《樗寮詩話》三卷、《晚學齋文集》十二卷、《國朝文録》八十二卷，其餘未刊者尚多，藏於家。《婁縣續志》、《通藝閣詩録》、《受恒受漸齋集》、《國朝文彙》、《湖海詩傳》、盛輯《皇朝經世文續編》、《皇朝續文獻通考》、《北江詩話》、《群雅集》、《篤舊集》

【補遺】姚椿，主講龍山書院。其文義法高潔，不事雕琢，磅礴而出，和平淳雅，穆然雅音，實以度勝，而中含實理，得桐城之正緒。《悔過齋詩文集》、《萇楚齋書目》、《續補碑傳集作者紀略》、《灑雪詞》、《晚學齋文集》、《清代名人手札甲集小傳》、《聽秋聲館詞話》、《國學圖書館年刊》

吕璜　字禮北，號月滄，永福人。嘉慶辛未進士，官西塘海防同知。師事吴德旋，往復議論，深得德旋古文義法，爲桐城嫡派。罷官後，益肆力于詩、古文詞。其爲文遒鍊而無冗語，淳厚而無鄙詞，理以持之，氣以行之，不艱深以爲古，不詭異以爲奇，不襞積以爲富，不支離以爲辨；叙事勃勃有生氣，意澹心閑，精造此境，宗法正而用功專，筆力且欲突過德旋。粵西能古文者，實璜有以開其先。歷主榕湖、秀峰兩書院講席十餘年，以桐城古文義法倡導後進，其能得璜之真傳雖無幾，能傳璜之義法者亦有人。撰《月滄文集》六卷、《詩集》二卷、《自訂年譜》一卷、《初月樓古文緒論》一卷。《永福縣志》、《桂遊日記》、《補學軒文集》、《太乙舟詩文集》、《初月樓詩文鈔》、《涵芬樓藏書目》、《初月樓古文緒論》、《月滄文集》、《自訂年譜》、《怡志堂文初編》、《國朝文彙》、盛輯《皇朝經世文續編》、《皇朝續文獻通考》、《續碑傳集》

【補遺】吕璜，自號南郭老民，于學無不窺，旁通方書及形家言與六壬奇門之術，其文實爲古文家正法。於世之馳騁以爲豪，餖飣以爲博，偏僻以爲奇，雖有宏才絢采，足以驚動一世，皆視之若有所甚不屑。良由根柢素具，宗法正而用功專，精造此境。藏書數萬卷，手加丹黄者甚多。《致翼堂文鈔》、《萇楚齋書目》、《續補碑傳集作者紀略》、《内自訟齋詩文集》、《石經閣文集》

彭昱堯　字子穆，初字蘭畹，平南人，道光庚子舉人。師事吕璜，受古文法。復從梅曾亮學文，盡得古文義法。與龍啓瑞、朱琦、王拯等齊名，號「杉湖十子」。其爲文學博氣偉，神韻極似歸有光。詩學精邃，得力於蘇，語尤奇肆。撰《致翼堂文集》二十卷、《怡雲樓詩集》四十卷、俱經吕、梅兩先生評點，龍啓瑞删定，原稿仍藏其家。《平南縣志》、《涵通樓師友文鈔》、《經德堂文集》、《國朝文彙》、《龍壁山房詩文集》

【補遺】彭昱堯，鋭治諸經，其文奔騰浩瀚，一屏材氣，委蛇繩尺，得于天者獨異。詩詞亦縱恣横逸，光色萬變。詩筆尤爽朗，如秋水半塘、疏烟一畝。《射鷹樓詩話》、《續補彙刻書目》、《萇楚齋書目》、《續補碑傳集作者紀略》

沈曰富　字沃之，一字南一，吴江人，道光己亥舉人。師事姚椿，盡得方苞、姚鼐之傳。其爲文涵濡六經，才氣宏肆，能從其意之所之，變化屈伸，與道大適。撰《受恒受漸齋集》十二卷、雜著□種。《盛湖志》、《吴江縣續志》、《悔過齋文集》、《韓齋文稿》、《國朝文彙》、《續碑傳集》、盛輯《皇朝經世文續編》

【補遺】沈曰富與陳壽熊師事姚椿，盡得桐城方、姚之傳，自以昌明正學、守先待後爲己任，成就甚衆，教澤綿遠，至我朝末造猶未已也。《匏齋遺稿》、《夢餘贅筆》、《萇楚齋書目》、《續補碑傳集作者紀略》、《平望續志》、《緑意庵詩稿》、《味無味齋詩鈔》

陳壽熊　字獻青，一字子松，吴江人。諸生，咸豐十年殉難莘塔。師事姚椿，盡得其傳。古文簡嚴如王安石，義法尤精。詩亦高邁，不苟作。平日授經，誘掖後進惟恐不及。撰《靜遠堂集》三卷、雜著□種。《杏廬文鈔》、《柏堂集續編》、《吴江縣續志》、《萇楚齋書目》、《國朝文彙》、《皇朝續文獻通考》、《靜遠堂集》、《昭忠録》、《寰宇瑣記》

【補遺】陳壽熊，敦厚質直，不務聲譽，湛深經術，博學多聞，爲學兼綜漢宋，實事求是，務得聖人立言本意爲主。其文主于立誠，不僅以修辭見長，義法尤精。教授弟子，經壽熊指授者，文學皆有矩矱可觀法。兼精曆數，夜觀星象，知粵匪將起。《江表忠略》、《國學圖書館年刊》、《續補碑傳集作者紀略》、《匏齋遺稿》

陳克家 字子剛，號梁叔，元和人。道光甲辰舉人，官候選教諭，咸豐庚申殉難。師事姚椿，受古文法。用力于《説文》，詩尤雄深古健，撫時感事，妙以藴藉出之。又補其祖稽亭工部鶴《明紀》未定稿六十卷，于崇禎一朝未備，克家爲補輯後八卷，詳核謹嚴，有裨于政教。撰《蓬萊閣詩録》四卷。《明紀》、《敬齋雜著》、《蓬萊閣詩録》、《汲庵詩文存》、《道咸同光名人手札》、《皇朝續文獻通考》、《昭忠録》、《復庵類稿》

【補遺】陳克家，官内閣中書，咸豐庚申江南大營殉難。師事毛嶽生，受古文法。其詩意境高淡，趣向純正，簡茂清深，雅近中唐。登臨感懷之作洒然迥出于塵俗之外，然亦多幽憂劬悴，篤于哀而邈于思。《春在堂隨筆》、《萇楚齋書目》、《躬耻齋詩文鈔》、《江南徵書文牘》、《江表忠略》、《青學齋集》、《吴縣志》、《自鏡齋詩文鈔》、《槃薖文甲乙集》

楊象濟 字利叔，秀水人，咸豐己未舉人。師事姚椿，受古文法。復從陳壽熊、沈曰富、顧廣譽等遊，能傳桐城嫡乳，學問精邃。其文簡質真摯，灝灝有氣，好論經世。撰《汲庵文存》六卷、

《詩存》四卷、《菰蘆筆記》三卷。《汲庵詩文存》、《菰蘆筆記》、《萇楚齋書目》、《國朝文彙》、《復堂類稿》、盛輯《皇朝經世文續編》、《皇朝續文獻通考》

【補遺】楊象濟，號汲庵，官揀選知縣。博綜古今，篤志義理之學，尤負經世才。其文汪洋浩瀚，平正通達，雖辨論千百言，一皆淵乎其有餘，絶無棘喉鉤吻之病；而情真語摯，雖尋常事，叙述無不井然有條理。議《禮》諸篇具見經緯。平日篤志爲文，識言行合一之理，無涉于身心國家者弗及。詩則力量雄厚，才氣超逸，五、七言長編尤爲雄悍入古，奄有諸家之長，而不襲其形貌。《小雲廬晚學文稿》、《隨安廬詩文集》、《錢塘百詠》、《續補碑傳集作者紀略》、《國學圖書館圖書總目》、《受恒受漸齋集》、《莘廬遺集》

顧廣譽 字惟康，號訪溪，平湖人，咸豐壬子優貢，元年舉孝廉方正。師事姚椿，受古文法。復與陳壽熊、陳克家、沈曰富等以文學相切劘。其爲文原本經術，高簡有法，氣適理足，純用桐城義法；不必規摹形迹，自符合于精神命脈之所在。教授四十餘年，遠近從遊者甚衆。主講龍門書院。撰《悔過齋文稿》七卷、《文續稿》七卷、雜著□種。《悔過齋文集》、《照代名人尺牘續集》、《國朝文彙》、《續碑傳集》、盛輯《皇朝經世文續編》、《皇朝續文獻通考》、《歸庵文稿》

【補遺】顧廣譽，主講龍門書院，惓惓以正學相勸勉。平日教弟子，一以《小學》、《近思録》涵養德性。爲學宗仰宋儒，私淑陸清獻，上溯朱子。爲文趨嚮醇正，義蘊精深，氣味淵永。集中碑志、傳、贊、序、跋皆隨事直書，不假游揚，樸質淵懿，駸駸入方、姚之室，足以扶樹道教、文統之續，邃于經學，用力于《詩》、《禮》者尤深，于毛、鄭、程、朱之遺言皆潛心探討。其説《經》平心易氣，一準之經文，惟求理之當，義之安；考典必極精詳，析理並窺窔奥，而不爲苟狥，故其見之于文往往能抉經之心，非徒以載籍資其潤色。自弱冠以後，即從事《毛詩》，出入漢、宋門户者十餘年，通其郵者又幾二十年，凡四易稿始克成書。《小雲廬晚學文稿》、《萇楚齋書目》、《續補碑傳集作者紀略》、《盛湖詩萃》、《吴縣志》、《尉山堂稿》、《補讀書齋遺稿》、《文貞文集》

任朝禎 字維周，號午橋，宜興人，□□。專力古文，留意唐宋八家古文之學。與吴德旋友善，平日論文悉與德旋合。其爲文優柔平夷，結構中度，自抒所得，絶去畦町，無意摹古而自不悖於古。撰《任午橋存稿》三卷、《香南詩集》□卷。《任午橋存稿》、《宜興荆溪縣志》、《初月樓詩文鈔》、《養一齋詩文集》

【補遺】任朝楨平夷洞達，坦坦舒舒，不棘不馳。碑傳尤淡遠有生氣。古之作者正如此。撰《任午橋存稿》三卷。原名《錦石書屋古文》三卷，附《駢體》一卷，原文數百篇，吴德旋録爲叁拾篇。《初月樓遺編》、《萇楚齋書目》、《續補碑傳集作者紀略》

吴士模 字晉望，武進人，諸生。治經喜發明濂、洛諸家之説。爲文原本經術，體格純雅，頗得桐城家法。論文與吴德旋相爲契合，嘗纂五家文，爲學古文者法。論著取孟子、莊周，叙事取《左氏傳》、《太史公書》，而以昌黎韓子爲歸。撰《澤古齋文鈔》三卷、《補遺》一卷、《詩鈔》一卷、雜

著□種。《會稽山齋集》、《武進陽湖縣志》、《初月樓詩文鈔》、《國朝文彙》、《皇朝續文獻通考》

【補遺】吴士模文淡泊微至，得力歸有光。《樵隱昔寱》、《萇楚齋書目》、《續補碑傳集作者紀略》、《墨海樓書目補提要》

吴謹　字研夫，宜興人，德旋子，諸生。師事吕璜，受古文法。撰《愛月軒文鈔》□卷、《詩鈔》□卷、《日滄藏書目録》□卷。《初月樓詩文鈔》、《日滄文集》、盛輯《皇朝經世文續編》

吴鋌　字耶溪，武進人，諸生。師事吴德旋，德旋以所受于師友之説告之。最爲篤信，爲入室第一弟子。其爲文夷猶沖澹，所見極深，最得師法，足以力追古人。撰《紹韓書屋文鈔》□卷、《詩鈔》□卷、《文翼》三卷。《映雪樓書目考》、《文翼》、《會稽山齋集》、《武進陽湖志餘》、《養一齋詩文集》、《初月樓詩文鈔》、《國朝文彙》、盛輯《皇朝經世文續編》

【補遺】吴鋌，師事吴德旋，受古文法，爲之數年，其文淡泊淳悶，堪與其師爭烈，或且過之。以鋌之才與其所學，必能遠追漢、唐作者于數千載之上，以成一家之言，惜年僅三十有三而卒。《柏梘山房詩文集》、《萇楚齋書目》、《毗陵文録》、《萇楚齋□筆》

王國棟　字守靜，歙縣人，監生。師事吴德旋，受古文法。好學，能詩、古文辭，得古人義法。與程德賫、孫勵、吴諤最善，以詩、古文相切劘。雜著二種。《徵銘録》、《潛莊文鈔》、《初月樓詩文鈔》、《會稽山齋集》

【補遺】王國棟，師事吳德旋，最爲篤信，書問往還幾四十年，淵源最深，其文亦具有師法。《內自訟齋詩文鈔》、《小倦游閣文稿》、《澤古齋文鈔》

吳敬承　字筠墅，陽湖人，士模子，□□。師事族兄吳德旋，德旋授以司馬子長、韓退之之義法，最爲篤信；力求之司馬氏與左氏。于《太史公書》治之加勤，往往能得其言外之意。撰《讀左史文》□卷、《讀史記文》□卷。《初月樓詩文鈔》

【補遺】吳敬承撰《論左傳》數篇，雖少不逮子厚《非國語》，然亦自有佳境，其餘亦多可存之作。《初月樓遺編》

吳諤　字少萼，宜興人，監生。師事吳德旋，德旋以所聞于姚鼐者告之，謂從歸有光入，可以上溯司馬子長，諤遂日取歸有光古文讀之。每爲文輒仿佛其波瀾意度，不入其窔奧不止。詩學晚唐，兼工書畫、醫學。撰《水西山房詩文草》三卷。《盛湖志補》、《宜興荆溪縣志》、《初月樓詩文鈔》

【補遺】吳諤，一字藉庭，少爲古文，平居以經教授鄉里，與孫勵、程德賚以文學相切磋，情誼至善。及二人相繼卒，諤以素通方書，自以不能獲奇效于良友，憤而出遊。

程德賚　字子香，婺源人，監生。師事吳德旋，德旋授以子長、孟堅叙事法，凡所從事于古人而僅有之者，悉以相授而無所隱。並告以姚鼐教德旋爲文之法：宜力求古人疏淡處；《太史公書》無美不具；歸有光能傳太史公真脈。德旋深信之，轉以此語授之德賚。德賚初篤嗜韓文，以韓文賢于司馬子長；聞德旋言，亦折而從之。深思力取，幾且有成。篤信程、朱，趨向甚正，遂爲德旋入室弟子。撰《程子香文鈔》二卷、《文續鈔》四卷、《補遺》一卷、《尺牘》二卷、《程氏世系録》一卷。《程子香文鈔》、《宜興荆溪縣志》、《初月樓詩文鈔》、《養一齋詩文集》、《敬孚類稿》、《國朝文彙》、《會稽山齋集》、盛輯《皇朝經世文續編》

【補遺】程德賫，與孫勵、吴諤、王國楝交最善，四人志意亦略相似。德賫學古，爲文希風韓、柳。其文清折，頗得吴德旋家法，亦有似歸、方者，又善於尺牘。《樵隱昔寱》

鄒澍　字潤安，陽湖人，□□。師事吴德旋，受古文法。學充行謹，爲詩、古文詞有聲，兼精醫學。撰《沙溪草堂文集》一卷、《詩集》一卷、雜著一卷，已佚。撰述存者惟醫書□種。《武進陽湖志餘》、《初月樓詩文鈔》

【補遺】鄒澍，與吴敬承、吴鋌皆能力爲古文不懈，澍雖託于醫以治生，復以其暇肆力經史，爲儒者之學，兼通禪理。《初月樓遺編》

張爾耆　字伊卿，號符瑞，婁縣人，諸生。師事姚椿，受古文法。其爲文宗法歐、曾，詩喜韋、孟諸家。評校秘籍，手鈔盈十篋。尤好《全唐詩》，用丹黄紫墨别識之。撰《夬庵集》六卷。《懷舊雜記》、《抱潤軒文集》

韓應陛　字緑卿，號鳴唐，華亭人。道光甲辰舉人，官内閣中書。師事姚椿，受古文法。喜

讀周秦諸子及泰西曆算之學。其爲文古質簡奧，得方、姚家法。撰《讀有用書齋雜著》二卷。《讀有用書齋雜著》、《懷舊雜記》

【補遺】韓應陛，字對虞，長譯算及重學、氣學、光學、聲學等，尤喜收藏，得宋元舊槧計四百餘種，編《讀有用書齋書目》一卷。《讀有用書齋書目》

柳以蕃　字价人，一字子屏，號韜廬，吴江人，諸生。與沈曰富、陳壽熊友善，以文字相切劘。爲文縝密高雅，實宗姚鼐。詩則志在蘇、黄二家。兼精醫學。主講切問書院。撰《食古齋文録》一卷、《詩録》四卷、《詩餘》一卷。《杏廬文鈔》、《莘廬遺著》、《國朝文彙》、《文翼》

【補遺】柳以蕃，亦號髡柳，文精于義法，詩境亦超詣，意欲追逐蘇、黄二家，雄處入韓。要其藻采返素，鞭迫心光，使四逆而不露，則詩文一也。後以病故，通軒岐奥旨。其詩清微澹遠，渺意澄思，天人消息之機與身世變遷之故，皆于靜中得之。《食古齋詩文録》、《匏齋遺稿》、《萇楚齋書目》、《續補碑傳集作者紀略》

凌泗　字斷仲，號磬生，吴江人，諸生。師事陳壽熊，受古文法。爲文簡嚴峭折，確有師承。撰《莘廬遺著》七卷。《莘廬遺著》、《杏廬文鈔》、《萇楚齋書目》、《靜遠堂集》、《國朝文彙》

【補遺】凌泗，號莘廬，同治癸酉副榜，官内閣中書，主講切問書院。與從弟淦好獎勵後進，同負鄉里重名。嘗與淦言：「吴江文章經術之事自陳壽熊、沈曰富後，我輩居絶續之交，無使失傳。

當表章吾師文學，以守先待後爲己任。」好藏書，精鑒别，舊藏孤本及叢殘未刊之詩文稿尤多，皆毁于粤賊。《食古齋詩文録》、《續補碑傳集作者紀略》

凌淦　字礪生，號退庵，吴江人，泗從弟。咸豐己未舉人，官候選郎中。師事陳壽熊，受古文法。文不多作，悉有法度，兼精醫學。撰《退庵文稿》□卷、《詩稿》□卷。《杏廬文鈔》、《莘廬遺著》、《文翼》

【補遺】凌淦，一字仲清，號退修，好博覽，購未見書。晚年頗好西學，古文義法宗桐城，賣藥上海。《陸湖遺集》、《萇楚齋書目》、《續補碑傳集作者紀略》、《海上墨林》

方坰　字思藏，號子春，平湖人。嘉慶丙子舉人，官錢塘縣訓導。師事顧廣譽、徐熊飛，受詩、古文法。其古文清深質實，詩學王、孟諸家，亦婉麗。兼治經術、訓詁，復篤志程、朱之學。撰《生齋文稿》八卷、《續刊》一卷、《詩稿》九卷。《生齋詩文稿》、《悔過齋文集》、《萇楚齋書目》、《國朝文彙》

【補遺】方坰，篤信程、朱之學，主于身體力行，真實踐履，爲知行合一之功。讀書之精，用心之密，處己之嚴，與人之公，非造詣純正者不能道其隻字。詩亦精深綿邈，能從《風》、《騷》、樂府探索指歸，有長言永嘆之音。《盛湖詩萃續編》、《尉山堂稿》、《續補碑傳集作者紀略》、《補讀書齋遺稿》

鄭喬遷　字仰高，慈溪人，諸生。師事吴德旋，德旋告以所受張惠言、姚鼐之説，最爲篤信，益肆力於古文。不樂與俗伍。其文氣疏而詞暢，撰《藏密廬文稿》四卷。吴德旋爲之删訂。《藏密

廬文稿》、《初月樓詩文鈔》、《萇楚齋書目》

【補遺】鄭喬遷，號耐生，師事屠之蘊，受古文法，每與之論文章流別，許以古文名家；又與吴德旋、陸繼輅、馮登府爲師友，每有所作，商榷可否，以古文相切磋。其文極有矩矱，中有稱意之作，真有得于古人意致佳處。不樂與流俗伍。陸繼輅並爲删訂文稿。明季浙東多遺老義士，其節尤奇。喬遷踵黄宗羲、全祖望後，有意賡續紀述。《柏梘山房詩文集》、《石經閣文集》、《續補碑傳集作者紀略》、《初月樓遺編》

李齡壽　字君錫，號辛垞，吴江人，諸生。與沈曰富、陳壽熊等友善，以詩、古文詞相切劘。爲文皆合于桐城義法，惜多散佚；詩趣豪勝。兼工醫學。撰《匏齋遺稿》五卷。《匏齋遺稿》、《盛湖志補》、《國朝文彙》

【補遺】李齡壽，號初白，亦號匏齋，爲古文操筆立就，爲之獨早，亦輒工。少作已老成，皆合于桐城義法，惜多散佚。詩筆于東坡爲近。中年遁迹于醫，精通軒岐，資其業以爲生。《耻不逮齋集》、《食古齋詩文録》、《莘廬遺稿》、《萇楚齋書目》、《續補碑傳集作者紀略》

唐啓華　原名岳，字子實，臨桂人，□□□□舉人。師事吕璜，復從梅曾亮學文，盡得古文義法。又與彭昱堯、王拯、龍啓瑞、朱琦等以詩、古文詞相切劘。其爲文不懈而及于古。撰《涵通樓師友文鈔》九卷、附《詞》三卷。《涵通樓師友文鈔》、《經德堂文集》、《萇楚齋書目》

呂賡治　字小滄，永福人，璜子，能世其家學。《永福縣志》

李洵　原名壯庚，字古漁，永福人。道光甲午舉人，官永平縣知縣，呂璜婿。古文饒有家法。《月滄自訂年譜》、《永福縣志》

侯賡成　字康田，永福人。道光辛卯舉人，官衡水縣知縣。師事呂璜，受古文法。亦工詩、古文詞。撰《三有堂集》□卷。《永福縣志》、《粤西五家文鈔》

侯紹瀛　字東洲，永福人，賡成子。光緒丙子舉人，官清河縣知縣。因其父師事呂璜，習聞璜論古文義法，亦工古文。撰《南北游草》一卷、《寥山樵唱》二卷、《明鑒擇要經世略》二卷、《粤西五家文鈔》二十四卷。《粤西五家文鈔》、《明鑒擇要經世略》、《永福縣志》、《蕘楚齋書目》

陸與喬　字子卿，宜興人，布衣。師事吳德旋，受詩、古文法，亦工詩、古文詞，詩尤工，能引其芬芳悱惻之致，以達幽憤抑鬱之情。撰《琴樓詩集》□卷。《宜興荆溪縣志》、《初月樓詩文鈔》

【補遺】陸與喬，力學，工書法，精鑒别，于書畫剖晰尤微。撰《匣琴樓詩集》□卷。《沈子磻遺文》

孫勵　字庶翼，陽湖人，□□。師事其舅吳德旋。與程德賚、王國棟、吳諤等友善，以學問文章相切劘。《初月樓詩文鈔》

孫曾頤　字子期，陽湖人，勵子，德旋外孫，監生。爲詩寄意深婉，澹遠有神韻，深得德旋衣

缽。咸豐庚申闔門殉難。撰《楚游村居懷人草》共六卷。《宜興荆溪縣志》、《初月樓詩文鈔》

惲穀 字□□，武進人，敬子，□□。師事吴德旋，受古文法。撰《子居年譜》一卷。《初月樓詩文鈔》

郭傳璞 字□□，鄞縣人，□□。師事吴德旋，受古文法，亦能古文。《初月樓詩文鈔》、《竹林答問》

【補遺】郭傳璞，字晚香，□□□□舉人。《舫廬文存内集》

蕭之范 字□□，壽州人，□□。師事吴育，受古文法。《私艾齋文集》

陶淇 字紹原，四十歲後以字行，别號錐庵，秀水人，□□。師事姚椿，受古文法，于學皆窺其藩籬。詩亦清遠高簡，並工畫山水。撰《忠孝堂詩鈔》□卷。《盛湖志》

陳景藩 字訒齋，陽湖人，諸生。師事吴士模，最爲知名，以其學傳諸學徒。撰雜著三種。《武進陽湖志餘》

張若曾 字雨棠，陽湖人，諸生。師事吴士模，最爲知名，以其學傳諸學徒。《武進陽湖志餘》

叶蘭笙 字湘秋，婁縣人，□□□□舉人。師事姚椿，受古文法，學詣甚著。撰述散佚。《婁縣志》

陳賦 字曉榭，宜興人，□□□□拔貢。與吴德旋、李兆洛等友善，日以詩、古文詞相切劘。撰述遭亂散佚。《宜興荆溪縣志》

屈恩銓　字英甫，□□人，諸生。師事楊象濟，受古文法。親承指授，遂能古文，兼習詩畫。《聞湖詩三鈔》、《汲庵詩文存》

陸日愛　字曦叔，號雪亭，吳江人。□□，官浙江候補同知。師事姚椿，受古文法。撰《守拙齋詩文集》十二卷、《松陵詩徵續編》□卷。《懷舊雜記》、《國朝文彙》

熊其英　字純叔，青浦人。諸生，官候選訓導。師事張瑛，受古文法。私淑姚椿。爲古文一意宗桐城義法，創意立言以習之、持正、可之三家爲師，波瀾意度實維古人。撰《耻不逮齋集》五卷、《補》一卷、《青浦縣志》十三卷，又與凌泗、凌淦、李齡壽等同編《松陵文録》二十四卷、《吳江縣志》四十卷。《耻不逮齋集》、《匏齋遺稿》、《杏廬文鈔》、《敬孚類稿》、《知退齋文稿》、《國朝文彙》、《皇朝續文獻通考》

【補遺】熊其英，一字含齋，與柳以蕃以古文義法相切磋，復以姚椿、張瑛三家古文義法授之諸福坤。爲學淹貫經史，明性理，務力行，志在實用，通知世事。詩文義法精粹，記忠孝節義尤足令人感奮，有世運剥復之慨。詩專主性靈，多道其悲憫之懷。以賑務積勞，卒于□□，懷遠人立祠祀之。《藕香館文録》、《吳縣志》、《萇楚齋書目》、《續補碑傳集作者紀略》、《宏肅詩文集》、《樵隱昔寱》、《舒藝室雜著》又《賸稿》

姚之烜　字壯之，婁縣人，椿弟子。諸生，官荆溪縣訓導。能世其家學。《懷舊雜記》

沈成章　字達卿，秀水人，諸生。師事柳以蕃，受古文法。學甚博雅，尤好深湛之思，兼精醫

學。撰《敬止堂文存》□卷、《陸湖老漁行吟草》□卷。《杏廬文鈔》

【補遺】沈成章，號鮮民，又號陸湖老漁。師事諸福坤，受古文法，親承指授，得聞緒論，學極博雅。其文深黝鬱勃，百控一縱，鏤肝掐腎，胎息楚《騷》，桴唐轂宋。授徒勝溪柳氏二十二年，皆得諸課徒。犨悅之暇，復精星象度數，所言多奇驗。撰《陸湖遺集》三卷。《陸湖遺集》、《萇楚齋書目》、《續補碑傳集作者紀略》

鄭慶筠　字剛甫，秀水人，諸生。師事顧廣譽、方坰，受古文法。最篤信師說，即以得之訓誨者筆之于書。撰《鄭剛甫文集》三卷。《悔過齋文集》、《生齋詩文稿》

【補遺】鄭慶筠，號淡軒，研究先儒語録、唐宋文章。《盛湖詩萃續編》

張錫恭　字聞遠，婁縣人，爾耆子。光緒□□舉人，禮學館纂修。能傳其父學，取其父手鈔遺書讀之，通《三禮》，尤精喪服。《抱潤軒文集》

【補遺】張錫恭，宣統辛亥後不仕，仍用宣統紀年，當時任禮學館纂修，洵能名稱其實，爲我朝完人。夙昔潛心《禮·服》。撰《茹荼軒文集》□卷。《茹荼軒文集》、《萇楚齋續書目》、《續補碑傳集作者紀略》、《喪服鄭氏學》、《萇楚齋□筆》、《守己草廬日記》、《飲冰室藏書目》、《求恕齋叢書》

陶模　字方之，號子方，秀水人。同治戊辰進士，官兩廣總督，謚勤肅。師事沈曰富、陳壽熊、楊象濟，受古文法。通經好古，講求程、朱之學。《盛湖志補》、《柏堂集續編》、《靜遠堂集》、《悔過齋文集》、

《金石學録續補》、《鄭齋感逝詩甲乙集》、《續碑傳集》

【補遺】陶模，與顧廣譽等爲師友，以道義相切磋，讀書勵志，百折不回。《汲庵詩文存》、《清史稿》、《陶勤肅行述》

補遺

吳涵　一字純夫，武進人，士模子，國史館謄録官、順天府通州吏目。幼承家學，故書雅記悉通其説。所爲詩、古文詞能自成體勢，可與桐城諸家相頡頏。教授四方，生徒頗衆。《汀鷺詩文鈔》、《養一齋詩文集》

薛仲德　字可久，無錫人，玉堂子，□□□□□□。師事吳德旋、李兆洛，受古文法。《養一齋詩文集》

何其超　字古賢，青浦人，□□□□□□。師事姚椿，受古文法。工詩，以清瘦淡遠爲宗，世以儒醫顯。撰《藏齋詩鈔》六卷。《小匏庵詩話》

莊慶椿　字子壽，震澤人，監生。與陳壽熊、沈曰富以古文相切磋，肆力詩、古文詞，卓然成一家言。撰《冬榮室詩鈔》一卷、《間氣歌》一卷。《平望續志》

臧禮堂　字和貴，武進人，布衣。性孝友，以割股愈母疾而卒，私謚孝節。師事吳士模，受古文法。讀書攻苦，夙精訓詁，究心經史字學，尤長校讎。著書能補前人闕佚，維持人心世道。撰《古今孝子孝女孝婦傳》共數百卷。《國朝先正事略》、《碑傳集》、《澤古齋詩文鈔》

林天直　初名向榮，字立甫，江陵人。諸生，官候補同知。咸豐乙卯與門人項焜□□殉難，追贈知府銜。師事姚椿、王柏心，受古文法。椿主講荆南書院，招天直至書院肄業，令研究經史。熟悉古今治亂之迹。好談兵，熟于孫吴諸書，有志經世之學，尤留心輿地，手自圖繪爲文。每縱筆，踔厲風發，光芒迸溢，間作韻語，亦雄傑可喜，然非有寄託不作。焜本諸生，官候選訓導，追贈府經歷銜。《汲庵詩文存》、《百柱堂全集》

余□□　字旬甫，嘉魚人，□□□□□□。師事姚椿，受古文法。其文于昌黎爲近，詩亦激昂奮厲，以因爲創，用意在奇與法之間，欲盡鏟去陳迹，獨超千古。撰《層高堂詩集》□卷。《汲庵詩文存》、《百柱堂全集》

黄懷孝　字武香，號存齋，武進人。諸生，官候選訓導。師事吴士模，受古文法。導以古文祈向。乃益究心經史，鉤玄提要，心冥力追。本義理爲質幹，而勵之以考據，澤之以詞章，其文遂源流畢賅，閎中肆外，峻潔廉悍，深造自得。撰《存齋古文》一卷。《知非齋古文録》、《江上孤忠録》、《存齋古文》、《萇楚齋書目》、《續補碑傳集作者紀略》、《毗陵詩録》

朱清黼　字子筠，號直君，□□人，諸生。師事吴士模，受古文法，得其緒論，心慕力追，守之終身。詩、古文詞皆有端緒，遠追熙甫，近接望溪，兼工醫學，診病能確有依據，多獲奇中。撰《薔薇書屋文稿》□卷、《詩稿》□卷。《存齋古文》

何□□　字補之，青浦人，□□□□□□。師事姚椿，受古文法。《舒藝室雜著賸稿》

吴瑞珍　字□□，宜興人，□□□□□□。師事族叔士模、族兄德旋，受古文法。《初月樓遺編》

沈□□　字閒亭，德清人，諸生。與吴德旋友善，受古文法，爲文塗轍甚正。《初月樓詩文鈔》

劉桓　字□□，宜興人，□□□□□□。師事吴德旋，受古文法。好學，工文章。《初月樓詩文鈔》

王清瑞　原名利棠，字幼樵，秀水人，處士。師事顧廣譽，受古文法，親承指授，心領神會，廣譽甚稱之。《文貞文集》

聞福增　字新甫，號眉川，太滄人。光緒丙子進士，官慶符縣知縣。師事顧廣譽，受古文法。好學深思，每讀一書，有所得輒隨筆記録，習以爲常，古文詞斐然成章。《文貞文集》

王偉楨　字寄蟠，號仙根，秀水人。恩賜舉人，官内閣中書。師事顧廣譽、陳壽熊，受古文法。復受經學于廣譽，飫聞緒論，篤守師説，稱高第弟子。《奇觚室文集》

賈敦艮　字□□，號芝房，平湖人，諸生。與顧廣譽、沈曰富等爲師友，受古文法。善論古文，亦以桐城爲宗，胚胎家學，以古人相期許。論詩三十年，力追古人。撰《采菼詩集》□卷、《文集》□卷，稿本藏其婿胡月樓家。《冬花遺集》、《悔過齋詩文集》、《受恒受漸齋集》、《汲庵詩文存》、《盛湖詩萃》（按：賈敦艮重出，另見卷一。）

賈敦臨　原名洪，字大鈞，號蘅石，平湖人，諸生。與顧廣譽、沈曰富等以文學相切磋，工詩、古文。詩尤清靈深湛，一字一句各有心得，若不得已而爲者，並善隸書篆刻。撰《知止齋詩稿》□卷。《盛湖詩萃續編》、《吳縣志》

董兆熊　字敦臨，亦字夢蘭，吳江人。諸生，道光辛巳孝廉方正。與顧廣譽、沈曰富等以文學相師友，受古文法。撰《味無味齋集》十二卷。《復庵類稿》、《國學圖書館圖書總目》、《受恒受漸齋集》、《南宋文録》

王大經　字□□，號曉蓮，平湖人。道光癸卯舉人，官湖北布政使。師事方坰、顧廣譽，受古文法，奉其言論以爲準則，學有家法，私淑陸清獻。撰《哀生閣初稿》四卷、《續稿》三卷。《哀生閣集》、《萇楚齋書目》、《續補碑傳集作者紀略》、《悔過齋詩文集》

陶然　字藜青，號芑孫，長洲人。咸豐辛酉拔貢，□□□□□。師事陳壽熊，受古文法，于文章無不好。其詩、古文詞散入同時諸家詩文、序跋、題詞中，而獨以賦名。求通聲韻之學，孳孳辨訂，未成專書。撰《味閑堂課鈔》□卷，先後凡三梓，皆賦也。《食古齋詩文録》、《莘廬遺集》、《吳縣志》

章來　原名汝梅，字韻之，號耘之，又號次樹，婁縣人。同治癸酉拔貢，官候選教諭。交賈敦艮爲師友，研究古文義法，爲得桐城方、姚正軌。通經史之學，旁及天文、算術、輿地、兵謀至醫卜、壬遁家言，廣爲甄綜。潛研義理之學；復實事求是，留意漢學。撰《張澤詩鈔》□卷、《文鈔》□卷。《奇觚室文集》

沈□□　字蘭卿，平湖人，□□□□□□。師事方坰，受古文法。其詩情詞富麗，才氣横溢。撰《□□□詩集》□卷。《盛湖詩萃》

傅鴻鈞　字鏞庭，□□人，□□□□□□。師事沈成章，受古文法最久，稱高第弟子。《陸湖遺集》

凌寶樹　字蔭午，一字敏之，吴江人，泗子，諸生。其文學受之家訓，泗亦喜傳業有人，大可無憾。有才而媚學，獨好詩。撰《第六水村居集》□卷。《食古齋詩文録》、《莘廬遺著》

凌寶樞　字拱辰，一字密之，吴江人，泗子，諸生。其文學受之家訓。才高能讀書，慨然有慕古人述作之林，復究心方輿家言。撰《小茗柯館詩稿》□卷、《詞稿》□卷。《食古齋詩文録》、《莘廬遺著》

柳應墀　字子範，號笠雲，吴江人，諸生，樹芳孫，兆薰子。師事從兄以蕃，受古文法，文學已得其塗轍。《耻不逮齋集》

陶惟坻　字小沚，吴縣人。光緒□□舉人，□□□□□□。師事柳以蕃，受古文法。《陸湖遺

集》、《食古齋詩文録》、《相城小志》、《葭楚齋續書目》、《吳縣志》

俞焕章　字文伯，號鈍庵，震澤人，岳孫，□□□□□□。師事沈成章，受古文法，極爲相契。勤于撰述，希古作者。撰《味書齋待定草》□卷。《陸湖遺集》、《杏廬詩文鈔》

王家桂　字辛益，一字冬花，吳江人，諸生。師事賈敦艮，受古文法，獲領緒論。其詩文多浩浩不平氣，雖描寫瑣瑣情狀，亦極低徊往復，感慨淋漓，而于今昔之盛衰，身世之治亂，凄凉綿渺之思，無不涌現于毫端。于古文法度未嘗不深造有得。他人有以疑義及論著相質，一經指點，瑕瑜立判，可以知其造詣之深。平日論詩文不墨守宗派，謂宜自闢蹊徑，不宜專崇前人矩矱。故其所作不事規仿，獨抒性靈。工詩，兼習申、韓家言，又善書，純以氣運，卷舒自如，頗得趙、董之髓。撰《冬花遺集》五卷。《冬花遺集》、《葭楚齋書目》、《續補碑傳集作者紀略》

陶善鎮　字□□，元和人，惟坻從子，□□□□□□。師事沈成章，受古文法。《陸湖遺集》

柳受璜　字壽甫，吳江人，□□□□□□。師事沈成章，受古文法。《陸湖遺集》

項可舟　字□□，□□人，□□□□□□。師事王家桂，受古文法，稱高第弟子。《冬花遺集》

柳棄疾　字安如，號亞子，吳江人，柳樹芳玄孫，□□□□□□。師事俞焕章，受古文法。《分湖詩苑》、《杏廬詩文鈔》、《陸湖遺集》、《樂國吟》

桐城文學淵源考卷七 此卷專記師事及私淑梅曾亮諸人

梅曾亮 字葛君，一字伯言，上元人。道光壬午進士，官户部郎中。師事姚鼎，受古文法，裒然居「姚門四傑」之首。居京師二十餘年，四方人士以文字從其講授及求碑版者至無虚日。其爲文義法一本之桐城，稍參以歸有光，精悍簡質，清夷往復，獨深於性情，實有精到處，能闚昌黎門徑。其勝處最在能窮盡筆勢之妙，磬控縱送，無不如志。其修詞愈于方、姚諸公，而一意專精于是，氣體理實不能窮極廣大精微之致，然頓挫峭折，矯然自異，足以自樹一幟。詩亦天機清妙。主講揚州書院。撰《柏梘山房文集》十六卷、《文續集》一卷、《駢體文》二卷、《詩集》十卷、《詩續集》二卷、《隨筆》□卷、《詩話》□卷、《離騷解》□卷，後三種遭亂佚。《上元江寧兩縣志》、《槃薖文甲乙集》、《柏梘山房集》、《怡志堂文初編》、《讀文雜記》、《惜抱軒尺牘》、《崇百藥齋集》、《國文教範》、《虹橋老屋遺稿》、黎選《續古文辭類纂》、王選《續古文辭類纂》、《國朝先正事略》、《國朝文彙》、《碑傳集》、《續碑傳集》、盛輯《皇朝經世文續編》、《道咸同光四朝詩史》、《皇朝續文獻通考》、《國朝尚友録》、《江寧府續志》、《篤舊集》、《濂亭文集》

【補遺】梅曾亮，原名曾蔭，主講梅花書院。詩文皆實有獨到處，足以自樹一幟。雖未盡雅馴，而矯然自異，所造固已夐乎不易及。其清峻峭折，固視古人而無愧。文獨本于子，其精到處頗能闚昌黎門徑。其于詩也，意欲其深，詞欲其粹；一思之偶淺，必鑿而幽之；一語之稍粗，必襲而精之。賦一詩或纍日逾時而後出，故堅致古勁，神鋒内斂，特以文名太盛，詩爲之掩。《因寄軒文集》、《皇清書史》、《自知齋詩集》、《萇楚齋書目》、《續補碑傳集作者紀略》、《射鷹樓詩話》、《白圭榭古文遺稿》

吴嘉賓 字子序，南豐人。道光戊戌進士，官内閣中書，同治甲子殉難。學文于梅曾亮，受古文法。肆力諸經及詩、古文詞。諸經説好學深思，其用意往往得古人深處，有漢、宋諸儒屐齒所不到者。惜引據太少，難以傳世行遠。撰《求自得之室文鈔》十二卷、《尚絅廬詩存》二卷、《諸經説》六種。《南豐縣志》、《求闕齋日記類鈔》、《國朝先正事略》、《國朝文彙》、《儒林傳稿》、《續碑傳集》、盛輯《皇朝經世文續編》、《醒予山房文存》、《師友贈言》、《國朝尚友録》、《皇朝續文獻通考》、《江西忠義録》、《同人詩録》

【補遺】吴嘉賓，官内閣侍讀，主講琴臺書院。其文博厚而密，深簡而遠，研究精詳，古意融會，神閑心澹，務求其至詣；不旁依古人，亦不好爲深奥之論。至應酬文無鄙眥譽揚語，見于理之所當然，而有味乎其言之。詩尤工，戛戛自異，思致甚幽，氣勢甚豪，嶔崎磊落，兀傲堅硬，不摹仿古人，亦不隨逐時人。所撰各經説皆自出心得，多獨至者。可謂好學深思，然亦不免有偏僻穿鑿之見。《鄉詩摭談》、《睦堂先生詩文集》、《萇楚齋書目》、《續補碑傳集作者紀略》、《張亨甫集》、《東塾集》

王拯 原名錫振，字定甫，號少鶴，馬平人。道光辛丑進士，官通政使參議。師事梅曾亮，受古文法。其爲文淬厲精潔，雄直有氣，而出以平夷紆徐，能自達其所欲言，使人得其妙于語言文字之外。兼工詩詞。撰《龍壁山房文集》八卷、《詩草》十七卷、《茂陵秋雨詞》四卷、《歸方評點史記合筆》六卷。《適適齋文集》、《龍壁山房詩文集》、《茂陵秋雨詞》、《萇楚齋書目》、黎選《續古文辭類纂》、《遜學齋詩文鈔》、《國朝文彙》、《續碑傳集》、盛輯《皇朝經世文續編》、《皇朝續文獻通考》、《歷代兩浙詞人小傳》、《篤舊集》

【補遺】王拯文雄而有法，淳正有合于道，真摯質樸，性情非常人所能及；多取法震川，使人尋味而不忍釋，自謂得之先輩。論作文之法有云：「字字有出，句句自造，篇篇變局，事事搜根。」深得桐城指歸，在粵西諸子中可以肩隨彭昱堯、龍啓瑞，微不逮朱琦，撰《王氏族譜》一卷，用山陰劉子宗譜之法而小變之。《樵隱昔寱》、《藝談録》、《續補碑傳集作者紀略》、《小酉腴山館詩文鈔》、《躬耻齋詩文鈔》、《睹棋山莊集》

孫鼎臣　字芝房，號子餘，善化人。道光乙巳進士，官翰林院侍讀。學文于梅曾亮，受古文法。專效歐、曾及歸有光，熟精《文選》及掌故，論古今有典有則。每所命意，惟以義理人事親切之説經緯往復而出之，皆若有分寸節度，如其爲詩之聲音格律一于唐人者然。嘗謂文各有體，始終本末之序，繁簡廉肉之宜，高下疾徐之節，爲文之義法可講而明者。撰《蒼筤集》二十一卷。《蒼筤集》、《曾文正公詩文集》、《柏堂集續編》、《讀文雜記》、《柈湖詩文集》、《國朝文彙》、《勸堂讀書記》、《國朝先正事略補編》、盛輯《皇朝經世文續編》、《薇省詞鈔》、《道咸同光名人手札》、《道咸同光四朝詩史》、王選《續古文辭類纂》

【補遺】孫鼎臣主講□□書院，肆力詩、古文詞，窮究源流，探擇體要，剖析微眇，既精且嚴；然後發其才力從之。其文力操大雅，骨格矜重，而出之以純渾流麗，介然有以自尊。復受琴學于沈道寬。《萇楚齋書目》、《續補碑傳集作者紀略》

朱琦 字濂甫，一字敬庵，號伯韓，臨桂人。道光乙未進士，官浙江候補道，咸豐十一年殉難。師事梅曾亮，受古文法。撰《怡志堂文初編》六卷、《詩初編》八卷。《怡志堂文初編》、《柏堂集續編》、《桂游日記》、《國朝文彙》、盛輯《皇朝經世文續編》、《道咸同光名人手札》、《皇朝續文獻通考》、《道咸同光四朝詩史》、《篤舊集》

【補遺】朱琦，留心經濟，文得方、姚之傳，揮斥萬有，暉麗擀雅，變而不離其宗。尤深于詩，其源出浣花，旁及昌黎，遒鬱雄厚，善叙事而能自成一家。《百柱堂全集》、《補學軒詩文集》、《射鷹樓詩話》、《萇楚齋書目》、《續補碑傳集作者紀略》、《樵隱昔寱》

龍啓瑞 字輯五，號翰臣，臨桂人。道光辛丑進士，官江西布政使。師事梅曾亮，受古文法。撰《經德堂文集》六卷、《文別集》二卷、《浣月山房詩詞》六卷。《經德堂文集》、《國朝文彙》、《儒林傳稿》、《續碑傳集》、盛輯《皇朝經世文續編》、《薇省詞鈔》、《槐廬詩存》、《道咸同光名人手札》、《皇朝續文獻通考》、《復庵類稿》、《篤舊集》

【補遺】龍啓瑞，文勝于詩，撰《古韻通説》二十卷，因錢大昕轉聲之説，乃知雙聲通假之説。《古韻通説》、《淵于集》、《陳藝叔集》、《陳廣敷集》、《萇楚齋書目》、《續補碑傳集作者紀略》、《藝風堂文續集》

馮志沂　字述仲，號魯川，代州人。道光丙申進士，官徽寧池太廣道。師事梅曾亮，受古文法，稱高第弟子。其爲文清微簡淡，氣體謹嚴，神味雋永而激宕沉雄，駸駸乎駕同時諸公而上之。詩則淬厲洗伐，幾經甘苦，吐屬雋妙，不見其有錘琢之痕。撰《微尚齋詩集初編》四卷、《續集》一卷、《適適齋文集》二卷、《外集》一卷。《適適齋文集》、《小西腴山館詩文集》、《萇楚齋書目》、《國朝文彙》、盛輯《皇朝經世文續編》、《續碑傳集》

【補遺】馮志沂文，義法之密，氣息之醇，宕往夷猶，達于情而不可詘者，信亦心專而理至。其詩乍讀之，按弦應律，脱口生成，反復批覽，蓋幾經甘苦而始得之。生平喜漢學，與張穆相討論，有所聞見，于讀書時記於書眉，丹黄爛然，然後均散佚。深于子評，自推五行，官至監司而止，後終于皖南道署理安徽按察使。《西喻山房集》、《峴嶕山房詩集初編》、《續補碑傳集作者紀略》、《玉井山館詩文續》

余坤一　字子容，號小坡，諸暨人。道光己丑進士，官雅州府知府。學文于梅曾亮、姚瑩，得桐城義法。其爲文廉傑踔厲，能自達其意。詩亦沉鷙靜細，善發難顯之情，寫難狀之景。撰《寓庸室詩稿》一卷、《文稿》□卷，皆經梅曾亮及諸名人商榷評論。又與陳溥、陳學受兄弟唱和。詩編《默存録》一卷。《諸暨縣志》、《含清室詩存》、《函雅廬詩文稿》、《龍壁山房詩文集》、《適適齋文集》

【補遺】余坤一，深于史學，其論史諸詩雄偉高壯。《寓庸室存稿》、《飲冰室藏書目録》、《玉井山館筆記》、

《萇楚齋書目》、《射鷹樓詩話》

項傳霖　字叔雨，號幾山，瑞安人。道光壬午舉人，官富陽縣教諭。與梅曾亮、邵懿辰、吳敏樹友善，受古文法。最篤嗜學，尤喜校書，兼通曆算方術家言。所爲書皆未成。其爲文雅潔有家法，惜遺文僅十數篇。《遜學齋詩文鈔》、《桐華閣文集》、《柏堂集□編》

【補遺】項傳霖，平日守禮不逾尺寸，博通經史，旁涉天官、曆算、陰陽、風角諸雜家之説。藏書數萬卷，悉加丹鉛。所書斷章殘稿皆端楷不苟。《柏堂集續編》、《甘泉鄉人稿》

周壽昌　字應甫，一字荇農，號自庵，長沙人。道光乙巳進士，官内閣學士兼禮部侍郎銜，學文于梅曾亮，受古文法。其爲文清絶可喜，詩亦由博奥轉造平淡。癖嗜「四史」，校補原注，各有專書，稿凡數易。撰《思益堂詩集》六卷、《詞集》一卷、《古文》二卷、《日札》十卷。《思益堂集》、《四史校補》、《雪橋詩話餘集》、《道咸同光名人手札》、《道咸同光四朝詩史》、《王祭酒年譜》、《虚受堂詩文集》、《皇朝續文獻通考》

朱□□　字澹庵，無錫人，諸生。師事梅曾亮，受古文法。其爲文簡鍊古質，斂才就範，繩趨矩步，不敢苟爲，炳炳烺烺，鑒於古人立言之旨，能得其師門户。撰《澹庵文鈔》二卷。《鼎吉堂文鈔》

【補遺】朱蔭培，字熙芝，號澹庵，無錫人，研究經史。其文醞釀深厚，筆力簡勁，詞氣平易，理正氣清，嚴於義法。叙事要歸始末，論人曲肖生平。表揚忠烈，扶持倫紀，不遺餘力；著墨不多，意味深遠。原本望溪以上規震川，深有合于古人立言之旨，斯爲古文嫡派。嘗教授生徒如從弟兄弟等，皆成進士。尹繼美擇其文十餘篇序以傳世，爲《澮庵文存》二卷。《澮庵文存》、《天根詩文鈔》、《莨楚齋續書目》、《續補碑傳集作者紀略》

舒燾　字伯魯，溆浦人。諸生，官户部郎中。師事梅曾亮，受詩、古文法。詩才清俊，詞氣雲涌，飈發而驟進，于古文亦宏整，宗法甚高。撰《綠綺軒文鈔》二卷、《駢文鈔》一卷、《詩鈔》二卷、《詞鈔》一卷。《溆浦縣志》、《柏梘山房集》、《桦湖文集》、《秋聲館遺集》、《經德堂文集》、《味經山館詩文鈔》、《國朝文彙》、《續碑傳信》、《庸庵文集》

【補遺】舒燾，官户部廣東司郎中，詩文皆好作悲語。《樵隱昔寱》、《養知書屋詩文集》、《莨楚齋書目》、《續補碑傳集作者紀略》

張岳駿　字端甫，金匱人，諸生。師事梅曾亮十年，受古文法，稱高第弟子。其爲文，出語輒高潔深邈，沉鬱有奇氣，不沿蹈時俗字句，而蘄配于古人，頗似歸有光。存文僅數篇，刊行只二篇。撰《張端甫遺稿》二卷。《無錫金匱縣志》、《張端甫遺集》、《柏梘山房集》、《適適齋文集》、《虹橋老屋遺稿》、《續梁溪詩鈔》、《無錫鄉賢書目》

侯楨　字子勤，號二槑，無錫人，道光丙午舉人。師事梅曾亮，受古文法。其爲文純樸，得之方苞。詩亦在義山、山谷之間。兼通《説文》，精地理。撰《古杼秋館文集》二卷、《詩集》一卷、《評點孝經集注》一卷，雜著□種。《無錫金匱縣志》、《無錫鄉賢書目》、《古杼秋館詩文集》、《虹橋老屋遺稿》、《續梁溪詩鈔》、《雪橋詩話餘集》、《續碑傳集》

伊樂堯 字遇羹，一字莘耕，錢塘人。咸豐辛亥舉人，官仙居縣訓導。與朱琦、邵懿辰以文字相切劘。其爲文根據理要，樸茂淵懿。惜已散佚，惟存雜著□種。《五經補綱》、《柏堂集□編》、《怡志堂詩文集》、《皇朝續文獻通考》

【補遺】伊樂堯，工文章，粹于經學。《味諫果齋詩文集》、《望三益齋雜體文》、《萇楚齋書目》

陳溥 字稻孫，號廣敷，一號悛侯，新城人，蘭祥子。學古文于梅曾亮，盡得桐城義法。其評點詩、古文辭十餘種，皆能批郤導窾，使讀者咸知古人用意之所在，讀者莫不珍秘。所撰多散佚。論《易》不取程、朱傳義，自以爲能窺羲、文、周、孔之奥。學宗朱子，兼取宋儒之長。喜談兵，兼精醫學及相人術。存雜著□種。《新城縣志》、《藝舟雙楫》、《梢拙談屑》、《岷江紀程》、《樂餘静廉齋詩文集》、《養晦堂詩文集》、《蛙鳴詩集》、《叢書舉要》

【補遺】陳溥，監生，主講九峰書院，夙爲從祖用光所喜。與梅曾亮論文，最爲契洽。泛覽百家，詩文亦有卓犖之概。善説《孟子》，自謂得知前賢真意。尤究心于内典，兼精通相命之術，能合《説文》及諸子精義，以推闡八字中財官印綬，批評多奇驗。撰《陳廣敷集》□卷。《陳廣敷集》、《陳藝叔集》、《松心文鈔》、《萇楚齋續書目》、《續補碑傳集作者紀略》、《適其適齋餘談》、《鄉詩摭談》、《自知齋詩集》

陳學受　字永之，號懿叔，新城人，溥從兄，監生。學古文于梅曾亮、朱琦，盡得桐城義法。學務精醇，肆力于《春秋》，廢《三傳》，黜胡氏諸家，獨契聖心於千載之上，獨于孟所論有深契。撰《圈注春秋讀本》□卷、《春秋十種》三十卷。《蛙鳴詩集》、《岷江紀程》、《新城縣志》、《養晦堂詩文集》、《續補彙刻書目》、《叢書舉要》

【補遺】陳學受，諸生，主講弋陽書院。治《春秋》、《尚書》之學最勤且久，所爲説單思獨造，不苟傍前人。撰《春秋説》凡十種，寫稿初定，未能付刊。□□江毅之茂才□□録存二陳撰述甚多，惜日久無可蹤迹。《陳藝叔集》、《陳廣敷集》、《適其適齋餘談》、《鄉詩摭談》、《自知齋詩集》、《萇楚齋續書目》、《續補碑傳集作者紀略》

張穆　初名瀛暹，字誦風，號石洲，平定州人。道光辛卯優貢，官候選知縣。與梅曾亮、朱琦、邵懿辰、彭昱堯、龍啓瑞等以文字相切劘。爲學專以篤實爲主，嘗謂：「爲文而無學，其文皆虚；爲學而無行，其學皆虚。」其爲文精深刻摯，務使足以抒性情，裨經濟。素以樸學名。撰《𣈶齋文集》八卷、《詩集》四卷，而《蒙古游牧記》十六卷、《北魏延昌地形志》十三卷最知名，《地形志》稿本佚。《𣈶齋詩文集》、《國朝文彙》、《皇朝續文獻通考》、《金石學録補》、《碑傳集》、盛輯《皇朝經世文續編》、《甌鉢羅室書畫過目考》、《越縵堂日記》

【補遺】張穆，于書無不讀，學問淹博，漢學源流能窺其奥，精輿地之學。其詩規矩典重，往往

入格。書法勁逸，冠絶一時。《山西省先賢傳》、《萇楚齋書目》、《續補碑傳集作者紀略》、《射鷹樓詩話》

劉傳瑩　字實甫，號茮云，漢陽人。道光己亥舉人，官國子監學正。與梅曾亮、曾國藩等以文學相切劘。工詩、古文詞。凡字書、音韻、天文、推算、古文家之説，皆刺得其大旨。撰《劉茮云遺集》四卷、雜著二種。《儒林傳稿》、《柏堂集續編》、《曾文正公詩文集》、《萇楚齋書目》、《國朝尚友録》、《國朝耆獻類徵》

【補遺】劉傳瑩，官國子監誠心堂學正，學有本原，意存經世，徵諸實踐，尤致力于有用之學。群經皆有發明。詩文不多作。精于天文、方輿、六書、九數之學，無所不通，而于地理之形勢考核尤精。初習胡渭、閻若璩之書，日夜求明徹，讀書之勤如此。《唐確慎公集》、《萇楚齋續書目》、《續補碑傳集作者紀略》、《劉椒雲先生遺書》、《射鷹樓詩話》

歐陽勳　字功甫，湘潭人，諸生。師事陳溥、陳學受、吴敏樹、郭嵩燾，受古文法。二陳並主其家，講論文學無虚日，言詩、古文義法甚詳。勳尤刻意師之，專力詩、古文辭，其文、詩皆清縝喜往復。兼工篆書。撰《秋聲館遺集》八卷。《秋聲館遺集》、《榾柮談屑》、《曾文正公詩文集》、《雪橋詩話餘集》、《國朝文彙》、《鼎吉堂文鈔》

【補遺】歐陽勳古文步趨桐城。《樵隱昔寱》、《萇楚齋書目》、《續補碑傳集作者紀略》

吴嘉言　字子顧，南豐人，嘉賓弟，諸生。師事其兄，好爲深遠超妙之思，詩詣簡淡。咸豐丙

辰殉難。撰《一簣草存》一卷、《詩》一卷、雜著一卷。《南豐縣志》、《國朝先正事略》、《國朝尚友録》、《求自得之室文鈔》

【補遺】吴嘉言，道光乙酉拔貢，官工部屯田司郎中。于文章各體皆深通。文則清峻空遠，心澹神閑。詩尤工，戛戛自異，神理清窅，言約而不盡，思遠而自得，類多風人遺旨，深回幽古，味之愈出，力去世俗膚浮習見之語。《睦堂先生文集》、《張亨甫集》、《計有餘齋文稿》

吴昌篝　字伯俞，南豐人。諸生，咸豐丙辰殉難。師事從父嘉賓，受古文法。嘉賓所撰諸經説，皆能心通其義。爲文識見卓越，步趨嘉賓。文詞暢達，直抒胸臆，不逾規矩，已能造其藩籬。撰《吴伯俞遺稿》□卷。《醒予山房文存》、《求闕齋日記類鈔》、《師友贈言》、《南豐縣志》、《國朝先正事略》、《國朝尚友録》、《江西忠義録》

【補遺】吴昌篝與世父嘉賓，于咸豐丙辰本邑殉難。其妻韓氏亦自經殉夫，賦有絶命詞。忠烈萃于一門，皎然與日月爭光。生有異才，讀書能見其大，又耳濡目染，造就益深。遺文二十三篇，詩五首，日記十四首，其文法度不逾，文詞暢達，直抒胸臆，峭折無纖塵，皆足與世父嘉賓所論相發明。韓氏撰《素蘭詩稿》□卷，劉愚爲之訂正編刊。《江表忠略》、《天岳山館文鈔》

秦緗業　字應華，號澹如，無錫人，瀛子。道光丙午副榜，官浙江候補道。師事梅曾亮，受古文法。喜學歸有光、方苞、姚鼐三家。其爲文清真醇雅，一守秦瀛家法。詩則夷猶淡蕩，于陶、韋爲近。撰《虹橋老屋遺稿》九卷。《續梁溪詩鈔》、《虹橋老屋遺稿》、《遜學齋詩文鈔》、《續碑傳集》、《無錫鄉賢書目》、《皇朝續文獻通考》、《歷代兩浙詞人小傳》

【補遺】秦緗業，署理兩浙鹽運使，主講□□書院。其文冲夷淵懿，持論精確，一守家法，究心經世之學。《錫山秦世文鈔》、《錫山秦氏詩鈔》、《梁溪文鈔》、《萇楚齋書目》、《續補碑傳集作者紀略》

楊彝珍 字季涵，一字性農，武進人。道光庚戌進士，官兵部主事。學文于梅曾亮，盡得桐城古文義法。其爲文深微清遠，古淡而味彌長，質直淒惻而情益永，涵蓄于百世之旨。撰《移芝室詩集》三卷、《文集》十三卷、雜著四卷、《國朝古文正的》七卷。《移芝室詩文集》、《北岳山房詩文集》、《國朝先正事略補編》、《經德堂文集》、《道咸同光名人手札》、《道咸同光四朝詩史》、《皇朝續文獻通考》、黎選《續古文辭類纂》、《國朝文彙》、《續碑傳集》、盛輯《皇朝經世文續編》、《篤舊集》

【補遺】楊彝珍，原名彝，一字湘涵，主講□□□□書院，以古文名家。原本經術，精嚴樸厚，而刊落浮華，獨追正始；因事設詞，能曲盡萬物之理；古淡而味彌長，質直淒惻而情益永，清微淡遠，深情遠韻，頗似震川學《史記》之文。詩亦甚有義法，古風宗法唐賢，不爲浮響；七律多用一句一轉之法，從少陵集中脱胎而出；窈然以深，夷然以遠，超然以雋，博辨淵穎，逸宕警健。《天岳山館文鈔》、《百柱堂全集》、《萇楚齋書目》、《續補碑傳集作者紀略》、《眉韻樓詩話續編》、《息柯雜著》

孫衣言 字劭聞，號琴西，瑞安人。道光庚戌進士，官江寧布政使。學文于梅曾亮。盡得桐城古文義法。其爲文意近而勢遠，氣直而筆曲，詞淺而旨深，反復馳騁，以曲盡事理，爲吳德旋嗣音。詩亦高邁，奇崛生硬，出自山谷。撰《遜學齋詩鈔》十卷、《詩續鈔》五卷、《文鈔》十二卷、《文續鈔》五卷。《春在堂隨筆》、《斅園詩談》、《遜學齋詩文鈔》、《小西腴山館詩文集》、黎選《續古文辭類纂》、盛輯《皇朝經世文續篇》、《皇朝續文獻通考》、《國朝文彙》、《續碑傳集》

【補遺】孫衣言，主講紫陽書院，罷官後設立詒善家塾，招引好學文章之士，專肄舉業，親自督課。其文綜貫乎性理之全，融洽漢、宋門户，浸淫于經史百家，磨礱于世故。欲因文見道，有以維繫世道人心，不屑爲詹詹小言，而持論正大，語語自性真流出，務反復馳騁，以曲盡事理。其意近而勢遠，詞淺而旨深，頗與吳德旋相似，可爲嗣音。詩幽秀高超，雖學黄魯直，不染槎枒枯率之病。《睹棋山莊集》、《欠泉庵文集》、《空清水碧齋詩文集》、《萇楚齋書目》、《續補碑傳集作者紀略》、《古歡齋文録》、《柔橋文鈔》

吴式訓　字子迪，青陽人，□□。師事張穆，受古文法。請業質疑，昕夕無間，偶有所作，輒蒙許可。《皀齋詩文集》

宗室奕詢　字蟫齋，別號惜陰主人，官鎮國公。師事孫衣言，從之受讀。撰《徯月軒詩集》□卷。《雪橋詩話餘集》

王彦威　字弢夫，黄巖人。□□庚午舉人，官太常寺卿。師事孫衣言，受古文法。兼工駢

體、詩、詞。撰《黎庵叢稿》□卷、雜著□種。《北京圖書館月刊》

楊球光　字子鳴，武陵人，彝珍子，諸生。習聞其父言古文法，亦工詩、古文詞。《國朝文彙》、《移芝室詩文集》

【補遺】楊球光，爲文操筆立就，專攻詩、古文詞。撰《曉丹山房詩文集》四卷。《武陵縣志》

楊琪光　字仲琳，武陵人，彝珍子，□□，官江蘇候補道。習聞其父言古文法，復理梅曾亮緒論。其爲文深沉奧衍，神致雋永。讀《班》、《史》兩書數十過，因參校其優劣訛疵，成《史漢求是》十二卷，附《尚書文義》一卷。撰《枉川全集》六種三十三卷。《博約堂文鈔》、《史漢求是》、《經義尋中》、《萇楚齋書目》

【補遺】楊琪光，撰《瑞芝室家傳》二卷，皆悱惻動人，令讀者油然生孝弟之思。《瑞芝室家傳》、《續補碑傳集作者紀略》、《龍岡山人古文鈔》

閻正衡　字季蓉，石門人。諸生，官候選訓導。師事其舅楊彝珍，受古文法。篤志于學，九經諸史靡不研貫。其爲文堅勁雄肆，頗似王安石、蘇洵。撰《北嶽山房文集》十四卷、《詩集》四卷、《外集》二卷、《石門縣志》六卷、雜著二十四種。《北嶽山房詩文集》、《國朝先正事略補編》、黎選《續古文辭類纂》、《國朝文彙》、《萇楚齋書目》、《國學

【補遺】閻正衡，亦作鎮珩，主講漁浦書院，涵濡經史，出入百家，爲文規橅韓、柳，直造堂奧。

晚年見理益明，律身益嚴，得力于程、朱之學。其生平精力所殫，尤在《六典通考》一書，仿秦氏《五禮通考》體例，積十三年始成，于政治、禮俗、國勢、夷情，莫不洞見癥結。《續補碑傳集作者紀略》、《國學圖書館圖書總目》

鄧濂　字似周，無錫人，□□。師事秦緗業，受古文法。亦工詩、古文詞。《冷紅館賸稿》、《虹橋老屋遺稿》

秦寶璣　字瑶田，一字姚臣，號潛叔，金匱人，臻子，同治丁卯副榜。師事族祖秦緗業，受古文法。其爲文閎博超健，淵雅純正，致力甚深。佐緗業修《無錫金匱縣志》，全書實其手訂。撰《俟實齋文稿》二卷、《霜傑齋詩》二卷、《補遺》一卷。《俟實齋文稿》、《霜傑齋詩》、《旅譚》、《無錫金匱縣志》、《虹橋老屋遺稿》、《續梁溪詩鈔》、《荔雨軒詩文集》、《國朝文彙》、盛輯《皇朝經世文續編》、《無錫鄉賢書目》

【補遺】秦寶璣，亦作寶瑾，覃精《三禮》，從事天文、地理、經緯、性理之學，實事求是，而於輿地尤精。于古文致力頗深，才性頗健，充其所至，足以有成。所作文百數十篇，多半散佚。詩學陶靖節，心摹力追，淳古簡淡，感時憑弔諸詩亦雄傑奔放。夙主合肥張靖達公樹聲幕，聘纂《歷代史志》□□卷，未成而卒，年甫逾壯。原稿藏靖達家。《萇楚齋書目》、《續補碑傳集作者紀略》

盧昌詒　初名英僩，字粟甫，黄岡人。同治辛未進士，官山東候補道。少習古文詞，得叔父韻珊之教，于姚鼐、梅曾亮尤能深悉其宗派。代作奏議，得曾國藩之體要。撰《養拙齋詩文集》□

卷、《濟南存稿》□卷。《校經室文集》

楊世猷　字繼之，武陵人，琪光子。諸生，官□□縣訓導。習聞祖父言古文法，纘承不替。其爲文，措辭甚艱而不苦于晦，用意雖瑣而不傷于繁。撰《希賢齋文鈔》四卷、《舊史内編》八卷。《希賢齋文鈔》、《舊史内編》

劉愚　字庸夫，安福人。諸生，官四川候補同知。師事吳嘉賓，受古文法。其爲文，文體雅潔，頗得其師意旨，惟句律閒有未合處。撰《醒予山房文存》九卷、《詩存》□卷。《醒予山房文存》、《師友贈言》

【補遺】劉愚，師事吳嘉賓，嘉賓嘗爲之講解經義，並批評其文；後又師事郭嵩燾，受古文法。其文直攄胸臆，不規規于古人文法，喜談經世大略。《棠溪文鈔》、《樵隱昔寱》、《萇楚齋書目》、《續補碑傳集作者紀略》

張之洞　字孝達，號香濤，南皮人。同治癸亥進士，官體仁閣大學士，謚文襄。師事從舅朱琦，受古文法。爲詩務典麗，不喜江西派。撰《廣雅碎金》四卷、《抱冰室□集》□卷、《弟子記》一卷。《廣雅碎金》、《抱冰室弟子記》、《石遺室詩話》、《國朝文彙》、《金石學録續補》、《鄭齋感逝詩甲乙集》、盛輯《皇朝經世文續編》、《道咸同光四朝詩史》、《文藝叢報》

【補遺】張之洞，亦字香巖，號壺公，亦號抱冰，又號無競居士。經學受于吕文節公賢基，史學、經濟學受于韓果靖公超，小學受于劉書年，學術兼綜漢、宋。《童蒙養正詩選》、《張文襄公全集》木刻鉛印二本、《石遺室文集》、《莨楚齋書目》

瞿鴻禨　字子玖，號止庵，善化人。□□□□進士，官協辦大學士，謚文慎。師事周壽昌、郭嵩燾，受古文法。工詩、古文詞，練習掌故。撰《瞿文慎公詩選》四卷、雜著□種。《思益堂詩文集》、《養知書屋詩文集》、《湘綺樓詩文集》、《虚受堂詩文集》、《瞿文慎公詩選》、《續補彙刻書目》、《莨楚齋隨筆》

【補遺】瞿鴻禨，號心庵，晚號西巖老人，同治辛未進士。郭嵩燾主講城南書院，鴻禨從之游，文字多所點定。鴻禨自謂得力最多。撰《□□□□文集》□卷。《瞿文慎公行狀》、《清代名人手札甲集小傳》

補遺

喬珥保　字頌南，徐溝人，桐城籍。道光甲辰舉人，官咸安宫官學教習。師事梅曾亮，受古文法，又與邵懿辰、戴鈞衡、方宗誠、馬三俊等以文學相切磋。所爲詩、古文詞具有義法。其于前輩名人所評識經史子集，有所聞必求而傳寫之，凡數十種，後與詩文集惜自焚毁。《虚白室詩文鈔》、《味經山館詩文鈔》

管檉　字美中，號卓庵，如皋人。諸生，官候選訓導。師事梅曾亮、管同，受古文法，二人均年少於橒。專力于詩、古文詞。其文紀律謹嚴，詞旨雅潔，淡而絜，簡而有法，不敢浮肆，善學桐城姚鼐。以文學教授鄉里，遠近從游者先後百數拾人。撰《春永堂文稿》十六卷、《詩稿》八卷，皆藹然仁人之言，惜没于水。玄孫國璋搜集叢殘，得文三十五篇刊之，僅存《春永堂文存》一卷。《春永堂文存》、《萇楚齋續書目》、《續補碑傳集作者紀略》

楊紹和 字勰卿，號彦合，聊城人。同治乙丑進士，官翰林院侍講。其父以增館梅曾亮于家，因從受古文法，經術文章皆深入古人閫奥。《清代館選分韻彙編》、《校經室文集》、《萇楚齋書目》、《楹書隅録》、《楹書續録》、《柏梘山房詩文集》

楊紹穀 字協卿，號□□，聊城人，紹和兄，官雲南大理府通判，□□□□。師事梅曾亮，受古文法。後復以所受于曾亮者轉授柯劭忞。《遠明文集》、《柏梘山房詩文集》

楊士達 字希臨，號耐軒，金谿人。道光乙未舉人，官截取知縣，咸豐辛酉粵賊陷撫州殉難，追贈□□□□□□，賞給雲騎尉。主講饒州書院。久居京師，偕四十二人聯古文會，從梅曾亮往復討論，講求爲文義法。其文親承指授，循方、姚軌度，品格清純，義識明達，不爲深刻毛摯之狀，而扶植理道，寬博樸雅。叙事文尤詳而有體，贍而不穢，簡而思深，于歐陽公《五代史》爲近。講求經濟之學，凡兵農、鹽漕、邊防、弭盗諸政教之大者，莫不洞澈原委。惓惓于世道人心，淵懿其内，廉悍其外，斂而愈肆，潔而愈愚。其論事曲折往復，務窮得失之故，酌古今之宜。撰《耐

軒文初鈔》十卷、《二鈔》四卷、《詩鈔》□卷。《耐軒文初鈔》、《萇楚齋書目》、《續補碑傳集作者紀略》、《菲古齋古文初稿》

吴履敬　字敬之，號子肅，青陽人，式訓□，□□□□□□。師事張穆，受古文法二年。穆親自督教，請業質疑，昕夕無間，偶有所作，輒蒙嘉許。《籀經堂類稿》、《肩齋詩文集》

袁鳳桐　字蓮柏，號□□，宜春人，處士。師事邵懿辰、伊樂堯，受古文法。嘗以安溪《易》學、桐城古文規勉譚獻。讀《易》、《尚書》，欲有所述造，手寫宋、元舊説稿，積紙盈尺，迄無成書。《復堂文續》

程鴻詔　字伯敷，號□□，黟縣人。□□□□舉人，官雞澤教諭。師事馮志沂，受古文法最久，敦敏好學。撰《有恒心齋文集》十一卷、《詩集》七卷、《駢文》六卷。《適適齋文集》、《有恒心齋集》、《皖雅》、《萇楚齋書目》、《續補碑傳集作者紀略》

湯天麐　原名蓉鏡，字鑑齋，號石民，金匱人。□□□□□□。少好側麗文字，及侯楨自京師還，授以梅曾亮古文義法，乃取莊、荀、管、列、淮南諸子及《史》、《漢》、八家、歸、方之文讀之，盡變其少作，所業益精。撰《寒香館詩文集》六卷。《古杼秋館遺稿》

何應祺　字鏡海，號□□，善化人，□□□□□□□□□□師事朱琦，受古文法。撰《守默齋詩稿》一卷、雜著三卷。《守默齋雜著》又《詩稿》、《萇楚齋書目》、《續補碑傳集作者紀略》

蔣慶第　字季蓴，亦字著生，號杏坡，玉田人。咸豐壬子進士，官候選内閣中書。師事龍啓瑞，受古文法。文不輕作，尤不喜爲應酬文字，以能文爲世師法。撰《友竹草堂集》十一卷。《友竹草堂集》、《碑傳集補》、《萇楚齋書目》、《續補碑傳集作者紀略》、《天根詩文鈔》

郝植恭　字夢㚆，號□□，三河人。咸豐壬子舉人，官山東候補道。與趙國華、蔣夢第至交，以文學相切磋，同時並以文學負盛名。少治古文，壯而益力。文宗歐陽，務切至而出以冲和，初讀之若平常，達其心之所欲言而止，不尚僻碎奇詭。詩則長于温柔敦厚。撰《漱六山房集》廿六卷。《漱六山房集》、《青草堂集》、《友竹草堂集》、《萇楚齋續書目》、《續補碑傳集作者紀略》

宦懋庸　字伯銘，號莘齋，别號碧山野史，遵義人，監生。師事孫衣言，受古文法，亦奉義理、考據、辭章爲文之説。研究詩、古文詞，謂：「文境莫要于藏鋒，莫妙于迴鋒。」其文根柢《史》、《漢》，下探韓、歐宗旨，近參方、姚家法，他如惲敬、龔自珍、吴敏樹、曾國藩諸家皆有心得。然猶恐流于委瑣，一意涉獵許、鄭之學以濬其源。撰《莘齋文鈔》四卷、《詩鈔》七卷、《詩餘》一卷。《拙尊園叢稿》、《莘齋詩文鈔》、《萇楚齋書目》、《續補碑傳集作者紀略》

洪汝奎　字琴西，涇縣人。道光甲辰舉人，官兩淮鹽運使。師事劉傳瑩，受古文法，勉爲經史有用之學，能溝通漢、宋門徑。《續碑傳集》、《藝風堂文集》、《蒿庵類稿》、《北平圖書館月刊》

譚獻　字仲修，號復堂，仁和人。□□□□□□，官□□縣知縣。師事邵懿辰、伊樂堯，受古文法；懿辰更導以塗轍，教以廣求師友。其後論文，以有實有用爲本。撰《復堂集》廿六卷。《復堂集》、《半厂叢書》、《萇楚齋書目》、《續補碑傳集作者紀略》、《心園叢刊》

何慶涵　字伯源，號□□，道州人。咸豐戊午舉人，官刑部□□司郎中。師事楊彝珍，受古文法。爲文一字未安，濡毫不下，必愜意乃已。撰《眠琴閣遺文》一卷、《遺詩》一卷，又蒐輯古印數百方，手拓成書。《眠琴閣詩文》

薛福辰　字撫屏，號時齋，無錫人，福成兄。咸豐乙卯舉人，官都察院左副都御史。師事楊彝珍，受古文法；兄弟復以古文詞相切劘。精研醫學，供奉内廷者三年，復工奕。《北行日記》、《移芝室詩文集》、《薛庸庵文別集》、《古文正的》

周焕樞　字盥孚，號麗辰，泰順人，諸生。師事孫衣言，受古文法，親聞緒論，得古文真傳。夙好古文詞及考據，其文筆險而入峻，間有撫摩桐城塗轍。肄業詒善家塾後，其文鍛句鍊字，益復温雅，與古爲會，悠然動人，無豪情矜氣，浸淫于文者甚深。撰《欠泉庵文集》二卷。《欠泉庵文集》

王棻　字子莊，別號耔軒，黄巖人。同治丁卯舉人，特賞内閣中書銜。歷主清獻、文達、正學、宗文、中山、東山、肄經、經訓等書院講席；九峰精舍前後更歷十餘年。師事孫衣言，受古文法。生平深于經，于小學治之尤力，以樸學名。其説經實事求是，不分漢、宋。論文宗法桐城，尤服膺曾國藩。其文平正通達，不事雕琢，持論名通，援據詳確，尤拳拳于鄉邦文獻，表章不留餘力。撰《柔橋初稿》十七卷、《續集》十一卷、《三集》十四卷、《詩集》八卷。《柔橋文鈔》、《續補彙刻書目》、《萇楚齋書目》、《續補碑傳集作者紀略》

池志澂 字卧廬，號□□，瑞安人，諸生。師事孫衣言，受古文法。讀書詒善家塾，得聞緒論，塗轍桐城，間有規橅。其文氣剛而達，衣言甚稱之。《欠泉詩文集》

龍繼棟 字松岑，一字松琴，臨桂人，啓瑞子。同治壬戌舉人，官户部□□司主事。主講萬全縣及江寧縣尊經書院講席，夙承家學，博涉群籍，喜馳騁文詞，通小學。詩學涪翁，有奇氣。工篆隸，體勢堅穆，近世側鋒鐶紆惡札一掃刮絶。《藝風堂文續集》、《萇楚齋書目》、《劉武慎公遺書》、《劉太史集》、《潤于集》

羅□□ 字伯宜，□□人，□□□□□□，官補用知府。師事楊彝珍，受古文法。其詩格韻蒼深，意趣閑遠。撰《羅太常詩集》□卷。《移芝室詩文集》

周□□ 字容皆，□□人，□□□□進士，□□□□□□。師事楊彝珍，受古文法。《移芝室詩文集》

李振鈞 字□□，湘潭人，□□□□□□。師事楊彝珍，受古文法甚久。《移芝室詩文集》

宋熾昌 字□□，湘陰人。□□□□舉人，官武陵縣學教諭。師事楊彝珍，受古文法最久。

自少至老，求邃于古學。《移芝室詩文集》

陶鵬漢　字□□，□□人，□□□□□□。師事楊彝珍，受古文法甚久，亦工文章《移芝室詩文集》

周瀹蕃　字琥生，號仲茗，長沙人，壽昌子。同治庚午舉人，官分省補用同知。禀承家學，復師事姊夫王先謙，受古文法。于書靡不通覽，治古文詞，意致深遠。撰《□□□文集》□卷、《詩集》□卷。《思益堂古文》又《詩鈔》、《虚受堂詩文集》

田金楠　字□□，□□人，諸生。與閻正衡以文學相切磋，好古，能文章。《北嶽山房文集》

余澤春　字我如，□□人，□□□□□□。師事楊彝珍，受古文法。詩文有才識，議論通達，不徒以詞華勝人。《湖上詩緣録》、《移芝室詩文集》

吴恭亨　字悔晦，武陵人，□□□□□□。師事閻正衡，受古文法最久。撰《月巖詩鈔》□卷。《國學》

劉祥麟　字□□，□□人，□□□□□□。師事閻正衡，受古文法最久。撰《留月詩鈔》□卷。《國學》

郭希隗　字□□，□□人，□□□□□□。師事閻正衡，受古文法最久。《國學》

黄兆鎮　字□□，□□人，□□□□□□。師事閻正衡，受古文法最久。《國學》

袁楚喬 字□□，□□人，□□□□□□。師事閻正衡，受古文法最久。《國學》

黄鳳鳴 字□□，□□人，□□□□□□。師事閻正衡，受古文法最久。《國學》

唐焕 字□□，□□人，□□□□□□。師事閻正衡，受古文法最久。《國學》

覃遠璡 字玉次，石門人。道光□□進士，官江左兵備道。與閻正衡以文學相切磋。撰《□□□詩集》□卷、《文集》□卷、《交阯雜記》□卷，于交、廣情形，言之尤悉。《國學》

朱士焕 字燮辰，號□□，江寧人，□□□□□□。光緒戊戌，奏保經濟特科，官分省補用同知。梅曾亮從女之子。少治古文，義法多得之外家。其文記叙傳志皆簡質有法，而塗軌自合于桐城。撰《遠明文集》六卷、《詩集》□卷。《遠明文集》、《萇楚齋續書目》、《續補碑傳集作者紀略》

桐城文學淵源考卷八 此卷專記師事及私淑方東樹諸人

方東樹 字植之，桐城人，績子，諸生。師事姚鼐，受古文法，爲「姚門四傑」之一。覽經史諸子百家，獨契朱子。爲文好構深湛之思，醇茂昌明，言必有物，窮源盡委，沉雄堅實，無不盡之意，無不盡之詞，不盡拘守文家法律。詩則用力尤至，沈著堅勁，卓然成家。歷主海門、韶陽、廬陽、泖湖、松滋、東山等書院講席，導諸生以學行。以詩文就正者，既告之義法，且進以爲己之學。撰《考槃集文録》十二卷，弟子方宗誠選刊本更名《儀衛軒文集》十二卷、《外集》一卷、《詩集》六卷、《漢學商兑》四卷、《書林揚觶》二卷、《昭味詹言》十卷、《續》八卷、《續録》二卷，後三書最有名，雜著尚有□種。《考槃集文録》、《儀衛軒詩文集》、《國朝文彙》、《續碑傳集》、盛輯《皇朝經世文續編》、《皇朝續文獻通考》、《桐城縣志》、《一拳石齋詩文鈔》、《桐城耆舊傳》、《越縵堂日記》

【補遺】方東樹，原名鞏至，號歇庵，又號冷齋。學問出于程、朱，欲因文見道，窮理盡性，于古今文法知之最深。其文罄抒心得，如萬斛泉源不擇地而涌出。或前人所未言而不能无待于後人之推闡，或後人所欲言而不能自達其意者，悉爲疏通而曲暢之。又博極儒先諸書，探天人之旨，究性命之歸。《因寄軒文集》、《小西腴山館詩文集》、《萇楚齋書目》、《續補碑傳集作者紀略》、《皖雅》、《蕭然自得齋詩集》、《歷代詩選》、《律詩節本》、《宋律詩初選》、《嶺南集》

戴鈞衡 字存莊，號蓉洲，桐城人，道光己酉舉人。師事方東樹最久，受古文法。鋭志文學，精力絶人，求之宋五子書以明其理，求之經以裕其學，求之史以廣其識。詩文經説，卓然可表見于世，猶自謂其文理不能徵諸實，神不能運于空，氣不能渾于内，味不能餘于外。自以生方苞、劉大櫆、姚鼐之鄉，不敢不以古文自任。撰《味經山館文鈔》四卷、《文續鈔》三卷、《詩鈔》六卷、《詩續鈔》四卷、《尺牘》二卷、《書傳補商》十七卷、雜著□種。《味經山館詩文鈔》、《書傳補商》、《曾文正公詩文集》、《求闕齋日記類鈔》、《柏堂集□編》、《萇楚齋書目》、《桐城耆舊傳》、《國朝先正事略》、《國朝文彙》、盛輯《皇朝經世文續編》、《國朝尚友録》、《桐城縣志》、《篤舊集》

【補遺】戴鈞衡，以團練死于懷遠。師事張敏求，受詩、古文法。其詩格調高逸，音節宏亮，跌宕縱横，瓣香太白。《柏堂集後編》、《射鷹樓詩話》、《續補碑傳集作者紀略》、《江表忠略》、《續補彙刻書目》、《叢書目録拾遺》

方宗誠 字存之，號柏堂，桐城人。諸生，官棗强縣知縣。師事從兄方東樹十二年之久，受古文法。其爲文和而粹，托意高遠，發明程、朱義理，抒寫事情，主于修詞立誠，不矜能于字句間。平日篤志宋元後儒家之書。撰《柏堂經説》十種三十三卷、《筆記》十三種三十五卷、《柏堂集》九十二卷。《桐城耆舊傳》、《柏堂集》、《慎宜軒詩文集》、《遲鴻軒詩文棄》、《方柏堂事實考略》、《國朝文彙》、《續碑傳集》、《復堂類稿》、盛輯《皇朝經世文續編》、《道咸同光名人手札》、《皇朝續文獻通考》、《寒松晚翠堂文集》、《敬孚日記》、《吳先生尺牘》、《校經室文集》、《十三經讀本》

【補遺】方宗誠，自號毛溪居士，又號西眉山人，柏堂逸民。學宗程、朱，兼治經史百家。文章大旨期于明體達用，其要歸于救世策己。其文托意高遠，清厲廉刻，往復有深致，和而粹，辨而不佞，直而不激。其于心性之微芒，萬物之情變，皆有以析其精而能不詭于正；所言皆切于當世之務，而可立見諸施行，立言大旨一以理道爲宗。其稱人不爲溢美之辭，督人不爲刻深之論，論事察其受病之故，籌其所以施治之方。《天開圖畫樓詩文稿》、《萇楚齋書目》、《續補碑傳集作者紀略》、《躬耻齋文鈔後編》、《枕經堂詩文鈔》、《百柱堂全集》、《守默齋雜著》、《復堂文續》、《蜕私軒集》

蘇惇元　字厚子，號欽齋。桐城人，監生。師事方東樹，受古文法。論學宗張履祥，經學、古文宗方苞。嘗謂：「學不足以修己治人，則爲無用之學；文不足以明道析理、則爲虚浮之文。有行而無學，其行無本；有學行而無文章，則無以載道而行遠。」其詩文主修詞立誠，不涉旁蹊曲徑。撰《欽齋文》二卷、《詩稿》四卷、雜著□種。《欽齋詩文》、《桐城耆舊傳》、《桐城縣志》、《寒松晚翠堂文集》、《皇朝續文獻通考》、《續碑傳集》、《國朝先正事略》、《柏堂集次編》、《輔仁録》

【補遺】蘇惇元，處士，咸豐辛亥舉孝廉方正。《柏堂集續編》、《皖雅》、《萇楚齋書目》、《續補碑傳集作者紀

略》、《增輯欽齋文》、《七言古詩誦節》、《國學圖書館圖書總目》、《萇楚齋□筆》

馬起升 字慎甫，號慎庵，桐城人。諸生，官議叙同知。初師事世父馬樹華、戴鈞衡，受古文法，繼復師事方東樹，又從蘇惇元、文漢光問學。其詩、古文義法力守方苞、姚鼐之緒論。兼工六書，得古人用筆之意。撰《趣園詩文稿》八卷、雜著二種。《故舊文存》、《抱潤軒文集》、《敬孚類稿》、《陶廬文集》、《桐城縣志》、《桐城耆舊傳》

【補遺】馬起升，結同人講學于麗澤精舍，古文守方、姚之緒論，稽討義例，終身不厭，尤服膺韓、歐、朱、王四家，以文與道可互通而不可離。其文説理甚明，運詞甚達，氣息從容以和，不求勝于人，實已造人之所不能造。《天開圖畫樓詩文稿》、《淡園文集》、《蜕私軒集》、《散原精舍詩文集》

吴廷香 字奉璋，號蘭軒，廬江人。道光己酉優貢，咸豐元年舉孝廉方正，咸豐四年殉難。師事方東樹，並學文于戴鈞衡、方宗誠、馬三俊等，盡得古文義法。撰述散佚。吾邑與桐城接壤，士人互相聯姻者甚多。方苞、方宗誠、馬其昶等歷主吾邑潛川書院講席，未聞有相從學文者，士不悦學，千古同慨；廷香能自得師，甚爲罕覯。撰《吴徵士遺集》二卷。《濂亭文集》、《廬江縣志》、《敦艮吉齋文存》、《儀衛軒詩文集》、《吴先生詩文集》、《吴徵士遺集》、《柏堂集次編》、《廬州詩苑》、《廬江詩雋》

【補遺】吴廷香，通經術，善文辭，工書法，尤喜歌詩，清亮婉激，感時閔亂之作居多。《時報文藝周刊》、《萇楚齋書目》、《續補碑傳集作者紀略》、《花前老人文鈔》

張勳　字小嵩，桐城人。諸生，咸豐五年殉難。師事方東樹，受古文法。撰《總旌録》四卷。《柏堂集次編》《續編》

唐治　字魯泉，句容人。道光乙酉舉人，官祁門縣知縣，咸豐四年殉難。師事方東樹，復與戴鈞衡、蘇惇元、方宗誠、馬三俊等以文學相切劘。撰《唐魯泉遺稿》一卷。《柏堂集□編》、《唐魯泉遺稿》、《味經山館詩文鈔》、《梅村詩文集》

江有蘭　字貽之，號待園，桐城人。諸生，官署黟縣教諭。師事方東樹、張敏求，受古文法，習聞敏求緒論尤深。其爲詩清雅沖曠，格高氣空，不事雕琢，無險弼峭薄蹇苦之思，不爲形似，得自然之趣。兼工楷隸。撰《待園詩鈔》六卷。《待園詩鈔》、《道咸同光四朝詩史》、《慎宜軒詩文集》、《柏堂集前編》、《後編》、《桐城耆舊傳》、《篤舊集》

【補遺】江有蘭，師事張敏求最久，故其詩沖澹容與，格高氣空，揮灑自如，不事雕琢，深得天地自然之趣，自有性情，不求形似。尤工書法，能明古人運筆之妙而變化之，氣清神逸，意思閑遠，與其詩相似。《柏堂集續編》、《皖雅》、《篤舊集》、《萇楚齋書目》

文漢光　初名聚奎，號焕章，更字斗垣，號鍾甫，桐城人。諸生，咸豐元年舉孝廉方正，官光禄寺署正。師事戴鈞衡、張敏求，復師事方東樹，皆受古文法。學行卓越，工詩、古文詞，皆有鄉先輩風範。兼精算學。撰述散佚，僅存《藕孔餘生集》一卷。《藕孔餘生集》、《敬孚類稿》、《桐城縣志》、《敬孚

雜鈔》、《桐城耆舊傳》、《柏堂集前編》、《續編》、《後編》、《篤舊集》

【補遺】文漢光，主講祁門書院，艱苦力學，通算術、音學，善爲詩、古文詞。詩尤才調壯逸，氣骨高騫，而以沉著出之。才足以立事，而未盡其施；學足以立説，而未暇以爲。所著書惜多散佚。《善思齋詩文鈔》、《篤舊集》、《皖雅》、《萇楚齋書目》

馬三俊　字命之，桐城人，宗璉子。咸豐元年優貢，復舉孝廉方正，咸豐四年殉難。師事方東樹，受古文法。其爲文粹然深醇，意圓語妙，然幽憂之思，悲憤之意，亦時形于詞。撰《馬徵君遺集》六卷。《馬徵君遺集》、《慎宜軒詩文集》、《抱潤軒文集》、《柏堂集□編》、《道咸同光四朝詩史》

【補遺】馬三俊，號融齋，瑞辰子，少湛心學，爲文殷伊鬱塞。《虚白室詩文鈔》、《江表忠略》

甘紹盤　字愚亭，一字玉亭，桐城人。諸生，官崇明縣知縣。師事方東樹，受古文法。喜研性命之學，東樹甚稱其質行。文學不及同門諸子。《桐城耆舊傳》、《柏堂集餘編》

劉宅俊　字愷生，號悌堂，桐城人。道光甲辰進士，官來賓縣知縣。師事方東樹，受古文法。以詩、古文名于時，詩尤深得古人超妙之境。撰《悌堂文集》二卷、《詩集》六卷、《詩二集》二卷。《悌堂文集》、《敬孚類稿》、《敬孚雜鈔》、《桐城耆舊傳》

【補遺】劉宅俊，大槐族裔，詩文宗述本于家學，造就甚深。《考槃集文録》、《萇楚齋書目》、《續補碑傳集作者紀略》

張泰來　字瑞階，號包軒，又號鐵山，桐城人，□□己亥舉人。與方宗誠等以文學相切劘，尤專意古文。撰《包軒遺編》三卷。《包軒遺編》、《柏堂集□編》

鄭福照　字容甫，號潔園，桐城人，諸生。師事江有蘭，復時聞方東樹講授。其爲詩戛戛獨造，生峭奇創，出自山谷。兼通天文算法，善校讎書籍，于鄉先輩書治之尤勤。撰《潔園詩稿》三卷、雜著三種。《潔園詩稿》、《柏堂集後編》

【補遺】鄭福照，師事方東樹，受古文法。于古人學問皆得其門徑，精學不懈，往往多苦思。詩則湛思孤往，清潔遒鍊，以遭逢之蹇，音多峭苦，嘗用鬼語爲詞，極幽冷之趣。《碧波詩選》、《蜕私軒集》、《萇楚齋書目》

蘇求莊　字强甫，號毅齋，桐城人，惇元子，諸生。文行書法皆能傳父業。撰《儀宋堂文集》□卷、《詩集》□卷。《桐城耆舊傳》

【補遺】蘇求莊，號寒知子，可謂固窮君子。《蜕私軒集》、《叩瓴瑣語》

蘇求敬　字懋甫，號□□，桐城人，惇元子，諸生。文行能傳父業，才尤過求莊，詩、古文辭俱有前賢遺軌。撰《復庵文鈔》一卷、《詩鈔》一卷、《愧學録》二卷。《敬孚類稿》、《桐城耆舊傳》

【補遺】蘇求敬，于宋儒書勤加研究，書法篆刻頗工妙。

陳澹然　字□□，號晦堂，桐城人，光緒□□舉人。師事方宗誠，受古文法。爲文不盡守桐城義法。撰《晦堂文稿》六卷、《詩稿》一卷、雜著□□種。《國學萃編》、《原人》、《江表忠略》、《晦堂書録》、《方柏堂事實考略》、《晨風閣叢書甲集》、《國粹學報》

【補遺】陳澹然，字静潭，亦字劍潭。光緒癸巳舉人，官中書科中書銜。生平慕馬、班之言。其文之至者權奇動宕，恣肆自喜，不盡守桐城義法。《石遺室文集》、《萇楚齋書目》

方守彝 字倫叔，桐城人，宗誠子。諸生，官太常寺博士。師事鄭福照。亦工詩，古文詞有聲。撰《柏堂遺書附録》□卷，與陳澹然等合撰《方柏堂事實考略》五卷。《復堂類稿》、《柏堂集後編》、《校經室文集》、《慎宜軒詩文集》、《晚清四十家詩鈔》、《方柏堂事實考略》

【補遺】方守彝，濡染家學，文學志節均有可稱，國變後隱居不仕。撰《綱舊聞齋調刁集》廿卷、《附録》一卷。《慎宜軒詩文集》、《皖雅》、《校經室文集》

胡淳 字伯良，桐城人，恩溥子，□□。師事姚瑩、方東樹，受古文法。其文議論正大，性情真摯，惜未成家。撰《胡伯良文集》二卷。《碧波詩選》、《柏堂集續編》、《外編》、《慎宜軒詩文集》

胡恩溥 字澍生，桐城人，□□。師事方東樹。受詩、古文法。其詩氣味音節頗類陶、謝。撰《碧波詩選》二卷。《碧波詩選》、《慎宜軒詩文集》

馬復震 字星平，一字心楷，號莪園，桐城人，三俊子。三世殉難。官陽江鎮總兵。師事方宗誠，好學知書。其論詩，一字一句，斷斷不相下。撰《莪園詩鈔》□卷。《求闕齋日記類鈔》、《柏堂集次

編》、《雪橋詩話餘集》、《抱潤軒文集》

汪宗沂　字仲伊，歙縣人。諸生，官□□□知縣。師事方宗誠，篤學好古。撰《禮樂一貫録》□卷。《柏堂集續編》、《求闕齋日記類鈔》、《方柏堂事實考略》

吴康平　字□□，桐城人，□□。師事方宗誠，行身接物、爲學大旨皆望見塗轍。《柏堂集前編》

劉元佐　字岱卿，桐城人，宅俊子，諸生。幼承家範，專志實學。《柏堂集前編》

王□□　字夢巖，桐城人，□□。師事文漢光、江有蘭，詩學頗得師法。撰《豢經書屋遺詩》□卷。《柏堂集前編》

洪□□　字魯軒，□□人，諸生。師事方宗誠，稱高第弟子。《敬齋雜著》

補遺

方朔　字小東，號頑仙，懷寧人。諸生，官江蘇候補同知。私淑歸有光、方苞、劉大櫆、姚鼐等，又與梅曾亮、朱琦、戴鈞衡等以文學相切磋。其文入理深而出筆古，文格謹嚴，體裁法度于縱横排蕩中具平實温醇之度。撰《枕經堂集》十六卷。《枕經堂集》、《學風》、《萇楚齋書目》、《續補碑傳集作者紀略》

趙又良　字眉徵，桐城人，諸生。師事方宗誠，受古文法。其詩文皆孤行己意，不苟同於

人；其於古人曾不摹擬一語。喜宋儒學，兼精醫理。《柏堂集續編》

高念慈 原名萱，字仲葵，桐城人，諸生。師事方宗誠，受古文法，又與馬其昶、姚永樸等爲友，以文學相切磋。《慎宜軒詩文集》

張盛愷 字晳雲，一字勁筠，廬江人。監生，官候補通判，賞四品卿銜，師事吳廷香，受古文法。《敦艮吉齋詩文存》

方守敬 字常季，桐城人，宗誠子，守彝弟，□□□□□□，夙承家學，好學力行，能文章。《慎宜軒詩文集》

方濤 字山如，桐城人，東樹孫，□□□□□□。少承祖訓，詩文具有家法。撰《尺捶書屋文鈔》□卷、《詩鈔》□卷。《敬孚雜鈔》、《尺捶書屋詩文鈔》、《妙香齋叢鈔》

鄭彝 字□□，桐城人，福照子，□□□□□□，能世其業。《碧波詩選》

王祐臣 字殿英，亦字殿襄，號子甫，桐城人，處士。師事文漢光、江有蘭等，受古文法。工詩，撰《□□□遺詩》，詩僅百餘篇，戴鈞衡爲之選存六十首，刊爲一卷。《味經山館詩文鈔》

桐城文學淵源考卷九

此卷專記師事及私淑李兆洛諸人

李兆洛 字紳琦，更字申耆，號養一，陽湖人。嘉慶乙丑進士，官鳳臺縣知縣。師事姚鼐，受古文法。又與毛嶽生、吴德旋、董士錫、吴育、姚瑩等友善，以文學相切劘。其爲文，取材宏，研思沉，性情融怡，事理交暢。自謂氣弱故不爭，文取達意，力不任鍛鍊，故無所成。治經術，通音韻，習訓詁，考天官曆數，尤嗜輿地學，卓然成一家言。因當世治古文者知宗唐、宋而不知宗兩漢，六經以降，兩漢猶得其遺緒，而欲宗兩漢，非自駢體入不可，因編《駢體文鈔》三十一卷，及《歷代輿地韻編今釋》二十一卷，最有名。主講暨陽書院二十年，四方文士負笈求學者以千計，其傑者考道著書學成一家者以十百計。生平編輯之書甚多。撰《養一齋文集》二十卷、《詩集》四卷、《鳳臺縣志》十二卷、《皇朝輿地圖》□卷。《養一齋詩文集》、《丹棱文鈔》、《李申耆年譜》、《暨陽答問》、《藝舟雙楫》、《敬孚類稿》、《宛委山房詩詞賸稿》、《國朝先正事略》、《國朝文彙》、《疇人傳三編》、《國朝經學名儒記》、《碑傳集》、《古微堂集》、《國朝耆獻類徵》、《皇朝經世文編》、《皇朝續文獻通考》、《國朝尚友録》、《歸庵文稿》、《止庵遺集》

【補遺】李兆洛，主講真儒書院。私淑姚鼐，自恨不得在弟子之列。好學深思不亞張惠言。

論學無漢宋，惟以心得爲主，而惡餖飣以爲漢，空疏以爲宋，以《通鑒》、《通考》二書爲學之門户。藏書伍萬卷，皆手加丹鉛，校羡脱，正錯牾。尤嗜輿地學，備購各省通志，較互千餘年來水地之書，證以正史，刊定顧祖禹《讀史方輿紀要》之與原史不符者。古今文辭行世，無不披覽。文則規模體勢，善仿他人文，至本人不能辨，亦以此少所自得。然亦雄深雅健，語無枝葉，不立間架，不尚腔拍，惟據所見而直達之，意盡而止，不好爲推波助瀾以自展拓，然偶有感觸，亦復深入無際，曠乎無垠。于傳志祭文，情事尤能曲盡，非謹守篇幅，局促如轅下駒者可比。而惓惓于人心世道，壹以程、朱之旨爲歸，與近世考據家迥別。兼工書法，日可盡數拾紙。《北平圖書館月刊》、《讀騷樓詩二集》、《蔬園詩集》、《萇楚齋書目》、《續補碑傳集作者紀略》、《鐵橋漫稿》、《邁堂文略》

蔣彤 字丹棱，陽湖人，諸生。師事李兆洛最久，推首選弟子。淹雅閎通，篤守家法，精於考《禮》，而文筆亦極研鍊。撰《丹棱文鈔》四卷、《李申耆年譜》三卷、《先師小德録》一卷、《暨陽問答》一卷。《丹棱文鈔》、《暨陽問答》、《藝舟雙楫》、《定庵詩文集》、《龔定庵年譜》、《萇楚齋書目》、《國朝文彙》、《續碑傳集》、盛輯《皇朝經世文續編》

薛子衡 字子選，陽湖人。師事李兆洛，以文學名于一時。撰《真正銘齋文集》六卷、《毗陵經籍序録》三卷，雜著□種。《半士吟》、《丹棱文鈔》

【補遺】薛子衡，亦字芷選。《讀秋水齋詩文》、《毗陵文録》

夏煒如　字永曦，江陰人。諸生，官直隸州州判。師事李兆洛，受古文法。兆洛主暨陽書院講席，當時煒如與承培元、宋景昌、徐思鍇、六承如、六嚴等最稱高第弟子。工詩、古文詞，深入古人堂奧。其文氣勁以直，辭樸而茂，平夷洞達，絶去町畦，學人之文，迥異凡近。撰《輶録齋稿》四卷、《江陰縣志》三十卷。《江陰縣志》、《輶録齋稿》、《萇楚齋書目》

承培元　字守丹，江陰人，諸生。師事李兆洛。能古文，善許氏學，工篆刻。撰《夫須山館詩鈔》□卷、雜著□種。《江陰藝文志》、《江陰縣志》、《養一齋詩文集》

【補遺】承培元，亦字受亶，李兆洛高第弟子。撰《斠淑齋稿》□卷。《説文引經證例》、《廣説文答問疏證》

宋景昌　字冕之，江陰人，諸生。師事李兆洛。學問淵博，能古文，兼精天文曆數之學。佐輯《歷代地理志韻編今釋》、《恒星圖》、《皇朝輿地韻編》三種，撰《星緯測量》□卷。《養一齋詩文集》、《江陰縣志》、《江陰藝文志》、《歷代地理志韻編今釋》、《皇朝輿地韻編》

【補遺】宋景昌，亦字勉之，雜著二種，另見《撰述考》。《開方之分還原術》

六承如　字賡九，江陰人，諸生。師事李兆洛。篤行能文，作文不競時趨。佐輯《歷代地理志韻編今釋》、《皇朝輿地韻編》、《恒星圖》、《皇朝輿地略》四種。撰《紀元編》三卷、《卷末》一卷。《疇人傳三編》、《皇朝輿地略》、《紀元編》、《皇朝續文獻通考》、《歸庵文稿》、《江陰藝文志》、《江陰縣志》、《養一齋詩文集》、《歷代

地理志韻編今釋》、《皇朝輿地韻編》

六嚴 字德只，江陰人，□□。師事李兆洛。佐輯《歷代地理志韻編今釋》二十卷，十得七八成于嚴，又佐輯《恒星圖》、《皇朝輿地圖》、《皇朝輿地韻編》三種。《輈録齋稿》、《養一齋詩文集》、《江陰藝文志》

徐思鍇 字康甫，江陰人，□□。師事李兆洛。佐輯《歷代地理志韻編今釋》、《恒星圖》、《皇朝輿地韻編》三種，撰《歷代史晉書地名長編》□卷。《歷代地理志韻編今釋》、《皇朝輿地韻編》、《輈録齋稿》、《養一齋詩文集》、《江陰藝文志》

【補遺】徐思鍇，于咸豐庚申粤逆陷江陰城自縊于明倫堂，成仁取義，洵屬千古完人，堪與日月爭光。《趙焕文殉節記》

夏灝 字□□，□□人，□□。師事李兆洛，稱高第弟子。

【補遺】夏灝，字□□，江陰人。《説文解字通釋》

湯成烈 字果卿，武進人。道光辛卯舉人，官玉環廳同知。師事李兆洛，授以作文之法。謂必讀諸子百家以輔翼之，《管》、《商》、《申》、《韓》、《吕覽》、《淮南》、《新序》、《説苑》各家不可不翫誦，賈、鼂、董、馬、劉、揚、班、傅、崔、蔡之文不可不肄習。經以辨道，史以論世，學之既久，而文之氣體深且厚矣；諸子之書各成一家，其取材也宏，其研思也沉，其使事也博，其騁辭也辨，習之既久，臨文時，浩乎沛乎無不如吾之所欲爲矣。撰《古藤書屋文甲集》□卷、《乙集》□卷。《皇朝續文獻通考》、盛輯《皇朝經世文續編》、《國朝文彙》、《養一齋詩文集》

【補遺】湯成烈，號確園，原籍清苑。掌教延陵書院十餘年。力學强記，潛心經世之學，嫻掌故，撰述甚富。撰《季漢書》□十□卷，意同蕭、郝兩家，而加詳核。用力尤在表志，七易稿始成，遭粵匪亂散佚，尚有四易稿在，補輯成書，自謂不如七易稿之精，撰《古籐書屋詩集》□卷。《讀秋水齋詩文集》、《庚子札記》、《毗陵詩録》、《毗陵文録》、《吉止室詩話》、《國學圖書館圖書總目》、《縉雲文徵》

曹宗瑋　字蕉畦，江陰人，諸生。師事李兆洛。博覽群書，尤肆力于濂、洛、關、閩之學。撰《觀復堂文稿》□卷、《賦稿》□卷、《花雨填詞草》□卷。《江陰縣志》、《江陰藝文志》

李聯琇　字季瑩，一字小湖，臨川人。道光乙巳進士，官大理寺卿。師事李兆洛，主講鐘山書院。撰《好雲樓初集》□卷、《二集》□卷、《臨川答問》一卷。《輶録齋稿》、《國朝文彙》、《道咸同光四朝詩史》、盛輯《皇朝經世文續編》

【補遺】李聯琇，主講師山、惜陰書院、鐘山書院歷十四年之久，崇尚正學，造就人材甚衆。師事李兆洛，受古文法。爲學務博綜深造，不存漢、宋門户之見。性理大義宗主程、朱，至訓詁名物必求實證。究心天文地輿之學，好爲考證經史及記事論事之文，靡不提要鉤玄，有裨於學術世道。駢儷之文以壯麗爲宗。詩導源漢、魏、六朝、三唐，後參用蘇、黄法。游藝之暇，于法書、金石、古人瑣聞軼事靡不釽析稽撰，必求貫通而後已。書法澤筆唐賢。撰《好雲樓初集》廿八卷、《二集》十六卷。《好雲樓初二集》、《臨川答問》、《皇朝續文獻通考》、《萇楚齋書目》、《續補碑傳集作者紀略》

高承鈺 字式之，陽湖人，諸生。師事李兆洛，能詩文。撰《半士吟》二卷並自注。《半士吟》、《武進陽湖志餘》

陸初堂 字文泉，陽湖人。師事李兆洛。工辭賦詩文。其爲記序論傳，修潔簡質，多夷適之致，頗得古人義法。自謂詩則酷愛吳偉業。撰《懷白軒集》十六卷。《懷白軒集》、《武進陽湖志餘》

許丙椿 字農生，號若秋，桐城人，□□。師事李兆洛，性喜爲詩，不復計工拙。撰《斆園詩談》八卷、《續編》二卷。《斆園詩談》、《懷白軒集》、《吳先生詩文集》

楊夢篆 字師韓，陽湖人，諸生。師事李兆洛，受古文法。好學深思，撰述甚富。撰《護花軒古文》六卷、《詩》一卷。《毗陵鄉貢考》、《武進陽湖志餘》

徐其志 字伯宏，宜興人。諸生，官□□□訓導。師事李兆洛，爲入室弟子。博覽群書，工古文詞，尤講求經世之學。撰《聽雨樓文集》二卷、《詩集》二卷、《瑞雲詞》一卷。《宜興荆溪縣志》

路廷立 字參之，宜興人，□□。師事舅氏李兆洛，受古文法。善篆刻，工書法，尤善效兆洛字，兆洛亦不能辨。《宜興荆溪縣志》

鄭經 字守庭，江陰人。道光丁酉舉人，官太常寺博士銜。師事李兆洛，佐輯《地理韻編》，稱高第弟子。劬學，研窮性理。其爲文力矯時趨，一宗先正，以經史爲根柢。歷主毓文、延令等書院講席。撰述毀於粤匪，僅存《燕窗閑話》二卷。《燕窗閑話》、《江陰縣志》、《江陰藝文志》

鄧傳密　字守之，號少白，懷寧人，□□。師事李兆洛甚久。授以過録錢湘靈批本《左傳》，謂從此隅反，有益學問。其持論多與兆洛合。工篆隸，尤得家傳。《養一齋詩文集》、《甌鉢羅室書畫過目考》

【補遺】鄧傳密，師事李兆洛最久，兆洛中年撰述游覽皆親見之，多識博聞。論學備有漢人師法，守師説專且確。《楓南山館遺集》

黄志述　字仲孫，□□人，□□。師事李兆洛，佐輯《地理韻編》。

錢維樾　字蔭湘，無錫人，□□。師事李兆洛，佐輯《恒星圖》。

吴以辰　字雲甫，昆山人，□□。師事李兆洛，受古文法。撰《固溪漫稿》□卷、《論語弟子言行録》□卷。《崑山新陽縣志》

繆尚誥　字芷卿，江陰人，□□庚子舉人。師事李兆洛，致力於《三史》、《文選》，博綜經術，更精求六書、古韻，旁及天文地理諸書。撰雜著數種，皆不傳。《江陰縣志》

繆仲誥　字若芳，江陰人，與尚誥同乳生，諸生。師事李兆洛。嘗以兆洛教人讀書之法告人，謂讀必校，校必精，始而句讀，繼而考訂，楷書其眉，以爲日課，自能漸知大義，可爲通人。《江陰

縣志》

王堃　字簡卿，號翼清，江陰人。道光壬辰舉人，官高淳縣訓導。師事李兆洛，受古文法。其爲文力追先正，根極理要，町畦獨闢，可施實用，並喜爲温、李之詩。撰述毀於粵匪，僅存《宛委山房詩詞賸稿》一卷。《宛委山房詩詞賸稿》、《江陰縣志》、《江陰藝文志》、《藏書紀事詩補遺》

顧瑞清　字河之，元和人，咸豐壬子舉人。師事李兆洛，受古文法。其學極有原本，撰述甚富，惜多未成書。《越縵堂讀書記》、《續碑傳集》

【補遺】顧瑞清，官揀選知縣，性好聚書，善承家學，于《七略》源流耳濡目染，既博且精，嘗輯《通鑒》歷代戰爭沖要之地彙爲一編，未及成書。《知退齋稿》、《思適齋集》、《仰簫樓文集》

補遺

熊□□　字宜之，□□人，□□□□□□。師事李兆洛，受古文法。與宋景昌、六嚴從習天文輿地之學，稱高第弟子。《讀騷樓詩二集》

馮桂芬　字林一，號景亭，吳縣人。道光庚子進士，官詹事府右春坊右中允。主講惜陰、敬業、正誼等書院。師事李兆洛，受古文法。肆力于古文，探源《左》、《國》，下及唐、宋諸家。説經宗漢儒，亦不廢宋。精研小學，復喜疇人家言，工書法及篆隸。撰《顯志堂文稿》十二卷、《夢柰詩稿》□卷。《李文忠公遺集》、《顯志堂文稿》、《萇楚齋書目》、《續補碑傳集作者紀略》、《説文部首歌》、《説文解字段注考證》、《校邠廬抗議》、《蘇州府志》、《海上墨林》

陸初望 諸生。其詩文雋遠藴藉，深得古人義法。古今體詩拗折似岑嘉州，雄渾似王右丞；藻思逸才，自寫抑塞磊落之氣，而生峭之音，沈痛之語，令人感喟欲絶。《存齋古文》、《萇楚齋書目》、《續補碑傳集作者紀略》

余治 初字翼廷，號蓮村，無錫人。諸生，候選教諭。師事李兆洛，受古文法。撰述甚富，大半散佚。其文大旨與淫詞邪説爲敵，淺顯而多所警醒，拳拳于人心風俗。詩則取法南宋以下，國朝喜讀梅村、漁洋、簡齋，以工于聲律對偶爲宗。撰《尊小學齋文集》四卷、《詩集》一卷、《詞集》一卷。《溉泉樓詩文集》、《尊小學齋詩文集》、《汲庵詩文集》、《萇楚齋續書目》、《續補碑傳集作者紀略》

沈鍾 字伯揆，號收唐，江陰人，諸生。師事李兆洛，受古文法，從游最久。肆力書傳，撮舉大要，觀其會通，詩、古文詞別具妙諦，惜原稿散佚。《怡雲堂雜文》

陸巘恩 字亞章，號紫峰，亦號紫來，又號息庵，陽湖人，繼輅族孫。道光己亥舉人，官截取知縣。師事李兆洛、陳景蕃、陸耀遹等，受古文法，又與薛子衡、莊繽澍等治經學，湯成烈、趙振祚、湯璥、張曜孫等同習詩、古文詞。其文綜古多該，波瀾迤闊，宏深博洽，無體不備，頗似惲敬。詩亦溯源曹，劉，枕葄鮑、謝、陶、韋。撰《讀秋水齋詩》十六卷，《文》六卷。《讀秋水齋詩文》、《毗陵文

録》、《萇楚齋書目》、《續補碑傳集作者紀略》

吴汝庚　字□□，吴江人，□□□□□□。師事李兆洛，受古文法。祁寯藻影刊宋鈔小徐本《説文繫傳》于江陰學院，汝庚與承培元、夏灝等爲之審其訛脱，足稱善本。《説文解字通釋》

陳熙治　字名慎，□□人，□□□□□□，官内閣中書。師事承培元，受古文法。《説文引經證例》

桐城文學淵源考卷十 此卷專記師事及私淑張裕釗吴汝綸諸人

張裕釗 字廉卿，號濂亭，武昌人。道光丙午舉人，官内閣中書。師事曾國藩，受古文法，最爲篤愛。好古敦行，于學靡不窺，尤深嗜左氏、莊周、司馬子長、韓退之、王介甫之文，昕夕諷誦，以究極其能事。姚鼐謂詩文須從聲音證入，有因聲求氣之説。曾國藩論文亦以聲調爲本。裕釗高才孤詣，肆力研求，益謂文章之道，聲音最要，凡文之精微要眇悉寓其中，必令應節合度，無銖兩杪忽之不叶，然後詞足而氣昌，盡得古人音節抗墜抑揚之妙。其爲文典重肅括，簡古核練。一生精力全從聲音上著功夫，聲音節奏皆能應弦赴節，屹然爲一大宗。歷主鳳池、鹿門、三原、蓮池等書院講席，造就人才甚衆。撰《濂亭文集》八卷、《遺文》五卷、《遺詩》二卷、《尺牘》□卷、《國朝三家詩鈔》□卷。《濂亭文集》、《濂亭遺詩文》、《中國學報》、《柏堂集續編》、《吴先生詩文集》、《故舊文存》、《抱潤軒文集》、《賀先生文集》、《敬齋雜著》、黎選《續古文辭類纂》、《續碑傳集》、《皇朝續文獻通考》

【補遺】張裕釗，咸豐辛亥舉人，主講經心、江漢等書院，自少即篤嗜方苞、姚鼐之説，常誦習其文。其文以柔筆通剛氣，旋折頓挫，自達其深湛之思，並以經術輔之。于國朝諸名家外，能自闢蹊徑，爲百年來一大家。雖張、吴並稱，實則張之才識尤爲超卓，意量尤爲博大，汝綸亦推崇無異言。嘗言：「文以意爲主，而辭欲能副其意，氣欲能舉其辭；譬之車然，意爲之御，辭爲之載，而氣則所以行也。欲學古人之文，其始在因聲以求氣，得其氣，則意與辭往往因之而益顯，而法不外是矣。」世以爲知言。《光宣列傳》、《曾文正公詩文集》、《萇楚齋書目》、《續補碑傳集作者紀略》、《澤雅堂詩文集》、《蛻私軒集》、《眉韻樓詩話續編》、《范伯子文集》、《遠明文集》、《陶廬箋牘》、《咸豐辛亥直省同年録》

吴汝綸　字摯甫，桐城人。同治乙丑進士，官冀州直隸州知州。師事曾國藩，受古文法，刻古勵學。其好文出天性，周秦古籍、太史公、揚、班、韓、柳，以逮近世姚、梅諸家之書，丹黄不去手。治經由訓詁以求文辭，自群經子史及百家之書皆章乙句絶，一以文法醇疵高下裁之；其尤美者，以丹黄識别而評騭之。並謂：「文者，精神志趣寄焉，不得其精神志趣，則不能得其要領。」其爲文深邃古懿，使人往復不厭。官深、冀二州，鋭意興學，親教課之。棄官主蓮池書院講席十餘年，教澤播遍于畿輔，爲歷來所未有。撰《吴先生文集》四卷、《詩集》一卷，《尺牘》七卷、《深州風土記》二十二卷，雜著及評點各書尚有數十種。《桐城耆舊傳》、《故舊文存》、《吴先生詩文集》、《尺牘》、《深州風土記》、《張廉卿尺牘》、《北江詩文集》、《東游日報譯編》、《金石學録補》、《皇朝續文獻通考》、《道咸同光四朝詩史》、《古文四象》

【補遺】吴汝綸，爲學由訓詁以通文辭，自經史子集無不博求慎取，窮其原而竟其委。其于古書各有評騭點勘，凡所啓發，皆能得其深微，整齊百代，别白高下，而一以貫之；盡取古人不傳之藴，昭然揭示，俾學者易于研求，且以識夫作文之軌範，雖萬變不窮，而千載如出一轍。自曾國藩故後，汝綸與張裕釗以文章負重名，世稱「張吴」。教授弟子亦極盛，薛福成因謂從學爲標榜。其實張、吴不朽之業又何待他人標榜也。《光宣列傳》、《古詩鈔》、《評點唐詩鼓吹》、《評選瀛奎律髓》、《吴先生日記》、《國學圖書館圖書總目》、《萇楚齋書目》、《續書目》、《續補碑傳集作者紀略》、《霞外捃屑》、《安徽先賢傳記教科書初編》

吴汝繩　字詒甫，桐城人。□□，官汶上縣知縣。師事其兄汝綸。撰《吴詒甫詩集》□卷。《北江詩文集》、《晚清四十家詩鈔》

賀濤　字松坡，武强人。光緒丙戌進士，官刑部主事。師事張裕釗、吴汝綸，受古文法，相從最久。讀書輒究討其文章義法，因文以探作者之微旨，既冥契于古人，有以自得。其爲文導源盛漢，泛濫周、秦諸子，矜練生創，意境自成，善能斂其才于學之中。其規模藩域，一仿張、吴二公。歷主信都、文瑞、文學館等講席。講求古文義法，以爲義法明而古人之精神乃可見。目盲二十年，誦講不輟。于安章宅句之法尤必深研而詳討之。評騭古書最精當。撰《賀先生文集》四卷、《尺牘》二卷。《吴先生詩文集》、《賀先生文集》、《尺牘》、《北江詩文集》、《慎宜軒詩文集》、《濂亭遺文》、《尺牘》、《晚清四十家詩鈔》、《故舊文存》、《四存月刊》

【補遺】賀濤，主講信都書院十八年，又主文學館即蓮池書院，終日與學者討論文章義法不厭，謹守張、吳兩家師説。《光宣列傳》、《海棠仙館詩集》、《冀縣志》、《吳門弟子集》、《北京圖書館月刊》、《萇楚齋書目》、《續補碑傳集作者紀略》

王樹枏　字晉卿，號陶廬，新城人。光緒丙戌進士，官新疆布政使。師事張裕釗、吳汝綸，受古文法。氣鋭識敏，善能發其學于才之内，浸淫于兩漢，而出入于昌黎、半山之間。其氣骨遒上，實有得于陽剛之美。謹守桐城家法，並謂：「義法者，文之質幹也。舍義法則無以言文，知義法則質幹立。」其于方、姚等人緒論，尤津津道之不厭。群經子史皆有撰述。于外國載籍搜討尤勤。撰《陶廬文集》十二卷、《外編》一卷、《箋牘》四卷、《文莫室詩集》八卷、《詩續集》十卷，雜著四十餘種。《陶廬文集》、《箋牘》、《吳先生詩文集》、《慎宜軒詩文集》、《賀先生文集》、《晚清四十家詩鈔》、黎選《續古文辭類纂》、《金石學録續補》、《國學》、《四存月刊》、《萇楚齋隨筆》

【補遺】王樹枏，號綿山老牧，熟于泰西故實，撰《希臘春秋》八卷、《歐洲列國戰事本末》三十二卷、《歐洲族類源流略》五卷，純以中國史家義法出之。初以舊作文字就正于吳汝綸，汝綸以爲不合古文家法。後聽其議論，見所藏評點文字，遂悟門徑，悉取舊作拉雜燒之。其虛心好學如此。《國學》、《稼溪詩草》、《北京圖書館月刊》、《海棠仙館詩集》、《新疆圖志》、《冀縣志》、《北平圖書館館務報告》、《陶廬百篇》、《萇楚齋書目》、《續書目》、《續補碑傳集作者紀略》、《歐洲族類源流略》、《希臘春秋》、《歐洲列國戰事本末》、《顏李師

承記》

孫葆田　字佩南，濰縣人，同治甲戌進士，官宿松縣知縣。師事張裕釗、單爲鏓，受古文法。其爲文修詞立誠，樸實而有理致，曲而有直體，運事實于文字之中。尤墨守方苞學，《望溪文全集》每篇皆識其旨趣。歷主令德、宛南、尚志、河朔、濼源、大梁、尊經等書院講席，以尚氣節敦名檢爲教。撰《校經室文集》六卷、《補遺》一卷、《望溪文集續補遺》一卷。《吴先生詩文集》、《濂亭文集》、《尺牘》、《校經室文集補遺》、《望溪文集續補遺》、《抱潤軒文集》、《四存月刊》、《萇楚齋隨筆》

【補遺】孫葆田，古文最得張裕釗之傳，其文樸實弇雅，澤以經術，一以方苞爲歸；熟悉方苞文，隨舉一文，輒琅琅誦其旨趣。《南陽縣志》、《萇楚齋書目》、《續補碑傳集作者紀略》

范當世　原名鑄，字无錯，號肯堂，通州人，諸生。師事張裕釗、吴汝綸，受古文法，相從最久。于《史記》、韓文、杜詩尤三致意。其爲文，創意造言皆絶奇，非凡俗所有；恢譎怪瑋不可測量，辭氣昌盛不可御，自言謹守桐城義法。詩才尤雄健，震蕩開闔，變化無方。撰《范伯子文集》四卷、《詩集》十九卷。《吴先生詩文集》、《濂亭文集》、《尺牘》、《范伯子詩集》、《慎宜軒詩文集》、《抱潤軒文集》、《賀先生文集》、《國朝文彙》、《鄭齋感逝詩甲乙集》、《續碑傳集》、《道咸同光四朝詩史》、《三釜齋唱酬小録》

【補遺】范當世，原字銅士，號伯子，官鹿邑縣知縣，主講觀津書院。嘗與朱銘盤携所爲古文，求張裕釗爲是否，且懇懇問爲文法甚至。其文斂肆不一體，往往雜瑰異之氣，而長于控搏旋盤，緜邈而往復，可以上毗習之、子固。尤善論文，主于生造，以創爲主；意求雅適，境尚平淡，義貴含蓄，法重包綰；譏罵而有敬慎之心，詼諧而有淵穆之氣。又好言經世，究中外之務，慕泰西學説，撰《范伯子文集》十二卷。《范伯子文集》、《萇楚齋續書目》、《續補碑傳集作者紀略》、《范伯子手札》、《皖雅》、《時報文藝周刊》、《嗇翁自訂年譜》

張謇　字季直，號嗇菴，通州人。光緒甲午進士，官翰林院修撰。師事張裕釗，受古文法。其爲文彬雅有法，可蘄至于古人。撰《張季子文録》□卷、《詩録》十卷，自撰《年譜》□卷。《吳先生詩文集》、《濂亭文集》、《尺牘》、《張季子詩録》、《竹素園叢談》

【補遺】張謇，撰《張季子九録》□□卷。《山東圖書館書目》、《萇楚齋書目》、《癸卯東游日記》

朱銘盤　字曼君，泰興人，同治□□舉人。師事張裕釗，受古文法。工詩及駢文。撰《桂之華軒駢文》九卷、《詩集》四卷。《吳先生詩文集》、《濂亭文集》、《桂之華軒詩文集》、《鄭齋感逝詩甲乙集》

【補遺】朱銘盤，官候補知州，長于史學，兼工詩、古文詞。其文高古奇逸，離塵絶俗；惟過鍊傷氣則理不足，過琢傷骨則情未真。駢文博雅宏肆，獨出冠時。詩筆横空盤硬，五言善學太白，七律亦有奇氣，五七古歌行則與昌谷、少陵爲近。《二知軒詩文集》、《光宣列傳》、《眉韻樓詩話續編》、《萇楚齋書目》、《續補碑傳集作者紀略》

趙衡　字湘帆，冀州人。光緒戊子舉人，官候選教諭。師事吳汝綸、賀濤、王樹枏，受古文法。其詩文能窺古人崖岸，循途守轍，兢兢焉尺寸不敢逾越，其獨到處或可智過其師。撰《叙異齋文草》三卷。《叙異齋文草》、《抱潤軒文集》、《陶廬文集》、《賀先生書牘》、《晚清四十家詩鈔》、《故舊文存》、《四存月刊》

【補遺】趙衡，主講文瑞書院七年，讀書信都書院幾二十年，吳汝綸授以方、姚、梅、曾相傳古文義法；賀濤又出諸家評點舊册恣之探討；得顧、王考訂之學于王樹枏，專力于文學。其文鎚鑿幽冥，融金開石，翔潛于浩渺蕩潏之境；散遏揜抑，駴駭聽睹，若湖海之吐納蛟螭而時露其筍簴；實有獨到處，他人莫能及，斷然爲一代之文。平日丹墨羅列，規模絶乙，冥心孤往，索解于圜鋭雜糅之標識；于無語言中開其會悟，無文字處識其旨趣，恍若古人之謦欬笑貌，藉諸家所圜所鋭者儐介之而親與周旋。衡既能觀其通，平昔所學訓詁悉爲驅使，名物胥來附麗，宙恢芒剖，細大從心，狀人所難狀之物，發人所未發之理，凡有造述，假道韓氏，上窺歷代，承嬗斯文之傳。嘗謂：「不能文而高語性命，皆溲渤也；不能文而泛言考證，皆糟粕也；不能文而侈談事功，皆瓦礫也。」平生所閱經史有一字之泥，一義之滯，旁引曲證，詁解冰釋，籤附卷内者幾數百條。撰《叙異齋文集》八卷、《詩集》□卷。《吳門弟子集》、《冀縣志》、《叙異齋文集》、《顔李師承記》、《萇楚齋續書目》、《續補碑傳集作者紀略》

宋書升　字進之，濰縣人，光緒□□進士。師事張裕釗，受古文法。撰《宋進之文集》□卷。

【補遺】宋書升，光緒壬辰進士，官翰林院庶吉士。殫心經術，《易》、《書》、《詩》均有撰述，尤

精推步之學。《光宣列傳》

馬其昶　字通伯，桐城人。光緒□□舉人，官學部主事。師事方宗誠、張裕釗、吴汝綸，受古文法。其爲文思深辭婉，言雖簡而意有餘，幽懷微旨，感喟低徊，深造自得。復精研經學，撰述數種。撰《抱潤軒文集》二十二卷、《桐城耆舊傳》十二卷。《抱潤軒文集》、《陶廬文集》、《晚清四十家詩鈔》、《故舊文存》、《遜學齋詩文鈔》、《續碑傳集》、《方柏堂事實考略》、《續碑傳集》

【補遺】馬其昶，于宣統間以碩學通儒徵，後任清史館纂修，主講濳山書院、桐城中學校、師範學堂、安徽高等學校、京師法政學校。治經尤邃于《易》、《詩》、《書》、《孝經》、《大學》、《中庸》、《老子》；《易》主費氏，《詩》宗毛氏，《書》宗《大傳》，旁列衆説，折衷去取，濳思而通其故，往往獲創解，爲前儒所未發。其文得方、姚真傳，高潔純懿，醖釀而出，其深造孤詣不逾鄉先輩所傳義法，然互名其家亦莫能掩。張、吴既卒，其昶以文學負盛名，遐邇慕嚮，無敢有異議者，實則文學造詣殊未深粹，遠不及趙衡、李剛己、張宗瑛諸人。《散原精舍詩文集》、《吴門弟子集》、《藏鏡圖題詞》、《萇楚齋書目》、《續補碑傳集作者紀略》

姚永樸　字仲實，桐城人，濬昌子。光緒甲午舉人，官候選訓導。師事張裕釗、吴汝綸，受古文法。專力治經，其詩、古文亦古淡。歷主起鳳書院各學堂講席。撰《蛻私軒集》五卷、附《讀經記》三卷、《素園叢稿》六卷、《史學研究法》一卷、《文學研究法》四卷。《蛻私軒集》、《素園叢稿》、《陶廬文集》、《賀先生文集》、《晚清四十家詩鈔》、《故舊文存》、《中央公園圖書館書目》、《起鳳書院答問》、《史學研究法》、《文學研究法》、《四存月刊》

【補遺】姚永樸，任清史館纂修，師事鄭福照。《碧波詩選》、《三續補彙刻書目》、《萇楚齋書目》、《續補碑傳集作者紀略》、《桐城姚氏碑傳集》、《安徽大學月刊》、《吴門弟子集》、《先正嘉言》、《舊聞隨筆》、《諸子考略》、《群儒考略》、《蜕私軒易説》、《論語述義》

姚永概　字叔節，桐城人，濬昌子。光緒戊子舉人，官太平縣教諭。師事方宗誠、張裕釗、吴汝綸，受古文法，從汝綸最久。其爲文，氣專而寂，澹宕而有致；不矜奇立異，而言皆衷于名理；雖崛强，有俊逸之致。歷主學堂教習，其教士必根本道德，以文藝爲户牖。撰《慎宜軒詩集》八卷、《文集》八卷、雜著數十種。《抱潤軒文集》、《畏廬詩文集》、《陶廬文集》、《賀先生文集》、《吴先生尺牘》、《晚清四十家詩鈔》、《故舊文存》、《四存月刊》

【補遺】姚永概，任清史館纂修，論學于漢、宋無所偏，主治經，獨好《詩經》。其文紆回蓄縮，務使詞盡意不盡，以至詞意俱不盡，此桐城文派家法，永概文允稱嗣音。嘗著《辛酉論》六篇，皆有關于風教。《石遺室文集》、《藏鏡圖題詞》、《吴門弟子集》、《萇楚齋書目》、《續補碑傳集作者紀略》、《桐城姚氏碑傳集》、《東游自治譯聞》、《孟子講義》、《左傳講義》

范鐘　字仲林，通州人，當世弟。光緒戊戌進士，官□□縣知縣。師事張裕釗、吴汝綸及其兄，受古文法。《晚清四十家詩鈔》、《吴先生詩文集》、《尺牘》、《鄭齋感逝詩甲乙集》、《續碑傳集》

范鎧　字秋門，一字胄門，通州人，當世弟，光緒□□拔貢，官□□縣知縣。師事張裕釗、吴汝綸及其兄，受古文法。《吴先生詩文集》、《尺牘》、《晚清四十家詩鈔》、《鄭齋感逝詩甲乙集》

張以南　字化臣，滄州人，光緒□□舉人。師事張裕釗、吴汝綸，受古文法。才高識遠，熟于杜、馬典章之學，有用世志，稱一時才士。《晚清四十家詩鈔》、《學古堂文集》、《賀先生文集》

【補遺】張以南，守高不仕，與劉若曾、孟慶榮本爲蓮池書院高材生，蔚爲通才，撰《日記》□卷。《吴門弟子集》、《古紅梅閣筆記》

弓汝恒　字子貞，安平人，□□。師事吴汝綸，受古文法。佐修《深州風土記》，盡棄他書，專心輿地之學三十年，貫穴經傳。撰《古今地理沿革表》六十四卷。《吴先生文集》、《尺牘》、《叙異齋文草》、《深州風土記》、《北江詩文集》、《賀先生尺牘》

【補遺】弓汝恒，號書隱，同治甲子副榜。師事姚永樸，受古文法。在張、吴弟子中年最長，好考據辭章之學。其文蹈厲騰倬，甚雄而勁。吴汝綸撰《深州風土記》，汝恒爲之具資材。撰《□□□文集》□卷、《詩存》□卷。《吴門弟子集》、《叙異齋文集》、《蜕私軒集》

常堉璋　字濟生，饒陽人。光緒□□副榜，官陸軍部七品小京官。師事張裕釗、吴汝綸，受古文法。通古今中外學，曉世務，能文章，恢奇雄放，才思精鍊。撰《寄齋文草》八卷、《詩鈔》一卷。《賀先生文集》、《北江詩文集》、《學古堂文集》、《晚清四十家詩鈔》、《四存月刊》

【補遺】常堉璋，亦字稷笙，官兵部□□司郎中。《吳門弟子集》

王振堯　字古愚，□□人，光緒□□舉人。師事張裕釗、吳汝綸，受古文法。其志嘗欲追晞三古之上，而才力亦足以濟之。其爲文多嵚崎，歷落可喜，一矯晚近衰靡之習。撰《王古愚遺集》□卷。《吳先生尺牘》、《北江詩文集》、《晚清四十家詩鈔》

【補遺】王振堯，定州人，官候選同知，主講唐縣書院。其古文以馬、班之詞采，運韓、歐之氣勢，來如雲興，聚如車屯，豪恣酣放，反復不窮；其文中撑挺特起之筆尤爲獨擅絶調，往往令人神遠，于前代諸家，可自樹一幟。撰《王古愚遺集》四卷。《王古愚遺集》、《吳門弟子集》、《莨楚齋續書目》、《續補碑傳集作者紀略》

李剛己　字剛己，南宫人。光緒甲午進士，署代州直隸州知州。師事張裕釗、吳汝綸、賀濤、范當世，受古文法，從汝綸尤久。其爲文雄肆淋灕，才氣宏偉，涵渾迤演，殆爲絶詣。評點古文，批竅中綮，食古入奥，僅二十餘篇。撰《李剛己遺集》五卷、《附録》一卷。《李剛己遺集》、《吳先生尺牘》、《晚清四十家詩鈔》

【補遺】李剛己，詩文雄偉特出，張、吳同門中推爲第一。《吳門弟子集》、《莨楚齋書目》、《續補碑傳集作者紀略》

張宗瑛　字獻群，一字雄白，南皮人，諸生，師事孫葆田、賀濤，受古文法。屏百爲衆慮，一意于文，尋途窺進。雖其業未就，文采未極，然文有奇氣，豪宕自喜，規模法度意量所到，固已夐然獨絶。撰《雄白集》一卷。《雄白集》、《賀先生文集》、《書牘》、《四存月刊》

吴闓生　原名啓孫，字辟疆，號北江，桐城人，汝綸子。諸生，官候選知府。生有異禀，濡染家學，本極淵深。復師事賀濤、范當世、姚永概，受古文法。其思力過絶于人，能冥契古人之精微，抉白秘隱，以發明其滯奥，釐定其高下，開導後學。其爲文雄古簡奥，序次有節奏神采。撰《北江文集》七卷、《詩集》五卷、《國文教範上下編》二卷、《古今體詩約選》四卷、《孟子文法讀本》七卷、《卷首》一卷、《晚清四十家詩鈔》三卷，積二十載始成書。《賀先生文集》、《書牘》、《北江詩文集》、《萇楚齋書目》、《晚清四十家詩鈔》、《東游日報譯編》、《國文教範》、《古今體詩約選》、《孟子文法讀本》、《四存月刊》、《萇楚齋隨筆》

徐宗亮　字晦甫，號茮岑，桐城人，世襲騎都尉。與張裕釗、吴汝綸友善，以文字相切劘。其爲文雄健有法度。撰《善思齋文鈔》九卷、《文續鈔》四卷、《詩鈔》七卷、《詩續鈔》二卷、雜著二種。《善思齋詩文鈔》、《慎宜軒詩文集》、《萇楚齋書目》、《國朝文彙》、《敬孚日記》、《續碑傳集》

【補遺】徐宗亮，官候選主事。《續補碑傳集作者紀略》

賈恩紱　字佩卿，鹽山人。光緒□□舉人，官揀選知縣。師事吴汝綸，受古文法。治《儀禮》有家法，讀書有特見，文甚奇肆。撰《鹽山新志》三十卷。《李剛己遺集》、《鹽山新志》、《學古堂文集》、《吴先生

詩文集》、《北江詩文集》、《四存月刊》

【補遺】賈恩紱，任順直諮議局議員，其文盡得其師吳汝綸之傳，汝綸稱其文有陽剛之美，才氣犖犖，不徇流俗；與崔炳炎、何之鎔、蔣耀奎等皆文行卓立，有稱當時，能導率後進，開拓智識。《抱潤軒文集》、《定武學記》、《吳門弟子集》、《濂墨軒文集》

方獻彝 字常季，桐城人，宗誠子，諸生。師事孫葆田，受古文法。亦工詩，文有聲同。編《方柏堂事實考略》五卷。《方柏堂事實考略》、《校經室文集》、《復堂類稿》

查燕緒 字翼甫，海寧人。光緒□□舉人，官松江海防同知。師事張裕釗，受古文法，最爲篤信。其爲文，大體彬雅，氣格尚未極蒼勁。撰《春秋地理異同釋》□卷。《濂亭詩文集》、《尺牘》、《敬齋雜著》

【補遺】查燕緒，號檵亭，光緒乙酉舉人，宣統辛亥後棄官歸隱。師事張裕釗，稱入室弟子。研求根柢之學，爲文近歸有光，撰《檵亭詩集》□卷、《文集》□卷。《望雲廬遺稿》

李傳黼 字佛生，孝感人。道光己酉拔貢，官江蘇候補知府。師事張裕釗，受古文法。所入雖未深，然才高性敏，時有解悟處，得學問文章之要旨。喜爲詩，工書法，尤癖篤好《莊子》。撰《讀有用書山館詩集》□卷、《文集》□卷。《濂亭詩文集》、《陶廬文集》、《梅村詩文集》、《晚清四十家詩鈔》

【補遺】李傳黼，官盧龍縣知縣，博通群籍，尤好讀《莊子》，嘗能言其妙諦。《遲雲閣詩文稿》、《莊子

識小》

劉□□ 字曉堂，□□人，□□。師事張裕釗，受古文法。其爲文，識議並超出凡近，闖然入古人之室。《濂亭詩文集》

張誠 字篤生，桐城人。光緒癸巳舉人，官農工商部員外郎。師事張裕釗、吴汝綸，受古文法。其爲文有同邑方、姚諸老矩矱。撰《資政公遺稿》二卷。《濂亭尺牘》、《資政公遺稿》、《抱潤軒文集》、《吴先生詩文集》

馬□□ 字冀平，桐城人。光緒□□進士，官□部主事。師事朱銘盤、姚永樸。其爲詩，才氣奔軼，一軌于法。撰《馬冀平詩集》□卷、雜著□種。《慎宜軒文集》

趙彬 字璘章，冀州人，衡弟，諸生。師事吴汝綸、王樹枏、賀濤，受古文法。《敘異齋文草》

王景逵 字用儀，衡水人，□□。師事吴汝綸、王樹枏、賀濤，受古文法，刻意勵學。其爲文鑱削爬落，不取人一言一句，不煩規繩而自合於義法。《敘異齋文草》

【補遺】王景逵，逵亦作暌，棗强人。于詩、古文詞無不通，尤工制藝，趙衡爲之蒐輯刊行。《冀縣志》

嚴釗 字翼亭，桐城人，諸生。師事吴汝綸，受古文法。其爲文澄思獨往，創辟蹊徑，用筆矯變，極意生新，往往能測窺太史公微妙處，然多牢愁抑鬱之思。撰《哀鳴集》二卷。《哀鳴集》、《北江詩

文集》

【補遺】嚴釗，字亦翊亭，處士。習爲幽憤峭折之文，最爲吳汝綸所激賞。《吳門弟子集》、《萇楚齋書目》、《續補碑傳集作者紀略》

葉玉麒　字□□，桐城人，□□。師事馬其昶，受古文法。撰《習坎齋文集》□卷、《詩集》□卷。《抱潤軒文集》

龔煦春　字□□，井研人，諸生。師事王樹枏，受古文法。孝弟好修，能爲桐城古文之學。《陶盧文集》

王恩紱　字繹如，清苑人，光緒辛卯舉人，官洛陽縣知縣。師事從舅吳汝綸，受古文法。能爲詩、古文詞，得桐城義法之傳。《陶盧文集》、《賀先生文集》、《北江詩文集》

張縉璜　原名霙，字蘭皋，汝陽人。光緒癸巳舉人，官候補知縣。師事王樹枏，學爲詩。《陶盧文集》、《四存月刊》

【補遺】張縉璜，署光山縣知縣，工詩能書，尤善擘窠大字。《藏鏡圖題詞》

丁□□　字亦康，□□人。光緒□□進士，官翰林院編修。師事張裕釗，博學能文。《賀先生文集》

李書田　字□□，棗强人，光緒□□優貢。師事吳汝綸、賀濤，受古文法。有志于古學，文甚雄厚，不易得之才。《賀先生文集》

【補遺】李書田，字子畬。《明湖載酒集》、《山東圖書館書目》

高步瀛　字閬仙，霸縣人，□□□□□□。師事張裕釗、吳汝綸，受古文法。箋注《孟子文法讀本》七卷、《卷首》一卷、《國文教範》上下編二卷、《古今體詩約選》四卷。《北江詩文集》、《孟子文法讀本》、《國文教範》、《古今體詩約選》、《晚清四十家詩鈔》

【補遺】高步瀛，光緒□□舉人，□□□□□□。撰述另見《撰述考》。《文選李注義疏》、《古文辭類纂箋正》、《唐宋詩舉要》、《吳門弟子集》

劉培極　字宗堯，任丘人，□□□□□□。師事張裕釗、吳汝綸，受古文法。撰《左傳文法讀本》十二卷。《左傳文法讀本》、《晚清四十家詩鈔》、《學古堂文集》、《四存月刊》

【補遺】劉培極，諸生。《吳門弟子集》

尚秉和　字節之，行唐人，□□□□□□。師事張裕釗，吳汝綸，受古文法。撰《古文講授談》上下編二卷，《辛壬春秋》四十八卷。《古文講授談》、《辛壬春秋》、《晚清四十家詩鈔》、《學古堂文集》

【補遺】尚秉和，光緒癸卯進士，□□□□□□。夙雄于文，尤留心故實。撰《辛壬春秋》四十八卷，文成法立，詞簡事賅，獻縣張鼎彝爲之評點。兼工六法。《吳門弟子集》、《碑傳集補》、《王古愚遺集》、《國學圖書館圖書總目》、《周易古筮考》

武錫珏　字合之，深州人，□□□□□□。師事張裕釗、吳汝綸、賀濤，受古文法，爲入室弟

子。純樸好學，文特醇雅，于文字致力尤深。《賀先生文集》、《書牘》、《學古堂文集》、《晚清四十家詩鈔》、《四存月刊》

【補遺】武錫珏，諸生，任河北大學教授　《吳門弟子集》

吳兆璜　字稚鶴，江寧人，□□□□□□。師事吳闓生，受古文法。能窺文章塗轍與古聖賢精微之蘊。《北江詩文集》

賀培新　字孔才，武強人，濤孫，□□□□□□。師事吳闓生，受古文法。于文章義法塗徑得所法式。《北江詩文集》

曾克端　字□□，侯官人，□□□□□□。師事吳闓生，受古文法。亦工詩、古文詞。《北江詩文集》

李葆光　字子建，南宮人。剛己子，官吉林地方審判廳推事。師事吳闓生，受古文法。作詩頗有父風。《李剛己遺集》、《北江詩文集》、《晚清四十家詩鈔》、《四存月刊》

方福東　字□□，□□人。□□□□□□。師事吳闓生，受古文法。亦能文章。《北江詩文集》

張溥　字□□，□□人。□□□□□□。師事吳闓生，受古文法。亦能文章。《北江詩文集》

吳　鋆　字君倩，桐城人，汝綸從子。師事吳闓生，日夕爲之講貫。又時時督課。撰《吳君

倩文稿》一卷。《北江詩文集》

賈應璞 字獻庭，冀州人，京師大學法科畢業生。師事吴闓生，受古文法。謹厚有志行。《北江詩文集》

谷鍾秀 字九峰，□□人，□□□□□□。師事張裕釗、吴汝綸，受古文法，才學桀特冠一時，稱高第弟子。《北江詩文集》、《晚清四十家詩鈔》

【補遺】谷鍾秀，定州人，光緒□□優貢。《吴門弟子集》

籍忠寅 字亮儕，□□人，□□□□□□。師事張裕釗、吴汝綸，受古文法，才而學，百家之書無不究切，稱高第弟子。《北江詩文集》、《晚清四十家詩鈔》、《賀先生文集》

【補遺】籍忠寅，任丘人，光緒□□舉人。《吴門弟子集》

鄧毓怡 字和甫，□□人，□□□□□□。師事張裕釗、吴汝綸，受古文法，稱高第弟子。《北江詩文集》、《晚清四十家詩鈔》

【補遺】鄧毓怡，一字任齋，號拙園，大城人，諸生。工詩，一本性靈，不尚雕斲。真行篆隸無不工，兼善八法，自謂：「畫不如書，書不如詩。」撰《拙園文集》□卷、《詩集》□卷。《吴門弟子集》、《四存月刊》

李景濂 字右周，邯鄲人。光緒甲辰進士，官學部主事。師事張裕釗、吴汝綸，受古文法，稱

高第弟子。《北江詩文集》、《晚清四十家詩鈔》、《賀先生文集》、《四存月刊》

【補遺】李景濂，任清史館協修。《吳門弟子集》

閻志廉 字鶴泉，安平人，光緒庚寅進士。師事張裕釗、吳汝綸，受古文法。以古文名，頗有得于古人，稱一時才士。《吳先生詩文集》、《晚清四十家詩鈔》、《詩文淺説》、《賀先生文集》

【補遺】閻志廉，安平人，光緒□□進士，官翰林院檢討，主講校士館。《吳門弟子集》

馬鑑瀅 字曉珊，□□人，□□□□□□。師事吳汝綸，受古文法。亦工文章。《吳先生詩文集》、《北江詩文集》

【補遺】馬鑑瀅，定州人，光緒□□舉人，官廣東候補知府。《吳門弟子集》

韓德銘 字緘古，□□人，□□□□□□。師事張裕釗、吳汝綸，受古文法。稱一時才士。《北江詩文集》、《晚清四十家詩鈔》

【補遺】韓德銘，字虔谷，高陽人，諸生。撰《蓮運庵文集》二卷。《吳門弟子集》

劉彤儒 字翊文，鹽山人，光緒乙酉拔貢。師事張裕釗、吳汝綸，受古文法，翯翯雅才。撰《説文異詁箋》□卷。《鹽山新志》、《濂亭尺牘》、《學古堂文集》

孟慶榮 字芾臣，永年人，光緒□□進士，官學部左丞。師事張裕釗、吳汝綸，受古文法。其學不務華飾，翯翯雅才。《濂亭遺文》、《尺牘》、《北江詩文集》

【補遺】孟慶棨，字紱臣，撰《日記》□卷。《古紅梅閣筆記》、《吳門弟子集》

崔棟 字上之，無極人，諸生。師事張裕釗，受古文法。深于經學，罞罞雅才。《濂亭尺牘》、《學古堂文集》

張殿士 字丹卿，宣化人，光緒□□舉人。師事張裕釗，受古文法。其爲文雕琢精練，復縱恣自喜，罞罞雅才。《濂亭尺牘》、《學古堂文集》

劉登瀛 字際唐，南宮人，光緒□□舉人。師事張裕釗、吳汝綸，受古文法。績學爲文，廣蓄博採，久而益勤。《李剛己遺集》、《學古堂文集》、《晚清四十家詩鈔》、《叙異齋文草》、《四存月刊》

【補遺】劉登瀛，官鉅鹿縣學訓導。《吳門弟子集》

李廣濂 字芷洲，深州人，光緒癸卯舉人。師事張裕釗、吳汝綸，受古文法。其爲文瑰詞奧旨，能傳師法，意所措注，固可質之當世。撰《靜頤齋文集》□卷。《北江詩文集》、《石林文稿》

王賓基 字堇廬，海鹽人，□□□□□□。師事吳汝綸，受古文法。文學甚有名。《北江詩文集》

【補遺】王賓基，字叔鷹，光緒□□□奏保經濟特科，官□□□知縣。師事范當世，受古文法。其文似張惠言，得力于當世爲多。詩則風骨遒上，有漢魏六朝遺音。撰《堇廬詩集》□卷、《文集》□卷。《校經室文集》

何其鞏 字克之，□□人，□□□□□□。師事吳闓生，受詩、古文法。《北江詩文集》

吳鐙 字凱臣，武邑人。光緒□□進士，官□部主事。師事張裕釗、吳汝綸、范當世，受古文法。工古文，名與趙衡相埒，稱一時才士。《慎宜軒詩文集》、《晚清四十家詩鈔》

劉乃晟 字平西，衡水人，光緒□□舉人。師事張裕釗、吳汝綸、賀濤、范當世，受古文法。稱一時才士。《學古堂文集》、《晚清四十家詩鈔》、《慎宜軒詩文集》、《北江詩文集》

【補遺】劉乃晟，亦字蘋西，官萍鄉縣知縣。《范伯子文集》、《吳門弟子集》

步其誥 字芝村，棗强人，□□□□□□。師事張裕釗、吳汝綸，受古文法。稱一時才士。

【補遺】步其誥，光緒□□舉人，詩才健拔，時復作名雋語。《吳門弟子集》、《冀縣志》

《晚清四十家詩鈔》、《四存月刊》

趙宗忭 字銕卿，深澤人，光緒□□舉人。師事張裕釗、吳汝綸，受古文法。稱一時才士。

【補遺】趙宗忭，官□□縣學教諭。《吳門弟子集》

《學古堂文集》、《晚清四十家詩鈔》

傅增湘 字沅叔，江安人。光緒戊戌進士，官直隸提學使。師事吳汝綸，受古文法。亦一時才士。收藏宋元舊本書籍甚富，精于校勘。撰《藏園群書校記》□□卷。《晚清四十家詩鈔》、《北京圖書館月刊》、《吳先生詩文集》、《道咸同光四朝詩史》

【補遺】傅增湘，增濬弟，撰《鐵華館文集》八卷、《詩集》八卷，雜著十八種另見《撰述考》。《吳門弟子集》、《國聞周報》、《藏園六十自述》、《雙鑒樓善本書目》、又《續書目》

梁建章 字式堂，□□人，□□□□□□。師事張裕釗、吳汝綸，受古文法，稱一時才士。《晚清四十家詩鈔》

【補遺】梁建章，大城人，光緒□□舉人。《吳門弟子集》

秦嵩 字山高，□□人，□□□□□□。師事李剛己，受古文法。亦一時賢儁。《北江詩文集》、《晚清四十家詩鈔》

劉春堂 字治琴，肅寧人。光緒癸卯進士，官隴西縣知縣。師事吳汝綸十一年，受古文法。其爲文論議閎博，記序詩歌亦清靜沉穆。撰《石林文稿》二卷、《詩文淺説》一卷。《吳先生詩文集》、《石林文稿》、《詩文淺説》

孟君燕 字□□，冀州人，□□□□□□。師事吳汝綸、范當世，受古文法，稱高第弟子。《晚清四十家詩鈔》

閻鳳華 字□□，冀州人，□□□□□□。師事吳汝綸、范當世，受古文法，稱高第弟子。《晚清四十家詩鈔》

廉泉 字惠卿，號岫雲，金匱人。光緒甲午舉人，官户部郎中。師事從舅吳汝綸，受古文法。工詩。撰《岫雲山人詩稿》□卷、《國粹學教科書》上下編二卷。《吳先生詩文集》、《尺牘》、《國粹學教科書》、

《抱潤軒文集》、《道咸同光四朝詩史》

【補遺】廉泉，亦號扁笑，師事孫葆田，受古文法，復問業于蕭穆、馬其昶。《小萬柳堂五種》、《國學圖書館圖書總目》

劉若曾　字仲魯，鹽山人。光緒己丑進士，官大理寺卿。師事張裕釗，受古文法。至行純篤，抗心希古。《濂亭尺牘》、《校經室文集》、《學古堂文集》

【補遺】劉若曾，撰《日記》□卷。《古紅梅閣筆記》、《吳門弟子集》

安文瀾　字□□，定州人，諸生。師事張裕釗、吳汝綸，受古文法。其爲文筆勢廉悍。《學古堂文集》、《濂亭尺牘》

【補遺】安文瀾，字翰卿，光緒□□進士，官山東候補知縣。《吳門弟子集》

黄鳳翽　字來庭，□□人，光緒丙子舉人。師事吳汝綸，受古文法，性好學問，時從講論。《吳先生詩文集》

胡源清　字問渠，永年人。光緒□□優貢，官内閣中書。師事吳汝綸，受古文法。《吳先生詩文集》

王樹森　字□□，祥符人。諸生，官工部學習郎中。師事孫葆田，受古文法。《校經室文集》

趙翼宸　字□□，樂亭人，□□。師事王樹枏，受古文法。《故舊文存》

鍾廣生　原名鏞，字笙叔，一字遜庵，仁和人，光緒癸巳舉人，官内閣中書。師事王樹枏，受古文法。嘗謂：「道咸以降，古文義法漸爲襲自珍輩所亂。自邵懿辰出，原本經術，發攄義理，文體始復軌于正。」撰《湖濱補讀廬詩稿》□卷、《文稿》□卷。《故舊文存》

金鉽 字蘅挹，泰興人。光緒乙未進士，官翰林院編修。師事范當世，受古文法，稱高第弟子。工詩、古文詞。《續碑傳集》

陳□□ 字鳳五，濰縣人，光緒□□舉人。師事孫葆田，受古文法，稱高第弟子。能承師學，篤嗜古文詞。嘗輯録方苞、劉大櫆、梅曾亮諸家評點于《古文辭類纂》。《天根詩文鈔》

李國松 字健甫，一字木公，合肥人，光緒丁酉舉人。師事馬其昶八年，受古文法。其爲文，謀篇造言之法皆已得要領。采摭方姿如、姚鼐等諸家説成《法言章義》十三卷。《抱潤軒文集》、《合肥詩話》

【補遺】李國松，原名松壽，號梣齋，官度支部□□司郎中。師事馬其昶最久，自少而壯請益不絶。其古文爾雅，最能傳其師學。撰《肥遁廬文稿》□卷、《詩稿》□卷。《靈兕軒文鈔》、《龍慧堂詩》、《合肥詩話》、《青鶴雜志》、《散原精舍詩文》、《唐詩三百首箋》、《宋元明詩三百首箋》

何□□ 字范之，望江人，□□。師事姚永樸、永概，受古文法。《慎宜軒詩文集》

洪壽華 字□□，安仁人。事母不字，世稱孝女。好讀書，篤嗜馬其昶古文，自列私淑弟子。其爲詩澹靄高秀，嘗講授八旗女校。《抱潤軒文集》

宮島彥　字□□，日本□□人。師事張裕釗七年，穎敏好學。尤有遠志純行。《濂亭遺文》、《觀光紀游》、《夷牢溪廬詩文鈔》

【補遺】宮島彥，字大八，師事張裕釗、黎庶昌，受古文法，夙慕中國文法。撰《養浩然氣齋文集》□卷、《詩集》□卷。《拙尊園叢稿》、《萇楚齋五筆》

補遺

黎汝謙　字受蓀，號□□，遵義人。光緒乙亥舉人，官廣東候補知府。師事張裕釗，受古文法，得聞緒論。撰《夷牢溪廬詩鈔》□卷、《文鈔》六卷。《夷牢溪廬詩文鈔》、《華盛頓傳》、《萇楚齋書目》、《續補碑傳集作者紀略》

王儀型　字式文，滄州人，諸生。吳汝綸主講蓮池書院，門人從游者爭爲詩、古文之學，獨儀型與張化南研習《三禮》，化南兼及政治，儀型則專精禮制，兼治小學、音韻之學，尤精《唐韻》。《四存月刊》、《吳門弟子集》

閻鳳閣　字瑞庭，高陽人。光緒□□進士，□□□□□，任直隸諮議局議長。師事張裕釗、吳汝綸，受古文法。其文語語自造，峭峻可喜。《吳門弟子集》、《學古堂文集》

柯劭忞　字鳳笙，號□□，膠州人。光緒丙戌進士，官學部參議、山東宣慰使，宣統辛亥後隱居不仕。師事妻父吴汝綸，受古文法，又楊紹和授以梅曾亮古文法。撰《蓼園文鈔》□卷、《詩鈔》五卷、《續詩鈔》□卷，所撰《新元史》最有名，列入正史。《遠明文集》、《海棠仙館詩集》、《碑傳集補》、《吴先生尺牘》、《清代館選分韻彙編》、《勞先生遺稿》、《國學圖書館圖書總目》、《浙江圖書館館刊》、《抱潤軒文集》、《春秋穀梁傳注》、《蓼園詩鈔》、《新元史》

李諧韺 字備六，冀縣人，光緒甲午舉人，□□□□□□。主講翹材書院，保定優級師範國文教習，才俊及門，弟子甚多。師事吴汝綸、王樹枏、賀濤，受古文法。其學以有宋五子爲宗。爲文切實曉暢，遠法西京劉子政，邇之八家，于曾子固爲近。詩則始終一擬退之，硬語盤空，妥帖排奡；凡退之所自負倔强，迥非他家所有者，規模冥追，無一不與之爲妙肖。吴汝綸、王樹枏、賀濤以詩、古文詞詔後進，他人多肆力于文，諧韺獨專精于詩，爲冀縣三百年之冠。濤嘗謂：「詩、古文詞之古與否，匪徒以字句不類乎時。如諧韺之作，其意量亦非今世所謂詩人胸臆間所有。」撰《□□□文集》□卷、《詩集》□卷。《冀縣志》、《吴門弟子集》、《叙異齋文集》

陳嘉謨 字獻廷，號皋才，冀縣人。光緒癸卯舉人，嘗任深澤中學、保定警務學校、陸軍學校等國文教員。師事吴汝綸、王樹枏、賀濤，受古文法，爲之講授義法。學問深邃，慨然有志于述作。其文戛戛獨造，瑰偉自喜。授徒鄉里，一準吴汝綸教法，必使根柢經史，兼通古學，學人各自備木槧《御批通鑑輯覽》、《古文辭類纂》二書，昕夕講析，務得其實。撰《□□□詩集》□卷、《文

集》□卷，門弟子爲之刻行。《冀縣志》

齊令辰　字禊庭，□□人。光緒壬辰進士，官户部□□司主事，主講易州書院。師事張裕釗，受古文法，文學得有門徑。益深研漢儒許、鄭之説，以通經致用爲主，不拘拘于漢、宋門户。《吴門弟子集》

胡庭麟　字子振，冀縣人，諸生。師事吴汝綸、王樹枏、賀濤，讀書信都書院十餘年，事濤尤久，授以詩、古文詞義法，與趙衡齊名。聞見博洽，熟諳累朝掌故，喜考訂之學。其文濃郁秀潔，尤工有韻之文，雄闊古雅，有西漢之遺。佐王樹枏修《冀縣志》，最爲勤力。多材藝，識鼎彝文，能書、篆刻、摹印章，又能制造文事所有諸物，皆精絶。撰《□□□詩集》□卷、《文集》□卷。《冀縣志》、《叙異齋文集》

劉□□　字子香，□□人，□□□□舉人，□□□□□□。師事孫葆田，受古文法。《天根詩文鈔》

姚椿壽　字蔗亭，□□人，□□□□□□。師事張裕釗，受古文法，爲入室弟子，工詩。撰《耳天廬詩稿》□卷。《愚園詩話》

王翰宸　字維周，號翰臣，冀縣人，任冀縣勸學所所長。師事吴汝綸、王樹枏，受古文法。佐樹枏修《冀縣志》。《冀縣志》

齊賡芾　字憩□，南宫人，□□□□□□□。師事吴汝綸、王樹枏、趙衡，受古文法，並佐樹枏修《冀縣志》。《冀縣志》、《吴門弟子集》

王含章　字玉山。冀縣人。光緒丙戌進士，官鄢陵縣知縣。師事吴汝綸、王樹枏，受古文法，肄業信都書院，攻苦嗜讀，爲諸生最。《冀縣志》

賀沅　字芷村，武强人，濤弟，與兄同榜舉人進士。師事吴汝綸，受古文義法，復以古文義法與兄相砥礪。《冀縣志》

賀洂　字心銘，武强人，濤族弟。諸生，官□□縣學教諭。師事吴汝綸，受古文法。《吴門弟子集》

崔炳炎　字蘭溪，鹽山人。光緒戊子舉人，官□□□知縣，主講天雄、大名等書院。師事吴汝綸，受古文法。與賈恩紱等以文學相切磋，致力甚勤。撰《濂墨軒文集》一卷。《濂墨軒文集》、《抱潤軒文集》、《莨楚齋續書目》、《續補碑傳集作者紀略》

蔣耀奎　字冶亭，慶雲人，諸生。師事吴汝綸、崔炳炎，受古文法。朴學孝友，又熱心時務，爲經世之學。《濂墨軒文集》、《抱潤軒文集》

費師洪　字範九，通州人。州試第一，科舉罷，改習法政畢業。師事張謇，受古文法，稱高第弟子。嗜學，工文，喜爲詩。《石遺室文續集》、《嚴幾道文鈔》、《石遺室詩話》

謝鼎仁　字彌仿，大冶人，□□□□□□。私淑張裕釗，絶愛其文，嘗取《濂亭文集》分類編輯成《濂亭文選》□卷。《榴園山公文初集》

路士桓　字尚卿，南宫人。光緒癸卯進士，官掌陝西道監察御史，宣統辛亥後隱居不仕。師事吴汝綸，受古文法。《吴門弟子集》

鄭禄昌　字卿珊，號天章，武强人。光緒丁未舉貢考職，廷試第一，官度支部□□司主事。師事趙衡，受古文法。其文排奡有氣，間亦爲詩，並工算學。撰《□□□文集》□卷、《詩集》□卷。《叙異齋文集》

王在棠　字蔭南，□□人，諸生。師事賀濤，受古文法，具得古人所以立言不朽之意。《叙異齋文集》

劉世斌　字蔚堂，冀縣人，□□□□□□。師事吴汝綸、王樹枏，受古文法，佐樹枏修《冀縣志》。《冀縣志》

弓堃　字□□，安平人，汝恒□，□□□□□□。師事姚永樸，受古文法。《蜕私軒集》

雷振鏞　字□□，冀州人。諸生。官陸軍部參議廳檢察官、陸軍貴胄學堂提調。師事吴汝綸，受古文法，聰敏好學。《冀縣志》

李德膏　字光炯，桐城人，光緒□□舉人，□□□□□□。師事吴汝綸，受古文法。力倡西

學，教授鄉里，從游者甚衆。《吳門弟子集》

劉春霖 字潤琴，肅寧人，春堂□。光緒甲辰進士，官翰林院修撰。師事吳汝綸，受古文法。《吳門弟子集》

王瑚 字鐵珊，定州人，振垚□。光緒□□進士，官順天府府尹。師事吳汝綸，受古文法。《吳門弟子集》

齊福丕 字懋軒，南宫人。光緒□□舉人，官署理武定府知府。師事吳汝綸，受古文法。《吳門弟子集》

梁建邦 字芝封，號式堂，大城人，□□□□□。師事吳汝綸，受古文法，從游甚久。《寒莊文編》、《吳門弟子集》

姚永楷 字閑伯，桐城人，濬昌子，永樸、永概兄。□□□□□□。濡染家學，復師事吳汝綸，受古文法。工詩，有沖澹之味。撰《遠心軒詩鈔》一卷。《蜕私軒集》、《吳門弟子集》

言有章 字謇博，常熟人，□□□□□，官□□□知縣。師事吳汝綸、范當世，受古文法，于當世親炙尤久。撰《堅白室詩草》□卷。《今傳是樓詩話》、《吳門弟子集》

曾克耑 字履川，閩縣人，□□□□□。嗜古劬學，肆力詩、古文詞。私淑方苞、姚鼐，其文範以桐城義法，才氣有餘。詩亦兀傲不群。《石遺室詩話》

傅增濬　字學淵，江安人，光緒□□進士，官吏部文選司主事。師事吳汝綸，受古文法。《吳門弟子集》

杜叢桂　字□□，蠡縣人，□□□□□□。師事武錫珏，受古文法。《四存月刊》

劉步瀛　字旋吉，冀州人，□□□□□□，官候選訓導。師事吳汝綸，受古文法。《冀縣志》、《吳門弟子集》

李喆生　字鑑波，冀州人，□□□□□□，官候選訓導。師事吳汝綸，受古文法。《冀縣志》、《吳門弟子集》

張慶開　字□□，冀州人，畢業京師分科大學。師事吳闓生，受古文法，有學行。《冀縣志》、《北江詩文集》

魏兆麟　字徵甫，冀州人。諸生，天津法政學堂教授。師事吳汝綸，受古文法。《吳門弟子集》

黄錫齡　字春圃，冀州人，光緒□□舉人，□□□□□□。師事吳汝綸，受古文法。《吳門弟子集》

楊越　初名月村，佚其字，鹽山人，光緒□□舉人，□□□□□□。師事吳汝綸，受古文法。《吳門弟子集》

張鑾坡　字步瀛，安州人，諸生，師事吳汝綸，受古文法。《吳門弟子集》

李春暉　佚其字，高陽人，諸生。師事吳汝綸，受古文法。《吳門弟子集》

王守恂 字□□，□□人，□□□□□□。師事范當世，受古文法，從游甚衆。《范伯子文集》

張鎮午 字麓雲，清苑人，光緒□□舉人，□□□□□□。師事吳汝綸，受古文法《吳門弟子集》

楊英績 字□□，冀州人，諸生，□□□□□□。師事趙衡，受古文法。《冀縣志》

崔莊平 字子瑞，任丘人，諸生，□□□□□□。師事吳汝綸，受古文法。《吳門弟子集》

崔琳 字潤齋，清苑人，諸生，□□□□□□。師事吳汝綸，受古文法。《吳門弟子集》

張坪 字榮坡，獻縣人，光緒□□舉人，□□□□□□。師事吳汝綸，受古文法。《吳門弟子集》

于鳳鳴 字旣曉，一字況簫，南宮人，□□□□□□。師事范當世，受古文法。《范伯子文集》

馬錫蕃 字用三，定州人，諸生，□□□□□□。師事吳汝綸，受古文法。《吳門弟子集》

□□□ 字樵秋，□□人，□□□□進士，官當涂縣知縣。與范當世友善，受古文法，以文學相切磋。所爲序傳碑志十餘篇，多有矩法，其稱述母行尤悲。《范伯子文集》

李□□ 字季馴，□□人，□□□□□□。師事范當世兄弟，受古文法，其文甚雄特恣肆。《范伯子文集》

姜□□ 字問桐，□□人。光緒甲午進士，官候補知縣。師事范當世，受古文法。嘗與李剛

己、劉乃晟共齋而讀，以相切磋。《范伯子文集》

吴錢孫　字彭秋，固始人。光緒□□舉人，官京師外城總廳廳丞。師事吴汝綸，受古文法。《吴門弟子集》

吴笈孫　字士緗，固始人，錢孫弟，諸生，□□□□□□。師事吴汝綸，受古文法。《吴門弟子集》

吴簠孫　字詠湘，固始人，錢孫弟，官山東候補道。師事吴汝綸，受古文法。《吴門弟子集》

徐昂　字益修，號□□，通州人，□□□□□□。師事范當世，受古文法。篤嗜古文，尤精音學，耽思澄慮，窮極窈眇。撰《音學》□種□□卷。《范伯子文集》、《益修文談》、《音學四種》、《詩經形釋》

張鐵山　字子金，□□人，諸生，□□□□□□。師事崔炳炎，受古文法，尤好方苞、姚鼐、梅曾亮、曾國藩諸家文集。《濂墨軒文集》

王篤恭　字琴南，河間人，光緒□□舉人，□□□□□□。師事吴汝綸，受古文法。《吴門弟子集》

蔡如梁　字東軒，文安人，諸生，□□□□□□。師事吴汝綸，受古文法。《吴門弟子集》

杜之堂　字顯閣，廣宗人，諸生，□□□□□□。師事吴汝綸，受古文法。《吴門弟子集》

何之鎔　字冶園，鹽山人，□□□□□□。師事吴汝綸，受古文法。《抱潤軒文集》

潘式　字□□，懷寧人，□□□□□□。師事吴闓生，受古文法。《古今詩範》

唐爾熾　字雨梅，桐城人，處士，以教授自給。師事吴汝綸，受古文法。《吴門弟子集》

步以紳　字笏峰，棗强人。光緒□□拔貢，□□□□□□。師事吴汝綸、趙衡，受古文法。其文喜辨論，于大蘇爲近，詩似李長吉。《吴門弟子集》、《叙異齋文集》

步以莊　字夢周，棗强人。以紳□。光緒□□拔貢，□□□□□□。師事吴汝綸，受古文法。《吴門弟子集》

白鍾元　字長卿，新城人。諸生，□□□□□□。師事吴汝綸，受古文法。《吴門弟子集》

蕭樹昇　字□□，歷城人。光緒乙未進士，官户部□□司主事。師事孫葆田，受古文法，《校經室文集》

高飈生　字□□，濰縣人。光緒壬寅補行庚子辛丑並科舉人。師事孫葆田，受古文法。《校經室文集》

許□□　字士衡，孟津人。光緒□□舉人，□□□□□□。師事孫葆田，受古文法。撰《中州人物傳》□卷。《校經室文集》

夏光普　字□□，眉州人。諸生，□□□□□□。師事王樹枏，受古文法，精中外輿圖之學。《陶廬文集》

徐德源 字潤吾，清苑人。諸生，□□□□□□。師事吳汝綸，受古文法。《吳門弟子集》

王延綸 字合之，定州人。光緒□□進士，官淄川縣知縣。師事吳汝綸，受古文法。《吳門弟子集》

宗樹枬 字□□，任丘人，諸生，官國子監典籍。師事妻兄賀濤，受古文法，濤主其家者八年。《賀先生文集》

謝榮壽 字□□，冀州人，□□□□□□。師事賀濤，受古文法，文行皆有可稱。《賀先生文集》、《冀縣志》

謝潤庭 字□□，冀州人，榮壽從子。光緒□□舉人，□□□□□□。師事賀濤，受古文法。通經術，謹言行。《賀先生文集》、《冀縣志》

周樾 字宏蔭，□□人，□□□□□□。師事李剛己，受古文法，才高志遠。《李剛己遺集》

羡鍾寅 字□□，冀州人，日本□□大學畢業。師事吳闓生，受古文法。《北江詩文集》

李鉞 字□□，邯鄲人，景濂子，北京大學畢業。師事吳闓生，受古文法。《北江詩文集》

邢之襄 字詹亭，南宮人。諸生，□□□□□□。師事吳汝綸，受古文法。《吳門弟子集》

趙芾 字生甫，號□□，天津人，□□□□□□□□□□□□。師事王樹枬，受古文法。其文澹宕以取神，屈曲以盡意，學桐城諸老爲文，而不爲桐城文法所檢。其選字鎔辭，時有似韓、柳處，根柢遠大，學有師承，得古文正法；惟酬應稍多，而紀事則少。撰《蒙齋文存》二卷、《續文存》□卷。《蒙齋文存》、《續文存》、《萇楚齋書目》、《續補碑傳集作者紀略》

葉昌熾 字鞠裳，長洲人。光緒己丑進士，官甘肅提學使，宣統辛亥後不仕。師事張裕釗，受古文法。撰《奇觚室詩集》五卷、《文集》□卷。《奇觚室文集》、《蛻私軒集》、《清代館選分韻彙編》、《萇楚齋續書目》、《續補碑傳集作者紀略》、《緣督廬日記鈔》

吳千里 字君昂，桐城人，汝純子，□□□□□□。師事從父汝綸，受古文法，教授鄉里。《吳門弟子集》

紀鉅湘 字海帆，獻縣人。諸生，官山東候補知縣。師事吳汝綸，受古文法。《吳門弟子集》

王寶鈞 佚其字，安州人。諸生，□□□□□□。師事吳汝綸，受古文法。《吳門弟子集》

羡繼涵 字□□，冀州人，□□□□□□。師事趙衡，受古文法。瀏覽泛涉，强記方聞，横縱貫穿，無與爲難，出入于釋、老二氏之間。《叙異齋文集》

籍郇恩 字雨南，任丘人，忠寅從子。諸生，□□□□□□。師事吳汝綸，受古文法。《吳門弟子集》

何雲蔚 字豹岑，定遠人。光緒□□舉人，官河南候補知府。師事吳汝綸，受古文法。《吳門弟子集》

葉玉麟 字浦孫，號□□，桐城人。諸生，官湖北候補知縣。師事馬其昶，受古文法。其文沉摯疏宕，不矜才使氣。傳志叙致峻潔，雖瑣事，出以雅詞，感喟深至，風韻絶勝，性情篤摯；讀之惻惻動人，往往逼視歐陽。撰《靈貺軒文鈔》一卷。《靈貺軒文鈔》、《萇楚齋續書目》、《續補碑傳集作者紀略》

孫達宣 字□□，瑞安人，□□□□□□。師事馬其昶，受古文法，與葉玉麟、李國松並稱高第弟子。《靈貺軒文鈔》

李家煌 字元暉，一字駿孫，號歆光，合肥人，國松子。幼承庭訓，能爲詩、古文詞。撰《始奏集》□卷、《瘝音詞》□卷。《合肥詩話》、《合肥詞鈔》

中島裁之 字伯成，日本熊本縣人。師事吳汝綸，受古文法，並喜研究佛法。《吳門弟子集》

中島成章 字裁之，日本肥後□□人。師事吳汝綸，受古文法。《北江詩文集》

宮島誠一郎 字□□，日本□□□□。師事張裕釗，受古文法，稱高第弟子。《夷牢溪廬詩文鈔》

桐城文學淵源考卷十一

此卷專記私淑桐城文學諸人

邱維屏 字邦士，號慢廡，寧都人，明諸生。鼎革後隱居讀書，多玄悟。晚尤精泰西算，《易》數曆法不假授受，冥思力索而得之。其爲文，修詞雅潔，意境奇淡，别饒理趣，深意委折，千縈萬縷，出没不測，絶去前人章句蹊徑，不蹈襲一言一句。作時深思窮力，一字不輕下筆，嘗數月數日不能成篇，義法實自歸有光出。撰《邱邦士文集》十八卷、《易義選參》二卷。《邱邦士文集》、《初月樓詩文鈔》、《魏叔子文集》、《萇楚齋書目》、《國朝先正事略》、《國朝文滙》、《文獻徵存録》、《文翼》、《皇朝經世文編》、《國朝尚友録》、《國朝耆獻類徵》、《易義選參》

【補遺】邱維屏，亦號漫無，讀書多玄悟。其文修詞之潔非同時諸家可比，又能斂鬱其氣于滉瀁中；惟叙事傷于過煩，然自歸有光後，方苞前，斷以其文爲最。《三惜齋散體文》、《樵隱昔寱》、《續補碑傳集作者紀略》

魏禧 字冰叔，一字凝叔，號裕齋，一號芍庭，寧都人，康熙己未舉博學鴻詞。師事邱維屏，受古文法。其爲文主識議，凌厲雄傑，遇忠孝節烈事，則益感慨淋灕。撰《魏叔子文集》二十二卷、《(目)〔日〕録》三卷、《詩集》八卷、《左傳經世鈔》二十三卷。《國朝先正事略》、《左傳經世鈔》、《己未詞科録》、《滙刊書目》、《國朝文滙》、《文獻徵存録》、《昭代名人尺牘小傳》、《皇朝經世文編》、《碑傳集》、《國朝尚友録》、《國朝耆獻類徵》、《皇朝文獻通考》

【補遺】魏禧文主識議，綜練世務，不屑屑規摹形肖。《鄉詩摭談》

沈闇　字師閔，吴江人，□□□□□□。與沈彤友善，以文字相切劘。博學好古，善詩、古文詞。嘗以韓文爲文章軌範，輯數十篇，詳明其義法，成《韓文論述》十二卷，沈彤極推重之，謂近世善論古文義法惟方苞與闇。詩格亦蒼老。復撰《杜詩箋注》□卷，疏抉極精，惜未刊行。《韓文論述》、《蘇州府志》、《吴江縣續志》、《果堂集》

林□□　字仲騫，元和人，諸生。與陳貞白、顧燕謀、少卿兄弟友善，以古文相切劘。論文不尚摹擬，並謂：「古文之學，非特義法求合古人，必性情能追古人而從之，然後有所自得。」其爲文平正通達，清夷簡質，確與桐城相近。撰《慎齋詩稿》□卷、《文稿》□卷。《初月樓詩文鈔》、《小峴山人詩文集》

【補遺】林衍源，亦字中騫，號慎齋。于學無所不窺，研求宋儒學術，于朱子之書尤深思篤好，以其所得發爲文章，致力逾十年，撰文甚富。其文明白切近，清夷簡貴，上者以説禮，下者以推事物；斐乎硪乎，辭備文富，浩然流行，以極其理之至深，有得于朱子，卓然有以自别于流俗。詩亦性情澹遠，胸含道氣，頗近陶、韋。撰《慎齋存稿》十六卷，古文已删存四分之一，《詩鈔》□卷。《梅葉閣詩文鈔》、《行素居詩文鈔》、《二林居集》、《萇楚齋續書目》、《續補碑傳集作者紀略》、《校經草廬文集》、《花嶼讀書堂詩文鈔》、《吳縣志》、《思無邪齋遺集》、《齊物論齋文集》

魯一同　字通甫，一字蘭岑，山陽人，道光乙未舉人。熟于史事，尤留心世務。其爲文閎肆而謹嚴，演迤而峻峭，昌明洞達，切于史事，而以靜儉爲本，識議絶人，筆力亦足以相副。詩則氣象雄闊，而未成家，蹊徑亦多未化，然浩蕩之氣獨往獨來，固屬偏師之雄。撰《通甫類稿》四卷、《續編》二卷、《詩存》四卷、《詩存之餘》二卷，《邳州志》二十卷、《清河縣志》二十四卷最有名。《柏堂集續編》、《越縵堂日記》、《通甫詩文存》、黎選《續古文辭類纂》、《邳州志》、《清河縣志》、《國朝文匯》、《槃薖文甲乙集》、盛輯《皇朝經世文續編》、《漱六山房文集》、《皇朝續文獻通考》、王選《續古文辭類纂》、《篤舊集》

【補遺】魯一同文，深于管、荀、賈、董，有經世綜物之意；事理既達，神骨皆駿，有得于陽剛之美。其《清河縣志》與《邳州志》饒有史法，文亦樸茂如漢人，且成于一手，非邇來掇拾無義者可比。《王右軍年譜》援據精確，筆尤雅馴。《抑抑堂集》、《抑抑堂筆記》、《玉井山館詩文略》、《萇楚齋書目》、《續補碑傳集作者紀略》、《槃薖文甲乙集》、《玉井山館筆記》

周韶音　字諧伯，沭陽人，諸生。師事魯一同，受古文法。其爲文多邁往不屑之韻。詩則深思淡旨，專學陶、杜。《詩》、《書》、《春秋》、《三禮》皆有撰述。撰《諧伯詩存》二卷、《易說》一卷。《諧伯詩存》、《易說》、《通甫類稿》

【補遺】周韶音，官户部福建司主事。尤善詩歌，間有寄託，綴拾根要，方簡其辭，汪洋恣肆，不能自畫。《仲實類稿》、《萇楚齋書目》、《通甫續編》、《抑抑堂集》

王振聲　字寶之，昭文人，道光丁酉舉人。酷嗜桐城文學。兼精音韻之學。撰《歸文考異》□卷、《王寶之詩文稿》□卷。《知退齋文稿》、《續碑傳集》

【補遺】王振聲號文村，雄詞博學，研究宋儒書，尤好桐城文派撰述。撰《魚雅堂全集》□□卷。《常昭合志》、《仰簫樓文集》、《小石城山房詩文集》、《小學考目録補證》、《鐵琴銅劍樓書目》

魯蕡　字仲實，山陽人，一同子。諸生，官候選訓導。習聞其父緒論，亦工詩、古文辭。其爲文操筆立就，不以文采自標，撰《仲實類稿》一卷、《詩存》二卷、《清河縣志附編》二卷、《安東縣志》十五卷。《仲實類稿》、《清河縣志附編》、《漱六山房文集》、《安東縣志》、《抑抑堂集》

謝應芝　字子階，號宛村，陽湖人，諸生。古文取法桐城，上窺韓、李。説經言理多宗唐宋諸儒，而能自達所見，撰《會稽山齋文稿》十二卷、《詩稿》五卷、《文續稿》六卷、《詩續稿》一卷、《韓文纂要》□卷、雜著□種。《武進陽湖志餘》、《國朝文匯》、《會稽山齋集》、《續碑傳集》、盛輯《皇朝經世文續編》、《寒松晚翠堂文集》

【補遺】謝應芝，亦字浣村，沈酣六經及諸子史，肆力詩、古文詞。嘗取《左氏傳》、司馬氏、班氏、昌黎韓氏、東萊吕氏之書，示張兆麟以古文法。《碑傳集補》、《桑梓潛德録三集》、《毗陵文録》、《萇楚齋書

目》、《續補碑傳集作者紀略》

顧曾　字駿文，號少卿，長洲人，諸生。其爲文雄深雅健，勁直藴藉，深造自得，真得桐城家法。撰《校經草廬文集》三卷、《宋文鑒續》一百卷。《初月樓詩文鈔》、《校經草廬文集》、《國朝文匯》

【補遺】顧曾，亦號潛齋，處士，主講博羅書院。其學邃于經，尤精于史，沉潛于《史記》、《前後漢書》、《三國志》及昌黎、震川集，專力于詩、古文詞。其文少好莊周、司馬遷，中年博綜群籍，斟酌于韓愈、曾鞏，以自成其體；蓋本之經訓以厚其基，本之史籍以窮其變，本之性情以入其微，故能深造自得，淘洗潔淨，理明詞達，有歐、曾遺軌。論文謂：「須刊落枝葉，剥去皮膚，獨抒心得，神與古會，乃能紹前人脈，成一家言。」其文雄深沉摯，勁直而藴藉，渾然挺然，可追北宋。晚年病南宋文漫無統紀，爲之旁搜博采，積十餘年之力，得三百餘家，遴選成篇，爲《宋文鑒補》、《南宋文範》二書，門人莊仲方録有副本。撰《校經草廬文集》三卷、《詩集》□卷。《行素居詩文鈔》、《國朝古文匯鈔二集》、《萇楚齋書目》、《續補碑傳集作者紀略》、《初月樓遺編》、《吳縣志》、《市隱書屋詩文稿》

周樹槐　字星叔，長沙人。嘉慶己巳進士，官吉水縣知縣。嘗謂文之簡在鍊格，尤在鍊意。其爲文，叙事上希左氏，議論追踪八家。撰《壯學齋文集》十二卷、《吉水縣志》三十二卷。《壯學齋文集》、《吉水縣志》、王選《續古文辭類纂》、黎選《續古文辭類纂》、《續碑傳集》、盛輯《皇朝經世文續編》

【補遺】周樹槐，古文浩瀚奥衍，精深典則。其于支流雜家無不洞悉其微，而剖決其是非。《躬

恥齋詩文鈔》、《萇楚齋書目》、《續補碑傳集作者紀略》

周湘黼　字□□，長沙人。□□□□舉人，官芷江縣訓導。師事從父周樹槐，受古文法。《壯學齋文集》

【補遺】周湘黼，道光壬午舉人。

鄧顯鶡　字子振，號雲渠，新化人，諸生。與弟顯鶴讀書一室，以文學相切劘。五經皆有論纂，于《毛詩》、《春秋》用力尤深。撰《聽雨山房文鈔》八卷、《春秋目論》四卷。《新化縣志》、《聽雨山房文鈔》、《春秋目論》、《雙梧山館文鈔》、《國朝文匯》、《續碑傳集》、盛輯《皇朝經世文續編》

【補遺】鄧顯鶡，平生治經甚勤，諸史間歲讀一周，旁及陰陽卜筮之學。其文渾灝動蕩，醇樸堅厚，遠宗歐、曾，近法方、姚。其有關于人心風俗之作，足于理，軌于道，饜于心，足以振浮式靡，爲儒者之言。《論德録》、《斆藝齋文存》、《萇楚齋書目》、《續補碑傳集作者紀略》

鄧顯鶴　字子立，號湘皋，新化人。嘉慶甲子舉人，官寧鄉縣訓導。與姚瑩、毛嶽生友善，以文字相切劘。其爲文，氣息醇厚，詳贍演迤，于古文義法尤極精嚴。詩亦波瀾壯闊，跌宕自喜。平日勤于纂述，湖南文獻搜討尤勤。歷主朗江、濂溪等書院講席。撰《南村草堂文鈔》二十卷、《詩鈔》二十四卷，雜著□種。《新化縣志》、《曾文正公詩文集》、《南村草堂詩文鈔》、《雙梧山館文鈔》、王選《續古文辭類纂》、《皇朝續文獻通考》、黎選《續古文辭類纂》、《國朝先正事略》、《國朝文匯》、《國朝尚友録》、《移芝室詩文集》、盛輯《皇朝經

世文續編》

【補遺】鄧顯鶴，初名顯鳴，字子壽，與兄顯鶚互相師友。其文大含細入，力破餘地。民物痌瘝之懷具徵于纂述，而于鄉里人物尤爲留心，史乘未備者廣爲搜羅；予奪失實，力爲昭雪。與人言終日，皆敦勉學行、立身、接物之要。熟于掌故，搜討文獻，表揚節義，不遺餘力；金石文字尤爲卓然，可名一世。詩亦包孕群有，奇古淡泊，蒼秀旁礴；引之而高，邃之而深；激之厲以長，涵之夷以婉。《國學圖書館圖書總目》、《北平圖書館月刊》、《萇楚齋書目》、《續補碑傳集作者紀略》、《綠漪草堂文集》、《話山草堂文鈔》、《寒香館詩文鈔》、《求在我齋詩文存》、《計有餘齋文稿》、《英江詩文存》

孔繼鑅 字宥函，號廓甫，曲阜人，孔子六十九世孫。道光丙申進士，官南河同知，咸豐戊午殉難。師事魯一同，受古文法。其爲文渾厚奥衍，不規規于桐城，而能得其神似。詩則宗法漢、魏，其善者凌越凡近。主講鍾吾書院。撰《心嚮往齋集》二十卷。《心嚮往齋集》、《續碑傳集》、《二知軒詩文集》

【補遺】孔繼鑅，亦號晚聞生，在江南大營中司文案，繼以營潰殉難，追贈太僕寺卿銜，世襲雲騎尉。自幼即以聖賢自勉，晚尤邃于《易》。其文渾厚奥衍，不規規于西漢，而能得神似。詩宗漢魏，尤善書，得李北海遺意。《蒿庵類稿》、《無止境續存稿》、《碑傳集補》、《萇楚齋書目》、《續補碑傳集作者紀略》

凌霞 字子興，號麈遺，歸安人。諸生，官候選訓導。私淑桐城文學。與楊象濟、姚諶等友善，以文字相切劘。通小學金石學，兼工書畫。撰《天隱堂文録》二卷、《詩録》□卷。《天隱堂文録》、《金石學録續補》、《勷堂讀書記》、《甌鉢羅室書畫過目考》

【補遺】凌霞，又號病鶴，晚號疣琴居士。深于六書之學，熟于明季社事始末。善寫梅，水墨數筆若不經意，而冷韻高情，足與金俊明相頡頏。書法董香光，絶無俗韻。撰《天隱堂詩集》一卷。《天隱堂詩集》、《癖玡堂收藏金石書目》、《海上墨林》、《清代名人手札甲集小傳》、《萇楚齋書目》、《續補碑傳集作者紀略》

姚諶　原名宗誠，字子展，一字則明，歸安人，咸豐己未舉人。私淑桐城文學，一意宗法，專力肄習，其爲文擲棄故常，由艱得夷，自郁發淡，搆形造象極乎自然。兼精六書小學。撰《景詹閣遺文》一卷、《遺詩》一卷。《景詹閣遺詩文》、《謫麐堂遺集》、《皇朝續文獻通考》

管樂　字才叔，武進人，諸生。私淑桐城文學，與楊傳第、方恮等以文學相切劘。撰《遊養心齋文集》□卷、《詩集》□卷。《續碑傳集》、《汀鷺詩文詞鈔》、《池上小集》、《天根詩文鈔》

【補遺】管樂，號更生，官候選教諭。詩文雋永，詞章爾雅，兼明醫學，才名尤傾倒一時，所至諸鉅公爭相延致，以幕客終。撰有文稿及古今體詩二百餘篇，然已多散佚。《詞林拾遺》、《國朝常州駢體文録》、《六書糠秕》、《虛白室詩文鈔》、《毗陵文録》、《毗陵詩録》、《復堂文

賈□□　字琴巖，□□人。古文規模桐城義法，尤勝于詩。撰《賈琴巖詩集》□卷、《文集》□

卷。《越縵堂日記》

朱啓運 字跂惠，蕭山人，諸生。肆力于古文，雖無師承，自以意求得之。凡唐、宋以來數十家爲文之術，絜其純駁而趨舍之，必一于道。其爲文清宕廉峭，大旨合于桐城義法。並工詩，善書，好琴。撰《棣垞集》四卷、《外集》三卷。《棣垞集》、《頤巢類稿》

陶邵學 字子政，號希源，番禺人。光緒甲午進士，官内閣中書。與朱啓運友善，以文字相切劘。其爲文意度沖遠，從容赴節，一矩于醇正，雅近桐城文法。工書並好琴。歷主豐山、星巖等書院講席。撰《頤巢類稿》三卷、《附》一卷。《頤巢類稿》

【補遺】陶邵學，亦字子正，號子源，主講香山書院。古文淵茂宕潔，得南豐之遺。嘗慨嶺南古文學衰絶，與其友朱啓運互相切劘，致力于文。《萇楚齋書目》、《續補碑傳集作者紀略》、《碑傳集補》、《豐湖書藏目録》

鄧瑶 字伯昭，號小耘，新化人，顯鶴子。道光丁酉拔貢，官麻陽縣教諭。習聞其父與叔緒論，爲古文甚勤。其爲文直而覈，從首逮尾，真氣噴溢，純而不駁，肆而益謹，而言之深切著明。撰《雙梧山館文鈔》二十四卷、《詩鈔》四卷。《新化縣志》、《雙梧山館文鈔》、《曾文正公詩文集》、《遲鴻軒詩文棄》、《國朝文匯》、盛輯《皇朝經世文續編》、《續碑傳集》

【補遺】鄧瑶，官江蘇揀發知縣，主講濂溪書院。好學敦品，賢而能文章。其文閎博，詳贍翔雅，本其家法，亦喜搜討鄉邦文獻。《樵隱昔寱》、《養知書屋詩文集》、《論德録》、《莨楚齋書目》、《續補碑傳集作者紀略》、《緑漪草堂文集》、《省齋全集》

鄧瑔 字仲源，一字小渠，新化人，顯鵾子。道光甲辰舉人，官揀選知縣。習聞其父與叔緒論。其爲文務益精刻，苦思力索，至輟寢食，深思精意，迥出塵滓。繼其叔主濂溪書院講席，以經史教士。撰《小渠文鈔》四卷。《新化縣志》、《續碑傳集》、《雙梧山館文鈔》

【補遺】鄧瑔，主講鰲山書院，有清才，子光繩、光緒、光統均能文，有父風。《斆藝齋文存》、《論德録》

鄧琮 字仲權，號小皋，新化人，顯鶴子。道光癸卯舉人，官揀選知縣。詩文皆有家法，詩尤格律老成，氣味雋永。撰《小九華山樓詩鈔》四卷。《國朝先正事略》、《曾文正公詩文集》、《雙梧山館文鈔》、《新化縣志》

【補遺】鄧琮，琳弟，好爲詩詞，嶢然特出，能世其家學。詩尤才情横溢，往往篇韻逾百，悉合古人意度。善篆隸，兼工篆刻，編《沅湘耆舊集前編》四十卷，辨證尤稱精審。撰《烏臼山莊詞稿》□卷。《移芝室詩文集》、《緑漪草堂文集》

王柏心 字筠亭，號子壽，監利人。道光甲辰進士，官刑部主事。博學好古，關心世教。其古文功力甚深，筆致雅健，議論純正，氣度沖和，悉有法度，雅近桐城。詩亦雄麗深博，出于工部。

主講荆南書院二十餘年，四方求文及以詩文就正者日多。撰《百柱堂集》五十二卷，修志書七種。《花笑廎雜筆》、《柏堂集餘編》、《百柱堂集》、《國朝文匯》、《養知書屋詩文集》、盛輯《皇朝經世文續編》、《道咸同光名人手札》、《皇朝續文獻通考》、《道咸同光四朝詩史》、《篤舊集》

【補遺】王柏心，年未四十即乞歸養，主講教席五十餘年，講論經史文藝，自以其詩文啓迪後進才儁。爲學務歸篤實，志在經世，不喜章句考據；遠攬古今，勤求時要，欲以振厲人心。《廿四史》、《三通》皆提要鉤玄，手自録寫，滿數巨篋，故平日于政治源流興亡大概最爲熟悉。與姚椿友，受古文法。其文經術湛深，議論純正，悉有關于倫紀風教之大，學問心術之微，雖不規規于桐城義法，要以氣爲主，晚年四方求文者益多，日不暇給。其詩少宗王、李，音節高壯，格律渾雄，氣韻入古；感時書事，引古喻今，汪洋恣肆，别闢門徑；倚聲間涉南宋，而逸氣自爲舒卷。《射鷹樓詩話》、《夢硯齋遺稿》、《萇楚齋書目》、《續補碑傳集作者紀略》、《藝談録》

郭嵩燾 字伯琛，號筠仙，湘陰人。道光丁未進士，官兵部左侍郎。與曾國藩、劉蓉、吴敏樹等友善，以文字相切劘。研貫經史，尤邃于《禮》，議論必根于心，無所遷飾。其爲文暢敷義理，冥合矩度。詩亦造意取材離絶凡近。主講城南書院。撰《養知書屋文集》二十八卷、《詩集》十五卷、《禮記質疑》四十九卷、《湘陰縣圖志》三十四卷、雜著□種。《養知書屋詩文集》、《禮記質疑》、《湘陰縣圖志》、《玉池老人自叙》、黎選《續古文辭類纂》、《虚受堂詩文集》、《國朝文匯》、《國朝先正事略補編》、盛輯《皇朝經世文續編》、《道

咸同光名人手札》、《皇朝續文獻通考》、《王祭酒年譜》、《郎園學行記》、《文藝叢報》

【補遺】郭嵩燾，晚號玉池老人，道光□□以救援江西功，特旨授編修。其文質實拗峭，紆徐平淡，體潔詞簡，而用意包舉無遺。公牘亦洋洋灑灑，溯源竟委，周極利弊。詩則奇恣而不囂，和雅而不纖，脱盡明以下詩人習氣。《清史稿》、《曾文正公詩文集》、《武漢大學文哲季刊》、《秋聲館遺集》、《寶韋齋詩文録》、《萇楚齋書目》、《續補碑傳集作者紀略》、《林太僕文鈔》、《萇楚齋□筆》

王耕心　字道農，號穆存，正定人。□□，官南河候補同知。肆力古文，原本經史，上窺唐、宋。其義法取桐城家法，亦不墨守。其爲文潔淨精微，詩亦情韻深遠。撰《龍宛居士集》六卷、雜著三種。《續碑傳集》、《國學圖書館小史》、《正定王氏家傳》

【補遺】王耕心，博學多能，經史、古文、詩詞之類皆能淹貫古今，獨抒己見。撰《正定王氏家傳》六卷，謂家道之升降，由于天爵之盛衰，誠爲名論不刊。《龍宛居士集》、《范伯子詩文集》、《萇楚齋書目》、《續補碑傳集作者紀略》、《白雨齋詞話》、《蠡園詩存》、《叢書目録拾遺》

郭慶藩　原名立壎，字孟純，號子瀞，湘陰人，嵩燾從子。諸生，官江蘇候補道。習聞其父與叔論文之旨，亦工詩、古詩詞。其論文剖析源流，開抉閫奥，鶩精詣微。撰《泊然齋文集》二卷、《十二梅花書屋詩集》六卷、《瀞園賸稿》二卷、《尺牘》八卷。《虚受堂詩文集》、《十二梅花書屋詩集》、《勱堂讀書記》、《皇朝續文獻通考》

李元度　字笏庭，號次青，平江人。道光癸卯舉人，官貴州布政使。與曾國藩、劉蓉等以文字相切劘。其爲文，才識宏裕，語皆心得，多發前人所未發。撰《天岳山館文鈔》四十卷、《詩鈔》十二卷、《古文話》六十四卷，《國朝先正事略》六十卷最有名。《國朝先正事略》、《平江縣志》、《天岳山館文鈔》、黎選《續古文辭類纂》、《國朝文匯》、盛輯《皇朝經世文續編》、《虚受堂詩文集》、《道咸同光名人手札》、《皇朝續文獻通考》

【補遺】李元度，篤好方苞、姚鼎文。其文雋快平近，不以僻字澀句自矜，指事措語多寓磨世勵鈍之意。傳狀諸體詞旨激越悲楚，能作義烈之氣。自謂：古文一道，其法至嚴，其途至狹，非若詩之猶可以僞爲者。自望溪斷斷于義法，而後文章之體尊；劉、姚繼之，世遂有桐城派之目，于文家爲正宗。姚姬傳《古文辭類纂》爲古今第一善本，擬屏人事忘寢食以求之云云。《樵隱昔寱》、《萇楚齋書目》、《續補碑傳集作者紀略》、《平江奏議》、《移芝室詩文集》、《賦學正鵠》

孔廣牧　字力堂，曲阜人，繼鐷子，監生。承其父學，能世其家。爲學不立門户，能實事求是，亦不廢言理。詩喜學建安、黄初，兼工倚聲。撰《勿二三齋詩集》一卷、《飲冰子詞存》一卷、《先聖生卒年月日考》一卷。《勿二三齋詩集》、《二知軒詩文集》、《皇朝續文獻通考》

【補遺】孔廣牧，廕生，官山東候補知縣，光緒□□河工殉難。《萇楚齋書目》、《金石書録目》、《山東圖書館書目》

諸福坤　字元簡，長洲人，諸生，私淑桐城文學。其爲文，義法嚴正，情韻甚美，以顯微闡幽

扶翊名教爲重。撰《杏廬文鈔》八卷。《杏廬文鈔》、《國朝文匯》

【補遺】諸福坤，字元吉，一字安貞，號杏廬。于學無不窺，凡兵謀、術數、丹經、攝生、梵書、雜家、法家，皆鈔録成帙，丹墨錯綜。用力精研諸書，點勘秘籍名家言數十種，證純糾駁，細字眉列旁註。習畫，復精醫學，中年行醫，因號曰杏廬。歷館崑山李清源、同邑戴肇晉、陳□□、馮□□、葉□□、吴江雪巷沈氏中堅江曲書莊、大勝柳氏兆薰勝溪草堂，爲人治病外，仍即家延納學徒教授。諸生就舍請業。隨材指教，造就甚廣。喜讀歸有光文。其詩文好深湛之思，孤介絶俗，深切著明，有裨當世，允符于聖賢道德之歸。其覃精渺思，務極幽邈，心光炯炯，鞭辟入里，用能擺脱凡庸，不落膚淺飳飣隻字，超臻絶詣。根柢先秦諸子，故氣肅理深，言無不精，詞無不雅，贍而不縟，瀏而不疏。詩亦格高氣勁，以唐人之雍容，合宋人之清矯，亦無西江諸派艱澀塗附之弊。撰《古廬文鈔》八卷、《集外文》一卷、《駢體文》一卷、《詩鈔》二卷、《集外詩》一卷、《詞鈔》一卷。《靜齋詩賸》、《杏廬投贈卷》、《萇楚齋書目》又《續書目》、《續補匯刻書目》、《續補碑傳集作者紀略》、《宏肅詩文存》、《吴縣志》、《陸湖遺集》、《風雨閉門齋外集》、《知退齋稿》

張兆麟　原名元度，字秋舫，武進人。諸生，官寶應縣訓導。師事謝應芝，受古文法。其爲文樸實，説理婉篤肫復，能出機杼。撰《寒松晚翠堂文初集》一卷、《二集》一卷。《寒松晚翠堂文稿》

【補遺】張兆麟，官淮安府學教諭，欲求有體有用之學。詩、古文詞各出機杼，能自達其心之所欲言。清真雅正，婉篤肫復，精奥深粹，止乎禮義而發乎性情。樸實説理處，尤斤斤以崇理學務篤實爲急，有裨人心世道。疏通而有要，質實而不誕，無怪僻險詖之詞，油然有中于人心。凡先儒名臣格言不去手與口。詩亦縱心獨往，悱惻豪宕。撰《寒松晚翠堂詩》三卷。《名山文集》、《毗陵文録》、《萇楚齋書目》、《續補碑傳集作者紀略》

楊傳第　字聽臚，號汀鷺，陽湖人。道光己酉舉人，官候補知府。私淑桐城文學，一意宗法。其爲文根柢經術，博綜子史，高潔爾雅，筆氣清剛雋上。撰《汀鷺文鈔》三卷、《詩鈔》二卷、《詞鈔》一卷。《汀鷺文詩詞鈔》、《復堂類稿》、《柏堂集□編》、《皇朝續文獻通考》、《篤舊集》

【補遺】楊傳第，咸豐壬子舉人，仰藥殉母，入祀孝子祠。師事姚柬之，受古文法。學有本末，志在康濟，文章爾雅，卓然名家。集雖刊，惜散佚尚多。《伯山詩文集》、《桐竹齋雜體文》、《復堂文續》、《峴𡹴山房詩集初編》、《萇楚齋書目》、《續補碑傳集作者紀略》

陸咸清　字庚星，鎮洋人，諸生。私淑桐城文學，一意宗法。撰《庚星文稿録存》一卷、《詩稿録存》一卷。《庚星詩文稿録存》

繆荃孫　字筱珊，號藝風，江陰人。光緒丁丑進士，官學部□丞。論文奉桐城文家爲古文正宗，其古文亦沿用桐城義法。撰《藝風堂文集》七卷、《文外集》一卷、《文續集》六卷、《文漫存》四卷、雜著□□種。《校經室文集》、《藝風堂文集》、《國朝文匯》、《皇朝續文獻通考》、《金石學録續補》、《萇楚齋書目》、《郘園

學行記》、《藏書紀事詩補遺》

陳瀚　字□□，□□人，□□。師事郭嵩燾，受古文法。撰《劍閑齋遺集》七卷、《師門答問》一卷。《劍閑齋遺集》、《中央公園圖書館書目》

【補遺】陳瀚，湘鄉人。《國學圖書館年刊》又《圖書總目》

王先謙　字益吾，號葵園，長沙人。同治乙丑進士，官國子監祭酒。私淑桐城文學，其爲文一以姚鼐宗旨爲歸。其爲文考覈詳密，源流畢晐，遺字積語，校量銖黍，粹然出于醇雅。詩亦雅致深思，刻膚存液。于經史諸子、國朝掌故，皆鉤稽考訂，輯有成書。歷主思賢、城南、嶽麓等書院講席。撰《虛受堂文集》十六卷、《詩集》十七卷、《書札》二卷，《續古文辭類纂》三十四卷尤有益于文學。《虛受堂詩文集》、《書札》、黎選《續古文辭類纂》、《國朝文匯》、《勵堂讀書記》、《鄭齋感逝詩甲乙集》、《續碑傳集》、盛輯《皇朝經世文續編》、《皇朝續文獻通考》、《道咸同光四朝詩史》、《郎園學行記》

【補遺】王先謙，古文以姚鼐宗旨爲歸，而進求合于先儒義理之學，清勁有氣，尤習于國家故事，著書二千六百數十卷。《息庵詩文録》、《近科分韻館詩匯編》、《清嘉集》、《國學圖書館圖書總目》、《詩三家義集疏》、《後漢書集解》、《吳先生詩文集》、《萇楚齋書目》、《續補碑傳集作者紀略》

陳毅　字詒重，湘鄉人。光緒甲辰進士，官郵傳部候補參議。師事王先謙，受古文法，能獲古文家傳授之宏旨。學謂：文而禮，儒家言；文而非禮，雜家言。先謙深然之。學行力追古人。

《虚受堂詩文集》、《書札》、《道咸同光四朝詩史》、《王祭酒年譜》

蘇輿　字厚康，平江人，光緒□□舉人。師事杜貴墀、王先謙，受古文法。撰《翼教叢編》六卷。《桐華閣文集》、《虚受堂詩文集》、《書札》、《王祭酒年譜》、《郎園學行記》、《翼教叢編》

【補遺】蘇輿，亦字厚蒣，□□□□進士，官翰林院庶吉士。師事王先謙，受古文法數十年。《王祭酒自訂年譜》、《春秋繁露義證》、《桐華閣全集》、《漢書補注》、《北京圖書館月刊》

劉肇隅　字廉生，湘潭人。諸生，官候選訓導。師事杜遺墀、王先謙，受古文法。從貴墀遊五載，貴墀誘而進之，講論至夜深不倦。師説最爲篤守。撰《郎園四部書叙録》一卷。《桐華閣文集》、《郎園四部書叙録》、《郎園學行記》、《虚受堂詩文集》、《書札》、《王祭酒年譜》

李葆恂　字叔默，一字文石，號猛蒣，義州人。監生，官江蘇候補道。治經專《尚書》，治諸史殫精班氏，爲文承姚鼐、梅曾亮之傳，簡雅有法，詩效玉溪、涪翁。撰《猛蒣文略》二卷、《紅螺山館詩鈔》二卷、雜著□種。《時報文藝周刊》、《金石學録續補》、《勱堂讀書記》、《鄭齋感逝詩甲乙集》、《道咸同光四朝詩史》、《紅螺山館詩鈔》

藤野正啓　字伯迪，號海南，日本伊豫松山人。與黎庶昌友善，以古文相切劘。其爲文醇實有法度，趣嚮桐城，亦取姚鼐、曾國藩陰陽剛柔之説以自輔。撰《海南遺集》三卷、《附録》一卷。《海南遺集》、《拙尊園叢稿》

補遺

林□□　字太霞，元和人，衍源兄，□□□□□□□，兄弟以文學相切磋，亦工古文。《花嶼讀書堂詩文鈔》

王源　字崑繩，號或菴，大興人，□□□□□□□□□□□□。師事魏禧，受古文法。少喜任俠言兵，自負經史學甚堅。其文亦豪勁。撰《居業堂文集》□卷。《樵隱昔寱》、《萇楚齋書目》、《畿輔叢書》、《續補碑傳集作者紀略》

丁樞　字□□，清河人，諸生，□□□□□□。師事魯一同，受古文法。《通甫類稿》又《續編》

吳昆田　原名大田，字雲圃，一字伯海，號稼軒，晚號漏翁，清河人，道光甲午舉人，官刑部河南司員外郎。主講奎文、崇實等書院，與魯一同，孔繼鑅等相爲師友，以文學相切磋。生平讀書皆有評點數次。粵匪亂後，惟存《四史》及別集數種。撰《漱六山房詩集》□卷、《文集》□卷。《抑抑堂集》、《通甫類稿》、《萇楚齋書目》、《續補碑傳集作者紀略》

陳純　字貞白，一字貞甫，長洲人。諸生，官□□縣主簿，署理滋陽縣知縣。一時言古文者如顧承、顧曾、蔡復午、何學韓、陸鼎、林衍源及純皆互相師友，以文學相切磋，頗負時望，亦皆有撰述。純獨于宋文家好尹師魯，謂其「簡古質實，自班孟堅以下未有能及之者」，師魯文之復顯，端由于此。善爲古文辭，其議論不少下，得力于治經之餘；辭粗而氣平，乍觀之若無以過人者，往復再三，即與大適，而味益不薄。兼工書法。《校經草廬文集》、《家言隨記》、《尹河南集》

蔡復午 字佇蘭，號中來，吳江人。嘉慶辛酉舉人，官候選知縣。主講宜山、平江、當湖、毓秀、西溪等書院。崇實學，精古文，善吟詠，工制藝，又博考天文象緯、算術勾股、地理沿革、名物象數以及經史互異、小學音韻，靡不通貫，旁逮日者、醫、卜諸書，畢窮其藴。其詩文疏宕有奇氣。詩則清新爾雅，雄奇縱恣，無所不有；其文原本經術，力追古大家。撰《西磧山房詩録》二卷、《卷首》一卷、《文録》二卷、《卷末》一卷。《西磧山房詩文録》、《行素居詩文鈔》、《萇楚齋書目》、《續補碑傳集作者紀略》

何學韓 字其武，□□人，□□□□，亦工古文。《行素居詩文集》

陸鼎 字子調，號鐵翁，吳縣人，□□□□□□□□□□□□。撰《梅葉閣詩鈔》□卷、《文鈔》三卷。《梅葉閣詩文鈔》、《萇楚齋續書目》、《續補碑傳集作者紀略》

周黼麟 字稼昉，號□□，長沙人，□□□□□□。樹槐從孫，即師事樹槐學文，得其緒論。酷嗜《史記》，湛深經史，學問賅博，留心世道，文筆清健，穿穴經史，足補前人所未及。撰《□□□詩集》□卷、《文集》□卷。《蒔古齋文初稿》

陳庚煥 字道由，號惕園，長樂人。諸生，官寧洋縣學教諭。篤志宋儒之學，尤好程、朱。其文淵穆簡潔，根柢深厚，詳辨學術，和平安雅，不以馳騁爲長，以歐、曾之真氣，闡程、朱之精蘊，終于歸、方爲近。詩亦沉鬱堅卓，得風人之旨。撰《愓園文初稿》十六卷、《文外稿》一卷，《詩稿漫存》四卷、《遺稿》十卷。《愓園全集》、《續補滙刻書目》、《萇楚齋書目》、《長樂縣志》、《耐軒文初鈔》、《樵隱昔寱》、《愓園遺稿》

陸□□　字雲九，錢塘人，□□□□□□。私淑桐城文學，治古文甚勤。《富陽縣志》

夏壽嵩　字問山，富陽人。諸生，□□□□□□。師事陸雲九，受古文法，其文才氣横溢。《富陽縣志》

何鎔　字□□，富陽人，□□□□□□。私淑桐城文學，治古文甚勤，尤嗜昌黎文。《富陽縣志》

莊仲方　字興寄，號芝階，秀水人，一云錢塘。嘉慶庚午舉人。師事顧曾，館之于家□年，受古文法。性嗜學，所誦書靡不淹貫。古文整而潔，求碑版者無虚日，秦漢以下詩文皆有選本。撰《映雪樓文偶鈔》一卷。《映雪樓文偶鈔》、《校經草廬文集》、《行素居詩文鈔》、《初月樓遺編》、《國學圖書館圖書目録》、《萇楚齋續書目》、《續補碑傳集作者紀略》、《南宋文範》、《金文雅》、《田硯齋文集》

莊梧鳴　字□□，秀水人，仲方兄子，□□□□舉人。師事顧曾，受古文法。曾教督有方，以不朽之業相期勉。《行素居詩文鈔》

蔡念慈　字劬荞，仁和人，道光乙未舉人，□□□□□□。師事顧曾，受古文法，館之于家至

十餘年之久。《行素居詩文鈔》、《校經草廬文集》

蔡荀慈 字芸軒，號仲卿，仁和人，念慈弟，□□□□□□。師事顧曾，受古文法至十餘年之久。《校經草廬文集》

顧元瑜 字朗甫，長洲人，曾子，□□□□□□。能世其家學，亦工古文。《校經草廬文集》

顧元掄 字□□，長洲人，曾子，諸生，□□□□□□，曾親誨之成立。《行素居詩文鈔》

亢樹滋 字鐵卿，號□□，吳縣人，□□□□□□。師事顧承、顧曾，受古文法。其文以汪琬、方苞爲宗，趨向醇正；條達鬯茂，蔚然深秀而純粹，義法甚精。喜稱述鄉里奇節偉行，能抒寫其所見，以幾于古之作者。詩則俱近宋人，有自得之趣。雖棄儒習賈，好讀書，仍手一編，諷誦不輟。撰《市隱書屋文稿》十一卷、《詩稿》一卷、《詩初稿》一卷、《隨安廬詩集》六卷、《補遺》一卷。《市隱書屋詩文稿》、《儀宋堂文二集》、《吳縣志》、《復庵類稿》、《隨安廬詩集》、《續補匯刻書目》、《萇楚齋書目》、《續補碑傳集作者紀略》

費庚吉 字□□，武進人，□□□□□□自謂本朝之文，盛于桐城而傳于陽湖，雖未親受古文學，得聞鄉先輩緒論，其于文辭真僞之説獨能辨析。《知畏齋文稿》

談秉清 字揆生，武進人，□□□□□□。師事謝應芝，受古文法，其文孤潔自好。《會稽山齋詩文》

潘宗嶽　字□□，□□人，□□□□□□。師事謝應芝，受古文法，其文凜冽如清澗幽泉。《會稽山齋詩文》

孔廣楫　小名海阜，因以爲字，曲阜人，孔子□□□□孫，繼鑅從子，官六品銜。師事繼鑅，受古文法。工詩文，能曲探機理，而洞其捷簡之塗。又好研究六書，討論點畫篆分隸真之所遞出，工書法，尤精石刻。撰《海阜詩存》四卷。《心嚮往齋集》

高學濂　字孔受，號希之，無爲人，□□□□□□□□□□。其文局度謹嚴，議論醇正，守桐城宗派文家義法，罔逾尺寸。詩亦體裁甚正，運用甚靈，名章雋句，往往而有，撰《希齋詩存》四卷、《文鈔》二卷。《希齋詩文鈔》、《萇楚齋書目》、《續補碑傳集作者紀略》

徐鳳藻　原名棻，字樵笙，善化人。道光癸卯舉人，官衡山縣學訓導。師事鄧顯鶴，受古文法。《汲庵詩文存》

茹□□　字麓泉，號□□，嵊縣人，□□□□優貢。工古文，宗桐城派，通經史，書學顏平原《論坐帖》。《海上墨林》

陳方海　字伯遊，號□□，鄱陽人，□□□□□□□□□□。爲文私淑桐城，與劉開、姚瑩等以文學相切磋。撰《計有餘齋文稿》一卷。《計有餘齋文稿》、《劉孟涂集》、《中復堂集》

宋嗣璟　字仁安，陽湖人。諸生，□□□□□□。師事謝應芝，受古文法至十年之久，篤志

勵學，時以疑義相問難。詞賦獨推重于儕輩。《會稽山齋詩文》

楊學培 字□□，□□人，□□□□□□。師事謝應芝，受古文法數年。好宋儒之學，有志于古文詞。《會稽山齋詩文》

胡念勤 字□□，□□人，□□□□□□。師事謝應芝，受古文法。務漢學，善許氏《説文》，有志于古文詞。《會稽山齋詩文》

胡倬 字光伯，武陵人，道光己亥進士，官翰林院侍讀。師事鄧顯鶴，受古文法最久，嘗爲之點定文字。治學甚勤，博覽强記，于《説文》用力尤邃。其詩緜密沈摯，無纖佻靡曼之習。《雙梧山館文鈔》

鄧琳 字□□，號□□，新化人。諸生，官候選訓導。顯鶴子，詩文俱嶢然出儕輩，能世其家學。《移芝室詩文集》、《曾文正公詩文集》

尹繼美 字湜軒，號□□，永新人，□□□□舉人，官黄縣知縣。主講洣泉書院，治經窮極蒐討，卓有見解。其文獨抒己見，言皆有物，根柢深厚，不以詞華見，簡潔質實，頗知古文義法，亦私淑桐城派者。撰《鼎吉堂文鈔》八卷、《文續鈔》八卷、《詩鈔》五卷、《詩續鈔》□卷。《越縵堂日記》、《詩地理考》、《詩管見》、《永新詩徵》、《鼎吉堂詩文鈔》並《續編》、《江西圖書館藏鄉賢著作目録》、《天根詩文鈔》、《國學圖書館圖書總目》、《山東圖書館書目》、《萇楚齋書目》、《續補碑傳集作者紀略》、《黄縣志》、《存吾春齋詩文續鈔》

諸福履　字旋慶，一字綏之，號靜齋，長洲人，處士，福坤從弟。師事福坤，受古文法，稱高第弟子。鋭意治詩，力追古人，務極其所造而後已。撰《靜齋詩賸》一卷，陳慶林爲之釐訂補葺。《陸湖遺集》、《杏廬詩文鈔》、《靜齋詩賸》、《萇楚齋續書目》

柳慕曾　字己仲，號無涯，吳江人，□□□□□□。師事諸福坤，受古文法，執經受業，稱高第弟子。爲文至嚴密，論文極峻刻，謂：「文辭弗難于博肆，莫難于簡練；必使篇無累句，句無贅字，盡之以約，而義無不賅；韻流言外，低徊諷之弗能置，斯極文人之能事。」通岐黄，旁及天算、輿地之學，兼擅書法。《杏廬詩文鈔》、《風雨閉門齋外集》

諸寶鏞　字宏肅，號光廷，長洲人，福坤子，諸生。秉承家學，淵源有自，務爲博覽記誦之學。綴文才氣舒溢，頗欲本經濟以爲文。喜閲邸報，歷主《警鍾》、《民意》兩報，偶有論述，多已刊入。撰《宏肅文存》一卷、《詩存》一卷。《宏肅詩文存》、《風雨閉門齋外集》、《陸湖遺集》、《萇楚齋續書目》、《續補碑傳集作者紀略》

陳慶林　字□□，號□□，吳江人，□□□□□□。師事諸福坤，受古文法，習聞緒論，亦工古文。《陸湖遺集》、《吉廬詩文鈔》、《靜齋詩賸》

柳念曾　字寅伯，號鈍齋，吳江人，□□□□□□□。師事諸福坤，受古文法，執經問難，稱高第弟子。《杏廬詩文鈔》

沈廷鏞 字詠韶，號庢廬，吳江人。諸生，□□□□□□。師事凌泗、諸福坤，受古文法，稱高第弟子，亦自知文重義法。《莘廬遺集》、《杏廬詩文鈔》

沈廷鐘 亦作維中，字根黄，亦字賡笙，號跅莽，吳江人，諸生，□□□□□□。師事諸福坤，受古文法，稱高第弟子。其文才氣駿發，遒然遠出。《杏廬詩文鈔》、《風雨閉門齋外集》

陳去病 字巢南，號佩忍，吳江人，□□□□□□。師事諸福坤，受古文法，稱高第弟子。《杏廬詩文鈔》、《風雨閉門齋外集》、《笠澤詞徵》、《吳江詩録》、《詩學綱要》、《賦學綱要》

吳涑 字温叟，號擊存，清河人，昆田子。諸生，□□□□□□。師事魯蕡、張兆麟等，受古文法，因得備聞魯一同、孔繼鑅爲文緒論。通經史百家之旨，工詩、古文詞。其文導源經史，折衷理道，高古峻潔，精覈典則；不麗淫以騁才，不虛囂以使氣，而于國聞鄉故之是非利病足爲法戒者，甄叙尤詳。詩亦朴厚近陶韋，一剗浮艷剽滑之習，深有得于家學。撰《抑抑堂集》□卷。《抑抑堂集》、《再續補匯刻書目》、《寒松晚翠堂詩文集》又《筆記》、《萇楚齋續書目》、《續補碑傳集作者紀略》、《甦餘日記》

唐炯 字鶴笙，一字鄂生，號成山，貴築人。道光己酉舉人，官雲南巡撫、督辦雲南礦務大臣。師事王柏心，受古文法。其詩以練勝人，取徑甚高，俯瞰一切，不專擬一家，而氣味自殊。撰《成山廬集》十二卷。《百柱堂全集》、《成山廬集》、《成山老人自訂年譜》、《萇楚齋續書目》、《續補碑傳集作者紀略》、《青萍軒詩文録》、《道咸同光名人手札》、《俞俞齋詩文稿初集》

朱彭年　字華泉，號□□，富陽人。光緒丙子進士，官貴溪縣知縣。師事夏壽嵩，受古文法，尤嗜歐文。其文頗宏肆。撰《春渚草堂故紙偶存》四卷。《富陽縣志》、《故紙偶存》、《自訂年譜》、《續補碑傳集作者紀略》、《萇楚齋續書目》

蔡壽臻　字鶴君，桐鄉人，□□□□□□□□□□。爲文私淑桐城，尤好方苞文。撰《艮居詩括》四卷、《文鈔》一卷。《艮居詩括》、《文鈔》、《龍泉園集》、《萇楚齋續書目》、《續補碑傳集作者紀略》、《金石書録目》、《虚受齋目録》

許人傑　字壬伯，海寧人。同治乙丑舉人，官嚴州府學教授。學問淵粹，工古文，宗法桐城，復工駢文、詩詞。撰《遲春閣文集》□卷、《寶硯堂詩集》□卷、《潔廬詞》□卷。《復堂文續》、《景陸粹編》

楊毓秀　字子堅，號柏巒山人，東湖人，諸生，□□□□□□。師事王柏心，受古文法十有餘年。聞其緒論甚久，于文知所嚮往，古文雅近歸、方。撰《紫清堂集》四卷、《平回志》八卷，嚴整雅潔，不墜先民遺則。《紫清堂集》、《平回志》、《萇楚齋書目》、《續補碑傳集作者紀略》

曾傳銘　字子器，□□人。諸生，□□□□□□。師事鄧瑶，受古文法。致力于史並兵法，考輿地險要與古今郡縣沿革甚詳，質疑問難，瑶頗爲所苦。其文氣雄而語峭。《雙梧山館文鈔》

戚開苹　字□□，沔陽人，□□□□舉人，□□□□□□。師事郭嵩燾，受古文法。《養知書屋

詩文集》

郭剛基　字依永，湘陰人，諸生，官分部員外郎，嵩燾子，曾國藩女夫。淵源家學，工詩文，于詩爲之尤勤，古淡生新，能獨闢町畦。書法精篆隸。撰《食筍齋遺集》□卷。《移芝室詩文集》、《天岳山館文鈔》、《曾文正公詩文集》

錢□□　字蕙窗，□□人，□□□□舉人，□□□□□□。工詩能文章，詩法盛唐，時或出入于金、元名家，獨不願蹈宋人蹊徑。爲文持論宗桐城文家義法。中年失明，後絶意仕進，覃思撰述。《崇雅堂詩文鈔》

邱崧生　字于蕃，亦字海几，山陽人，諸生。師事張兆麟，受古文法，博學嗜古，其文在柳州、眉山間。《寒松晚翠堂全集》

董復　字子履，□□人，□□□□□□。師事張兆麟，受古文法。其文筆意峭潔遒勁，刻意欲效古人。《寒松晚翠堂全集》

李坤厚　字少連，會稽人，諸生，□□□□□□。師事尹繼美，受古文法。其詩上追漢、魏樂府四言，自況曹瞞，奴子建以下。撰《春谷詩》一卷。《鼎吉堂詩文鈔》

李騰華　字鄴芸，號□□，新昌人，□□□□□□孝廉方正。其文私淑桐城，有法度，甚雅潔，規行矩步，求肖古人；筆力未極矯變，議論波瀾不甚開闊，然出入歸、方、朱仕琇，以上溯歐、曾，紆徐委備，詞體醇潔。要其指歸不外多讀書，而根極理要。手批河間《試律》、《矩存》，論文各處俱識正宗。于詩源流亦能守正矩，不異軌趣。撰《李鄰芸文鈔》□卷，文僅數十篇，山陽李芝齡尚書宗昉爲之刊行。《聞妙香室詩文鈔》、《李鄰芸文鈔》、《琴硯草堂古文前集》、《萇楚齋書目》、《續補碑傳集作者紀略》

陳□□　字孝蘭，□□人，□□□□舉人，□□□□□□。師事王柏心，受古文法，稱高第弟子。《睹棋山莊詩文集》

王先恭　字禮吾，長沙人。諸生，官分省補用知府，先謙弟。師事兄，受古文法。其文皆有章法，並工詩詞，撰述甚富。《虚受堂詩文集》

龍起濤　字倣山，號禹門，永新人。光緒甲戌進士，官常寧縣知縣。師事王先謙，受古文法。譚文校藝，常至移晷。性嗜學，以詩文經史相質證者，講論忘疲。撰《天霞山館文存》六卷、《詩存》二卷。《虚受堂詩文集》

王先慎　字慧英，長沙人。諸生，官藍山縣學訓導。主講濂溪、玉成等書院。先謙族弟。受古文法于兄，從之最久，獲益指導獨多，亦工古文。其學甄綜群言，疏抉疑蔽，意在昭義達情，垂說翼聖。其文修辭務爲簡質，不樂追逐文士，侈騰聲采。雜著□種，另見《撰述考》。《芥滄館文存》、《王祭酒自訂年譜》、《韓非子集解》、《萇楚齋書目》

王龍文　字澤寰，號□□，湘鄉人，光緒乙未進士，官翰林院編修。師事王先謙，受古文法。

先謙爲之章薙其蕪，句刮其纇，字別其疵。其文原本于性命之理，往往有所感觸，出以寄託。其詞嚴正而婉篤，惟冀于世教人心有萬一之補救，而義法却自謹嚴。撰《平養堂文編》□卷、《詩編》□卷。《平養堂詩文編》、《萇楚齋書目》、《續補碑傳集作者紀略》

羅正鈞　字順循，號劬葊，晚號石潭山農，湘潭人。光緒乙酉舉人，官山東提學使。主講淥江書院。辛亥國變後，痛人紀之變爲亘古所未有，悲天憫人，鬱結憂慨，謝絶人世。師事郭嵩燾，受古文法。又私淑王夫之，殫精經史，尤諳掌故兵略。撰《劬葊文稿初編》一卷、《二編》一卷、《三編》一卷、《四編》一卷、《詩稿》二卷，《辛亥殉節録》六卷尤爲有功名教，足以廉頑立懦，爲永世不朽之作。《羅順循學使行述》、《劬葊文稿》、《船山師友記》、《左文襄公年譜》、《王壯武公年譜》、《萇楚齋續書目》、《續補碑傳集作者紀略》

陳玉澍　原名玉樹，字誦芬，號惕葊，鹽城人。光緒戊子舉人，官候選教諭。師事張兆麟，受古文法。其文志在經世，類多指陳時弊，謀所以挽救之術，精悍激壯。紀時事有史才。撰《後樂堂文鈔》九卷、《文鈔續編》九卷、《附録》一卷、《詩存》一卷。《寒松晚翠堂全集》、《後樂堂詩文鈔》又《文鈔續編》、《教育芻言》、《卜子年譜》、《毛詩異文箋》、《鹽城縣志稿》、《萇楚齋書目》、《續補匯刻書目》、《續補碑傳集作者紀略》、《國學圖書館年刊》

樓光振　字杏林，號扈慎，□□人，諸生，□□□□□□。歷主國文教席。好讀書，于《春秋》

守《公羊》，《三禮》通《周官》，歷史熟《通鑑綱目》，古文私淑桐城。手一編不輟。其文縱横恣肆，頗似惲敬。《我君文存》、《萇楚齋續書目》

顔昌嶢　字□□，號□□，湘鄉人，諸生，□□□□□。師事王先謙受古文法。撰《息庵文録》一卷、《詩録》□卷。《息庵詩文録》、《續補碑傳集作者紀略》、《萇楚齋書目》

冒廣生　字鶴亭，號甌隱，亦號疚齋，如皋人。光緒甲午舉人，奏保經濟特科，官刑部□□司郎中。師事吳汝綸，受古文法；夙昔私淑桐城文學，復受詞學于葉衍蘭，詩學于母兄周星譽，校讎略録學于母兄周季貺。其文稱心而談，下筆而就，雖乏修詞之功，亦不爲追幽鑿深聱耳詰曲以驚世駭世，亦不放言高論以悖于古，頗能貌似。撰《小三吾亭文甲集》一卷、《乙集》一卷、《詩集》四卷、《詞集》一卷、《附録》一卷。《小三吾亭詩文集》、《吳門弟子集》、《冒氏叢書》、《續補碑傳集作者紀略》、《萇楚齋書目》

于省吾　字□□，海城人，□□□□□，專治桐城古文有年，于古文義法素有研究。撰《雙劍誃文集》□卷、《詩集》□卷。《浙江圖書館館刊》、《雙劍誃吉金圖録》、《吉金文選》、《尚書新證》

館森鴻　字子漸，日本□□□□□人，慕中國聖賢之道與文學。其文深得桐城家法。撰《拙存園文稿》□卷。《北山樓集》

桐城文學淵源考卷十二

此卷專記師事及私淑朱仕琇諸人

朱仕琇　字斐瞻，號梅崖，建寧人。乾隆戊辰進士，官福建府教授。肆力詩、古文詞。其文體格極正，寧艱澀而不肯不工，寧晦滯而不肯不奥；專于鍊句鍊字，雕琢太過，往往意爲辭累，雖刻意學韓，終有斧鑿痕。嘗謂：「文以立誠爲本，以文從字順各識職爲旨歸，以中有自得而能自爲爲究竟。」晚年反復于明王慎中、歸有光諸家，自以爲不及，心愈降而客氣盡，其奇詞奥旨不合于道者更鮮。歷主濉川、鰲峰等書院講席，從遊之士恒及千人，教授之盛幾與姚鼐等相埒。撰《梅崖居士文集》三十卷、《外集》八卷、《詩偶存》一卷。《福建通志》、《建寧縣志》、《凝齋先生遺集》、《山木居士集》、《梅崖居士集》、黎選《續古文辭類纂》、王選《續古文辭類纂》、《國朝先正事略》、《國朝文匯》、《文翼》、《文獻徵存録》、《皇朝經世文编》、《碑傳集》、《國朝尚友録》、《國史文苑傳》、《郋園讀書志》、《國朝耆獻類徵》、《鼎吉堂文鈔》、《群雅集》

【補遺】朱仕琇，繼雷鋐以古文鳴于閩。主講鰲峰書院十一年，其成就弟子，在建寧則朱雝、黄鳳舉、金榮鎬、余仕翺、何曰誥、陳績、李天炎等最有聲。凡閩人治古文者，不問知爲仕琇弟子，否則亦聞之于仕琇弟子者。蓋古文之道絶續之交，得仕琇而開通之。其文嫻于周、秦、西漢諸子及唐、宋、元、明諸大家，功候最深。惜其于經史均無所得而實用少，雖抗心希古，思深悟鋭，其才傑然足以自樹，爲文不懈而及于古，雕章琢句，上倣《法言》，下摹柳州，而筆性滯鈍，能沉着而不能軒翥。壯歲刻意學韓，縱義法不謬，不免釜鑿痕，未臻淳清沖淡極自然之境，尚屬一間未達。晚年文從字順，漸近自然，神到之篇亦自入妙，罕見巨製，多見諸書札壽文，惟自加品評，誇詡太過。《國朝嶺南文鈔》、《睦堂先生詩文集》、《經笥堂文鈔》、《半舫齋古文》、《樵隱昔寱》、《韓川文集》、《甚德堂文集》、《萇楚齋書目》、《續補碑傳集作者紀略》、《鼎吉堂詩文鈔續編》、《東越文苑傳》、《邵武府志》

林明倫　字穆菴，始興人。乾隆戊辰進士，官衢州府知府。與朱仕琇友善，以古文相切劘。仕琇爲刊其文集，謂其文爲古文正體，篇篇可傳。平生最好昌黎文，録文百三十五篇，分細段，段注其義法于下。凡文章離合順逆之法，略備于此，以便後人誦習，成《韓子文鈔》十卷，復撰《穆菴遺文》□卷、《文續編》□卷。《韓子文鈔》、《梅崖居士集》、《山木居士集》、《國朝先正事略》、《國朝文匯》、《碑傳集》、《國朝耆獻類徵》

【補遺】林明倫，從馬翮飛學《易》。初好《左氏傳》，輒以意首尾聯綴之，作數十大篇，以觀其文章事跡之終始。謂古文所以明道，盡讀宋五子書而反之于曾、孔。其《學庸通解》□卷，雖草創，有未盡處，然大段自謂不差。其文上窺性與天道之旨，而反復于宋五子之訓，有得于心。好昌黎之文，時學爲之。其遺集皆經朱仕琇評定。《國朝嶺南文鈔》、《藝談録》、《國朝古文匯鈔初集》、《睦堂先生

詩文集》、《可久處齋文鈔》、《知足齋文集》

官崇 字述言，號志齋，侯官人。乾隆己亥舉人，嘉慶丙辰舉孝廉方正。師事朱仕琇，受古文法，最稱高第弟子。撰《志齋文鈔》一卷。《福建通志》、《侯官縣志》、《文獻徵存録》

【補遺】官崇，志行端慤，文僅一卷，最得朱仕琇古文義法。《耐軒文初鈔》、《東越文苑傳》、《閩侯縣志》

魯鴻 字遠懷，號厚畬，新城人。乾隆癸未進士，官孟縣知縣。師事朱仕琇，受古文法。其爲文研求數十年。撰《厚畬文初稿》□卷、《詩稿》□卷、雜著□種。《江西詩徵》、《厚畬文初稿》、《周官塾訓》、《梅崖居士集》、《山木居士集》

【補遺】魯鴻，官□□□同知，沈酣經籍，治行皆有名。尤好古文章，文凡百餘首，持論有根柢，而多當于情。《凝齋先生遺集》、《惜抱軒詩文集》、《睦堂先生詩文集》、《萇楚齋書目》、《續補碑傳集作者紀略》

龔景瀚 字惟廣，一字海峰，閩縣人。乾隆辛卯進士，官蘭州府知府。師事朱仕琇，受古文法，稱高第弟子。其爲文，氣體與仕琇異，而格律謹嚴，論議皆精鑿周詳。撰《澹靜齋文鈔》六卷、《外編》二卷、《詩鈔》六卷、雜著六種。《澹靜齋詩文鈔》、《國朝文匯》、《國史循吏傳》、《皇朝經世文編》、《鼎吉堂文鈔》、《群雅集》

【補遺】龔景瀚，邃于經義，優于政事，精研史裁，沉酣先秦兩漢之文，博通宏達。從朱仕琇日淺，學識實在仕琇上。其文亦師其意不師其辭，洵爲善學柳下惠者。《朋舊遺詩合鈔》、《國朝古文匯鈔二

集》、《耐軒文初鈔》、《鼎吉堂詩文鈔續編》、《退思粗訂稿》、《匯刻書目》、《萇楚齋書目》、《續補碑傳集作者紀略》

朱仕玠　字璧豐，號筠園，建寧人，仕琇兄，乾隆□□拔貢，官内黄縣知縣。肆力古文，能造精微，兄弟互相切劘。尤工詩，格致高簡。撰《筠園詩稿》三卷、《刪稿》三卷、《谿音》四卷、《音别》四卷、雜著□種。《福建通志》、《建寧縣志》、《梅崖居士集》、《文獻徵存録》、《小琉球漫志》

【補遺】朱仕玠，亦字碧峰，主講鳳山縣崇文書院，能古今文，尤工詩。嘗舉《經解》「温柔敦厚」四字爲詩評。其所自爲抑而不愁，順而不蕩，俯仰容與，體清心遠，雅近韋、孟。然規格雖具，而精氣蓋寡，亦一病也。《東越文苑傳》、《邵武府志》、《筠園詩稿》、《崇本山堂詩文集》、《睦堂先生詩文集》、《萇楚齋書目》、李中簡《嘉樹山房集》

朱仕□　字崑采，建寧人，□□。師事從兄朱仕琇，受古文法。篤信師説，仕琇亦稱其志業可嘉。《梅崖居士集》

朱仕燦　字□□，建寧人，諸生。師事族兄朱仕琇，受古文法。《梅崖居士集》

【補遺】朱仕燦，健于文，有至性。

陳□□　字石涯，建寧人，諸生。師事朱仕琇，受古文法，稱高第弟子，有文名。《讀易慎疑》

何□□　字穆巖，建寧人，諸生。師事朱仕琇，受古文法，稱高第弟子，有文名。《讀易慎疑》

高騰　字鶴年，號海樵，又號九皋，光澤人。乾隆丁酉舉人，官福鼎縣訓導。師事朱仕琇，受古文法。學卓文雄，詩亦有宋人學唐格調。撰《蘭陔室古今文》六卷、《轂音初集》二卷。《福建通志》、《内自訟齋詩文鈔》、《怡亭文集》、《梅崖居士集》、《蛙鳴詩集》、《甚德堂文集》

【補遺】高騰，師事金榮鎬，受古文法。教授鄉里，指塗標的，靡不成材。論學宗宋儒，談經宗漢儒。其詩文由性情學問之觸發流露，不求工而自工，詩尤體莊氣肅。其思靜以深，嘗與其子澍然論詩文源流得失，恒至夜分不倦。《抑快軒文集》、《邵武府志》、《光澤縣志》

金榮鎬　字帝京，號芑汀，建寧人，乾隆庚子舉人。朱仕琇倡學濉溪，榮鎬師事最早，稱高第弟子。其爲文，己不懈而及于古，立説喜與先儒異，能發前人所未發。撰《芑汀古今文》□卷、《遺詩》□卷、雜著三種。《建寧縣志》、《福建通志》、《讀易慎疑》、《山木居士集》、《甚德堂文集》

【補遺】金榮鎬，主講本邑書院，撰《芑汀文集》□□卷。《邵武府志》、《光澤縣志》、《韓川文集》、《張亨甫集》

許□□　字道秉，晉江人，□□。師事朱仕琇，受古文法，仕琇甚賞之。嘗欲使六藝子史之精英，天地萬物之情狀，悉著見于文，以與四百年作者較其毫釐分寸。撰《就正編》□卷。《梅崖居士集》

李祥賡　字舜廷，號古山，建寧人，諸生。師事朱仕琇，受古文法。仕琇重其文行，延教諸孫，並遺命無易他師。刻苦力學，經術湛深，文章爾雅，多藹如之言，得古人立言遺意。六經皆有撰述，尤邃于《易》，能發前人未發之旨。撰《李古山文集》十卷、《蛙鳴詩集》十卷、《讀易慎疑》十卷。《建寧縣志》、《讀易慎疑》、《怡亭文集》、《抑快軒文集》、《蛙鳴詩集》

【補遺】李祥賡，從朱仕琇讀書松谷，文行甚高，爲學尤刻苦。抗志學道，期于經世，天文地理諸書無不通達。其治經，于先儒之學必求之于心，期以合于聖人之旨。文章醇雅，能得古人立言遺意。撰《周易慎疑》十卷，粹然純儒之理，大旨宗程、朱，一字一句必詳玩經文，探賾索隱，求自慊于心，以合于聖人之心。初館朱仕琇家十餘年，訓其諸孫，仕琇遺訓，戒勿易師。後館高澍然家。繼由□□□聘，主講泰寧鶴鳴山□，梅巖命諸子五人受業。其爲人篤信如此。《邵武府志》、《光澤縣志》、《張亨甫集》、《絳跗草堂詩集》、《耐軒文初鈔》、《直介堂徵訪書目》

張紳　字怡亭，號嚴山，建寧人，諸生。師事朱仕琇，受古文法。復館高澍然家八年，以詩、古文詞相切劘。其爲文高樹奥旨，淳古沖澹而孕奇氣，寄至味于澹泊，能造其單微。撰《怡亭文集》二十卷、《詩集》六卷。《怡亭文集》、《屺雲樓詩文鈔》、《建寧縣志》

【補遺】張紳，爲學務博綜，工詩、古文詞，皆有作者風。詩學王、孟，自盛唐上溯漢魏，下逮元、明諸家。文學歐、曾，間取奥峭于子厚，爲古文正傳。道光己丑聘修《福建通志》，所作諸傳，識者以爲歐、曾嫡派。高澍然録稿請質，紳爲删存若干篇。《抑快軒文集》、《邵武府志》、《萇楚齋書目》、《續補碑傳集作者紀略》、《賭棋山莊集》、《張亨甫集》

黄鳳舉　字臨皋，號裕齋，建寧人，諸生。師事朱仕琇，受古文法，相從最久，稱高第弟子。工古文，矢志唐宋八家。撰《裕齋居士文集》六卷、雜著三種。《福建通志》、《建寧縣志》、《梅崖居士集》

【補遺】黄鳳舉，其學以主静爲主，實驗之踐履。肆力古文，以求不失朱仕琇遺緒。其詩文雖力求峻潔，而養氣未裕。《邵武府志》、《張亨甫集》

何曰誥　字梓崍，一字紫來，建寧人。嘉慶□□拔貢，官候選訓導。師事朱仕琇，受古文法，工古文。撰《深柳讀書堂存草》□卷。《福建通志》、《建寧縣志》

陳績　字桂馨，建寧人，□□。師事朱仕琇，受古文法，稱高第弟子。《福建通志》

【補遺】陳績，字桂馨，號凝甫，又號石涯。簡重質樸，不苟言動，書法宗二王。《邵武府志》、《光澤縣志》

李天炎　字光南，建寧人，□□。師事朱仕琇，受古文法，稱高第弟子。《福建通志》

【補遺】李天炎，乾隆壬午舉人，生平好程朱之學，性至孝，以哀毁卒。學行力追古人，朱仕琇與之相知最久且篤。《梅崖居士集》、《邵武府志》

余春林　字穎源，建寧人。乾隆乙酉舉人，官晉江縣教諭。師事朱仕琇，受古文法。工古文，尤工詩，瓣香唐韋、柳二家。撰《潤園文集》六卷、《詩集》八卷。《福建通志》、《建寧縣志》、《梅崖居士集》

【補遺】余春林，力爲古文，以求不失朱仕琇遺緒。《張亨甫集》

朱文佑 字啓堂，建寧人，仕琇子，諸生。才高志大，爲學頗勤，日讀《史》《漢》，能爲古文，甚有才氣。尤工詩，瓣香唐王、孟。溯其淵源，不失仕琇兄弟家法。撰《松陰詩鈔》四卷、《詞鈔》□卷。《福建通志》、《建寧縣志》、《梅崖居士集》

【補遺】朱文佑，爲文操筆立就，蒼莽無端，不可以尺寸限。《邵武府志》

寧人望 字立孚，號幾軒，建寧人。乾隆乙酉拔貢，官直隸州州判。師事朱仕琇，受古文法。撰《一枝山房集》□卷、《雙鏡集》□卷、《倚廬集》□卷、《北海集》□卷。《建寧縣志》、《福建通志》、《山木居士集》

【補遺】寧人望，力學勵行，有俊才，詩尤清逸，雅近陶、謝。《梅崖居士集》

朱雝 字和鳴，建寧人，諸生。師事族兄朱仕琇，受古文法，相從最久，篤信師説。手鈔六經及左、馬、莊、屈、荀、揚、孟、韓之言，去其疵者。其爲文堅質清幽，辭旨潔而有則，温而有倫，有古作者風，絶似其師。詩亦多淵然自得之旨趣。撰《鼎堂文集》四卷、《詩集》□卷。《福建通志》、《建寧縣志》、《聞見偶録》、《梅崖居士集》、《甚德堂文集》

【補遺】朱雝，冥心慕古，詩歌、古雜文、制義皆體格清拔，高出流輩，有作者風。文得韓愈、李翺之遺。詩長于五古，專主大謝，旁及顔、鮑諸家，多淵然自得之旨。《邵武府志》、《國朝嶺南文鈔》

余仕翺　字羽臯，號羽豐，建寧人，□□。師事朱仕琇，受古文法，相從最久，篤信師説，稱高第弟子。工古文，才力甚佳。矢志唐宋八家，兼工書法。《梅崖居士集》、《建寧縣志》、《甚德堂文集》

李大儒　字魯一，號愚莽，建寧人，□□。師事朱仕琇，受古文法。復從從叔李俊學詩。博覽《莊》、《列》、《老》、釋諸書，折衷以儒者之言，冥搜幽討，期以自得。撰《愚莽詩集》六卷、《楚騷解》□卷。《建寧縣志》、《梅崖居士集》

徐惇典　字虞尊，建寧人，□□□□優貢，官廣平府同知。師事朱仕琇，受古文法，稱高第弟子。其爲文有氣骨，志行近古人，仕琇許爲國器。《梅崖居士集》、《山木居士集》、《建寧縣志》

【補遺】徐惇典，師事魯九臯，受古文法。

徐家璠　字望欽，一字璞山，建寧人。乾隆甲寅副榜，官政和縣教諭。師事朱仕琇、金榮鎬，受古文法，得其指授，遂工古文。兼工書法。《師友集》、《建寧縣志》

【補遺】徐家璠，書法宗《淳化閣帖》，楷書尤工。《邵武府志》

徐家恒　字心一，建寧人，諸生。師事朱仕琇受古文法，通經學古。其爲詩、古文詞甚健，仕琇許爲有用才。《山木居士集》、《梅崖居士集》、《建寧縣志》

【補遺】徐家恒，官候選教諭，學行克有成立。《崇本山房詩文集》

徐顯璋　字質甫，建寧人，家恒子，乾隆丁酉拔貢。師事朱仕琇，受古文法。其爲文，辭氣滂

沛直達，有不可抑遏之勢。《建寧縣志》、《山木居士集》

【補遺】徐顯璋，官候選教諭，工詩，豪邁宕逸，以天趣勝。撰《質甫詩集》十五卷。《邵武府志》、《抑快軒文集》、《崇本山堂詩文集》

朱文仁　字□□，建寧人，諸生。師事從父朱仕琇，受古文法。治《文選》、古類書。其詩清適可喜。《梅崖居士集》

【補遺】朱文仁，工書法，爲當世所推。

朱文倩　字士衡，建寧人，諸生。師事從父朱仕琇，受古文法。其爲文深謹，如其爲人。《梅崖居士集》

鄭洛英　字西瀍，號耆仲，閩縣人，乾隆庚寅舉人。師事朱仕琇，受古文法。其爲詩蒼鬱孤清，得古人之神理，並工書善畫。尤長于畫蘭。撰《恥虛齋集》二十二卷。《雅歌堂詩話》、《注韓居詩話》、《梅崖居士集》、《福建通志》

【補遺】鄭洛英詩，朱仕琇稱其才格與虞集、高啓爲近。博涉史傳，能鼓琴、書畫、騎射，並工水墨蘭石。建寧徐筠亭明府時作爲刻其詩集廿二卷，皆四十以前作。《崇本山堂詩文集》、《萇楚續書目》、《東越文苑傳》、《閩侯縣志》、《直介堂徵訪書目》

陳天文　字賢開，閩縣人，□□。師事朱仕琇，受古文法，稱高第弟子。《國朝耆獻類徵》

【補遺】陳天文，號恥齋，侯官人，處士。力求正學，篤信程、朱，非道學書不觀，言語造次必以禮。不喜作詩，有文數首，策論十數首，爲族人持去，遂失之。《甚德堂文集》、《耐軒文初鈔》、《東越文苑傳》

魏瑛 字述臻，侯官人，□□。師事朱仕琇，受古文法，稱高第弟子。《國朝耆獻類徵》

【補遺】魏瑛，號耕藍，閩縣人，乾隆甲午舉人，官安吉縣知縣，于朱仕琇文學最爲篤信嗜好。撰《鰲峰書院試草》□卷及他藝數十篇，當時雖已刊行，但坊間久無傳本。《内自訟齋詩文集》、《韓川文集》、《耐軒文初鈔》、《東越文苑傳》

鄭超 字在謙，侯官人，□□。師事朱仕琇，受古文法，稱高第弟子。《國朝耆獻類徵》

【補遺】鄭超，乾隆己亥舉人，□□□□□□，文學甚知名，詩、古文詞惜無傳本。《耐軒文初鈔》、《澹靜齋詩文鈔》、《東越文苑傳》

高澍然 字雨農，光澤人，騰子。嘉慶辛酉舉人，官内閣中書。其父授以朱仕琇所從受古文法。肆力古文三十年，尤嗜韓文，出入必挾以行。其爲文以養勝體潔氣粹，不必張皇以爲工，所言皆平易近情，澹靜出之，天機清妙，令人有悠然不已之思。平日致力韓、李二家文，而所得和易，乃近歐、曾。撰《抑快軒文集》七十三卷、《光澤縣志》三十卷、雜著□種。《韓文故》十三卷、《李習之文讀》十卷，二書于古文指塗標的，尤有便于學者。《睹棋山莊詩文集》、《怡亭文集》、《福建通志》、

《抑快軒文集》、《李習之文讀》、《抱潤軒文集》、《蒹秋葭柎草堂文集》、《損齋文集》、《揮塵拾遺》、《萇楚齋書目》、《碑傳集》、《會稽山齋集》、《國朝文匯》、《歗雲文鈔》、《篤舊集》

【補遺】高澍然，乾隆戊申舉人，師事陳績、陳善，受古文法。主講杭州、厦門等書院。樂志味道，經學明通。其文俯仰掩抑，情摯神遠，可謂文載其質。蓋真積其内，而寧靜淡泊之修有以固其外故。生平致力韓子，而所得和易，乃近歐、曾；于歐去剽，于曾去滯，道氣醞釀者深，豈絺章繪句所能襲取。朱仕琇文自外（人）〔入〕，澍然自内出，其本原甚高，其文實酷似歸有光，才力亦略相等，能于黯淡無色題事面目不甚相遠者，各有以肖其精神。生平服膺李翱，故駸駸與有光並。撰《易述》十二卷、《詩考異》三十卷、《古本大學解》二卷、《春秋釋經》十二卷、《漢曆律志注》二卷；《韓文故》十三卷尤爲專力所著，亦頗以之自信。《詩考異》言古今同異之非，而暢言其異與所以同者；《春秋釋經》以經證經，敷陳疑滯，精義間出；《韓文故》尤精力所萃，歷三十有三年，而後卒業，富陽周芸皋觀察凱爲之刊行。《抑快軒文集》晚年區分爲《甲編》□□卷、《乙編》四十九卷、《丙編》十六卷、《丁編》九卷、《外集》□卷，惜未刊行，僅有傳鈔本。《國朝古文匯鈔初集》、《春秋釋經》、《詩考異》、《邵武府志》、《光澤縣志》、《甚德堂文集》、《初月樓遺編》、《續補碑傳集作者紀略》、《石遺室文三集》、《迂存遺文》、《計有餘齋文稿》、《歗雲文鈔初編》、《耐軒文初鈔》、《直介堂徵訪書目》

何則賢　字道甫，閩縣人，道光乙未舉人。師事高澍然，受古文法。其爲文質實堅栗，詞遠

鄙倍，以神爲主。撰《藍水書塾文鈔》□卷、雜著□種。《硯桂緒録》、《賭棋山莊詩文集》

【補遺】何則賢，官建陽縣學訓導，主講景陽書院。師事陳庚焕，受古文法。博涉群籍，其于史學用力尤深，積書五萬卷，朱墨殆遍。撰《藍水書屋詩草》四卷、《詞草》□卷、《文集》八卷。《閩侯縣志》、《小石渠閣文集》、《射鷹樓詩話》、《抑快軒文集》、《伊園詩文鈔》、《直介堂徵訪書目》

謝代壎 字□□，建寧人，□□。師事金榮鎬，受古文法，潛心《易》義，親承指授，心悦神怡，以爲有益後學。《建寧縣志》

廖定掄 字獻廷，建寧人，諸生。師事張紳，受古文法，相從最久，亦能古文。《怡亭文集》

吴煊 字退菴，南城人，諸生。師事魯鴻，受古文法。《厚畬初稿》、《澹仙詩話》、《群雅集》

【補遺】吴煊□□□□舉人，□□□□□□，主講石渚書院。工詩，尚氣骨，善畫山水。撰《菜香書屋詩集》十卷。《睦堂先生詩文集》、《誦芬堂詩文鈔》、《國學圖書館圖書總目》、《國學圖書館書目二編》、《留春草堂詩鈔》、《唐賢三昧集箋注》

吴照 字照南，號白莽，南城人，煊弟。諸生，官大庾縣教諭。師事魯鴻，受古文法。工詩、古文詞，法精義遠。兼工書畫。撰《聽雨齋詩集》二十六卷、《補編》一卷、《别集》一卷。《皇朝續文獻通考》、《霞亭文集》、《厚畬初稿》、《群雅集》

【補遺】吴照，號白翁，又號青芝山人，南昌人。乾隆己酉拔貢，魯鴻高第弟子，主講紫陽書院。博洽通敏，熟精小學，工詩、古文詞。于詩尤工，可幾古作者。其詩明質暢達，讀之灑然，淵源于白居易、楊萬里，間爲婉縟之體，又髣髴范成大，絶出塵氛，有一唱三嘆之音，惟清圓流利，微傷于弱。工書畫，尤精蘭竹。醉後作畫，頃刻揮灑淋灕，盡數十紙。《汪容甫先生詩集》、《睦堂先生詩文集》、《宜秋館詩話》、《留春草堂詩鈔》、《萇楚齋書目》、《恐自逸軒瑣録》、《聽雨軒詩集》、《三松堂自訂年譜》、《鄉詩摭談》、《説文偏旁考》、《説文字原考略》、《復庵類稿》、《誦芬堂詩文鈔》

徐經　字蕓圃，號桓生，建陽人。嘉慶己卯進士，官翰林院編修。私淑朱仕琇，採其文集中教人爲文之説，得四十九則，成《梅崖作文譜》一卷，附録唐宋八家論文二十二則，其篤嗜如此。其爲文亦文成法立，能以朱仕琇爲宗法。撰《雅歌堂文集》二十二卷、《詩鈔》五卷、《賦》一卷、《詩話》二卷、《外集》十二卷。《雅歌堂集》、《皇朝續文獻通考》

【補遺】徐經，官濟東泰武臨道。《萇楚齋書目》、《續補碑傳集作者紀略》

林樹梅　字實夫，號瘦雲，金門人，□□□□□□。師事高澍然、周凱，受古文法。其爲文樸實，論事真切，説理不事張皇，生氣不匱。親承指授，遂能文章，所作復經高澍然潤色，益可觀覽。兼善古篆隸。撰《歗雲文鈔初編》十四卷、《靜遠齋詩鈔》□卷。《課餘偶録》、《歗雲文鈔初編》、《雲橋詩話餘集》、《竹間十日課》

【補遺】林樹梅，官布政司經歷。師事周凱陸年。從高澍然學古文，曾留其別業廿餘日，細爲指授，從容講論。研究農田兵禮有用之書。其文洞達古今利弊，大有關于經濟，尤善序事，勃鬱有生氣。詩亦悲壯蒼鬱，近《秋笳集》，兼工書畫鐵筆。撰《歗雲詩鈔》八卷，復經高澍然評定，《□□□叢記》□卷，記師友往來事實及流覽名勝；紀載海島廣袤里數、賈舶出入情形，尤切于實用。《同安縣志》、《愛吾廬文鈔》、《籀經堂類稿》、《抑快軒文集》、《歗雲詩鈔》、《停雲閣詩話》、《萇楚齋書目》、《續書目》、《續補碑傳集作者紀略》

劉存仁　字炯甫，一字念莪，閩縣人。道光己酉舉人，官秦州知州。師事張紳、高澍然，受古文法，從澍然受教四年，誘掖尤爲備至。其爲文筆情綿密而紆徐，雅近歐、曾。主講道南書院。撰《屺雲樓文集》十二卷、《詩集》二十四卷、《詩餘》一卷、雜著十五種。《屺雲樓詩文集》、《篤舊集》、《李習之文讀》、《雪橋詩話餘集》、《樵隱詩話》、《鼎吉堂文鈔》、《皇朝續文獻通考》

【補遺】劉存仁，原名炯，一字念義，號蘧園。咸豐辛亥孝廉方正，官泰州道。用力于古經，既極奧博，遂發抒于詞章。其文蘊蓄宏深，詳明確當，天然高邁，汰除俗調，刊落枝葉，削膚見根，外淡中腴，辭約義豐，平實切至，懇懇動人，其筆情綿密而紆徐，大抵近于南豐。詩亦閑淡雋永，如見性真，不假雕飾，自然合格。《小石渠閣文集》、《閩侯縣志》、《躬恥齋詩文鈔》、《閩詞徵》、《賭棋山莊集》、《射鷹樓詩話》、《續補匯刻書目》、《萇楚齋書目》、《續補碑傳集作者紀略》

李孔地　字均持，廣豐人，諸生。師事魯鴻，受古文法。其爲文深得古人義法，研求數十年，

陳義甚高，古意盎然。撰《霞亭文集》十五卷、《外集》五卷、《附録》一卷。《霞亭文集》、《厚畬初稿》

高□□　字幼瞻，光澤人，澍然子，□□。習聞其父言文之法，古文亦斐然。《屺雲樓詩文集》

魯肇熊　字念之，新城人，九皋子，嘉慶戊辰舉人。師事族祖魯鴻，受古文法，能嗣其父爲古文學。主講盱江書院。《周官塾訓》、《山木居士集》。

【補遺】魯肇熊即魯肇光，嘉慶戊辰舉人。

高炳坤　字子文，光澤人，□□。師事從父高澍然、周凱，受古文法，能古文。《受吾廬文鈔》、《内自訟齋詩文鈔》

【補遺】高炳坤，原名春熙，號如登，諸生，官候選教諭。《内自訟齋詩文集》、《抑快軒文集》

曾蓮炬　字啓照，同安人，□□。師事高澍然，受古文法。《揮麈拾遺》

【補遺】曾蓮炬，號鏡潭，諸生，官候選教諭。主講船山書院，教讀多所成就，工詩、古文。《同安縣志》

曾士玉　字廉亭，同安人，蓮炬子，□□□□舉人。師事高澍然，受古文法。嘗述澍然教人學文法，以告門人。喜研古文，尤喜方苞、姚鼐、高澍然諸家文。撰《古文話》□卷。《菽園贅談》、《揮麈拾遺》

【補遺】曾士玉，同治癸酉舉人，□□□□□□。撰《小可軒文稿》□卷。《同安縣志》、《五百石洞天

揮麈》、《直介堂徵訪書目》又《續徵訪書目》

補遺

上官載升 字□□，□□人，□□□□舉人，□□□□□□。師事高騰，受古文法。《怡亭詩文集》

高象升 升亦作紳，字□□，□□□人，諸生。師事高騰，受古文法。《怡亭詩文集》

伊桐 字鳳岡，寧化人，諸生。師事高騰，受古文法，最爲篤信，一字一言悉手録藏之。《怡亭詩文集》、《抑快軒文集》

熊際遇 字虞典，號藕亭，建寧人，諸生，官連江縣教諭，與張紳以文學相切磋。工詩、古文，詞旨淵潔，多得力于韓、歐，尤喜奬掖後進。撰《希古堂文集》十卷、《詩賦》□卷。《邵武府志》、《怡亭詩文集》、《直介堂續徵訪書目》

楊步瀛 字誠之，建寧人，諸生。師事何曰誥，受古文法，搜輯其師遺稿刊之。《邵武府志》

高搏 字鵬年，號碧澥，光澤人，騰弟，澍然季父，□□□□□□。師事金榮鎬，受古文法。以文學稱，尤好王文成公學。《邵武府志》、《怡亭詩文集》

朱文珍 字瓊仙，以字行，建寧人，諸生。師事從父朱仕琇，受古文法。文行卓然，且精醫。《甚德堂文集》

上官曦　字寅齋，光澤人。道光壬午舉人，□□□□□□。師事高騰，受古文法，與其子澍然同學十六年。騰歿後，澍然講求遺緒。自謂生平賴師友之力，頗知古文趨嚮。《春秋釋經》

高□□　字又渠，光澤人，騰從子，諸生。師事高騰，受古文法，最爲篤信，始終不名他師。《抑快軒文集》

何長栻　字金如，號鏡巖，光澤人，嘉慶辛酉拔貢，□□□□□□。師事高騰，受古文法。其才甚異，以貧故，未能專治古文。《抑快軒文集》

王□□　字執齋，建寧人，□□□□□□。師事朱仕琇，受古文法。《抑快軒文集》

吴紹先　字克庭，□□人，□□□□□□。師事張紳，受古文法。充其所學，可進于古。《抑快軒文集》

伊光華　字留璞，光澤人，□□□□□□。師事張紳，受古文法，篤信其説。工詩，善篆隸；詩境沖夷，篆隸亦有骨法可觀。撰《留樸詩存》□卷。《抑快軒文集》

鄢軼　字卓齋，一字悔初，建寧人，諸生。師事金榮鎬，受古文法，嘗從學至光澤，尤精制藝。《抑快軒文集》

何西泰　字敬儒，一字素華，侯官人。乾隆戊戌進士，官翰林院編修。師事朱仕琇，受古文法，有俊才。《清代館選分韻匯編》、《梅崖居士集》

徐湘潭 字仲華，號東松，永豐人。嘉慶癸酉拔貢，□□□□□□。肆力古文詞，最喜明王慎中、國朝朱仕琇二家。其文根柢槃深，枝葉鬯茂，而千回百折，純以單行，平流敷暢，清深蘊藉，漸近自然；惟題前題後喜發議論，雖其間精義疊出，然意緒太多，不能捨割，其于文體實傷繁冗。撰《睦堂先生詩集》十七卷、《文集》六十卷、《卷首》一卷。《睦堂先生詩文集》、《續補碑傳集作者紀略》、《萇楚齋書目》

張際亮 易名亨輔，字亨甫，建寧人。道光戊戌舉人，八旗官學教習。師事族兄張紳，受古文法。私淑方苞、劉大櫆、姚鼐、李祥賡四人，志在經世。喜爲詩，其詩才氣橫溢，情致綿邈，變化馳驟，有票姚飛動不可控抑之勢，而仍不觚于法。撰《張亨甫集》□□卷、《思伯子堂詩集》□□卷。《邵武府志》、《射鷹樓詩話》、《抑快軒文集》、《怡亭詩文集》、《思伯子堂集》、《張亨甫集》、《計有餘齋文稿》、《藝談録》、《東溟文後集》、《賭棋山莊集》、《同安縣志》、《睦堂先生詩文集》、《萇楚齋書目》、《續補碑傳集作者紀略》

高熙晉 字進階，光澤人。諸生，官太常寺主簿，澍然從孫。肆力古文，思追從祖之業。尤好學，以古文引誘後進，謂：「古文隨人材質深淺，皆可正心術，導迎善氣，以成德業。」勵志古人爲己之學，不隨時見。撰《自娱齋文集》六卷、《詩集》二卷。《邵武府志》、《直介堂續徵訪書目》

龔有光 字資萬，光澤人，諸生。肆力詩、古文詞，私淑張紳、高澍然以爲師法。晚年所作益工。《邵武府志》、《抑快軒文集》

高孝敭　字□□，光澤人，澍然子，諸生。好學能古文，守家法。撰《簶園文稿》□卷。《邵武府志》、《歗雲文鈔初編》、《賭棋山莊集》、《直介堂徵訪書目》

李雲誥　字鴻儀，建寧人，諸生。師事張際亮，受古文法，稱高第弟子。工詩，古文詞，兼精于《易》，通河洛理數，所言多奇中。撰《太華山人剩稿》□卷、《續稿》□卷。《邵武府志》、《直介堂續徵訪書目》

何高雍　字希仲，號簡齋，光澤人，長聚從子。諸生，咸豐丁巳粵匪殉難，追贈□□□□□□。師事高澍然、李祥賡，受古文法，各能得其要旨。其文真樸自遂，風格遒逸，充其所學，可進于古。晚精于醫。撰《從乂堂古文》四卷。《邵武府志》、《抑快軒文集》、《直介堂續徵訪書目》

何長聚　字焕奎，號鑫園，光澤人。□□□□□□，官候選知府。師事張紳、高澍然，受古文法廿年。爲文得昌黎真氣，篤于實學。撰《鑫園詩集》□卷、《文集》三卷。《邵武府志》、《抑快軒文集》、《直介堂續徵訪書目》

何高慰　字孟思，光澤人，長聚子。道光丙午舉人，官永安縣學教諭。詩文皆有家法，以典籍自娱。撰《企園文稿》□卷、《詩稿》□卷、《草間吟》□卷。《邵武府志》、《直介堂續徵訪書目》

高汸然　字□□，光澤人，騰子，□□□□□□。師事胞兄澍然，受古文法。亦能文章，謹言行，惜早卒。《甚德堂文集》

上官懋本 字近仁，光澤人，曦子。道光乙未進士，官刑部□□司主事。師事高澍然，受古文法，充其所學，可進于古。《抑快軒文集》

徐開祖 字□□，建寧人，顯璋子，□□□□□□。師事高澍然，受古文法，亦工文章。《抑快軒文集》

周倬奎 原名念祖，字紹修，無錫人，□□□□□□。師事高澍然，受古文法。《抑快軒文集》

李華 字而實，光澤人，□□□□□□。師事高澍然，受古文法。《抑快軒文集》

林中美 字□□，□□人，□□□□□□。師事高澍然，受古文法。《怡亭詩文集》

賴□□ 字子瑩，□□人。道光壬辰舉人，官候選訓導。師事高澍然，受古文法。讀書弗求多，而必有心得。肆力于古文，其文淡然而深，其品格在朱仕琇、吳賢湘之間，其深造者或朱、吳有弗及。《龍壁山房詩文集》

桐城文學淵源考卷十三

此卷專記師事及私淑魯九皋諸人

魯九皋　原名仕驥，字絜非，號樂廬，新城人。乾隆辛卯進士，官夏縣知縣。師事朱仕琇、從父魯鴻，受古文法。復謁姚鼐，反復講論，益以和平温厚爲主，持論尤中正。其爲文，由方苞、劉大櫆以上溯歐、曾，冲夷簡易，心平氣和，仁義之言藹如，于空曲交會中皆天理所融，獨得古聖仁賢深微之旨，非篤于倫理，有中心憯怛之誠者莫能爲也。治經深于《易》、《春秋》。撰《山木居士集》十二卷、《外集》二卷、《周易讀本》十二卷。《山木居士集》、《周易讀本》、《詩學源流考》、《太乙舟詩文集》、《惜抱軒集》、《梅崖居士集》、《江西詩徵》、《凝齋先生遺集》、《槃薖文甲乙集》、《晚含山人遺集》、《湖海詩傳》、《春融堂集》、《厚畬初稿》、《小西腴山館詩文集》、《立崖文稿》、《國朝先正事略》、《國朝文匯》、《碑傳集》、《皇朝經世文編》、《郋園讀書志》、《國朝尚友録》、《國史文苑傳》、《群雅集》

【補遺】魯九皋，師事雷鋐，受古文法。與李大儒交十餘年，嘗因大儒受詩法于李俊，以其文學授之子弟及鄉之雋才。其文以和平温厚爲主，雖自惜篇幅而自成體格，持論尤中正，具有仁者之質。淳古淡泊，不事雕飾，適盡其意之所欲言；而于窮理盡性立身行己之故，紆回反覆，使人各得其解，而可以著之施行。自謂：「處昇平之世，宜雍容揄揚，無爲激楚牢騷之音。」然蔚然醇茂，近學崑山，遠宗朱子，已入歐、曾之室。詩雖非所留意，然亦質厚有味。《北平圖書館月刊》、《樵隱昔寱》、《理堂詩文集》、《大雲山房文稿》、《萇楚齋書目》、《續書目》、《續補碑傳集作者紀略》、《邵武府志》、《考槃集文録》、《小峴山人詩文集》、《鄉詩摭談》

吳際蟠 初名喜，字達甫，號壺舟，新城人，□□。師事魯九皋，受古文法。名業雖不著，所詣實精。治經史古文，以聖賢爲志。其爲文清明和正，頗得師傳，九皋重其文行，延課其子與甥，魯嗣光、陳用光、謝學崇皆其弟子。撰《壺舟初稿》八卷、《續稿》□卷、《木屑竹頭集》十卷。《新城縣志》、《晚含山人遺集》、《山木居士集》、《國朝耆獻類徵》

陳希曾 字集正，一字雪香，號鍾溪，新城人，用光從子。乾隆癸丑進士，官工部右侍郎。師事魯九皋，受古文法。工詩、古文詞，得山水清剛之氣，而傅以博采。撰《奉使集》一卷。《奉使集》、《湖海詩傳》、《新城縣志》、《太乙舟詩文集》、《國朝耆獻類徵》

【補遺】陳希曾，希祖弟，敏于學，詩賦亦皆工。《國學圖書館圖書總目》、《梅麓詩文鈔》、《考槃集文録》、《適其適齋餘談》

陳希祖 字敦，一字穉孫，號玉香，一號玉方，新城人，用光從子。乾隆庚戌進士，官江南道監察御史。師事魯九皋，受古文法。博覽諸書，旁及天文、算法、水利、河渠，皆研究洞悉。尤工書法，名盛一時。《越縵堂日記》、《湖海詩傳》、《國朝耆獻類徵》、《新城縣志》、《甌鉢羅室書畫過目考》、《昭代名人尺牘小

傳》、《太乙舟詩文集》

【補遺】陳希祖，日誦韓、柳文，兼學制舉業，讀書好深湛之思。于書無所不窺。工曆算家借衰割圜諸術與一切星命雜學，無不究心。其詩、古文詞皆出以精意，惜遺稿散佚。工書，兼古今名家法帖，妙悟而師其意。其運筆于冲淡中取神采，人謂有得于黄庭之法，實以董思白爲宗，名震一時。兼善撫琴。撰《雲在軒遺集》四卷。《思無邪室遺集》、《考槃集文録》、《梅麓詩文鈔》、《睦堂先生詩集》

魯績　字賓之，新城人，鴻子，嘉慶丁丑進士。師事從兄魯九皋，受古文法。其爲文儁傑廉悍，專志于朱仕琇之體格。撰《魯賓之文鈔》一卷。《魯賓之文鈔》、《古文緒論》、《山木居士集》、《太乙舟詩文集》、《新城縣志》

【補遺】魯績，號靜生，文僅叁拾捌篇，皆義卓詞美，曲折横厲，頗有逼似柳州者。《樵隱昔寱》、《睦堂先生詩文集》

魯肇光　字葆之，一字純之，新城人，九皋子，□□□□拔貢。習聞其父緒論，能嗣其父爲古文學。《惜抱軒詩文集》、《新城縣志》、《湖海詩傳》

魯嗣光　字習之，一字韓門，新城人，九皋子，乾隆壬子舉人。習聞其父言古文法。博通經史，嘗校正《禮記》、《爾雅》、《説文》諸書，長于考據。其爲文博核精當，傑然欲自成其體，確守姚鼐矩矱。撰《魯習之文鈔》一卷、《尚書説》□卷。《魯習之文鈔》、《復初齋詩文集》、《山木居士集》、《湖海詩傳》、

《太乙舟詩文集》、《古文緒論》、《惜抱軒尺牘》、《新城縣志》

【補遺】魯嗣光，亦字承之，治經甚精勤，文僅拾叁篇，且多少作。《樵隱昔寱》

陳蘭祥　字伯芝，新城人，用光從子。□□□□進士，翰林院庶吉士。師事舅祖魯九皋，受古文法。撰《晚翠軒文集》□卷。《山木居士集》、《新城縣志》、《太乙舟詩文集》

【補遺】陳蘭祥，道光己丑進士，師事從父用光，受古文法，獲聞姚鼐等緒論。篤志于學，長于治事，于文學非其所專，然所爲古文具有淵源，循謹有法度，已臻老成，非如世之號爲古文者。所述宗祠數拾條規，猶足以資後人觀感。《陳藝叔集》、《陳廣敷集》、《松心文鈔》、《直介堂徵訪書目》

潘蘭生　字磷石，號白鄰，新城人，□□。師事魯九皋，受古文法。敏于學問，工詩、古文詞。《新城縣志》

【補遺】潘蘭生，亦字遴士，□□壬子舉人，官内閣中書。《太乙舟詩文集》

楊希閔　字卧雲，新城人。□□□□拔貢，官内閣中書。師事魯九皋，受古文法。其爲文有師法。頗治樸學，勤于纂述。主講海東書院。撰《遐想山房詩集》四卷、《長樂縣志》二十卷、《卷首》一卷、雜著□□種。《薇省詞鈔》、《課餘偶録》、《雪橋詩話餘集》、《小酉腴山館自訂年譜》、《山木居士集》

【補遺】楊希閔，號鐵傭，道光丁酉舉人，□□□□□□。立身行己，悉奉古人爲圭臬。其文博極古今，詳考得失，尤于世道人心有關係。《北京圖書館月刊》、《讀書舉要》、《閩南遊草》、《榕陰日課》、《水經注匯校》、《王荊公年譜考略》、《國學圖書館年刊》、《聽秋聲館詞話》、《江西圖書館藏鄉賢著作目録》、《鄉詩摭談》、《國學圖書館圖書總目》、《葭楚齋書目》、《遐想山房詩》、《閩南遊草》、《自知齋詩集》、《直介堂續徵訪書目》

魯□□　字南畹，新城人。□□己丑進士，官□科給事中。師事族父魯九皋，受古文法。撰《敦復堂詩集》□卷。《魯賓之文鈔》

【補遺】魯蘭枝，字德馨，號南畹。乾隆己丑進士，官兵科掌印給事中，主講濼源、皖江、豫章等書院。師事族祖魯鴻，受古文法。天性好學，篤老不倦。撰《敦復堂文集》□卷。《睦堂先生詩文集》、《直介堂續徵訪書目》

饒慶萱　字□□，□□人，□□□□□□。師事魯九皋，受古文法。亦能古文。《晚含山人遺集》

吴慶蟠　字慕衡，新城人，際蟠□□，監生。師事魯九皋，受古文法。亦能古文。《山木居士集》

【補遺】吴慶蟠，號元圃。

魯雲　字□□，新城人，□□□□□□。師事□□魯九皋，受古文法。亦能古文。《晚含山人遺集》、《山木居士集》

徐家泰　字□□，建寧人。諸生，官崇安縣訓導。師事其舅朱仕琇、魯九皋，受古文法。《怡亭文集》、《山木居士集》、《小琉球漫志》

【補遺】徐家泰，字虞尊，家恒從子，朱仕琇女召南之夫。《梅崖居士集》、《崇本山堂詩文集》

黄得恒　字□□，□□人，諸生。師事魯九皋，受古文法。《山木居士集》

謝學崇　字椒石，南康人。嘉慶壬戌進士，官歸德府知府。師事吴際蟠，受古文法。工詩詞。撰《亦園詩賸》五卷、《小蘇潭詞》六卷。《亦園詩賸》、《勵堂讀書記》

【補遺】謝學崇，字仲蘭，亦字茱石，官開歸陳許道。《大雲山房文稿》、《蜀程小記》、《皇朝續文獻通考》、《勵堂讀書記》、《密齋詩文集》、《醒予山房詩文存》

陳鵬　字□□，新城人，陳溥從孫，□□。師事楊希閔，受古文法。亦工古文。《自知齋詩集》

魯元復　字□□，新城人，□□。師事□□魯九皋，受古文法，能傳其所學。名業雖不著，所詣甚精。《山木居士集》

黄長森　字襄南，新城人。□□□□進士，官桐城縣知縣。師事魯九皋，受古文法。其爲文有師法，尤善于詩。撰《自知齋文集》□卷、《詩集》九卷、《詞》一卷。《自知齋詩集》、《山木居士集》

【補遺】黄長森，號曼莽，官黟縣知縣。主講崇正書院，與梅曾亮、吴嘉賓、馮志沂、陳溥、陳學受等以詩文相切磋。詩學山谷，作于亂中，多感痛之作；其音哀以思，得性情之正。詩文遭粵匪亂焚毁。《適其適齋餘談》

魯希晉　字平可，新城人，□□。師事□□魯九皋，受古文法，能傳其學，亦工古文。《山木

居士集》

【補遺】魯希晉，號補廬，光緒壬寅舉人，□□□□□□。學問淵邃，爲文雅潔有法度，一以桐城爲宗，詩亦韻味深穩。《適其適齋餘談》

魯應祥 字□□，新城人，九皋孫，□□□□□□。習聞其祖緒論。工詩文，有家法。《山木居士集》

【補遺】魯應祥，字伯元。

楊聲昭 字□□，新城人，□□。師事魯希晉，受古文法。自有知識，即好桐城文學，肆力詩、古文詞。《山木居士集》

補遺

陳希孟 字□□，新城人，希祖弟，□□□□拔貢，官候選同知。師事魯九皋，受古文法。《考槃集文録》

陳煦 初名有光，字暉吉，後字青梧，新城人，用光兄。《四庫全書》館總校，議叙舉人，官光禄寺署正銜。師事舅氏魯九皋，受古文法。鋭意欲爲韓、歐文，繼復自奮宋儒之學，工詩。《太乙舟詩文集》

魯迪光 字□□，新城人，九皋子，□□□□□□，能嗣九皋爲古文。《山木居士集》

蔡世鉞 字石坪，號□□，玉山人。□□□□舉人，官和平縣知縣。私淑魯九皋，復從陳用光受古文法。其文説經考證精通，雜文氣息醇厚，體正義密，于震川、望溪爲近，自謂得力于望溪《春秋》義法者多。撰《都門文鈔》一卷、《閩南文鈔》一卷。《都門文鈔》、《閩南文鈔》、《味蕉試帖》、《禹貢讀》、《讀舊唐書隨筆》、《萇楚齋續書目》、《續補碑傳集作者紀略》

吴雲 能通六藝經傳之辭。

黄豫元 字□□，□□人，□□□□□。師事魯九皋，受古文法。《山木居士集》

陳學洪 字充之，新城人。監生，官新興場鹽大使，有光從孫。師事世父蘭祥，受古文法。能文章，工書法，肆力于學，丹鉛劬瘁，治心性，極理要，不讀非聖之書。《復堂文》

李覺 字牧臣，南豐人，□□□□□。師事魯續，受古文法，稱高第弟子。《睦堂先生詩文集》

黄兆藻 字慨予，號□□，新城人。光緒壬寅舉人，官揀選知縣。其文私淑桐城，推究體要，一衷於正，以紹鄉先正遺軌，非涂飾剽竊揣摩時好者可比。撰《適其適齋集》五卷。《適其適齋集》、《萇楚齋續書目》、《續補碑傳集作者紀略》

論文雜記

劉師培 撰

《論文雜記》

劉師培　撰

劉師培(一八八四——一九一九),字申叔,號左盦,江蘇儀徵人。一九〇二年中本省鄉試舉人。一九〇三年至上海,結交章炳麟,傾向革命。一九〇七年亡命日本,入同盟會,爲《民報》撰稿人。返國後,竟投入清兩江總督端方幕下。袁世凱圖謀稱帝,劉又爲「籌安會六君子」之一以助之。一九一七年任北京大學教授,兩年後病逝,年三十六歲。後人輯有《劉申叔先生遺書》七十四種。

《論文雜記》乃論文章之法與文體之著作。劉氏論文,一如其論經學,均建基於文字訓詁等小學之上,認爲論文「不根於小學,此作文所由無秩序也」,由字法而及於句法、章法、筆法。論及文章之歷史流變,又把歷代作家均分別歸屬於先秦諸子之「九流十家」之中。又本其鄉人阮元之説,嚴文筆之辨,以駢文爲文體正宗,認爲「飾」乃「文」之本質特性,「『文』訓爲『飾』,乃英華外發,秩然有章之謂也」,從而把韓、柳以來古文逐出「文」之領域。但又主張「修俗語」與「用古文」,即白話與文言同時並存,肯定文學語言進化演變之合理性。

《論文雜記》原分載於《國粹學報》一至十期（一九〇五年二月二十三日至十一月十六日）。有樸社一九二八年單行本。又有《劉申叔先生遺書》本，於一九三六年寧武南氏校印。今即據以録入。

（王宜瑗）

序

西人分析字類，曰名詞、代詞，曰動詞、靜詞、形容詞，曰助詞、聯詞、副詞。名詞、代詞者，即中國所謂實字也。動詞、靜詞、形容詞者，即中國所謂半虛實字也。助詞、聯詞、副詞者，即中國所謂虚字也。予觀孔子垂訓，首重正名。而漢儒董仲舒亦曰：「名生於真，非其真無以爲名。」蓋實字用以名一切事務者，皆曰名詞。字由事造，事由物起，故名詞爲文字之祖。中國小學書籍，亦多釋名詞。《爾雅》由《釋親》至《釋畜》以及劉熙《釋名》，皆分析名詞，字由類聚。是古人非不知名詞之用也。至代詞一類，皆以虛字代實字之用。吾觀劉氏《助字辯略》，釋「之」、「其」二字，訓爲指事物之稱，且博引古籍，得數十條。是古人非不知代詞之用也。《爾雅·釋詁》三篇，大抵皆動詞、靜詞。明人朱鬱儀《駢雅》，則大抵皆靜詞、形容詞。是形容詞之用，先儒亦早知之。毛、鄭釋《詩》，多言狀物。而江都汪氏之釋「三」、「九」也，亦謂古人作文，多用形容之詞，以示立義之奥曲。則靜詞、狀詞、形容詞之用，古人亦無不知之矣。至助詞、聯詞、副詞，則上古之時，大抵由名詞假借。其始也，由實字假爲半虛實字：如「治」本水名，借爲治國之治；「脩」本段脯，借爲修身之修；（此由實字假爲動詞者。）「薄」爲林薄，借爲厚薄之薄；「舊」爲鵂鶹，借爲新舊之舊（此由實字借爲靜詞、形容詞者。）是也。其繼也，更由實字借爲虚字：如「之」字、（草出地也。）「於」字、（孝鳥也。）「而」字、（頿須也。）「所」字、（鋸木聲也。）「則」字、（等畫物也。）「苟」字、（草也。）「維」字、（車蓋系也。）「云」字、（山川氣也。）「不」字、（鳥飛翔不下也。）「必」字、（弓檠也。）「莫」字（日且冥也。）是也。其借假之例，約有二端：一爲由義假借：如「而」爲頿須，有下垂之義，故承上起下之字爲「而」；「盡」爲器中空，有窮盡之義，故凡物窮盡者皆爲「盡」；「云」爲山川氣，故曰所出之語亦爲「云」：其例一也。一爲由聲假借；本無其字，而讀音與某實字音相近，因假借爲之，如「於」字、「所」字是：（此與今日土俗有音無字者相似，姑借同聲之實字以寄其字形。）其例二也。觀此二例，則知虚字本無實義，故有一字數用者，亦有數字一用者，每隨文法爲轉移。近世巨儒，如高郵王氏、雒山劉氏，於小學之中，發明詞氣學，因字類而兼及文法，則中國古人亦明助詞、聯詞、副詞之用矣。昔相如、子雲之流，皆以博極字書之故，致爲文日益工，此文法原於字類之證也。後世字類、文法，區爲二派，而論文之書，大抵不根於小學，此作文所由無秩序也。

論文雜記

劉師培　撰

印度佛書，區分三類：一曰經，二曰論，三曰律。而中國古代書籍，亦大抵分此三類：一曰文言，藻繪成文，復雜以駢語韻文，以便記誦，如《易經》六十四卦及《書》、《詩》兩經是也；是即佛書之經類。一曰語，或爲記事之文，或爲論難之文，用單行之語，而不雜以駢儷之詞，如《春秋》、《論語》及諸子之書是也；是即佛書之論類。一曰例，明法布令，語簡事賅，以便民庶之遵行，如《周禮》、《儀禮》、《禮記》是也；是即佛書之律類。後世以降，排偶之文，皆經類也；單行之文，皆論類也；會典、律例諸書，皆律類也。故經、論、律三類，可以該古今文體之全。惜後人昧其淵源，不知文章之派別耳。

英儒斯賓塞耳有言：「世界愈進化，則文字愈退化。」夫所謂退化者，乃由文趨質，由深趨淺耳。及觀之中國文學，則上古之書，印刷未明，竹帛繁重，故力求簡質，崇用文言。降及東周，文字漸繁；至於六朝，文與筆分；宋代以下，文詞益淺，而儒家語録以興；元代以來，復盛興詞曲：此皆語言文字合一之漸也。故小説之體，即由是而興，而《水滸傳》、《三國演義》諸書，已開俗語入文之漸。陋儒不察，以此爲文字之日下也。然天演之例，莫不由簡趨繁，何獨於文學而不然？故世之討論古今文字者，以爲有淺深文質之殊，豈知此正進化之公理哉？故就文字之進化之公理言之，則中國自近代以來，必經俗語入文之一級。昔歐洲十六世紀，教育家達泰氏以本國語言用於文學，而國民教育以興。蓋文言合一，則識字者日益多。以通俗之文，推行書報，凡世之稍識字者，皆可家置一編，以助覺民之用。此誠近今中國之急務也。然古代文詞，豈宜驟廢？故近日文詞，宜區二派：一修俗語，以啓瀹齊民；一用古文，以保存國學，庶前賢矩範，賴以僅存。若夫矜夸奇博，取法扶桑，吾未見其爲文也。

中國文學，至周末而臻極盛。莊、列之深遠，蘇、張之縱橫，韓非之排奡，荀、吕之平易，皆爲後世文章之祖。而屈、宋《楚詞》，憂深思遠，上承風雅之遺，下啓詞章之體，亦中國文章之祖也。惟文學臻於極盛，故周末諸子，卒以文詞之美，得後世文士之保持，而流傳勿失。（中國秦、漢以下文學之士，不知諸子之精深，惟好其文詞而已。故近人所選古文，多以諸子入選。）則修詞學烏可不講哉？

上古之時，先有語言，後有文字。有聲音，然後有點畫；有謠諺，然後有詩歌。謠諺二體，皆爲韻語。「謠」訓「徒歌」，（《説文》「䚻」字下云：「徒歌也。」戴侗《六書故》引唐本《説文》：「聲謠，徒歌也。」《爾雅・釋樂篇》亦同。）歌者永言之謂也。（《漢書・藝文志》云：「詠其聲謂之歌。」）「諺」訓「傳言」，（《説文》云：「諺，傳言也。」）言者直言之謂也。（《文心雕龍》云：「諺，直言也。」）蓋古人作詩，循天籟之自然，有音無字，故起源亦甚古。

觀《列子》所載，有堯時謠，孟子之告齊王，首引夏諺，而《韓非子・六反篇》或引古諺，或引先聖諺，足徵謠諺之作先於詩歌。（「諺」字從「言」，「彦」聲。「彦」訓「美士」。《説文》云：「有文人之所言也。」是諺彦爲士之文言，非若後世之諺爲鄙言俗語也。鄙言俗語爲「諺」字引伸之義。）厥後詩歌繼興，始著文字於竹帛。然當此之時，歌謠而外，復有史篇，大抵皆爲韻語。言志者爲詩，記事者爲史篇。史篇起源，始於倉聖。《周官》之制，太史之職，掌諭書名。而宣王之世，復有史籀作《史篇》，書雖失傳，然以李斯《倉頡篇》、史遊《急就篇》例之，大抵韻語偶文，便於記誦，舉民生日用之字，悉列其中，蓋《史篇》即古代之字典也。（《内則》云：「十歲學書記。」即《史篇》也。）又孔子之論學《詩》也，亦曰「多識於鳥獸草木之名」，是詩歌亦不啻古人之文典也。蓋古代之時，教曰「聲教」，故記誦之學大行，而中國詞章之體，亦從此而生。詩篇以降，有屈、宋《楚詞》，爲詞賦家之鼻祖。然自吾觀之，《離騷》、《九章》，音涉哀思，矢耿介，慕靈修，傷中路之夷猶，怨美人之遲暮，託哀吟於芳草，驗吉占於靈茅，窈窕善懷，嬋娟太息，詩歌比興之遺也。《九歌》、《招魂》，指物類象，冠劍陸離，輿旌紛錯，以及靈旗星蓋，鱗屋龍堂，土伯神君，壺蜂雁虺，辨名物之瑰奇，助文章之侈麗，史篇記載之遺也。是《楚詞》一編，隱含二體。秦、漢之世，賦體漸興，（《荀子》已有《蠶賦》。）溯其淵源，亦爲《楚詞》之別派；憂深慮遠，《幽通》、《思玄》，出於《騷經》者也；《甘泉》、《藉田》，愉容典則，出於《東皇》、《司命》者也；《洛神》、《長門》，其音哀思，出於《湘君》、《湘夫人》者也；《感舊》、《歎逝》，悲怨悽涼，出於《山鬼》、《國殤》

者也；《西征》、《北征》，叙事記遊，出於《涉江》、《遠遊》者也；《鵬鳥》、《鸚鵡》，生歎不辰，出於《懷沙》者也；《哀江南賦》，睠懷舊都，出於《哀郢》者也；推之《枯樹》出於《橘頌》，《閒居》出於《卜居》，《七發》乃《九辨》之遺，《解嘲》即《漁父》之意：淵源所自，豈可誣乎？蓋《騷》出於《詩》，故孟堅以賦爲古詩之流。然相如、子雲作賦漢廷，指陳事物，殫見洽聞，非惟風雅之遺音，抑亦《史篇》之變體。（觀相如作《凡將篇》，子雲作《訓纂篇》，皆《史篇》之體，小學津梁也。足證古代文章家皆明字學。）此古代文章之流別也，然知之者鮮矣。

箴、銘、碑、頌，皆文章之有韻者也，然發源則甚古。箴者，古人諫誨之詞也。（《書・盤庚篇》云：「無伏小人之攸箴。」《詩・庭燎序》云：「因以箴之。」《左傳》載師曠之言曰：「百工誦箴諫。」）《文心雕龍》之言曰：「夏、商二箴，餘句頗存。」（案《夏箴》見於《佚周書・文傳篇》，《商箴》見《吕氏春秋・名類篇》，而《謹聽篇》亦引《周箴》。）案周辛甲爲太史，官箴王缺，而《虞人》一篇，列諸《左傳》。則箴體本於三代也。銘者，古人儆勵之詞也。（《説文》云：「銘，名也。」）銘始於黄帝，故《漢志》道家類列《黄帝銘》六篇，厥後禹銘筍虡，湯銘浴盤，武王聞丹書之言，爲銘十六，（見《大戴禮》。）而周代公卿大夫，莫不勒銘於器，以示子孫。（見金石書中所載。）故臧武仲云：「夫銘，天子令德，諸侯言時計功，大夫稱伐。」而《詩傳》亦曰：「作器能銘，可以爲大夫。」《考工記》亦曰：「嘉量有銘。」則銘體始於五帝矣。碑者，古人記功之文也。自無懷氏刻石泰山，爲立碑記功之始。（《文心雕龍》云：「碑者，埤也。上古帝王，始號封禪，樹石碑岳，故名曰碑。」）而

《穆天子傳》亦言穆王紀跡於弇山。則碑體亦始於五帝矣。(古人記功之碑與麗牲之碑不同，見江都淩先生小樓《讀書答問》。)頌者，古人揄揚之詞也。《莊子》有言：「黄帝張《咸池》之樂，有焱氏爲頌。」而《史記·樂書》亦曰：「黄帝有《龍袞頌》。」而帝嚳之世，咸墨爲頌，以歌《九韶》。(見《文心雕龍》。)《詩》有六義，其六曰頌；《周頌》、《魯頌》、《商頌》皆載《詩經》。則頌體亦始於五帝矣。推之誌銘(如比干《銅盤銘》及孔子銘吴季札墓是。)誄辭之作，(如魯莊誄縣賁父、哀公誄孔子是。)皆起於三代之前，而皆爲有韻之文。足證上古之世，崇尚文言，故韻語之文，莫不起源於古昔。阮氏《文言説》所言，誠不誣也。

劉彦和作《文心雕龍》，叙雜文爲一類。吾觀雜文之體，約有三端：一曰答問，始於宋玉，(《答楚王問》。)蓋縱横家之流亞也；厥後子雲有《解嘲》之篇，孟堅有《賓戲》之答，而韓昌黎《進學解》，亦此體之正宗也。一曰七發，始於枚乘，蓋《楚詞·九歌》、《九辯》之流亞也；厥後曹子建作《七啓》，張景陽作《七命》，浩瀚縱横，體仿《七發》，蓋勸百風一，與賦無殊，而盛陳服食遊觀，亦近《招魂》、《大招》之作，(柳子厚《晉問篇》，亦七類也。)誠文體之别出者矣。一曰連珠，始於漢、魏，蓋荀子演《成相》之流亞也；首用喻言，近於詩人之比興，繼陳往事，類於史傳之贊辭，而儷語韻文，不沿奇語，亦儷體中之别成一派者也。三者而外，新體實繁；有所謂上梁文者矣；(出於《詩·斯干篇》。)有所謂祝壽文者矣；(始於華封人之祝堯。)而一二慧業文人，筆舌互用，多或累幅，少或數言，語近滑稽，言違典則，此則子雲稱爲小技，而昌黎斥爲俳優者也。古人謂「小言破道」，其此之謂乎？

西漢之時，總集、專集之名未立；隋、唐以上，詩集、文集之體未分。於何徵之？觀班《志》之叙藝文也，僅序詩賦爲五種，而未及雜文；誠以古人不立文名，偶有撰著，皆出入六經、諸子之中，非六經、諸子而外，别有古文一體也。如論説之體，近人列爲文體之一者也。然其體實出於儒家。（九家之中，凡能推闡義理，成一家者，皆爲論體，互相辯難者，皆爲辯體。儒家之中，如《禮記·表記》、《中庸》各篇，皆論體也；《孟子》駁許行等章，皆辯體也。即道家、雜家、法家、墨家之中，亦隱含論、辯兩體。宣口爲説，發明經語大義亦爲説。《漢志》於發明經義之文，即附於本經之下。又賈誼《過秦論》三篇，亦列於《新書》，而《漢志》雜家復有《荆軻論》五篇，皆論體之列於子者也。）書説之體，亦近人列爲文體之一者也，然其體實出縱横家。（如蘇子、張子、蒯通、鄒陽、主父偃之文，皆文章中之書説類也，而《漢志》咸列之縱横家中。）推之奏議之體，《漢志》附列於六經。（如《尚書》類列議奏四十二篇，《禮》類列議奏三十八篇，《春秋》類列議奏三十九篇、奏事二十篇，《論語》類列議奏二十篇；而河間獻王對上下三雍官列於儒家，博士賢臣對列於雜家，此又奏議類之附列諸子中者也。）敕令之體，《漢志》附列於儒家。（儒家之中，列《高祖傳》十三篇，自注云：「高祖及大臣述古語及詔策也。」又列《孝文傳》十一篇，自注云：「文帝所稱及詔策。」此其確證。）又如傳、記、箴、銘，亦文章之一體。然據班《志》觀之，則傳體近於《春秋》，（故太史公、馮商所著書列入《春秋》類也。）記體近於古禮，（如《周官經》、《古佚禮》、《大小戴禮》，皆記體之先聲也。）箴體附於儒家，（儒家列楊雄三十八篇，有箴二篇，而劉向所序六十七篇内，有《列女傳頌》，頌亦文也。）銘體附於道家，（道家列《黃帝銘》六篇，而雜家所列孔甲盤盂二十六篇，亦銘類也。）是今人之所謂文者，皆探源於六經、諸子者也。故古人不立文名，亦不立集名。若詩賦諸體，則爲古人有韻之文，源於古代之文言，故别於六藝九流之外；亦足證古人有韻之文，另爲一體，不與他體相雜矣。至於東漢，文人撰作，以篇計，不以集名。（觀《後漢》各列傳可見。後世所謂《張平子集》、《蔡中郎集》者，皆後人追稱之詞也。）六朝以降，集名始興，分總集、專集爲二類。然考《隋書·經籍志》，則所列集名，大抵皆兼括詩文各體，且多儷詞韻語之文。唐、宋以降，詩集文集，判爲兩途。而文之刊入集中者，不論其爲有韻爲無韻也，亦不論其爲奇體爲偶體也，而文章之體，至此大淆。惟儀徵阮芸臺先生編輯《揅經室集》，言集不言文，（祇曰《揅經室集》，不曰《揅經室文集》。）析爲經、史、子集四種，（凡説經之文歸第一集，記事之文歸第二集，言理之文及雜文歸第三集，有韻之文、駢體之文及古今體詩歸第四集。）謂非窺古人學術之流别者乎？然流俗昏迷，知此義者鮮矣。

《漢書·藝文志》叙詩賦爲五種，而賦則析爲四類：屈原以下二十家爲一類；（合屈原、唐勒、宋玉、趙幽王、莊夫子、賈誼、枚乘、司馬相如、淮南王、孔臧、劉偃、吾丘壽王、蔡甲、兒寬、張子僑、劉德、劉向、王褒及淮南王羣臣，合以武帝之賦，共三百六十一篇。）陸賈以下二十一家爲一類；（合陸賈、枚皋、朱建、莊忽奇、嚴助、朱買臣、劉辟疆、司馬遷、嬰齊、臣説、臣吾、蘇季、蕭望之、徐明、李息、淮陽憲王、揚雄、馮商、杜參、張豐、朱宇之賦共二百七十四篇。）荀卿以下二十五家爲一類；（合荀卿、廣川王越、魏内史、東暆令延年、李忠、張偃、賈充、張仁、秦充、李步昌、謝多、周長孺、錡華、眭弘、別栩陽、臣昌市、臣議、王商、徐博、呂嘉、華龍、路恭之賦，以及秦時雜賦、長沙王羣臣賦、李思《孝景皇帝頌》共一百三十六篇。）客主賦以下十二家爲一類；（客主賦以下，皆無作者姓名。大抵撰纂前人舊作，匯爲一編，猶近世坊間所行之撰賦也。共二百三十三篇。）而班《志》於區分之意，不注一詞。近代校讎家，亦鮮有討論及此者。自吾觀之，客主賦以下十二家，皆漢代之總集類也；（此爲總集之始。）餘則皆爲分集。而分集之賦，復分三類：有寫懷之賦，（即所謂言深思遠，以達一己之中情者也。）有騁辭之賦，（即所謂縱筆所如，以才藻擅長者也。）有闡理之賦。（即所謂分析事物，以形容其精微者也。）寫懷之賦，屈原以下二十家是也。（屈原《離騷經》固爲寫懷之作，《九章》諸篇亦然。唐勒、宋玉皆屈原之徒，《九辨》、《大招》，取法《騷經》。賈誼思慕屈平，所作《弔屈平賦》及《鵩賦》，皆《離騷》之遺意也。相如《大人賦》，亦宋玉《高唐賦》之遺；而淮南所作《招隱士》，又純乎《山鬼》之意者也。枚皋、劉向之作，亦取意諷諫。餘不可考。）騁辭之賦，陸賈以下二十一家是也。（陸賈等之賦雖不存，然陸賈爲説客，爲縱横家之流，則其賦必爲騁詞之賦。《漢書》朱建與陸賈同傳，亦辯士之流。枚皋、嚴助、朱買臣，皆工於言語者也；《漢志》列嚴助書於縱横家，此其證也。史遷、馮商，皆作史之才，則賦筆必近於縱横。楊雄《羽獵》、《長楊》諸賦，亦多富麗之詞，亦近於騁詞者也。）闡理之賦，荀卿以下二十五家是也。（觀荀卿作《成相篇》，已近於賦體，而其考列往跡，闡明事理，已開後世之聯珠。《蠶賦》諸篇，亦即小驗大，析理至精，察理至明，故知其賦爲闡理之賦也。餘多不可考。惟眭弘爲明經之人，所作之賦，亦必闡理之一派也。）寫懷之賦，其源出於《詩經》。（《詩序》言：「在心爲志，發言爲詩。」是詩者，即所以寫心中之志者也。詩有風、賦、比、興四體，而《楚詞》亦具此四體，故《史記》言《楚詞》兼具《國風》、《小雅》之長也。）騁詞之賦，其源出於縱横家。（如縱横家所言，非徒善辯，且能備舉各物之情况以眩其才。《七發》及《羽獵》等賦，其遺意也。章氏《文史通義》，叙詩賦之源流，已言其出於縱横家矣。）闡理之賦，其源出於儒、道兩家。（老子《道德經》已有似賦之處矣。）觀班《志》之分析詩賦，（後世之賦，《三都》、《兩京》，騁辭賦也；《閒情》、《歎逝》，寫懷賦也；《幽通》、《思玄》，析理賦也。）可以知詩歌之體，與賦不同，（不歌而誦爲之賦，則詩歌皆可誦者矣。）而騷體則同於賦體。至《文選》析賦、騷爲二，則與班《志》之義迥殊矣，（惟戴東原則稱《楚詞》爲《屈原賦》，仍用班《志》之稱，作有《屈原賦注》一書。）故特正之。

由漢至魏，文章遷變，計有四端：西漢之時，箴、銘、賦、頌，源出於文；論、辯、書、疏，源出於語。觀鄒、（鄒陽）枚、（枚乘、枚臯）楊、（子雲）馬（司馬相如）之流，咸工作賦，沈思翰藻，不歌而誦；旁及箴、銘、騷、七，咸屬有韵之文。若賈生作論，（《過秦論》之類是。）史遷報書，劉向、匡衡之獻疏，雖記事記言，昭書簡册，不欲操觚率爾，或加潤飾之功，然大抵皆單行之語，不雜駢儷之詞；或出語雄奇，（如史遷、賈生之文是，出於《韓非子》者也。）或行文平實，（如鼂錯、劉向之文是，出於《吕氏春秋》者也。）咸能抑揚頓挫，以期語意之簡明。東京以降，論辯諸作，往往以單行之語，連排偶之詞，（載於《後漢書》之文，莫不如是。即專家之文集，亦莫不然。）而奇偶相生，致文體迥殊於西漢。（東漢之儒，凡能自成一家言者，如《論衡》、《潛夫論》、《申鑒》、《中論》之類，亦能取法於諸子，不雜排偶之詞。《論衡》語意尤淺，其文在兩漢中殆别成一體者也。）建安之世，七子繼興，偶有撰著，悉以排偶易單行；（如《加魏公九錫文》之類，其最著者也。）即非有韵之文，（如書啓之類是也。）亦用偶文之體，而華靡之作，遂開四六之先，而文體復殊於東漢。其遷變者一也。西漢之書，言詞簡直，故句法貴短，或以二字成一言，（如《史記》各列傳中是也。）而形容事物，不爽錙銖。（且能用俗語方言以形容其實事。）東漢之文，句法較長，即研鍊之詞，亦以四字成一語。（未有用兩字即成一句者。）魏代之文，則合二語成一意。（或上句用四字，下句用六字，或上句用六字，下句用四字，或上句下句皆用四字，而上聯咸與下聯成對偶，誠以非此不能盡其意也，已開四六之體。）由簡趨繁，（此文章進化之公例也。）昭然不爽。其遷變者二也。西漢之時，雖屬韵文，（如騷賦之類。）而對偶之法未嚴。（西漢之文，或此段與彼段互爲對偶之詞，以成排比之體，或一句之中，以上半句對下半句，皆得謂之偶文，非拘於用同一之句法也，亦非拘拘於用一定之聲律也。）東漢之文，漸尚對偶。（所謂字句之間互相對偶也。）若魏代之體，則又以聲色相矜，以藻繪相飾，靡曼纖冶，致失本真。（魏、晉之文，雖多華靡，然尚有清氣。至六朝以降，則又偏重詞華矣。）其遷變者三也。西漢文人，若楊、馬之流，咸能洞明字學，（相故如作《凡將篇》，而子雲亦作《方言》。）故選詞遣字，亦能古訓是式，（所用古文奇字甚多，非明六書假借之用者，不能通其詞也。）非淺學所能窺。（故必待後儒之訓釋也。）東漢文人，既與儒林分列，（文苑、儒林，范書已分二傳。）故文詞古奥，遠遜西京。（此由學士未必工作文，而文人亦非真識字。）魏代之文，則又語意易明，無俟後儒之解釋。（此由文章之中，奇字古文，用者甚少。）其遷變者四也。要而論之，文雖小道，實與時代而遷變。故東京之文，殊於西京；魏代之文，復殊東漢。文章之體，在前人不能强同。若夫去古已遠，猶欲擇古人一家之文，以自矜效法，吾未見其可也。

中國三代之時，以文物爲文，（如《易經·賁卦》云：「剛柔交錯，天文也；文明以止，人文也。觀乎天文，以察時變；觀乎人文，以化成天下。」《明夷卦》云：「内文明而外柔順。」蓋古之所謂文明者，即光融天下之謂也。）以華靡爲文，（孔子曰：「周監於二代，郁郁乎文哉，吾從周。」而《公羊傳》復言：「舍周之文，從殷之質。」蓋以文爲華靡，以質爲儉朴。故中國古代皆尚質，不尚文，以爲舍質用文，則民智日開，民心日漓，與背僞歸真之説相背，故不尚華靡也。）而禮樂法制，（《論語》曰：「文王既殁，文不在兹乎？天之將喪斯文也，後死者不得與於斯文也。天之未喪斯文也，匡人其如予何？」注以禮樂制度稱之。又云：「焕乎其有文章。」亦指帝堯之禮樂法度言也。）威儀文辭，（《詩·淇澳序》云：「美武公之有文章也。」而《大雅·抑篇》亦武公所作，其詞曰：「慎爾出話，謹爾威儀。」則文章當指威儀文詞言矣。觀《左傳》襄三十一年所載北宫文子與子太叔之論威儀，可見。又《論語》曰：「夫子之文章，可得而聞。」文章者，亦即威儀之詞也。）亦莫不稱爲文章。推之以典籍爲文，（如《論語》言「文獻不足故也」，《孟子》言「其文則史」是也。）以文字爲文，（如《史記·太史公自序》言「《春秋》文成數萬」，猶言字成數萬也。又如許君字學之書，名曰《説文解字》，亦此例也。）以言辭爲文。（如《左傳》「言之無文，行之不遠」，又「言非文詞不爲功」是也。）其以文爲文章之文者，（即後世文苑、文人之文也。）則始於孔子作《文言》。蓋「文」訓爲「飾」，乃英華發外，秩然有章之謂也。故道之發現於外者爲文，事之條理秩然者爲文，而言詞之有緣飾者，亦莫不稱之爲文。古人言文合一，故借爲文章之文。後世以文章之文，遂足該文字之界説，失之甚矣。（唐甄《潛書·非文篇》云：「古之善文者，根於心，矢於口，徵於事，博於典，書於策簡，采色焜燿。以此言道，道在襟帶；以此述功，功在耳目：故可尚也。漢乃謂之文，失之半矣；唐以下盡失之。」其説甚精，惟未窮文字之訓。）夫文字之訓，既專屬於文章，則循名責實，惟韵語儷詞之作，稍與緣飾之訓相符。故漢、魏、六朝之世，悉以有韵偶行者爲文，而昭明編輯《文選》，亦以沈思翰藻者爲文。文章之界，至此而大明矣。降及唐代，以筆爲文，如昌黎言「作爲文章，其書滿家」，見《進學解》。夢得言「手持文柄，高視寰海」見劉禹錫《祭韓退之文》。是也。李習之論韓文云：「後進之士，有志於古文者，莫不視以爲法。」是儼然以韓文爲古文，而不復稱之爲筆矣。以詩爲文，如杜詩「文章憎命達」，杜詩之言文章者，大抵皆指詩言，如「文章千古事」，「已似愛文章」，「文章一小技，於道未爲尊」，「文章日自負」，「文章實致身」，「文章開宅奥」，「名豈文章著」，「文章敢自誣」，大抵皆指詩言。如「文章千古事」一首，下文皆係論詩之語，此工部以詩爲文章之證也。若杜詩所言「海内文章伯」，「豈有文章驚海内」，「每語見許文章伯」，「文章有神交有道」，似亦指詩而言。若「枚乘文章老」，「文章曹植波瀾闊」，「庾信文章老更成」，「王楊盧駱當時體，輕薄爲文哂未休」，則文章當指駢文言。）韓詩「李杜文章在」韓詩云：「李杜文章在，光焰萬丈長。」《新唐書·杜甫傳贊》亦云：「昌黎韓愈於文章重許可，詩獨推李、杜，曰：『李、杜文章在，光焰萬丈長。』誠可信云。」則文章指詩歌而言，明矣。又昌黎《感春詩》有云：「近憐李、杜無檢束，爛漫長醉多文詞。」則文詞亦指詩歌言也。是也。夫詩爲有韵之文，且多偶語，以詩爲文，似未盡非；唐、宋以下，又別詩於古文之外。如人之有專集者，悉分文集與詩集爲二，即詩文匯刻一集，亦必標其名曰「某某詩文集」若干卷，此詩別於文之確證也。若以筆爲文，則與古代文字之訓相背矣。而流俗每習焉不察，豈不謬哉？

唐人以筆爲文，始於韓、柳。昌黎自述其作文也，謂「沈潛穠郁，含英咀華，作爲文章，上規姚、姒、《盤》、《誥》、《易》、《詩》、《春秋》、《左氏》，下逮《莊》、《騷》、太史、子雲、相如，以閎中肆外」。見《進學解》。而子厚亦有言，謂「每爲文章，本《書》、《詩》、《禮》、《春秋》、《易》，參之《穀梁》以厲其氣，參之《孟》、《荀》以暢其支，參之《莊》、《老》以肆其端，參之《國語》以博其趣，參之《離騷》以致其幽，參之太史以著其潔」。此韓、柳爲文之旨也。夫二子之文，氣盛言宜，韓氏《答李生書》云：「氣盛則言之短長皆宜。」此韓文之要旨。希蹤子史。而韓門弟子有李翺、皇甫湜諸人，偶有所作，咸能易排偶爲單行，易平易爲奇古，李習之《答朱載書》云：「六經創意造言皆不相師。」又云：「天下之語文章有六說焉：其尚異者曰，文章詞句奇險而已；其好理者曰，文章叙意苟通而已；溺於時者曰，文章必當對；病於時者曰，文章不當對；愛難者曰，宜深不當易；愛易者曰，宜通不當難。」觀於此言，則當時文體之紛爭，一在平奇，一在奇偶，一在淺深。此則韓、柳之作異於當時者也。復能務去陳言，辭必己出。韓氏《答李生書》云：「(推)〔惟〕陳言之務去。」《樊宗師墓銘》云：「惟古於辭必己出。」韓文與當時之文不同者以此。當時之士，以其異於韵語偶文之作也，唐代重詩賦，故以韵語偶文者爲今文。遂羣然目之爲古文。以筆爲文，至此始矣。唐代仍以韓文爲筆。而昌黎之作，尤爲學者所盛推。如夢得之稱韓文也，謂「手持文柄，高視寰海，權衡低昂，瞻我所在」，李習之稱韓文也，謂「撥去其華，得其本根，包劉越嬴，並武同殷，六經之風，絶而復新」，皇甫持正之論韓文也，謂「抉經之心，執聖之權，尚友作者，跂邪觝異，以扶孔子，存皇之極。茹古涵今，無有端倪」，又曰「姬氏以來，一人而已」，李漢論韓文曰：「周情孔思，千態萬貌，卒澤於道德(文)〔仁〕義，炳如也。」韓文爲當時所推如此。宋代之初，有柳開者，文以昌黎爲宗。張景《柳開行狀》云：「爲文章以韓爲宗，當時韓之道獨行於公，遂名肩愈，字紹先。韓之道大行於今，自公始也。」案開爲宋初人。厥後蘇舜欽、穆伯長、尹師魯諸人，善治古文，效法昌黎，與歐陽脩相唱和。脩《書韓文後》云：「官於洛陽，而尹師魯之徒皆在，遂相與爲作古文，因出所藏《昌黎集》而補綴之，其後天下學者亦漸趨於古。」《蘇子美集序》云：「天聖之間，子美獨與兄才翁及穆參軍爲雜文，時人頗共非笑之。」穆脩《柳集序》云：「予少嗜韓、柳二家之文。」皆其證也。而曾、王、三蘇咸出歐陽之門，故每作一文，莫不法歐而宗韓。大抵王介甫多效法柳文，然集中所載論文之作，亦盛稱昌黎。東坡亦然，至稱爲文起八代之衰。古文之體，至此大成。即兩宋文人，亦以韓、歐爲圭臬。試推其故，約有三端：一以六朝以來，文體益卑，以聲色詞華相矜尚，欲矯其弊，不得不用韓文；一以兩宋鴻儒，喜言道學，而昌黎所言，適與相符，遂目爲文能載道，既宗其道，復法其文；韓文如《原道》、《原性》諸作，以及李習之《復性書》，皆宋儒所景仰，遂以閑聖道、闢異端之功，歸之昌黎。實則昌黎言理之文，所見甚淺，何足謂之載道哉？一以宋代以降，學者習於空疏，枵腹之徒，以韓、歐之文便於蹈虚也，遂羣相效法：有此三因，而韓、歐之文，遂爲後世古文之正宗矣。世有正名之聖人，知言之君子，其惟易古文之名爲雜著乎？

六朝以前，文集之名未立。《漢志》載頌賦詩一百家，皆不曰集。晉荀勗分書爲四部，四曰丁部，不曰集也。宋王儉作《七志》，三曰文翰，亦不曰集也。文集之稱，始於梁阮孝緒《七録》。《隋書·經籍志》以爲別集之名，漢東京所刱，則文集至東漢始有矣。及屬文之士日多，後之君子，欲觀其體勢，以見性靈，乃彙萃成編，亦見《隋書·經籍志》。顔曰文集。且古人學術，各有專門，故發爲文章，亦復旨無旁出，成一家言，與諸子同。試即唐、宋之文言之：韓、李之文，正誼明道，排斥異端，如韓愈《原道》、《原性》及《答李生書》等篇，李翱《復性書》，皆儒家之言，而韓文之中，無一篇不言儒術者。歐、曾繼之，以文載道，儒家之文也。南宋諸儒文集，多闡發心性，討論性天之作，亦儒家之文。子厚之文，善言事物之情，出以形容之詞。如永州、柳州諸遊記，咸能類萬物之情，窮形盡相，而形容宛肖，無異寫真。而知人論世，復能探原立論，核覈刻深，如《桐葉封弟辨》、《晉趙盾許世子義》、《晉命趙衰守原論》諸作，皆翻案之文也。宋儒論史，多誅心之論，皆原於此。名家之文也。明允之文，最喜論兵，如《上韓樞密書》等篇皆是，而論古人之用兵者尤多。謀深慮遠，排兀雄奇，明允最喜陰謀，且能發古人之陰謀，故其爲文亦多刻深之論，發人未發。兵家之文也。子瞻之文，以粲花之舌，運捭闔之詞，往復卷舒，一如意中所欲出，而屬詞比事，翻空易奇，子瞻之文，説理多未確，惟工於博辯，層出不窮，皆能自圓其説，於蘇、張之學殆有得也。縱横家之文也。陳同甫之文，亦以兵家兼縱横家者也。介甫之文，侈言法制，因時制宜，集中多論新法之文。而文辭奇峭，推闡入深，介甫之文最爲峻削，而短作尤悍厲絶倫，且立論極嚴，如其爲人。法家之文也。若夫邵雍之徒爲陰陽家，王伯厚之徒爲雜家，而葉水心之徒亦近於法家、兵家。立言不朽，此之謂與？近代以還，文儒輩出：望溪、姬傳，文祖韓、歐，闡明義理，趨步宋儒，凡桐城古文家，無不治宋儒之學，以欺世盜名。惟海峰稍有思想。若方東樹、方宗誠、曾國藩，皆治宋學，復以能文鳴。此儒家之支派也。慎脩、輔之，綜核禮制，章疑別微，近儒治三禮者，如秦蕙田、凌廷堪、程瑶田之流，咸有文集，集中亦多論禮之作。考《漢（制）〔志〕》言名家出於禮官，則言禮學者，必名家之支派也。若膺、伯申，考訂六書，正名辨物，近儒喜治考據，分戴、惠兩大派，皆從《爾雅》、《説文》入手。而諸家文集，亦以説經考字之作爲多。古人以字爲名，名家綜核名實，必以正名析詞爲首，故考據之文亦出名家。皆名家之支派也。叔子、崑繩，洞明兵法，推論古今之成敗，疊陳九土之險夷，叔子、崑繩論兵之文，多見於集中，或論古事，或論形勢，與老蘇同。落筆千言，縱橫奔肆，此兵家之支派也。子居之文，取法半山，亦喜論法制，而文章奇峭峻悍，尤與半山之文相同。安吳之文，洞陳時弊，兵農刑政，酌古準今，不諱功利之談，爰立後王之法，如《安吳四種》是。魏源之文，亦有類安吳者。此法家之支派也。朝宗之文，詞源橫溢，明末陳臥子等之文皆然。簡齋之作，逞博矜奇，若決江河，一瀉千里，俞長城諸家之文亦然。若夫詞章之家，亦侈陳事物，嫻於文詞，亦當溯源於縱橫家。此縱橫家之支派也。仲瞿、稚威雖多偶文，亦屬縱橫家也。雍齋、沈濤別字雍齋，著有《十經齋文集》。于庭之文，雜糅讖緯，靡麗瑰奇，凡治常州學派者，其文必雜以讖緯之詞，故工於駢文，且以聲色相矜。此陰陽家之支派也。若夫王錫闡、梅文鼎之集，亦多論天文曆譜之文，然皆實用之學，與陰陽家不同。古人治曆，所以授時也。王、梅之文，殆亦農家之支派歟。大紳、臺山彭尺木亦然。之文，妙善玄言，析理精微，凡治佛學者，皆能發揮名理，而言語妙天下。此道家之支派也。維崧、甌北之文，體雜俳優，涉筆成趣，凡文人之有小慧者，其文亦然。此小說家之支派也。旨歸既別，夫豈强同？即古人所謂文章流別也。惟詩亦然。子建之詩，温柔敦厚，子建之詩，頗得風人之旨，故淵雅之音，非七子所能及。孔子之論《關雎》曰：「哀而不傷。」子夏之序《詩》亦曰：「發乎情，止乎禮義。」子建之詩有焉。近於儒家。淵明之詩，澹雅沖泊，近於道家。陶潛雖喜老、莊，然其詩則多出於楚詞。若嵇康之詩，頗得道家之意。郭景純之詩，亦有道家之意。康樂之詩，琢磨研鍊，近於名家。凡六朝之詩，喜用鍊句，以狀事物之情，且工於刻畫，如何遜、陰鏗之詩皆是也。然康樂之詩，其濫觴也。太沖之詩，雄健英奇，如《詠史》諸詩皆是也。近於縱横家。鮑明遠之詩亦然。若楊素之詩，則近於法家。蓋在心爲志，發言爲詩，諷詠篇章，可以察前人之志矣。隋、唐以下，詩家專集，浩如淵海；然詩格既判，詩心亦殊。詩心者，即作詩者之思想智識也。少陵之詩，惓懷君父，希心稷、契，杜詩云：「許身亦何愚，竊比稷與契。」是爲儒家之詩。杜詩云：「法自儒家有。」此少陵詩文出於儒家之確證。若夫朱紫陽之詩，亦儒家之詩也。太白之詩，超然飛騰，飛騰二字，見杜詩「前輩飛騰入。」不愧仙才，是爲縱横家之詩。後世惟辛稼軒、陳同甫之詞，慷慨激昂，近於縱横家。襄陽之詩，逸韻天成，出於陶淵明。子瞻之詩，清言霏屑，蘇詩妙善玄言，得之老、莊，兼得之佛學，故能含至理於詩。是爲道家之詩。後世惟范石湖之詩，多沖淡之作，合於道家焉。儲、王之詩，儲光羲及王維也。備陳穡事，追擬《豳風》，其詩中叙言田中風景，歷歷如繪，且多村（神）〔紳〕父老之談，然寄懷曠佚，故詩中無一俗筆。是爲農家之詩。陶詩亦多農家之意。山谷之詩，峻厲倔强，爲西江之冠，大約西江派之詩，喜用瘦削之語，且出語深峻有骨無肉，故後人擬之骨硬焉。王荆公之詩亦然。其悍厲峻削，出荆公上。是爲法家之詩。古代法家之詩，有孔明《粱父吟》，而孔明之治蜀也，亦任法爲治，則此詩已先表其志矣。由是言之，辨章學術，詩與文同矣。要而論之，西漢之時，治學之士，侈言災異五行，故西漢之文，多陰陽家言。東漢之末，法學盛昌，故漢、魏之文，多法家言。西漢之文，無一篇不言及天象者。三國之文，若鍾繇、陳羣、諸葛亮之作，咸多審正名法之言，與西漢殊。六朝之士，崇尚老、莊，故六朝之文，多道家言。如葛洪、孫興公、王逸少、支遁、陶淵明、陶弘景之文，皆喜言名理，以放達爲高。齊、梁之文亦然。隋、唐以來，以詩賦爲取士之具，故唐代之文，多小説家言。觀《唐代叢書》可見矣。宋代之儒，以講學相矜，故宋代之文，多儒家言。明末之時，學士大夫多抱雄才偉略，故明末之文，多縱横家言。近代之儒，溺於箋注訓故之學，故近代之文，多名家言。此特舉説經之文言之。雖集部之書，不克與子書齊列，然因集部之目録，以推論其派别源流，知集部出於子部，則後儒有作，必有反集爲子者，是亦區别學術之一助也。會稽章氏、仁和譚氏稍知此義，惟語焉未精，擇焉未詳。故更即二家之言推論之，以明其凡例焉。

三代文詞，句簡而語文。《書》言「辭尚體要」，《禮》言「辭無支葉」，《禮記》：「天下無道，則詞有支葉。」貴簡之證也。《禮記》引孔子曰：「夏道未瀆詞。」是孔子以殷、周之詞爲已瀆也。孔子又曰：「辭達而已矣。」荀子曰：「亂世之徵，文章匿采。」此亦就辭無體要者言也。韓昌黎亦曰：「由周公而下其説長。」孔尚文言，孔子曰：「其旨遠，其詞文。」又曰：「言之無文，行之不遠。」又曰：「非文詞不爲功。」曾戒鄙詞，曾子曰：「出詞氣，斯遠鄙倍矣。」尚文之證也。顧亭林曰：「典謨爻象，此二帝三皇之言也。《論語》、《孝經》，此夫子之言也。文章在是，性與天道亦在是。故曰：有德者，必有言。」夫簡近於質，文近於繁，而古代之文，獨句簡而語文者，其故何與？蓋竹帛煩重，學術授受，咸頻口耳，非語文句簡，則記憶良難。且三代之文，與後世殊：或意浮於言，有待後人之演繹；古人之文，一曰藴藉，一曰奧曲。藴藉者，凡説一事，或舉其偏，不舉其全，以俟智者之舉一反三；如《莊子》「夔憐蚿」一節，止解夔、蚿、風之句是也。奧曲者，凡説一事，以一字代數字之用，以俟後人之注釋；厥證甚多，觀江都汪氏《釋三九》中篇，可以知矣。且古人作文，必留不盡之意于言外。如郭象注《莊子》「工人無爲於刻木」數語，柳子演爲《梓人傳》一篇。《毛傳》「漣，風行水成文」一語，眉山演爲《仲兄文甫説》一篇，皆演繹之證也。或詞無語助，見第一期中。詞無語助，故其文整齊。非若後世之冗長：必待後人之注釋。簡而不繁，文而不質，此之故與。秦、漢以降，文與古殊，由簡而繁，顧亭林曰：「文以少而盛，以多而衰。以二漢言之，東都之文，多於西京，而文衰矣。春秋以降之文，多於六經，而文衰矣。」又云：「二漢文人，所著絶少。今人著作，以多爲富。夫多則必不能工，即工亦不能皆有用於世，其不傳宜矣。」蓋三代以下，多遊戲之文，而文章不盡有用之文矣。文士日多，而作文者未必真能文之士矣。此文章所由日趨於繁也。至南宋而文愈繁；宋代奏疏，每至萬餘言，而行狀、墓銘，亦有數萬字者。如朱子作張浚行狀，四萬字猶以爲少。而元人修《宋史》，李全一傳亦六萬餘言，蓋沿宋人撰著之舊也。由文而質，至南宋而文愈質。蓋由簡趨繁，由於駢文之廢，故據事直書，不復簡約其文詞；駢文序一事，必簡約其詞而出之。散文行而此法亡矣。由文趨質，由於語録之興，故以語爲文，不求自别於流俗。語録一體始於唐，然但佛門弟子用之，即達摩不立文字之説也。宋儒作語録，即本於此。明儒亦然。然「常惺惺」、「渾然」等語，既非文言，又非俗語。顧亭林曰：「今講學先生，從語録入門者，多不善於修詞。乃或反子貢之言而譏之曰：『夫子之言性道，可得而聞；夫子之文章，不可得而聞也。』」此雖文字必經之階級，然君子之學，繼往開來，舍文曷達？《孟子》曰：「不成章不達。」若夫廢修詞之功，崇淺質之文，則文與道分，吕氏編《宋文鑑》，朱子謂其有時於文雖不佳，而事理可取者。蓋宋儒之論文如此。安望其文載道哉？錢竹汀曰：「君子之出詞氣，必遠鄙倍，語録行，則儒家有鄙倍之詞矣。有德者必有言；語録行，則有德而不必有言矣。」姚姬傳曰：「唐世僧徒，不通文章，乃書其師語以俚俗，謂之語録。宋世儒者弟子效之，以弟子記先師，懼失其真，猶有取也。明世自著書者，乃亦效其詞，此何取哉？」則崇尚文言，刪除俚語，亦今日釐正文體之一端也。若夫以俚俗之文，著之報章，以啓瀹愚氓，亦爲覺民之一助。惟既曰文詞，則文體不得不法古文，否則不得稱爲文矣。

古人詩賦，俱謂之文。阮芸臺《咸秩無文解》云：「古人稱詩之入樂者曰文。」故子夏《詩大序》：「聲成文謂之音。」孟子曰：「不以文害辭。」趙注曰：「文，詩之文章也。」然詩賦之學，亦出行人之官。蓋賦列六藝之一，乃古詩之流。古代之詩，雖不別標賦體，然凡作詩者，皆謂之賦詩，見《左傳》隱三年、閔二年及文六年傳。誦詩者亦謂之賦詩。見《左傳》襄二十八年。《漢志》叙詩賦略，謂「古者諸侯卿大夫，交接鄰國，以微言相感，當揖讓之際，必稱詩以喻其志，蓋以別賢不肖而觀盛衰，故孔子言：『不學詩，無以言。』」夫交接鄰國，揖讓諭志，咸爲行人之專司。行人之術，流爲縱横家。故《漢志》叙縱横家，引「誦詩三百，不能專對」之文，以爲大戒，誠以出使四方，必當有得于詩教。則詩賦之學，實惟縱横家所獨擅矣。試考之古籍，則周代之詩，非徒因行人而作，且多爲行人所賡誦：有知行人之勤勞，而賦詩以慰恤者；見《詩・周南・卷耳篇》序及本篇鄭箋。有獎行人之往來，而賦詩以褒美者；見《詩・小雅・四牡篇》序及本篇「四牡騑騑」句毛傳，又見《小雅・皇皇者華篇》序及本篇「駪駪征夫」句毛傳。或行人從政，而室家賦詩以勸行；見《詩・周南・殷其雷》序及本篇鄭箋。或行人于役，而僚友賦詩以寄念；見《王風・君子于役篇》序及本篇《正義》。或行人困瘁，賦詩以抒其情；見《詩・小雅・北山篇》序及篇中「或不已于行」句，又見《緜蠻篇》序及本篇鄭箋。或行人閔憂，賦詩以述其境：見《詩・王風・黍離篇》序及篇中「行邁靡靡」句毛傳，又見《小雅・小明篇》「我征徂西」句孔疏。是古詩每因行人而作矣。又以《左氏傳》證之：有行人相儀而賦詩者；見襄公二十六年傳，國景子賦《蓼蕭》，賦《轡之柔矣》，子展賦《緇衣》，又賦《將仲子兮》。有行人出聘而賦詩者；見襄公八年傳，范宣子賦

《摽有梅》。有行人乞援而賦詩者；見襄十六年傳，魯穆叔賦《圻父》，又賦《鴻雁》卒章。有行人莅盟而賦詩者；見襄二十七年傳，楚薳罷賦《既醉》。有行人當宴會而賦詩者；見昭元年，穆叔賦《鵲巢》、《采蘩》，子皮賦《野有死麕》，趙孟賦《常棣》。有行人答餞送而賦詩者；見昭十六年傳，子齹等賦《野有蔓草》諸篇餞韓起是。是古詩每爲行人所誦矣。蓋採風侯邦，本行人之舊典，見《前漢書·食貨志》。故詩賦之根源，惟行人研尋最審。吳季札以行人觀樂于魯，亦其證也。所以賦詩當答者，行人無容緘默；《左氏（傳）》昭公十二年傳云：「宋華定來聘，公享之，爲賦《蓼蕭》，不知，又不答賦。叔孫昭子曰：『必亡。』」而賦詩不當答者，行人必爲剖陳。《左氏》文四年傳云：「衛甯武子來聘，公與之宴，爲賦《湛露》及《彤弓》，不辭，又不答賦。使行人私焉，對曰：『臣以爲肄業及之也。昔諸侯朝正于王，王宴樂之，于是乎賦《湛露》。諸侯敵王所愾，以獲其功，于是乎賜之彤弓一。今陪臣來繼舊好，君辱貺之，其敢干大禮以自取戾？』」由是言之，行人承命以修好，苟非登高能賦者，難期專對之能矣。兩漢以前，未有別集之目。《漢志》所載詩賦，首列屈原，而唐勒、宋玉次之，屈原賦二十五篇、唐勒賦四篇、宋玉賦十六篇。其學皆源于古詩，《漢志》言屈原作賦以諷，咸有惻隱古詩之義。而《史記·屈原傳》亦言《離騷》兼《國風》及《小雅》之長。雖體格與《三百篇》漸異，見《文心雕龍·詮賦篇》。然屈原數人，皆長于辭令，有行人應對之才。《史記·屈原傳》云：「嫺於辭令，出則接遇賓客，應對諸侯。屈原既死之後，楚有宋玉、唐勒、景差之徒者，皆好詞，而以賦見稱，然皆祖屈原之從容詞令。」其確證也。西漢詩賦，其見於《漢志》者，如陸賈、嚴助之流，陸賈賦三篇，嚴助賦二十五篇。並以辯論見稱，受命出使。《史記·陸賈傳》言賈有口辯，復使南越，《漢書·嚴助傳》亦言上令助與大臣辨論，復言遺助以意旨諭甌越。是詩賦雖別爲一略，不與縱横同科，而夷考作者之生平，大抵曾任行人之職。東漢以後，詩賦咸以集名，《文獻通考》引吴氏説，謂東京別集之名，本於劉歆之《略》，而輯略之名，則有本於《商頌》之《輯》。爲行人者，以詩賦與鄰境唱酬，亦莫不雍容華國。如費禕使吴，作《麥賦》，見《三國志・諸葛恪傳》注。陳傳澤贈詩薛道衡，見《隋書・道衡傳》。故昭明編輯文選，於行旅之詩，別立子目。如蘇武等諸人之詩是。王西莊謂奉使之臣，宜于詩教，見《西征集・少司農裘公使浙集序》。誠不誣也。又班《志》有言：「不歌而誦謂之賦。」案「登高能賦」之言，本於毛公《詩傳》，在「君子九能」之内。夫九能均不外乎作文，故總名曰德音。而「登高能賦」與「使能造命」相次，其爲行人之詩賦無疑。《鄘風・定之方中》毛傳云：「故建邦能命龜，田能施命，作器能銘，使能造命，升高能賦，師旅能誓，山川能説，喪記能誄，祭祀能語，君子能此九者，可謂有德音，可以爲大夫。」案此乃後世文章之祖也。建邦能命龜，所以作卜筮之繇詞也。田能施命，所以爲國家作命令也。若夫作器能銘，爲後世銘詞之祖。使能造命，爲後世國書之祖。升高能賦，爲後世詩賦之祖。師旅能誓，爲後世軍檄之祖。山川能説，爲後世地志圖説之(主)〔祖〕。喪記能誄，祭祀能語，爲後世哀誄祭文之祖。毛公此説，必周、秦以前古説。即此語觀之，足證文章各體出於墨家、縱横家兩派矣。《隋書・經籍志》集部總論亦引「登高能賦」之文，其説亦本毛傳。則後世詩集，皆縱横家之派別矣，焉得謂集部與子部無關耶？若夫荀卿、賈誼、蕭望之、劉向等，亦俱有賦，具列於《漢志》之中，此又以儒家而兼文士之才，非縱横一家之所能限矣。觀《禮記・學記篇》有言：「宵雅肄三，官其始也。」推古人立法之旨，即望其能賦詩而爲行人之官耳；故以古人奉使之詩，勵其初學進修之志。《學記》鄭君注云：「宵之言小也，謂

《鹿鳴》、《四牡》、《皇皇者華》也。爲始學者習之，所以勸之以官。」夫《四牡》、《皇皇者華》，均古人出使之詩也。而後世文章之士，賡詩作賦，亦多浮誇矜詡之詞，《漢書・藝文志》云：「其後宋玉、唐勒，漢興，枚乘、司馬相如下及楊子雲，競爲侈靡弘衍之詞，没其風諭之義。是以楊子悔之曰：『詩人之賦麗以則，詞人之賦麗以淫。』」又《顏氏家訓・文章篇》云：「自古(之)〔文〕人，多陷輕薄，原其所積文章之體，飈舉興會，發引性靈，使人矜伐，忽於持操，果於進取。」此則縱横家尚諼棄信之流弊也。亦見班《志》。欲考詩賦之流别者，盍溯源于縱横家哉！

上古之時，六藝之中，詩、樂並列，而詩有入樂不入樂之分。誠以音樂之道，感人至深，故移風易俗，莫善於樂。及墨子作《非樂篇》，習俗相沿，降及秦、漢，《樂經》遂亡。然漢設樂府之官，而依永和聲，猶不失前王之旨。及樂府之官廢，而樂教盡淪。夫民謠里諺，皆有抑揚緩促之音；聲有抑揚，則句有長短。樂教既廢，而文人墨客，無復永言詠嘆以寄其思，乃創爲詞調，以紹樂府之遺。夫詞于四始之中，大旨近於比興；而曲終奏雅，懲一勸百，亦承古賦之遺風。然感人至深，捷於影響。則詞者，合詩教、樂教而自成一體者也。吾觀《詩》篇三百，按其音律，多與後世長短句相符：如《召南・殷其雷篇》云：「殷其雷，在南山之陽。」此三五言調也。《小雅・魚麗篇》云：「魚麗於罶，鱨鯊。」此二四言調也。《齊風・還篇》云：「遭我乎猺之間兮，並驅從兩肩兮。」此六七言調也。《召南・江有汜篇》云：「不我以，不我以。」此疊句韵也。《豳風・東山篇》曰：「我來自東，零雨其濛。鸛鳴於垤，婦嘆於室。」此换韵調也。《召南・行露篇》曰：「厭浥行露。」

其第二章曰：「誰謂雀無角。」此換頭調也。大抵煩促相宣，短長互用，於後世倚聲之法，已啓其先。足證詞曲之源，實爲古詩之別派。至於六朝，樂章盡廢，故詞曲之體，亦始於六朝。梁武帝作《江南弄》，沈約作《六憶詩》，實爲詞曲之濫觴。唐人樂府，多采五七言絶句。然唐人之詞，若《紇那曲》、《長相思》，皆五言絶句之變調也；《柳枝》、《竹枝》、《清平調引》、《小秦王》、《陽關曲》、《八拍蠻》、《浪淘沙》，皆七言絶句之變調也；《阿那曲》、《雞叫子》，則又仄韵之七言絶句也；《瑞鷓鴣》者，則七言律詩也；《欸殘紅》者，則五言古詩也；此亦詞爲詩餘之證。特古人詩調多近於詞，而後世詞調轉出於詩。蓋古代詩多入樂，與詞相同，而後世之詞，則又詩之按律者也。能按律，即能入樂。唐人詞律雖不及宋人之密，然李太白、温飛卿，其詞曲皆被管絃，故最精詞律。太白所作《清平調》，玄宗調笛倚歌，李龜年亦執板高歌，且謂生平得意之歌，無出於此。見《松窗録》。飛卿工於鼓琴吹笛，見《北夢瑣言》。所作詞曲，當時歌筵競唱。見《雲溪友議》。宰相令狐綯因宣宗愛唱《菩薩蠻》，令飛卿撰進，而宣宗君臣迭相唱和。見《北夢瑣言》。則太白、飛卿，精於詞律，彰彰明矣。蓋詞皆入樂，故古人之詞人，必先通音律，默契其深，然後按律以填詞，故所作之詞，咸可播之於歌詠。後世之人，按譜填詞，而音律之深，或茫然未解。則所謂詞者，徒以供騷人墨客寄託之用耳。而詞人外遂別有曲矣。豈知古代之詞，出於古樂之派別哉！

唐人之詞多緣題生詠：如填《臨江仙》之調者，皆詠水仙；填《女冠子》之調者，皆詠道情；

填《河瀆神》之調者皆，詠崇祠；填《巫山一段雲》之調者，皆詠巫峽：以調爲題，此固唐人之遺法也。故楊用修諸人，於詞調起原，考之甚析。如《蝶戀花》取梁元帝「翻階蛺蝶戀花情」，《滿庭芳》取吳融「滿庭芳草易黃昏」，《點絳唇》取江淹「明珠點絳唇」，《鷓鴣天》取鄭嵎「家在鷓鴣天」，《惜餘春》取太白賦語，《浣溪紗》取少陵詩意，《青玉案》取《四愁詩》語，《踏莎行》取韓翃詩語，《西江月》取衛萬詩語，《菩薩蠻》西域婦髻也，《蘇幕遮》西域婦帽也，《尉遲杯》以尉遲公飲酒必用大杯也，《蘭陵王》以其入陣之勇也。《生查子》即張博望乘槎事也，《瀟湘逢故人》柳惲句也，此皆升菴《詞品》考證之語。而都元敬、沈天羽、胡元瑞諸人，於詞調起原，尤多考證。誠以古人作詞，以調爲題，觸景抒情，必合詞名之本意。若宋人填詞，則不復緣題生詠：如「流水孤村」、「曉風殘月」等篇，皆與調名無與；而王晉卿《人月圓》詞，語非詠月，謝無佚《漁家傲》曲，詞異志和。是唐人以詞調爲題，然《菩薩蠻》詞，唐人亦無一語與詞名合者。而宋人不復以詞調爲題也。然宋人之詞，如《黃鶯兒》之詠鶯，《雙飛燕》之詠燕，《迎新春》之詠春，《月下笛》之詠笛，《暗香》、《疏影》之詠梅，《粉蝶兒》之詠蝶，如此之類，亦不可勝計，此皆宋人以調爲題者也。蓋唐人由詞而製調，故詞旨多與調名相符。宋人因調而填詞，故詞旨多與調名不合；而詞牌之外，別有詞題矣。此則宋詞之異於唐詞者也。五代之時，已有詞題，不始於宋也。

宋人之詞，各自成家。少遊之詞，寄慨身世，一往情深，而怨悱不亂，悄乎得《小雅》之遺；東坡《水調歌頭》數詞亦然。向子諲《酒邊詞》、劉克莊《後村詞》，眷戀舊君，傷時念亂，例以古詩，亦子建、少陵之亞，此儒家之詞也。劍南之詞，屏除纖豔，清真絶俗，逋峭沈鬱，而出以平淡之詞，例以古詩，亦元亮、右丞之匹，此道家之詞也。耆卿詞曲，密處能疏，奡處能平，狀難狀之景，達難達之情，例以古詩，間符康樂，此名家之詞也。若耆卿之詞，好爲俳體，復詞多媟黷，則其病也。東坡之詞，慨當以慷，間鄰豪放；如《滿庭芳》、《大江東去》、《江城子》諸詞是。龍川之詞，感憤淋漓，如《六洲歌頭》、《水調歌頭》、《木蘭花慢》、《浣溪沙》數首，皆痛心君國，光復之詞，溢於言表矣。睠懷君國；稼軒之詞，才思横溢，悲壯蒼涼。如《永遇樂》諸詞。例之古詩，遠法太沖，近師太白，此縱横家之詞也。後世詞人樂蘇、辛詞曲之豪縱，競相效法，浮囂粗獷，不復成詞，此則不善學蘇、辛者之失，非蘇、辛之失也。由是言之，古代詞人，莫不自闢塗轍，故所作之詞，各自不同。豈若後世詞人之依草附木，取古人一家之詞，以自矜效法哉？

小説家流，出于稗官。班《志》所列者十餘家，今咸失傳。惟孔安國《秘記》、《至理篇》引。董仲舒《李少君家録》、《論仙篇》引。陳仲弓《異聞記》，偶見引于葛洪《抱朴子》。六朝以降，作者日增。蓋中國人民，喜言神怪，而莊言讜論，又非婦孺所能通，故假談諧鬼怪之詞，出以鄙俚，而勸懲之意，隱寓其中，亦感發人民之一助也。然古代小説家言，體近于史，爲《春秋》家之支流，與樂教固無涉也。唐代士人始著傳奇小説，用爲科舉之媒，如《幽怪録》、《傳奇》是也。宋人《雲麓漫鈔》稱其文備衆體，足覘詩筆史才。《雲麓漫鈔》曰：「唐之舉人，先藉當世顯人，以姓名達之主司，然後以所業投獻，踰數日又投，謂之温卷，如《幽怪録》、《傳奇》等是也。蓋此等文備衆體，可以見史才、詩筆、議論。至進士則多以詩爲贄，今有唐詩數百種行于世者皆是也。」予按《詩》三百篇，如《六月》、《采芑》、《大明》、《篤公劉》、《江漢》諸作，皆爲叙事之詩。而漢人樂府之詩，如《孔雀東南飛》數篇，咸雜叙閭里之事。叙事者，《春秋》家之支派也。樂府者，又樂教之支派也。是爲《春秋》家與樂教合一之始。唐杜甫之詩，亦稱詩史。此即金、元曲劇之濫觴也。蓋傳奇小説之體，既興于中唐，而中唐以還，由詩生詞，由詞生曲，而曲劇之體以興。故傳奇小説者，曲劇之近源也；叙事樂府者，曲劇之遠源也。樂府之詩，或由一解至數解，即套曲之始也。樂府之句，或由三字至七字，即長短句之始也。且樂府之中，如《孔雀東南飛》諸篇，非惟叙衆人之事，亦且叙衆人之言，此又曲劇描摹口吻之權輿也。特曲劇之用，聲容相兼。聲出于《雅》，「雅」訓爲「正」，乃聲音之不失其正者也。容出于《頌》，「頌」、「容」互訓，「頌」字從「公」得聲，「容」字從「谷」得聲，本屬一音之轉。又「頌」字從「頁」，即象人身之形，與「夏」字同。《九夏》之樂，多屬于舞，故頌亦屬于舞，即古人所謂文舞、武舞二種也。乃用佾舞以節八音者也。見《左傳》隱五年。曲劇之興，實兼二體。元人以曲劇爲進身之媒，猶之唐人以傳奇小説爲科舉之媒也。明人襲宋、元八比之體，用以取士，律以曲劇，雖有有韵無韵之分，然實曲劇之變體也。如破題、小講，猶曲劇之有引子也；提比、中比、後比，猶曲劇之有套數也；領題、出題、段落，猶曲劇之有賓白也；而描摹口角，以偪肖爲能，尤與曲劇相符。乃習之既久，遂詡爲代聖賢立言。然金、元曲劇之中，其推爲正旦者，曷嘗非忠臣、孝子、貞夫、義婦耶？故曲劇者，又八比之先導也。古人既以傳奇曲劇爲進身之媒，則後世以八比爲取士之用者，曷足異乎？章世純《治平要續·爵禄篇》曰：「中産以上之家，無不教子。六歲即延師，教以對偶，取青對白，取一對二，取山對水，取仄對平，牽此扯彼，使整齊可觀，高下可誦。此何爲也？積之則爲表聯判語也，演之則時文法也。」據此以觀，足證八比之用，與曲劇同，故整齊可觀，高下可誦也。故知八比之出于曲劇，即知八比之文皆俳優之文矣。乃近數百年之間，視八比爲至尊，而視曲劇爲至卑，謂非一代之功令使之然耶？昔王維奏《鬱輪袍》以進身，頗爲正直所鄙。明代以降，士人咸憑八比以進身，是趨天下之人而盡爲王維也。噫！八比一體，當附入曲劇之後。

近儒崑山顧氏、曲阜孔氏、金壇段氏咸據古詩求古韻。然古詩之中，咸有叶韻，即彼此兩韻互相通用之謂也。唐人詩韻最寬，如昌黎《贈張籍詩》，以城、唐、江、庭、童、窮互押，則，庚、青、東、冬四韻之字咸可通協矣。蓋唐人應試用官韻，餘則不拘，故一詩之中，往往數韻通協也。而詞韻亦弗嚴。如杜牧填《八六子》調，以深、沈、信、扃、整五字，合于一詞之中是也。宋人作詞亦多叶韻，試舉其例，如姜夔《鬲溪梅令》用人、鄰、陰、尋、雲、盈爲韻，則真、侵、文、庚四韻可通用矣。陸遊《雙頭蓮》用寄、驥、氣、水、里、逝爲韻，則寘、未、紙、屑四韻可通用矣。秦觀《品令》用織、喫、日、不、惜爲韻，則職、錫、質、物、陌五韻可通用矣。晁補之《梁州令》用淺、遍、臉、緩、願、盞、遠爲韻，則銑、霰、儉、旱、願、潸、阮七韻可通用矣。柳永《引駕行》用暮、舉、覩、處、去、負爲韻，則遇、語、麌、御、宥五韻可通用矣。蘇軾《勸金船》用客、識、月、郤、節、插爲韻，則陌、職、月、藥、屑、洽六韻可通用矣。辛棄疾之《東坡引》用怨、面、雁、斷、滿爲韻，則願、霰、諫、翰、旱五韻可通用矣。方千里《（俱）〔側〕犯》用靚、定、靜、迥爲韻，則敬、徑、梗、迥四韻可通用矣。呂渭老《握金釵》用趂、盡、粉、損爲韻，則震、軫、吻、阮四韻可通用矣。以上所舉數詞，皆宋詞之最工者也。餘如趙德仁、王沂孫、（林）〔杜〕安世之詞，用叶韻者甚多，不具引。即《花間》、《樽前》諸集，其韻通協亦寬。蓋詞以協律，當以口舌相調。見張玉田《詞源》。毛西河謂詞本無韻，立説雖偏，然詞以口舌相調，苟能合自然之音律，則雖方言里語，亦可入詞。如秦觀《品令》之用「箇」字，其詞云：「掉又臞，天然箇，品格于中壓一。簾兒下，時把鞋兒踢。語低低，笑咭咭。」蓋用「箇」字作語助，今高郵士人皆如此，秦氏用「箇」字入詞，即用高郵土地之方言也。此以方言俗語入詞之證。柳永《迎春樂》之用「嘫」字，其詞云：「近來憔悴人驚怪，爲别相思嘫。」而劉過《竹香詞》亦用「嘫」字。蓋用「嘫」字作語助字，「嘫」亦土音也。與《温公詩話》所載陳亞《乞雨詩》「定應嘫作胡盧巴」借「嘫」字爲「曬」字者不同。蔣捷《秋雨祖》之用「撧」字，其詞曰：「黄雲水驛秋笳噎，吹人雙鬢如雪，愁多無賴處，漫碎把寒花輕撧。」而曲《胡蝶夢》亦用「撧」字，音釋云：「撧，疽且切。」蓋撧字亦土音也。皆其證也。而黄山谷在戎州時所作樂府，以瀘、戎之間讀「笛」爲「讀」，遂以「笛」韻叶「竹」字，見陸遊《老學菴筆記》。亦方言里語可入詞曲之徵也。豈可以詞韻一一繩之哉？且古人喜操土音，如鄭詩用「且」字、狂童之狂也且。《楚詞》用「些」字《招魂篇》是也。秦、柳、黄、蔣之詞，其用韻頗合古詩遺法。故西河謂詞本無韻。然詞調貴協，若徒執無韻之説，以致音韻失諧，則又詞曲之大弊也。若萬氏《詞律》、蔣氏《詞讀》，拘墟于音韻之間，致以後人之詞韻繩古人，豈知古人詞律之精，固在此不在彼乎？姜白石、張玉田以降，已鮮有以土音入詞者。

詩與樂分，然後詩中有樂府。樂府將淪，乃生詞曲。曲分南北，自昔然矣。然南劇之調，多本于詞，如詞調中之《搗練子》、《生查子》、《點絳唇》、《霜天曉角》、《卜算子》、《謁金門》、《憶秦娥》、《海棠春》、《秋蕊香》、《燕歸梁》、《浪淘沙》、《鷓鴣天》、《虞美人》、《步蟾宫》、《鵲橋仙》、《夜行梅花引》、《唐多令》、《一翦梅》、《破陣子》、《行香子》、《青玉案》、

《天仙子》、《傳言玉女》、《風入松》、《祝英台近》、《滿路戀芳春》、《滿江紅》、《燭影摇紅》、《絳都春》、《念奴嬌》、《高陽臺》、《東風第一枝》、《真珠簾》、《齊天樂》、《二郎神》，皆南劇用爲引子者也。詞調中之《柳梢青》、《賀聖朝》、《醉東風》、《紅林檎近》、《驀山溪》、《聲聲慢》、《桂枝香》、《永遇樂》、《解連環》、《沁園春》、《賀新郎》，皆南劇用爲慢（詩）〔詞〕者也。而北劇之調，鮮本于詞，惟詞調之《青令兒》及《憶王孫》二調，北劇之中或偶用之。其故何哉？昔唐人祖孝孫有言：「梁、陳舊樂，用吴、楚之音；周、齊舊樂，涉胡戎之技。」樂分南北，分析昭然；而所謂音雜胡戎者，皆北方之樂也。自是以後，胡角之音，漸輸中國。如《黄鵠解》、《隴頭水》、《出關》、《入關》、《出塞》、《入塞》、《折楊柳》、《黄覃于》、《赤之楊》、《望行人》十曲是也。《通志》曰：「古有胡角十曲，即胡樂。」而隋煬之世，復有《涼州》、《伊州》、《甘州》、《渭州》四曲，由西域輸華，而四夷之樂，析爲九部，如西涼、龜茲、天竺、康居之樂是。播爲聲歌。夷樂之興，自此始矣。隋、唐以降，北方之樂，胡漢雜淆；惟南方之地，古樂稍存。唐、宋之詞，雖失古音，然源出樂府，鮮雜夷樂之音。大抵東晉以降，北方北樂之音多流入江南，與南方之樂歌相雜，故與秦、漢之音不同。宋、元以降，南劇起于南方；南方爲古樂僅存之地，以調之出于古樂府也，故其調亦多出于詞。北劇起于北方；北方爲胡樂盛行之地，故音雜胡樂，而其調鮮出于詞。雖然，南劇之音，雖傷輕綺，糅雜吴音，然視北劇之吐音粗厲，聲雜華夷者，豈不彼善于此乎？自夷禮輸華以後，中國士民，非唯不能保存古禮也，並不知保存古樂。笛曰羌笛，駱賓王《蕩子從軍賦》云：「羌笛横吹隴路風。」馬融《長笛賦》云：「此器起近代，出于羌中。」《通志》云：「今横笛去觜，其加觜者，謂之義觜。」笛注云：「横苗，小篪也，出漢靈帝，好胡笛。」《宋書》云：「有胡篪出于胡吹，即謂出君也。」梁《胡吹歌》云：「下馬吹横笛。」此歌本出北國，亦即此物。蓋羌笛、横笛、胡篪，同實異名，其原皆出于胡吹。故《通志》又云：「今之篪又有胡吹，非雅樂也。」笳曰胡笳，胡笳見《晉書・劉琨傳》。《通志》云：「杜摯有《笳賦》，云西戎所造。」晉先蠶注：「車駕住，吹小菰；發，吹大菰。」菰即笳也。又有胡笳。《漢書》箏笳録有其曲。又云：「角者，出于羌胡，以驚中國馬。箄篥者，出于胡中，其聲悲。」蓋笳、角、箄篥，其物雖異，然爲軍中所吹則一也。鼓曰羯鼓，羯鼓催花，爲唐玄宗事，見《唐代叢書》中。而琵琶、《通志》引傳玄説，謂琵琶本出胡中。又云：「五絃琵琶，蓋北國所出。」箜篌、《通志》曰：「豎箜篌，胡樂也。漢靈帝好之。體小而長。」錦雞鼓、虎撥思，《野獲編》云：「樂器中有四絃長項圓鼙者，俗名琥珀槌，京師及塞北人呼胡博詞，又名渾不是，《元史》稱火不思，本虜中馬上所彈者。正統年間，以虎撥思賜瓦剌，蓋即此物。又有緊急鼓者，訛爲錦雞鼓，皆虜樂也。」咸爲虜樂。夷聲競作，雅樂式微，聲音感人，如響斯應，用夷變夏，此爲濫觴，則音樂改良烏可緩哉？

自唐人以律賦取士，而賦體日卑。昔《文心雕龍》之論賦也，謂六藝附庸，蔚成大國。吾觀《詩》有六義，賦之爲體，與比、興殊。興之爲體，興會所至，非即非離，詞微旨遠，假象于物，而或美或刺，皆見于興中。比之爲體，一正一喻，兩相譬况，詞決旨顯，體物寫志，而或美或刺，皆見于比中。故比、興二體，皆構造虛詞，特興隱而比顯，興婉而比直耳。毛公釋獨標興體，則以興體難知，非解不明；若比、賦二體，讀詩者皆可知之，無俟贅述也。若朱傳則兼標三體，且誤以興爲比。賦之爲體，則指事類情，不涉虛象，語皆徵實，辭必類物。故「賦」訓爲「鋪」，義取鋪張。昔邵公言公卿獻詩，師箴賦。毛傳言登高能賦，可以爲大夫。賦也者，指實事而言也。若夫春秋之時，以誦詩爲賦詩者，則誦詩者必陳其文，與鋪張之義同也。循名責實，惟記事析理之文，可錫賦名。自戰國之時，《楚騷》有作，詞咸比興，亦冒賦名，故班《志》稱《離騷》諸篇爲《屈原賦》。而賦體始淆。賦體既淆，斯包函愈廣；故六經之體，罔不相兼。賈生《鵩賦》，旨貫天人，入神致用，其言中，其事隱，擷道家之菁英，約儒家之正誼，其原出于《易經》；及孟堅、平子爲之《幽通》、《思玄》，析理精微，精義曲隱，其道杳冥而有常，則《繫辭》之遺義也。班固《兩都》，誦德銘勳，從雍揄揚，事覈理舉，頌揚休明，遠則相如之《封禪》，相如《封禪文》亦近賦體，楊雄《劇秦》、班固《典引》皆屬此體。近師子雲之《羽獵》，其原出於《書經》；及潘岳之徒爲之，《藉田》一賦，義典言弘，亦典、誥之遺音也。屈原《離騷》，引辭表旨，譬物連類，以情爲裏，以物爲表，抑鬱沈怨，與風雅爲節，其原出于《詩經》；及宋玉、景差爲之，塗澤以摛辭，繁類以成體，振塵滓之澤，發芳香之鬯，亦葩經之嗣響也。相如《上林》，枚乘《七發》，聚事徵材，恢廓聲勢，譎而不觚，肆而不衍，其爲文也，縱而復反，放佚浮宕，而歸于大常，其原出于《春秋》；及左思之徒爲之，迅發弘富，博厚光大，亦史傳之變體也。荀卿《賦篇》，觀物也博，約義也精，簡直謹嚴，品物畢圖，樸質以謝華，輐斷以爲紀，其原出于《禮經》；及孔臧、司馬遷爲之，章約句制，切墨中繩，排奡以立體，艱深以隱詞，亦古典之遺型也。屈平《九歌》，依永和聲，近古樂章，《九歌》本楚人祀神之樂章。其原出于《樂經》；後世之賦，雖不歌而誦，班《志》云：「不歌而誦者謂之賦」，然子淵之賦《洞簫》，馬融之賦《長笛》，咸洞明樂理，故

《文選》之賦，别立音樂之賦爲一門。則亦音樂之妙論也。彦和之論，夫豈誣哉？左、陸以下，漸趨整練。齊、梁而降，益事妍華。自唐迄宋，以賦造士，創爲律賦，雖貽排優之譏，然指物貴工，隸事貴當，銖量寸度，言不違宗，合于指事類情之義。其旨則是，其格則非。後儒不察賦義之本原，而所作賦篇，多涉虚象，毋亦昧于文章之流别歟？

近世以來，正名之義久湮。由是，於古今人之著作，合記事、析理、抒情三體，咸目爲「古文辭」。如姚氏選《古文辭類纂》，其最著者也。不知「辭」字本義，訓爲「獄訟」。《説文》「辛」部云：「辭，訟也，從𤔔，𤔔猶理辜也。𤔔，理也。」又有「𤔲」字，下云：「籀文：辭，從司。」是辭專指獄訟言，故與「辠」、「辜」等字並列。故《大學》言「無情者不得盡其辭」也。此「辭」字之本義也。又《説文》「司」部下云：「詞，意内而言外也，從司，從言。」是「詞章」、「詞藻」諸字，皆作「詞」而不作「辭」。而「詞」字又訓爲語助。《文選》劉楨賦云：「揚葯陳詞。」注云：「惟、曰、兮、斯之類，皆語句詞。」是詞爲語助也。近儒高郵王氏作《經傳釋詞》，其自序云：「説經者於語詞之例，略而不究，或即以實義釋之，使其文捍格而意亦不明。竊謂不知語助者，猶不知實義也。蓋實義不外乎文字通用，明於通用，則語詞自無窒礙矣。」是王氏亦以詞爲語助也。蓋詞爲語助，故引伸其義，則一切言論文章，皆稱爲詞。凡古籍「言辭」、「文辭」諸字，古字莫不作「詞」，特秦、漢以降，誤「詞」爲「辭」耳。《易·繫辭》釋文云：「辭，説也，辭本作詞。」《禮記·曲禮篇》釋文並同。《周禮》大行人職云：「協辭命。」鄭注云：「故書作叶詞命。」《詩·大雅》云：「辭之輯矣。」《説文》引作「詞之輯矣。」是「詞」字爲古文，而「辭」字則係傳寫之誤。其所以誤「詞」爲「辭」者，則由「辭」字籀文作「嗣」，與「詞」字之形相近，故因形近而相譌。實則字各一義，非古代通用之字也。《漢書·敘傳》音義云：「詞，古辭字。」是「辭」字古文當作「詞」字之證。後世習俗相沿，誤「詞」爲「辭」，俗儒不察，遂創爲「古文辭」之名，豈知「辭」字本古代獄訟之稱乎？甚矣，字義之不可不明也。

上古之時，未有詩歌，先有謠諺。然謠諺之音，多循天籟之自然。其所以能諧音律者，一由句各叶韻，二由語句之間多用疊韻、雙聲之字。凡有兩字同母，是爲雙聲；兩字同韻，謂之疊韻。上古歌謠，已有此體，昔堯時《擊壤歌》曰：「日出而作，日入而息。」「日出」、「日入」，皆疊韻也。虞廷之賡歌曰：「股肱」、「叢脞」。此雙聲也。舜時之歌曰：「祝融西方發其英。」「祝融」二字，亦雙聲也。又如古歌「斷竹續竹，飛土逐肉」，皆疊韻也。《詩》三百篇，大抵指物抒情之作，一字不能盡，則疊字以形容之，如雎鳩之「關關」，葛覃之「萋萋」是也；或用疊韻，則山之「崔嵬」，馬之「虺隤」是也；或用雙聲，如「蝃蝀在東」、「鴛鴦在梁」是也。雙聲疊韻，大抵皆口中狀物之辭，及用之於詩，則口舌相調，聲律有不期其然而然者。故兩漢、魏、晉之詩，多沿此例；特斯時韻學未興，未立「雙聲」、「疊韻」之名耳。自周容、沈約剏四聲切韻，有「前浮聲、後切響」之說，由是偶文韻語之中，多用雙聲疊韻。或自相爲對，或互相爲對。律詩始於蕭齊，故雙聲之體；亦始於王融。王融詩曰：「園蘅眩紅葩，湖荇燁黃花，回鶴橫淮翰，遠越合雲霞。」此詩見原集中。厥後唐人多用之。如皮日休《溪上思》云：「疏魚低通灘，冷鷺立亂浪；草彩欲夷猶，雲容空淡蕩。」温庭筠詩云：「高閣過空谷，孤竿隔古岡；潭庭空淡蕩，髣髴復芬芳。」此其雙聲也。餘證甚多。 蓋律體盛行，故其法益密。杜少陵之詩，尤善用雙聲疊韻：有二句皆雙聲而自相爲對者，如少陵《贈鮮於京兆》云：「奮飛超等級，容易失沈淪。」「奮飛」、「容易」，皆係雙聲。此雙聲之自相爲對者。餘證甚多。有二句皆疊韻而自相爲對者，如少陵《寄盧參謀》云：「流年疲蟋蟀，體物幸鶺鴒。」「蟋蟀」、「鶺鴒」，皆係疊韻。此疊韻之自相爲對者。餘證尚多。亦有雙聲疊韻互相爲對者。如少陵《贈河南韋尹》云：「牢落乾坤大，周流道術空。」「牢落」爲雙聲，「周流」爲疊韻，此以上句雙聲對下句之疊韻者也。又少陵《贈汝陽王詩》云：「寸腸堪繾綣，一諾豈驕矜。」「繾綣」爲疊韻，「驕矜」爲雙聲，此以上句疊韻對下句雙聲者也。餘證甚多。 迨及宋初，此法漸微，惟蘇詩喜用雙聲。東坡嘗戲作切語《竹詩》，又作《和正甫一字韻詩》，又作《江行見月》四言詩，此三詩者，無一語而非雙聲，可以知蘇詩之喜用雙聲矣。然齊、梁以前，未立「疊韻」、「雙聲」之目，齊、梁以後，又漸失雙聲疊韻之傳，然攷其篇章，往往亦多暗合。則疊韻雙聲乃自然之音律，非人力所可强爲矣。故未有文字之前，已具此體，惟前人未能一抉其秘耳。海寧周氏作《杜詩雙聲譜》，已發明此例，並旁采古今之詩以爲證佐，可謂發前人所未發矣；惟意有未盡，故復即其義而申之。王西莊諸儒亦復深信此說，見《蛾術編》。

昔孟子之論說詩也，謂「不以文害詞，不以詞害志」。予觀秦、漢以後之詩文，何以文害詞者之多乎？如江淹《恨賦》有云：「孤臣危涕，孽子墜心。」夫「墜涕」、「危心」之語，均於古籍有徵，而江氏必欲反其詞以自矜險語，不知「危涕墜心」四字，語詞相綴，皆屬不倫，奚得謂之合論理乎？又杜甫《秋興》詩有云：「紅豆啄餘鸚鵡粟，碧梧栖老鳳凰枝。」夫「鸚鵡」、「鳳凰」，皆係主詞；「豆」、「粟」、「梧」、「枝」皆係所謂詞：當云「鸚鵡啄餘紅豆粟，鳳凰栖老碧梧枝。」而杜氏必欲倒其詞以自矜研鍊，此非嗜奇之失乎？不惟此也。杜甫律詩有云：「白頭搔更短，渾欲不勝簪。」夫白髮可言長短，今易白髮爲白頭則屬不詞。俞氏蔭甫亦議之。又白居易詩云：「掌珠一顆兒三歲，鬢雪千莖父六旬。」夫十日爲旬，載於往籍；《說文》「勹」部「旬」字下云：「十日爲旬。」故唐代以前，無以旬爲十年者。今白氏以十載爲旬，非與古訓相背乎？以十年爲一旬，蓋始於唐。故白氏又有詩云：「且喜同年滿七旬。」又明徐尊生詩云：「客中生日近七夕，老子行年當五旬。」以十年爲旬，與白氏同。夫智者千慮，豈無一失？特名不正者言不順，欲順其言，必正其名。若以文害詞，則背於正名之義，豈可復蹈其弊乎？故舉古人文詞之失，以見其凡。夫今日所以不敢議江淹、杜甫者，以其名高也。若初學作文之人，造語與江、杜同，必斥之爲文理不通矣。

文說

劉師培 撰

《文　說》

劉師培　撰

《文說》取法於《文心雕龍》，分《析字》、《記事》、《和聲》、《耀采》、《宗騷》五篇。作者論文從「析字」始，發揮並論證阮元「小學爲文章始基」之觀點。《記事篇》提出「蓋文以記事，故事外無文」之説，對「後世之文」記事失實處，分「寓言」、「虚設」、「訛誤」一一加以指摘。《和聲》、《耀采》兩篇，則推論本源，循名責實，闡述作者「駢文之一體，實爲文類之正宗」之基本思想。《宗騷篇》則推崇《楚辭》爲「駢體之先聲，文章之極則」，其中隱含《易》、《書》、《詩》、《禮》、《樂》、《春秋》之多種遺義，又取經於儒、道、墨、縱横、法、小説諸家，「擷六藝之精英，括九流之奥旨」，把《楚辭》推爲極致。雖不免牽强，却表現作者自成一家之文學史觀。

《文説》最早發表於《國粹學報》十一至十五期（一九〇五年十二月十六日至一九〇六年四月十三日）。又有《劉申叔先生遺書》本，於一九三六年寧武南氏校印。今即據以録入。

（王宜瑗）

序

昔《文賦》作于陸機，《詩品》始于鍾嶸，論文之作，此其濫觴。彦和紹陸，始論文心；子由述韓，始言文氣。後世以降，著述日繁。所論之旨，厥有二端：一曰文體，二曰文法。《雕龍》一書，溯各體之起源，明立言之有當，體各爲篇，聚必以類，誠文學之津筏也。若夫辨論文法，書各不同，或品評全篇，或偶舉隻語，或發例以見凡，或標書以誌義。至于纂類摘比之書，標識評點之册，本爲文之末務，豈學文之階梯？自蘇評《檀弓》，歸評《史記》，五色標記，各爲段落，乃舍意而論文，且蹈虛以避實，以示義法，以矜祕傳，因一己之師心，作萬世之法程。由是五祖傳燈，靈素受籙，師承所在，罔敢或遺，可謂文章之桎梏矣。趙執信作《聲調譜》，謂古人之詩宜有音節，遂穿鑿附會，無所不至，其失與論文之書同。或謂規矩方圓，非言克傳，文本天成，妙手偶得。其言雖異，其失則同。震旦文人，會心言外，或知其當然，昧其所以。而字類分區，文辭綴繫，咸矜自得，罕識本源，學者憾焉。幽居多暇，撰《文説》一書，篇章分析，隱法《雕龍》，庶修詞之士，得所取資。非曰競勝前賢，特以啓牖後學耳。是爲序。

文説目録

文說

劉師培 撰

析字篇第一

自古詞章，導源小學。蓋文章之體，奇偶相參，則侔色揣稱，研句錬詞，使非析字之精，奚得立言之旨？故訓詁名物，乃文字之始基也。昔西漢詞賦，首標卿、雲，摛詞貴當，隸字必工，此何故哉？則辨名正詞之效也。觀司馬《凡將》、子雲《訓纂》，詳徵字義，旁及物名，分別部居，區析昭明；及撮其單詞，儷爲偶語，故擷擇精當，語冠羣英。則字學不明，奚能出言有章哉？

夫作文之法，因字成句，積句成章，欲侈工文，必先解字。然字各有義，事以驗名，用字偶乖，即背正名之旨。觀古代鴻儒，銓繹字義，界説謹嚴，不容稍紊。如穴爲土室，《説文》云：「穴，土室也。」汥訓水都，《説文》云：「汥，水都也。」葦即大葭，《説文》葦字下云：「大葭也。」藿稱小菽，《説文》藿字下云：「藿，菽之小者。」主階訓阼，《説文》阼字下云：「主階也。」比田爲畕，《説文》畕字下云：「比田也。」笑不破顔謂之弞，式忍切。《説文》云：「笑不破顔曰弞。」辛能蹙鼻謂之辠，《説文》云：「辠，言辠人蹙鼻苦辛之憂。」闢爲開閉之門，《説文》云：

「闢，開閉門也。」楺訓屈伸之木，《說文》云：「楺，屈伸木也。」是古人狀物，各有專名，以達難顯之情，以括重言之語。後世文人，用字多歧，制改漆書，猶言「執簡」，民皆被髮，仍述「抽簪」，此固用字之失矣。然以木注酒，其名爲杯，及易木爲甆，應更何字？以革爲箠，其字作鞭，及舍革用竹，應易何名？乃事物日增，名詞未益，以固有之名，代新詞之用，學士文人，互相因襲，用之文字，播之詩歌，字義之淆，自此始矣。舉斯二例，餘可旁求。且上古造字，以類物情，極意形容，有如圖繪。嗾爲使犬，《說文》云：「嗾，使犬也。」喌訓呼雞，《說文》：「喌，呼雞重言之。」星見雨除謂之夝，音省，《說文》云：「夝，雨而夜除星見也。」是義與晴殊。風吹浪動謂之颭，職言切。《說文》云：「颭，風吹浪動也。」泉一見一否爲瀸，《爾雅》云：「泉一見一否曰瀸。」《說文》亦引此文。雲半有半無曰⿱雨圛，《說文》⿱雨圛字下云：「《逸周書》曰：⿱雨圛⿱雨圛升雲，半有半無。」推之月初生爲霸，《說文》霸字下云：「霸，月始生霸然也。」水半見曰酋，《說文》酋字下云：「繹酒也，從酉，水半見於上。」象態既殊，名稱即別，古代鴻文，皆沿此例。流連萬象之際，沉吟視聽之區。言必象物，音必附聲。故「參差」狀荇菜之容，「沈浮」盡楊舟之態，「杲杲」爲日出之容，「霏霏」擬雪飛之狀，「依依」繪楊柳之情，「呦呦」學鹿鳴之韵。可謂國門可懸，一字莫易者矣。

後世不然。日夕雨止，亦沿「晴」字之稱。「晴」字爲雨止，晝間雨止日出始謂之晴，莫夜間雨晴，則當另用「夝」字矣。日入而風，亦襲「暴」字之名。《爾雅》：「日出而風爲暴。」非大風可稱暴也。水不注川，亦名爲溪。《爾雅》曰：「水注川曰溪。」地非山脊，亦號爲岡。《爾雅》曰：「山脊，岡。」非攻石而稱磨。《爾雅》曰：「石謂之磨。」

非錯金而稱鏤。《爾雅》云：「金謂之鏤。」路非四達，亦冒稱衢。《爾雅》曰：「四達謂之衢。」絮匪一苫，亦標紙字。《説文》云：「紙，絮一苫也。」瓊爲赤玉，《説文》。而白花亦號瓊花。翡爲赤鳥，而翠玉亦名翡翠。推之非木株而亦號爲根，非竹枚而亦稱爲箇。名與實違，此又文士之通失也。且文苑之英，字學多疏，率爾操觚，緣飾附會，假設名詞，獨標奇語，因事著稱，緣物生義。善惡懸殊，則曰「天淵判隔」；友朋聚首，則曰「萍水相逢」；以「青雲」爲得志，以「白水」爲誓詞。文士沿襲成風，後人以意逆志。是則名詞之字，別有代詞，而法語之言，易爲隱語，以辭害義，此其一矣。別有慧業才人，創造險語，鬼斧默運，奇句自矜，或顛倒以爲奇，或割裂以示巧。由是「墜心危涕」，文通互易其文；「啄粒栖枝」，子美自顛其語。不知言貴有序，詞貴立誠，江、杜之文，不可謂之非違則也。

嗚呼！前世之文，字必師古，周秦故訓，賴文以傳。後世之文，字必背古，俗訓歧義，因文而興。豈非小學之蠹哉？今欲文質相宣，出言不紊，其惟衷《爾雅》以辨言，師許君之《解字》，觀《説文自序》中多排偶之詞，即置之《文選》之中，亦出類拔萃之作，則工文之士，必出於小學家矣。心知其意，解釋分明，庶立言咸有淵源，而出詞遠于鄙倍矣。若夫未解析詞，徒矜凝鍊，是則無根之木、無源之水耳，烏足以言文學哉！

記事篇第二

皇古學術，溯源史官，記動記言，實惟史職；是記事之文，起源至古。觀虞、夏之書，據事直録，事必徵實，言匪蹈虛，故《堯典》測天，《禹貢》治水，垂一王之法，布不刊之言。推之《神農本艸》、《黄帝内經》，簡要詳博，不雜蕪詞。降及周代，文史日繁。然姬公《官禮》，孔氏《春秋》，一則法典之書，一則史編之體。蓋文以記事，故事外無文；若詞涉不經，言等子虛，書而不法，後世何觀？無徵不信，此之謂歟！

後世之文，多昧此旨，雖碑傳之作，博徵文獻，遊記之文，模範山水，然記事失實，厥有數端。一曰寓言。自《國風》之詩，託物興懷，義標比興，詞等無稽；然「漢有遊女」，遂傳贈佩之文；《詩》言「漢有遊女」，本比興之詞耳，《韓詩》遂傳鄭交甫贈佩之事，後世詞人，襲用其説，一若漢水之實有此神。鄭詠狡童，妄託辭昏之説。《詩·狡童篇》，《毛序》最確，近人以辭昏之事附會之，非也。又如靈均作《湘君》之歌，宋玉奏《神女》之賦，構造虛詞，婉而多諷；乃湘水傳鼓瑟之蹤，高唐爲夢遊之地，咸有神詞，詳于方志，習俗相沿，有若信史。況東周以降，策士踵興，設爲荒誕之詞，以助縱横之筆。乃「嫠不恤緯」，韓嬰用以釋《詩》；《左傳》記子大叔之語，本係寓言，《韓詩外傳》遂誤爲漆室女之事，又誤以憂周爲憂魯。「妾覆藥酒」，見《戰國策》。子政垂之彤史，可謂昧于擇言者矣。至若列子貴虛，莊周譎詭，借物寓意，夫豈有徵？若昧厥旨義，證以實詞，是猶待兔而守株，豈僅刻舟而守劍。故夔僅一足，《吕氏春秋》。堯有八眉，襲謬沿訛，疑非爲是，用之于文，穢莫大焉。漢代以還，謡言日興；海客乘槎，見《博物志》。則誤爲博望；姮娥竊藥，則指爲羿妻；王母本西方之國，目爲列仙；羲和乃司曆之臣，稱爲日馭；于洛神則信爲宓妃，于武陵則尊爲仙跡。朱紫莫别，不可殫論，其弊一也。

二曰虚設。自「民靡孑遺」，識《雲漢》之害《詩》；「血流漂杵」，證《武成》之多謡。言過其實，自古有之。及遞相稱述，曲意形容，屬詞比事，其失也誣。後世文人，飾詞矯説，或尊己而卑人，或援古以證今，事每憑虚，詞多烏有。若王沈《魏録》，濫述貶甄之詔；陸機《晉史》，虚張拒葛之風。曲筆阿時，非一日矣。又如劉玄以俠烈著聞，而范史力言其懦弱；《漢·更始傳》既言其身在微賤，結客報仇，及叙其即位後，則又言其羞愧流汗，刮席不敢視，非誣而何。宋祖輟誦讀之業，而沈書侈述其文詞：見《史通》。虚美相酬，言多爽實。至若魏收修史，延壽成書，比索虜于禹、湯，夷南朝于蠻、貊，道武名官，則曰遠師少皞，柔然通使，則曰追慕漢高，擬非其倫，殊乖實録。甚至虚加鍊飾，博採諛言，喻過其體，詞没其義：論逆臣則稱爲問鼎，稱巨寇則目以長鯨；記貢納必飾百牢，叙朝會必稱萬國；孔門弟子，則曰三千；漢北胡兵，則曰十萬；漢兵敗績，睢水爲之不流；赤眉納降，積甲高于熊耳；董生乘馬，不知牝牡；翟公之門，可張雀羅：事資虚飾，是曰支詞。若烏白馬角，顯燕丹之精誠；犬吠雞鳴，神劉安之仙術：以虚爲實，來者難誣，所謂凫脛雖短，續之則憂，畫虎不成，反類畫狗者矣。推之班固《兩京》，左思《三都》，言雖成理，事或渺冥。唐代以降，文體日淆，言無準的，語非有中：以李實之苛殘，而昌黎頌爲仁吏；以孫復之穿鑿，而永叔奉爲經師：移的就箭，掩耳盜鈴，迷惑後世，夫豈一端？其弊二也。

三曰訛誤。夫佛肸畔晉，孔子卒已數年，而《論語》記「磨磷涅淄」之喻；吴王濬邗，夏代實無此水，而《孟子》有「排淮注江」之文。書籍舛誤，經典猶然。若夫顔闔對君，載爲顔淵；闞我作亂，移之宰我；《列子》書論尼父，而曰與鄭穆同時；扁鵲醫療虢公，而曰爲趙簡治疾。又如莒僅彈丸，而孟堅稱爲大國；《五行志》。秦非小弱，而榮緒稱爲小邦。臧榮緒《晉書》曰：「苻秦地劣于趙。」苟非別加研覈，何以判別是非？推之杜陵詩史，誤伏勝爲服虔；杜詩：「諸生老服虔。」此指濟南伏生言。劍南文雄，誤許渾爲許遠。桓温與仲文並世，乃庾信之虚詞；九齡賞蘇挺之文，爲容齋所駁正。虎頭則釋以人名，蘇詩：「卻下虎頭城。」此即虔州言也，注家誤爲顧虎頭，斯言誠大謬矣。赤壁則移其地望。傳聞失實，考證多疏，賢者不免，況其下乎？況訛言亂真，別有一因：怯書今語，勇效昔言，碑銘所勒，傳記所書，或虚引他邦，冒爲己邑，如稱袁則飾之陳郡，言劉則系之彭城是也；或侈用古官，施之今職，如京尹必稱京兆，不計都邑之遷移，相臣必號平章，不計官階之同異是也；或虚引古事，飾爲雅言，如苻堅撫盤，易爲「推案」，洛干脱帽，易爲「免冠」是也。綜斯三失，言與事違，今古以之不純，真僞由其相亂，故詮事失真，與訛言同，其弊三也。

嗟乎，古人以事爲主，凡記事必以文，後人以文爲主，或因文以害義，故古事因文而傳，近事因文而晦，以文勝質，此之謂乎。是以文苑之英，詞林之秀，必參觀古籍，博覽羣書，參互考驗，窮流溯源，斯能出語有章，立言不朽；若徵材聚事，徒供獺祭之需，恐摘句尋章，不越蟲雕之技，以此言文，不亦誤乎！

和聲篇第三

物失其平則鳴，情動於中則言；情感於物，則形於聲；聲能成文，斯謂之音。故音訓爲飲，《白虎通》云：「音，飲也，言其剛柔清濁和而相飲也。」聲訓爲鳴。《白虎通》曰：「聲，鳴也。」上古未有文字，先有語言，物各一名，言各一義，或循天籟，如一二、天地、父母、我彼諸字音是。或效物音，如牛羊、竹木、鴉鵲蛙諸字音是。或因形定聲，或因聲見義。故心同此理，即同此音，目爲元音，誰曰不宜？太古之文，有音無字。謠諺二體，起源最先。謠訓「徒歌」，諺訓「傳言」。蓋言出於口，聲音以成，是爲有韵之文，咸合自然之節。則古人之文，以音爲主。故和聲依永，八音於焉克諧；六律五聲，五言於焉出納。聲音之道，與政通矣。

況三代之時，學憑記誦。師儒之學，口耳相傳；經典之文，聲韵相叶。故聲教記於《禹貢》，文言著於羲經，太學錫成均之名，四教爲樂正所掌。而六藝之文，諸子之書，莫不叶音而足語，立均而出度。見《國語》。試觀《周易》六爻，《尚書》二典，老耼傳《道德》之經，屈子作《離騷》之賦，以及箴銘垂訓，鐘鼎鏤詞，凡茲古籍，半屬韵文。況詩以調律，樂以播音，嗟嘆永歌，引宮刻羽，用之邦國，被之管弦，審音之精，此其證矣。

且古用韵文，厥有二故：一則剏字之原，音先義後；解字之用，音近義通。古人作文，比類合義，韵既相叶，義必相符。一則奇字硬語，詰屈聱牙；惟韵語偶文，便於諷誦。故外史諭書名，臣籀作《史篇》，使呫畢之儒，事半功倍。綜斯二因，遂崇偶體：或抑揚以協律，或經緯以成章，或間句而協音，阮芸臺《文韵説》曰：「《詩·關雎》鳩、洲、逑押脚有韵，而女字不韵，得、服、側押脚有韻，而哉字不韵，此正子夏所謂聲成文之宮羽也。」或隔章而轉韵，《詩經》之韵不可一律齊，有四句兩韵，又轉而兩韵者，《關雎》次章之類是也；有四句而各兩韵者，《伯兮》首章之類是也，有八句而四韵者，《碩鼠》之類是也；有十二句而六韵者，《小明》首章之類是也；有三句而兩韵者，《采葛》之類是也；有三句而皆韵者，「十畝閑閑」之類是也。餘可類求。或用韵不拘句末，王懷祖曰：「《三百篇》用韵，有字字相對極密，非後人所有者，如有瀰、有鷕，濟盈，雉鳴，不、求，其軌、其牡，鳳凰鳴矣、梧桐生矣，於彼高岡、於彼朝陽，奉奉、雍雍、萋萋、喈喈，無一字不相韵。」予案《詩經》有本句自叶之法，如「于嗟乎不承權輿」，乎、輿爲韵，「于嗟乎騶虞」，乎、虞爲韵，又如「于嗟麟兮」，嗟讀爲齊，與兮爲韵，「于胥樂兮」，胥讀爲西，與兮爲韵，「其樂只且」，樂讀爲羅，與且爲韵，是用韵不拘句末也。或協聲即在語端，此例爲前人所未發，如《易經》「積善之家，必有餘慶」，積與必韵，《書經》「冀州，既載壺口，治梁及岐，既修太原，至於岳陽」，冀與既、治、至三字韵，此例《詩經》尤多，《老子》、《楚詞》亦有之，不具引。或益助詞以足句，如《詩・關雎篇》用之字，《十畝之間》用兮字是也，是即《詩大序》所謂「言之不足，故嗟嘆之，嗟嘆之不足，故永歌之」也。屈、宋用兮字及些字，亦即此旨。或譜古調以成音，例如「彼候人兮」，「季女斯飢」，本古東音，見《吕覽》，而《曹風》又用之，此即譜古調以成音者也。與後世古詩篇多用「飲馬長城窟」、「青青河畔艸」爲首句同。又如《詩經》之中，多用「彼其之子」句，則此句亦當日所傳之古音也。又漢代樂府有《朱露》，即出於《魯頌》之《振鷺》，亦其證也。此句中之韵也。至于觸物抒情，侔色揣稱，或掇雙聲之字，或採疊韵之詞，如《關雎》之詩，「參差」、「優遊」，即雙聲也，「窈窕」，「輾轉」，即疊韵也，餘可類推。至於唐人猶有用此例者，如杜少陵詩云：「奮飛超等級，容易失沈淪。」白樂天詩云：「荏苒星霜换，迴環節候遲。」「奮飛」、「容易」、「荏苒」、「迴環」，皆雙聲也。杜詩云：「卑枝低結子，接葉暗巢鶯。」「(低)(卑)枝」、「接葉」即疊韵也。餘證甚多，見去歲《論文雜記》中。或用重言，如「關關」、「喈喈」、「萋萋」之類。或用疊語，如「王室如燬，雖則如燬」，以及「伐柯伐柯」之類是。此字中之音也。況音區輕重，《山海經》郭注云：「藷蕷，今江南單呼爲藷，音儲，語有輕重耳。」《顔氏家訓》云：「其間輕重清濁，猶未可曉。」而《廣韵》有辨四聲輕清重濁法，《通志・七音略》亦謂「内轉之音，有輕中重、輕中輕、重中重、重中輕諸法，外轉亦然。」言判疾徐，韓非子曰：「疾呼中宫，徐呼中商。」韋昭《國語注》曰：「急呼則茅蒐成韎。」而《顔氏家訓》亦有徐言疾言之語。聲音之學，自古有之。雖四聲未辨，字無平仄之分；如《堯典》：「平章百姓，百姓昭明。」姓字爲仄音，明字爲平音。《易・坤卦》：「積善之家，必有餘慶，積不善之家，必有餘殃。」慶字爲仄音，殃字爲平音。《詩・甫田》云：「我田既臧，農夫之慶。」《假樂》云：「保佑命之，自天申之。」《子衿》云：「青青子佩，悠悠我思。」《雞鳴》云：「蟲飛薨薨，甘與子同夢。」《蓼蕭》云：「其德不爽，壽考不忘。」臧、申、思、薨、忘皆平音，慶、命、佩、夢、爽皆仄音。又如《老子》云：「五味令人口爽，馳騁田獵令人發狂。」《太玄經》云：「嘻嘻自懼，亡彼愆虞。」亦平韵仄韵互協之證。蓋古代音濁平仄之分，尚未大别，故古無四聲，蓋愈古則音愈簡。而兩語相承，音有低昂之判。是以長言短言，見于《公羊》之注；《公羊傳》：「《春秋》伐者爲客，伐者爲主。」何注云：「伐人者爲客，讀伐，長言之；見伐者爲主，讀伐，短言之。」顧氏亭林曰：「今之平仄，即古之長言、短言。」開口合口，詳于《廣韻》之書。《唐韻》末附《辨十四聲例法》「一開口聲，二合口聲。」江慎修曰：「開口即內言，即外轉，合口即外言，即內轉。」內言外言，亦見《顏氏家訓》。觀風虎雲龍，音殊高下；阮芸臺《文韻說》曰：「《文言》固有韻，亦有平仄聲音，即如「濕燥龍虎」八句，何等聲音，無論「龍虎」二句，不可顛倒，若改爲「龍虎溼燥睹」，即無聲音矣，此豈聖人天成暗合，全不由於思至哉！」氣求聲應，語判洪纖。章句之間，各叶宮羽。雖曰音韻天成，暗與理合，此二句見沈約《宋書·謝靈運傳論》。然口舌相調，形氣相軋，張子《正蒙》云：「聲者，形氣相軋而成。」洞合天然之律，亦由意匠之工。阮芸臺曰：「自古聖賢屬文時，亦皆有意匠。」此則沈約所謂「韵與不韵，各有精粗」者矣。《答陸厥書》

秦、漢以降，文體日滋。然集字爲句，駢異而同，抽句匪隻，摛詞非單，而駢字以音爲主，偶文以韵爲宗。《文心雕龍》曰：「有韵者文也，無韵者筆也。」然水土氣別，則音分清濁；古今代嬗，則聲有異同。同一字而音韵互歧，同一音而形體各判。故「讀如」「讀若」，半爲譬況之詞；「當作」「當爲」，亦屬旁通之證。然施之于文，則言各有當。觀漭沆、龐鴻，一音相轉，而平子、長卿用之各別；平子《西京賦》云：「滄池漭沆。」長卿《封禪文》云：「湛恩龐鴻。」案漭沆，龐鴻，四字音近義同，而一用漭沆，一用龐鴻者，則以聲音有高下之殊耳。崴褢、㴔瀤，二字相通，而太冲、景純用之各殊。太冲《吳都賦》云：「隱賑崴褢。」景純《江賦》云：「沍淪流瀼。」案此四字亦音近義同，而用之各殊，亦以聲音有輕重之分耳。蓋音有小大之區，語有翕張之異；若用字偶失，則音節相乖。屬文之士，不可不察也。

若夫《上林》之作，易「逍遥」爲「消摇」；《長楊》之篇，以「桔隔」代「戛擊」。「千眠」《文賦》「盰瞑」《南都賦》，音義相同；「漫衍」《甘泉賦》「曼延」《西京賦》，言詞靡別。則以洪荒字簡，一字兼數字之音；後代義明，數字歸一字之用。審音惟取相符，用字不妨偶異。蓋音同字異，亦可旁通；而音異字同，不容相假。則作文以音爲重，彰彰明矣。

厥後孫炎注經，始言反切；《顔氏家訓》曰：「孫叔言創《爾雅音義》，是漢末人獨知反語。」陸德明《經典釋文》曰：「孫炎始爲反語，魏朝以降漸繁。」張守節《史記正義》同。曹植論韵，暗合梵音。曹植感魚山神，製四十二契，慧皎以爲「梵響無授，始陳思王」，見李氏《音鑑》。而《聲類》編於李登，魏李登撰《聲類》十篇。《韵集》成於吕静，晉吕静因《聲類》而撰《韵集》，始有韵書之稱。以累萬之字，配五聲之音，《魏書·江式傳》曰：「静作《韵集》五卷，宫商角徵羽，各爲一篇。」唐封演《聞見記》曰：「魏李登撰《聲類》十卷，凡一萬一千五百二十字，以五聲命字。」是五聲之分，始于李、吕，在齊、梁之前。尋聲推韵，自此始矣。

及齊、梁之間，文士輩出，盛解音律，始制四聲，《南齊書·陸厥傳》曰：「汝南周顒，善識聲韵，沈約、謝朓、王融，文皆用宫商，以平上去入爲四聲，以此制韵，不可增減，世呼爲永明體。」《梁書·沈約傳》云：「撰《四聲譜》，以爲在昔詞人，累千載而不悟。高祖嘗問周捨曰：『何謂四聲？』捨曰：『天子聖哲是也。』然帝竟不遵用。」封演《聞見記》曰：「周顒好爲體語，因此切字皆有紐，紐有平上去入之異，永明中，沈約文詞精拔，善解音律，遂撰《四聲譜》。」案沈氏之書一卷，見於《隋書・經籍志》，此後則言者愈衆矣。雖仄韵知區去入，顧亭林《音論》曰：「今考江左之文，自梁天監以前，多以去入二聲通用，以後則若有界限，絶不相通，是知四聲之論，起於永明，而定於梁、陳之間也。」而平音未判陰陽。考約等只言平上去入，而未分陰平陽平，故只言四聲，而不言五聲也。然諸家之文，善識聲韵，五字之中，音韵悉異；兩句之内，角徵不同。以上見《南齊書・陸厥傳》。鄒漢勛《五韵論》曰：「五字之中，音韵悉異者，音目同紐，韵謂同類，言五字詩一句之中，非正用重言連語，不得復用同韵同音之字，犯之即爲病；兩句之内，角徵不同者，攷五聲大小之次，宫爲大，商角次之，徵羽又次之。平聲本有陰陽四聲，本於五音，咸出于自然，稍知呼吸文字，即能辨之。」又云：「宫商猶言平仄，爲文皆用宫商，猶言爲文皆用平仄，兩句之内，角徵不同，猶言兩句住句之字，一平一仄耳。」又「案《文心雕龍・聲律篇》云：「凡聲有飛沉，響有高下，雙聲隔字而每舛，叠韵雜句而必揆。」此亦「五字之中，音韵悉異；兩句之内，角徵不同」之證，足證南朝文士，其論文章之聲病，固不減於沈隱侯也。」此論最精。又謂前有浮聲，後須切響，律吕各適物宜，低昂奚容舛節，一簡之内，音韵盡殊，偶語之中，輕重悉異。沈約《宋書・謝靈運傳論》曰：「夫五色相宣，八音協暢，由于玄黄律吕，各適物宜，欲使宫羽相變，低昂舛節，若前有浮聲，則後須切響，一簡之内，音韵盡殊，兩句之中，輕重悉異。妙達此旨，始可言文。」阮芸臺作《文韵説》，亦引此語爲證。案此語亦精，所謂「前有浮聲」者，即平韵也，所謂「後須切響」者，即仄韵也，此亦文分平仄之證。蓋叶韵貴調，必同聲相應；而摛辭貴偶，必異音相從。是猶簫管之音，首貴克諧；而琴瑟之音，不可專壹。特語末韵詞，有譜可憑；句内聲病，涉筆易犯。故往往閲之斐然，而誦之拗格。推其失致，厥有二因：一則以拗詞自矜，致聲失其節；一則以連語相貫，致音涉於同。連語者，即一語之中多用雙聲及叠韻之各字也。故宣之於口，或音涉鉤輈；若繩之以文，則體乖排偶。此則彥和所謂「作韻甚易，選和至難」者矣。見《文心雕龍・音律篇》。

隋、唐之際，韻學日精：易四聲爲五音，齊、梁之間，僅以平上去入爲四聲，而平聲未分陰陽，然《隋書・經籍志》云：「梁有《五音韻》一卷。」然五音之說，亦發明于六朝，特唐人始分陰陽爲二。合衆字爲一韻；如《廣韻》、《唐韻》諸書是，是爲韻書之祖。審聲有脣舌喉齒之殊，《玉篇》末附《五音聲論》云：「東方喉聲，西方舌聲，南方齒聲，北方脣聲，中央牙聲。」《廣韻》亦曰：「脣聲清，舌聲清，齒聲牙聲喉聲俱濁。」案《釋名》云：「天，坦也，以舌頭言之。」又「天，顯也，以舌腹言之。」又曰：「開脣言之，風，放也；合脣言之，風，汎也。」則舌聲脣聲之說，中國古籍亦有言之者矣。其說在六朝之前。合音有徵角宮商之異。《玉篇》末附《五聲論》云：「欲知商，開口張；欲知宮，舌居中；欲知角，舌縮卻；欲知徵，舌柱齒；欲知羽，撮口聚。」其說本出於《管子》。鄒漢勛謂「上爲宮，陰陽平爲商角，去入爲徵羽」。引字調音，各有清濁；孫氏《唐韻》曰：「引字調音，各自有清濁。」分類別等，咸造精微。分類者，即同紐之字也，凡同紐之字，皆爲同類；別等者，即同韻之字也，凡同韻之字，皆爲同等。故音韻有四等，一等洪大，二等次大，三四皆細，而四尤細，皆見江慎修《四聲清切韻》。然音學愈明，斯文韻愈密。故陰、何詩什，遂開近體之先；徐、庾文篇，無復單行之體。賦必叶律，送迎互換其聲；文必成章，進退遞新其格。推之沈、宋之詩，音中羣雅；温、李之文，勢若轉圜。或拗韻以協聲，據趙秋谷《聲調譜》，則古詩及拗體之詩，亦必叶自然之律。或激昂以競響。然調有緩急，音有抗墜，科律所設，不可誣也。

況唐人之詩，紹古樂府。故「朝雨渭城」，聲可裂笛；「秋風汾水」，歌以寄思。中唐以降，競尚倚聲，繁促相宜，短長互用，按律造譜，由詞製調。故聲轉於吻，則轆轤交往；辭靡於耳，亦短修互叶。觀《清平調》進于李白，樂部傳歌；《菩薩蠻》撰於飛卿，歌筵競唱。是古人辭曲，暗合樂章。及大晟設官，宫聲羽聲判其製；此北宋之事。蒙古宅夏，南曲北曲異其音。雖曼音俳曲，未克移風；而促韵繁聲，咸能入樂。此又文韵最精之證也。

然欲精文韵，厥有三端：一曰撰韵。三代以上，言各異聲，音區夏、楚，韵判《雅》、《南》。況百里之内，聲有不同；千年之中，語有遞轉。然古人用韵，多與今違；係本古音，非由叶韵。吳才老於《詩經》韵之殊於後世者，皆曰叶韵，非也。故「儀」與「阿」叶，則「儀」讀爲「莪」；《詩·菁菁者莪》篇。其旁證則《洪範》「頗」與「儀」協，《管子》「磋」與「儀」協，《太玄》「頗」與「儀」協。「下」與「滸」協，則「下」讀爲「虎」。《詩·緜篇》。其旁證則《楚詞》「舞」與「下」協，「處」與「下」協，「渚」與「下」協。「筵」音協「秩」，《賓之初延篇》。故「山」可協「歸」；《東山篇》。「今」音協「玆」，《載芟篇》。故「塵」可協「底」。《無將大車篇》。又「閉」讀爲「鼈」，則潘、顔之作可徵；「謳」讀爲「獄」，則曹、陸之詞可據。「岳」讀爲「獄」，則陸與司馬相符；「袂」讀爲「決」，則沈與江淹相合。及雙聲互轉，致古韵多淪。古韵之轉爲今韵，其故悉由雙聲，見《小學發微》。後世韵書既設，通協亦寬，然選韵必取同紐，作文必用今音。若昌黎之詩，以「城」協「江」，杜牧之曲，以「信」協「深」，姜夔以「陰」協「雲」，陸遊以「寄」協「水」，或數韵通協，或四聲失調，則又用韵之失矣。又古人作文，多用方音，《公羊》侈用齊言，《離騷》亦徵楚語。雖律以雅言，韵訛實甚；然施之鄉國，音讀易諧。故徵之古昔，楚臣以土風協樂；驗之近代，宋人以里語入詞。特處封建之朝，則《國風》可齊《雅》、《頌》；值同文之世，則訛音甚於枘方。方音之用，詎免鄙倍之譏乎！

二曰發音。文以代言，取肖神理。上古立言，罕用助語，欲傳語尾之餘音，則擇實詞爲虚用。故出言之際，軒輊異情，虚字一乖，判于燕越。一字之失，一句爲之蹉跎，一句之誤，通篇爲之梗塞。然實字必徵其義，虚詞必聆其音：故「只」爲語已之詞，用「只」則文氣下引；《說文》「只」字下云：「語已詞也，從口，象氣下引之形也。」「乎」爲語餘之助，用「乎」則文聲上揚。《說文》「乎」字下云：「語之餘也，從兮，象聲上越揚之形也。」「曰」、「曶」二字，咸爲出氣之詞；《說文》「曰」字下云：「象口氣出也。」「曶」字下云：「出氣詞。」「之」、「其」兩字，亦屬代詞之例。且「則」字「乃」字，同爲轉下之文，而意分緩急；「也」字「耶」字，同爲終竟之詞，而語判信疑。義各有歸，淆用斯舛。若夫《周詩》以「伊」字爲起詞，《楚騷》以「羌」字爲轉語，《書》紀《皋謨》，則「事」字居言詞之間，《孟》論勇士，則「施」字爲發語之聲，使作者偶缺其文，則誦者不能成韵。又如「遑暇」重言，「庸何」並列，「期期」象口吃之聲，「耳耳」表不然之意，雖施諸縑墨，係屬費詞，然傳其聲貌，非此莫由。故詞氣之說，創于曾氏，而《音辭》之篇，著于子推，蓋頓挫異致，斯詠嘆殊情。至若「且」字用於《鄭詩》，「些」字見於《楚詞》，是猶元曲助字，純用方言。然助言偶舛，則餘韵失傳，釋詞之學，豈可忽乎？

三曰選字。文字不同，各如其面，字各有音，施之或異。兩字相聯，或音判剛柔；兩義相符，或用分雅俗。故黄沙白草，發爲粗厲之音；海水天風，恍睹寂寥之境。銘功誦烈，其音大而弘；範水模山，其音清以遠。美人香草，其音婉轉而彌長；玉宇瓊樓，其音慷慨而激越。雜綺語則音多柔靡，誦軍歌則音入雄渾。文韵異同，各視其體。觀《甘泉》、《藉田》之篇，齋肅麗則；《長門》、《洛神》之作，哀怨清泠。《感舊》、《嘆逝》，乃《山鬼》之遺音；《西征》、《北征》，亦《涉江》之遺響。《九歌》懷楚，幽杳悲涼；《七發》諫吳，浩瀚清壯。蓋配字殊科，則吐詞異響。是以章表之文，雍容而叙致；碑誄之筆，悽愴而纏綿。書啓之作，必朗暢以陳詞；頌贊之篇，必琳瑯而入誦。論説擅縱横之筆，詞必類於蘇、張；箴銘以清壯爲工，聲必諧乎金奏。言如綸綍，乃詔册之正宗；音涉哀思，乃賦騷之變體。其故何哉？則用字不同之故也。況復應制之文，多黄鐘、大吕之音；弔古之篇，傳《麥秀》、《黍離》之怨。賦物之篇，響逸而調遠；逞詞之作，鋒發而韵流。作者集字以成章，誦者循聲而得貌。此朱氏所由作《駢雅》，宋人所由輯《漢雋》也。綜斯三義，方可言文。

或謂四聲乃古代所傳，五音特樂歌所用，文韵之説，近于拘牽。夫膠柱鼓瑟，刻舟求劍，以此言音，誠爲背古。然古人佩玉，行《肆夏》而奏《采齊》，伶工譜歌，上如抗而下如墜，小技猶然，況於文乎？是以宣尼聞樂，洋洋乎盈耳；師乙論音，纍纍如貫珠。推之曳履歌商，聲若出於金石；歛豳息蠟，音並合於籥章。見《周禮》。是則論樂之理，通於論文，和聲之章，斯能鳴盛。觀史遷論文，自取曲終而奏雅；昌黎詮道，亦謂氣盛則言宜。妙達此旨，方可言文。昔梁元帝之論文也，謂「宮徵靡曼，脣吻遒會」，見《金樓子·立言篇》。又曰：「吟咏風謡，流連哀思，斯謂之文。」以證文筆之殊。劉彦和《文心雕龍》，亦曰「聲不失序，音以律文」，近世之書，若趙秋谷《聲調譜》，蔣氏《詞律》，以及阮芸臺《文韵説》，皆講文韵者必讀之書也。欲求立言之工，曷以此語爲法乎！古人之文，其可誦者文也，其不可誦者筆也，文筆不同，亦見阮氏《揅經室集》。

附録：明陳季立《讀詩拙言》論古韵語季立名第，明代閩人，所作論古音書甚多，《讀詩拙言》一書，刻入凌氏《傳經堂叢書》中，此條論古韵最精，特開顧、戴之先，故特録之，以爲攷文韵者之一助。

說者謂自五季之衰，外夷入寇，驅中原之人，入於江左，而河、淮南北，間雜夷言，聲音之變，或自此始。然一郡之内，聲有不同，繫乎地者也；百年之中，語有遞轉，繫乎時者也。況有文字而後有音讀，由大小篆而八分，由八分而隸，凡幾變矣，音能不變乎？所貴誦詩讀書，尚論其當世之音而已矣。《三百篇》，詩之祖，亦韵之祖也，作韵書者，宜權輿於此。遡源沿流，部提其字，曰古音某，則今音行而古音庶幾不泯矣。自周至後漢，音已轉移，其未變者實多。愚考《說文》，「訟」以「公」得聲，「福」以「偪」得聲，「霾」以「貍」，「斯」以「其」，「脱」以「兑」，「節」以「即」，「溱」、「臻」皆「秦」，「闐」、「填」皆「真」，「者」讀「旅」，「涘」讀「矣」，「滔」讀

「由」，「玖」讀「芑」； 又「我」讀「俄」也，故「義」有「俄」音，而「儀」、「議」因之得聲矣，且以「莪」、「娥」、「蛾」、「鵝」、「峨」、「硪」、「哦」、「誐」之類例之，「我」可讀平也，奚疑乎？ 「可」讀「阿」也，故「奇」有「阿」音，而「猗」、「錡」因之得聲矣，且以「何」、「河」、「柯」、「軻」、「珂」、「妸」、「苛」、「訶」之類例之，「可」可讀平也，亦奚疑乎？ 凡此皆《毛詩》音也。 徐鉉修《說文》，槩依孫愐之《切韻》，是以唐音而反律古矣。 厥後諸韻書，引古詩如晨星，而於唐、宋名家之辭，每數數焉，無亦譜子孫而忘祖宗乎？ 嗟夫！ 《說文》之音多與時違，幾爲溝中之斷矣，愚獨取之以讀《詩》，豈偶也哉？ 豈偶也哉？

耀采篇第四

昔《大易》有言：「道有變動故曰爻，爻有等故曰物，物相雜故曰文。」《考工》亦有言：「青與白謂之文，白與黑謂之章。」蓋伏羲畫卦，即判陰陽；隸首作數，始分奇偶。 一陰一陽謂之道，一奇一偶謂之文。 故剛柔交錯，文之垂於天者也；經緯天地，文之列於謚者也。 三代之時，一字數用，凡禮樂法制，威儀言辭，古籍所載，咸謂之文。見去歲第四期。 是則文也者，乃英華發外秩然有章之謂也。

由古迄今，文不一體。 然循名責實，則經史諸子，體與文殊；惟偶語韻詞，體與文合。 昔孔美唐堯，特著「煥乎」之喻；《詩》歌衛武，亦標「有斐」之稱。以文雜質，則曰「彬彬」；舍質從文，乃稱「郁郁」。觀於「文」字之古義，可以識文章之正宗矣。況《易》以六位而成章，《書》爲四言之嚆矢，太師採詩，咸屬韵語，宣尼贊《易》，首肇文言，遐稽六藝之書，半屬偶文之體。觀《尚書·堯典》之文，「分命羲仲」四節，文筆相似，「九族既睦，平章百姓，百姓昭明，協和萬邦」，句法已成對待，「慎徽五典」四句亦然，「流共工」二句亦然。《禹貢》以下，偶語尤多。《易》、《詩》之用偶語者，則更不知凡幾矣。是猶工繪事者，必待五采之彰施，聆樂音者，必取八音之迭奏。惟對待之法未嚴，平側之音未判，乃偶寓於奇，非奇別於偶，雖句法奇變，長短參差，如《書經》、《易經》之文是也，然對偶排列者甚多。然音律克諧，低昂應節。見《和聲篇》。故訓辭爾雅，抽句匪單，或運用疊詞，古籍之文，多取雙字雙義用之，以厚其氣。或整列排語，如《書經》及《禮記》、《易繫詞》是。三代文體，即此可窺。況復鄭修命詞，子産於焉潤色；晉主盟會，仲尼以爲多文，直情徑行，戎、狄之道乃如此；《檀弓》。言不雅馴，縉紳先生所難言。道集於躬，出詞氣斯遠鄙倍；言以足志，非文辭不克爲功。是則文章一體，與直語殊。故豔采辯説，韓非首正其名；翰藻沈思，昭明復標其體。詩賦家言，與六藝九流異類；文苑列傳，共儒林道學殊科。自古以來，莫之或爽也。

東周以降，文體日工：屈、宋之作，上如《二南》；蘇、張之詞，下開《七發》。韓非著書，隱肇連珠之體；荀卿《成相》，實爲對偶之文。莫不振藻簡策，耀采詞林。西漢文人，追蹤三古，而終軍有奇木白麟之對，兒寬攄奉觴上壽之辭，胎息微萌，儷形已具。迨及東漢，文益整贍，蓋踵事而增，自然之勢也。故敬通、平子之倫，孟堅、伯喈之輩，揆厥所作，咸屬偶文，用字必宗故訓，摛詞迥脱恒谿，或掇麗字以成章，或用駢音以叶韵，觀雍容揄揚之頌，明堂清廟之詩，不少篇章，胥關體製。若夫當塗受籙，正始開基，洛中則七子無雙，吴下則聯翩競爽，才思雖弱於西京，音律實開夫典午。六朝以來，風格相承，刻鏤之精，昔疏而今密，聲韵之叶，舊澀而新諧。凡江、范之弘裁，沈、任之巨製，莫不短長合節，追琢成章。故《文選》勒於昭明，屏除奇體；《文心》論於劉氏，備列偶詞，體製謹嚴，斯其證矣。厥後《選》學盛行，詞華聿振，徐、庾遷聲於河朔，燕、許振采於關中，排偶之文，於斯爲盛。趙宋初業，崇實黜華，或運陳言，或標遠致，雖麗詞務去，然科律未更。

是則駢文之一體，實爲文類之正宗。故《三都》、《兩京》，《甘泉》、《藉田》，金聲玉潤，繡錯綺交，賦體之正宗也；宣公興元之詔，文饒《會昌》之集，文贍義精，句奇語重，制勅之正宗也；劉琨《勸進》，庾讓《辭官》，婉轉以陳詞，雍容以叙致，書表之正宗也；中郎《太丘》之碑，魏公《李密》之誌，流鬱以運氣，俊偉以佐才，碑誌之正宗也；玄晏揚太沖之文，彦昇述文憲之作，以及「曲水流觴」之叙，「落霞孤鶩」之文，序文之正宗也；趙至《入關》之作，鮑照《大雷》之篇，叔庠擢秀於桐廬，士龍吐奇於鄮縣，遊記之正宗也；班彪《王命》，叔夜《養生》，干寶《論晉》，賈生《過秦》，論體之正宗也；頌則《出師》、《中興》，銘則《燕然》、《劍閣》，箴則子雲《百官》，贊則劉向《列女》，莫不音中羣雅，語異聱牙，頌銘箴贊之正宗也；孔璋《檄魏》，賓王《討周》，檄文之正宗也；士季之《酹諸葛》，義山之《祭伏波》，祭文之正宗也。蓋文之爲體，各自成家，言必齊偕，事歸鏤繪，以妃青媲白之詞，助博辯縱横之用。故「立誠」之詞，著於《周易》，「交錯」之訓，載於許書；况復蒼后翠嫣，鳥獸紀迒蹏之跡，赤文緑字，龜龍闡《河洛》之精；川岳絢其光采，鐘球播其鏗鏘。蓋渾噩之風既革，巍焕之運斯開，觀纁緅紺絳，織文有新組之華，琚瑀珩璜，衝牙叶雜佩之響，物固宜然，况於文乎？

或謂梁、陳之文，務華而不實，詩人之賦，由麗而入淫，雖矜斧匠之工，恐貽俳優之誚。不知翦采爲花，色香自别，惟白受采，真宰有存。故史尚浮誇之體，聲擬輕重之和，實爲文章之正鵠，豈擬小技於雕蟲。

至韓、柳修詞，歐、曾循軌，以散行之體，立古文之名。然三代之時，文與語别，六朝以降，文與筆分。若屏斥偶體，崇尚奇詞，是則反璞歸真，力守老聃之論，舍文從質，轉追棘子之談，空疏之譏，詎可免歟？觀《典論》著於魏帝，備列詩賦之章，《文賦》創於陸機，不列序碑之體，則單行之詞，實與文章有别，有何疑乎？

宗騷篇第五

粤自風詩不作，文體屢遷，屈、宋繼興，爰創騷體，擷六藝之精英，括九流之奧旨，信夫騈體之先聲，文章之極則矣。觀其理窮奧衍，術試雜占；歌巫陽之下招，命靈氛而占吉；凄涼誰語，詹尹謀龜，禍福無門，賈生賦鵩：此《易》教之支流也。君懷武、湯，臣慕伊、呂；美堯、舜之耿介，傷桀、紂之昌披；就重華以陳詞，命羲和而弭節；治水推鯀、禹之功，格君憶微、箕之節：此《書》教之微言也。《湘君》之什，遠追《漢廣》之吟，《哀郢》之章，隱寓《黍離》之恫；天路險難，爲《匪風》之變體，良辰易邁，乃《吉日》之嗣音，推之感物興懷，援情記興，嫋嫋女蘿，寄離憂於公子，森森桂樹，望歸來於王孫；比興不乖夫六義，情思遠紹夫《二南》：此《詩》教之正傳也。黄能徵羽淵之祀，玄鳥肇高禖之祠；羽觴蠱勺，備陳祭器之名，桂酒椒漿，侈列賓筵之品；腒鱐犢麛，亦列《庖人》之職，炮豚胹鼈，兼詳《内則》之文；莫不採六官之制，補五禮之遺：此《禮》教之遺制也。《九歌》爲入樂之章，《招魂》亦祀神之曲；張《咸池》，奏《承雲》，九韶備舞；吹參差，發激楚，八音克諧；嗚篪吹竽，視彼司命；揚枹拊鼓，愉彼上皇；推之調磬空桑，叩鐘瑶圃；秦箏趙瑟備其音，吳歈蔡謳詳其制：此《樂》教之遺意也。上紀開闢，下紀後王，忠臣孝子，貞女烈士，賢愚成敗，罔不畢舉；推之思古情深，憂時志切；懷伍子之英風，抉目憶胥門之痛；表介推之大節，封田傳緜上之蹤；莫不進賢退惡，據事直陳：此《春秋》之精義也。

若夫矢耿介，慕靈修，怨悱不亂，永矢弗諼，表廉正潔清之志，寫纏綿悱惻之忱；帝子無聞，悵艾蕭之當户，黨人不亮，悲椒樧之當帷；雖感時撫事，亦志潔行芳；故遐思往哲，若子輿之法先王，畀以修能，符子思之言性命；濯纓濯足，溯源《滄浪》之歌；爲炭爲銅，隱含太極之旨：其源出於儒家。瑰意奇行，超然高舉，緤馬閬風，驂螭西極，溘埃風而上征，過江皐而延佇，顧下土而愁余，與佺期而爲友，厭世之思，符於莊、列；恐年歲之不與，傷日月之不淹，日忽忽而將暮，時曖曖而將罷，極目而傷彼春心，時不再得，驚心而悲夫秋氣，爰送將歸，誠以人生如寄，逝者如斯，爲懽幾何，浮生若夢，故樂天之旨，近于楊朱：其源出於道家。荆、楚之俗，敬天明鬼，故《神女》作賦，《山鬼》名篇，仰古賢於彭咸，弔靈蹤於河伯；孔蓋翠旍，遺制仍沿皇舞，龍堂貝闕，巨觀半屬靈祠；雲霓來迓，神其康樂，雷雨杳冥，魂兮歸來；考其職掌，是屬清廟之官，列彼禮文，半雜南邦之典：其源出於墨家。若屈子之詢漁父，宋玉之對楚王，或屬寓言，或陳譎説，或即小以寓大，或事隱而言文，其詞近於縱横家。又或嫉時俗之混濁，感主聽之不聰；賢士無名，智不明而數不逮，讒人罔極，忠見謗而信見疑，近於韓非之《説難》，豈類荀生之《成相》：其旨流爲法家。至於語逞怪奇，説鄰譎詭，鸞鳳濟津，虎豹當關，馮夷出舞，湘女來遊，是爲神話之史，出於稗官家言，其説近於小説家。是知《楚詞》一書，隱括衆體。

又如溯世系於高陽，希高風於傅説，悲三后之不作，憫五觀之無知；隱士潛名，遐念接輿、桑户，貞臣格主，惓懷梅伯、比干；寧戚謳歌，卒爲齊相，伯夷矢志，恥事周王；維彼哲人，足勵末俗：此則有資於讀史。辨九河之道，記四海之名，岷山導江，嶓冢導瀁，陳兹禹跡，足輔《夏書》；路指崑崙，神馳瑶圃，指西海以爲期，遵赤水而容與，流沙則地隔玉門，閬風而境臨懸圃，咸足興故國之思，補《山經》之缺；野訪蒼梧，舟横極浦，九疑、五嶺記其山，枉渚、洞庭名其水，莫不山川能説，文獻有徵：此則有資於考地。詳記禮制，侈列物名，冠劍陸離，輿衛紛溶，雲旗星蓋，邃宇高堂，靃靡千名，鏤錯萬狀；又若青蘋白芷，採南國之芳馨；木蘭申椒，徵楚邦之植物；赤豹文貍備其用，靈蛇玉虺記其奇；亦復有資於多識，是曰取法乎《史篇》：此則考名物者所當稽也。況復摛辭典則，鍛字必精，「兮」、「些」則列爲助語，「羌」、「慶」則用爲起詞，「謇謇」表忠藎之誠，「翼翼」示雍和之度；推之訓「諑」爲「愬」，易「滿」爲「馮」，以中庭爲壇，以閶闔爲門，或字宗古訓，或語合方言，至若調與同諧，名與均協，是曰古音，有資韵學。此又治訓詁者所當辨也。

故知《楚詞》之書，其用尤廣：上承風詩之體，下開詞賦之先，若中壘《世頌》之篇，賈生《惜誓》之作，淵源有自，咸出於《騷》；故王逸作注，兼採景、唐之什，昭明選文，詳徵屈、宋之詞。惜夫漢、魏以下，效法者稀：則以立言之旨，情文相生。後世詩人之作，情勝於文，故朴而不華；賦家之作，文勝於情，故華而不實。惟《洛神》之賦，出於《九歌》，《北征》之賦，近於《涉江》，《哀江南賦》，乃《哀郢》之餘音，《歸去來辭》，亦《卜居》之嗣響。自此以降，文藻空存，非復屈、宋之旨矣。

漢魏六朝專家文研究

劉師培 撰

《漢魏六朝專家文研究》

劉師培　撰

劉師培學識淹博，研究中國文學範圍甚廣，尤對魏晉六朝所謂「中古」文學注力頗多，其《中國中古文學史》（一九一七）即是全面系統之斷代文學史名著；本書則着重於「專家文」研究，頗可互相發明。本書共分二十一節。《緒論》、《各家總論》兩節，概述分期、文體分類、諸家特色，大處落墨，語多精要；《論謀篇之術》以下，則結合具體作家作品，闡述文章創作論問題。作者把文章構成分爲「命意」、「謀篇」、「用筆」、「造詞」、「鍊句」等「五級」，並就此提出不少精闢見解，如論「謀篇者，先定格局之謂也」，要有所割愛又有不能割愛者；又論文章之轉折與貫串、音節、生與死、神似與形似、主觀與客觀、文與質、顯與晦、實寫與虛寫、整與潔、繁與簡、輕滑與蹇澀，辯證周匝，勝義疊出。又善於從歷史淵源上考察文章之演化發展，如各家文章與經、子關係（陸機與《國語》、任昉與《左傳》、賈誼與《韓非子》等）、文章變化與文體遷訛、與時代地理以及批評標準之古與今等，均表現出別具一格之文學史觀念，足資參考。

此書原係作者在北京大學（一九一七——一九一九）之講義，後由門人羅常培於一九四一至一九四四年據筆記整理，作爲「左盦文論之四」(其他三種爲《羣經諸子》、《中古文學史》、《文心雕龍及文選》)，於一九四五年由獨立出版社出版。又有一九四六年南京再版本。香港中文大學新亞書院、台灣中華書局亦分别於一九六六年、一九六九年影印。今即據獨立出版社南京再版本録入。

(王宜瑗)

弁　言

——左盦文論之四——

儀徵劉申叔先生遺説

羅常培

曩年肄業北大，從儀徵劉申叔師（師培）研治文學，不賢識小，輒記録口義，以備遺忘。間有缺漏，則從同學天津董子如（威）兄抄補。兩年之所得，計有：一、羣經諸子，二、中古文學史，三、《文心雕龍》及《文選》，四、《漢魏六朝專家文研究》，四種。日積月累，遂亦裒然成帙。惟二十年以來，奔走四方，未暇理董；復以興趣别屬，此調久已不彈。友人知有斯稿者，每從而索閲。二十五年秋，錢玄同師爲南桂馨氏輯刻《左盦叢書》，亦擬以此入録，終以修訂有待，未即付刊。非敢敝帚自珍，實恐示人以璞。及避地南來，此稿攜置行篋，朋輩復頻勖我訂正問世。乃抽暇謄正，公諸世人，用以紀念劉錢兩先生及亡友董子如兄，且以質正於並時之治中國文學者。

三十年三月三日識於昆明岡頭村北大公舍

漢魏六朝專家文研究目録

漢魏六朝專家文研究

劉師培 撰

一 緒論

自兩漢以迄唐初，文學斷代可分六期：

一、兩漢　此期可重分爲東西兩期。東漢復可分爲建安及建安以前兩期。

二、魏　此期可專治建安七子之文，亦可專治王弼、何晏之文。

三、晉宋　此期可合爲一，亦可分而爲二。

四、齊梁

五、梁陳　梁武帝大同以前與齊同，大同以後與陳同，故可分隸兩期。

六、隋及初唐　初唐風格與隋不異，故可合爲一期。

此六期中專門名家甚多，其選擇標準，或以某家文章傳於今者獨多；或以某家文章於文學流變上關係綦鉅。其在兩漢，則司馬遷《史記》及班固《漢書》而外，蔡中郎邕、曹子建植均有專集傳世，可供研誦。魏代王輔嗣弼、何平叔晏兩家之文，傳於今者獨少，而校練名理，實爲晉宋先聲。亦可選修，藉覘異采。降及晉世，潘岳陸機特秀。士衡文備各體，示法甚多；安仁鋒發韻流，哀誄鍾美。二子而外，兩晉文集，流傳蓋寡。爰逮宋氏，顔延之謝靈運騰聲。次則沈約《宋書》，叙論擅奇；范曄《後漢》，獨軼前作。傅亮、任昉，書記翩翩；徐陵、庾信，競逐豔藻：斯並當代之逸才，後昆之楷式也。隋迄初唐，習尚未改。扇徐、庾之餘韻，標四傑（王勃、楊炯、盧照隣、駱賓王）之新聲，雖亦綺錯紛披，而江左之氣骨猶在。嘗謂五代以前，文多相同；五代以後，乖違乃甚。故治中古文學者，非特可效四傑，即蘇頲、張説、韓昌黎、李義山之流，亦未嘗不可研覽。然自漢迄唐，可提出研究者甚多，而治一家者固不能不旁及，（如任、沈可合觀，徐、庾可合觀。又研究陸士衡，可溯及蔡中郎之類。）治一代者亦不能不遍觀；治一家宜擷其特長，（如蔡中郎之碑銘，迴非並時文人所及。）治一代貴得其會通。（各期之間，變遷甚多；同在一代，每有相同之點。）抉擇去取，要須以各人之體性才略爲斷耳。此期之參考書，以嚴可均所輯《全上古三代秦漢三國六朝文》（省稱《全文》）最便學者。此書於隋以前文，哀集略備，除史傳序贊外，百遺二三。且斷代爲書，覽誦甚易。故凡專治一代者，固不可少此書；即治未有專集之各家者，亦應以此書爲本。

文章之用有三：一在辯理，一在論事，一在叙事。文章之體亦有三：一爲詩賦以外之韻文，碑銘、箴頌、贊誄是也；一爲析理議事之文，論說、辨議是也；一爲據事直書之文，記傳、行狀是也。三類之外，又有所謂「序」者，實即贊之一種，蓋古文序贊不分。《後漢書》之「論」即爲《前漢書》之「贊」，論贊之用，並與序同。孔子贊《易》，乃著《繫辭》，是作序有韻，亦非無本。自隋以降，序與記傳無別，據事直書，已失涵蓄之旨。唐宋而後，更於序中發抒議論，則又混入論說。其體裁訛變，正與後代混碑銘於傳狀，且復參加議論者，同一不足爲訓：此研究專家文體所以斷自五代以前也。然六朝以上文體亦有譌誤者，如《文選》中王子淵《聖主得賢臣頌》，據《漢書·王褒傳》考之，本爲「對」體，與東方朔《化民有道對》之類相同，自來未有無韻而可稱頌者。後世因《文選》之誤，而謂頌可無韻，誠不免展轉傳訛矣。

文章之體既明，然後各就性之所近，先決定所欲研究之文體，次擇定擅長此體之專家，取法得宜，進益必速，故不可不慎也。大抵析理議禮之文，應以魏晉以迄齊梁爲法，若嵇康持論，辨極精微；賀循訂制，疑難立解：（魏晉以來之議禮文字，杜佑《通典》所收者甚多。）並能陵轢前代，垂範將來。論事之文，應以兩漢之敷暢爲法，而魏晉之局面廓張，亦堪楷式。叙事之文（包括紀傳行狀而言），應以《史》《漢》爲宗，范曄、沈約蓋其次選。諸史而外，則《水經注》、《洛陽伽藍記》之類固可旁及，即唐宋八家亦不可偏廢。此就文章之用言也。若以文體而論，則箴銘、頌贊，蔡中郎、陸士衡並臻上選；欲求辭旨文雅，亦可參效任昉、沈約、徐陵、庾信。至於兼長碑銘箴頌贊誄說辨議諸體者，惟曹子建、陸士衡二人。任彦昇則短於碑銘箴頌贊誄，庾子山則短於論說辨議。天賦所限，不可强求。且一類之中，亦有輕重：士衡筆壯，故長於碑銘；安仁情深，故善爲哀誄。要宜各就性之所近，專攻一家。「用志不分，乃凝於神。」汪容甫中爲清代名家，而繹其所取法者，亦祇《三國志》、《後漢書》、沈約、任昉四家而已。

詞例亦爲專門之學，若能應用俞樾《古書疑義舉例》之法，推之於漢魏六朝文學，則於當時用字造句之例，必有創獲，亦鉅業也。

二　各家總論

《史記》及前、後《漢書》今並存在，研究司馬遷、班固、范曄三家者，可資探討。《漢書》太初以前之紀傳，多與《史記》相同；然同叙一事，用字之繁簡各異。例如《漢書·陳勝列傳》删削《史記·陳涉世家》之處甚多，而「言皆精鍊，事甚賅密」。宜究其删削之故，以悟叙事之法。《史記》一書，班固謂其「據《左氏》、《國語》，采《世本》、《戰國策》，述《楚漢春秋》」，亦可以此法參究之。就字句論，《漢書》省，而《史記》繁。衡以劉知幾所謂「叙事之工者，以簡要爲主」，則二書之優劣判矣。由此可悟凡作紀傳之文，但就行狀本事，晦者明之，繁者簡之而已。又自魏晉以來作《後漢書》者甚多，范曄之書，不過因前人成業，重加纂訂。然以《漢學堂叢書·子史鉤沈》中所輯諸家《後漢書》佚文，及汪文臺所輯七家《後漢書》，與之相較，其不同處，一在用字之簡繁，一在行文之簡繁。故同叙一事，而得失自見。亦猶參較《左傳》事實，而後《春秋》之筆削可見；參較裴松之《三國志注》，而後陳壽之筆削可見也。推此可知，記事之文，第一，應看其繁簡得法；第二，應看其文簡事賅；第三，應看其用字傳事之妥帖。後世史書所以不及前四史者，即由其「章句不節，言詞莫限」，而《新唐書》及《新五代史》所以差勝舊作者，即以其知尚簡之義而已。

三家之文，風格不同，而皆有獨到處。《史記》以空靈勝，《漢書》以詳實勝，《後漢書》以精雅勝。子長行文之妙，在於文意藴藉，傳神言外，如《封禪》、《平準》兩書，據事鋪叙，不著貶詞，而用數字提空，抑揚自見，此最宜注意處。明歸熙甫以降，論文多推崇《史記》者，蓋以此也。《漢書》用筆茂密，故提空處少，而平實處多。至於《後漢書》記事，無一段不雅，此可以蔚宗以前各家之書推較而知也。

司馬遷之文，以《史記》爲其菁華，此外流傳殆鮮。班固之文，於《漢書》外，篇章甚多。范曄之文，於《後漢書》外，惟本傳尚存數篇，而《後漢書》之傳論序贊實其得意之作。舉其佳構，則《江革傳序》、《黨錮傳序》、《左雄傳論》，皆可研誦。尤以《黨錮傳序》，夾序夾議，叙事即在議論之中，議論又即在叙事之中，且能「抽其芬芳，振其金石」，字句聲律並臻佳妙，導齊梁之先路，樹後世之楷模也，宜蔚宗自詡爲「天下之奇作」矣。（以上合論司馬遷、班固、范曄三家）

漢文氣味，最爲難學，祇能浸潤自得，未可模擬而致。至於蔡中郎所爲碑銘序文以氣舉詞，變調多方；銘詞氣韻光彩，音節和雅，（如《楊公碑》等，音節均甚和雅。）在東漢文人中尤爲傑出，固不僅文字淵懿，融鑄經誥已也。且如《楊公碑》、《陳太丘碑》等，各有數篇，而體裁結構，各不相同，於此可悟一題數作之法。又碑銘叙事與記傳殊，若以《後漢書》楊秉、楊賜、郭泰、陳實等本傳與蔡中郎所作碑銘相較，則傳實碑虚，作法迥異。於此可悟作碑與修史不同。清李申耆《養一齋文集》，雖雜不成家，而有數篇撫擬伯喈，略得梗概，可參閲之。（以上論蔡邕）

研究漢人之文，每難確指其得失，及其淵源所自，而研究陸士衡文，則觀其《與弟士龍論文書》，即可瞭然其文章之得失，及其取法蔡邕，兼采曹植、王粲之迹。大抵陸文之特色，一在鍊句，一在提空。今人評隲士衡之得失，每推崇其鍊句布采，不知陸文最精彩處，實在長篇大文中能有提空之語。蓋平實之文易於板滯，陸文最平實而能生動者，即由有警策語爲之提空也（如《豪士賦序》、《弔魏武帝文序》之類）。故研究陸文應由平實入手，而參以提空之法，否則雖酷肖士衡，亦祇得其下乘而已。又長篇之文最易散漫，研究陸文者，宜看其首尾貫串及段落分明處，至鍊句布采，猶其餘事也。其記事之文傳於今者甚少。（以上論陸機）

嵇叔夜文，今有專集傳世。集中雖亦有賦箴等體，而以論爲最多，亦以論爲最勝，誠屬前無古人，後無來者，研究嵇文者自當專攻乎此。觀其《養生論》、《聲無哀樂論》等篇，持論連貫，條理秩然，非特文自彼作，意亦由其自創。其獨到之處，一在條理分明，二在用心細密，三在首尾相應，果能得其胎息，則文無往而不達，理雖深而可顯。然自魏晉以降，惟顧歡《夷夏論》、張融《門律》之類，尚能承其矩矱。後世不善持論，每以理與文爲二事，故説理之文遂成語録。邇者哲學昌明，思想解放，儻能紹嵇生之絶緒，開説理之新途，實文士之勝業也。（以上論嵇康）

傅季友與任彦昇實爲一派。任出於傅，《梁書》已有明文。（案《梁書・任昉傳》云：「王儉每見昉文，必三復殷勤，以爲當時無輩。曰：『自傅季友以來，始復見於任子。』」又云：「昉尤長載筆，頗慕傅亮，才思無窮。」）二子之文有韻者甚少，其無韻之文最足取法者，在無不達之辭，無不盡之意，行文固近四六，而詞令婉轉輕重得宜。黄祖稱禰衡之文云：「此正如祖意，如祖心中所欲言。」傅、任之作，亦克當此。且其文章隱秀，用典入化，故能活而不滯，毫無痕跡，潛氣内轉，句句貫通。此所謂用典而不用於典者也。今人但稱其典雅平實，實不足以盡之。大抵研究此類文章首重氣韻，浸潤既久，自可得其風姿。至其詞令雋妙，蓋得力於《左傳》、《國語》，宜探其淵源，以究其修辭之術。案傅、任所作均以教令書札爲多，惟以用典入化，造句自然，故迥非其他應酬文字所能及耳。清汪中《述學》頗得傅、任隱秀之致，宜參閲之。（以上論傅亮、任昉）

六朝文之傳於今者，以沈休文爲最多，而《宋書》實其大宗也。《宋書》爲《三國志》以下最古之史，叙事論斷，並有可觀。其紀傳叙論亦能夾叙夾議，各有警策。蔚宗而後，此實稱最。至其辨理之文(如《難神滅論》等),源出嵇康,在齊梁之時,固足成家;而以參用藻采,不免浮泛,故與其法沈,無寧宗嵇。其表啓作法,與任昉同,特不及彦昇之自然耳。(以上論沈約)

庾子山文雖遜於前述諸家,然亦有可研究者。大抵六朝時人,皆能作四六文,工對仗,善用典,而徐陵、庾信所以超出流俗者:情文相生,一也;次序謹嚴,二也;篇有勁氣,三也。故普通四六,文盡意止;而徐、庾所作,有餘不盡。且庾文雖富色澤,而勁氣貫中,力足舉詞,條理完密,絶非敷衍成篇。(如《哀江南賦》等長篇用典雖多,而勁氣足以舉之。)以視當時普通文章,殆不可同日語矣。有清一代學徐、庾者,惟陳其年維崧可望其肩背,宜參閲之。(以上論庾信)

三 學文四忌

無論研究何家,皆有易犯之通病,舉所宜忌約有四端:

第一,文章最忌奇僻。凡學爲文章,宜自平正通達處入手;務求高古,反失本色。如明之前後七子李夢陽、王弇洲輩,爲文遠擬典謨,近襲秦漢,斑駁陸離,雖炫惑於俗目;而鈎章棘句,實乖違於正宗。宜極力戒除,以免流於奇僻,且臨文用字,亦當相體而施:賦主敷采,不避麗言,奇字聯翩,未爲乖體;(如《三都》、《兩京》、《子虛》、《上林》諸篇古字甚多,降至木華《海賦》之類,用典益爲冷僻,然以並屬辭賦,故尚未可厚非;若易爲誄頌,則乖謬矣。)符命封禪,貴揚王庥,詭言遯辭，可兼神怪；（如司馬相如《封禪》、楊雄《劇秦美新》、班固《典引》之類。）自兹而外，無論無韻之論説奏啓，有韻之贊碑頌銘，儻用古字以鳴高，轉令氣滯而光晦，蔡、班、陸、范曄諸家，未嘗出此也。故揚雄手著《訓纂》，邃於小學，雖《太玄》、《法言》竊擬經傳，《甘泉》、《羽獵》侈陳僻詞，而箴頌奏疏鮮復類此。而初學爲文，可以知所法矣。若必擬典謨以矜奇，用古字以立異，無異投毛血於殽核之内，綴皮葉於衣袂之中，即使臻極，亦祇前後七子之續而已！然奇僻者，非鍾鍊之謂也。試讀蔡中郎、陸士衡、范蔚宗三家之文，何嘗不千錘百鍊，字斟句酌，而用字平易，清新相接，豈有艱澀費解之弊？是知錘鍊與奇僻，未可混而言之。又《史記》一書，示法甚多，而其文調，不盡可襲。如因擬其成調，以致文義不通，則貌爲高古，反貽畫虎不成之誚，其弊亦與奇僻等耳。

第二，文章最忌駁雜。所謂駁雜，有文體駁雜，用典駁雜，字句駁雜之殊。大抵古人能成家，必有專主；無所專主，必致駁雜。故學爲文章者，或主漢魏，或主六朝，或主唐宋，如能純而不駁，皆克有所成就。若一篇之中忽而(□)〔兩〕漢，忽而六朝，紛然雜出，文不成體。有如儈衣百結，雖錦不珍；衛文大布，反爲樸茂。此文體不可駁雜一也。數典用事，須稱其文，前後雜出，即爲乖體。故碑銘之類，體尚嚴重，鎔經鑄史，乃克堂皇；如參宋明雜書，於文即爲不稱。此用典不可駁雜二也。（專學六朝或唐宋之文者，參用後世典故，猶不爲病。）章有雜句，足爲篇疵；句參雜字，適成句累。故用字宅句，亦貴單純，必須翦裁駁雜，辭采始能調和。此字句不可駁雜三也。綜兹三患，體純爲難，前人雖有融合各體自成一家者，然於各體之中，亦必有所側重，否則難免流於駁雜矣。

第三，文章最忌浮泛。凡學爲文章，無論有韻無韻，皆宜力避浮泛。浮泛者，文溢於意，詞不切題之謂也。自漢魏以迄晉宋，文章雖有優劣，而絶少夸浮。及齊梁競尚藻采，浮詞因以日滋，下逮李唐，益爲加厲。試觀《史記》及前後《漢書》，紀傳既不浮泛，論贊尤少盈辭。如《後漢書》中黨錮、逸民、江革、左雄、王衍、仲長統諸序論，句各有意，絶無溢詞。蔡伯喈、陸士衡輩，雖在長篇，亦能以文副意。（如陸機《五等論》、《辨亡論》等篇幅雖長，而無敷衍文辭、不與題旨相應之句，故能華而不浮。後人爲之，不能稱是矣。）齊梁以降，則文章浮泛與否，因作家之造詣殊，若任昉、庾信，一代名家，其行文遺詞，鮮溢題外；而湘東草檄，非關序賦，文多夸浮，賢者不免。（《南史·蕭賁傳》：「湘東王爲檄，賁讀至『偃師南望，無復儲胥露寒；河陽北臨，或有窮廬氈帳』，乃曰：『聖製此句非無過似，如體自朝廷，非關序賦。』王大怒。」此文多溢詞之證。）自鄶以下，益可知矣。至於晚唐四六，遠遜梁陳；而李義山所以獨軼羣倫者，亦以其免於浮泛耳。是知名家與非名家之別，繫於浮泛與不浮泛者至鉅。然浮泛者，非馳騁之所謂也。語不離宗，馳騁無害；文溢於意，浮泛斯成。范蔚宗云：「常謂情志所託，故當以意爲主，以文傳意。以意爲主，則其旨自見;以文傳意,則其詞不流。」妙達此旨,殆可免於浮泛之弊矣。

第四,文章最忌繁冗。文章與語言之異,即在能斂繁就簡,以少傳多。故初學爲文,首宜戒除繁冗。試觀《史記》、《漢書》,非特記事之文言簡事賅,即論贊之類,亦並意繁詞鍊。如《史記·五帝本紀贊》及《孔子世家贊》皆寥寥數十字,而含意十餘層。若盡舉其意,衍爲白話,再即白話譯爲文言,則文之繁蕪,奚啻倍蓰? 至於《漢書》字句,尤較《史記》精鍊,凡《史記》中有可省者,《漢書》並爲刪削。試以《史記·項羽本紀》、《陳涉世家》與《漢書·項籍》、《陳勝》兩傳對較,則可知其繁簡之異矣。惟斂繁就簡之術,非皆下筆自成,實由錘鍊而致。如作記事之文,初藁但求盡賅事實,而後視全篇有無可删之章,每章有無可節之句,每句有無可省之字,必使篇無閒章,章無贅句,句無冗字,乃極簡鍊之能事。推之有韻或四六之文,亦當文簡意賅,不貴詞蕪無當。試觀蔡伯喈所作碑銘,凡兩句可包者,絶不衍爲四句,使齊梁人爲之,即不能如此。然文之有關開合者,删之則氣促;詞之堪作警策者,删之則氣薄。既與冗贅不同,即當不予翦截,斯則神而明之存乎其人矣。至於嵇叔夜之《聲無哀樂論》及《宅無吉凶攝生論》,析理綿密,立意深刻;陸士衡之《五等論》及《辨亡論》,或記典制因革,或溯歷代亂源:皆因意富而篇長,不由詞蕪而文冗。使出沈休文、任彦昇手,篇幅尤當倍之。若此之類,蓋與繁冗異致矣。

綜此四端,胥爲厲禁,初學爲文,宜詳審之。

四　論謀篇之術

劉彦和云：「夫人之立言，因字而生句，積句而成章，積章而成篇。篇之彪炳，章無疵也；章之明靡，句無玷也；句之清英，字不妄也。」此謂立言次第須先字句而後篇章，而臨文構思則宜先篇章而後字句。蓋文章構成，須歷命意、謀篇、用筆、選詞、鍊句五級。必先樹意以定篇，始可安章而宅句。若術不素定，而委心逐辭，異端叢至，駢贅必多。故無論研究何家之文，首當探其謀篇之術。謀篇者，先定格局之謂也。以《史記》《漢書》言之。《史記・蕭曹列傳》歷叙生平，首尾完具；《孟荀列傳》藉二子以叙當時之人；《管晏列傳》但載其逸文逸事，凡見於二子之書者皆屏而不叙；至於《伯夷列傳》幾全爲議論，事實更少。夫同爲列傳，而體變多方，設非先定篇法，豈能有若許格局？是知文章取材，實由謀篇而異；非因材料殊異，而後文章不同也。《漢書・王吉貢禹列傳》以四皓事叙入篇中，與《史記・孟荀列傳》之例正同。作史貫串之法，於此可見。又《五行志》記載京房、董仲舒之言，於其學術思想，可窺厓略，是讀史非特有關叙事，抑且有裨考據矣。再就蔡中郎之文論之。其所爲碑銘，往往一人數篇，而篇法各異（如《楊公碑》、《胡公碑》、《陳太丘碑》等皆然）。如《陳太丘碑》共有三篇：一篇但發議論，不叙事實；兩篇同叙事實，而一詳生前，一詳死後。使非謀篇在前，安能選材各異？世謂碑銘之文千篇一律，惟修辭有工拙者，豈其然乎？是知作文之法，因意謀篇者其勢順，由篇生意者其勢逆。名家作文，往往盡屏常言，自具杼柚，即由謀篇在先，故能馭詞得體耳。陸士衡文，可就《辨亡論》以考其謀篇之術。此論上下兩篇，意思相連，而重要結論皆在下篇末段，蓋必先定主旨篇法，而後將事實填入，此所謂先案後斷法也。任彥昇所爲章表，代筆甚多，然或因所代不同，而口氣異致；或因一人數表，而前後殊途：並由謀篇在先，始能各不相犯。推此可知，六朝人所作章表貴在立言得體，而不在駢羅事實，不肯割愛，轉爲文累。即如《史記》之管晏伯夷等傳所以篇法奇特不落恒蹊，亦以其捐棄事實，肯於割愛而已。然文章亦有不能割愛者，如嵇叔夜之《聲無哀樂論》等，彌綸羣言，研精一理，必使心與理合，彌縫莫見其隙；辭共心密，敵人不知所乘。儻不考慮周詳，難免授人以柄。自此而外，作碑銘者，如欲歷數生平，宏纖畢備，論事理者，如欲臚陳往跡，小大不遺，必至繁蕪冗長，生氣奄奄。此並不知謀篇之術，而吝於割愛者也。至於庾子山文，亦知謀篇之法。如《哀江南賦》先叙其家世，而後由梁之太平叙及梁之衰亂，層次分明，秩然不紊。必當先定格局，而後選詞屬文，始能篇幅甚長，而不傷於繁冗。故無論研究何家之文，均須就命意、謀篇、用筆、選詞、鍊句五項，依次求之。謀篇既定，段落即分，大抵文之有反正者，即以反正爲段落；無反正者，即以次序爲段落。（如論説之類有反正兩面，碑銘即無反正，頌不獨無反正，且無比喻。匡衡劉向之文以正面太少，故用比喻甚多。）模擬古人之文，能研究其結構、段落、用筆者，始可得其氣味；能瞭解其轉折之妙者，文氣自異凡庸。若徒致力於造句鍊字之微，多見其捨本逐末而已矣。

五　論文章之轉折與貫串

古人文章之轉折最應研究，第在魏晉前後其法即不相同。大抵魏晉以後之文，凡兩段相接處皆有轉折之迹可尋；而漢人之文，不論有韻無韻，皆能轉折自然，不著痕迹。試觀蔡邕所作碑銘，序文頭緒雖繁，而不分段落，事蹟自明；銘詞通體四言，而不改句法，轉折自具。例如，《胡公碑》以「七被三事，再作特進」八字消納胡廣屢次之黜陟（《四部備要》據海原閣校刊本《蔡中郎集》卷四頁六，嚴可均輯《全後漢文》卷七十六頁四），《范史雲碑》以「用行思忠，舍藏思固」八字賅括范丹一生之出處（本集卷二頁十五，《全後漢文》卷七十七頁八），而各篇序文亦並能硬轉直接，毫不着力。此固非伯喈所獨擅，即普通漢碑亦莫不然。使後人爲之，不用虛字則不能轉折（如事之較後者必用「既而」「然後」，另起一段者必用「若夫」之類），不分段落則不能清晰，未有能如漢人之一氣呵成，轉折自如者也。

《史記》《漢書》之所以高出後代史官者，亦在善於轉折。自《晉書》以下，欲於一傳之内叙述數事，非加浮詞則文義不接，非分段落則層次不明，故其轉折之處頗着痕迹。其在《史記》《漢書》，則雖叙兩事而文筆可相鉤連，不分段落而界劃不至漫滅，此其所以可貴也。例如，《史記·封禪》《河渠》二書，自三代叙至秦漢，歷年甚久，引據之書亦非一類（《封禪書》參用羣經及《管子·封禪篇》，《河渠書》用《禹貢》及雜書），而各能一爐並冶，自然融和。又如《五帝本紀》及《夏殷周本紀》多用《尚書》，但或採《書序》古文説，或採當時博士説，或逕襲原文，或以訓詁字易本字；而儼然抄自一書，不嫌駁雜。又如，《趙世家》多用《左傳》，但記程嬰公、孫杵臼立趙後，及趙簡子夢之帝所射熊羆事，即不見於《左傳》《國語》，而能貫成一氣，如天衣無縫。此並《史記》善於轉折處也。

《漢書》武帝以前之紀傳十九與《史記》同，但其不見於《史記》者，轉折亦自可法。如賈誼之《治安策》原散見於賈子《新書》，而前後次序與此迴異，經孟堅删併貫串，組織成篇，即能一脈相承，毫不牽强。又如《董仲舒傳》對江都王語原見於《春秋繁露》「對膠西王越大夫不得爲仁」篇，雖顛倒錯綜，繁簡異致，而能前後融貫，不見斧斲痕迹。推此可知，《漢書》删節當時之文必甚多，特以原文散佚已久，而孟堅又精於轉折，故難考見耳。

至於《後漢書》列傳中所載各家奏議論事之文，大都經范蔚宗潤飾改删。試與袁宏《後漢紀》相較，則范氏或删改其字句，或顛倒其次序，草創潤色前後不同，轉折之法於焉可見。例如《蔡中郎集》有《與何進薦邊讓書》（本集卷八，《全後漢文》卷七十三），《後漢書》採入《文苑·邊讓傳》

(《後漢書》卷一百十下),但鍾錬字句,裁約頗多,以其始終貫串,轉折無迹,如不對照原作,即毫不覺其有所改删,此最堪後學玩味者也。

然自魏晉以後,文章之轉折,雖名手如陸士衡亦輒用虚字以明層次,降及庾信,迹象益顯。其善用轉筆者,范蔚宗外當推傅季友、任彦昇兩家。兩君所作章表詔令之類,無不頭緒清晰,層次謹嚴,但以其潛氣内轉,殊難劃明何處爲一段何處轉進一層,蓋不僅用典入化,即章段亦入化矣。至於其他六朝人之文章,如顔延年《曲水詩序》,陸佐公《新刻漏銘》之類,段落皆甚顯明,即不能稱是。凡作排偶文章,於轉折處之兩聯往往以上聯結前,下聯啓後,此雖非轉折之上乘,但勉强差可。若每段必加虚字,或一篇分成數段(如作壽序分爲幼年、中年、晚年之類),不能貫成一氣,則品斯下矣。清代常州駢文甚爲發達,而每篇常用數字分段,此即才力不足之徵。即用虚字過多,亦爲古人所無。蓋文章固應有段落,而篇篇皆可劃出,即不甚佳。如《史記》《漢書》前後相接之處如藕斷絲連,若絶若續,後人所劃之段落,未必盡然。他如蔡中郎、傅季友、任彦昇各家文章之段落,亦皆不易截然劃分者也。

文章貫串之法甚難。所謂貫串者,例如,《漢書·地理志》載某縣有某官,《百官公卿表》即略之。蓋此官以地爲主,既見於《地理志》,後人即可藉知漢代官制有此一職矣。又如《史記·五帝本紀》中,帝堯後半之事蹟多與帝舜前半之事蹟相同;《齊世家》後半與《田敬仲世家》前半,及

《晉世家》後半與《韓》《魏》《趙》三世家前半亦多關涉。但均能錯綜遞見，絶不重犯。又同一事蹟，或表詳而世家列傳略，或傳詳而紀略，或紀詳而傳略，亦均參互照應以成章法，此記事文之通例也。大抵文章有一篇自成章法者，有合一書而成章法者。零雜篇章，自應各具起訖；既合若干篇以成一書，即應全書相爲終始。此非特《史》《漢》爲然，即《後漢書》亦然。例如，《後漢書·黨錮列傳》既有專篇，則相關各人之本傳即甚簡略。實則篇章之作法亦不能外是：一篇之應互有詳略，亦猶兩傳之互有詳略不相重複也。

六　論文章之音節

古人文章中之音節，甚應研究。《文心雕龍·聲律篇》即專論此事。或謂：四聲之説肇自齊梁，故唐以後之四六文及律詩乃有聲律可言；至古詩與漢魏之文則無須講聲律。不知所謂音節既異四聲，亦非八病。凡古之名家，自蔡伯喈以至建安七子、陸士衡、任彦昇、傅季友、庾子山諸人之文，誦之於口，無不清濁通流，脣吻調利，即不尚偶韻之記事文亦莫不如是。例如《史記》叙事每得言外之神，嘗有詞在於此而意見於彼之處，以其文中抑揚頓挫甚多，故可涵詠而得其意味，此《平準》《封禪》兩書、《貨殖》《遊俠》《伯夷》諸傳所以可誦也。至於譜録簿籍之文，如《史記·三代世表》、《十二諸侯年表》，及《漢書·地理志》、《藝文志》之類，皆無音節可誦。除此之外，《史記》固十之八九可誦，即《漢書》之《食貨志》、《郊祀志》亦並音節通流，毫不蹇礙。其紀傳後贊與《兩都賦》後之《明堂詩》《靈臺詩》，尤爲雅暢和諧，爲孟堅文中音節之最佳者。蔡中郎有韻之文所以高出當時，即以其音節和雅耳。東漢一代之文皆能鎔鑄經誥，惟餘子僅採用經書之字句組成，而伯喈則能涵詠《詩》《書》之音節，而摹擬其聲調，不講平仄而自然和雅，此其所以異於普通漢碑也。至於建安七子之文愈講音節。劉彦和云：「〔泊〕〔洎〕夫建安，雅好慷慨」，以其文多悲壯也（例如陳琳《爲袁紹檄豫州文》，壯有骨鯁，克舉其詞）。大凡文氣盛者，音節自然悲壯；文氣淵懿靜穆者，音節自然和雅：此蓋相輔而行，不期然而然者。阮嗣宗之文氣最盛，故其聲調最高，亦自然而致也。自魏晉以迄唐世，文章漸趨四六，其不能成誦者蓋寡。文章所以不能成誦，厥有二因：一由用字不妥貼。爲文選字甚難，儘有文義甚通，而與音節相乖，以致聲調不諧者。一由用字過於艱深。用字冷僻，則音節易滯。倘有意求深，即使辭句古奥，而音節難免艱澀。清代常州董祐誠、繼誠兄弟之文，以古書及冷字僻典堆砌成篇，而誦之不成音節，此與壁壘堅固、空氣不通奚異？文之音節本由文氣而生，與調平仄講對仗無關。有作漢魏之文而音節甚佳，亦有作以下之四六文而不能成誦者，要皆以文氣疏朗與否爲判。莊子云：「閲谷生風」，此之謂也。普通漢碑以用經書堆砌成篇，不如蔡中郎文有疏朗之氣，故音節遂遠遜之。范蔚宗文甚疏朗，且解音律，其自序云：「性别宫商，識清濁」，沈約諸人多祖述其説，故其文之音節尤可研究。例如《後漢書·六夷傳序》、《黨錮傳序》、《逸民傳序》、《宦者傳序》諸篇，幾無一句音節不諧，而其諸贊，誦之於口，適與四言詩無異。大抵碑頌誄贊各體，皆宜參以魏晉四言詩之音節，倘能涵泳陶靖節《榮木》、《停雲》諸篇而施諸碑銘頌贊，則其音節必無蹇礙之病矣。

文之音節既由疏朗而生，不可砌實，而陸士衡文甚爲平實，而氣仍是疏朗，絶不至一隙不通，故其文之抑揚頓挫甚爲調利。且非特辭賦能情文相生，音節和諧，即《辨亡》《五等》諸論亦無不可誦。非必徐庾以降之四六文始有音節也。漢之樂府《孔雀東南飛》、《古詩十九首》，及歌謡等皆可誦之於口。惟專以字句堆砌者亦不能成誦。例如史遊《急就篇》之七字韻語，及《柏梁台詩》之「枇杷菊栗桃李梅」等皆此類也。

大凡文之音節皆生於空。清代汪容甫之文篇篇可誦，繹其所法，亦不過任昉、陳壽數家而已。又陳維崧之文取法雖低，而有音節。至乾隆以後之常州駢文，如董祐誠兄弟所用亦爲三代以上之書，而堆砌成篇毫無潛氣内轉之妙，非特不成音節，文亦甚晦，絶無輝煌之象。孔巽軒雖喜用典，而音節流利，即由其文章有空處耳。唐代李義山用典甚輕，音節和諧，故爲一代名家。然非謂用典過多，音節即不調諧也。如庾子山等哀艷之文用典最多，而音節甚諧，其情文相生之致可涵泳得之，雖篇幅長而絶無堆砌之迹。又如任彦昇之文何嘗不用典，而文氣疏朗，絶無迹象，由其能化也。故知堆砌與運用不同：用典以我爲主，能使之入化；堆砌則爲其所囿，而滯澀不靈。猶之錦衣綴以敝補，堅實蕪穢，毫無警策潔淨之氣。凡文章無潔淨之氣，必至沉而且晦；沉則無聲，晦則無光，光晦而聲沉，無論何文亦至艱澀矣。

文章最忌一篇祇用一調而不變化。六朝以上大致文調前後錯綜，不相重犯，即同爲四言，而上兩句絶不與下一句相重，此由音節既異，文氣亦殊也。試觀蔡伯喈、陸士衡之文，雖篇篇極長而每段絶無相犯之調。蓋漢人之調雖少而每篇輒數易之，自魏晉以下，則每篇皆有新調，如吳質之書札及陸士衡之《五等論》，即其例也。降及六朝，文調益爲新穎。夫變調之法不在前後字數不同，而在句中用字之地位。調若相犯，顛倒字序即可避免。故四言之文不應句句皆對，奇偶相成則犯調自拗；如句句對仗，即不免陷於堆砌矣。然自庾子山後，知此法者蓋寡。子山能情文相生且自知變化，尚不爲病；後世無其特長，而學其對仗，長篇犯調，精彩全無。使人觀之，不謂爲修飾不潔，即謂爲音節不佳，結體全無，皆不知變調之過也。

七　論文章有生死之别

文章有生死之别，不可不知。有活躍之氣者爲生，無活躍之氣爲死。文章之最有生氣者，莫過於前三史。《史記》記事最爲生動，後人觀之猶身歷其境。如《項羽本紀》中敘「鉅鹿之戰」及「鴻門之會」、「垓下之敗」(《史記》卷七)，皆句句活躍。《周昌列傳》敘「諫廢太子」，其活躍情形，溢於紙上(《史記》卷九十六)。又《刺客列傳》叙「荆軻刺秦王」一段,亦鬚眉畢現(《史記》卷八十六)。更就《漢書》而論,如記霍光廢昌邑王一事,前叙太后所著之衣服,繼叙宣讀詔書,而將太后之言插於其中,當時之情態,即栩栩欲生(《漢書》卷八十六)。至於《後漢書》中《郅惲》(卷五十九)《范滂》(卷九十七)《第五倫》(卷七十一)《宋均》(卷七十一)《王霸》(卷五十)諸傳,叙述生動,亦與《史》、《漢》相同。大抵記事文之生死皆繫於用筆:善用筆者,工於摹寫神情,故筆姿活躍;不善用筆者,文章板滯,毫無生動之氣,與抄書無異。夫文章之所以能生動,或由於筆姿天然超脱,或由於記事善於傳神,如畫蝴蝶然。工於畫者既肖其形,復能傳其栩栩欲活之神;不工於畫者,徒能得其形似而已。今欲研究前三史,宜看其文章之生動處皆在於描寫之能傳神也。《元史》固亦有紀、傳、表、志,而但就當時之公牘官書抄寫而成,記事疏漏,文章直同賬簿,以視《史》、《漢》若天淵懸殊。此由於記事文有生死之别也。

至於其他各體亦莫不然。試就蔡伯喈、陸士衡、任彦昇諸家研究之,皆可見其文章生動之致。凡文章有勁氣、能貫串、有警策而文采傑出(即《文心雕龍·隱秀篇》之所謂「秀」)者乃能生動,否則爲死。蓋文有勁氣,猶花有條幹(即陸士衡《文賦》所謂「理扶質以立幹,文垂條而結繁。」),條幹既立,則枝葉扶疏;勁氣貫中,則風骨自顯。如無勁氣貫串全篇,則文章散漫,猶如落樹之花,縱有佳句,亦不足爲此篇出色也。蔡中郎文無論有韵無韵皆有勁氣;陸士衡文則每篇皆有數句警策，將精神提起，使一篇之板者皆活，如圍棋然，方其布子，全局若滯，而一著得氣，通盤皆活。又文章之輕重濃淡互爲表裏：用筆重者易於濃，用筆輕者易於淡，此爲一定之理。陸士衡用筆最重，故文章極濃；蔡中郎用筆在輕重之間，故其文濃淡適中；任彦昇用筆最輕，故文章亦淡。惟所謂濃淡與用典無關，任非不用典之淡，陸亦非全用典之濃。其文境之濃淡，蓋就用筆之輕重而分。任文能於極淡處傳神，故有生氣，猶之遠眺山景，可望而不可及，實即劉彦和之所謂「秀」也（每篇有特出之處謂之秀，有含蘊不發者謂之隱。）。學任之淡秀可有生氣，學蔡陸之風格勁氣亦可有生氣，此殆文章剛柔之異耳，陸蔡近剛，彦昇近柔。剛者以風格勁氣爲上，柔以隱秀爲勝，凡偏於剛而無勁氣風格，偏於柔而不能隱秀者，皆死也。庾子山所以能成家者，亦由其文有勁氣而已。上文言記事之文以善傳神者爲生，而有韵及偶儷之文，則以句句安定者爲生。凡不安定之句，多由雜湊而成。篇中多雜湊之句，則亦不能成篇矣，故古人作文最重文思。文思不熟，雖深於文者亦難應手；文至不應手時，即不免於雜湊，此爲文之大忌也。爲文若能先求句句安定，則通篇必能恰到好處，絶無混含之語。又對於前人之書，有可删節顛倒者，有不能增減移易者。如《史》、《漢》之中凡後人視爲可合併者，其文固已合併；但如《史記・天官書》及《漢書・五行志》，文皆本於閲覽之象，必須依據前人記載，不能增減一字，故其文甚繁，不以生動爲尚。至於《史記・樂書》，本於《禮記・樂記》，而其次序詞句經史公顛倒合併以傳神之處甚多。唐人謂褚少孫多顛倒《史記》之次序，亦但就紀傳及《樂書》之類而言，若《天官書》則絶不能移易也。總之，記事之文有數句傳神之語，文章前後即活；有韵及四六之文，中間有勁氣，文章前後即活。反之，一篇自首至尾奄奄無生氣，文雖四平八穩，而辭采晦，音節沉，毫無活躍之氣，即所謂死也。設陸士衡《弔魏武帝文》(《文選》卷六十)及袁彦伯《三國名臣序贊》(《文選》卷四十七)，去其中間警策之數段，則全篇無生氣。故文有警策，則可提起全篇之神，而辭義自顯，音節自高，是知文章之生氣與勁氣警策互相維繫。生氣又謂之精彩，言有生氣，有辭彩也。有生氣有風格謂之警策，有風格有生氣兼有辭彩始能謂之高華。爲文而不能具是三者，不得語於上乘也。

八 《史》《漢》之句讀

研究《史記》《漢書》者，不可不明其句讀。《史記》之句讀可依《索隱》《集解》各家之説斷之，《漢書》之句讀可依顔師古注辨之，劉攽、宋祁之駁正亦多可從。所以必須辨明句讀者，以句讀明而後意思可明也。且《史》《漢》每句並不苟言，如句讀不清，則文章精神全失。蓋文章本有馳驟及頓挫兩種，《史》《漢》中二者皆不廢。文章有頓挫而無馳驟，則失之弱；有馳驟而無頓挫，則失之滑。欲明其文中馳驟頓挫之處，則非明其句讀不可。(《史記》有一字句，亦有一句多至二十餘字者。）至於《後漢書》，爲劉宋時人手筆，句讀較爲易求。其餘各家之句讀，則以有韵及四六之文爲多，亦無須研究。惟研究《史》《漢》者，若不明其句讀，即不足以見其章法也。

九 蔡邕精雅與陸機清新

研究蔡伯喈與陸士衡之文，應尋古人對於蔡陸之評論。陸士龍《與兄平原書》，每評論士衡文章之得失，就其所論推其所未論，可資隅反之處頗多。其中有云：「往日論文，先辭而後情，尚絜而不取悦澤。嘗憶兄道張公父子論文，實欲自得。今日便宗其言。兄文章之高遠絶異，不可復稱言；然猶皆欲微多。但清新相接，不爲病耳。」（《全晉文》卷一百二頁四）今觀士衡文之作法大致不出「清新相接」四字。清者，毫無蒙混之迹也；新者，「惟陳言之務去」也。士衡之文，用筆甚重，辭采甚濃，且多長篇。使他人爲之，稍不檢點，即不免蒙混或人云亦云。蒙混則不清，有陳言則不新；既不清新，遂致蕪雜冗長。陸之長文皆能清新相接，絶不蒙混陳腐，故可免去此弊。他如嵇叔夜之長論所以獨步當時者，亦祇意思新穎，字句不蒙混而已。故研究陸士衡文者，應以清新相接爲本。

至於蔡中郎之文，亦絶無繁冗之弊，《文心雕龍·才略篇》云：「蔡邕精雅」，實爲定評，研治蔡文者應自此入手。精者，謂其文律純粹而細緻也；雅者，謂其音節調適而和諧也。今觀其文，將普通漢碑中過於常用之句，不確切之詞，及辭采不稱，或音節不諧者，無不刮垢磨光，使之潔淨，故雖氣味相同，而文律音節有別。凡欲研究蔡文者，應觀其奏章若者較常人爲細，其碑頌若者較常人爲潔，音節若者較常人爲和，則於彦和所稱「精雅」，當可體味得之。

惟研究一家之文，有探及裏面者，有但察其表面者。蔡陸之文就表面觀之，甚易摹擬；而嵇叔夜《聲無哀樂論》之類（《全三國文》卷四十九頁一），甚難摹擬。實則不然。如摹擬蔡陸者只得其貌而遺其神，即使畢肖，亦形似而非神似。況研究一家之文本應注重其神情，不可拘於句法。如僅將經書中之四字句組合運用而成篇，則學蔡豈不大易？不知伯喈之文，每篇皆有轉變，如《楊公碑》、《胡公碑》、《陳太丘碑》等，各篇有各篇之作法，不獨字句不同，即音調亦有變化，絶非湊足四言便可詡爲成功也。陸士衡文亦有特能傳神之處。學陸文者應先得其警策。警策既得，然後從事於鍊句布采。如徒摹擬其字句，而遺其神韻，亦徒得其表而遺其裏耳。至於嵇叔夜之長論，表面若甚難學，實則摹擬各家者取術不同。蓋嵇叔夜開論理之先，以能自創新意爲尚。篇中反正相間，主賓互應，無論何種之理，皆能曲暢旁達。善學嵇者宜先構思，新意既得，然後謀篇布勢，再定遣詞之法。或全用比喻，或專就正題立言，務期意翻新而出奇，理無微而不達。苟能如此，則叔夜之精華已得，奚必摹擬其句調？試觀六朝論理之文，絶無抄襲叔夜之詞句者，惟分肌擘理，構思精密之處得之於嵇而已。

無論研究何家，皆以摹擬其神情爲上，而以摹擬其字句者爲下。且蔡陸之文尚有字句聲調可擬，而任彦昇、傅季友之文全無形迹可學，即使酷摹其句調，亦難勉肖於絲毫。此由任傅以傳神勝，其佳處超乎字句以外。如僅趨步其字句則猶人僅有體魄而無靈魂。故凡學任傅之文者，應得其傳神之妙，不可但擬其用典。如汪容甫文無一聯一句摹擬任彦昇之詞藻，而善能得其傳神三昧，斯可貴也。又如摹擬徐陵、庾信之文者，亦應得其情文相生之處，而不可斤斤於字句。清代陳其年之文，僅於言情處間肖徐庾，此外但能擬其典故而已。

十　論各家文章與經子之關係

欲撢各家文學之淵源，仍須推本於經。漢人之文，能融化經書以爲己用，如蔡伯喈之碑銘無不化實爲空，運實於空，實敘處亦以形容詞出，與後人徒恃「崢嶸」「崔巍」等連詞者迥異。此蓋得諸《詩》、《書》，如《堯典》首二段虚實合用，表象之辭甚多，漢人有韵之文皆用此法，而伯喈尤爲擅長。故研究蔡文者，必知其句中之虚實，乃能得其法門。且六朝以後，形容詞用法甚嚴，狀擬君王之詞絶不能施諸臣民。漢文用實典甚少，故可不分地位。如「克岐克嶷」，原稱后稷聰明（見《詩經·大雅·生民篇》），而斷章取義，則無妨用之童稚。又漢人用表象之詞比附事實，故可繁可簡；六朝人用史書之典比附事實，故不得不繁。此其大較也。班固之文亦多出自《詩》、《書》、

《春秋》，故其文無一句不濃厚，其氣無一篇不淵懿。《周禮》之文未嘗不古質也，然以視《詩》、《書》之樸厚則有間矣。曹子建之文大致亦近中郎，惟濃厚細密間或過之。又研究陸士衡者必先熟讀《國語》，蓋《國語》之文雖重規疊矩而不覺其繁，句句在虛實之間而各有所指，文氣聚而凝，選詞安而雅。陸文得其法度，遂能據以成家。如《辨亡》、《五等》二論（《文選》卷五十三及五十四），每段重疊至十餘句，而句各有義，絶不相犯，斯並善於體味《國語》所致。研究陸文者，應於此等處入手。又文章之巧拙，與言語之辯訥無殊。要須嫻於詞令，其術始工。詞令之玲瓏宛轉以《左傳》爲最，而善於運用《左傳》之詞令者則以任昉稱首。彦昇之文雖無因襲《左氏》字句之迹，而能化其詞令以爲己有。且疏密輕重各如其人之所欲言，口氣畢肖，時勢悉合，凡所表達無不恰到好處，是真能得《左氏》之神似者也。

研究各家不獨應推本於經，亦應窮源於子，蓋一時代有一時代流行之學説，而流行之學説影響於文學者至鉅。戰國之時，諸子爭鳴，九流歧出，蔚爲極盛。周秦以後，各家互爲消長，而文運之昇降繫焉。約而論之，西漢初年，儒家與道、法、縱横並立，其時文學，儒家而外，如鄒陽、朱買臣、嚴助等之雄辯，則縱横家之流也；賈誼《新書》取法韓非，則法家之流也。《史記》之文，兼取三家：其氣厚含蓄之處，固與董仲舒《春秋繁露》爲近；而其深入之筆法，則得之法家；採《國策》之文，則爲縱横家；故與純粹儒家之文不同。

自武帝以迄建安，儒術獨尊，故儒家之文亦獨盛。如班固《漢書》不獨表志紀序取法經説，即傳贊亦莫不爾。就其文論，氣厚而濃密，淵茂而含藴，字裏行間饒有餘味，純係儒家風格，與法家迥殊。蓋法家之文，發洩無餘，乏言外之意，説理固其所長，但古質而無淵懿之光；儒家之文説理雖不能盡，而樸厚中自有淵懿之光。若孟堅，則能備具儒家之特色者也。蔡伯喈之文亦純爲儒家，其碑銘頌贊固多採用經説，即論事之文亦取法《春秋繁露》，而文章之重規疊矩，則又胎息於《荀子·禮論》、《樂論》，故雖明白顯露，而文章自然含藴不盡。文能含藴，則氣自厚矣。研究班蔡之文者，能含藴不盡，即爲有得。又班蔡之文並淵懿而有光，與古質不同。李斯刻石雖古質而不淵懿，韓昌黎《平淮西碑》摹擬秦刻石，益古質而無光矣。

建安以後，羣雄分立，遊説風行。魏祖提倡名法，趨重深刻，故法家、縱横又漸被於文學，與儒家復成鼎足之勢。儒家則東漢之遺韻，法家、縱横則當時之新變也。七子之中，曹子建可代表儒家，其作法與班蔡相同，氣厚而有光，惟不免雜以慨歎耳。王仲宣介乎儒法之間，其文大都淵懿，惟議論之文推析盡致，漸開校練名理之風，已與兩漢之儒家異貫。蓋論理之文，「迹堅求通，鉤深取極」（《文心雕龍·論説篇》語），意尚新奇，文必深刻，如剥芭蕉，層脱層現；如轉螺旋，節節逼深，不可爲膚裏脈外之言及舖張門面之語，故非參以名法家言不可。仲宣即開此派之端者也。至於三國奏章皆屬法家之文，斬截了當，以質實爲主。王弼、何晏之文，所以變成道家，即由法家循名責實之觀念進而爲探索高深哲理耳。陳琳、阮瑀並以騁詞爲主，蓋受縱横家之影響而下開阮嗣宗一派。故研究建安文學者，學子建應本於儒；學仲宣溯諸法；學阮陳應求之縱横，最近亦當推迹鄒陽；而嵇叔夜之長論，則非參合道法二家之學説不爲功。大抵儒家之文能「衍」，法家之文能「推」。中國文學之最深刻者，莫過法家。如《韓非·解老》、《喻老》及《説難》，層層辯駁，逐漸深入，實議論文之上乘。建安以後，名法盛行，故法家之文亦極發達。如王弼《易略例》、《易注》之作法皆出於《解老》、《喻老》。至嵇叔夜將文體益加恢宏，其面貌雖與韓非全殊，而其神髓仍與法家無異。綜上所述，可知三國之文學最爲複雜也。

降及西晉，法家道家亦頗發達，而陸士衡仍守儒家矩矱，多「衍」而少「推」，一以伯喈子建爲宗。

是故就人而論，《太史公書》最爲複雜；就時代而論，建安最爲複雜。若以儒法二家之文相較，則學儒家之文，積氣甚難，此惟可意會，不能言傳。多讀西漢初年之篇章，詳味其衍及含蓄，久之自能有光。學法家之文，應先研究其文章分多面，句各有意，字不虚設，章無盈辭。且能屏棄陳義，孚甲新思，考慮周詳，面面完到。自玆入手，庶能得所楷式矣。

十一　論文章有主觀客觀之別

文章有主觀客觀之别，今試就各家之文以説明之。夫文學所以表達心之所見，雖爲藝術而頗與哲學有關。古人之學説，各有獨到之處，故其發爲文學，或緣題生意，以題爲主，以己爲客；或言在文先，以己爲主，以題爲客。於是唯心唯物遂區以别焉。《史記》雖爲記事之書，而一切人物皆由己意發揮。如《遊俠》《刺客》二傳，所以反映當時之人不如郭解、荆軻；《貨殖列傳》，所以針對《平準書》，以見取民之法猶甚於貿易。與紀表之惟存古制，並無深意者迥不相同。至於《封禪書》所以與《禮書》分立者，一以抒己意，一以存古制而已。此外如世家首泰伯，列傳首伯夷，而列傳之題或以姓標，或以名標，或以字標，或以官標，雖並記事實而各有進退。可知《史記》之文主觀固不減於客觀也。後世文學所以不及《史記》者，以其題在意先，就題爲文，屬於唯物的文學；《史記》則意在題先，借題發揮，屬於唯心的文學。唯心能歸納，唯物祇能演繹。《史記》八《書》皆先定主意，而後借古今事實以行文，以視《漢書》八《志》，體裁雖同，而作法則殊。蓋《漢書》爲存一代之掌故，以記事淵茂、叙述得法爲主，故記五行即就五行立言，記天文即依天文爲説。《史記》欲借事立言，以發揮意見爲主。如《禮書》本於荀卿《禮論》，《樂書》出自《禮記·樂記》，明其對於禮樂之意見，與《荀子》、《禮記》相同也。《漢書》以下，客觀益多，降及六朝，史自史客觀所能有，故能獨步當時，見稱後代也。由上所論，可知文章各體雖非盡屬主觀，而如情文相生之哀弔，校練名理之論辨，援事抒意之傳記，固應以唯心爲尚也。

十二　神似與形似

近人論文，謂摸擬一代或一家之文，不主形似，但求神似。此實虛無縹渺、似是而非之論。蓋形體不全，神將奚附？必須形似乃能纚然不辨，此固非工候未至者所能贊一詞也。夫抒柚篇章，豈爲易事？章法句法既宜講求，轉折貫串猶須注意。逮至色澤勻稱，聲律調諧，然後乃能略得形似。形似既具，精神自生。學班蔡之文者，不獨應留意句法章法，且須善於轉折。李申耆有擬東漢碑銘各篇，規模略具矣。凡模擬古人文學，須從短篇及單純之意思入手，而徐進於長篇及複雜之意思。至鎔各家爲一爐之語，殆空談耳。清代汪容甫作碑銘雜用《國語》、《國策》、《史記》、《漢書》諸體，而參之以唐宋之文，遂至駢散皆不可辨，此鎔合之弊也。又文章之美，全由性情。嵇康、阮籍固不相同，與王弼、何晏尤不相類，故模擬古人之文，須先溝通其性情之相近者，若不可溝通，則無妨恝置。王半山、黄山谷學杜俱能得其一體，故能流傳於後。若明前七子之詩雖不甚劣，而其文章則撏撦莊、荀、《史記》之調而溝通之，所以不足道也。《七啓》亦是模擬之作，然而不爲病者，以其規模仍舊，而字句翻新耳。學陸士衡之文，僅知鍊句尚不可，必須鍊柔句爲剛句，勁如枝之不可折，斯可矣。

十三　文質與顯晦

文學之性質，有相反者二事，而不可一有一偏無焉。兹述之如下：

（一）文與質最相反者也。東漢一代文質適中，賦、詩、論、説、頌、贊、碑、銘各體，皆文質相半。惟張平子、班孟堅，文略勝質。蔡中郎之碑銘則有華有質，章奏亦得其中。建安以後，文風丕變：有文勝質者，有質勝文者。辭賦高華，較東漢爲勝；章奏質樸，較東漢爲差。《東觀漢紀》及袁宏《後漢紀》所載東漢諸人之章奏，皆文質適中，即考據議禮之文亦有華彩可觀，非如建安三國之重名實而求深刻也。西晉之時，陸士衡之表疏，如《謝平原内史表》等，文彩彬蔚，與辭賦無殊。其餘各體亦皆文質相參。嗣宗高華，亦未舍質。故知後世驚彩絶豔之文，格實不高，與宋人語録相較，一淺一深，其弊則同耳。欲求文質得中，必博觀東漢之文，以蔡中郎諸人爲法，乃可成家。觀《晉》、《隋》兩書之《禮志》及杜佑《通典》諸議禮文字，雖主考據而並有文彩；《顔氏家訓》各篇亦質而有文，與後世之質樸者相去遠甚。故文質得中，乃文之上乘也。

（二）文章有顯有晦，各有所偏。揚子雲《太玄經》及《劇秦美新》等固有艱深之字句，而《十二州箴》及《趙充國頌》等篇，則文從字順，毫不冷僻，可見古人作文固非盡隱晦難知者。又文之通病，顯則易淺，深則易晦。鍾鍊之極，則艱深之文生；然陸士衡之文雖極力鍾鍊，而聲調甚佳。風韵饒多，華而不澀。西晉普通之文俱極雋妙，而絶不淺俗。若清之董祐誠故意堆積故實，則深而流於晦；袁子才務期人盡可曉，則顯而流於淺，均未得其中也。古人之文，深而流於艱澀者，除樊宗師之《絳守居園記》外，絶不多見。蓋文章音調，必須淺深合度，文質適宜，然後乃能氣味雋永，風韵天成。潘安仁、任彦昇之文所以風韻盎然者，正以其篇篇皆在文質之間耳。

十四　文章變化與文體遷訛

凡文章各體皆有變化，但與變易舊體不同。就篇法而論：如紀傳體之先後，本應以事實爲序，然因事之重輕，間或用倒叙法。《史記》各傳，通例皆用順叙，而《衛青霍去病列傳》即兩人插叙，年月次序絲毫不紊。《漢書》各傳，皆傳前論後，而《王吉貢禹列傳》則先叙商山四皓，發爲議論。又《揚雄傳》内只引其自序，實在事跡反叙於論内。變化雖繁，要並與傳體無悖。蔡中郎之《楊炳碑》，盡用《尚書》成句，雖與普通各篇不同，而虚實並存，亦不乖碑體。此皆在本體内之變化，而非以他體作本體之文，絶無以傳爲碑或以碑爲傳者。降及六朝唐世，仍循此例，未嘗乖牾。此篇法變化無關文體者也。就句法而論：古人之變化亦甚多。試即對偶一端而言，有上句用兩人名，下句用一人名者；有上句用地名，下句用人名者；亦有上下兩句同用一意者。此種詞例甚多，無非求句法新穎，不與前人雷同而已。兩漢之文如蔡中郎諸人之聲調，乍視似不懸殊，若寫爲聲律譜以較，則其句法詞例無慮百餘種。建安文學所以超軼當時者，亦以其詩文之聲調句法爲兩漢所未有。如吳質《與陳思王書》，即其例也。故學一家之文，不必字摹句擬，而當有所變化。文章中之最難者，厥爲風韵、神理、氣味，善能趨步前人者，必於此三者得其神似，乃盡摹擬之能事，若徒拘句法，品斯下矣。凡一代之名家，無不具此三者；而各家之間又復不同。如陸士衡與潘安仁各有氣味，自成風韵，異曲同工，不能强合。至於文章之神理，尤爲難能可貴，即謝康樂所謂「道以神理超」也。如潘安仁任彦昇之文皆有神理，但或從情文相生而出，或從極淡之處而出，或從隱秀之處而出。凡學古人之文，必須尋繹其神理與風韵，若面貌畢肖，而神理風韵毫無，不足與言擬古矣。陸士衡於碑銘一體，心摹神追蔡中郎，其篇幅雖長，偶句雖多，而文章之轉折，句法之簡鍊，以及篇章之結構，皆能具體而微。謝康樂之文頗似潘安仁，而其論體則摹擬嵇叔夜，雖體裁無嵇之大，而作法得嵇之工夫甚深，間有數篇，置之嵇文中亦不辨真贋。又六朝人之學潘安仁而能得其風韵者，則惟謝莊、謝玄暉二人。顔延年之文，亦可以爲士衡之體貳，不獨鍊句似陸，即風韵亦酷肖之。陸之風韵在「提」與「警」，延年得其一隅，故能儼然近真，惟其詩尚不及陸之顯耳。江文通之文，得力於《楚辭·九歌》者甚深，其體裁句法未必篇篇皆肖，而神理風韵殆能心慕神追。可知摹擬一家之文，必得其神理風韵，乃能得其骨髓。句法無妨變化，而氣味實質不宜相遠。研覽六朝人學兩漢三國西晉之文，即可爲後世摹擬一家之模範矣。

至於文章之體裁，本有公式，不能變化。如叙記本以叙述事實爲主，若加空論即爲失體。《水經注》及《洛陽伽藍記》華彩雖多，而與詞賦之體不同。議論之文與敘記相差尤遠。蓋論説以發明己意爲主，或駁時人，或辨古説，與叙記就事直書之體迥殊。所謂變化者，非謂改叙記爲論説或儕叙記爲詞賦也。世有最可奇異之文體，而世人習焉不察者，則杜牧《阿房宫賦》，及蘇軾之《前後赤壁賦》是也。此二篇非騷非賦，非論非記，全乖文體，難資楷模。準此而推，則唐以後文章之訛變失體者，殆可知矣。又六朝人所作傳狀，皆以四六爲之，清代文人亦有此弊，不知《史》、《漢》之傳，體裁已備，作傳狀者，即宜以此爲正宗，如將傳狀易爲四六，即爲失體。陳思王《魏文帝誄》於篇末略陳哀思，於體未爲大違，而劉彦和《文心雕龍》猶譏其乖甚。唐以後之作誄者，盡棄事實，專叙自己；甚至作墓誌銘，亦但叙自己之友誼而不及死者之生平。其違體之甚，彦和將謂之何耶？又作碑銘之序，不從叙事入手，但發議論，寄感慨，亦爲不合。蓋論説當以自己爲主，祭文弔文亦可發揮自己之交誼，至於碑誌序文全以死者爲主，不能以自己爲主。苟違其例，則非文章之變化，乃改文體，違公式，而逾各體之界限也。文章既立各體之名，即各有其界説，各有其範圍。句法可以變化，而文體不能遷訛，倘逾其界畔，以採他體，猶之於一字本義及引伸以外曲爲之解，其免於穿鑿附會者幾希矣。

十五　漢魏六朝之寫實文學

今之論者輒謂六朝文學祇能空寫而不能寫實，抑知漢魏六朝各家之文學皆能寫實，其流於空寫者乃唐宋文學之弊，不得據以概漢魏六朝也。

中國古代之文體，本有數種。如《詩經》雖有「賦比興」，而其中復有虛比；《周禮》之記官制固用寫實，而祇舉大綱，不及細目，故此二經之文體不盡爲寫實。然《儀禮》一書則可爲寫實之楷模。其記某禮也，自始至終，舉凡賓主之儀節方位，以至升降次第，一步一言，無不詳細記載，鬚眉畢現。如《鄉飲酒禮》於宮室制度，揖讓升降，乃至酒杯數目皆描寫盡致，今觀其文即可想見當日之情形，此張皋文所以據之作《儀禮圖》也。

再就史書而論，《史》、《漢》之所以高出於後代者，即在其善於寫實。故每記一事，則經過之曲折，纖細不遺；記戰爭則當日之策畫瞭如指掌。例如《史記·留侯世家》中記酈食其勸立六國後事，於當時之情狀盡能傳出（卷五十五），《項羽本紀》（卷七）《信陵君列傳》（卷七十七），不獨寫出本人之性情，即當時説話之聲容情態亦躍然紙上，其傳神之妙，何減畫工？《漢書》前半多本《史記》，而武帝以後之記傳，亦自具特長，不容與《史記》軒輊。即如《陳遵》、《原涉》兩傳（卷九十二），何減於《郭解朱家》（《史記》卷一百二十四）？《趙飛燕傳》（卷九十七下《外戚傳》）雖似小説家言，而實係當時之實録。至其表現仁厚及暴虐者之神情，亦無不惟妙惟肖，如《朱雲傳》記廷折張禹事（卷六十七），迄今讀之，猶生氣勃勃，可知《史》《漢》非以空寫作文章者也。

《晉書》、《南北史》喜記瑣事，後人譏其近於小説，殊不盡然。試觀《世説新語》所記當時之言語行動，方言與諧語並出，俱以傳真爲主，毫無文飾。《晉書》、《南北史》多採自《世説》，固非如後世史官之以意爲之。至其詞令之雋妙，乃自兩晉清談流爲風氣者也。古時之高文典册，亦以寫實者多，潤色者少，非獨小説爲然，惟其中稍加文飾，亦所不免。如傳狀本以記事爲主，用表象形容之詞即爲失體，然《史記·石奮傳》：「子孫勝冠者在側，雖燕居必冠，申申如也」（卷一百三），《漢書·朱雲傳》：「躡齊升堂抗首而請」，並用《論語·鄉黨》文。實則漢人之衣冠亦未必與周制相同，用此兩語，即近粉飾。但施之碑銘則甚調和，此殆沿用當時碑文未加修改，致乖史傳之體耳。

唐以後之史書用虚寫者甚多，非獨不及《史記》《漢書》，且遠遜於《晉書》《南北史》。唐人所作之小説未嘗不多，而《唐書》所以不及《晉書》、《南北史》之採用《世説新語》者，則由文勝於質，不善寫實而已。宋以後之史書，或偏於空寫，或毫無神采，所據者非當時之官書，即當時之碑誌。官書避免時忌，業經删裁；碑誌僅記爵里生卒，亦不能傳達聲容言動，求其傳神，殆不可能。今之謂中國文學不善寫實者，責之唐宋以後固然，但不得據此以鄙薄隋唐以前之文學也。中國文學之敝，皆自唐宋以後始。例如流俗文章中於官名地名喜比附古人近似之名詞以相替代，此皆自唐之啓判，宋之四六開其端。即徐庾之文尚不至此。清代應制之書啓賀表染其流毒，喜用幫襯之名詞，所用之字亦似通非通。民國以來普通之電報書札，亦與前清無别，此弊皆唐宋應酬干禄之文字肇之，漢魏六朝之文學固不可與此並論也。

由上所論，史傳一類固應純粹寫實，而詞賦詩歌則亦間有寫實之體，如荀卿《箴賦》、《蠶賦》，刻畫甚工（《荀子》卷十八《賦篇》），蔡邕《短人賦》（本集外紀，《全後漢文》卷六十九頁四）亦惟妙惟肖，此詞賦之能寫實也。至於《左傳》「宣公二年」引宋城者之謳，形容華元之棄甲，及漢代樂府《孔雀東南飛》記焦仲卿妻事（《古詩源》卷四），則並詩歌之能寫實也。推若韓昌黎《石鼎聯句》之類，刻畫過於艱深，殆非寫實之正宗耳。

碑銘頌贊之文，蓋出於《書經·堯典》之首段，與《禮經》之不可增減一字者不同，本以「擬其形容，象其物宜」爲尚，而不重寫實，秦漢碑銘全屬此體。後人不知文字有實寫與形容之别，亦不知有表象之法，故以典故代形容，典故窮後易以代詞。此風自六朝已漸兆其端，唐宋始變本加厲，今人習而不察，因據唐宋以後之文學以律陳隋以上，殊未見其可也。

綜之，漢魏六朝之文學，皆能實寫，非然者即屬擬其形容象其物宜一類。又詞中於荀卿《賦篇》一派外，又有司馬長卿《長門賦》，描寫心中之想像，王仲宣《登樓賦》，發抒羈旅之悲懷，雖非寫實而亦善傳神。中國文學中之有寫實傳神二種，亦猶繪畫中之有寫生寫意兩派，未可强爲軒輊也。

十六　論研究文學不可爲地理及時代之見所囿

《隋書·文學傳序》論南北朝文體不同云：「江左宫商發越，貴於清綺；河朔詞義貞剛，重乎氣質。氣質則理勝其詞，清綺則文過其意。理深者便於時用，文華者宜於詠歌。此南北詞人之大較也」(《隋書》卷七十六)。後代承之，亦有謂中國因南北地理不同，文體亦未可强同者。然就各家文集觀之，則殊不然。《隋書》之説，非定論也。試以晉人而論，潘岳爲北人，陸機爲南人，何以陸質實而潘清綺？後世學者亦各從其所好而已。若必謂南北不同，則亦衹六朝時代爲然。蓋名理初興，發源洛下，王何嵇阮之流，各以辯論清談成風。西晉承之，無由變易。及五胡亂華，中原文士相率南遷，於是魏晉以來之文化遂由北而南。其時南北之所以不同者，北方文句重濃，南方文句輕淡。自東晉以降，北如五胡十六國，南如晉宋齊，大抵皆然。揆厥所由，則以晉承清談之風，出語甚雋。宋齊踵繼，餘韻猶存，及齊梁之際，宫體盛行，則又加以綺麗。沿流泝源，殆仍洛下玄風，逐漸演變，而非江南獨有此派文學也。北方經五胡之亂，名理弗彰，文遂變爲質實。元魏、北齊、北周大都如是。及庾信入周，乃始溝通。周隋之際，南北又趨混一。準是以言，則南北固非判若鴻溝耳。上溯兩漢，南北之分亦不甚嚴。《教官碑》爲江南石刻，而作法與北碑無別。班孟堅、蔡中郎均超邁當時，而學之者不問南朔。更就清代論之，胡天遊本爲浙人，而追摹燕許，功候甚深；其他北人而擅長六朝文學者，尤不可勝數。倘能於古人文字精勤鑽研，無論何人均不難趨步。士衡入洛，子山入周，南北易地，各能蔚成文風。然則，文學奚必有關地理哉？

一代傑出之文人，非特不爲地理所限，且亦不爲時代所限。蓋文體變遷，以漸而然。於當代因襲舊體之際，倘能不落窠臼，獨創新格；或於舉世革新之後，而能力挽狂瀾，篤守舊範者：必皆超軼流俗之士也。如禰正平之在東漢，遠逐孔融、蔡邕，而其文變含蓄爲馳騁，全異東漢作風，故能見重當時。又如曹魏章奏以質實爲主，惟陳思王篇製高華，不偭舊規，亦能獨邁儕輩。並其例也。故研究一家之文，於本人之外尚須作窮源竟流功夫。如研究阮嗣宗，當溯源於陳琳、阮瑀，推而上之，更可考及禰衡。又如張平子文頗得宋玉之高華，在當時雖無影響，而能下啓建安作風。不考平子無以知建安，亦猶不考琳、瑀無以知嗣宗耳。漢代章奏雖未必篇篇皆如劉向、匡衡，而規模大致不遠。至如趙充國《屯田頌》之句句切實者，在兩漢殊不多覯。然至曹魏之際，其體遂昌。此亦當代不能盛行而爲後代推崇之例。他如陸士衡《辨亡》、《五等》各長論，實由《六代論》《運命論》開之；潘安仁清綺自然之文及下筆轉圜之處，實由王仲宣開之；任彦昇下筆輕重及轉折法度，實由傅季友開之。而欲知庾子山轉移北方風氣之故，尤不可不溯源於梁代宮體，蓋徐陵、庾信之文體，實承《南史·簡文帝傳》所載徐摛、庾肩吾之家風。而爲宮體導夫先路者，則永明時之王融也。今之談宮體者，但知推本簡文，而能溯及王融者殆鮮，斯何異於論清談者，但知王弼、何晏，而不能溯源於孔融、王粲也哉？此窮源之説也。

晉宋文人學陸士衡者甚多，而顔延年所得獨多；學潘安仁者，亦不一而足，而謝莊所得獨多。延年詩文均摹士衡，《赭白馬賦》尤酷肖。謝莊亦長哀誄，華麗雖遜安仁，而饒有情致。故研究陸潘二家者，於本集外尚須涉覽顔謝之文，以究其相因之迹。傅季友、任彦昇之後頗少傳人，惟汪容甫確能得其彷彿。陳其年摹擬庾子山，雖不甚高，顧自唐代以來，鮮出其右，擷其佳作亦往往可以亂真。故研究傅、任、子山者，不可不以汪、陳爲參鏡。此竟流之説也。

今之研治漢魏六朝文學者，或尋源以竟流，或沿流而溯源，上下貫通，乃克參透一家之真相。真相既得，然後從而摹擬之，庶幾置諸本集中可以不辨真贋矣。（如江文通所擬古詩酷肖古人，斯乃摹擬功候之深者。）

十七　論各家文章之得失應以當時人之批評爲準

歷代文章得失，後人評論每不及同時人評論之確切。良以漢魏六朝之文，五代後已多散佚，傳於今者益加殘缺。例如東漢文章，以蔡伯喈所傳獨多，而《藝文類聚》所引，宋人刻本《蔡中郎集》已未盡收。南北朝文以庾子山所傳獨多，而今之《庾開府集》亦非全豹。故據唐宋人之言以評論漢魏，每不及六朝人所見爲的；據近人之言以評論六朝，亦不如唐宋人所見較確。蓋去古愈近，所覽之文愈多，其所評論亦當愈可信也。今若就明人王弇洲或清人胡天遊之文以衡其得失，發爲論評，要當不中不遠；若尚論古代，則殆難言矣。二陸論文之書，對於王蔡輩頗爲中肯，而於本身篇章亦能甘苦自知，凡研究伯喈仲宣及二俊文學者皆宜精讀。《漢書》謂《史記》質而不俚，蓋指《陳涉世家》中，「涉之爲王沈沈者」一類而言。蔡中郎自謂所爲碑銘惟《郭有道碑》無愧色，則他篇不免形容溢美之處亦從可概見。餘如建安七子文學，魏文《典論》及吳質、楊德祖輩均曾論及，《三國志·王粲傳》及裴松之注亦堪參考。至於鍾嶸《詩品》、劉勰《文心雕龍》，所見漢魏兩晉之書就《隋志》存目覆按，實較後人爲多，其所評論迥異後代管窺蠡測之談，自屬允當可信。譬如《史記》全書今已不傳而惟存《伯夷列傳》一篇，後人若但據此篇以評論《史記》列傳之體，豈如當年曾見全書者所論爲確耶？

十八　潔與整

研究各家之文，有必須知者二事：第一須潔。文之光彩自潔而生，譬猶鏡爲塵蔽，光自不明；文雜蕪穢，亦必黯淡，其理一也。欲求文潔，宜先謀句勁。造句從穩字入手，力屏浮濫漂滑，由穩定再加錘鍊，則自然可得勁句。句勁文潔，光彩自彰。試觀蔡中郎、班孟堅之文幾無一句不勁，而亦幾無一篇無光。潘安仁下筆雖輕，但僅免滯重，絶不漂滑；陸士衡長篇雖多，但勁句相承，不嫌繁冗。斯並知尚潔之義者也。

第二須整。整者，層次清楚、段落分明之謂，非專指對偶而言也，漢魏之文對偶與後人不同，如《聖主得賢臣頌》、《解嘲》、《答客難》等篇，並非字句皆對，但其文非不整齊。即近代之文，無論何派何體亦未有次序零亂而可成家者，此貴整之義也。

然學爲文章固須從潔淨整齊入手，而非謂畢此二事即克臻佳境也，即如造句之法，不限於勁，但能造勁句，已奠屬文之基。縱有偏失，亦不過一隘字。桐城方望溪之文，句句潔淨，後人雖張大義法之説，然其最初法門要由潔淨而入。亦有文章樹義甚高，但因不潔累及全篇者，清代不善學六朝文之作家往往蹈此，可知無論研習何體，尚潔均爲第一要義。至於漢人文章之段落層次雖與後代不同，然如蔡中郎文僅祇轉折不著迹象而已，其節落提頓亦何嘗不清晰顯豁耶？又層次不亂固屬整齊，無閒字閒句仍屬整齊，故潔淨亦爲整齊一端。凡文氣不盛者切不可用肥重字，否則難免徒由字句堆成，毫無生氣。《論語》所謂「修飾」「潤色」，《老子》所謂「損之又損」，按諸爲文，亦莫不然也。嵇康之文雖長，而不失於繁冗者，由其以意爲主，以文傳意耳。意思與辭采相輔而行，故讀之不至昏睡。若無新意，徒衍長篇，鮮不令人掩卷憒憒者。總之，臨文之際，對於字句務求雅馴，汰繁冗，屏浮詞。凡多之無益，少之無損，除文氣盛者間可以氣騁詞外，要宜加以翦截，力從捐省。由兹致力，庶可句勁文潔，篇章整齊矣。

十九　論記事文之夾叙夾議及傳贊碑銘之繁簡有當

中國文學之特長，有評論與記事相混者，即所謂夾叙夾議也。如《史記·魏其武安侯列傳》，通篇記事，並無評論，而是非曲直即存於記事之中。餘如《封禪》、《平準》兩書，句句叙事，亦即句句評論。故夾叙夾議之文以《史記》最爲擅長。《漢書·食貨》、《郊祀》兩志及《王莽》諸傳，並爲孟堅聚精會神之作，觀其叙議相參，實堪與史遷伯仲。至於史傳以外之文，如應劭《風俗通》之類，事實評論亦互相關聯，未有捨記事而專爲評論者。唐宋以降，盛行議論之文，徒騁空言，不顧事實，求其能如《史記》於記事中自見是非曲直者蓋寡。明清而還，斯體益昌。論史但求翻新，議政惟騖高遠，文變迂腐，意並空疏，其弊皆由評論與事實不相比附也。夫記事與評論之不宜分判，殆猶形影之不能相離。倘能融合二者，相因相成，則既免詞費，且增含蓄，較諸反覆申明，猶可包孕無遺，豈非行文之能事乎？試觀蔡伯喈所作碑文，但形容事實，不加贊美，而其揄揚已溢於事實之表，贊美與事實融合無間，故文章絶妙。降及六朝，此法漸致乖失。如庾子山《哀江南賦》借古物以比附事實，固甚恰當；但於叙事之際不著功罪，及訂論功罪，復贅他語，此漢人所未有也。至於後代四六，先用典故比附事實，事實之後更加贊美，則詞費文繁，去古益遠矣。東漢章奏議論之文，率皆平平叙記，而是非曲直自可瞭然，雖無後人反覆申明、慷慨激昂之致，而得失利害溢於言表，斯並得力於夾叙夾議功夫耳。

如上所云，事實與評論既不可分，而紀傳之外別有論贊，碑文之末復加銘詞者，其故何耶？不知論贊銘詞旨在總括文意，而與文之繁簡無關。古代筆紙缺乏，鈔寫匪易，口傳心受，必須約其文詞且須整齊有韻，始便記誦。若累牘連篇，殆非盡人所能曉喻。故論贊即貫串紀傳之大意，銘詞乃綜括碑文之事實，非於碑傳本事之外別有增益也。唐宋論文者，以爲銘之叙事乃補碑文所未足，不可與碑相犯。此由見《史記·樂毅傳贊》全異本文，遂謂贊非總括大意，乃補傳之不足。由此引申，更謂銘補碑闕，亦須另增新事耳。不知贊之本義，原與序同。序以總括書之大綱，贊以約述傳之事實。（漢人贊序不分，《離騷經序》亦或作贊。孔子贊《易》，乃作《繫辭》，欲撮舉《易》之大意而總括之也。）《史記》中如《樂毅傳贊》者，僅寥寥數篇，並非正格。至於《蔡中郎集》如《胡廣碑》等皆一人數篇，而其銘詞絶無奇峰突起，不與碑文附麗者。他如《隸釋》、《隸續》及《兩漢金石記》、《金石萃編》等所載漢碑，亦莫不皆然。蓋碑詳銘約，約碑之詳以爲銘，廣銘之約即爲碑，亦猶史書約紀傳而爲論贊，恢擴論贊仍成紀傳也。（唐韓愈《平淮西碑》亦總括事實於銘詞者。）

又漢人石刻，銘後往往附有亂詞，此體開自《楚辭》、漢賦，所以結束全文也。用亂者，一則以意義未盡，一則以意義雖盡而須數語作結始爲完足。降及三國六朝，此體久廢。今若爲碑銘，似宜恢復亂詞，以爲全篇事蹟或哀思之結穴焉。

總之古人爲文，繁簡義各有當。揆厥所由，《史記》《漢書》開示法門甚多，兹不暇一一列舉矣。

二十　輕滑與蹇澀

中國文學受人攻擊之點有二：一曰粉飾。古代文學於寫實以外原有表象形容一格，然與後世之粉飾迥異。大抵後人既不能實寫，又不善形容，乃以似是而非之旁襯名詞來相塗附。此種風氣啓自六朝，盛於唐代，宋四六及清人普通文字多屬此類。其流弊所及，非獨四六爲然，作散文者亦摇筆即來，日趨套濫。返觀漢魏，無此格也。夫語言爲事實之表象，禮俗既異，語詞自殊。今乃賀人生日，必曰「懸弧令辰」，友朋餞行，必曰「東門祖道」。坐不席地，豈有危坐之儀；簪無所施，寧有抽簪之論。他如稱道尹曰「觀察」，稱京師曰「長安」，號伶人爲「梨園」，目妓女爲「教坊」。凡茲冗濫之詞，殆屬更僕難數。倘使沿用成習，非特於文有累，且致文格不高！然風尚所被，不限庸流，即賢者亦所不免，蓋其由來漸矣。此今日爲文首宜屏棄者也。

二曰遊戲筆墨。夫涉筆成趣，文士固可自娱，但不宜垂範後世。以其既不雅馴，且復華而不實也。尤西堂各體文字率用詞曲筆墨，故皆含遊戲氣味。李笠翁、蔣心餘輩尤而效之，益多嬉笑玩世之作。試觀《煙霞萬古樓文集》所録，其文何嘗無才，但究非文章正格，故毫無價值可言。凡學爲文章，與其推崇天才，勿寧信賴學力。庸流所奉爲才子派者，實不足爲楷式也。

今日研習各體文章，輕滑之作固不足道，而過於蹇澀亦非所宜。蹇澀之弊，大抵由於好高立異，不屑俯循常軌，每遇適可而止之處輒以深代淺，以難代易。逮養成習慣，不期而然，雖異輕滑，亦難引人興趣，其弊一也；口吻蹇礙，不能誦讀，其弊二也；意欲明而文轉晦，其弊三也；全用單字堆砌，毫無氣脈貫注，死而不活，其弊四也。夫有韻之文宜用四言，施諸别體，即難免上述之弊。試觀出土漢碑多用四字句，然與蔡中郎所作相較，則音節文氣優劣立辨。故過求蹇澀，亦爲文之大戒也。七八年前，余（劉先生自稱）嘗好爲此體，爲文力求艱深，遂致文氣變壞。欲矯一時之弊，而貽害於後人者已非淺鮮。今觀外間蹈此弊者不一而足，文求艱深，意反晦而不明，矯枉過正，殊有害而無益也。文之艱深平易各有所宜：揚子雲之《太玄》固艱深，而《十二州箴》及《趙充國頌》何嘗不平易？司馬相如之《子虛》《上林》固艱深，而《難蜀父老》、《諫羽獵疏》何嘗不曉暢？劉子政文雖篇篇明白，然亦間有詰屈聱牙者。惟班孟堅、蔡伯喈之文幾無一篇不和雅可誦，洵上乘也。故知文貴稱情而施，不容一概相量。如韓昌黎之《石鼎聯句》已覺艱深，若必如樊宗師之《絳守居園記》，則文章尚有何用？凡學爲文章者，務求文質得中，深淺適當。鍊句損之又損，摛藻惟經典是則，掃除陳言，歸於雅馴，庶幾諸弊可祛，而文入正軌矣。

二十一　論文章宜調稱

文章最難與題目相稱，但無論講名理，抒性情，或顯或隱，要須求其相稱，始不乖體。譬如講名理之文，若晉人《聲無哀樂》、《言不盡意》等論，宜有明雋之氣味，而所謂明雋者，即於明白曉暢中饒有清空韻致也。倘有腐説，或過用華詞，即爲不稱。又如深情文字，若弔祭哀誄之類，應以纏綿往復爲主，苟用莊重陳腐語，即爲不稱。序文之説經考據者固應莊重，而不可出以明雋或輕纖。但筆記、小説、文集詩詞之序，若過於莊重，亦爲不稱。故知名理之文須明雋，碑銘須莊重，哀弔須纏綿，詠懷須宛轉：相體而施，固非一成不變也。

文之含蓄或條暢，亦視題目而異。説理記事固應明白曉暢，若《離騷》之類即應有纏綿不盡之意。至於一篇之中，尤貴色澤調勻，前後相稱。如蔡中郎文全用經書，其中若參有一二句王、何玄談，或徐、庾宫體，立即雜不成文。又如揚子雲之辭賦，雖造句艱深，而能通篇一律，即不嫌疵纇。夫文因時代而異，亦猶人因面貌而殊。若一時代而有數派文字並存，殆亦承上啓下之津渡而已。如曹魏初年，陳思王與陳群、王朗輩華質不同。陳思殆東漢之殿軍，群、朗則魏晉之先導：其升沉消長之漸，固不可不察也。今日而欲摹擬魏晉，或倣效齊梁，其字句氣味皆不可通假。文之造句本不甚難，所難者惟在字句與本篇意趣之相稱。試觀魏晉之文，每篇皆有言外之意。如孫綽、袁宏之碑銘何嘗僅在字句間盡文章之能事？於字裏行間以外固別饒意趣。善學魏晉者，務宜由此入手。東漢之文皆能含蓄。如《魯靈光殿賦》非純由僻字堆成，且含有淵穆之光。善學東漢之文者亦必燭見及此。蔡中郎文每篇皆有淵穆之光，今日能得其氣厚者已不多見，更何有於淵穆？此事驟看似易，相稱實難，蓋所謂有光者，非一二句爲然，而須通篇一律也。若淺言之，則通篇須用一種筆法，用重筆者全篇須並重，筆姿疏朗者全篇須一致疏朗。然晉宋文字有全用輕筆者，亦有重筆之中用輕筆提起者，如陸士衡文雖用重筆，而能化輕爲重，故尤爲難學。但能得其三昧，即不至有僧衣百衲之誚矣。清代各家文集中均難免不稱之弊。如汪容甫之《自序》及《漢上琴臺銘》，全篇固甚相稱，餘則一篇之中或學漢魏，或學六朝，或學唐宋以下，斑駁陸離，殊欠調和。降及洪北江、王湘綺輩，雖爲一時所宗，而不稱之弊尤多。可知文章求稱之不易矣。今既分家研究，第一須求文與題稱，應辨説理與抒情之殊；第二謀篇須稱，不可以數句爲一篇之累。又文之輕重悉在用筆，而與用典無關。俗謂用經説則重，用雜書則輕。然潘安仁《夏侯常侍誄》、《楊仲武誄》，用經雖多，而未減其輕。又如謝康樂及陶淵明詩亦頗用經，但一無損於清新，一弗傷於淡雅。兩漢之文幾無一篇不厚重者，但如劉子政輩何嘗不用子史雜書？故善於用筆，則用經典可使輕，用《楚辭》、漢賦可使重，輕重能否銖兩悉稱，惟用筆是賴。然則，筆姿相稱，亦作文第一要務也。

三十三年十月十八日理竟於重慶聚興村寄廬

文則

胡懷琛 撰

《文則》一卷

胡懷琛　撰

胡懷琛（一八八六——一九三八），字季仁，號寄塵，安徽涇縣人。幼從兄胡樸安讀書。後入南社，助柳亞子編《警報》。入商務印書館編輯《小説世界》，任南方大學、上海大學、愛國女校教授。編著甚多，有《中國歷代小説史論》、《中國文學史概要》等。

據篇首短序，此書爲作者青年時代所作。八條爲知用、立品、儲材、養氣、摹神、取勢、乘機、循法，體制略備而立言甚約，雖新見匪多，而善取衆長，不失爲進學之階。以「載道」爲文之「用」，不言爲文之「本」，則於舊説亦有所突破，不自矜執以自高，尤可爲循誘之資。

此書刊於何藻輯《古今文藝叢書》第四集，上海廣益書局民國三年（一九一四）排印本。今即依此本收録。另有《樸學齋叢書》本。

（朱　剛）

文則

胡懷琛　撰

余弱冠時，侍先君客上海，舍姪道吉自里中來，先君命教爲文，草此篇示之。余於文實茫乎未之知也，師云乎哉！忽忽數年，先君已棄養，余爲衣食謀，舊業亦益荒廢，重檢視之，感喟不已。姑存之，以驗吾業之進退云。自記。

知用第一

文何所用？曰：文者所以代言也。言語之用有時而窮，乃代以文。書、簡、簿、記，其用之淺且顯者也；至言著作，則曰文以載道。載道，文之用也。是故闡道德之微，述經世之學，炳炳煌煌，歷萬古而不滅者，上也；紀政治之沿革，記山川之險夷，陳風俗之良窳，道民生之利病，要足爲一代治亂得失之林者，次也；至於述一二士君子之嘉言懿行，足爲後人法，記一鳥、一獸、一草、一木，足以備考察之資者，又其次也；亦有身之所歷、心之所感，或哀或樂，或怨或憂，萬緒千端聚於胸際，欲吐而不能吐，欲茹而不能茹，不得已而寄之於文，以自寫其胸懷者，又其次也；至若竊古人之唾餘，而自以爲能文者，是謂文賊；琢句刻字，有軀殼而無精神者，是謂文匠；泛泛然人云亦云者，是謂文奴。

立品第二

文品亦如其人而已矣。識之超者文品超，見之達者文品達，神之靜者文品靜，氣之雄者文品雄，心之清者文品清，骨之秀者文品秀，節之高者文品高，意之澹者文品澹，質之樸者文品樸，性之靈者文品靈，有瀟洒出塵之想者文品飄逸，有清介自守之風者文品簡潔，有不撓不屈之志者文品勁健，有慷慨激昂之概者文品悲壯。在作者，若何人爲若何文；在讀者，讀其文如見其人。故欲講文品，須講人品。人品不講，而斤斤求之於文，過矣。

儲材第三

作文猶建宮室也。建宮室必先儲材，而規劃結構次之；作文必先儲材，而剪裁布置次之。顧材有大小，而儲無擇精粗。杞梓楩楠，材也；磚石泥土，材也；即竹頭木屑、片瓦寸釘，莫非材也。杞梓、磚石固不可少，而竹頭木屑、片瓦寸釘亦各有所用，使取其大而遺其細，則用必有時而窮。古今來萬物萬事，皆文家之材也，上者爲樑棟，次者爲户樞，最下者亦不失爲屑與釘之用也。

知其大而略其細，明用必有時而盡。此材之所以不可不儲，而儲之所以不可不富也。然則儲材之道奈何？曰：是有二法。一曰讀書，二曰閱世。讀書者，經、史而外，諸子百家之説，皆當知其大要；閱世者，凡國家盛衰之故，小民蘇困之由，與夫公卿大夫之舉止談笑，大奸巨猾、市儈倡優、紈袴浪子、竈婢、屠夫、乞丐之形狀，必皆雜搜而謹識之。蓄積既多，醖釀既久，一旦有故，臨文則大小精粗各以類觸，疊出不窮，是豈枵腹之儒所敢望哉？此儲材之法也。

養氣第四

文貴有氣。韓昌黎曰：「氣，水也；言，浮物也。水大而物之浮者大小畢浮，氣之與言猶是也，氣盛則言之長短與聲之高下者皆宜。」顧氣有不同，而養氣之功亦異。一曰氣清。氣清者，如溪澗流泉，清可見底。二曰氣盛。氣盛者，如懸崖飛瀑，半空瀉下。三曰氣舒。氣舒者，如長江大河，一瀉千里。四曰氣靜。氣靜者，如寒潭無波，而其深正不可測。五曰氣渾。氣渾者，如茫茫蒼海，包含廣大。是故心思高潔者，其爲文也氣清；胸懷勃鬱者，其爲文也氣盛；胸無滯機者，其爲文也氣舒；神閒意遠者，其爲文也氣靜；見聞淵博者，其爲文也氣渾。此則養氣之功也。

摹神第五

摹神者，慘淡經營，而求其神似也。欲寫一人一物，當親交其人，親接其物，細心以揣摹其神氣態度。當其揣摹也，吾心中但知此人此物，而不知其他也。及其爲文也，吾目中但見此人此物，而不見吾文也。如是，乃走筆寫之，而其人其物遂躍躍紙上。昔太史公周行天下，與燕趙間豪俊交遊，故寫遊俠、刺客能肖；柳子厚好遊山水，故爲小記獨工。使史遷不親見燕趙豪俊，領略其聲音笑貌，柳子厚不日寄懷於山水之間，領略溪光嵐影，率爾執筆，傳豪傑、記林泉，則無異於常人所爲。(可也)何也？不能得其神故也。明末有馬伶者，登場爲嚴相國，神形酷肖。觀者大驚，問其術。馬曰：「今相國某，嚴相國儔也。吾走京師，求爲門卒，三年日侍相國於朝房，察其止舉，聆其言語，久之乃得。」作文者觀此可以知摹神之法矣。

取勢第六

兵家之用兵也，貴得地勢。攻者得地勢，則勢如破竹，迎刃而解；守者得地勢，則一夫當關，萬夫莫開。去易而攻難，舍險而守夷，未有不敗且亡者也。作文之道何獨不然？取勢之要法有二：一曰從題之虛處着筆，所謂「避實擊虛」是也；二曰從題之重要處着筆，所謂「擒賊須擒王」

是也。他如或暗襲，或逆入，或忽離，或驟轉，皆取勢之法也。

乘機第七

文章，天機也。天機隨處皆有，顧不可勉强求之，當自然得之。其既得也，又如雲物煙景，瞬息即逝而不可復追，故爲文貴得其機，尤貴無失其機。王軫石之爲文也，未肯輕落筆，意之所至，滔滔汩汩，意所不至，不復强爲，有經歲不成一字者。夫軫石不復强爲，正所以待其機也，故機一動乃有滔滔汩汩之樂。今人爲文，往往當機滯時，深思力索，求一句一字而卒不可得；當機動時，又爲俗事纏糾，輒復中輟。如是而爲文，何怪其不復成也？

循法第八

作文之有法，(猶)猶製器之有規矩也。規之形圓，矩之形方，天下之器未必盡屬方圓，然天下之器未有不成自規矩者。惟嫺於規矩之中，而變化於規矩之外耳。不知法者，亂兵也；守法而不知變者，拙匠也。故未知規矩，當步趨於規矩之中；既嫺規矩，當變化於規矩之外。

石橋文論

褚傅誥 撰

《石橋文論》

褚傳誥 撰

褚傳誥，生卒年里不詳。然以書中徵引之材料可知其爲清末而入民國之人。原書封面及卷首分别蓋有「九雲褚傳誥印」及「九雲所纂」兩印，知其字或號爲「九雲」。

褚氏自謂因感於古來著作繁雜，故撰此書以爲綱領。書分七篇，言及文之原理、駢散二體之衍變、詔制奏疏諸經世之文、文章之留存毁厄、文人品行、文人心志與權勢壓制之衝突諸事。該書大體採用綱目形式，即主旨以簡要之語出之，後附詳盡自注，但首尾形式亦不盡一致。

有「乙卯年用真筆寫印」本，即一九一五年油印本，今即據以録入。該印本字跡模糊，錯脱譌倒處頗多，現據相關資料訂補，并予以分段。

（張金耀）

石橋文論

褚傳誥　撰

古來著作之手，無慮數千百家，其逸在名山、未登柱史、不爲目録家所采取者，尚不知凡幾。循誦之士，苟不得其要領而貪多務得，非止茫無頭緒，亦空費日力也。《易》曰：「多識前言往行，以蓄其德。」則必有廣思集益之法。夫羽翼經訓、垂範方來，其大者固足稱千秋法鑒，即在專門撰述，細及名物象數，兼綜條貫，各自成家，亦莫不持之有故，言之成理，分別觀之，自然與鑽研故紙、無裨實用者不同。用是不揣譾陋，撰爲是編，以告世之知言者。

文之原理

《蒸民》之詩曰：「天生蒸民，有物有則。」《伐柯》之詩曰：「伐柯伐柯，其則不遠。」《傳》《箋》皆謂「則」爲法則，蓋一原於天事，一原於人事，各有其當然之公理，而不可以私見參也。文章之事，何獨不然？苟執私見以求所謂當然，而役其心於影跡之間，則弗論其爲駢麗、爲輕虚，而皆不復有由衷之言，以自鳴其心之所可告，而文體之壞極矣。

王薑齋曰：六代之敝，敝於淫曼，淫曼者，花鳥錦綺爲政而人無心；宋之敝亦敝於淫曼，淫曼者，多其語助、繁其呼應而人無氣。徐、庾、邢、魏之流波，綽挽之矣（謂蘇綽仿六經以作《大誥》），孰有能挽蘇洵、曾鞏之流波者乎？此其言雖過甚，然要皆天下之公理，而可冥心反覆以求之者也。

道經九折坂，王陽迴車而王尊叱馭；敕入鳳莊門，而謝朏、謝超宗或從或不從，吾以爲日近、長安近兩皆有理也。趙高指鹿爲馬，陰中其異己者；朱温指大柳宜車轂，反撲殺其佞己者。則是蕭何之律，未始不可造於唐虞之時，而范、蔡之説，可談於金、張、許、史之間也。若欲比而同之、墨而守之，齊天下之喉而吹以一孔，强天下之舌而嗜以一臠，是刻舟求劍之事也，是扣槃捫燭之愚也，是東施之效顰也，是李赤、黄居難之續，而不顧哂笑於大方也。

東坡在嘉祐立論務在變更，在熙寧立論務在安静，蓋惟是之從而不徇時之好。楊畏在熙甯則從熙甯，在元祐則從元祐，在紹聖則從紹聖，在元符則從元符，時人目之曰「楊三變」，蓋不顧是非而專工摹擬。王氏所謂「其貞也非貞也，其淫也非淫也，而心喪久矣」。

章氏實齋之立古文公式也，蓋不欲以秦漢之衣冠繪後人之圖像也，吾以爲規後人之圖像而衣冠以肖之，不如秦漢之猶爲近古也。傚秦漢繆謬矣，舍秦漢而別有所主，其同於亡羊，無臧穀之分也。曾文正公之以句摹字擬爲戒律之首也，誠以吾無法度而取他人之法度，是吾之氣已先爲所攝引而不得自由，猶絆騏驥之足而欲其千里，昧離婁之目而使辨五色也，此必不可得之數矣。

東坡每作文，意到而筆輒隨之，自以爲生平至樂，然不可不深之以養也。故曰「氣盛則言之高下長短皆宜」。魁紀公而下，未免有意求難，不可爲也。降而求之，白俗而元輕也，郊寒而島瘦也，則可各由其性之所近，以自成一家言，而不必以他人之則則之也。以他人之則則之，無論其未必相肖也，就令衣冠言動皆孫叔敖也，而精神有不屬焉者矣，非沐猴而戴冠，則壽陵失故步，其鄙態有不可以言語形容者。

宋益新氏曰：詞勝不如意勝，意勝不如理勝。理其幹也，意其枝也，詞其葉也，三者具而後成文，可知有幹必有枝，有枝必有葉。氣化自然之妙，行乎其不得不行，止乎其不得不止，非有所矯揉造作於其間也。所謂原於天事者也，而人事亦由此而顯矣。

吾見有任情顛倒、妄逞己臆、不自檢束，愈趨愈歧，海上或有逐臭之夫，而宋人且緦緦然寶其燕石。由是而元稹作《會真記》，鄭禧作《春夢録》，自誇其失行矣，由是而牛僧孺作《周秦行記》自陳其蕩志矣，由是而馮道作《長樂老傳》自叙其無耻，蔡京作《太清樓（特）〔侍〕宴》、《保和殿延福宫曲宴記》自明其不臣矣。是雖言語妙天下如賈君房，説《詩》解人頤如匡衡，不足當識者之一噱，而況刺取杜少陵、撏撦李義山，攘之於王充、竊之於向秀，被之以牛鬼蛇神之字，甚之以魯魚帝虎之訛，其爲紊亂而無章、破碎而不合道者，蓋十居八九，而又何足以語於斯事哉？然則其道將何由？曰司馬公序顔太初文言之矣：「魯人顔太初，字醇之，讀書不治章句，必求其理。既得其理，不徒誦之以誇誑於人，必也蹈而行之。」又曰：「觀其《後車》詩則不忘鑑戒矣，觀其《逸黨》詩則禮義不壞矣，觀其《哭友人》詩則酷吏愧心矣，觀其《同州題名記》則守長知弊政矣，觀其《望仙驛記》則守長不事厨傳矣。」《文鑑》惟載《逸黨》、《許希》二詩，而許希之事尤可爲忘本之戒。（針工許希，下蔡人。天聖中皇躬違裕，有内戚達其姓名，上召見，三進針而疾平，賜與不可勝紀。謝恩畢，西向而拜。上詢其故，曰：「臣拜本師扁鵲也。」上惜其用心不忘本，給錢五十萬爲立祠，封曰「靈應侯」。或曰：人生乎母，慎乎習，希失其習者也。使希不習醫而習儒，其過主之日，不忘先師明矣。若然，則讀書爲儒，乘時取富貴，高冠長劍，昂昂廟堂之上，自負自得，不知素王之力者，許希之罪人也。）

李義山賦怪物，有佞魖、讒魒、貪魃三名，義關諷世，語奇韻險，曲盡小人之情狀、魑魅之夏鼎也。（其一物曰：臣姓猾狐氏，帝名臣曰巧彰，字臣曰九規，而官臣爲佞魖〔焉，佞魖〕之狀，領佩水凝，手貫風輪。其能以鳥爲鶴，以鼠爲虎，以蚩尤爲誠臣，以共工爲賢主，以夏姬爲貞，以祝鮀爲魯，誦節義於寒浞，贊韶曼於嫫母。其一物曰：臣姓潛弩氏，帝名臣曰携人，字臣曰銜骨，而官臣爲讒魒焉，〔讒〕魒之狀，能使親爲疎、同爲殊，使父膾其子、妻羹其夫。又持一物，狀若豐石，得人一惡，乃劓乃刻；又持一物，大如長箠，得人一善，掃掠蓋蔽，諂啼僞泣以濟其事。其一物曰：臣姓狼浮氏，帝名臣曰欲得，字臣曰善獲，而官臣曰貪魃焉，貪魃之狀，頂有千眼，亦有千口，鼠牙蠶喙，通臂衆手，常居於倉，亦居於囊，頰鉤骨箕，環聯琅璫。或時敗，累囚於牢狴，拳梏履校，藁棘死灰，僥幸得失，他日復爲。）

梁簡文《誡子當陽公書》曰：「立身之道與文章異，立身先須謹重，文章且須放蕩。」王伯厚引文中子説以譏之。（《中説・事君篇》：子謂文士之行可見，謝靈運小人哉，其文傲君子則謹；沈休文小人哉，其文冶君子則典。）吾以爲不然，韓潮蘇海何如其放，而其人品未可輕議，蓋肆而後純，未有無法以致此者，亦在達吾自然之理，以鳴其心之可告天下而已。（顧亭林曰：古來以文辭欺人者，莫若謝靈運，次則王維。靈運身爲元勛之後，襲封國公。宋氏革命，不能與徐廣、陶潛爲林泉之侶，既爲宋臣，又與廬陵王義真欵密。至元嘉之際，累遷侍中，自以名流應參時政，文帝惟以文義接之，以致觖望。又上書勸伐河北，至屢嬰罪劾，興兵拒捕，乃作詩曰：「韓亡子房奮，秦帝魯連耻。本自江海人，忠義動君子。」及其臨刑，又作詩曰：「龔勝無餘生，李業有終盡。」若謂欲效忠於晉者，何先後之矛盾乎？史臣書之以逆，不爲苛矣。王維爲給事中，安禄山陷兩都，拘於普施寺，迫以僞署。禄山宴其徒於凝碧池，維作詩曰：「萬户傷心生野煙，百官何日再朝天？秋槐葉落空宫里，凝碧池頭奏管絃。」賊平，下獄，或以詩聞於行在，其弟刑部侍郎縉請削官以贖兄罪。肅宗乃特宥之，責授太子中允。唐僖宗光啓二年出奔，朱玫立襄王，逼李拯爲翰林學士。拯既污僞署，心不自安。時朱玫秉政，百揆無叙，拯嘗退朝，駐馬國門，爲詩曰：「紫宸朝罷綴鵷鸞，丹鳳樓前立馬看。惟有終南山色在，晴明依舊滿長安。」吟已涕下。及王行瑜殺朱玫，襄王出奔，拯爲亂兵所殺。二人之詩同，一死一不死，而文墨交遊之士多護王維，如杜甫謂之「高人王右丞」，天下有高人而仕賊者乎？今有顛沛之餘，投身異姓，至擯斥不容，而後發爲忠憤之論，與夫名汙僞籍而自託乃心，比於康樂、右丞之輩，吾見其愈下矣。末世人情彌巧，文而不慙，固有朝賦《采薇》之篇，而夕有捧檄之喜者。苟以其言取之，則車載魯連、斗量王蠋矣。曰是不然。世有知言者出焉，則其人之真僞，即以其言辨之而卒莫能逃也。《黍離》之大夫，始而摇摇，終而如噎，既而如醉，無可奈何，而付之蒼天者，真也。汨羅之宗臣，言之重，詞之複，心煩意亂，而其詞不能以次者，真也。栗里之徵士，淡然若忘於世，而感（惜）〔憤〕之懷，有時不能自止，而微見其情者，真也。其汲汲於自表暴而爲言者，僞也。《易》曰：「將叛者，其辭慙；中心疑者，其辭枝；失其守者，其辭屈。」《詩》曰：「盜言孔甘，亂是用餤。」夫鏡情僞、屏盜言，君子之道，興王之事，莫先乎此。）此固胥古今中外由之而可不失馳者也，而敢爲淫曼以取喪心之譏乎？

文體

駢散之互相詆毁，甚於敵國，莫能相下。然漢之高文稱兩司馬，唐則宣公、昌黎，如嵩華二山齊高海内。惟六朝偏於駢而宋偏於散，元明以還，皆祖宋而祧六朝，名散文曰「古文」，而駢文一道遂與俳優並畜，非世所重矣。宋人好爲過高之論，其非班馬之手，稍講風韻者，輒詆爲齊梁小兒所作，故其時風氣，日趨於虚矯，而尚馳騁一派，尚演迤沖融又一派，無言枚、揚麗則之學者，間或有之，亦寥落如晨星。抑且風格卑弱，僅拾唐人小賦之遺，多好用成語湊合，務於奇趣横生而止，故每落小樣也。（朱無邪氏曰：駢文萌芽於周秦，其體於漢魏崔、蔡諸公體格已成，建安近東漢，西晉近建安，故魏晉自爲一類，東晉與劉宋自爲一類，永明已後，益趨繁縟，至蕭梁諸帝王之作，而靡麗極矣。然徐、庾清新富贍，爲駢文正軌，惟時代遞降，體製不能無殊。由徐、庾而爲四傑，再變而爲義山，又變而爲宋人，故義山者，宋人之先聲也。宋人名駢文曰「四六」，其名亦起於義山，見《樊南甲、乙集自序》。四字六字，相間成文，劉宋、蕭齊已下乃如此。至趙宋而此風遂盛，彭文勤有《宋四六選》，飛書馳驛，取其易曉，而風格乃益卑耳。）有明一代，更無足觀，其稍露芳華者，太倉張天如、雲間陳卧子數人而已，餘如王、唐、茅、歸、方皆以古文自命，於駢文未嘗問津。公安、竟陵體尤纖僻，有乖閎雅沈博絶麗之作，蓋無所有馴。

至我朝，最重文化，兩開鴻博，彪文魁藻。世有其人，然審其文品，亦如唐人論詩，有初、盛、晚之分。迦陵濡染家學，南史最熟，文亦如之。（陳維崧字其年，號迦陵，江蘇宜興人。康熙乙未召試鴻詞科，由諸生授檢討，相傳爲善卷山中聽經猿再世云。）西堂熟於《騷》、《選》，擬《騷》及遊戲文獨工，雖或有傷大雅，以之發起初學則可。（尤侗字同人，更字展成，號艮齋。康熙戊午召試博學鴻儒，聖祖親擢五十人，悉入翰林。先生年最長，入院以齒序，四十九人皆坐其下。嘗刻二語於堂楹曰：「真才子章皇天語，老名士今上玉音。」觀者榮之。著有《西堂雜俎》等書行世。）園次才弱，（吳綺字園次，江都人。由貢生薦授中書舍人，歸官後贖廢圃以居，凡索詩文者，多以花木竹石爲潤筆資，不數月成林，因名「種字林」。）豈績又遁爲別調，（章藻功字豈績，錢塘人。康熙癸未進士，官庶吉士，有《思綺堂集》。）皆不逮也。自邵荀慈（名齊燾，號叔寧，江蘇昭文人。乾隆中葉，海內能爲東京、六朝、初唐之文者，首稱邵先生荀慈。乾隆七年第進士，其闈中文騰播輦下，人皆口傳以熟。後有效者即弋獲，時目爲「邵體」。有《玉芝堂文集》）、王芥子（名太岳，字基平，與荀慈同舉進士。弱冠入翰林，官雲南布政使，滇人祀之七賢祠。著有《清虛山房集》）、劉圃三（名星煒，字映榆，武進人，乾隆三十年進士。著有《思補堂集》）、吳穀人（名錫麒，字聖徵，錢塘人。乾隆四十年進士，由編修官至祭酒。所著《有正味齋集》，高麗使臣出餅金爭購，厰肆爲之一空）、曾賓客（名燠，字庶蕃，南城人，乾隆四十六年進士。文擅六朝、初唐之勝，晚年尤多健作，山尊所選，蓋未盡其美云）、吳山尊（名鼒，字及之，安徽全椒人。嘉慶四年進士，官侍讀學士，少爲宋文正公激賞，謂合丘遲、任昉爲一手。著有《夕葵書屋集》）外，其尤負重名者，則莫如胡稚威天游（天游號雲持，榜姓方，後始復姓，山陰人。雍正癸卯副貢生，乾隆丙辰任尚書蘭枝薦舉博學鴻詞科。才名冠一時，四方文士雲集，每稠人廣座，援筆輒數千言，文成奧博，見者嗟服。時袁簡齋同應召試，獨心折先生曰：「吾於稚威，則師之矣；於元木、循初，則友之矣；若其他某某，則事我者也。」元木者，周君大樞，一字元牧，稚威同縣人；循初者，萬君光泰，號柘坡，乾隆丙辰舉人）、袁簡齋枚（枚字子才，錢塘人。乾隆三年舉於鄉，次年成進士，選庶吉士。年甫四十，遂絶意仕宦，開隨園江寧城西，足跡造東南山水佳處皆遍。其瑰奇幽邈，一發於文章以自喜其意。四方士至江南，必造隨園，投詩文無虚日。先生能以才運情，使筆如舌，世人所欲出不能達者，悉爲達之。故隨園詩文集，上自公卿，下至市井負販，皆重之，海外琉球有來購其書者。仕雖不顯，而世謂百餘年來，極山水之樂，享文章之名，蓋未有及先生者也）、洪稚存亮吉（亮吉，陽湖人。乾隆庚戌進士，賜第二人及第。著有《卷〔施〕閣文集》）、彭甘亭兆蓀（兆蓀，鎮洋人，諸生。有《小謨觴館文集》）四家，然袁近於粗（朱無邪曰：簡齋才筆縱放，勝於荔裳諸人，惟根柢不深，偶用古語，多成贅疣，若《脩于忠肅廟碑》之類，故是傑作。楊揆字荔裳，無錫人，與兄芳燦蓉裳齊名），彭近於嗇（朱無邪曰：甘亭《選》學最深，亦頗爲《選》所累，撏〔撦〕太多，真氣不出，要是駢文正宗），其視胡、洪二家，尚少遜焉。然則言本朝駢學者，當推二稚爲最，其猶盛唐之有李杜乎！他如郭頻伽（名〔麐〕）之故爲拗體，王仲瞿（名曇）之浪戰囂塵，雖亦一時雄陣，而所喪亦不少也。方（名履〔錢〕）〔籛〕，字彦聞，順天大興人，嘉慶戊寅舉人）、董（名祐誠，字方立，一字蘭石，江蘇陽湖人，嘉慶戊寅恩科舉人）已下，至於周荇農（名壽昌，湖南長沙人，道光乙巳進士，翰林院編〔脩〕、内閣學士）、李〔悉〕伯（名慈銘，又號〔蒓〕客，浙江會稽人，光緒庚辰進士，户部郎中）諸家所作，自以爲摹仿東漢，得蔚宗傳贊之遺，然脩整有餘，邊幅益狹，擬其倫品，純乎晚唐。

夫文章關乎運會，東漢清剛簡質，適如東京風尚。建安藻繪而雄俊，魏武偏霸才力，自與六朝不同。晉宋力弱，特多韻致，亦由清談之故。然則文之盛衰，於體格並無與，而貿貿者或欲外駢於散而高下其手，是猶恩甲而仇乙、是夏而非冬也。昔劉孟涂有言：夫駢散之分，非言有參差，實理有濃淡，或爲繪繡之節，或爲布帛之温。其要歸於無異致，推厥所自，俱出聖經。夫經語皆樸，惟《詩》獨華，《詩》之比物也雜，故辭婉而妍；《易》之造象也幽，故辭驚而創，駢語之采色於是乎出。《尚書》嚴重而體勢本方，《周官》整齊而文法多比，《戴記》工累叠之語，繁辭開屬對之門。《爾雅・釋天》以下，句皆殊連，《左氏》叙事之中，言多綺合，駢語之體制於是乎出。

是則文之有駢散，如樹之有枝幹，艸之有花萼，初無彼此之别也。蓋理非不藉辭，辭亦不能外理，而偏勝之弊遂至兩歧，始則土石同生，終乃冰炭相格，求其合而一之者，其惟通方之識、絶特之才乎。上元梅伯言述管異之之言曰：人有哀樂者，面也，今以玉冠之，雖美，失其面矣，此駢體之失也。且謂《哀江南賦》（庾信作。信字子山，南陽新野人。初仕梁，歷官右衛將軍、加散騎常侍。使於周，遂留不遣，累遷驃騎大將軍、開府儀同三司，進爵義城縣侯）、《報楊遵彦書》（徐陵作。陵字孝穆，與庾信齊名，稱曰「徐庾」，見《陳書·徐摛傳》）意皆有限，使有孟、荀、莊周、司馬遷之意，來如雲興，聚如車屯，則雖百徐、庾之詞，不足以盡其一意。吾以爲不然，徐、庾之文，窮形寫態，亦一時絶調，風會使然，有時而變，彼異之，特爲令狐德棻所魅耳。且我朝古文不競，佳者未及唐荆川（唐順之，字應德，武進人。官鳳陽巡撫，謚襄文。爲文洸洋紆折，有大家風，爲茅坤鹿門所心折。鹿門選唐宋八大家文，蓋本之荆川也）、宋景濂（宋濂，字景濂，金華浦江人。官翰林學士，謚文憲。少遊柳貫、黄溍之門，兩人皆亟遜濂，自謂弗如。朱無邪曰：景濂根柢深厚，未出山時尤勝。近人學《史》、《漢》、八家，往往爲其所縛；學周秦諸子，又往往爲其所溺。景濂兼學二者，而無二者之弊，雖亦有膚沓之詞，爲明「臺閣體」濫觴，然精邃處固非後來所及），毋論遺山（元好問，字裕之，太原秀容人，有《遺山詩文集》，事具見《金史》）、道園（虞集，字伯生，三歲即知讀書，有《道園學古録》。《簡明目録》曰：金元之間，元好問爲文章耆宿。迨元之際，則以集爲大宗，其陶鑄群才，固不減廬陵之在北宋也）以上，亦安可是其所能而非其所不能？異之學桐城者耳。桐城古文多規撫震川（歸有光，字熙甫。當七子熾盛之時，有光獨力與之抗，至斥王世貞爲「庸妄巨子」。世貞初亦牴牾，有光既没，世貞漸悟所學之非，故作《有光象贊》，推挹甚深。必謂其方軌韓、歐，談何容易，然根柢醇厚，法度謹嚴，不謂之古文正傳不可也），震川兼師歐、曾，然不逮南豐之厚實，是其家法已可想見。故桐城古文自方（方苞）、姚（姚鼐）而外，微特不逮古人，視國初汪（汪琬，字苕文，號鈍翁，江蘇長洲人，學者稱堯峰先生。順治十二年進士，官編脩，與脩《明史》。嘗與龔端毅鼎孳、李文定天馥、王文簡士禛、陳文貞廷敬、宋尚書犖、劉户部體仁、董侍御文驥等以詩文相切劘。陳公侍直禁廷，聖祖問今能爲古文者其誰，輒舉先生以對）、魏（寧都三魏，伯曰祥，字善伯，改名際瑞，季曰禮，字和公，而叔子先生禧尤著。論者謂江西自歐陽、鄒、魏宗陽明講性學，陳艾依復社工帖括，其聲力氣焰，皆足動一時。易堂起，獨以古文實學爲師，風氣一振，由先生爲之領袖云）諸家，亦往往瞠乎其後。

讀曾文正《歐陽生文集序》，其由桐城而江西，而廣西，而湖南。（略謂姚先生晚主鍾山講席，門下著籍者，上元有管同異之、梅曾亮伯言，桐城有方東樹植之、姚瑩石甫。四人者，稱爲高第弟子，各以所得傳授徒友，往往不絶。在桐城者有戴鈞衡存莊，事植之久，尤精力過絶人，自以爲守其邑先正之法，〔禮〕之後進，義無所讓也。其不列弟子籍，同時服膺，有新城魯仕驥絜非，宜興吴德〔旋〕仲倫，絜非之甥爲陳用光碩士，碩士既師其舅，又親受業姚先生之門，鄉人化之，多好文章。碩士之群從有陳學受〔懿〕叔、陳溥廣敷，而南豐又有吴嘉賓子序，皆承絜非之風，私淑於姚先生，由是江西建昌有桐城之學。仲倫與永福呂璜月滄交友，〔月〕滄之鄉人有臨桂朱琦伯韓、龍啓瑞翰臣、馬平王拯定甫，皆趨步吳氏、呂氏，而益求廣其術於梅伯言，由是桐城宗派流衍於廣西矣。姚先生嘗典試湖南，當時未聞有以文學爲事者，既而巴陵吳敏樹南屏稱述其術，而武（陽）〔陵〕楊彝珍性農、善化孫鼎臣芝房、湘陰郭嵩燾伯琛、〔溆〕浦舒燾伯魯，亦以姚氏爲文家正軌，違此則又何求？最後得湘潭歐陽生，生爲歐陽兆熊小岑之子，受法於巴陵吳君、湘陰郭君，亦師事新城二陳，於是湖南多桐城之學矣。論者謂曾文正善蓄氣勢，實深於班史，故其文能救桐城末流之失，亦篤論也。）

古文之學，賴有諸家爲之似續耳。非謂散文爲文而駢文即非文也，今試取桐城諸家文集，其最有名譽於時者，如惜抱（姚姬傳，有《惜抱軒文集》二十卷）、澹泉（吳殿麟，號澹泉，有《紫石山房文集》十二卷）、伯言（梅伯言，有《柏〔梘〕山房文集》十六卷）、植之（方植之，有《儀衛軒文集》十二卷）、翰臣（龍翰臣，有《經德堂文集》十四卷）、南屏（吳南屏，有《〔柈〕湖文集》十二卷）及異之（有《因寄軒文初集》十卷，《二集》二卷，《補遺》一卷）等所著，與《湖海樓》（陳其年著）、《石笥山房》（胡雲持著）、《玉芝堂》（邵荀慈著）、《隨園》（袁子才所著耳）、《卷〔施〕閣》（洪稚存著）、《問字》（孫淵如有《問字堂集》）、《儀鄭》（孔羿軒有《儀鄭堂集》）各家而衡論之，亦何渠不若漢？

汪鈍翁，古文巨子也，而心折迦陵，以爲唐以前不敢知，自開、寶後七百年無此等著作矣。竇東皋古文法退之，制藝如古傳注，而喜《煙霞萬古樓集》（王曇仲瞿著），評所撰《西楚伯王廟碑》曰二千年來無此等手筆矣。李天生上《陳情表》，論者與葉忠節公映榴《絶命疏》並稱，謂爲本朝兩大文章。天生之文固駢體也，即異之自作《檀默齋祭文》有云：「劃然長嘯，風回蒼穹；奮袂而談，天地爲空。」又云：「君身黄泉，君名山斗。陷君者誰？蠅營狗苟。」皆彼集中得意之筆，固亦不能冠玉之誚，而又何容敝帚自矜耶？

夫文辭一術，體雖百變，道本同源，分馳揚鑣，各隨所詣。故駢之與散並派而爭流，殊塗而合轍，劉孟（塗）所謂「千枝競秀，乃獨木之榮；九子異形，本一龍之産」，斯言得之矣。蓋駢中無散，則氣壅而難疏；散中無駢，則辭孤而易瘠。兩者但可相成，不能偏廢，何則？古人本不分駢散，東漢以後，駢文之體格始成；唐以後，古文之名目始立。學者第當各隨所近以求之，無容是丹非素，惑於一時目論而有所低昂焉，則庶乎其不孟浪矣。

原經世之文

史志别立詔令、奏議一門，以收潤色鴻猷之作。周秦以前無論矣，兩漢詔制，號稱簡嚴。（如高帝入關告諭父老，財百餘言，而暴秦之弊爲之一洗；爲義帝發喪告諸侯，申大義以動天下之心，足孤楚項之勢；《罷兵詔》亦事理曲盡，《求賢詔》尤開國首務，議論叙事，體備衆妙。文帝《賜南粤王佗書》開示恩信，洞達光明，得帝王駕馭荒服之道，故不煩一旅而南粤稱臣，外如《日食求言詔》、《除誹謗訞言之令詔》、《賜民田租之半詔》、《勸農詔》、《勞賜三老孝悌力田詔》、《除肉刑詔》、《策賢良詔》，其言皆藹然懇切，猶見古人風旨。景、武以來，稍事經營結構，然武帝大略雄才，自期廣遠，即位之始，首制《賢良三策》，理致邃淵；元光五年，復策賢良，詞益古麗，時擢公孫弘對爲第一；其《賜齊王閎》等策能使聽者凛然，《報李廣書》峻厲中含有隱約語，如「將軍其率師東轅，弭節白檀，以臨右北平盛秋」諭邊辭色，尤壯絶一時，《察舉茂材異等詔》不滿百字，而精悍奇矯，獨見雄略本色，《罷屯輪臺詔》讀之如嚴寒霜雪之後陽和忽轉，萬象皆春。宣帝總核名實，其《令郡國歲上囚繫詔》、《令二千石察官屬詔》，皆用心忠恕，史稱「侔德殷宗周宣」，諒堪無愧。元帝《地震赦天下詔》用意樸至，有文、景之風，《罷珠崖詔》亦懇惻之情溢於言表。第五倫每見光武詔書，常嘆曰：「此聖主也，當何一得見，決矣！」今讀其再三《賜竇融書》，廟算明遠，河西情事，如在几席之間，外如《勅馮異詔》、《讓劉（向）〔尚〕》，皆主意仁厚，可謂王者之師、仁人之言。明帝《祀明堂詔》、《爵李躬桓榮詔》皆三代盛典，永平六年《獲寶鼎詔》謂自今若有過稱虚譽，尚書皆宜抑而不省，示不爲諂子蚩也，此與光武《詔上書不得稱聖》同。章帝《賜東平瑯琊二王書》訓辭深厚，讀之令人惻然；《論五經同異詔》尊廣道藝，得繼往開來之義，漢世經學脩明，由於主德，功不獨諸儒也。和、順以後，人主雖有善意，而辭氣稍衰薄矣。）

魏之三祖（謂武帝、文帝、明帝也），文藻翩翩，然華縟有餘，氣體不振，（案魏武偏霸，才尤傑出，不在此論。）已開江左浮靡之漸。如《鵜鶘集靈芝池詔》、《論封禪詔》，皆似有意爲之，雖復古雅峭潔，畢竟與西京詔令有別。馴至蕭梁諸帝，輕麗更甚，觀武帝與何點、謝朏諸勅，勤懇之情形於簡牘。簡文《答徐摛》亦清雋有風致，所恨骨力太卑，少沈鬱之色耳。隋唐而後，更遁爲別調，然由是朝廷詔制皆出承明之手，一二才藻之士承乏其間，更相摹倣，名曰臺閣體裁，自兩宋以下皆然。司馬温公自謂不能四六，蓋以此也。至明而其詞愈益膚沓，世以麒麟楦目之，黄虞稷《千頃堂書目》至欲移制告於集部，良非無因。雖然，涣號明堂，義無虛發，治亂得失，於是可稽，此政事之樞機，非僅取隆文墨也。蓋經世之道，首重王言，古人所以有綸綍之比，其次則無如章奏，爲大講求有用之業者，固不可以不明辨焉。

夫禹謨伊訓，先聖格言；五誥三盤，興王讜論，皆經先師手定，尊之曰經，不在文章之列。洎乎國僑有辭，晏嬰善諷，宣傳諫草，肇自春秋，七王並爭，策士如鯽，而蘇、張揣摩當世，筆力尤高。秦時有巡狩所經諸石刻（李絳曰：自堯舜禹湯文武並無建碑之事，至秦始皇乃於之罘、嶧山勒石紀功，然近侈妄，不足爲法。按《越絶書》有百蟲將軍碑，謂指柏翳；衡山有岣嶁碑，謂是禹迹，恐皆後人僞託也，故深之云然），大抵皆出上蔡之手。而呂書懸金國門，不能增損一字，雖係著述之體，而文經進御要，可相提而論。

漢興有賈誼（誼，雒陽人，以爲漢興二十餘年，宜當改正朔、易服色制度，定官名、興禮樂，乃草具其儀法，色上黄，數用五，悉更奏之，文帝謙讓未皇也，然諸法令所更定及列侯就國，其説皆誼發之）、鼂錯（錯，潁川人，學申商刑名於軹張恢生。孝文時拜太子家令，賈誼已死，對策者百餘人，唯錯爲高第，遷中大夫。景帝即位，爲御史大夫。後七國反，以爰盎言，衣朝衣斬於東市。錯雖不終，世哀其忠云）之策，嚴助（助，會稽吴人，嚴夫子子也。是時公孫弘起徒步，數年至丞相，開東閣延賢人，與謀議朝覲奏事，因言國家便宜。上令助等與大臣辯論，中外相應以義理之文，大臣數詘）、徐樂（燕郡無終人）、主父偃（齊臨菑人，上書闕下，所言九事，其八事爲律令，一事諫伐匈奴。是時徐樂、嚴安亦俱上書言世務，書奏，上召見三人，謂曰：「公皆安在？何相見之晚也。」）之書，其筆勢奇縱，語兼吐納，猶有策士餘風，獨江都三策，置對詳明，得道術之正。（案武帝初立，魏其武安侯爲相而隆儒矣，及仲舒對策推明孔氏，抑黜百家，立學校之官，州郡舉茂材孝廉，皆自仲舒發之，老年以壽終於家。）劉向（向字子政，本名更生，楚元王後也。成帝時王鳳倚太后專國權，兄弟七人皆侯，上無繼嗣，災異寖甚。向乃集古今符異條目，號《洪範五行傳論》上之，終不能奪。遂上封事極諫，宗臣忠悃，義形於色矣）、鮑宣（宣字子都，勃海高城人。哀帝時爲諫大夫，拜司隸。時丁傅子弟並進，董賢貴幸用事，宣常諫爭。王莽秉政，惡漢忠直臣不附己者，宣坐死）之作，亦時吐忠悃，非杜欽（欽字子夏，南陽杜衍人，與茂陵杜鄴同姓字。史稱欽浮沈當世，好謀而成，以建始之初深陳女戒，終如其言，庶幾《關雎》之見微，非浮華博習之徒所能規也）、谷永（永字子雲，長安人，官至大司農。永數上封事，尤善言災異，然專攻上身與後宫，而黨於王氏，杜欽、杜鄴對策亦然，俱無取焉。論者謂《美秦劇新》一篇，亦谷子雲筆，恐未必然）輩可比。吾於兩漢建言之士，獨怪叔孫制儀多雜秦舊，王袞議禮輒用緯書語，以純王之治殊多慙歉。惟諸葛公雖雜用申、韓而《出師》兩表高絶天下，蓋由才識起而詞理達也。

魏司馬朗井田之議，至易世而後行。（《魏志》：司馬朗謂往者以民各有累世之業，難中奪之，今乘大亂之後，民人分散，土業無主，皆爲公（州）〔田〕，宜及此時復之。當世未之行也，及拓跋氏有中原，令户絶者墟宅桑榆盡爲公田，以給授而口分，世業之制自此而起，迄於隋唐守之。）晉武不聽郭欽從戎之策，禍在眉睫。（《日知録》曰：劉元海五部離散之餘而卒能自振於中國者，爲少居内地，明習漢法。非但元海悦漢，而漢亦悦之。一朝背誕，四民響應，遂鄙單于之號，竊帝王之名，賤沙漠而不居，擁平陽而鼎峙者，爲居漢故也。向使元海不曾内徙，（正）〔止〕當劫邊人繒綵、麯蘖以歸陰山之北，安能使倡亂邪？甚矣郭欽之有先識也。）言之用與不用，殆亦關運數乎。

蘇綽仿六經作《大誥》，而文體遂變。（《北周書》曰：晉季文章競浮華，遂成風俗。太祖欲革其弊，因魏帝祭廟，群臣畢至，乃命綽爲《大誥》，奏行之，其詞曰：「中興十有一年仲夏，庶邦百辟，咸會於王庭。柱國洎群公列將，罔不來朝。時乃大稽百憲，敷於庶邦，用綏我王度。」自是之後，文筆皆依此體。）至唐以張説、蘇頲爲大手筆，並稱燕許（史稱説掌文學之任三十年，朝廷大手筆皆承中旨撰進。頲與説稱望略等，時號燕許。李德裕曰：近世詔誥，惟頲叙事外自爲文章云），而孫逖亦有時名（逖掌誥八年，制勑所出，爲時流歎服，議者以爲自開元以來，蘇頲、齊澣、蘇晉、賈曾、韓休、許景先及逖爲王言之最，逖尤苦思，文理精練）。若□魏徵輔太宗，《十思》、《十漸》，格其非心，持論不外乎恭儉。（帝謂徵曰：「朕今聞過能改，庶幾克終善事，若違此言，更何顔與公相見？復欲何方以理天下？自得公疏，反覆研尋，深覺詞强理直，遂列爲屏障，朝夕瞻仰，又録付史館，冀千載之下識君臣之義。」）陸贄議宥河北以完京畿，而務在通人志。（時馬燧討賊河北，久不決，請濟師，李希烈寇襄城。詔問策安出，贄言：「勞於服遠，莫若脩近。幽燕恒魏之勢緩而禍輕，汝洛滎汴之勢急而禍重。陛下幸聽臣計，使李芃還軍援洛，李懷光救襄城，希烈必走。凡京師税間架、榷酒、抽貫、貸商，點召之令，一切停之，則端本整棼之術。」帝不從，後涇師急變，贄言皆效。）李絳議招河北以安天下，而務在協機宜。（魏博田季安死，子懷諫弱，軍中請襲節度。李吉甫議討之，絳曰：「不然，兩河所懼者，部將以兵圖己也，故委諸將總兵，皆使力敵勢均以相維制，不得爲變。若主將强則足以制其命，今懷諫方乳臭，不能事，必假權於人，惟陛下蓄威以俟之。」俄而田興果立，以魏博聽命，帝大悦。絳復曰：「王化不及魏博久矣，一日挈六州來歸，不大犒賞，心不激，請人斥禁錢百五十萬緡賜其軍。」從之。絳之明識類如此。）此皆救時之相，識議閎遠，朝廷倚賴，非如令狐楚輩僅以章奏擅長者也。（令狐楚爲太原掌（祀）〔記〕，鄭儋在鎮暴卒，不及指揮後事，軍中諠譁，將欲有變。中夜忽數十騎持刃迫楚至軍門，諸將逼令草遺表。楚在白刃之中，搦管立成，讀示三軍，無不感泣，由是名聲益重。）

至若包孝肅奏議，則汪玉山序之（凡十卷，其門人張田所編，分三十門）；范文正奏議，則韓忠憲序之（其裔孫能濬《後序》云舊本《忠宣集》二十卷，獨闕奏議。明嘉靖中，始復梓行），忠憲又自序《諫垣存稿》（按《安陽集》五十卷，《存稿》在，慶曆二年序。公嘗自謂：「琦在政府，歐陽永叔爲翰林，天下文章，莫大乎是。」是真能見文章之本矣。故是集所載，詞華不在歐、蘇諸人上，而足以籠罩諸人。）至富鄭公劄子（公好善嫉惡，出於天性，常言君子小人並處，其勢必不勝。神宗時，王安石用事，因疾求退，雖家居，凡朝廷利害，必切直言之），歐陽文忠《從諫集》（按公之文，惟《居士集》五十卷爲所自定，其餘别集、奏議、内外制集、從諫集之類，皆他人掇拾而成），劉器之《盡言集》（名安世，爲諫官時，人目爲殿上虎。朱子作《名臣言行録》，於王安石、吕惠卿皆有所節取，獨安世以嘗劾程子，斥之不得登一字，然此集自在天地間也），《李忠定奏議》（凡六十卷，末附《靖康傳信録》、《建炎進退志》、《建炎時政記》共三卷，第四卷以下皆綱所爲制詔表劄也），則皆以通經學古爲高，以救時行道爲賢，以犯顔諫諍爲忠。宋之士氣殆遠過漢唐，不得以空談虛理少之。

明代奏疏亦不下數十家，而碩畫讜論與明暢時弊者，則當以商文毅（《簡明目録》曰：《商文毅疏稿略》一卷，其子良年編，凡三十三篇，《明史》本傳所載諸疏咸在。劾汪直一疏較史爲詳。其言邊務二事一疏史佚不載：其一論養軍莫善於屯田，其一論守京城不如守關、守關不如守邊，尤碩畫也）、王端毅（《簡明目録》曰：《王端毅奏議》十五（篇）〔卷〕。端毅名恕，歷仕四十五載，凡上三千餘疏，此集其汰而存之者也。大抵質實明暢，於時弊多所指陳）爲首。張太岳相神宗，進《帝鑑》，圖古帝王可法者八十一事，爲戒者三十六事，而列説於其後，皆明白簡易，使童孺可曉，亦一時奇作也。（史稱江陵爲救時之相，如請詞林入直，則清讌無荒；請宫費裁省，則國用以裕；任曾省吾、劉顯，則都蠻悉平；用李成梁、戚繼光，而邊陲坐拓，皆不易及也。）劉宗周（按念臺之學，以姚江爲宗旨，而不取其猖狂；以東林爲氣類，而不入其朋黨。流芳史册，爲明末完人。其文章皆有物之言，亦足千古，有《蕺山集》十七卷）、黄道周（有《榕壇問業》十八卷，其言出入經典，博綜事物，不但爲性命空談。所上懷宗疏，多有濟時艱，雖屢遭嚴斥，亦所不避），尤稱忠鯁，抑亦勝朝之後勁矣。

至乃天文曆算，有唐都、洛下之言；郡國水道，傳劉昭、道元之注。或假賢良文學而著論，或因流離疾苦而呈圖，或謀急治生而齊民著術，或體兼諷諭而逸黨成詩，以及昌言衆言。《通志》、

《通攷》，歷朝沿革，州縣提綱，資爲舊聞，題曰《廣記》，類皆留心實政，抒其閱歷之所得。故或專門選述，或名山副藏，雖語有純疵，識難周徹，而取其一節，録其一長，變通而審用之，則於經世之道，思過半矣，豈與夫風雲月露累牘連篇、刺刺不休迄無體要者同類而遺譏哉？

原壽世之文

昔魯臧文仲稱「三不朽」，曰「立德、立功、立言」。杜元凱曰：「立德不可以企及，立功、立言可庶幾乎。」（後預以平吴功進爵當陽縣侯，著《春秋左氏經傳集解》等書行世，卒如其言。）魏叔子無後，嘗自稱曰「後我者文章也」。胡雲持亦曰：「古今人皆死，惟能文章者不死。雖有聖賢豪傑瑰意琦行，離文章則其人皆死。」然則文章者，固讀書真種子，將傳播於無窮世界，豈惟苟延旦夕、作年烈一劑續命湯乎？亦積善道德以令之不敗耳。宣聖之書豈有假有仲舒（鍾離意爲魯相，到官出私錢萬三千文付户（漕）〔曹〕孔訢脩夫子車，身入廟拭几席劍履。男子張伯除堂下草，土中得玉璧七枚，伯懷其一，以六枚白意，意令主簿安置几前。孔子教授堂下牀首有懸甕，意召孔訢問其何甕也，對曰：「夫子甕也，背有丹書，人莫敢發也。」意曰：「夫子聖人之所以遺甕，欲以懸示後賢。」因發之，中得素書，文曰：「後世脩吾書，董仲舒；護吾車、拭吾履、發吾笥，會稽鍾離意；璧有七，張伯懷其一。」意即召問伯，果服焉）而既晦乃明？千年龍光，終當復出，非尋常綴文家所能齊其年算也。

顧文之傳否，亦有幸不幸焉。秦火而後遭厄者凡十有一（説見甲編），其保於灰燼斷爛之餘者，蓋千不一二焉。太史公曰：士之磨滅而名不彰者，何可勝紀？豈獨近世爲然哉？風后之《握奇》也（《簡明目録》曰：舊本題風后撰、漢公孫弘解、晉馬隆述讚。《漢志》、《隋志》、《唐志》皆不載，《宋志》始著録。詳考其文，蓋因唐獨孤及《八陣圖記》而依托爲之也，然其言具有條理，流傳四五百年，爲談兵者所祖），岐伯之《素問鍼經》（漢張仲景撰《傷寒雜病論》，云「撰用《素問》」，是則《素問》之名，著於《隋志》，上見於漢代也。自仲景已前，無文可見，莫得而知），子夏之《易傳》（舊本題卜子夏撰。按晁説之《傳易堂記》稱今號爲子夏傳者，乃唐張弧之《易》。朱彝尊《經義考》證以陸德明《經典釋文》、李鼎祚《周易集解》、王應麟《困學紀聞》所引皆今本所無，德明、鼎祚猶曰在張弧以前，應麟乃南〔宋〕末人，何（日）〔以〕當日所見與今本又異。然則今本又出僞托，不但非子夏書，亦並非張弧書矣），伍員之《越絶》也（隋、唐《志》皆云子貢作，《崇文總目》仍之。然案書末《叙外傳記》以廋詞隱其姓名，其云「以去爲姓，得衣乃成」，是袁字也；「厥名有米，覆之以庚」，是康字也；「禹來東征，死葬其鄉」，是會稽人也；又云「文詞屬定，自於邦賢，以口爲姓，承之以天」，是吳字也；「楚湘屈平，與之同名」，是平字也。然則此書爲會稽袁康所作，同郡吳平所定也），其得並傳於今者，皆後人贗之以行，而非當時真筆也。

《陰符》不言三皇，而李筌稱黃帝之書。（案《隋書·經籍志》有《太公陰符鈐録》一卷，又《周書陰符》九卷，皆不云黃帝。《集仙傳》始稱唐李筌於嵩山虎口巖石室得此書，題曰「大魏真君二年七月七日道士寇謙之藏名山，用傳同好」，已糜爛。筌鈔讀數千徧，竟不曉其義，後於驪山逢老母，乃傳授微旨，爲之作註，其説怪誕不足信。胡應麟《筆叢》謂蘇秦所讀即此書，故書非僞，而託於黃帝，則李筌之僞也。）《山海經》本無撰人，而後人以爲大禹。（《吳越春秋》曰：「禹東巡登南嶽，得金簡玉字通水之理，遂行四瀆與共謀，所至使益疏而記之，名《山海經》。」司馬遷曰：「言九州山川，《尚書》近之矣，至《禹本紀》、《山海經》所書怪物，余不敢言之也。」而《文獻通攷》以爲大禹製、漢劉秀校、晉郭璞傳。）果皆幸逃於秦火歟？

《爾雅》之見顯於世也，初發之終軍。（漢武時，得豹文鼠，孝廉郎終軍曰名「鼮鼠」，見《爾雅》，賜絹百疋，人爭受《爾雅》之業。）司馬子長作《史記》，所據不過七八種書，夾（傺）〔漈〕以爲其博不足，古書之亡多矣。「藏之名士，傳之其人」，談何容易？

茂（林）〔陵〕遺稿，没則誰傳？（相如既病免，家居茂陵。天子曰：「司馬相如病甚，可往從悉取其書。」使所忠往，而相如已死，家無遺書，問其妻，對曰：「長卿未嘗有書也，時時著書，人取去。長卿未死時，有一卷書，曰『有使來求書，奏之』。」言封禪事。）子雲之歎童烏（《法言》：苗而不秀者，其吾家之童烏乎？九齡而與吾玄文），伯喈之付文姬（《後漢書·列女傳》：曹操問曰：

「聞夫人家先多墳籍，猶能憶識之不？」文姬曰：「昔亡父賜書四千許卷，流離涂炭，罔有存者，今所誦憶裁四百餘篇耳。」操曰：「今當使十吏就夫人寫之。」文姬曰：「妾聞男女之別，禮不親授，乞給紙筆，真草唯命。」於是繕書送之，文無遺誤），僅寄一線之延於小弱子女，不大可危乎？

李長吉詩集爲嫉者所毁矣（《幽閒鼓吹》稱賀遺詩爲其表兄投溷中，故流傳者少），陳無己編年書則外家懼而棄之矣（《宋史·文苑傳》：陳師道，家履常，字無己，彭城人。受業曾鞏之門，又學詩於黄庭堅。元祐初以蘇軾薦徐棣州教授，後召爲秘書省正字），姚鉉所著文，有冀其速壞而縱火以焚者矣（鉉字寳之，廬州合肥人。謫居連州，常寫所著文百卷，好事者於縣建樓貯之，多遣吏寫録，吏以爲苦，以鹽水噀之，冀其速壞，縱火焚樓），此皆古今恨事，欲補救而無從，轉不如向秀之以盜而見存（劉義慶《世説新語》曰：注《莊子》者數十家，莫能究其旨統。向秀於舊注外別爲解義，妙演奇致，大暢玄風，惟《秋水》、《至樂》二篇未竟而秀卒。秀子幼，其義零落，然頗有別本遷流。時有河南人郭象者，爲人行薄，以秀義不傳於世，遂竊以爲己注，乃自注《秋水》、《至樂》二篇，又易《馬蹄》一篇，其餘衆篇或點定文句而已），張霸之以僞而獲用（漢成帝徵古《尚書》，而霸僞造《舜典》百餘篇上之，後事發，霸幾死。然成帝卒以此奇霸，釋其罪，且不廢其經）。

吉光片羽，識者以爲尚在人間也，然吾獨怪微之不識太白，永叔不喜杜詩，老泉不喜揚子，坡公不喜《史記》；崔浩不許《老子》，謂其不近人情，必非老子之作；王安石不信《春秋》，謂爲斷爛朝報。倘決得失於一夫之目，而聽其去取，則此卷何以長留天地間乎？况爲者牛毛，成者麟角，文士一生心血，後人尤當寶愛。

今高山深谷，不必有杜征南之碑（杜預好爲後世名，嘗言「高岸爲谷，深谷爲陵」，刻石爲二碑，紀其勳績。一沈萬山之下，一立峴山之上。曰：「焉知此後不爲陵谷乎？」事見《晉書》本傳），而要之光芒萬丈，終不可泯没（昌黎詩云：「李杜文章在，光芒萬丈長。」）。司馬遷之《史記》，則得其外孫楊惲以傳（劉知幾《史通》曰：「孝武之世，太史公司馬談錯綜古今，勒成一書，其意未就而卒，子遷乃述父遺志，作《史記》百三十卷，藏諸名山，副在京師，以俟後聖君子。至宣帝時，遷外孫楊惲祖述其書，遂宣布焉，而十篇未成，有録而已。元、成之間，褚先生更補其闕）。昌黎之集（序云：長慶四年冬，先生没。門人隴西李漢辱知最厚且親，遂收拾先生遺文，無所失墜，得共四十一卷，目爲《昌黎先生集》，傳於代）、考亭之集（《理學宗傳》曰：黄幹，字直卿者，不輕），皆以其婿傳。歐（案惟《居士集》爲脩所自編，其餘皆出後人裒輯。其歐陽氏傳家本則歐陽棐所編次者）、蘇（今考軾集在宋世原非一本，多毁於靖康之亂。陳振孫所稱有杭本、蜀本，又有軾曾孫嶠所刊者）以子與孫傳。白樂天至以僧傳（《長慶集》別録三本，一寘東都聖善寺律庫中，一置廬山東林寺經藏中，一置蘇州南禪院）。

然則桓譚之識《太玄》(或謂桓譚曰：「子常稱揚雄書，豈能傳於後世乎？」譚曰：「必傳，顧君與譚不及見也。凡人賤近而貴遠，親見揚子雲，禄位、容貌不能動人，故輕其書。昔老聃著虚無之言兩篇，薄仁義、非禮學，然後世好之者，尚以爲過於五經，自漢文、景之君及司馬遷皆有是言。今揚子之書，文義至深而論不詭於聖人，若使遭遇時君，更閲賢知，爲所稱善，則必度越諸子矣。」)，昌黎之許魁紀公(紹述既殁，從其家求書，得號魁紀公者凡若干卷，不蹈襲前人一言一句，爲之銘曰：「惟古於詞必己出，降而不能乃剽賊。後皆指前公相襲，從漢迄今用一律。寥寥久哉莫覺屬，神徂聖伏道絶塞。既極乃通發紹述。文從字順各識職，有欲求之此其躅。」)，並不爲過，辛苦而得者，其有必長。故雖禁之(熙寧以來，蘇、黄之文，其范鎮、沈括之雜説，一切禁之)、厄之(魏了翁言：「江亢叔所藏爲僕竊入於安陸張氏者，俱厄於火。」李端叔言：「宋綬家藏書亦爲火所盡。」)、磨滅之(顔清臣《祖將軍碑》，九江守磨去之，另刻德政，歐陽詹吊之。昌黎《平淮西碑》仆之，另鐫段文昌作)、散失之(沈約撰《晉書》，條流雖舉而採掇未周，遇盗失去第五帙。陸倕失《漢書・五行志》四卷，暗寫還之)，而得失自□□知千古毫不假借。

總之，各隨其所詣淺深，以爲壽夭耳。有總集以存一代之文，有别集以存一人之文，甚至爲杜工部存現一首(《日知録》引李因篤語曰：「《通鑑》不載文人，杜子美若非『出師未捷』一詩爲王叔文所吟，則姓名亦不登於簡牘矣。」)，爲崔信明存其一句(《唐書》：崔信明以門望自負，嘗矜其文，謂過李百藥。揚州（隸）〔録〕事參軍鄭世翼遇信明於江中，謂信明曰：「聞君有『楓落吳江冷』句，願見其餘。」信明欣然多出衆篇，世翼覽未終曰：「所見不逮所聞。」投諸水，引舟去。他如薛道衡有「空梁落燕泥」，王胄有「庭草無人隨意（緑）〔録〕」，韓翃有「春城無處不飛花」，潘大臨有「滿城風雨近重陽」之類，皆以一句傳者）。「謝朝華於已披，啓夕秀於未發」，斯文未喪，豈伊異人？善學者其可以深長思矣。雖然，（螭）〔蟪〕蛄縱得鯤鵬之壽，其能止於啾啾之鳴也，蓋年可假而性質不可變。丁敬禮使曹子建潤色其文，以謂「後世誰知定吾文者」，是有意於欺世也，可乎哉？可乎哉？

文品

嘗讀亭林先生《與友人書》曰：「中孚（關中李二曲名〔顒〕，字中孚）爲其先妣求傳再三，終已辭之。蓋止爲一人一家之事而無關經術政理之大，則不作也。」誠哉言乎！抑可謂能自愛重矣。「韓文公起八代之衰，若但作《原道》、《原毁》、《爭臣論》、《平淮西碑》、《張中丞傳後序》諸篇，而一切銘狀概爲謝絶，不誠近代之山斗哉？」

我嘗求之揚子雲氏矣，蜀富人齎十萬錢，願載於《法言》，不聽也。又嘗求之韋貫之氏矣，裴均子投縑帛（方）〔万〕疋，求爲碑志，不屑也。又嘗求之穆伯長氏矣，亳豪士遺五百金，求載其名廟記，不許也。又嘗求之胡汲仲氏矣，羅司徒以金錠求撰文，不顧也。又嘗求之虞伯生氏矣，南昌富人奉五百金求銘，不從也。文之可貴，自以其人，「此腕可斷，此制不可草」（唐韋貽範爲相，多受人賂，許以官。既而以喪罷去，日爲債家所譟，故汲汲於起復。日遣人詣兩中尉樞密及李茂貞求之，上命韓（翃）〔偓〕草制。（翃）〔偓〕曰：「吾腕可斷，此制不可草。」即上疏論之），愛惜其文逾於身命矣。司空圖隱居中條山，王重榮父子雅重之，嘗爲作碑，贈絹數千匹，圖置虞鄉市，人得取之，一日盡。既不有其贈，而受之何居，不得已也，是又其次也。然以視班生受金（柳虬注《困學紀聞》：受金事未詳），陳壽求米（《晉書・陳壽傳》：丁儀、丁廙有盛名於魏，壽謂其子曰：「可覓千斛米見與，當與尊公作佳傳。」丁不與之，竟不爲立傳），人品相逕庭矣。

章實齋氏曰：古人論文，惟論文辭而已。劉〔勰〕氏出，本陸機說，而昌論「文心」；蘇轍氏出，本韓愈氏說，而昌論「文氣」，可謂愈推而愈精矣。未見有論「文德」者，學者所宜深省也。夫子嘗曰「有德者必有言」，又曰「有言者不必有德」，無德而有言，則如簧如流之言，所謂巧言也。今人所作詩賦碑狀足以悦人之文，皆巧言之類，文之最無價值者也。

顧亭林曰：「詩賦碑狀，不能不足爲通人，能之而不爲，乃天下之大勇也。故夫子以剛毅木訥爲近仁。」又曰：「天下不仁之人有二，一爲好犯上作亂之人，一爲巧言令色之人。二者之人，常相因以立於世。有王莽之篡弑，則必有揚雄之《美新》；有曹操之禪代，則必有潘勗之《九錫》

（《世説》言潘元茂作魏公册命，與訓詁同風，然衆疑是王粲筆），是故亂之所由生也，犯上者爲之魁，巧言者爲之輔。故大禹謂之巧言令色孔壬，而與驩兜、有苗同爲一類。」甚哉！其可畏也。世言魏忠賢初不知書而口含天憲，則有一二文人代爲之，文人之不自愛如此。《後漢書》言梁冀裁能書計，其誣奏太尉李固，時扶風馬融爲冀章草。《唐書》言李林甫無學術，僅能秉筆，而郭慎微、苑咸文士之闒茸者代爲題尺；又言高駢上書肆爲醜悖，脅邀天子，而吴人顧雲以文辭緣澤其姦。《宋史》言章惇用事，嘗曰：「元祐初，司馬光作相，用蘇軾掌制，所以能鼓動四方。」乃使林希典書命，逞毒於元祐諸臣。嗚呼！何代無文人，有貴重之如彼，亦有猥賤焉如此。不惟壞却名節（林希草貶蘇軾制畢，擲筆而起曰：「今日壞却名節矣。」），其書亦可知矣。

文至昌黎至矣盡矣，而其《上京兆尹李實書》盛稱其赤心事上、愛國如家。至爲《順宗實録》，書貶京兆尹李實爲通州長史，則曰：「實諂事李齊運，驟至京兆尹，恃寵强愎。」不顧文法，與前所上書迥若天淵，何其失言也。馬融之於梁冀（融懲於鄧氏，不敢復違忤勢家，遂爲梁冀作《大將軍西第頌》，以此頗爲正直所羞），徐廣之於元顯（廣爲祠部侍郎時，會稽王世子元顯録尚書，欲使百僚致敬臺内，使廣立議。由是内外並執下官禮，廣常爲愧恨），陸游之於韓侂胄（游晚年再出，爲韓侂胄（撰）《南園》、《閲古泉記》，見譏清議），又無足論矣。朱文公嘗謂其能太高，迹太近，恐爲有力者所牽挽，不得全其晚節。然禍患之來，輕於耻辱，與其與也，寧拒。何意士風變遷，每況愈下。王偉可爲侯景作書（見《梁書・賊臣傳》），張榮亦爲阡能草檄（見《唐書・蠻夷傳》），韓延徽之贊遼（見《遼史》），張元、吴昊之助夏（見《宋史》），媚外自削，甘爲賊用，文章之賤，至是極矣。

或謂賣文爲活，藉解倒懸，亦時有不獲已者。然走馬呼醫，未免太易。（唐王仲舒爲郎中，與馬逢友善。每責逢云：「貧不可堪，何不尋碑志相救？」逢笑曰：「適見人家走馬呼醫，立可待也。」）貞志之士亦斷無假借者，安有公然巧取，名曰利市（《戒庵漫筆》言唐子畏有一巨册，自録所作文，簿面題曰「利市」），猥與賣菜傭角勝負哉？

雖然，潤筆之事，濫觴於西漢（司馬相如《長門賦序》：陳皇后別在長門宫，聞相如天下工爲文，奉黄金百斤爲相如、文君取酒，因於解悲愁之詞，而相如爲文以悟主上，皇后復得幸。此潤筆所由昉也），而盛於隋唐。鄭譯拜爵沛國公，位上柱國，高熲爲制，戲曰：「筆乾。」譯曰：「出爲方岳，杖策言歸，不得一文，何以潤筆？」一無一文可潤筆，一不受一文潤筆，二公俱高矣。王勃所至，託請爲文，金帛豐積，人謂「心織筆耕」。李邕尤長碑頌，中朝衣冠及天下寺觀，齎持金帛往求其文，受納鉅萬。杜子美詩所云「干謁滿其門，碑版照四裔。豐屋珊瑚鉤，麒麟織成罽。紫騮隨劍光，義取無虛歲」者也。韓退之撰《平淮西碑》，憲宗以石本賜韓宏，宏寄絹五百匹；作《王用碑》，用男寄鞍馬並白玉帶。劉禹錫《祭韓愈文》云：「公鼎侯碑，志隧表阡。一字之價，輦金如山。」皇甫(提)〔湜〕爲裴度作《福先寺碑》，曰：「碑三千字，字三縑，何遇我薄。」度酬絹九千匹。李華晚不著書，惟家傳墓版州縣碑頌，齎金往請，乃强爲應，則其文之濫可知矣。

顧吾觀蔡伯喈集中爲時貴碑誄之作甚多，如胡廣、陳實各三碑，橋玄、楊賜、胡碩各二碑，至於袁滿來年十五、胡根年七歲，皆爲作碑，自非利其潤筆不至爲此。史傳以其名重，隱而不言耳。文人受賕，豈獨昌黎之諛墓哉？（李商隱《記齊魯二生》曰：「劉叉持韓退之金數斤去，曰：『此諛墓中人所得爾，不若與劉君爲壽。』愈不能止。」今此事載《唐書》。）

沈括《筆談》記太宗立潤筆錢數，降詔刻石於金人院，每朝謝日，移文督之則已，並著爲令甲矣。楊大年作《寇萊公拜相麻詞》，有「能斷大事，不拘小節」，萊公以爲正得我胸中(中)〔事〕，例外贈百金，曰「例外」，則有常例可知。周益公《玉堂雜記》：湯思退草《劉婉儀進位貴妃制》，高宗賜潤筆錢幾及萬緡，賜硯尤奇。草制尚有恩賜，則臣下例有餽贈，更不待言。唐時雖〔未〕有定制，然韓昌黎於韓翃寄絹未敢私受，特奏取旨。杜牧撰《韋丹江西遺愛碑》，江西觀〔察〕使送綵絹三百匹，亦特奏聞。穆宗詔蕭俛撰《成德王士真碑》，俛辭曰：「王承宗事無可書，譔進例得贈遺，若黽勉受之，則非平生之志。」帝從其請。以區區文字餽遺，而辭與受俱奏請，則已朝野通行之例矣。歐陽公《歸田録》記館閣譔文例有潤筆。及其後也，遂有不依時送而遣人督索者，此又乞文吝餽者之陋而爲文章之大辱矣，況乎貴耳賤目，毀譽無憑。左思作《三都賦》，時人互有譏訾，張華令請序皇甫謐，於是先相訾毀者莫不歛衽述讚，是借人以重文也。孫興公作，永嘉郡人甚輕之。桓公令作《敬夫人碑》，郡人云：「故當有才，不爾，桓公那得令作碑。」是借文以重人也。

夫文章自有定價，世之中藴内晦，欲以求知皮相之士，豈不難哉？嗟乎，劉晝賦六合，乃受大愚之名，而李商隱獺祭（爲詩文，坐上書册排比滿前，以資考用，時謂之「獺祭魚」），楊大年衲被（爲文章所用故事，常令子弟簡出處，既成，點綴所録而蓄之，時謂之「衲被」），楊盈川點鬼簿（爲文連用古人姓名，如云「張平子之略談，陸士衡之所記」，「潘安仁宜其陋矣，仲長統何足知之」），駱賓王算博士（好用數目對，如「秦地重關一百二十，漢家離宫三十六」），王禹玉至寶丹（多用珍寶黄金白玉爲對），亦莫不迭受刺譏，而欲如柳公權題句殿壁（唐文宗命公權題聯句於殿壁），楊徽之寫詩御屏（宋太宗寫徽之警句十聯於御屏，人爲之賦云：「誰似金華楊學士，十聯詩在御屏風。」），李益《征人》、《早行》等篇，天下皆施之圖繪；太沖《三都賦》出，洛陽傳鈔，爲之紙貴，胡可得哉？然此猶曰一時偏好，無與人事也。相如長門之製，陳后還宫，直不止千金矣。謝朓子謨尚公主，後帝薄謨門單，令主更適，謨不堪歎恨，爲書如詩贈主，帝見而矜慨，謨得遷官，時以爲沈休文。筆詞之足動人主如此哉！然此猶曰一人一家之事，於天下無與也。

董子《天人三策》爲道術攸關，尚已。外如諸葛出師之表，宣公興元之詔（德宗因朱泚反，出幸奉天，以中書所撰文示贄，贄曰：「動人以言，所感已淺，言又不切，人誰肯懷？今兹德音，悔過之意，引咎之詞，不得不盡。」乃别爲之，詔下，四方人心大悦，山東士卒讀之，無不感泣），王朴平邊之策（謂凡攻取之道，必先其易者。唐與我接境幾二千里，若以奇兵四出擾其無備之處，南人懦怯，必奔走而赴之，奔走之間，可以知其虚實强弱。攻虚擊弱，江北將爲我有。得江北，江南亦易取矣，嶺南、巴蜀可傳檄定也。南方既定，燕地必望風内降，若其不至，移兵攻之，席卷可平。惟河東必死之寇，宜以爲後圖。周主之攻取多用其策云），史閣部報攝政王之書（見《東華録》），並皆木鐸啓而千里應，席珍流而萬世響。

《淮南鴻烈》一出一入，字值百金，無此寶重矣。昔宋子京脩《唐書》，（滕）〔縢〕二椽燭，〔滕〕妾（縢）夾侍，望之如神仙，跡其下筆時，已不欲作第二流文字。而況駱之檄（《討武曌》）、韓之表（《諫迎佛骨》）、胡之疏（《請斬秦檜王（論）〔倫〕》）、文之歌（天祥《正氣》），至今光猶焰爍斗牛，聞誰謂「一作文人，便無足觀」耶？蓋注蟲魚艸木者非文，而經國理人者爲文，故曰「載之空言，不如見諸行事」也。夫《春秋》之作，言焉而已，而謂之行事者，天下後世用以治人之書，將欲謂之空言而不可也。故凡文之不關於六經之旨、當世之務者，可一切不爲，而既以明道救人爲事，則於當今之所通患，莫不畢見之於文，以見吾言之必非無因，而天下後世庶無見虎一毛不知其班之慮，斯寸心而千古矣。

文志

《漢書》曰：「《春秋》所貶損，當時有威權者，是以隱其書而不宣，及末世，口説流行，故有公、穀、鄒、夾之傳。」嗟乎！以宣尼大聖之筆，猶不能無所規避，聞之者足戒，是固然已，誰謂言之者果無罪哉？

張裕之於先主（先主與劉璋會涪時，張裕侍坐。先主嘲之曰：「昔吾居涿郡，特多毛姓，東西南北皆諸毛也，涿令稱曰『諸毛繞涿居乎？』」裕即答曰：「昔有潞長，遷爲涿令。去官還家，時人與書，欲署潞則失涿，欲署涿則失潞，乃署曰『潞涿君』。」先主無鬚，故裕及之，先主啣其不遜，後誅之），魯直之於趙挺之（黄意輕趙，趙嘗曰：「鄉中最重潤筆，每一文成，太平車載以贈。」黄曰：「想俱是蘿蔔瓜虀。」趙啣之，排擠不遺餘力，卒致宜州之貶），猶曰以排調獲咎，比於灌夫駡座，信有口過矣。薛道衡《高祖頌》而以爲含《魚藻》之義（《詩·小雅·魚藻》篇，刺（豳）〔幽〕王也。言魚以依藻，爲得其性，今王政教衰，群生不得其所，故思古之武王。煬帝謂道衡之頌高祖，是亦思武王之義也），蘇威獻《尚書》而以爲有《五子之歌》（屬五月五日，百僚多餽珍玩，威獨獻《尚書》。或譖之曰：「《尚書》有《五子之歌》，威寓意甚不遜。」帝怒以他事除威名）。然則《丹扆六箴》（李德裕所獻，一曰《宵衣》，以諷視朝稀晚；二曰《正服》，以諷服御乖異；三曰《罷獻》，以諷徵求玩好；四曰《納誨》，以諷侮棄讜言；五曰《辨邪》，以諷信任群小；六曰《防微》，以諷輕出遊幸。敬宗優詔答之），《千秋金鏡》（玄宗千秋節，群臣多獻寶鏡。張九齡以爲以鏡自照，見形容；以人自照，見吉凶。乃述前世興廢之源，爲書五卷，謂之《千秋金鑑録》，上之）以及蘊古《大寶》（張蘊古上《大寶箴》，其略曰：「壯九重於内，所居不過容膝，彼昏不知，瑶其臺而瓊其室；羅八珍於前，所食不過適口，惟狂罔念，丘其糟而池其酒。」太宗嘉之，賜以束帛），江陵《帝鑑》（見前《經世》篇），皆不足爲訓邪？

「空梁落燕」、「庭草無人」（薛道衡有「空梁落燕泥」之句，王胄有「庭草無人隨意緑」之句，皆爲煬帝所殺），所謂「彼自詠檜」耳（王珪舉軾《詠檜詩》曰：「根到九泉無曲處，世間惟有蟄龍知。」以爲不臣。帝曰：「彼自詠檜耳，何預朕事？」），乃亦召忌曹瞞（楊脩與魏武看碑上題字，脩一見即解，魏武行三十里乃解。魏武作府門，題「活」字，脩曰：「相國嫌門大耳。」脩既有才策，又袁氏之甥也，於是以罪誅脩），見誅太武（魏太武帝使崔浩等共譔國記，曰「務從實録」。著作令史閔湛、郗標勸浩刊所譔國史於石，以彰直筆。浩竟刊石立於郊壇東百步，所書魏之先世事皆詳實，列於衢路。初，人無不忿恚，相與譖浩，以爲暴揚國惡，魏主大怒，使有司按浩等罪狀），囀喉觸諱，何其酷也！

夫士之以文字蒙禍者，韓非《説難》而不免（韓諸公子非，善刑名之學，見韓削弱，數以書上韓王，王不能用。於是作《孤憤》、《五蠹》、《説難》等篇，十餘萬言。至是，王使納地效璽於秦，請爲藩臣。非因説秦王求用，李斯譖之，下吏自殺），揚雄草《玄》而投閣（揚雄欲以文章成名於後世，乃作《太玄》、《法言》。劉〔棻〕從雄學作奇字，及棻生事誅，辭連及雄。時雄校書天禄閣上，使者來欲收之。雄恐不免，乃從閣上自投下，幾死。人爲之語曰「唯寂寞，自投閣」），此尤其無謂者也。報書出而楊惲誅（惲，宰相敞子，有材能。一朝失爵位，家居，内懷不平。其友人安定太守西河孫會宗與惲書誡諫之，言大臣廢退，當杜門惶懼，爲可〔憐〕之意，不當治産業、通賓客、有稱譽。惲乃作書報之，有「仰天而呼」云云。會有日食變，或告惲驕奢不悔過，按驗，得所予會宗書，宣帝見而惡之，當惲大逆無道，腰斬），諫表上而昌黎貶（憲宗遣使者往鳳翔迎佛骨，入禁中三日，乃送佛祠。王公士人奔走膜唄，至爲夷法灼體膚，委珍貝，騰沓係路。愈聞惡之，乃上表極諫。帝大怒，持表示宰相，曰：「愈言我奉佛太過，猶可容。至謂東漢奉佛以後，天子咸夭促，言何乖剌邪？愈，人臣，狂妄敢爾，固不可赦。」於是中外駭懼，雖戚里諸貴，亦爲愈言，乃貶潮州）。論廣絶交，到溉抵之於地（劉璠《梁典》曰：劉峻見任昉諸子西華兄弟等流離不能自振，生平舊交莫有收卹。西華冬月著葛帔練裙，路逢峻，峻泫然矜之，乃廣朱公叔《絶交論》，到溉見其論，抵几於地，終身恨之）；檄言一目，湘東處以極刑（侯景敗，王僧辯禽王偉，送江陵。偉獻詩於帝，帝愛其才，將捨之，朝士多忌，乃請曰：「前日偉作檄文，有異辭句。」元帝求而視之，檄云：「項羽重瞳，尚有烏江之敗；湘東一目，寧爲四海所歸？」帝大怒，使以釘釘其舌於柱，剜其腸。顔色自若，仇家臠其肉，俛而視之，至骨方刑之），此伯喈所以自危（蔡邕上章，極言宦官，謂臣以愚贛，感激忘身，敢觸忌諱，手書具對。夫君臣不密，上有漏言之戒，下有失身之禍。願寢臣表，無使盡忠之吏，受怨奸仇。章奏，帝覽而歎息，因起更衣。曹節於後竊視之，悉宣語左右，事遂漏露。其爲邕所裁黜者，皆側目思報），而宣公因之絶口者也（陸贄貶忠州後，常闔户，人不識其面。又避謗不著書，地苦瘴癘，祇爲《古今集驗方》五十篇示鄉人云）。

雖然，聖爲天口，賢爲聖譯。苟得其當，刑禍非所恐也。吴兢撰《武后實録》，直書張昌宗誘張説事，説爲相，以情求改而不從。司馬光作《通鑑》，至唐太宗之世，忽有衣黄者曰：「先生善書。」公曰：「陛下穢德多矣，頭可取，筆不可奪。」范文正作碑銘，言及一貴人陰事，夢貴人求易，公謝曰：「隱公此事，則某當受惡名。我非誣人者，不可改也。」

嘉祐間尚西崑體，而歐陽脩取古文；紹聖後宗王氏學，而陳瓘取史學。大丈夫不將不迎，不詭不隨，自斷於心足矣，依阿附會以取憐於世者，非婦人則佞客耳。

若乃深謀不露、焚削底藁者，在漢爲孔光（典樞機十餘年，時有所言，則削草藁）、樊宏（所上便宜及陳得失，輒手自寫，毁草，公朝訪逮，不敢衆對）、皇甫嵩（前後上表五百餘事，皆手書，毁草，不宣於外），在魏爲陳群（每上封事，輒削其草。正始中，詔譔名臣奏議，乃見群諫草）、荀彧

（以書陳事，臨薨，焚其草，故奇策秘謀不得盡聞），在晉爲（祥）〔羊〕祜（嘉謀讜議，皆焚其草。或謂慎密太過，曰：「入則造膝，出則詭詞，君臣不密之戒，吾惟懼其不及。」），在宋爲謝述（表貸張邵死，謂子綜曰：「此迹宣布，則爲侵奪主恩。」使綜焚之）、謝弘微（每獻替陳事，必手書焚草，人莫知之），在梁爲周捨（每有表奏，輒焚其藁。與人言終日，竟不漏洩機事）、徐勉（每有表奏，輒焚藁草），在北朝爲李孝伯（朝廷事有不足，手書再三陳諫，削滅草藁）、封隆之（奇謀異算，密以啓聞，上書，削藁），在唐爲韋處厚（數上諫書，而外不之知）、高士廉（拜僕射，多所表奏，成則焚藁，人莫之知）、馬周（臨終索表草一帙，焚之，曰：「管、晏彰君之過，求身後名，吾弗爲也。」）、高郢（在中書九年，家無制草，焚之，曰：「王言不可存於私室。」），在宋爲田錫（爲侍御史，凡五十三奏，悉焚之，曰：「直諫臣職，豈可藏副以賣直？」），在元爲許衡（見世祖，多陳奏，退則削其草），此皆過於謹慎，如不獲已，然而區區小諒，人有譏之者矣。而況蔡京僞鄒浩之草（浩自新州召入，帝詢諫草安在，曰：「已焚之。」陳瓘曰：「禍其在此乎？異時奸人妄出一緘，則不可辨矣。」蔡京用事，乃使其黨僞浩疏，有「劉氏殺卓氏，奪其子以爲己出。欺人可也，詎可以欺天乎」語，帝詔暴其事進，竄浩詔州），夏竦學石介之字（介奏記富弼，勸以行伊、周之事。夏竦惡介斥己，乃使女奴陰習介書，改「伊、周」爲「伊、霍」，又僞作介爲弼撰廢立詔草。飛語上聞，皆坐貶），有反因以獲罪者，世之務爲名高以自焚己草者，可悚然矣。昔温公三上書言事，不納，以付范景仁，曰「若奏」，曰「不通」，又復焚草，則與不言何異？

夫人臣欲效忠於君，不在避名，稍有所避，則拘泥形迹，步步爲難，故見飛燕之寵，則《列女傳》可作也；惡王鳳之專，則《洪範五行傳》可進也。憤劉裕則陶潛詠荆軻，愧裴度則韓愈祭田横，刺嚴武則太白歌《蜀道難》。意有所觸，託以起義，爲上爲國，何嫌何疑？但不至侵人權限，空爲僭妄耳。

揚雄、王長文之擬《易》；陳黯《禹誥》之擬《書》，外此又有《漢尚書》、《後漢尚書》、《魏尚書》（皆孔衍撰），《隋尚書》（王邵）、《續書》（王通），《續尚書》（唐陳正卿）；而虞卿、吕不韋皆仿《春秋》，因更有《楚漢春秋》（陸賈），《吴越春秋》（趙曄），《晉春秋》（檀道鸞），《唐春秋》（吴兢）；又擬《論語》者，爲《法言》、《中説》，而宋若華更作《女論語》，何紛紛也！《孝經》爲孔子所編，郭良輔變爲《武孝經》，唐侯莫陳邈妻鄭氏作《女孝經》，以至《農孝經》（宋賈（道元）〔元道〕作）、《酒孝經》（不著撰人名氏），皆妄以施稱。《爾雅》，周公所記，孔鮒轉爲《小爾雅》，張揖又衍爲《廣雅》、《博雅》，陸農師更爲《（俾）〔埤〕雅》。襲其名，不能不循其軌，則又捧心而顰，益形厥醜，心亦良苦矣。

祖瑩曰：「文章須自出機杼，何能寄人籬下？」其自屈原設爲漁父、日者問答之後，作者悉相規仿：司馬相如《子虚》《上林賦》以子虚、烏有先生、亡是公，揚子雲《長楊賦》以翰林主人、子墨客卿，班孟堅《兩都賦》以西都賓、東都主人，張平子《兩都賦》以憑虚公子、安處先生，左太沖《三都賦》以西蜀公子、東吳王孫、魏國先生，皆蹈襲一律。晉人成公綏《嘯賦》無所賓主，必假逸群公子乃能遣辭。枚乘《七發》只以楚太子、吳客爲言，而（曾）〔曹〕子建《七啓》遂有玄微子、鏡機子，張景陽《七命》有沖漠公子、徇華大夫之名，言語非不工也，而此習或未之改，此又體製之不自由者也。

漢人説經必有師承，非此則共相譁訐之。唐以聲律取士，宋行新經義，令人不得違異，明局於八股，此又功令之不自由者也。

若乃司馬遷著書，自成一家言，其以伯夷居列傳之首，以爲善而無報也；爲《項羽本紀》，以據高位者非關有德也；及其序屈原、賈誼，辭旨抑揚，悲而不傷，皆戛戛獨造，由我作古，無復繩尺之拘矣。而班固《典引》乃謂遷以身陷（利）〔刑〕之故，反微文諷刺貶損當代，不得爲誼士。又《魏志》曰：明帝問王肅司馬遷以受刑之故，内懷隱切，著《史記》非貶孝武，令人切齒，則皆不欲成人之美而設詞以助之功也。

《東觀漢記》曰：「時人有上言班固私改作史記，詔下，京兆收繫固，弟超詣闕，上書具呈固不敢妄作，但續父所記述漢事。」《晉書》曰：王沈仕魏，正元中遷散騎常侍、侍中，與荀顗、阮籍共撰《魏書》，多爲時諱。」文字之被挫屈有如斯邪？其甚者，禍非自取而加之以株連（韓愈論佛骨，時宰疑馮宿草疏，出刺歙州；魏玄同、薛元超皆坐與上官儀文章欵密，流配遠州；趙汝愚貶，敖陶孫以詩哭之，韓侂胄惡之，編管嶺南；王廷珪以詩送胡銓，秦檜怒，流辰州），害不及身而戕之於身後（韓愈撰《平淮西碑》，辭多叙裴度事。時入蔡擒吴元濟，李愬功第一。愬妻，唐安公主女也，出入禁中，因訴碑辭不實，詔令磨去愈文，命翰林學士段文昌重撰文勒石。紹聖之時，章惇、蔡卞等欲毁司馬光《資治通鑑》板，太學博士陳瓘因策士引神宗所製序文以問卞等，議阻得免）。

吾以爲有意詆訶、肆爲狂悖、駭異後人、有害公理如字妖（《文心雕龍》：「今一字詭異，則群句震驚；三人弗識，則將成字妖矣。」）、文怪（嘉祐中，劉幾爲文，好爲險怪之語，歐陽公深惡之。會公主試，有一舉人論曰：「天地軋，萬物茁，聖人發。」公曰：「此必劉幾。」戲續曰：「秀才剌，試官刷。」以大朱筆横抹之，謂之勒帛），水之火之，當無不稱快者，而豈所論於因文見道，號稱立言之君子而顧令其有所規避也。

顧亭林曰：「天下有道，則庶人不議。」然則政教風俗苟非盡善，即許庶人之議矣。故盤庚之誥曰：「無或敢伏，小人之攸箴。」而國有大疑，卜諸庶民之從逆；子産不毁鄉校，漢文止輦受言，皆以此也。唐之中世，此意猶存。魯山令元德秀遣樂工數人連袂歌《于蔿》，玄宗爲之感動。白居易爲盩厔尉，作樂府及詩百餘篇，規諷時事，流聞禁中，憲宗召入翰林，亦近於陳列國之風、聽輿人之誦者矣。張子有云「民吾同胞」，今日之民，吾與達而在上位者之所共也。救民以事，此達而在上位者之責；救民以言，此亦窮而在下位者之責也。又安敢隱情惜己，自同寒蟬，將使劉勝笑人而杜密結舌哉？

文變

天不變，道亦不變。文以載道，何變之有？顧不變者道，而變者其載道之文耳。李文饒曰：「文章如日月，終古常見而光景常新。」然以今西人進化退化之理説之，則亦有變而愈下者，亦有變而益上者。

俗士率神貴古昔而賤驢同時，雖有追風之駿，猶謂不及造父之御也；雖有連城之珍，猶謂不及楚人之泣也；雖有擬斷之劍，猶謂不及歐冶之所鑄也；雖有起死之藥，猶謂不及和、鵲之所合也；雖有超群之人，猶謂不及竹帛之所載也；雖有益世之書，猶謂不及前世之遺文也。是以仲尼不見重於當時，《太玄》見嗤於比肩。重所聞而輕所見，非一世之患矣。烏知夫四時之序，成功者退；百年之法，理無久存。揚子《法言》曰：「虞夏之書渾渾爾（言深且大也），《商書》灝灝爾（言夷且廣也），《周書》噩噩爾（言不可名狀也），下周者，其書憔悴乎（下周者秦，言酷烈也）？」是故高隱之士，以《三墳》爲金玉，《五典》爲琴筝，講肄爲鐘鼓，百家爲笙簧（見《抱朴子》），代有不同，辭亦各異。總之，各隨所得，以爲區別耳。

魏文帝《典論》曰：夫文章本同而末異。古之作者，寄身於翰墨，見意於篇籍，不假良史之辭，不託飛馳之勢，而聲名自傳於後。故西伯幽而演《易》，周旦顯而制《禮》，不以隱約而弗務，不以康樂而加思。夫然則古人賤尺璧而重寸陰，懼乎時之過而已。

晉摯虞《文章流別》曰：王澤流而詩作，成功臻而頌興，德勳立而銘著，嘉美終而誄集。祝史陳辭，官箴王闕。周禮，太師掌教六詩。古之作詩也，發於情，止乎禮義。情之發，因辭以形之；禮義之指，須事以明之，故有賦焉，所以假象盡辭、敷陳其志。古詩之賦，以情義爲主，以事爲佐；今之賦，以事形爲本，以義正爲助。情義爲主，則言省而文有例矣；事形爲本，則言富而辭無常矣。文之繁省，辭之險易，蓋由於此。

梁沈約《宋書》論曰：周室既衰，風流彌著。屈平、宋玉導清源於前，賈誼、相如振芳塵於後，英辭潤金石，高誼薄雲天。自兹以降，情志逾廣。王褒、劉向、揚、班、崔、蔡之徒，異軌同奔，遞相師祖，雖清詞麗曲，時發於篇，而蕪音累氣，固亦多矣。若夫平子豔發，文以情變，絶唱高蹤，久(稱)〔無〕嗣響。至於建安，曹氏基命，二祖、陳王，咸蓄盛藻。自漢魏四百餘年，辭人才子，文體三變：相如巧爲形似之言，二班長於情理之説，子建、仲宣以氣質爲體。原其飈流所始，莫不同祖風騷，降及元康，潘、陸特秀，律異班、賈，體變曹、王，縟采星稠，繁(方)〔文〕原綺合，綴平臺之逸響，采南皮之高韻，遺風餘韻，事極江左。爰逮宋氏，顔、謝騰聲，靈運之興會飈舉，延年之體裁明密，並方軌前秀，垂範後昆，亦一時之傑也。

姚思廉《陳書》稱徐陵頓變舊體，緝裁巧密，多有新意，後人尚以爲篤論。而令狐德棻作史，直斥庾信淫放輕險，爲詞賦之罪人。不知徐、庾之文，窮形寫態，亦一時絶調，風會使然，德棻之論過矣。

唐初之文，漸變江左之舊，而子安尤傑出。（楊用脩引（邪）〔丘〕悦《三國典略》云：蕭淵明《與王僧辯書》：「凡諸部曲，並使招携，赴投戎行，前後雲集。霜戈雷戟，無非武庫之兵；龍甲犀渠，皆是雲臺之仗。」王勃《滕王閣序》「紫電青霜，王將軍之武庫」，正用此事。以十四歲之童子，胸中萬卷，千載之下，宿儒猶不能知其出處，豈非間世奇才？杜子美、韓退之極其推服之，良以也。使勃與杜、韓並世對毫，恐地上老驥不能追雲中俊鶻也。）及其再變爲燕、許，三變爲韓、柳，韓能鎔鑄百氏，盡變古人之顔貌而出之，（唐余知古《與歐陽生論文書》云：韓退之作《原道》，則崔豹《答牛亨書》；作《諱辯》，則張昭《論舊名》；作《毛穎傳》，則袁淑《太蘭王九錫》；作《送窮文》，則揚子雲《逐貧賦》，是其徵已。）柳亦韓敵也。晏元獻公嘗言：韓退之扶導聖教，剗除異端，則誠有功。若其祖述墳典、憲章騷雅，上傳三古，下籠百代，横行闊視於著述之場者，子厚一人而已。凡此皆變而益上者。

唐末有「三十六體」，則以李義山、段柯古、温飛卿行皆十（二）〔六〕，合而得名也。而嚴滄浪論詩有十八體，風、雅、頌、樂府、古選、建安、黄初、正始、太康、元嘉、永明、齊梁、南北朝、初唐、盛唐、晚唐、宋元祐者是，然建安、黄初本屬同時，不容區而爲二；正始之嵇、阮，太康之潘、左、張、陸、陶、郭，元嘉之元暉諸人，皆備於選體，則就古選中分其體可也，於古選外更列其體，不可也。又十四派，以李商隱爲正派，而黜蘇黄體爲卑下。夫義山富麗，實開西崑之首。東坡爲宋代大家，山谷稍生硬，而風骨自高焉，烏得以卑下目之？

吾觀老泉之文，侈能盡之約，遥能見之近，大能使之微，小能使之著，煩能不亂，肆能不流。其雄壯俊偉，若決江河而下也；其輝光明著，若引星辰而上也。若求其侶，在孟、荀之間，《史》、《漢》之上，不可以文人論也。雖然，宋之古文，倡於穆脩、柳開而尹師魯繼之，至歐陽脩而始盛，由是文才一歸於正。《朱子語録》云：「南豐文字確實，不爲空言，只是關鍵緊要處，亦説得寬緩不分明，然較之東坡，則又質而近理，東坡則華豔處多耳。」人遂謂紫陽不喜東坡而學子固，其實不然，吾讀文公所作，剖析性理之精微，則日精月明；窮詰邪説之隱遯，則神搜霆擊。其感激忠義，發明《離騷》，則苦雨凄風之變態；其泛應人事、遊戲筆墨，則行雲流水之自然。蓋亦宋文之雄者，誰謂文與道爲二，學道者固不屑屑於文耶？彼專守一藝而不復旁通他書，掇拾腐説而不能自遣一辭，反使記誦者嗤其陋，詞華者笑其拙，此則嘉定（寧宗年號）以後朱門末學之蔽，其亦可謂不善變矣。

元之文品以虞（集）、揭（傒斯）、黄（溍）、柳（貫）四家爲最。而明初宋潛溪、王忠文諸公，皆其所得力者也。中更李夢陽、何景明、徐（遵）〔禎〕卿、邊貢、王廷相、王九思、康海七子（稱「前七子」），又王世貞、李攀龍、徐中行、宗臣、吳國倫、梁有譽、謝榛七子（稱「後七（十二）〔子〕」），皆倡言復古而歸墟於震川，其影響乃及我朝方、姚諸家而未已，於是天下有桐城、陽湖各派之文，而曾文正則桐城之後勁也。其時孫淵如、孔巽軒輩，以經學爲嗣章，尤稱並盛。迄於今，漸染歐化，而其文又非復壽陵故步矣。

吾觀應仲遠之記十（及）〔反〕，而知是非之難遽定也。（伯夷讓國以采薇，展禽不法於所生，孔子周流以應聘，長沮隱居以耦耕，墨翟摩頂以放踵，楊朱一毛而不爲，干木息偃以藩魏，包胥重繭以存郢，夷吾朱紘以三歸，平仲辭邑而濯纓，惠施從車以百乘，桑扈徒步而裸形，甯戚商歌以干禄，顏闔踰垣而遁榮，高柴趣門以避難，季路求入而隕零，端木結駟以貨殖，顏回屢空而弗營，孟獻高宇以美室，原（思）〔憲〕蓬門而株楹。）

吾觀班蘭臺之列九流，而知源始之必可尋也。（儒家者流，出於司徒之官；道家者流，出於史官；陰陽者流，出於羲和之官；法家者流，出於理官；名家者流，出於禮官；墨家者流，出於清廟之官；縱横者流，出於行人之官；雜家者流，出於議官；農家者流，出於農稷之官；小説者流，出於稗官。）

夫自咸墨作頌以來（《文心雕龍》：「帝嚳之世，咸墨作頌，以歌九招。」《吕氏春秋》作「咸（墨）

〔黑〕」），世有傳人，然而吾王遊豫之謡，難蹤於衢壤；《關雎》、《房中》之奏，不協律於延年；蒯通、隋何、陸賈、〔酈〕生之游説，非復曩者《國策》之文也；賈山、賈誼之奏陳，非猶管、晏、申、韓之術也；司馬相如、東方朔之譎諫，非復屈、宋、唐、景之辭也；董仲舒、匡衡、劉向、揚雄之説理，非仍聖經賢傳之舊也；李尋、京房之術數，非復讖緯之迹也；太史公父子之記事，非即《春秋》之筆也。

是故有同一時而孔子高理勝於詞，公孫龍詞勝於理。（公孫龍善爲堅白異同之辯，平原君客之。孔子之玄孫穿自魯適趙，與龍論「臧三耳」。龍甚辨析，穿弗應。平原君問之，穿曰：「幾能令臧三耳矣。然謂三耳甚難而實非也，謂二耳甚易而實是也。不知君將從易而是者乎？其亦從難而非者乎？」平原君謂龍曰：「公無復與孔子高辯事也，其人理勝於詞，公詞勝於理，詞勝於理終必受詘。」）有同一人而杜子美詩冠古今而無韻者殆不可讀（浦二田云：「少陵無韻之文，多有結□不可句者。」），曾子固以文名天下而有韻者輒不工（彭淵材五恨，其一恨曾子固不能詩）。三筆〔三〕〔六〕詩（《南史·劉孝綽傳》：孝綽弟孝儀工屬文，孝威工爲詩，孝綽嘗云「三筆六詩」，三謂孝儀，六謂孝威也），既天分之有限；燕歌楚調（陶翰《燕歌行》：「請君留楚調，聽我吟燕歌。」），又習俗之見移。

古今各以其術鳴（見昌黎《送孟東野序》），來者焉知不如我？積薪居上，後有萬年；（《漢書·汲黯傳》：「陛下用群臣，如積薪，後來者居上耳。」）人物浪淘，疇爲千古。（蘇軾詞：「大江東去，浪淘盡，千古風流人物。」）生其時者，亦善於用變求，無爲奇衺所誤而已。

蓋科斗變而古文（案魯恭王壞孔子宅，得《尚書》、《春秋》、《論語》、《孝經》等，時人已不知有古文，謂之「科斗書」，科斗即古文也），古文變而爲大篆，大篆變而爲小篆，小篆變而爲隸（隸以佐篆所不逮，亦名「佐書」，乃程邈所作，與李斯同時），隸變而爲艸，古意愈益亡，而便於人用亦愈益多。荀悦《申鑒》不云乎，「秦之滅學也，書藏於屋壁，義絶於朝野。逮至漢興，收摭散滯，固已無全學矣。文有磨滅，言有楚夏，出有先後，或學者先意有所措定，後世相仿，彌以滋蔓。故一源十流，天水違行，而訟者紛如也。勢不俱是，比而論之，必有可參者焉」，而觀變之説備矣。

辛白論文

陳懷孟 撰

《辛白論文》一卷

陳懷孟 撰

陳懷孟，字沖父，瑞安（今屬浙江）人。餘不詳。

《辛白論文》一卷，分「叙論、文性、文情、文才、文學、文識、文德、文時、總論」九部分。「叙論」部分總論中國歷朝社會進退與教化盛衰之關係，曰「秦漢以降，文不逮古。兩漢之文章不如三代，魏晉之文章又不如兩漢」；謂至唐代諸大家崛起八代之後，古代之文章才稍稍復振。「文性」以下諸篇中，作者認爲文章「挾人之性以俱來」，「率其性之自然」，真情之由發，方可爲天地之至文。文亦係「學之所寄以傳焉者也，學無文不達，文無學無質」。論及文章與時代之關係時，謂文「與時俱變，文之于時不可强而致」，「時之所變，人莫能違。漢人之訓詁，晉人之清譚，南北朝隋唐之詩人，宋元明之道學，初亦無一非逸於時，迫於時，而積久成習，遂自忘其致此之由是」。提倡文章應包涵卓絶之識見，至誠之性道，痛斥文人無行。肯定曹丕論文以氣爲主及劉勰論辭以骨爲先之説，認爲周秦諸子之文即是尚骨之文，而兩漢唐宋諸大家之文則是尚氣之文。

有一九二五年潁川書舍本，爲《獨見曉齋叢書》之一，今即據以録入。（聶巧平）

辛白論文目次

辛白論文一卷

陳懷孟 撰

叙論

大聲發於天地間，閱數十百萬年以來混沌屯蒙之世界，而進於文化之一途，如火之燃，如電之激，如大風之吹壑，如百川之注渠，推而彌上，達於無窮，縋幽鑿險，挾空而飛，文章哉！或謂文章者，千古之最大不祥者也。自有文章以來，天鑿其靈，地發其秘，鬼神不得專其幽，陰陽不能擅其變，故皇頡制字，鬼哭粟飛，惡其洩也。文章非千古之最大不祥者哉？是大不然。人之目有所見，耳有所聞，心有所思，情有所感，未有不藉文章以見志者。雖抑之使不得伸，制之使不得發，而亦不能。劉彦和氏曰：「文之爲德也大矣！與天地並生者何哉？夫玄黄色雜，方圓體分，日月疊璧，以垂麗天之象；山川焕綺，以鋪理地之形，此蓋道之文也。仰觀吐曜，俯察含章，高卑定位，故兩儀既生矣。而人參之，性靈所鍾，是謂三才。爲五行之秀，實天地之心。心生而言立，言立而文明，自然之道也。傍及萬品，動植皆文，龍鳳以藻繪呈瑞，虎豹以炳蔚凝姿；雲霞雕色有踰畫工之妙；草木賁華，無待錦匠之奇。夫豈外飾，蓋自然耳。至於林籟結響，調如竽瑟；泉石激韻，和若球鍠。故形立則章成矣，聲發則文生矣。夫以無識之物，鬱然有采；有心之器，其無文歟！」夫彦和一文人耳，然其言若是，文章之於人，甚矣哉！自然而然，莫知其然。我中國結繩以前尚已，自龍圖獻體，龜書呈貌，而文字始興。厥後三代之盛，四王之燦，六經之精微，百家之奥妙，百篇累牘，大發其奇。探隱鉤沉，璀爛六合，深者入黄泉，高者出蒼穹，大者含元氣，細者入無間，巍歟赫哉，此文章之祖國矣！

秦漢以降，文不逮古。兩漢之文章不如三代，魏晉之文章又不如兩漢，六朝之文章益不如魏晉。唐代諸大家崛起八代之後，力挽魏晉六朝之綺靡，古代之文章稍稍復振，然視兩漢之文章，不如遠甚，三代以前不必論矣。宋人之文章論法不如唐代，訓經不及兩漢，而言理則高出於魏晉以上。自元及明，論道益鋭，文氣較薄。有識者於此以覘中國歷朝社會之進退，與教化之盛衰有密切之相關，不可强而致也。

夫歷世愈久，文章必愈多，此自然之理也。我中國自有文字以來至於今日，五千年矣，而其間能文者幾何人？文而工者又幾何人？工而傳者又幾何人？傳而盛者又幾何人？以算數之術求之，泰山不能喻其高，河海不能喻其深，徧地球而爲文章之倉笥亦恐儲之不能盡矣。今所傳者滄江之一滴，太倉之一粒耳。今所傳之書之外，豈遂無文章哉？今所傳著書之人之外，豈遂無能文之人哉？我謂自古迄今，必有有卓絶之思想，過人之學識而不發之於文章者；又必有有文章而不工，而不能傳於後世者；又必有有文章而工，而已傳終不合於傳之之世，雖傳而不得其傳之於久遠者。漫漫地天，血絲萬縷，傳者何榮？不傳何辱？於嘑！中國之文章迄未有極盛之一日也，我敢張目爲天下告矣。

或曰顧寧人有言曰：「文以少而盛，以多而衰。以兩漢言之，東都之文多於西京，而文衰矣。以三代言之，春秋以降之文多於六經，而文衰矣。《記》曰『天下無道，則言有枝葉』。」文豈以多爲貴哉？於嘑！寧人固知文之士也，然我猶有説焉。孔子，博文約禮之聖人也，其所述僅六經、《論語》。孟子，不得已好辨之賢者也，其所著惟内外十一篇。二子皆竭一生之瘁，七八十年之精力，而益以諸弟子之問答與當時諸豪傑之辨難，而所傳乃若是之尠，抑何故歟？憶其平日必有欲言而不能言，能言而不敢出，而問世者不能筆之於書。今其所存皆因時變通，平易無足怪異者也。顔回好學，孔子自嘆其不如。且曰：「吾與回言終日，不違。」吾不知所陳何語，所論何事。意必非尋常論學之言，爲千古大文章，未足與外人道者。其曲彌高，其和彌寡。顔子亦幸而遇孔子，猶得傳其姓氏，垂諸後世。不然，則埋没於草蔓烟荒之地，迄今不覩其一字也，必矣。我嘗謂孔孟之名爲世尸祝書之力也。不然，自古迄今，不著書之孔孟不知其幾千萬億，寄其身於荒江白屋，蕭條門巷，車馬無聲，誰得從而指之曰聖人也，賢人也！孔孟之書得傳，傳者之力也。有著書而傳之孔孟，而著書不傳之孔孟又不知其幾千萬億。寄其身於荒江白屋，文章萬古不可得聞，又誰從而稱之曰聖人之書也，賢人之書也！故自古聖賢豪傑之流之不著書者，無論矣。有其書矣，而或不得其傳。得其傳矣，而或傳而不傳。於嘑！前有古人，後有來者，天地悠悠，愴然淚下，文章豈易言哉！

秦漢以來之文人，其用情尤苦，蓋寬饒以「五帝官天下，三王家天下」之語死，楊惲以「君父至尊親，送其終也有時而既」之辭族，嵇康以「非湯武薄周孔」之説誅，周内深文，因緣爲辠，此文章之厄運也。而巖穴之中奇杰之士，顧杜絶空山，老死不與世人相往來，彼豈故爲高遠之行哉！抑或名山著述，寶貴當時，亦必旨約辭晦，引喻萬端，大率託之窈冥悠浩，鏗鏘作金石聲之歌辭，以自抒其懷抱。不然，則必一無足觀者爾。於嘑！此又文章之變狀也。燔書絶學，豈獨秦皇？鄧析竹刑，人皆欲殺。我讀鄧牧心之《伯牙琴》、黄梨洲之《明夷待訪録》，爲憮然不自禁者久之，彼迺得傳於今日，亦千百中之一二耳，然讀者猶寥寥無幾人矣。我故曰：中國之文章，迄未有極盛之一日也！

文性

章氏實齋曰：「漢魏六朝著述略有專門之意，至唐宋詩文之集，則浩如烟海矣。今即世俗所謂唐宋大家之集論之，如韓愈之儒家，柳宗元之名家，蘇洵之兵家，蘇軾之縱橫家，王安石之法家，皆以生平所得見於文字，旨無旁出，即古人之所以自成一子者也。」於噱！文章之始，始於何始？文章之終，終於何終？茫茫太虛，莫可究極。自有不可思議之一物，目之無色，耳之無聲，鑿之無形，剖之無質。山以之高，淵以之深，獸以之走，禽以之飛，日月以之明，江河以之流。或高或下，悉隨其質，結爲思想，發爲論議，仁者見仁，智者見智，千變萬化，不離其宗，我無以名，名之曰「文性」。

水，吾知其能濕也；火，吾知其能燥也；所性殊也。蛟龍，吾知其遊於海也；虎豹，吾知其居於山也；亦所性殊也。文章之挾人之性以俱來，亦猶是焉。劉彦和曰：「賈生俊發，故文潔而體清。長卿傲誕，故理侈而辭溢。子雲沉寂，故志隱而味深。子政簡易，故趣昭而事傳。孟堅雅懿，故裁密而思靡。平子淹通，故慮周而藻密。仲宣躁鋭，故穎出而才果。公幹氣褊，故言壯而情駭。嗣宗俶儻，故響逸而調遠。叔夜儁俠，故興高而采烈。安仁輕敏，故鋒發而韻流。士衡矜重，故情繁而辭隱。觸類以推，表裏必符。」知言哉！千古之文章，未有不挾人之性以俱來者也。夫性之在人，與生並起，天不能與，人不能奪。萬象競萌，自性中出，文之所寄，尤其精者。人之論文，不即性以相求，雖舉數百千年中無量數古人之載籍，一一而剖决之，故紙盈案，無狀不燭，終不足以造乎其極，達乎其微，華顛老儒生，其所得猶丱角也。夫當閉户名山，孤檠寂坐，摹擬典册，形梏神囚，採精擷華，綴以新意。金聲玉耀，斐亹動人，攙之往籍，猝不能辨，彼亦可謂工於文者矣。然我獨謂其矯彼失此，戕厥天真。五石之瓠，我欲因其無用而掊之，人焉而鳥其翼，犬焉而雞其足，蟲焉而魚其首，木焉而竹其葉，性之不存，文於何有？抑我又見夫一二曠識之士，目空千禩，發憤著書，往往有得。於裨官之記，野史之譚，支離破碎，大率採之。父老所述，婦女所稱，皆鄙淺無足齒數者，循其故義加以引伸，反足耀采振奇，拔異空谷，而後人之讀其書者，亦因以激厲至行，曠然有得，每於晦明風雨之中，默坐沉思，猶猶然有起古人於九原之想。斯亦吾性中所固有而無待外求者也。是故農夫隴畝之謳吟，較才子之文言爲可貴。兒童無心之傳述，比通人之撰作爲尤真。彼迺率其性之自然，而發爲天地間之至文也。若夫鞶帨致飾之才，昕夕忘倦，漁獵必精，雕琢曼辭，工於媚世。於嘑！是直天地之腐物，人間之朽蠹矣。夫文章者，必挾人之性以俱來者也。

文情

《記》曰：「人心之動，物使之然也。」感於物而動，謂之情。形於聲而變，謂之文。故人之文章，若喜若怒，若哀若樂，若愛若憎，若悲若愉，若怨若慕，若泣若訴，無不自感情中來。子夏曰：「情動於中而形於言。」范蔚宗曰：「情志既動，篇辭爲貴。」劉彦和曰：「情者，文之經。辭者，理之緯。經正而後緯成，理定而後辭暢。」李延壽曰：「文章者，情性之風標，神明之律吕也。」於噱！文章之變化，情之一字盡之矣。我嘗讀唐虞之典謨，恍置身於四千年以前，偕皋、夔、稷、契、四嶽、十二牧輩，相與都俞吁咈，賡歌颺拜於茨階之下，見百獸之率舞，與鳳凰之來儀。又嘗讀古大臣之列傳，懔乎若聞其抗節直言，激昂自負，擠然剛折，端志而無傾側之心。嶄絶獨立，風發電馳，其意氣至盛，見者色相戒，不敢稍侵犯。又嘗讀古載籍中所傳諸氣節之士，見夫激厲義憤，伏闕上書，痛哭流涕，震怒天地，而猶直往無前，冒百險以相爭。迨乎鉤黨大興，禍連其親戚、朋友、宗族、子孫以及於夙未能相識，趨舍異路，未嘗銜杯酒接慇懃之餘歡之人，而前者覆亡，後者復起，其生平曾無少一毫之顧惜，不覺爲之肅然起敬，淚涔涔然下。於噱！此皆情之所感，我不自知其何如也。是故撫屈原之《離騷賦》，嚼然蟬蜕穢濁之中，浮遊塵埃之外。陶元亮之《桃花源記》，其胸中具有大同之思想，藐視三代以來小康之政治爲無足觀。鄧牧心之《元無人傳》，俯視萬物，如鼠肝蟲臂，爭折股裂喙於闇無天日之世界，欲翛然長嘯，登層雲而揖大鈞。三子者，俱自有所積於心，藉文章以抒寫其不平之氣概，至今百世下，猶令人悠悠然若踵巢、由之抗行，追夷、齊之高節，父老堯、舜，錙銖周、漢，此又誰爲之而誰致之歟？情之所感，我固不自知其何如也。

夫文之有情，豈必有所激於中而始然哉？序泰山之高，儼乎若披蒙茸，履巉巖，踞虎豹，登蛇龍；述江海之深，茫乎若駕扁舟，泛巨港，絶岸萬丈，黏天無壁。此非積於印象，動於感情，何以能若是之思精而慮密哉！若夫秋風瀟灑起乎筆端，夜月凄涼明乎紙上，狀雷霆之霹靂砰轟動人，賦霰雪之飄零霏霏欲下。《長揚》、《羽獵》令人生馳騁之思，《西射》、《南亭》聞者起登臨之想，譚權則字與笑並，論慼則聲共泣偕，情之所發，莫之致而致妙哉！李延壽之論文曰：「蘊思含豪，遊心內運，放言落紙，氣運天成，莫不稟以生靈。遷乎愛嗜，機見殊門，賞悟紛雜，感召無象，幻化不窮。發五聲之音響，而出言異句；寫萬物之情狀，而下筆殊形。暢自心靈，而宣之簡素，輪扁之言，或未能盡。」於嘑！文章之變化，情之一字盡之矣。

文才

文雖根於性而發於情，然人之情性憧憧往來，萬塗並出，孰主張是？孰綱維是？南郭子綦曰：「與接與搆，日以心鬥。」蓋性情之鎔冶亦難矣。魏文帝論文以氣爲主，劉彦和言辭以骨爲先。夫尚骨之文，魁岸峻峭，奇峯插天，獨立千古，凜乎難犯，周秦諸子之文也。尚氣之文，轟然而來，截然而止，似斷非斷，似續非續，奇趣横生，變幻無迹，跌宕頓挫，作作有芒，兩漢唐宋諸大家之文也。雖然，有骨不能無氣，必斂氣於骨之中，斯其骨勁。有氣不能無骨，必運骨於氣之内，斯其氣雄。斂氣以運骨，其文才乎？

夫文之有才豈易言哉？劉子玄曰：「以張衡之文而不閑於史，以陳壽之史而不習於文。」夫文之有才豈易言哉？六經、《論語》之文，如日月之經天，江河之行地，非可以文論也。若孟子抱天縱之大才，趙岐以謂「生有淑質」。孟子又自言「善養浩然之氣」。故其文如放大海，處洪濤巨浪之中，汪洋萬頃，百怪惶惑，令人莫測其源之所出，流之所歸。荀卿之才不及孟子，其文往復百折，條流井然，有渾灝流轉之氣象。太史公周行天下，徧覽名山大川，與燕趙間豪俠相交遊，故其文悲壯沉鬱，鬼哭神驚，忽焉而起，忽焉而伏，蛟龍舞海，鷹隼摩空，瞥然一見，瞬息滅没。孟堅之才不及太史公，其文謹守繩墨，裁制森然。章實齋以謂「孟堅之體方以智，不如太史公之體圓以神」。偉哉言乎！

今又即世俗所謂唐宋大家之集論之，韓退之曰：「氣，水也。言，浮物也。水大而物之浮者大小畢浮。氣之與言猶是也，氣盛則言之短長與聲之高下者皆宜。」蓋退之之養氣，孟子後一人也。故其文縱横排奡，如海水天風，傾倒萬狀，噴薄吹盪，渺無涯際。柳子厚自謂「不苟爲炳炳烺烺、務采色、夸聲音而以爲能」。其骨髓峻也，故其文堅刻直入，若披兜鍪横鐵矛，躍馬馳驟酣戰於百萬軍中，見者皆披靡而走。歐陽永叔之文，流麗優美，有紆徐委曲之妙，其才不勁，其力遂弱。蘇明允之文，奇峭挺拔，大有先秦風格。東坡之文，恣肆奔放，似黄河之水從天上來。潁濱以養氣自負，其論太史公猶但云「頗有奇氣」，據其言以觀，似潁濱之文必弄閑於辭鋒，賈餘於文勇者，然讀其撰述，遠在乃父乃兄之下，才不足也。王半山、曾南豐二子，純乎經術，氣發爲大文章，不競以才見長。綜而言之，唐有韓、柳，而唐之氣盛。宋有歐陽，而宋之氣衰。宋之文不及唐，皆歐陽永叔爲之也。

雖然，唐末五代又趨駢儷，宋初承五代之敝，文格益靡，真氣索然。如楊億、劉筠、錢惟演者流，大率襲晚唐濃麗之習，登高而呼，學人響應一時，號曰「楊劉體」。而宋景文爲一代史材，其所著《新唐書》諸傳亦不免彫琢劖削，務爲艱澀。柳肩愈慕韓、柳之文章，於開寶初年，石徂徠亟稱其文，惜力弗能逮，而其學遂及身而止。穆伯長於大中、祥符間又鋭志復古，不爲五季衰颯之文，傳其學於尹師魯，而風氣初開，菁華未盛。至歐陽永叔受古文之學於尹師魯、孫明復二子，意猶未足，必希蹤孟堅，效法昌黎，務極文章之能事，而又得臨川、南豐，眉山諸君子起而與之左右之，則宋代之文章遂駸駸乎東漢之遺矣，歐陽永叔亦不爲無功也。或曰：唐之文格，亦非韓退之所獨創。蘇東坡謂韓退之「文起八代之衰」，論其盛耳。陳子昂當唐代之初，已爲散體之文章，疏樸有古氣，韓退之、柳子厚亦嘖嘖道之。張説、蘇頲又造雅正之文於玄宗之朝，當時稱爲「燕許大手筆」，非虚諛也，但未甚雄闊耳。若才氣陵厲，戛戛獨造，務盡除魏晉六朝之窠臼者，蓋自元次山、獨孤毘陵始。抑我尤謂六朝而後爲古體文者，實起於姚伯審父子。趙甌北曰：「姚氏《梁書》雖全據國史，而行文則自出鑪錘，直欲遠追班、馬。」蓋六朝爭尚駢儷，即序事之文亦多四字，爲句罕有用散文單行者。《梁書》則多以古文行之，如《韋叡傳》叙合肥等處之功，《昌義之傳》叙鍾離之戰，《康絢傳》叙淮堰之作，皆勁氣鋭筆，曲折明暢，一洗六朝蕪冗之習。《南史》雖稱簡淨，然不能增損一字也。至諸傳論亦皆以散文行之。魏鄭公《梁書·總論》猶用駢偶，此獨卓然傑出於駢四儷六之上，則姚察父子爲不可及也。

文學

劉氏《七略》叙述諸子百家之書必曰「某家者流，蓋出於古某官之掌」。夫諸子百家，其思想之卓絶，識見之高遠，俱能出人人，入天天，鑿渾沌之竅，叩洪鈞之鈴。而古某官所掌，皆先王之陳迹，輪扁所謂糟魄是也。然諸子百家必學焉而得其傳，而後持之有故，言之成理。我讀孔氏書有曰：「吾嘗終日不食，終夜不寢，以思，無益，不如學也。」又曰：「吾多見而知之，多聞而識之。」又曰：「述而不作，信而好古。」又曰：「誦詩讀書，與古人居。讀書誦詩，與古人謀。」然孔子，世所稱爲生知之大聖也，其才豈不能獨闢千載，自我作古？而必兢兢於誦詩讀書，好古多聞見者，抑何故歟？莊生曰：「吾生也有涯，而知也無涯。以有涯隨無涯，殆已！」孔氏之意亦以冥思索塗，所得無幾。由博返約，則古人之思想皆我之思想，古人之識見皆我之識見，古人之閱歷皆我之閱歷。毋敝吾精，毋勞吾神，萃數百千年中無量數之古人，鼓一鑪而冶之，焕乎天地間絶大之文章矣。韓退之，唐代一文人耳，其自述生平之得力乃曰：「究窮於經傳、《史記》、百家之説，沉潛乎訓義，反覆乎句讀，磨礱乎事業，而奮發乎文章。」凡自唐虞以來，編簡所存，大之爲河海，高之爲山嶽，明之爲日月，幽之爲鬼神，纖之爲珠璣華實，變之爲雷霆風雨，奇辭奥旨，靡不通達。夫退之斯言，雖或欺人之語，然博覽古今，析薪破理，自是文章家確切不移之道也。柳子厚亦曰：「吾爲文章，本之《書》以求其質，本之《詩》以求其恒，本之《禮》以求其宜，本之《春秋》以求其斷，本之《易》以求其動，此吾所以取道之原。參之《穀梁氏》以厲其氣，參之《孟》、《荀》以暢其支，參之《莊》、《老》以肆其端，參之《國語》以博其趣，參之《離騷》以致其幽，參之太史以著其潔，此吾所以旁推交通而以爲之文。」於嘑！韓、柳之意，皆抉菁擇華以爲文辭之助焉而已。然其言亦若是，文章之於學問其可泛泛視之乎？鄭漁仲論太史公百三十篇以謂「開塞草創，不足於博雅之稱」。夫大著述者，必深於博雅而盡見天下之書，然後無遺憾。讀鄭氏《通志》二十略，上下千載，薈萃羣言，精心結撰，折衷至當，洵博雅大儒也。然鄭氏《通志》之作，讀書數十年，周覽天下名籍，而後結茅夾漈山中，著書二百卷。大而周天之步數，山川之脉絡；小而昆蟲之情狀，草木之質性，精而六書之錯綜，七音之變化；贏而氏族之辨别，都邑之經界，無不綱張目舉，縷析條分。於嘑！此鄭氏之所以爲古今之第一大文章家歟！

夫文者，學之所寄以傳焉者也。學無文不達，文無學無質。昔許武仲有言曰：「吾將爲名乎？名者，實之賓也。吾將爲賓乎？」蓋文者亦學之賓也。是故古代文章家必挹六藝以澤其根，斟百氏以沃其膏，醞釀蓄積，沉浸而不輕發。逮乎握管之頃，隨意所觸，揚之欲其高，斂之欲其深，推而遠之欲其雄且駿，變幻離合，倚馬千言，滄浪之巨觀哉！即亦有文而不能工者，彼或不精於韻，不嫻於法爾。然辭之所出，亦必多見古書，薰蒸濃郁，吐屬典雅，自無疏陋鄙俚語。譬若世禄之家，天然無寒儉之氣也。不然，則積理不富，涵養不深，雖有長篇大文，瑰瑋喬皇，濡染椽筆，滔滔不窮，然終爲無源之水，無根之木，其槁且涸，可立而待矣。學其庸可已乎？或曰：是固然矣。然以項羽之不嗜學而有「拔山蓋世」之歌，漢高帝之不喜儒者而有「風起雲飛」之句，彼亦何所學而得爲如是文哉？迄今味其餘韻，繹其氣象，懔懔乎英雄之概躍於紙上。植體高邁，居然絶唱，抑何故歟？於嘑！是其志之遠與其量之宏也，而又偶然出其性之真，非可以文人之撰述觀也。然以較學者之沉博淵懿，奥義深文，彼又何足論哉！《傳》曰：「文以載道。」夫道即所學之道也，不識經術，不通古今，而自命爲文人，揚子雲所謂「摭我華而不食我實」，烏足稱於大君子之門哉？韓退之之詩曰：「文章豈不貴，經訓乃菑畬。潢潦無根源，朝滿夕已除。人不通古今，馬牛而襟裾。行身陷不義，况望多名譽。」世之人往往工綺靡之浮文，泯淵博之實學，雕蟲小技，壯夫不爲，慶生歟？吊死歟？世俗之酬酢歟？此皆衣食之媒介，名譽之因緣也，而亦得謂之文哉？夫文者，學之所寄以傳焉者也。

雖然，我聞之潘次畊氏之言曰：「有通儒之學，有俗儒之學，學者將以明體適用也。綜貫百家，上下千載，詳考其得失之故，而斷之於心，筆之於書。朝章國典，民風土俗，元元本本，無不洞悉。其術足以匡世，其言足以救世，是謂通儒之學。若夫雕琢詞章，綴輯故實，或高談而不根，或勦說而無當，淺深不同，同爲俗儒之學而已矣。」夫具通儒之學者，其文皆有用之文，以闡道德，以維政教，以表章學術，垂天壤間，貫日月而不朽者也。竊俗儒之學者，其文爲無用之文，注蟲魚命草木而已。否則，探幽索冥，鉤摘三古以駴世俗而已。後世多俗儒之學，而鮮通儒之學，故後世之文章不及古昔之樸茂。不然，則世界之改遷日進一日，而文章之變化亦必日精一日，何秦漢下二千餘年不能再覩六經、《論語》之文章，諸子百家之載籍歟？

文識

才人之文奇而變，學人之文辨而博。奇而變者多汪洋自喜之詞，而其弊或流於失中；辨而博者多探原竟委之談，而其弊或失之寡要。二者皆不能無偏，章實齋曰：「才須學也，學須識也。」又曰：「學問文章，聰明才辨，皆不足以持世。所以持世者，存乎識也。」達人之言哉！夫自古文章，如六經之記載，諸子百家之學説，太史公之百三十篇，鄭漁仲之《通志》，皆具有卓絶之識見，而發爲偉大之文章，故其言參天地，包古今，富山海，昭日月，極後世文人墨士殫畢生精力，名山闃寂，苦雨淒風，刻肝鏤腎，嘔心咯血以爲之，卒不能契其神而肖其真。豈才之不富耶？抑學之不廣耶？識不足以副之，雖洋洋灑灑，積數百千萬言，仍無謂也。蘇子由曰：「文不可以學而能，而氣可以養而致。」我敢易其言曰：「文不可以强而爲，而識可以錬而成。」夫讀古人之書，觀古人之文，萃無量數古聖賢於我之胸中，而聚精會神以求之，如醫者之索人之病源然，目光炯炯，明見豪髮，無微不達，無幽不燭，而文章之識以生。不然，則一字一句不敢出古人之範圍。伏案數十載，埋首喪面，丹鉛不離於手者，必不足以言識也。若夫樹立標幟，拔奇自異，糟魄典籍，芻狗陳言，岸然必欲傾古人之壘而奪古人之軍者，亦不足以言識也。王陽明曰：「返之吾心而不安，雖言出自孔子，未敢遽以爲是。」持平哉斯言。我亦謂求之義理而未當，雖聖賢之文無足貴。按之義理而能精，雖出諸農夫之口，野老之談，爲輶軒所不採，縉紳所不道，方志所不詳，學人所不喜，而亦當甄録毋遺，寶之奕世。我不解後世自名能文者流，往往摹擬古人詡爲心得。揚子雲，漢代之通儒也，而作《太玄》以象《易》。王仲淹，曠世之逸才也，而作《元經》以法《春秋》，作《中説》以效《論語》。彼其宗旨偉然，我不敢言。我竊謂譙周之《古史考》，見《春秋》書列國之卿，皆曰「大夫」。而彼於李斯之棄市亦書曰「秦殺其大夫李斯」。不知列國爲諸侯，而秦爲天子，丞相、大夫之名殊不可以相襲也。干寶之《晉紀》，見《春秋》書魯曰「我」而彼書晉天子之葬亦曰「葬我某皇帝」，不知魯與各國並列，非稱「我」不足以異於他國。而晉統海内，分何彼我之殊？如此之類皆爲寡識，劉子玄《史通》辨之詳矣。更有摭拾前言，自謂復古。如唐鄭餘慶之奏議多沿用漢、晉語，宋蘇東坡作《表忠觀碑》亦效秦人之刻石，而書制曰可，文雖工而不合於世之用。他若郡邑官號氏族之因襲古稱，近代之文章比比皆是。顧亭林以謂「於理無取，於事有礙」。豈酷論哉？然此猶文人之通病也。抑我尤憾夸張妄誕之徒，憑虛搆象，破壁而飛，魑魅魍魎，鬼怪百出，海客乘槎，姮娥竊藥，左慈易質，劉根竄形，杜魄化而爲鵑，荊屍變而爲鼈，東韓之俗，雜人禽於一方；大秦之橋，架天空而走海。效任昉之《述異》，仿王嘉之《拾遺》，高窮大荒之山，遠揖羨門之屬，掩天地以一指，束乾坤爲兩人。錮智炫世，奇語驚人。是徒以駴聾瞽之見聞，而邀一時之聲譽也，詎足當有識者之一盼哉？而廣博自喜之士又復妄作才智，徒矜蒐討，蹠拾讕言，網羅鄙說，濫而乏要，冗迷其緒，龜掌自奮，脱眉不知。事皆傳疑，語尠徵信。真贗錯出，涇渭雜陳。前史之所糞除，學士之所糟粕，務多爲美，聚博爲功。混魚目於隋珠，寶燕石爲和璧。牛溲馬勃，並入藥籠。庸櫟朽株，淆於杞梓。駢指在手，何加力於千鈞。肬贅附身，非廣形於七尺。流宕忘返，無所取材。於嘑！是皆文章中之蕪穢無用者矣。

文德

大哉！章實齋之言文也。曰：「古人論文，惟論文辭而已矣。劉勰氏出，本陸機氏説，而昌論文心。蘇轍氏出，本韓愈氏説，而昌論文氣。可謂愈推而愈精矣。未見有論文德者，學者所宜深省也。夫子嘗言『有德必有言』。又言『修辭立其誠』。孟子嘗論『知言養氣，本乎集義』。韓子亦言『仁義之途』，『《詩》、《書》之流』，皆言德也。今云未見論文德者，以古人所言皆兼本末，包内外，猶合道德文章而一之，未嘗就文辭之中言其有才、有學、有識，又有文之德也。」大哉！章實齋氏之言文也。夫文之不可絶於天地間者，明道也，經世也，述古也，信今也。有此四者，然後有益於天下，可傳於後世。自古安有文德不具而可稱爲至文者哉？張櫰壇有曰：「儒者之文敷榮遂暢。其言藹如者，有仁之意焉；優遊不迫，動中規矩者，有禮之容焉；明重大，舉紀綱，鉤玄達奥，無之不入者，有智之用焉；發潛德之幽光，誅姦佞於既死，字若挾秋霜、辭足貫金石者，有信與義之方焉。是故可以格豚魚，可以感鬼神，可以懾姦邪，可以動沉怨。」於噱！張氏之言，亦知文章爲道德之華，道德爲文章之實，文章與道德不可須臾離也。昔韓退之言「先文後道」，歐陽永叔言「文與道俱」，朱晦庵譏韓歐二氏「皆裂道與文爲二物，非也」。知言哉！或曰子貢有言：「夫子之文章可得而聞也，夫子之言性與天道，不可得而聞也。」蓋文章之異於性道也久矣。惡，是何言？夫子之文章，即夫子之性道。子貢不曰「性與天道不可得聞」，而曰「言性與天道不可得聞」。子貢之意，以夫子之性道即寓於文章之中，未嘗離文章而别言性道也。後儒不得其解，乃分文章與性道而爲二，於是文章自文章，性道自性道，而文人之心術不可問矣。我嘗繙古載籍，見夫魏晉以降，文體大變，往往名違其實。如劉子玄所謂「談主上之聖明則君盡三五，述宰相之英偉則人皆二八，國止方隅而言呑併六合，福不盈眦而稱感致百靈，斯乃鋪張盛治，曲筆阿時，追琢曼詞，語皆枝葉」。又或主雖昏愚，羅致文士，綸音所下，藹然仁人。如劉子玄所謂「觀其政令則辛癸不如，讀其詔誥則勳華再出」。斯又文非其人，事異其文，羊質虎皮，曷徵實録。又或藻鑒人倫，不存直道。飾人之善，以護我侶；誣人之短，以逞我讎。如杜甫以王維爲高人，陳壽謂「蜀都無史職」。斯蓋用舍憑乎胸臆，威福騁乎筆端。又或諂媚權奸，文不由己；舞詞弄札，賊忠陷良。如馬融之阿梁冀，草奏而殺李固；林希之媚章惇，擬制而貶蘇軾。斯又與虎爲倀，緣澤其姦，巧言如簧，顔之厚矣。又或朝爲仇敵，夕爲君臣，飾言自解，辭采動人，如陳琳爲袁紹草檄，聲曹操之罪，辱及祖先，可謂壯矣。而紹敗從操，自比矢在弦上。斯尤諂諛無恥，入主出奴，雖有文辭，何當於道？又或身事數朝，自忘污辱，齒德位望，巍然兼優，迺復藉詞以自矜，不知人間世有所謂羞恥事者。如馮道歷相四姓十君，竊位於篡弒武人之朝，視喪君亡國未嘗措意，方自稱「長樂老」，叙己所得階勳官爵以爲榮，誇張揚厲，滿紙淋漓，忠孝兩全，言之無愧。又乃作詩以自喻，曰「窮達皆由命，何勞發嘆聲。但知行好事，莫要問前程。冬去冰須泮，春來草自生。請君觀此理，天道甚分明」。道其自以爲能行好事，故得此美報，而當時萬口同聲，以謂名臣元老，至或擬之與孔子同壽，道亦可謂妙遠不測矣。而作史者斷其無廉恥之心，方巾幗之不如，非詭論也。又或語傷鄙俗，言多媟嫚，訐以爲直，謬妄無倫，若伶元之《飛燕外傳》，王子充之《雜事秘辛》，不必論矣。而宋孝王、王劭之徒亦喜論人帷薄不修，言貌瑣事，而篇中所列往往詆訐相戲，施諸祖宗，褻狎猥辭，出自牀笫，爲儒者所不屑道，我黨所不敢聞，無不傳之文字，升之紀録，忘其穢論，用爲雅譚，無益風規，有傷名教，是世界之辠人，犯聖賢所必誅。文人無行，令人髮指。於嘑！是皆未明乎文德之説者也。

文　時

夫論文而至道德，蓋已窮文章之秘奥，發曠古所未言，而爲萬世不刊之論矣。然我謂尤有其時焉。夫文章者，又與時俱變者也。讀書數萬卷，不知古今世界之變遷，氣運之升降，政體之純雜，風會之趨向，而兢兢然執數百千年來古人之文章，塗附塵趨，據爲定本，曰我能得古人之傳而闡古人之秘矣，是猶膠柱而鼓瑟也。《孟子》曰：「誦其詩，讀其書，不知其人，可乎？是以論其世也。」孟子其獨知古今文章變易之原理矣。夫自文章之性質而言，則根於心，矢於口，徵於事，藏之名山，傳之其人，雖極終古萬年億萬年，但令文字猶存，而其性質必無異也。而自文章之時代而言，則劉彦和所謂「黄、唐淳而質，虞、夏質而辨，商、周麗而雅，楚、漢侈而豔，魏、晉淺而綺，宋初訛而新」，猶其麤焉者耳。蓋一家之中，父與子殊趨也；一人之身，先與後異轍也。抑且一日之内，或朝作而暮更；一言之發，或彼違而此順。日新月異，涂别徑分，烟海茫茫，千形萬狀，雖巧曆不能知其數，離朱不能得其象。夫五帝不相爲樂，三王不相爲禮。自古帝王之典章制度，莫不因時設宜，隨勢改易。文人之著述，詎獨不然？昔章實齋氏有言曰：「陳壽著《三國志》，紀魏而傳吴、蜀，習鑿齒爲《漢晉春秋》，正其統矣。司馬光作《通鑑》仍陳氏之説，朱子撰《綱目》又起而正之。是非之心，人皆有之，不應陳氏悞之於其先，而司馬氏再悞之於其後，而習氏與朱子之識力偏居於優也。而古今之譏《三國志》與《通鑑》者，殆於肆口而駡詈，則不知起古人於九原，肯吾心服否耶？陳氏生於西晉，司馬氏生於北宋，苟黜曹魏之禪讓，將置君父於何地？而習氏與朱子則固江東南渡之人也。」於嘑，若實齋氏者，斯可與言文之時者矣。

夫自有文之時，則得其時者，胸中壘魂傾峽而出，振筆疾書，日成萬字；不得其時者，深林嘯傲，擁膝獨歌，四顧蒼茫，浩然乏侣。而又得其時者，或達、或顯、或布之天下、或貽之後世，視爲神明，尊爲師保，奉爲萬古不祧之宗；不得其時者，或亡、或軼、或投之水火、或棄之塗泥，烟銷塵滅，苦雨悲風，一身淹没，名字翳如。劉子玄有曰：「夫爲於可爲之時則從，爲於不可爲之時則凶，如董狐之書法不隱，趙盾之爲法受惡，彼我無忤，行之不疑，然後能成其良直，擅名古今。至若齊史之書崔弑，馬遷之述漢非，韋昭仗正於吴朝，崔浩犯諱於魏國，或身膏斧鉞，取笑當時，或書填坑窖，無聞後代。是以張儼發憤，私存嘿記之文；孫盛不平，竊撰遼東之本。以兹避禍，幸獲兩全，足以驗世途之多隘，知實録之難遇矣。」痛哉斯言歟！張和仲亦曰：「左丘廢，史遷辱，班掾縲，中郎獄，陳壽放，范曄戮，魏收剖，崔浩族，甚矣，唐以前史氏之戹也。故退之避之而弗承，其有餘畏哉。」而不知後之爲史者，若宋祁，若歐陽脩，皆貴顯特甚矣。然歐公之《五代史》既統緒失當，而子京之《新唐書》亦疾霆蔽聰，何足當班、馬之一噱。豈文章之偶有不幸，亦世代使然也。於嘑！文章之於時，奇矣哉。且不獨是。巢父、許由生堯舜之世，不能伸無爲之旨而入山林；伯夷、叔齊生武王之朝，不能已征誅之局而餓首陽。王仲任曰：「巢父、許由，皇者之輔也，而生於帝者之朝。伯夷、叔齊，帝者之佐也，而生於王者之世。此其所以不遇也。」於嘑！以帝王之世界而尚有不容之學説，下此則復何問？我聞之范蔚宗曰：「漢光武方信讖緯符命之學，議郎給事中桓譚自謂『臣不讀讖』，上疏極言讖之非經，帝大怒，曰：『桓譚非聖無法，將下斬之。』譚叩頭流血，良久乃得解。出爲郡丞，譚意忽忽不樂，道病卒。」於嘑！光武，三代下之聖主也，而亦不能受桓譚之説，信文人薄命哉！何怪隋煬帝以「空梁落燕泥」之詩，而誅薛道衡；以「庭草無人隨意緑」之句，而戮王胄。隋煬帝之濫殺，固千古無道之君矣。又聞之張和仲曰：「李晟平朱泚之亂，德宗覽收城露布曰：『臣已肅清宮禁，祇謁寢園，鐘簴不移，廟貌如故。』上感涕失聲，左右百官皆嗚咽泣下。露布乃晟掌書記官于公異所作也。當時議者以朝廷捷書露布無如此作真摯動人。陸敬輿聞而忌之，後乃誣以家行不謹，賜《孝經》一卷，坎坷而終。」夫公異之文，能動九重之淚，而不能取同調之憐，不亦悲歟！以《孝經》爲刑書，以家行不謹爲阻抑賢才之具，敬輿忌才，視李林甫更巧矣。嗟乎！陸敬輿亦三代下之賢宰相，蘇東坡所謂「才本王佐，學爲帝師。論切於事情，言不離於道德。智如子房，而文則過；辨如賈誼，而術不疏。上以格君心之非，下以通天下之志」者也。而亦或妒嫉才能，迺至於是，宜乎秦檜贊成和議，自以爲功，惟恐人之議己，乃起文字之獄，以傾陷善類。一言一字稍涉嫌疑，無不横遭誣害、株累、牽連，其流毒遍天下。甚至司馬伋自言《涑水紀聞》非其曾祖光所著，李光家亦舉光藏書萬卷而悉焚之，其威燄之赫，不深可畏哉！於嘑！彼亂臣賊子，凶家害國，肆意所爲，庸詎知惜讀書種子與文人之肝血乎？痛哉文人，悲哉文人！司馬子長有云：「身直爲閨閤之臣，寧得自引深藏巖穴耶？故且從俗浮沉，與時俯仰，以通其狂惑。」夫狂惑之言，文人大不得志之所出也。自古豪傑有識之士，孰甘以狂惑自居者？而司馬子長言「自通其狂惑」，必且「從俗浮沉，與時俯仰」。於嘑！古今文人大都浮沉俯仰於時之中，而司馬子長獨抒此抑鬱不平之懷，不覺其情之切而言之痛！文人苦心，真辛曷訴。寒烟涕淚，鬼亦余欺。於嘑！上下古今之文章，未有不與時俱變者也。

我嘗讀皇甫謐之《帝王世紀》，見帝堯之世，天下泰和，百姓無事。有老人擊壤於道中而歌曰：「日出而作，日入而息。鑿井而飲，耕田而食。帝力何有於我哉？」於嘑！何其言之淡然忘也！及讀沈約之《竹書紀年注》，見舜將禪禹，百工相和而歌《卿雲》。帝歌曰：「卿雲爛兮，紀縵縵兮，日月光華，旦復旦兮。」羣臣咸進，稽首而和歌曰：「明明上天，爛然星陳，日月光華，弘於一人。」於嘑！又何其聲樂而心泰也。洎乎有夏，太康敗德，五子作歌，其文遂多怨望不平語。成周以降，文益委曲，而相將徘徊而赴節。故孔子曰：「《易》之興也，其於中古乎！作《易》者，其有憂患乎！」太史公曰：「《詩》三百篇，大抵皆聖賢發憤之所爲作也。」《鴟鴞》之詩爲周公感成王而作。夫成王賢主也，周公聖人也，而又處家人骨肉之間，宜其言之可以徑情而直達矣。何乃自託於詩人隱諷之詞，爲寫物類情之作？昔臯陶、益、稷在唐虞之朝，都俞吁咈，語必盡情。其言曰：「股肱喜哉！元首起哉！百工熙哉！元首明哉！股肱良哉！庶事康哉！元首叢脞哉！股肱惰哉！萬事墮哉！」於嘑！臯陶、益、稷，臣也；周公，親也。周公不能吐其情於成王，臯陶、益、稷得以罄其志於堯舜，所生之時殊也。孔子生東周之衰，本據亂而作《春秋》，是非二百四十二年之中，其文微而顯，其志約而晦，婉而成章，曲從義訓。夫孔子以熱心救世之聖人，爲垂教萬世之著述，必令開卷瞭然，讀者易曉，然後可以經世，可以明道，而何瑣瑣爲此非常異義可怪之論，令信之者則泥於緯候圖讖，疑之者則指爲斷爛朝報，此亦非後儒之過也。夫使徒有《春秋》之經，而無公羊、穀梁、左氏三家爲之作傳，則幾於句讀不知，文義難解。我聞爲公羊家言者曰：「《春秋》之書，危行言孫，以避當世之患。故微其文，隱其義。」司馬子長亦曰：「孔子論次

《春秋》，七十子之徒口授其旨，有刺譏褒諱之文，不可以書見。」班孟堅又曰：「《春秋》所貶損大人當世君臣，有威權勢力，其事實皆形於傳，是以隱其書而不宣，所以免時難也。」於嘑！孔子之《春秋》，亦適因其時之變而不得不然。若夫戰國之世，列强兢峙，兵戈駘藉，而諸侯王又爭以得士爲榮，於是士之崛起於其間者，遂得以抑揚反覆，言盡意隨。觀諸子百家之學說，戰國之文章，與春秋時人相比較，無不加詳而且顯，才情卓越，精采逼人，萬馬之衝，河流之決，大言炎炎，小儒咋舌。非戰國之人達於春秋之人，戰國之文雄於春秋之文，皆當時之風氣使然也。孟子生平願學孔子，孟子之才必亞於孔子，而孟子之書，氣力雄健，光芒萬丈，崇山大海，孕育靈怪。視《論語》之書，隱蔚深文，矜貴簡重，太羹玄酒，平淡寡味，而遠過之。於嘑！在孟子不自知其言之何若是之辨且激也。時無拘避，遂乃汪洋恣肆，不能自已。於嘑！文章之于時不可强而致也。

蓋時之所變，人莫能違。漢人之訓詁，晉人之清譚，南北朝隋唐之詩人，宋元明之道學，初亦無一非逸於時，迫於時，而積久成習，遂自忘其致此之由是，又當時讀書者之愚也。莊生不云乎：「以謬悠之説，荒唐之言，無端崖之詞，時恣縱而不儻，不以觭見之也。以天下爲沉濁，不可與莊語。以巵言爲曼衍，以重言爲真，以寓言爲廣，獨與天地精神往來而不敖倪於萬物，不譴是非以與世俗處。其書雖瓌瑋而連犿無傷也。其辭雖參差而諔詭可觀也。彼其充實不可以已，上與造物者遊，而下與外死生、無終始者爲友。其于本也，弘大而辟，深閎而肆。其於宗也，可謂稠適而上遂矣。雖然，其應于化而解於物也，其理不竭，其來不蛻，芒乎？昧乎？未之盡者。」於乎！以天下爲沉濁，不可與莊語。莊生之旨，抑何深也！不敖倪於萬物，不譴是非以與世俗處。莊生之心，又何苦也！隱義曲說，付之寓言，使箋註之士聚訟千秋，無從鍛鍊其辭，爲古人罪。斯皆古人出于萬不得已之情，欲其文之傳於後世，不遭一時之忌，而不能不爲此詭異之辨，瑰怪之譚，猶東方曼倩之避世金馬門，甘受當世牧圉之畜，浮華之譏，而毫不加恤。於嘑，此真可爲寒心栗骨而毛髮悚然者矣！我嘗謂無鬼論相於狗馬，淳于量飲於斗石，優旃致諷於漆城，優孟譎諫以葬馬，彼何言之隱，而語之諧。所謂「賦《關雎》而興淑女之思，咏《鹿鳴》而致嘉賓之意也」。有所託以起興，將以淺而入深，不特詩人微婉之風，實亦世士羔雁之贄。欲行其學者，不得不度時人之所喻以漸入也。吾故曰：時哉，文哉，文乃與時俱變者也。

夫文之得其時，至奇而又至難者也。昔齊之華士棲志丘壑，而太公誅之。魏之干木遁迹幽居，而文侯敬之。太公之賢非有減於文侯，干木之才非有高於華士，而或榮或戮者，其時殊也。賈生上《治安》之書，而見排於絳、灌；仲舒奏《天人》之策，而見妬於公孫。一則遇文帝而遠謫，一則遇武帝而外遷，學非其時而落落寡儔也。抑不惟此，商鞅三説秦孝公，前持帝王之論而不聽，後爲霸者之議而大悦。非帝王之論不及霸者之議，精遇孝公所不知，麤遇孝公所能受也。張良誦《三略》之書，遊説羣雄，如以水投石而莫之或受。及遇沛公，如以石投水而莫之或逆。非張良之拙説於陳、項，而巧言於沛公，合則唱之而必和，不合則謀之而不從也。曹植能上親親自試之表於明帝之朝，而不能達其志於文帝。魏徵能伸披鱗骨骾之説於太宗之側，而不能通其意於建成，非必明帝之德過於乃父，太宗之見逾於乃兄，合離之由，神明之道也。揚子雲初以雕蟲獲薦，晚乃草《太玄》而寂寞。劉子玄先以詞賦知名，後因議史事而減譽。子雲之學，自在《太玄》，子玄之識，長於論史，而偏見譏於世者，不合時宜也。而又《儲説》始出，《子虛》初成，秦皇、漢武憾不同時，既同時矣，則韓囚而馬輕，或以悲同時之知音不足恃也。然李斯之嚴畏韓非，孝武之俳優司馬，彼何嘗不知之深而處之當，而亦出於勢之不得不然也。於嘑！文章之於時，莫之爲而爲，莫之致而致，隨勢變遷，乖越互見。作者於此不能無俯仰遷就之情，讀者於此亦不能無委折推求之術也。不然，則敬通不容於東漢，孝標流寓於南朝，苻堅焚趙淵之書，蕭武燔吳均之録。君懋不隱，取咎當時。王韶直書，見讎貴族。是故以昌黎之史筆，懼有天刑；禁坡老之文章，六丁欲拾。夫文人之不遇時，則雖幽巖之内，怪壑之濆，負異懷奇，直書胸臆，亦恐陳義過高，厄於時制，徒有其驚天地、泣鬼神、貫金石、立江海之奇文，亦祇任化爲冷風，揚爲死灰，與腐木爛草長終古也，矧復執簡爭朝而必欲申其强項之風，勵其匪躬之節乎？於嘑，難矣！語曰：「直如弦，死道邊。曲如鉤，反封侯。」悲哉痛乎！我聞漢末之董承、耿紀，晉初之諸葛、（毋）〔毌〕丘，齊興而有劉秉、袁粲，周滅而有王謙、尉迥，此皆破家殉國，視死猶生。而歷代諸史皆書之曰逆，將何以激揚名教以勸事君者乎？古之書事也，令賊臣逆子懼；今之書事也，使忠臣義士羞。若使南董有靈，必切齒於九泉之下矣。於嘑！是亦時之所爲而莫可如何者也。悲乎痛哉！我言至此，不覺憂傷悼歎，嗒然若喪，欷泣千行而不能下筆矣！

總論

文章胡爲而作哉？古聖人觀天地之文、獸蹄鳥迹而作書契，於是乎有文。文也者，固天地間自有之一物，而人人心中所欲出者也。口所不能達而文以傳之，言之勿能久而文以載之，旨蘊於中，行期其遠。雖極口舌之形容，不及文言之婉曲，又况釐秩典要，垂布型範，闡發六藝，昭示千祺。《易》曰：「觀乎天文以察時變，觀乎人文以化成天下。」文之爲義，大矣哉！上世未有文字，先有語言。自倉聖制作，文用漸廣，然竹帛煩重，傳播匪易。故學術授受，咸憑口耳之傳聞。古聖人又慮其艱於記憶也，必雜以偶語韻文，取便記誦。我觀三代之書，諺語、箴銘實多韻語，若六藝之中，《詩》三百篇爲有韻之詞毋論已，即《易》、《書》二經，亦大抵奇偶相生，聲韻相協。然則有韻之文，儻亦天地自然之音，人心之聲，鳴其天籟，有莫知其然而然歟？中世文學大盛，百家諸子雜焉並出，異曲爭鳴，支流四溢。鉛槧之士，各自尊其師説以赴岐趨，其文章亦灝瀚汪恣，變幻離合，不可方物。莊、列之深遠，蘇、張之縱横，韓非之排奥，荀、吕之平易，鑠歟淵哉！其萬世文章之祖乎！而屈原《離騷》引詞表旨，譬物賦情，抑鬱沈怨，憂深思遠。上承《風》、《雅》之遺，下啓詞賦之體，抑亦百代文章之宗匠也。西漢代興，去古未遠，其文類多湛深經術，沈博淵懿，樹幹爲骨，錯綜經緯，輔之以辭。吾觀賈生作論，史遷報書，劉向、匡衡之獻疏，或造語雄奇，或行文平實，抑揚頓挫，語簡意遠。大抵皆單行之語，不雜駢儷之詞，卓哉！諸子勿可及已。又觀鄒陽、枚乘、皋、揚雄、馬司馬相如之流，咸工作賦。《羽獵》、《長揚》之作，《上林》、《甘泉》之篇，指陳事物，殫見洽聞，取義徵材，恢廓聲勢，譎而不觚，肆而不衍，非惟《風》、《雅》之遺音，抑亦史篇之變體。而其爲文也，矞皇典麗，雍容揄揚，沈思翰藻，不歌而諭，煌煌乎，夫非一代之巨製歟！洎東京以降，古誼漸披，論辨書疏諸作亦雜排體，往往以單行之語，運排偶之詞，奇偶相生，詞多比和，而文章寖寖衰矣。建安之世，七子繼興，偶有撰述，專尚華麗。即非有韻之文，亦用偶語之體，而浮靡之作遂開齊梁之先聲。自任昉、沈約、庾信、劉峻之徒興，益事研華，風格遞變，流派所趨，披靡數代。其爲文也，則又排比爲工，渲染爲富，以聲色相矜，以藻繪相飾，靡曼纖冶，流宕忘返，世愈降而文亦愈靡。嗚呼，豈非運會實使然哉！自唐昌黎起八代之衰，抗兩漢而原本六經，鋭志復古，由駢儷相偶之詞，易爲長短相生之體，創闢畦涂，力振委靡。柳州抗興，厥幟大張，成一家言，垂法後世。彼二子者，生當六代之後，挺然自拔於流俗之表。作爲文章，導源經術，希蹤子史，夫非一代之豪傑哉！ 而韓門弟子如李翺、皇甫湜諸人，偶有所作，亦能務去陳言，詞必己出，易排偶爲單行，變平易爲奇古，稱述師説，傳之異代。 盛矣哉，有唐一代之文也！ 唐末五代，文章又趨駢儷。 宋代楊億、劉筠之徒，猶以排偶著名一時。 六代積習，固難返哉！ 然宋初有柳開者，卓然特立，以韓爲宗。 厥後蘇舜欽、尹師魯諸人，爭治古文，效法昌黎，與歐陽脩相唱和。而王安石、曾鞏、蘇洵、軾、轍諸子接踵而起，古文之體，至此而大成矣。 綜而論之，昌黎之閎肆，柳州之峭潔，永叔之明婉，子固之醇厚，半山之峻削悍厲，老泉之刻深縱横，以及子瞻之捭闔博辨，子由之委曲詳盡，是皆文章之正軌，抑亦百代之圭臬也。 雖然，吾又觀於唐宋以降，其文愈繁，其詞愈質，而其趨亦愈下。 宋元諸儒，以講學相矜，研精於心性之學，以詞章爲玩物喪志，語録大興。 以語爲文，不求自別於流俗，而文章始衰。 明代以八比試士，士習空疏，不知學古。 歸震川爲一代作者，早歲困於科舉，規模狹隘，才力薄弱，不能摧廓淨盡，識者病焉。 至若崆峒、鳳洲諸子，崇茁軋之習，叚齊梁之雕琢，號爲力追周秦，以塗澤爲古，怪險詭瑣，矚然以文自雄，而不免類於優俳者之所爲，豈不傎哉？ 國初碩儒輩出，黄宗羲、顧炎武、王夫之、顏元諸公，大都皆恥爲文人，研究天人經世之學，於文章不復措意。 而侯朝宗、魏禧、汪琬之徒，或以氣勝，或以力勝，或以法勝，亦一時之傑哉，然不脱策士才人之習，未足爲文章之正軌。 近代以還，望溪、惜抱矯然自異於時文，祖韓、歐，闡發義理，趨步宋儒，淺識之士謂天下文章莫大乎桐城，至奉爲一代之正宗，百年以來，梅曾亮、曾國藩之徒，踵作稱述，至今勿衰，而不知其規模之狹隘，才力之薄弱，亦明代震川之流亞也。嗚呼！文章之道與世運而俱衰，繼而今以往，吾又不知何所終矣。

文學述林

劉咸炘　撰

《文學述林》

劉咸炘　撰

劉咸炘（一八九六—一九三二），字鑑泉，號宥齋，四川雙流人。碩學而勤於著述，其《推十書》收著作二百三十一種，分屬經學、史學、哲學（諸子）、文學及校讎學、目録學等。一九三六年又刊行自選並編年《推十詩集》上、下卷。

該書縱論文學史而側重文章之學，溯源析流，論派別辨文體，尤主文學之系統演進之説，强調各時代、各體文學均有其發展演變的文學價值和歷史價值，不應厚此薄彼。譬如八股之文盛於明代，亦一代之文章，既爲發明經史之作，又可與唐詩宋詞元曲並列爲明代之文章。

《文學述林》共四册。第一册《文學正名》等六篇，第二册《宋元文派略述》等六篇，有一九二九年成都尚友書塾刊本。今即據以録入。

（李尚行、張海鷗）

文學述林目

劉咸炘 撰

第一册

文學正名……九七〇七
論文通指　戊辰（一九二八）正月初五日……九七一三
文變論　戊辰（一九二八）二月三十日……九七二三
文選序説　庚申（一九二〇）……九七三〇
文體演化論辨正　戊辰（一九二八）十月初十作……九七三六
辭派圖　己巳（一九二九）四月修……九七三九

文學正名

文學一科，與史、子諸學並立，沿稱已久，而其定義範圍，則古無詳說，今亦不免含混，是不可不質定者也。考之遠古，《論語》所謂「文學」，對「德行」、「政事」而言。其所謂「學文」，則對「力行」而言。皆是統言册籍之學。其後學繁而分，乃有專以文名者。著録之例，則詩賦一流，擴爲集部，與史、子別。至齊梁時，遂有文、筆之區分：專以藻韻者爲文，無藻韻者則謂之爲筆（詳見《金樓子》及阮氏《文筆論》）。其後，藻韻偏弊，復古反質，所謂「古文」者興，此說遂廢。而「古文」則史、子皆入，亦未嘗定其疆畛，渾泛相沿而已。及至近世，偏質又弊，阮元等復申文、筆之説（《揅經室集》），文之範圍始有議者。章炳麟正阮之偏，謂凡著於竹帛皆謂之文，有無句讀、有句讀之別（《國故論衡》）。最近，人又不取章說，而專用西說，以抒情感人、有藝術者爲主，詩歌、劇曲、小說爲純文學，史傳、論文爲雜文學。此四說者，各不相同。論文者或渾沿舊說，或泛依新說，章、阮二說亦有從者，或且竝四說而混用之。今於諸說未暇詳辨，但略言以明其系位，先圖而後說之。

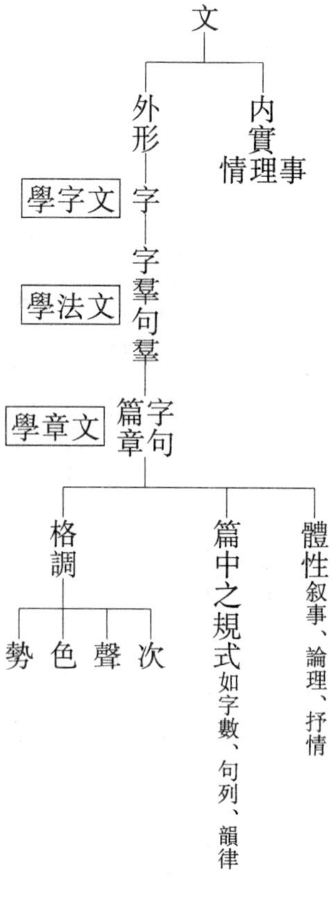

文之本義，實指文字，所以代言，以意爲内實，而以符號爲外形者也。故凡著於竹帛者，皆謂之文。

内實不外三種，曰：事（物在内）、理、情。

外形（以一篇爲單位），縱剖則爲五段：一曰字，二曰集字成句（字羣在内），三曰集句成節（句羣在内，俗所謂一筆），四曰集節成章（亦曰段），五曰集章成篇。專講一字者謂之文字學，即舊所謂小學。專講字羣句羣者謂之文法學，舊校勘家所謂詞例也。其講章篇者則爲文章學。

外形横剖則爲三件：一爲體性，即所謂客觀之文體。此由内實而定。文本以明事、理、情爲的，所明不同，方法亦異。事則叙述（描寫在内），理則論辨（解釋並入），情則抒寫，方法異而性殊，是爲定體。表之以名：叙事者謂之傳或記等，史部所容也；論理者謂之論或辨等，子部所容也；抒情者謂之詩或賦等，古之集部所容也。然諸名中，明屬於一實一法（如論與傳）者亦不多，其大半皆不定。如石刻辭本以所託之物爲名，故雖源起叙事，而亦可以論理抒情；曲本以合樂爲名，故亦可抒情，亦可叙事。又有告語之文，則本三種皆有，無所專屬。又凡文之一體，用之既久，内實往往擴張，遂有變體。如詩本主言情，而亦有用以叙事論理者，雖變甚而失本性，爲論者所斥，然苟未全失本性，且能自成一妙，則亦當容許。故一名雖爲一體之表，而名與性已不盡相掩合，特相沿自有規例，以實定體，從其多者爲主耳。至於方法，則一體中互用者尤多。事必有其理，理須以事證。情生於事，而與理相連。故叙述文中，亦間有論辨之言，抒寫文中，亦間有叙述之語，皆不可以嚴分。特其中自有主從，以法定性，從其主者言之耳。

二爲篇中之規式，如詩之五七言，以字數分也；文之駢散，以句列分也；以及韻文之韻律，詞曲之譜調，一切形式，成爲規律。一文體中多以此而成小别，如詩之歌行、絶句是也。此與文法學所講不同：彼止字與字、句與句之關係，此則全篇中諸字諸句排列之形式也。

三爲格調，即所謂主觀之文體。此如書家之書勢（漢魏人多形容書勢之文），樂家之樂調。同一點畫波磔，而有諸家之殊；同一宮商角徵，而有諸調之異。此當分爲四：一爲次，此依内實而定，叙事有先後，抒情有淺深，論理則且有專科之學。二爲聲，有高下、疏密。三爲色，有濃淡。此二者皆關於所用之字。四爲勢，有疾徐長短，此皆在章節間。體性規式乃衆人所同，惟此四者則隨作者而各不同，藝術之高下由此定，歷史之派别由此成。譬之書字，體性則篆分真行之定體也，字羣、句羣則點畫也，篇中之規式則點畫之方位也，而格調之變則所謂各家之筆意也。或肥或瘦，或平或崛，或如山，或如水，或如雲，或如鳥，態各不同，而其字體、點畫、方位則同也。又譬如人焉：次則其坐立行止之步驟也，聲音采色則其血氣肌骨也，勢則其動作之狀態也。

學文以求工也。所謂工者，工於形式也。事期於真理，情期於真善，（或謂二者止期於真，非也。所謂真理自是善。明其當如此，非止明其本如此也。情須中節，豈一真所可了乎？徒真而不中節，不得爲文之内實。）此内實之工，功在文外矣。若形式之工，則字期於當，訓詁之學也；字羣、句羣期於順，文法之學也；體性期於合，文體之論也。此皆止期於明，其内實則皆期於真善也。若規式格調則别加美爲目的。規式本以美之標準而定，格調變化隨人，而要以動人爲的，皆期於主觀之美者也。具此美者，乃謂之工文。其期於真善者，無美醜派别之可言，非文學專科之所求也。

如上所説，文之一物既分解矣。由是而觀四説，則其各有所主可見矣。章説最廣，阮説最狹，疆畛皆明，本無可非。蓋文之字義本爲致飾，對素材以爲稱。實質爲質，則形式爲文。而形式之規式格調中有樸淡華濃之别，則樸淡爲質，華濃爲文。章執前義也，阮執後義也。然於今之所謂文學專科之範圍皆不合，何也？無句讀文止有字羣、句羣及體性，而無格調，故無美醜，無派别也。阮氏之所據，則止篇中規式與格調中聲色二類之一態。彼非此態者，豈皆無所謂美哉？若齊梁文、筆之説，則又有深遠之因，非止如阮説而已。蓋自《七略》條别六藝諸子，而詩賦專爲一類。此類體性主於抒情，又用整齊之式及韻，與《書》、《春秋》、《官禮》二流之叙事、諸子之論理者不同。古之子、史家，其文格調雖美，而皆不以藝術爲標。其後此術乃成專門，有文之目（《范書·文苑》），有集之名，漸以密聲麗色爲尚，然皆詩賦一略之流，子、史不入焉。其區别固猶以内容體性，非以藝術也。其後駢式韻律密聲麗色之術，竝施於叙事論理之文，於是有文、筆之説。雖猶未混子、史，而其標準則顯立於規式聲色中矣。《昭明文選》沿守舊疆，不收子、史，而又取單論、史論、贊、行述，則選其合於沈思翰藻之凖者。劉氏《文心雕龍》不主文、筆之説，蓋知格調之不止於韻律駢式也。其書有《諸子》、《史傳》二篇，《書記》篇末且及譜、簿、占、（試）〔式〕、符、券、關、牒，已漸破狹義爲廣義。然所詳仍在篇翰，此數者猶居附録也。至於西人之論，其區别本質，專主藝術，正與《七略》以後齊梁以前之見相同。蓋彼中本以詩歌、劇曲、小説爲文，猶中國之限於詩賦之流也。然後之編文學史者，亦並演説、論文、史傳而論之，正猶《文心雕龍》之竝説史、子，蓋以是諸文中亦有藝術之美也。況小説本爲叙事，與傳記更難區分。藝術者，兼賅規式格調之稱，乃文章之本質。以此爲準，固較齊梁之偏主駢式韻律密聲麗色者爲勝，然彼仍以詩歌劇曲爲主，則亦猶《文心》、《文選》之視史、子爲附也。夫以規式格調爲標準，則於舊之以體性爲標準者已如東西與南北之不同。標準既易，而仍欲守體性之舊疆，豈可得哉！齊梁之説不可用於今，則西人之説又安可用乎！

或曰抒情之舊疆乃與子、史竝立，今没去之，則是世間止有事學、理學，而無情學矣。曰所謂事學、理學者，内實之學也。以内實論，則情固事之一也，是心理學之所究也。若養情則實際之行，非知識之事矣，情豈别有學哉！若其與子、史相竝者，表達其情之形式也，而子、史者，亦表達事理之形式也。然則同爲形式，復何疑乎？

由上以言，今日論文學當明定曰：惟具體性、規式、格調者爲文。其僅有體性而無規式、格調者，止爲廣義之文。惟講究體性、規式、格調者爲文學，其僅講字之性質與字句之關係者，止爲廣義之文學。論體則須及無句讀之書，而論派則限於具藝術之美。

論文通指

戊辰正月初五日

吾於文章，所評論撰録甚多。昔標「厚、雅、和」三字爲準，時方建立駢散合一之宗，意在折衷文派。所論詳於詞勢，至於質幹，則以章實齋先生之書已詳，故不別説。後見生徒質幹多尚未立，初基不足，未能幾於所謂厚、雅、和者。乃偏重理質，爲《作文淺導》，選《理文百一録》，又作《陸士衡文論》，述學教之經歷。而論詩亦不斥下宋人，頗喜兼取兩宋者之議論能重質幹，加以評論古書，所見日廣，不盡繩以厚、雅、和之高格，而於章先生之論，信益堅、見益明，因推求浙東論文緒言，覺其崇尚真率，雖不免粗略於詞勢，而於質幹則所見深到，如莊周之言雖荒唐謬悠無端崖，而上遂於宗也。今於厚、雅、和三言之外，再足以三言：曰「切」，曰「達」，曰「成家」。竝説其旨，徵引前人精到之言以明之。厚雅和者，狹而嚴之準；此三言則平而通之準也。常恨前人論文語零碎無系統，不精絜，不該貫，每欲取質幹本原之説作書數篇，以續彦和，補其未備，一時未暇也。今之所舉多非常見，而實是格言，此於文評，蓋可謂超出窠臼、斬絶糾紛者矣。

一　總　説

文有内實與外形。内實者，俗所謂意。外形則俗所謂詞也（謂之俗者，以其名不甚賅）。厚者，意也；雅者，詞也；和者，詞之勢也。切者，意也；達者，詞也；成家者，合意、詞而言者也。始於切，中於達，終於成家。不能成家而能達，亦可謂之成文矣。成文者不必即爲工文。厚、雅、和者，工之事也，其功在達之後。切而不厚，質不足也；達而不雅、和，文不足也。文不足者，不盡工之能事者也。雖然，尚不能切，奚有於厚？不切而惟言雅，則浮；不達而惟言和，則晦。初學者惟浮、晦之爲患耳。

文之内實，非意之一字所能賅，乃合「能」與「所」而言。能者，作者之情質（氣質）也；所者，所載之事、理、情也。文之爲用，在能表所載之事、理、情而無差，所謂文如其事也。又在能表作者之情質而無僞，所謂文如其人也。論文莫古於孔子。《論語》曰「辭達而已矣」，謂無差也。《易傳》曰「修辭立其誠」，謂無僞也。二者必賴於修辭，故《記》曰「辭欲巧」。雅者，詞義之正確；和者，詞氣之調適。皆所以求達也。詞義生於事、理、情者也，詞氣生於情質者也。説理周而正，述事明而遠（謂明於其因，通知前後），道情摯而純，詞復能雅，氣復能和，斯爲極工矣。即不能充此，而理能周、事能明、情能摯，詞氣亦足以達之，亦可謂之成家矣。實雖不同，而指歸則一，形雖不同，而面目自具（不隨文體以變），此成家之實也。

章先生之論文，約其旨亦不過三端：一曰有物，謂必有所以爲言之意；二曰至情養氣；三曰如其事，大則爲體别，小則爲公式。其《文德》篇標「敬」「恕」二義。恕即如其事，敬即養情氣也。《評沈梅村古文》、《乙卯劄記》標「清」「真」二義。清即養氣、如其事，真即有物也。

一　切

金檜門（德瑛）曰：「文詞之要，古人所以不朽者，只一『切』字。切則日新而不窮，否則牽附粉飾，外强中幹，貌腴神瘁。苟知切之爲用，則變化卷舒，象外箇中，開合無盡。第各就學識才分成其小大。若浮夸以侈規模，狹隘以詡矜貴，是皆虚車也。」張鐵甫（海珊）云：「文字最難在『實』。」

不切之病生於强作。龔定菴（自珍）謂：「枯窘題生波，乃時文家無題有文之陋法，『巡檢打弓兵，熱鬧衙門』者也。我則異是，無題即無文。」譚復堂（獻）謂：「考據家文集中《禘袷明堂考》，幾於每家必有一篇，如有司出門呵殿聲。宋學家之『太極』、『性命』亦然。」章先生《丙辰劄記》曰：「文士著書，不揣己之專長，而每喜取經史大題以爲標幟，宋人以下多不免也。然門面之文畢竟即有題矣，而亦有不切之弊。吴次尾（應箕）曰：「古文一道，今士大夫高自標置，亦言《史》、《漢》、韓、歐，不過勦襲字句而已。即如某某稱能古文詞，按篇求之，第能使幾故事、能用幾人名、能鈔幾句法而已。今人作文只有一套，如説牛則必盡引麒麟虎豹，究竟與牛何與？」

文各有大體，人所皆知，如章先生《評沈梅邨古文》所謂「序書忌用浮贊，須推作者之旨」是也。體生於實即文之用，失其用者皆爲不切。古文家好避本位而取别趣，謬也。

尹師魯（洙）《劉彭城墓志》曰：「某撰述非工，獨能不曲迂以私於人，用以傳信於後，故序先烈則詳其世數，紀德美則載其行事，稱論議則舉其章疏，無溢言費詞以累其實。」此實名言，而古文家鮮能若是，每以浮詞忌諱喪其真實。章先生論此最詳，《文史通義·俗嫌》篇及《古文十弊》之一、二、五、六、八、九，《雜説》上、中所指是也。

黄梨洲（宗羲）《張節母墓志》曰：「從來碑志之法，類取一二大事書之，其瑣細尋常，皆略而不論，而女婦之事未有不瑣細者，然則竟無可書者矣。」全謝山（祖望）《萬貞文先生傳》後記糾方望溪所撰墓志之誤，曰：「侍郎生平於人之里居、世系多不留心，自以爲史遷之嫡傳皆如此，乃大疏忽處也。」章先生《韓柳年譜書後》曰：「傳記碑碣之文，前人往往偏重文辭。或書『具官』，或書『某官』，而不載其何官；或書『某某』，而不載其何名何姓；或書『年月日』，或書『某年某月某日』，而不載其何年月日。撰者或不知文爲史裁，則空著其文，將以何所用也？傳録者或以爲無關文義，略而不書，則不知録其文將欲何所取也？」凡此諸弊，皆是偏重文辭，不求事實之過。

二 達

明王龍溪（畿）云：「讀書如飲食，入胃必能盈溢輸貫；積而不化，謂之食痞。作文如寫家書，句句道實事，自有條理；若替人寫書，周羅浮泛，謂之沓舌。」此語甚精。沓舌由於無實，不達由不切也。明陶石簣（望齡）云：「作文正如人愬事耳。敏口者能言，其甚敏者能省言，而無費文。至於無辭費而工巧，裁製之妙，靡不備矣。然勿遽爲簡也。簡而弗辨，去痞幾何？辨甚則簡，特患弗辨。」此論尤妙。墨子曰：「言無務爲多，而務爲智；無務爲文，而務爲察。」勿遽爲簡者，非以繁爲尚也，以察爲歸也。

焦里堂（循）《文説》曰：「文有達而無深與博。達之於上下四旁，所以通其變，人以爲博耳；達之於隱微曲折，所以窮其源，人以爲深耳。譬如泛舟於湖，港泮繁多，土人指而告之，終茫然莫能釋，及往來其間，歷有年所，而支分派别，瞭然於胸中，乃知土人所縷述者，原未嘗溢於所有之外，且向者土人之所述，今且得而自述之也。」又曰：「人本之南，忽東行，非奇也，南有水，必東乃得梁也。文既無物，言自不切，既不切，自不能無吞吐含混之詞，大家不免也。葉横山燮之《汪文摘謬》，所舉多此類。」

自昔文家多不明小學，不講詞例，每有誤用，此亦不達之一也。訓詁不精，非深於小學者不知；詞例不合，則細心者皆能見之，特相沿而不覺耳。金王滹南（若虚）《辨惑》，糾摘韓、歐諸大家助詞誤處甚詳，吾嘗摘鈔以示生徒，題韻語曰：「讀書人有考金石，先看文理通不通。假如一字礙筆下，空著萬卷填胸中。毫釐之差便千里，體相未具何姿容。勿言小節非頭腦，每見老手成兒童。之乎也者做得甚（宋太祖語），言別有意休盲從。」

昔朱晦翁嘗言：「《新唐書》要做文章，剗地説得不條達。據某意，只將那事説得條達，便是文章。」姚惜抱（鼐）文序事不明，禮親王（昭槤）《嘯亭雜録》、李蒓客（慈銘）《日記》皆嘗摘之。蓋近世文家過重詞勢，往往捨事理以就神韻，以史家之吞吐爲子家之辨析，以贈序之點綴爲碑志之叙述，此桐城家之大病也。極煙波嗚咽之致，而不能使人昭晰，復何貴此音樂之文哉！此章先生所謂削趾適屨、井底天文之充也。此於叙事之文，所失尤多。叙事文自有公式，不如公式亦是不達。章先生《遺書》中，如《書郎通議墓志》、《評沈梅邨古文》、《答某友請碑志書》諸篇，皆細論稱謂、格式。又《雜説》上曰「文章之道，當存雙鉤之意」。此極論也。

三　成家

干寶《晉紀》曰：「王獻之嘗云：吾於文章書札，識人之形貌情性。」（《湘山野録》引）錢牧齋（謙益）《董文敏集序》曰：「相古人之文若相人，然善相人者每闊略於裒衣大帶、端步肅拜之會，而旁求乎不衫不履、麤服亂頭之時，其神情有在、有不在故也。」此皆謂文爲情質之所表見也。章先生論文最重養情氣，其説詳於《通義・史德》、《文德》、《質性》三篇。《遺書》中《雜説》曰：「文以氣行，亦以情至。」「今人誤解辭達之旨，以爲文取理明而事白，其他又何求焉。不知文情未至，即其理其事之情亦未至也。」重情之説，始於黄梨洲，《論文管見》曰：「文以理爲主，然而情不至，則亦理之郛廓耳。世不乏堂堂之陣、正正之旗，顧其中無可以移人之情者，所謂刳然無物者也。」又《明文案序》曰：「今古之情無盡，而一人之情有至有不至。凡情之至者，其文未有不至者也。則天地間街談巷語、邪許呻吟，無一非文，而遊女、田夫、波臣、戍客，無一非文人也。」

毛西河（奇齡）《霞舉堂集序》曰：「文有名家，有當家，有作者家。名家祇如書畫家之有標格耳；而金元詞曲每以平行協時族者爲當家；至於作者家，則毋論當行與及格，而必有作者之意存乎其間。」此論最妙。名家者，稍具工趣者也；當家者，合體式者也；作家者，有所以爲言之意者也。所以爲言之意，即章先生所謂「有物」。自梨洲已發此旨，而章先生論之尤詳，具於《通義·言公中》、《文理》、《説林》諸篇及《遺書·立言有本》、《評沈梅邨古文》、《葉鶴塗文集序》、《陳東浦方伯詩序》諸篇與《丙辰劄記》中。《評沈文》曰：「《易》曰『言有物』，又曰『修辭立其誠』。所謂物與誠者，要於實有所見，不必遽責聖賢之極致，與其飾言而道中庸，不若偏舉而談狂狷。」此極論也。《立言有本》曰：「子有雜家，雜於衆而不雜於己，而猶成其家者也。文有别集，集亦雜也，雜於體而不雜於指，集亦不異於諸子也。」此語至精。凡獨見而成家者，其所得之義大抵可以貫諸事而皆通，周諸體而皆寓，《和州志·藝文書序》所謂「詩賦之所寄托，論辨之所引喻，紀序之所宗尚，掇其大旨，略其枝葉，古人所謂一家之言，必有得其流别者」。計改亭（東）《董文友文集序》曰：「所謂文章者立其質而文附之，有諸中而後章諸外也。自非至聖，其生平各有所得力之處，故其著之於言也必專。若曾子得力於孝，則孔子以《孝經》屬之；子夏得力於《詩》，則專序《詩》；孟子獨有見於性善，則專言性善；下及賈誼、晁錯專言經濟，言兵法；董仲舒、劉向、谷永、匡衡專言天人，言災異，言五經、五行。其生平所立説及其旁通而曲暢者，總不離其得力之處。毘陵董子之文，其所專言可卓然自成一家，以昭示天下而傳後世者，莫若其言天文、言律曆諸書、諸説、諸辨，蓋可謂有本者。」此論甚暢，但惜未分别言之。曾、孟之旨，皆所謂大義原理，可以貫衆事、周諸體者也；賈之禮、董之陰陽，皆是類也。若夫經濟、兵法、五行，則止專業之一事，不可以周衆體，此亦可以爲成家，而不足爲立言也。文友之得力亦止一業耳，序、記、傳、志，豈能處處言天文律曆乎？

「文以載道」，此語實是名言，特爲解者所狹。明乎道之無不在，則此語之不可非，明矣。章先生《與朱滄湄書》曰：「道，非必襲天人性命、誠正治平，如宋人之别以道學爲名，始謂之道。文章學問，毋論偏正平奇，爲所當然而又知其所以然者，皆道也。道不離器，猶形不離影。」此論甚明。先生之論道器，詳於《通義》。又《姑孰夏課甲編小引》曰：「向病諸子言道率多破碎，儒者又尊道太過，不免推而遠之。至謂近日所云學問，發爲文章，與古之『有德』、『有言』殊異。無怪前人詆文史之儒不足與議於道矣。余僅能議文史耳，非知道者也，然議文史而自拒文史於道外，則文史亦不成其爲文史矣。」慈谿鄭寒村（梁），梨洲之弟子，而極許其文者也，其《黄忠端集序》曰：「自文之與道二也，文章能事盡於餖飣吞剥間，徒相尋於波瀾段落、抑揚頓挫，而不復爲人心世道之所關，於是假名理學、矯言節義者，皆得視之爲春花秋葉。」又《環村詩文偶刻序》曰：「吾始以爲六經非道也，而今乃知詩文亦道也。日星之昭回，雲霞之變幻，山川之流峙，草木禽獸之飛走夭喬，天下文章莫大乎是，而彼太虚者，實視不覩形，而聽不聞聲也。然而孰昭回是，孰變幻是，何流何峙，何飛何走，何夭何喬，將以是爲非太虚所化焉，其可乎？」此後一説較前又進。蓋道者，一切事、理、情之總名也。文能道一切事、理、情，即是載道矣。

許周生（宗彦）序嚴氏《悔菴學文》曰：「九能貽書予曰：『凡文之作，將以明道濟世。吾於二者皆微之，奚文爲？』九能以二者自歉，予以爲毋庸也。夫爲文者孰不曰『我以明道』乎哉？其果有明邪？否邪？士不得聖人爲師，又蔽於數千載是非交錯、同異雜糅之説，非十倍往古之才智者，固無由知道之所在而明之矣。若濟世之文又有難焉：伏居一室，未嘗聽覩當世事，以審俗知弊、酌古今之得失，凡行政難易輕重緩急，人情所畏所安，財用之盈絀，事可成與否，槩弗曉，而徒搜索故籍，爲迂遠難行之論，則不如其已也。且夫道非言所可明，而言有時足以明道；世非言所可濟，而言有時足以濟世。作者或不自知，而後世讀者乃獨得之意表，（遂）〔還〕以歸功於其人之言者，往往有之。則九能之文又烏知不爲明道、濟世之文邪？」此論亦佳。不明乎道之廣，而惟以善惡勸懲爲道，則强作大題之弊生矣。

文變論 戊辰二月三十日

王葆心作《古文辭通義》，論古今文派分爲逆流、順流。謂主秦漢者爲逆流，主唐宋者爲順流。此説似是而實未通。主八家者上法先秦西漢，何嘗不逆？主八代者下取東京六朝，何嘗不順？王、李學何、李，亦如方、劉之學歸也；王、李派之選詩，略宋元而取明以接唐，歸、方派之選文，略東京六朝而取唐宋以接西漢，皆法古也，皆有近承也，安得有順流哉？

吾謂古今文派之異，不可以順逆該，而可以文質與正變該。文之變遷，惟文與詩最多，凡至四五：魏晉異漢，六朝稍異魏晉，盛唐異六朝，中唐異盛唐，兩宋又稍異中唐。其變皆以漸，至宋而變窮。元明不能再變，遂成兩派對立之形。詞曲、八比，體小時近，僅一變而亦成對峙之形。今納之爲甲乙二派，表之如下，若屢變之迹，則別有專書。

	文	詩	詞	曲	八比
甲	主唐前	主盛唐以前	主五代北宋	主元人	主正嘉以前
乙	主唐後	主中唐以後	主南宋	主明人	主隆萬以後

詞曲八比之爭不烈。文詩則甚烈，一派之中復分小派，或斷限稍殊，如取中唐而不取晚唐，取北宋而不取南宋，紛然不同，要可納於一對之中。凡文詩詞曲之對峙，大抵爲文質之殊，然已非盡爭文質，若詞則體本屬文，無純質之派，時文之變，更非文質矣。此惟正變之說，足以該之。文質之說，吾已詳論於《辭派圖》，今但論正變之說。

唐釋皎然作《詩式》，首標復古通變之說，曰「反古曰復，不滯曰變」，又謂「陳子昂復多而變少，沈、宋變多而復少」，其論甚精，過王氏順逆之說遠矣。變、復二事，本相因依。宋以前之復，雖復實變，如開元、元和諸詩家，雖反六朝而復魏晉，而其境實拓大於魏晉；宋以後之變，則雖變實復，如明及近世之主八家文者，雖曰沿中唐以後之變，而實遥宗兩漢。蓋更迭循環至於三四，則於近爲變，於遠爲復，今之所復即昔之變。加以對峙之後，兩弊皆著，則調和之道見矣。故復古者所復者不必爲正，順變者所順或且爲古。今之所論，謂源正流變之説，不論遠近與古今也，請得詳之。

明袁小脩（宗道）論詩曰：「有作始自宜有末流，有末流自宜有鼎革。」近周書昌（永年）論文曰：「文必有法而後能，必有變而後大。」譚仲脩（獻）論詞曰：「凡文字無論大小，有源流即有正變，有正變即有家數。」此三說如一說，乃論文派之原理格言也。凡一文體之初興，必絜靜謹約以自成其體，而不與他體相混，其後則内容日充，凡他體之可載者悉載之；異調日衆，凡他體之所有者悉有之，於是乃極能事而成大觀。莊子曰：「其作始也簡，其將畢也必巨。」蓋始嚴終寬，固事物之常也。試以此論，核之諸文。（駢散之文，本非一體，不可渾論，須析言之。）詩詞之初本以道情，而後乃記事說理矣。碑銘之初本渾略，而後乃詳實如傳記矣。詞之初本通俗，而後乃典麗似駢文、律詩矣。五言詩如磬，而亦可作笳鼓之雄音。遊記本地志之流，而亦作小說之雋語。略舉如是皆在變。時變之既極，則其弊濫泆，於是有識者持復古之說繩之以正體。故李太白謂「自從建安來，綺麗不足珍」；韓退之謂「齊梁及陳隋，衆作等蟬噪」；何仲默（景明）謂「詩壞於陶」；劉水村（壎）謂「宋詩止是四六策論之有韻者」；王弇州（世貞）謂「元無文，論曲者以本色爲尚」；周止菴（濟）《詞辨》列蘇、辛爲變而賤；明人論時文者，標清真雅正爲宗，而排隆、萬；凡若此類，皆復古守正之說也，表中之甲派也。然復古太甚，則其弊拘隘，於是有識者持順變之說，擴之以容流。故劉孟塗（開）謂文體至八家始備，韓之贈序，歐之集序，皆古所無；陳石遺（衍）謂開元、元和、元祐，皆辟土啓疆，若守騷、選、盛唐，惟「日蹙國百里」；彭尺木（紹升）謂「論者執成化、弘治之一概以量列朝，亦通人之蔽」；凡若此類，皆通變之說也，表中之乙派也。古之論者主甲者多，而主乙者少。明世復古者摹擬之弊大著，爲衆所詆。然詆之者仍持復古之說，特平其太峭，稍稍下取，斷限不同而已。蓋其所論猶局於詞格。至明末諸人反摹擬之弊，乃專論本質，而開容廣之風，公安、竟陵、浙東開之，而葉橫山《原詩》之論尤爲暢遂，其所持者乃在文之內實。此於論文之道爲一大進矣。

雖然，守正之說遂因通變之說而廢乎？ 又不然也。 皎然曰：「惟復不變，則陷於相似之格。復變二門，復忌太過；變若造微，不忌太過，苟不失正，亦何咎哉？」此論不差，而嫌未暢。 夫守源正者之根據在於文體，其執以非順變者謂其忘本而破體也；順流變者之根據在於文質，其執以非守正者謂其過新而輕質也。 故主源正者辨體甚精，順流變者言本甚透，非皆拘拘爭格調而已。 其拘拘爭格調者，不過文質之偏尚，于文之大端無與也。 夫格調固不足爭也，文本因人，人有異態，文有異調，常也。 彼此相非，特所見之異耳。 乙派謂甲派不知變調之美，然甲派獨非一調乎？ 獨無美乎？ 故真能順變者止非摹擬，而不非所摹擬。（如主唐詩者賤宋詩，而主宋詩者不賤唐詩，止賤學唐詩者。）根極本質而容納異調，是誠論文者所當持也。 然則通變者遂勝矣乎？ 曰：未然也。夫本質當重，而摹擬亦不可廢也。 詞格固不能無摹擬，今豈能人創一格邪？ 徒摹詞而無質固不可，若摹詞而不害其質，豈得爲病乎？ 古今文人無不摹擬，而明人獨蒙詬者，以其無質也。 顧無質者其流耳，何、李、王、李諸人之作，豈得謂皆無質乎？（摹擬不可全廢，説詳《袁中郎論文語鈔》。）且異調固當容，內實固可充，而文之大體則不可逾越。 詩固不當限於綺靡，而過於質直則不可以爲詩。詩固可以叙事說理，而叙事說理之文，要不可以爲詩。 是故詩之多隸事者可容，而曲之多隸事者則不可容也。 廢宋詩者非，而賤明曲則是，何也？ 體異也。《小雅》亦有絞直之句，而《詩》以柔厚爲體則不可誣也，何也？ 大體不以小變而沒也。 謂「詩壞於陶」者過；而以韓之贈序、歐之集序爲宗則妄。是故極其寬焉，則不但宋詩當取，蘇、辛不當外視，即盧仝之怪、邵雍之質亦皆當取；極其嚴焉，則詩不可入詞句，詞不可入曲句。取知言論世之質，則極寬而不爲濫；立窮工盡巧之準，則極嚴而不爲拘。要之，本質之存亡，不在於體之新舊；內容之廣狹，不係於格之古今。分別言之，則各得其當；混而論之，斯爭詬所以不已也。

黄梨洲作《寒邨詩稿序》曰：「上天下地曰宇，古往今來曰宙。自有此宇，便不能不宙。今以其性情下徇家數，是以宙滅宇也。又障其往來者，而使之索是非於黄塵，是以宙滅宙也。」此排守正者之論也。雖然，亦自有此宙，而不能不宇，若縱其才力，大混體性，是非「以宙滅宇」乎？又絶其承傳，而使之窮怪奇於斷徑，是非「以宙滅宙」乎？蓋宇之中有異有同，宙之中有變有常，滅異固悍，忘同亦誣，過變固愚，亂常亦謬也。

若夫綜羣體而論之，則通變之説勝矣。焦里堂《易餘籥録》曰：「商之詩僅存頌，周則備風雅頌，載諸《三百篇》者尚矣。而楚騷之體則《三百》所無也，此屈、宋所以爲周末大家。其韋玄成父子以後之四言，則《三百篇》之餘氣遊魂也。漢之賦爲周秦所無，故司馬相如、揚雄、班固、張衡爲四百年作者，而東方朔、劉向、王逸之騷仍未脱周楚之科臼矣。其魏晉以後之賦，則漢賦之餘氣遊魂也。楚騷發源於《三百篇》，漢賦發源於周末，五言詩發源於漢之十九首及蘇、李，而建安而後，歷晉、宋、齊、梁、周、隋，於此爲盛。一變於晉之潘、陸，宋之顏、謝，易樸爲雕，化奇作偶。然晉宋以前未知有聲韻也。沈約卓然創始，指出四聲，自時厥後，變蹈厲爲和柔。宣城、水部，冠冕齊梁，又開潘、陸、顔、謝所未有矣。齊梁者，樞紐於古律之間者也。至唐遂專以律傳，杜甫、劉長卿、孟浩然、王維、李白、崔顥、白居易、李商隱等之五律七律，六朝以前所未有也。若陳子昂、張九齡、韋應物之五言古詩，不出漢魏人之所範圍。故論唐人詩，以七律五律爲先，七絶五絶次之，詩至此盡矣。晚唐漸有詞，興於五代而盛於宋，爲唐以前所無。故論宋宜取其詞，前則秦、柳、蘇、辛晁，後則周、吴、姜、蔣，足與魏之曹劉、唐之李杜相輝映焉。其詩人之有西崑、西江諸派，不過唐人之緒餘，不足評其乖合矣。詞之體盡於南宋，而金元乃變爲曲，關漢卿、喬夢符、馬東籬、張小山等爲一代鉅手。乃談者不取其曲，仍論其詩，失之矣。有明二百七十年，鏤心刻骨於八股，如胡思泉、歸熙父、金正希、章大力數十家，洵可繼楚騷、漢唐詩、宋詞、元曲以立一門户，而何、李、王、李之流乃沾沾於詩，自命復古，殊可不必者矣。夫一代有一代之所勝，舍其所勝而就其所不勝，皆寄人離下者耳。余嘗欲自楚騷以下至明八股撰爲一集。漢則專取其賦，魏晉六朝至隋則專録其五言詩，唐則專録其律詩，宋專録其詞，元專録其曲，明專録其八股，一代還其一代之所勝。」王國維《人間詞話》曰：「四言敝而有楚辭，楚辭敝而有五言，五言敝而有七言，古詩敝而有律絶，律絶敝而有詞。蓋文體通行既久，染指遂多，自成習套，豪傑之士亦難於其中自出新意，故遁而作他體以自解脱。一切文體所以始盛終衰者，皆由於此。故謂文學後不如前，余未敢信。但就大體論，則此説固無以易也。」

焦、王之論，可謂勇且明矣。世間有此文，則文中有此品，文體固無所謂尊卑也。《四庫》不收曲詞、時文，而鄙棄明人小品，斯爲隘矣。雖然，賦之爲詩，詩之爲詞，詞之爲曲，其變也乃移也，非代也。蓋詩雖興，而賦體自在也，鋪陳物色，固有宜賦不宜詩者矣。詞雖興，而詩體自在也，叙事顯明，固有宜詩不宜詞者矣。曲可述情，而述情之晦者不如詞，故詞雖衰於元，而近日復興起。時文雖兼叙事，終不同於平話。平話尚不能代曲，而况時文乎？由是言之，則通變與守正，固未嘗相妨矣。

文派之爭甚繁，上論文質正變，特其大端耳。至其小端，則不可遽數。凡成一派，必有所偏重，然後能嚴明，從者欲其肖也，則不覺相襲，又不知變化，久乃成習氣而可厭。懲其敝者又起而矯之，力斥前者之非，並其初創者而詆之，幾若一無可取。然苟平心細審，則後者所重，前者固未嘗無之，但較其所重爲輕耳。如攻王、李者謂其無質，而王、李固未嘗全無質；鄙宋詩者謂其無華，而宋詩固非全無華。蓋凡能成一家，則於形實華質固皆必具，未有竟缺其一而可爲人久尊者也。法人古爾芒嘗謂：「佐拉創自然主義，薄理想，排象徵，而其自作則不然。故理想主義之革命，非對自然主義之産物而發，或僅對其中極下作品而發，乃對其學説而發，對其招牌而發。此輩自信以爲新發見真理，實則不過重然火炬而已。」此論極通。知此，則一切爭端之真界可以明，而其泰甚之辨可以息矣。

文選序說 庚申

七略漸變而爲四部。劉氏「詩賦」一略，王氏《七志》更爲「文翰」，阮氏《七略》又改「翰」爲「集」，而「文集」之名成。蓋詩賦之體，流變爲頌贊箴銘，設詞連珠，而其風勢推用於一切告語之文，必稱翰而後可該。而集之爲稱，自隋以前固專指篇翰之出於詩教者也。經說、史傳各爲成書，子家别爲專門，故詞賦之流專稱爲集，非後世雜編爲集之例也。《書》、《禮》、《春秋》皆主質，故《詩》之流、藻韻之作專稱爲文，非著述統號爲文之名也。文也，集也，皆大其名而狹其實。此義不明，則六藝源流混，而文體不可復别。《文選》之爲世詬病以此。蘇子瞻首詆其無識，姚姬傳復譏爲破碎可笑。章實齋作《詩教》、《文集》二篇，發明隋前篇翰之源，正後世文集之謬，而不知《文選》之例即主詩教，故但表其輔史，摘其分門之誤，而未明本旨。阮芸臺撰《文言説》、《書〈文選序〉後》二篇，發明六朝文筆之辨，專以藻韻爲文，以救後世偏尚散行之謬。而不知藻韻源於詩教，故偏主排偶。至牽涉《四書》文而不爲通論，其不知史子集部源流，與蘇、姚同。吾既明章氏之義，乃知昭明本叙固已明言，阮氏亦未能細讀。就文説之，其義可瞭也：書名《文選》，猶之劉義慶之《集林》，沈約之《集鈔》，本專指當時之集而言。《序》先論詩，而舉六義，明乎詞賦一流皆源六義。又曰：「古詩之體，今則全取賦名。」此言後世之賦，以附庸而成大國，兼該六義，足以當古之詩也。次論騷者，騷爲賦祖也。次論詩，次論頌。頌名猶沿於古詩，不但義同。箴戒起於上世，其藻韻與詩同，而《抑》及《卷阿》，列於《三百》。銘誄固詩之流，讚亦頌之類。以上皆詞賦正傳，源於詩教者也。惟箴下銘上雜入論體，似不倫，殆以箴戒言理而連及之與？此下乃言告語之文，蓋告語單篇，與經說、史傳、子家殊途。《三百篇》中有書簡哀弔之義；春秋賦詩酬答，其義亦取主文。而枚、馬書檄原於縱横，《東漢·文苑傳》書教與賦頌並列。詔誥教令，上告下也；表奏牋記，下告上也；書誓符檄，告敵體也；弔祭悲哀，告鬼神也；末乃終以答客指事之設詞，三言七字之異句，以該諸未舉之例。篇、辭、引、序、碑、碣、誌、狀，皆屬單篇，特爲統舉之詞。篇辭本非一體，引序則一書之附物，碑碣與誌乃刻石之文，其詞簡渾與銘頌同，後世用史傳法，非古也。先後次第既已粲然，乃發其選輯之例：經不可選，不特尊經也。六經皆史，體製各殊，本非文集之流，亦不得割成書爲單篇也。昭明但言「日月俱懸，鬼神爭奥」，豈可芟夷剪裁？姚姬傳從之，止知尊經，已非了義。曾滌生則謂諸文皆本於經，經非不可選，遂徧選之。夫《詩》本單篇，列之賦頌弔哀猶可也。《尚書》，因事名篇之史也，而割分於典志、傳狀、詔令、論著。《禮記》，記也，而割分於典志、序跋。黎庶昌沿之，竟以《堯典》入於傳狀。此豈復可與攷文體乎！然後知昭明不選之爲深晰源流也：不選子家，曰「以立意爲宗，不以能文爲本」，深辨文質之言也；不選說辭，曰「雖傳之簡牘，而事異篇章」，斯語尤精。曾滌生譏姚姬傳選太史談《論六家要指》，謂其文乃史遷所述，非談本有一篇，當矣；而於姚氏選《國策》諸說辭略不譏議，且沿之焉，此豈非撰《國策》者所記非本有一篇者乎？是知一十而不知二五也。夫事異篇章，不特說辭爲然，凡子史部成書，皆非詩教一流單篇抒采之比也。故昭明又曰：「記事〔之史〕」「繫年之書」，「方之篇翰，亦已不同」。其義亦明爽矣。然其書又選史論贊，恐後人疑爲自亂其例，則又曰：「讚論之綜緝辭采，序述之錯比文華，事出沈思，義歸翰藻」，故雜而録之。明乎其選論序，亦以其藻韻合於詩教而録之，此即實齋所謂「詩教入於《春秋》，史家抑揚詠歎，原出《風》《疋》」者也。由是以推，論爲子家而選諸論。狀雖單篇，亦屬史流，而選《竟陵文宣王行狀》。《過秦》本《新書》之一篇，而割采之。蓋皆以其沈思翰藻也。不取西漢奏疏，以其質也。其他各類，皆以此爲斷，去取之旨，猶可推尋。惟《毛詩序》、《尚書序》、《左傳序》，皆非沈思翰藻，而亦録之。殆以本書主於詩教，故録《詩序》以見宗主，而《書》、《春秋》二篇，又以旁備文史源流耳。《典論·論文》亦全書之一篇，而亦割録之，蓋猶之選《詩序》也。然全書之中，亦有未安者三端：一曰序次倒，二曰立目碎，三曰選録誤。實齋謂詩賦不當冠篇，後世沿之爲陋，其說苛矣。既知文章源於詩教，而不知《文選》專主詩流，是明於彼而闇於此也。實齋選《文徵》皆以奏議爲首，此乃《文徵》輔史之當然，非選文通例。且即就文爲著述統稱之廣義而言，亦不得先奏議也。惟是昭明既主於詩，則當先詩，次騷，次賦，源流乃明。今乃先賦，次詩，而又自解之曰「古詩之體，今則全取賦名」。夫賦雖兼該六義，今固猶有詩存，非賦所能該也。此倒者一也。《序》中分詞賦、告語爲二，劃剖明晰，而編録乃於賦、詩、騷、七之後，遂列詔、册、令、教、文、表、上書、啓、彈事、牋、書、檄諸告語文，而又繼以對問、設論、辭、頌、贊、符命之出於詩賦者，又繼以史論、論之旁出史子者，又繼以連珠、箴、銘、誄、哀、碑、志、弔、祭之出於詩賦者，忽此忽彼，雜亂無序。狀出史家而間於誌後，以與志近而附焉，猶可也。序間於辭頌之間，何説耶？此所謂倒者二也。賦之源出於詩騷，志情紀行，乃真詩騷之遺，郊祀、耕籍、畋獵出於雅頌，哀傷出於國風，斯當類而次之，依其源之先後爲次第，今乃隨意編之，以情居末，猶可云防淫，其他則混矣。京都之體最後，而乃以爲首，此蓋文士之見，愛其篇體廣博耳。昭明於詩一類，略依風雅頌爲次第，首尾明白，何於賦乃混亂如此？此倒者三也。遊覽一目，可並於紀行。既有物色，便該萬象。宫殿特出，猶云擬於京都。鳥獸非物乎？江海非色乎？不必分而分。音樂中，簫笛器也，舞嘯事也，不當合而合。賦人事者多，賦動植者亦多，豈得以所選有鳥獸而無草木，有舞嘯而無釣弋（宋玉《釣賦》，劉向《行弋賦》），遂立一偏之目乎？騷、七不當别爲一目，符命立名不安，述贊誤認班書，章實齋已譏之。吾謂七當並於設論而改爲「設詞」。符命之名不足該括。彦和稱「封禪」亦然，當依李氏《駢體文鈔》稱「雜颺頌」，又不當如實齋之説並於設論也。《秋風辭》，詩也；《歸去來》，賦類也；宋玉《對楚王問》，設詞也。辭與對問二目，皆可省也。此皆所謂碎者也。以愚臆見，更定其次，當先詩，次賦，分爲楚辭、情志、紀行、京都、宮苑、典禮、人事、物色、哀傷八類，而論文附焉；次頌、次贊、次雜颺頌、次箴、次銘、次連珠、次設詞、次碑、次志、次誄、次哀、次弔、次祭。然後次詔、次冊、次令、次教、次策文、次表、次上書、次彈事、次啓、次牋、次奏記、次書、次移、次檄。告語之文既終，然後繼以序論行狀，則正附明矣。頌贊、令教、牋啓，皆可並二爲一，不並尚無害也。若夫撰録之誤，章氏謂《過秦》無論名，與班書序傳不當選，是也。雖主翰藻，子書不可割，序傳尤不可割也。《難蜀父老》，乃設詞頌德，非檄也，附於檄末，不安也。《聖主得賢臣頌》、《四子講德論》，皆颺頌之文，封禪典引之類，而歸於頌論，與四言之頌、樹義之論同列；《非有先生論》乃答難之流，而亦與樹義之論同列，此皆泥名而忘實也。雖然，其全書大體，疆畛固甚明白，固非不知源流者所得毛舉以相譏矣。劉彦和氏《文心雕龍》兼該六藝、諸子，與昭明之主狹義不同，其上廿五篇，《宗經》、《正緯》之後，即繼以《辨騷》、《明詩》、《樂府》、《詮賦》、《頌贊》，此皆詞賦本支，又次以《祝盟》、《銘箴》、《誄碑》、《哀弔》、《雜文》，皆詩之支流，終以近詩之《諧讔》，然後次以《史傳》、《諸子》、《論説》，然後次以告語之文《詔策》、《檄移》、《封禪》、《章表》、《奏啓》、《議對》、《書記》，而於《書記》篇末，乃廣論經史諸流及日用無句讀之文，其叙次亦與《文選序》大畧相同。此二書上推劉氏《七畧》，貌同心異，端緒秩然。而論文體者竟不推究，姚、曾諸人稍稍就所見之唐宋文字分立目録，遂已爲士林寶重，矜爲特出，亦可慨矣哉！

先賦後詩，今覺其不可輕非，《七畧·詩賦畧》亦先賦後詩，蓋當時自以漢賦直承《三百篇》。五言詩初興，境猶未廣。古人視詩、賦爲一，不似後人之分别。昭明之叙次，實承《七畧》耳。己巳十月自記。

文體演化論辨正

戊辰十月初十日作

美利堅人摩爾頓以演化論法施諸文學，作《文體演化論》，謂一切文體皆出於詩，由神話、農曆諺語分化而爲歷史、哲學（演説），又變而爲純粹散文，又變而爲兼文學、科學之散文。其説頗新。華人拾而衍之，謂適用於中國，徵引故實，以證其同，而强鑿之弊生矣。

夫演化之觀念可取，而其系統公例則不可守。此不獨文學爲然，吾已詳論於《進與退》篇矣。昔之論者視書之經史子集，史之六家二體，皆各自獨立，亦不復究其均整完具與否。自章實齋先生始明六藝、諸子、文集漸興之由，《尚書》、左氏、馬班嬗變之迹，以至近世專門名家，如周介存之論詞，包慎伯之論碑帖，王靜安之論古文籀篆，皆改易各立之觀，而代以遞變，此誠評論之進步，雖不名爲演化論，實演化論也。故曰「演化之觀念可取」也。夫學者之通病，在求同而忽異，强散以爲連。演化之例宜施於同質，其不同質者則不可施。編年紀傳同在史家，如脊椎哺乳之同爲動物，卉服麻絲之同爲衣料，其變固可求也。若理文、事文、情文，則各應其用而生，譬如植之與動、衣之與食，夫豈有發生之關係耶？今須先問所謂演化，據形式邪？據素質邪？據大體邪？ 以大體言，事文之雛形當如今之賬簿，理文之雛形當是零條之格言，此與歌謡之爲抒情而生者，當是兄弟而非母子。 謂日曆諺語出於歌謡，雖三尺童子亦知其非也。 觀摩爾頓之所以推衆文而皆原於詩者，蓋以情感、想像、韻律皆詩之所有，與智慧、論理、實質相爲對待，最初之文雖言理事，常雜情感、想像，又多用韻律。 其後發達，乃有純智慧、論理，實質而不用華采韻律之文。後析而先渾，乃演化之公例。 然則摩氏之言，乃主形式與質素矣。 蓋古初語簡，多用韻以便誦，是誠有之。 然此乃形式，固非詩之本質。 即今敍事、論理及言技術之文，亦常假用詩賦之形式以爲口訣，人固不以爲真詩賦也。 情感、想像誠詩之質素，然亦本非詩所獨有，不得謂有者即是詩。最初之文雖言理事，亦常雜情感，想像亦誠有之。 然嚴論之，則智慧、情感、想像諸質素本常相連而不可分。 記載中亦偶有論辨，抒情者或兼敍事，乃文之常態。 不獨古爲然，即摩爾頓亦言近世之文，即純粹科學之作亦少絶不兼感情、想像者，此固不可爭之事實也。 是故形式可以通用，素質本相交互，皆與大體之區别無關。 正如上古資生，悉取於禽獸，茹毛飲血，寢處其皮，豈可證爲衣出於食，食出於衣？ 植物、動物體中化學原質固有同者，豈可證爲動出於植、植出於動邪？

儻認韻律及情感、想像爲詩所專有，而詩之一字從其廣義，則是所謂詩者，乃一切文體未分之稱，止能證爲初渾終析，不能證爲由此生彼矣。 正如一花數瓣，不得謂此瓣生於彼瓣也。

章實齋先生嘗言一切文體出於詩，此所謂文，乃指後世華采之文；此所謂詩，亦即指想像華采之質素。彼固未嘗謂《書》、《禮》、《春秋》出於《三百篇》也。先生又嘗謂文以情爲至，蓋謂雖説理記事之文亦必有情而後爲真正之文。此與西人所用之純文學界説同，亦只謂此爲諸文之共有耳，非謂理文、事文生於情文也。

或曰真正文學既限於有此諸素，則彼理事文雖形之日曆格言無此諸素，不得爲文。然則叙事詩、劇詩、抒情詩爲文之初祖，不亦宜乎？曰：子言似是而實非也。摩爾頓之所論，固用文學之廣義（其所分，爲描寫、反省、表現三類。描寫、反省即事理文所由生，日曆格言皆是），故兼包純粹科學之文，豈用狹義之文學界説哉！若用狹義，則止當言此想像、華采之原素，覃及諸體耳，何以稱演化哉？正如富家多財，分潤鄰友，得謂鄰友皆此家所演化邪？且狹義文學之界説當重藝術，以此爲準，則最初之歌謡亦直致而缺少藝術，不獨理事文也，又得謂理事文之藝術得諸情文乎？

辭派圖 己巳四月修

劉咸炘曰：文之體性有定，而辭勢之變則無定。流派者，辭勢之所生，不隨體異而異者也。文莫盛於漢，舉漢而辭派可覩。楊升菴曰：「漢興，文章有數等：蒯、隨、陸、酈遊説之文，出於戰國；賈山、賈誼政事之文，宗管、晏、申、韓；司馬相如、東方朔譎諫之文，宗楚辭；董、匡、劉、楊説理之文，宗經傳；李尋、京房術數之文，宗緯讖；司馬遷記事之文，宗《春秋》。」劉融齋曰：「西漢文，無體不備。言大道則董仲舒，該百家則淮南子，叙事則司馬遷，論事則賈誼，辭章則司馬相如。」此二説者粗得大略。近世論辭派者，吾服包慎伯，其言曰：「文之奇宕至韓非，平實至《吕覽》，極天下之能事，其源皆出荀子，蓋韓親受業，而吕集諸儒，多荀之徒也。《荀子》外平實而内奇宕，平實過孟子，而奇宕不減孫武。然甚難學，不如二子之門徑分而途轍可循。蒯通、賈生出於韓，晁錯、趙充國出於吕。至劉子政乃合二子而變其體勢，以上追諸子，外奇宕而内平實，遂爲文家鼻祖。蓋文與子分，自子政始。孔才（劉邵《人物志》）得其刻露，而失其駿逸，子厚、永叔、明允、介甫、子瞻俱導源焉。後遂無問津者。韓、吕之書，史公次之《易象》、《春秋》，引以自方，其愛重之至矣。史公推勘事理，興酣韻流，多近於韓；叙述話言，如聞如見，則入吕尤多。淄澠之辨，固非後世撏撦規模者所能與矣。子厚《封建論》、永叔《朋黨論》，推演《吕覽》數語，遂以雄視千秋。」慎伯此論極精而難解，猶惜未能通備子、集之變。吾既詳論文體，復説文辭之派，上貫下貫，圖以明之，使學者無迷離之歎。

欲論辭派，須先辨體。文集者，名主篇翰，專指詞賦之流及告語之文而言，經説、史傳、子家不與也。以體論，則經説、史傳、子家皆主質，詞賦主文，告語可文可質。以辭派論，則辭賦自有定法，歷久不變；經説、史傳、子家、告語，則文質變遷，而有流派。吾今條列，專指此四者。西漢悉是子勢。東漢以降，乃會合子與詞賦而成文集之勢。梁後過文，唐後過質，皆不與焉。實齋謂諸子衰而文集盛，始於東漢，乃論著述，非論辭派，而適與吾説合。董、匡之文醇樸不加聲色，是經説之體也，出於七十子之徒，荀則七十子徒之著者也。賈誼述《禮》出於荀，皆以子書采入《戴記》。馬遷創紀傳，其文勢亦兼諸子而凝蓄之。遷學本道家，其書又法《吕覽》也。其《報任安書》，則枚、鄒之流。傳記之體在子、史間，抑揚詠歎，史、子所同，故其辭派統於子。洎子政而後，則兼文華。董、匡之派，子政可該。班能肖馬，而非貌似。陳狹范濶，皆整於班。干氣獨横，頗近於馬。而東漢子家，亦皆排比加華，雖沿淮南，而勢兼平宕，亦本子政也。

辭派圖

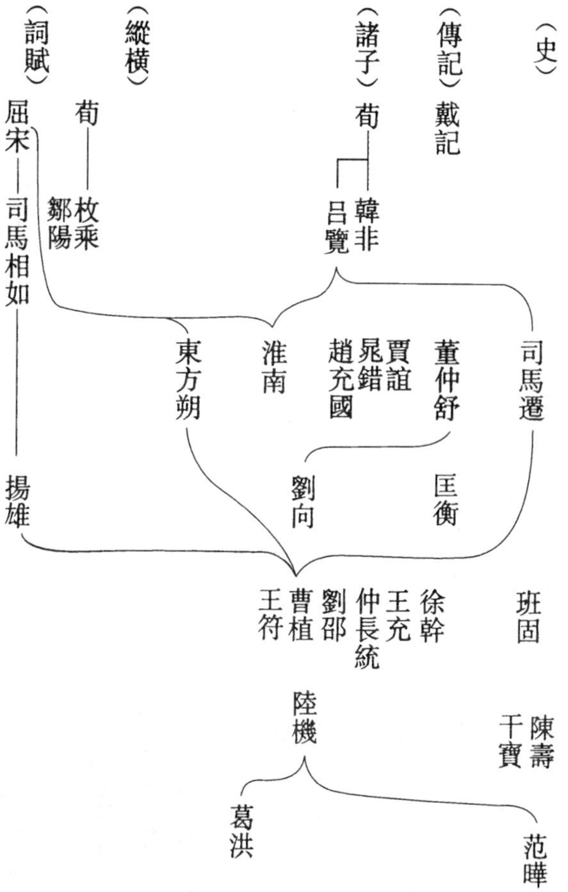
（史）
司馬遷
班固
陳壽
干寶
范曄
（傳記）
戴記
董仲舒
匡衡
徐幹
王充
賈誼
晁錯
趙充國
仲長統
（諸子）
荀
韓非
呂覽
劉邵
劉向
淮南
曹植
王符
陸機
葛洪
東方朔
（縱横）
荀
枚乘
鄒陽
（詞賦）
屈宋
司馬相如
揚雄

枚出於荀，鄒則近屈，東方雖以詞賦稱，其文則荀流也。蓋戰國諸子之文，皆取縱横説家之勢，而縱横流爲辭賦。淮南王書體承《吕覽》，詞兼屈宋，下開諸子家，觀此知子集混合，微機在是。

西漢告語之文、奏疏、書簡，皆本諸子之質，而加縱横之勢。至劉子政乃運古書入己作，稱引經傳，如賦詩言志，而組織之勢亦漸整。桓寬、谷永皆是此類。揚雄復以詞賦之法入焉。

東漢之異於西漢者，學自專門而趨博覽，文自疏直而加整密，是皆啓於劉、揚。東漢之文氣兼平宕，詞尚典雅，枚、鄒、董、匡之流合焉。子政但引古而運之，東漢則剪裁齊整。建安氣盛詞濃，晉宋彌修飭，彌狹緩。齊及梁初，引古已變爲隸事，極其濃密而骨猶存。要皆子政之裔，合荀、屈二派而鑄成者也。子派質，詞賦文，此爲文質彬彬。班、曹、陸、范爲大家，至劉峻而止，所謂不分駢散之古文即此也。

王仲任文，變典雅爲直露，與仲長公理皆近韓非，王節信近淮南，徐偉長近《戴記》、荀子，劉孔才則吕裔也。曹之承劉，陸之承曹，葛、范之學陸，皆甚明白，非强附也。

史體凝蓄，子家質白，詞賦濃密，各爲專法，不能相通。及混合而成，乃可概施經説、史傳、子家、告語無不宜，文體亦較前爲多，此實成於東漢。吾今指破，學者試取子政四疏、子建三表及《文選》所載東漢人文數篇，反復讀之，以貫前後，自可瞭然。

古文之盛止於梁初，《文選》一書適結其局。自此不降，駢散分矣。慎伯熟於《文選》，故有此妙論。知此乃知《文選》於奏疏不取西漢而取魏晉，史論不取馬遷而取班、范，意有在矣。

由吾此説，上推六藝，無不合也：《易辭》、《尚書》、《春秋》，皆不可論文勢；《詩》爲文之宗，詞賦之流之祖也；《禮》爲質之宗，諸子之祖也；而《易大傳》與《戴記》，則子之大宗也。章實齋謂「史家抑揚詠歎，乃詩教之入於《春秋》者」。又謂「戰國諸子質多本於禮教，而兼縱横以文之」。説皆至精，本非論辭派，而與吾説亦適合。

由此下推，中唐以前純駢，其派偏於辭賦，文勝滅質，非復子政、建安之舊也。中唐韓、柳諸人，取西漢之質以救之，故用子法於告語之中，然非專任質白，詞賦、史家之本法固未亡也。宋以降，不識史集源流及漢人派別，但執韓、柳所參之法，以淺語行粗氣，概施諸文，有質無文，而自謂西漢彌近，而亂真矣。

近世文學超越前代，容甫、養一、復堂、湘綺諸公，緒論秩然。然皆但作統論，未嘗詳條流派。實齋善論體，而不知辭流；慎伯善論辭，而不知體別。學者不知統系，疑於摹倣別有妙訣捷徑，此大患也。吾今舉所心得簡直説之，學者勿輕視，亦勿詫其新異。庚申七月記。

壬戌五月續記曰：章實齋謂史家貴有子意，馬學本道，其文體促，原於老經（其書多稱引老經，不啻口出）。班學本儒，其文體寬，原於《戴記》。

續圖

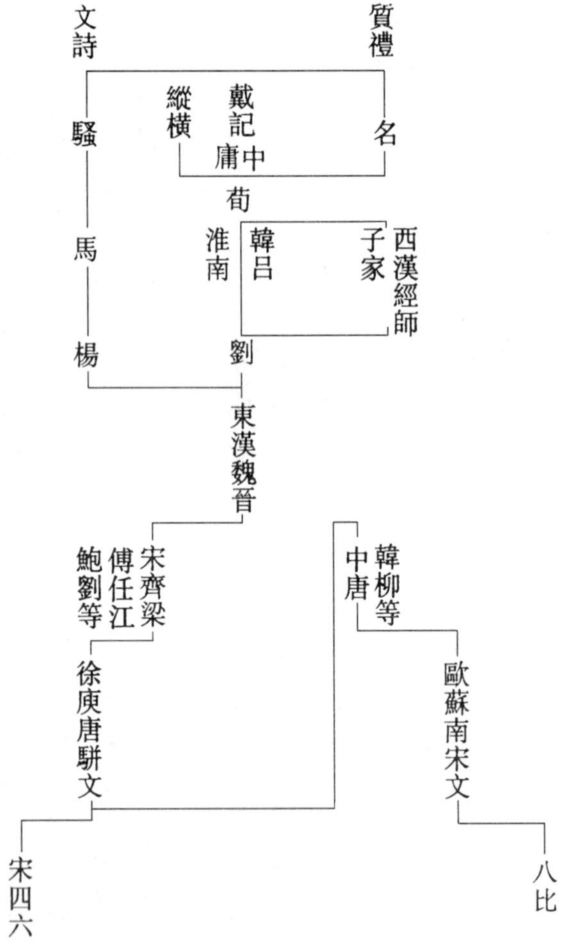
質禮
文詩
名
戴記
中庸
縱橫
騷
荀
西漢經師
子家
韓呂
淮南
馬
劉
楊
東漢魏晉
宋齊梁
傅任江
鮑劉等
韓柳等
中唐
徐庾唐駢文
歐蘇南宋文
八比
宋四六

諸子書有長篇、短節之殊。老經體同《論語》，不必論矣。長篇則莊、荀、韓、呂四家。墨不尚文，不足比也。短節則孫武爲妙。

縱横之詞，具於《戰國策》，其鋪張形勢，引喻物類，即賦家之源。（如田饒汗明諸篇可見。）若莊辛之引喻，窮極情態。辛本楚人，蓋屈、宋之徒也。淮南王嘗傳《離騷》，其賓客惟伍被有詞，與莊辛類。《小山》、《招隱》入楚詞矣。

屈子，道家也，《遠遊》篇可見。淮南書亦道家，故文承屈。荀、屈二宗，實儒道二宗也。儒狷而醇，道狂而肆。

徐國光曰：「理章而情晦，晦文而章質。禮直以顯，詩曲而微。文質之道昭然判矣。」

凡文有三：曰事，曰理，曰詞。事，史也；理，子也；詞，集也。諸子出於六藝，六藝以事該理。六經皆史，實六經皆禮也。故理統於《禮》，詞統於《詩》。

《詩》文《禮》質，中又各有文質。《詩》則比興文而賦質。國風多文，而小雅多質。《禮》則經質而記參文。

縱横家者流出於行人之官，行人之學在《詩》。名家者流出於禮官。斯二家者，文質之大較也，戰國諸子皆取資焉。

《記》多采諸子，諸子之大宗也。《閒居》、《燕居》及《子思子》、《緇衣》、《坊表》諸篇，皆稱引

《詩》、《書》。《中庸》一篇，末引《詩》七章，實後世綜合文質之祖，上承賦詩言志，下開荀、劉。荀卿深於禮而善賦。其賦喻理，采皆傅質，與蘇、張、屈、宋殊（賈誼《鵩賦》，董仲舒《山川頌》，是其遺法）。其文篤雅、平實、奇宕，實兼名家、縱横之長。韓非得其奇宕，而《儲説》下開連珠，亦非純質也。沈歸愚謂：「《鵂鳴》拉雜詠義，若不相綴，難於顯陳，故以隱語。枚乘《奏吳王書》本此。」沈知枚所出矣，而不知與《中庸》同也。

漢世經師，皆荀之裔，《戴記》《檀弓》諸篇，質多於文。諸儒經説，傳爲六代義疏、禮議。若其玄言，則名家之遺也。

漢世詞賦，枚、東出於荀，馬、揚出於屈、宋。荀賦質而屈賦文，亦猶《禮記·檀弓》諸篇與《子思》諸篇之異也。

自晉以下，嵇康、李康，子家也，質多於文；張華、潘岳，賦家也，文多於質；陸、范則彬彬矣。傅、任疏而存質；江、鮑、劉則密而過文，猶不失質；徐、庾則純文矣。章炳麟謂文章之盛，窮於天監。信矣！

中唐韓、柳諸家，承過文之極斃，參子家之質實以矯之，然猶未失文也。宋六家俱學韓。歐得力於馬遷，王得力於漢人經説，曾得力於匡、劉，老泉得力於孫武，東坡得力於《國策》、莊周。皆於質家有所原本，然文滅無存矣。歸、方皆專主歐陽。後世策論，全學蘇氏。下流不已，遂爲八比。其爲駢文者，則自四傑而降，直至宋四六，傅、任、江、鮑亦無遺種。文質遂分，而不可合焉。

劉咸炘曰：壬戌年五月既望，與利賓談辭派，極論文質，遂屬圖而説之，以申前圖，因爲《修補録》續吾書。古子家皆師弟之説並在一編也。大氐文質之異在於作述。《禮》文約而嚴，多作；《詩》文豐而通，多述。（「嘤嘤草蟲」一章，《雅》襲《風》；「揚之水」數句，《風》襲《風》；其餘一句二句相同者尤多。）諸子多作，詞賦多述。作者創意造言，述者徵典敷藻。賦詩言志，述之兆也；詞必己出，作之標也。徐、庾全述，歐、蘇全作。作述之大略分，而文質之説明矣。所謂中庸，荀卿、枚叔、子政、子建之相傳者，可見矣。

《詩》有六義，風、雅、頌爲經，而賦、比、興緯之。文有八義，史、子、詞賦、告語爲經，而叙事、論理、考據、言情緯之。風多比興，而亦有賦；雅多賦，而亦有比興。史主記事，而亦有論。子主論理，而亦有記。告語則尤顯，兼四緯矣。文承詩教，亦有賦、比、興之義。賦之言鋪，四經皆有，蘇、張之流，特其著耳。比者，屬詞比事，剪裁齊整，始於荀賦及韓非《儲説》，子政以後，大恢其法。興雖少，而言情之作，時時見焉：子幼「斗酒」、「秦聲」，希範「草長」、「鶯飛」，可以例也。四緯爲質，三緯爲文，加三於四，是謂文質彬彬。若述則假古言爲己言，又別一義焉。不明諸義，讀圖必惑！

成圖後數日，得讀《章先生遺書》（廿四卷本），其《答大兒貽選問》有云：「文章流別，各有家法。」「六代辭章，全出《騷》、《策》。」「見於《文選》，則詩教也。六朝之人多深於《禮》。」《通典》禮議，諸史《禮志》、《刑法》諸篇駁議，「文多精鑿，根柢經術，大原固出《禮經》，亦頗參申、韓名法家言，又戰國之一流也。更有見於《弘明集》中，如夷夏諸論，則清辨玄妙，又是一種，蓋莊、列之餘，亦戰國之一流也。」此説與此圖中第六條説相合。禮家固流爲名法清辨，即墨、荀、公孫之名辨，雖二實一，與縱横一流文質相對。由是言之，文章之業，前盛於戰國，而後盛於六代，唐人《文選》、三禮之學，則六代之餘。韓、柳諸人别立門庭，此二派乃泯焉，專家之精神失矣。（《文選》之學，流爲駢儷之浮靡；三禮之學，流爲注疏之煩瑣。故韓、柳以古文大義矯之。詳《流風》篇。）

文學述林目

第二册

宋元文派略述　丙寅（一九二六）二月十三作，六月二十五日修……九七五〇
明文派概説　丁卯（一九二七）十一月二十一日……九七六二
傳狀論　戊辰（一九二八）又二月十七日札記，四月二十一日成……九七七三
曲論　癸亥（一九二三）年作，辛未（一九三一）三月初七日修……九七七九
四書文論　丁卯（一九二七）九月三日……九七九二
語文平議　戊辰（一九二八）四月初一日……九八〇一

宋元文派略述

丙寅二月十三作，六月二十五日修

世言唐宋文，皆曰「八家」，一若韓、柳可以盡唐，歐、蘇、曾、王可以盡宋者然。此大疏謬也！八家之名定于朱右，而茅坤沿之。右非能文者，坤適爲近世時文之宗耳。儲欣廣以李翺、孫樵，爲「十家」，亦止据所見。吕温、劉禹錫與韓、柳齊名，杜牧後起而尤勝，韓門李翺、皇甫湜並稱，再傳則有劉蜕、皮日休等。今獨取李、孫，無謂也。尹洙、蘇舜欽與歐陽同學，宋祁與歐陽齊名，劉敞、王回篤雅不讓王安石、曾鞏，而皆黯晦，不入所謂名家之數，將徒歸之命而已耶？元明文亦有「八家」之稱，而劉肇、虞黄堂、李祖陶所舉各不同。自此十數家外，更茍昧無人道，以言標舉法式，猶有遺議，況於論考源流耶？姚氏《古文辭類纂》世所傳誦也，漢文之後繼以八家，其旁及者，韓門僅李翺，蘇門僅晁補之，元無人焉，而直繼以歸有光及其師方苞、劉大櫆。謂示家法，不得不嚴也。然晁補之無以過張耒、李廌、秦觀，而歸有光亦前不能凌掩虞集，同時不能凌掩唐順之；即以歸氏法爲衡，諸人亦豈無可取？然此猶可曰專供誦法，不必求備也。若網羅一代，所以探究流變，則不宜有所略矣。乃蘇天爵《元文類》僅詳北方、江西諸家，而浙中則略：四明一派，有袁桷而無戴表元；金華一派，則柳貫僅三篇，而黄溍、吴萊無文。危素者，元末之大家，而更事明，蘇書既未收，程敏政《明文衡》亦不録。程書僅及成化；自弘治以後，明文派别甚多。薛熙通選一代爲《明文在》，乃守其師汪琬之隘説，僅删程書，加歸有光、唐順之、茅坤及其他十數篇而已。黄宗羲《明文海》既不傳，薛書反以善本稱于世。夫論文章，自當考究源流。世無突起無因之事，韓、柳、歐、蘇、歸、唐諸家，自有爲之先後者，不究源流，安能明家法？徒以己意作選本，豈惟失陋，抑必多謬！學者既不能偏窺别集，而總集又漏略如是，前世復無文學史之作，今之爲者，空腹短視，無所憑藉，遂使三唐、宋初、南宋、元明之文學史迹，皆俄空焉，此大缺也！吾既撰《唐文論》，因復略述宋元文家派别大略。明文近且多，尚須詳考，俟之異日。

《四庫提要》曰：「唐時爲古文者，主於矯俗體，故成家者蔚爲鉅製，不成家者則流於僻澀。宋時爲古文者，主於宗先正，故歐、蘇、王、曾而後，沿及於元，成家者不能盡闢門户，不成家者亦具有典型。」此論亦得大概。宋初文人，大都吴、蜀遺臣，沿晚唐、五代之風，學則類書，文則駢體。其倡言古文古學復於韓、柳者，則北方之士柳開、穆修諸人也。《宋史·柳開傳》曰：「五代文格淺弱，開慕韓愈、柳宗元爲文。」（范仲淹《河南集序》曰：「五代文體薄弱，柳仲塗起而麾之，髦俊畢從焉。」）《穆修傳》曰：「自五代文敝，國初柳開始爲古文。其後楊億、劉筠尚聲偶之辭，天下學者靡然從之。修於是時獨以古文稱，蘇舜欽兄弟多從之遊。」（《吕氏家塾記》曰：「天聖以來，穆伯長、尹師魯、蘇子美、歐陽永叔始創爲古文，以變西崑體。石守道尤惡楊、劉。」）《邵氏聞見録》曰：「本朝古文，柳開仲塗、穆修伯長首爲之倡，尹洙師魯次第繼其後。歐陽文忠公早工偶儷之文，及官河南，始得師魯，乃出韓退之文學之。蓋公與師魯於文雖不同，公爲古文則居師魯後。」按柳、穆兩家，徒衆甚盛。种放與修同學於陳希夷，亦以文授徒，三家門人互相出入。昔人弗察，吾已詳考其名，爲《宋初三家學系圖》以補《學案》之闕。今舉其大略。柳氏一派最盛，行於山東，衍及吳越。其著者有張景、高弁、賈同、孫何、丁謂，其文皆有存者（《宋文鑑》）。而孫復、石介亦私淑柳氏，李覯亦盛推張景，皆北宋之巨儒也。种門人文不著。穆門則行於河南，尹源、尹洙、祖無擇、蘇舜欽其著也。諸家雖矯五代、楊、劉，然實近接晚唐，其尊孟子、楊雄、王通、韓愈，實皆皮日休、司空圖一流議論（觀開《補亡先生傳》及放《退士傳》可知，《退士傳》且兼稱孫樵、劉蛻、皮日休、陸龜蒙）。其好爲短議論，亦孫樵、劉蛻、羅隱之風也。葉適《習學記言》曰：「柳開、穆修、張景、劉牧，當時號能古文。時以偶儷工巧爲尚，而我以斷散爲高。自齊梁以來，言古文者，無不如此。」又曰：「柳開諸文，尊己陋物，叫呼以自譽，失古人爲學之本意。」此論亦當。大抵中唐以來，言古學古文者多以枵大爲正論，拙直爲高文。諸人高者仿楊雄、王通之體作短子書，次則委瑣矣。其較勝晚唐者，不過爲彫瑑耳。覽其遺文，以賈同、高弁、尹源爲較優；餘僅作序記。穆較柳爲成就。李覯之子書，尹洙之史學，則出乎其類矣。

葉適又曰：「王禹偁文簡雅古淡，由上三朝未有及者，而不甚爲學者所稱，蓋無師友論議之故也。」按禹偁文平實，適與晚唐彫琢者反，亦不似柳、穆之傲兀。然同倡古文，議論亦相類，柳、穆所造就亦多禹偁所造就者。

李紱有言：「韓文有二種，門人師承亦分兩途，李翺、張籍、李漢學其疏暢條達，皇甫湜下傳孫樵，學其琢鍊瑰異。」此論是也。學李翺而成者歐陽脩，學皇甫湜而成者宋祁，皆非柳、穆之所能及也。祁修《唐書·列傳》，雖藥彈射，要爲沈約、魏收以後之良史，以《五代史記》較之，互有短長，後世偏袒之論不可据也。歐顯宋隱，《景文集》遂無人問。司馬光朴直平實，時乃迫兩漢（王安石亦稱其類西漢）。《通鑑》删六朝人文尤見筆力，而世亦無稱者。與歐並稱者有劉敞原父、劉攽貢父，（《學案》列二劉于廬陵門人，非也。今所見諸雜記，記劉與歐往來皆友人之稱，顯無師弟之誼。黄魯直跋帖稱「門人」，蓋謂門客耳，非弟子也。）與曾、王同著於歐門者有王回深父，生稍晚而見賞於介甫者有王令逢原，其文皆雅勁，非獨南宋人不及，即蘇門諸子亦不逮。敞、攽文，學《春秋》公羊、穀梁氏傳、《禮》戴氏記，亦近似西漢人。宋司馬、二劉，經史之學皆深於歐，其文亦歐所畏，世徒以議論序記爲古文，歐遂獨居大宗耳。

理學家二程不工文，而周之《通書》、張之《正蒙》則子書之良也。語録流弊，弟子傳之，不可以咎師。

蘇氏本以議論長，其門多爲策論，辭益冗，氣益孱，理益疏，而其有意旨者亦或可附于子家，若張耒、秦觀、唐庚、何去非是也。北宋末人多好爲論，李清臣其錚錚者已。黄庭堅、陳師道獨彫琢爲小文，又復宋初之舊幟，志雖不顯，而南渡後，頗沿其風焉。

周必大《皇朝文鑑序》謂建隆、雍熙之間，其文偉，咸平、景德之際，其文博，天聖、明道之詞古，熙寧、元祐之辭達。此論爲葉適所非，然特辭未符意耳，意固不謬：偉，富麗也；博，寬平也；古，傲直也；達，詳暢也。

南宋之學則程、蘇二派，南宋之文則歐、蘇二派而已。策論爲主，蘇文最盛；（《老學菴筆記》曰：「時人語曰：『蘇文熟，吃羊肉；蘇文生，吃菜羹。』」）序記則以歐爲準，（《林下偶談》曰：淳熙間歐文盛行。）加以俗學汩之，出而酬應須四六，則競鴻詞記誦之學；處而講論爲語録，則掇先儒性理之言，（策論、四六、程文之弊，别詳《南宋學風考》。）故其文最衰，錚錚孤立能自名家者，有四人焉：鄭樵漁仲、鄧牧牧心，縱横恣肆，近古之子家；薛季宣士龍，好摹兩漢文，雖踸踔，亦有成體者；羅願端良，盛爲時人所推：朱子謂其文細密有經緯，方回謂南渡文章有先秦西漢風，獨願一人，王士禛則謂其古文爲南渡第一。今觀其集，擬之秦漢，稍過矣。其善者，中唐吕、劉之儕耳。其他沿溯舊法者，若朱元晦專學曾子固，縝密周至，但傷嘽緩；陸遊修絜，有北宋風，亦可稱也。

南宋學派最盛，爲朱、張、陸、吕、陳、葉並峙之時。而吕祖謙、葉適、陳傅良、陳亮皆以文名，皆蘇氏之後昆也。傅良、亮又皆學歐。祖謙、傅良，科舉之文耳。亮與其友倪朴（文卿）稍能自肆。

適，兼工諸體，足以成家，又以文傳授，南宋之文成派者惟此而已。適於前人多所排擊，而頗稱蘇氏。（元劉壎《隱居通議》曰：「永嘉有言『洛學起而文字壞』。聞之雲卧吳先生曰：『近時水心一家，欲合周、程、歐、蘇之裂。』」）其傳法弟子爲臨海陳耆卿，耆卿傳荆溪吳子良。子良著《林下偶談》，云水心汲引後進，自周南仲死，文字之傳未有所屬，晚得篔窗（即耆卿），即傾倒付囑之。耆卿門人車若水著《脚氣集》，則謂子良作新樣古文，「有間有架」，是其傳已弊。若水又曰：「大田王老先生象祖，嘗以文見水心，予嘗投以書。答書有云：『水心得篔窗而授之柄。今篔窗之門亦夥矣，求其可授者，未有也。』議論甚不是。文章自好，甚麽文柄？王行志編其先集，求序於荆溪，改作『可授者可數也』。蓋恐荆溪以爲妨也。」觀此，則爭爲派嫡，亦如道學家矣。適文腴健，自勝同時諸人；然亦時有不了語，又好夸談，不詳密。其弟子工文而集今傳者，尚有周南（南仲）、戴栩（文子），不失其法。而子良門人舒岳祥，則戴表元之師也，（吳子良稱適文不蹈襲，不爲無益之語。又稱所作墓志，隨其資質與之形貌，亦能狀其長。後學水心文者，多以隱寓譏罵爲能，《黄氏日鈔》嘗辨正之，謂葉氏不如是。）與朱、吕諸人同時講學，亦以文傳派者，又有閩中林氏：林光朝傳林亦之，亦之傳陳藻，藻傳林希逸。其旁支爲劉克莊。希逸序藻詩，述其文曰：「洗削穠華，完復素朴，羣誚鄙里，自謂奇崛。」蓋遠承晚唐之緒，而温潤又不逮葉氏者也。

羅大經《鶴林玉露》述楊長孺語曰：「渡江以來，汪（藻）孫（覿）洪（适、邁）周（必大）四六皆工，其碑銘等文，只是詞科程文手段，終乏古意。近時真景元（德秀）亦然，但長於作奏疏。魏華甫（了翁）奏疏亦佳，至作碑記，雖雄麗典實，大概似一篇好策耳。」此論甚當。然長孺所謂古文者，當何如耶？長孺父萬里亦以文名，務爲奇崛，而駁不成體，襞績雜采以爲奇，踸踔短筆以爲崛，與閩中一派相伯仲。其遠源則黄庭堅，其後起則劉辰翁。辰翁有子將孫，其派與永嘉同盛。袁桷《曹伯明文集序》曰：「乾道、淳熙江西諸賢别爲宗派，竊取《國策》、莊周之詞雜進，語未畢而更事，遽起而輟，斷續鉤棘，小者一二言，長者數十言。」即指此派。黄宗羲所謂「宗葉者以秀勁爲揣摩，宗劉者以清梗爲句讀」者也。其末流，則虞集所詆「險澀閃避」者。蓋將以矯庸弱而未得其道也。此爲江西之别派，與傳自歐、曾者殊。劉壎《隱居通議》可見其議論宗尚，宋季尤多染其風者。論文者久弗察矣。

袁桷作《戴表元墓志》曰：「後宋百五十餘年，理學興而文藝絶。永嘉之學，志非不勤也，挈之而不至，其失也萎。江西諸賢，力肆於辭，斷章近語，雜然陳列，體益新而變日多。故言浩漫者蕩而倨，極援證者廣而纇，俳諧之詞獲絶于近世，而一切直致，棄壞繩墨，棼爛不可舉。」宋濂叙表元《剡源文集》曰：「辭章至於宋季，其敝甚久。公卿大夫視應用爲急，俳諧以爲體，偶儷以爲奇。靦然自負其名高。稍上之，則穿鑿經史，櫽括聲律，孳孳爲譁世取寵之具。又稍上之，剽掠前修語録，佐以方言，累十百而弗休，且曰『我將以明道，奚文之爲』。又稍上之，騁宏博則精粗雜揉而略繩墨，慕古奧則删去語助之辭而不可以句。顧欲矯敝，而其敝尤深。」「先生之作，新而不刊，清而不露。如清巒出雲，姿態横逸，而聯翩弗斷；如通川縈紆，十步九折，而無直瀉怒奔之失。」此論可謂詳盡。四六、語録，前已論之。後一「又稍上」，則江西派也。表元學文於舒岳祥、王應麟。岳祥爲葉氏之三傳。應麟博聞，文亦敦厚。表元文稱宋季第一，何焯跋其集曰：「帥初爲學，自六經、百氏無不貫穿，而得之莊、騷者爲深。文格尤近子厚，其間似蘇門者，所從出均也。能從容於窘步，萌茁於枯條，若高山大川之觀、桑麻菽粟之用，乃其所少，則賦才者殊，而亦遭遇變故，無自發耶？然綵筆妙吻，宋季以來，莫有匹敵，宜乎伯長所專師、晉卿所深推矣！」此評甚允。今觀其文，亦惟工於序記。葉適所謂「韓愈以來，相承以碑誌序記爲文章家大典册者，蓋已久矣。」然其文不枯不險，南渡以來，固爲特異。傳其學者，獨袁桷亦以文名於元時，而不逮其師。其風流所及，則近開金華，遠開黄宗羲焉。

論元之文，當分三方：北方之文，元好問、姚燧爲雄，馬祖常、元明善等次之。盧文弨《抱經堂集》曰：「元人所爲文，古辭奥句，磥砢斑駁，大率取材於先秦、兩漢，其體裁則昌黎之《曹成王碑》、柳州之《晉問》，庶幾近之。當宋之末年，其文多流於漫衍，萎弱嘽緩，骫骳而不振，若元閻敬軒（復）、王秋澗（惲）、姚牧菴（燧）、許圭塘（有壬）諸人之文，差可矯其弊矣。然古於文者，不必皆古於辭，如第以辭之古，是乃贋古，非真古也。」

南方之文，則有江西與浙東。戴良夷《白齋稿序》曰：「自天曆以來，擅名於海内，惟蜀郡虞公、豫章揭公及金華柳公、黄公而已。其摛詞則擬諸漢唐，説理則本諸宋氏。學者咸宗尚之，並稱之曰『虞揭柳黄』。繼是而後，以文名家者，猶不下數人，如莆田陳公之俊邁，則有得於虞公；新安程公之古潔，則有得於揭公；而臨川危公之浩博，則又兼得夫四家之指授。」此叙最明。虞、揭、危皆江西人，金華則浙東也。

江西自歐陽、曾、王以降，直至近代，多以古文名，故有「古文家鄉」之稱。而元之虞集，尤爲卓著。集叙南昌劉應文文稿曰：「江西之境，山奇秀而水清瀉，其人禀是氣者多能文章。故言文者，未有先於江西。然習俗之弊，其上者常以怪詭險澀、斷絶起頓、揮霍閃避爲能事，以竊取莊子、釋氏緒餘，造語至不可解爲絶妙；其次者泛取耳聞經史子傳，下逮小説，無問類不類，勦剽近似而雜舉之，以多爲博而蔓延草積，如醉夢人聽之終日不能了了；而下者乃突兀其首尾，輕重其情狀，若俳優諧謔，立此應彼，以文爲戲。」按此所指乃黄庭堅、楊萬里、劉辰翁之流派也。集矯之而興，（宋濂《熊本墓志》謂：「宋末劉須溪以文名，人爭慕效之，瀾倒波隨。君獨疑其怪僻，非大家。因究極原委，著之簡編。質於虞公。虞公喜其與己意同。」）其文誠能復歐、曾之舊，周必大不足擬也。抑非獨江西，自南宋至明，能與抗者亦無多人，惟嘽緩之習，則較朱元晦又甚焉。其他江西人，則揭傒斯爲雄，劉詵、歐陽玄備數而已。（集之學得於吳澄，其文傳於陳旅。其徒又有熊釗、趙汸。釗傳胡儼。）後於集者，又有危素。素以事二姓，爲世所鄙，而其文實工。明世歸有光嘗愛其文，託人覓其集，作詩曰：「昔年宋學士，嘗稱太朴文。獨立撑頽宇，清響薄高雲。余少略見之，諷誦每忻忻。淡然玄酒味，曾不涉世芬。如欲復大雅，斯人真可羣。苟非知音賞，宋公安肯云？嗟乎輕薄子，狂吠方狺狺。惜哉簡帙亡，家篋少所藴」云云。王懋竑跋其集亦云：「太朴在黄、柳之後，傑出冠時。其文演迤澄泓，視之若平易，而實不可幾及，非熙甫莫知其深也。」按有光當王、李之時，而倡歐、曾之法，於南宋、元人未有所宗，即虞氏亦不道及，顧獨推素。而後來桐城家於王慎思、唐順之皆不道及，獨推有光。然則桐城一派之繁盛於近世者，其遠祖乃素也，安可數典而忘之耶？

金華一派，以黄溍、柳貫、吴萊三先生爲宗。三人皆學於宋遺民方鳳，鳳與吴思齊友，思齊宗陳亮、葉適。鳳文無足稱，而《浦陽人物記》云：「宋季文弊，鳳頗厭之，嘗謂學者曰：『文章必真實中正方可傳，他則腐爛漫漶。』」是亦矯破碎纖仄之弊者。溍於文盛推戴表元。三人之傳，則爲明初戴、胡、王、宋四先生(此稱見《蘇平仲集》)。戴良、宋濂皆兼師三人。王禕師黄，胡翰師吴，而蘇伯衡、鄭真與宋、王、胡爲友，劉基亦私淑吴氏，宋之門人則方孝孺也(王禕子紳亦宋門人)。貫又師金履祥，翰師許謙，濂亦承王柏，之三傳皆與北山一派朱學有關。全祖望曰：「婺中之學，至白雲(許謙)而所求於道者，疑若稍淺，漸流於章句訓詁，未有深造自得之言。義烏諸公師之，遂成文章之士。吾讀文獻(黄)、文肅(柳)、淵穎(吴)及宋公之文，愛其雅馴不佻，粹然有儒者氣象，此則究其所得於經苑之墜言，不可誣也。」此論亦明。又江西歐陽玄、揭傒斯，皆許氏門人，而王褘說經多用吳澄說，蓋二派本相往來也。然浙東之學，實不止宗朱。蘇天爵序《柳貫集》曰：「天爵於浙東巨儒，及識故翰林侍講學士袁文清公及公。嘗考南渡之初，一二大賢既以其學作新其徒。呂成公在婺，學者亦盛。同時有聲者，有若薛（季宣）、鄭景望之深淳，陳（傅良）、蔡（幼學）之富贍，葉正則之好奇，陳同父之尚氣，亦各能自名家，皆有文以表見於世。其爲文也，本諸聖賢之經，考求漢唐之史，凡天文、地理、井田、兵制、郊廟之禮樂，朝廷之官儀，下至族姓方技，莫不稽其沿襲，究其異同。」此論最足表金華派文之特色。諸人集中論文，殊少精語。王、宋論文（王有《文訓》、《文原》，宋有《太乙玄徵記》、《文原》）則大抵推及於天地萬物之文，宗經綜子之論，言頗唐大，惟歸重本質，以養氣爲柢，蓋其師之傳。宋氏述黃溍之言曰：「羣經爲根本，二史爲波瀾。」王氏曰（《與蘇大參書》）：「聞諸父師，謂作文莫難於紀事，紀事莫難於造言。」又曰（《文訓》）：「文之難也，莫難於史。」此足知金華之派根柢在史，全氏之論，猶止一偏耳。

宋氏作溍文集序曰：「近代自寶慶之後，文弊滋極，惟陳腐之言是襲，前人未發者，則不能啓一喙。」此語誠當。然金華諸人之異於時俗，特學稍廣博耳，求其爲前人未發者，未見也。又《朱葵山集序》曰：「文不貴乎能言，貴於不能不言。後世之文，加之以百言，而不知其有餘，損其十言，而不見其不足，以不本於道故爾。此非發於不能不言，而强言之弊也。聖賢之經，其所不言也，益以片詞則多矣。其所言也，删其一言則略矣。」此論甚精。然金華諸人之文，序記居十之七八，大抵應酬因文造情之作，求其「不能不言」者寡矣。

三先生中，溍最有名，而文則萊尤雄厚。陳旅序宋濂文，謂柳文龎鬱隆凝，黄文清圓勁切，動中法度，濂文詞韻沈鬱類柳，體裁簡嚴類黄。蓋黄氏文守戴表元之法，而柳則較濃麗，近北方諸人。吴萊則好摹擬秦漢，簡勁於黄，而奇崛於柳。戴良仍黄之舊。王亦師黄，而兼好擬古，近於吴。胡雖師吴，而文乃多清疏，近於黄。宋、（王、胡）蘇皆有子家意。胡爲最高，而持論太空疏（《衡運論》等六篇）。宋則不免膚衍陳言，（《龍門子》《燕書》）王（《卮辭》）蘇（《空同子》）尤甚。（王且襲陳言，蘇稍能長言。）記事之文，則宋、王爲善，而宋尤卓矣。

明文派概説

丁卯十一月二十一日

論明之文派，較宋元爲易，而實較宋元爲難。其易者，派别簡明也。《四庫提要》謂：「宋之文主于宗先正，故歐、蘇、曾、王而後，沿及于元，成家者不能盡闢門户。」此至明而尤甚。宋之不能自闢門户，乃數大家以後耳。數大家固能自闢也。若明，則所謂大家，亦不過摹仿前人。此固由前變已多，至此不易爲創，亦由明世古文之學最衰。故論明之文，其大體不過李、何、李、王之宗八代與王、唐、歸、茅之宗八家相抗而已。此固人人能言之者，所謂易也。雖然，此未足也。二派各有所執，議論之爭固當詳，宗八家者不止一派。二派外，又有别出而自爲家數者，亦安可略？然而欲詳之則難矣，以文獻不足也。宋元别集，凡稍有可取者《四庫》皆録之，而其時之文評雜記，傳本亦多。明則以時代太近，著録刊傳者靳之，故搜集大不易。求之總集，則黄宗羲《明文海》最明備，何喬遠《文徵》亦富，而皆不傳。程敏政《文衡》僅及成化時，二派皆猶未起。張時徹《文範》、孫鑛《今文選》、陳仁錫《明文奇賞》皆詳于八代派，而亦皆罕傳。因近世之排斥，即稱述者亦希。其通行者，惟薛熙《明文在》，其書僅删取《文衡》，略加歸、唐、王、茅數家及其他十數篇而已，蓋固守其師汪琬之隘説，是何足以觀一代之源流哉！顧鎮嘗糾其漏，而别撰《明文觀》，書亦未傳。總集既不可憑，别集、雜記又不易羅致，今所論止就所知言之，雖曰略舉，不能如宋元之足矣。故不曰「略説」，而曰「概説」也。

明初文家即元末之浙東、江西二派，已説于《宋元文派略述》。浙東宋、王諸人之後著者，爲宋之門人方孝孺。其文多議論，又兼用蘇軾、陳亮之筆，有子家意，能過其師。江西虞、危之後著者，爲虞之再傳門人胡儼及解縉、楊士奇。楊尤顯，代方而主文壇，其文專宗歐陽，較虞、危亦不愧。然自方、楊遞起，而文始漸趨于平狹矣。蓋江西文派本有清折之美，而無壯博之觀。虞之門人趙汸作宋氏《潛谿後集序》曰：「袁公伯長嘗問文于先師虞公伯生。公曰：『子浙人也，欲知爲文，當問諸浙中庖者。予川人也，何足以知之？川人之爲庖也，麤塊而大臠，濃醯而厚醬，非不果然屬饜也，而飲食之味微矣。浙中之庖者則不然，凡水陸之産，皆擇取柔甘，調其湆齊，澄之有方，而潔之不已。視之，泠然水也，而五味之和，各得所求，羽毛鱗介之珍，不易其性。』自虞公爲是言，學者竊論，以爲非黄公之文不足以當之。」此所述虞氏之論甚精。然浙東實惟黄溍若是，其他則猶多以博麗爲長。方氏雖守師法，而華采彌削，此固有所矯而然。其《贈鄭顯則序》謂：「近代文士有好奇者，以濃澀之詞飾淺易之意，昧者羣和而從之，三吳諸君爲尤甚。」此語可見也。然方氏之趨于平狹，亦以承宋元以來載道之説。載道之説，固昔人所同，而方氏則主之尤嚴。其

《張彦輝文集序》曰：「不同者，詞也；不可不同者，道也。天下之道根于心，一也；明其道、不求異者，道之域也。人之爲文，豈故爲不同哉！聲音笑貌，言人人殊，其言固不得而强同也，而亦不必一拘乎同也，道明則止耳。然而道不易明也，文至者，道未必至也。」此論文不可强同，是也；而其言道則狹矣。載道之説，本不爲非，顧所謂道乃以廣義言，非專謂性理之説也。且道之合否，固以内容言，而無關于外形。濃灄之詞，亦何嘗不可以明道，而方氏之意，則幾專以性理爲道，自韓、歐以外，不得與焉。故其《與舒君書》謂：「李觀、樊宗師、黄庭堅均未達。趙汸亦謂葉正則當道學復明之世，刻意修詞，不踐故迹，而乖離侵畔，自窒其源。」觀此二論，幾欲以道統之説合于文統。宋濂、王褘諸人雖亦鋪張載道之論，而猶廣數漢唐諸史子，不若是隘也。方氏同縣朱右，定韓、柳、歐、蘇、曾、王爲「八家」，王彝（金氏三傳門人）作《文妖篇》以斥楊維楨，皆與方、趙之所見同。經此議論，古文之道遂狹，雖尚尊韓、柳，實則限於宋人矣。方氏于詩，亦揚宋人。其《與趙伯鎮書》曰：「求學術于三代之後，宋爲上，漢次之，唐爲下。」此直自明其宗旨。夫以宋人言理，精于漢唐之故，而並其文詩亦謂勝于漢唐，其爲混説，復何待辨？近世人多譏真德秀《文章正宗》，不知真氏書出，文途猶未隘。其隘乃自明初諸人始也。

士奇輔導仁宗，仁宗亦好歐文。又與楊榮並相宣宗，同主當時文柄，以從容、典雅、和平爲宗，謂之「臺閣體」。天下化之，歷英、景、憲、孝，至正德之初，膚廓冗沓，千篇一律，文乃大弊。其間著名者則有丘濬、程敏政、吴寬、王鏊、李東陽等。寬、鏊爲東南文士所宗。濬、敏政學皆甚博，而其文極平淡冗弱，奄奄無生氣。鏊以制藝名，文學韓，稍能自異。東陽最後，較諸人爲尤著，承其婦翁岳正之學。正文峭勁而東陽不及，但得雍容華贍之譽而已。自何、王、金、許以來，朱學本日趨于膚廓。學既如是，文亦隨之耳。

弊至于此，北人李夢陽、何景明乃起而矯之，以不讀唐以後書爲標。李攀龍、王世貞繼之。所謂「前、後七子」者，遂持明中葉之文柄，摹擬先漢，下及六朝，並韓、柳而斥下之。何、李同時有吴人祝允明、蜀人楊慎亦宗六朝，雖不入七子數，其議論更明于李、王輩。此諸人非獨不喜宋文，亦不喜宋學。夢陽之言曰：「宋儒興而古之文廢矣。非宋儒廢之也，文者自廢之也。古之文文其人，如其人便了，如畫焉，似而已矣。今之文文其人，無美惡，皆欲合道傳志，其甚矣！是故考實則無人，抽華則無文。」又曰：「流行天地間即道。」又曰：「《戰國策》，周之衰乎！《論祖》、《繩尺》，宋之亡乎？其氣薾以索，其文刻以峭。」（均見《空同子》）景明之言曰：「古文法亡于韓。」允明之言曰：「自蘇軾言韓文起八代之衰，贊唐史者亦謂三變而文極，從此耳學膠懷，高下一流矣！韓、柳謂八代偏墜綺弱，因矯其甚，矯之稍過。永州與古未甚胡越，昌黎斯已甚矣：傷易而近猥，形粗而情覇，其氣輕，其心昂，其志悍，其態矯，其口誇，其發疏躁。廬陵逾務純素，如人畢生持喪。眉山更作儇浮，的爲利口，譁獷之氣，肆溢舌表。曾、王爲語，縮縮如有循焉。」世貞之言曰：

「西京之文實，東京之文弱，六朝之文浮，唐之文庸，宋之文陋，元無文。」此其宗旨也。又曰：「千古有子長亦不能成《史記》，以宫殿、官師、郡邑名不雅馴，詔令、詞命、奏書、賦頌鮮古文，皆不稱書。」夢陽之論道足砭前人，而世貞之論《史記》則最謬，後之攻摹擬者，以是爲口實焉。此派諸家之文，攀龍爲弱，世貞最勝，以其學博而才多也。何、李一輩中，陝西康海以簡名，而亦傷于粗。王、李一輩中，名最著、集最多者爲汪道昆，李維楨則浮剽之病大著。此派以摹擬爲世詬病，然世貞已自知之矣。其序唐順之門人姜寶文曰：「弘、正而後，士大夫爾《檀弓》而帛先秦。及其流弊而爲，似龍出之無所自，施之無所當。六季之習，巧者棘猴端，侈者繡土木。」此數語已盡其本派之弊。「爾《檀弓》」、「帛先秦」者，實止類晚唐，其風開于李康輩。顧夢陽本不主《檀弓》，嘗曰：「文隨事變化，不必約，不必賅。自《檀弓》文極之論興，而天下好古之士惑，惟約之務，爲聱牙，爲剜削，使觀者知所事，而不知所以事。」蓋主《檀弓》始于宋末江西一派，實非夢陽之本旨也。至此派之法魏晉六朝者，佳文固亦不少，如黄道周之作頗有突過唐宋人處。惟不知定魏晉爲門徑，而超語秦漢，則其自誤耳。與何、李同時，不主復古而其文異于臺閣之體者，則有河南崔銑，文似中唐人；陝西吕柟、福建林俊，俱勁崛；江西羅玘亦能奇矯於其鄉先輩，似王而不似歐、曾。此諸家以前無所承、後無所傳爲人所忽。

後于何、李不從其派而復興韓、歐者，則有福建王慎中、常州唐順之、甘肅趙時春、江西羅洪先（王、唐、趙三人與四川熊過、任瀚及陳束、吕高、李開先爲八子，詩主盛唐，文主八家。又順之同縣薛應旂，亦同類）。王、唐最著。王專學曾。唐則不名一格，其論文有曰：「漢以前之文未嘗無法，而未嘗有法。法寓于無法之中，故密而不可窺。唐與近代之文，不能無法，而能毫釐不失乎法，以有法爲法，故嚴而不可犯。」此語爲後來論文者所共推。與王、李同時，不從其派，則有蘇州歸有光、江西湯顯祖、紹興徐渭、湖州茅坤。顯祖兼宗六朝，未能純潔；渭學蘇，而多佻戲；歸、茅較著，而歸最潔，嘗詆王世貞爲「妄庸巨子」。而世貞晚推服之，贊其像曰：「千載有公，繼韓、歐陽；余豈異趨，久而自傷！」然此特世貞謙容之詞，世貞固非有光所能全勝，後世揚歸而抑王，多過當，不足信也。坤之言八家，則多所評點，以描摹轉折爲事，唐順之嘗箴之（見《答茅鹿門書》）。《四庫提要》謂秦漢六朝文之有窠臼自夢陽始，唐宋文之有窠臼則自坤始。蓋二者均摹擬之弊也。此派之興，于陽明學派不無關係。陽明初與何、李相和，而後棄去其文，明俊不讓方氏。王、唐、羅三人皆王學者也。羅之門人胡直尤縱横，自成一子。蜀人趙貞吉亦承王派，其文雖未成體，亦能馳騁。蓋陽明學風本平易自然，而何、李、楊、祝諸人之反宋人，本兼反宋學也。

諸人雖不附王、李，未嘗有詳明之攻辨，攻辨則始于萬曆中之公安派袁宏道兄弟。其説本于李贄，亦王學之末流也。宏道之言有曰：「文之不能不古而今也，時使之也。襲古人語言之迹而冒以爲古，是處嚴冬而襲夏之葛者也。近代以勦襲爲復古，有才者詘于法，而不敢自伸其才,無才者拾一二浮泛之語幫湊成詩。」又曰:「妙處正在無法。」又曰:「近日始盡心觀宋人文集,每讀一篇,心悸口呿! 世間人全不讀書,隨聲妄詆。」(均見《瓶花齋集》)此其宗旨也。其言之過者,因矯摹擬而欲全廢摹擬,因何、李輩言體法,而遂欲全廢法。不知摹擬之可惡在無内容,若外形則固不能無摹擬。反何、李者但不摹秦漢六朝耳,固亦摹宋人也。宏道所宗止蘇,所取獨徐渭,亦非能盡唐宋之長也。自宏道之説行,變板重爲輕巧,變粉飾爲本色,不久而遂弊。鄧渼《唐文粹序》曰:「近日膚淺之徒,畏難好易,眉山盛而昌黎、河東二氏詘。」蓋專主宋者,其弊固然也。

三袁之文,已多纖佻,而繼起有竟陵派鍾惺、譚元春,又矯公安之快,而以尖新幽冷爲宗,纖狹之弊尤甚。河南馬之駿、吳人王留和之,亦頗行于時。而他方則又有怪澀之派。嘉隆時有劉鳳,萬曆間有謝兆申,亦李康之變也。崇禎間有陝西文翔鳳,尤以詭怪稱。艾南英謂其空疏不學,不過從神樂觀、朝天宫抄《道藏》僻書數種,及《海篇》難字而已(《與周介生論文書》)。蓋非過詆。而當時王學末流,參雜禪偈,山人風盛,好爲小品,以之混入六朝麗藻之中,遂成異狀。若屠隆之流,即兼王、李、三袁之習者也。明文至此而大弊矣!

崇禎之末,公安、竟陵之弊見而矯之者起。松江陳子龍復興王、李之説,江西艾南英、章世純、羅萬藻、陳際泰等則主韓、歐而暢王、唐之緒,皆立社結盟,由時文以及古文。陳、艾相攻甚力。陳標東漢以爲幟，謂宋人好新而法亡，好易而失雅。艾則專守韓、歐而宗程、朱，並諸子、六朝而概斥之。其所持尤編，謂學秦漢必由韓、歐，尤推歐爲第一。至謂「鄒陽一書，已開六朝庸穢之習；《上林》、《子虛》、《三都》、《兩京》，不過如今之學子搜索類書，無一言之自得；《客難》以下，《七發》以下，如稚子作八股摹仿抄襲」。艾、章諸人皆曾師事湯顯祖，而宗旨較顯祖爲純。其所用力在時文，古文未成就，惟艾純法歐、曾，章簡勁欲及唐人，可稱耳。從之者又弊，亦如茅坤之流。即南英亦言：「時人以浮華爲異，而至于不能爲異。予與陳、羅洗里巷之習，而一二少年舉予三人之文摹仿抄襲，亦浸懼不能爲異。」是未嘗不自知也。然自諸人提倡之後，江西古文乃大興。徐世溥及際泰子孝威、孝逸、傅占衡、王猷定、陳宏緒、賀貽孫輩，其人多及順、康間氣象，不如艾之狹，幾可比盛于元末之金華焉。（其時閩人曾異撰、李世熊，亦以古文名，與艾、徐相應。）

摹擬唐宋與摹擬八代，兩弊皆見，於是時人多持折中之論。陳、艾之外，同時立社講時文、因及古文者，有太倉張溥、貴池吳應箕等。溥于文亦法唐宋而不嚴排王、李。應箕尤有平允之論，其言曰：「李北地不讀唐以後書，予狹之。及遍觀國初諸家，然後知不讀唐以後書者，猶之韓、歐掃除六朝、五代之意。今天下之文耻言唐宋，實不能不六朝五代，未嘗不曰『吾讀漢以前書，而不能爲北地』。」又曰：「毗陵（唐）、晉江（王），其文未嘗不暢，然終不能免俗，王、李譏之未爲過。空同（李）才氣勁，然少優柔之致；自矜于法，而谿徑不除。王嫺于體矣，亦未能暢所欲言。」此所論皆公。應箕文好議論，有子意，然亦未遂能兼二派之長也。

歸有光弟子有唐堯臣，其子時芳與婁堅、程嘉燧、李流芳傳歸氏學，稱「嘉定四先生」。常熟錢謙益與諸人爲友，力排王、李。紹興黄宗羲承陽明之學，論文與謙益相近。二人亦皆不以江西爲是。謙益曰：「日者雲間才士（指陳子龍）起而噓李、王之燄，西江爲古學者昌言闢之。闢之誠是也；而末殺《文選》，詆諆《文賦》，規模韓、柳，擬議歐、曾，宗雒、閩而祧鄭、孔，主武夷而賓鵝湖，則亦向者繆種之傳變，異候而同病者也」（《賴古堂文選序》）。宗羲曰：「以制義一途爲聖學之要，則千子（艾）之作俑也！其所言極，至以歐、曾之筆墨詮程、朱之名理，習講章之膚説，塵飯土羹，焉有名理？八股束其波瀾，承前弔後，焉有文章？」又曰：「千子摹仿歐、曾，與摹仿王、李者亦唯之與阿。卧子晚亦趨于平淡，未嘗屑屑於摹仿，未必爲千子之所及也」（均見《思舊録》）。蓋艾氏學專主朱而詆王，故二人不滿之。二人于明末最稱博學，爲當時文獻之宗，近世學風實自二人開之。謙益之文，宗歐、曾，禰歸氏，而雜以麗藻。宗羲謂其所得，左排比鋪張而不能入情，殊中其病。宗羲文專主于情，雖推許唐、歸而仍不專守其法。二人所推，則在元明間諸家。謙益謂明之學，以宋、王、方爲鼻祖而已，所服膺則金華、震川之緒論。宗羲則推服戴表元。其叙《明文案》曰：「議者以震川爲明文第一，似矣。試除去其叙事之合作，時文境界間或闌入，較之宋景濂尚不能及。」吴應箕亦謂本朝文當以宋、王、劉、方爲冠（《與周仲馭書》）。此一議論沿至順康間（李良年欲選《文緯》，于元取戴、虞、揭、陳、二吳、黄，于明取王、方、陽明及王、唐、歸）。及桐城派興，乃遥承艾氏，專宗歸氏，以接八家，而排錢、黄爲雜。然不久而漢魏六朝之説復興，亦漢學、宋學相抗之故。其所講究皆較明人爲精深。顧以是而宋元明文派遂少人道，因以湮晦矣。

（紀昀《香亭文稿序》論明文，舉何、茅、鍾、陳四派，亦得其要。嘉靖以前文，則鄭瑗《井觀瑣言》、王世貞《藝苑卮言》所評最備且允。）

吳應箕謂韓、柳、歐、蘇之文，本朝實無其匹。黄宗羲謂成就以名一家，如韓、柳、歐、蘇、遺山、牧菴、道園者，明固未嘗有一人。又謂三百年人士之精神專注於場屋之業，割其餘以爲古文，其不能如前代之盛者無足怪。此皆確論也。蓋自唐世始有時文，與古文相對。而時文之最弊則莫如明。吾嘗謂文章之變至宋而止，元明以降止反覆前此之變而已。明則二派皆弊，古化爲俗。駢文之弊爲八行（由宋四六而變），散文之弊爲八股（由宋策論元講章而變），至近時而詩亦弊爲八韻。至此「三八」，而文之弊極矣。然明之制藝亦是一代之文。隆、萬以後制藝大盛，其工妙足以成家，亦不減古文，而古文亦于是漸有生氣。世咸知清初古文之盛，實皆明末之遺也。侯方域者，吳應箕之變也；易堂諸人，章、艾之繼起也。

明之文有一特風焉，則小品是也。尺牘及滑稽、遊戲、寓意小文，固自六代而已有，然未嘗自成一妙。自成一妙則雜文始于晚唐（如皮、陸等），尺牘始于宋人（如蘇、黄等）。至明末而二者始大盛。

此二類之總集始多，猶近世之楹聯、詩鐘，前所無也。蓋始著于唐寅、徐渭諸狂士，大著于屠隆、陳繼儒諸山人。明之山人本如宋之江湖，江湖相尚以詩，而山人則相尚以雜技。張岱之《夢憶》情采最爲佳妙，則浙東狂縱之風也。學之瑣雜無過于明，不足以助古文，而適足以成小品之資焉。

傳狀論

戊辰又二月十七日札記，四月二十一日成

吾初讀章實齋先生書，即服其論記事文之語。《古文十弊》篇謂「文欲如其事，未聞事欲如其文」。其「剜肉爲瘡」「妄加彫飾」二條尤足明「如事」之旨。又《修志十議》三「議徵信」論采訪曰：「毋論庸奇偏全，要有真迹便易采訪。否則行皆曾、史，學皆程、朱，文皆馬、班，品皆夷、惠，魚魚鹿鹿，何以辨真僞哉？」其撰《永清縣志・列女傳》，則以「婦人無閫外事，而貞節孝烈録于方志，文多雷同，觀者無所興感，則訪其見存者，安車迎至館中，俾自述生平。其不願至者，或走訪其家，以禮相見，引端究緒。其間悲歡情樂，殆于人心如面之不同也。前後接見五十餘人，皆詳爲之傳。其文隨人變易，不復爲方志公家之言」（見《周篔谷别傳》）。其叙例有曰：「無事可叙，亦必詳其婚姻歲月，及其見存之年歲者，其所以不與人人同面目，惟此區區焉耳。」末論文書案牘之不可據，曰：「文書准乎格式，案牘不備情文，才盡班姬，孝皆曹女，貞惟共伯之婦，烈皆皇甫之妻，教子無不三遷，勖夫罔非四德，千人一律，耳目混淆，是亦不亡之亡也。」由此觀之，傳一人之事，貴詳而肖，忌簡而渾。肖雖不必盡，由詳而簡，則常致渾，其勢然也。

吾讀《漢書・東方朔傳》、《後漢書・黄憲傳》，而知別傳之所由始也。蓋紀傳史中之列傳，與雜傳、別傳殊。史記一代之事，以全書爲一體，有集散交互之法，列傳特全書之一篇，全體之一部，不爲一人備始末也。雜傳、別傳則主于傳一人，其體獨立。是以詳肖者，雜傳別傳之準，而不可以責于列傳。然列傳亦未始不可用之，如《東方朔傳》，雖詳董偃始末，仍是列傳互見之法，而具載朔之言行，不避瑣細，以示傳所不收皆非其實，此實以人爲主矣。考別傳、雜傳之體，其來甚古。諸子之書，本記言行。孔子教化三千，而有《論語》、《家語》。齊人傳道管、晏，而有《管子》、《晏子》。《管子》有三《匡》，已具別傳之體。《晏子》名「春秋」，已具軼事之體，惟尚承惇史《國語》之體，詳于言而略于行耳。彙傳始劉向《列女傳》，亦《新序》、《説苑》之變形耳。近世有定體之傳記原于古者，無定體之傳記（凡經外之書），其迹固甚顯也。今之定體始于東漢。《隋書・經籍志》雜傳類叙曰：《周官》「閭胥之政，凡聚衆庶，書其敬敏任卹者。族師每月書其孝悌睦婣有學者。黨正歲書其德行道藝者，而入之于鄉大夫。鄉大夫三年大比而獻其書。是以窮居側陋之士言行必達，皆有史傳。自史官曠絶，其道廢壞」。「後漢光武始詔南陽撰作《風俗》，故沛三輔有耆舊節士之序，魯廬江有名德先賢之讚，郡國之書由是而作。」此論雜傳之盛，起于郡國之一種也。別傳之著，則始于行狀。《後漢書・范式傳》：「長沙上計掾史上書表式行狀」；《李善傳》：鍾離意「上書薦善行狀」；《蔡邕集》有「上孝子狀」；而《三國志》「龐淯母趙娥爲父報仇」注引皇甫《列女傳》

云：「故黄門侍郎、安定梁寛爲其作傳。」是生而有傳，亦狀之類也。管輅弟辰作輅《别傳》，則家傳之權輿也。又《後漢書》稱李固弟子趙承等共論固言迹，爲《德行》一篇（《唐志》有固别傳），則又承《管子》、《家語》而開宋人軼事之體者也（《隋志》有《東方朔傳》，諸書引作「别傳」，未知是否即班氏所謂「世傳他事」者）。蓋光武以鄉黨行義之士，成中興之功，宏奬高節，遂成東漢一代之俗，流爲名譽之風，倚于選舉之制。故有「月旦」之評，「名士」之目。直至六朝，碑贊狀傳由是而繁。當時所謂狀者，體本公牘，詞尚簡略，是當名爲「名狀」，如《隋志》所載《百官名》、《海内士品》，《世説》注所引《永嘉流人名》，皆是其類。雖未極詳肖，而畸行細事不關國祚官政、爲史所不書者，由是而彰矣。論人不專論事而兼論器，亦始東漢。如黄憲之倫無位無壽，徒以形容德量之語，傳想慕于千古，此實前此所無，而漢末名士先賢之美德高操，竟爲秦以來之一大盛，非傳狀宣傳之力耶？文章之變可見時風。六朝行義殺而尚風度，故有《語林》、《世説》之流，唐人奢淫玩惰，乃多傳奇之作。宋世風俗，初醇樸而後高潔，與東漢並稱，于是傳狀又盛。晁公武常言，近世時多有家傳語録之類行于世，持史筆者其慎焉。此謂門生子姓之多濫譽也。宋事之多疑亂，誠坐私書太多，然宋世賢者言行風度傳後世而可法者，獨多于前代，平心而論，功罪固不相掩矣。且涉于國事者固有恩怨之私，若行身接物、日用家常，誠能致詳，必不可僞，棄短取長，亦何責乎？

吾嘗因授女學，而知嘉言之教不如懿行也。人生之道，男女所同當學，而女子學時不若男子之久，智力不若男子之强，宜具體不宜抽象，與之精究原理，則求之難而得之微；故莫如教以古人之善行，有致用之益。且非獨女子然也。孔子曰：「我欲託之空言，不如見諸行事之深切著明。」理不離事，得事而後明。不著於事則易渾、易窕、易障、易迂。且致之于行必由情志，嘉言雖切，不若美行之能動人企慕也。學者已如是，況於不學之民，智力亦弱，愚而失教，識者之所同憂。欲牖其明，尤莫如道事，話本、故事固利導之具也。而今之講演者，鄙淺陳乏，無引進高明之益，非取材傳記，曷以供之！吾先大父删訂「二奇」合傳，吾家諸母皆熟之，猶惜原本「二拍」，取材止于傳奇，未能盡一切行誼也。

吾選《史流百一録》，而歎傳記之佳者何少也！别傳之文，宋以前本不多，宋後稍盛，而又爲三弊所壞：一則空泛之詞，章先生所謂「公家言」者。一則傳奇，沿自唐人。其文揚厲，止足以供閒情，而不足以當莊論。古文家後起而矯之，則又專務高簡。夫傳奇之與古文，固大殊矣。空泛之病則當矯之以詳，詳自不能泛。古文家不察，乃矯之以略，其病在不知史法及列傳、别傳之殊。桐城文家宗法《史記》，動以《留侯世家》「非天下所以存亡，故不著」爲説，又沿歐陽氏之習，以贈序法作墓志，於是叙事之文，一切因簡而疏矣。不求文如其事，而以事就人，古文家此病甚多。章先生糾之切矣。吾覽近世史流之文，獨愛潘少白（諮）之《戴司寇别傳》、俞理初（正燮）之《胡先生事述》。潘文專叙戴公之德器，能寫其所謂簡而恪、適來而適應者，較之《黄憲傳》尤爲詳潔。俞文述胡先生狂狷之行，其末論謂先生素惡鄉原，因以所記徧求所謂鄉原者，下意延問，凡經指示許可之事悉去之，故所存止此。此意似怪而實甚卓，其文瑣屑而雅潔，亦不讓《東方朔傳》也。然吾閱文甚多，乃僅此二篇耳。至于彙傳之書，則多取輔史，半爲删纂，益不以詳肖爲長矣。以西方文較吾華描寫之作，此不及彼，固不可爲諱也。夫立教之需傳狀如彼其急，而傳狀之可取材者如此其希，非文學之一大缺哉！

傳狀之取材甚稀，又不獨文體之太略而已，文之實亦有不足焉。彙傳多以輔史乘，止載大端；小説止以供燕閒，惟取奇事；餘亦大氐詳于高行，而略于庸德；詳于國政，而略于家常。此徵諸鴻編、小集而皆然者也。碑志狀述之文，宜其詳于日用，乃亦甚希，此不可獨咎作者之删省，蓋其家所具以乞文者已略矣。其所以略者，由二失焉：一則蔽于習見，以瑣事爲不足稱；一則不知記録，久而忘之也。法蘭西人法郎士氏，記其兒時事爲友人之書，其第一部末，記里特先生常望每一家庭皆有一年譜及倫理歷史，曰：「自哲學家教我尊重前代遺物，我即惜中世紀中流家庭未思作一簡略記載，記日常生活之重要事迹。此記載須世代相傳，每傳益增，即使甚簡短，如傳至于今，當何其有趣！」此論劇善。吾居先妣之喪，自撰行述，質實不避煩碎。嘗欲諮訪先姊遺事，作《事略》一篇而未成，常以爲恨。又嘗勸人以日記體記家中老輩言行，以傳子孫。人誰不欲表章其先人？顧以昧于叙事之理，不及生存爲之。及没，乃爲泛套之狀述，恭儉仁厚，無實可徵，人亦視爲具文而莫之覽。乞碑志，則人以無事可録，應以閒情空論，避本位之詞。修族譜，則惟有名字世系，無一讀之價。此誰之咎也耶？或謂人品不一，豈皆有可稱述？此有蔽之言也。自非窮凶極惡，平生皆有可取之言行。世間中人偏質居多，皆有短長。長每因短而見昧者，務諱其短，乃没其質！如質有剛柔，本不盡善，亦不盡惡。人因剛近躁暴，柔近怯弱，遂並諱其質，欲求不偏，乃成鄉原。譬如畫人務爲無疵，則必成相書之圖矣！此習蔽之害也，章先生亦嘗言之矣。嚴久能有言：文人不能無僞言，志傳其甚者也。以志傳之文述壼德，表閨範，尤僞之易者。夫苟破習蔽，則何患乎僞哉！明乎此義，則知凡人皆有可稱，爲子孫者當以詳肖之筆，寫家倫之事，不避瑣碎，不諱偏短，以具傳記之裁。有心世道者，更資藉此以爲立教之書，通俗之語，使理因事明，常以變顯，道在日用，人易遵循，是天地間至平至常、至神至奇之大文也。惟世間無此等書，乃使誨淫誨盜之書，盛行于閨閣閭里，豈不重可恨哉！西方有此具，而其内容不善；吾中人有其内容，而又無其具。凡事皆然，不獨此一端也。噫！

曲論

癸亥年作，辛未三月初七日修。

《四庫提要》曰：「自古樂亡，而樂府興。後樂府之歌法至唐不傳，其所歌者皆絶句也。唐人歌詩之法至宋亦不傳，其所歌者皆詞也。宋人歌詞之法至元又漸不傳，而曲調作焉。考《三百篇》以至詩餘，大都抒寫性靈，緣情綺靡。惟南北曲則依附故實，描摹情狀，連篇累牘，其體例稍殊。然《國風》『氓之蚩蚩』一篇，已詳序一事之本末，樂府如《焦仲卿妻詩》、《秋胡行》、《木蘭詩》並鋪陳點綴，節目分明，是即傳奇之濫觴矣。」《提要》此論大體不誤。然曲之小令、套數，仍多抒寫性靈，緣情綺靡。而《提要》但論雜劇、傳奇，疏矣。且《提要》僅言曲之承詩詞，而未言曲之異於詩詞。蓋論三者之原固遞嬗而成，然至今三者並立，則各有其妙，而不能相并，不可相易。不獨雜劇、傳奇顯與詩詞殊，套數之長非詞所有，即小令亦與詞之小令有别，此不可不察也。陸象山、王陽明皆謂今之曲即古之詩樂，正樂當自劇本始，此猶專指劇言之。吾則謂曲直承樂，詩樂二者固本相通，而詩教温柔敦厚，樂教廣博易良，其用已不同。經解之分言，固指不入樂之詩與無文字之樂，然今以之論詩詞之文與曲之文，亦奄然相合。蓋詩詞之體温柔敦厚，而曲體則廣博易良也。何以言之？詩與樂之相離也早矣。自南北朝和樂之歌曲，唐宋和樂之詞，固已不同于詩體之嚴峻，蓋和樂之作欲使人人聽而知之，則詞自不能悉都雅，而其寫事義也不能不加纖細，勢固然也。惟是六朝之歌曲，宋之歌詞，其句度簡短，不能極流暢酣恣之致，而和聲之法又漸失傳，遂與不合樂之詩無大異。五言短曲已僅爲詩之一體，詞雖異於詩，其後乃反較詩而加隱晦矣。惟自元以來之曲，乃能極流暢酣恣之致，不獨今猶可歌，即將來歌法失傳，其用亦與詩詞殊異。王伯良曰：「昔人言絲不如竹，竹不如肉，以爲漸近自然；吾謂詩不如詞，詞不如曲，是漸近人情。」所謂近人情者，即易良也。此固不待多辨，即使不能文者，取三者並讀之，亦必能辨也。惟其詞之易良，故其内容較詩詞爲廣博，人情物態，舉可見焉。小令之爲體，已能細詳，套數體益大，至於雜劇傳奇，則連折累齣，加以科白，益詳益細。彼詩詞即偶有叙事之長篇，寧能若是耶？雜劇傳奇，本與小説相出入。縱横之詞，煒曄譎誑，小説之材，街談巷議，詩與詞雖亦可取此，而能盡其致者，則惟平話與曲詞，斯亦廣博之徵也。夫廣博易良者，其義則家常，其文則本色。家常、本色，則其感人深，其移風易俗易，元曲之佳即在於是。明以來之作，能合者希，所謂南詞者大都詩詞之變相耳。以詩詞法作曲，以詩詞論曲，雖未至大乖，固已離其本矣。善夫王伯良曰：「詞異於詩，曲異於詞，道迥不侔。以詩爲詞，以詞爲曲，誤矣。」今分説事義與文，略論諸名劇之得失以明之。

涵虚子論北曲，分雜劇爲十二科：一神仙道化，二林泉丘壑，三披袍秉笏，四忠臣烈士，五孝義廉潔，六斥姦駡讒，七逐臣孤子，八鏺刀趕棒，九風花雪月，十悲歡離合，十一煙花粉黛，十二神頭鬼面。又有「樂府十五種」者，乃指散曲，其以義分者凡八：曰黄冠，曰承安，曰玉堂，曰草堂，曰楚江，曰香奩，曰騷人，曰俳優。王伯良更益以「巧體」。吕勤之《曲品》分傳奇爲六門：曰忠孝，曰節義，曰風情，曰豪俠，曰功名，曰仙佛。此三説皆不過就舊曲所有分之耳。實則世間一切事義皆可爲曲材，劇曲猶必取情節多曲折者，散曲則直與詩境同，豈止此八者耶？乃今傳元人散曲，其内容較劇曲尤狹。如王伯成、睢景臣之敷衍古事，劉時中之上監司甚爲罕見，十之八九爲「黄冠」、「草堂」、「香奩」。雖其間嘲笑之作可見民風，亦其細耳。此固由元人風氣頹惰，亦因本起樂歌，未經推擴。蓋近世合樂之歌，本以侑宴，止取足供閒娱而授之伶伎，又必肖其聲口，故止有慶賀寫景與艷冶言情之詞。唐宋之詞，元明之散曲皆如是。詞在五代北宋，亦十九爲景詞、艷詞，後文人涉足其中乃漸推廣之。然世之淺識者猶尊初者爲「正」，而卑推廣者爲「變」。散曲之在元，正如詞之在五代、北宋。明以來人，風氣拘狹，不如宋人，又以世賤此道，學者多不肯爲，故不惟不能推廣，反較元人更狹。僅一馮海浮（惟敏）曲境稍廣，近於詞之辛稼軒，而後無繼者。夫曲體本廣于詞，而元人套劇又已發廣博之端，乃體成數百年，境界尚不能與詩相比，使人視爲天定纖艷戲謔之物，豈不惜哉！詩有杜、韓、白而境大拓，詞有蘇、辛而境大拓，曲家尚無其人，此後起之責也。

涵虚勤之所列劇曲科目第十，常與諸義相連屬，蓋情不外此四者也。情莫重于倫常，又以忠臣烈士、孝義廉節爲正，故論元劇者，必以《琵琶記》爲巨擘焉。非獨文之美也。高則誠，學人也，逸民也。《琵琶記》一書，《論語》「父母在不遠遊」章之講義也。禮制廢而士不得不遊以求食，倫常壞而世事亂，實根於此。則誠著書寄慨，義隱微而又衆喻，高深而家常，家常而高深，迴乎其不可尚已！施君美《拜月亭》，文之本色，與《琵琶》並稱。王元美(世貞)論《拜月》不如《琵琶》，其言甚是。何元朗(良俊)、徐陽初(復祚)乃非之。徐氏曰：「《拜月》無一板一折非當行本色語，弇州乃以無大學問爲一短，不知聲律家正不取於宏詞博學也。又以無裨風教爲二短，不知風教當就道學先生講求，不當責之騷人墨士也。又以歌演終塲不能使人墮淚爲三短，不知酒以合歡，歌演以佐酒，必墮淚以爲佳，將《薤歌》、《蒿里》盡侑觴具乎？」徐氏此説甚謬，不足勝弇州也。學問非謂博學，風教非謂道學，乃謂命意合乎諷勸教化也。若不講命意，則伶工固優爲本色語，何必騷人墨士？舍風教學問而别有騷人墨士，是江湖清客耳！弇州所謂墮淚，乃謂感人，非專指悲哀，不得以辭害意。且堂堂樂教，豈僅侑觴之具？若僅爲侑觴之具，則插科打諢已足比于博奕，何必文人學士盡力爲之，而列于文章之林耶？王伯良曰：「古人往矣，吾取古事麗今聲，令觀者藉爲勸懲興起，或扼腕、裂眦、涕泗交下而不能已，此方爲有關世教文字。若徒取漫言，既已造化在手，而又未必其新奇可喜，亦何貴漫言爲耶？此非腐談，要是確論。故不關風化，縱佳徒然，此《琵琶》持大頭腦處。《拜月》祇是宣淫，端士所不與也。」此論可謂當矣。《琵琶》不獨爲南戲之冠，北劇亦無能及者。吾嘗以臧選百種劇分配十二科，乃知元人所作惟四種爲多：一則艷情，一則仙道，皆在十二科中；其不在十二科中，則寃獄與窮士發憤之作。寃獄多出俗所傳龍圖公案，情文尚多可取；窮士發憤則多爲大言怒詈，顯達淺陋不足觀。王國維氏謂「元曲之妙，千古無比，而作曲者胸中之淺陋，亦千古無比」（《録曲餘談》）。此語甚確。北劇稱關、馬、鄭、白四大家。馬東籬本學人，多作仙道語。白蘭谷亦詩人，而佳作乃止艷情（《梧桐雨》、《墻頭馬上》）。鄭則佳作不少而全屬艷情。何元朗論四家，乃獨取鄭，習陋之見耳。以言乎義，則取鄭毋寧取馬也。其餘諸家，當以秦簡夫爲最。其作今傳者如《東堂老》、《趙禮讓肥》皆言倫誼，佳處幾配則誠，世顧無稱者。明以來之劇曲則十九皆說男女之情，並仙道、林泉亦少，諺稱劇曲不離二言：「男子落難，女兒嫁漢。」非苛訕也。近人漸知事義。蔣心餘自題曲曰：「安肯輕題南董筆，替人兒女寫相思。」善哉言乎！然心餘所作，雖多表章節義，亦多兒女之詞。若洪昉思之《長生殿》則又本艷情，而飾託于風教。其《自序》略云：「從來傳奇家，非言情之文不能擅塲，而近乃動寫情詞，數見不鮮，兼乖典則。因綴成此，凡穢語概削不書，要諸詩人忠厚之旨。然而樂極哀來，垂戒來世，意即寓焉。且古今逞侈而禍敗隨之者，未有不悔。玉環死而有知，情悔何極。非怨艾之深，尚何證仙之與有。孔子删《書》而係《秦誓》，嘉其敗而能悔。第曲終難于奏雅，稍借月宫足成之。雙星作合，生忉利天，情緣總歸虚幻，亦可以蘧然夢覺矣。」此其所言，極爲夸謬！詩詞名士，自顯其才，慮得罪於名教，而作此迂説，豈由衷之言乎？天寶之事，人所共知，何待繁衍乃爲垂戒。首齣《滿江紅》云：「今古情場，問誰箇、真心到底？但果有，精誠不散，終成連理。」語意顯與《自序》相背，是直勸耳，何謂戒乎！玉環之悔，誰則證之？上援《秦誓》，擬不于倫。既以重圓之事爲真，則無虚幻之警；若本不以爲真，則鋪陳何爲乎？

義不家常，故文不能本色，此後世之曲所以不佳也。所謂家常者，事無取於宏大，義無取于高深。蓋主情不主智，詩教所以異于《禮》、《書》、《春秋》；主諷勸而不主考徵，小説所以殊于史傳。悲歡離合之情，人所同具，不必好學深思之士也。孔季重《桃花扇》字字徵實，然必以侯、李之情爲線索。又所注意者乃在柳、蘇、史、左諸人之情，非爲南明作史，寓褒貶、考治亂也。湯義仍「四夢」記託於美人香草，以自抒其牢騷曠達，陳義非不深，然非深思者莫能喻，亦衹見其「誨淫」而已。蔣心餘撰《臨川夢》以發明湯氏之旨，荒唐可喜而終不能自圓其説，憤士不遇乃至一切皆空，已爲卑陋。俞氏一女子何與于士不遇，乃爲之癡想以死？蔣氏力辨其爲高尚之情，非關男女。然則何情耶？曷不確指之？又謂無端而生之情。然則何以生耶？曷不衆喻之？縱使可確指，而不能衆喻，則去易良已遠矣。

吳瞿安論劇事謂：「實則當全實，虛則當全虛。」（《顧曲麈譚》）其説甚是。然亦有當辨者。曲出詩樂小説，本屬課虛，以情爲主，必以沈著痛快爲宗，不嫌少失其實，不能如考據家純用以鏡取形之法。《桃花扇》之妙，固不在于全實也。元劇事多缺略、矛盾，乃由重曲輕白，以白本非所重也。或曰：虛構毋乃與家常之旨相背？曰：虛者，不可徵信；常者，人所共知，二者不相妨。《琵琶》極虛矣，雖誣伯喈不顧也。然其事豈有不家常者哉？第虛構必根於情義，即造作神異，亦必有關勸懲，或偶以濟情事之窮可耳。若《長生殿》之後半，則畫蛇添足，無益而反有害矣。

劇曲之要，莫先於布局。布局寧精而短，不宜冗長。何元朗曰：「《西厢》首尾五卷，曲二十一套，終始不出一『情』字，亦何怪其意之重複、語之蕪類耶！乃知元人雜劇止四折，未爲無見」（《四友齋叢説》）。此説是也，而猶未盡。凡叙事文，不貴排比而貴變化，不貴縷陳終始，而貴揀擇精要，此史家、小説與曲之所同。曲主於揚厲詠歎，尤必擇可寫而寫之。又必善删省，多追叙、補叙之法，最忌頭緒太多，密塞不能盡課虛之長。吳瞿安已詳言之。董恒嵒（榕）《芝龕記》喧賓奪主，楊蓬海（恩壽）已譏之矣。而尤爲通病者，則必使團圓，自元人已十之七八，尾必作慶賀語。《琵琶》末折《旌表》，與全旨大背。或云朱教諭所補也。馬東籬《漢宫秋》以《聞雁》終，白仁甫《梧桐雨》以《聞雨》終，所以成其佳妙。《長生殿·彈詞》一齣，全摹元人《貨郎旦》末折，最爲精警，正宜作終篇追弔。否亦當依白氏至聞鈴而止。乃復叨叨爲楊氏造作虛美，遂使局勢散漫，詞亦成强弩之末。《長恨歌》之遜於《連昌宫詞》，即以順叙直鋪，詳其不必詳。洪氏正蹈其覆轍，且更增衍於其外，乃反謂讀《長恨歌》、《梧桐雨》作數日惡。雖曰文人相輕，無乃太不自量乎！後來傳奇家貪作多齣，蔓衍無謂，未必非昉思啓之。或曰：若子之言，惟簡是尚，豈將盡廢傳奇，而但取四折之雜劇乎？《琵琶記》、《桃花扇》亦各數十齣，又何以稱焉？曰：吾非概以繁爲非，要視其結構耳。《琵琶記》每兩齣相比，仿顔延之《秋胡行》，一言遊者，一言居者，意相激射，雖有冗詞，而無冗齣。《桃花扇》則網羅舊聞，齣齣著實，豈若《長生殿》後半《聞樂》、《冥追》、《情悔》、《神訴》、《尸解》、《仙憶》、《慫合》、《補恨》諸齣，大都長物哉！或曰：若惟實是尚，又何貴於課虚乎？曰：吾非概以實爲尚，亦惟其要耳。所謂課虚者，必先於情事有去取，可寫乃寫，斯無閒文，是之謂實；而精采聚會，亦始能盡課虚之能耳。

詞貴本色而〔不〕貴餖飣，明人論之詳矣。昔人多標「妥溜」二字。吾謂妥溜之外，尚當加以「切雋」。本色而妥，固已難矣。然妥而澀則不宜於口，故必溜。妥溜矣，而詞皆陳陳相因，彼此可易，復何取乎？故必「切」。切矣，而言無精采，則不堪回味，不足動人，故尤必「雋」。雋者，由切生警，淡而不厭，其至者沁人心脾，非徒巧言趣語、清詞麗句。明人崇尚俊語，其論亦多似是而非。徒尚清詞麗句，將遠於本色；專主巧言趣語，亦將流於謔浪。劉融齋曰：「洪容齋論唐詩戲語，引杜牧『公道世間惟白髮，貴人頭上不曾饒』、高駢『依稀似曲纔堪聽，又被吹將别調中』、羅隱

『自家飛絮猶無定，爭解垂絲絆路人』。余謂觀此則南北劇中之本色當家處，古人早透消息矣。」此言最足表「雋」字之妙。晚唐人詩多此等句，以杜荀鶴爲最。元曲中語多類之。今俗所誦《增廣賢文》，即多取晚唐詩與元曲，在詩爲卑，而在曲爲高。荀鶴詩不爲論者所推，而爲流俗所傳誦，體皆律絶而義當格言，其斯以爲廣博易良也乎？

盧冀野曰：「王靜菴謂納蘭容若以自然之眼觀物，以自然之舌言物。此由初入中原，未染漢人風氣，故能真切如此。詞中不過納蘭一人而已。予以爲元初之曲，爲後來所不能及者，亦以此故。」（舊作《飲虹曲話》中語）自然即是真，惟其真，故與此篇所謂廣博易良相符。姚（燧）、盧（摯）、劉（秉忠）皆達官貴人，而其曲皆真切，非如詞中歐、范諸公之穠麗，可知詞與曲之分別，亦由北人、南人性情之異也。

明以降，曲之所以衰，不獨以詞法入曲一端，其最大原因在偏重聲音，不重文辭。觀於檃括、翻譜兩體可知。檃括最習見者爲《歸去來辭》，他如《赤壁賦》、《秋聲賦》諸文，被明人生吞活剥，零割整破，見之直欲作嘔。而翻詩爲曲，翻詞爲曲，翻北曲爲南曲，每使原作之生意雕斲殆盡，此沈寧菴之罪也。魏良輔作水磨腔，梁伯龍輩從而倡之，令套有《江東》、《白苧》，劇有《浣紗記》，而曲乃亡。下逮清初，諸家文字無能出其範圍者，而聲音又衰。迄今知譜學者寥若晨星，並沈、梁之所謂曲亦絶矣！

北曲南曲，各有淵源。北莫北於畏吾，而酸齋終老湖上，所作題材雖多南方風物，而詞未離北人之習。有元一代，流寓西湖之曲人都如是。朱明開國，金陵爲曲人麕集之所，多南人而爲北曲，非復如元曲矣。故南詞趁此代興。當時之曲，遂被詞化。崑腔以前惟康對山、馮海浮稍能振起。康、馮皆北人，染南人風氣較淺故也。王伯良輩會稽一派，雖欲學北人本色，終以其爲南人，墮入魏、梁之途，不能自拔矣。

作劇無論課虚或全實，布局之前揀擇尚焉。洪、楊亂後，有嘉定人徐午閣鄂作《白頭新》、《梨花雪》二種，紀大亂中實事，步趨藏園，雖當時有時文氣習之譏，要亦近五十年中佳構，可謂善於揀擇者。又此篇謂布局須求精短，勿徒貪多，此言甚是。楊笠湖《吟風閣》一折寓一事，徐爔寫心雜劇，大類自傳，並皆精粹，足爲後來取法。

自記曰：辛未春，與冀野論曲，曾有書曰：「詞與曲雖相近，而終有別。曲之詞宜以鬆快爲貴，若過多凝蓄，便與詞同，非曲之本色矣。馬東籬《天淨紗》，朱竹垞誤收入《詞綜》，亦有由然也。元人中惟張小山多此類，其特爲近代文人所稱道者，固以其曲多成集，亦以近代文人不貴曲之本色，而以詞觀之耳。明中葉以來，諸家多止以詞法作曲，麗則麗矣，是詞之妙，而非曲之妙也。元明散曲多閒適、風情，其妙約有二種：閒適者妙在莽而放宕，風情者妙在纖而宛轉，斯皆真曲之妙，而非詞之妙也」云云。三月，取此論稿修補，以就正於冀野。欲用此書意詳增論詞之語於末。適買得任君中敏所著書讀，乃知其言與余同，而甚精詳，因不復加。

附《曲雅》後序

盧君冀野來成都，與余論文相契也。間示以所選《曲雅》，曰：「曲無通古今、示途徑之選集。此選以導學人。讀既終卷，須知大體，宜有説置書末以示之。」余曰：「昔人選詩文，多不明言其去取之標準，意自矜貴，實使人茫然滋惑。曲學方興，他日選本必多，子之書固宜有以自著也。」君因屬余爲後序。余好論文，而於曲則疏，對專門曲家，尤愧憚不敢論。故雖有論曲語，未以示君。而偶一言及，君輒謂其不謬。夫不能行者或能言，未深詳者固可知概略，故不辭而舉平日所談者書之。君告余以選集之旨曰：「小令爲曲之根本，上承詩、詞，下啓套、劇，故今唯選令。曲導原於《風》，而立體於《雅》，故名曰『雅』。以其風雅，故標清字爲準。清有四：意則清新，詞則清麗，韻味則清雋，氣象則清曠。四者有其一，則取之，以曲之傳者少也，故稍寬焉。」余謂君曰：昔作《曲論》有云：以疏通知遠爲論史之準，以温柔敦厚爲論詩之準，論曲則以廣博易良爲準，非獨以曲在歌管、爲樂教也，即論其詞亦然。詩以渾蓄爲長，而曲以快顯爲長，是亦敦厚與易良之殊也。《曲論》又以妥溜、雋切爲曲詞之準，與君所謂四清亦相通。妥溜者麗之基，切者新之本，雋則所同也。尚雋與本色爲曲之所獨，蓋易良之所以效也。論詩則不然。第近世之詩，又恨文勝而少雋。鄭板橋論詩謂當沉著痛快，直以快爲詩準，不免乖柔厚之旨。然其言固有所見矣。余論詩喜帶辣味者，嘗以語君，而君是之。余言果是耶？抑曲家固以爲是耶？詩、樂本相通。古詩云「令德唱高言，齊心同所願」。是未嘗不貴易良，初不因柔厚主文，而遂以艱晦爲尚也。然是言也，又非如今日主白話者之意。白話詩興方未久，而駸駸入詞曲矣。余嘗謂君，近時詞雖盛，而偏宗周、吴，入於幽徑。詩詞曲三者各有其體，固不能相奪。然曲若盛行，則欲渾隱者爲詩，欲快露者爲曲，詞雖存，勢殆不能與相埒矣。雖然，亦視曲境之能廣與否。凡一文體初興，意境必狹，後乃轉廣。詩詞之初，多男女之詞，然亦非止於是。詩固不俟多論，詞在中唐亦雜隱逸、山水，吾嘗舉以諍彼守《花間》爲正宗者。曲有十二科，套劇並作，其境廣尤顯，特後之作者又偏於艷治，與爲詞者同。余論詩，謂倫情民風，可道者多，而前人罕道，欲拓土開疆，應在於是。君意亦與余同。夫以痛快、易良之詞，道倫情、民風，其力蓋有過於詩者，曲能如是，乃誠可謂之廣博耳。能廣博，則曲當益盛、益重，不至再被輕爲詩詞之附庸矣！辛未孟春。

《曲雅續編》序

冀野譔令曲爲《曲雅》，成於成都，余爲後序。欲更譔套曲爲續編，余復許作序。别去未久，自汴書來告續編成矣。余與冀野論曲所反復者，曲境之須廣而已。欲廣曲境，套爲尤利。何以言之？凡一文體之初，境必狹，後境轉廣，則體必有變。變者，文句加長，而組織加活也。史之初爲編年，其體徑直。事有不可依年而編者，則不能枉道而詳説，故變爲紀傳。紀傳者，較編年之組織爲活者也。詩本以抒情，而《雅》詩乃以叙事，其體亦遂長於《風》詩。詩之句度，初爲四言，繼乃變而爲五言、爲七言，體益長而境亦益廣。李太白嘗言五言不如四言，七言又其靡也。此不過尊古之意，言氣格則尚渾厚耳。若論其境，則七言之所容，較四言之所容不已度越甚遠哉？昔元微之論杜子美詩，稱其「鋪陳終始，排比聲韻，大或千言，次猶數百。辭氣豪邁，而風調清深，屬對律切，而脱棄凡近」，謂爲其所專美。夫鋪陳排比，豈不須體之長且活乎？子美之大，非尤以其七言乎？微之與韓、白，皆於詩林有廣境之功，故其言加此。而元裕之以爲識碔砆，未明其旨耳。雖然，所謂長者，非極長也。中國無數千言之詩，即千言亦罕。蓋千言以上，必其事特大。境之廣者，無不包也。必千言，則反不廣矣！且詩非傳記，其叙事不貴於備，其用在咏歎，其體尚婉約。務爲詳長則必多拙鋪，而詩質不純。吾選《風骨集》，特多取中唐韓、劉、元、白、張、王輩之短歌行，而七絶亦較多。嘗謂七絶者，詩之質最純者也；短歌行者，詩之境最廣者也。曲於詩爲最近，以詩譬曲，則小令猶七絶；雜劇猶千言以上之歌行；而套則短歌行也，較之小令體長而活者也。故曰「於廣境尤利」。冀野之譔《曲雅》，欲昌曲也；昌曲必廣其境，則續編較正編爲尤切矣。辛未九月二十五日。

四書文論 丁卯九月三日

制藝之爲學者所賤久矣。校讎著録者與曲劇平話同屏不録，編文集者偶存之，必别爲外集，乃至其序亦以爲不雅而當删。科舉既廢，更棄置無人道，一二老生偶以爲談諧而已。其賤也如此，以通識觀之，蓋不平之甚者也。今述舊説以表之。

制藝者，諸文之一也，亦本出於心，亦自成其體，固與諸文無異。不知其不能等觀者安在，謂其體下邪？文各有體，本無高下。高下者，分别相對之權詞耳。爲古文者斥下時文，恐亂其體可也，而時文不以是賤也。彼爲古詩者，固斥下律詩，爲律詩者固斥下詞，爲詞者固斥下曲，律詩、詞、曲豈以是賤哉？謂其爲干禄邪？彼唐之律詩、律賦、判詞，宋之經義、論策、四六，孰非干禄之具？今論策盛傳於異代，律詩、判詞皆編在别集，律賦且有總集。韓退之之試論在《昌黎集》，張才叔之經義入《宋文鑑》，曲劇、平話今皆有專家考論，列於文學之林，而獨於制藝則掩鼻過之，是得爲平乎？焦里堂（循）《時文説》曰：「御寬平而有奥思，處恒庸而生危論，於諸子爲近。然諸子之説根於己，時文之意根於題，實於六藝、九流、詩賦之外别具一格。余嘗謂學者所輕賤之技，而實爲造微之學者，有三：曰奕，曰詞曲，曰時文。」江國霖《制義叢話序》曰：「制藝，指事類策，談理似論，取材如賦之博，持律如詩之嚴。」二論皆非過譽。制藝之足爲知言論世之資，固同於策論，齊於詩詞，其尤且足上擬諸子，遠非律詩、律賦、四六之所能及。今反謂爲不足與於立言之倫，豈爲平乎？

謂不足與於立言者，莫刻於龔自珍「不自言而代他人言」之説。其説實非也。章實齋先生《葉鶴塗文集序》曰：二十年來，「舉及時藝輒鄙棄之爲不足道。夫萬物之情，各有其至，苟有得於意之所謂誠然，而不爲世俗毁譽所入，則學問文章，無今無古，皆立言者所不廢也」。此論可謂明且清矣。言之有物與否，固不在於體製。子部不少剽竊之作，制詔亦有誠懇之言，策論自抒其意而鈔纂盛行，曲劇止如其事而襟抱可見，況四書文題狹而詞長，引申推擴，何非己意耶？明世此道名家，論文緒言罔不崇尚自得。王守溪（鏊）謂作文「須先打掃心地潔淨」；唐荆川（順之）謂作文要「真精神透露，肯説理，肯用意，必是真實舉子」；瞿昆湖（景淳）謂作文「須從心苗中流出」；吳因之（默）謂「著一分詞，便攙一分意，意到時只須直寫胸臆，家常話兒儘是精光閃爍」（因之，作文不看時藝，不尋講章，咀味白文，移晷始成一藝）；陶石簣（望齡）謂「自胸臆中淘寫出者爲好」。凡此諸説，如出一口。又王龍溪（畿）謂作文「如寫家書，句句道實事，自有條理」；陶石簣言作文「正如人愬事耳，敏口者能言，其甚敏者能省言而無費。」此二論尤爲精到。自漢以來，文家騖於派別、格律，而忽於本質，詞華盛而論理衰，使文不能達意，而遠於實用，乃爲西洋邏輯所乘。其能存論理者，獨制藝家耳。若此諸論，不可謂非名言寶訓也，此豈猶可謂爲不足立言邪？顧涇陽（憲成）曰：「唐、瞿之文中行也，我之文狂也，陳筠塘、儲樊桐之文狷也。」梁贊圖曰：「言者，心之聲。古今詩文，往往能自肖其人。制義則言之尤暢，如徐文長作《今之矜也忿戾》文，直是自作小傳。」俞桐川（長城）曰：「忠臣之文多發越，孝子之文多深沉。」此皆可以知言之明證。桐川又謂：「陳白沙爲一世儒宗，吾疑其文必方整嚴肅，凛不可犯。及誦其集，乃瀟灑有度，顧盻生姿。」此自桐川之疏耳，白沙學風之異於朱派，正以瀟灑耳。文且可以見學風如此。彭尺木（紹升）論文曰：「文之用有三：曰明天德、陳王道、辨物情。而所以行之者四：曰惻隱之心、羞惡之心、是非之心、辭讓之心。是四者，根於性，效於情，而成於才。才者，性情之所由達也。而泥注疏之體者則曰無事才，方惡人之以才汩之也，不知才不盡，惻隱、羞惡、是非、辭讓之心不可得而著也，後之讀其文者，惻隱、羞惡、是非、辭讓之心不可得而興也。若是者，不作可也！吾讀有明中晚諸先輩文，而四者之心不覺其勃然興也，天德、王道、物情，因是益辨晳而察焉。」此論之精正與實齋同。知此，則何疑於時文之非立言邪？

尺木之獨舉中晚而譏拘者，有深意焉。蓋中晚爲明文之極盛，知言論世之資，中晚爲最富，而論者多輕忽之也。周書昌謂文必有法而後能，亦必有變而後大，制藝亦然。昔人有言漢賦、唐詩、宋詞、元曲，謂其爲一代之所擅也。焦里堂謂明二百七十年鏤心刻骨於八股，如胡、歸、唐、章數十大家，洵可繼楚騷、漢賦、唐詩、宋詞、元曲而立一門户，是也。論其源流，大氐化、治、正、嘉爲正，而隆、萬、啓、禎爲變。正者不過注疏講義之支流，變者乃成知言論世之淵海。此猶詩至李、杜、韓、白，詞至蘇、辛也。變之極不無奇濫，則矯以復正。然體益純而亦益窘，遂復爲注疏講義之附庸矣。方望溪（苞）作《欽定四書文·凡例》曰：「明人制藝，體凡屢變：自洪、永至化、治百餘年中，皆恪遵傳注，謹守繩墨，尺寸不踰；至正、嘉，作者始能以古文爲時文，融液經史，使題之義藴隱顯曲暢，爲明文之極盛；隆、萬間，兼講機法，務爲靈變，雖巧密有加，而氣體薾然；至啓、禎諸家則窮思畢精，務爲奇特，包絡載籍，刻彫物情，凡胸中所欲言者，皆借題以發之。凡此數種，各有所長，亦各有所蔽：化、治以前，亦有直寫傳注，寥寥數語，及對比改换字面，而意義無别者；正、嘉而後，亦有規模雖具，精義無存，及剽竊語録，膚廓平衍者；隆、萬亦有輕剽促隘，無實理真氣者；啓、禎名家之桀特者，思力所造，塗徑所開，或爲前輩所不能到，其餘偭棄規矩以爲奇，剽剥經子以爲古奥，彫琢字句以爲工雅，而聖經賢傳本義轉爲所蔽矣。」此説雖略而明。明末顧端木（咸正）曰：「今之作者，内傾胸臆，外窮法象，無端無涯，不首不尾，可子可史，可論策，可詩賦，可語録，可禪可玄，可小説，人各因其性之所近而縱談其所自得，故其爲道也似難而實易。」蘇苞九（翔鳳）曰：「文之在明，猶詩之在唐也。初唐渾穆，盛唐昌明，中唐名秀，至晚唐而憂時憫俗之意發而爲言，感激淋灕，動人也易。洪、宣之文，初唐也；成、弘、正、嘉之文，盛唐也；隆、萬之文，中唐也；啓、禎，則晚唐也。三百年，元氣發揮殆盡，蓋名理精於江右，經術富於三吳，而談經濟，論性情，皆擅其長。其所言者：大之化育陰陽，興亡治亂，綱常名教，性命精微；小之及鳥獸草木之情，飲食居處之節。凡三才所有，無不晰其神明，得其情狀。」此二説足明啓、禎文之長。周以清（《四書文源流考》）謂：「文至金、陳，如詩至李、杜，然皆出晚季，故明文不可以初、盛、中、晚論。」此與蘇説比擬不同，而實有理。俞桐川以王守溪擬杜，亦未是。實則洪、宣、成、弘可擬初唐；正、嘉諸家以古文爲時文，正如盛唐詩之復古，唐、歸諸人乃可擬李杜；隆、萬、啓、禎宜比中唐，金、陳諸人適如韓、白，其餘亦孟、賈、王、張、盧仝、劉叉之倫也；然其小體者，擬之晚唐亦無不可。鄭灝若《四書文源流考》謂「天啓之文深入，而失於太苦；崇禎之文暢發，而失於太浮」。此謂其境之廣深，正與中晚唐詩境相同也。當崇禎之末，張天如（溥）以經學倡，陳卧子（子龍）以史學倡，艾千子（南英）與二人不同，固守舊法。易代以後，李厚菴（光地）等承之，標雅正爲宗，義理限於程、朱，體制盡於傳注，史、子皆不得闌入。此猶言詩者之排宋而宗唐，排中晚而宗開、寶，排少陵而宗六朝也。顧論詩不及中晚，何足以窮詩之變？而專宗唐調，勢必至於摹擬，膚廓無生氣。故論者每不肯如是逆趨極端，而矯弊者且倡宋詩焉。制義亦然。黄梨洲論文崇本質，論詩不廢宋，故於制藝亦不滿千子。方望溪固李厚菴之門人，而其論亦不過貶啓、禎。其評金正希《德行顔淵》一節文云：「往者李厚菴嘗謂中、二兩比，義實浮淺，以擬諸賢非倫也。其後膚學增飾其詞，遂謂李氏深惡金、陳之文，以爲亂世之音。不知《史記》之文，顯悖於道者多矣，而嗚咽淋灕，至今不廢也。」又曰：「制科之文，至隆、萬之際，真氣索然矣。故金、陳諸家，聚經史之精英，窮事物之情變，而一於四書文發之，義皆心得，言必己出，乃八股中不可不開之洞壑也。邇年不學無識人，謬謂得化、治規矩，極詆金、陳，蓋漫爲狂言，以掩飾其庸陋耳！」此論極允。金、陳、黄諸人之文，蓋明之諸子也。明世子家不競，晚乃在制義，其可貴倍於詩賦。顧以講章繩之，豈爲通論哉？彭尺木曰：「成化、弘治間，夏忠殷質，元氣内充，正德、嘉靖，理達詞昌，茂而有間，彬彬乎唐元和、宋慶曆之盛也。隆慶以降，迄崇禎，屢變益華，不無離合。就其善者，周、程之墜緒，屈、賈之心聲，往往而在。後之論者，欲執成化、弘治之一概，以量列朝，亦通人之一蔽也。原流正變，若天之四時，窮則復始，豈可局乎哉？」望溪之言正如論詩之宗唐而不廢宋者，尺木之言則與主中唐北宋詩者之論同矣。善夫，焦里堂曰：「明人之於時文，猶唐之詩、宋之詞、元之曲也！執成、弘之樸質，隆、萬之機局以盡時文，不異執陳子昂、孟襄陽、韋蘇州以盡詩，執姜白石、張玉田以盡詞，亦學究之見而已矣！」

非獨時文之可與詩並論也，即合漢賦、唐詩、宋詞、元曲、明時文而統論之，亦如是也。吴修齡（喬）謂制藝代言如劇本。論者謂爲輕詆之詞。實則此言有見，不可非也。焦里堂《易餘籥録》

曰：「《雲麓漫鈔》謂唐之舉人以所業投獻，如《幽怪録》、傳奇等，蓋此等文備衆體，可以見史才、詩筆、議論。按此則唐人傳奇、小説，乃用以爲科舉之謀，是金元曲劇之濫觴也。詩既變爲詞曲，遂以傳奇、小説譜而演之，是爲樂府雜劇又一變而爲八股，舍小説而用經書，屏幽怪而談理道，變曲牌而爲排比。此文亦可備衆體，見史才、詩筆、議論。其破題開講，即引子也；提比、中比、後比，即曲之套數也；夾入領出題段落，即賓白也。習之既久，忘其由來，莫不自詡爲聖賢立言；不知敷衍描摹，亦仍優孟之衣冠。至摹寫陽貨、王驩、太宰、司敗之口吻，叙述庾斯抽矢、東郭乞餘，曾何異傳奇之局段耶？而莊老、釋氏之恉，文人藻績之習，無不可入之，第借聖賢之口以出之耳。」按焦氏以八比法配引子、套白，實未安隱。八比句調，乃出于宋四六之長句。然謂敷衍描摹出曲，則是也。

賦衰詩盛，詩實自賦而變，易見也；詩衰詞盛，詞實自詩而變，亦易見也；詞衰曲盛，曲實自詞而變，亦易見也；曲衰時文盛，時文亦自曲而變，則不易見。疑者將謂時文之於曲，其體遠非若曲之與詩詞其體近也。不知後之代興者，其境每較前爲廣。大氐舊者不足用，而新者乃出。舊者雖仍保其故疆，而新者則更拓其異境。賦之道情者與詩同，而不若詩之便；詩之富韻者與詞同，而不若詞之諧；詞之達意者與曲同，而不若曲之暢；曲之代言者與時文同，又不若時文之寬。一異境開而舉世之精神注焉，不得發於故疆者，皆發於是。故觀唐文者不於賦而於詩，觀宋文者不於詩而於詞，觀元文者不於詞而於曲，其勢然也。蓋觀文之道有二：辨體式者，必探其源而嚴其別；論容質者，必極其流而廣其變。二者固不可偏廢也。唐詩宋詩，紛爭互勝，皆爲是耳。

時文之初、盛、中、晚，蓋與理學之晦菴、陽明有關，非獨如詩詞之正變而已也。千子、厚菴，宗朱者也；梨洲、尺木，宗王者也。王派之風尚質而多容，與朱派之密狹殊，吾已屢論之矣。尺木論文又曰：「明初學者多墨守章句，並爲一談。自陽明先生作，而承學之士始知反求諸心，要於自得。其見於文者，往往如圓珠出水，秋月寫空。慶、曆以還，脱落清虚，漸成故習。一二選家盡力彈射，矯枉之過，清響漸微，至有白首鉛槧，著書滿家，而莫能名其所自得者。其于得失，豈獨經義然哉！」此言最足見其宗旨。尺木於時文，最好鄧定宇（以讚）、楊復所（起元）、鄭謙止（鄤），謂其體遞變而不離其宗，一以自得爲宗。鄧、楊皆王派也。隆、萬之時，王學甚盛，故文風如此。復所以禪語入文，尤爲時人所攻，至有改正文體、禁用真虚等字之諭旨。（此事本可笑，昔有俚詩譏之，引在《三進篇》中。）顧亭林《日知録》以復所與王龍溪同詆，謂其以禪亂儒。亭林固宗朱，開後來之漢學者也。漢學實由朱學脱變而成，吾已別有詳論，此亦可窺其關係。有清代興，始則朱學專行，繼則漢學大盛，故隆、萬之文風闃無嗣響，矯放縱而爲窘狹，時文亦自是衰退，一代四書文遂索然無大觀。蓋學者之精神又（栘）〔移〕於名物訓詁矣。尺木在當時可謂豪傑之士，抑三百年中主王學者皆豪傑之士，不獨文爲然矣！

如上所論，校之於詩詞，推之於理學，其文之通大略可知矣：即以論世資史而言，四書文亦爲明一代之重材。唐詩可以觀唐史，明文可以觀明史。蓋時文雖代言，而四子書語簡意廣，推假無所不可。就其著者，如趙忠毅（南星）《非其鬼而祭之諂也》、《如有周公之材之美章》、《鄙夫可與事君章》，皆刺張江陵爲相時事。梁茝鄰（章鉅）《制藝叢話》謂「古以杜詩爲詩史，此可當時文史」。黄忠節（淳耀）館錢牧齋家，日閲邸報，見朝政得失、時事廢興，輒作文以抒憤，固世所咸知也。俞桐川選《百二十家》，家各冠以小序，頗以生平節行錯綜言之，張希良謂其以史法論文，五百年之文即可以當五百年之史。章實齋《與阮學使論求遺書書》謂會稽進士徐廷槐竺山，「以四書文義名家」，「撰有《文航》一書，選文二千餘篇，皆前明天啓、崇禎及國初前輩名作，外間不甚著者。以帙大不及付梓」。「其書所重，不盡在文。文後評跋，多記明末遺文逸典，東南文獻、師友淵源、棘闈故事，多可考見」。其「意在於史法論文」，「實有裨於論世知人之學」。實齋又云：「四書文藝，雖曰舉子之業，然自元明以來名門大家，源分流別，亦文章之一派。」「近日通人多鄙棄之，不知彼固經解流別，殆如賦之於詩，附庸蔚成大國者也。」「嘗欲彙輯古人名選佳刻，博采前輩評論故事，仿《詩品》、《文心》及唐宋詩話之意，自爲一書，以存其家學，無如時文夙弊，前輩名刻不甚購求，坊估無所利而不復估販，亦恨事也。」實齋之志甚大，惜未及下手。阮公後修《四書文話》，亦成而未行。梁氏《制藝叢話》殊草草，未得知言論世之意。今即欲舉啓、禎諸家之文，而亦不易矣。惜哉！

語文平議

戊辰四月初一日

白話文之起，辨難紛然，著文多矣，吾不與也。私相講習，不可終默。以吾所見論之，主者、攻者兩皆有當、有不當。攻者概予非難，而不察主者之持之有故；主者遽昌言攻者皆敗，而不知攻者之言實有中者。皆疏也。蓋此事所涉甚廣，即主者所持之説亦非一端，可合可離。主者既混説，攻者亦混難，故致紛紜，迷亂觀聽。若分別觀之，則其是非，固易見矣。

主者所持，約有五大端。所立者三：一曰通俗，二曰順變，三曰尚質；所破者二：一曰用典，二曰反古。

通俗一義，意主普教，意甚善也。昔者賢長諭民，仁人勸善，皆嘗取爲資藉，亦且頗有流傳，效有特宏，豈可非議。顧此乃所以教民而非所以教士，可爲輔而不可爲主。若偏授學僮，代去文言，則將來難通古書，自失先人遺産，學何以進？即文可棄，舊籍可棄乎？若云别繙文言，則古書本晦，成學又希，譯必失真，解尤多誤，流毒後學，今已見矣。是壅蔽之術，趙高愚二世之類也，學者豈宜如是？主者亦知此不可通，故學校課規以語爲初基，仍以文爲進級。然初止學語，文基已失，加以惡深樂易，能通文者必日希，將使學術之源不在巨著鴻編，而在雜誌小報。以言普教，吾見其降教而已！

由是以觀，則但執通俗之義，僅能明語文之價值而已，未足以標革建之幟也。于是又以順變尚質爲原理。順變之説，前代已有，吾于《文變論》已詳言之。凡論文不牢守古正體，而容别出之變體者，如主八家者之排拘守六朝，主宋詩者之排拘守《選》、唐，皆此論也。至近世葉横山（燮）之論詩（《原詩》）、焦里堂（循）之論曲（《易餘籥録》）爲尤著，大氐謂詩之由唐至宋，詩之變詞，詞之變曲，皆不可遏之勢，新異日出，正是文章之妙。此論即主白話者之先機。當時守古正者亦多不以爲然，然終不能勝。顧其所以不能勝者，病在狹隘不通，而不在保守不進。（乃横之不容，非縱之不進。）蓋所謂變者，止是更開一境，非遂取前者而代之。如詩詞曲，雖同爲樂辭，以入樂言，似若相代，然三者各成其體，各有其美。故曲既興，詞雖不入樂，而詞仍存；詞既興，詩雖不入樂，而詩仍存也。語文雖自成其體，自有其美，安能遂代文言耶？況語文自古已有，又非如詩之變詞，詞之變曲主者誤以别開爲更代，其謬甚明。近數年語文盛行，乃因學風浮淺，便於膚受之徒，非可據乎！爲能行之證。其能行者，不過如詞曲之存，别據一境耳，文言文固不因而遂廢。事勢已甚明白，主者遽据近之盛行，爲其革代戰勝之徵，則太夸矣。

尚質之説，亦自古有之。文派之變，大都爲文質相救（即形式與内容、華采與質樸）。六朝文勝，裴子野、李謌皆發評論。及開、寶漸變，元和踵成，詩文遂趨于質。亘宋一代至元明，而又有懲質弊、復尚華采者。自後二派遞代相爭。顧其所爭皆在文言，不聞主張語體。蓋文質之辨，本非語、文之辨也。胡適所謂「要有說話方說話，有什麽話說什麽話，要怎麽說就怎麽說，要說我自己的話，別說別人的話」，此固向來論文者之所同主，浙東一派尤其顯著。乃凡文之通則，豈必語體而後然哉？且尚質與順變，又本不必相連。宋之詩文，以視初唐而上，固爲順變而尚質矣。而開、寶詩家之尚質，則是反古。弘、正諸子之尚華，亦爲反古。蓋古今本移易之名，而文質有相矯之勢。必是今而非古，執一而廢百，則是以宇滅宙，且以宇滅宇矣！

更有進者：變須不失其體（諸體之變乃是別境，非更代），質須不失其節。變而失體，則類型混亂；質而失節，則血肉剥削。類型、血肉，皆文所自然本具，非如其餘煩瑣格律之拘滯害質而可廢破也。苟一失之，則無以爲文，寧謂爲語可矣。新派之病，乃在于此，昭然在目，不待一一指摘也。

以上所論，皆行今之說。若論古，則主白話者所編之《國語文學史》良多謬誤，徒以自快其說而失其情，實近于欺人。此則不可不辨。大氐其謬有三：一曰文語相混，二曰詩詞牽濫，三曰妄立名目。

文、語二者，本不易分。此之文言，彼猶俗語；古之俗語，今已文言。地域之異尚少，古今之變實繁。且俗之一字，本無定準。文言之淺近者，乃在文、俗之間。今所謂語，自是就今日言之，固不可以推論于古；古之俗語，已多不可考見。文、俗之分，尤不可知。唐以前，俗語著文者，亦本稀少。惟中唐之禪家語録、元之曲劇，乃顯與文言不同，欲述語文源流，當自此始。而諸人必上溯之，于是謬濫之弊，乃百出矣。王子淵《僮約》特雜俚言，已非語體；若任昉《彈劉整》，注引范氏等《訴列》，乃當時官牘文字，皆合雅詁，非同俚俗。王充作《譏俗節義》，所謂「直露其文，集以俗言」，蓋即今《論衡》之類耳。當時文體，本從典雅從容，此獨「直露」近于簡牘，故自稱爲淺，未必即是直寫語言也。白居易《祭弟文》，則當時簡牘之體。官書簡牘之文，代代皆有，自成一體，異代或有難通，但終是「文言」，難遽稱爲語體。正如今之契約呈狀，往來箋簡，其可謂之「語體」乎？以范氏《訴列》、白氏《祭弟文》與吳歌西曲、禪家語録比觀，其不同明矣。禪家語録重在語氣，記以文言則失其力，故不得已而用俚語。儒者效之，亦恐失真耳。未遂可爲文趨白話之證也。

至於詩詞，則本不避俗，其助詞本與他文殊。非獨尚質者淺近易曉，即齊梁、温、李諸家好襞積典故，傅陳彩色者，其詞亦多俗語，與文不同。是知詩詞通俗，乃是共相，濃淡華樸，其小別耳，不應又于其間分別文言、俗語也。觀諸編《國語文學史》者之所牽引，其濫固易見矣：漢詩，獨取《上山採蘼蕪》、《十五從軍征》；樂府，獨取《孤兒行》、《陌上桑》、《焦仲卿妻》詩，豈其他諸詩皆

「文言」耶？ 南北朝雜曲自是民間歌謡，然亦已經文人修飾，必非原本。今世猺蜑之歌猶多難通，豈其懸距千載，而易曉若是？ 然此皆本尚質樸，猶可言也。唐人之詩，則不可言矣。如胡適于盛唐獨取李、杜、王、孟，中唐獨取白居易、元稹、劉禹錫，不知復古尚質，自是當時通風，徒以中有一二俚言，遂以爲國語文盛之證，則諸人之用典傅采者，又何以論之？ 杜甫多寫平民，自是内容，不關形式，而以爲提倡白話； 李戡詆斥元、白，謂其纖艷，非謂俚俗，而以爲反對黨。如斯牽引，非以今揆古，所見無非「竊鈇」乎？ 所取晚唐諸詩，亦皆此類，惟寒山、拾得數首，直是語體，此外皆詩之常體，雖初唐諸人亦然。此爲「語體詩」，則不知何者乃爲「文言詩」矣！ 中唐、兩宋之詩，所以異于六朝、初唐者，乃在重内容、輕聲調，反拘隘、尚新變耳，固已非文質之殊。今悉以宋詩爲話化，則無惑乎黄山谷之艱澀、永嘉四靈之幽峭悉皆見取，而獨存西崑一體爲文言之標矣。乃又以陸遊「詩家三昧」、「工夫詩外」之言爲趨白話之論。此論意境，豈關形式？ 前人論詩，不拘格律者甚多，豈皆「革命」之言耶？ 詞之穠郁艱深，南宋始然，亦猶曲至于明，有好用典實之派也。曲本以質爲正，非變而始進； 詞則本與詩同，雖通俗而亦不以質爲尚。是以柳永、黄庭堅之詞，不爲衆所稱道。今主語而獨舉柳、黄可也，而又上稱温、韋，下取蘇、辛，是則自一二艱深者外，詞固可全入《國語文學史》，又何選乎？ 欲述語文源流，反使文言濫入，殆亦非諸人之本意歟！

其尤謬者，則以文言爲「死的」、「貴族的」，俗語爲「活的」、「平民的」。死、活二義，本不可通，一著于文，即無不「死」。使筆如舌，終有不能。語之標準，既在當時，則時一遷移，便成死物。語之至活，莫如方言，然即流俗唱本，已不能盡用方言，而別爲一同曉之俗語。即如主白話者之所述造，亦必據所謂國語、官話而爲之，此已爲半死之物矣！蓋其勢必「死」而後可以縱傳。若必極活則横傳亦狹。無論縱傳、縱横不傳，復何以爲文乎？是知文字固必「死」而乃傳，既能傳則謂之「活」，文言、俗語等耳。至于貴族、平民，本爲階級權利之稱，移以論文，本無所當。以尚質通俗爲平民耶？則傳采色、陳典故者，不必爲貴族而作，作者亦不必貴族；崇樸素、采俚俗者不必爲平民而作，作者亦不必平民。攻者之言，多已明確。文字之事，止有學與不學之階級，而無貴族平民之階級。紈袴或不識字，農家間出文豪。若謂文能通俗，平民易知，舉其大概，非必嚴畫，此固可通；然遂以通俗易知爲文之貴，則又不然。既名爲「文」，即有藝術，雖至質白，不能有異。蒸民鑑賞之力，絶不齊同。周作人嘗言：「文學本帶有貴族性。」此覺悟之言也。

附録

知見日本文話目録提要

王宜瑗　撰

知見日本文話目録提要

王宜瑗　撰

（一）文章達德綱領六卷　藤原肅　撰

藤原肅（一五六一——一六一九），江户初期儒者。字斂夫，號惺窩、惺齋、北肉山人等，播磨（今兵庫縣）三木人。初爲僧人，號妙壽院，在京都相國寺修佛，後改學儒，專攻朱子學，爲日本朱子學之祖。善詩文，長於和歌，門人甚多。著有《惺窩先生文集》十八卷、《惺窩文集》八卷等。

《文章達德綱領》六卷，有寬永十六年（一六三九）九月堀杏庵序。藤原惺窩另有《文章達德録》百卷。據堀杏庵序，此書乃「吉田素庵受予師惺窩先生之命而輯録」成的，原是百卷本中的綱領，故表簽上又題作《文章達德録綱領》。該書論述作文的格式體例，分入式和辨體兩大類。卷一「入式内録」：讀書、窮理、存養；卷二「入式外録」：抱題、佈置、篇法、章法、句法、字法；卷三「入式雜録」：叙事、議論、取喻、用事、形容、含蓄、地步、關鍵、開合、抑揚、起伏、響應、錯綜、鼓舞、頓挫、繁簡、伸縮、陳新、華實、雅俗、工拙、大小、逆順、常變、死活、方圓、險易、撑柱、步驟、瑕疪；卷四「辨體内録」：辭命（諭告、詔、璽書、批答、册附命、制、誥、敕附典、謨、訓、誓、命、教、令、宣）、議論（諫、奏疏、議、表、策、彈文、檄、露布、書、戒、論、辨、説、解、原、證、題跋、問對、七體）、叙事（序題辭、記、傳、行狀、謚法、謚議、碑墓碑墓碣、墓表、墓志、誄、哀辭、祭文）、詩賦（詩、頌、騷、辭文、箴、銘、贊、雜著、題跋）；卷五「辨體外録」：駢儷、律詩、近代詞曲；卷六「辨體雜録」：歷代、諸家。

（二）文法授幼抄六卷首一卷　佚名　撰　林義端校刊

林義端（？—一七一一），江户時代儒者兼書商。字九成，號文會堂，京都人。師從伊藤仁齋，奉其説。以書肆爲業，店號即名「文會堂」。著有《玉帚子》六卷、《夜談隨筆》六卷、《德山雜吟》一卷等，又校訂出版書籍多種。

《文法授幼抄》，原著者不詳，元禄八年（一六九五）三月由林義端校序並刊行於京都文會堂。林氏序謂該書「大率節取先輩論文之要語，揭示幼學屬辭之法式，欲其易通曉，間以國字記之」。全書有文章格言三十二條、文章諸體十九條、文筆問答四條、啓劄序式一條、雜文諸體二十二條、助語大意、詩法大意九條、諸詩序例七十二條、諸書簡式九十五條、古文字格五十八條。

（三）文林良材五卷（附首卷、卷六）　佚名　撰　林義端整理

《文林良材》有元禄十四年（一七〇一）文會堂刊本。據林氏自序，此書原爲一名儒所作，因

其出仕爲官，不願露名，故林氏在其原稿上加以增删出版。

正文五卷。前三卷論文，分「文法大意」、「叢林四六文式」、「序文並書札等採用熟語」、「文體（二十八則）」等，主要論述散文、四六文的作法以及各類文體的特徵，對陳繹曾《文章歐冶》多有採擷。後二卷爲「名文訓釋」，選韓愈、歐陽脩古文各十數篇以爲範例，並隨篇註釋大意。附録有二，首卷爲摘抄伊藤長胤論文之文，有「作文真訣七條」、「譯文法式」、「讀書題目」等。卷六「稱名纂釋」乃稱謂及交際用語匯解。

（四）文法要略一卷　松井良直　撰

松井良直（一六四三—一七二八），江户時代儒者。號可樂、幽軒，備前（今岡山縣）人。仕岡山藩，歷任藩學教官、副監、學監。博學强記，精通諸子百家。著有《桑韓唱酬集》三卷、《詩法撮要和抄》、《詩法要略》二卷、《文法要略》一卷等。

《文法要略》有享保三年（一七一八）家刻本，二十葉小册。該書分辭、賦、頌、贊、銘、文、説、解、序、記、箴、傳、表、辯、七、原、碑、碑陰文、墓誌銘、行狀、誄、吊、祭文、論、書、啓、牋、制、詔敕、令、教、授、檄策等三十三類文體，論述各自特徵、作法。

（五）古文矩一卷（附《文變》）　荻生徂徠　撰

荻生徂徠（一六六六—一七二八），江户時代儒者。名雙松，字茂卿，號徂徠、蘐園。本姓物部，故又稱物茂卿。江户（今東京都）芝浦人。初奉朱子學，後轉向復古，攻擊朱子學，反對伊藤仁齋的古義學，建立古文辭派。文尊漢以前古文，詩尊李攀龍《唐詩選》，貶斥宋詩，鼓吹明詩。門生衆多，有太宰純、服部元喬、山縣孝孺等，形成蘐園學派。著有《徂徠集》三十一卷、《蘐園十筆》十卷、《蘐園隨筆》五卷、《蘐園遺編》二十卷等。

《古文矩》有明和元年（一七六四）八月序刊本，由宇佐美惠（徂徠門人）校訂並作序，與《文變》合刻。宇佐美序云：「先生選韓柳李王文，命曰《四家雋》。尤好於鱗，嘗取其可爲法則者六篇，詳爲之評解，以註於旁，命曰《古文矩》。章段篇法、轉提伏結、照應管制、變化鼓舞，凡文之可評者，莫不標著矣。」該書即選取李攀龍《比王集序》、《蒲圻黄生詩集序》、《送靳子魯出守潁州序》、《送趙處士還曹序》、《邢母朱太恭人序》、《送龔懋卿序》等六文，逐段分析句法字法，每篇後又有總評，論析全文的主旨構思、篇章結構。《文變》則取明人楊士奇《贈醫士陳名道序》一文，「規摹其意，數變法，至八篇，並原文九篇，教所以運之法也。」（宇佐美序）

宇佐美序又云：徂徠《文罫》、《文變》曾遭火焚，《文罫》已不存，有「狡兒乘之，抄《蘐園隨筆》末所附《文戒》，題以《文罫》給世矣，愚者信而珍藏，因辨於此焉」。

（六）文戒　荻生徂徠　撰

《文戒》附於《蘐園隨筆》後，有正德四年（一七一四）刊本。篇首有題爲「徂徠先生口語」之緒言，謂學作古文者往往「學華而不純乎華」，「和訓其所率，字非其字；語理錯違，句非其句；或若無可指摘，篇章之間受其蔽」，故立三戒，戒和字、戒和句、戒和習。正文即以此三戒爲目，標舉誤例，分類糾謬辨析。

（七）文罫二卷　荻生徂徠　撰

爲荻生徂徠壯年時指導弟子而著的有關文章作法之書。後因火災被焚，今已不存。從其書名來看，或是利用圖表來展示文章段落脈絡。内閣文庫藏《文罫》二卷，内容、格式與《文戒》相同，唯《文戒》緒言有云：「其法已載於《文罫》及《譯筌》中」，此書則改爲：「其法已載於《文變》及《譯筌》中」。一般認爲今存《文罫》，實爲《文戒》，而非原書。（參見《古文矩》宇佐美惠序。）

（八）文筆問答鈔　釋印融　撰

《文筆問答鈔》，延寶九年（一六八一）刊。用問答體形式，記述詩文作法體例方面的要領。卷上爲詩，卷中卷下爲文，中有作法二十九對、二十八病等。

（九）文論一卷　太宰純　撰

太宰純（一六八〇—一七四七），字德夫，號春台、紫芝圃，信濃（今長野縣）飯田人。初從中野撝謙習朱子學，後棄舊學，入荻生徂徠門，研習古學。晚年稍異荻生學説，詩文中指斥李王古文辭學。博學，通天文律曆、字學音韻。著作有《紫芝園漫筆》十卷、《紫芝園稿》二十卷、《春台詩鈔》一卷、《文論》一卷、《論語古訓》十卷等。

《文論》作於元文四年（一七三九），有安永二年（一七七三）刊本和文化二年（一八〇五）刊本，均與《詩論》合刊。又收入《續續日本儒林叢書》第十二卷。該書前有植村正直序。正文七篇，分述文之源、文之體、文之脩辭、文之法、文之要、文之個性、文之用。後附《後世脩辭文病》一卷，凡三十一則。

（十）文筌小言一卷　服部元喬　撰

服部元喬（一六八三—一七五九），江户時代儒者、漢詩人。字子遷，號南郭、芙蕖館、觀翁、赤羽先生等，京都人。從荻生徂徠攻古文辭學，推重李氏《唐詩選》，其《唐詩選國字解》七卷，對《唐詩選》一書流行於日本，起了很大推動作用。兼長詩文，與太宰純齊名。又善畫，好詠和歌。十六歲仕於柳澤侯，三十四歲致仕，晚年爲肥后侯賓師。著有《南郭文集》四編四十卷、《南郭絶句詩集》一卷、《南郭尺牘標註》二册、《燈下書》等。

《文筌小言》刊於享保十九年（一七三四）三月京都書林須原屋，主要論述古文的章、句、字之法，尤重説明助語的用法。

（十一）作文初問　山縣孝孺　撰

山縣孝孺(一六八七—一七五二),字次公,號周南,周防(今山口縣)人。萩藩儒官山縣良齋之次子,少從父學,長赴江户,師從荻生徂徠。後歸藩,元文二年(一七三七),爲藩校之學頭祭酒。爲學奉荻生之説,文尊秦漢,詩尊唐明。著有《周南詩文集》十卷、《爲學初問》一卷、《長門餘稿》等。

《作文初問》,寶曆五年(一七五五)刊,後收入「少年必讀日本文庫」。該書講述寫作漢文的心得,又評述中國文章史及文章論等。

(十二) 文章緒論　熊坂邦　撰

熊坂邦(一七三九—一八〇三),又名定邦,字子彦,號台洲、曳尾堂、白雲館,陸奥(今青森縣)伊達人。師從入江溟學、松崎觀海。以講學爲業,長於詩文。晚年批判古文辭派,特别是服部元喬。著有《律詩天眼》一卷、《詩文眼式》一卷、《白雲館文罫》一卷、《道術要論》八卷等。

《文章緒論》刊於享和元年(一八〇一)七月名古屋,有秦鼎(熊坂門人)序、赤松鴻序及忠保(熊坂門人)跋。該書論析爲文諸法則,評及日本當時文風,指斥服部元喬爲文「輕艷」。

(十三) 文章一隅　尾藤孝肇　撰

尾藤孝肇(一七四五—一八一三),江户時代儒者。字志(士)尹,號二洲、約山、流水齋、静寄軒,伊豫(今愛媛縣)川上人。少好作文,年二十四赴大阪,師事片山北海,講習復古學。及讀洛閫之書，遂奉朱子。寛政三年（一七九一）擢爲幕府儒官，爲寛政三博士之一。爲人恬澹簡易。文推歸有光，詩愛陶淵明、柳宗元。著作有《静寄軒文集》十二卷、《約山詩集》二十卷、《静寄雜著》一卷、《静寄餘筆》二卷等。

《文章一隅》有慶應三年（一八六七）跋刊本。自序中言其撰寫目的：「吾塾一二俊髦，其於講習勤也，而文辭則漫」，故選「孟子及韓歐文各一篇，舉以爲法。三隅之反，他日吾試之」。所選三文爲《孟子》「魚我所欲」章、韓愈《擇言解》、歐陽脩「春秋或問」一條。又附録對柳宗元《三戒》的評解，實共評析六文。

（十四）作文誌彀一卷　山本信有　撰

山本信有（一七五二—一八一二），字天禧，號北山、孝經樓、奚疑翁，人稱述古先生，江户（今東京都）人。其學爲折衷學派，經學以《孝經》爲本，二十二歲撰成《孝經集覽》二卷；文尊韓柳，反對荻生徂徠的古文辭派；詩倡清新，主張性靈説。時值寛政異學之禁，他與龜田鵬齋、冢田大峰、豐島豐洲、市川鶴鳴對抗此禁，被稱爲寛政五鬼。寛政四年（一七九二）爲秋田藩儒臣。著有《孝經樓文集》五十卷、《孝經樓漫筆》四卷等。

《作文誌彀》，安永八年（一七七九）成，後收入「日本文庫」。該書爲抨擊荻生徂徠古文辭派而作，論述和文漢譯之法以及復文（把原爲漢文、已用訓讀方式譯成的日文，再復原爲漢文，是當時常用的學漢文的方式之一。）的脩辭之法，又分別評論韓柳與李（攀龍）王（世貞）的古文。

（十五）作文率四卷　山本信有　撰

《作文率》，寬政十年（一七九八）刊。論古文寫作的種種法則。附録《文用例證》三卷，對於文章的書寫體例，如「稱名稱姓」、「文末書寫年月」法等，例舉數十種書式，作爲範例。

（十六）文法披雲三卷　海保皋鶴　撰

海保皋鶴（一七五五—一八一七），江户時代儒者、文章家。字萬和，號青陵。本姓角田，江户（今東京）人。先後爲郡上藩儒官、尾張藩儒官，後居京都講學。著作有《青陵山人文集》一卷、《老子國字解》六卷、《文法披雲》三卷等。

《文法披雲》有寬政十年（一七九八）序刊本。前有那賀山元孝序和自序。該書爲授課講義，由其門人三谷樸筆録。主要論述古文文法，分爲文源第一、文法第二（分五綱二十目）、文論第三、友古第四、合符第五。用日文寫。

（十七）拙堂文話八卷　續文話八卷　齋藤正謙　撰

齋藤正謙（一七九七—一八六五），字有終，號拙堂、拙翁、鐵研道人，私謚文靖先生。本姓增村，生於江户，爲伊勢（今三重縣）津藩士。早年入昌平黌（當時的幕府學校），師從古賀精里，於古文用力最深。後遊京都，與賴山陽交往。尊奉朱子學説，並博採衆家而折衷之。通史傳。創立津藩的學校（有造館），後兼任藩主侍讀。歷任郡宰、督學。著作有《拙堂文集》六卷、《拙堂紀行文詩》八卷、《拙堂文話》八卷續八卷、《拙堂詩話》二卷等。

《拙堂文話》有文政十三年（一八三〇）刊本。拙堂論文，廣涉中日古文各家。中國方面，上起三代下至清代，其中對《史記》、《漢書》、韓柳歐等古文家，尤多評論；日本方面，則從古代到近世，如荻生徂徠、伊藤仁齋、貝原益軒等漢學家的漢文，均有論述。《續文話》，天保七年（一八三六）刊，主要以明清諸名家文爲議論對象。

（十八）小文規則一卷續一卷　賴襄　撰

賴襄（一七八〇—一八三二），字子成，號山陽、三十六峰外史，安藝（今廣島縣）竹原人。其家爲著名儒學世家，幼從父賴春水（廣島藩儒官）學，善作詩文。讀朱子《通鑑綱目》，立志脩史。年十八遊學江户，師從尾藤孝肇，又入學昌平黌。三十二歲移居京都，授徒著書，終生不仕。有《日本外史》二十二卷、《日本政記》十六卷，顯示其史學才能。有《賴山陽全書》。

《小文規則》，嘉永六年（一八五三）刊於大阪，有自序及他序各一。該書選録韓柳歐蘇小品加以評析。明治十一年（一八七八），又有增評本。

（十九）漁村文話一卷續一卷　海保元備　撰

海保元備（一七九八—一八六六），字純卿、春農，號漁村、傳經廬，上總（今千葉縣）武射郡人。安政四年(一八五七)任幕府醫學館直舍之儒學教授。善詩文,長於考證學。著作有《傳經廬文鈔》一卷、《文林海錯》十卷、《經籍源流考》三卷、《漁村文話》一卷續一卷等。

《漁村文話》,嘉永五年(一八五二)刊。作者從文集、説部中滙集歷代名人論述之語,並加以評述。分爲聲響、命意、體段、達意、詞藻、三多、三上、鍛煉、改潤法、病格、十弊、三先、簡疏、左傳紀事、史傳紀事、輕重、正行、散行、錯綜、倒裝、緩急、抑揚、頓挫、警策、明意叙事、周漢四家、唐宋八家等諸項。用漢文與片假名夾雜書寫,與《拙堂文話》(純漢文體)並稱「文話雙璧」。

續編主要論述漢唐宋古文的源流、異同和特徵,並分析單篇文章,詳論一些具體的作文之法。

(二十) 拙堂文話評　山本積善　撰

山本積善(一八〇〇—一八三七),字伯夏,號眉山、狂庵,阿波(今德島縣)人。爲伊勢(三重縣)龜山藩儒官。著有《宋鑑》二卷、《朱子學辯》、《仁齋徂徠辯妄》等。

《拙堂文話評》有《日本藝林叢書》本。山本在《拙堂文話》本文的欄外用朱筆寫下評語,齋藤拙堂又用墨筆作答。原本現存齋藤家,《叢書》本即以此爲底本。並附有拙堂弟子三島中洲的疏記、宫川鹿川的短文等。

(二十一) 唐宋八大家文格　川西潛　撰

川西潛（一八〇一—一八四三），字士龍，號函洲。三河（今愛知縣）人。少年時師從藩儒竹村悔齋，二十餘歲入昌平黌研脩，後又赴學京都。天保年間（一八三〇—一八四四）爲舉母藩儒臣。在藩學崇化館教授期間，反對墨守伊藤仁齋「古義學」，提倡朱子學，一變學風。後自裁。著有《函洲遺稿》一卷。

《唐宋八大家文格》有天保十年（一八三九）三都書林版。此書分五卷，以「文、不、能、無、法」五字分别名集。從明人唐順之《文編》中採輯唐宋八大家文共一百四十七篇，分爲七十格，加以分類重編而成。前四卷爲序記文，分成立説、假説、閑説、相形、譬喻、借客、辨證、設難、護題、發題等格。卷五爲論説文，分成一意反復、一氣説下、立柱分應等格。安積信序云：「他本擬「精讀古人之集，分體分格，匯輯成編，以窺變化之妙，而未果也」，而川西此書正達此要求。可視爲對此書的恰當評價。

（二十二）作文跬步三卷　村松肅　撰

村松肅（一八二七—一八七九），字良肅，又字簡卿，號晚村。駿河（今静岡縣）人。静岡儒醫。

《作文跬步》，明治十三年（一八八〇）刊，無序跋。全書有總論；叙事、議論；氣、勢、機；篇法；章法、過文、轉折、股法；句法、緩急輕重；比喻；改竄、鍛煉、脩詞；弊病；古文拔鈔；虚字用法；助詞；助字解；等等，皆以先秦至清的古文爲例（但亦雜有《漢武故事》等小說的例文），並引用中國文論著作，如《魏叔子論文》等。用日文寫。

（二十三）文章訓蒙二卷　東正純　撰

東正純（一八三二—一八九一），江户末明治時代儒者。字崇一，號澤瀉、白沙、迂怪子、水月道人等，私謚壯快，周防（今山口縣）岩國人。弱冠赴江户，師從多人，終自悟，尊奉陽明學。爲岩國藩儒臣。後得罪，流放柱島，明治元年（一八六八）得釋歸鄉。著有《澤瀉先生全集》。

《文章訓蒙》有明治十一年（一八七八）序刊本，安藝吉村駿序（作於明治十年）云：東崇一論作文之法，「遠資諸韓柳以下之言，近取諸吾邦人之文，使人易入易從。」上卷採擷衆說以論古文作法，總評前人文章之特點。下卷詳析例文，把方苞《左忠毅公逸事》一文標爲學韓之法徑，再舉數篇日人所寫古文加以品評。

（二十四）文法詳論二卷　石川英　撰

石川英（一八三三—一九一八），字君華，號鴻齋、芝山外史、雪泥，愛知縣豐橋市人。善詩文書畫，入西岡翠園門。著有《鴻齋文鈔》三册、《文法詳論》四册、《詩法詳論》二册、《書法詳論》二册、《畫法詳論》三册等。

《文法詳論》，明治十七年（一八八四）刊。論述作文之法，上卷分論言、警戒、辯體；下卷爲句解、助字解、論文類纂等。有續編二卷，明治二十六年再刊。

(二十五) 文章指南五卷　川島浩　撰

川島浩(一八三五—一八九一)，原名敬孝，初字緝鄉，改字浩然，號棋坪，武藏(今埼玉縣)人。工詩。

《文章指南》，明治十九年(一八八六)刊，有岡千仞序及自序。大體以歸有光的《文章指南》爲本，稍增添各家有關評論以成。

(二十六) 文家金丹二册　土屋弘　撰

土屋弘(一八四一—一九二六)，明治大正時代人。字伯毅，號鳳洲、晚晴樓。和泉(大阪府)岸和田人。爲岸和田藩校教授兼侍讀。明治維新後，歷任華族女學校教授、東洋大學教授等。著作有《晚晴樓詩鈔》二卷、同書二編七卷、《晚晴樓文鈔》三卷、同書二編八卷、《皇朝言行録》九卷、《幽囚録》二卷、《文家金丹》二册等。

《文家金丹》，明治十三年(一八八〇)刊。上册收魏叔子批點《孟子牽牛章序》及自作《評釋孟子荀卿列傳》；下册收録《魏叔子論文》數章。

(二十七) 文法綱要五卷　土屋弘　撰

《文法綱要》明治十八年(一八八五)刊，有同年八月南摩綱紀序、自纂《文法綱要小引》，並開列採輯書目，如《文體明辨》、《讀書作文譜》、《用字格》、《拙堂文話》及諸家文集等。全書分爲：文章體式第一，内容多採自《文體明辨序》；文法要語第二，多採自《讀書作文譜》；虚字法第三，分起語辭、接語辭、轉語辭等，與村松肅《作文跬步》「助詞解」分類相仿；用字例第四；格言名語第五，採匯日、中諸人論説。

（二十八）文法直截真訣鈔一卷　著者不詳

《文法直截真訣鈔》，今存寫本。著者不詳，據書前《凡例》，作者似爲塾師，「蓋據古文以定規矩，指陳字位上下之别」，指導初學者寫作古文。全書分十部分：一、救字顛倒之蔽；二、詳明語詞接斷主從；三、指示語勢緩急輕重；四、指導助辭要帖之要法；五、文法用例歌；六、篇法章法句法字法俗解；七、文章體制俗解；八、氣格之俗解；九、韓歐二公序文俗解。十、元方萬里撰《周弼三體詩序》。此中第八篇，乃抄録元陳繹曾《文筌》「養氣八法」，並用日語加以闡釋。第十篇有用朱筆抄録伊藤仁齋的評語。用日文寫。

另，據小川貫道《漢學者傳記及著述集覽》著録，穗積以貫有《文法直裁真訣鈔》一卷。未見。穗積（一六九二——一七六九），字伊助，號能改齋，私謚遵古先生，播磨（今兵庫縣）姬路人。師從伊藤東涯（伊藤仁齋長子），經學宗古學，又精算學、韻法。後移居大阪，開塾講學。此二書或爲同一書。

（二十九）（歸震川賴山陽）二大家文則　古田梵仙、太田大俊編

編者生平不詳。

《二大家文則》刊於明治十五年（一八八二）。由兩部分組成：一、抄録明代歸有光的《文章體則》。二、賴襄師徒關於文章法則的答問，村瀨子琴問，賴山陽答。

（三十）文章叢話三卷　結城顯彦　撰

著者生平不詳。

《文章叢話》，明治十四年（一八八一）刊，有自序（作於明治十二年）和三島中洲序（作於十三年）。上卷「總論」；中卷「文法名稱」，廣泛論述文章性質、分析評語；下卷「文體略説」「評古文」，以唐順之《古文評》、徐師曾《文體明辨》等爲本，辨析古文體裁特徵，並涉及古文的誦讀方式。

拙堂文話

〔日〕齋藤正謙　撰

拙堂文話目次

序

賴襄①

余嘗謂吾國文運兩開，每開輒有或敗之。寧樂與平安之盛②，文在公卿，而敗於唐初駢體，骩骳不振；至今江門之致治③，文在士庶，而敗於明清間俗流之文，非剽剿則鄙俚。雖有名儒大家，或所習不專，專者則不免浸淬焉。是無他，不詳其源流與體裁，驟喜於新艷，擇而取每下者，是以瞶瞶如此。拙堂此著有見於此歟？

拙堂學有根柢，喜作文，年力兩壯，敘事論事，皆能行其胸臆而合古格法，余嘗評之謂清雄奔放作我輩語者。近寄所著曰《文話》者示余序之。

有客見而問曰：「詩之有話久矣，文亦須於話歟？」余曰：「然。詩句有度，字有儷，塡而屬之，雖體古者稍肆之爾，則其法不必待言而可見。文則不然。若彼駢體與俗流，或有類於詩者，非吾所謂文；吾所謂文，奔馳錯落，自行胸臆，如拙堂所爲者耳。故詩如習禮，文如講兵。習禮者綿蕝占位，鵠立鵷列，進退翼如，如此而已。至於兵，其陣隅落勾連曲折相當，及戰，奇正相生，如環無端，紛紜渾沌，鬭亂而不可亂。夫不可亂者，非人人所能睹，必待指而論之。知兵之不可不論，則知文之不可不話矣。」曰：「古有讀父書善談兵而敗者，得毋話文類此乎？」曰：「彼不知兵之難而易言之，是未能用兵而徒談兵者也。能用又能談，使不能用者亦辨其長短得失之所在，拙堂之《文話》是已。昔有老邊將折徒談者曰：『諸人以舌擊賊，吾獨以手擊賊。』余雖駑鈍哉，於此事亦頗所更歷，故知拙堂非徒騰之口舌而已也。」既以答於客，並書返之。

文政庚寅仲春九日④山陽外史賴襄撰並書

---

① 賴襄（一七八〇——一八三二），字子成，號山陽，又號三十六峰外史。江户時代著名學者。師事柴野栗山、尾藤二洲、服部栗齋。著有《日本外史》及《增評八大家文讀本》、《評本文章軌範》等。《拙堂文話》原爲中文，由高克勤校點，王水照注釋。

② 寧樂，即奈良時代（七一〇—七八四），日本史上以奈良爲京城的時代。平安，平安時代（七九四——一九二），日本史上以平安（今京都）爲京城的時代。

③ 江門，即江户時代（一六〇三——一八六七），從第一代將軍德川家康在江户（今東京）建立封建政權起，至其第十四代將軍德川慶喜還政天皇止。

④ 文政庚寅：文政十三年，公元一八三〇年。

自序

齋藤正謙

詩之有話尚矣，四六與詩余亦皆有話，何獨遺於文？文而無話，豈非缺典乎？余夙以爲遺憾。平生讀書論古，及其他談話，有關乎文章者即筆之，久之盈筐，乃釐爲八卷，以《文話》命之。

戊子之秋，携而東行，示侗庵先生①。先生蓋亦有意於此，爲題一絶曰：「論文有意輯成編，早被斯人先着鞭。慧眼真如秦鏡照，作家心膽目前懸。」既還，西示賴山陽，山陽又妄贊之曰：「此書爲創闢，不可無序。」爲序還之，皆所不請而獲也。石川督學固有將伯之助者也，乃以詩與序示之。督學曰：「既已如此，子其不可徒止。」於是余意始動，乃校上梓。昔王弇州壯歲著《藝苑卮言》，物徂徠中年著《蘐園隨筆》②，後皆悔之。余才既不及弇州，年又未及徂徠，此書之出，他日能無悔乎？既知如此，則宜不示人，非供之蠹食，則畀之炎火，固其所也。然先輩奬揚之言，與將伯之力，又將從而泯，則亦可惜，是此舉之所以及未悔也。其果補文壇之缺與否，非余所知也。

文政十三年庚寅閏三月津藩侍讀齋藤謙自識

①侗庵先生：古賀煜（一七八八—一八四七），號侗庵，曾任幕府儒官、昌平黌教官。

②物徂徠：荻生徂徠（一六六六—一七二八），名雙松，字茂卿，號徂徠、蘐園。師事林鳳岡。官郡山柳澤侯儒。初習朱子之學，後痛駁性理之學。又仿效明李攀龍，創「古文辭」派。著有《論語徵》、《辨道》、《徂徠集》等。

拙堂文話卷一

〔日〕齋藤正謙　撰

恭稽上古文章之起，自仁德始傳墳典①。履中創置史官②，上宫皇子之舊事③，舍人親王之《書紀》④，相繼而作。律令成於大寶⑤，格式著於弘仁、延喜⑥。淡海、小野、三善、菅、江諸公⑦，項背相望，有書表序記之作。雖承隋唐駢儷之弊，氣象渾厚，春容大雅，自爲一王法，王朝之文此其極也。

鐮府之政不專任武斷⑧，元曆之鑒⑨，貞永之式⑩，猶有盛世余風焉。至室町氏繼之⑪，政從苟且，以茶湯爲饗醴，以猿樂爲韶護，舉文書教令之重，一任緇徒筆削，鬱鬱之文豈可復見哉？及慶元之際⑫，天誘厥衷，奎宿之運，循環復故。或是惺窩、羅山諸先應時輩出⑬，雖道德之高，記覽之博，超越於前古，文章猶屬草昧，未能入格，爲可恨也。其後百許年室鳩巢⑭、物徂徠出，扶桑之文始雅矣。徂徠文才最雄，光焰萬丈，一時風靡從之。恨陷溺於李、王古文辭。文運將隆，而流其毒焉。要之功罪不相掩矣。鳩巢才雖少遜，識見平正，至今學者作文，稍知韓、歐之可貴者，不可謂非其力也。

本朝文章以上宫太子《憲法十七條》爲最古。憲法之成，在推古天皇十二年⑮，實當隋文帝之末年，故其文有漢魏遺風矣。

太安萬吕《古事記序》⑯、野相公《令義解序》⑰，徵古典雅，文辭爛然，不得以排偶之文貶之。

舍人親王《日本書紀》，雖有模仿《史》、《漢》、《鴻烈》等書者，然叙事有法，用字亦皆合格，不可與近古老生之文同日而語也。

金石之文存於今者，《法隆寺藥師像背記》、《宇治川橋銘》爲最古。其余《藥師寺浮圖露盤銘》、《那須國造碑》、《多賀城碑》、《船氏墓誌》、《威奈卿墓誌銘》，皆爲南都以上之文。又有伊豫道後温泉碑文，惜碑今不存。上古文辭之盛，可概見矣。

僧空海《性靈集》、《三教指歸》⑱，文辭亦可觀矣。

延天之際⑲，宗室有兩中書王，廷臣有菅、江諸公，我邦文章於斯爲盛，然氣象稍不及於古。光孝以來，藤氏之權日盛⑳，既嫉菅公之賢，貶之㉑，遂及於皇親賢者。兼明親王以延喜之子㉒，亦被摧抑。其《兔裘賦》有「趙高指鹿、梁冀跋扈」之語，則時相之虐可知矣。《兔裘賦》中有云：「劍戟嫌於柔，不嫌剛而摧折；梁棟取於直，不取撓而傾危。往哲舉措，無有磷緇。不歠其醨，雖孤漁父之誨；不容何病，可祖顔子之辭。」由此觀之，蓋王以剛直取執政之惡也。通篇抑鬱傷悲，比中山靖王聞樂之對。至其云：「恨王風之不競，直道之已湮。」則知王懷救時之志而不遂也，不可徒爲憂讒畏譏之作矣。

一條帝嘗問王子中納言伊陟㉓：「先王有何所遺？」納言曰：「有兔皮裘。」乃進一封卷，即《兔裘賦》也。當時人以爲納言不肖，不知兔裘爲魯隱故事，傳以爲笑。余謂不然。苟有目者，豈以卷册爲皮裘哉？使納言信不肖，決不至此。方是之時，御堂公擅政，天下知有藤氏，而不知有天子，納言蓋不平之，佯爲不知者，進覽此賦耳。帝亦自書賦中語，常置巾箱中，則非無所感焉。恨帝徒喜文華，而無乾剛之斷，雖王之言復見於世，竟又不得行，惜哉！

觀菅相國《書齋記》，乃知古人學問之勤。

菅公《惜櫻花應制詩序》有云：「願我君兼惜松竹。」當此之時，世稍尚華麗，實學不及古，有國勢不振之漸。蓋公憂之，因事納忠如此，可以見大臣用心之深矣。

善相公《意見封事》㉔，娓娓萬餘言，剴切核實，皆補時政，不減賈、董之策。其文雖不免排偶之習，然氣象渾健，詞不害意，亦陸宣公之亞也。

善公《封事》，論佛祠土木之害，尤中時弊。其材學識見，在當時實爲無比。余常謂王朝無文章，有三善《封事》而已。

菅三品《封事》㉕，一曰「禁奢侈」，二曰「停賣官」，三曰「不廢鴻臚館」。雖不及善相公之剴切，亦能言事，補於當時，可嘉也。

紀貫之《古今集假名序》㉖，既冠絶古今，其《真名序》亦有可觀。中間叙六歌人體格云：「花山僧正尤得歌體，然其詞華而少實，如畫圖好女，徒動人情；在原中將之歌，情有余而詞不足，如萎花雖少彩色而有薰香；文琳巧咏物，然其體近俗，如賈人之著鮮衣；宇治山僧喜撰，其詞華麗，而首尾停滯，如望秋月遇曉雲；小野小町之歌，古衣通姬之流也，然艷而無氣力，如病婦之傅華粉；大友黑主歌，古猿丸大夫之亞也，頗有逸興，而體其鄙，如田夫之息花前也。」其品藻之妙，自臨川王《世説》得來。

物語、草紙之作㉗，在於漢文大行之後，則亦不能無所本焉。《枕草紙》，其詞多沿李義山《雜纂》。《伊勢物語》，如從唐《本事詩》、《章臺楊柳傳》來者。《源氏物語》，其體本《南華》寓言，其説閨情蓋從《漢武内傳》、《飛燕外傳》及唐人《長恨歌傳》、《霍小玉傳》諸篇得來。其他和文，凡曰序、曰記、曰論、曰賦者，既用漢文題目，則雖有真假之别，仍是漢文體制耳。

室町氏之時無文章。然余觀僧義堂《空華集》㉘，頗有可誦者，尤喜其《深耕説》曰：「空華叟郊居，無事出遊，泛觀田野桑柘之間，有大麥同畝而異熟者。質諸老農，曰：『惰農爲也。』問其所以，曰：『凡地耕而淺者，所種之物必早熟而不茂；深而耕者，所種之物必晚成而肥碩。是以善學稼者患乎耕之淺，不患成之晚也。而彼惰者，用力弗專，所以耕有深淺而熟有早晚也。』嗟呼！

今吾徒也，耕道不深，而患名之晚者，豈無愧於老農之言也耶？」余竊有感於中，遂書以告同學端介然。端介然，深耕者之徒也。文字非無瑕疵，然説理核實，意在筆先，今世文章家能無愧乎？

貝原益軒、伊藤仁齋並元禄以上人㉙，當時文章之道未開，然其集中往往有可觀者，不可不謂豪杰之士。仁齋之文多不成語，然有氣魄光焰，使讀者不倦。東厓之文少疵㉚，然氣焰不及，讀之思卧。古人謂「文以氣爲主」，信然。

余常謂物徂徠有才而墮於邪徑，太宰春臺道途頗正㉛，而才氣不副，俱爲可惜。服南郭、縣周南在徠門之徒㉜，學殖不淺，其言有根柢。至平金華以下㉝，學問寡陋，剽竊李、王集中語用之，可厭棄也。譬之富人之衣，雖錯而紉之，其質本是綾羅錦綉，爛然有可觀者。貧者本服布褐，加之藍縷百結，則使人不欲觀矣。

藤東野在徠門㉞，才識迥出於等輩，非終身守李、王者矣。惜乎不幸短折，不見其變也。

徂徠材大學博，與王弇州東西屹對，並爲曠世偉人。恨二人所由皆不正，其作使後人厭惡。余常謂學在識而不在才，若使二人識見醇正，雖古人亦必斂襟避之矣。

弇州、徂徠之學，博於淪溟，固不待言矣。二人之才，大於滄溟，又有江與海之别也。而二人心醉滄溟，誤其一生，理之不可解者也。徂徠自言「倚天之寵靈，奉于鱗氏之教。」余謂使徂徠不奉于鱗，本邦文章誰出其右者？豈非其不幸哉！

徂徠與鳩巢同世而出，盛氣不相下，猶弇州與歸震川睥睨相軋。弇州後心折震川，收功於桑榆，是勝徂徠處。

弇州晚歲《跋李西涯樂府》，深以《藝苑巵言》爲悔。其作《巵言》，年未四十，猶治古文辭，而其言不盡失，使後人可考信焉。平生自謂眼中有神，非虚言矣。

弇州晚年心折震川，臨没之時，手不釋蘇文，雖悟之不早，抑亦不負明穎之才。

李崆峒始唱復古，文必先秦，詩必盛唐，非是者弗道。其徒卑視一世，好相標榜。今據《明史》詳其源委。崆峒與何景明、徐禎卿、邊貢、朱應登、顧璘、陳沂、鄭善夫、康海、王九思等號十才子，又與景明、禎卿、貢、海、九思、王廷相號七才子。其後李攀龍與王世貞、謝榛、宗臣、梁有譽唱詩社，是爲五子。及徐中行、吴國倫入，又改稱七子。七才子之名播天下。攀龍没，世貞獨操柄。其所與遊者，大抵見其集中，各爲標目。曰前五子者，攀龍、中行、有譽、國倫、臣也。後五子，則余曰德、魏裳、汪道昆、張佳允、張九一也。廣五子，則愈允文、盧柟、李先芳、吴惟岳、歐大任也。續五子，則王道行、石星、黎民表、朱多煃、趙用賢也。末五子，則李維楨、屠隆、魏允中、胡應麟，而用賢與焉。夫書史所載八元、八愷以下，皆出於他人所命。今李王輩自立標目，至如此之多，傲然雄視，非其流者弗齒録。非驕則愚，欲以此籠絡一世，不亦卑乎？

攻王、李者，前後三輩：初爲震川，中爲袁中郎兄弟，終爲艾千子。中郎儇薄，千子虚驕，未能服其徒之心。唯震川之言近正，故使元美心服。

嚮者天下盡奉李、王古文辭，大坂中井履軒作文斥之㉟，曰：「予喜論文，論文莫善於取譬。今夫韡鞈之飾，金鐵銀銅嵌鋈鏤刻，好玩者愛古而不喜新。均一物也，古者貴而新者賤，其價不啻倍蓰也。於是乎有奸工模仿古物，質輕文浮，爛之以硝石，腐之以淤泥，纔離爐錘即爲古物。鋈剥嵌落，刻畫刓弊，然後繫以彩絲，藉以文錦，以衒惑乎千金之子，得贏蓋多矣。但有賞鑒者，乃棄而弗顧焉。然則古物竟不可爲，而新又不爲人喜，今之爲工者不亦難乎？曰不然。其質堅重，其文條暢，金鐵銀銅唯意所用，嵌鋈鏤刻唯心所規，極巧而不纖，致美而不靡，端莊温文，典而不失古意者，今之良也。則賞鑒者不以新而舍焉，何必剥落刓弊之爲哉？近世爲復古之學者，妄以古文爲號，剽竊蹈襲以爲古文。朵頤冷炙，流涎殘瀝，模經之燒痕，放史之闕文，寸斷咫割，湊合成篇，錦綉百結，間以卉服，險怪腐爛，醜態萬狀，乃大言以釣譽，其爲奸工也不亦大乎？然而爲其衒惑者滔滔皆是，棄而弗顧者天下幾人？」可謂善取喻，不負其所言也。

袁中郎乘李、王之弊而起，以暴易暴，其弊視李、王更甚。夫患子弟愚騃，則諄諄忠告，導入之善，庶其愈乎。有一人曰：「此未解人事故爾，曷不使少識花柳之味矣！」乃縱入狹邪，日習奸猾，其愚未必愈，而變爲輕薄之徒耳！中郎之事有類此者。

三袁矯王、李之弊以清新輕俊，學者多從之，目爲「公安體」。然戲謔嘲笑，間雜俚語，空疏者便之。竟陵鍾惺復矯其弊，變而爲幽深孤峭，與同里譚元春評選唐人之詩爲《唐詩歸》，又評選隋以前爲《古詩歸》，鍾譚之名滿天下，謂之「竟陵體」。然兩人學不甚富，其識解多僻，大爲通人所譏，史所載如此。錢虞山云：「譬之有病於此，邪氣結轖，不得不用大承氣湯下之，然輸寫太利，元氣受傷，則別症生焉。北地、濟南，結轖之邪氣也；公安，瀉下之劫藥也；竟陵，傳染之別症也。」虞山之言切中三家之病。

明季之文，唯王、唐、歸三家爲正路。但彼中人亦厭常而喜新，棄正而趨邪，當時由是而之焉者幾人？蓋世人之心無所自主，一有高聲大呼者，皆折而從之，是以憒憒如此。然由正者久而愈顯，從邪者未終其身而被廢棄，理固應然。

先師精里先生與或論文曰㊱：「大抵世儒不能自立脚跟，常依傍西人之新樣而畫葫蘆，其取舍毁譽皆出雷同，初不由己。向也物茂卿輩以嘉隆七子爲標的，詩則青雲白雪，文則漢上套語，陳陳相因，固可厭惡，然猶有氣格體制之近似。欲精其業者，非多讀書則不能也。近歲盡變其窠臼，變而爲宋元，爲袁、徐，爲鍾、譚，爲李漁、袁枚之徒。鍾、譚之寡陋僻繆，在當時既爲儒林嗤，今取其每下者奉以爲大宗師，發其余竅者猶將承之，則張打油、胡釘鉸之所耻而弗爲，淺俗鄙褻之極，文雅掃地矣。特以其主張神情天籟不師古人，故世之空疏者便之，隨而和者如水就下。不才如某，僅未至淪胥而溺耳。」先生此論，可盡今世文弊也。修辭之弊既往矣，性靈之弊至今作梗。苟染指者不徒壞了文章，並其人品爲輕薄之歸，憂世者當痛斥之。主張袁、徐，勢必至金聖嘆、李笠翁。錢虞山論中郎之弊云：「雅故滅裂，風華掃地。」爲此故也。

袁、徐猶可矣，如金、李輩，小説家耳。或尊爲泰山北斗，可憫笑也。使西人聞之，必曰：「東方無人。」

伊藤東匡評徂徠之文：「被鬼臉嚇小兒。」余亦評金、李家之文：「乞兒打蓮華。」清薛千仞岡云：「誘人子弟入飲博之門，其罪小；誘人子弟入詩文邪路者，當服上刑。」周櫟園極稱之。余初疑其過激，及見近世詩文之弊，乃知其言不妄。

西土文章日衰，宋不及唐，明不及宋，清不及明。本邦文章日隆，元禄勝元和，享保勝元禄，天明寛政勝享保㊲。此後更進，東海出韓昌黎、歐陽廬陵，未可知也。

先輩唱李、王，唱袁、徐，自今日觀之，固皆不勝其弊。然當日篳路藍縷之勞，亦不可泯也。明季文章之衰，譬之春秋戰國之世，雖屬衰亂之運，周之禮樂具在焉，舉而行之，則先王之治可復矣。當是之時，唱强霸於其間者，可謂不知術矣。我邦文章之未開，譬之西漢之初，禮樂未興，治法未定，當是之時，叔孫之禮，蓋公之術，亦皆資治有補當世。然及瘡痍既瘳，運屬太平之時，猶且講苟且之禮，貴清淨之化，不知變之正道，焉得爲智哉？

我邦從前文字庸陋，時豪患之，修李、王而始雅矣。修辭之弊，塗澤摸擬，時豪患之，修袁、徐而始真矣。皆可謂知時務之俊傑也。然是皆瀉下之藥，可暫用而不可久服。今結轖已解，而輸瀉不止，元氣殆受傷矣。宜飯粱食肉，以求其復常也。

徐文長猶爲大方家所取，其言間有正確者，以中郎推重之故，或並稱袁、徐，不亦冤乎？中郎初欲變王、李窠臼，苦天下無黨己者。及得文長遺文，見其異時俗，因激賞之，以爲己地。其實文長與中郎異趨焉。然持論間涉奇僻，或誤後學，則文長亦不可謂無罪也。

中郎之罪，《四庫全書提要》論之詳矣，於文長，頗有恕辭。其言並爲允當，今皆録之，使後生知所避。其論中郎略云：「李王以摹仿移一代之風，追其末流，漸成僞體，陳因生厭，於是公安三袁又乘其弊而排抵之。其詩文變板重爲輕巧，變粉飾爲本色，致天下耳目於一新。然七子猶根於學問，三袁則惟恃聰明。學七子者不過贋古，學三袁者乃至矜其小慧，破律而壞度，名爲救七子之弊，而弊又甚焉。」其論文長略云：「其文則源出蘇軾，頗勝其詩。故唐順之、茅坤諸人皆相推挹。蓋渭本俊才，侘傺窮愁，自知決不見用於時，益憤激無聊，放言高論，不復問古人法度爲何物，故其詩遂爲公安一派之先鞭，而其文亦爲金人瑞等濫觴之始。蘇軾曰：『非才之難，處才之難。』諒矣。」《提要》此論，可爲二子斷案也。

李笠翁論項羽不渡烏江，謂「羽以當初漢王爲泗上亭長，恐烏江亭長亦欺困己，故不敢從其言」。是類演史家之言，成何議論？《一家言》所載之文，率此類已。人或爲才子必讀之書，余以爲負明體達用之才者，何用此爲，不必讀可也。

袁子才以詩文鳴於西土，其《隨園詩話》盛行於世，號爲好書。但其言頗淫靡，傷風教者不尠，世未有出力排之者。頃得清人石鈞《清素堂集》讀之。鈞系乾隆、嘉慶間人，於隨園爲後進，當時隨園名聲籍甚，故集中斥其文行，以某翁稱之。其《與宋左彝書》云：「某翁爲人肆而無檢，其詩才氣太露，駁雜不純。唯文筆暢達，是其所長。然少含蓄處，人皆愓盛名，而不敢議之耳。」又曰：「某翁詩放誕淫俚，尤足壞人心術，後來之士學識未定，能不爲所惑哉？」其《與王應和論文書》云：「大江以南，以詩古文大張聲息者，群推某翁。顧其詩放誕淫俚，最足壞人心術，視鍾、譚以僻拗失詩教者尤甚。文亦雜出小説家，讀之知非仁義之人也。」因是觀之，西人既有不服隨園者。

近世有一種文章家，專覈字義，其解穿鑿迂繆，不止王介甫《字説》。雖時有所得，至於篇章之法，懵乎不知，而高自標置，下視歐、蘇以下，痛加雌黄，可謂妄矣。

近人好改前輩之文者，自謂得古文法，觀其自運，往往措語迂回，下字冗慢，猶多可删改者。古文法不當如此，抑又暇改他人之文哉？《隨園詩話》曰：「方望溪删改八家文，屈悔翁改杜詩，余以爲八家、少陵復生，必有低首俯心而遵其改者，必有反覆辨論而不遵其改者，要之抉摘於字句間，雖六經頗有可議處，固無勞二公之舍其田而芸人之田也。」方、屈皆西土有名之士，猶貽嗤笑，況其他乎？頃又見紀曉嵐《瀛奎律髓評本》，老杜以下有不合其意者，一筆勾斷，恣加辨駁，使隨園見之，其謂之何？

近人或知時文之弊，稍向正路。但以明氏大家爲極處，不知沿唐宋、溯秦漢矣。夫航於斷潢絶溝者勿論也已，泛江遊河者傲然自滿，以天下之美爲盡在己，不知進取於北海南溟之外，亦井蛙之見已，奈海若之笑何？

詩本文中一體耳，故古與《書》、《易》並立爲經。至昭明之選，猶收在文中。少陵云「與汝細論文」，昌黎云「李杜文章在」，皆謂詩也。至近體之盛行，詩文始分爲二派。近體之詩，韻必限一，句必限四若八，字必限五若七，約束嚴整，不能自肆。然不免爲文中一藝，猶四六之於文，詩餘之於詩也。至古詩，直文而已。言其押韻，則古書之文比比有之，非獨詩也。但以其咏歌之體，遣詞措語稍不得同耳。

古詩之變化，比文稍少，然規模亦大，與近體異，故非大家，則不能多作，又少可觀者焉。《唐宋詩醇》雖兼收近體，意在古風，故於唐獨取李、杜、韓、白，於宋獨取蘇、陸，其見卓矣。今試求之於其後，金之元遺山，明之高青邱、李西涯、李崆峒，清之吳梅村、王阮亭數人幾之。唐、宋大家猶五岳四瀆，華夷所望也。遺山以下，猶天台、廬阜、洞庭、具區之勝，好遊者不得不往觀焉。

本邦詩人，如源白石、祇南海、梁蜕巖、秋玉山㊳，真足稱作手。服南郭之詩，澹泊少味，然自有大家氣象。近人以纖巧之才，妄相訴病，多見其不知量也。

凡論他人之文，當先問體制如何，字句或略之可也。韓退之曰：「體不備，不可以爲成人。」是體制之所以不可不先問也。柳子厚曰：「大圭之瑕，曷足黜其寶哉？」是字句之所以或可略之也。今人論先輩之詩文，吹毛索瘢，乃謂是不得爲文，是不得爲詩，問之，不過字句之小疵，此可施於朋友之間而已，非所以論先輩也。

---

①仁德：指第十六代仁德天皇，公元五世紀在位。

②履中：指第十七代履中天皇，仁德天皇之子，公元五世紀在位。

③上宫皇子：即聖德太子（五七四—六二二）。原名厩户，用明天皇之子。公元五九三年，推古天皇册他爲皇太子，任攝政。六〇四年制定《憲法十七條》。死後尊爲上宫法皇、聖德太子。

④舍人親王：第四十代天武天皇之子，第四十七代淳仁天皇之父。公元七二〇年，他率安大侣等奉敕編成《日本書紀》三十卷，記載日本上古時代至持統天皇（六九〇—七〇一）間的神話、傳説與史事，爲日本最古史書之一。

⑤大寶：文武天皇年號（七〇一—七〇三）。大寶元年（七〇一）制定《大寶律令》，次年頒行，爲奈良初期編纂的法典。「律」指刑法，「令」包括天皇地位、官制、學制、户籍、田制、税制、兵制、司法及等級身分的規定。此法典總結以往日本律令，並參考了唐代制度而成。

⑥弘仁、延喜：弘仁，嵯峨天皇年號（八一〇—八二三）；延喜，醍醐天皇年號（九〇一—九二二）。時制定《弘仁格式》、《延喜格》。

⑦淡海：淡海三船（七八五—八二九），傳爲漢詩集《懷風藻》的編纂者。小野：小野岑守（七七八—八三〇），參與漢詩集《凌雲集》的編纂。其子小野篁（八〇二—八五二）亦爲著名漢詩人。三善：亦當時儒官世家，如三善清行，曾向醍醐天皇上《意見封事》，著名一時。菅：菅原家族。如菅原清公，文章博士，《令義解》撰者之一，參與編纂漢詩集《凌雲集》、《文華秀麗集》。江：大江家族。如大江音人、朝綱、匡衡、匡房等，均爲有名儒者。其中大江匡房（一〇四一—一一一一）官至正二位大藏卿兼大宰權帥，是大江家族中官位最高者，通曉和漢文學，有《江談抄》。

⑧鐮府：指鐮倉幕府，爲源賴朝在鐮倉建立的幕府。他於一一八五年滅平氏家族，一一九二年稱「征夷大將軍」，正式建立鐮倉幕府，成爲掌握全國大權的軍事獨裁政權。一三三三年被推翻。

⑨元曆：安德天皇年號，僅一年，即公元一一八四年。

⑩貞永：貞永元年（一二三二），頒布《貞永式目》，又稱《御成敗式目》，爲鐮倉幕府的封建法典。

⑪室町氏：指室町幕府，爲足利尊氏於一三三八年在京都室町建立的幕府。第三代將軍足利義滿時，統一

南北朝，經濟文化一度繁榮。後進入戰國時代，群雄割據。一五七三年被推翻。

⑫慶元之際：指江户時代慶長（一五九六—一六一四）、元和（一六一五—一六二三）時期。

⑬惺窩：藤原惺窩（一五六一—一六一九），名肅，字斂夫，號惺窩。先爲京都相國寺妙春院僧，後還俗爲儒。時值國内喪亂，文教掃地，毅然以道倡天下。拒絶德川家康之邀，推薦林羅山爲幕府儒官。羅山：林羅山（一五八三—一六五七），名忠、信勝，字子信，號羅山。師事藤原惺窩。官幕府儒官、德川家康侍讀。歷仕秀忠、家光、家綱三代。幕府創立時，參與制定朝儀、律令。著述豐富。

⑭室鳩巢（一六五八—一七三四），名直清，字師禮，又字汝玉，號鳩巢，又號滄浪。師事木下順庵，官幕府儒官。著有《大學新義》、《中庸新義》、《鳩巢先生文集》等。

⑮推古天皇十二年：即公元六〇四年，相當於隋文帝在位的最後一年，即仁壽四年。

⑯《古事記序》：《古事記》是現存日本最古的史書，由太安萬呂編撰，公元七一二年成書，共三卷，記載從開天闢地至推古天皇間的歷史，夾有神話傳説。

⑰《令義解序》：《令義解》由清原夏野等於天長十年（八三三）奉敕脩撰，是對《大寶令》的注釋。野相公即指清原夏野。

⑱僧空海（七七四—八三五），即弘法大師。公元八〇四年來中國唐朝學密宗，回國後，開始在東大寺建立真言宗，稱爲東密，成爲日本佛教真言宗的開山祖師。其《性靈集》，全名《遍照發揮性靈集》，十卷，漢詩集，由其弟子真濟輯。《三教指歸》，原名《聾瞽指歸》，三卷，分論儒、道、佛三教及其比較。其《文鏡秘府論》，保存了不少中

國語文學、音韻學的資料。

⑲延天之際：指醍醐天皇延喜（九〇一—九二二）、延長（九二三—九三〇）及朱雀天皇天慶（九三八—九四六）、村上天皇天曆（九四七—九五六）、天德（九五七—九六〇）時期。

⑳光孝：指第五十八代光孝天皇，公元八八四—八八七年在位。其時外戚藤原氏擅權，藤原良房於八五八年始稱攝政，後藤原忠平又於九〇三年攝政。

㉑菅公：指菅原道真（八四五—九〇三），曾任文章博士。繼得宇多天皇信任，升任右大臣。後受藤原氏排擠，貶官，死於貶所。有《菅家文草》。

㉒兼明親王：即前中書王，第六十代醍醐天皇之子。延喜，醍醐天皇年號，這裏代指醍醐天皇。

㉓一條帝：第六十六代一條天皇，公元九八七—一〇一一年在位。

㉔善相公：指三善清行。他曾於延喜十四年（九一四）向醍醐天皇上《意見封事》十二條。

㉕菅三品：菅原道真之孫。曾在村上天皇時，上《意見封事》。天元四年（九八一）叙從三位，世稱菅三品。

㉖紀貫之（八六八—九四六），曾於公元九〇五年奉敕編撰《古今和歌集》。有《土佐日記》，爲日本第一部用假名文字寫成的日記文學。

㉗物語：原意即故事。主要指平安時代至室町時代的傳奇小説、和歌式小説、戀愛小説、歷史小説、戰紀小説等。最著名的有《源氏物語》、《伊勢物語》、《竹取物語》、《平家物語》等。草紙：日本隨筆式的一種文體。如

《枕草子》爲平安時代女作家清少納言的隨筆集，收筆記三百餘篇，抒寫對宫廷生活的感想，爲日本最早的隨筆文學，與《源氏物語》並稱爲平安時代文學的雙璧。

㉘ 義堂：義堂周信（一三二四—一三八八），臨濟宗禪僧，曾得到足利將軍義滿的厚遇。號空華道人，有《空華集》。

㉙ 貝原益軒：貝原篤信（一六三〇—一七一四），字子誠，號益軒。出入朱子、陽明之學。有《益軒全集》。伊藤仁齋：伊藤維楨（一六二七—一七〇五），字源佐，號仁齋，又號棠隱，人稱「古學先生」。曾在京都堀河設塾四十年，學生三千餘人。初習宋學，後出己見，創「古義學」（又稱「堀河學」）。著有《論語古義》、《孟子古義》、《古學先生文集》、《詩集》等。元禄：江户時期東山天皇年號（一六八八—一七〇三）。

㉚ 東厓：伊藤長胤（一六七〇—一七三六），號東涯，仁齋長子。博學多識，傳承家學，教授門生。有《盍簪録》、《異學辨》、《紹述先生文集》。

㉛ 太宰春臺：太宰純（一六八〇—一七四七）字德夫，號春臺。師事荻生徂徠。有《論語古訓正義》、《周易反正》等。

㉜ 服南郭：服部南郭（一六八三—一七五九），名元喬，字子遷，號南郭。師事荻生徂徠。官柳澤侯儒。致仕後，在江户開塾授徒。詩文著名一時。有《南郭文集》。縣周南：山縣周南（一六八七—一七五二），名孝儒，字次公，號周南。崇奉荻生徂徠之説。官萩藩儒。有《爲學初問》、《作文初問》等。

㉝ 平金華：平野金華（一六八八—一七三二），名玄冲，字子和，號金華。崇奉荻生徂徠之説。官守山藩儒。

有《文莊先生遺集》。

㉞藤東野：安藤東野（一六八三—一七一九），本姓瀧田，名煥圖，字東壁，號東野。崇奉中野撝謙、荻生徂徠之說。官柳澤侯儒。有《東野遺稿》。

㉟中井履軒：中井積德（一七三二—一八一七），字處叔，號履軒。曾在大阪懷德堂書院教授門生。一生著述甚富。

㊱精里先生：古賀精里（一七五〇—一八一七），本姓柳，名樸，字淳風，號精里。官幕府儒官，昌平黌教官。推崇程朱之學。其博洽一時無比。工於詩文。有《精里先生集》。

㊲元和：後水尾天皇年號（一六一五—一六二四）。　享保：中御門天皇年號（一七一六—一七三五）。天明：光格天皇年號（一七八一—一七八八）。　寬政：光格天皇年號（一七八九—一八〇〇）。以上皆江户時期。

㊳源白石：新井白石（一六五七—一七二五），名君美，字在中、濟美，號白石。師事木下順庵。官幕府儒官。有《新井白石全集》。　祇南海：祇園南海（一六七六—一七五一），名瑜，字伯玉，號南海，又號蓬萊、鐵冠道人、箕踞散人。師事木下順庵。能詩文。善畫，被視爲日本文人畫（南畫）的始祖。有《詩學逢原》、《南海詩集》、《明詩俚評》等。　梁蜕巖：梁田蜕巖（一六七二—一七五七），名邦美，字景鸞，號蜕巖。官明石藩儒。有《蜕巖文集》。　秋玉山：秋山玉山（一六九八—一七六三），名儀，字子羽，號玉山。師事林鳳岡。官熊本藩儒，時習館提學。有《玉山詩集》。

拙堂文話卷二

文章盛衰，關乎國家之運。漢文、景以後，治爲最隆，於是賈、董、兩司馬出焉。方唐開元之時，李、杜諸人出焉。韓、柳繼之，其餘澤也。方宋慶曆之際，歐、蘇諸公出焉。柳、穆先之，其先兆也。明初廓清之功偉矣，有劉、宋諸子並駕而出。及其中葉，二王、唐、歸接踵而出。諸朝全盛之運不虛如此。若夫六朝之弱，五季之微，氣象衰颯，文章亦不能振也。但亂世之人，慷慨思奮，喜非常事，故其文豪健，非衰世之比。《國語》、《國策》之別，朱子嘗已言之。

元氏雖運祚不永，南北混一，大德以前，尤爲全盛，故有虞、楊、范、揭諸人出焉，亦非偶然。

宋末之文流爲語録。又有江西一派，好作險怪不了之語，務異於人。至於元氏，有虞道園出，唱古文，痛矯斯弊，蔚然爲大宗。范梈、楊載、揭傒斯左右之，文風一變。以至明初潛溪、青田之作，不可謂非道園一唱之力。如李西涯崛起中葉，前輩已有言其源出於道園者，可謂盛矣。人或謂其陶鑄群材，不減廬陵之在北宋，斯是雖溢，量頗近之。

明初之文，推宋潛溪、劉青田。潛溪富贍，青田雄深，其力相匹。史稱基所爲文章氣昌而奇，與濂並爲一代之宗，斯言允矣。明太祖與青田論文，青田曰：「宋濂第一，其次臣不敢多讓。」方是時，青田之言不得不然，後人因此多以宋勝劉，謬矣。郎仁寶云：宋、劉、方「三人當以劉爲首，宋次之，方又不及二公矣。宋雖富贍博雅，故當一代制作，奈格弱語漫。劉文既雄且深，又況留心術數之學，不屑屑於文者。《清溪暇筆》不知劉有十書之多，而云所作無幾，又在宋下，是未知二公者也。」余謂青田以帷幄之功顯，文章猶其緒餘，術數之學何足道哉！

古今以王佐之材，兼有文章之名者，唐陸宣公、宋范文正以下，不乏其人。至於草昧之際，功略蓋世，而文章垂後者，僅僅諸葛武侯、劉誠意二人而已。誠意觀天象，知真主之興，杖策獻謀，咏箸示志，功名文章當世無匹，蓋合張良、鄧禹、王樸、陳摶、蘇軾爲一人者也。楊守陳序青田文集云：「子房之策不見詞章，玄齡之文僅辨符檄，未見樹開國之勳業，而兼傳世之文章，可謂千古人豪。」斯言信然。

方正學之文豪放，王烏傷之文宏壯，皆有宋人模範。正學守節而死，烏傷奉使而死，皆爲烈丈夫，宜乎其文有氣魄光焰，爲明代冠冕也。王遵巖、唐荆川猶瞠若乎後，況歸震川、茅鹿門乎？

正學志在於駕軼漢、唐，鋭復三代，未免長沙志大才疏之譏。當時王叔英貽之書曰：「事有行於古亦可行於今者，夏時周冕之類是也；有行於古而不可行於今者，井田封建之類是也。可行者行，則人之從之也易，而民受其利；難行者行，則人之從之也難，而民受其患。」此言正中其病，恨正學不能用也。要之正學之材亦不易獲，使其練習世故，則必足用矣。當初太祖奇其材，欲老而用之，可謂知人之深矣。及建文立，進任太驟，慮事不周，終無成功，豈不惜耶？然大義完然，文之與名懸諸日月，謂之千古不朽可也。

明氏中葉最推王新建。救戴銑，忤劉瑾，不恤謫杖，吾見其氣節也。能使京軍懷柔不犯，以沮許泰、張忠之計，吾見其智略也。破定南中數十年之寇，平宸濠於旬月，吾見其用兵之神也。《傳習》、《臆説》諸書，雖不免後人之議，要亦一家見解，吾見其學問之深也。其餘騎射之微，筆札之小，無一不曉焉，而文章雅健，鬱爲一代大宗，稱爲朱明第一人物，誰謂不可？

茅鹿門評新建之文，謂「王文成公論學及記學諸文，程朱所欲爲而不能者。江西辭爵及撫田州等疏，唐陸宣公、宋李忠定公所不逮也。即如浰頭桶岡軍功等疏，條次兵情如指諸掌。嗟乎，公固百世殊絶人物，後世品文者，當自有定議云。」斯言信矣！

山田祠官正住隼人家，藏陽明《送日東正使了庵和尚歸國序》一幅，余嘗往觀之。字畫穩秀，神采奕奕，其爲親筆無可疑也。其文暢達，本集所逸。故全録之曰：「世之惡奔競而厭煩拏者，多遯而之釋焉。爲釋有道，不曰清乎？撓而不濁，不曰潔乎？狎而不染，故必息慮以浣塵，獨行以離偶，斯爲不詭於其道也。苟不如是，則雖皓其髮、緇其衣、梵其書，亦逃租繇而已耳，樂縱誕而已耳，其於道何如耶？今所（二字可疑，恐有脱誤。）日本正使堆雲桂梧字了庵者，年踰上壽，不倦爲學。領彼國王之命，來貢珍於大明。舟抵鄞江之滸，寓館於馹。予嘗過焉，見其法容潔脩，律行堅聳，坐一室，左右經書，鉛朱自陶，皆楚楚可觀愛，非清然乎？與之辨空，則出所謂預脩諸殿院之文，論教異同，以並吾聖人，遂性閑情安，不嘩以肆，非淨然乎？且來得名山水而遊，賢士大夫而從，靡曼之色不接於目，淫洼之聲不入於耳，而奇邪之行不作於身，故其心日益清，志日益淨，偶不期離而自異，塵不待浣而已絶矣。兹有歸思，吾國與之文字交者，若太宰公及諸縉紳輩，皆文儒之擇也，咸惜其去，各爲詩章，以艷飾迴躅固非貸而濫者，吾安得不序？」款曰：「皇明正德八年，歳在癸酉，五月既望，余姚王守仁書。」印二：曰「伯安」，曰「王守仁」。按伊藤東厓《盍簪録》云：「堆雲，五山禪侶，名桂悟，字了庵，嘗充使者入明，有《行程記》。邂逅王陽明，陽明作序贈之。」東厓書了庵事如此。然唯曰「五山」，不詳爲某寺住侶。伴蒿蹊《閑田耕筆》①，爲東福寺僧，異日當更詳之。

吾藩三宅士强家，藏明詹鐵冠書「葦牧齋」三字及跋文，裝爲一軸。葦牧齋，其十一世祖壹岐守宗徹别號也。壹州，備後三郎高德四世孫，當室町氏之時，充使入明，實爲彼正德七年，先了庵一年，亦得名人手筆還。而了庵所得序，亦流傳落山田人之手。同在一州内，可謂奇矣。士强從余遊，余因得屢觀焉。每字大如巨拳，遒勁可喜。跋文字徑寸，秀雅可愛，洵爲難獲之寶也。嗟夫三郎好學崇義，父子殉國，題櫻之語，至今膾炙人口。而壹州亦好文雅，與西土名人交遊，以獲此書。至其四世孫亡羊先生，道德高於一世，遊事藩祖高山公爲賓師，子孫遂來仕焉。世奉祖訓，不墜家聲，又傳此書以鎮宅。授受之嚴，猶周鼎秦璽，亦與流傳之物異，則非最可信敬者乎？今録跋文於此，此示他邦之人。曰：「清氏泉陽巨族，多禮義好善之士，如三宅名宗徹字通翁者是也。性敏而好學，歌賦之類，乃其餘事。尤敦友愛之道，故取《大雅・行葦》之意，扁其齋曰『葦牧』，其意以爲路傍之葦，勿使牛羊踐履，斯得『方苞方體』，而至於葉之泥泥，顧夫『不遠具爾』者，吾弟也，不知篤厚之，天倫由喪矣。『肆筵』『授几』，藹然兄弟之情，見於燕享之時。閭里閈中閲墻者，深以爲戒，聲譽傳於朝野。今年見用使於大明，時以道阻，例免入朝。惟於吴越佳勝處，厭飫耳目，可助吟懷耳。其在公館，竹倚蒲團，以紹臨濟宗堂，斷絶俗務，逍遥自得，衆以爲有龐居士之風。八月訪余於客寓，乞書『葦牧齋』三字，欲持歸永爲省視，余嘉其志穎出攸跋。」款曰：「正德七年，青龍在壬申，八月十八日，寧波詹仲和。」印二：曰「詹」，曰「仲和」。

王遵巖、唐荆川文高一代，亦明氏大家。史稱慎中爲文，初高談秦、漢，謂東京以下無可取，已而悟歐、曾作文之法，乃盡焚舊作，一意師仿，尤得力於曾鞏。唐順之初不服其説，久乃變而從之，壯年廢棄，益肆力於文，演迤詳贍，卓然成家，與慎中齊名，天下稱之曰王、唐。李攀龍、王世貞力排之，卒不能掩也。

荆川學問淵博，留心經濟，議論具有根柢，非徒以文傳也。郎仁寶《七修類稿》云：「唐荆川順之嘗言：『予時文得之薛方山，古文得之王遵巖，經義得之季彭山，道義得之羅念庵。』此亦無常師之意歟？名日起而業日大，有由然也。」

繼王、唐而起者爲歸震川。震川爲文，原本經術，好太史公，得其神理。比王、唐之文，其大不及，古則過之，故能使王弇州心服焉。錢虞山云：「王弇州踵二李之後，主盟文壇，聲華烜赫，奔走四海。歸熙甫一老舉子，獨抱遺經於荒江虚市之間，樹牙頰相榰柱不少下。嘗爲人文序，詆排俗學，以爲苟得一二妄庸人爲之巨子。弇州聞之曰：『妄誠有之，庸則未敢聞命。』熙甫曰：『唯妄故庸，未有妄而不庸者也。』弇州晚歲贊熙甫畫像曰：『千載有公，繼韓、歐陽。余豈異趨，久而自傷。』識者謂先生之文至是始論定，而弇州之遲暮自悔，爲不可及也。」

震川之後，能卓一幟，攻李王之壘者，蓋湯宣城而已。余未見其全集，獨觀其言曰：「世人見詩文，謬相推擬曰：若也周秦，若漢魏六朝，若唐若宋。於乎，周秦之與唐宋，其代既已往矣，帝自爲統，人自爲氏，則不曰若明詩明文，而反僭於異代。又胡不曰若誰之子，而取既朽之骨相辱哉！後千百年以來，能自爲代者，唐惟退之，宋惟子瞻，其餘斤斤仿古，失之者多矣。」真快心之論也。雖與袁中郎「同床各夢不相干」之語相類，又不效彼棄學問而貴性靈，故王道光稱其不傍古人一句，而古氣逼人。抑所謂不夷不惠可否之間者歟？」王弇州《藝苑巵言》評潛溪云：「宋庇材甚博，持議頗當，第以敷腴朗暢爲主，而乏裁剪之功，體流沿而不反，詞枝蔓而不修，此其短也。若乃機軸，則自出耳。」評烏傷云：「雜歐、曾、蘇、黄家語，空於宋文憲，而力勝之。」評正學云：「出眉山父子，才高。大較飛湍瀑流之勢多，而烟波縈洄之意少。」評新建云：「王資本超逸，雖不能湛思，而緣筆起趣，殊自斐然，其源實出蘇氏耳。」評遵巖、荆川云：「晉江出曾氏而太繁，毗陵出蘇氏而微濃，皆一時射雕手也。晉江開合既古，步驟多贅，能大而不能小，所以遜曾氏也。毗陵從偏處起論，從小處起法，是以墮彼雲霧中。」而評獻吉云：「文酷放左氏、司馬，叙事則奇，持論則短，間出應酬，頗傷率易。」評于鱗云：「志傳之文，出入左氏、司馬，法甚高。少不滿者，損益今事以附古語耳。序論雜用《戰國策》、韓非諸子，意深而詞博，微苦纏擾。銘詞奇雅而寡變，記詞古峻而太琢。書牘無一筆凡語。」弇州素左袒獻吉、于鱗，而不滿宋、方、王、唐諸家，然於諸家之長，不能無揚也；於二人之短，不能無抑也。一揚一抑，蓋亦有弗可掩者矣。

明初之文多疏，中葉以後始縝密，然氣魄不稍及焉。班孟堅之文密於腐史，葉正則之文密於髯蘇，其不及處亦在於此。故文不必貴縝密，而以氣象峥嶸爲貴也。

李、王、袁、徐之弊，如前篇所論。然崆峒以下，初意皆不甚惡，欲其異時俗以自求安身立命處耳。但其立異之久，勢成騎虎，不能自反。又承其餘唾者，鹵莽滅裂，一相視效，積成窠臼，以此貽譏後世耳。今平心論之，以功歸功，以罪歸罪，舍短而取長，則各不失爲名家矣。紀曉嵐《槐西雜誌》云：「質文遞變，原不一途。宋末文格猥瑣，元末文格纖穠，故宋景濂諸公力追韓、歐，救以春容大雅，三楊以後，流爲臺閣之體，日就膚廓，故李崆峒諸公又力追秦、漢，救以奇偉博麗。隆、萬以後，流爲俗體，故長沙一派又反脣焉。大抵能挺然自爲宗派者，其初必各有根柢，是以能傳；其後亦必各有流弊，是以互詆。然董江都、司馬文園文格不同，同時而不相攻也。李、杜、王、孟詩格不同，亦同時而不相攻也，彼所得者深焉耳。後之學者，論甘則忌辛，是丹則非素，所得淺焉耳。」是能取長舍短，功罪各有所歸，不可不謂持平之論也。

崆峒之詩，沈歸愚云：「雄視一代，邈焉寡儔。」信矣。但近體或有不入人肺脾者，古風則雄渾悲壯，縱横變化，老杜以後所不多見。文則過摹古，遠不及詩，然比滄溟之剽竊，則有間焉。弇州才華甚富，議論多可觀者，亦未可盡棄也。

袁公安之文，取識大方，如前篇所言。然筆路暢達，意言俱盡，如《靈巖記》、《拙效傳》諸篇，非凡手所辨。文章之道亦廣，天地間存此種作亦何妨。但其避莊重而就輕巧，陷入俳調，不可爲後進模範耳。

余未觀侯朝宗全集。頃閱清儲大文《存研樓集》，其書朝宗《壯悔堂集》後云：「明三百年無古文詞，獨侯朝宗耳。蓋朝宗文雖間近淺薄，如近日諸公指摘者，而飛動之氣自然横絶，故應凌晉江、昆山上也。又朝宗文雖用氣勝，而度態絶流佚，蓋近五陵河朔之風，而非止喑啞叱咤見武也。」儲氏激賞如此，未知果何如。

儲又有《雪苑集序》云：「侯朝宗先生，明季奮起雪苑。是時侯氏群從，讓伯、延仲二吳氏、霖蒼徐氏、伯愚劉氏、靜子賈氏、赤岸張氏，胥以制義鳴，而古文詞詩歌兼勝焉。海内稱曰『吳侯徐劉』，又曰『雪苑六子』。」信如儲氏之言，則雪苑亦雄視一時者矣。余寡陋未能識其全豹，然如《馬伶傳》、《郭老僕墓誌》，指事類情，筆筆生動，傳奇中之佳者也，亦足窺一斑矣。

清人嘖嘖稱方望溪之文，推爲大家，余閱其集，平平無奇。朱竹垞之文，亦穩而不奇，皆不及明氏作家遠矣。然二子皆醇儒，要不得不以大家歸之。

清黄唐堂學韓文，别出機軸，文極瑰麗。其集舶來甚少，世未之知。《四庫全書提要》論《唐堂集》云：「之雋之學排陸王而尊程朱，多散見所作詩文中。持論甚正，而綜覽浩博。才華富贍，興之所至，下筆不能自休，往往溢爲狡獪遊戲之文，不免詞人之結習。又名譽既盛，贈答遂繁，牽率應酬，不能割愛，榛楛勿剪，所存者不盡精華。譬之古人，殆陸機之患才多矣。」余閱全集，諸序最佳，記文亦有奇者。但遊戲應酬之作，殆有如《提要》之譏者，然古今名人或所不免，不可深罪也。

袁隨園曰：「金聖嘆好批小説，人多薄之。然其《宿野廟》一絶云：『衆饗漸已寂，蟲於佛面飛。半窗關夜雨，四壁挂僧衣。』殊清絶。」隨園可謂不以人廢言者。李笠翁好作雜劇，文亦有俳氣，我邦戲作一流之人耳。然余讀其《一家言》，間有可取者，亦不敢廢也。

笠翁論陳平不對決獄錢穀之問，略云：「問決獄者重民命也；問錢穀出入者，惜民力也。文帝賦性慈祥，立心恭儉，當沖齡嗣位之日，即有此問，蓋慮有司用刑之濫，以致失入者多；國家費用之繁，以至聚斂者衆，故欲悉知其數，以戒不祥之刑，省無益之費耳。他日除肉刑，除收孥連坐之法，惜百金之費，而罷作露臺，兩賜田租之半，又遂除之，皆由此一念推之也。爲宰相者，正當因其勢而利道之。由決獄之問，而勸之省刑罪；由錢穀出入之問，而勸之薄税斂，豈非致君澤民一大機會哉？而乃以誇誕之詞，掩其疏略之過。幸文帝天資充實，若草木之怒生，不爲外物所阻，始終得遂其仁心。萬一惑於陳平之言，謂『此等碎務，宰相不屑道，而我道之乎？』從此好大喜功，馳高騖遠，則今日之文帝，且爲他日之武帝矣。三代成、康之化，何由復見於文景之世哉？」又曰：「庶吏董天下之事，宰相總庶吏之成。文帝問曰：『一歲決獄幾何，錢穀出入幾何？』不問節目，而問大綱，正所謂總其成也。知而舉之，不過兩言而盡，何難對與不屑對之有哉？若問『某郡決獄幾何？錢穀出入幾何？』欲其條分而縷晰之，則如此冗屑之事，誠非宰相所宜知。今以總目叩大臣，猶之覓鎖鑰於家督，訪繩墨於工師，未有不隨取隨應、隨問隨答者，豈得曰『大匠耻親繩墨之事，紀綱不任鎖鑰之繁，君其問諸若輩』乎？惜蕭何已死，備顧問者無人。設此時猶居相位，而躬承是問，吾知其必能應對如流，不爽毫髮。何以知之？因其西入咸陽時，早已收藏圖籍，留心經世之務，不似諸君爭取財物，置天下大計於不問，至此時一詰而茫然也。」前篇甚正，後篇甚確，語並剴切。使起陳平於九原之下，亦將愧赧而不置辨矣。不意笠翁而有斯論也。又有論高歡、唐太宗者，亦爲正確。豈所謂娼家講禮、屠者念佛者歟？全集中可采者，不過此數篇，故余不憚煩云。

己丑之春，余在江户，暇日閲肆，獲《資治新書》。書言民政，凡二十四册，檢撰人名，乃笠翁也，購歸閲之。首載祥刑，末議慎獄。芻言數十則，皆笠翁所自著，頗有條理。餘悉近世名人治獄之辭，搜採頗廣。乃知笠翁非徒滑稽之雄也。王西樵題其第一集云：「經濟實學。」周櫟園序其第二集云：「與二十一家史乘相爲表裏。」其爲當時名流所稱揚如此。由是觀之，笠翁亦欲以事業顯者歟！其風流自娱，老死太平，比李卓老、金聖嘆以狂悖取奇禍，萬萬矣。

明清間諸名家集，余未得盡觀焉。得觀者，亦未能盡詳焉。故知挂漏不尠，評語亦多謬誤。然是皆一時談話，消閑遣悶者也，觀者幸勿深罪。

---

① 伴蒿蹊（一七三三—一八〇六），名資芳，號閑田子。精於日本國史及詩文，擅長考證，爲「天保三大人」之一。

拙堂文話卷三

文當以唐宋爲門階，秦漢爲閫奥。不以唐宋爲門階，則陷爲闇澀矣；不以秦漢爲閫奥，則流爲平弱矣。

書必曰晉唐者，其人不工書。詩必曰盛唐者，其人不工詩。文章亦然。嚮者李王家言之行，人人蔑視唐宋以下，必曰秦漢秦漢。觀其所自作，則篇章無法，意脈不貫。蓋其時世隔遠，學此者徒得其影響，而不能得其神髓，是以憒憒如此，未若學唐宋之善也。蓋諸文體裁，至唐宋大備。言秦漢者，亦不得不相沿。且其開闔起伏、抑揚頓挫諸法，亦易尋求。故學文者不得不由於此。

東坡《書黄子思詩集後》云：「予嘗論書，以謂鍾、王之迹，蕭散簡遠，妙在筆畫之外。至唐顔、柳，始集古今筆法而盡發之，極書之變，天下翕然以爲宗師。而鍾、王之法益微。至於詩亦然。蘇、李之天成，曹、劉之自得，陶、謝之超然，蓋亦至矣。而李太白、杜子美以英偉絶世之姿，凌跨百代，古今詩人盡廢。然魏、晉以來，高風絶塵亦少衰矣。」余謂文亦然。左氏之華贍，莊周之荒唐，韓非之峭深，子長之豪蕩，子云之古奥，各臻其妙，不能相通。韓昌黎以不世出之才，歷倒千載，佐以柳柳州之雄傑，集大成之，以爲後世宗師。而秦漢高渾之氣亦稍散矣。是風氣之變使然也。蓋周、漢之治，歷六朝數百年無能繼者，至唐始能復之，而風氣稍變，非復其舊。故韓、柳之才猶有所不能。後之學秦漢文者，宜其無所得也。自唐至今千有餘年，書宗顔、柳，詩宗李、杜，而文宗韓、柳，理不得不然也。

東坡又《書吴道子畫後》云：「君子之於學，百工之於技，自三代歷漢至唐而備矣。故詩至於杜子美，文至於韓退之，書至於顔魯公，畫至於吴道子，而古今之變、天下之能事畢矣。」唐人之於詩文如此。宋人學之，能出機軸，各成一家，名於後世。蓋唐人發之，宋人述之，無復餘蘊。後世雖有能者，弗能出其範圍矣。故學者作文，宜效宋人由唐而溯秦漢，慎勿如明人棄唐宋直趨秦漢則可。

唐宋八家之目，人皆以爲昉於唐荆川，成於茅鹿門。然明初朱右爲文，以唐宋爲宗，嘗選韓、柳、歐陽、曾、王、三蘇爲《八先生文集》，先荆川、鹿門殆二百年矣。

清儲欣同人收李翱習之、孫樵可之，以配八家，編《十大家文集録》。其自序云：「增入習之、可之，似屬創見。然大家有定數哉？可以八，即可以十矣。」亦不可謂無所見也。

唐除韓、柳外，以李、孫爲最。宋除歐、蘇外，以曾、王、老蘇、小蘇爲最。既爲八家，又爲十家，並無不可。但同稱爲大家，似無分別。所謂大家者，唐唯一韓，宋唯歐、蘇二子當之，柳亦庶幾之。如李、曾、王、老蘇、小蘇，可稱名家而已，不可謂大也。孫比之又小。

余嘗與或論文曰：柳文高，歐、蘇文大。曰：然則孰優？余曰：是不可優劣。譬之柳猶在朝公孤，位尊望重，人以爲天上人。歐、蘇猶外諸侯，規模豁大，有土地人民之盛。三家各有所優，不得褒此而貶彼。是非止柳與歐、蘇之別，唐宋詩文之分亦然。而少陵之詩、昌黎之文兼而有之，所以曠絶於古今也。

韓子之文，前無古人，後無繼者。從唐至漢千有餘年，惟有太史公爲之耦而已矣。柳子厚曰：「退之所敬者，司馬遷、揚雄。遷於退之固相上下。若雄者，如《太玄》、《法言》及《四愁賦》，退之獨未作耳，使作之，加恢奇。至他文，過揚雄遠甚。雄之遺言措意，頗短局滯澀，不若退之猖狂恣睢，肆意有所作。」真韓子知己也。

韓公道德，孟子之亞也。程明道曰：「韓愈亦近世豪杰之士也。如《原道》中言語，雖有病，然自孟子而後，能將許大見識尋求者，才見此人。」真西山曰：「自漢至唐，而有韓子，其斯道之中興乎。」薛敬軒曰：「當韓子之時，異端顯作，百家並倡，孰知堯、舜、禹、湯、文、武、周公、孔子、孟軻爲相傳之正統；又孰知孟軻氏没，而不得其傳；又孰知仁義道德合而言之；又孰知人性有五，而情有七；又孰知尊孟子之功不在禹下；又孰敢排斥釋氏，濱於死而不顧。若此之類，大綱大節，皆韓子得之遺經，發之身心，見諸事業，而伊洛真儒之所稱許而推重者也。」大儒評騭韓子如此。

韓公道德學識既高，而事業亦不卑。爲守令，則務除民害；爲執法，則極論政弊；爲公卿，則侃侃直言，不恤貶謫；論兵事，則揣敵情如蓍卜；奉使命，則折服叛將，以壯朝威；獨未爲宰相耳。若使爲宰相，則其功烈未必不在裴晉公、李衛公伯仲間也。

韓公德業文章，皆當學矣。獨如《上宰相書》，幾於不知命，不當學也。真西山編《文章正宗》，唯録其第三書，曰：「韓公三上宰相書，今獨取此，以其論周公之待士，反復委折，可爲作文之法故耳。然以公之賢，而急於仕進如此，亦可惜也。」明楊循吉擬作《唐宰相答韓公書》，其言剴切，使公作於九原，恐亦無辭可解矣。

清沈歸愚有詩云：「遥指雲巖有故廬，野人只合伴猿狙。自嘲一事輸韓愈，光範門前不上書。」及其緝《八家讀本》，不收干求諸篇，亦可謂卓識矣。

韓公之干進，自與世俗饕爵禄者異。蓋公以大才，屢困有司之試，不能行其志，故憤然責宰相大臣，以不禮賢愛才，是賢者之過。事可非，而心可恕，況其出少壯鋭氣之爲，本不足深責也。謝疊山編《文章軌範》，首載此等文，是以或來俗儒之議論。疊山本爲舉業謀，不慮及之耳。

韓公之道之文，蓋非荀、揚比。自秦漢以來，學者溺於訓詁，士夫淫於佛老。韓子一出，排而正之，上繼往聖，下開來學，其功大矣。而其書以集行，世遂以文士目之，不若荀、揚之在諸子之列。余嘗不自揣，選其醇粹有關係者，編次爲六卷，以《原道》、《原性》諸篇，係世道民彝者，爲內篇；以《佛骨》、《復仇》諸疏，淮西、黄家事宜，係政事經濟者，爲外篇；以《龍馬》、《獲麟》、《諱辨》等篇，及係學問文章出處進退者，爲雜篇，名曰《韓子新編》。蓋推置諸子之上，欲以附孔、孟之籍，亦公删《荀子》之意也。

韓集編次混殽，蕪雜亦甚。王荆公云：「李漢豈知韓退之，輯其文不擇美惡，有不可示子孫者，況垂世乎？」其不滿先賢之意如此，荆公語見蔡絛《西清詩話》。

韓子大見識，亡論《原道》諸大篇，如《送王塤序》，亦可謂卓矣。其言孔、曾、思、孟正傳，先宋儒著鞭。又其末曰：「求觀聖人之道，必自孟子始。」近世伊藤氏以七篇爲《論語義疏》，蓋亦本韓子也。

《古文尚書》之僞，朱子、吴才老始疑之，至明郝敬、梅鷟、清閻若璩、王鳴盛等，研核摘出，無復餘蘊。余細讀韓子《進學解》，《易》、《詩》、《春秋》、《左氏》直揭其名，無所揀擇。其叙《尚書》，但曰「上規姚姒，渾渾無涯。周誥殷盤，佶屈聱牙」而已。蓋其所取，在《典》、《謨》、《禹貢》、《盤庚》、《大誥》、《康誥》等篇，而不在《太甲》、《説命》、《太誓》、《武成》諸篇。其言極有斟酌，乃知韓子既疑古文之非真。

韓公平生事業，以論佛骨、平吳元濟、使王廷湊三事爲最，《唐書》叙之頗詳，但淮西一事甚略。今以李翺《行狀》、皇甫湜《神道碑》補之。曰：公始奏言：「淮西連年侵掠，得不償費，其敗可立而待，然未可知者，在陛下斷與不斷耳。」（詳《淮西事宜》）及征淮西，公爲行軍司馬，副丞相裴度，請乘遽先入汴，説韓弘，使協力。（以上《唐書》。）及其圍蔡州，公知其精卒悉聚界上，以拒官軍，守城者率老弱，且不過千人，亟白丞相，請以兵三千人間道以入，必擒吳元濟。丞相未及行，而李愬自唐州文城壘，提其卒以夜入蔡州，果得元濟。三軍之士爲公恨。蔡州既平，公白丞相曰：「淮西滅，王承宗膽破。可不勞用衆，宜使辯士奉相公書，明禍福以招之，彼必服。」丞相然之。公口占爲書，使辯士柏耆袖之，以至鎮州，承宗果大恐，上表請割德、棣二州以獻，遣子入侍。（《行狀》、《神道碑》）還朝，奉敕撰《淮西碑》，其末曰：「既伐四年，小大並疑。不赦不疑，由天子明。凡此蔡功，惟斷乃成。」其言與奏議中語相符，英雄之見終始不差矣。

裴公若早用韓公之言，則雪夜之捷不在李愬，而在於公矣。然是事猶自有人，不必煩公也。唯當初無公極言利害以勸斷決，則如此之功其能成乎？故公折沖樽俎之間，亞於裴公總統之功，而在於李愬、光顔力戰奇捷之上也。李義山《讀韓碑》云：「嗚呼聖皇及聖相，相與烜赫流淳熙。公之斯文不示後，曷與三五相攀追。」蘇子瞻亦云：「淮西功業冠吾唐，吏部文章日月光。」其推文章至矣，曾不贊其功，可恨也。

韓公《守戒》，亦爲淮西發也。議論明剴，切中時弊，上承長沙策略，下開三蘇家風，與腐儒席上之談異。朱子云：「唐自安史亂後，河南、河北地裂爲七八，蔡在當時，最爲近地，成德、淄青連結爲援，此公《守戒》之所以作也，終之『曰在得人』。及裴度平蔡，而公之言驗。」

韓公《送殷侑使回鶻序》，望使臣以不辱君命者也。余讀之，知公自知知人之明，非後世學者所及。是行侑果責可汗，虜人憚之，不負公之所望。公亦後使王廷湊，能折其威，解牛元翼圍，又不負其平生之言。然則篇中所云：「使萬里外國，無幾微出於言面，見得真者也。」非他外作壯語欺人者之比。

昌黎云：「自取所試讀之，乃類俳優者之辭，顔忸怩而心不寧者數月。」又曰：「時時應事作俗下文字，下筆令人慚。」夫韓子所云云者，特應試應酬之文而已，猶且自慚如此。今世作家出語如演史說經者，何不自慚也。又曰：「僕爲文久，每自稱意中以爲好，則人必以爲惡矣。小稱意，人亦小怪之。大稱意，即人必大怪之也。」由是觀之，自古古文不見知於人，唯豪傑如韓子，從其所好，不肯顧世之悲歡，故久而大顯，後世望之如山斗。如明季袁、徐、鍾、譚及今世作家，《折楊》、《皇荂》務悦里耳，雖或喧一時，不久而湮滅，何異蟬噪蛙鳴，焉知大雅之音哉。

羅景綸謂「韓如静姫，柳如名姝。」李耆卿謂「韓如海，柳如泉。」信然。

韓《進學解》效《解嘲》，柳《晉問》效《七發》，皆有過無不及。韓《送窮》、柳《乞巧》，俱效《逐貧》，而皆過之遠甚。韓《張中丞傳後序》、《毛穎傳》與史遷相持，柳《段太尉逸事狀》與班掾相持。韓《送李端公序》如《左傳》，柳《漁者對》如《國策》，孰謂古今不相及也？

韓《原道》諸篇直繼《孟子》，柳無此種作。韓柳優劣正在此。

歐陽公不曰「韓柳」，而曰「韓李」。余謂習之之文醇正，誠昌黎之嫡流也，然比之昌黎，品格稍下，不能屹立爲對敵。柳州雖不及韓滉洋之概，然別出機軸，不倚人籬下，且其精深之思、嶄絶之筆，韓亦所不能。昔人謂柳《封建論》，韓決不能作，此其所以超習之而與韓爲敵國也。歐公之言恐失當。

宋、元以來，評韓、柳二公之文者不可枚舉矣，未如二公相評之最確可信也。柳評韓文，謂「與司馬遷上下，過揚雄遠甚」。韓評柳文亦云：「雄深雅健，似司馬子長，崔、蔡不足多也。」二公當時相許者如此，後之譽者雖累千百輩，不能增其高大也。

柳子厚之善王叔文，欲有所爲也。同事者如吕温、韓泰、劉禹錫，皆一時才俊。宦者惡其不便己，指以爲黨，讒之天子，貶竄四出。後世弗察，以爲子厚等與不義，以罹刑法，攻者不絶。噫！亦冤矣。尚賴宋范文正之昭雪之也，曰：「劉禹錫、柳宗元、吕温，坐王叔文黨，貶廢不用。覽數君子之述作，體意精密，涉道非淺。如叔文狂甚，義必不交。叔文以藝進東宮，人望素輕。然傳稱知書，好論理，爲太子所信。順宗即位，遂見用，引禹錫等決事禁中。及議罷中人兵權，牾俱文珍輩，又絶韋皋私請，欲斬劉闢，其意非忠乎？皋銜之，會順宗病篤，皋揣太子意，請監國，而誅叔文。憲宗納皋之謀，而行内禪，故當朝左右謂之黨人者，豈復見雪。」《唐書》蕪駁，因其成敗而書之，無所裁正。孟子曰：「盡信書，不如無書。」吾聞夫子褒貶，不以一毫而廢人之業也。清乾隆帝亦力辨其冤，蓋本范氏之説。夫大賢昭雪於前，而人主湔洗於後，子厚無復憾乎！

子厚獲罪於憲宗，故不敢顯自辨。然觀其《與許孟容書》，則可略見其故也。曰：「宗元早歲與負罪者親善。始奇其能，謂可以共立仁義，裨教化。過不自料，勤勤勉勵，唯以中正信義爲志，以興堯、舜、孔子之道，利安元元爲務。不知愚陋，不可力强。」此子厚之本志也。曰「狠忤貴近，狂疏繆戾。蹈不測之辜，群言沸騰，鬼神交怒」云云，此子厚獲罪之由也。曰「年少氣鋭，不識幾微，不知當否。但欲一心直遂，果陷刑法。」此子厚輕躁之過耳。豈嘗有大罪哉？儲同人云：「子厚以有罪故，反覆怨艾，其詞哀。」似未諒子厚之心。

凡才高一代者，庸人俗士之所嫉，見其小疵微瑕，從而大之，紛然傳唱於世；即無疵瑕者，百計陷之，不使其爲完人。子厚之過，本不甚大，乃指爲黨人，以實仇讎之言。如韓退之，粹然無疵瑕者也，猶不免讒謗，觀《釋言》諸篇可見矣。故其《原毁》云：「事脩而謗興，德高而毁來。」然二公既死，文之與道日益尊，名聲赫然，永弗磨滅。彼讒毁人者，不徒勞乎？

秦末有陳涉、吴廣、項梁、項籍之屬，先漢祖而出。隋末有李密、薛舉、王世充、竇建德之倫，先唐宗而出。元末有陳友諒、張士誠、方國珍、明玉珍之徒，先明祖而出。蓋撥亂反正，爲事甚難，非一家所能，故天必假數豪傑，先爲之驅除，而後真主出矣。文運之開，實有類此者。起八代之衰，人皆歸功於韓子，然先有元結、獨孤及、李華、蕭穎士數人既唱古文。矯五代之弊，人皆歸功於歐公，然先有柳開、穆脩、蘇舜欽、尹洙數子既唱韓文。韓、歐反正之功大矣，諸子草創之力，亦弗可泯也。

元次山制行高潔，而深抱閔時憂國之心，文章奇古，在開元時自爲一家。然既不諧俗，多詭激之言。晁公武謂其文如古鐘磬，信矣。及昌黎出唱古文，極推重之，其道始顯。

次山《中興頌》，先輩謂有《春秋》法。如「天子幸蜀，太子即位於靈武」，書法甚嚴。又如「古者盛德大業，必見於歌頌。若今歌頌大業，非老於文學，其誰宜爲？」則不及盛德。又如「二聖重歡」之語，皆微詞見意。於是黄魯直詩有云：「臣結舂陵二三策，臣甫杜鵑再拜詩。安知臣忠痛至骨，後來但賞瓊琚詞。」自是之後，繼作者衆。元子此篇不能數百言，後人揣度其意，爲一談柄。其文刻浯溪崖石，千載不朽，爲南中一奇勝。當時燕、許號大手筆，能有一篇如此者耶？然則元子雖不諧時俗，蓋亦無憾矣，况其傳誦後世不止一頌乎！

蕭穎士再忤李林甫，料禄山反，勸源洧拒賊，永王璘召之不赴。其才節有過於人者矣，不獨文詞也。

古今奏議推陸宣公爲第一。涑水多採入《通鑒》，眉山乞校正進讀，不可以排偶卑視之。《新唐書》例不録駢儷之作，獨取公文十餘篇，以爲後世法，贊曰：「其論諫數十百篇，議陳時病，皆本仁義，炳炳如丹青。」老蘇《上歐陽公書》云：「陸贄之文，遺言措意，切近的當，有執事之實。」不喜排偶者之言猶如此。

東漢以後，道日喪，儒學不過論明堂、議喪服，文章不過留連光景之作。及韓子出，文章先變，而道德經濟之學又大起，並爲後世模範。范文正得其經濟，歐陽文忠得其文章，孫明復、石中立得其學問，如三蘇之文别闢奥窔，二程之學直繼往聖，亦不能無本焉。然則宋代之多士，不可謂非韓子一唱之功矣。而元次山之學問，陸宣公之經濟，柳儀曹之文章，亦有犄角之力也。

韓公《答陳商書》，謂「三四讀不能通曉」。當時文士競奇，横空硬語，不獨東野之詩也。皇甫持正、孫可之等文，間有聱牙處。至樊宗師《絳守園記》，鈎棘不可句。一時操尚蓋如此。然作文使韓公不能讀，亦屬無用，是所以有齊竽之喻也。紀曉嵐云：「唐時爲古文者，主於矯俗體。故成家者，蔚爲鉅制；不成家者，則流於僻澀。宋時爲古文者，主於宗先正。故歐、蘇、王、曾而後，沿及於元，成家者不能盡闢門户，不成家者亦具有典型。」是言洵然。

白珽《湛淵靜話》曰：「皇甫湜，韓門弟子，而其學流於難澀怪僻，所謂目瞪舌澀不能分其句讀者也。如曰：『聲震業光，衆方驚爆而萃排之。乘危將顛，不懈益張。』又曰：『跂邪觝異，以扶孔氏。』又曰：『鯨鏗春麗，驚耀天下。』所以《答李生書》曰：『意新則異常，異於常則怪矣。詞高則出衆，出於衆則奇矣。虎豹之文，不得不炳於犬羊。鸞鳳之音，不得不鏘於烏鵲。金玉之光，不得不炫於瓦石。……必崔嵬然後爲岳，必滔天然後爲海。明堂之棟必撓雲霓，驪龍之珠必錮深淵。』此湜之大，所以怪僻也。」觀此則持正之文，先賢既有弗取者矣。

持正謂：「虎豹之文，不得不炳於犬羊。」余謂：意奇而詞奇可也。如持正意未必奇，而必奇其詞，是羊質虎皮，不足貴也。

昌黎謂：「文無難易，唯其是爾。」正是韓氏家法。唯李習之能承其傳，故其《答朱載言書》云①：「古之人能極於工而已，不知其辭之對與否、易與難②也。《詩》曰：『憂心悄悄，愠於群小。』此非對也。『遘閔既多，受侮不少。』此非不對也。《書》曰：『朕疾讒說殄行，震驚朕師。』《詩》曰：『菀彼柔桑，其下侯旬，捋採其劉，瘼此下人。』此非易也。《書》曰：『允恭克讓，光被四表，格於上下。』《詩》曰：『十畝之間兮，桑者閑閑兮。』此非難也。」

習之又《寄從弟正辭書》謂：「人號文章爲一藝者，乃時世所好之文。」「其能到古人者，則仁義之辭，惡得以一藝名之。」其所抱負可知矣。歐陽公不曰「韓柳」，而曰「韓李」，亦非無以也。

韓、柳之後，有劉蜕、孫樵、杜牧、皮日休、陸龜蒙諸人，雖不能爲大宗，亦皆成一家。

劉蜕、孫樵之文，有意爲奇，亦是皇甫氏之流。儲同人收孫入十大家之數，然猶不得與李習之比，況韓、柳、歐、蘇乎？

孫可之《與王霖秀才書》云：「某嘗得爲文真訣於來無擇，來無擇得之於皇甫持正，皇甫持正得之於韓吏部。」其自述師友淵源如此。蘇子瞻云：「學韓愈而不至者，爲皇甫湜；學湜而不至者，爲孫樵。」東坡爲文尚意，不甚取揚雄之辭。而持正、可之之文尚辭，好言子雲，與東坡之見正反，所以被譏也。

昌黎亦稱子雲，而其文間有艱深奇崛者，持正、可之實主張之。蓋得韓之一體者，未可深譏也。然韓辭意並勝，二子辭勝意，所以不同。

文以意爲主，辭爲之奴。辭意並勝如昌黎者上也，意勝辭如東坡者次之，辭勝意如持正、可之者又次之，辭害意如宋景文者，斯爲下矣。

杜牧平生以經濟自任，剛直有奇節，其文奧衍多切時務。李德裕用其策平澤潞。《守論》一篇，宋景文作《新唐書·藩鎮傳論》，實全録之。費衮《梁溪漫志》載，歐陽公使子棐讀《新唐書》列傳，卧而聽之，至《藩鎮傳叙》，嘆曰：「若皆如此傳，筆力亦不可及。」其爲識者所貴如此。《阿房宫賦》，議論精明，文采發越，前古賦家所未有。《雲仙雜記》載群蝨念此賦。其爲當時所傳誦可知矣。東坡平生愛之，嘗夜誦之達旦。其作赤壁二賦，亦能創一體，名於後世。然論結構之佳，筆力之健，恐不能及此賦也。其詩或有譏涉冶蕩者，然風骨自高，非晚唐諸家所及。至咏史諸篇，亦見其讀書得間處，自是唐末偉人，不得以青樓薄幸貶之。

① 朱載言原作「王載言」，此從《全唐文》卷六三五、《容齋隨筆》卷七改。

② 引文原脱「易與難」三字，據汲古閣本《李文公集》卷六補。

拙堂文話卷四

唐雖無名之人，其詩可誦；宋雖無名之人，其文可觀。然而李、杜之詩，歐、蘇之文，出乎其類，拔乎其萃，後人所以弗及也。

廬陵出焉，而古文大興；眉山出焉，而時文一變。二家之於文，可謂犄角之功矣。歐、蘇之分，李耆卿所謂「歐如瀾，蘇如潮」盡之。蘇仙才一瀉千里，信如潮也；歐紆餘曲折，信如瀾也。細讀二公之文，則知之。茅鹿門云：「歐則譬引江河之水，而穿林麓，灌澮畝；蘇氏兄弟則譬之引江河之水，一瀉千里，湍者縈，逝者注，杳不知其所止者已。」是言蓋本於耆卿矣。

東坡評歐公文曰：「論大道似韓愈，論事似陸贄，記事似司馬遷，詞賦似李白。」楊東山亦曰：「文章各有體。歐陽公所以爲一代文章冠冕者，固以其温純雅正，藹然爲仁者之言，粹然爲治世之音，然亦以其事事合體故也。如作詩，便幾及李、杜；作碑銘記序，便不減韓退之；作《五代史記》，便與司馬子長並駕；作四六，便一洗昆體，圓活有理致；作《詩本義》，便能發毛、鄭之所未到；作奏議，便庶幾陸宣公；雖遊戲作小詞，亦無愧唐人《花間集》。蓋得文章之全者也。」

坡又讚歐公功德曰：「宋興七十餘年，民不知兵。富而教之，至天聖、景祐極矣。而斯文終有愧於古，士亦因陋守舊，論卑而氣弱。自歐陽子出，天下爭自濯磨，以通經學古爲高，以救時行道爲賢，以犯顔納諫爲忠。長育成就，至嘉祐末，號稱多士。歐陽子之功爲多。」余亦嘗曰：歐公德業有大過人者，文章其緒餘，猶足千古。宋慶曆之初，古今號爲多士，公在其間，名聲赫赫，爲一世之望。爲諫官，則天下稱歐、余、王、蔡；爲宰輔，則後世稱爲韓、范、富、歐；而詩稱歐、梅、蘇、黄，文稱韓、柳、歐、蘇，又配韓爲韓、歐。丈夫爲人，如歐公足矣。

歐公表疏，雖剴切，藹然見愛君之心。其他文辭，皆舂容大雅，真洋洋太平之文也。老蘇上公書云：「執事之文，紆餘委備，往復百折，而條達疏暢，無所間斷；氣盡語極，急言竭論，而容與閑易，無艱難勞苦之態。」雖後世評公文者累千百人，不如此語簡而盡也。

歐公尤服人善，見韓魏公德量，乃謂「雖百歐陽脩不及」；見蘇東坡文章，乃謂「老夫當避路，放他出一頭地」①。

歐公之於韓魏公，猶昌黎之於裴晉公。昌黎於《平淮西碑》，獨叙晉公之功詳；歐公作《晝錦堂記》，叙韓公德業風裁如在目前。裴、韓固千古人傑，然得韓、歐二公益顯。

歐公《晝錦堂記》云：「臨大節，處大事，垂紳正笏，不動聲色，而措天下於泰山之安，可謂社稷之臣矣。」叙魏公風裁如在目前。《老蘇墓誌》云：「眉山在西南數千里外。一日父子隱然名動京師，而蘇氏文章遂擅天下。」叙蘇氏風致宛然如見。

《晝錦堂記》末段數語，人多泛然讀過，不知有所指。《李梁溪集》載，歐陽永叔嘗問玉局曰：「魏公立朝大節孰爲難？」玉局曰：「莫難於定策。」永叔曰：「設使吾輩處此時，當如之何？」玉局曰：「想亦當然。」永叔曰：「吾輩皆能爲之，何難之有？」玉局曰：「然則孰爲難？」永叔曰：「方英廟初立，母后垂簾，一日簾中出文字一卷，皆訴宫禁中事，其辭甚切。公以文字置懷中，徐曰：『是必有内侍交構兩宫者。』簾中曰：『有之。』因舉其姓名。公曰：『容臣退處置。』既歸省，取帳中文字焚之，命堂吏書空頭譎降敕，遍簽執政。且命開封府擇使臣一員，步軍司差禁卒二十人，呼簾中所舉姓名内侍至都堂，立庭中面責之。填敕編置嶺外，使臣禁卒即日押行。來日見上，具道所以，於是兩宫遂寧。若此者乃所以難，故余作《晝錦堂記》言公『不動聲色，而措天下於泰山之安』，蓋謂此也。」《魏公家傳》載公此語，不言其所指。王巖叟所著别録，逸此一事。故詳録之。

政事、文學，自孔門遊夏、冉季之徒不能相兼。至後世歧而兩之，判然有文士、俗吏之異。唯歐公留心案簿，好談吏事，常曰：「文學止於潤身，政事可以及物。」故其任郡縣，所在著名。

歐公年未四十稱翁，富鄭公寄公詩云：「滁州太守文章公，謫官來此稱醉翁。醉翁醉道不醉酒，陶然豈有遷客容。公年四十號翁早，有德亦與耆年同。」

歐公謂：「性非學者之所急。」此言得罪於洛、閩。然宋末之士，大抵高視闊步，喜談性命，無補於事業，與晉宋清談相距幾何。歐公之言未可非也。

宋初楊億變文章之體，劉筠、錢惟演輩皆從而學之，時號三公。石介作《怪説》，謂「刓鎪聖人之經，破碎聖人之言，欲盲聾天下耳目。」譏之太甚，竟不能破。至歐公出，談笑麾之，士皆爭赴，楊劉之迹如削，幾於不攻而破者矣。

宋朝科場初沿排偶之習，故有「《文選》爛，秀才半」之語。至蘇氏父子兄弟出，斯弊一洗，天下之士爭效之，故有「三蘇熟，吃羊肉」之語。徐常有教子詩曰：「詞賦切宜師二宋，文章須是學三蘇。」至南渡之後，其文益行，又至「人傳元祐之學，家有眉山之書」，其盛可知矣。

老蘇《名二子説》，知軾、轍終身之事；《辨奸》一篇，知介甫陰險之害；《審敵》、《審勢》二篇，知宋朝北虜之禍。其言皆驗於數十百年之後，其文亦雄健遒勁，鋒不可當。

蘇氏論古人，多借題述己見，猶詩家之於樂府，不必拘舊制。老蘇《六國論》爲賂遼而作也，大蘇《商鞅論》爲新法也，《荀卿論》爲荆公也。雖不必確於其人，而別有所切當，是蘇氏家法也。小蘇在青苗未行之時，對荆公論之，如見後日之害者。要之蘇家父子兄弟長於經濟，非徒文士也。大蘇《留侯論》，説忍字有味，蓋自警也。《賈誼論》亦然。老蘇《管仲論》，言大臣之心甚善。此類皆借題述己見也。後人或不察，議其僻謬，陋矣。

老蘇《審勢》、《審敵》諸篇，大蘇、小蘇諸策，直述胸臆，皆切事情。其言如蓍龜，多驗於後日，皆可謂偉人矣。

老泉才不及東坡，而氣力過之。

見大蘇讀書之力，在海外諸篇。見其經濟之才，在二十五篇進策。諸家選本多載海外諸篇，而略《策略》《策别》，何也？近世又有選其小品者，亦失取捨。大蘇序記雜文，蕩蕩滚去，少轉折，不若廬陵俯仰曲折多姿態也。碑誌亦不及廬陵遠矣。

秦漢諸家之長，韓、柳二子盡發之。但《國策》之雄偉，賈、晁之明快，在其所遺。蘇家父子擇而據之，爲安身立命處，此其所以成一家也。

大蘇立朝大節，臨民異政，並卓卓可觀矣。但才華太富，時溢於法度之外，是以得譏於道學諸先生。

東坡終身不遇，至竄海外，居無室廬，集版又被焚燬。古今才人困厄，莫過於此者。孝宗平生喜坡文，及即位，購其集刻之，親制序云：「雄視百代，自作一家。」又贊云：「敬想高風，恨不同時。」華衮之褒至此，坡無復憾於地下矣。

神宗每誦坡文章，必嘆曰：「奇才奇才。」欲命成國史，爲王珪所沮。嗚呼！坡生蒙神宗之知，死得孝宗之慕，而終身不容於朝廷之間，豈非命也歟？

古今評坡文，孝宗以下不可枚舉，皆未若坡自評之確也。坡嘗自言：「吾文如萬斛泉源，不擇地皆可出，在平地，滔滔汩汩，雖一日千里無難。及其與山石②曲折，隨物賦形，而不可知也。所可知者，常行於所當行，常止於不可不止，如是而已矣。其他雖吾亦不能知也。」今觀坡文，信如其言。

東坡爲文尚意，其上仁宗策叙云：「有意而言，意盡而言止者，天下之至言也。」《與謝民師書》云：「言止於達意，即疑若不文，是大不然。求物之妙，如繫風捕影，能使是物了然於心者，蓋千萬人而不一遇也，而況能使了然於口與手者乎？是之謂辭達。辭至於能達，則文不可勝用矣。」

費衮《梁溪漫志》曰：東坡教葛延之作文字，云：「譬如市上店肆諸物，無種不有。却有一物可以攝得，曰錢而已。莫易得者是物，莫難得者是錢。今文章詞藻事實，乃市肆諸物也，意者錢也。爲文章能立意，則古今所有翕然並起，皆赴吾用。汝若曉得此，便會做文字也。」是喻誠妙。學者不能立意，則雖多讀書不濟事矣。然不多讀書，則如持錢入空肆，亦無所得也。故學者學文章，以多看、多做爲要。

歐陽公作文有三多，曰「看多，做多，商量多」。又有三上，曰「馬上、枕上、厠上」。而其自删改，至不存一字。以曠世之才，精苦如此，宜其妙絶於古今也。沈作哲《寓簡》曰：「歐陽公晚年嘗自竄定平生所爲文，用意甚苦。其夫人止之曰：『何自苦如此，當畏先生嗔耶？』公笑曰：『不畏先生嗔，却怕後生笑。』」朱子曰：「歐公文亦多是脩改到妙處。頃有人買得他《醉翁亭記》稿，初説『滁州四面有山』凡數十字，末後改定，只曰『環滁皆山也』五字而已。」爲文粗鹵不入法者，宜學歐文，收斂就局；下筆滯澀不如意者，宜讀蘇文，廣其材調。

陳鵠《耆舊續聞》載，東坡十歲時，侍老蘇側，誦歐公《謝對衣金帶馬表》，因令坡擬之。其間有「匪伊垂之帶有餘，非敢後也馬不進」。此足見其天才夙成，非常人所及矣。

東坡天才，可望而不可即，使其獨步千載可。

洪景盧居翰苑日，嘗入直，值制詔沓至，自早至晡，凡視二十餘草。事竟，小步庭間，見老叟負暄花陰。洪問之，知其及識元祐間諸學士。曰：「今日草二十餘制，皆已畢事矣。蘇學士想亦不過如此速耳。」老者首肯，咨嗟曰：「蘇學士敏捷亦不過如此，但不曾撿閲書册耳。」洪爲赧然，自恨失言。嘗對客言此云：「是時使有地縫，亦當入矣。」見周公謹《齊東野語》。以洪之才敏學博，畏蘇公如此，況其餘乎？

余觀宋人隨筆數十部，無不載東坡事者。少者數見，多者數十見。大而氣節文章，小而諧謔遊戲，至銘葉之微，借笠之瑣，皆書傳之。而好事者又或圖之，使後人爲吟資，爲談欛。其爲一世所傾慕如此，可謂盛矣。余嘗欲輯録之，作其别傳，猶恐所見不博，多致挂漏，而未敢也。

天下第一等才子，秦漢之際有一司馬長卿；魏晉之際有一曹子建，皆華少實；唐宋之際有一蘇子瞻，其言皆切世用，然則謂之千古第一才子可。

當時晁、黄、秦、張以下，學蘇文成家者衆。至明青田、正學、烏傷、陽明、荆川諸人又學蘇，皆能别出機軸，所以别後人。吕居仁云：「蘇文當用其意。若用其文，恐易厭人，蓋近世多讀故也。」此言學蘇文者不可不知。夫蘇文之妙，在意不在辭。若以其辭而已，何以爲蘇文？

《客中間集》曰：近時俗學皆尚三蘇文字，不復知有唐矣，況秦漢乎？故不拘大小試卷，主司大率批曰：「宛然蘇子口氣。」或曰：「深得蘇氏家法。」即中式矣。有一士子素不喜眉山文集者，乃笑曰：「衆人皆有蘇子倚靠，偏我獨無蘇子可使喚耶？」於是論策中嘗引證曰：「蘇子有言：爲君計者，莫若安民無事，且無庸有事於民也。」又云：「蘇子嘗曰：良醫不能救無命，强梁不能與天爭。仲尼栖栖，墨子皇皇，憂人之甚也。」又云：「此蘇子所謂察微慮深，慎在未形者也。」亦漫然批其旁曰：「此子固嘗留心於三蘇者，但未純熟者耳。」此生見而大笑，作詩嘲之云：「曾見東坡面目無，試官驚得震蘇蘇。分明指與平川路，一個佳人兩丈夫。」一時傳誦，殊不知始之蘇子，乃《史記》之蘇秦也；繼之蘇子，乃《漢書》蘇竟也；終之蘇氏，乃竇滔之妻蘇蕙也。今不論秦漢，不分男女，一概以老泉、東坡、潁濱當之，不成笑柄哉？今世空疏之徒，或矮人觀場，動輒曰「東坡東坡」，不爲此主司者鮮矣。余平生喜坡文，今見是言，亦自少警焉。

三蘇之文可學，其持論不可學。學其持論，則流爲縱横家。

朱子曰：「東坡作《韓文公廟碑》，不能得一起頭。起行百十遭，忽得『匹夫而爲百世師』兩句，下面只如此掃去。但人有才性者，不可令讀東坡此等文。有才性人，便須收拾入規矩，不然則蕩將去。」又曰：「東坡雖是宏闊瀾翻，成大片滚將去，他里面自有法。今人不見得他里面藏得法，但只管學他一滚做將去。諸生輩學坡文，往往有此弊，蓋以不識其法而學其機調故也。」朱子之言正中其窾，學者不可不知。

王遵巖貴南豐，並稱歐、曾，蓋本朱子。朱子不喜三蘇，不喜其議論耳，非必不喜其文詞也。其喜南豐，喜其議論耳，非必喜其文詞也。故其言曰：「南豐尚解使一二難字，歐蘇全不使一箇難字，而文章如此好。」又云：「曾所以不及歐處，是紆餘曲折處。」又云：「韓文高，歐陽文可學，曾文一字挨一字，謹嚴，然大迫。」

曾南豐之文，典雅有餘，而精彩不足，當時爲蘇氏兄弟所掩。雖朱子稱揚之，不必置於歐、蘇之列，故未甚顯。及明王遵巖出，喜之如渴者飲金莖露。錢牧齋輩繼之，以至清朝諸作家，多宗南豐。蓋南豐學術醇正，格律謹嚴，譬之猶無鹽、孟光，雖外貌不揚，而資質淑美，必遇齊宣、伯鸞而後得識矣。

南豐《南齊書序》云：「所謂良史者，其明必足以周萬事之理，道必足以適天下之用，智必足以通難知之意，文必足以發難顯之情，然後其任可得而稱也。」《楓窗小牘》謂是一部十七史序，信矣。

南豐少與臨川遊。臨川聲譽未振，導之於歐陽公，歐陽公薦之於朝。及臨川得志，二公遂與之異。南豐以書規之，著議以諷之，莫能回焉。老蘇《辨奸論》曰：「惟天下之靜者，乃能見微而知著。」又曰：「好惡亂其中，利害奪其外。」其譏切歐、曾深矣。

韓、歐以下皆千古賢豪，獨臨川獲罪天下，人皆愛其文而病其行。余謂：臨川辭卑就尊，雖如可罪，亦欲行其志已，猶可恕也。至其誤天下蒼生，不可恕矣。然指以爲奸人，恐非其實。臨川識僻而守堅，又極不曉事，遂成此誤。薦之者與用之者，不得不分其罪矣。

神宗問臨川曰：「唐太宗何如？」曰：「陛下當法堯、舜，何以太宗爲？」帝又以魏徵、諸葛亮爲不世出之人，臨川曰：「陛下誠能爲堯、舜，則必有臯、夔、稷、契；誠能爲高宗，則必有傅說。彼二子者，何足道哉？」望神宗以堯、舜，自待以臯、夔，志則大矣，論則高矣，然不免經生之腐談，亦不曉事之故也。當時在朝之臣，歐、曾以下皆深於經術，但不誇於人已。臨川乃謂天下除己無通經者，愚亦甚矣。至趙清獻折之曰：「臯、夔、稷、契讀何書？」是入其室操其戈也，宜乎能關其口而奪之氣。

臨川非六藝不讀，非道德仁義性命之理不談，一旦得君，猖狂如彼。老泉談兵談刑，標機權以爲説，而行誼無毫髮之憾。余常謂：經生之腐談無補事業，文士之實見有益經濟。臨川學問文章高一世，然知古不知今，故出言不免經生之腐談耳。孔子於夏時周冕之類，擇而取之，蓋審時勢也。彼經生者，往往一心直遂，不審時勢，高談唐虞，而不識唐宋近事。使其執政，不誤事者尠矣。荆公猶然，況其他乎？

王仲任謂：「儒生過俗人，通人勝儒生，文人逾通人，鴻儒超文人。」余謂：韓、歐鴻儒也，三蘇文人也，荆公以鴻儒、文人之資，陷爲儒生，殊可怪也。

經生之不若文人尚矣。然爲文不原本經術，則不足貴焉。韓、歐由文章而達經術，程、朱由經術而達文章，雖所由不同，其歸則一也。如近世考證訓詁之學，章句之末耳，不足爲經術也；如近世模擬諧謔之文，滑稽之雄耳，不足爲文章也。三蘇之品下韓、歐一等，固亦非此輩之比也。

《冷齋夜話》載，王荆公居鐘山，一日於客處得東坡《勝相院經藏記》，展讀於風檐之下，喜見鬚眉，曰：「子瞻人中之龍也，然有一字未穩。」客請願聞之。公曰：「『日勝日貧』不若『日勝日負。』」東坡聞之，拊掌大笑，以爲知言。此與《潘子真詩話》所載《表忠觀碑》事，俱足見二公知文章之深，且其胸次豁落，如忘平生之事者，豈效夫於所惡没其善而弗録者哉！苕溪漁隱以謂介甫當國，力行新法，子瞻譏誚其非，形於文章者多矣。介甫能不芥蒂於胸次，想亦未必深喜其文章，今二書所筆恐非其實。是不知二公者也。王勉夫辨之云：「二公皆一時偉人，其所不相能者，特立朝議論間耳。然其文章妙處，各自心服。何嘗以平日議論不相能之故，並以其所長者忌之。如是何以爲二公？」漁隱以市井常態測二公，過矣。

趙德麟《侯鯖録》曰：「東坡在黄州日，作雪詩云：『凍合玉樓寒起粟，光摇銀海眩生花。』人不知其使事也。後移汝海，過金陵，見王荆公。論詩及此，云：『道家以兩肩爲玉樓，以目爲銀海，是使此否？』坡笑之，退謂葉致遠曰：『學荆公者，豈有此博學哉？』」德麟蘇門之士，必不傳誤。據此，則王勉夫所謂二公「文章妙處各自心服」者，信矣。東坡固知荆公之文善，然惡其好使人同己，故其言云：「地之美者同於生物，不同於所生。惟荒瘠斥鹵之地，彌望皆黄茅白葦，此則王氏之同也。」

使荆公循韓、范之軌，文章益尊，而功業亦成矣。惜哉！一執拗之心壞之，而遺譏於千載之後也。孔子戒意、必、固、我，以此也。

荆公以歐公《醉翁亭記》不及王元之《竹樓記》，又觀東坡《醉白堂記》，戲曰：「文詞雖極工，然不是《醉白堂記》，乃是《韓白優劣論》耳。」荆公常持法，先體制而後工拙，故不滿於此二篇。《醉翁》遊戲於文，《醉白》以議論行之，皆變體也。霍嫖姚云：「方略何如耳？」岳忠武云：「運用之妙在一心。」歐、蘇此文似之。荆公以程、李之節制議之，故見其不合耳。

宋人多名文，非特歐、蘇以文名者。相業如范文正、司馬温公、李忠定，道學如朱文公、吕成公，節義如文信國、謝叠山，兵法如辛稼軒、陳龍川，博學如劉原父、貢父，不必以文章顯，然皆有名文膾炙人口者。三代以下，唯西漢如此。西漢文章，非止董、賈、兩司馬。天子有孝武、孝宣，宰相有公孫弘、韋玄成、魏相、匡衡之倫，侍從有晁錯、徐樂、嚴安、王褒、谷永之徒，其所作詔敕章疏，並非後世所及。然則漢、宋二代，稱爲文章世界可矣。

北宋又有王元之、李泰伯、李邦直諸人。南渡之後，文章稍衰，然有王梅溪之典雅，陳龍川之雄鷙。

蘇氏之門，有張文潛、秦少遊之徒，能傳其衣鉢。

胡澹庵《上高宗封事》，千年以來章疏中第一文字。謝叠山《文章軌範》收之，厠於韓、歐諸文之間。以余觀之，則見澹庵光彩四出，而韓、歐屏息一隅也。

《鶴林玉露》云：「胡忠簡乞斬秦檜之疏既具稿矣，遲疑未上，以示所親厚。其人畏懦，力止之曰：『公有老母，詎可爲此？』以其稿寸裂之。忠簡愈疑。有書吏楊其姓者，請問曰：『編修此書外間已籍籍傳誦，廟堂計亦知之矣。今書上亦得罪，不上亦得罪。書上而得罪，其去光華。不上而得罪，其去曖昧，且其禍恐甚於不上也。』忠簡大悟，亟繕寫投進。」予謂是説恐誣。果如其説，則當時忠簡獨示所親厚，其人即寸裂之，外人何得籍籍傳誦？且書吏光華之説甚卑，忠簡果取决於此，則要名之人耳，何以爲忠簡？蓋是與馮宿教韓退之上《佛骨表》，同出於疑傳耳。今讀其封事，慷慨激烈，忠憤之氣溢於紙墨之外，豈一旦要名者之所能？朱子稱爲「與日月爭光」，信不誣也。其後上書孝宗云：「堯舜明四目，達四聰，雖有共、鯀不能塞也。秦二世以趙高爲腹心，劉、項横行而不得聞。漢成帝殺王章，王氏移鼎而不得聞。靈帝殺竇武、陳蕃，天下横潰而不得聞。梁武帝信朱异，侯景斬關而不得聞。隋煬帝信虞世基，李密稱帝而不得聞。唐明皇逐張九齡，安史胎禍而不得聞。」其言痛快剴切，非心懷至忠者不能如是。又論和議云：「臣恐再拜不已，必至稱臣。稱臣不已，必至請降。請降不已，必至納土。納土不已，必至銜璧。銜璧不已，必至輿櫬。輿櫬不已，必至如晉帝青衣行酒爲快。《春秋左氏》謂無勇者爲婦人，今日舉朝之人皆婦人也。」是猶前日拜犬豕之論也。忠憤之氣百折不撓，當初無狐疑畏禍之事，亦可知矣。

余平生酷喜李泰伯《袁州州學記》。起言皇帝制詔，莊而重；次言計議繕治，潔而淨；中引秦漢二代，言教學之效，簡而明；終言忠孝結之，極有關係，而筆力之健，句句截鐵，宋文之最古者。

程子《易傳序》、《四箴》，横渠東西二銘，皆一字千金。有德者必有言，猶信。《西銘》蓋出於昌黎《原人》，而語之更詳，筆力之高，蓋亦有過而莫不及焉。

朱子如無意作文者，然學問之博，未嘗棄小物，況如文借以明道，何獨不留心焉？嘗謂：「如韓、歐、曾之文，豈可不看？柳文雖不全好，亦當擇。合數家之文擇之，無二百篇。下此則不須看，恐低人手段。」朱子之學文可知矣。

朱子之於文貴質實，故有取於曾子固。如其《大學序》，不唯説理的確，又有氣魄光焰之壓倒人者。子固惡得有是文？

陳龍川《跋朱子送郭秀才序後》有云：「晚得從新安朱元晦游。見其論古聖賢之用心，平易簡直，欲盡擺後世講師相授、流俗相傳，凡入於人心而未易解之説，以徑趨聖賢心地而發揮其妙，以與一世之人共之。其於經文，稍不平易簡直，則置而不論，以爲是非聖賢之本旨，若欲刊而去之者。余爲之感慨於天下之大義，而抱大不滿於秦、漢以來諸君子，思欲解其沈痼，以從新安之志，而未能也。」觀此，則龍川深服朱子者也。其對孝宗所云：「今世之所謂儒者，自謂得正心誠意之學，皆風痹不知痛癢之人也。舉一世安於君父之大仇，而方且揚眉袖手，高談性命，不知何者謂之性命。」是譏世之假道學也。岳珂《桯史》以爲詆晦庵，謬矣。

---

① 原作「老夫避此人出一頭地」，據《歐陽文忠公集》卷一四九《與梅聖俞書》改。

② 原作「石山」，據《經進東坡文集事略》卷五十七互乙。

拙堂文話卷五

學者作文，不可不先治古書也。古書浩博，一聞此言，乃茫然起望洋之嘆。然古書之文有甚佳者，有不甚佳者，擇而取之，亦不甚多。除經典外，唯有左氏、莊叟、太史公數書而已。其他不必盡治，以余力及之可也。左、莊已下，或取其性所近一二書，專心治之，亦無不可也。

徂徠之徒治十三家，彼摘古書之辭，而用之於其文，故不得不博。我則異於此，學其法，而不用其辭，故不必博也。

後世文宗韓、柳，而韓、柳之文有所由出焉。韓謂：上規姚姒、盤誥、《春秋》、左氏、《易》、《詩》，下逮莊、騷、太史、子雲、相如，閎其中而肆其外矣。柳謂：本之《書》、《詩》、《禮》、《易》、《春秋》，取道之原；參之穀梁、孟、荀、莊、老、《國語》、《離騷》、太史，旁推交通而以爲之文。學者既學韓、柳，則又不可不學韓、柳所學矣。

文章體制亦出於六經，非唯道理也。顔之推云：「詔命策檄，生於《書》者也；歌咏賦頌，生於《詩》者也；序述論議，生於《易》者也；祭祀哀誄，生於《禮》者也；書奏箴銘，生於《春秋》者也。」劉勰云：「論説辭序，則《易》統其首；詔策章奏，則《書》發其源；賦頌歌贊，則《詩》立其本；銘誄箴規，則《禮》總其端；紀傳銘檄，則《春秋》爲根。百家騰躍，終入環内。」柳子厚云：「著述者流，蓋出於《書》之謨訓、《易》之象系、《春秋》之筆削，其要在高壯廣厚，詞正而理備。比興者流，蓋出於虞夏之咏歌、殷周之風雅，其要在麗則清越，言暢而意美。」三子之言，學者所宜潛心也。

王景文云：「文章根本皆在六經，非惟義理也，而機杼物采規模制度無不具備者。張安國出《考古圖》，其品百二十有八。曰：『是當爲記，於經乎何取？』景文曰：『宜用《顧命》。』遊盧山訖事，將哀所歷序之。曰：『何以？』景文曰：『當用《禹貢》。』」觀此，則文章之本經書，非唯體制也。

李性學曰：「經傳皆聖賢明道經世之書，雖非爲作文設，而千萬世之文從是出焉。」余謂後世之文，苟能明道經世，則與聖賢之用心同，豈復有古今之異乎哉？彼徒以辭句工麗者，何足與語之？葉水心云：「文不關世道，雖工無益。」善哉言之也。

韓、柳諸公之文，皆原本經術，又各取其性所近者專治之。韓之《孟子》，柳之《國語》，歐之韓文，蘇之《國策》，曾之劉向，是也。

韓子《平淮西碑》是學《舜典》，其詩是學《雅》《頌》。李義山詩云「點竄《堯典》、《舜典》字，塗改《清廟》、《生民》詩」是也。《畫記》是學《顧命》、《考工記》；《毛穎》、《圬者》諸傳，韓弘、韋丹等墓誌，《張中丞傳後序》，是學《史記》； 董晉行狀，送李端公、石處士序中辭命處，是學左氏；《送高閑序》、《應科目與人書》，是學莊叟；《進學解》、《曹成王碑》，是學子雲，而風調過之； 如《與張僕射書》、《爭臣論》，自《孟子》出； 至《原道》、《原性》、《師説》等篇，直繼《孟子》。 韓子之於文，可謂集大成矣。

昌黎《賀張僕射白兔狀》，類終軍《白麟奇木對》；《諫擊毬書》，類相如《諫獵書》；《讀儀禮》，類史遷《孔子世家贊》；《獨孤申叔哀辭》，類屈子《天問》；《燕喜亭記》中段，效《爾雅》；《守戒》末云「曰在得人」，效長沙《過秦論》結尾。 柳州《貞符》，類子雲《劇秦》、班掾《典引》；《招海賈》、《宥蝮蛇》諸文，類屈宋諸詞；《説車贈楊誨之》，學《考工記》；《漁者對智伯》，學《戰國策》； 山水諸記，學《山海經》、《水經注》逼真； 自解諸書，學太史公得其風神。 可見韓、柳二子於古書無所不學也。

昌黎《送孟東野序》謂以某某鳴，是本《莊子》以堅白鳴。 一「鳴」字發出許多議論，先輩以爲自《周禮》「梓人爲筍簴」來。

「粉白黛黑」，本出《列子》及《楚辭》、《國策》。 昌黎《送李愿序》用之，改「黑」爲「緑」，更覺佳，正是點鐵成金之手。

柳州《送澥序》：「吾去子，終老於夷矣。」沈歸愚讀本云：「『吾去子』三字略讀，言吾逢子之去也。」余按：《漢書》晁錯父謂錯曰：「劉氏安矣，而晁氏危，吾去公歸矣。」又嚴延年母責延年曰：「我不意當老見壯子被刑戮也。行矣，去汝東歸，掃除墓地耳。」子厚蓋本於此。「去」字屬吾，猶言吾别子也。沈氏之説非是，可見不熟秦、漢之書，未可遽讀韓、柳之文也。

歐陽公於韓文外，用力《史記》。其作《五代史》，深得太史神髓，比昌黎《順宗實録》過之遠矣，所謂青出於藍者也。論者謂：《五代史》减舊史之半，而事迹比舊史添數倍，功不下司馬遷。公亦嘗自謂：我作《伶官傳》，豈下《滑稽傳》者也。

老蘇之文簡潔雄健，得於先秦。其《權書》、《衡論》中，有雄辨似儀、秦者，有實理似孫、吳者，其似處殆逼真。李耆卿云：「老子、孫武子一理一句，如串八寶珍瑰，間錯而不斷，文字極難學。蘇老泉數篇近之，《心術》、《春秋論》是也。」

坡文能作空中樓閣，蓋得之於漆園叟，觀《赤壁賦》、《凌虚臺記》説入虚處可見矣。

韓、柳窮秦漢諸家之藴而盡發之，奥衍閎深，無所不有焉。唯《國策》之雄偉，賈、晁之明快，在所遺也。及蘇家父子出，周覽秦漢之文，欲擇學之，獨見此種之秘未盡發也，乃取而學之，縱横俊偉，成一家之言。故韓、柳家之文既出古書，而蘇家之淵源亦遠矣。

世稱班、馬，蓋非極摯之論也。韓、柳二公推子長至矣，或以子雲配之，亦未肯全與也。至於孟堅，不曾挂於齒牙，況肯配子長乎？但《史記》之作，始開奧窔，體制未定，至《漢書》始備。使後世作史者取以爲法，此或所以稱班、馬，其文則不及遠矣。

太史諸贊皆妙，孟堅録之，不能出一奇，至於其所自作，殊無可觀者，其他諸文，亦皆不能自開門户。如《兩都賦》，填相如腔子；《答賓戲》，摹畫子雲面目；《典引》，襲《封禪》、《劇秦》舊套，皆遜本篇，況於子長之文乎？

《答賓戲》，首發客難，既陷窠窟。末云：「若乃牙曠清耳於管弦」云云，一循《解嘲》故轍，不能少變改，可厭棄也。《兩都賦》首設問答，筆力最弱。

漢人之文，自董、賈奏疏，多可觀者。且武、宣之際，人材輩出，事多奇偉。《漢書》之文所以佳，非必班掾之筆工也。

班彪《王命論》，蒼勁可喜，迥在孟堅諸文之上，此可以窺一斑矣。然則《漢書》佳處，烏知非其父筆削哉？

班掾叙霍光奏昌邑王過惡，讀至一半，太后曰：「止！爲人臣子，當悖亂如是耶！」再讀畢。模寫極巧。李性學云：「一時君臣堪畫，信矣。」昌黎《藍田丞廳記》云：「吏抱成案，詣丞，卷其前，鉗以左手，右手摘紙尾，雁鶩行以進，平立，睨丞曰：『當署。』」摹寫之巧，何減《漢書》。

王勉夫《野老紀聞》：「或問《新唐書》與《史記》所以異？余告之曰：不辨可也。《唐書》如近世許道寧輩畫山水，是真畫也；太史公如郭忠恕畫天外數峰，略有筆墨，然而使人見而心服者，在筆墨之外也。」余謂《唐書》則有間焉。此可爲《史》、《漢》之别也。

《史記・衛青傳》：「封青子伉爲宜春侯，青子不疑爲陰安侯，青子登爲發干侯。」三疊用「青子」字。《漢書》則一用「青子」字，而其於余則曰「子」而已，曰：「封青子伉爲宜春侯，子不疑爲陰安侯，子登爲發干侯。」王勉夫云：「視《史記》之文已省兩『青』字矣。使今人作墓誌等文，則一用『子』字，其餘曰某某而已。後世作文，益務簡於古，然字則省矣，不知古人純實之氣已虧。」又「校尉李朔，校尉趙不虞，校尉公孫戎奴，三從大將軍獲王。以三千三百户封朔爲涉軹侯，以千三百户封不虞爲隨成侯，以千三百户封戎奴爲從平侯。」《漢書》但云：「校尉李朔、趙不虞、公孫戎奴，各三從大將軍。封朔爲涉軹侯，不虞爲隨成侯，戎奴爲從平侯。」洪容齋云：「比於《史記》，五十八字中省二十三字，然不若《史記》爲樸贍可喜。」余謂《史記》此等處未見可喜。朱子謂：「《史記》亦疑當時不曾得删改脱稿。」意然。《漢書》後出，精加删脩，始得齊整。二子反以此定班、馬優劣，不亦疏乎？

《史記》叙事議論，淋漓盡致，故有重沓者。《漢書》或删之，以取齊整。此可以見班、馬之優劣也。《史記・張耳傳》，極寫趙王謹敬之狀曰：「朝夕袒韝蔽，自上食，禮甚卑，有子婿禮。」以反襯高祖倨慢。而《漢書》删「袒韝蔽」三字。又寫泄公與貫高相問勞之狀曰：「箯輿前，仰視曰：

『泄公邪？』」「泄公邪」三字，極有情致，而《漢書》删去之。《韓信傳》叙信出少年袴下曰：「俛出袴下蒲伏。」「蒲伏」二字，駭狀如見，所以反襯他日榮達，而《漢書》又删之。《張良傳》叙良進履老人曰：「父曰『履我』。良業爲取履，因長跪履之。」極力摹寫良之卑屈，所以反襯老人倨傲，而《漢書》盡删之，唯曰「因跪進」而已。如此之類，皆不若其舊也。

《史記》張良贊云：「余以爲其人魁梧奇偉。至見其圖，狀貌如婦人女子。」觀圖起想，有情有色。《漢書》襲之，乃云：「以爲其貌魁梧奇偉，反若婦人女子。」删去「圖」字，使人殆不曉其故。

《史記》張耳、陳餘、魏豹、彭越、樊噲、灌嬰之類，直舉姓名；蕭相國、曹相國、陳丞相，則稱其官；留侯、絳侯、淮陰侯，則稱其爵；至萬石君，則從其諱名稱之。雖質樸可喜，似無定例。《漢書》盡書其姓名，傳中又皆去其姓曰「信」曰「耳」之類，並爲後世史氏之式。

《朱子語録》云：「《高祖紀》記迎太公處稱高祖，此樣處甚多。高祖未崩，安得高祖之號？《漢書》盡改之矣。《左傳》只有一處云：『陳桓公有寵於王。』」又曰：「某嘗謂《史記》恐是箇未成底文字，故記載無次序，有疏闊不接續處。」又曰：「遷史所載，皆是隨所得者載入正文，如今人草稿。如酈食其踞洗，前面已載一段，末後又載，與前説不同，蓋是兩處説。已寫入了，又據所得寫入一段耳。」朱子讀書甚精，非景盧、勉夫所及。

《老子傳》末云：「李耳無爲自化，清靜自正。」上文文勢既盡，又增此兩句，殊覺蛇足。《索隱》及董份以爲贊語，非矣。按：此兩句與末篇自序中贊語全同，安知其非劖入。不然，朱子所謂「未成底文字耳」，注家弗察，爲牽强之解，可笑。

《史》、《漢》《高祖紀》並云：「吕媪怒吕公曰：『公始常欲奇此女與貴人。』」顏師古曰：「奇，異也，謂顯而異之而嫁貴人。」朱子文曰：「欲字宜在女字之下，當曰公常奇此女，欲與貴人。於文爲順。」五井蘭洲曰：「皆非也。奇如奇貨可居之奇也，言公始常欲以此女爲奇貨，嫁與貴人共其榮也。豈班、馬而有不順之文耶？」今按：蘭洲説未是。奇豈有奇貨之義耶？師古之訓不可改也。言吕公欲顯異此女以嫁貴人，有何不順哉？又《外戚傳》云「因欲奇兩女，乃奪金氏」亦同字法。子文以奇爲奇人奇才之奇，故不通耳。

太史公虞夏三代《本紀》，多用《尚書》。其不便處，或改用訓解字，或全句改之，非有如李、王削足適履者。然老蘇非之曰：「綉繪錦縠，衣服之窮美者也。尺寸而割之，錯而紉之以爲服，則綈繒之不若。」黄宗羲亦曰：「史遷伯夷、孟子、屈賈等傳，俱以風韵勝。其填《尚書》、《國策》者，稍覺擔板矣。」

太史公每用古語，少改面目以爲己語。如《伯夷傳》，用文言「同聲相應」，改作「同明相照」，「同氣」作「同類」，下省「水流濕，火就燥」二句，直接「聖人作而萬物睹」句。陶熔點化爲己語，與李、王生吞活剥不同。

入昆侖之山，滿目莫非美玉。然有千金之珍，有連城之寶，不能無差等。一部《史記》固爲群玉圃，然《本紀》則高祖、項羽，《世家》則陳涉、蕭曹、留侯，《列傳》則伯夷、屈原、范蔡、廉藺、張陳、淮陰、李廣、刺客、貨殖諸篇，殊爲絶佳，是連城之寶也。

文章有斷續之法。《史記·屈原傳》，「屈平既嫉之」云云，下插「人君無愚智賢不肖」數十句，是斷法也；其下復下「令尹子蘭聞之大怒」一句，接上文「屈平既嫉之」一段，是續法也。乍斷乍續，有雲擁中峰之態。宋景濂讀本以爲位置失宜，移其「系心懷王」一段於後，移其「人君無愚知賢不肖」一段於前，又删其「楚人既咎子蘭勸王入秦」三句，或謂：潔淨明爽，誠勝原本。何不深察耶？果如其説，則平平無奇，凡手所辨耳。歐陽公《王彦章畫像記》，論德勝之戰曰：「莊宗之善料，公之善出奇，何其神哉！」其下忽曰：「今國家罷兵四十年」云云，説入時事，俯仰感慨，其言未畢，又忽曰：「及讀公家傳」云云，以接前段，猶黄河之水伏而復見，妙不可言。是蓋得於太史公者也。

東坡《表忠觀碑》，直叙趙清獻疏，系之以銘。王荆公以爲叙事典贍，似《史記·漢興以來諸侯王年表》。見《潘子真詩話》。予因取《史記》反復觀之，殊不相類，蓋記者之誤耳。因求之於他處，獨《建元以來王子侯者年表》直録制詔，下系以贊，其體頗類，然通篇不能五十字，不可謂叙事典贍，殊可疑也。既讀《三王世家》，具載奏疏制册，不增損一字，洋洋數千言，下以贊結之，叙事誠爲典贍，荆公本意恐指此篇耳。

柳子厚《壽州安豐縣孝門銘》，先列壽州刺史奏言爲序，至「制曰可」，而系之以銘。史繩祖《學齋佔畢》云：「東坡仿子厚此文。蓋以忠比孝，全用其體制。且柳作，史既全載，文極典雅。蘇作，金陵王氏則以太史公年表許之。二文旨意其允合於史法矣。」今較其文字，蘇殊爲工，宜乎蘇文獨顯，而柳文不甚顯也。

蔡京得東坡《表忠觀碑》，至「天目之山苕水出焉」，謂坐客曰：「是甚言語，初不知某之山某水出焉，酈元《水經注》格也。」見周煇《清波雜誌》。

太史公《伯夷傳》、蘇東坡《赤壁賦》，文章絶唱也，其機軸略同。《伯夷傳》以「求仁得仁又何怨」之語設問，謂夫子稱其不怨，而《采薇》之詩猶若未免於怨，何也？蓋天道無親，常與善人，而達觀古今，操行不軌者多富樂，公正發憤者每遇禍，是以不免於怨也。雖然，富貴何足求，節操爲可尚，其重在此，則其輕在彼。況君子疾没世而名不稱，伯夷、顔子得夫子名益彰，則所得亦已多矣，何怨之有！《赤壁賦》因客吹簫而有怨慕之聲，以此設問，謂舉酒相屬，凌萬頃之茫然，可謂至樂，而簫聲乃若哀怨，何也？蓋此乃周郎破曹公之地，以曹公之雄豪，亦終歸於安在？況吾與子寄蜉蝣於天地，哀吾生之須臾，宜其托遺響而悲怨也。雖然，自其不變者而觀之，則物與我皆無盡也，又何必羡長江而哀吾生哉！ 矧江風山月，用之無盡，此天下之至樂，於是洗盞更酌，而向之感慨風休冰釋矣。 東坡步驟太史公者也。 右見羅《鶴林玉露》。 由此觀之，坡之學太史，真得換骨奪胎之法，而鶴林之評殆亦求神駿於玄黄之外者也。

子長同叙智者，子房有子房風姿，陳平有陳平風姿；同叙勇者，廉頗有廉頗面目，樊噲有樊噲面目；同叙刺客，豫讓之與專諸，聶政之與荆軻，纔出一語，乃覺口氣各不同；《高祖本紀》見寬仁之氣動於紙上，《項羽本紀》覺喑噁叱咤來薄人。 讀一部《史記》，如直接當時人，親睹其事，親聞其語，使人乍喜乍愕，乍懼乍泣，不能自止。 是子長叙事入神處。

《史記》諸贊，語簡而意暢，以千里之足，回旋蟻蛭中而不亂，其材無所不可。

一日無事，抽架上書，得《史記·孔子世家》，其贊語平生不甚留意看，今日讀之，始知其妙。首泛言夫子之德可仰止；次言適魯觀其廟堂，留不能去；次言其布衣傳十餘世，勝天下君王；終言其道爲天子王侯所折中。 仰止之意，一節進一節。 而首曰孔氏，其詞泛；次曰仲尼，其詞親；次曰孔子，其言謹；次曰夫子，其言更謹。 尊敬之言，一節進一節。

魯仲連謂平原君曰：「吾始以君爲天下之賢公子也，吾乃今然後知君非天下之賢公子也。」平原君謂新垣衍曰「東國有魯仲連先生者」云云。 新垣衍曰「吾聞魯仲連先生，齊國之高士也」云云，「吾不願見魯仲連先生」。 衍又謂魯連曰：「吾視居此圍城中者，皆有求於平原君者也。 今吾觀先生之玉貌，非有求於平原君者也。」此段反覆諄諄，不覺重複，樸贍可喜，與前條所論《衛青傳》冗複者不同。洪容齋稱爲重沓文法，洵然。

魯仲連爲趙不帝秦，爲齊下聊城，既而逃隱於海上曰：「吾與富貴而詘於人，寧貧賤而輕世肆志焉。」其人奇偉，有神龍見首不見尾之概。子長叙二事在前極熱，以此語結之，詘然而止，酷類魯連之爲人。

陳眉公《狂夫之言》云：「《治安策》、《天人策》，累累凡數十萬言，漢人長文章自賈誼、董仲舒作俑。申公對武帝但曰：『爲治不在多言，顧力行何如耳。』此言不獨救武帝好文詞，且欲救董賈文章之多也。康王命畢公曰：『辭尚體要。』上之諭俗且然，而況人臣之章奏乎？武宗時，韓公文欲攻劉瑾，而屬李夢陽具奏草，曰：『毋文，文覽弗省也；毋多，多覽弗竟也。』此言極得告君之體。故觀申公老人一言，覺董、賈文章尚有少年氣。」予謂賈、董皆以命世之才，遇孝文、孝武不世出之主，實千歲一時，況既承問，宜極言無憚，竭囊底之智以進於前，豈覺其言之多、文之長乎？且漢文聞賈生議，欲任公卿之位，宣室一見，不覺膝前席，其言又多施行者，養臣下有節，徙淮陽城陽，分齊爲六國。至武帝時，衆建諸侯，皆賈生之策也。方其進策，豈患覽弗省哉？如《天人策》，武帝之問既四百餘言，仲舒之對獨不得不數千萬言，豈患覽弗竟哉？眉公見後世腐儒進言，動輒累幅滿紙，使世主厭聽焉，而不察其言善否，概以長與多爲非，遂病於董、賈之文，豈非諺所謂「十把一束」者耶？

子長《伯夷》、《屈原傳》，以議論間叙事。賈生《過秦論》乃以叙事代議論，言秦之强，始皇之驕，陳涉之起，歷歷縷叙，如紀事之文，但其承接送尾處，用一二轉語，斡旋文勢，至「仁義不施」兩句，綜斷全篇，遂成一篇好議論，作法甚奇。

謝在杭《文海披沙》云：「賈誼出傅長沙，人皆以絳、灌爲之也。《風俗通義》載，劉向對成帝言：『是時賈誼與鄧通俱侍中同位，誼惡通爲人，數廷譏之，由是疏遠，遷爲長沙太傅。既之官，内不自得，及渡湘水，投弔書曰：闒茸尊顯，佞諛得志。以哀屈原離讒邪之咎，亦自傷爲鄧通所愬也。乃絳、灌諸公猶蒙譖賢之名何歟？宋景文云：『賈生智周鬼神，不能救鄧通之譖。』蓋指此，而王俊儀《困學紀聞》以爲考漢史無鄧通事，豈偶未之見耶？」余久疑絳、灌讒斥賢者，今得此言，爲之豁然。

董江都之文多名言，爲洛、閩二先生所極稱；然至論政事，不若長沙之切實，而文亦不及焉。朱子亦嘗言之，曰：「賈誼之文質實，董仲舒之文緩弱。其《答賢良策》不答所問切處，至無緊要處又累數百言。」又曰：「仲舒爲人寬緩，其文亦如其人。」又曰：「仲舒之文大概好，然也無精彩。」

司馬相如多從諛之言，然文極俊邁有英氣。韓、柳諸公至推配子長，余未得其解也。頃閲王弇州《宛委餘編》云：「今人知司馬長卿爲賦客，而不知爲經術士，又不知爲文翁弟子也。按：

《蜀誌·秦宓傳》，宓云：『蜀本無學士，文翁遣相如東受七經，還教吏民，由是蜀學比於齊魯。』故《地理誌》曰：『文翁倡其教，相如爲之師。』」王氏此説，可謂闡幽。嗚呼！相如有此淵源，宜哉其文垂不朽也！

枚乘《諫吳王書》，全篇隱語，蓋在叛謀未發之先，故不得不如此。後人妄效之，非也。韓退之《應科目與人書》，纔説實事，則涉於求，故亦以隱語出之。

中山靖王聞樂對，鄒陽獄中書，極多援引比喻。蓋訴冤之言，直指其事，則顯上不明，或觸其逆鱗，禍且不測，故多引喻之語耳。

枚乘及吳王發兵，復上書諫之，直陳是非利害，無復引喻之語，可見其文非徒尚綺麗也。文以意爲主，以氣爲輔。鄒陽《獄中書》、王褒《聖主得賢臣頌》雖好，辭勝意與氣，故稍不振。《朱子語録》：「問吕舍人言古文衰自谷永，曰：『何止谷永，鄒陽獄中書已自皆作對子了。』」觀此，則齊梁綺靡之體，非鄒陽輩啓之乎？

揚子雲蓋有意矯文弊，語務艱奥，亦尚辭不尚意者也。昌黎取備一體，柳州譏其短局滯澀，亦無甚貶辭。至東坡乃曰：「揚雄好爲艱深之辭，以文淺易之説，若正言之，則人人知之矣。此正所謂雕蟲篆刻者，其《太玄》、《法言》皆是物也。而獨悔於賦，何哉？終身雕蟲，而獨變其音節，便謂之經可乎？」譏之太甚，亦不爲無故。

子雲工摹擬，《太玄》摹《易》，《法言》擬《論語》，後世所謂古文辭之祖也。然辭皆自己出，與李、王字字句句拾人餘唾者異矣。

薛敬軒評子雲之文曰：「思索深至，學問精博，故往往有妙處，止可零碎取之，無大段妙處。」余謂：昌黎《進學解》效子雲體，佳字妙句亦可零碎取之，通篇僅僅數百言而已。後人採名著書，命居室，及爲别號者甚多，余嘗撿出之：「刮垢磨光」（京僧文雄著《磨光韵鏡》），「紀事者必提其要」（宋袁樞著《通鑒紀事本末》，清乾隆朝編《四庫全書提要》），「纂言者必鈎其玄」（元吳澄著《三經纂言》，京醫香月啓益著《醫學鈎玄》），「回狂瀾於既倒」（明顧起元號回瀾），「含英咀華」（清劉文蔚輯《詩韵含英》），「詩正而葩」（後人遂稱三百篇曰「葩經」），「敗鼓之皮」（醫師某扁其樓曰「敗鼓」），「投閑置散」（薦野文學南川氏著《閑散餘録》）。其餘名言爲後人所採用者又衆。孫可之評此篇云：「拔地倚天，句句欲活。如赤手捕長蛇，不施控勒騎駿馬。」觀此，則此篇不唯辭句工麗，所以過子雲也。

拙堂文話卷六

文章之變，到秦漢之際極矣，後人不得不祖述焉。非唯後人祖述秦漢，秦漢人又各有所祖述也。李耆卿云：「《史記》《帝紀》、《世家》，從二《雅》、十五《國風》來；八書從《禹貢》、《周官》來。《莊子》者，《易》之變；《離騷》者，《詩》之變；《史記》者，《春秋》之變。」余謂：秦漢人雖有所本，皆能出機軸，各成一家，不使後人知所本，是善學古人者也。

《漢書·蒯通傳贊》云：「《書》放四罪，《詩》歌青蠅，春秋以來禍敗多矣。昔子翬謀桓而魯隱危，欒書構郤而晉厲弒，豎牛奔仲叔孫卒，郈伯毁季昭公逐，費忌納女楚建走，宰嚭譖胥夫差喪，李園進妹春申斃，上官訴屈懷王執，趙高敗斯二世縊，伊戾盟坎宋座死，江充造蠱太子殺，息夫作奸東平誅。皆自小覆大，繇疏陷親，可不懼哉！可不懼哉！」《新唐書·奸臣傳贊》云：「木將壞蟲實生之，國將亡妖實産之。故三宰嘯凶牝奪辰，林甫將蕃黄屋奔，鬼質敗謀興元蹙，崔柳倒持李宗覆。嗚呼！有國家者可不戒哉！」蓋本孟堅。先輩或謂此體孟堅所創，洪容齋引《荀子·成相》，皆非也。《韓非子·内儲説》云：「似類之事，人主之所以失謀，而大臣之所以成私也。

是以門人捐水而夷射誅，濟陽自矯而二人誅，司馬喜殺爰騫而李辛誅，鄭袖言惡臭而新人劓，費無忌殺郤宛而令尹誅，陳需殺張壽而犀首走，故燒芻廥而中山罪，殺老儒而濟陽賞也。」孟堅蓋本於此。

韓非《說難》文字艱奧，前輩多誤讀，蓋坐不推文理耳。起句「凡說之難，非吾知之，有以說之之難也」，與次句「非吾辨之難能」①云云，同句法。「知」字一篇骨子，讀爲去聲，與下文「伸其辨知」②，「處知則難」，「知當而加疏」③三「知」字照應。前輩多讀如字，與第四句「知所說之心」之「知」取照應，非也。蓋首三句言智辨之難恃，第四句言處智辨之道，下承此句，伸言不可不知所說之心。「身危」一段，極言說之難不可不知，應首三句。「凡說之務」一段，伸言知所說之心，以吾說當之，至「說之成」終。引伊尹、百里證說之難，引宋富人、關期思證身危，以「處知之難」總繳上文。下又引彌子瑕事言愛憎之變，以龍鱗作結，更見難意。丁寧上文，章法秩然，大旨炳然，不費疏釋。但字句之間，猶有不可曉者，是錯誤耳。《文體明辨》有參考《說難》，參《史記》所載之文校定之，讀者宜並考焉。

李斯《逐客書》，事理切當，而文字偉麗，秦人之文孰出其右。中說色樂珠玉，使後人爲之，一直排去，莫可觀矣。今以二「今」字、二「必」字、一「夫」字，斡旋文勢，一順一逆，翻轉出來，三段一意，不覺重復，真絕奇之作也。後柳子厚論鍾乳，王錫爵論南人不可爲相，蓋模仿之，似則似矣，終不能得其奇也。

余酷愛《孫子》，讀之已久，心竊有所疑焉，嘗著《孫子辨》一篇。今附於此，冀大方君子見而正之。曰：太史公書孫武仕闔廬事，與《左氏》、《孫子》不合，余久疑之。《吴世家》云：「王闔廬三年，伐楚，謀欲入郢。將軍孫武曰：『民勞未可，待之。』」《列傳》云：「闔廬知孫子能用兵，卒以爲將，西破强楚入郢，北威齊晉，顯名諸侯，孫子與有力焉。」《左氏》載吴楚之爭詳矣，而方闔廬之入郢，惟有子胥之對耳，至其終篇，孫武事不少概見。太史公叙武之功如此其盛，而《左氏》何爲不録？可疑一也。據《列傳》，武以伐楚之前，始見闔廬，闔廬乃言觀其十三篇，則其書之成已久矣。然則當其作書之時，越尚蕞爾，其兵不當多於吴，而其《虚實篇》云：「以吴度之，越人之兵雖多，亦奚益於勝哉？」是似見後來越國之强大。可疑二也。《越世家》云：「允常之時，與吴王闔廬戰，而相怨伐。」蓋言闔廬五年以後也。《春秋》昭公三十二年：「夏，吴伐越。」傳云：「始用師於越也。」是也。先是雖有小怨，未至用師旅，要之鄰敵常事。孫子著書傳之後世，不當引爲説。而其《九地篇》云：「吴人與越人相惡。」是似見後來吴越相仇怨者，可疑三也。據《吴世家》，武之從伐楚，距專諸殺王僚僅四年。其著書不知與諸之死孰先，要之同時人耳。而《九地》又云：「投之無所往，諸、劌之勇也。」劌，魯莊公時人，相距殆二百年。以同時親見之人，配二百年前耳聞之人，何其不倫也。可疑四也。左氏親在當時秉筆，必不當有此遺漏；《孫子》亦系武自撰，必不當有此謬誤，是皆太史傳聞之訛耳。余竊謂：武生吴越興亡之後，故其書得言二國之事。當闔廬之時，無所謂孫武者，無所謂十三篇者。至若女兵之戲，奇怪妄誕，尤不可信，蓋亦出好事之撰耳。《戰國策》稱臏爲孫子，《列傳》亦然，蓋皆從當時之稱呼也。《列傳》又叙臏破魏事云：「臏以此名顯於天下，世傳其兵法。」又其自序云：「孫子臏脚而論兵法。」後世不別傳臏之兵法，安知其非十三篇乎？蓋武與臏本一人，武其名，而臏其別字，後世所謂綽號也。世以其被刖，號爲孫臏，猶接輿稱狂、英布稱黥耳。太史公不察，分爲祖孫，誤矣。太史之書，本雜取傳聞，疑信相半。余取其信而闕其疑，不獨《孫子》也。

莊子之書，宇宙間第一奇文，後世多學之者。如昌黎《送高閑上人序》，佚宕横肆，蓋得其神髓者也，然持論則粹明醇正，見衛道之苦心。學莊文者宜爲法焉。

昌黎《應科目與人書》，怪怪奇奇，學《莊子》而克肖焉。篇中所用「天池有力者」等字，亦皆出南華；「庸詎」二字，又莊叟好常用之。

莊叟好用累棊之法。《逍遥遊》末段，自「知效一官」者進至「宋榮子」，「猶有未樹」矣；進至「列子」，「猶有所待」矣；更進至神聖之無待終矣。《刻意》篇首言山谷之士，次言平世之士，次朝廷之士，次江海之士，次道引之士，終歸聖人之德，皆一層進一層。昌黎《伯夷頌》、東坡《墨寶堂記》實學之。如昌黎《送李愿序》，又自此脱化來。

《莊子·養生主》結尾：「文惠君曰：『善哉！吾聞庖丁之言，得養生焉。』」借他人口，發出正旨，妙。柳州《郭槖駝傳》結尾：「問者嘻曰：『不亦善夫！吾問養樹，得養人術，傳其事以爲官戒也。』」正學莊叟。

南華《胠篋》篇首云：「將爲胠篋探囊發匱之盜而爲守備，則必攝緘縢，固扃鐍，此世俗之所謂知也。然而巨盜至，則負匱揭篋擔囊而趨，唯恐緘縢扃鐍之不固也。」劈空突起，離奇夭矯，下以健句承接，如鐵索勒駿馬，越見筆力。柳州《韋使君新堂記》首云：「將爲穹谷嵁巖淵池於郊邑之中，則必輦山石，溝澗壑，陵絶險阻，疲極人力，乃可以有爲也。然而求天作地生之狀，咸無得焉。」蓋學莊叟，筆力少遜之，然亦爲妙筆。柳州《羆説》，又從南華夔憐蚿章來。

《國策》之文，雄健横絶，冠乎戰國。前輩喜其文詞，而病其多捭闔傾危之説。蓋《國策》所載，皆當時人之言，與《國語》同體，所謂右史紀言者也。史之爲職，不擇善惡，務在傳實。二十三史所載，有甚於捭闔傾危之説者，人未嘗病焉。七雄相爭數百年，合從連衡之迹，强弱興衰之踪，賴有此書存，豈可棄而弗省哉？且此書多爲後人模範，司馬子長得之爲漢良史，蘇家父子得之爲宋名臣，飴一也，盜跖粘牡，柳下餌老，在用之何如耳。

清陸稼書著《戰國策去毒》，有序載其《三魚堂集》中。蓋恐邪説之毒人，而去其太甚者也，欲使子弟讀之，固當然也。

先秦之文，左氏之典雅，南華之怪奇，《國策》之雄偉，至矣。老、列之高古，孫、吳之簡明，韓非之峭深，三閭之悲憤，亦至矣。猶柤梨橘柚之味，風華雪月之觀，其悦人口，怡人目，一也。荀卿之文，亦成一家，稍失之方；《吕覽》則失於平弱；《國語》之文衰苶不振，皆不及諸子也。

人多言春秋時人盡善辭令，予謂不必然，此乃左氏脩飾之善爾，較之公、穀則知之矣。左氏記楚人對齊管仲曰：「貢之不入，寡君之罪也，敢不共給？昭王之不復，君其問諸水濱！」辭令典麗，意思悠遠，使千載下想其爲何如人。穀梁則曰：「菁茅之貢不至，則諾。昭王南征不反，我將問諸江。」不見其難及，且以「君」字爲「我」字，索然無味。

秦伯襲鄭事，三傳皆書。公羊云：「秦伯將襲鄭，百里子與蹇叔子諫曰：『千里而襲人，未有不亡者也。』秦伯怒曰：『若爾之年者，宰上之木拱矣，（注：宰，冢也）爾曷知？』師出，百里子與蹇叔子送其子，而戒之曰：『爾即死，必於殽之嶔巖，是文王之所辟風雨者也，吾將尸爾焉。』子揖師而行，百里子與蹇叔子從其子而哭之。秦伯怒曰：『爾曷爲哭吾師？』對曰：『臣非敢哭君師，哭臣之子也。』」穀梁語句略同。雖叙事簡老，不如左氏之文有精采光焰矣。

《吕氏春秋》亦紀此事云：「秦穆公興師以襲鄭，蹇叔諫曰：『臣聞之，襲國邑，以車不過百里，以人不過三千里，皆以其氣之趫與力之盛，至是犯敵，能滅，去之能速。今行數千里，又絶諸侯之地以襲國，臣不知其可也。君其重圖之。』穆公不聽也。蹇叔送師於門外而哭曰：『師乎，見其出而不見其入也。』蹇叔有子曰由與視，與師偕行。蹇叔謂其子曰：『晉若遏師必於殽，汝死不於南方之岸，必於北方之岸，爲吾尸汝之易。』穆公聞之，使人讓蹇叔曰：『寡人興師，未知何如，今哭而送之，是哭吾師也。』蹇叔對曰：『臣不敢哭師也。臣老矣，有子二人，皆與師行。比其反也，非彼死，則臣必死矣，是故哭。』」是獨爲詳，然語慢而文冗，不及公、穀之簡健矣。益知左氏之高也。

左氏叙事簡古，辭令典麗，非諸子所及。但如臧哀伯諫納郜鼎，富辰諫襄王伐鄭，晏子和同之對，醫和淫疾之對，鋪張太過，當時本語恐不至此，得無非丘明文飾之過乎？范寧序《穀梁傳》云：「左氏艷而富，其失也誣。」斯言信矣。昌黎稱爲「浮誇」，浮誇非好字面，褒中有貶，亦范氏之意耳。

朱子云：「柳文較古，但却易學，學便似他。學柳文也得，但會衰了人文字。」余亦嘗云：左氏之文易學，太史之文難學。然學左氏者，有局促之態，使人一見知其爲左氏；學太史者，無艱澀之態，使人不知其所本。

《檀弓》之文最高，後人配《左傳》，稱爲「檀左」，然其與左氏紀太子申生事，詳略不同。吕居仁云：「讀左氏，然後知《檀弓》之高遠也。」李耆卿亦云：「《國語》不如《左傳》，《左傳》不如《檀弓》。叙獻公驪姬申生一事，繁簡可見。」

又吕居仁云：「『南宫縚之妻之姑之喪』，三『之』不能去其一。『進使者而問故，夫子之所以問使者，使者之所答夫子』，一『進』字足矣。豐不余一言，約不失一辭，諒哉。」李耆卿云：「石駘仲卒，無適子，有庶子六人，卜所以爲後者。卜者曰：『沐浴佩玉，則兆。』五人皆沐浴佩玉，石祈子曰：『孰有執親之喪而沐浴佩玉者乎？』不沐浴佩玉，石祈子兆。衛人以龜爲有知也。此段言沐浴佩玉者四，讀之不覺其重復。」二子之言洵然。

《檀弓》句法有極長者。曰：「南宫縚之妻之姑之喪」，九字一句。曰：「毋乃使人疑夫不以情居瘠者乎哉！」曰：「孰有執親之喪而沐浴佩玉者乎？」曰：「苟無禮義忠信誠慤之心以莅之。」皆一句十三字。有極短者。曰：「華而睆」，三字一句。曰：「立孫」，二字一句。曰：「畏」、「厭」、「溺」，一字各一句。鶴脛不可斷，鳧脛不可續，極長極短，各得其宜。

二《典》、《皋陶》、《益稷》、《禹貢》、《牧誓》、《無逸》之文，典雅可學矣；《盤庚》、《大誥》等之文，佶屈不可學也。

今文古文之異，宋以來聚訟成一大獄。余謂：不須多言，細觀其文則知真僞矣。如《泰誓》「郊社不脩，宗廟不享」，是魏晉人駢儷之習，爲僞明矣。如《牧誓》「四方多罪逋逃，是崇是長，是信是使，是以爲大夫卿士。」連用五個「是」字，錯落奔放，是真古文者也，僞古文中能有一語如此者耶？

《堯典》謹布置之文，《禹貢》分綱目之文，並萬古叙事之祖也。《堯典》首總叙帝堯聖德，其下授時、治水、嫁女、試舜、受終、巡守、欽刑、格祖、命官，逐次歷叙，篇末總叙帝舜始終。井井有條，如門庭殿廡府署房闥，各有定處，不可亂也。

《禹貢》首云：「禹敷土隨山刊木，奠高山大川。」此二句通篇之綱。冀州以下九段，是敷土之目也；導山一段，是奠高山之目也；導水八段，是奠大川之目也；九州攸同一段是總叙；五服一段是補叙。章法秩然，一絲不亂。

《禹貢》一篇，不唯篇章秩然有法，下字亦皆不苟。元白珽《湛淵靜話》曰：「禹導水，有言至者，有言過者，有言會者。以二水勢鈞而相入謂之會，如江會於匯濟會於汶之類。以大水合小水謂之過，如河過洛汭過洚水之類。凡言會、言過者，水也。其言至者，皆山澤名也。若河至龍門，至華陰，至底柱，皆山名也。河至孟津，則地名也。河至大陸，濟至於河，皆澤名也。至於澧，至於東陵，又陵名也。」

《易》象、彖之文奇古，《説卦》、《雜卦》高古；獨《繫辭》、《文言》之文，古而流鬯，可學矣。

《詩》如《谷風》、《七月》、《東山》、《生民》、《賓之初筵》諸大篇，叙事可法。李耆卿云：「《詩》唯《生民》一篇，如廬山瀑布泉，一氣輸瀉直下，略無回顧。自『厥初生民』，至『以迄於今』，只是一意。」又云：「韓、歐《禱雨文》，並從《詩·雲漢》篇得來。」又云：「歐公《醉翁亭記》結云：『太守謂誰，廬陵歐陽脩也。』是學《詩・采蘋》篇『誰其尸之，有齊季女』二句。」

《醉翁亭記》全篇用「也」字，蓋學《詩・墻有茨》、《君子偕老》，《易》雜卦傳，《荀子・榮辱篇》。先是昌黎《祭潮州太湖神文》，既用此體，歐文更覺出藍。又《論語》云：「吾見其居於位也。見其與先生並行也。非求益者也，欲速成者也。」又曰：「回也視予猶父也，予不得視猶子也。非我也，夫二三子也。」《孟子》云：「我非愛其財而易之以羊也，宜乎百姓之謂我愛也。」曰：「無傷也，是乃仁術也，見牛未見羊也。」云云。「是以君子遠庖厨也。」皆用「也」字成章。《莊子・逍遥遊》從篇首至「野馬也，塵埃也，生物之以息相吹也。」亦用「也」字，尤奇者也。

《論語》語簡而意包，聖人之文也；《孟子》語繁而意暢，賢人之文也。

解釋經旨貴於簡明，惟孟子獨然。其稱《公劉》之詩「乃積」云云，而釋之之詞，但云：「故居者有積倉，行者有裹糧也，然後可以爰方啓行。」其稱《烝民》之詩「天生烝民」云云，而引孔子之語以釋之，但云：「故有物必有則，民之秉彝也，故好是懿德。」用兩「故」字、一「必」字、一「也」字，而四句之義明。彼訓「曰若稽古」三萬言，真可覆醬瓿也。此洪容齋《隨筆》之説，可謂善論古書矣。

孟子之文疏而暢，後世之人可學者也。昌黎、老泉得之，雄視百代，學者宜枕籍焉。

孟子之文，多舉大旨於前，推衍於後。首章：「王何必曰利，亦有仁義而已矣。」是一章大旨。

「王曰」已下，至「不奪不饜」，是衍説「王何必曰利」句，「未有仁」一節，是衍説「亦有仁義」句，下復以「王亦」云云二句結之。「沼上」章，引《詩》一段，衍説「賢者樂此」句，《湯誓》一段，衍説「不賢者不樂」句；「靈囿」「靈沼」貼「沼上」字，「麋鹿魚鱉」貼「鴻雁麋鹿」字，「偕樂」「偕亡」對説。此等章法尤易看者，初學之士宜熟玩焉。

「好辯」章，一治一亂提起全篇，下文交迭分叙。「當堯之時」一亂，「使禹治之」一治；「堯、舜既没」又一亂，「周公相武王」又一治；「世衰道微」又一亂，「孔子懼、作《春秋》」又一治；「聖王不作」又一亂，「吾爲此懼」又一治。説亂皆順，説治皆逆，交互相間而下。「禹抑洪水」以下，總略前文，以入己事。下更補「能言」二句作結。通篇有順説，有逆説，有總説，有補説，諸法悉具。昌黎《曹成王碑》，似效之者。「王姓李氏」一段順叙，「王生十年」一段逆叙；「上元元年」一段順叙，「王之遭誣」一段逆叙；「初觀察使虐」一段又逆叙，「太妃薨」以下二段順叙，「王之在兵」一段逆叙；「王始政於温」一段是總叙，「道古進士」以下是補叙。與《孟子》之文雖體制異，機軸則同。

孔子言道德，獨有一「仁」字而已。孟子廣之，加「義、禮、智」以爲四性。至於漢董仲舒，又加以「信」字，名爲五常。夫子之言簡約可尚，而二子之説明確不可易。使夫子聞孟子之説，則必以四性爲然；使孟子聞董子之説，則必以五常爲然。其説雖如有異，而其意未曾不同也。近世談經者，或疑謂：「四性，六經之所無，而孟子創之。五常創於董子，孟子以上不言。」夫先聖有所未發，則後聖發之，先賢有所未詳，則後賢詳之。堯舜以來，未嘗無四性五常之理，特未發而已，特未詳而已。今謂董子之五常異於孟子，則亦謂孟子之四性異於孔子耶？謂孟子之四性異於孔子，則亦謂孔子之仁異於堯、舜耶？堯、舜未嘗言仁，至於孔子發之；孔子未嘗言四性，至於孟子發之；孟子未嘗言五常，至於董子發之，而後其說愈備。然則孔子之於四性五常，所欲言而未言，二子之說有功於聖門大矣。今反以古人之所無而不取，何其陋也。必古人之所有而後可，則是上棟下宇，終不易穴居野處；火化粒食，終不易茹毛飲水；棺椁衣衾之美，終不易反欙衣薪之質；冠冕黼黻之文，終不易毛衣卉服之陋；結繩之治終無改，而書契之便終不行。今人處後聖之居，服後聖之制，噉後聖之食，用後聖之書契，未嘗有致疑者，獨至於道德之說，非先聖之所有則不取，先用而後體，棄本而從末，此非先聖拜昌言之意也。《易》之一書，伏羲畫之，文王、周公從而繫之，至於孔子又廣以《十翼》，其說或相出入，然後人未敢容疑。不但不敢疑，又並尊信，以爲萬世不刊之經，無他，以其意同也。故道德之說，顧其意何如耳，不當問古今有無也。蓋孔子之時，王澤未斬，氣象渾厚，故其言簡約而足矣。至於孟子，恐世人不能曉，故開以四端，示以四性，其說詳明，使人了然知所省察存養。其後風俗日卑，人心日薄，雖有行仁義者，多出於假僞，而不出於誠實惻怛，董子憂之，加以一「信」字，其意深切，安得謂非孔子之意乎？且也古人立言著書，皆吐其胸臆，不規規學先輩言語，故其言與書口氣各異，體面各殊，豈如後世文士剽竊先秦，摸擬盛唐，淤附雷同可厭惡者耶？嗚呼！世儒之學，知求辨於口耳，不知求益於身心。故其疑區區在言語文字之間，而不能繹其意之合否。苟知求益於身心，則必知二子之不誣矣。

古人之語相似者多，然字句不盡同，觀此可以知點化之法矣。《管子》：「海不辭水，故成其大；山不辭土石，故能成其高。」《墨子》用其一句云：「江河不惡小谷之滿己也，故能大。」李斯又衍之云：「泰山不讓土壤，故能成其大；河海不擇細流，故能就其深；王者不却衆庶，故能明其德。」又《管子》：「虎豹，獸之猛者也。居深林廣澤之中，則人畏其威而載之；故虎豹去其幽而近於人，則人得之而易其威。」司馬子長約之云：「猛虎在深山，百獸震恐；及在陷阱之中，搖尾而求食。」後者皆勝前者，可謂善變矣。

古文有倒句。《戰國策》：「猿獮猴錯木據水，則不如魚鱉；歷險乘危，則騏驥不如狐狸。」「騏驥」字當在「歷險」上，而今在則下，此倒句也。近時注家弗察，以「狐狸」兩字爲衍，可謂疏矣。《說苑》：「桓公問於管仲曰：『吾欲使爵腐於酒，肉腐於俎。』」亦倒句也。注家又謂「爵腐於酒」當作「酒腐於爵」，疏謬與上同。《尚書》「月正元日」，《論語》「迅雷風烈」，《楚詞》「吉日兮辰良」，《史記》「飯菽藿羹」，並一正一倒，古文奇法也。韓吏部好用此法，如《送文暢序》「親親而尊尊，生者養而死者藏」、《羅池廟碑》「春與猿吟兮，秋鶴與飛」是也。李華《弔古戰場文》：「降矣哉終身夷狄，戰矣哉骨暴沙礫。」亦用此法。杜樊川《阿房宮賦》「鼎鐺玉石，金塊珠礫」，二句皆倒，更奇，蓋自《漢書・董賢傳》「漿酒藿肉」得來。詩家亦有用倒句者。如老杜「香稻啄余鸚鵡粒，碧梧棲老鳳凰枝」，又「久拚野鶴如雙鬢」，是也。羅景綸曰：「若正言之，當云『雙鬢如野鶴』也。」非矣，是本倒野鶴如三字耳。

昌黎《與陳給事書》「衣食於奔走」，言奔走於衣食也，其法與《左傳》「室於怒市於色」同，亦倒句也。世人多解爲衣食於奔走中，謬矣。

---

① 「次句」下引文《韓非子》作「非吾辨之能明吾意之難也」。

② 「伸其辨知」，《韓非子》作「極騁智辯」。

③ 「知當而加疏」，《韓非子》作「智當而加親」，「智不當見罪而加疏」。

拙堂文話卷七

清吳冠山云：「散體文如圍棋，易學而難工。駢體文如象棋，難學而易工。」余謂：詩如象棋，文如圍棋。凡學詩者，自黄小知填字，至成人得數百千首，而後始可觀焉，然三家村裏或有以詩聞者。文則不然，至成人始學之，學之成數篇，則可觀焉，然通邑大都以文聞者幾人。世人以黄小輩不能學文，遂謂文難學而詩易學。其實不然也。蓋詩易入而難學，文難入而易學。至論工之難易，文難而詩易耳。

文難工於詩，蓋係才之大小也。文非才大者不能工，詩亦要大才。然詩才如春華，文才如秋實；詩才如金銀珠玉，文才如布帛菽粟。故李、杜諸人之才，不比韓、歐諸公無施不可也。求之前古，漢世善文章如賈、董諸人者，皆兼經濟之材。後世宋朝唯尚文章，故如韓、范輔弼之材，皆由進士而出。明代承宋朝餘風，故劉青田王佐之材，王陽明軍旅之材，皆因文章得之。

凡晰文理，不止爲作文之資，又爲讀書良法。世人讀書，多不知此法，逐字逐句而解之，故其於古書往往不通。若得此法，雖字句或不通，大意莫不了然。故讀書者以晰文理爲要。

晰文之法，先分章段，次看照應，而求旨意所在，則莫不通。如此而猶有難澀不通者，非誤訛，則錯脱，闕疑可也。程端禮《讀書分年日程》云：「韓文既讀之後，須反覆詳看。每篇先看主意，以識一篇之綱領；次看其叙述抑揚輕重、運意轉换、演證開闔、關鍵首腹、結末詳略、淺深次序。既於大段中看篇法，又於大段中分小段看章法，又於章法中看句法，句法中看字法，則作者之心不能逃矣。譬之於樹，通看則繇根至表，幹生枝，枝生華葉，大小次第相生而爲樹。又折一幹一枝看，則又皆各自有枝幹華葉，猶一樹然，未嘗毫髮雜亂。此可以識文法矣。」是看韓文之法也。看他文皆宜用此法。

文譬之人身，其中以意爲主，氣爲之輔。其外以篇爲體，章爲之肢，字句爲之毛髮。數者不具焉，則不得爲人矣，亦不得爲文也。

世人作文，意既不瑩，氣亦不盈，肢體雖具，偶人而已。然肢體具者，猶得爲文也。彼唯知排字填句者，獨有毛髮而已，烏得爲文哉？

文有頭，有腹，有足，是篇法也。頭欲小，腹欲滿，足欲健，而不欲大，是章法也。然此其大略而已。若細分之，則四肢百骸在焉，又欲各得其所也。

「一篇之中，有數行齊整處，數行不齊整處。齊整中不齊整，不齊整中齊整，或緩或急，或顯或晦，間用之。」此李性學之説，所謂章法也。猶四支百體，或圓或方，或長或短，或大或小，其形各異，而各得其所也。然頭頷自爲頭頷，手足自爲手足，不相接續，則亦不能成體矣。故李又云：「常使經緯相通，有一脉過接乎其間。」此篇法也。苟能如此，則文得渾成矣。

宋潛溪論文，賦詩簡子充並寄胡教授仲申曰：「當其操觚欲鼓勇，收視返聽探元精。遊魚中鉤曳深沚，巨獸投阱離叢坰。斯須朝崖變夕谷，惚恍西海爲東陵。精神所至萬物慴，橐籥亭毒縱復橫。真醇魯邦見郜鼎，冲雅高辛陳五韺。渾圓牘應振逸響，縟麗鷸雀梳文翎。嚴森五刑布秋肅，華潤百卉含春榮。勁如韓、彭將貔虎，仰揭斗柄麾欃槍。艷如《長楊》較《羽獵》，蒙盾負羽驅鸞旌。高排霄漢跨箕尾，呼噏沆瀣遊太清。未幾直墜九淵底，察之無迹聞無聲。幽入陰宮作鬼語，秘怪詼詭難爲聽。劃然大明赤於火，景曜所鑠流爲瓊。似兹妙斡造化軸，可以小技相譏評。」此能探其微而窮其變，學文者當各書一通置於壁間。

凡作文，始戒率易，終要縱橫。昌黎云：「吾懼其雜也，迎而距之，平心而察之。」是戒率易之謂也。老泉云：「出而書之，再三讀之，渾渾乎覺其來之易矣。」是要縱橫之謂也。書家有「布置小心，下筆大膽」之語，亦是意也。

文務要合格法，然拘法不條暢者，未爲得也。倪元璐云：「文必馳騁縱橫，務盡其才，然後軌於法。」斯言得之矣。

周公謹《齊東野語》曰：「李德裕《文章論》云：『文章如千兵萬馬，風恬雨霽，寂無人聲。』黃夢升《題兄子庠之辭》云：『子之文章，電激雷震，雨雹忽止，闃然泯滅。』歐公喜誦之，遂以此語作《祭蘇子美文》云：『子之心胸，蟠屈龍蛇，風雲變化，雨雹交加。忽然揮斥，霹靂轟車。人有遭之，心驚膽破，震汗如麻。須臾霽止，而四顧百里，山川草木，開發萌芽。子於文章，雄豪放肆，有如此者，吁可怪耶。』東坡《跋姜君弼課策》亦云：『雲興天際，歘然車蓋，凝矓未寂，彌漫霮䨴。驚雷出火，喬木糜碎，般地爇空，萬夫皆廢。霤練四隊，日中見沫，移晷而收，野無完塊。』張文潛《雨望賦》云：『飄風擊雲，奔曠萬里，一蔽率然，如百萬之卒赴敵驟戰兮，車旗崩騰而矢石亂至也。已而餘飄既定，盛怒已泄，雲逐逐而散歸，縱橫委乎天末。又如戰勝之兵，整旗就隊，徐驅而四歸兮，杳然惟見夫川平而野闊。』皆同此一機括也。」余嘗謂：文章要豪壯勇往，然豪壯而不收斂，勇往而無歸著，未爲得也。今觀公謹所載，先獲我心，故全録之。

岳珂贊米元章臨智永草千文云：「永之法妍以婉，章之體峭以健，馬牛其風，神合志通，彼妍我峭，惟妙惟肖。故曰：袒裼不浼，夜户不啓。善學柳下惠，莫如魯男子。」此論書矣，亦可以論文也。韓之學孟，歐之學韓近之。

陳眉公論李于鱗古樂府云：「刻畫古人，是後生第一病。武陵桃花，惟許漁郎問津一次，再迹之便成村巷矣。禪家公案亦然，不獨桃花也。」此論詩矣，亦可以論文也，昌黎「陳言之務去」似之。

陳言之務去，世人多以爲去古言，然韓文中用古言不可以一二數。陳言謂陳腐熟套人人能言者，非謂古言也。歐陽公曰：「凡作文，發意第一番來者，陳言也，掃去不可用。第二番來者，正位語也，停之亦不可盡用。第三番來者，精意也，方可用之。韓文公所謂『惟陳言之務去，戛戛乎其難哉。』其法如此。」黄宗羲曰：「陳言者，每一題必有庸人思路共集之處，纏繞筆端，剥去一層，方有至理可言。猶如玉在璞中，鑿開頑璞，方始見玉，不可認璞爲玉也。不知者求之字句之間，則必如《曹成王碑》，乃謂之去陳言，豈文從字順者，爲昌黎之所不能去乎？」此説得之。

昌黎用《論語》「吾其被髮左衽」，曰：「服左衽而言侏離矣。」用《孟子》「牛羊茁壯長而已」，曰：「牛羊遂而已。」皆規以己權度，未有全襲用者。至用古人意用古人法者，比比有之，是可謂善用古人矣。彼剽竊古人語，不知用法與意者，爲鈍賊而已。陳龍川云：「經句不全兩，史句不全三。不用古人句，只用古人意。若用古人語，不用古人句，能造古人所不到處。至於使事而不爲事使，或似使事而不使事，或似不使事而使事，皆是使他事來影帶出題意，非直使本事也。若夫布置開闔，首尾該貫，曲折關鍵，意思常新，若方若圓，若長若短，斷自有成摹，不可隨他規矩尺寸走也。苟自得作文三昧，又非常法所能盡也。」是論作文之法盡矣，學者宜潛心焉。

文有全篇用古人語不爲蹈襲者。方正學《扇贊》云：「大火流金，天地爲爐，汝於是時，伊周大儒。北風其凉，雨雪載途，汝於是時，夷齊餓夫。噫！用之則行，舍之則藏，惟我與爾有是夫。」近世室鳩巢先生書「誠敬」二大字後云：「何謂誠？不識不知，順帝之則。何謂敬？不顯亦臨，無射亦保。何以存誠？如好好色，如惡惡臭。何以持敬？戒慎不睹，恐懼不聞。」正學之言存出處之義，鳩巢之言陳持守之功，皆典雅簡核，真儒者之言也。予常誦之。

凡作文，議論易，而叙事難。譬之叙事如造明堂辟雍，門階户席皆有程式，雖一楹一牖不可妄移易；議論如空中樓閣，不厭出新意，故難易迥異。

初學之徒，譯國字之文，每苦不成語。蓋國字之文，與漢文體制迥然不同，逐句逐段而爲之，終不相類。必以所欲紀事，冥思一過，具於胸中，操筆不拘原文序次，除煩删蕪，前後錯綜得其宜，則可。

叙事不須用成語，不須用俗語。但名物無古語者，則須用俗語，如歐史「暖殿」「算子」是也。羅大經《鶴林玉露》曰：「《五代史》：漢王章不喜文士，嘗語人曰：『此輩與一把算子，未知顛倒，何益於國？』算子本俗語，歐公據其言書之，殊有古意。温公《通鑑》改作『授之握算，不知縱横』。不如歐史矣。」趙翼《陔餘叢考》曰：「俗禮新遷居者，鄰里送酒食過飲，曰『暖房』。按：王建《宫詞》：『太儀前日暖房來。』《五代史》：『後唐同光二年，張全儀及諸鎮進暖殿物。』則其名由來久矣。」觀此，則凡名物用古名及漢名者，皆非也，器械無漢名如保侶之類①，則用其字可。

凡紀前人語，須據實書之，或用俗語可矣。《史記》之「夥頤涉」，《晉書》之「寧馨」、「阿堵」，皆用當時之語，曾無所改也。蔡絛《鐵圍山叢談》：「王性之曰：宋景文公作《唐書》，多易前人之言，非不佳也。至若《張漢陽傳》，前史載武后問狄仁傑：『朕欲得一好漢。』顧是語雖勿文，寧不見當時吐辭有英氣耶？景文則易之曰：『安得一奇士用之。』此固雅馴矣，然失其所謂英氣者。」此言得之。

凡實語少助語辭，如《尚書》、《易》象、《春秋》、《儀禮》是也，後世傳記碑碣等文亦然。叙事之文，法不得不如此。議論之文，係當面説話，須多少推開轉折，故不得不多用助語也。

凡譯國字之文，須照原文，增之不可，漏亦不可。柴栗山②紀那須與市事曰：「既而阿波讚岐叛平氏而待源氏者，所在山洞往往十騎二十騎相將而來歸。判官兵及三百余，當日日向暮，不可決勝，源、平交收兵而退。海上艶裝一小舟，望岸摇來，距岸七八段，轉而横舳而止。源軍疑而視焉。舟中出宫娃，年可十八九，緑衣紅袴，開純紅扇畫旭曦者，插竿樹之船頭，向岸而招。判官召後藤實基問曰：『彼欲何爲？』對曰：『是應使我射也。臣意或者將軍進當箭道，而觀玩姬妓，則欲巧狙而射落也。但扇則似可使射者焉。』判官曰：『我軍可能射者爲誰？』對曰：『巧射固多，就中下野國人那須太郎資高之子與一宗高者，力雖稍劣，而手則巧利矣。』判官曰：『有徵乎？』曰：『諾。其賭射禽鳥，三必二得矣。』乃命召之。與一尚二十左右之男子也，披茶褐戰袍，紅錦飾襟袂，擐青縚甲，佩白帶刀，背負一箙，二十四枚班羽箭，加插鷹羽鳴鏑一枚，腋繳纏漆弓，脱鍪繫鎧紐，進而跪馬前。判官曰：『宗高，汝射扇正中，令敵軍寓目，則如何？』辭曰：『臣自料不知其可能也。若誤射，則永爲我軍弓矢之辱矣，請更命定能者。』判官大怒，曰：『此行發鎌倉赴西國者，其豈可違義經之令。若毫存枝梧者，須速歸鎌倉也。』與一私謂：『若再辭，恐成惡意。』乃曰：『然則其逸，則臣不敢知也。既有命矣，請嘗試之。』乃起鐵驪肥健，駕金稜鞍以跨之，整頓弓在手，促轡向汀而步。我兵目送久之，言曰：『此壯夫定能者。』判官亦視，似以爲委得人焉。既的道較遠，驅馬入海一段許，距扇猶有七段遠近。時二月十有八日，日已加酉，會北風頗烈，高浪打岸，船乍涌乍陷而漂泛，扇亦不安竿而閃曜。海面則平軍一行列軸而注目，岸上則源軍並轡而凝視，極爲顯揚盛事矣。與一閉目默禱曰：『南無八幡大菩薩，殊我國日光權現。宇都宮那須湯泉大明神，請令射夫扇正中也。若誤事者，折弓自裁，面不可再向人也。神欲使一歸本國者，此矢勿使逸焉。』既開目，風粗恬，扇如容射者。乃取鳴鏑架上，引滿而發，雖然劣力，而十二拳飛鏑響浦長鳴，射斷扇眼上寸許，余力遠去入海，扇則揚而舞空，被春風弄翻一再，颯然散落海中。純紅之扇夕日映發，委白波浮沉泛泛，舟師擊舷而賞贊，陸軍鼓箙而歡呼。」文頗近小説體，然照《平家物語》③不漏一辭，筆筆飛動，寫得如畫，在原文之上矣。

中井履軒紀俗傳猿島復仇事曰：「《經》四十有七年春，王六月丁戌，大雨雪。夏七月，解師伐袁。甲亥入袁，獲袁侯。戊丑用袁侯於解山。秋十月。《傳》四十七年春，大雨雪，書不時也。

七月，解伐袁，獲袁侯，復仇也。初解子之未生也，其母適野，見袁侯在樹上食柿也，從而請一顆。袁侯怒，擇未熟者而投之，中龜甲，破而卒。解子胎方盈，自闞出，匍匐横行而歸。長而好勇，善擊劍，恒努目戟手而罵曰：『袁侯親仇也，我必復之。』每罵未嘗不噴沫，歲峙黍以爲粻。是歲大雪，無柿實，袁侯大饑，於是興師。麻石遇諸途，問將何之。解子曰：『伐袁復仇也。』『所齎者何？』曰：『黍團，爲天下之最。』麻石請從，許之。牛異、金轟、金咸、栗子亦至，謂之如初，皆從焉。壬酉，圍袁。金咸與栗子宵孔壁而入。金咸匿於衾中，刺袁侯，栗子爆其爐，袁侯一夕三遷。丙丑，解子親以師門焉，牛異伏於門側，麻石、金轟先登。袁侯懼，欲奔。方出門，遇牛異而滚焉，麻石下而壓之，金轟挾之去其指，解子揮劍，三擊剄之，遂滅袁族。戊丑，用袁侯以祭其母也。」叙事簡老，學左氏而克肖焉，未可以遊戲之作輕之也。

孔子曰：「必也正名乎！」蓋正名，學者先務，不可不慎也。今乃自學者亂之，蘐園諸人不得不任其咎。

官名係朝廷之制，不當以意改。以一位爲一品，大臣爲丞相，太宰帥爲都督，諸國守爲刺史之類，雖古有之，皆用之稱呼間而已，未嘗有爲定稱者也。至室町氏之時，士大夫闇沕不文，使緇徒操文柄，此輩皆一知半解，喜爲新奇，遂成此誤。流習已久，至慶元之後，儒士猶多承其誤而弗察也。近世稍有知其非者，猶未盡改，宜爬剔痛除之。

言從前稱謂之非者，貝原益軒爲之始，伊藤東涯次之。然益軒謂唐山爲中華，東涯謂京都爲京兆，猶蹈從前之弊。久習之不可改，一至於此。

近世有尾藤二洲《稱謂私言》，菱川大觀《正名緒言》，平春海《時文摘批》，極斥從前稱謂之非，學者不可不讀。

菱川大觀嫌闕東官名不雅馴，擬而制之，甚無謂也。先師精里先生嘗謂：「如金、元史『猛安謀國』，『達魯花赤』，直據實而書，未嘗以此爲嫌，學者宜從之。」故其集中如「御書物奉行」，「御持筒同心」，直據實而書，未肯以他名換之。

親王公卿皆係爵位，不可私移易，其書法皆有定體。親王曰：「具平親王」，法親王曰「圓慶法親王」之類是也。近人或書曰「親王具平」，曰「法親王圓慶」，又省「親王」，單曰「王」，省「法親王」曰「親王」，曰「法王」，曰「大王」，皆非也。公字書在名下，曰「近衛基實公」，曰「九條兼實公」是也，唯此或曰「近衛公基實」，曰「九條公兼實」，亦無不可也。

如鎌倉、室町諸公，皆爲天朝公卿，除史書外，不可斥其名也。余觀撰集書法，大臣唯書其官曰「攝政太政大臣」，或舉其稱號曰「後德大寺左大臣」。三位以上書官與名，曰「大納言國信」，曰「從三位賴政」；四位書姓尸，曰「藤原定家朝臣」；五位以下書姓名，曰「紀貫之」，曰「壬生忠見」。敕撰之書猶不敢名大臣，三位四位猶存體貌。凡有官位者，宜據此斟酌也。

國家字，西人獨用之於天子，我邦不必拘可矣。西土秦漢以來，四方統一尊，故獨用之於天子已。我邦無論霸府，諸藩又皆有分國，爲其臣子者，稱爲國家，有何不可？天子自有皇室朝家等之稱，亦不至失上下之分矣。自餘稱謂，準此斟酌可也。

公本爲大臣之稱，不可妄用。侯非本朝封爵，用之無妨。但如謂薩摩侯某、仙臺侯某，似周時封爵書法，甚爲不可。單稱薩摩侯、仙臺侯，又稱島津侯某、伊達侯某，則可。唐人稱柳宗元爲柳侯，韋處厚爲韋侯之類，亦非其定稱。

謚下書侯，漢人有例，或可據用之。魯侯爵也，《春秋》書爲公，是内辭也。我邦國主之臣，稱其君爲公，亦無妨。朝廷稱謂，有一定之例，操觚之士所當慎也。然後世有霸府藩國，古制所無，均受朝爵，有名無實，稱呼之間有不可一概者矣，宜審事體斟酌之。夫名固可慎矣，實亦不可不檢也。狃故不檢實，元弘之所以復亂也；震威不慎名，明德應永之所以取譏也。二者皆失之。

我邦神聖繼統，别成一天下。其曰「中國」，謂我邦中土也；其曰「蕃夷」，謂邊鄙及外國也。故天子自稱曰「大八洲」，稱之於外國曰「日本」；臣子稱之曰「皇」，稱之於外國曰「大日本」。近人稍知「倭奴」、「大東」等之非，改曰「皇和」，是亦效西土，未盡善也。大寶著令，天子宣於蕃國，曰「日本天皇」。舍人親王以下撰國史，曰《日本書紀》、《續日本紀》。除歌書物語外，未有稱和者。蓋上古大和、日本互用之，猶殷、商、梁、魏之稱。及中古定制，棄和而不用，唯用日本字，故令及國史如此耳。

著書涉外國事，則年號及姓名上，宜揭國號曰「大日本」，不涉外國事則否。

柴栗山著文係外國事，年號上單揭「皇」字，曰皇天明幾年，曰皇寬政幾年，蓋本唐人。唐人墓碑行狀之類，凡書出仕前代者，稱其國號，仕本朝者單稱皇。

古人已有《皇代記》、《皇年代記》等書，如本唐人者。然如北畠準后《神皇正統記》④，神謂神代，皇謂人皇，蓋《皇代記》等書記人皇之世，故謂皇耳，非本唐人也。

近人謂京都曰京師，非也。司馬晉避景王名，京師爲京都，我邦非襲之。然既爲定稱，則不當私改也，如他洛陽、雍州等之非，先輩既論之。

古謂太宰府爲西都，見《古事談》等書；鎌倉爲東都，見《空華集》等書。其餘國郡稱都者甚多。西土《史》、《漢》所書諸侯王治所皆稱都，如蜀之成都，後世仍沿稱之。和漢之例如此。蓋京字除王都外不可用，都字稍輕，稱呼之間或用之他所亦不妨，然冠以東西等字者，似對皇京而言。近時稱江户爲東都，遂或謂平安爲西京，甚乖恭順之意。且舊謂左右京爲東都、西都，則此稱不可用於他所矣。如謂江都，則似不妨，然用爲定稱，則猶爲不可也。

我邦有國而無州，有郡而無縣。如謂山城爲城州，謂甲賀郡爲甲賀縣，及謂西海九國曰九州，南海四國曰四州之類，泛稱之外不可用也。

吾邦中古定制，以國統郡，本與漢制郡國並置者異。近人多不曰國郡，而曰郡國，非本朝之制也。

《輟耕録》云：「檇李顧淵白恃才傲物，嘗入京獻《燕都賦》。翰長元復初不喜曰：『今大朝四海一統，六合一家，燕蓋昔時戰國名，何燕之稱？』淵白慚恨而歸。」明王鏊脩《姑蘇志》成，楊循吉曰：「志脩於本朝，當稱蘇州，姑蘇吴王臺名，豈可以此名志乎？」鏊大稱善，改之。夫用異代之名既爲不可，況效異域以損益本邦地名，可乎？

朱子曰：「今世安得文章，只有個減字換字法爾。如言湖州，必須去州字只稱湖，此減字法也；不然，則稱霅上，此換字法也。」由此觀之，宋末之弊一與近世相似。

林家稱將軍家爲大君，甚適事體。和歌有稱天子爲大君者，非其定稱，似不相妨。且霸府用此施於報韓書，永爲定式，不可私議也。中井竹山《逸史》據此推之⑤，其城曰大城，其府曰大府之類，皆可循也。

天子曰崩，公卿曰薨，四位五位曰卒，士庶曰死，是我邦之制也。諸侯曰薨，大夫曰卒，是周時之制，不足爲據矣。

後世國主以上儼然似周時諸侯，其老儼然似周時大夫。然國主猶多叙四位，不可用薨字；

其老皆無位階，不可用卒字。但君曰逝，老曰没，則得適今日事體。且此兩字不見於令，則亦於義無妨。

雖士庶亦有不可謂死者，宜以終字代之。

外國之君無所屬者死，宜書殂，曰明主某殂，曰清主某殂，是也。有所屬者死，宜書卒，曰朝鮮王某卒，曰琉球王某卒，是也。《金石例》曰：「外國不相屬時，則書某國王某殂，立則書某國主某立。自朝廷立之者，則書某國王某卒，立某人爲某國王，未封王者書世子，此尊本朝之故也。」故我邦循之，亦無不可也。

今人文書妄用抬頭平闕式，非也。按：公式令，先帝、天子、皇太后、皇后之類，並平出；太社、陵號、天恩、詔旨、中宫、東宫之類，並闕字，曾無抬頭例。且載公式令，則用之表疏而已，私書則無平闕法。觀古人所著書可知矣。

凡事從謹慎，則無不可。故私書雖無平闕式，略立其例亦無妨。凡闕皇室者概闕二字，闕霸府者概闕一字，列國之士於其君亦闕一字，如此則亦足伸臣子之情矣。但平出，上書外不可用也。

應酬文字，非朝制所關，或從唐山之例，用抬頭若平闕，亦無不可。

凡籍貫當書其所産，不當效西土人書其生之所自出。如物徂徠自稱「三河」，室鳩巢自稱「英賀」，非是。且如西土李氏稱「隴西」，崔氏稱「博陵」，以此別於他所同姓氏者而已。我邦除朝廷外不稱姓，而稱氏族，氏族則多以其生之所自出爲稱號。河内源氏本居石川，故稱石川氏。相模平氏本居三浦，故稱三浦氏。如此之類，不須復舉本國名也。舉本國名，而不舉其所產，使人不知其爲何處人，非例之善者也。《寄園寄所寄》引《登科録》曰：「今《登科録》叙其生之所自出，輒曰某處籍某處人，非也。舜生於諸馮，遷於負夏，卒於鳴條，以皆東夷地，故爲東夷人；文王生於岐周，卒於畢郢，皆西夷地，故爲西夷人；何嘗云某處籍某處人哉？四世而緦己，服窮而親盡矣，況四世而上焉者乎？猶曰某處人，無謂甚矣。或曰：朱子閩產也，猶自稱『新安』，何也？曰：韋齋君本婺源人，因仕入閩生文公，寓居建陽之考亭，其曰『新安』，不忘本也。若世代既遠，而猶云云者，豈不甚無謂哉？」西土人猶以此爲非，況於本邦舊無此例乎？

近人或書生人名曰諱某，甚爲不祥。西土亦有此誤，不可從也。《緑雪亭雜言》曰：「生名死諱，周制也。周人以諱事神，名終將諱之，然臨文不諱。近日士大夫文字中稱生者之名，亦曰諱某，非禮也。」又《説儲》曰：「生曰名，死曰諱，故廟諱曰諱，御名曰名。」西人辨其非如此。

---

① 保侶：日本古時用五幅左右的布帛做成囊狀之物，負於鎧背，以防御飛箭。

② 柴栗山：柴野栗山（一七三六—一八〇七），名邦彦，字彦輔，號栗山。師事後藤芝山、林復軒。官阿波藩

儒、幕府儒官、昌平黌教官。宗程朱之學，爲「寬政三博士」之一。有《栗山堂文集》、《詩集》等。

③《平家物語》：鎌倉時代初期的著名戰紀小説，描寫一一三二—一二一三年平氏和源氏兩個武士集團的戰爭，最後源氏勝利，並掌握政權。

④《神皇正統記》：六卷，北畠親房撰，記載從上古到後村上天皇時的史實。

⑤中井竹山：中井積善（一七三〇—一八〇四），字子慶，號竹山，中井履軒之兄。宗程子之學。任大阪懷德書院院長，教授門生。有《逸史》、《遞史問答》等。

拙堂文話卷八

朱子每經行處，聞有佳山水，雖迂途必往遊焉。而昌黎以不造南昌登滕王閣，爲平生之恨矣。蓋山水之觀，足以激發志氣，豁開胸襟，爲益不少，故自仁智之人樂之也。余仕藩國，出入不能自肆，平生所遊不過畿甸之間，至遠邦瑰偉絶特之觀，常恨不能寓目焉。噫嘻！非會稽沅湘之壯，則無助子長之作；非終南黄河之大，則無發欒城之文。余雖駑下哉，竊有慕於二子也，記之以期他日。

明汪文盛叙萬山云：「直者，吾得以爲方；曲者，吾得以爲智；岈然者，吾得以爲邃；窪然者，吾得以爲宏；巖而嶨者，吾得以爲節；岃而崱者，吾得以爲奇。其摩蕩峻極之勢，可以作吾氣；其開闔變化之狀，可以發吾文；其生育植養之功，可以推吾仁；其升降欹正之形，可以固吾守。」觀此，則山水之益於人非一端矣。

子長周覽天下名山大川，故其文魁偉而渾浩；子厚窮觀南中怪巖幽溪，故其文嶄絶而深邃。山水之移人，何異賢人君子之薰陶焉。清儲六雅云：「荆川之文似荆溪，震川之文似震澤。」理當然爾。

柳子厚《袁家渴記》云：「舟行若窮，忽又無際。」語雖不多，妙寫奥曠兩般之趣，使人神逝焉。沈歸愚讀本評之謂：「八字已抵一篇遊記。」洵然。又謂：「王右丞『安知清流轉，忽與前山通。』讀『舟行若窮』二語，故應勝之。」愛之至矣。今觀其集，有《焦山記》云：「石勢益奔峭，樹木轇轕，幾於無路。峰轉境開，倏復軒豁。」蓋學柳文也。雖摹寫之巧，竟讓自然之妙。

柳州《河間傳》云：「隥州西浮圖兩間，叩檻出魚鱉食之，河間爲一笑。」蘇子美詩：「松橋叩金鯽，竟日獨遲留。」蘇東坡詩：「叩檻出魚黿，時取一笑粲。」又：「我識南屏金鯽魚，重來拊檻散齋餘。」蓋皆本柳州也。又陸放翁《入蜀記》：「池中龜無數，聞人聲皆集，駢首仰視，兒童驚之不去。」予生長江户藩邸，不忍池在側近，少時常往遊焉，亦有此娯。每讀諸子之作，爲之愴然。

放翁《入蜀記》清秀可愛，至記奇偉峻拔處，范石湖《吴船録》迥出其上。陳士業題詞云：「蜀中名勝不遇石湖，鬼斧神工亦虚施其伎巧耳。」其言不誣矣。

石湖又有《驂鸞録》、《桂海虞衡志》，並記桂林之勝。有云：「桂之千峰皆旁無延緣，悉自平地崛然特立，玉笋瑶篸森列無際，其怪且多如此，誠當爲天下第一。」蓋桂林在百越極南之陬，而其奇勝，中州所無，猶我南紀山水瑰偉絶特冠乎天下也①。昌黎之刺潮州，地既近桂，而未嘗造觀焉。咏其山水，有「碧玉簪」、「青羅帶」之語者，亦想象之餘，記其所聞而已。今我勢州與紀爲鄰，余徙住津城十年②，亦願遊而未能，每聞其勝狀，輒不禁魂飛神逝。

張文潛《雜書》有云：「余自金陵月堂謁蔣帝祠。初出北門，始辨色，行平野中。時暮春，人家桃李未謝。西望城壁，壕水或絶或流，多鴐鵝白鷺，迤邐近山，風物夭秀，如行錦綉圖畫中。」余以爲景中有畫，文中亦有畫，但恐凡手畫不就爾。

晁以道《新城遊北山記》，寫幽邃之狀不減柳州。其中有宿山寺一段，尤奇。曰：「既坐，山風颯然而至，堂殿鈴鐸皆鳴，二三子相顧而驚，不知身之在何境也。且暮皆宿，於時九月，天高露清，山空月明，仰視星斗皆光大，如適在人上。窗間竹數十竿相摩戛，聲切切不已。竹間梅椶，森然如鬼魅離立突鬢之狀，二三子又相顧魄動而不得寐。」余嘗遊京師，夜宿嵯峨天龍寺。中夜夢寤，聞溪聲奔騰，疑爲風雨大至，顧見窗虛月明，老柏古松森然交影如虬龍纏結之狀，竦然不能復寐，以爲平生奇遇。以道之所記，先獲我心。

余嘗適伊州，寓廣禪寺三旬。檐前多古木，一夜月明，樹影交横庭上，顧而樂之，誦東坡《記承天寺夜遊》云：「庭中如積水空明，水中藻荇交横，蓋竹柏影也。」偶然之景，寫得玲瓏透徹，使人欲仙，因謂「何夜無月，何處無竹柏，但少親宿山寺如吾輩者耳。」

伊勢並海而國③，諸峰自西北來，氣勢横逸，若洪濤之奔。奔到吾津城西，一峰特立千仞者爲經峰，又其南陂陁而長者爲曳布峰。二峰東瞰大海，紺碧千里，決眦征帆飛鳥之外。經峰西顧琵琶湖，相距二日程，見若淡烟霮䨴平鋪地上，尤爲奇觀，余嘗登覽記之。峰北又有鷄足、雀頭諸山，余未能造觀焉。

伊勢之海，古人題咏頗衆，而最顯者爲二見浦。余嘗往觀旭日焉，海波作紫金色。島嶼縹渺，在於虛無之間，殆作仙界想。沿浦而南，至鳥羽城，益多洲島，譎詭萬狀，好奇者往往操舟造觀焉。然州南奇勝不止此，山有能美阪，巖有鸚鵡石，東厓先生《勢遊志》已略記之。

吾勢海濱，每春夏之際，往往見海市起。友人遇者爲余説之云：「有若樓閣者，若人馬往來者，若旌旗矛戟森然成列者，皆在天半，歷歷可辨，一餉頃冉冉漫滅。」

余嘗讀《漢書·天文志》，載海旁蜃氣象樓臺；又觀沈括《筆談》等書，紀登州海市事，未能無疑，今知其不妄也。姑記之，俟他日親睹云。

津城之東爲阿漕浦，古歌所云「阿古岐島」是也。其南爲米津浦，又其南爲辛洲，辛洲大神祠在焉，青松白沙隨處可愛。隔海望參尾之山，風概絶佳。又夏秋之間，有釣魚之娱，士庶多來遊焉，立干爲之最，未聞他所有此娱也。其法方潮之滿，連網屈曲圍繞海澨，廣袤數町，潮退，魚不能隨，留聚涔中，可手捕也。如棘鬣鱸魚潑剌弗可掣者，罟而捕之；比目伏貼沙上，叉而取之；鷄魚最衆，大者逾尺，穿沙竄伏，才露兩目，諦視之乃知其處，遽入捕之，驚逸不可得，即斂足禹步，掩而捉之，則獲。婦人兒子皆能之，所獲輒數百頭，或至數千頭。海濱又多竹蟶，潮退即蟄，采者以一撮鹽入穴中，蟶以爲潮至，挺然突出，即捉獲之。稍緩，則縮入，就堀之不見踪迹。余生長東海，此皆所未經見，記之自娱焉。

佳蘇魚海味中尤清新而美者也。余江户産也，遷住勢州，見兩地人同珍之。京之距勢不能三日程，其人不甚悦之，大抵關西皆然。孟子云：「天下之口同。」今見其不然，何也？嘗觀僧兼好《徒然草》，言其有毒不可食，西人豈以此爲先入之説歟？余竊有所感，嘗作《佳蘇説》曰：「佳蘇，《臺灣府志》所謂鮰鱃也，自古有之。但脯爲梃，供調和之用而已，故名爲鰹。其生食之，古未之聞也。聶而切，瑩然如紅玉，脆而美，足以奴棘鬣而僕巨口細鱗也。春夏之交，薫風至，杜鵑鳴，籬下卯花皚然如雪，東人稱爲佳蘇之候，引領望之。其始上市價十數千，人人爭購恐後，或典賣衣裳不惜也，其見貴如此。然東國貴之，西則否，亦有遇不遇歟。嗚呼！自江都以前二千餘年，自京師以西三十餘國，此魚之不登金楪銀盤而死者何限，然魚之美則依然。爲膾爲脯，咸存於人，魚何憾哉？」

黄山谷《月觀記》云：「形勢之雄足控制南北，豈直騷人羈客區區登覽之勝。東曰海門，鴟夷子皮之所從逝。西曰瓜步，魏狸之所嘗至也。其北廣陵，則謝太傅之所築埭而居也。而江之中流，則祖豫州之所擊楫而誓也。今覽而納諸數楹之地，使千歲之事了然在吾目中。」頗與坡公《凌虚》、《超然》二記相似。余平生行旅之次，遇源平之所勝敗④，南北之所隆替⑤，織田、豐臣之所興滅⑥，未嘗無二子之感也。

枚乘記廣陵潮云：「江水逆流，海水上潮，所駕軼者，所擢拔者，所温汾者，所滌汔者，恤然足駭，波涌雲亂，如三軍之騰。」狀得甚壯。蘇老泉寫風水之觀云：「安而相推，怒而相陵，舒而如雲，蹙而如鱗，疾而如馳，徐而如徊，揖讓旋辟，相顧而不前。其繁如縠，亂如霧。」狀得甚奇。楊誠齋效之云：「風與水相遭也，爲卷爲舒，爲疾爲徐，爲織文，爲立雪，爲涌山。細則激激焉，大則汹汹鞫鞫焉。不制於水，而制於風，惟風之聽，而水無拒焉。」雖不及老泉之奇，亦俊俏可喜。

沈存中《筆談》，以爲《瀟湘八景圖》始於宋迪。然米海岳既有詩序及跋文，其跋謂：「據李營丘所畫。」按營丘，五代宋初之人，先宋迪百餘年矣。又《佩文齋書畫譜》論此圖，有元暉而無元章，何也？序中寫風景，宛有畫趣，余以當卧遊云。

古人狀物之妙，或畫所不及。如《莊子·齊物論》寫風一段是也。蓋風之爲物，飄忽無形，弗可認視，唯其吹萬物，有聲可聽，亦輕重疾徐，隨物各異，人雖有百口不能悉狀焉。今漆園叟借林木諸竅，寫出激、謞、叱、吸種種之聲，始覺可把捉，孰謂風不可捕耶？柳州《袁家渴記》云：「每風自四山而下，振動大木，掩苒衆草，紛紅駭緑，蓊葧香氣，衝濤旋瀨，退貯溪谷，摇颺葳蕤，與時推移。」從山而木，而草，而花，而濤瀨，而溪谷，所遇異狀，模寫之工，不減漆園。

愛石莫若米顛，畫石莫若倪迂，而記石孰若子厚之妙乎？黄溪、小丘及柳州近治可遊者等記，摹寫並妙。至《萬石亭記》，尤爲奇絶。又於《石城山記》，謂「其氣之靈，不爲偉人，而獨爲是物」。因惜其列於異狄，然遇子厚之筆，得顯於天下，石亦幸矣。

《柳州山水近治可遊者記》云：「石魚之山，全石，無大草木。山小而高，其形如立魚，在多秭歸西。」是承上文「仙奕之山」，「其鳥多秭歸」而言。又雷塘云云，「在立魚南」，是又承上文「立魚之山」「其形如立魚」而言。用「多秭歸」、「立魚」字如地名，殊爲新奇。徂徠謂柳所創，非也。《山海經》云：「蒼梧之山，帝舜葬於陽，帝丹朱葬於陰。氾林方三百里，在狌狌東。狌狌能知人名，其爲獸如豕，而人面，在舜葬西。」狌狌、舜葬皆非地名，子厚蓋本於此。

柳州之後，記山巖形狀尤奇者，莫若孫可之《龍多山録》，云：「北出其巔，氣象鮮妍，孕成陰烟，屹石巉巉。别爲東巖，槎牙重復，爭先角逐，若絶若裂，若缺若穴，突者虎怒，企者猿踞，横者木仆，挺者碑植。又有似乎飛檐連軒，楶櫨交攢，欹撑兀柱，懸棟危礎，殊狀詭類，愕不得視。」又王陽明記月潭之巖云：「澒洞玲瓏，浮者若雲霞，亘者若虹霓；豁若樓殿門闕，懸若鼓鐘編磬；嶦幢纓絡，若摶風之鵬，翻隼翔鵠⑦，螭虺之糾蟠，猱猊之駭攫，譎奇變幻，不可具狀。」亦狀得奇。

山城國東南隅有笠置山，爲元弘帝蒙塵處⑧，今屬我藩封内，在伊賀上野城西三十里。故余從藩之後，得屢往遊焉。丁亥季秋⑨，吾侯巡封，遂登此山。余亦復載筆陪從，益詳其勝狀。山不甚大，多巨石崇巖，或至五六十尺，形狀譎詭，皆足駭目驚魄。而其尤奇者爲石門，門石長六丈餘，兩傍盤石叠起承之，去地三丈許，望之巍然如城闕。其下空闊，可數人並行。左傍一小洞，窺之闇黑，入數十步，得一竇纔出，如兒離母體，呼曰胎内竇。又有摇石者，在大盤石上，高及人頷，可重數千鈞，以手撼之，則兀兀動摇，理之不可詰者也。於戲！疆内之勝有如此者，吾曹手筆凡陋，不能發其奇，可恨已。若得柳州入神之筆寫而傳之，其名豈出於黄溪、石城之下哉？

大和國尾山月瀨數村，植梅爲業，多以谷量，或有屬我藩封域者，在上野城南二十一里。余嘗如伊州，適值花時，遂往覽焉。山勢奇峻，溪水清激，花夾兩崖，累積萬玉。乘舟上下其間，杳然覺仙路不遠，其勝故應冠宇内。然地甚幽僻，舊罕識者，但我藩人時往賞之耳。及至近歲，造遊者稍衆，遠方之人或傳識之，亦非偶然也。余記得九篇，使畫工圖之，以供好遊者之觀云。

天下名花，古今首推芳野。余以爲芳野有山無水，未若嵐山之最佳也。嵐山花之多雖遜芳野，巖槎牙而水清駛，方花時望之，槎之泛、橋之卧、人之來往坐立，宛在畫圖中。余謂：梅花以月瀨爲最，而櫻花以嵐山爲最，皆兼山川之勝故也。余嘗遊之，戀賞至夕不能去。既遇月出，益覺嬋娟，遂留宿焉。翌早候旭日升，復出觀之，芳霧靄然溢溪山，又爲一奇。於嵐山之景，庶幾盡之。

芳野一目千本，蓋後人所種，盛則盛矣，未能脱俗也。如瀑布櫻、雲井櫻及吉水、竹林二院所有，真爲名花也。瀑布櫻，數十樹附緣巖肩，自下望之，如銀河倒落。雲井櫻，縹緲在高山顛，嘗邀元弘帝睿賞，有御制載《新葉集》。然則賞芳野花，豈獨在一目千本哉？

江户名花，首屈指飛鳥山、墨沱川。然形勝既不及嵐山，而遊人猥多，又頗爲殺風景。唯東叡山廣袤數里，雖遊人衆，不損風景。山盡早櫻，又多老杉古松。殿閣宏壯，麗而不靡，皆足與花映發矣。京師以早櫻名者，華頂山爲最，亦未能比此地也。山舊爲我藩别墅，故或稱上野，而清水、黑門、車阪等名，又皆襲伊賀、上野云。

余生長江户，西遊京畿，嘗試論兩地形勝。平安山明媚，水清瑩，富景物；大阪船舶湊，貿易盛，富財貨；江户萬國朝，五方雜，富人物。比之西土諸都，平安，古來比洛陽者信矣；大阪，當爲金陵、臨安之比；江户，則比唐之長安、宋之汴梁、明清之燕山，而殆過之。

宋李格非著《洛陽名園記》，具載勝概，名於後世。今我江都三百諸侯，各有上中下邸，多者至八九邸，自尾藩户山莊、常藩後樂園以下，名園池甚多，如吾藩染井莊亦名於世，若有好事者記而纂之，則得駕《名園記》之上矣。

宋都汴、杭之盛，孟元老《夢華録》、耐得翁《夢遊録》詳之。今以江户比之，無論錢唐偏安，雖汴梁全盛，恐在下風矣。江都以大堰爲池，箱嶺爲門，規模之大，固不待言矣。而邸第鱗次，房舍櫛比，人雜五方，户踰百萬，盛大繁華，求之五大洲間，亦應無比也。是以通衢大路肩摩轂擊，輷輷殷殷，常有數十萬之衆。日本橋魚市之盛，鐵炮洲賈舶之夥，皆不曠一日。淺草寺香火之奢，不論春秋；兩國橋油戟往來，曾無間斷之時。所在又皆有演史、説經、尋橦、走索、呑刀、戲馬之場，迎客獻技，常如祭會之日。此平日大略也。歲首諸侯朝賀，武夫前呵，號槍雙行，衣冠儼然，騶從溢街，西伯東后，往來駱驛。二月三月，都人觀花，金鞍白馬，連紫遊繮，靚妝婦女，連袂群行，山翻綵幕，水泛畫鷁，飛觴按樂，鬧拳競起，所在喧騰如沸。四月，侯伯瓜代，弓銃啓行，鳥尾槍榼，豹皮鞍帽，照耀近郊，扈從輿馬相屬數里之間，出者入者，連月不絶。五月之後，兩國舉花火，中流炮響，流星騰蛇，變幻百出，船上扣舷，樓上鼓檻，萬口一聲，喝采震地。六月山王會，九月神田祭，間年遞行，山車陸船，上列神仙人物，綵繢奪目，載鼓樂往來，樓卷珠簾，地席彩氈。觀者夾街如堵。十二月，淺草寺臘市，賣迎春之具，及人家應用凡百雜器，架棚排列，人衆雜遝，跟不着地。叫呼之聲，聞數里外。此四時大略也。若夫大角抵錦裀上場，三勾欄華裝奏技，並爲盛觀。而吉原之里，五街列樓，紅翠三千，吹彈之聲日夜不斷。季春則有觀花之盛，孟秋則有放燈之豪，亦皆爲都下一景矣。嗚呼！太平之久，人享無事之樂，可不知其所由哉。彼日夜耽樂生死豪華之場，曾不自省者，吾不知其可也。

余嘗謂：天地之勢，東方常爲盛。以五洲論之，吾邦爲極東，穀美物殷，人執君子之德，他國所不及。以邦内論之，天下之勢常在於關東。至江都之建，盛大繁華，亘古所無。以一都論之，平城則東邊纔存，而西邊汗萊。平安則西京荒廢，而東京如故，而其地又以鴨川以東爲盛。江户則無處不繁盛，然城内則本街以東，城外則兩國淺草一帶之地，獨爲最盛也。至平安之西寺廢，而東寺存；平城之西大寺微微，而東大寺不改舊觀，亦似非偶然者矣。

輪王寺府，藏宋張擇端《清明上河圖》，東厓翁嘗得觀之，有跋載其《紹述文集》，謂「爲人凡千六百四十三，禽鳥魚獸凡二百八」，其盛可知矣，平生恨未一見也。吾藩奥田氏藏明岳璿所撰之記，余借覽其明清書畫帖獲之，亦可知其梗概也。曰：「《清明上河圖》，宋張擇端所寫汴梁風景也。圖中約千餘人，各具體態，無有同者。首一牧童騎牛而弄笛；一士登橋，一童抱琴隨之，又一人負囊而顧。繼有騎行者、有肩挑者、有背負者、有鼓樂迎娶者，有婦女携子者。或乘兜而遇友，或對舟而揖客，或牽挽而遲行，或斷維而勇渡。笑若有色，呼若有聲，行若動，止若靜。無所不肖，難以數記也。遠而揚帆，近而或行或止者，大小十二艘。而緑楊夾岸，白浪滔天，則景色宛然逼真也。執竿而趕鵝者一人，沽酒而盗飲者一人，市肉而較者二人，市魚而較者三人，逐雀者一人，臂隼者一人，同走而戲謔，相望而疾馳，不可數而記也。車一輛，驢七頭，行，吾知其商，坐，吾知其賈，執物器而服役，倚門閭而指使，相顧相呼，種種各有生氣也。爭而有鬬五人，或勸而怒，或歡而笑，此市橋之情也。僧而丐於市者三人，或趨而觀，或迎而仆，此幼稚之態也。其他肩火而市食，携桶而汲井，兒啼而犬吠，亦已盡天下之技矣。其心猶未足奇也，作十人以槍刃戲者，填道觀之，老少聚首，奇形横出，雖至明無以悉其名狀也。掌城門者二人，乘騾而入城者五人，戴而出，肩而入，皆商旅之役，懷資而往來也。有閉户而讀者，喧而爲貿易者。陶冶工匠，老弱男女，無不畢具矣。猶以爲未悉人間之事也，乃作世禄之家，錦屏綉障，玉轡金鞍，冠蓋迎候，莫盡擬議，則人無遺態，物無遺情矣。又作宫殿臺閣，山水樹木，龍舸鳳艇，粉黛紅妝，俱極詳備。爲宇宙間一大觀，豈非不朽盛事哉。余自幼好畫，得觀古人名卷，若秋江、征艦、春色、牧牛、桃源、王會之類，已稱絶品，未有若此卷之豐茂肆博者也。予愛之重之，不能釋手，因爲之記，亦其大略云耳。」款曰：「天順六年二月望日，大梁岳璿文璣書。」

明周忱題觀弈圖云：「王生以采薪入山，父母妻子待之以食，見弈者而耽觀之，至於爛其斧柯，豈所謂力本者哉？比歸，而親戚鄉黨咸非其舊，可悼也已。一夫一婦不獲自盡，伊尹耻之；以戲迷愚人，使之老無所依，其果有是事耶？神仙亦未仁矣。」其言太腐，以伊尹責神仙，未免不倫也。精里先生嘗爲船橋棋伯題此圖云：「余少暇晷，加以疏懶，興來對局，不能凝思。即使勉强竭慮，瞻前顧後，誤著益多。其看入品以上棋，亦不耐煩，必欠伸退去。世之拙棋皆然，非獨余也。因怪樵夫觀仙弈，不覺其久，豈深曉棋理而然邪？抑仙手亦不甚高，聲如急霰，手如插秧，勝敗倏忽，以致樵夫忘歸也。果爾，則比柯之爛，不知結幾千萬局，恰好余敵手也。然恐天上無有如此頑仙，故知此談牖出於古人狡獪，設以警人耳。」先生以笑話輕輕道破，爛柯之妄自見矣，是小品中最佳而有關係者，孰謂東人之文不若西土哉？

柴栗山示塾生云：「籠養小鳥者，捕獲鶯雛，患其聲澀濁，就老鶯善鳴者，使學其聲，俗謂之附子。雛初在籠，遷躍上下，躁然無少頃靜，忽聞老鶯一弄，便戢翼凝立，如諦聽者，越時始能動身，既而低弄，如學之者，又如羞澀怕人聞者。如此一兩日，乃能放喉縱轉，音響瀏亮可愛云。嗚呼！微彼小禽尚思好其聲，而知希賢，可以人而不如鳥乎？」是亦小品之佳而有關係者，余喜誦之。

鶻一鷙鳥耳，柳柳州《鶻説》可見其仁也，杜少陵《義鶻行》可見其義也。人而不如鳥者衆矣，噫！

吾侯嘗獵郊放鷹，鷹方攫雁，雁群來救相搏。鷹人驅之乃散。中有一雁不肯去，出死力抗鬬，與鷹皆斃，見者莫不感嘆。嗚呼！方朋友急阨之時，來而相救者，尚不得衆，況於抵死不辭者乎？雁乎鴻乎，吾從汝於泰清。

杜陵好咏馬，如「九重神龍」二句，尤爲他人所不能道。東坡《三馬贊》：「振鬣長鳴，萬馬皆喑。」僅八字而已。意氣之豪，何減少陵。

近歲西洋人輸駱駝，邦人少見多怪，初駭其詭異，終笑其蠢痴，紛然喧於都市。吾聞駝之在西域，能察熱風，能知伏流，能負千斤之重，日行七百之遠，其能過牛馬遠矣。西人常資以爲用，唯見其材能，未見其詭異也。今來在此，地殊而用異，徒充詭觀，遂嗤笑之。使駝有知，其必爲不平之鳴已。然則世人之所怪與所笑者，豈皆可信哉？

文祿朝鮮之役⑩，我藩祖高山公與諸將俱入王都。當時群臣所俘之物，至今儼存不尠。就中新七郎良勝所獲屏風一雙，畫《寧邊圖》，尤爲可觀。余嘗適伊州，詣新七氏，請而觀之。畫甚精緻，韓臣沈守慶記詩附，筆畫穩秀，亦可觀也。其記曰：「嘉靖壬戌，冬十月二十有二日，上命召臣守慶至承政院，下絹畫七幅，仍教曰：『作記若詩以進。』臣聞命兢惶，退而奉展，則乃《寧邊圖》也。臣嘗叨受閫命於兹，略觀其形勝矣，不文應制，誠爲僭越，而獲睹内藏之畫，宛然曾涉之境，何其榮且幸也。試以所觀而參詳之：巖巒崒嵂，松檜參差，自北而延袤乎西者，藥山也。波流縈迴，灣瀨曲折，從西而經帶乎南者，仇音浦也。粉堞隱見於疊嶂者，城郭之壯也。朱甍縹緲於三門者，譙樓之麗也。客館居中而宏敞，元帥及僚佐各有廳堂於其側；村廬撲地而稠密，官屬與軍民雜連籬落於其間。屹立牙門之前者，曰運籌樓，常爲講射燕飲之所。翬飛塔淵之上者，曰決勝亭，乃是迎餞賓客之地。若鄉校，若倉廥，若兵器庫，若土官司局，咸占方位，罔不得宜，蓋制度規模之極其備也。至於勝賞，則東臺高爽最絶，而北臺與之對。鐵甕奇險無雙，而龍湫在其下。凡可坐可臨可觀可喜者不一而足，此一府形勢之大概。而古籍所稱天作之城，甲於東方者，果非虛語也。謹按本府自高麗至我朝建置屢變，世廟十一年合延州撫州，而始名以寧邊，遂置元帥之營，國家之所倚以爲要害者可見矣。今我殿下勵精圖治，宵旰憂勤，四方無虞，刁斗絶響，而猶慮邊事之或弛於念，特作是圖，將欲置諸左右，而常目之，以思關防之重。其保邦未危，綢繆牖户之意，吁！亦盛哉！世之圖山水花鳥者，實爲無益，而耽玩不已，或至於喪志。聖明之所爲，異於常情。若此其邃敻，觀省警飭之方，可謂無所不用其極；而古之連屏列箴者，豈獨專美於前哉？然『地利不如人和』者，孟子之嘉訓也，『在德不在險』者，吴起之格言也。哲王知險之不足恃，而唯務於德。昏主以險之爲可恃，而不務於德。此治亂興亡之所由分，而古今之龜鑑也。殿下覽是圖而瞿然曰：『險不足恃，何以能保也？』則德日脩，而邊境自寧。覽是圖而肆然曰：『險固可恃，夫孰敢侮乎？』則德日衰，而外寇隨至。一念之間，安危係焉。臣於是圖深有所感，而亦不能無懼也。拜手稽首，謹爲之記。皇明嘉靖四十一年十一月日，嘉善大夫行義興衛上護軍兼五衛將臣沈守慶奉教制進並書。」按我師入韓，在文禄元年，實爲彼之萬曆二十年。上距嘉靖四十一年僅三十年而已。蓋當時韓王恬熙懈於位，漸有敗兆，故此篇有德衰寇至之言。其詩七言古風六十句，又有「以險爲寶終必敗，外寧内憂言可拜」之語。蓋守慶，彼中名臣，以社稷爲憂者，其言足訓也。及我師入，都城不守，並此畫屏爲人俘去，守慶之言不幸驗矣。嗟夫！居治忘亂，驕侈淫逸，以取敗亡之禍，何代無之？然則守慶之言，豈獨戒韓國也哉！

①南紀：南紀伊之略稱，指紀伊之南部。
②津城：即今三重縣津市。
③伊勢：近畿地方的舊國名，現屬三重縣。
④源平之所勝敗：指平安時代末期源、平兩大封建武士集團的爭權斗爭。先是平氏專權，源氏失勢。後平氏爲源氏所滅。一一九二年源賴朝正式開創鐮倉幕府。
⑤南北之所隆替：指日本歷史上南北朝的興衰，即從鐮倉幕府滅亡到室町幕府初興之間的歷史時期。一三三六年大覺寺統的南朝與持明院統的北朝發生分立，終於一三九二年南朝合並於北朝。
⑥織田、豐臣之所興滅：指日本歷史上的安土桃山時代，亦即織田信長（一五三四—一五八二）和豐臣秀吉（一五三六—一五九八）當權的時代。織田信長於一五七三年推翻室町幕府，在近江築安土城，統一大半國土。他死後，其部將豐臣秀吉權勢日重，經多次戰爭，統一全國，曾在京都建伏見城（桃山）。
⑦翻隼：《王文成公全集》卷二十三《重脩月潭寺建公館記》作「翻集」。
⑧元弘帝：元弘原是第九十六代後醍醐天皇的年號（一三三一—一三三四），這里即指後醍醐天皇。公元一三三六年，足利尊氏另立光明天皇於京都（北朝），後醍醐天皇出奔吉野（南朝），是爲南北朝對立的開始。

⑨ 丁亥：指文政十年，公元一八二七年。

⑩ 文禄朝鮮之役：豐臣秀吉在一五九〇年統一日本後，即謀占朝鮮，並企圖進而入侵中國。文禄元年（一五九二年）即侵占朝鮮首都京城及平壤等地，最後敗退。

拙堂續文話

〔日〕齋藤正謙　撰

自序

余著《文話》數年，所嗣得者復積於篋底，裒然成册。適有書肆請續刻者，遂出付之。於是，海内之士締交通好者皆求余於言語文字之間。余意不屑焉，以爲丈夫七尺之身自有所樹立，言語文字特其緒餘，以此獲名，豈平生之志哉？且古人四十而仕，蓋以爲德立道明之時也。今余年殆及之，顧能如仲尼不惑乎？又能如孟軻不動心乎？之二者姑勿論已，且如《禮經》所云「方物出慮」，亦未能自信也。斯之不能自信，而徒從事於言語文字，屑屑然技止此矣，豈不深愧於古人乎？過此以往，余惟欲決然進取，繫心猿，誅意馬，補其劓黥，以畢平生之志已，復何暇話文哉？然年有老少，學有深淺。竊謂少年初學，徒談心性，不若考言語；妄求道體，不若徵文字。而立德明道，亦未嘗無資於此也。譬之文藝，華也；道德，實也。華之不若實固矣，然亦時有春秋之異，必由華而實，不養其華而俟其實可耶？故余欲不復話文，而猶有望於後進之士云。

天保乙未菊花節後一日鐵研學人齋藤謙識

序

篠崎弼①

拙堂寄示此序曰：「初編之刻，侗庵、山陽二公有詩、序之賜，今續編成矣，欲煩子及一齋佐藤翁之一言②。然翁繁劇，雖許或緩，東西照應，恐不復能如初編，子且評吾序，並評上木，亦體變而奇矣。」嗚呼，拙堂可謂以文爲命矣！其話文以文者不一而止，而其謀序跋也，曰「照應」、曰「變體」，亦自成文話也。

今讀其序，如自悔爲文人，而欲不復話文，則予惑焉。拙堂之話文，商榷古今，權度不差，而其尤推服者，韓子也。韓子雖以文爲名，而致身君國，政議軍謀，赫奕當世，而其學識，能繼往開來，宜乎拙堂景仰，至於欲編次其文以附孔孟之籍也。予謂拙堂話文即話道也，學者因文進道，得如韓子，亦可無恨矣。今乃舍平生所話而欲別有所樹立，然則嚮者所話，皆心猿乎？意馬乎？抑劓黥之可丑乎？拙堂之意非然也。文有餘而行不足，君子所恥，故遜辭乃爾，亦成一話耳。不然，則其立德明道，欲以希聖賢之不惑不動心者，豈外斯文而別有所用功乎？朱子不云乎，道之所寄，不越乎言語文字之間，學者誠能考言語以立其德，徵文字以明其道，則以文爲命可矣，終身話文可矣，拙堂以爲何如？

浪華小竹散人篠崎弼書。

---

① 篠崎弼（一七八一—一八五一），字承弼，號小竹，私謚貞和先生。師事篠崎三島、古賀精里，崇奉程朱之學。工於詩文。有《小竹文集》、《詩集》。

② 一齋佐藤翁：佐藤一齋（一七七二—一八五九），名坦，字大道，號一齋、愛日樓。曾任幕府儒官、昌平黌教官。崇奉朱子學，實尊陽明學。有《愛日樓全集》。

拙堂續文話卷一

〔日〕齋藤正謙　撰

元吳萊論文云：「作文如用兵，有正有奇。正是法度，要部伍分明。奇是不爲法度所縛，千變萬化，坐作、進退、擊刺，一時俱起，及其欲止，什五各還其隊，元不曾亂。」旨哉言之也。由此觀之，兵法之通於文法可知矣，不惟兵法而已。至夫工技、曲藝之事，苟得其解，則頭頭皆道，於文必有得焉。昌黎稱張旭草書，雖善書者，或不能道。昌黎不必悟草書，亦因悟文而及之耳。

錢人龍《書竹雲題跋後》云：「書家必論筆法，猶文章本以明道紀事，又必輔以法度文采，而後可傳。然苟不深窮法之所在，而妄爲論列，則如錢蒙叟所譏窮子爲他家數實，人皆笑其無看囊一錢也。」此以文喻書者也。汪堯峰《薛大武畫山水記》云：「大武數與予論畫，凡樹木之向背，山巒之近遠，水波烟雲之出没有無，與其所以位置曲折，莫不從容辨析。予嘗聽之。竊以爲畫家之説與詩、古文有相通者。今夫詩、古文之開闔也，出之以法；而其變化從横莫知所極也，則運之以神。使由此二者，而有得焉，吾見其如承蜩、如御風。如没人之操舟而梓慶之爲鐻，蓋無所往而不可者也。」此以文喻畫者也。可見技雖有大小，理則一矣。

惲南田畫册論畫有云：「有筆有墨謂之畫，有韵有趣謂之筆墨。瀟灑風流謂之韵，盡變窮奇謂之趣。」余謂不獨畫爲然，文章之妙俱可互參。

王虛舟論書云：「余嘗説臨古不可有我，又不可無我。兩者合之則雙美，離之則兩傷。不能無我，則離合任意，消息因心。未能虛而委蛇，以赴古人之節，鈔帖耳，非臨帖也。然不能有我，但取描頭畫角，了乏神采，此又墨工槧人伎倆，於我何有？」余服膺以爲名言。觀世之學文者，或步趨馳驟一效古人，不能有我；或師心妄作，破規毁矩，不能無我。二者皆非也。必如臨帖者，不可不似，又不可徒似而可矣。

惲子居曰：「王右軍寫《樂毅論》則情多怫鬱，《書畫贊》則意涉瑰奇，《黄庭經》則怡懌虛無，《太史箴》又縱横爭折。此如太史公傳儒林、循吏，皆筆筆内斂，與遊俠、酷吏不同。」余謂右軍之書、太史之文，比擬得倫。學書、學文者，可互相發明。

文章之資於山水，自古爲多。無他，有相通者也。故明朱之俊《宿昭慶寺記》云：「遊山亦如觀古人文字，當得解高而胸曠者與共評騭。」由此觀之，非得解高胸曠者，則不可與評山水矣，又不可與論文章也。

明文翔鳳《登泰山記》論嶧岱之别云：「鄒嶧瑰琦，實冠大東，如巨家園中疊山狀。岱岳則崇高而博大，欲以瑰且琦者求之不得，如帝王之一大堂陛，兹之謂岳也。即以文章論，名家之筆，勝語巧構，世之所趨；而大家則雄挺而古峻，其氣骨之兼人，有不得以巧求者焉。兹大家之所敻出不可匹，宜俗客之不知好之也。予登岳，益悟天地之文章，發思古之幽情矣。」此因岱嶧論大家、名家之别，鑿鑿有味。彼喜幽溪小壑者，觀此可以猛省焉。

袁子才《浙西三瀑布記》，其首云：「甚矣造物之才也。同一自高而下之水，而浙西三瀑三異，卒無複筆云云。昔人有言曰：讀《易》者如無《詩》，讀《詩》者如無《書》，讀《詩》、《易》、《書》者如無《禮記》、《春秋》。余觀於浙西之三瀑也信。」觀此可知山水與文章皆厭冗複也。

子才《與韓紹真書》云：「貴直者人也，貴曲者文也。天上有文曲星，無文直星。木之直者無文，木之拳曲盤紆者有文。水之靜者無文，水之被風撓激者有文。孔子曰：『情欲信，詞欲巧。』巧即曲之謂矣。」子才平生持論如此，故其《遊丹霞記》云：「立高處望自家來踪，從江口到此，蛇蟠蚓屈，縱横無窮，約百里而遥。倘用鄭康成虚空鳥道之説，拉直綫行，則五馬峰至丹霞，片刻可到。始知造物者故意頓挫作態，文章非曲不爲巧也。」其論詩亦常貴曲而不貴直。其説詳《隨園詩話》。

又《武夷山記》云：「余學古文者也。以文論山，武夷無直筆，故曲；無平筆，故峭；無複筆，故新；無散筆，故遒緊。不必引靈仙荒渺之事爲山稱説，而即其超雋之概，自在兩戒外别豎一幟。」此以文論武夷者也，沈確士評老蘇《木假山記》云：「如尋武夷九曲，一曲一勝。」此以武夷論文者也。觀二家之言，既以知武夷之勝，又以知文章之妙。

董玄宰《文訣》論轉法云：「文章之妙全在轉處。轉則不窮，轉則不板。如遊名山，至山窮水盡處，以爲觀止矣。俄而懸崖穿徑，忽又别出境界，則眼目大快。武夷九曲，遇絶則生。若千里江陵直下奔迅，便無轉勢矣。文章隨題敷衍，開口即竭，須於言盡語絶之時，别行一路。太史公《荆軻傳》，方叙荆軻刺秦王，至始皇環柱而走，所謂言盡語竭，忽用三個字轉云：『而秦法。』自此三字以下，又生出多少烟波。但拙者爲之，則頭腦多而不遒勁，病在不審賓中之主。」玄宰此論實中窾會。

凡事不得道途，則不能行。既得道途而不勉力，亦中道而廢。學文亦然。朱竹垞《王學士西征草序》云：「文章無盡境。譬之登山然，其入必有徑，雖懸崖絶壁，亦必有磴道可尋、綆縭可挽。苟力不足以相赴，非困則躓矣。華岳不知幾千仞，遊者必極於三峰而後已。」

明王思任《天台山記》，以科場之法品第山中諸勝，典贍可喜，今附於此：「外史氏曰：予遊天台，蓋操一日之文衡矣。賴仙佛之靈，風雨無恙，得以搜閱竣事，略用放榜例，品題甲乙與諸山靈約。矢諸天日，不敢有偷心焉。文章胎骨清高，氣象華貴，萬玉剖而璧明，萬綉開而錦奪。昆侖嫡血，奴僕群山，仙或許知，人不能到。所謂瓊臺雙闕也第一。磅礴渾茫，從天而下，不由父師，立參神聖，雄奇之極，反歸正正堂堂。吾畏之，終愛之。石梁瀑布第二。天繪巧妙，鬼斧雕鑽，腹字多奇，令人解頤殢步，能品加入神品。明岩第三。孤月洞庭，正爾寂照，忽有天山萬里雪一夜飛來，此曠世逸才。國清第四。恍惚幽玄，不記何代，片時坐對，人化爲碧。桃源第五。繞腸雄氣，滿腹古文，鬱鬱蒼蒼，扶餘窮北。萬年寺也第六。魏鄧艾縋兵入蜀，要以險絶爲功。不險不奇，奇絶乃險。斷橋落澗第七。醉筆横披，英英玉立，不與絳灌爲伍，名士也。但才氣太露，烟火未除，屈置稍後。赤城第八。孤芳獨映，不求賞識。然奇矯無前，人人目攝。寒岩第九。清新俊逸，居然道骨仙風。是瀑水嶺下數家也，未有知名，當亟拔之第十。魄張力大，有如天風海濤，夙領台山之譽。華頂第十一。因宜適變，曲有微情。藏若景滅，行必響起。高明寺幽溪第十二。望之甚奇，即之甚平。别造一格，高下倒置。桐柏宫第十三。停匀沖粹，淡日和風。輕入長春之圃，實稱其名。天封寺第十四。句句番語，字字鬼才，别有肺腸，不得以文體而黜之。神仙趕石第十五。餘如廣嚴、護國、無相、佛隴、福聖諸山水及悔山、歡溪、顧堂、察嶺等，尚有百十勝未録。或前事之易掩，或一日之長未盡，或星屑而可遺，或雷同而易厭，或目未接予，或足尚岉爾，庶幾獲附於拔十得五之義，而幸免於挂一漏萬之譏也。予之所以次第台山者如此矣。」

袁中郎《遊廬山記》云：「一客以文相質，余曰：試扣諸泉。又問，余曰：試扣諸澗。客以爲戲，余告之曰：夫文，以蓄入，以氣出者也。今夫泉，淵然黛，泓然靜者，其蓄也。及其觸石而行，則虹飛龍矯，曳而爲練，匯而爲輪，絡而爲紳，激而爲霆。故夫水之變至於幻怪翕忽，無所不有者，氣爲之也。今吾與子歷含嶓，涉三峽，濯澗聽泉，得其浩瀚古雅者，則爲六經；鬱茂曼衍者，則爲騷賦；幽奇怪偉變幻詰曲者，則爲子史百家。凡水之一貌一情，吾直以文遇之。故悲笑歌嗚，卒然與水俱發，而不能自止。客起謝。」此亦可見澗泉之似文章也。

江海之觀亦可以喻文矣。老蘇評昌黎之文云：「如長江大河，渾浩流轉。」東坡自評其文云：「滔滔汩汩，一日千里。」後人遂有韓海蘇潮之目。方正學《觀海樓記》云：「於其恬波怒濤開闔變化之態，可以發吾文。」惟相似矣，故可相發也已。

袁中郎《文漪堂記》云：「天下之物，莫文於水，突然而趨，忽然而折，天回雲昏，頃刻不知其幾千里。細則爲羅縠，旋則爲虎眼，注則爲天紳，立則爲岳玉。矯而爲龍，噴而爲霧，吸而爲風，怒而爲霆。疾徐舒蹙，奔躍萬狀。故天下之至奇至變者，水也。夫余水國人也，少焉習於水，猶水之也。已而涉洞庭，渡淮海，絶震澤，放舟嚴灘，探奇五洩①。極江海之奇觀，盡大小之變態，而後見天下之水，無非文者。既官京師，閉門構思，胸中浩浩，若有所觸。前日所見澎湃之勢，淵洄淪漣之象，忽然現前。然後取遷、固、甫、白、愈、脩、洵、軾諸公之編而讀之，而水之變怪，無不畢陳於前者。或束而爲峽，或迴而爲瀾，或嗚而爲泉，或放而爲海，或狂而爲瀑，或匯而爲澤。蜿蜒曲折，無之非水。故余所見之文，皆水也。」此篇初以水比文，後以文比水，其離奇變幻，實從老蘇《文甫字説》得來。

近世魏冰叔有《文瀫序》，亦本老蘇而變之。其末云：「吾嘗泛大江，往還十餘。適當其解維鼓枻，輕風揚波，細瀫微瀾，如抽如織。樂而玩之，幾忘其有身。及夫天風怒號，帆不得輒下，檝不得暫止，水反舟立②。舟中皆無人色，而吾方倚舷而望，且怖且快。攬其奇險雄莽，以自壯其志氣。然且登舟之初，風水所遭遽若是，則必不敢解維鼓檝，蹈危險以自快。夫世之樂小言而畏大文也久矣，故錢子以瀫導之歟？錢子之選有忠孝道德經濟之文以爲洪波，蕭閑之文以爲漪瀫，静深之文以爲寒潭，績藻之文以爲麗水。鼴鼠夸父各滿其腹，若是則已矣。」此篇以微瀾洪波比小言大文之别，而爲文之義躍然而出矣。

魏叔子又嘗論文云：「有得水分者，有得山分者。子瞻水分多，故波瀾動蕩；退之山分多，故峰巒峭起。」此喻甚妙，前人所未言。

朱竹垞亦好以水喻文。其《秋水集序》云：「以秋水名集也，何所取？取諸有源也。與源之見於地也。下則涌而爲濫，上則懸而爲沃；仄者氿，旋者過辨。順道而行，空明而不滯。小波淪，大波瀾，石激之而鳴，風蕩之而怒，雷霆車馬神物恍忽。水豈有意爲奇變哉？決之不得不趨，鼓之不得不作，亦隨所遇而已。文之有源者，無畔於經，無窒於理。本乎自得，抒中心所欲言，固不在襲故人以求同，離古人以自異也。」又《禹峰文集序》云：「水之趨於壑也，無定勢也。

正出而爲濫，縣出而爲沃，仄出而爲氿，尾出而爲瀵。小波淪，大波瀾，直波涇，無心而異焉者也。夫唯無心成文，辭必己出，革剿説雷同之弊，宜以天地自然之音，洵斯文之英絶者矣。」

應劭《封禪儀記》③，實爲古今遊記之祖。其中有云：「石壁窅窱，如無道徑。遥望其人，端如行杇兀，或爲白石，或如雪④，久之白者移過樹，乃知是人也。殊不可上，四布僵卧石上，有頃復蘇，亦賴齎酒脯。處處有泉水，目輒爲之明。復勉强相將行，到天關，自以爲已至也，問道中人，言尚十餘里。其道旁山脅，大者廣八九尺，狹者五六尺。仰視岩石松樹，鬱鬱蒼蒼，若在雲中。俯視溪谷，碌碌不可見丈尺。遂至天門之下。仰視天門，窔遼如從穴中視天。直上七里，賴其羊腸逶迤，名曰環道。往往有組索，可得而登也。兩從者扶掖，前人相牽，後人見前人履底，前人見後人頂，如畫重累人矣，所謂磨胸捏石，捫天之難也。初上此道，行十餘步一休，稍疲，咽唇焦，五六步一休。蹀蹀遽頓，地不避濕暗，前有燥地，目視而兩脚不隨。早食上，晡後到天門。」⑤文辭奇雋，其敘勞頓艱窘之狀，人人所欲言而不能也。鍾伯敬嘗評之云：「其心目之靈，手口傳盡，且讀且思，爲之絶倒。可爲至静至慧人道也。」是言得之。

明王褘《開先寺觀瀑布記》云：「從樹隙見岩腰采薪人，衣白，大如粟，初疑此白石耳。有頃漸移動，乃知是人也。」余初讀以爲奇，既而知其全襲《封禪記》，益知古人弗可及矣。明鍾人杰《過楓林記》云：「希微間，踽踽影動。定視之，乃一野衲掃落葉耳。」此亦本《封禪記》而换其面目，不似王禕之生吞活剥矣。

盛宏之《荆州記》亦記文之古者。其載鹿門事云：「龐德公居漢之陰，司馬德操宅州之陽，望衡對宇，歡情自接，泛舟褰裳，率爾休暢。」記沮水幽勝云：「稠木旁生，凌空交合。危樓傾岳，恒有落勢。風泉傳響於青林之下，岩猿流聲於白雲之上。遊者嘗若目不周玩，情不給賞。」此二則使讀者神遠。吳澹川《南野堂筆記》評之云：「載鹿門事數語，性情和厚，似陶淵明詩。記沮水數語，景趣蕭森，似謝靈運詩。」信然。其後酈道元作《水經注》，多采於記中者。

酈道元《水經注》，文詞妙靈奇雋，具有法度。且其備説水之經絡，足當《禹貢》之疏，不可徒以文字視。

《水經注》洧水條：「渌水平潭，清潔澄深。俯視遊魚，類若乘空矣。」後柳子厚作《小石潭記》云：「潭中魚可百許頭，皆若空遊無所依。日光下徹，影布石上。」意實本此。

王摩詰《與裴迪書》有云：「深巷寒犬吠聲如豹，村墟夜舂復與疏鐘相間。」語意沖和，亦如其詩。余嘗夜坐，聞群聲四起，時誦此語，特覺其妙。

盛宏之記巫峽江水之迅云：「朝發白帝，暮到江陵。其間千二百里，雖乘奔御風不以疾也。」李青蓮「朝辭白帝」絶句本此。至其構語之妙，殆神而明之。

唐周夔《到難》一篇，文字奇古。郭功父詩稱之云：「文格迴欺韓愈老。」其珍重如此。「碧瀾之下寸寸秋色」，乃篇中語之尤奇者。元遺山詩云：「碧瀾寸寸皆秋色，空對山靈説《到難》。」

蘇子由《棲賢寺記》云：「入棲賢谷，谷中多大石，岌嶪相倚。水行石間，其聲如雷霆，如千乘車。行者震掉，不能自持。渡橋而東，依山循水，水平如白練。横觸巨石，匯爲大車輪。流轉洶涌，窮水之變。石壁之址，僧堂在焉。狂峰怪石翔舞於檐上，松杉竹箭横生倒植，葱蒨相糾。每大風雨至，堂中之人疑將壓焉。」此一段造語奇特，宋文中所希見。王漁洋嘗拈出之，謂「雖唐作者如劉夢得、柳子厚妙於語言，亦不能過之」。信不誣也。

陸象山《與張伯信小簡》云：「風露凄清，星河錯落。月在林杪，泉鳴石間。薰爐前引，茶鼎後殿。方池爲鑒，回溪爲佩。冰玉明瑩，霜雪騰耀。則噴玉新亭，真蓬壺瀛洲也。」象山以道學名，而妙於語言如此。劉壎《隱居通議》評之，謂「他人當此境界，惟供風雲月露之資。先生則内外齊觀，即鳶飛魚躍之妙矣」。

道元、子厚以後善寫山水者，殊乏其人。然零碎收之，未嘗無出色者。隨得隨録，以供卧遊。宋盧襄《西徵記》云：「睦州歛三江之水，會合於亭下。有山隆然，直壓其首，如渴鰲怒鯨迅鬐鬣奔而衝水之狀。」喻良能《括蒼舊州治記》云：「萬山峨峨，横在一目。或矻如樓臺，或聳如帆檣；或如虎豹之蹲，騂騮之驟；或如鷩麐之出林，巨魚之鬭波。」張公亮《靈岩寺記》云：「泰山西北趾，群山擁翼連屬百餘里。摩空干雲，秀拔萬狀。曲如列屏，削如立壁；矗如攢劍，鋭如植圭。

幃幌掩映，城堡環遶。虎兕奔突，龍蛇盤屈。崟爲靈谷，呀爲洞穴；斷爲溪澗，引爲林麓。峰卓嶺聳，巒跳巘疊。翠木蔭蔚，飛泉激越，中有川焉。」元李洞《遊廬山記》云：「東行五老峰下，五老頷頤隆肩，欲欸以嗽者。蒼然負幃薄以立，顓其或與我語笑，顧久之。」汪炎昶《遊黄山記》云：「連峰丹碧，峭拔攢蹙。若植圭，若側弁；若列戈矛，若芙蓉菡萏之初開。」明方漢南《山硐記》云：「當門數峰，拔地如笋。四顧巃嵸如城堞，獨西峰窈窕入雲如髻，爲玉女峰。」徐貫《遊照山記》云：「結頂作華蓋形，分作二小支逆上。一支至前壟而止，一支至畢墩復起。一員峰折而北，横繞其前。其他諸山又蜿蜒而來，如拜如揖。水前後環繞，周匝始去。」以上皆寫峰巒之妙者。

善寫岩洞之狀者。元李孝先《雁山雜記》云：「兩大石相倚如合掌。至掌中望見山罅中青天，如懸一片冰。」明李元陽《遊盤山舞劍臺記》云：「見掀唇如白黿者，愕然凝視久之，乃知其大石也。」張喬偖《齊雲巖記》云：「其闢者如門，空者如室，障者如屏，垂者如簾。或踞若虎，或蜿若龍，或蹲若象，或起若佛。峙者爲爐，卓者爲炬，瀑者爲練。石鼇如藏，石鵲如翔，石鼓如擊，石旗如揚。巧者、幻者、纖者、麗者、呀者，如猿抱子歸，鳥啣花落。五步異形，十步異境。朝明夕晦，春艷秋清。狀貌千萬，不能盡述。」沈周《張公洞記》云：「乳溜萬株，色如染靛。巨者、么者、長者、縮者、鋭者、截然而平者、萏荵者、螺旋者，參差不侔，一一皆倒懸。儼乎怒猊掀吻，廉牙利齒，欲噍而未合，殊令人悚悚。」

善寫水泉之狀者。元汪炎昶《遊龍潭記》云：「瀑乘高怒噴，直下數千尺。遠望如出穴中，雹狂雨狠，淙淙不絶。而其細者空蒙霏微如薄霧，潭呀而吸之。周迴可二百余步，摇光蕩緑，莫測其深。」李孝先《遊雁山雜記》云：「巖罅泉水下滴，唧唧如秋雨鳴屋檐間，令人大呼。呼聲繞洞中不即出。泉墜半未至於地，爲聲所軋，則飄吹衣冠，草木盡濕。」又《大龍湫記》云：「仰見大水從天上墮地，不挂著四壁。或盤桓久不下，忽迸落如震霆。東崖趾有諾詎那庵，相去五六步。山風横射，水飛著人。走入庵避，餘沫迸入屋，猶如暴雨至。水下擣大潭，轟然萬人鼓也。人相持語，但見口張，不聞作聲。」明宋濂《遊五泄山水志》云：「西潭水流傾沫成白簾，闊可七八尺。冉冉下注，滑而無聲。兩傍石崖峭立，苔蝕蘚暈，時有水珠毵毵滴下。」又云：「東潭上飛瀑可二十丈，怒擊崖竅中。若運萬斛雪從天擲下，白光閃閃，奪人目睛。至潭底復逆上，有聲如輥雷。」楊守陳《遊雪竇山記》云：「泉出兩澗，注峻壁，若水晶簾自九霄中垂下。至半壁，有石突出承之，若盆，泉激盆四出。若玉瑩珠跳，雪飄花舞。復作匹練，垂至所隱潭者，乃蜿蜒作白龍循麓去。」王思任《天台山記》云：「壁頂挂一瀑，銀繩條落，半墜潭時，綏綏灑灑似一束碎雨。」袁宏道《遊廬山記》云：「一澗皆跳號砰激，嶼毛沚草咸有怒態。當其横觸泅涌，雖小奚亦瞑目佇視，如與之鬭。忽焉石遜涓然黛碧，觀者亦舒舒與與，不知其氣之平也。」又云：「瀑水掠潭，行與石遇。嚙而鬥，不勝；久乃斂狂斜趨，侵其趾而去。」尹伸《遊峨眉前記》云：「溪水分流，各貫一橋而出。氣勢雄强，未易揣探。石承其下，牙槎齟齬以怒之。反性擢德，譸張爲幻。至於凌疾霆襄岩磬，石亦受其鍥擊。乃稍柔伏，以霽其怒，則又澹澹然凝縹如不流。良久遵磴道而上，是爲白龍洞。」徐宏祖《天台後記》云：「瀑布從西北杳冥中來，至此繽紛亂墜於迴崖削壁之上。嵐光掩映，石色欲飛。」清袁枚《浙西三瀑布記》云：「飛沫濺頂，目光炫亂，坐立俱不能牢，疑此身將與水俱去矣。」

寫雲氣之妙者。朱子《百丈山記》云：「旦起，下視白雲滿川，如海波起伏。而遠近諸山出其中者，皆若飛浮來往，或涌或没，頃刻萬變。」明景暘《遊嶧山記》云：「下山北行十餘里，風雨驟至，雲如潑墨。回視兹山，彷彿有無之間。心神飛動，又惜不能少留雲氣中耳。」明蕭士瑋《湖山小記》云：「曉起，看白雲縷縷出山谷間，若茶煙之在齋閣耳。頃之百道狂馳，奔騰如浪，諸山泛泛水上行也。須臾山盡矣，空水絪緼，風烟一色，類香霧海。」王履《始入華山記》云：「雲適生，從玉女峰東峰兩間出，倚風作懶態。欻突然北涌，似顛崖狀。既而復還，漸幔於松巔，不動如憩。而山北所見，皆漫漶不可識。意彼或仰瞻吾固在雲表也。」袁宏道遊廬山記云：「雲縷縷出石下，繚松而過，若茶煙之在枝。已乃爲人物鳥獸狀，忽然匝地，大地皆澎湃。撫松坐石，上碧落而下白雲，是亦幽奇變幻之極也。」

明王履《始入華山記》云：「敗葉覆地不生草。行葉上不知窊隆，躡空輒仆。偶一失脚，幾墜厓下。偶旅跡幽翳中，古藤鬱屈，正躡樹根進，葉卒然鳴，疑以爲蛇也。」山行偶然之景，寫得靈活妙甚。

唐人金山詩：「鐘聲兩岸聞」一語。古今傳爲絶唱。明王思任《遊金山記》云：「鐘聲從紫濤中殷殷迫山乃壯。」此十二字寫得亦妙。

明人記勝之文，以王鏊《七十二峰記》爲稱首，其《五湖記》亦著於世。魏伯子云：「《五湖記》規矩整齊，步武不失；《七十二峰記》局勢鬬亂，渺忽難追，俱極錘煉之法。然作者當日自是立意要作兩篇文字，故特如此命局取格。」余讀兩篇，知此評之不謬。

明秦延韶《答友書》云：「足下欲聞麻姑山之最勝處，最勝處惟絶頂有泉。自丹霞觀西北來，蛇行斗折，伏流篁竹間數十里。至三峽橋，厓谷忽破裂，其下亂石森立，泉自上墮，下與石鬥，則洶涌作秋濤出峽聲，奔放衝突。不數百步至石梁，忽作兩白龍下垂，飛雪灑灑濺人，其聲清越。天風引之，乍細乍高，若士女裂帛，明珠落盤；若鐵騎突出，而刀槍戛擊，響振林谷。誠山中一偉觀也。足下聞之，得無眇視我錫山乎？」此以書爲記，語甚奇雋。

明徐霞客好遊，足跡遠及兩戒外，亘古未見其匹儔。所經必盡記之，惜殘闕不悉傳。然今所存遊記者，猶數十萬言，裒然成帙。如都元敬《遊名山記》等書，殊非其倫矣。錢牧齋以爲霞客千古奇人，遊記千古奇書，洵然。

錢牧齋囑徐仲昭刻霞客遊記書云：「文字質直，不事雕飾，又多載米鹽瑣屑，如甲乙帳簿。此所以爲世間真文字。」余覽其文，信如牧齋之言。唯夫如是，故能爬羅剔抉，無有所遺，使人如身歷而目擊焉。況其中有奇語錯出，足快心目者乎！

古今人但知江水發源岷山，不若黄河之遠出崑崙。唯《唐六典》言其出於西極。後陸遊《入蜀記》、范成大《吳船録》並言其所從來遠，亦約略之言耳。霞客足跡西至羌域，南極蠻甸，審知江水亦出崑崙，著《江源考》辨之。其略曰：「中國入河之水爲省五，入江之水爲省十一。計其吐納，江既倍於河，其大固宜也。按其發源，河自崑崙之北，江亦自崑崙之南，其遠亦同也。發於北者曰星宿海，北流經積石，始東折入寧夏，爲河套，又南曲爲龍門大河，而與渭合。發於南者曰犂牛石，南流經石門關，始東折而入麗江，爲金沙江，又北曲爲叙州大江，與岷山之江合。其實岷之入江，中國之支流。而岷江爲舟楫所通，金沙江盤折蠻獠溪峒間，水陸俱莫能溯。既不悉其孰遠孰近，第見《禹貢》『岷山導江』之文，遂以江源歸之，而不知禹之導乃其爲害於中國之始，非其濫觴發脈之始也。」此説尤爲詳明，足補《禹貢》之疏也。

霞客與黄石齋道周友善。石齋下獄，有《答霞客書》云：「霞客兄翱翔以來，俛視吾輩，真鷄騖之在庖俎矣。」蓋霞客平生與石齋同志。及見時不可，乃遠引爲名山之遊者歟？牧齋所撰傳中有云：「霞客疾歸，氣息支綴。聞石齋下詔獄，遣其長子間關往視，三月而返，具述石齋訟繫狀。據牀浩嘆，不食而卒。」由此觀之，足知其與石齋同臭味人也。古人謂：「不識其人，則觀於其友。」石齋道德氣節，爲明季第一矣。余觀石齋爲人，而知霞客之志。

---

①「泄」，原作「枻」，據《袁宏道集箋校》卷十七改。
②「反」，原作「亥」，據《魏叔子文集》卷十改。
③「應劭《封禪儀記》」，出自《後漢書志》卷七《祭祀志》劉昭注引應劭《漢官儀》所引馬第伯《封禪儀記》，據此，作者應爲馬第伯。此文又見嚴可均輯《全後漢文》卷二十九。
④「端如行杇兀」三句，《全後漢文》作「端端如杅升，或以爲白石，或以爲冰雪」。
⑤「晡」，原文作「脯」，據《全後漢文》校改。

拙堂續文話卷二

文章之體至唐宋而大備矣。間又有至於近世而定者，學者不可不遍觀取則也。彼侈口談秦漢者，豈識體裁哉？清人劉開云：「文莫盛於西漢。而漢人所謂文，但有奏對封事，皆告君之體耳。書序雖有，不多見。至昌黎始工爲贈送碑志之文，柳州始創爲山水雜記之體，廬陵始專精於敘事，眉山始窮力策論，序經以臨川爲優，記學以南豐稱首。故文之義法至《史》、《漢》而已備，文之體制至八家而乃全。學者必先從事於此，而後有成法之可循。」此言信矣。

論辨書序爲議論文，記傳碑志爲敘事文，不可相亂。而傳之與志，簡之與書，本爲一類，亦不可相亂。善讀名家文，審考體裁，則知之矣。若鹵莽讀之，滅裂爲之，書乃爲簡，傳乃爲志，不免失體。文體之不可不明辨如是。

吳訥《文章辨體》、徐師曾《文體明辨》，並論文章體制，大有補於學者。近世魏勺庭文集，各部有《引》論其體式，亦皆得要。學者先讀二書，次及勺庭集，而後作文，庶其不差矣。

魏勺庭《敘引》曰：「書之有敘，以道其所由作，或從而贊嘆之，或推其意所未盡。古者美疵並見，後世有美而無疵。濫觴而下，數十年間，叙人之詩若文者，既已駕韓歐、滌李杜，又必旁及其官禄之榮、平生之行誼經濟，上本其祖父所以垂統，下道子孫之美①。蓋一叙，而其人之傳志、家譜無俟他考已具，而又虚文飾詞以附益其所未始有。如是則主人色喜，而叙之者意滿。夫欲人之叙之者，使其傳己也，叙之者欲傳其人也。當其手墨未乾，人之視之，固已如大夏毒熱、腐魚敗肉之不可近，而一二真美亦卒爲所揜抑而不傳。嗚呼！是何其計之左也。」此可以爲挽近爲人作叙者之戒。姜湛園曰：「今之詞人懷刺例有集，縹緗轉精致，序反多於文，卷首列爵位。因戒同心友，不乞名人字。」此可以爲輓近乞序於人者之戒。

「陳伯脩作《五代史序》，東坡曰：『如錦宫人裹孝幞頭，嗟乎，伯脩不思也。昔左太冲《三都賦》就，人未之重也。乃往見玄晏，玄晏爲作序，增價百倍。古之人所以爲人序者，本以其人輕，而我之道已信於天下，故假吾筆墨爲之增重耳。今歐公在天下，如泰山北斗。伯脩自揣何如，反更作其序，何不識輕重也！』」右見施彦執《北窗炙輠》。此亦輓近人往往所犯，録以爲炯戒。

余嘗録文，分序引爲二。或人非之，蓋其説據陸遊《老學庵筆記》云：「蘇東坡祖名序，故爲人作序皆用叙字。又以爲未安，遂改作引。」余殊不謂然。按《韵會》諸書叙序相通，而古本《論語集解》序作叙。引亦唐人既有之，如柳宗元《霹靂琴贊引》，稍異於序體。因撿徐師曾《文體明辨》，亦别立引部云：「大略如序，而稍爲簡短，蓋序之濫觴也。若其名引之義，難妄臆説，俟博覽者詳焉。」於是果知陸氏之失考。

壽序昉於宋季，至明始盛，《震川集》殆八十首。其《朱君顧孺人雙壽序》云：「吾鄉之俗五十而稱壽，自是率加十年而爲壽。」然則當時五十以下未有祝壽之例也。至清人，則四十、三十皆有壽序。以父師壽諸子門人，嫌近輕薄，且祝壽之言本難工易俗。然其例既立，自有體制。且我邦每事後於西土，獨祝壽之禮先於西土數百年，且以四十爲壽之始。其爲國故也尚矣，亦事之弗可廢者也。

魏勺庭謂：「震川壽序蕩逸多奇，不減古人之叙詩文、記山水。」余觀勺庭壽序亦甚工。士女凡四十八篇，並如班馬之叙事。縱横變化，奇正百出，前人之所無。如《龍令君夫婦六十序》、《門人梁吴四十序》，合叙二人，既可謂奇矣。至《程山五君子五十序》，合叙五人，離合出没，有條而不紊，更爲絶奇矣。此皆本史家合傳之法。如《門人楊晟三十序》叙其弟晉，又得附傳之法。其變化如此。

勺庭《楊晟三十叙》並叙其弟晉曰：「晉明年亦三十。」此壽在前年。《朱太母八十壽叙》曰：「時母夫人徐年七十七矣。」此壽在三年前，是預壽也。《黄太夫人八十壽序》曰：「以其八十有一之五月，稱觴於堂。」《諸子世杰三十初度叙》曰：「乙卯三月，諸子世傑年三十有一。」《閻再彭六十序》曰：「淮安閻子再彭壽六十一。」《程翁七十壽叙》曰：「去臘翁壽七十。」《季弟五十述》

也。岸水厓而高者，有垠堮者曰厓，無垠堮而平曰汀。是故巖岸厓皆際水者也，其不際水者曰礹②。礹，石山也。通天巖不際水，皆石山，宜名礹，而冒巖名者。天下石山蓋皆冒焉。巖在贛治西二十里。敬自粤返，與雩都牛君、贛吳君往遊背城，過迤岡，復過欹嶺。見通天巖沓諸石山之上，縱横偃仰不可狀，其旁皆溪谷也。山瀆無所通曰溪，泉出通川曰谷，望之益谾。谾，青也。循山脅行，下水磧③以屬於巖，蘭若見於林中。巖差池相次，皆厂也。蘭若充之。厂人可居也。厂之上盤盤然，爲墮、爲棧、爲崛。斫佛像數十百，横爲行疊之，甚敦古。引而左，宋以後諸題名雜鐫厂下。復北而左，過主巖，巖益盤盤然。南折而西，有岫出巖背，曠然也，曰忘歸巖。自忘歸巖返，登主巖，鑿石爲隥，如大階，以及於頂。遠山皆見於群巖之外，小山岌大山、大山宫小山、小山別大山皆有之。雲四塞下垂，霆霓發於雲足，乃反蘭若宿焉。雨大至，參飲於碓旁，亦厂也。二君語及柳子厚諸遊記，敬以爲體近六朝，未爲至。凡狀山水，莫善於《爾雅》，而《説文》次之，遂記之如右。牛君安邑人，吳君敬④同縣人也。」

歐陽公誌尹師魯，稱其文爲簡古純粹，蓋莫以加焉。當時之人猶議其太簡，至往復辨爭。宋世猶然，況後世乎？偶讀魏冰叔、方靈皋二家集，有相類者，輒節録之。冰叔《答友人論傳誌書》云：「古史於善惡無所不書，墓誌銘則有善無惡，蓋緣孝子之心，無録先過之義。而作者多據行狀事跡，綴緝成文，是以諛墓之作，自唐韓愈已不能無譏。蔡邕自言：『生平碑版文，唯郭有道無愧。』則過情失實，勢有不得不然。特古人立言，體尚簡質。雖不録過，而褒善者少溢詞，其子孫受之以爲榮而不怪。今之人纖悉畢備，又從而增飾之，甚或反其生平之所爲。作者有所簡略，則其子孫怪而不悦，其親戚黨友動色張口，以相訾謷，則亦安得有傳信之文乎？至其所不習聞，據狀綴緝者，抑又可知？」靈皋爲程若韓誌其父墓，程嫌其太簡。靈皋以書答之云：「來示欲於誌有所增，此未達於文之義法也。昔王介甫誌錢思公母，以思公登甲科爲不足道，況瑣瑣者乎？此文乃用歐公法，若參以退之、介甫法，尚可損三之一；假而周秦人爲之，則存者十二三耳。」又爲孫以寧祖作傳，以寧亦以爲言。望溪答之曰：「所示群賢論述，皆未得體要，蓋其大致不越三端：或詳講學宗指及師友淵源；或條舉平生義俠之跡；或盛稱門墻廣大，海内響仰者多。此三者，徵君之末迹也。三者詳而徵君之志事隱矣。古之晰於文律者，所載之事必與其人之規模相稱。太史公傳陸賈，分奴婢裝資，瑣瑣者皆載焉。若蕭、曹世家而條舉其治績，則文字雖增十，不得而備矣。故嘗見義於《留侯世家》曰：『留侯所從容與上言天下事甚衆，非天下所以存亡，故不著。』此明示後世綴文之士以虚實詳略之權度也。」云云。「昔歐陽公作《尹師魯墓誌》，至以文自辨。而退之之誌李元賓，至今有疑其太略者。夫元賓年不及三十，其德未成，業未著，而銘辭有曰『才高乎當世，而行出乎古人』，則外此尚有可言者乎？僕此傳出，必有病其太略者。不知往者群賢所述，惟務徵實，故事愈詳，而義愈陋。今詳者略，實者虚，而徵君所藴蓄，轉似可得之意言之外。」

魏勺庭《文引》曰：「哀死之文情勝其文，非無文也，情至而文以至焉。不求文而文至，文之至者也。不言哀而哀至，哀之至者也。必痛哭以爲哀，則哀情微。必工於文以爲情，則文不工。韓氏祭十二郎，工於文以道其情者也，然而情以微矣。哀死之文，以樸爲文，以不求工於文爲文。凡民且然，況天性之親。此吾所不深取也。古人謂讀《祭十二郎文》不墮淚者，其人不友。余殊不謂然。」勺庭之言可謂卓矣。

延陵葬子哀詞，寥寥數語，千載後使讀者酸鼻。哀死之文何必在多也。周煇《清波別志》載：李觀宰清江時，歐陽文忠公護喪歸。太守請作祭文曰：「昔孟軻亞聖，母之教也。今有子如軻，雖死何憾。尚饗。」守以簡率爲訝。觀曰：「毋深訝。」而文忠至，擊節稱之。又周密《癸辛雜識》別集載：劉會孟十六字祭文曰：「公來何暮，公去何速。嗚呼哀哉，江西無福。」又朱彝尊《靜志居詩話》載：明康陵南巡，將臨靳文僖貴喪。詞臣撰祭文，均不稱旨。御制文云：「朕居東宮，先生爲傅。朕登大寶，先生爲輔。朕今南遊，先生已矣。嗚呼哀哉！」當時代言之臣咸斂手嘆息。嘉靖中，王新建没，執齋侍郎劉玉作祭文云：「嗚呼，公之才拔乎其萃！嗚呼，公之學出乎其類！嗚呼，公之功疇克似之！嗚呼，公之壽竟止於斯？」亦可謂言簡而意盡矣。諸篇並可以嗣延陵遺響。

祭人之死久矣。祭人之生，古所未聞也，蓋至宋末王炎午始有之。炎午，文信國門下士。及信國再執，不即死，炎午意遲之，作文生祭之。其首云：「謹採西山之薇，酌汨羅之水，哭祭於文山先生未死之靈，而言曰：嗚呼，大丞相可死矣。」云云。通篇言其可速死。奇事奇文，所以易傳。

余嘗謂詩文本非兩途，詩特文中一體耳。至近體之行，始與文判矣，亦未曾不同也。屬者讀清韓菼《有懷堂集》，有先獲我心者。其《松吟堂集序》云：「文章之道無有二也，蓋詩與筆之分自六朝始。古《詩三百篇》，章無擇多少，句無論短長，道情而已，豈有聲律之限，是詩而筆也。古文皆足與詩相發明，且多韵語。《易》辭韵最古，《尚書》《禹謨》、《益稷》間有韵，《五子之歌》、《洪範》之敷言，皆韵。《左氏傳》亦多入童謡輿頌，與《易》繇辭，是筆而詩也。《離騷》爲詩之變，何嘗非古文。莊子之文最奇矣，中間語多可詩也。自沈約譜四聲，别自專家。而任昉以沈詩任筆之目，終身病之，欲爲詩以傾沈而不能。爾後學者頗區爲二門，失本趣矣。」又《陳山堂文序》云：「蓋詩古文無二道。《易》、《書》多韵語，如箴如銘；諸子百家之文皆然。而《詩三百篇》亦如《春秋》之微而顯、婉而辨也。《雅》、《頌》中長篇鋪陳，直如序如記。古人之於辭無不工，蓋左右逢其原矣。後乃有各得其一體者，特局於才分之所至，而非道之有岐也。」

《易》彖象雜卦等篇全用韵。《書·虞書》、《洪範》，《戴記·禮運》、《孔子閑居》等篇，間用韵。

《左氏傳》語似銘似謡者尤多。雖諸子亦然。此以詩爲文者也。夫詩可以爲文，於是知詩爲文中一體無疑焉。蓋詩創於皋陶賡歌，今觀其詞爲詩可，爲文亦可。至古《詩三百篇》亦然。《離騷》及漢魏樂府，句不必拘字數。至唐李太白好用長短句，如其《蜀道難》、《遠别離》等篇，則詩而文矣。

銘贊文而似詩，騷賦詩而似文，統而言之皆文耳。

少陵《北征》、昌黎《南山》，首尾開闔，頓挫抑揚，布置有叙而弗紊，直爲一篇紀事可矣，爲一首遊記可矣。其他長篇亦皆莫不然，如樂天《長恨歌》、《琵琶行》，亦可爲一篇傳奇也。

詩與文雖同源，而流派則别，猶文中有論策，有序記，各各不同，若混而同之，乃爲失體。趙飴山《談龍録》載昆山吴脩齡之言曰：「意喻之米，文則炊而爲飯，詩則釀而爲酒。飯不變米形，酒則變盡。噉飯則飽，飲⑤酒則醉。醉則憂者以樂，喜者以悲，有不知其所以然者。如《凱風》、《小弁》之意，斷不可以文章之道平直出之也。」至乎言也。

古人作文，先辨體制，次講稱謂。世人率不加意於此，亡論體制，至於稱謂尤多繆濫，所以不及古人。宋元以來彼士亦多杜撰，每爲識者所嗤。於是有潘蒼崖《金石例》、王止仲《金石舉例》、黄梨洲《金石要例》，前後繼出，以糾正之。近日又有梁廷柟《金石稱例》、梁玉繩《誌銘廣例》，搜羅殆遍，學文者當首讀之。

徐俟齋著《居易堂集》，其首載凡例十一則，多爲其集發者，不盡資於他人，然讀之亦足知前輩之用心。其論書法重義例云：「吾之稱謂標題，各有一定書法。如吾先公執友最嚴重者，則既書其官，復書先生。等而殺之，或稱官，或稱先生，不並書而係之其字。若朋儕往還，或止書官，或竟書其字也。集中諸傳例書其人之字。傳本創自《史記》。《史記》或書名，或書字，或書爵里，以無定爲例。蓋太史公即寓書法於其中也。自《漢書》後，概書名，末學不察，嘗以古文必書名爲古。嘗有於極無謂文字中，硬入人之姓名，以爲得古人之法，良可笑也。」云云。「吾今所作傳有鑒於此，且既非國史，不敢猥書人名。」云云。此一則亦可見其用心之厚矣。近時惲子居《大雲山房集》，亦首載通例二十五則，可並考也。

《隨園集》亦有古文凡例，曰：「古文本無例也。自杜征南有發凡起例之説，後人因之，例愈繁愈敝。德州盧氏刊《金石三例》，蒼崖、止仲諸君所考甚詳，亦不過引韓比歐，依樣標的，而並無獨見。然既已有之，不可廢也，否則口實者多。故作凡例。余以爲文士用例不可無此見。善用兵者熟於法，而不泥於法，作文亦然。故例可講，而不可拘也。」

---

① 「之美」，原缺，據《魏叔子文集》卷八補。

② 「曰礮」，原缺「曰」字，據《大雲山房文稿二集》卷三補。

③「磧」，原作「磧」，據《大雲山房文稿二集》卷三校改。
④「敬」，原缺，據《大雲山房文稿二集》卷三校補。
⑤「飲」，原缺，據《清詩話》本校補。

拙堂續文話卷三

《尚書》爲文字之祖，惟唐韓退之獨知之。故《淮西碑》法《舜典》也，《佛骨表》法《無逸》也。《畫記》法《顧命》也，詞意並佳，遂成千古妙筆。

清人祝德麟有詩云：「六經不難讀，字字皆近情。盤誥固聱牙，當時詔黎甿。如今官文書，或別有式程。不然多舛脱，口授由伏生。」余嘗謂《典》《謨》等文，明白易曉；至讀《盤》、《誥》諸篇，遽如口含瓦礫。謂商周文古於虞夏可乎？德麟之言想當然爾。宋子景學《大誥》文，宜乎爲六一翁所嗤也。近人或有效尤者，真不直一笑。

魏勺庭《禹貢翼傳叙》論其書法，略與余平生所見同而更加詳。今録其略曰：「《禹貢》者，禹治水之書。史臣篇首書禹敷土，隨山刊木，奠高山大川，《禹貢》之綱領也。紀禹治水之書，挈其綱以示萬世，而不曰治水，何哉？蓋水不犯土，民可宅而粒，雖洪水無庸治。故曰敷土者，治水之意，則壤成賦、弼服建官統此矣。水不可治，治山與木，則水治。故曰隨山刊木，治水之用也，道山道水，南條北條之施統此矣。水不行地中，懷山襄陵，則疆界不定。故曰奠高山大川，治水之功效，海岱惟青，華陽黑水惟梁，以至肇十二州統此矣。蓋不言治水，而言水之所以治，然而定貢賦，錫土姓，弼服建官者，天子之事。禹專天子之事，則上無舜。人臣而逼天子，天子尸位無爲，雖舜禹聖人不可法於後世。而史臣於其終篇也，曰『告厥成功』。然後萬世之下見禹所爲皆奉舜之命，而不敢自專其功，人臣無成代終之節也。舜舉之得其人，任之不疑，權專而不見其逼上，功高而不以爲震主，人君知人善任之道也。然而成功者聖人之迹，其本不在於是。孟子曰：『雖大行不加焉，雖窮居不損焉。』禹不受命治水，不告成功，而禹之爲禹自若，何者？其德足以爲聖人也。史臣於其中篇則特書之曰：『祇台德先，不距朕行。』明乎前之所以成功者本乎此，後之所以保功者出於此，而禹之興、鯀之殛皆於是乎在。蓋史氏之書法如此。」

《禹貢》章法秩然，事散見上文各州，而復總結於末，「九州攸同」六句是也。陳大猷曰：「《禹貢》書法簡嚴。經於每州，惟舉一隅，至此總結之，見九州之所同。如宅土，惟言於兗雍，故此以四隩既宅總之。旅山，惟言於梁雍，故此以九山刊旅總之。經所載之川澤雖多，然九州之川澤不止是也，故以九州九澤之滌陂總之。經雖各載達河之道，而四方之趨帝都者不止是也，故以四海會同總之。」此說亦可謂明晰矣。

方望溪精《春秋》、《周官》，所著有《春秋通論》、《周官析疑》等書。《春秋通論序》云：「《詩》、《書》之文，作者非一，而篇自爲首尾，雖有不通，無害乎其可通者。若《春秋》，則孔子所自作，而義貫於全經。譬諸人身，引其毛髮，則心必覺焉。苟其説有一節之未安，則知全經之義俱未貫也。又凡諸經之義，可依文以求。而《春秋》之義，則隱寓於文之所不載，或筆或削，或詳或略，或同或異，參互相抵，而義出於其間。」《周官析疑序》云：「凡義理必載於文字，惟《春秋》、《周官》，則文字所不載，而義理寓焉。蓋二書乃聖人一心所營度，故其條理精密如此也。嘗考諸職所列，有彼此互見而偏載其一端者，有一事而每職必詳者，有略舉而不更及者，有舉其大以該細者，有即其細以見大者，有事同辭同而倒其文者。始視之若樊然淆亂，而空曲交會之中義理寓焉。聖人豈有意爲如此之文哉？是猶化工生物，其巧曲至，而不知其所以然，皆元氣之所旁暢也。」論二書義理寓於文字所不載，鑿鑿有味，予喜誦之。

《戴記》諸篇雖不皆出於孔氏，然並爲秦漢以上之文，非後世所及，《檀弓》爲最妙。但皆片段之文，譬如碎錦寸綉，不可見上衣下裳之制。獨《樂記》、《學記》、《儒行》等篇，其機軸乃見。而《禮運》之文尤爲蕩蕩汩汩，可學可法。昌黎《原道》、《上宰相第二書》等篇，蓋有本於此，細讀則知之矣。

姜西溟云：「《禮運》『是故夫政必本於天殽以降命。命降於社之謂殽地，降於祖廟之謂仁義，降於山川之謂興作，降於五祀之謂制度。』《正義》曰：『上既云「必本於天殽以降命」，此亦當云「必本於地殽以降命」。但上文既具，故此略而變文，直云「命降於社之謂殽地」。上云「命降於社之謂殺地」，亦當云「命降於祖之謂殺廟」。以上文既具，故此又略而變文。』《正義》此段論最妙，乃作文换句之法也。」

古今來文章最工者，莫若左氏。唯後人不能學，徒摹其面目，故不成臃腫之病，則入衰颯之流。善學之者不然，觀韓子《送石處士序》、《送李端公序》可見矣。

晉王接序《公羊傳》，謂經所不書，傳不妄起，於文爲儉。此洵然，然有未盡然者。晉荀息請以璧馬假道於虞伐虢，左氏叙之，唯云：「若得道於虞，猶外府也。」公羊則云：「君若用臣之謀，則今日取郭而明日取虞爾，君何憂焉？」又云：「寶出之内藏，藏之外府。馬出之内廄，繫之外廄爾，君何喪焉？」字殆三倍於左氏，而意纔通。郗人辭晉人納接菑，《公羊》叙之云：「接菑晉出也，貜且齊出也。子以其指，則接菑也四，貜且也六。子以大國壓之，則未知齊晉孰有之也？貴則皆貴矣。雖然，貜且也長。」喋喋數十言，頗雜滑稽。左氏則以五字包之云：「齊出貜且長。」氣盛辭直，足當八百乘之晉師，何等筆力。足見兩傳優劣。如趙盾弑靈公，兩傳俱數百言，各有佳處。然公羊猶有煩碎處，不若左氏之語簡而事多。

公、左俱叙趙盾嗾獒事。左氏云：「棄人用犬，雖猛何爲？」唯言公使犬之非耳。公羊則云：「君之獒不如臣之獒也。」並言已有死臣如提彌明者，比左氏爲長。

公羊論晉秦戰於河曲云：「此偏戰也。」何以不言師敗績，敵也。曷爲以水地，河曲疏矣。河千里而一曲也，因地勢以明兩曲。著筆淡淡，不下一解語而烟波無極，此亦左氏之所無。

魏冰叔論左氏文云：「古人文法之簡，須在極明白處方見其妙。簡莫尚於《左傳》，然如『宋公斬之』等句須解注者，不足爲簡也。」門人問：「如何方是簡之妙？」曰：「如『秦伯猶用孟明』突然六字起句，格法既高，只一『猶』字讀過，便見五種義味：孟明之再敗，孟明之終可用，秦伯之知人，不以再敗而見棄，時俗人之驚疑、君子之嘆服，皆一一如見，不待注釋解說而後明。如此乃謂真簡，真化工之筆矣。」此語甚精，丘明有靈，當首肯於地下矣！

歸震川常揚《史記》而抑《漢書》，此見逾宋人並稱「班馬」萬萬。陳眉公亦謂：「孟堅之《漢書》，自漢祖至武，全資於子長；自昭至平，全資於賈逵、劉歆，獨功在十表。而說者又謂其無益漢史。班之病，病在襲；《史記》之妙，妙在創。班之病，病在密；《史記》之妙，妙在疏。」此言洵然。

方望溪亦喜子長，不喜孟堅，其說散見集中，今姑録其一二。《書蕭相國世家後》曰：「《蕭相國世家》所叙實績僅四事，其定漢家律令，及受遺命輔惠帝，皆略焉。蓋收秦律令圖書，舉韓信，鎮撫關中，三者乃鄂君所謂萬世之功也。其終也，舉曹參以自代，而無少芥蒂，則至忠體國可見矣。至其所以自免，皆自他人發之，非智不足也。使何自覺之，則於至忠體國之道有傷矣。故終載請上林空地，械繫廷尉。明何用諸客之謀，非得已耳。若定律令，則別見曹參、張蒼傳。何之終，惠帝臨問，而舉參，則受遺命不待言矣。蓋是二者，於何爲順且易，非萬世之功之比也。班史承用是篇，獨增漢王謀攻項羽，何諫止，勸入漢中一事，在固亦自謂識其大者，然其事有無未可知。信有之，亦謀臣策士所能及也，且語甚鄙淺，與何傳氣象規模不類。柳子厚稱太史公書曰『潔』，非謂辭無蕪累也，蓋明於體要，而所載之事不雜，其氣體爲最潔耳。以固之才識，猶未足與於此，故韓、柳列數文章家，皆不及班氏。噫，嚴矣哉！」望溪此言可謂能得太史公之意矣。余嘗謂並稱「班馬」昉於宋人，今望溪所論又先獲我心。

又《書漢書禮樂志後》曰：「甚哉！班氏之疏於義法也！太史公序禮樂，而不條次爲書，蓋以漢興，禮儀皆仍秦故，不合聖制，無可陳者。郊廟樂章，並非雅聲，故獨舉《馬歌》，借黯言以明己意，且著弘之陰賊耳。其稱引古昔，皆與漢事相發，無泛設者。固乃漫原制作之義，則古禮樂及先聖賢之微言，可勝既乎？是以不貫不該，倜然而無所歸宿也。其於漢之禮儀則缺焉，而獨載《房中》、《郊祀》之歌，及樂人員數。夫郊廟詩歌，乃固所稱體異《雅》《頌》，又不協於鐘律者也。既可備著於篇，則叔孫所撰，藏於理官者，胡爲不可條次，以姑存一家之典法乎？用此知韓、柳、歐、蘇、曾、王諸文家，叙列古作者，皆不及於固。卓矣哉！非膚學所能識也。」又《書王莽傳後》曰：「此傳尤班史所用心。其鈎抉幽隱，雕繪衆形，信可肩隨子長。而備載莽之事與言，則義焉取哉？莽之亂名改作，不必有徵於後也。其奸言雖依於典誥，猶唾溺耳，雖用文者無取也。徒以著其譸張爲幻，則舉其尤者以見義可矣。而喋喋不休，以爲後人詼嘲之資，何異小説家駁雜之戲乎？漢之朝儀禮器一切闕焉，而具詳莽所易職官、地域之號名，不亦舛乎？馮道事四姓十君，竊位固寵於篡弑武人之朝，其醜行穢言必多矣，歐公無一及焉，而轉載其直言美行及所自述，與『當時士無賢愚皆喜爲稱譽，至擬之於孔子』，是之謂妙遠而不測也！」望溪不滿於班史如此。但《霍光傳》，則稱其有義法，而亦不盡予，曰：「假而子長若退之爲之，必有以異此。」後世以班匹馬，皆耳食之徒耳。望溪抑班以爲不若韓、歐，豈無所見而爲此言哉。

《湛園札記》云：「《史記》蒯通曰：『狡兔死，走狗烹。』而《漢書》改爲『野禽殫，走狗烹。』此《新唐書》以『篠驂』易『竹馬』，『迅霆』易『疾雷』之濫觴也。余謂：如敘事，本同紀一事，不得異於前人，亦不必異而可也。如論贊，則抒己胸臆，可得異於前人。而孟堅於子長敘事，頗加删改，以自異。至於論贊，一蹈襲之，無所變改。何也？」

惲子居亦往往揚《史記》而抑《漢書》。其《孟子荀卿列傳書後》云：「敬十五六時，讀《史記》，以孟子、荀卿與諸子同傳，不得其説，問之舅氏清如先生。先生曰：『此法史家亡之久矣。太史公傳孟子曰：「受業子思之門人」，曰「道既通」。蓋太史公於孔子之後，推孟子一人而已，而世主卒不用。所用者，孫子、田忌戰攻之徒耳。次則三騶子、淳于髡諸人，其術皆足以動世主，傳中所謂牛鼎之意也。而孟子獨陳先王之道，豈有幸邪？荀卿者，非孟子匹也，然以談儒墨，道德廢，況孟子邪！蓋罪世主之辭也。其行文如大海泛蕩，不出於厓；如龍登玄雲，遠視有悠然之跡而已。孟堅、蔚宗不能至也。然世主所以不用孟子者何也？陷於利也，而不知即所以亡。故以梁惠王言利發端，又引孔子罕言利以明孟子之所祖。是以荀卿形孟子，以諸子形孟子、荀卿，故題曰《孟子荀卿列傳》。若孟堅、蔚宗，當題《孟二騶淳于列傳》矣。此《史記》所以可貴也。』」是說甚精，故輒録之。

作史之法有二，太史公皆自發之。其一，《留侯世家》曰：「所與上從容言天下事甚衆，非天下所存亡，故不書。」此作《本紀》、《世家》、《列傳》法也，而《表》、《書》亦用之。其一，《報任少卿書》曰：「究天人之際，通古今之變。」此作《表》、《書》法也，而《本紀》、《世家》、《列傳》亦用之。《史記》七十列傳各發一義，皆有明於天人古今之數，而十類傳爲最著。蓋三代之後，仕者惟循吏、酷吏、佞幸三途。其餘心力異於人者，不歸儒林，則歸遊俠，歸貨殖，天下盡於此矣。其傍出者爲刺客，爲滑稽，爲日者，爲龜策，皆畸零之人。是故貨殖者，亦天人古今之大會也。鍾伯敬謂補《平準書》所未備，可以操治天下之故。其義乃推而得之，其諸非太史公之本義歟？此惲子居讀《貨殖傳》也，其論《史記》義法，略與方氏之説同。亦可采也。

宋倪思著《班馬異同》，元劉辰翁蓋亦有此著。余久欲見之而未得。頃閲汪鈍翁《類稿》，痛詆劉書，以爲淺陋無識，不若兒童之見。因舉其中一條駁之曰：「試以《李將軍傳》言之。子長於

『上郡太守』之下，即總叙云：『後廣轉邊郡太守，徙上郡，嘗爲隴西、北地』云云，『皆以力戰爲名。』此正子長叙法之妙。下文止擂射雕者一事以模畫之，以見在上郡力戰如此，則他處不言可知矣。又前文云『日以合戰』，後文云『廣結髮與匈奴大小七十餘戰』，皆與此力戰相照應。人知此傳以『射』字爲案，不知其又以『力戰』二字爲案也。孟堅憒憒，輒擧而删除之，此可謂之有法乎？而須溪則評云：『《史記》錯出非是。』且子長別用程不識兩兩相比，共作三段，此政以客形主，能令李將軍須眉生動，可謂史傳絶調。孟堅仍之良是。而須溪又評云：『程不識爲人何爲於此？可去不去。』若有憾於孟堅者。彼豈知作史之道哉？以此遺誤後人，則天下安得有古文辭邪？余謂：劉不知穿插錯綜之法，故其説乖謬如此。」鈍翁駁之良是。如其所評盡如是，則吾亦不欲觀矣。

《史記・蕭相國世家》：「拜丞相何爲相國，益封五千户，令卒五百人一都尉爲衛。諸君皆賀，召平獨吊。」其下即叙「召平者，故秦東陵侯。秦破爲布衣，貧，種瓜於長安城東。瓜美，故世俗謂之東陵瓜，從召平以爲名也。召平説相國曰」云云，下文又重叙相國事，以完本傳。《陳丞相世家》：「相國曹參卒，以安國侯王陵爲右丞相，陳平爲左丞相。」其下即叙「王陵者，故沛人」云云。陵母以死勸陵事漢王，及陵諫吕后王諸吕，吕后怒遷陵爲帝太傅，七年而卒。又陵之免丞相，吕后徙平爲右丞相，以辟陽侯審食其爲左丞相。其下即叙「食其亦沛人」云云，從破項籍爲侯，幸於吕后。下文又重叙陳平事，以完本傳。此史家帶叙法，子長所創也。如《李廣傳》插入程不識，亦從此法而變者耳。後世史家學之。如沈約《宋書・劉道規傳》帶叙劉遵，《廬陵王義真傳》帶叙殷宏，《何承天傳》帶叙謝元，《何尚之傳》帶叙孟顗，《謝靈運傳》帶叙荀雍、羊璿之、何長瑜三人是也。趙甌北《廿二史劄記》論《宋》《齊書》帶叙法云：「人各一傳，則不勝傳；而不爲立傳，則其人又有事可傳。有此帶叙法，則既省多立傳，又不没其人，此誠作史良法。」其言則然，但以此爲《宋書》所創，而不知其既出於子長，殆失之目睫矣。

侯雪苑《與任王谷論文書》云：「大約秦以前之文主骨，漢以後之文主氣。秦以前之文若六經，非可以文論也。其他如老、韓諸子，《左傳》、《戰國策》、《國語》，皆斂氣於骨者也。漢以後之文，若《史》，若《漢》，若八家，最擅其勝，皆運骨於氣者也。斂氣於骨者，如泰華三峰，直與天接，層嵐危磴，非仙靈變化，未易攀涉。尋步計里，必蹶其趾。姑舉明文，如李夢陽者，亦所謂蹶其趾者也。運骨於氣者，如縱舟長江大海間，其中烟嶼星島，往往可自成一都會。即飓風忽起，波濤萬狀，東泊西注，未知所底，苟能操柁覘星，立意不亂，亦自可免漂溺之失，此韓歐諸子所以獨嵯峨於中流也。六朝《選》體之文，最不可恃。士雖多而將囂，或進或止，不按部伍。譬如用兵者調遣旗幟聲援，但須知此中尚有小小行陣遥相照應，未必全無益。至於摧鋒陷敵，必更有牙隊健兒銜枚而前，若徒恃此，鮮有不敗。今之爲文，解此者罕矣。高者又欲舍八家跨《史》、《漢》而趨先秦，則是不筏而問津，無羽翼而思飛舉，豈不怪哉？」此論古今文變，而及當世之弊，了然在指掌，學者須三復焉。

雪苑謂《選》體之文，士多而將囂，洵爲名言。蓋文以意爲主帥，辭爲之卒徒，而後可以摧鋒陷陣。如《選》體之文，徒知尚詞，是雖有主帥，而不聽其命也，其能不敗者幾希。

六朝之文，唯彭澤《歸去來》爲真文章。次之者，爲王右軍《蘭亭序》，而獨不入《選》，何也，陳正敏《遯齋閒覽》云：「王右軍《蘭亭》以『天朗氣清』自是秋景，以此不入《選》。」史繩祖《學齋佔畢》辨之云：「周公作時制，以二十四氣定七十二候，三月爲清明，朗即明也。言氣候當辰，爲出火，清且明也，非『天朗氣清』而何？且張平子《歸田賦》曰：『仲春令月，時和氣清。』蕭統取《歸田》入《選》而遺《蘭亭》，東坡所謂『小兒强作解事者。』」史氏之辨當矣。然蔡邕《終南山賦》「三春之季，天氣肅清」，潘岳《閑居賦》「熙春寒往，微雨新晴，六合清朗」，謝靈運詩「首夏猶清和，芳章亦未歇。」當時人狀春色如此，不止於張平子。昭明六朝人，意亦不以此爲疑，但其性喜綺靡，而不貴古質，故《蘭亭》不入《選》耳。

凡讀古書，不可不知其用字之法異於後世。如「之」字爲助聲，《禹貢》「滄浪之水」，《山海經》「棠庭之山」之類。後人多謂「三字者足成四字也，」殊不知二字者亦足成三字。如《莊子》「厲之人」、「驪之姬」是也。蓋古人語勢如此，非必取其端正。後人以「之」字取端正，故三字者足成四字，五字者足成六字，非古義也。馬永卿《嬾真子録》云：「今印文榜額有『之』字者，蓋其來久矣。太初元年夏五月正歷，以正月爲歲首，色上黄，數用五。注云：『漢用土數五』，五謂印文也。若丞相，曰『丞相之印章』。諸卿及守相印文不足五字者，以『之』字足也。僕仕於陜洛之間，多見古印。於蒲氏見『廷尉之印章』，於司馬氏見『軍曲侯丞印』。此皆太初以後五字印也。後世不然，印文榜額有三字者足成四字，有五字者足成六字，但取其端正耳，非『之』字本意。」此説可並考矣。

昌黎《雜説》：「其真無馬邪？其真不知馬也。」俗本「也」字亦作「邪」，人多是之，余獨不謂然。韓文中此例不少，昌黎精古書，必有所本，然未得其證。既而閲段玉裁《説文注》，曰：「邪也二字，古多兩句並用者。如《龔遂傳》『今欲使臣勝之邪？將安之也。』韓愈文『其真無馬邪？其真不知馬也。』皆也與邪同。」果知余説之不妄也。嘗與一友談及之，其人博涉古書，多獲其證，爲余陳列之，余喜録之於左。《晏子春秋·外篇》：「高子問晏子曰：『子事靈公、莊公、景公，皆敬子。三君之心一邪？夫子之心三也。』」《新序·雜事篇》：「固桑曰：『不知君食客六翮邪？將腹背之毳也。』」《漢書·武五子傳》：「石德謂太子曰：『今巫與使者崛地得徵驗，不知巫置之邪？將實有也。』」又《終軍傳》：「軍詰徐偃曰：『率其用器食鹽不足以並給二郡邪？將勢宜有余而吏不能也。』」又下文云：「偃自予必死而爲之邪？將幸誅不加，欲以采名也。」又《王莽傳》：「太后召問公卿曰：『誠以大司馬有大功，當著之邪？將以骨肉故欲異之也。』」又下文云：「太后曰：『固當聽其讓令眡事邪？將當遂行其賞，遣歸就第也。』」

韓文《送許郢州序》：「雖恒相求，而喜不相遇。」按：喜猶和語曰「兔角」①，謂多也，與《傷寒論》喜嘔、喜唾之喜同。又與善字同意。《詩・鄘風》：「女子善懷。」《漢書・溝洫志》「岸善崩」，注家訓「多」是也。可見退之精古語矣。謝疊山《文章軌範》删此一字，沈歸愚《八家讀本》亦以此字爲訛，蓋不識古書字義故也。陳景雲《文道遺書》，有《韓文點勘》云：「喜一作苦，爲是。《軌範》中無此一字，覺句法尤健。」豈不可笑乎。

昌黎之文以氣勝，故能字字立於紙上。其《和盧郎中詩》「字向紙上皆軒昂」，蓋夫子自道也。袁隨園《與孫俌之書》云：「古文者，即古人立言之謂也。能字字立於紙上，則古矣。今之爲文者，字字卧於紙上。夫紙上尚不能立，安望其能立於世間乎？」余初愛此語之奇，既而知其爲昌黎下一轉語也。

---

①日文「兔角」，音とかく，有常常、往往、動不動、易於等義。

拙堂續文話卷四

唐之古文，元次山等始闢其源，至於昌黎而大盛，是人人所知；而其實胚胎於魏隋之間，人人或不知也。宇文泰在西魏當國，始從蘇綽之言，詔誥一仿《尚書》，大變蕪冗之習。其後隋文時，李諤奏文體卑靡云：「競一字之奇，爭一句之巧。連篇累牘，不出月露之形；積案盈箱，盡是風雲之狀。世俗以此相高，朝廷據茲擢士。至於羲皇舜禹之典，伊傅周孔之説，不復關心，何嘗入耳。」既而姚察父子修《梁》、《陳書》，多以古文爲之，叙事簡勁，論贊奔放，一洗六朝之陋。此皆可不謂藍縷篳路之功乎？

劉壎《隱居通議》載艾軒先生《韓柳集跋》，有云：「韓柳之别，則猶作室。子厚先量自家四至所到，不敢略侵他人田地。退之則惟意所指，横斜曲直，只要自家屋子飽滿，初不問田地四至，或在我與别人也。」此説於韓柳之别，甚爲明切。

阮元《揅經室二集·通儒揚州焦君循傳》云：「君善屬文，最愛柳柳州文，習之不倦，謂唐宋以來一人而已。後人多斥柳州爲王叔文黨，君爲雪之。」余嘗於前編引嚴有翼等説，辨柳州之冤，今又得焦氏，增其一知己，恨不得其説而觀之。昌黎諸公皆有年譜，柳獨無有。余嘗據其全集及新舊《唐書》，略次其年月，以備考索。但余寡陋恐多謬誤，後之君子幸賜補正。

柳柳州年譜

唐代宗大曆八年癸丑

公生於京師。按：公《送賈山人南遊序》云：「吾長京師三十三年。」公貶永州時，年三十三。其前皆爲在京之年，則其生京師明矣。公父侍御避亂，舉族如吳，獨公幼，與母留不從。（見《先太夫人歸祔誌》。）後侍御爲宰相竇參所中，貶夔州。公又不從行。故侍御還復官，曰：「吾唯一子愛甚。」方謫去至藍田，訣曰：「吾目無涕，今而不知衣之濡也。」（見《先侍御史府君神道表》。）公自稱河東解人，是言其生之所由出耳。韓氏稱昌黎，崔氏稱博陵，李氏稱隴西、稱贊皇，唐人率如此。《送獨孤申叔侍親往河東序》云：「河東古吾土也。家世遷徙莫能就緒。」而其末有企羨之言，則公不止不居河東，又未嘗往焉。《先侍御史神道表》叙祖先履歷云：「世德廉孝颺於河滸。」亦據其祖所由出而言耳。《弘農令柳君石表辭》云：「少陵原，柳氏之大墓也。由新墓而南，曰高祖王父蘭州府君諱某之墓。」少陵原在萬年，蘭州君爲公五世祖。據此則其家於長安久矣。按：公家世縉紳，晉之亂，柳耆爲汝南太守，始居河東。（《故大理評事柳君墓誌》。）七世祖慶，後魏侍中平齊公。六世祖旦，周中書侍郎濟陰公。五世祖楷，隋濟、房、蘭、廓四州刺史。高伯祖奭，唐中書令。高祖子夏，徐州長史。曾祖從裕，滄州清池令。祖察躬，湖州德清令。父鎮，侍御史。（見《先侍御史神道表》。○按：據此文，奭爲子厚高伯祖。而昌黎所撰子厚之誌爲曾伯祖，《新唐書》又作從曾祖，並誤。）

九年甲寅

十年乙卯

十一年丙辰

公年四歲，居京城廬田中。侍御在吳。家無書，太夫人教古賦十四首，皆諷傳之。（見《先太夫人歸祔誌》。）

十二年丁巳

十三年戊午

十四年己未

德宗建中元年庚申

二年辛酉

三年壬戌

四年癸亥

興元元年甲子

貞元元年乙丑

公年十三。劉禹錫序公集云：「子厚始以童子，有奇名於貞元初。」

二年丙寅

三年丁卯

四年戊辰

五年己巳

公年十七。按：《與楊誨之第二書》云：「吾年十七求進士，四年乃得舉。」

六年庚午

七年辛未

公年十九娶禮部郎中弘農楊憑之女。按：公作《楊氏誌》，不言來歸之年。但其末有「自辛未逮於兹歲」之語，則知在此年也。又按：《楊氏誌》：「禮部郎中凝生夫人。」蔣之翹曰：「楊凝之兄曰憑，嘗爲禮部郎中，而凝未嘗爲之。則凝字又恐是憑之誤矣。《楊凝墓碣》曰：

『若宗元者，以姻舊獲愛。』若凝婿，又不應曰姻舊矣。」今從此説。

八年壬申

九年癸酉

公年二十一，登進士第。（《先侍御史神道表》、《與楊誨之第二書》。）是歲五月十七日，侍御君卒於親仁里第，年五十五。（《先侍御史神道表》。）

十年甲戌

十一年乙亥

十二年丙子

公年二十四。按：《與楊誨之第二書》云：「二十四求博士宏詞科，二年乃得仕。」

十三年丁丑

十四年戊寅

公年二十六，中博學宏詞科，爲集賢殿正字。按：《與楊誨之第二書》但云得仕，《唐書》乃爲校書郎，非是。公撰《柳常侍行狀》及《與太學諸生書》，皆爲集賢殿正字，韓愈撰公墓誌同。但韓誌一本作校書郎，《唐書》蓋從之也。

十五年己卯

公年二十七。是歲八月一日，夫人楊氏卒，年二十三，公爲作墓誌。

十六年庚辰

十七年辛巳

公年二十九，調藍田尉。（《與楊誨之第二書》。）

十八年壬午

十九年癸未

公年三十一，爲監察御史裏行。（《墓誌》無裏行二字，今從《唐書》。）作《朝日説》、《禬説》。十二月，進領監祭使。作《監祭使壁記》，有云：「舊以監察御史之長居是職。貞元十九年，十二月，御史多缺。予班在三人之下，進而領焉。」

二十年甲申

順宗永貞元年乙酉

公年三十三，擢禮部員外郎。（公永和四年《與蕭俛書》及墓誌、劉禹錫撰公集序。）八月，憲宗即位。九月，公坐王叔文，貶邵州刺史，未至。十月，再貶永州司馬員外置同正員。（墓誌。月日據《唐書》，員外置同正員據公書銜。）同時坐貶者：王伾開州司馬，韓曄饒州司馬，陳諫台州司馬，凌準連州司馬，韓泰虔州司馬，劉禹錫朗州司馬，程異郴州司馬，凡八人（《唐書》），世稱八司馬。按：《順宗實録》云：「韋執誼貶崖州司馬。」《舊唐書》同。蔣之翹據此，以執誼爲八司馬之一，而無王伾，恐誤。王伾爲開州司馬，《實録》、新舊《唐書》皆同。然則當時爲司馬者，凡九人，必無八司馬之語矣。獨新書以爲執誼貶崖州司户參軍，其數乃合。此必有據，今從之。公赴永州，途經湘江，有《弔屈原文》。

憲宗元和元年丙戌

公在永州，年三十四。是歲五月十五日，太夫人盧氏卒於零陵佛寺，（零陵，永州縣名。）公作《先太夫人河東縣太君歸祔志》。按：公撰《永州龍興寺西軒記》云：「永貞年，余名在黨人，貶永州司馬。至則無以爲居，居龍興寺西序之下。」此所謂零陵佛寺，蓋謂龍興寺也。公作《懲咎賦》，有云：「哀吾生之孔艱兮，循《凱風》之悲詩。罪通天而降酷兮，不殛死而生爲。踰再歲之寒暑兮，猶貿貿而自持。」蓋丁艱後之作。

二年丁亥

公在永州，年三十五。按：公《法華寺西亭夜飲賦詩序》云：「余既謫永州」云云。「間歲元克己由柱下史（謂御史。）亦謫焉而來。」克己之來，蓋在是年也。

三年戊子

公在永州，年三十六。吳武陵竄來永州，公與交善，有《初秋夜坐贈吳武陵》五言古詩。

四年己丑

公在永州，年三十七。是歲九月二十八日，始得西山宴遊焉，尋得鈷鉧潭諸勝，並有記。

五年庚寅

公在永州，年三十八。有《與蕭翰林俛書》。是歲四月三日，公庶女死，年十歲，有墓磚記。

六年辛卯

公在永州，年三十九。

七年壬辰

公在永州，年四十。有《袁家渴》、《石渠》、《石澗》、《小石城山》等記。又作《閔己賦》有云：「仲尼之不惑兮，有垂訓之藹言。孟軻四十乃始持心兮，猶希勇乎黝賁。顧余質魯而齒減兮，宜觸禍以阽身。」

九年甲午

公在永州，年四十二。去年春，永多火災，日夜數十發，少尚五六發。今年夏如之。公爲作文逐畢方。又爲州刺史崔能作《湘源二妃廟碑》，又作《段太尉逸事狀》進送史館。又《囚山賦》有「積十年莫吾省者」之言。《起廢答》有云：「躄老進曰：今先生來吾州亦十年。」二文亦並作於是歲。

十年乙未

公年四十三。自永州召至京師，有《詔追赴都二月至灞亭上》詩云：「十一年前南渡客，四千里外北歸人。」途有《界圍巖水簾》、《汨羅遇風》諸作。三月乙酉，又出爲柳州刺史（《柳州謝表》、《唐書》。）先是，韓泰、韓曄、劉禹錫、陳諫亦召至京師。至是，泰爲漳州刺史，曄爲汀州刺史，諫爲封州刺史，禹錫爲連州刺史。公同禹錫行至衡陽而别，有詩云：「十年顦悴到秦京，誰料翻爲嶺外行。」禹錫集有《重至衡陽傷柳儀曹詩》引云：「元和乙未歲，與故人柳子厚臨湘水爲别。柳浮舟適柳州，余登陸赴連州。後五年，予從故道出桂嶺，至前别處，而君没於南中。因賦詩以投弔。」是元和十四年，公卒後之事。有《再至界圍巖水簾詩》云：「發春念長違，中夏欣再睹。」六月二十七日，到任。（《柳州謝表》。）有《登柳州城樓寄漳汀封連四州》七言律詩。七月，公從父弟宗直死。宗直好文，嘗撰《西漢文類》四十卷，公爲序之。業進士，不舉，輿病來從公於柳州。道加瘧寒，數日而没，公爲志殯。

十一年丙申

公在柳州，年四十四。有《柳州二月榕葉落盡偶題》七言絶句。蓋公始至，記風氣之異，必此年之春矣。三月，有《禱井神文》。又作《井銘》，序云：「始州之人，各以罌甀負江水，莫克井飲。崖岸峻厚，旱則水益遠，人陟降大艱。雨多，涂則滑而顛，恒爲咨嗟，怨惑訛言，終不能就。

元和十一年，三月朔，命爲井城北隍上。未晦，果寒食洌而多泉，邑人以灌，其土堅垍，其利悠久。」有《别舍弟宗一》七言律詩，其中有云：「一身去國六千里，萬死投荒十二年。」自永貞元年，至是爲十二年。是歲，周六生。時吳武陵既歸朝。按：《新唐書》：武陵北還，大爲裴度器遇。每言宗元無子，説度曰：「西原蠻未平，柳州與賊犬牙，宜用武人以代宗元，使得優遊江湖。」又遺工部侍郎孟簡書曰：「古稱一世三十年。子厚之斥十二年，殆半世矣。霆砰電射，天怒也，不能終朝，聖人在上，安有畢世而怒人臣耶？且程劉二韓皆已拔拭，或處大州劇職，獨子厚與猿鳥爲伍，誠恐霧露所嬰，則柳州無後矣。」度未及用，而宗元死。

十二年丁酉

公在柳州，年四十五。是歲，憲宗平淮西。

十三年戊戌

公在柳州，年四十六。獻《平淮夷雅》二篇。有表云：「臣違尚書箋奏（禮部掌尚書箋奏，故云。）十四年。」自永貞元年，至是爲十四年。

十四年己亥

十一月八日，公卒於柳州，年四十七。舅弟涿人盧遵，以十五年七月十日，歸葬萬年先人墓側。子男二人：長曰周六，始四歲；季曰周七，公卒乃生。女子二人皆幼（墓誌。），並庶出也。初，夫人楊氏孕而不育。(《楊氏志》。)夫人卒,公不復娶。

余既爲柳州造年譜。後見宋文安禮《柳文年譜後序》,而譜闕不傳。或人謂:明清間人,蓋嘗補作之。亦不牢記其名。余以爲果如或人之言,他日得之,以校異同,亦是考據之一樂,未必爲徒勞。故弗肯刪。

王遵巖始推重南豐,刻意學之。至於清初,錢謙益又貴之。朱竹垞亦有詩云:「近來文士愛標榜,不慮旁觀嘲笑工。但架廬陵屋下屋,瓣香誰解就南豐?」於是其學遂行。宋人或貴南豐,稱「歐曾」。至於清人,或稱「韓曾」,實遵巖之力也。

李文叔曰:「孟子之言道,如項羽之用兵,直行曲施,逆見錯出,皆當大敗。而舉世莫能當者,何其横也。左丘明之於辭令亦横。自漢後千年,惟韓退之之於文,李太白之於詩,亦皆横者。近得眉山《篔簹谷記》、《經藏記》,又今世横文章也。夫其横,乃其自得而離俗絶畦徑者,故衆人不得不疑。則人之行道作文,政恐人不疑耳。」文叔之論文,亦可謂横矣,然有味哉言也。

南宋之文,以王梅溪、陳龍川稱首。余嘗得二家集讀之,雖不及北宋名家,亦足雄視一時。當時又有葉水心成鼎足之勢,余未見全豹,然亦知其不愧也。

梅溪忠義憤發,文章爾雅,實爲南渡名臣。其應廷試,對策萬言,高宗親擢第一,批之曰:

子》第二篇，論戰守和，尤剴切可誦。

「經學淹通，議論醇正。」余觀其文，信然。其他奏疏劄子，皆足見其經濟之才。如《告孝宗殿上劄

梅溪爲人磊落有氣，故其序蔡君謨文集曰：「文以氣爲主。非天下之剛者，莫能之。古今能文之士非不多，而能傑然自名於世亡幾。非文不足也，無剛氣以主之也。孟子以浩然充塞天地之氣，而發爲七篇仁義之書；韓子以忠犯逆鱗、勇叱三軍之氣，而發爲日光玉潔、表裏六經之文。故孟子闢楊墨之功不在禹下；而韓子觝排異端、攘斥佛老之功，又不在孟子下。皆氣使之然也。」其下因舉本朝歐陽公、石徂徠、尹師魯及君謨以爲傑然者，蓋亦隱然自許也。

朱子序梅溪集，略云：「予嘗竊推《易說》以觀天下之人。凡其光明正大、疏暢洞達，如青天白日，如高山大川；如雷霆之爲威，而雨露之爲澤；如龍虎之爲猛，而麟鳳之爲祥；磊磊落落，無纖芥可疑者，必君子也。而其依阿淟涊，回互隱伏；糾結如蛇蚓，瑣細如蟣蝨；如鬼蜮狐蠱，如盜賊詛祝；閃倏狡獪，不可方物者，必小人也。君子小人之極既定於内，則其形於外者，雖言談舉止之微，無不發見。而況於事業文章之際，尤所謂粲然者。彼小人者，雖曰難知，而亦豈得而逃哉？於是又嘗求之古人，以驗其說。則於漢得丞相諸葛忠武侯，於唐得工部杜先生、尚書顔文忠公、侍郎韓文公，於本朝得故參知政事范文正公。此五君子，其所遭不同，所立亦異，然其心則皆所謂光明正大、疏暢洞達，磊磊落落而不可揜者也。其見於功業文章，下至字畫之微，蓋

可以望之而得其爲人。求之今人，則於太子詹事王公龜齡，其亦庶幾乎此者矣。」梅溪得此一序，重於九鼎大吕。

陳龍川文，《上孝宗四書》、《中興論》、《酌古論》，其命脈所在，論皆有根柢，可施行也。龍川自贊肖像云：「其服甚野，其貌亦古，倚天而號，提劍而舞。惟禀性之至愚，故與人而多忤。嘆朱紫之未服，謾丹青而描取。遠觀之一似陳亮，近眡之一似同甫。未論似與不似，且説當今之世，孰是人中之龍、文中之虎。」其平生自許如此。

同甫《酌古論序》云：「文武之道一也。後世始岐而爲二：文士專鉛槧，武夫事劍楯。彼此相笑，求以相勝。天下無事，則文士勝；有事，則武夫勝。各有所長，時有所用，豈二者卒不可合耶？吾以謂文非鉛槧也，必有處事之才；武非劍楯也，必有料敵之智。才智所在，一焉而已。」西土人常貴文而賤武，故國勢動失於弱。如龍川之説，庶幾不陷於偏矣。如其論，皆酌古事以適今之用，實有資於經世，足以續老蘇《權書》、《衡論》之後，勿以其或有鑿者舉而棄之可矣。

宋末之文，萎苶不振。及文信國出，以忠義之氣發爲文章，足以爲三百年多士之壓尾。其舉進士對策，適苦河魚，且不能食，强起，乘籃輿入。時理宗在位久，政理浸怠。公以法天不息爲對，其言萬餘，不爲稿，一揮而成。理宗親擢爲第一，考官王應麟賀其得人，以爲「古誼如龜鑒，忠肝如鐵石。」使公止於此，亦可以爲奇才，況其精忠義烈冠於古今者乎！

信國對策，論天道五行，猶覺不緊切。是進言之初，亦當如此而止。至上皇帝書，平生經濟之學，忠義之志，叩其底蘊而竭，尤可莊誦也。其所請簡文法以立事，仿方鎮以建守，就團結以抽兵，破資格以用人，皆切當時事，不減李忠定之奏議。至其末請斬巨閹董宋臣以除奸人奥主，剴切激烈，不減胡忠簡之封事。夫伏節死義，必在於直言極諫之士，觀公此疏可見矣。

明舒芬合録信國及謝疊山文，名曰《文謝成仁稿》。蓋謝之所樹立，固不及文，然從容就死，以全其節則同矣。況其文章亦發於忠義，比信國無愧也。

景定中，江東轉運司行貢舉，引試北方士人一科。時疊山爲考試官，發策以中原爲問。其文悲壯感慨，筆力甚偉，不類尋常策問，亦足見其平生志氣。玩誦之餘，謾録於此。「問：事有利害不切身而傷懷，人有古今不同時而合志，吾亦不知其何心也。登冶城，訪新亭，欲問神州在何處。自南渡百四十年，惟見青山一髮，眇眇愁予。耆老不足證矣，安得不夢寐東晉諸賢乎？衰草寒烟，猶帶齊梁光景，徒以重人黯然耳。不知秦淮舊月，曾見千載英雄肝膽乎？惜其遠而不可詰也。北來諸君，忠義之澤在心，慨嘆黍苗，悲歌蒲柳，豈能忘情故都哉？本朝道德仁義之教，三代而後未有也。士大夫苟且偷惰無能遠猷，晉宋人物所不爲也。自隆興至端平三大敗，縉紳不敢問中原矣。兵端不可妄開，國事不可再誤。思目前之危急，舍分表之經營，茲猶可藉口。柏城澗水，草木自春，不知誰家墳墓乎？每歲寒食，夏畦馬醫之子，無不以麥飯灑其松楸者，長陵抔土，詎容置而不問哉？劉裕入長安，道洛謁五陵，時晉寄江左百十有三年矣。五胡雲擾，豈暇念晉陵廟。舜野禹穴，誰敢以疑心視之。此臣子不忍言之至痛也。由端平至今又三十年。八陵不復動凄愴。秦始皇、陳隱王之冢，猶有人守之，三歲禋沛。義夫節婦墳墓亦禁樵采，況祖宗神靈所眷乎？士大夫沈於湖山歌舞之娱，何知有天下大義。諸君北風素心，豈隨末俗間斷哉？公卿談學問，自許孔孟；談功業，自許伊周；若限田，若鄉飲，若論秀，若舉選，皆欲彷彿三代。此一事，乃堪在晉人下乎？或謂：本朝取中原者，其失有四：不保全名將，不信任豪傑，不招納降附，不先據中原。不知諸君所聞何如也？後來童穉班荆輟音，固晉人所深恨。西北流寓，抱孫長息於東南，同父已知中原決不可復矣。一旦聞有北方豪俊試於漕闈，有司安得不驚喜也。猶記乾道壬辰，辛幼安告君『相仇虜六十年必亡。虜亡，而中國之憂方大。』紹定驗矣。惜乎斯人之不用斯世也。諸君亦有義氣如幼安者，百尺樓上豈可不分半席乎？」

明氏之興，濳溪、正學始唱古文，其流洪大。及其末路，一失於王、李之模擬，再失於袁、徐之奇衺，三失於鐘、譚之纖佻，江河之勢滔滔日下。其間雖有晉江、崑山諸人，力不能回之，於是文章先亡，而明社遂屋矣。然天地之理，剥除復乘，否往泰來。於是有商丘侯朝宗、寧都魏冰叔等，生於晚明，應清氏勃興之運，文復反正。文章與國運俱升降，古今如此。

拙堂續文話卷五

侯朝宗在明清之際，傑然爲文章名家。余久欲觀其全集。庚寅歲在江户，購而獲之，始得瀏覽焉。蓋其文以眉山之敏，行六一之法，悍然勇往，氣壓一世，使人辟易數里，不易才也。賈開宗序之，以爲明三百年無古文，唯有陽明、遵巖、荆川、鹿門，得朝宗而五焉。未爲溢美也。

朝宗《答孫生書》云：「僕嘗聞馬有振鬣長鳴而萬馬皆瘖者，其駿邁之氣空之也。雖然，有天機焉，若滅若没。放之不知其千里，息焉則止於閑。非是則踢之嚙之，且泛駕矣。吾寧知泛駕焉之果愈於凡群耶？此昔人之善言馬，有不止於馬者。僕以爲文亦宜然。文之所貴者，氣也。然必以神樸而思潔者御之，斯無浮漫鹵莽之失。此非多讀書未易見也。即讀書而矜且負，亦不能見。倘識者所謂道力者耶？惟道爲有力，足下勉矣。」朝宗之文横逸震蕩，此篇以馬比文，蓋夫子自道也。

宋牧仲曰：「朝宗文超軼雄悍，當者辟易。如項王瞋目一呼，樓煩目不能視，手不能發，蓋氣勝也。」又曰：「奮迅馳驟，如雷電雨雹之至，颯然交下，可怖可愕，霅然而止，千里空碧者，侯氏之文也。」牧仲與朝宗同里閈，平生相得最熟，宜其評侯氏之文犁然中窾也。

倪元璐云：「爲文必先馳騁縱横，務盡其才，而後軌於法。」侯方域其門人也，嘗廣其説云：「所謂馳騁縱横者，如海水天風，涣然相遭，濆薄吹蕩，渺無涯際。日麗空而忽黯，龍近夜以一吟；耳凄兮目駴，性寂乎情移。文至此，非獨無才不盡，且欲舍吾才而無從者。此所以卒與法合，而非僅雕鏤組練，極衆人之炫耀爲也。」

朝宗論流賊形勢議，及屯田剿撫兩議，皆諳練條達合時宜，賈、晁之流亞也。而南省豫省諸試策，不減長蘇之縱横也。其叙事之文，則《徐作霖張渭傳》叙兩人忽離忽合，《寧南侯傳》叙左良玉爲人，摸寫逼真，並得史遷之神髓矣。後見汪堯峰之言曰：「雪苑書策誌銘極多奇構，寧南一書尤酷擬史遷。可推近時作者。」乃知鄙評之不爽矣。

朝宗常自比周瑜、王猛。李自成之圍汴，其父恂視師，朝宗從焉。因説以賜劍斬晉帥許定國，以明軍法；將中原團結之徒數十萬，就左良玉於襄陽；約孫陝督犄角並進，賊乃可圖。恂不從，汴遂不可救矣。其依高傑，豫王師南下，傑已死，朝宗説其軍中大將。其策甚善，大將不聽，以其衆降。此二事，當時之人皆爲朝宗恨。

朝宗忤阮大鋮，殆不免死，以氣節雄一時。其與大鋮書，詞甚微婉。其末云：「後世操簡書以議執事者，不能知僕之詞微而義婉也。」此言足誅權奸之心。

高青邱壽僅三十九，其詩稱明初第一。侯雪苑壽僅三十七，其文稱明季第一。皆豐於材，而嗇於命，然詩文皆不朽，勝他人之期頤遠矣。

朝宗之文，飛動之氣有餘，而沉鬱之趣未足。蓋享年不長之故也。若得壽六七十，則能盡變化之用矣。所謂見其進，而未見其止者歟？朱竹垞曰：「朝宗學未成而早死。使其不死，寧無進境？」此言信然。

朝宗與方密之交善。密之遭滄桑之變，毀服爲僧，逃於方外。朝宗與書勗之，然出言有礙於新朝，故其中多微詞。其末有云：「密之或他日念僕，而以僧服相過。僕有方外室三楹，中種閩蘭粤竹，上懸鄭思肖畫無根梅一軸，至今大有生氣，並所藏陶元亮入宋以後詩篇，當共評觀之。」

朝宗與吴梅村書，言梅村前代遺老，不當仕新朝，陳三不可，議論侃然。其中有云：「學士身隱，而道彌彰。域之羨學士之披裘杖藜也，過於坐玉堂秉鈞軸遠甚。」朝宗欲成人美如此。梅村得此書，慷慨自矢，復書云：「必不負良友。」然余讀《梅村集》，有入京詩數篇，蓋不堪當事之敦迫，而終不能自守也。惜哉！

朝宗《書練貞吉日記後》曰：「嘗聞有先朝巨公，惑志一姬，致夙望頓减。姬問之曰：『公胡我悦？』曰：『以其貌如玉而髮可以鑒也。然則，姬亦有所悦乎？』曰：『有之。即悦公之髮如玉，而貌可以鑒耳。』又嘗遊虎丘，其衣去領而闊袖。一士前揖問：『何也？』曰公曰：『去領今朝法服，闊袖者吾習於先朝，聊以爲便耳。』士謬爲改容曰：『公真可謂兩朝領袖矣。』」余嘗讀一小説，知此二事爲錢牧齋。牧齋惑溺柳姬，得此侮弄猶可矣。其以明氏遺老屈膝於新朝，謂之何乎？雖才名震爆一世，要之患失之小人耳，何足貴哉！今觀此謔語，巧發奇中，亦足誅其心矣。

牧齋論齊桓滅孤竹，稱其攘北虜；爲吕晚邨作字説，望其爲張子房，皆似有志於明氏者。然身以勝國大臣，受新朝官爵，而外附節士，欲以口舌欺人，寧可得耶！後乾隆朝下詔論罪，禁其著作，不得行於世。蓋牧齋欲竊節義之名，而其名益污矣。

牧齋才富學博，其詩文能聳人耳目，操一時文柄。詩頗清迴，文則鋒芒太露，局法未煉，蓋恃才之過也。

趙松雪翰墨卓絶一代，余以爲不若一鄭思肖。錢虞山文詩震蕩一世，余以爲不若一徐枋。蓋士以節行爲本，文藝爲末。如二人有藝無節，本之既亡，斯如之何？

徐枋者，明之遺民也。以其父殉難，終身不仕，賣畫自活，常好畫芝，比鄭所南畫蘭，《畫徵録》有傳。余觀其《居易堂集》，益知其氣節文章之傑然。集中有題畫芝十二首，今存其二，以示一斑。其一曰：「尚論逸民，無愧采薇，獨商山之芝耳。余學隱商山，饑同孤竹，時畫墨芝，以寄吾意，寧止《離騷》香草比德君子哉？」其二曰：「商山紫芝節比采薇，《離騷》香草芳同蘭茝，此固幽人貞士之所寄託者也。余山居暇日輒喜畫芝，竊自比於所南之畫蘭，墨瀋所成，香風可挹。或謂：『所南畫蘭不著地，而子必畫坡石，或此獨遜古人。』夫吾之所在，即乾淨土也，何爲不可入畫乎？吾方笑所南之隘也。」

俟齋名節文章並爲秀潔，其《居易堂集》皆節義之言，美不勝收。學者宜全讀之，以振其志氣也。今姑抄論文一條，示其深於文。曰：『文有三謬，曰體裁之謬，曰段落之謬，曰行文之謬。（三謬皆有説。並從節略。）此三謬者，實本四病。一曰稚也，一曰雜也，一曰蕪也，一曰陋也。稚則必雜，雜則必蕪，蕪斯陋矣。何謂稚？不老成也。老杜句云：『毫髮無遺恨，波瀾獨老成。』惟能老成，故無遺恨也。此文有一好字可入者，必欲入之；有一好句可入者，必欲入之；有一好事可入者，必欲入之。斯稚氣也，而雜矣，蕪矣，陋矣。譬如織者，錦綺布帛並重於天下。若匹素之内，而爲錦者入焉，爲紈者入焉，爲綈者入焉，甚至爲絺、爲綌、爲褐、爲罽者亦入焉，見者無不唾而棄之。斯爲天下之廢物矣。亦猶之乎醫，但知其藥味之美，而必欲用之，而不知此方之内必不可入此味；又不知既用彼味，則必不可重用此味，則必至於殺人矣。以是言之，究竟四病，總繇於一稚也。」

黄梨洲、顧亭林皆以明氏遺民，終身不仕。人品既高，學術又爲一代風氣之先。

梨洲曰：「經術所以經世，方不爲迂儒之學。」余謂：天下無真誠經學，故無真誠經濟。苟能知經術所以經世，則能成真誠經濟矣。梨洲之志如此，故其學適用，無所不通。論者稱：梨洲以濂洛之統，綜會諸家。横渠之禮教，康節之數學，東萊之文獻，艮齋、止齋之經制，水心之文章，莫不旁推交通。

亭林學究天人，所著《日知録》等書，大有資於經世。且其文簡潔，自成一家，不染明季之習。嘗云：「近代文章之病全在摹仿，即使逼肖古人，已非極詣，況遺其神理、得其皮毛者乎？」

毛西河以漢學雄視一代，其文縱横博辨，不古不今，自成一格，不可以繩尺求之，蓋霸才也。論者以春秋之楚、戰國之秦目之。余讀其全集，而知其言之信。

袁子才云：「西河文集編定於後人之手，故拉雜貪多，失之靡曼。甚至《觀音庵送子記》一篇，直是村婆俚語，可笑已極。然而叙事之文有幾篇列傳碑版，沈鬱淋灕，龍門復生。賦數篇古艷斑斕，徐庾復出。本朝抱此大手筆者有幾人哉！再如《學記》一題，最難著筆，非平即腐。而西河集有兩篇，竟能天馬行空。」以隨園之才，推服如此。

湯潛庵、陸稼書德行政事並冠冕一代，不屑言語文學之科。而余觀二公文，亦皆足傳。湯文温雅，陸文清健，無語録習氣。雖曰「有德者必有言」，非嘗留心於此者，亦必不能如是。湯、陸二公以文學資治術，各爲一方福星，民並戴其德，頌稱不衰，而學士則偏袒於二公之間。蓋湯喜王氏，陸奉朱氏，學士各以其所好而是非之，終不若民心之公。余是以知俗儒不可與論人，黨同伐異之大害於事也。

胡介祉《侯公子傳論》云：「與公子後先接踵者，豫章王于一猷定之《四照堂集》，寧都魏冰叔禧之《易堂集》，吳江計甫草東之《改亭集》，皆在伯仲之間。」余既獲侯、魏二家全集讀之，計集亦得一瞥，但王集未得寓目焉，蓋未來於本邦也。屬者觀清徐斐然《國朝二十四家文鈔》，其首卷載軫石文十三首。軫石即猷定別號也，亦足窺其一斑，但未能定其與侯、魏孰優孰劣也。

軫石蓋尤長於叙事。《文鈔》所收《梁烈婦傳》、《孝烈張公傳》、《錢烈女墓誌》等篇，並骨節姍姍，風神奕奕，足見其筆力矣。丁子復云：「余每讀軫石文，見其喜亦喜，見其哀亦哀，忽不知感嘆之何自而生，涕泗之何自而集也，想當然爾。」

朱竹垞云：「文章之難，古今不數。頻年馳驅道塗，幸不後君子之教。然自商丘侯朝宗、南昌王于一二子之外，其合於作者蓋寡。二子又未盡其藴以死，僕誠痛之。比來京師，五方之人操翰管而高視者，何啻百計。求其若二子者，已不多得，況夫與古人方駕者哉。」以竹垞之才學，推服二子之文如此。

朱竹垞於文甚推服雪苑、軫石二子，然其所自樹立，有異於二子者。故其《與顧寧人書》云：「盛稱僕古文辭，謂出朝宗、于一之上。僕之於文，譬猶秋蟬候蛩，僅能遠去穢滓，以自鳴其風露焉爾。夫人所尚不同，則文亦異焉。足下謂僕之文異乎二子可也，而豈遂過之歟？」寧人謂竹垞之文在雪苑、軫石之上，可謂阿所好矣。竹垞不敢當寧人之言，而自稱其所尚不同二子，此其所別成一家也。

竹垞尚經術，喜博學，故其文爾雅。其《與李武曾論文書》云：「西京之文，惟董仲舒、劉向經術最純，故其文最爾雅。彼揚雄之徒，品行自詭於聖人，務掇奇字以自矜尚，安知所謂文哉？魏晉以降，學者不本經術，惟浮夸是務，文運之厄數百年。賴昌黎韓氏始唱聖賢之學，而歐陽氏、王氏、曾氏繼之，二劉氏、三蘇氏羽翼之，莫不原本經術，故能横絶一世。蓋文章之壞，至唐始反其正，至宋而始醇。北宋之文，惟蘇明允雜出乎縱横之説，故其文在諸家中爲最下。南宋之文，惟朱元晦以窮理盡性之學出之，故其文在諸家中最醇。學者於此可以得其概矣。」竹垞於漢取江夏、中壘，於宋取南豐、晦庵，而不取老泉，所以尚經術也；又於宋取原父、貢父，所以喜博學也。

竹垞之文，晚年尤原本經術，不屑唐宋大家。其《答胡司臬書》云：「僕之於文，不先立格，惟抒己之所欲言，辭苟足以達而止。恒自笑曰：平生無大過人處，惟詩詞不入名家，文不入大家，庶幾可以傳於後耳。來教謂『法乎秦漢，不失爲唐；法乎唐，不失爲宋。』於理誠然。若僕之所見，秦、漢、唐、宋雖代有升降，要之文之流委，而非其源也云云。六經者文之源也，足以盡天下爾矣。」

之道、之辭、之政、之心，不入虚僞，而歸於有用。執事誠欲以古文名家，則取法者莫若經焉

徐文駒復朱竹坨書，推其文甚至，然未嘗爲溢美。其略曰：「讀所示古文，意真語樸，格老氣蒼，而其足與荆川、震川相伯仲者，尤在一潔字。自昔操觚之士，人欲名家，其議論才情或不無作者之意，然而拖泥帶水，瓦礫雜投，往往瑜不勝瑕，醇不勝駁。於是有堆垛之弊，有裝飾之弊，有畫蛇添足之弊，有疊床駕屋之弊，有買菜求益之弊，有外强中乾之弊，有零星補湊、前後不相貫注之弊。此非不欲潔，不能潔也。潔之根柢在心，心地不清，穢氣滿紙。於何而能潔耶？潔之本領在骨，骨力不峭，濁氣薰蒸，又於何而能潔耶？柳子厚曰：『本之太史以著其潔。』太史公所以能潔者，以其縱覽天下名山大川，胸中無一點塵氣，故落筆疏宕，擅絶千古。然老泉尚嫌其因襲《尚書》、《左傳》、《國語》、《國策》，以未盡潔議之。甚矣潔之難言也。蓋文至於潔，而文之妙不可勝用矣。唐荆川博極群書，其所著《左編》、《右編》、《文編》、《稗編》、《武編》何所不有，而見之文字者，清真峭拔，不染一塵。歸震川之文，推爲有明第一。然荒江老屋，獨往獨來，能與王、李薰天之焰抗衡角勝者，唯在淘洗乾淨，得司馬子長之潔而已。先生生當斯文絶續之餘，古調自彈，抗懷獨立，不阿世好，不昵時腥。竊以爲先生之心與先生之骨，可謂潔矣。」

清初之士，魏勺庭長於文而短於詩，王阮亭長於詩而短於文，兼之者唯朱竹坨乎？《松心日

録》云：「國初古文諸家，余尤嗜魏冰叔、朱竹垞兩先生之文。冰叔之文多論議，竹垞之文多考證。冰叔之文肆多於醇，竹垞之文醇多於肆，而其爲言有序、言有物則一也。」

清初之文，如雪苑、湛園、鈍翁、竹垞諸子，各成一家，而余尤推魏叔子爲第一。叔子之文，雄奇變幻，時出高論，凌厲古人，其精悍不減老蘇；而往復嗚咽，兼有廬陵風度。雖求之前明三百年間，亦不多見其比。

勺庭《宗子發文集序》，足見其平生得力處。其略曰：「吾以爲養氣之功，在於集義；文章之能事，在於積理。今夫文章，《六經》、《四書》而下，周秦諸子、兩漢百家之書，於體無所不備。後之作者，不之此則之彼，而唐宋大家，則又取其書之精者，參和雜糅，熔鑄古人以自成，其勢必不可以更加。故自諸大家後，數百年間，未有一人獨創格調出古人之外者。然文章格調有盡，天下事理日出而不窮，識不高於庸衆，事理不足關係天下國家之故，則雖有奇文與《左》、《史》、韓、歐陽並立無二，亦可無作。古人具在，而吾徒似之，不過古人之再見。顧必多其篇牘，以勞苦後世耳口，何爲也？且夫理固非取辨臨文之頃，窮思力索，以求其必得。鍾太傅學書法曰：『每見萬匯，皆畫象之。』韓退之稱張旭書：『變動猶鬼神不可端倪。』『天地事物之變，可喜可愕，一寓於書。』人生平耳目所見聞，身所經歷，莫不有其所以然之理。雖市儈優倡大猾逆賊之情狀，竈婢丐夫米鹽凌雜鄙褻之故，必皆深思而謹識之，醖釀蓄積，沉浸而不輕發。及其有故臨文，則大小淺深，各以類觸，沛乎若決陂池之不可御。闢之富人積財，金玉布帛竹頭木屑糞土之屬，無不豫貯，初不必有所用之。而當其必需，則糞土之用，有時與金玉同功。吾蓋嘗見及於是，恨力薄不能造其藩籬。」

叔子論文語，散見於日録中。今又抄出之曰：「文之感慨痛快馳驟者，必須往而復還。往而不還，則勢直氣泄，語盡味止。往而復還，則生顧盼，此嗚咽頓挫所從出也。」又曰：「文字首尾照應之法，有明明繳應起處者，有竟不顧者，有若無意牽動者，有反罵破通篇大意實是照應收拾者。不明變化，則千篇一律，而文亦易入板俗矣。」又曰：「古文接處用提法，人所易知。轉處用駐法，人所難曉。凡文之轉，易流便無力，故每於字句未轉時，情勢先轉，少駐而後下，則頓挫沉鬱之意生。辟如駿馬下阪，雖疾驅如飛，而四蹄著石處，步步有力。若駑馬下峻阪，只是滑溜將去，四蹄全作主不得。更有當轉而不用轉語，以開爲轉，以起爲轉者。以起爲轉，轉之能事盡矣。」又曰：「善作文者，有窺古人作事主意，生出見識，卻不去論古人，自己馮空發出議論，可驚可喜，只借古事作證。蓋發己論，則識愈奇；證古事，則議愈確。此翻舊爲新之法，蘇氏多用之。」又曰：「吾輩生古人之後，當爲古人子孫，不可爲古人奴婢。蓋爲子孫，則有得於古人真血脈；爲奴婢，則依傍古人作活耳。」又曰：「古文之妙在瘦、勁、轉。孫月峰專取淨煉。蓋煉而不淨，則組綉之華，非金鐵之剛也。不瘦，則不得勁；轉而不勁，則氣流便。所謂瘦，非寒儉也。物之華美，莫過金玉。然石肥玉瘦，銅錫肥而金瘦。惟瘦，瘦故重，重故貴，知瘦之不妨華美，則知華美不瘦之不足重。」又曰：「善改文者，有移花接木之妙，如上下段本不相干，稍爲貫串，便成一氣是也。有改頭易面之妙，如倒置前後，改易字句，便别成一種格調是也。有脱胎换骨之妙，如原本説寒，將要緊處改换，翻成説熱是也。深味此法，於自作文，亦增多少境界矣。」又曰：「凡作文須從不朽處求，不可從速朽處求。如言依忠孝，語關治亂，以真心樸氣爲文者，此不朽之故也。浮華鮮實，妄言悖理，以致周旋世情自失廉隅者，此速朽之故也。今人作文，專一向速朽處著想著力，而日冀其文之不朽，不亦惑乎！」

冰叔遭甲申之變，憤惋叱咤如不欲生，謀起義兵勤王，而李賊旋殄滅，遂不果。明亡不仕，被徵，以疾辭。撫軍某疑其詐，以板扉舁之。至門，冰叔絮被蒙頭，卧稱疾篤，竟得放歸。可謂全節之士矣。

明宣德中，周忱薦龔詡爲大倉學官。詡辭不就，語人曰：「我仕無害於義，但恐負金川門一慟耳。」叔子論之曰：「詡一門卒耳，非有知己之恩，國事之責也。既已更歷三朝，身逢聖賢之主矣，而介然不肯少污其志，可不謂大賢矣哉。」邵青門爲叔子作傳，特舉此論云：「禧儻自謂歟？余觀叔子之出處，終不愧於龔詡。且叔子有經綸才，處事精詳，志在於用世，而不肯自污，是尤可尚也。」

勺庭論事無輓近迂腐之弊，可謂俊傑矣。後人或弗察，遂謂爲策士之文，恐勺庭不甘受此目也。觀其弟和公所記曰：勺庭於戚友有難進之言，或處人骨肉間，勺庭批郤導窾，令人心開。或問其故，勺庭曰：「吾每遇難言事，必積誠累時，與其人神情相貫注，然後言之。」可見勺庭平生言行不爲機變之巧也。但其論議不肯貌襲道學家之言，所以知時務適實用，豈可遽以策士視之哉？

拙堂續文話卷六

汪苕文賦性狹隘，自信太過，於侯、魏諸子之文無所假借，要之文中之狷者耳。故其文雅潔，不失矩矱，得與侯、魏諸家隱然爲一敵國也。

邵青門序三家文鈔云：「三家之文，侯氏以氣勝，魏氏以力勝，汪氏以法勝。」《四庫全書提要》論三子謂：「侯才人之文，魏策士之文，汪儒者之文。」

鈍翁《薛大武畫山水記》云：「予因語大武曰：士大夫不復以筆墨相尚久矣。惟王貽上之詩，吾子之畫，及僕之文章，庶幾可相頡頏。」此雖戲言，亦未可謂之夸且謾也。其末以大武比李伯時、文與可，而自比子瞻。又《與金秀才書》云以文士比麒麟鳳凰而曰：「異時國家脩文偃武，求所謂禎祥之符以潤色太平，若麒麟鳳凰者，非吾與足下而誰？」其自許如此。

鈍翁《納涼絶句》云：「衡門兩版掩松風，葵扇桃笙偃仰中。就與孫劉相闊絶，不過令我不三公。」可見此老倔强矣。

王阮亭《居易録》云：「同年汪琬狂狷多忤，交友罕善終者。雖予以至誠交之，亦不免其齮齕，予終不較也。海内知交甚多，至議論有根柢，終推此君。」阮亭雖受堯峰之齮齕，而推服如此。

堯峰雖多忤人，至於詩，獨不敢當於阮亭。當時王、汪有齊名之目，堯峰有詩云：「恥居王后吾何敢，願作雲龍上下隨。」亦見其虛心。

魏勺庭《江天一傳》，號爲傑作。堯峰亦作《天一傳》，文尤雅潔，足並傳矣。

鈍翁作文大意，載《答陳藹公書》中。曰：「大家之有法，猶弈師之有譜，曲工之有節，匠氏之有繩度，不可不講求而自得者也。後之作者，惟其知字而不知句，知句而不知篇，於是有開而無闔，有呼而無應，有前後而無操縱頓挫，不散則亂。辟諸驅烏合之市人，而思制勝於天下，其不立敗者幾希。古人之於文也，揚之欲其高，斂之欲其深，推而遠之，欲其雄且駿。其高也，如垂天之雲；其深也，如行地之泉；其雄且駿也，如波濤之洶湧，如萬騎千乘之奔馳；而及其變化離合，一歸於自然也，又如神龍之宛延，而不露其首尾。蓋凡開闔呼應、操縱頓挫之法，無不備焉。則今之所傳唐宋諸大家，舉如此也。前明二百七十餘年，其文嘗屢變矣，而中間最卓卓知名者，亦無不學於古人而得之。羅圭峰學退之者也，歸震川學永叔者也，王遵巖學子固者也，方正學、唐荆川學二蘇者也。其他楊文貞、李文正、王文恪，又學永叔、子瞻而未至者也。前賢之學於古人者，非學其詞也，學其開闔呼應、操縱頓挫之法而加變化焉，以成一家者是也。後生小子不知其說，乃欲以剽竊模擬當之，而古文於是乎亡矣。」

鈍翁之文祖廬陵，而禰震川，然別出機軸，不肯許人之比己廬陵、震川。其《與梁曰緝論類稿書》云：「凡爲文者，其始也必求其所從入，其既也必求其所從出。彼句剽字竊、步趨尺寸以言工者，皆能入而不能出者也。古今人雖不相及，然而學問本末莫不各有所會心，與其所得力者，即父子兄弟猶不相假借，而況廬陵、震川乎？以某之文，上視二君子，其氣力之厚薄、議論之醇疵、局法之工拙，固已大區絶矣。至其得力會心之所在，可以自喻，不可以語人，亦豈能驅之使盡同古人邪？某嘗自評其文，蓋從廬陵入，非從廬陵出者也。假使拘拘步趨、如一手模印，辟諸輿臺皂隸，且不堪爲古人臣妾矣，況敢與之揖讓進退乎？」

姜西溟亦善文，與朱竹垞、計改亭同時相親善。余嘗觀其《湛園未定稿》六卷，有《與友人書》云：「前年在金閶，與許子甫草往還。甫草日爲文成，必命僕檢定。信使反覆，再四不倦。僕感激其誠，亦時有異同，不復更存形跡。嘗作《友説》贈之，述所以欲相扶而同進於古人之意。」西溟精於文法，檢定人之文如此，其自斟酌删改用工夫之深可知矣。故韓菼序其集云：「一句字之未安，不輕出也。久之，自定其古文若干首，猶名之曰《未定稿》。」余以爲西溟之不敢自定，乃其所以精於文法也。世之鹵莽滅裂、篇章纍纍，自以爲豪者，何曾知文法？

湛園爲人耿介潔直，與世寡偶，其文亦如其爲人。其《寄鄧參政書》云：「某不肖，不能自雕琢爲文，脂韋滑稽以投時好。顧獨喜爲古文辭，間取古人希夷淡漠之旨，泊然而無味者，閉户弦歌之，以自排比成文章，用自娛樂。業與營營者背馳，兼稟性迂拙，不善隨時俯仰，又絶不喜陰賊讒佞之習，見人若此，即拂衣起去。不問貴賤。而今世正多此輩，觸手罣足，動成觝迕。自計此生當屏之深山，長與木石爲侶。猶復不自禁，時時出遊南北間。以不合時宜之人，挾其泊然無味之文，輿服不足以動人，豐采不足以驚衆，積毀竦誚，日引月長。是以踵接貴人之門，望閽趦趄，無由自進。宜其遊而困，困而無所告訴，以至於斯也。」觀此篇，則足知其爲人與文矣。

韓菼序中有云：「先生孤詣入微，而用心益細也。其意直追古作者上下，惟恐有豪氂缺漏未滿之意，其取精可謂奢而亦已貪矣。造物之所予不能兩有，而於才名尤靳焉，成此虧彼，其窮故宜。」此言亦足知湛園之文與爲人矣。湛園惟如此，故其文雖佳，而名不甚顯爾。

姜西溟嘗謂方靈皋云：「吾自少常恐爲《文苑傳》中人，而蹉跎至今。」然西溟不遇，無所見其事業，徒以文顯而已。士之如是而止者何限，悲夫！

《松心日録》云：「朝宗文以氣勝，叔子文以力勝，鈍翁文以法勝，竹垞文以學勝。四先生而外，求足以方駕者，其姜西溟、邵青門乎？」

青門文有《篦稿》、《旅稿》、《賸稿》三編，蓋「賸稿」爲尤勝。宋漫堂云：「子湘之文，立言必依於道，醇而肆，簡潔而雄深。大較英爽飆發不如朝宗，而根柢勝之；明切善議論不如叔子，而春容勝之。」

子湘叙事尤工，如《房景春阮之鈿合傳》、《閻典史傳》諸篇，嶔崎雄俊，論者以爲五百年無此作者矣。

青門《與魏叔子論文書》，可見其所志。其略云：「夫文者，非僅辭章之謂也。聖賢之文以載道，學者之文蘄弗畔道。故學文者必先浚文之源，而後究文之法。浚文之源者何？在讀書，在養氣。夫六經道之淵藪也，故讀書先於治經；然後綜貫諸史，以驗其廢興治忽之由；旁及子集，以參其邪正得失之故，此讀書之漸也。涵泳道德之塗，菑畬六藝之圃，以充吾氣也；泊乎寡營，浩乎自得，以舒吾氣也，植聲氣，急標榜，矜吾氣也；投贄干謁，蠅附蟻營，恧其氣也；應酬轇轕，諛墓攫金，撓吾氣也。此養氣之説也。二者所以浚文之源也。至於文之法，有不變者，有至變者。文體有二：曰叙事，曰議論，是謂定體。辭斷意續，筋絡相束。奔放者忌肆，雕刻者忌促，深賾者忌詭，敷演者忌俗，是謂定格。言道者必宗經，言治者必宗史，道情欲婉而暢，述事欲法而明，是謂定理。此法之不變者也。若夫川横馳騖，變化百出，各視工力之所及。巧拙不相師，後先不相襲，此法之至變者也。吾得其所謂不變者，不《左》、《史》，不班、范，不韓、柳、歐、蘇，而不可駭其創也。吾得其所謂至變者，即《左》、《史》，即班、范，即韓、柳、歐、蘇，而不可訾其襲也。二者所以究文之法也。」

李穆堂爲文原本經史，宏博淵邃，蓋一名家也。余未多見其文，俟異日評之。

黄石牧之文尚瑰麗，於清人中别出一機軸。戊子之秋，祗役在江户，適過檥舟齋，得見其《唐堂集》。乞以還，匆匆一閲，不暇鈔録，姑舉小品一篇，以存梗概。《也園送春詩序》云：「歲在癸未，三月之晦，同人集於也園，賦詩以送春。客酌而咨曰：『送春禮乎？』曰：『無之。聞之《月令》「迎春東郊」，春可迎也，亦可送也。《堯典》之命曰：「寅餞納日」，日可餞也，春亦可送也。』客曰：『其來何自？其去何之？其交代何所？何不見其回首焉？駐足焉，眷戀而踟蹰焉？何東皇之少情，而何爲乎送諸？』曰：『吾非送天之春也，送吾之春也爾。天之春往過來續，無有窮紀。我之春歲逝而歲減，自孩笑以至於今，其爲春也多矣。學問之未積，功業之未樹，道德不彰於身，膂力不庸於國，而分寸之陰駒過電滅，不爲我少留。春若曰：吾之視爾，不爲不勤矣。否除而泰乘，復來而剥往，歲有長，月有進，日有益，吾一年而一至，而改觀者多矣。而爾晝然如故也。狎至者褻，習見者厭，將去恐不速，奚戀之有？嗚呼！春之去我非恝也。可因是以惕吾志而追吾程，不則忽忽爾，芒芒爾，蟪蛄爾，蜉蝣爾。』客曰：『思深哉！其非流連光景之謂。』曰：『抑有進焉。夸父逐而魯陽揮，猶之無益耳。沂水舞雩之春，至今不去也。』」此一時遊戲之作，非其至者，然亦足以見其用字之法矣。

方望溪號爲文章大家，萬喙一聲，蓋學術醇正，以道德自任故也。平生不甚欲以文自顯，嘗曰：「吾少好文，而不好學，故終老無成。顔子不遷怒，不貳過，而孔子許爲好學。使吾能以好文者好學，雖愚且頑，概乎必有得於身矣。」其篤學虛謙如此，所以號爲大家也。

望溪於文，常言義法，爾後文士皆傚之。望溪之言云：「《春秋》之制義法，自太史公發之，而後之深於文者亦具焉。義即《易》之所謂『言有物』也，法即《易》之所謂『言有序』也。義以爲經，而法緯之，然後爲成體之文。」

望溪讀經讀史之作，皆多發明，所謂言有物也。學者不可不讀。

望溪言義法，必稱《左》、《史》，班固以下不取；至唐宋之文，獨稱退之，而不取子厚。論永叔、介甫云：「歐陽公號爲入韓子之奧窔，而頗有不盡合者。介甫近之矣，而氣象則過隘。」論明歸震川云：「於所謂『有序』者，蓋庶幾矣；而『有物』者，則寡焉。」其論高如此。

望溪之文極簡潔，《與程若韓書》云：「文未有繁而能工者，如煎金錫，粗礦去，然後黑濁之氣竭而光潤生。」其所尚可知也。

望溪書左光斗、黄道周逸事，並足補史傳。左、黄二公皆明末大賢，余平生所欽慕焉。而左公事尤烈，録以振懦士之志。其略曰：「左忠毅公視學京畿。一日，風雪嚴寒，從數騎出，微行入古寺。廡下一生伏案卧，文方成草。公閲畢，即解貂覆生，爲掩户。叩之寺僧，則史公可法也。及試，吏呼名至史公，公瞿然注視；呈卷，即面署第一。召入，使拜夫人曰：『吾諸兒碌碌，他日繼吾志事，唯此生耳。』及左公下廠獄，史朝夕獄門外。逆閹防伺甚嚴，雖家僕不得近。久之，聞左公被炮烙，且死，持五十金，涕泣謀於禁卒，卒感焉。一日使史更敝衣草屨，背筐，手長鑱，爲除不潔者，引入，微指左公處，則席地倚墻而坐，面額焦爛不可辨，左膝以下，筋骨盡脱矣。史前跪，抱公膝而嗚咽。公辨其聲而目不可開，乃奮臂以指撥眥，目光如炬，怒曰：『庸奴！此何地也？而汝來前！國家之事糜爛至此。老夫已矣！汝復輕身而昧大義，天下事誰可支拄者？不速去，無俟奸人構陷，吾今即撲殺汝！』因摸地上刑械，作投擊勢。史噤不敢發聲，趨而出。後常流涕述其事以語人曰：『吾師肺肝，皆鐵石所鑄造也。』」崇禎末，張獻忠出没蘄、黄、潛、桐間，史公以鳳廬道奉檄守御。每有警，輒數月不就寢，使將士更休，而自坐幄幕外。擇健卒十人，令二人蹲踞而背倚之，漏數移，則番代。每寒夜起立，振衣裳，甲上冰霜迸落，鏗然有聲。或勸以少休，公曰：『吾上恐負朝廷，下恐愧吾師也。』」史閣部精忠義烈，與宋文信國媲美於異代，誰知左忠毅鑄成之？余讀此篇，至二公之遭遇，爲之慨然者久之。

沈廷芳序《望溪集》曰：「方先生品高而行卓。其爲文，非先王之法弗道，非昔聖之旨弗宣。其義峻遠，其法謹嚴，其氣肅穆，而味淡以醇，湛於經，而合乎道。洵足以繼韓歐諸公矣。」是雖門人之言，未爲過譽也。

姚鼐《惜抱軒集》云：「劉大櫆字才甫，號海峰，江南桐城人。生而好學，當康熙末，方侍郎苞名大重於京師，見海峰，大奇之，語人曰：『如苞何足言，吾同里劉大櫆，乃今世韓歐才也。』自是天下皆聞劉海峰。」望溪平生慎許可，而今推海峰如此，知海峰爲名手也。其集未傳播於我邦，以不得見爲恨。既而得惲敬《大雲山房集》，其中有云：「本朝作者如林，其得正者，方靈皋爲最。再傳爲劉海峰，變而爲清宕，然識卑，且邊幅未化。三傳而爲姚姬傳，變而爲淵雅，其格在海峰之上焉，較之靈皋則遜矣。」觀此，乃知姬傳不若望溪，海峰不若姬傳。而望溪以海峰爲勝己者，蓋獎後進之言，未可甚信也。

姚姬傳與袁子才並時齊名。蓋子才之文肆，姬傳之文醇，文格則勝之，才力則不及遠矣。

袁子才之文，才思坌湧，筆鋒犀利，能道人所不能言。余謂：子才之文酷似錢牧齋，而局法之煉、字句之奇，牧齋當避三舍矣。

子才論文諸詩，可見其作文之法。《崇意》云：「意如主人，辭如奴婢。主弱奴强，呼之不至。」《精思》云：「文不加點，興到語耳。孔明天才，思十反矣。」《博習》云：「不從糟粕，安得精英。曰不關學，終非主聲。」《用筆》云：「能剛能柔，忽斂忽縱。筆豈能然，惟吾所用。」數語實得要領。余觀隨園文，不負其所言。

子才行近無檢，而文則有檢矣。世之子弟喜隨園者，多學其行，而文則不能學焉。

隨園從姚燧入手，而歸於介甫，而才鋒無前，無微不達。故文甚有檢則，而縱横無不如意矣。

嚴師言曰：「我朝文集法度謹嚴，邊幅脩整，不乏其人。若夫海涵地負，風起雲飛，如龍跳天門，虎卧鳳闕，可稱曠世文豪者，惟寧都、雪苑、穆堂、隨園四人。」

隨園有《答友人論文》三書，皆足知其作文之法。其第二書中有云：「古文者，途之至狹者也。唐以前無古文之名，自韓柳諸公出，懼文之不古，而古文始名。是古文者，别今文而言之也。劃今之界不嚴，則學古之詞不類。韓則曰：『非三代、兩漢之書不觀。』柳則曰：『懼其味没而雜也，廉之欲其節。』二公者，當漢晉之後，其百家諸子未甚放紛，猶且懼染於時。今百家回冗，又復作時藝、弋科名，如康崑崙彈琵琶，久染淫俗，非數十年不近樂器，不能得正聲也。深思而慎取之，猶慮勿暇，而乃狃於厖雜以自淆，過矣。」由此觀之，隨園之文以潔爲體，未嘗厖雜。人皆見其肆，而疑其雜者非矣。

清人多喜考據之學，往往瑣屑爲不急之察，名雖曰窮經，而其實不濟用。隨園力排之，散見集中。其《答惠定宇書》有云：「夫尊聖人，安得不尊六經？然尊之者，又非其本意也，震其名而張之。如託足權門者，以爲不居至高之地，不足以轔轢他人之門户。此近日窮經者之病，蒙竊耻之。古之文人孰非根柢六經者？要在明其大義，而不以瑣屑爲功。即如説《關雎》，鄙意以爲主孔子哀樂之旨足矣。而説經者，必爭爲后妃作、宫人作、畢公作、刺康王所作。説明堂，鄙意以爲主孟子王者之堂足矣。而説經者，必爭爲即清廟、即靈臺、必九室、必四空、必清陽而玉葉。問其由來，誰是秉《關雎》之筆而執明堂之斤者乎？」「一闤之市，是非麻起，煩稱博引，自賢自信，而卒之古人終不復生。於彼乎，於此乎，如尋鬼神搏虛而已！僕方怪天生此迂謬之才，後先噂沓，擾擾何休，敢再拾其瀋，以吾附益之乎？」

隨園之後，推惲子居爲第一，其文得力於先秦。他黄茆白葦平弱爲文者而比之，何啻嫫母之於毛嬙！

子居《三代因革論》、《項羽都彭城論》等篇，文辭雄厚，足見其氣。而集首載通例，極講古法，又見其矜慎不苟。張維屏曰：「國朝古文，論者多推望溪方氏。前於方氏者，有侯（方域）、魏（禧）、汪（琬）、姜（宸英）、朱（彝尊）、邵（長蘅）諸家。後乎方氏者，有劉（大櫆）、袁（枚）、朱（仕琇）、魯（九皋）、彭（紹升）、姚（鼐）諸家。就諸家而論，愚以爲文氣之奇，推魏叔子；文體之正，推方望溪；而介乎奇正之間，則惲子居也。諸家爲古文，多從唐宋八家入。惟魏叔子、惲子居，從周秦諸子入，而皆得力於《史記》。然世人貴遠而賤近，推魏叔子，或以爲偏嗜矣；至推惲子居，或且以爲阿好。雖然，文章公器，願與知者共審之。」余於清氏諸家，尤重勺庭，推爲第一。既而得子居，私喜其爲流亞，亦或以爲偏嗜阿好。今張氏之言如此，余則不孤矣。

拙堂續文話卷七

凡論人，善者以爲法，否者以爲戒，皆有益於己，論文亦然。必推勘到底，明知其得失而取舍之，是非好臧否人，亦求益於己也。余既論前人之文，多舉其所得，而其失者亦得不舉以爲戒乎？

清人大率以考據爲學，所見不能遠大，又以此爲文章，與古人明道立言相去遠矣。蓋考據亦學之不可廢者也，比之空言無當者，雖如有勝焉，其所得終不深已。

清人多祖南豐，而彌震川，步趨甚窘，邊幅甚狹。南豐、震川别自有妙處，而不能學焉，是以其文淡而可厭，平穩而不能動人。夫文不能動人，亦無用也。清人之學主考據，其意在實用，而終成無用，不亦異乎！

藻飾之文失於有餘，洗煉之文失於不足，其失不同，而其不能動人一也。孔子取「辭達」，而又譏「言之無文」。由此觀之，摸擬家語，考據家語，並失聖賢爲文之旨。

袁隨園《覆家實堂書》曰：「去冬在杭州，見朱石君侍郎，蒙其推許云：『古文有十弊，惟隨園能掃而空之。』余問其目，曰：『談心論性，頗似宋人語録，一弊也；俳詞偶語，學六朝靡曼，二弊也；記序不知體制，傳志如寫帳簿，三弊也；優孟衣冠，摩秦仿漢，四弊也；謹守八家空套，不自出心裁，五弊也；餖飣成語，死氣滿紙，六弊也；措詞率易，頗類應酬尺牘，七弊也；窘於邊幅，有文無章，如枯木寒鴉，淡而可厭，且受不住一個大題目，八弊也；平弱敷衍，襲時文調，九弊也；鈎章棘句，以艱深文其淺陋，十弊也。』余笑答曰：此外尚有三弊。侍郎驚問，余曰：徵書數典，瑣細零星，誤以注疏爲古文，一弊也；馳騁雜亂，自誇氣力，甘作粗才，二弊也；尚有一弊，某不敢言。侍郎再三詢，曰：寫《説文》篆隸，教人難識，字古而文不古，又一弊也。侍郎知有所指，不覺大笑。」余謂朱氏所舉諸弊，從前所多有者也。隨園所論三弊，明季以來始有之。噫！弊至此，不幾文之亡耶！

任兆麟字文田，錢竹汀門下之士也。余觀其《有竹居集》，卷首載本朝家數。魏禧、顧炎武、侯方域、汪琬、姜宸英、朱彝尊、邵長蘅、方苞、藍鼎元，並己爲十家。其文援引滿紙，如讀抄書，所謂「以注疏爲古文者」也。視之侯、魏諸家，無能爲役，乃敢欲與之抗衡，顔不亦厚乎？

袁隨園之文，世好之者衆，余亦心折久矣。然愛而知其惡，論則公平。隨園論十弊似矣，至其所自作亦不勝其弊。張維屏云：「子才賦性通脱，又恃其才名，遂於世間蕩心佚志之事，往往爲之，助其焰而揚其波。使後進之士或相率效尤，未學其才能，先學其放蕩，漸至長其浮薄，甚且習於慆淫。其弊亦非細故也。」

子才之文筆舌互用，能解人意中蘊結，然議論太蕩佚，多不可訓者。張維屏云：「子才之文爽健近於肆矣，然未足以言古人之肆也。且好爲可喜可愕，以動人目，其流弊將入小説家。」

子才論魏徵，謂太宗示其意，以引誘徵，而博納諫之名；徵反其跡，以迎合太宗，而彰能諫之直。是君臣之交相籠絡以成名也。余謂：太宗君臣之間，雖不能盡以誠，而未至如此之甚，要之三代以下所希有者也。子才論甚酷，是塞人爲善，其於世無益而有損，不作可也。又其論張巡殺妾、唐介劾宰相，痛詆不遺餘力。其他於正人君子每有不滿之詞。蓋子才爲人淫佚，不喜正，故不自覺其論之入邪耳。

《湖海詩傳》譏子才神道碑、墓誌銘紀事多失實，並有與諸人家狀不合者。且如朱軾、岳鍾琪、李紱、裘曰脩，其文皆有聲有色。然詢之諸家後裔，皆云：「未嘗請乞。」蓋聞名公卿可喜可愕之事，著爲誌傳，以驚爆時人耳目也。信如此言，子才之文輕薄亦甚，烏足取信於後世哉！

清人號爲得文體之正者，唯堯峰、望溪，而皆不能震蕩一世。蓋二人法有余，而才不足也。望溪所得，比堯峰更深，但其不能超超空行一也。惲子居云：「本朝自汪堯峰、姜湛園、邵青門諸君子，引有明以來數人爲正宗，脩飾邊幅，選言擇貌。桐城方靈皋雖高識冠流，厚力企古，而波瀾鋒鍔未饜聰明。於是矜奇務博者起而摧之，如褒衣博帶之儒，舉動繩尺，不能制遊俠之亂禁、貨殖之多畜，而能言之士范於軌物者，蓋亦鮮矣。」

錢大昕痛詆望溪不直一文錢。錢學務該博，其詆望溪，劉貢父所謂「歐九不讀書」之説已，未足病望溪也。然子居所謂「不能制貨殖之多畜者」則有之，是亦望溪之才不足也。

袁隨園云：「望溪之文，前輩杭堇浦、近今錢辛楣痛詆之，獨余不以爲然。何也？望溪爲古文正宗，此是不祧之論，然而才力薄。試觀望溪可能吃得住一個大題目否？可能叙得一二大名臣真豪杰否？可能上得萬言書痛陳利弊否？故謂：望溪不可毁，亦不可尊。毁之者，其文必粗；尊之者，其文必弱。」是真持平之論，亦可服望溪之心。

望溪少善古文，李安溪見其文，嘆以爲韓歐復出。後在京師，與萬季野遊。季野曰：「子於古文信有得矣，然願子勿溺也。唐宋八大家中，惟韓愈氏於道粗有明。其餘，則資學者以愛玩而已，於世非果有益也。」望溪於是輟古文之學不講，而盡力於經學焉。蓋清人所云經學，不過訓詁度數之間，望溪所得亦不甚深。以此换古文之學，欲益反損也。徐斐然曰：「嗚呼，望溪！其亦幸而遇萬先生，得與毛齊于、閻百詩諸人分道而揚鑣也。其亦不幸而遇萬先生，未能與韓、蘇、歐、曾諸公並駕而齊驅也。」是深爲望溪惜也。余謂：亡論毛、閻諸子，且以馬、鄭諸子來比韓、歐諸公，其所得孰大孰小、孰深孰淺，不俟辨矣。

胡介祉《侯朝宗傳論》云：「長洲汪苕文琬，操繩尺衡量諸家，失之過嚴，去取多未嗛人意。

其自著類稿，亦多可議者。」余謂：堯峰賦性狷介，恒不滿人，亦恒不滿於人。朱竹垞與堯峰善，猶且譏其少可多怪，至閻潛丘掊擊不遺餘力，似有宿世之怨者。

閻百詩云：「鈍翁文略一披閱，竟同嚼蠟，無餘味。」又云：「憶昔與鈍翁辯喪禮，初盛氣詆我，及重刻稿出，盡改以從我。」其餘譏鈍翁者，滿劄記中，雖輕薄之甚，頗多中窾者。

閻百詩以爲鈍翁之文，不但不及叔子，並其同儕中葉子吉方藹亦不及。横得重名，非進賢冠及蘇州人之力乎？爲之憤絶。百詩之譏鈍翁亦太甚。子吉之文，余未見之，不知與鈍翁如何？至與叔子較優劣，余竊以百詩之言爲當。

杭堇浦云：「堯峰襲疏家郛郭，涂飾文集，欲以欺世之不窮經不讀古書者。」此蓋謂《喪服考異》等篇也。閻百詩等又有異論。如是乎著述之難也。

徐斐然曰：「堯峰云：『吾文從歐入，不從歐出。』蓋自以爲希風在史遷也。愚謂：漢以後之文，歐公得史遷之逸致，而明之震川亦頗得太史公之風神脈理焉。蓋堯峰之文，從震川入手，而上溯六一翁。然震川之文淡中神味無窮，堯峰不能如其淡，亦不能如其神味。六一之文夷猶頓宕，自在中流，堯峰亦步亦趨，而矜心作意惟恐失之。此其大較也。」

閻百詩曰：「魏叔子《歙縣程君墓表》首云：『程氏出周程伯休父後。東晉元譚由廣平持節守新安，有善政。』不覺大駭，太守安得有持節事？因考《晉書·職官志》、《文獻通考》，並云持節有三，上曰使持節，得殺二千石；中曰持節，得殺無官位人；下曰假節，惟行軍得殺犯令者。至太守持節，乃唐武德元年改郡爲州，改太守爲刺史，方加號持節。然則刺史方持節，太守斷斷無之。太子太傅是官，非爵也。爵則公侯伯子男五等之謂。汪苕文謂『爵至太子太傅』，豈不可笑之至耶。凡操筆者，須先考朝章典故。」汪、魏皆名家，遺此刺議。我邦文士蹈此誤者尤衆，不可不戒也。

清初之文，余推魏叔子爲第一。然馮山公議之云：「寧都文有議論好而失考據，筆精利而少斡旋。」又云：「其文之曲折處在能縱，然其病亦在此，波折太過，繆戾叢生。」此言切中其病，好魏文者不可不知。

侯朝宗嘗遊吳下，將刻集，集中卒未脱稿者，一夕補綴立就。雖可見其才之豪，而不能免苟且之譏。或以爲朝宗本領淺薄，不亦宜乎！

魏勺庭曰：「予每讀朝宗文，如當勍敵，驚心動色，目睛不及瞬。其後細求之，疑其本領淺薄，少有當於古立言之義，又是非多愛憎失情實。而才氣奔逸，時有往而不返之處。」余讀朝宗文，一閲之，覺豪氣壓人；及再閲之，稍覺減色，是才有餘而學不足故也。叔子之言頗中其病。

朝宗文任氣太過，病在叫囂。計甫草曰：「朝宗文如以石激水，便爲波折，差乏風水相遇之致耳。」甫草所論，亦任氣之過也。

余讀李武曾《秋錦山房集》，其中有云：「自頃文章當絶續之會，一二恃才者出。或以數十年所欲爲之文，而成於數日夜，用以衒示於人，人亦以此爭多之。或以山林遺逸，不能絶意於干謁，而挾其文以自豪於公卿之間。彼既不知所以自重，而支離瑣鄙稗官小説之餘，皆雜取而用之。今其書具存，其可謂有合於古之立言者否邪？然此一二人者既死，而大江南北翕然宗之。且作一文，暮從而刻之；暮作一文，旦又從而刻之。又自以其意互爲評定，而群號爲大家。譬諸倚門之女，爭姸取憐，觀者至不可甲乙，而其人猶相競而不已。嗚呼！古之文以載道，今之文乃不惟無當於道，而其雷同附麗之習中於人心，相率以爲故常，而不之怪。此有識之士所以執筆而三嘆也。」此言蓋皆有所指也。其曰「以數十年所欲爲之文，而成於數日夜」者，豈謂侯方域歟？集中又有《論文口號》，其一曰：「于一文章在人口，暮年蕭瑟轉欷歔。琵琶一足荒唐甚，留補齊諧志怪書。」據此，則其曰「支離鄙瑣稗官小説之餘，雜取而用之」者，謂王猷定也。二人皆名手，纔有此等事，則不免譏焉。實爲吾輩之炯戒。

汪鈍翁《跋王于一遺集》云：「小説家與史家異。古文辭之有傳也，記事也，此即史家之體也。前代之文，有近於小説者，蓋自柳子厚始，如《河間》、《李赤》二傳、《謫龍説》之屬皆然。然子厚文氣高潔，故猶未覺其流宕也。至於今日，則遂以小説爲古文辭矣。太史公曰：『其文不雅馴，搢紳先生難言之。』夫以小説爲古文辭，其得謂之雅馴乎？既非雅馴，則其歸也亦流爲俗學而已矣。夜與武曾論朝宗《馬伶傳》、于一《湯琵琶傳》，不勝嘆息，遂書此語於後。」《馬伶》、《湯琵琶》二傳，甚悦人耳目，余亦嘗喜之，既而覺其類《虞初》體，不敢復讀。堯峰雅俗之辨甚確。

惲子居《上曹儷笙書》，言近世文弊盡之，録以爲烱戒。曰：「古文，文中之一體耳。而其體至正，不可餘，餘則支；不可盡，盡則敝；不可爲容，容則體下。方望溪先生曰：『古文雖小道，失其傳者七百年。』望溪之言若是，是明之遵巖、震川，本朝之雪苑、勺庭、堯峰諸君子，世俗推爲作者，一不得與乎望溪之所許矣。望溪謹厚，兼學有源本，豈妄爲此論邪？蓋遵巖、震川常有意爲古文者也。有意爲古文，而平生之才與學，不能沛然於所爲之文之外，則將依附其體而爲之；依附其體而爲之，則爲支、爲敝、爲體下，不招而至矣。是故遵巖之文贍，贍則用力必過，其失也，少支而多敝；震川之文謹，謹則置辭必近，其失也，少敝而多支；而爲容之失，二家緩急不同，同出於體下，集中之得者十有六七，失者十而三四焉。此望溪之所以不滿也。李安溪先生曰：『古文，韓公之後，惟介甫得其法。』是説也，視望溪之言，有加甚焉。敬當即安溪之意推之，蓋雪苑、勺庭之失，呲於遵巖，而鋭過之，其疾徵於三蘇氏；堯峰之失，呲於震川，而弱過之，其疾徵於歐陽文忠。震川、遵巖二家①所畜有餘，故其疾難形。雪苑、勺庭、堯峰所畜不足，故其疾易見。噫！可謂難矣。然望溪之於古文，則又有未至者。是故旨近端，而有時而歧；辭近醇，而有時而窳。近日朱梅崖等於望溪有不足之辭，而梅崖所得，視望溪益庳隘。文人之見日勝一日，其力則日遜焉，是亦可虞者也。」

子居云：「文人之見日勝一日，其力則日遜焉。」余觀子居歷詆前人，悉中其要害；及觀其自運，則未能過於雪苑、勺庭等，況於遵巖、震川輩乎？余未見朱梅崖之文，蓋學昌黎者也。子居又嘗云：「韓公天質近聖賢豪杰，而爲文從諸經諸子入，故用意深博，下筆奥衍精醇。梅崖止文人而爲文，又從韓公入，故詞甚古，意甚今，求煉則傷格，求遒則傷調。自皇甫持正、李南紀、孫可之以後，學韓者皆犯之。然其法度之正，聲氣之雅，較之破度敗律以爲新奇者，已如負青天而下視矣。」據子居此言，則知梅崖亦一名家，與子居頡頏者也。子居譏梅崖，以爲「文人而爲文」，「詞甚古，意甚今」，然余觀子居之文，亦未能免此譏也。

明氏一代之文，潛溪失於漫，正學失於粗，遵巖、荆川失於冗。如震川之文，號爲三百年第一，亦不爲無失，失在於枯淡。故方望溪許其「有序」，而不許其「有物」。袁子才亦曰：「熙甫襲取廬陵俯仰揖讓之態，頗饒神韵，未可全非。其病如望溪才薄，亦由科名太遲，爲時文所累使然。」由此觀之，文章之難，自古而然，不獨近代也。

文章之失，不特近人有之，如震川、遵巖亦皆不免焉。等而上之，唐宋八家；又等而上之，《左》、《史》諸子，雖異於後人之失，亦不能各無其病，學者宜慎避之。魏叔子云：「讀《左》、《史》，則欲去其誣濫不經；唐宋大家，則欲去其偏見卮言，與文士之蹊徑、才人之氣習。夫非以求勝古人也，後之學者必有以勝古人，而後古人可學而至。故曰：智過其師，乃能如師。卑卑而守之，循循而效之，雖聲實並至，其去古人則已遠矣。」又云：「吾聞《史記》爲太史公未成之書。使太史公而在，當必更有改定。安見韓、蘇諸公於其文，遂謂一成不可易也。古人之文，自《左》、《史》而下，各有其病。學古人者，必知古人之病，而力洗滌之。不然者，吾既自有其病，而又益以古人之病，則天下之病皆萃於吾一人之身，其尚可以爲人乎哉」云云。「退之《潮州謝表》，介甫、子固論揚雄，明允論樊噲，永叔論狄青，既皆有害其生平。而東坡於西伯受命改元之事，論武王引以爲據；論周公則闢其謬妄。《諫用兵書》，以唐太宗之征高麗爲戒；爲《策斷》，則據以爲可法。明允《上仁宗書》，極言任子之不可；於《文丞相書》，又言減任子非是。子由策民事，欲行國服；論青苗，則極言官貸之害。夫理明者，辭必簡；議論多，則意見亂，而自相牴牾者必甚。是以三蘇氏之論，古今爲獨絶，而論議之失平，亦蘇氏最多。」叔子之論並中諸子之病，其鉅眼大膽可喜也。

叔子雜説又論唐宋八大家文云：「退之如崇山大海，孕育靈怪。子厚如幽岩怪壑，鳥叫猿啼。永叔如秋山平遠，春谷倩麗，園亭林沼，悉可圖畫，其奏劄樸健剴切，終帶本色之妙。明允如尊官酷吏，南面發令，雖無理事，誰敢不承！東坡如長江大河，時或疏爲清渠，瀦爲池沼。子由如晴絲裊空，其雄偉者，如天半風雨裊娜而下。介甫如斷岸千尺，又如高士溪刻不近人情。子固如陂澤春漲，雖漶漫，而深厚有氣力，《説苑》等叙乃特緊嚴。然諸家亦有病。學古人者，知得古人病處，極力洗刷，方能步趨。否則我自有病，又益以古人之病，便成一幅百醜圖矣。」又云：「學子厚，易失之小。學永叔，易失之平。學東坡，易失之衍。學子固，易失之滯。學介甫，易失之枯。學子由，易失之蔓。惟學昌黎、老泉少病。然昌黎易失之生梗，老泉易失之粗豪，終愈於他家也。」叔子之言切中肯綮，瑕瑜不相掩。學八家者，當先知之，舍其瑕而取其瑜可矣。

叔子又論老蘇《上田樞密書》云：「豪邁足賞，然自佔地步，崚嶒逼人，使人忌而生厭。蓋既爲進干求知之事，而又爲傲岸不屑之言也。八家中自昌黎作俑，而近世學步者愈可厭憎。如此篇首句『天之所以與我者，豈偶然哉？』便已無體。書以道情，開口一句，挺然便出議論，直作論耳。書雖文，要與面談相似。」

大蘇作文任才，尤多謬誤。如《赤壁賦》「月徘徊斗牛之間」，天官家議其違纏度；「客有吹洞簫者」，考據家議其器久亡。一篇中乖事實者猶如此，其他可知。

蘇東坡《二疏贊》曰：「孝宣中興，以法馭人。殺蓋、韓、楊，蓋三良臣。先生憐之，振袂脱屣。使知區區，不足驕士。」其立意超卓如此。然洪容齋云：「以其時考之，元康二年，二疏去位。後二年，蓋寬饒誅。又三年，韓延壽誅。又三年，楊惲誅。方二疏去時，三人固無恙也。」方正學《嚴陵圖》詩曰：「糟糠之妻尚如此，貧賤之交安可倚？」世傳誦以爲知言。然魏勺庭云：「此亦少年聰明語耳。按帝徵光不屈，在建武五年。而廢郭后，在建武十七年。相後蓋十二年矣。且帝於后，此時未有纖芥。子陵不卜筮，安得豫以十二年後之事，而薄帝於十二年之前耶？」二子之文皆議論好而失考據，不免後人刺譏，是尚足傳信乎？

茅鹿門尤尊八家者也，然其言猶有不滿者。於韓公，議其不得《史》、《漢》序事法；於柳州，議其多沿六朝之遺；於南豐，議其光焰不外爍；於蘇氏兄弟，議其乏結構剪裁，是可謂不阿其所好者矣。要之八家爲文章正宗，後世遵之者弱，悖之者妄，如近世杭堇浦之言。故學八家者，須舍其短而取其長，學其格法而不襲其辭意，庶免弱與妄之譏歟？

顧寧人曰：「韓文公文起八代之衰。若但作《原道》、《原毀》、《爭臣論》、《平淮西碑》、《張中丞傳後序》諸篇，而一切銘狀概爲謝絶，則誠近代之泰山北斗矣。」寧人之論雖過酷，而未嘗爲不中理。文之不關世道人心者，固宜不作。而文人好弄筆墨，衒作狡獪，果何益哉？

① 「震川、遵巖二家」，光緒本《大雲山房文稿》卷三作「歐與蘇二家」。

拙堂續文話卷八

聖賢之道術非文不明，古今之事業非文不傳，故古人以爲貫道之器，又以爲經國之業。文之不可以已也如是哉！清胡天遊曰：「古今人皆死，唯能文章者不死。雖有聖賢豪傑，離文章，則其人皆死。」天遊此言，雖不免有圭角，然論實痛快。

《書》言體要，《易》言物序，聖賢之文章可見矣。宋人之語録非無物也，如無序何！明人之八股非無體也，如無要何！若夫六朝綺靡之文，五代俳諧之文，近世李、王摸擬之文，袁、徐奇衺之文，並不從世道人心起見，是特戲耳，不算爲文章矣！

文章之所以難者，何也？苟無其材，雖務學，不可强而能也。苟無其學，雖有材，不能驟而達也。有其材，有其學，而非其人，猶不能以有立焉。故文字之能立於世，皆其人行能卓然者也。若徒學其文，而不學其人，豈其可耶？

人能卓然有所立於其中，而後氣充溢焉；氣充溢焉，而後言語文字不可磨滅矣。夫氣者，蓄於方寸之中，而塞於天地之間，而著於千萬歲之下。然欲驗其跡，必借言語文字而後見之。言語文字赫然涉千萬歲而不蝕，必以其有浩然傑然之氣也。故言語文字末也，氣爲之本矣。但氣之所以浩然傑然者，又以其能卓然有所立於其中也已。

老之高古，屈之感憤，莊、列之荒唐，荀卿之闊大，韓非之峭深，孫吳之簡切，賈誼、晁錯之慷慨，董仲舒、劉向之爾雅，皆卓然有所立於其中，故能有斯氣，而後有斯文也。但諸子之文各陷一偏，蓋其人或君子，或豪杰，故氣不得不偏，言不得不雜，或流爲異端。唯聖賢者，君子而豪傑，其氣正大光明，而言亦正大光明，愈遠而愈著，所以爲萬世之標準也。

賈誼、晁錯之文，有豪傑氣象。董仲舒、劉向之文，有君子氣象。唯退之、永叔殆兼君子豪傑之氣，其人雖未若古之聖賢，其文則庶幾矣。

六經、《語》、《孟》，道之與文並至者也。如《法言》、《中説》，道之與文並未至，而擬其面目，非僭則妄矣。唯韓子《原道》、《師説》等篇，議論文字並爲絶頂，三代以下所絶無而僅有。論者以爲與六經相表裏，信不誣也。

韓子論文云：「所謂文者，必有諸中。是故君子慎其實。」又云：「行之乎仁義之途，遊之乎《詩》、《書》之源，無迷其途，無絶其源」，未嘗裂道與文爲二①也。或疑韓子不足於道，非知韓子者矣。近世錢大昕有詩云：「韓子文皆從道出，温公事可對人言。」是誠爲篤論。

文必原本經術，故韓子曰「約六經之旨以成文。」且所謂「約六經之旨」者，不止作文之説也，治經之法，亦當如是。唯能約經旨，故不拘章句，不泥訓詁，施而行之，無所窒礙，是信爲通儒全才。若夫拘束執滯，泥其跡而不得其情，知其常而不達其變，欲資章甫而適越，舞干羽以却虜，此迂儒老生之所以無益於人國也。

沈椒園云：「《書》曰：『辭尚體要。』文中子以爲學必貫乎道，而後能文。夫道在天地間，彌綸無際，而極乎纖微。其義蘊，則六經、四子之書固無不包舉矣。故不通經，則不能文。文不出入於經，徒文焉耳，安能本乎道而得其體要哉！自孟子以來，得語於此者，在漢惟賈誼、董仲舒、揚雄，在唐惟韓退之，在宋惟歐陽永叔、曾子固，在明惟歸熙甫。其他之以文名者，雖代各有人，然皆不足與數子爭雄長。」沈氏之所舉未盡得其人，然言文本乎道，確不可易也。

韓子云：「氣，水也；言，浮物也。水大而物之浮者大小畢浮。」然氣有偏全，言有正駁，唯本乎仁義者，其氣全而言正。故韓子又云：「仁義之人，其言藹如也。」

氣振者，文不求而至。唯氣莫振於忠義，故如劉蕡對策、胡銓封事，皆足刮人目。二子文才固不望於韓、歐後塵，而二篇之文萬世不磨，豈非忠義之氣使然乎！

胡澹庵請斬秦檜封事，磊磊落落，足快萬世人心。再求如此者，前於澹庵，漢有張儉之奏侯覽、審忠之彈朱瑀、張鈞之請斬十常侍，唐有柳伉之請斬程元振；後於澹庵，宋有文天祥之請誅董宋臣，明有楊繼盛之劾嚴嵩父子、楊漣之劾魏忠賢，並激烈憤切，足以懾服群奸之心。是亦忠義之氣發爲文章者矣。

文涉俳偶者，氣象萎苶不足觀焉。唯駱賓王之檄、陸宣公之疏，一氣行之，如行雲流水，讀之不覺其俳。乃知文以氣爲主，而氣又以忠義爲烈，不必關俳散之別也。

經世之文，漢有賈山《至言》，賈誼《治安策》，晁錯《言兵事書》，主父偃《諫伐匈奴書》，董仲舒《天人策》，路温舒《尚德緩刑書》，趙充國《屯田策》，諸葛亮《出師》二表；晉有郭欽《請徙雜胡疏》及江統《徙戎論》；北周有蘇綽政事六條；唐有魏徵十思十漸，姚崇十事要説，陸贄上德宗諸疏，韓愈《佛骨表》、《淮西事宜》，杜牧《戰論》、《守論》、《罪言》；五代有王朴《平邊策》；宋有范仲淹《攻守戰備策》，蘇洵《審敵》，蘇軾諸策、《上神宗書》，李綱上徽欽高三宗奏議，陳亮《上孝宗書》、《中興五論》，皆有關於社稷生民，非徒作者。如我朝三善清行意見封事，比之諸子，亦無愧色。並宇宙間不可磨滅者矣。

長沙策云：「仁義恩厚，人主之芒刃也；權勢法制，人主之斤斧也。今諸侯王，皆衆髖髀也，釋斤斧之用，而欲嬰以芒刃，臣以爲不缺則折。胡不用之淮南、濟北？勢不可也。」後人因此數語，疑長沙爲申、商術。余謂：長沙論體貌大臣，藹然有三代典刑。且論禮與法之别云：「道之以德教者，德教洽而民氣樂。驅之以法令者，法令極而民風哀。」因痛斥秦之苛法，猶是洙泗遺旨，何曾雜於申、商？但當時諸侯越制踰度，勢將謀反，故其説如此，不得已之言已。如崔寔《政論》、蘇洵《審勢》，一意尚殺，以爲不如是，則法不行，主不尊，是真申、商之術耳，與長沙説有天淵之别。

秦漢以來，至宋諸大儒出，誠意正心之學舍而不講，千有餘年矣。其間有一二豪傑之士，能見及之。如董仲舒對武帝策所云：「人君正心以正朝廷，正朝廷以正百官，正百官以正萬民，正萬民以正四方。」及韓退之《原道》引《大學》條目以排二氏，可謂鳳鳴朝陽矣。然二子生遭文明之世，學究天人，其見及之，猶不足異。獨蘇綽生長濁亂之世，及其一出佐宇文氏，陳論政事六條，其一「治心」，曰「凡今之方伯守令，皆受命天朝，出臨下國，論其尊貴，並古之諸侯也。是以前世帝王每稱共治天下者，唯良宰守耳。明知百僚卿尹雖各有所司，然其治民之本，莫若宰守之最重也。凡治民之體，先當治心。心者，一身之主，百行之本。心不清淨，則思慮妄生。思慮妄生，則見理不明。見理不明，則是非謬亂。是非謬亂，則一身不能自治，安能治民也？是以治心之要，在清心而已。夫所謂清心者，非不貪貨財之謂也，乃欲使心氣清和，志意端靜。心和志靜，則邪僻之慮無因而作。邪僻不作，則凡所思念，無不皆得至公之理。率至公之理，以臨其民，則彼下民孰不從化？是以稱治民之本，先在治心，其次又在治身。凡人君之身者，乃百姓之表，一國之的也。表不正，不可求直影；的不明，不可責射中。今君身不能自治，而望治百姓，是猶曲表而求直影也。君行不能自脩，而欲百姓脩行者，是猶無的而責射中也。故爲人君者，必心如清水，形如白玉，躬行仁義，躬行忠信，躬行禮讓，躬行儉約，然後繼之以無倦，加之以明察。行此八者，以訓其民，是以其人畏而愛之，則而象之，不待家教日見，而自興行矣。」此條實得孔孟正旨。其餘五條，曰「敦教化」，曰「盡地利」，曰「擢賢良」，曰「恤獄訟」，曰「均賦役」，皆切當時務，能使宇文氏施行之，以致小康。以至子孫富强，力能平强齊，蓋亦不可謂非綽之遺謀。當時人稱綽爲王佐才，宜矣。而治心之論卓絶千古，是尤可貴爾。

樊川《罪言》論天下兵「上策莫如自治」，可謂要言不煩矣。余嘗謂：秦内務耕織，外務戰鬬，不如六國般樂怠敖，恃遊士口舌以自安，亦可謂能自治矣，故力能並天下。但其所以治者非是，故一傳而亡。夫以秦之暴，猶且以自治並天下矣，況以仁義道德自治者乎？樊川之言不止爲當時之務而已。

古今奏議，以唐陸宣公、宋李忠定公爲第一。二公皆遭昏主，不得行其志，千載之下使人腐心。但德宗雖昏闇，從宣公之言者亦過半矣。如欽、高二君，加之以懦弱，雖心善忠定，而畏金人如虎，終爲奸佞之言所奪，忠定之議一不得施行。余每讀《靖康傳信録》、《建炎進退志》，未嘗不廢卷長嘆。

李忠定忠義智勇爲當世第一，兼明兵事。其乞脩軍政、教車戰、造戰船、募水軍等劄子，皆瞭然如視掌。當時用之皆有功效，非膠柱鼓瑟者之比。宋代名臣可比忠定者，唯范文正公在伯仲間耳。求之明朝，以於忠肅之忠義經綸，兼王文成之文章兵略，可謂數百年來全才矣。

韓昌黎、王陽明皆諫迎佛骨。昌黎之表直切，陽明之疏婉曲，並足戒萬世好佛之主矣。元主世世皆佞佛，當時臣僚亦多以此爲言。余尤喜鄭介夫《太平策》，言汰僧尼曰：「季路問事鬼神，子曰：『未能事人，焉能事鬼？』敢問死，曰：『未知生，焉知死？』此一章，乃三教是非之所由分也。況達磨面壁九年，維摩不二法門，止爲身計，何嘗施禍福於人？張道陵遠處深山，薩真人一瓢自隨，厭與俗接，何曾妄有希求？往年見帝師之死，驛取小帝師來代，不過一庸厠耳。舉朝郊迎，望風羅拜，愚一至此哉！昔達磨自南天竺來，梁武帝問曰：『朕造寺，舍經度生，不可勝紀，有何功德？』師曰：『並無功德。此但天人小果有漏之因，如影隨形，雖有非實。』此語足以解求福田利益者之惑。陳摶隱華山，宋太宗召至，使宰相宋琪等問以脩養之道。對曰：『煉養有術。縱使白日升天，何益於治？今聖上洞達古今，深究治亂，正君臣合德致治之時。勤行脩煉，無以加此。』斯言可爲求神仙者之鑒。」此段引古今，破人主之惑，操戈入室，斷無數葛藤，何等快活！

此邦民間有「三日法度」之語，言新令不久行也。鄭介夫《太平策》言定律云：「號令不常，初降隨没，遂致民間有一緊二慢三休之謡。京師爲四方取則之地，法且不行，況四方乎？」可謂彼此同慨矣。

明人經世之文，太祖時有葉伯巨應詔上書，謂：「臣觀當今之事太過者三，分封太侈也，用刑太繁也，求治太速也。」三條共數千言。書上，帝大怒曰：「小子間吾骨肉。」逮死獄中。先是伯巨將上書，語其友曰：「今天下惟三事可患耳。其二事易見而患遲，其一事難見而患速。」其意蓋謂分封也，言尤有明驗。今録其略云：「今裂土分封，使諸王各有分地，蓋懲宋、元孤立，宗室不競之弊。而秦、晉、燕、齊、梁、楚、吴、蜀諸國，無不連邑數十，城郭宫室，亞於天子之都，優之以甲兵衛士之盛，臣恐數世之後，尾大不掉。然後削其地而奪之權，則必生觖望。甚者緣間而起，防之無及矣。」然是時爲洪武九年，諸王止建藩號，未曾裂土，不盡如伯巨所言。迨末年，燕王屢奉命出塞，勢始强，後因削奪稱兵，遂簒天下。人乃服伯巨先見云。其他用刑、求治二事，亦切中太祖之病。其後解縉上萬言書，亦首及繁刑，帝雖嘉許而又不能用。胡藍之獄，宿將略盡，至靖難兵起，京師不守，豈非由謀國無人乎？

英宗時，劉球上疏，諫大舉征麓川。其末云：「至於瓦剌，終爲邊患。及其未即騷動，正宜以時防御，乃慾移甘肅守將以事南征，卒然有警，何以爲御？臣竊以爲宜慎防遏，如周、漢之於玁狁、匈奴也。」後應詔上言所宜先者十事，又以爲迤北貢使日增，包藏禍心，誠爲難測。時王振主謀南征，球以忤其意，被構而死。後數年，瓦剌果入寇，英宗北狩，亦可謂先見矣。

憲宗時，商輅復入閣，首陳八事，語皆簡易可行。其一「勤聖政」，謂：「勤非下侵庶職，在戒逸慾，法乾健。各司章奏之外，所當究心者，望詢於大臣，見諸施行。」此條實爲萬世人主之戒。人主之病每在逸樂，其稱勤政者，亦病如秦始量書、隋文傳飧，並非法乾之意。商輅號爲賢相，其進言以此爲首，可謂知先務矣。

孝宗時有蔡清疏，略曰：「今日急務在朝廷之紀綱，而其次在邊境。今士大夫皆謂罪可以計免，功可以權得，苟利其家，朝廷之事不暇顧也。民之貧者，無立錐之地，而宦官厠養富過王侯。朝廷錙銖取於民，以爲士馬資者，半入於庸將之家，而轉輸於權倖之門，於是兵弱而不能衛民。蓋士風弊，則人才乏；民力屈，則兵力弱，勢也。夫賢者必用，不肖者必去；功必賞，罪必罰，此紀綱之大要也。若夫本，則在人主之一心。心正，而後事可理；理明，而後心可正；講學，而後理可明。真氏《大學衍義》一書，不易之則也。」孝宗爲明代賢君，疏綱闊目與民休息，或有吏治偷惰之患。虛齋以振紀綱爲言，而推本於正君心，實爲探原之論。大儒之言，有本末如是。

王伯安文章兵法卓出一代，孝宗朝疏陳邊務八事。其目一曰「蓄才以備急」，二曰「舍短以取長」，三曰「簡軍以省費」，四曰「屯田以給食」，五曰「行法以振威」，六曰「敷恩以激怒」，七曰「損小以全大」，八曰「嚴守以乘敵」。按明氏中葉以來，邊兵驕惰脆弱，不能御外侮。使陽明策果行，庶幾足救其弊矣。其後陽明爲閫帥，平南中諸賊，實用此策，以奏功效，異於他能言而不能行者。

武宗允秦藩請，慾益以陝之邊境。兵部科道交秦不可，上不聽，楊廷和、蔣冕引疾不草制。梁儲曰：「皆引疾，孰與事君？」上震怒，内臣督促，儲承命草曰：「昔太祖著令曰：『此土不畀藩封，非吝也。念此土廣且饒，藩封得之，多蓄士馬，饒富而驕，奸人誘爲不軌，不利宗社。』今王請祈懇篤，朕念親親，畀地於王，王得地，宜益謹，毋收聚奸人，毋多養士馬，毋聽狂人勸爲不軌，震及邊方，危我社稷，是時雖欲保全親親，不可得已。王慎之毋忽。」上覽制駭曰：「若是其可虞，其勿與！」事遂寢。此以制詔爲諫疏，譎而正。太史公所云：「談言微中，亦可以解紛者也。」事闇君者，須知此術，何必訐直賈禍，而終爲愛君哉！

明人諫君多過激者，其議大禮，至結黨大哭，是豈知事君之禮哉？其議雖是，猶且不可，況不盡是乎！蓋當時士大夫求名之念，甚於愛君之心，余不甚取。

世宗時，有楊椒山劾嚴嵩疏，驚天動地，足解千古人心之憤。其妻張氏請代夫書，亦精誠動人，可謂斯夫而有斯妻矣。當時沈束亦論嚴嵩，下獄，迄嵩去位，在獄十六年矣。其妻亦爲姓張氏，上書言：「臣夫家有老親，年八十有九，衰病侵尋，朝不計夕。往臣因束無子，爲置妾潘氏。比至京師，束已系獄，潘矢志不他適，乃相與寄居旅舍，紡織以供夫衣食。歲月積深，凄楚萬狀。欲歸奉舅，則夫之饘粥無資；慾留養夫，則舅又旦暮待盡。輾轉思惟，進退無策。臣願代夫繫獄，今夫得送父終年，仍還赴繫。實陛下莫大之德也。」兩夫妻同時同烈，而二婦人同姓氏，豈不亦奇乎？

當時又有子請代父死者，爲御史馮恩子行可。恩亦直臣，屢上疏，論大學士張孚敬、方獻夫、都御史汪鋐等奸，下獄。比朝審，鋐當主筆，挫辱恩。恩抗言不屈，時人謂非但口如鐵，其膝、其膽、其骨皆鐵也，因稱「四鐵御史」。明年行可上書，請代父死，不許。其冬事益急，行可乃刺臂血書疏，自縛闕下，謂：「臣父幼而失怙，祖母吳氏守節，教育底於成立，得爲御史。舉家受禄，圖報無地。私憂過計，陷於大辟。祖母吳年已八十餘，憂傷之深，僅餘氣息，若臣父今日死，祖母吳亦必以今日死。臣父死，臣祖母復死，臣煢然一孤，必不獨生。冀陛下哀憐，置臣辟，而赦臣父，苟延母子二人之命。陛下僇臣，不傷臣心；臣被戮，不傷陛下法。謹延頸以俟白刃。」此以緹縈之節，陳令伯之情，足感動人。帝之猜忌，覽之亦惻然，遂遣戍雷州。父子忠孝俱可嘉也。

世宗朝多直臣，其尤忠誠者，前有楊繼盛，後有海瑞。繼盛臨刑賦詩曰：「浩氣還大虛，丹心照千古。生平未報恩，留作忠魂補。」至死猶有愛君之言。瑞以直諫觸帝怒，下獄俟決，俄而帝崩。穆宗即位，詔釋之。瑞在獄，初未知穆宗登極，提牢主事以爲瑞且録用，設酒饌款之。瑞疑當赴市，恣飲噉不顧，主事附耳語其事，且曰：「先生今即出大用矣。」瑞即大慟，嘔出所飲食，隕絶於地，終夜哭不絶聲。夫疑其當死，而恣飲噉，已不可及矣；至於不恤其死，而悲君之死，更見愛君之誠也。二人用心，與當時議禮諸臣，何啻霄壤！

海忠介疏痛切明快，足解人主之惑。當時帝久不視朝，專意齋醮，廷臣自楊最、楊爵得罪後，無敢言者。忠介患之，獨抗疏論之。今録其略曰：「陛下即位初年，敬一箴心，冠履分辨，天下欣然望治。未久，而妄念牽之，謬謂長生可得，一意脩玄。二十餘年，不視朝政，法紀弛矣；推廣事例，名器濫矣。二王不相見，人以爲薄於父子；以猜疑誹謗，戮辱臣下，人以爲薄於君臣；樂西苑而不返，人以爲薄於夫婦。吏貪官横，民不聊生，水旱無時，盜賊滋熾。陛下試思今日天下爲何如乎？自古聖賢垂訓，未聞有所謂長生之説。陛下師事陶仲文，仲文則既死矣。彼不長生，而陛下何獨求之？誠一旦翻然悔悟，日御正朝，與諸臣講求天下利病，洗數十年之積誤，使諸臣亦得自洗數十年阿君之耻，天下何憂不治？萬事何憂不理？此在陛下一振作間而已。」

神宗時，刑部侍郎吕坤疏陳天下安危，略曰：「自古幸亂之民有四：一無聊之民，身家俱困，因懷逞亂之心；二無行之民，玩法輕生，淫掠是圖；三邪説之民，白蓮結社，所在成聚；四不軌之民，乘釁蹈機，惟冀有變。陛下約己愛人，則四民皆赤子，否則悉爲寇仇。今天下蒼生貧困矣。臣久爲外吏，見凍骨無兼衣，饑不再食。君門萬里，孰能仰訴？今國家財用耗竭矣。壽宫費幾百萬，織造費幾百萬，寧夏變，黄河潰，大工採木，費又各幾百萬，非雨菽涌金，安能爲計？今國家防御疏略矣。三大營馬半羸敝，人半老弱；九邊兵勇於挾上，怯於臨戎；外衛兵皮骨僅存，折衝奚賴？設有千騎横行，必選民兵。以怨民鬭怨民，誰與合戰？人心者，國家命脈也。今日之人心，惟望陛下收之而已。陛下以患貧爲事，不知天下止有此數。君欲富則天下貧；天下貧，而君豈獨富？惟陛下密行臣言，則人心悦，天心回矣。」按此疏所言，悉中時弊。至曰「約己愛人，則四民皆赤子」，又曰「人心者，國家命脈也」二語，可爲人主屏扆箴，可謂名言不磨矣。恨神宗不用其言，封福王，殆竭天下財力，人心益畔，遂胚胎後嗣流寇之禍。而流寇豈非所謂四民者乎？

明季流寇之禍，天地剖判以來所未曾有。莊烈以勤儉之主致之，至身殉社稷，殆不可解。未嘗不追咎當時諸臣也，然帝實有以取之。蓋人君之德，在知人善任。唯帝不能知人，故其所任非温體仁之奸，則楊嗣昌之佞。崇禎五十相，忠正者無幾人。是無他，由帝之猜忌也。劉宗周早窺知之，崇禎二年上疏，有云：「臣伏見陛下勵精求治，宵旰靡寧，然程效太急，不免見小利而速近功」云云。「陛下求治之心，操之太急，醞釀而爲功利。功利不已，轉爲刑名。刑名不已，流爲猜忌。猜忌不已，積爲壅蔽，正人心之危所潛滋暗長而不自知者。誠默正此心，使心之所發悉皆仁義之良，以育天下，以正萬民，自朝廷達乎四海，莫非仁義之化，陛下已一旦躋於堯舜矣。」此實爲拔本塞源之論，惜帝不能用之，故雖勤儉愛民，竟不能免亡國之禍也。

黄道周上疏，又請帝勿用小人，略曰：「臣見諸大臣皆無遠猷，動尋苛細。治朝寧者，以督責爲要談；治邊疆者，以姑息爲上策。序仁義道德，則以爲迂昧；奉刀筆簿書，則以爲通達。一切磨勘，則葛藤終年；一意不調，則株連四起。陛下欲整頓紀綱，斥攘外患，諸臣用之以滋章法令，摧折縉紳；陛下欲剔弊防奸，懲一警百，諸臣用之以借題修隙，斂怨市權。且外廷諸臣敢誑陛下者，必不在拘攣守文之士，而在權力謬巧之人；内廷諸臣敢誑陛下者，必不在錐刀泉布之微，而在阿柄神叢之大。惟陛下超然省覽，旁稽載籍，自古迄今，決無數米量薪，可成遠大之猷；吹毛數睫，可奏三五之治者。」此亦切中當時叢脞之弊，可謂對症發藥矣。念臺、石齋二公並明末大賢，故其言不孟浪也。孔子曰：「有德者必有言。」蓋德本也，言末也。天下之事，本立而末從之，學者其可不用力本根乎？

①「二」，原文作「三」，據文意改。

跋

土井有恪

右《文話》正續十六卷，我拙堂先生憂近世文弊所作，使恪與秦文卿校且跋之。恪竊謂文之弊久矣，近世爲甚。故人不以爲小技，則謂之末藝，此徒見其外而不知其中故耳。苟知文之不止於外，豈可縱任其弊哉？但其弊已深，非有力者，孰能矯而整之？恪不敏，固不足以知先生，然親炙之久，竊知其學所得未嘗止於外之文也。然則擢陷廓清之任，舍先生而誰歟？且君子之心，豈獨善其身云乎哉？人有所缺，吾則補之；人有所惑，吾則解之。工匠術師於子弟猶且有所憂，況君子之於世乎？知其憂而後可以讀《文話》矣。不然，其精微之見，剴切之論，節奏間架步驟之説，徒供其外飾而已。則此書之行，户誦家藏，奉爲山金淵珠，其所憂猶在焉。若能由此書求之乎古，研而覈之，體而玩之，必藴乎中而發乎外，則先生之憂始解矣，而文之果不爲小與末也。校既畢，語之文卿，文卿曰：「然哉！是先生之意也，何不以告世之讀此書者。」遂書爲跋。

天保六年乙未季秋受業門人土井有恪謹識

拙堂先生小傳

中内惇

拙堂先生諱正謙，字有終，拙堂其號，又號鐵研，通稱德藏，致仕稱拙翁。父諱正脩，號如山，通稱作藏。本姓增田氏，入贅於齋藤氏，因冒其姓。母齋藤氏，以寬政九年①某月某日生先生於津藩邸（津藩即藤堂氏藩邸，在江户柳原）。先生幼而穎悟，稍長，入昌平黌②，受業於古賀精里翁。好學無所不讀，尤用力古文，卓然成家。及藩主誠德公（公即故從四位侍從藤堂高兑朝臣）創建學校，擢任先生學職，因挈家西徙於津，時年二十四。嘗遊京師，會藩士野田某遊學在此，導先生造賴襄。襄初書生視之，及覩其文，乃大驚，延之於座，以朋友之禮遇之。某本輕先生，見之有愧色。其後先生任講官，賜禄百五十石。文政七年十二月③，誠德公逝，詢蕘公（公即今從三位藤堂高猷朝臣）嗣位，尋命先生進班上士兼侍讀，先生知而無不言，公亦能聽納之。異日公之得聲譽，先生啓沃之力居多。爲侍讀十數年，累增禄至二百石。又屢扈從江户，與諸名士交，聞見益博，聲名籍甚。天保十二年七月④，轉郡宰。先生素留意民事，既爲郡宰，將救民疾苦，乃發摘大里正奸曲病民者數人，致之於罪，民大悦。然未及大施其力，罷郡再入學校，參署督學事。宏化元年某月⑤，升督學，總督文武學政。乃立學則，舉人才，廣購書籍，增建文庫，刊行《資治通鑑》。又大設武場以練兵，延劍客槍士，命藩士與之角伎。選藩士有才者遊都下，學洋學及兵法炮術。其所費不貲，皆仰之學校，而學校會計，綽綽有餘裕，此皆先生之力也。方是時，天下爭講文武，而文武人才之盛，特推津藩。天下皆取法於我，又命士人來受其業者，常數十人。安政二年六月⑥，幕府下命辟先生，先生東下，謁見大將軍家定公。陪臣賜謁，實爲希覯事。已而幕府將擢任先生儒官。先生以爲自吾公十二歲時，日侍其側，今去而遠之，情有所不忍，與其舍舊而富貴，不若守節而貧賤，遂謝病西歸。及歸，公出迎於道，延入城，增禄爲三百石，仍爲督學如故。先生既督學政，以勵文武；又辭幕辟，以全節操。其功德之高，風動一世。龍野侯見先生，有所咨詢；大垣侯亦見先生，贈馬鞍朱提，以謝臣隸受其奬勵。是以四方之士執質入門者，不可勝數，卒至遐陲僻壤無不知拙堂先生爲大儒者。六年六月，先生致仕，公命長子正格襲禄三百石，别賜先生月俸十五口糧，以爲養老資。藩制：非國老及大監察，不給養老資。今與之同給，蓋異數也。慶應元年乙丑三月⑦，先生患嗝噎，荏苒不愈。七月十五日，終於茶磨山莊，享年六十有九。公痛悼，賻贈甚厚，葬於塔世村四天王寺先塋之次，門人私謚曰文靖先生。

初，先生爲菟裘之計，買地於城北茶磨山下，置草堂，名曰栖碧山房。地勢高塏，負山臨海，有亭榭几榻之設，花木泉石之勝，統而名之曰茶磨山莊。先生辭幕辟之明年，乞致仕，不允，因稱半隱士。後三年，得允爲真隱，住山莊。仍時時入城候公，公亦時來臨焉，賜賚無算。先生嗜酒愛客，客至，則忻然對酌，賦詩論文，終夕不厭。四方文士來訪者，殆無虚日，索書者亦接踵於門，可謂風流文雅極一時之盛矣。先生面上痘瘢斑斑，兩耳高聳，對面先見其耳，談笑間，時時以白眼睨人，威嚴可畏；加之直言不隱，面斥人過失。然胸宇豁達，不脩邊幅，推誠接物，愛才如饑渴，人以此歸之。先生娶鈴木氏，生正格、承家。鈴木氏没，繼娶高畑氏，有三男四女。一女適茨木某，一女適七里某，餘皆早亡。

先生才識明達，學通古今，經義雖本於宋儒，亦不墨守之，參以諸説，如《與猪飼敬所論學書》，則壯年之見，而非晚年之定論。諸史莫不淹貫，最精於《史》、《漢》，多發明。《老子》、《孫子》二辨，猪飼彦博稱以爲千古卓見。文則老壯既得《莊》、馬、韓、歐之神髓，詩則中歲始用力，及晚升杜、蘇之堂。賴襄、古賀煜、野田逸、安積信、篠崎弼等既推服其文，梁緯、廣瀬謙、鷹羽龍年、藤森大雅等又稱賛其詩，要之，詩猶有敵手，至於文，洵爲獨步。先生夙抱經世之志，田賦法律，其所尤鑽研，本朝典故，亦考窮之。《六國史》、《延喜式》、《令義解》等書，並存手澤。故其《正經界議》、《禁遊民策》等文，皆可言可行者。及聞支那阿片之亂，以爲不明地理、不通海外事情，乃博涉獵地理書，有所著作。當時洋學未闡，人罕言地理者，蓋以先生爲嚆矢。種痘之術，始入我邦，先生審其可以救幼兒，乃排衆毀，先天下以學校之力開種痘館，大施其術，是以藩内之民，殆無嬰痘患者，此皆可以見其學適於實用矣。先生篤倫理，屢周朋友故舊之急，鈴木氏兄正寧有罪褫俸，先生並其妻子養之於家，病者藥之，死者葬之，後唯存一女，爲具裝匳嫁之。又憫正寧弟神田通娊貧窶，每施與之。門人松阪家里衡來在塾，少年才子，遊蕩無檢，先生屢戒之；仍不悛，遂大困乞憐，先生乃與千金諭止之，衡感悟少懲。其重義輕財大率如此。所著《拙堂文話》八卷，《續文話》八卷，《月瀨紀勝》二卷，《海外異傳》一卷，《士道要論》一卷，《鐵研餘滴》四卷，《救荒事宜》一卷，《高青邱詩醇》七卷，《絶句類選評本》十卷既行於世；《詩文集》若干卷，《韓子新編》六卷，《北畠國司記略》十三卷，《兵話》四卷，《常平社倉義倉議》一卷，《地學舉要》一卷，《魯西亞外記》二卷，《京華遊録》一卷，《客枕夢遊録》一卷，《澡泉餘草》一卷，《續澡泉餘草》一卷，《南遊志》一卷，《南遊志附録》一卷，其他《經話》、《詩話》等未就緒者又若干卷，並藏於家。

先生之未没也，將立壽壙碑於山莊，命其文於門人土井有恪，有恪承命，未及作而先生没。正格因囑墓誌於有恪，有恪又諾之。經數年未作，正格及惇屢促之，責其怠慢，有恪謝之，且曰必作。其後正格、有恪相繼物故，而墓誌終不成矣。故惇綴緝先生事跡作此傳，以俟脩史者採焉。

明治十三年⑧十月門人中内惇謹撰

（録自《拙堂文集》）

---

①寛政九年：公元一七九七年。

②昌平黌：即昌平坂學問所，爲江户幕府的官學，一七九七年開設。故址在今東京湯島聖堂（孔廟）。

③文政七年：公元一八二四年。

④天保十二年：公元一八四一年。

⑤宏化元年：公元一八四四年。

⑥安政二年：公元一八五五年。

⑦慶應元年：公元一八六五年。

⑧明治十三年：公元一八八〇年。

漁村文話

〔日〕海保元備　撰

漁村文話目次

解　題

《漁村文話》、《漁村文話續》爲海保漁村所撰。漁村名元備，字順卿（一字百順，或云春農），號傳經廬，又稱章之助，上總國武射郡北清水村人。少歲來江户，從太田錦城脩經學。卒業後遂以是自立門户，設帷於下谷練塀小路，授徒爲業。錦城之門生，文章首推隈它山，經學則推漁村，二人均爲錦城之高足。漁村著有《經籍源流考》、《文章軌範補注》、《待老筆記》、《送老筆記》、《讀朱筆記》、《文林海錯》等經説十數部。《漁村文話》及《漁村文話續》僅爲其餘緒，但亦可以此窺其蘊蓄之一斑。漁村没於慶應二年①九月十八日，年六十九，葬於本所番場普賢寺。

① 慶應二年：公元一八六六年。《漁村文話》原爲日文，由吴鴻春翻譯。

序

森　蔚

聖人論文之言曰：「辭達而已矣。」又曰：「言之無文，行而不遠。」然則意達而言文，文章之能事畢矣。漢京以降，能得此意者，唯唐宋大家之文爲然，而韓柳歐蘇實爲之冠。是以後世著作之士，莫不奉爲矩矱焉。雖然，欲學其步趨，肖其聲響，固非晚生淺學之所能遽及也，必須指引之人，而後始見蹊徑可由也。此海保漁村先生所以有文話之述歟？顧者從前啓蒙之書，如陳氏《文則》、唐氏《作文譜》之類，或博而寡要，或簡而不備，讀者憾焉。先生經術深湛，博綜諸子百家；其於文章，亦多所發明。嘗采摭歷代名人論文之語，散見於文集説部中者，參以平生心得之説，綴緝融貫以成斯書。凡作文之法，自命意立言之大，至造語用字之細，旁及古今文章之興衰，師弟授受之源流，及夫文章家之秘鑰所竊自用而不敢言者，爛然畢陳。其論博而要，其言簡而明，其考據也鑿鑿乎——其莫不備也。

夫唐宋大家之文，譬諸山水——喬岳大海，包含無窮者，韓文也；峻崖峭壁，溪澗窈然者，柳文也；湖山明麗，烟波多態者，歐文也；江流混混，一瀉千里者，蘇文也。其他諸家，莫不各有一丘一壑之美。學者欲臻其佳境，擅其勝狀，斯編是其輿馬舟筏也邪？若能熟讀而有得焉，當吮墨揮翰之際，心所欲言，手輒應之；而結構部置，有爛然可觀，聲響節奏，將犁然有中，則聖人所謂意達而言文者，於是乎可庶幾焉爾矣。

及門諸子，謀鏤之梓，以廣流傳；予劇喜其嘉惠後學，不揣弇陋，敢弁簡端。

壬子歲①仲夏日水藩森蔚拜撰

① 壬子歲：指嘉永五年，公元一八五二年。

題記

湯川愷

古人論文，並論詩；魏武倡之於前，劉勰、任昉和之於後。摯虞之撰《文章流别》，昭明之編《文選》，皆文詩並收，當時以言之有韵者謂之文也。自韓歐古文行，而文始與詩對。唐宋尚詩賦，而宋人始專論詩，尤袤、歐陽脩以下，詩話日多，而未聞有文話焉。非不論文也，無勒爲一書者也。唐庚著《文録》，仍並論詩；其專評文，則陳騤《文則》、李耆卿《文章精義》外，寥寥無聞，而其書亦不以「話」稱也。論文以「話」稱者，宋唯有王銍《四六文話》，餘不多見。近清阮元令諸生纂《四書文話》，雖不主古文，而亦見論文之未嘗不可以「話」目也。若謂先儒唯有詩話，從未有文話，則亦屬概論。《漁村文話》告成，書質於大方。

嘉永壬子長夏江户湯川愷敬識

受業
和泉　平松脩
大聖寺　山本寬
上田　伊藤恒
上總　朝日逢吉
同校

漁村文話

〔日〕海保元備　撰

吴鴻春　譯

聲響

文章之道在於學古人的語氣。那麽，想做文章的話，先把古人的文集或者選本拿來反復熟讀玩味，摸透古人的文勢語路，達到出口成誦，爛熟於心，使自己的心與古人的文交融一致，就是必需的了。朱子曰：「韓退之、蘇明允作文只是學古人聲響，盡一生死力爲之，必成而後止。」（《語類》卷三十一）「學古人聲響」真是妙極之語，文章的巧拙全在是否學得古人聲響。先儒評點文章時所説的「輕重緩急」、「抑揚頓挫」等等，實即聲響之細目。沈約在《宋書·謝靈運傳論》里説：「若前有浮聲，則後須切響。一簡之内，音韻盡殊；兩句之中，輕重悉異。妙達此旨，始可言文。」這里的「音韻」説的是章句中之宫羽，非指在句末押脚韻（《揅經室續三集·文韵説》）。當時的文章崇尚聲律，與古文自有不同；但究其實，在重視文章的聲響這一點上，兩者可謂同出一轍。韓文公所謂「言之短長與聲之高下皆宜」(《答李翊書》)、「正聲諧《韶》《濩》」(《上于頔相公書》),即説的是文章的聲響。郝京山(敬)也説過:「言語無輕重緩急尚不可聽,況文章乎!」(《藝圃傖談》)楊名時説:「欲求入門,全在刻刻與古人詩文相浹洽浸漬,目注口吟,心摹手追,庶骨氣可變,竅郤可披。」(《程功録》)學古人聲響之道,這句話已説盡了。

命　意

做文章之前,首先要確立一篇的大意。大凡記時事、論世道人紀的文章,在下筆以前,都要考慮主要寫些什麽,大關節在何處,從哪里起筆有利於事理的闡明等等;深思熟慮之後再定下來,這就是命意。應當想一想是否有錯,是否陳腐,是否泛濫。要言之,如不能消除文病則不足以爲文。

每當寫一篇文章,開始必有凡庸的思路在筆端纏繞,只有把凡庸剥去才能道出至理之言(《金石要例》)。宋公序(庠)説:「立意貴新不貴異,貴適當不貴僻遠,貴淳不貴古①,貴奇不貴怪。」(《清波雜志》)這句話里的道理是應當知道的。

① 「古」,原作「故」。《清波雜志》卷五作「語不貴古而貴淳」。

體段

大意既定，就要考慮整篇的體段了。所謂體段，就是整體結構的安排。無論什麽題目的文章，都要慎重考慮怎樣起筆才能與主題協調、與體裁一致，承接應當如何，中間鋪叙應當如何，結尾又當如何等問題。這就是一篇文章的大體結構。盡管爲文之道變化無窮，但還是有一定的規格間架。黄山谷言曰：「文章必謹布置，如官府甲第，廳堂房室各有定處，不可亂也。」這些地方如缺乏協調，整篇結構將陷於失敗。其中起結兩處尤爲關鍵之所在，作文家最感頭痛，須特別用心。

陳繹曾把韓柳兩家各體文章的起結摘出，觀其變化手段。其變化之妙可以意會，而無以言傳（《文章歐冶》）。初學者如能遵從此言，狠下苦功，必能悟得古人起結之妙。

段落

行文中段落尤爲緊要。文之有段落如同人之有骨骼。人有骨骼，長短大小、或横或竪、或圓或鋭的各個部位才能各得其所。文亦如此。文章的段落不清就像人的手足頭顱混同一處，是個支離之人。因此，作文首先以分清段落爲緊要。段落即古人所謂的「章」。一段之中自有構成它的内容，這些内容須有用而並非可有可無；正如人的四肢自有四肢之用，耳目鼻口自有耳目鼻口之用一樣。各個段落合起來就是一篇文章，這也正與人的四肢百骸完備以後才成爲人相似。

達 意

各段落定下來後，必須要以「意氣」貫穿它，使之一脉流通。文章雖有段落而意氣時斷時續的話，就像人患了偏枯病一般。《論語》有云：「辭達而已矣。」其中的「達」即説的一氣貫穿之意。韓昌黎云：「氣，水也；言，浮物也。水大而物之浮者大小畢浮，氣之與言，猶是也。」（《答李翊書》）這是把意氣貫穿之時文字皆活、自然適宜的狀況比作水勢盛大，能浮衆物。

柳子厚説：「爲文以神志爲主。」（《與楊憑書》）

張文潛論文詩有言：「文以意爲車，氣盛文如駕。」（《困學紀聞》）

此外，葛延之從東坡學作文之法，坡公這樣教導他：譬如市上店肆中有諸物種種，但只需錢之一物即能攝得。文章亦然，詞藻、事實如市肆之諸物，意則爲錢。作文如能立意，則散見於經、子、史中之古今天下事將翕然並起爲吾所用。曉得此理即爲領悟作文之旨（《容齋四筆》、《梁溪漫志》）。這里亦説的是詞藻、事實應以一意貫穿之。

詞 藻

文章雖應以達意爲主，但亦須用詞藻來作點綴裝飾。詞藻如同人的血肉，文章缺乏詞藻就像人血肉枯瘦，没有生氣一般。遣詞應當講究雅馴，造句力求讓人稱好。舉凡俗語、常語等人所習見的詞語均以不用爲是。用字笨拙，造語淺鄙，即使言之有理，亦不足爲文。所以，韓文公《答尉遲生書》里說：「體不備不可以爲成人，辭不足不可以爲成文。」李習之《答朱載言書》中也說：「義雖深，理雖當，辭不工者不成文，宜不能傳也。仲尼曰：『言之不文，傳之不遠。』」孫樵說：「古今所謂文者，辭必高然後爲奇，意必深然後爲工，焕然如日月之經天也，炳然如虎豹之異犬羊也。」（《孫可之集·與友人論文書》）柳子厚說：「文之用，辭令褒貶、導揚諷諭而已。雖其言鄙野，足以備於用。然而闕其文采，固不足以竦動時聽，夸示後學。立言而朽，君子不由也。」（《楊評事文集後序》）張文潛詩說：「意以文爲馬。」（《困學紀聞》）

以上各家所說，皆以爲文章必須講究詞藻。

三多　三上

歐陽公作文有「三多」之訣，即「看多、做多、商量多」（《後山詩話》）。

「看多」，就是要閱讀大量的古書古文，所有值得記住的妙辭雋語都要一一儲蓄起來，然後發而爲文。這個意思，韓退之在述說自己怎樣作文時也說過的：「究窮於經傳史記百家之說，沉潛乎訓義，反復乎句讀，礱磨乎事業，而奮發乎文章。凡自唐虞以來，編簡所存，大之爲河海，高之爲山岳，明之爲日月，幽之爲鬼神，纖之爲珠璣華實，變之爲雷霆風雨，奇辭奧旨，靡不通達。」（《上李巽書》）羅有高曾説，昌黎的實實用功處就在此。（《尊聞集·與彭允初書》）退之又説：「始者非三代兩漢之書不敢觀」，「如是者亦有年，猶不改，然後識古書之正僞，與雖正而不至焉者，昭昭然白黑分矣，而務去之，乃徐有得也。當其取於心而注於手也，汩汩然來矣。」（《答李翊書》）柳子厚評韓文公之文時説：「韓子窮古書，好斯文。」（《毛穎傳後題》）柳子厚稱自己「盜取古書文句，聊以自娱」（《唐鐃歌鼓吹曲序》），又説：「自貶官來無事，讀百家書，上下馳騁，乃少得知文章利病。」（《與楊憑書》）

可見，韓柳二公都先讀了極多的古文，看了極多的古書，窮究六藝百家。有了如此的學問基礎，做起文章來，自然文思泉涌，且極工致。歐公深知個中奥秘，故以「看多」爲作文第一要訣。歐陽公又説：「凡看史書須作方略抄記。」（《王洙談録》）這是説，要用好史書里的材料，平時就要注意抄録積累。

「做多」，就是要多寫文章，以積練習之功，功夫到家了，自然臻於純熟。歐陽公説自己：「某每日雖無別文字可作，亦須尋討題目作一二篇。」（同上）孫莘老曾就作文之道請教歐陽公，公答：此道別無他術，唯勤於讀書，勤於動筆，自然水到渠成。世人文字做得少，書又讀得懶，卻想輕易地超過旁人，這怎麽可能呢？孫莘老以此書於座右（《清波雜志》）。這些都説的是多做的益處。

「商量多」，就是要巧運文思。韓文公所謂「處若忘，行若遺，儼乎其所思，茫乎其若迷」（《答李翊書》），即謂此。

歐陽公還説他平生做文章常在三處構思，一是馬上，二是枕上，三是厠上（《歸田録》、《朱子語類》卷十）。「厠上」，指如厠時亦在思考。左太冲做《三都賦》，「門庭藩溷皆著筆紙，遇得一句，即便疏之。」（《晉書》本傳）「枕上」，指躺下休息時還在思索。「馬上」，《語類》作「路上」，謂一面趕路，一面考慮。褚遂良爲了做太宗的哀册文，一天下朝後，坐騎誤入别人家里，本人竟未察覺（《隋唐嘉話》）。東坡做《韓文公廟碑》時，找不到好的開頭，起行百十遭後，纔忽然來了靈感，得到「匹夫而爲百世師，一言而爲天下法」兩句（《語類》卷一百三十九）。

鍛　煉

文章以多加鍛煉爲貴，數次脩改是必要的。朱子曾説：歐公之文「亦是脩改到妙處，頃有人買他《醉翁亭記》稿，初説滁州四面有山，凡數十字，忽大圈了一邊，只曰『環滁皆山也』五字而已。」（《語類》卷一百三十九）脩改之益於此可看出。歐公作文，草稿既成，即把它貼置在墻上，起卧坐行，邊看邊改，一直到自己滿意了，纔脱稿示人。這就是説，即使是大手筆也不應逞一時筆快，急就成章（《春渚紀聞》）。因此，「改」就是作文的一字訣（《蕈溪自課》）。歐公到了晚年，竄定平生所作文章，夫人在一旁看他用思甚苦，勸問他：「何自苦如此？尚畏先生嗔耶？」公笑道：「不畏先生嗔，卻怕後生笑。」（《寓簡》）朱晦庵在談及自己對文章的删改時，也曾說：「此間文字脩改不定，朝成暮毁，甚覺可笑。」（《文集》卷三十五《答劉子澄》）從這些例子可看到先賢作文是如何不憚脩改的。

段玉裁《答程易田丈書》說到方文輈的作文要訣，「善做不如善改，善改不如善删。」（《經韵樓集》）「不如善删」，一語至妙。文章寫成後，再加脩改是十分的困難的。删除字句尤難下手，常會生出愛惜之意：這個字還是留下吧，那個句子也做得不錯。在這不忍割愛之間，不知不覺就出了毛病。這時要盡早以清醒的眼光，斷然删除多餘的字句。宋景文公（祁）看舊時所作文章，每生憎意，欲燒棄。梅聖俞（堯臣）聞此高興地對景文公說：此爲公文思長進之故，僕做詩亦然（《宋景文公筆記》）。士人對舊作生出不滿之心，也就到了學問長進的門口，當盡心竭力，發奮猛進。

後山曾携文拜謁南豐。南豐見其文深愛之，留他下來款待一番；對他說，我想做一篇文章，但事繁無暇動筆，欲有勞先生捉刀，不知可獲見允，並將大意告之。後山含糊地答應了，而動筆之時，文思澀滯，畢竟日之功，才得完稿，文僅數百字。及明日，以此呈示南豐。南豐看畢，說寫得不錯，但冗字較多，可否删去？後山就請南豐删正。南豐乃取筆删動了幾處，連着删去一兩行的地方也有，共删去一二百字，然後交給後山。後山讀後，覺得文意十分完備，因而嘆服，遂以此爲法。據説，後山的文章所以寫得很簡潔，就是因爲這個緣故（《語類》卷一百三十九）。

晏景初曾把爲一士大夫做的墓誌給朱希真看，希真看後説，文甚妙，但似缺漏四字。景初不悦，問缺在何處。希真指着文中「有文集十卷」的下面説，這兒有缺漏。景初再問所缺何字，希真答：此處應增補「不行於世」四字。景初據此改成「藏於家」三字加了上去（《老學庵筆記》）。的確，只説有文集，而不作其他説明的話，給人的感覺將與事實不符。補上「藏於家」三字，才能明白雖有文集，但僅收藏在家，尚未刻行。

蘇明允作成《權書》，歐公看後大奇，改動十餘字後奏聞朝廷。明允因此得官（《孫公談圃》）。

據前可以説，文章作成後，應向前輩請教，絶不能安於一己私見。

《文心雕龍》里有《練字》篇，極言用字之難：「善爲文者，富於萬篇，貧於一字。」意思是説，能流暢地寫文章的人，也會爲一字之用所困，不知用什麽字最穩當，常常一下子想不出來。此外，也有「易字艱於代句」的説法，認爲换一個句子容易，改用一個合適的字則難。范文正公寫的《嚴先生祠堂記》，其中有「先生之德，山高水長」一句。公以此文示李泰伯，泰伯讀畢，三嘆而後説，此文一出，必有一世之名，惜有一字未安。公瞿然而問，泰伯説：雲山江水一詞意義如何廣大，然而用一個「德」字來承接，顯得趚趄，不如改成「風」字。公敬服，幾於下拜（《容齋五筆》）。泰伯據《嚴先生祠堂記》中「貪夫廉，懦夫立」的句子，和《孟子》「聞伯夷、柳下惠之風」的一段，想出了這個「風」字（《文章軌範》）。從這兒可以知道用好一個詞是如何的不易！

應當注意：遣詞應有所依據，作文要巧運文思，並不憚脩改。宋景文説：「人之屬文，有穩當字，第初思之未至也。」（《筆記》）做文章的人要認真考慮，務求穩妥精當。

改潤法

文章的脩改潤色有幾種手法。有一種情況，草稿差不多擬好了，於凝思中忽得新意，需要果斷地棄除舊套，重起爐竈，這叫做「翻」，此爲一法。還有一種情況，已經開手寫了幾段，但文意重複，句式單調，流於詞語的堆砌，文字活不起來。這時要趕緊删除多餘的詞句，講究句式的變化，鼓起文章的氣勢來，這叫做「變」，此亦爲一法。還有，文意前後不連貫，似乎中途被懸空掛了起來，或者與他事混雜，顯得十分别扭。此時務以融通文意爲要，將多餘的字句删去，不足的地方補齊，這叫做「融」，此又爲一法。再有，説理之處不够妥貼自然，這時需要好好考慮一下，早些判明是此話不能這樣説，還是張冠李戴，説得不是地方。及時把那些有妨害的字句芟除，使文章的面貌焕然一新。這叫做「化」，此又爲一法。又如一個章節里，通篇缺少警策動人的句子，毫無突出之處，則要及早注意在其中羼入奇語、粹語，將其改化，這叫做「點」，此又爲一法。再如，覺得某一節或某一字句似乎不錯，怎麽也想把它用上去；但仔細咀嚼下來，發現它到底没有什麽特别的用處，用了反成贅疣。此時萬不可過於溺愛，勉强地把它安排在什麽地方，應盡早斷然割愛，這叫做「割」，此又爲一法。還有一種情況，所要説的意思没有能表達清楚，如同薄雲蔽日一般，使人不能遽然理解。此時要像磨亮生了雲翳的鏡子似的，對字句再三推敲，務使文章明白曉暢，這叫做「瑩」，此又爲一法。另外，如有字句用得不够妥貼之處，則需像熨平衣服的折痕一般，熨平字句中的棱角，講究遣詞造句，以求圓潤精當，這叫做「熨」，此又爲一法。又比之樹木，如在某處長有一杈，則顯得匀稱扶疏，缺此一杈，則呈殘損模樣。文章亦如此，也會有通篇説得很透徹，唯有一處不够充分的情況。這時要考慮全篇的平衡，在不影響它處的前提下，把不够充分的地方展開到適當的程度，如同一棵繁茂而又匀稱的大樹一般，這叫做「補」，此又爲一法。此外，應在前面説的，卻放到了後面；應放在後面的，反拿到了前面；宜置於開頭的句子而置於結尾；用在結尾可爲佳句的，竟用於開頭，成了敗筆。如此等等不合文理的情况也是常有的，需盡早注意調整結構上的前後次序，這叫做「掇」，此又爲一法。

按照以上所説的脩改潤色的諸方法，加上狠下功夫，極盡文章變化之妙是能做到的。

病格

文章的毛病有多種。所謂「晦」，是説主題含混而不明瞭。所謂「浮」，是説文風浮滑而不沉穩。所謂「澀」，是説語氣艱澀而不順口。所謂「淺」，是説內容淺薄而不深厚。所謂「輕」，是指輕飄而不穩重。所謂「率」，是指放任而不嚴謹。所謂「泛」，是指空泛而不切時事。所謂「俗」，是説旨趣世俗而不超脱。所謂「略」，是説行文粗略而不周详。所謂「軟」，是説主干疲軟而無力量。所謂「訐」，是説駁論尖刻而失大度。所謂「短」，是指短視而乏遠見。所謂「穢」，是説詞語蕪雜而無佳句。所謂「胖」，是指臃腫而不够簡約。所謂「俚」，是説言語粗鄙而欠雅致。所謂「虚」，是指虚泛而不實在。所謂「排」，是説事例排比過濫而無生氣。所謂「疏」，是説文字粗疏而不縝密。所謂「嫩」，是説語氣稚嫩而欠老練。所謂「散」，是説結構松散而不緊湊。所謂「枯」，是説文采不足而色澤枯暗。所謂「寬」，是指文氣過長而顯得沉悶。所謂「緩」，是説節奏松弛而不緊湊。所謂「粗」，是説字句粗糙而不滑潤。所謂「尖」，是説句式雜亂而不整齊。所謂「巍」，是説脩飾堆砌，如同下女妝家夫人，窮漢陡爲巨富。所謂「瑣」，是指瑣屑而狹隘。所謂「碎」，是指支離而無主干。所謂「猥」，是指囉嗦而不得要領。所謂「冗」，是説言語重複而廢話連篇。所謂「憊」，是説文勢疲憊而氣力衰竭。所謂「陳」，是說行文立意均爛熟而陳腐。所謂「庸」，是指迹近下流而不足取。所謂「低」，是指平庸而無卓識。所謂「雜」，是說頭緒紛亂而事例雜陳。所謂「陋」，是說立意鄙陋而卑下。

以上三十六條病格，作文時要力戒。

十弊　三失

古文有十弊。談心論性，頗類宋人語録，是爲一弊。俳詞偶語，學六朝靡曼文風，是爲二弊。記序不識體裁，傳志寫成賬簿，是爲三弊。一味模仿秦漢，如優孟衣冠，是爲四弊。一心只守八大家之空套，不能自出心裁，是爲五弊。以堆砌爲能事，餖飣處處，死氣滿紙，是爲六弊。措詞輕率，如應酬之尺牘，是爲七弊。窘於邊幅，似枯木寒鴉，意氣寡淡，是爲八弊。内容平弱，敷衍成文，是爲九弊。語句艱澀，文飾淺陋，是爲十弊。以上所說，見於袁枚《隨園詩話》和《小倉山房尺牘》。

十弊之外，尚有三失。明代以後，學問文章不能遠追漢唐宋元，即因有此三失之故。一是洪武十七年之後，以八股時文取士成爲定制，由此而失於陋。二是李夢陽倡復古之學，但又不以六藝爲原本，由此而失於俗。三是王守仁講良知説，否定讀書，由此而失於虚。三失之説見於閻若璩的言論(《潛丘劄記》),這對治學者來説,不啻是有力的針砭。

簡 疏

爲文尤難者在於記事。因爲記事貴簡,字數要少,而記事又很容易涉於自然瑣碎。一旦瑣碎,則雖詳密,其龐雜亦必令人不堪。所以,不能不盡量節省字句。如果爲了記載的詳密,把瑣事、末事一一記入,不但顯得事無巨細,枝蔓過多,而且使人不得要領。盡管如此,若爲了節省篇幅,應當載入的略去不載,應當收取的捐棄不取,讓讀者懷疑爲闕誤而有疏漏之憾,這也是不行的。所謂「簡」並不等於「疏」,簡疏之間的差别是非仔細辨清不可的。

《左傳》記事

古人記事以文字簡略、含意無窮爲貴。試舉《左傳》中的幾個例子。

宋國的南宫長萬殺了國君閔公,躲到陳國去了。宋國向陳國要求把案犯送回。可是此人力大如牛,難以擒執。於是陳國以美女勸酒,待他酩酊大醉時,把他裹在犀牛皮里,隨即送往宋國。《左傳》記述道:「以犀革裹之,比及宋,手足皆見。」(《莊公十二年》)於此,南宫長萬途中酒醒後又驚又怒,手搗脚蹬,奮力掙脱的樣子,以及他是如何力大無雙,均不言自明。

再有一例。晉楚邲之戰，晉軍大敗，軍心動摇，《左傳》記述道：「中軍、下軍爭舟，舟中之指可掬。」（《宣公十二年》）敗軍士卒爲了活命，抓住船舷死也不放，想爬上船去，船上的士兵看到船有下沉的危險，便用武力拒絶，拔刀砍去抓住船舷的手指，船中的斷指多到可用雙手掬起的程度。水里的士兵如何爭先恐後地往船上爬，船上的士兵爲了保住自己的性命，如何砍去同伴的手指，並未一一道來，只用了「舟中之指可掬」六個字，就使此種兵敗如山倒的景象，歷歷呈現在讀者眼前。

還有一例。楚君攻蕭國時，看到軍士受嚴寒之苦，楚子乃巡視陣中，撫慰士卒；士卒感於恩義，竟忘卻了寒冷。《左傳・宣公十二年》記述爲：「三軍之士皆如挾纊。」這一句説的是士卒們各各爲大將之德所感動，一時忘了自己身受的寒苦，似乎衣服里絮上了棉花，心里熱乎乎的。

爲文臻於此種境界，可謂已徹底掌握了記事的方法。

史傳記事

史傳中學左氏之妙，字句表現得十分巧妙的例子也很有一些。司馬遷《淮陰侯列傳》，寫高祖聽説蕭何開了小差，又驚又怒，「如失左右手」，把高祖困態活活畫出。《汲鄭列傳》寫道，下邽的翟公爲廷尉時，賓客填門，待到他丢了烏紗帽，「門外可設雀羅」。這里雖然没有具體寫罷官後翟府如何冷落，曾經依附他的小人如何勢利，但一切均已表明。

還有，《北齊書·帝紀》記神武在韓陵與尒朱兆大戰，高季式僅以七騎深入敵陣，追擊敵人，一直追到連影子也看不見了。其兄高昂遠遠看到這一情況，深爲哀悼。不想到了夜里，季式竟回來了，書中寫道：「夜久，季式還，槊血滿袖。」（今本没有「槊」字，依《史通》引句改）這里也没有寫高季式如何奮力揮槊，與衆多敵人血戰，但是激烈的戰斗場面已使人如親眼目睹。做文章的人用工不及古人，這也是一個方面。

輕重

句子有輕有重。從上下體勢來看，一般應當使下句重於上句。如果上句重而下句輕，則下句不堪承接，將被上句壓倒。試舉一二例：歐陽公《晝錦堂記》以「仕宦而至將相，富貴而歸故鄉」起句，這句甚重，所以下面以「此人情之所榮而今昔之所同也」承接。用别的句子是無力承接的。

東坡《居士集序》以「夫言有大而非誇」起句，雖然只是一句，但體勢極重，所以下面用「達者信之，衆人疑焉」兩句承接。

韓退之《與李秘書論小功不稅書》里有「泥水馬弱不敢出，不果鞠躬親問而以書」的句子，如果其中没有「而以書」三字，則上句太重，全句將失去平衡。唐子西（庚）曾論及此義（《文録》）。

此外，凡是要記一事，在句式的安排上，必由短句入長句。如韓文「火於秦，黄老於漢，佛於晉宋魏隋齊梁之間」（《原道》）；「咏於《詩》，書於《春秋》，雜出於傳記百家之書」（《獲麟解》）之類是也。

還要特别注意使句式的長短錯綜交織，以語氣的輕重，句格的異同，表現出文勢的變化。如韓文《送石處士序》里「與之語道理」句，「辨古今事當否」句，「論人高下」句，「事後當成敗」句，「若河決下流而東注」句，「若駟馬駕輕車就熟路，而王良、造父爲之先後也」句，「若燭照數計而龜卜也」句之類是也。

正行散行

吕東萊説：「文字一篇之中，須有數行齊整處，須有數行不齊整處。」（《古文關鍵》）李性學也這樣認爲（見《文章精義》）。他們都指出，文章中老是用同一種句式是不行的。如果接連用了幾個句式相同的句子，下邊應該趕緊變换句式。

楊名時説：「每至文勢平流將弱處，即矯舉振作起來；正行則救以反，散行則救以整，清潤則救以雄奇，平淡則救以英挺。行文精於用救，方是作手。」（《程功録》）這與上面説的意思是互爲補充的。

錯綜 倒裝

凡是連續寫了數句句式相似的句子，或是用了一些人所習見的熟語，語句顯得平庸的時候，就要及時變換句法，表現出靈動之妙。這就是平中求奇的方法。《禮記》：「問國君之富」，「問大夫之富」，「問士之富」，「問庶人之富」，幾個問句句式相同，因而作答的句子一爲「數地以對」，一爲「有宰食力」，又變爲「以車數對」，不言「數車以對」，以避重複（《曲禮》）。這就是古人善用錯綜法的例子（《野客叢書》）。

除了錯綜，還有將上下句倒裝，來表現語氣雄健的方法。《史記·匈奴傳》「中行説曰『必我行也，爲漢患者』」一句，是由「爲漢患者，必我行也」倒裝而成的（《野客叢書》、《江湖長翁集》）。又如，《史記·汲鄭列傳》中，「必湯也，令天下重足而立，側目而視矣」一句，也是把「必湯也」前置，以加强語氣的倒裝用法（《江湖長翁集》）。《管子》：「子耶？言伐莒者。」這一句亦由「言伐莒者，子耶？」倒裝而來（《野客叢書》）。《禮記·檀弓》：「伯魚之母死，期而猶哭。夫子聞之，曰：『誰歟？哭者。』門人曰：『鯉也。』」按一般的語序應説：「哭者誰歟？」先問「誰歟」，再補出「哭者」，就將孔子受驚而問的情狀表現得十分生動準確（《湛園札記》）。

還可舉出一些倒裝的例子。韓文中的「衣食於走奔」，即是「奔走於衣食」的倒裝。它是根據《左傳》的「室於怒，市於色」變化而來的。南豐的「室於議，涂於嘆」一句也是師法《左傳》的。羅大經把倒裝句叫作「反言」，又叫作「反句」（《鶴林玉露》）。

錯綜、倒裝都是古人平中求奇的方法。

緩急

言辭有緩急之別，從語氣的起伏中可以自然地感覺出人品和事態。陳騤論及言辭的緩急時說：《左傳・襄公十九年》范宣子說的「吾淺之爲丈夫也」一句，其辭緩。《孟子・滕文公》中景春說的「公孫衍、張儀豈不誠偉丈夫哉」一句，其辭急。緩急之義可由此推出。

《左傳》「吾淺之爲丈夫也」的「之」，是與「哉」相同的語氣詞。《禮記・檀弓》中有「末之卜也」一句，鄭氏注云：「末之，猶微哉。」《正義》云：「末，微也；之，哉也。」可見，《左傳》和《檀弓》中的「之」字，同爲語氣詞。王引之的《經傳釋詞》未曾論及，故附辯於此。

抑揚

文章中有抑揚，其源始自《尚書・金縢》，其文開始說「乃元孫不若旦多才多藝，不能事鬼神」，這是「抑」；接下去説「乃命於帝庭，敷佑四方，用能定爾子孫於下地，四方之民，罔不敬畏」，這是「揚」。論人議事，抓住過失不放，使之不能辭其咎，這就是「抑」；而彰顯其功德便是「揚」。柳子厚《答韋中立論師道書》：「抑之欲其奥，揚之欲其明。」即是謂此。

漢晉時代多將「抑揚」一詞用來形容音調。蔡邕《琴賦》：「左手抑揚，右手裴回。」《初學記》卷十六：「繁弦既抑，雅聲乃揚。」《文選》中繁欽的《與魏文帝箋》：「遺聲抑揚，不可勝窮。」成公綏《嘯賦》：「響抑揚而潛轉。」這些句子中的「抑揚」都是指的音調的降低或升高。

文氣語勢中有抑揚與音調中有抑揚，其理爲一。因此，周代庾信在《趙國公集序》里説：「含吐性靈，抑揚詞氣。」(《初學記》卷二十一《文章》)這與《晉書·李充傳》里説的「雕琢成文，抑揚成音」是差不多的意思，都是用「抑揚」來形容文章之妙。

此外，《北齊書·儒林·張雕傳》里的「雕論議抑揚，無所回避」，《北魏書·甄琛傳》里的「琛與光書，外相抑揚，内實附會」之類，則是用「抑揚」一詞來論人。韓退之《宿龍公灘》詩里的「浩浩復湯湯，灘聲抑更揚」，則是以「抑揚」來形容忽高忽低的濤聲。《初學記》卷十五《舞部》則將「俯仰」、「抑揚」並舉，引有蔡邕《月令章句》的舞「有俯仰張翕」句，和崔駰《七依》的「舞細腰以抑揚」句。這是以「抑揚」來描摹舞姿。《文選》任彦升《爲范尚書讓吏部封侯第一表》中還有這樣的句子：「或與時抑揚，或隱若敵國」，這里的「抑揚」則又是隨俗浮沉的意思了。

頓挫（挫頓）

「頓挫」一詞最早見於《後漢書·鄭孔荀傳贊》，其文曰：「北海天逸，音情頓挫。」注云：「頓挫猶抑揚也。」《文選》陸機《文賦》説：「箴頓挫而清壯。」李善注云：「箴以譏刺得失，故頓挫清壯。」張銑注云：「頓挫猶抑折也。」以上是先儒把「頓挫」解作「抑揚」或「抑折」的例子。

現在看起來，古人每以頓挫和抑揚連用，比如陸機《遂志賦》：「崔蔡冲虚温敏，雅人之屬也；衍抑揚頓挫，怨之徒也。」（《藝文類聚》二十六）又如謝偃《聽歌賦》：「乍綿連以爛漫，時頓挫而抑揚。」（《初學記》十五）從「綿連」與「爛漫」性質類似而狀態有異這一點來看，可以推知「頓挫」亦與「抑揚」性質相近而情狀不一。再從「頓挫」與「綿連」對舉來看，可以推知「頓挫」是遽然轉屈的意思。文之抑揚是就一人一事來説的，文之頓挫則在於一轉折之間，是就一字一句來説的（《文章一貫》）。陳繹曾解頓挫爲「立意跳蕩，造辭起伏」。王世貞論歌行時説：「一入促節則凄風急雨，窈冥變幻，轉折頓挫，如天驥下坂，明珠走盤。」又説：「中作奇語，峻奪人魄者，須上下脉相顧，一起一伏，一頓一挫。」以上所説，已把「頓挫」之狀形容盡了。

又，李陵《答蘇武書》中，「命也如何，傷已，又自悲矣」三句，翁正春評爲「頓挫有法」。如用這些引例互證一下，可以推知，「頓挫」一詞是用來形容下一奇語，文章遽然轉屈的情況的。因爲它含有文辭起伏的意思，所以古人或解之爲「抑揚」，或解之爲「抑折」。鍾嶸《詩品》有云：「謝朓與余論詩，感激頓挫過其文。」杜甫《進雕賦表》有云：「臣之述作，沉鬱頓挫，隨時敏捷。」（《唐書》本傳同）二者均將「頓挫」用來形容文勢的起伏轉折之狀。

此外，杜甫《觀公孫大娘弟子舞劍器行序》里說：「記於郾城觀公孫氏舞劍器渾脱，瀏灕頓挫，獨出冠時。」這似乎是用「頓挫」來描摹舞姿了。《杜陽雜編》中説「俄而手足齊舉，爲之蹈渾脱，歌乎抑揚」，則又是在形容歌聲的起伏了。

《荀子·勸學篇》説：「若挈裘領，詘五指而頓之。」謝墉校注爲：「頓，猶頓挫，提舉高下之狀若頓首然。」以「頓挫」狀位之高下與狀聲之起伏是相通的，可以互證。九拜頓首亦即俯首以額擊地（據段氏釋「拜」）。

《晉書·天文志》記載：「彗體無光，傳日而爲光，故夕見則東指，晨見則西指，在日南北，皆隨日光而指，頓挫其芒，或長或短。」這是用「頓挫」來形容彗星的光芒。

《北齊書·宋遊道傳》記載：「尚書令臨淮王彧言：『臣忝冠百僚，遂使一郎攘袂高聲，肆言頓挫，乞辭尚書令。』」其中的「頓挫」則爲「頓辱」之義。

「頓挫」之外，又有「挫頓」一詞。《北史·李幼廉傳》：「假欲挫頓，不過遣向並州耳。」《荀子·王制》：「材伎股肱健勇爪牙之士，彼將日日挫頓竭之於仇敵。」其中的「挫頓」即「挫傷」之意。(《孫子》「鈍兵挫鋭」中的「鈍」亦與「頓」同。)

又如《名臣言行録》後集王安石條:「故雖流落頓挫之餘,一話一言未嘗不在君父。」《鶴林玉露》:「君子之摧抑頓挫,如湍舟,如霜木,則知其爲喪亂之時第一相。」二例之「頓挫」則指顛頓挫辱之義。

警策

寫出了若干字句之後,文章的氣勢就會松弛,缺乏活力。此時如果忽地嵌入一片要言,全篇的氣勢就會因之昂揚,文意也會因之益發顯明,文章由此而獲得轉機——這就是所謂警策。

「警策」一詞在《文選》曹子建《應詔》詩里可以找見:「僕夫警策,平路是由。」吕延濟注云:「言向坂行,故警策也。」此外,潘安仁《西征賦》中亦有「發閿鄉而警策」的句子,李善注引曹子建詩證之。警策之意,指以鞭策加之於馬,使之昂揚。最早借警策一詞來評文的是陸機,其《文賦》曰:「立片言而居要,乃一篇之警策。」李善注云:「以文喻馬也。言馬因警策而彌駿,以喻文資片言而益明也。夫駕之法,以策駕乘;今以一言之好,最於衆辭,若策驅馳,故云警策。」

馬走長途,涉險道,氣勢松弛時,加以一鞭,使之受激而氣力大增,其勢亦越顯駿發。文章以一言而使全篇獲得生機,其理與此相同,故亦稱之爲「警策」。

楊升庵説，六經也有警策。《詩》的「思無邪」，《禮》的「毋不敬」就是例子。他還指出，對於詩來説，「警策」便是指的佳句，如同水之波瀾，兵之先鋒（《丹鉛録》）。

今按，鍾嶸《詩品》曰：「陳思、靈運、陶公、惠連，五言之警策。」其《序》又説：「終朝點綴，分夜呻吟，獨觀謂爲警策，衆視終淪平鈍。」（《梁書》本傳）《大唐新語》里也説：「陸餘慶孫海長於五言詩，甚爲詩人所重。《題奉國寺》詩曰：『新秋夜何爽，露下風轉凄；一聲竹林里，千燈花塔西。』《題龍門寺》詩曰：『窗燈林靄里，聞磬水聲中；更籌半有會，爐烟滿夕風。』人推其警策。」此類例子中的警策指的是詩語之逸拔者。還有一例，杜詩有云：「尚憐詩警策，猶記酒顛狂。」所以「警策」一詞並非僅用於文章。

明意　叙事

文章之大要無非是意與事這兩方面。明意之文，或直斷，或婉述，或詳爲引證，或設譬喻，總之旨在明意。夫子之《十翼》是也。叙事之文，就其事而運筆，務使千載之後，事之毫末仍歷歷可見。《尚書》、《儀禮》、《左氏春秋傳》是也（《雕菰樓集·與王欽萊論文書》）。這是就經書而言的文之大端。

周漢四家

六經之後，別以文章卓然自成一家的有四家，即左氏、莊周、屈原、司馬遷。柳子厚《報袁君陳秀才避師名書》「先讀六經，次《論語》、孟軻書，皆經言。《左氏》、《國語》、莊周、屈原……太史公甚峻潔」之説，實爲知言。摭實而有文采者，左氏是也；憑虚而達理致者，莊子是也；屈原始變風雅頌而作《離騷》，史遷始易編年而爲紀傳，皆前無先例而成後來之法則，實爲豪杰特立之士（《書録解題》）。韓柳以後，雖然作者輩出，但文章義法，大致不出四家範圍，可謂千載無與倫比者也。

唐宋八家（十家　三唐人）

周秦以後，文章至西漢達到了極盛；不過，文章的體制，只是到了唐宋八家纔開始完備起來的。漢人之文但有奏對封事，均爲告君之體。雖有書序，但不多見。至昌黎，始工於贈送碑志之文；柳州初創山水雜記之體；廬陵歐陽氏纔專注於敘事；眉山蘇氏方窮力於策論。經序之體，臨川王氏爲優；學記之體，南豐曾氏稱首。故文章義法雖以左氏、莊周、屈原、司馬遷爲主，而文章體制實至八家方告完備。學者必先從事於此，而後有成法之可循（《劉孟涂文集》）。

八家之名目在《真西山讀書記》中就能見到，可知早在宋代已有此稱。不過，只是到了明初的朱右，始采録八家之文，編成《八先生文集》。據説，《四庫全書提要》關於八家的條目亦以此爲基礎寫成。後唐荆川亦唯取此八家著成《文編》。茅坤最心折於荆川，故又選成《八大家文抄》（《明史・文苑傳》）。儲同人在八家之外，加上李翺、孫樵，成爲十家。東坡云：「學韓退之不至，爲皇甫湜；學湜不至，爲孫樵。」朱新仲云：「樵乃過湜。」李翺、皇甫湜、孫樵之文有汲古閣合刊的《三唐人文集》。要學韓氏之文者，此三家之集亦不可不讀。

漁村文話續

〔日〕海保元備　撰
吴鴻春　譯

漢以後文體源流

韓昌黎述及自己如何作文時説：「非三代兩漢之書不敢觀。」（《答李翊書》）雖以兩漢並稱，其實是一種概言，古文到了後漢已經衰微，後漢人的文章爲昌黎所不取。故昌黎又稱：「文章自漢司馬相如、太史公、劉向、揚雄後，作者不出世。」（《唐書》本傳）在他的集子中，如《送孟東野序》、《答劉正夫書》、《答崔立之書》等篇，均僅僅稱述以上幾位大家，不提及他人。柳子厚在稱贊韓文時也説過：「退之所敬者，司馬遷、揚雄。」（《答韋珩書》）這也可作爲一條佐證。

柳子厚亦認爲：「文之近古而尤壯麗，莫若漢之西京。」又説：「殷周之前，其文簡而野，魏晉以降，則蕩而靡。得其中者漢氏，漢氏之東，則既衰矣。」接着又特地僅舉出這幾位作家：賈誼，公孫弘，董仲舒，司馬遷，司馬相如（《柳宗直西漢文類序》）。此外，在稱贊吳武陵時又説：「才氣壯健，可以與西漢之文章。」（《與楊憑書》）據此可以認爲，後漢人的文章也爲子厚所不取。

又如班固，以其史才與司馬遷並稱，其文章似亦無甚愧於遷，然昌黎猶不比數（《江湖長翁集》）。《新唐書》說韓愈：「至班固以下不論也。」此可謂深知昌黎之言。蓋《漢書》之文拘束於成格，缺乏變化。《史記·淮陰侯傳》末尾載有蒯通事一段，讀了令人感慨不盡。《淮南王傳》中伍被與王問答之語，情態横出，文亦工妙。但是《漢書》把這些悉數删除，其文寥落不堪讀（《日知録》）。其所作《燕然山銘》等，已啓四六文之漸（《麗體金膏》）。不過，班固的文章雖不爲韓愈所喜，仍不失爲好文章。

雖説文章到了東漢方趨衰微，其實李斯的《諫逐客書》已開始用華麗的詞藻作爲點綴，古人之風由此漸失（《四庫提要》）。鄒陽的《獄中上梁王書》已經用對偶句來作（《語類》卷百三十九），並開始堆積典故。可以説，駢體由此漸萌。對命之作，《封禪書》、《典引》，問對之作，《答賓戲》、《客難》，駸駸乎偶句漸多（《四庫提要》）。

不過，直至三國，漢以來老師宿儒的餘風尚存，文章還未全部衰靡。曹植主要作儷偶之文，拙劣已極，卻被當時稱作第一文人，文風由此陵夷。到了西晉，陸機等人誤以此爲楷模，因而人人浮慕之，文氣日益卑弱。於是，六朝便成了四六文的天下。梁代競相以浮麗爲能事，文體越趨華縟；至於陳，其弊已達極端。

但是，後周的宇文泰作丞相時，於干戈擾攘之中獨能尊崇儒術，因患於六朝文風的綺麗浮華，欲改革其弊；遂命蘇綽擬《周書·大誥》之體制作詔書，並示於群臣，要求而今以後的文章均依此體。其時，詔敕之類大抵温醇雅正，有漢魏遺風。所以到了後周，六朝的靡麗之風有所收斂，這是宇文泰以及輔佐他的蘇綽的功績。

還有，陳末姚察父子撰《梁書》，專用散文單句。《韋睿傳》中記他在合肥等地所立的功勞，《昌義之傳》中記鍾離的作戰，《康絢傳》中記淮堰的築作等等，均叙述得勁氣鋭筆，曲折明暢，一洗六朝蕪冗之習。其他各傳行文亦皆用散文，其成就遠在駢四儷六之上。據此可以説，陳末唐初姚察父子已在致力於古文的振興了(《二十二史劄記》)。此外，隋李諤也有一篇文章論及六朝文章失於佻巧。

以上所例舉的，可謂周武之後唐古文的先鞭。

唐古文源流

文章在唐初經歷了三次變化。最初，還未擺脱陳、隋以來駢麗纖艷的陋習，陳子昂出，以風雅革浮侈(《李翰集》梁肅序①、《湛園札記》)。他自稱追慕古之作者。所以，韓退之《薦士詩》説：「國朝盛文章，子昂始高蹈。」《送孟東野序》裏亦首稱子昂。柳子厚論及文有辭令褒貶、導揚諷喻二道時説：「唐興以來，稱是選而不作者，梓潼陳拾遺。」(《楊評事文集後序》)陳振孫稱「子昂首起八代之衰」(《書録解題》)。《唐書》本傳亦作如是説：「唐興，文章承徐、庾餘風，天下祖尚，子昂始變雅正。」此爲唐初文體之一變。

繼此之後，張説以宏茂而廣波瀾(《李翰集》梁肅序)，此爲再變。天寶以還，元結毅然而變排偶綺麗之習，鼂公武謂其文如古鐘磬，於俗耳不諧(《郡齋讀書誌》)。高似孫也稱其文章奇古，不事蹈襲(《子略》)。蓋雖經開元、天寶之盛，文格仍不免沿襲舊規，元結、獨孤及二人始奮起湔除，蕭穎士、李華亦追隨左右，其道日熾(《四庫提要》)。此爲三變。

武德、貞觀以來，經此三變，文章始近於古(《江湖長翁集》)。韓氏古文即胚胎於此。《唐實録》説韓愈學獨孤及肯定是有根據的(《讀書誌》、《四庫提要》)。趙翼引《舊唐書·韓愈傳》説：「大曆、貞元間，文士多尚古學，效揚雄、董仲舒之述作，獨孤及、梁肅最稱淵奥。愈從其徒遊，鋭意鑽仰，欲自振於一代，洎舉進士，投於公卿間，故相鄭餘慶爲之延譽，由是知名。是愈之先，早有以古文名家者。今獨孤及文集尚行於世，已變駢體爲散文，其勝處有先秦、西漢之遺風，但未自開生面耳。」(《廿二史劄記》)由此可知，獨孤及、梁肅早已在做古文，韓愈曾向他們的學生學習。《新唐書》認爲，唐代古文是韓愈首倡的(《文藝傳》)。蘇東坡《潮州碑》説：「獨韓文公起布衣，談笑而麾之。」雖然這些説法均首稱韓愈，其實篳路藍縷之功還是屬於元結、獨孤及等數人的。只是其時風氣初開，尚未形成聲勢；及韓愈繼起，唐之古文遂蔚然而至其盛(《四庫提要》)。

盡管如此，當時也祇有一二鴻儒深信古文的價值。

與韓氏並駕齊驅，積極倡導古文的還有柳子厚；李觀也是一位，三人難分伯仲（《唐書》本傳）。從學於韓氏的皇甫湜、李習之也相與參加，一起推動古文運動之輪（《讀書敏求記》）。

其時，文風尚未大變，遠非所有文章都用古文來作（《語類》卷百三十九）。爲此，柳子厚説：「今之後生爲文，希屈、馬者，可得數人；希王褒、劉向之徒者，又可得數人；至陸機、潘岳之比，累累相望。」（《與楊憑書》）韓愈《與馮宿論文書》裏亦感嘆：「稱意者，人以爲怪；下筆令人愧，則人以爲好。古文真何用於今？以俟知者知耳！」他在《答陳商書》裏述及古文不爲世人所用説：「爲文必使一世人不好，得無與操瑟立齊門者比歟！」在《答李翊書》裏又説：「其觀於人也，笑之，則心以爲喜；譽之，則心以爲憂。」如果再看看李漢所説的「時人始而驚，中而笑且排」，可以知道，當時韓公古文的知音實在不多（《黄氏日抄》）。

昌黎以古文之法授予皇甫持正，持正以之傳授來無擇，無擇又傳予孫可之（《孫可之集·與友人論文書》）。故可之每每自稱得吏部之真訣。可之卒後，古文之法遂中絶。後又經二百年，宋代古文方興起。

---

①《全唐文》卷五一八作梁肅《補闕李君前集序》。

宋古文源流

自唐末懿宗、僖宗以來，經歷了沉寂的五代，文格日益衰薄；至宋初猶沿襲餘習，崇尚儷偶。柳仲塗（開）起而發明古道，矯正世風。其先，天台有一老儒趙生，得韓文數十篇，尚未通達其旨，攜而示仲塗。仲塗讀後嘆道：唐已有如此之文章哉。遂悟得作文之旨。由此以後，屬辭一意法式韓文，並因而改名爲肩愈；又改字爲紹元，表示亦傾心於柳宗元（《東都事略·柳開傳》、《容齋續筆》引張景《柳開行狀》、《能改齋漫録》）。既已如此，還將名改成「開」，字改成「仲塗」，「自以爲能開聖道之塗也」（《讀書志》）。但其文章失於艱澀（《四庫提要》）。

因此，在柳開最初的以古文作旗幟的號召下，一些髦俊之士相率從而學之。不過，他們祇能學得些仿佛之形，還没有足够的才力達到古人的境地。其中某些人甚至仍以藻飾爲能事，曲解、反對大雅之道，認爲古道不適世用，而終不能學古（《范文正公集·尹師魯河南集序》）。所以，柳開之學僅止其身（《四庫提要》）。

柳開之後，提倡古文者爲穆伯長（脩）。當時的學者均從事於聲律，而不知爲古文；伯長首倡古文，並以勸學後進（《東都事略》、《雲麓漫抄》、《書影》）。他的文章師承之處難以指明（《四庫提要》）。如果根據他所作《柳子厚集後叙》中「予少嗜觀韓、柳二家之文」（《容齋續筆》引）一句，或可知其文之所出。

另有姚鉉，與柳開、穆脩相應，欲矯五代之弊，編成《唐文粹》一百卷，意在挽回末流（《四庫提要》）。

尹師魯少時即有高才，爲時輩不及。與其兄尹源（故有二尹之稱）從伯長學古文。古文之道大大振起（《名臣言行録》引邵伯温《易學辨惑》、《東都事略》、《宋史·尹洙傳》），有力地挽回了五季浮靡之習（《四庫提要》）。所以，歐陽公説：「若作古文，自師魯始。」（《困學紀聞》）邵伯温亦説：「有宋古文，脩爲巨擘，而洙實開其先。」（《聞見録》）

其時，又有蘇子美，亦追隨左右。子美在舉世以時文相夸尚的天聖年間，獨與其兄才翁及穆伯長製作古文，雖頗受時人非笑，亦不顧及（歐公撰《蘇氏文集序》）。歐公雖比子美年長，學習古文反在子美之後（同上）。

歐公少時，家居漢東。其地豪家李氏之子頗好學。歐公因而遊於李家，暇時得以觀《韓昌黎文集》六卷，並借之持歸。讀畢嘆曰：「學者當至於是而止耳！苟得禄矣，當盡力於斯文，以償其素志。」其時，天下尚未稱道韓文，公初時亦在爲辭賦之學，直至宦於河南，才從學於尹洙，相與爲古文，議論當世，互爲師友。歐公遂將所藏《昌黎集》殘本補綴，苦心探微，以至寢食俱忘（《宋史·歐陽脩傳》、歐公撰《書舊本韓文後》、《容齋續筆》、《示兒編》、《聞見録》、《黄氏日鈔》）。於是，歐公以文章獨步當時。其詞語之豐潤，意緒之婉曲，俯仰揖遜，步驟馳騁，皆得韓子之體。由此以來，韓氏之文始行於世，以至於家家藏之，人人誦之。然而即使愛好韓文者也不過是面壁清談，隨人説妍；待至執筆爲文，其體往往與韓子不類。當世深知公之文者無有幾人（《黄氏日鈔》）。

要言之，宋之文體，穆脩之徒唱之，歐陽脩、尹師魯和之，文章氣格始得回復，天下方知韓、柳。王安石、眉山父子、曾鞏爲之作羽翼，古文一脈相承。到了元代有郝經、虞集、揭傒斯、戴表元、陳旅、吴師道、黄溍、吴萊，明代則有方孝孺、王守仁、王慎中、唐順之、歸有光等，古文正統由此傳承。

韓柳文區别

文章在韓、柳時代可謂達到極致。所以，穆伯長説：學者苟志於古，則踐立言之域，舍二先生而不由，非余所敢知（《舊本柳文後序》）。沈晦説：學古文必從韓、柳始（《四明新本柳文後序》）。雖以韓、柳並稱，其實也是一種概言，二家之文的得力處各不相同。

退之自稱：「約六經之旨而成文。」（《上宰相書》）其文之奥衍宏深可與孟軻、揚雄相表裏。子厚雄深雅健，似司馬子長，崔駰、蔡邕爲之遜色（《唐書》本傳、《柳子厚墓誌銘》）。昌黎之文經中得來，柳州之文史中得來（《聞見後録》）。柳州間或取前人陳言而用之，昌黎之文卓然不群，全自己出（《宋景文筆記》）。柳文易學；韓文規模闊大，似難學（《語類》卷百三十九）。柳文不將文意説破，欲使人不易讀懂，故表現出奇，其實這正是柳文之病（同上）。韓文本於經，又學孟子（《古文關鍵》、《金石例》）。柳文出於《國語》（《古文關鍵》、《文章精義》），又學西漢諸傳。《國語》之文段落齊整，子厚之文段落雖碎，句法卻與之相似（《文章精義》）。子厚作楚詞卓詭譎怪，爲退之所不及；退之作古文深閎雄毅，爲子厚所不及（《寓簡》）。韓文論事説理，一一明白透徹，無含糊不清之處。柳文則不然，事之經旨常謬於聖人。即如碑碣之作，亦是陳言與排比參半。唯記人物而寄嘲罵，狀山水以舒抑鬱，則峻潔精奇，如明珠夜光，奪人眼目。此亦爲子厚放浪既久，直抒胸臆之作；且都作於晚年。昌黎所謂「大肆其力於文章」，即是謂此也。所以，讀柳文不能不多費猜詳（《黄氏日抄》）。

歐陽公論文，只稱韓、李，不稱韓、柳。黄東發亦認爲不該並稱韓、柳（《黄氏日抄》）。蓋韓有六朝之學，而能將其蕩滌干淨，融會其精華，遺棄其渣滓，此其所以能留傳千餘年者也。柳雖有六朝之學，卻未能將其蕩滌干淨，其所以不及韓愈者也。然而，兩家必相輔而行於世者，爲均先從事於東京六朝之故。方望溪獨宗法韓而不喜柳，此因方氏於東京六朝涉獵甚淺（《國朝詩人徵略》引《愓甫未定稿》）。這可謂公平之論。焦理堂（循）極愛柳，以爲唐宋以來第一人（《揅經室二集·通儒揚州焦君傳》)，這恐怕與公論不合。

唐宋古文區別

唐宋諸公的文章，没有不根據經、子、史三者來寫的，歐、蘇諸公之文也没有不祖法韓、柳的，但是造詣各各不同。王芑孫説過：歐、曾諸公之文並非不古，不過把它與韓、柳比較一下的話，其氣質的厚薄，材境的廣狹，自有區别。所以如此，是因爲韓、柳均先從事於東京六朝之學，然後發而爲文。盡管柳氏之文與韓文相比亦自有差距，但試命歐、曾諸公執筆爲柳氏之文，必謝不能(《惕甫未定稿》)。

劉孟涂認爲，雖説韓退之「文起八代之衰」，其實他取八代之精而去其粗，化腐朽爲神奇，並非將八代整個掃去。到了宋代諸公，完全吸收了八代之華美，故其文章雖達沉浸濃鬱的極致，瑰奇壯偉之觀卻不足(《孟涂文集》)。此爲唐宋古文之區别。韓、柳多用重實字，歐、蘇唯用輕虚字(《鶴林玉露》)。這一差别亦是由此而來的。要言之，韓、柳之文以奇傑見長，宋諸公之文則以明白暢達爲主。就文章結構而論，韓文千變萬化，無心而爲；歐文變化之處頗見用心。韓文高出一籌，值得歐文學習(《語類》卷百三十九)。

歐文和氣多而英氣少，蘇文英氣多而和氣少(《聞見後録》)。歐文益温而自然暢達，描寫事造詣之概略。

情宛然如見；蘇文如長江大河，一瀉千里，其開陳治道，使人惻然動心（《黄氏日抄》）。此即諸公

又，東坡教人讀《檀弓》，山谷謹守其言，以傳後學。因此，其記事往往晦澀不明，難解其旨，爲其言辭不足所苦。有些地方僅爲文句的羅列，不成意思。《檀弓》或以數句記一事，或僅以兩三句記一事。文句簡約，意味深長。事不相涉，意脈貫穿；經緯錯綜，自然成文（《清波雜志》）。王應麟説的東坡文法得於《檀弓》，即是謂此（《困學紀聞》）。此外，或説蘇文出自《戰國策》、《史記》（《古文關鍵》、《金石例》、《文章精義》），或説學自《莊子》（《文章精義》），把這些看法歸納起來，可知蘇公之得力處。

韓文來歷

韓文尤難企及處，在於字字有根底，決不苟且。故黄山谷説：「老杜作詩，退之作文，無一字無來處。」晁公武亦云：「愈之置辭，字字悉有據依。」試舉一二例以證之。

《後二十九日復上宰相書》中有言：「周公以聖人之才，憑叔父之親。」此句從《漢書・杜欽傳》「昔周公身有至聖之德，屬有叔父之親」一句化出。其中「才」字，本於《金縢》中周公自謂「予仁若考，能多材多藝」，還有《論語》中夫子所稱「周公之才之美」。「德」字當指群聖之德。稱及周

公時，「才」字不可欠，故而下一「才」字。此外，「豈特吐哺握髮之勤而止哉」的「勤」字，亦據《金縢》「昔公勤勞王家」一句得來。稱及周公時，「勤」字亦不可欠，故而用一「勤」字。

還有一例。《送許郢州序》有言：「下有矜乎能，上有矜乎位，雖恒相求，而喜不相遇。」此句中的「喜」字，先儒覺得難解。沈德潛認爲：「『喜』字或訛」（《八家文讀本》）。陳少章說：「『喜』字一作『苦』，爲是。謝疊山《文章軌範》中無此一字，覺句法尤健。」（《韓集點勘》）今考：《詩》有「女子善懷」（《載馳》），《左傳》有「慶氏之馬善驚」（《襄公二十八年》），《荀子》有「愚而善畏」（《解蔽》），《漢書》有「岸善崩」（《溝洫誌》）等等，「喜」字即由其中的「善」字變化而來。《荀子》楊倞註云：「『善』猶『喜』也。」《漢書》顏師古註：「『善崩』言『喜崩』也。」據此，可知善、喜二字同義，有往往、常常等意思。因而韓公下一「喜」字，以言聖君賢臣際會之難。「喜不相遇」，意即「總不相遇」。

再舉一例。《爭臣論》有言：「耳司聞而目司見。」儲同人說，此句由《尚書》「汝聽汝明」句悟得。今考：此句本於《左傳・昭公九年》屠蒯所言：「女爲君耳，將司聰也」，「女爲君目，將司明也。」

《新唐書》本傳稱公之文：「造端置辭要爲不蹈襲前人。」公又自稱：「唯陳言之務去。」（《答李翊書》）又說：「唯古於詞必己出，降而不能乃剽賊。」（《樊紹述墓誌銘》）但據前所舉三例可以説，認爲公之文章均爲生造己出的看法是錯的；不過，其字句雖從經傳子史得來，已經一一精煉，字字融化，渾然天成，毫無斧鑿之痕。這正是韓公不可企及之所在。

古文有本

古人之文多有所本，唯步驟馳騁之妙卓然不同，别爲一家，以成名手。昌黎《進學解》本於東方朔《答客難》、揚子雲《解嘲》二篇（《避暑録話》、《珊瑚鈎詩話》、《容齋隨筆》、《語類》卷百三十九、《韓文五百家註》引樊汝霖），一洗以前崔駰《達旨》、班固《賓戲》、張衡《應問》等屋下架屋之陋（《容齋隨筆》）。《送窮文》亦本於揚子雲《逐貧賦》（《芥隱筆記》、《避暑録話》、《容齋隨筆》、《丹鉛録》）。《諱辨》則本於吳張昭《論舊名諱》（《古文關鍵》、《丹鉛録》），又得之於北齊顔子推「桓公名白，傳有五皓之稱，厲王名長琴，有脩短之目，不聞改布帛爲布皓，改腎腸爲腎脩也」一節（《堯峰文抄·題歐陽公集》、《隨園隨筆》）。《毛穎傳》本於南朝俳偕文，爲袁淑《驢九錫》、《鷄九錫》（《藝文類聚》卷九十四、九十一、《初學記》卷二十九）之略寫（《避暑録話》、《困學紀聞》、《丹鉛録》）。《佛骨表》則脱胎於傅奕的《上高祖疏》「五帝三王未有佛法，君明臣忠，年祚長久。至漢明帝始立胡祠，然惟西域桑門自傳其教。西晉以上，不許中國髡髮事胡。至石、苻亂華，乃弛厥禁，主庸臣佞，政虐祚短，事佛致然。梁武、齊襄尤足爲戒」（《五百家註》引邵太史語、《陔餘叢考》、《瞥記》、《養新録》)。此外，姚崇的遺誡說：「今之佛經，羅什所譯，姚興與之對翻，而興命不延，國亦隨滅。梁武帝身爲寺奴，齊胡太后以六宮入道，皆亡國殄家。近孝和皇帝發使贖生，太平公主、武三思等度人造寺，身嬰夷戮，爲天下笑。五帝之時，父不喪子，兄不哭弟，致仁壽，無凶短也。下逮三王，國祚延久，其臣則彭祖、老聃，皆得長齡。此時無佛，豈抄經鑄像力耶？」(《唐書》本傳)也爲昌黎《佛骨表》所本之處(《陔餘叢考》)。

柳子厚《封建論》祖於《吕氏春秋・蕩兵》「未有蚩尤之前，民固剥林木以戰矣，勝者爲長；長則猶不足治之，故立君；君又不足以治之，故立天子」一節(《黄氏日抄》)。《梓人傳》本於吕氏《分職篇》「使衆能與衆賢，功名大立於世，不予佐之者，而予其主，其主使之也。譬之若爲宫室，必任巧匠，宫室已成，不知巧匠，而皆曰：『善，此某君、某王之宫室也』」一節(《困學紀聞》)。《漁者對智伯》本於《列子・湯問》蒲且子之釣説(《寓簡》)。《乞巧文》擬於揚子雲《逐貧賦》(《容齋隨筆》)。《晉問》用枚乘《七發》之體而别立機杼；傅毅的《七激》、張衡的《七辯》、崔駰的《七依》、王粲的《七釋》、張協的《七命》(並見《藝文類聚》卷五十七)等漢晉以來諸文士之弊爲之一洗(《容齋隨筆》)。《遊黄溪記》則是模仿太史公《西南夷傳》(《困學紀聞》)。

歐公《醉翁亭記》，其步驟與《阿房宫賦》相類；《晝錦堂記》與《盤谷序》相似(《珊瑚鈎詩話》)。《秋聲賦》類《風賦》(《西河合集・書〈秋聲賦〉後》)。《本論》似《原道》，《上范司諫書》類

《諍臣論》,《書梅聖俞詩稿》似《送孟東野序》(《示兒編》)。《送廖倚序》即退之《送廖道士序》,《藥師院佛殿記》即《圬者傳》,其論隱公攝之非本於何氏《膏肓》,辯堯、舜、後稷世次之差舛本於杜預《春秋釋例·世族譜》(《堯峰文抄》)。

老蘇《漢高祖論》「不去呂后者爲惠帝計也」一句,本於唐李德裕《羊祜留賈充論》(《能改齋漫録》)。東坡《黄樓賦》之氣力同乎《晉問》,《赤壁賦》之卓絶近於雄風,亦各有來處(《珊瑚鈎詩話》)。《表忠觀碑》全篇引趙清獻奏文,不作一字增損,這學的是《漢書》(《文章精義》)。它開頭列出奏狀,作爲序言,到「制曰:『可』」纔是銘文,這樣的格式頗有創新,但也是祖法柳柳州《壽州安豐縣孝門銘》(《學齋佔畢》、《養新録》)。《萬石君羅文傳》依退之《毛穎傳》而作,《蓋公堂記》用子厚《郭橐駝傳》之意而變其面目(《養新録》)。以上所列,均爲本於前人而立一篇大要之作。

先儒論及之外,尚得數例,試舉一二。關於《諱辨》一條,漢應劭《舊名諱議》説:「昔者周穆王名滿,晉厲公名州滿,又有王孫滿,是同名不諱。」(《舊名諱議》今已不傳,此條見於《左傳·襄公十年》《正義》所引)此説在張昭《論舊名諱》之前。還有一例,《北齊書·杜弼傳》:「法曹辛子炎諮事,曰:『須取署。』子炎讀『署』爲『樹』,高祖大怒,曰:『小人都不知避人家諱。』杖之於前。弼進曰:『《禮》,二名不偏諱。孔子言「徵」不言「在」,言「在」不言「徵」。子炎之罪,理或可恕。』」

韓公將此等之説推衍成一篇大文章。

《與于襄陽書》師法劉向《新序》「孫叔敖曰：『君驕士曰，士非我，無從富貴；士驕君曰，君非士，無從安存』」一節，以及王褒《聖主得賢臣頌》「聖主必待賢臣而弘功業，雋士亦俟明主以顯其德」一節，成就一篇議論。

《後二十九日復上宰相書》以周公而引發議論，也是學《後漢書·高彪傳》。傳曰：（彪）「嘗從馬融，欲訪大義；融疾不獲見，乃復刺遺融書，曰：『昔者周公旦父文兄武，九命作伯，以尹華夏，猶揮沐吐餐，垂接白屋，故周道以隆，天下歸德。公今養痾傲士，故其宜也。』」

《代張籍與李浙東書》中的「盲於心，盲於目」，本於《莊子·逍遥遊》「瞽者無以與乎文章之觀，聾者無以與乎鐘鼓之聲，豈唯形骸有聾盲哉，夫知亦有之」而成一篇之議論。

《雜説》中的「龍噓氣成雲，雲固弗靈於龍也」，以龍比聖君，以雲比賢臣，是從《韓非子·慎勢》「飛龍乘雲，騰蛇遊霧，雲罷霧霽，而龍蛇與螾螘同矣，則失其所乘也。堯爲匹夫，不能治三人。吾以此知勢位之足恃」一段變化而來的。

此外，歐陽脩的《朋黨論》，本於《漢書》劉向的《封事》。《春秋論》中的趙盾非不討賊、許世子止非不嘗藥之論，本於劉知幾《史通·惑經篇》。

凡此種文字，均有所根據，點化後成一篇大文章，卻又不露痕迹，此所以能成文章作手。

本於古人之文又極變化之妙者乃柳子厚，其《梓人傳》由《莊子·天道》郭象註引申而出。註云：「工人無爲於刻木而有爲於運矩，主上無爲於親事而有爲於用臣。」《梓人傳》將此數語演繹成數百言的大文章（《丹鉛録》）。

老泉《仲兄字文甫説》的「風行水上渙，此亦天下聖文也」，本於《詩·伐檀》毛傳「風行水成文曰『漣』」一句，而又極盡變化之妙（《困學紀聞》、《丹鉛録》）。《上張侍郎第二書》從香山《秦中吟·傷友》一篇「蹇驢避路立」數語化出（《瞥記》）。

東坡《赤壁賦》之末段，「惟江上之清風與山間之明月」到「相與枕藉乎舟中，不知東方之既白」，只用李白「清風朗月不用一錢買，玉山自倒非人推」一聯十六字，演繹成七十九字（《學齋佔畢》）。

此類文章雖不及先賢獨造之妙，不過應當知道，根據古人的一章一句，演成一篇或數十句，是從來作文家之伎倆。

遣詞造句之法亦取自古人。達其極致的有韓氏《畫記》，其用字之法是學的《尚書·顧命》。《畫記》「騎而立者五人，騎而被甲戴兵立者十人，騎且負者二人，騎執器者二人」，就是學《顧命》「二人雀弁執惠，四人綦弁，執戈上刃，一人冕執劉，一人冕執鉞，一人冕執戣，一人冕執瞿，一人冕執鋭」的句法。文中「行者、牽者、奔者、涉者、陸者、翹者」等「者」字的用法，還有《原考工記》中的「脂者、膏者、羸者、羽者、鱗者」，以及「以脰鳴者，以注鳴者，以旁鳴者，以翼鳴者，以股鳴者，以胸鳴者」，都是學《莊子·齊物論》「激者、謞者、叱者、吸者、叫者、譹者、宎者、咬者」一句中「者」字的用法（《文則》）。

《柳子厚墓誌》裏有十九處用了「子厚」，這是依據《詩·崧高》十四處用了「申伯」，《詩·烝民》十二處用了「仲山甫」之前例（《熊朋來經説》）。

歐陽脩《醉翁亭記》前面不著太守姓名，到了結尾纔寫出『太守謂誰，廬陵歐陽脩也』，這是學《詩·採蘋》結末處寫出「誰其尸之，有齊季女」之筆法（《文章精義》）。文中用了許多「也」字，是依《易·雜卦傳》之例（《困學紀聞》、《猗覺寮雜記》、《野客叢書》），同時師法《莊子·大宗師》中從「而不自適其適者也」到「皆物之情也」一段（《猗覺寮雜記》）。

東坡《鍾子翼哀辭》以四言雜於七言間的句式，學的是荀子《成相篇》（《困學紀聞》）。《表忠觀碑銘》的「天目之山，苕水出焉」，用的是酈道元《水經註》句格（《清波雜誌》）。《赤壁賦》中「自其變者而視之，則天地曾不能以一瞬；自其不變者而視之，則物與我皆無盡也」一語，用的是《莊子》「自其異者而眡之，肝膽楚越也；自其同者而眡之，萬物皆一也」的句法（《浩然齋雅談》）。《方山子傳》中「方屋而高」四字，將「屋」的形狀寫盡。這裏的「屋」字本於《後漢書·輿服志下·幘》①條：「幘，崇其巾爲屋。」「未冠童子，幘無屋者，示未成人也」，「勾卷屋者，示尚幼少，未遠冒也。」東坡豈非無一字無來歷者耶(《潛邱札記·與戴唐器書》、《瞥記》)。

從這許多例子推察起來,古人用字造句必有所本,其運用之妙在於「圓通」,這個道理應當知曉。

① 此條引文,原題作《後漢書·輿服志·方山冠》,誤。

圓　通(蹈襲　棄染)

古人用字造語皆有定例,並非杜撰,其運用之妙在於「圓通」。若是理會錯了,用字全盤蹈襲前人,造句完全模仿陳言,這就是所謂「死法」。南宋俞成曾論及文章有死法、活法之別(《螢雪叢說》)。

柳子厚說:「爲文之士亦多漁獵前作,戕賊文史,抉其意,抽其華,置齒牙間,遇事蜂起,金聲玉耀;誑聾瞽之人,徼一時之聲。雖終淪棄,而其奪朱亂雅,爲害已甚。」(《與友人論爲文書》)這是對六朝以來蹈襲之弊的矯正。在《與楊晦之第二書》中又說:「其說韓愈處甚好。其他但用《莊子》、《國語》文字太多,反累正氣,果能遺是,則大善矣。」這是對多用古書文字的批評。

模仿之害越趨嚴重，終於陷入了李、王七子之弊。劉知幾早就譏評模擬之風說：「好丘明者，則偏模《左傳》；愛子長者，則全學史公。用使周秦言辭，見於魏晉之代；楚漢應對，行乎宋齊之日。」（《史通・言語》）指出了模仿過度的害處。紀曉嵐藉此語批評七子說：「若爲七子發覆也。」（《删繁》）學者當勿陷此陋習。

又，陳繹曾有「棄染」一語，可謂妙訣。所謂「染」，「如習韓、習柳、習歐、習蘇，執一偏而不圓通皆是」（《文章歐冶》）。這是對偏於模仿一家，而不知變通之理者的批評。所以，一意肖似韓柳文體，或模擬歐蘇體格，使讀者一眼即看出這是從韓文的某篇化出的，這是從柳文的某篇學來的，此類均屬文之陋者也。

爭臣論　范增論

東坡《范增論》，批評范增未能及早看出成敗之機，並使范增無所避其指責。到了文末，以「雖然，增，高帝之所畏也；增不去，項羽不亡。嗚呼，增亦人傑也哉」一句結尾。這是法式韓文《爭臣論》。《爭臣論》前段盡力貶斥陽城，文末以「今雖不能及已，陽子將不得爲善人乎」結尾。這是衆所周知的。

其實，莊子早就這樣寫了。《莊子・天下篇》先將墨子猛烈排擊，到了文末，筆鋒一轉，「雖然，墨子真天下之好也，將求之不得也，雖枯槁不舍也，才士也。」以此結尾。這是韓、蘇二家章法的由來之處。韓、蘇這兩篇文章的妙處，做文章的都知道，但是其章法源於《莊子》這一點，未見前人論及。

放膽　小心

《文章軌範》裏有「放膽」、「小心」兩條，這是教人爲文之道當初入豪蕩，而後再求細致。這個意思是從梁簡文帝和歐陽脩那裏來的。簡文帝《誡當陽公書》裏説：「立身之道與文章異，立身先須謹重，文章且須放蕩。」（《藝文類聚》卷二十三、《困學紀聞》）歐陽脩説：「文字既馳騁，亦要簡重。」（《王氏談録》）

作文如不先從豪蕩入門，必然筆端窘束，不能使文氣活動。故首先當以豪蕩作根底，有了文字馳騁之勢之後，再歸於簡重。

官　名

官名爲禮制所繫，尤須斟酌，謹慎下筆。世有古今，境有彼我，其職掌崇卑當然不相類似。如强以彼土之稱用於此地，必於事體有失。即在同一地，亦不能隨意以古官名相稱。對此，北魏時代的李安世早有明辨。其傳曰：「安世天安初累遷主客令，蕭賾使劉纘朝貢。纘等呼安世爲『典客』。安世曰：『三代不共禮，五帝各異樂，安足以亡秦之官稱於上國？』纘曰：『世異之號，凡有幾也？』安世曰：『周謂掌客，秦改典客，漢名鴻臚，今曰主客。君等不欲影響文武而殷勤亡秦。』」

此外，孫樵也說：「史家紀職官、山川、地理、禮樂、衣服，亦宜直書一時制度，使後人知某時如此，某時如彼，不當以禿屑淺俗則取前代名品，以就簡絶。」（《孫可之集·與高錫望書》）這真是至當之言。

畢仲詢《幕府燕閒録》載有一事：范文正公爲人作墓銘，既做成並加了封緘，將要發遣時忽然說，當請師魯看一看。明日，以此文示於師魯。師魯閱後說：「希文名重一時，後世所取信，不可不慎。今謂轉運使爲部刺史，知州爲太守，現無此官，後必疑之。」希文憮然曰：「賴以示子，不然幾失之。」（《陔餘叢考》）

朱子亦說：「今人於官名、地名好用前代名目，以爲古；將一代制度、疆理皆溷亂不可考矣。」陶宗儀說：「凡書官銜，俱當從實。」（《輟耕録》）承繼了這一看法的有阮葵生（《茶餘客話》）、張爾岐（《蒿庵閒話》），他們都指出了官名亂用古稱之誤。

焦循說，文章之道有二途：說經論古之文，就古論古，不應以時俗之稱呼羼入其中；行狀墓誌之文，叙述當時事實，以成將來之典籍，則不必過於擬古（《雕菰樓集·屬文稱謂答》）。

袁枚亦認爲碑傳的標題宜用本朝的官爵。他説，昔人對此雖已論及，但每至爲文卻不一定泥於此則。或依古稱，用太守、觀察、牧令、制史等名；或依俗稱，用制府、藩司、臬司等名。古之大家均有這方面的例子。從古稱的：渾瑊以金吾衛大將軍扈駕，權文公撰其碑曰：「公以大司馬翼從。」奚陟死後，追贈禮部尚書，劉禹錫撰其碑曰：「追贈太宗伯。」宋子京《馮侍講行狀》，稱大理寺爲廷尉平。歐公撰寫《許平墓誌》，將經略寫作大帥。歸震川的《張之忠傳》，當稱某知縣處寫作錢唐令。《洧南居士傳》中當稱某知府處寫作某太守。這些都是改俗呼爲古稱的例子。從俗稱的：唐時所謂「郡佐」是司馬的俗呼。李玉《牛僧孺碑》有「宋申錫貶郡佐」一語。還有，唐時所謂「院監」、「行院」，即「度支使」、「鹽池監」的俗呼。韓文公《鹽法條議》中用的就是俗稱（《小倉山房集·古文凡例》）。

如果據袁枚所援引的例子來説，行文間有古稱，即便是碑傳之文亦無大妨。若依此推而廣之，凡行文姑擬彼土官名以作借用，似亦無不可。余又就韓文對此進行考察。《代張籍與李浙東書》有「方今居方伯連帥之職」句。《送許郢州序》有「於公身居方伯之尊」句。《贈崔復州序》有「縣令不以言，連帥不以信」句，又有「崔君爲復州，其連帥則於公」句。這些都是在當稱「觀察使」處用了「方伯」、「連帥」等古稱。唐代的觀察使與周代的方伯、連帥相類，因而可以借稱。這一用法依據的是秦《琅邪臺頌》「方伯分職，諸治經易」一句。秦分天下爲三十六郡，置守尉監治之，並無方伯之名；然《琅邪臺頌》借用了周代的官名。《漢書·何武傳》説：「刺史，古之方伯，上所委任。」這可作一條明證。繼此之後，《後漢書》明帝的詔文裏有「方今上無天子，下無方伯」一句。《章帝紀》裏則稱：「上無明天子，下無賢方伯。」還有，南齊張敬兒當了雍州刺史，《本傳》記爲「晚既爲方伯」。古人先有此例，故韓文依例而用。

從俗稱的：《左傳》中寫有楚官名，直以「莫敖」相稱。金、元史中則直書「猛安謀克」、「達魯花赤」等等，均爲此類例子。

顧炎武説：「《元史》諸志皆用案牘中語，並無熔範。」（《日知録》）文人如尚紀實，好用俗稱，就不免常用顧炎武所謂「案牘中語」，此中得失，學者宜詳考。

《左傳》錯舉

《左傳》叙事，每將姓、名、字、謚交錯舉出，不在文章開頭詳記其人名甚麼，字甚麼，謚甚麼，而在行文之間寫出。《史》、《漢》之體均首先揭出其人名姓，後世撰寫傳記、碑文也大都從此體。懂得左氏之妙者希矣。如劉勰則指責「左氏綴事，氏族難明」（《文心雕龍·史傳篇》）。近清趙翼亦從此論，説「此究是古人拙處」（《陔餘叢考》）。不知將氏族、名字、爵邑、號謚等散佈於文中，使人一讀之際頓然明釋，這正是左氏文章的絶妙之處。

古人誤字

古人的文章經後人誤寫，原意不明的情況是很多的。段玉裁説，陶淵明《歸去來辭》「或命巾車」句當作「或巾柴車」。其證據爲：江文通《雜體詩》中的「日暮巾柴車」，是擬淵明作成的，李善註裏就引了《歸去來辭》「或巾柴車」句爲江詩作解。可見李善所看到的本子作「或巾柴車」。巾是飾物，轉作拂拭意，與《吳都賦》中「吳王乃巾玉路」的「巾」字同義，即拂拭車子出門的意思。按《周禮》，巾車是天子、諸侯的用物，山野之人是不得乘用的（《經韻樓集·與張涵齋書》）。

又，《文章軌範》載有李文叔《書洛陽名園記後》，其中「當秦隴之襟喉，而趙魏之走集，蓋四方必爭之地也」一句，人多漫然讀過，不覺有誤。余疑「而趙魏之走集」一句語氣無着落，句法亦不整，一直想它錯在何處。後來，取《東都事略·李格非傳》所載的全文與之對校，《事略》裏「而」字作「面」字，於此才悟到「而」字爲「面」字之誤。面是向的意思，「面趙魏之走集」與「當秦隴之襟喉」正相對仗，文義始得整齊。「走集」一字本於《左傳·昭公二十三年》：「俻其土田，險其走集。」杜註：「走集，邊境之堡壘。」即爲在敵方猛攻的關隘，兵士馳驅集結的場所。整個句子是説該地面向樞要之處。由此，從前的疑惑才渙然冰釋。

標抹　圈點

宋人讀書加標抹、圈點。吕東萊的《古文關鍵》，樓迂齋的《崇古文訣》，皆有勾抹。陳振孫《書録解題·古文關鍵》條云「其標抹註釋，以教初學」，亦即謂此。朱子論讀書法時説：「先以某色筆抹出，再以某色筆抹出。」據此觀之，所謂標抹，或用朱筆，或用緑筆等，以各色顯出差别。《四庫全書提要》説：「宋人讀書於要處多以筆抹，不似今人之圈點。」如果根據這一説法，可知宋時僅施標抹，圈點是後世才開始的。但是，《提要》又説：「方回《瀛奎律髓》，羅椅《放翁詩選》，初稍稍具圈點，是盛於南宋末矣。」據此，又可説是盛行於南宋末年。今考，《宋史·儒林·何基傳》説：「凡所讀，無不加標點，義顯意明，有不待論説而自見者。」這當可作爲宋時標抹、圈點俱行的證據。故《提要》之後説爲是，前説爲誤。

又，袁枚《小倉山房集·古文凡例》裏説：「唐人劉守愚《文冢銘》云『有朱墨圍者』，疑即圈點之濫觴。」據此則又可説圈點發軔於唐，但這恐怕是袁枚一時對《文冢銘》的誤解，不足爲信。《文冢銘》載於《劉蜕集》卷三，文中將「朱墨圍者」和「涂乙註揩」等並稱。所謂「朱墨圍」，是以圓圈芟去衍字。東坡在《和歐陽弼詩稿》中，將「淵明爲小邑」的「爲」字圈去，改作「求」字（《春渚紀聞》)。《朱子語類》載:「韓文《送陳彤秀才序》多一『不』字,後山傳歐陽本圈了此『不』字。」此外,宋方崧卿《韓集舉正》裏將衍去的字皆以圓圈圈起,亦屬此類。這些均與所謂圈點不同。且圈點爲讀古文之法,怎會用它加於自己所作的文章呢? 此説之誤是十分明顯的。

《文章軌範》原本

宋人批選韓、柳、歐、蘇等人的古文,前有吕東萊(祖謙),次有樓迂齋(昉),又次有謝疊山(枋得)。東萊的書有《古文關鍵》二卷,迂齋有《崇古文訣》卅五卷,疊山有《文章軌範》七卷。又,虞邵庵有《文選心訣》,亦足以相輔並行。疊山的書,坊間刊行的本子是依明以來的俗本刻成的,不足爲據; 當以朝鮮版復刻的本子爲佳種。

又,《四庫提要》援引了門人王淵濟的跋,但今本均不載。余往歲所觀之本,前有目録。第五卷目録「讀李翺文」的後面有識語,云「此篇除點抹係先生親筆外,全篇卻無一字批註」。第六卷目録《岳陽樓記》後面亦云:「此一篇先生親筆祇有圈點而無批註。如《前出師表》則並圈點亦無之,不敢妄以己意增益,姑仍其舊。淵濟謹識。」第七卷目録《歸去來辭》的後面也有識語,云「右此集唯《送孟東野序》、《前赤壁賦》係先生親筆批點,其他篇僅有圈點而無批註。若夫《歸去來辭》則與『種』字集①、《出師表》一同,並圈點亦無之。蓋漢丞相、晉處士之大義清節乃先生之所深致意者也。今不敢妄自增益，姑闕之，以俟來者。門人王淵濟謹識」。此即《提要》所引之王跋。《提要》又說：「前有王守仁序。」據此來看，其所據之本爲明刊，乃是經過明人之手的謝氏原本。

---

①《文章軌範》「舊本以『王侯將相有種乎』七字分標七卷」（《四庫全書總目提要》），「種」字集即第六卷。

跋

梨本宥

余既與二三君子校刊《漁村文話》，或曰：先生以窮經自居，復有此種之著，何耶？余應之曰：文辭之道與治經本無二途，顧所用何如耳。是以「沉潛乎訓義，反復乎句讀」，此昌黎畢生用力處，而治經之功又何嘗有外於此乎？故先生平日切劘乎經訓，矻矻然如一日，而未嘗以文辭爲枝葉小技而廢之。蓋將以經術文章合而爲一也。若是書之作，本不過置之家塾，以爲晚學進步地，在先生緒余焉耳，非有意於流傳也。抑者其考證之博而持論之精，且確足以舒人文情，發人文機，爲益不細；而其言皆有所依據，論斷不敢苟出，則亦足以見其包羅之富而見聞之夥矣。學者由此入手，其進而攻韓、歐之文，又進而攻經訓，將唯見其易易焉；則刊印而行之，此亦吾輩願學之志也。

剞劂既告竣，遂附識斯言，以諗讀者。

嘉永壬子夏五①受業江户梨本宥謹跋

---

① 嘉永壬子：嘉永五年，公元一八五二年。

圖書在版編目(CIP)數據

歷代文話/王水照編. —上海:復旦大學出版社,2007.11(2023.10 重印)
ISBN 978-7-309-05617-4

Ⅰ. 歷… Ⅱ. 王… Ⅲ. 古典文學-文學批評-中國 Ⅳ. I206.2

中國版本圖書館 CIP 數據核字(2007)第 102245 號

歷代文話(全十册)
王水照 編
出品人/賀聖遂
總編輯/高若海
責任編輯/宋文濤
裝幀設計/馬曉霞

復旦大學出版社有限公司出版發行
上海市國權路 579 號 郵編:200433
網址:fupnet@fudanpress.com http://www.fudanpress.com
門市零售:86-21-65102580 團體訂購:86-21-65104505
出版部電話:86-21-65642845
江陰市機關印刷服務有限公司

開本 850 毫米×1168 毫米 1/32 印張 319.625 字數 6 277 千字
2023 年 10 月第 1 版第 3 次印刷
印數 4 101—5 110

ISBN 978-7-309-05617-4/I · 391
定價:1280.00 元

《歷代文話》四角號碼綜合索引

例　言

一、本索引收録《歷代文話》正文部分及附録著録之所有書名和撰者姓名。

二、每條之下所列數碼，斜綫前爲册數，其後爲頁碼。

三、一條數見者，分别註明册次和頁碼。如：

唐文治

9 /8183

9 /8237

9 /8377

表示“唐文治”凡三見，一見第九册第八一八三頁，二見第九册第八二三七頁，三見第九册第八三七七頁。

四、異書同名者，於書名後用圓括號標示撰者姓名，以示區别。

五、本索引採用四角號碼檢字法編排。首先出以每條第一字之四角號碼，例如“唐文治”，先列“唐”的四角號碼：“0026_7”，然後取第二字上兩角的號碼排列在條目之前：“00 唐文治”。若第二字上兩角的號碼相同，則暗取第三角爲序。其餘依此類推。

六、本索引後附"筆畫檢字表",可用每條第一字的筆畫查檢四角號碼,以便讀者用不同方法檢索。

0040$_1$ 辛

0040$_6$ 章

0060$_1$ 言

0080$_0$ 六

0164$_6$ 譚

0460$_0$ 謝

0468$_6$ 讀

0862$_7$ 論

筆畫檢字表

本表彙集《〈歷代文話〉四角號碼綜合索引》中所有詞條的第一個字，去重後按筆畫排列。其所對應的數目字，是該字在《綜合索引》中的四角號碼。

三　畫

于　1040_0
夕　2720_0

四　畫

王　1010_4
日　6010_0
升　2440_0
文　0040_0
方　0022_7
六　0080_0

五　畫

玉　1010_3
古　4060_0
左　4001_1
石　1060_2
四　6021_0
田　6040_0
由　5060_0
仕　2421_0
包　2771_2

六　畫

西　1060_4
吕　6060_0
朱　2590_0
任　2221_4
行　2122_1

七　畫

杜　4491_0
李　4040_7
更　1050_6
吴　2643_0
作　2821_1
伯　2620_0
何　2122_0
言　0060_1
辛　0040_1
汪　3111_4
宋　3090_4
初　3722_0

八　畫

林　4499_0
茅　4422_2
范　4411_2
東　5090_6
來　4090_8
拙　5207_2
金　8010_9
周　7722_0

九　畫

春　5060_8
荆　4240_0
胡　4762_0
秋　2998_0
香　2060_9
修　2822_2
洪　3418_1
退　3730_3
姚　4241_3

十　畫

桐　4792_0
莊　4421_4
盇　4310_2

十一畫

十二畫

十三畫

十四畫

十五畫

十六畫

十七畫

十八畫

十九畫

二十畫

二十一畫

二十二畫